W0311028

Das Buch

Dean Koontz versteht es wie kein anderer, Visionen von beklemmender atmosphärischer Dichte zu entwerfen, denen man sich nicht entziehen kann. Er öffnet das Tor in eine Welt voller Gegensätze: Leben und Tod, gut und böse, Licht und Finsternis. In Koontz' Romanen werden die schlimmsten Alpträume zur Wirklichkeit.

Mitternacht: In der Kleinstadt Moonlight Cove geschehen unheimliche Todesfälle. Gemeinsam mit drei Freunden und seinem Hund Moose will der FBI-Agent Sam Booker dem dunklen Geheimnis, das über der Stadt liegt, auf den Grund gehen. Sie entdecken, daß ein Computerkonzern Moonlight Cove beherrscht und durch subtile Eingriffe seine Bürger manipuliert. Eine schreckliche Katastrophe bahnt sich an...

Das Versteck: Bei einem schweren Autounfall ertrinkt der Antiquitätenhändler Hatch Harrison in den eisigen Fluten eines Flusses, aber den Ärzten gelingt es, ihn ins Leben zurückzuholen. Doch Hatch wird von fürchterlichen Visionen heimgesucht. Nach und nach erkennt er, daß er mit dem Gehirn eines Killers verbunden ist, und dieser kommt immer näher...

Der Autor

Dean Koontz wurde 1946 in Bedford/Pennsylvania geboren. Er studierte am Shippensburg State College und wurde 1996 Lehrer in Appalachia. Wenig später heiratete er und veröffentlichte seinen ersten Roman und Kurzgeschichten. seit 1976 lebt er mit seiner Familie in Orange County/Kalifornien. Koontz schrieb fast 60 Bücher, die in 18 Ländern erschienen sind und eine Gesamtauflage von über 60 Millionen Exemplaren erreicht haben. Die meisten Bücher des Autors sind im Wilhelm Heyne Verlag erschienen.

DEAN KOONTZ

MITTERNACHT
DAS VERSTECK

Zwei spannende Psychothriller

WILHELM HEYNE VERLAG
MÜNCHEN

HEYNE ALLGEMEINE REIHE
Nr. 01/13258

Umwelthinweis:
Dieses Buch wurde auf
chlor- und säurefreiem Papier gedruckt.

Taschenbuchausgabe 04/2001
Copyright © dieser Ausgabe 2001 by
Wilhelm Heyne Verlag GmbH & Co. KG, München
Printed in Germany 2001
http://www.heyne.de
Quellennachweis: s. Anhang
Umschlaggestaltung: Nele Schütz Design, München,
Umschlagillustration: Stone/Pat O'Hara
Druck und Bindung: Elsnerdruck, Berlin

ISBN: 3-453-17804-1

Mitternacht

Für Ed und Pat Thomas
vom Book Carnival,
die so nette Leute sind,
daß ich manchmal vermute,
sie sind gar keine Menschen,
sondern Außerirdische aus einer
anderen, besseren Welt

Teil Eins

ENTLANG DER NÄCHTLICHEN KÜSTE

Wo unheimliche Gestalten
zu mitternächtlicher Musik tanzen,
die nur sie selbst hören können.

The Book of Counted Sorrows

1

Janice Capshaw machte es Spaß, nachts zu laufen.

Janice zog beinahe jeden Abend zwischen zehn und elf Uhr den grauen Jogginganzug mit reflektierenden blauen Streifen auf Rücken und Brust an, streifte sich ein Stirnband über das Haar, schnürte die New Balance-Turnschuhe zu und lief sechs Meilen. Sie war fünfunddreißig, hätte aber als fünfundzwanzig gelten können, und sie schrieb das jugendliche Aussehen ihrer zwanzig Jahre währenden Hingabe ans Laufen zu.

Sonntagnacht, am 21. September, verließ sie das Haus um zehn Uhr und lief vier Blocks nach Norden, zur Ocean Avenue, der Hauptstraße von Moonlight Cove, wo sie links abbog und zum öffentlichen Strand hinunterlief. Die Geschäfte waren geschlossen und dunkel. Abgesehen vom matten Messingglanz der Natriumdampflampen waren die einzigen Lichter die in den Wohnungen über den Geschäften, in der Knight's Bridge Tavern und in der katholischen Kirche Our Lady of Mercy, die rund um die Uhr geöffnet hatte. Auf der Straße fuhren keine Autos, kein Mensch war zu sehen. Moonlight Cove war schon immer eine ruhige kleine Stadt gewesen und mied den Tourismus, den andere Küstenstädte so begierig suchten. Janice gefiel der langsame, gemächliche Gang des Lebens hier, auch wenn die Stadt manchmal spätnachts nicht nur verschlafen, sondern tot wirkte.

Als sie die kurvenreiche Hauptstraße entlanglief, durch bernsteinfarben erleuchtete Plätze, durch von windgebeugten Zypressen und Pinien geworfene, schichtweise Schatten, nahm sie außer ihrer eigenen keine Bewegung wahr – abgesehen vom dünnen Nebel, der sich träge und schlangengleich durch die windstille Luft voranschob. Die einzigen Geräusche waren das gedämpfte *Platsch-platsch* der Gummisohlen ihrer Joggingschuhe auf dem Gehweg und ihr keuchendes Atmen. Allem äußeren Anschein zufolge hätte sie der letzte Mensch auf Erden sein können, der sich auf einen einsamen Post-Armageddon-Marathon eingelassen hatte.

Es gefiel ihr nicht, in der Frühe aufzustehen und vor der Arbeit zu laufen, und im Sommer war es angenehmer, ihre sechs Meilen zurückzulegen, wenn die Hitze des Tages nachgelassen hatte. Aber weder Abscheu vor den Morgenstunden noch die Hitze waren die tatsächlichen Gründe dafür, daß sie der Nacht den Vorzug gab; sie hielt sich im Winter an denselben Plan. Sie betrieb ihren Sport schlichtweg um diese Zeit, weil sie die Nacht mochte.

Schon als Kind hatte sie die Nacht dem Tag vorgezogen, saß gerne nach Sonnenuntergang unter dem funkelnden Sternenhimmel im Garten, lauschte Fröschen und Grillen. Die Dunkelheit wirkte beruhigend. Sie machte die scharfen Kanten der Welt weicher, dämpfte die zu grellen Farben. Wenn die Dämmerung anbrach, schien der Himmel zurückzuweichen; das Universum dehnte sich aus. Die Nacht war *größer* als der Tag, in ihrem Reich schien die Welt mehr Möglichkeiten zu bieten.

Jetzt kam sie an die Biegung der Ocean Avenue am Fuß des Hügels, sprintete über den Parkplatz und zum Strand. Am Himmel über dem dünnen Nebel zogen nur vereinzelte Wolken dahin, und der silberngelbe Glanz des Vollmonds spendete genügend Licht, daß sie sehen konnte, wohin sie lief. In manchen Nächten war der Nebel so dicht, der Himmel so verhangen, daß es nicht möglich war, am Strand zu laufen. Aber heute schäumte die weiße Gischt der ans Ufer rollenden Wellen mit geisterhafter Phosphoreszenz aus dem schwarzen Meer, und der breite Sandstreifen schimmerte blaß zwischen den wogenden Fluten und den Hügeln, und auch im Nebel selbst leuchteten sanft die Spiegelungen des herbstlichen Mondscheins.

Als sie über den Strand zum festeren, feuchten Sand direkt am Wasser lief und sich südwärts wandte, um eine Meile bis zur Spitze der Bucht zu laufen, fühlte Janice sich herrlich vital.

Richard – ihr verstorbener Mann, der vor drei Jahren einem Krebsleiden erlegen war –, hatte gesagt, ihr Biorhythmus wäre so sehr auf die Zeit der Mitternacht fixiert, daß sie mehr als nur ein Nachtmensch wäre. »Wahrscheinlich würde es dir gefallen, ein Vampir zu sein und zwischen Sonnenuntergang und Dämmerung zu leben«, hatte er gesagt, und sie hatte geantwortet:

»Ich will dir das Blut aussaugen.« O Gott, sie hatte ihn so sehr geliebt. Anfangs hatte sie geglaubt, das Leben als Frau eines lutherischen Priesters könnte langweilig sein, aber das war es nie gewesen, nicht einen Augenblick. Er fehlte ihr auch drei Jahre nach seinem Tod noch jeden Tag – und in der Nacht noch mehr. Er war...

Als sie an einer Gruppe zehn Meter hoher, in sich gewundener Zypressen vorbeikam, die mitten auf dem Strand wuchsen, auf halbem Weg zwischen dem Wasser und den Hügeln, war Janice plötzlich überzeugt davon, daß sie nicht allein in Nacht und Nebel war. Sie sah keine Bewegung, und sie hörte keinen Laut, abgesehen von den eigenen Schritten, dem keuchenden Atem und dem pochenden Herzschlag; nur ihr Instinkt verriet ihr, daß sie Gesellschaft hatte.

Anfangs war sie nicht ängstlich, weil sie dachte, ein anderer Läufer wäre am Strand unterwegs. Ein paar hiesige Fitneß-Fanatiker liefen gelegentlich nachts, freilich nicht aus freien Stücken, wie sie, sondern, weil sie keine andere Möglichkeit hatten. Sie begegnete ihnen zwei- oder dreimal im Monat auf ihrer Runde.

Aber als sie stehenblieb, sich umdrehte und in die Richtung zurücksah, aus der sie gekommen war, sah sie nur die verlassene Ausdehnung des Sands im Mondlicht, das gekrümmte Band leuchtender, schaumiger Gischt und die vagen aber vertrauten Umrisse von Felsformationen und vereinzelten Bäumen, die sich hier und da am Strand erhoben. Das leise Rauschen der Wellen war das einzige Geräusch.

Sie dachte, daß ihre Instinkte unzuverlässig wären und sie alleine wäre, und daher lief sie weiter am Strand entlang nach Süden und fand ihren Rhythmus bald wieder. Sie kam jedoch nur etwas fünfzig Meter weit, dann sah sie eine Bewegung aus dem Augenwinkel, etwa zehn Meter links von ihr; ein von Nacht und Nebel verhüllter hastiger Umriß, der von einer Zypresse im Sand zu einer verwitterten Felsformation huschte, hinter der er wieder verschwand.

Janice blieb stehen, blinzelte zu dem Felsen, fragte sich, was sie gesehen hätte. Es schien größer als ein Hund zu sein, vielleicht so groß wie ein Mensch, aber da sie es nur am Rande gesehen hatte, hatte sie keine Einzelheiten erkennen können. Die Formation – sechs Meter lang, an manchen Stellen nur einen Meter hoch, an anderen bis zu drei – war von Wind und Regen bearbeitet worden, bis sie einem Berg halb geschmolzenen Wachses glich; sie war groß genug, das zu verbergen, was Janice gesehen hatte.

»Ist da jemand?« fragte sie.

Sie erwartete keine Antwort und bekam auch keine.

Ihr war unbehaglich zumute, aber sie hatte keine Angst. Wenn sie mehr gesehen hatte als eine Täuschung des Mondlichts oder Nebels, dann war es sicher ein Tier gewesen – aber kein Hund, denn ein Hund wäre schnurstracks auf sie zugelaufen und nicht so geheimnistuerisch gewesen. Da es an der Küste keine Raubtiere gab, die hätten gefährlich werden können, empfand sie auch mehr Neugier als Angst.

Sie stand reglos da, von einem dünnen Schweißfilm überzogen, und bemerkte allmählich die Kälte. Sie hüpfte auf einer Stelle, um sich warm zu halten, und behielt den Felsen im Auge, weil sie damit rechnete, daß das Tier aus seiner Deckung kommen und entweder nach Norden oder Süden am Strand entlanglaufen würde.

Ein paar Leute in der Gegend hielten Pferde, die Fosters hatten sogar eine Stallung am Meer, etwa zweieinhalb Meilen von hier hinter der Nordflanke der Bucht. Vielleicht war eines ihrer Tiere ausgebrochen. Das Ding, das sie aus dem Augenwinkel gesehen hatte, war zwar nicht so groß wie ein Pferd gewesen, aber es konnte ein Pony sein. Andererseits, hätte sie die Hufschläge eines Ponys nicht selbst im weichen Sand hören müssen? Wenn es sich tatsächlich um ein Pferd der Fosters handelte – oder von jemand anderem aus der Gegend –, sollte sie natürlich versuchen, es wieder einzufangen oder sie wenigstens wissen lassen, wo sie es wiederfinden könnten.

Da sich nichts bewegte, lief sie schließlich zu den Felsen und umkreiste sie einmal. Am Ansatz der Formation und in den Klüften im Fels waren ein paar samtweiche Schatten, aber der größte Teil lag im milchigen, schimmernden Mondschein, und dort war kein Tier zu sehen.

Sie dachte niemals ernsthaft an die Möglichkeit, daß sie etwas anderes als einen Läufer oder ein Tier gesehen haben, daß sie sich in echter Gefahr befinden könnte. Abgesehen von gelegentlichen Vorfällen von Vandalismus oder Einbrüchen – die immer auf das Konto eines oder mehrerer frustrierter Halbwüchsiger gingen – und Verkehrsunfällen, war die hiesige Polizei weitgehend beschäftigungslos. Verbrechen an Personen – Vergewaltigungen, Überfälle, Mord – waren in einer so kleinen und verschworenen Gemeinde wie Moonlight Cove selten; es war fast, als lebten sie an diesem Strandabschnitt in einem anderen, gnädigeren Zeitalter als der Rest von Kalifornien.

Als sie die Formation umkreist hatte und zu dem festen Sand nahe der schäumenden Brandung zurückkehrte, war Janice zu der Überzeugung gekommen, daß sie sich vom Mondschein und dem Nebel – zwei geschickten Täuschern – hätte narren lassen. Sie hatte sich die Bewegung nur eingebildet; sie war allein am Strand.

Sie stellte fest, daß der Nebel immer dichter wurde, aber sie lief dennoch weiter am sichelförmigen Strand entlang zur Südspitze der Bucht. Sie war sicher, daß sie dorthin gelangen und zur Ocean Avenue zurückkehren konnte, bevor die Sichtverhältnisse allzu schlecht wurden.

Wind kam auf und wehte übers Meer; er wirbelte den Nebel durcheinander, der sich von gazeartigem Dunst zu weißen Schlieren zu verfestigen schien, als wäre er Milch, die zu Butter gestampft wird. Als Janice das südliche Ende des schmäler werdenden Strands erreicht hatte, wehte der Wind heftiger, die Gischt war ebenfalls lebhafter, schäumende Schleier wurden aufgewirbelt, wenn Wellen auf den gemauerten, künstlichen Wellenbrecher brandeten, der als Erweiterung der natürlichen Landzunge erbaut worden war.

Jemand stand auf dieser fünf Meter hohen Mauer und sah

zu ihr herunter. Janice sah auf, als sich eine Nebelschwade verzog und der Umriß im Mondlicht zu erkennen war.

Jetzt bekam sie Angst.

Der Fremde befand sich zwar direkt vor ihr, aber sie konnte sein Gesicht im Halbdunkel nicht sehen. Er schien groß zu sein, über einen Meter achtzig, aber das konnte auch eine Täuschung der Perspektive sein.

Abgesehen von seinem Umriß waren nur seine Augen zu erkennen, und diese erfüllten sie mit Angst. Sie leuchteten weich wie Bernstein, wie die Augen eines Tiers in Scheinwerfern.

Als sie direkt zu ihm aufsah, schlug sein Blick sie einen Moment in den Bann. Er war vom Mond beleuchtet, ragte über ihr auf, groß und reglos auf Mauersteinen, während Gischt rechts und links von ihm explodierte, er hätte ein aus Stein gehauenes Götzenbild mit Juwelen als Augen sein können, das von einem dämonenanbetenden Kult in einem längst vergangenen dunklen Zeitalter errichtet worden war. Janice wollte sich umdrehen und weglaufen, aber sie konnte sich nicht bewegen, sie schien am Strand festgewachsen und befand sich im Griff einer lähmenden Angst, wie sie sie bisher nur in Alpträumen gekannt hatte.

Sie fragte sich, ob sie wach wäre. Vielleicht war ihr mitternächtlicher Lauf tatsächlich Teil eines Alptraums, vielleicht lag sie in Wirklichkeit wohlbehalten unter warmen Decken schlafend im Bett.

Dann gab der Mann ein eigentümliches, leises Knurren von sich, teilweise ein zorniges Fauchen, aber auch ein Zischen; teilweise ein heißer, drängender Schrei des Verlangens, aber gleichzeitig kalt, kalt.

Dann bewegte er sich.

Er ließ sich auf alle viere nieder und kam den hohen Wellenbrecher herunter, aber nicht wie ein gewöhnlicher Mensch die unebenen Steine heruntergekommen wäre, sondern mit katzenhafter Schnelligkeit und Anmut. Sekunden, dann würde er bei ihr sein.

Janice riß sich aus der Lähmung, drehte sich in ihren Fußstapfen um und lief zum öffentlichen Strandabschnitt zurück – der eine ganze Meile entfernt war. Häuser mit erleuchteten Fenstern standen auf der steilen Klippe, die über die Bucht aufragte, von einigen verliefen Treppen zum Meer herab, aber sie traute sich nicht zu, diese Treppen in der Dunkelheit zu finden. Sie verschwendete keine Energie für einen Schrei, denn sie bezweifelte, daß sie jemand hören würde. Wenn der Schrei sie verlangsamte, und seien es nur Sekundenbruchteile, würde sie vielleicht überwältigt und zum Schweigen gebracht, bevor jemand aus dem Ort auf ihre Schreie reagieren könnte.

Ihre zwanzigjährige Hingabe an das Laufen war noch nie so wichtig gewesen wie in diesem Augenblick; es ging nicht mehr um ihre Gesundheit, das spürte sie, sondern um ihr Leben. Sie preßte die Arme fest an die Seiten, senkte den Kopf, sprintete, mehr auf Schnelligkeit denn Ausdauer bedacht, weil sie sich dachte, daß sie nur bis zum ersten Block der Ocean Avenue kommen mußte, um in Sicherheit zu sein. Sie glaubte nicht, daß der Mann – oder was, zum Teufel, es auch war – sie bis auf die beleuchtete, bevölkerte Straße verfolgen würde.

Schnelle Wolkenstreifen huschten über einen Teil des Mondgesichts. Das Mondlicht wurde düster, heller, düster und wieder heller, ein ungleichmäßiger Rhythmus, der durch den zunehmend dichter werdenden Nebel pulsierte und so einen Schwarm Phantome erzeugte, die sie wiederholt erschreckten und scheinbar auf allen Seiten mit ihr Schritt zu halten schienen. Das unheimliche, pulsierende Licht trug seinen Teil zum traumartigen Charakter der Verfolgungsjagd bei, und sie war halb davon überzeugt, daß sie tatsächlich im Bett lag und fest schlief, aber sie blieb dennoch nicht stehen, um über die Schulter zu sehen, denn Traum oder nicht, der Mann mit den Bernsteinaugen war immer noch hinter ihr her.

Sie hatte die halbe Strecke zwischen der Spitze der Bucht und der Ocean Avenue hinter sich gebracht, und ihre Zuversicht wuchs mit jedem Schritt, als ihr klar wurde, daß zwei der Phantome im Nebel gar keine Phantome waren. Eines war etwa sechs Meter rechts von ihr und lief aufrecht wie ein Mensch; das andere war links, weniger als fünfzehn Schritte entfernt, es platschte auf allen vieren durch die schaumige Spitzendecke der Gischt, so groß wie ein Mensch, aber eindeutig kein Mensch, denn kein Mensch konnte in der Haltung eines Hundes so flink und behende sein. Sie hatte nur einen allgemeinen Eindruck von Gestalt und Größe, und von ihren Gesichtern konnte sie außer den seltsam leuchtenden Augen keinerlei Einzelheiten erkennen.

Sie wußte irgendwie, daß keines dieser Wesen der Mann war, den sie auf dem Wellenbrecher gesehen hatte. Er war hinter ihr und lief entweder aufrecht oder eilte auf allen vieren. Sie war beinahe umzingelt.

Janice unternahm keinen Versuch sich vorzustellen, was sie sein mochten. Die Analyse dieses unheimlichen Erlebnisses mußte auf später verschoben werden; vorerst akzeptierte sie einfach die Existenz des Unmöglichen, denn als Witwe eines Priesters und zutiefst gläubige Frau besaß sie die Fähigkeit, das Unbekannte und Überirdische zu akzeptieren, wenn sie damit konfrontiert wurde.

Sie ließ sich von der Angst antreiben, die sie zuvor gelähmt hatte, und lief schneller. Aber ihre Verfolger ebenfalls.

Sie hörte ein eigentümliches Wimmern und merkte erst allmählich, daß sie ihre eigene gequälte Stimme hörte.

Die Phantomgestalten rings um sie herum wurden von ihrer Angst offensichtlich erregt und fingen an zu plärren. Ihre Stimmen schwollen an und ab, bewegten sich zwischen schrillem, gedehntem Winseln und kehligem Knurren. Am schlimmsten aber war, daß diese heulenden Laute von einzelnen, hastig und drängend gesprochenen Worten kontrapunktiert wurden: »*Schnappt das Flittchen, schnappt das Flittchen, schnappt das Flittchen …*«

Was, in Gottes Namen, *waren* sie? Sicher keine Menschen, dennoch konnten sie wie Menschen aufrecht stehen und sprechen; was also konnten sie anderes sein als Menschen?

Janice spürte, wie sich das Herz in ihrer Brust ausdehnte und heftig schlug.

»*Schnappt das Flittchen …*«

Die geheimnisvollen Gestalten, die sie flankierten, kamen

langsam näher, und sie versuchte, schneller zu laufen, um ihnen zu entkommen, aber sie ließen sich nicht abschütteln. Sie überbrückten die Entfernung allmählich. Sie konnte sie dicht neben sich erkennen, wagte aber nicht, sie direkt anzusehen, weil sie fürchtete, ihr Anblick könnte sie so sehr erschrecken, daß sie wieder gelähmt sein und starr vor Entsetzen niedergerissen werden könnte.

Sie wurde auch so niedergerissen. Etwas sprang sie von hinten an. Sie stürzte, eine gewaltige Last drückte sie nieder, und alle drei Kreaturen schwärmten über sie, berührten sie und zerrten an ihrer Kleidung.

Dieses Mal verdeckten Wolken den größten Teil des Mondes, Schatten fielen wie Fetzen eines Himmels aus schwarzem Tuch.

Janices Gesicht wurde fest in den feuchten Sand gedrückt, aber ihr Kopf war zur Seite gedreht, der Mund frei, daher konnte sie endlich schreien, auch wenn es kein sehr lauter Schrei wurde, weil sie völlig außer Atem war. Sie schlug um sich, trat aus, ruderte mit den Armen und versuchte verzweifelt, sie zu treffen, traf aber weitgehend Luft und Sand.

Jetzt konnte sie nichts mehr sehen, denn der Mond war vollkommen verdeckt.

Sie hörte Stoff reißen. Der Mann, der auf ihr saß, riß ihre Nike-Jacke herunter, zerfetzte den Stoff und zerkratzte ihr dabei die Haut. Sie spürte die heiße Berührung einer Hand, die rauh aber menschlich zu sein schien.

Er nahm sein Gesicht kurz von ihr, und sie schlängelte sich vorwärts und wollte entkommen, aber sie sprangen und stießen sie in den Sand. Dieses Mal war sie bei den Ausläufern der Wellen und hatte das Gesicht im Wasser.

Ihre Angreifer, die abwechselnd winselten, wie Hunde hechelten, zischten und knurrten, stießen hastige Worte hervor, während sie sie packten:

»*…schnappt sie, schnappt sie, schnappt sie …*«

»*…wollen, wollen es, wollen es …*«

»*…jetzt, jetzt, schnell, jetzt schnell, schnell, schnell …*«

Sie zerrten an ihrer Jogginghose und wollten sie ausziehen, aber sie war nicht sicher, ob sie sie vergewaltigen oder verschlingen wollten; vielleicht keins von beiden; was sie wollten, entzog sich ihrem Verständnis. Sie wußte nur, sie waren von einem überwältigend starken Bedürfnis überkommen worden, denn die kalte Nachtluft war ebenso stark von ihrem *Verlangen* wie von Nebel und Dunkelheit erfüllt.

Einer drückte ihr Gesicht tiefer in den feuchten Sand, und jetzt war das Wasser rings um sie herum; es war nur Zentimeter tief, reichte aber aus, sie zu ertränken, und sie ließen sie nicht Atem holen. Sie wußte, sie würde sterben, sie wurde hilflos festgehalten, sie würde sterben, und das nur, weil sie gerne nachts lief.

2

Am Montag, dem 13. Oktober, zweiundzwanzig Tage nach dem Tod von Janice Capshaw, fuhr Sam Booker mit einem Mietwagen vom International Airport in San Francisco nach Moonlight Cove. Während der Fahrt spielte er ein grimmiges, aber auf finstere Weise amüsantes Spiel mit sich selbst, indem er sich im Geiste eine Liste der Gründe machte, warum er weiterleben sollte. Obwohl er länger als eine Stunde unterwegs war, fielen ihm nur vier Gründe ein: Guiness Stout, wirklich gutes mexikanisches Essen, Goldie Hawn und die Angst vor dem Sterben.

Das dunkle, starke irische Bier erfreute ihn immer wieder und ließ ihn vorübergehend das Elend der Welt vergessen. Restaurants, die ständig erstklassiges mexikanisches Essen anboten, waren schon ungleich schwerer zu finden als Guiness; dieser Trost war daher weniger häufig. Sam hatte sich schon vor langer Zeit in Goldie Hawn verliebt – besser gesagt, das Leinwandimage, das sie verkörperte –, weil sie schön *und* niedlich war, bodenständig und intelligent, und zudem schien ihr das Leben so verdammt viel Spaß zu machen. Seine Chancen, Goldie Hawn kennenzulernen, standen etwa eine millionmal schlechter als die, in einer nordkalifornischen Küstenstadt wie Moonlight Cove ein erstklassiges mexikanisches Restaurant zu finden; daher war er froh, daß sie nicht der *einzige* Grund zum Weiterleben war.

Als er sich seinem Ziel näherte, drängten sich hohe Pinien und Zypressen am Highway 1, bildeten einen graugrünen Tunnel und warfen im spätnachmittäglichen Sonnenschein lange Schatten. Der Tag war wolkenlos und dennoch seltsam bedrohlich; der Himmel war hellblau und trotz seiner kristallenen Klarheit kahl, ganz anders als das tropische Blau, an das er in Los Angeles gewöhnt war. Die Temperatur lag zwar um die dreißig Grad, doch der grelle Sonnenschein, der einem von einer Eisfläche reflektierten Schimmer glich, schien die Farben der Landschaft einzufrieren und sie mit einem Hauch imitierten Frosts trübe zu machen.

Angst vor dem Sterben. Das war der beste Grund auf seiner Liste. Er war erst zweiundvierzig Jahre alt – einsachtundsiebzig groß, achtzig Kilo, momentan gesund –, dennoch war Sam Booker schon sechsmal am Ufer des Todes entlanggeschlittert, hatte in die Gewässer darunter gesehen und festgestellt, daß der Sprung hinein nicht einladend war.

An der rechten Seite des Highways tauchte ein Hinweisschild auf: OCEAN AVENUE, MOONLIGHT COVE, 2 MEILEN.

Sam fürchtete nicht die Schmerzen des Sterbens, denn die würden binnen eines Augenblicks vorbei sein. Er hatte auch keine Angst davor, sein Leben unvollendet zurückzulassen; er hatte seit mehreren Jahren keine Ziele oder Hoffnungen oder Träume mehr, er mußte nichts vollenden, nichts besaß Bedeutung oder Wichtigkeit. Aber er hatte Angst davor, was nach dem Leben kam.

Vor fünf Jahren hatte er mehr tot als lebendig auf einem Operationstisch beinahe ein Sterbeerlebnis gehabt. Während sich die Ärzte hektisch bemüht hatten, ihn zu retten, war er aus seinem Körper emporgestiegen und hatte von der Decke auf seinen Leichnam und das Ärzteteam, das ihn umringte, hinabgesehen. Dann war er plötzlich durch einen Tunnel gerast, auf grelles Licht zu, auf die andere Seite zu: das vollständige Sterbeklischee, wie man es auf den Titelseiten der

Regenbogenpresse im Supermarkt immer wieder finden konnte. Der geschickte Arzt hatte ihn im allerletzten Augenblick ins Land der Lebenden zurückgezogen, aber erst, nachdem er einen Blick auf das geworfen hatte, was sich am Ende des Tunnels befand. Was er gesehen hatte, erfüllte ihn mit Entsetzen. Das Leben war, wenn auch manchmal grausam, dem vorzuziehen, was seiner Meinung nach danach folgte.

Er kam zur Ausfahrt Ocean Avenue. Am unteren Ende der Rampe, wo sich die Ocean Avenue unter dem Pacific Coast Highway nach Westen erstreckte, kam ein weiteres Schild: MOONLIGHT COVE 1/2 MEILE.

Ein paar Häuser standen in purpurner Düsternis zwischen den Bäumen auf beiden Seiten der zweispurigen Asphaltstraße; die Fenster waren schon eine Stunde vor Einbruch der Dunkelheit gelb erleuchtet. Einige waren in dem bayerischen Stil erbaut, der nach Meinung einiger Bauherrn der vierziger und fünfziger Jahre mit der nordkalifornischen Küstenlandschaft harmonierte – Fachwerk und tiefgezogene Giebel. Andere waren Bungalows im Monterey-Stil mit weißen Verschalungsbrettern oder schindelverkleideten Mauern und üppigen architektonischen Verzierungen in einem Märchen-Rokoko-Stil. Da Moonlight Cove erst in den zurückliegenden zehn Jahren gewachsen war, waren viele Häuser anmutige, moderne Bauwerke mit zahlreichen Fenstern, die an von einer unvorstellbaren Flut an Land geschleuderte Schiffe erinnerten, die auf den Klippen über dem Meer gestrandet waren.

Als Sam der Ocean Avenue in das sechs Blocks lange Geschäftsviertel folgte, überkam ihn sofort ein seltsames Gefühl, daß *etwas nicht stimmte*. Geschäfte, Restaurants, Tavernen, ein Markt, zwei Kirchen, die Stadtbücherei, ein Kino und andere gewöhnliche Einrichtungen befanden sich entlang der Hauptstraße, die sich bis zum Meer hinab erstreckte, aber für Sam hatte die Gemeinde etwas undefinierbares, aber überwältigend Seltsames an sich, und er erschauerte.

Er konnte diese ablehnende Reaktion auf den Ort nicht exakt begründen, aber sie war höchstwahrscheinlich auf das ernste Spiel von Licht und Schatten zurückzuführen. Im freudlosen Sonnenschein des sterbenden Herbsttages sah die aus grauem Stein erbaute katholische Kirche wie eine fremde Stahlkonstruktion aus, die nicht für menschliche Zwecke geschaffen worden zu sein schien. Ein weißgetünchter, stuckverzierter Spirituosenladen sah aus, als bestünde er aus im Lauf der Zeit gebleichten Knochen. Viele Schaufenster waren vom grauen Star gespiegelten Lichts der Sonne befallen, die dem Horizont entgegensank, als wären sie bemalt worden, um die Aktivitäten derjenigen, die dahinter arbeiteten, zu verbergen. Die Schatten, welche von Häusern, Pinien und Zypressen geworfen wurden, waren pechschwarz, kantig und rasiermesserscharf.

Sam bremste vor der Ampel an der dritten Kreuzung, auf halbem Weg durch das Geschäftsviertel. Da hinter ihm kein Verkehr wartete, ließ er sich Zeit, die Leute auf den Gehwegen zu studieren. Es waren nicht viele zu sehen, acht oder zehn, doch auch sie machten ihn mißtrauisch, obwohl die Gründe, weshalb er ihnen gegenüber gemischte Gefühle hegte, nicht so greifbar waren wie jene, die seine Vorbehalte gegenüber dem Ort selbst hervorriefen. Sie schritten stramm und zielstrebig dahin, hatten die Köpfe erhoben und eine Aura des Zeitdrucks um sich, die nicht zu einer entspannten Strandsiedlung mit nur dreitausend Seelen zu passen schien.

Er seufzte und fuhr weiter die Ocean Avenue entlang, wobei er sich sagte, daß seine Fantasie mit ihm durchging. Moonlight Cove und seine Einwohner hätten wahrscheinlich nicht im mindesten seltsam gewirkt, wäre er nur auf der Durchreise gewesen und von der Küstenstraße abgebogen, um in einem hiesigen Restaurant zu essen. Aber er war schon mit dem Wissen hergekommen, daß hier etwas faul war, daher war es kein Wunder, daß er selbst in einer vollkommen unschuldigen Szene düstere Zeichen erblickte.

Jedenfalls sagte er das zu sich selbst. Aber er wußte es besser.

Er war nach Moonlight Cove gekommen, weil hier Menschen gestorben waren, weil die offiziellen Angaben zu den

Todesursachen verdächtig waren und er eine Ahnung hatte, daß die Wahrheit, war sie erst aufgedeckt, außergewöhnlich beunruhigend sein würde. Er hatte im Lauf der Jahre gelernt, auf diese Ahnungen zu achten; das hatte ihn am Leben gehalten.

Er parkte den gemieteten Ford vor einem Geschenkartikelladen.

Im Westen sank die blutarme Sonne am äußersten Rand des schiefergrauen Meeres durch einen Himmel, der langsam düster rot wurde. Tentakelgleiche Nebelschwaden stiegen langsam von dem bewegten Meer empor.

3

Chrissie Foster, die in der Speisekammer neben der Küche saß und den Rücken an ein Regal voll Konservendosen lehnte, sah auf die Uhr. Sie sah im schroffen Licht der Glühbirne, die nackt in einer Fassung an der Decke hing, daß sie jetzt fast neun Stunden in der winzigen, fensterlosen Kammer eingesperrt war. Sie hatte die Armbanduhr zu ihrem elften Geburtstag bekommen, also vor mehr als vier Monaten, und sie hatte ihr gefallen, weil es keine Kinderuhr mit auf dem Zifferblatt aufgemalten Comicfiguren war; es war eine zierliche, damenhafte, vergoldete Armbanduhr mit römischen Ziffern statt Zahlen, eine echte Timex, wie ihre Mutter eine trug. Als sie sie betrachtete, wurde Chrissie von Traurigkeit überkommen. Die Uhr repräsentierte eine Zeit des Glücks und der Familienzusammengehörigkeit, die für immer dahin war.

Davon abgesehen, daß sie sich traurig, einsam und nach der stundenlangen Gefangenschaft unruhig fühlte, hatte sie auch Angst. Sie hatte selbstverständlich nicht so sehr Angst wie heute morgen, als ihr Vater sie durch das Haus getragen und in die Vorratskammer geworfen hatte. Da hatte sie um sich getreten und gekreischt und war *entsetzt* über das gewesen, was sie gesehen hatte. Über das, was aus ihren Eltern geworden war. Doch dieses weißglühende Entsetzen hatte sich nicht halten können; es war allmählich zu einem unterschwelligen Fieber der Angst geworden, durch das sie sich gleichzeitig heiß und kalt fühlte, unwohl und mit Kopfschmerzen, als befände sie sich im Anfangsstadium einer Erkältung.

Sie fragte sich, was sie mit ihr anstellen würden, wenn sie sie schließlich aus der Vorratskammer holten. Nun, eigentlich fragte sie sich gar nicht, was sie mit ihr anstellen würden, weil sie ziemlich sicher war, daß sie die Antwort darauf bereits wußte: Sie würden sie zu einer von ihnen machen. Sie fragte sich eigentlich nur, wie die Verwandlung bewerkstelligt werden würde – und was genau sie werden würde. Sie wußte, ihre Mutter und ihr Vater waren keine gewöhnlichen Menschen mehr, sie waren etwas anderes, aber sie konnte mit Worten nicht beschreiben, was sie geworden waren.

Ihre Angst wurde noch von der Tatsache gesteigert, daß ihr auch die Worte fehlten, sich selbst zu erklären, was in ihrem eigenen Zuhause vor sich ging, denn sie hatte Worte schon immer gemocht und auf ihre Macht vertraut. Sie las einfach alles: Gedichte, Kurzgeschichten, Romane, die Tageszeitung, Zeitschriften und die Rückseiten von Frühstücksflockenkartons, wenn nichts anderes zur Verfügung stand. In der Schule war sie in der sechsten Klasse, aber Mrs. Tokawa, ihre Lehrerin, sagte, sie könne lesen wie eine Zehntkläßlerin. Wenn sie nicht las, schrieb sie manchmal selbst Kurzgeschichten. Sie hatte sich im Lauf des vergangenen Jahres entschieden, daß sie, wenn sie groß geworden war, selbst Romane schreiben wollte, wie die von Mr. Paul Zindel oder die tollen, etwas albernen von Mr. Daniel Pinkwater, oder, am allerbesten, die von Ms. Andre Norton.

Aber jetzt halfen Worte nichts mehr; ihr Leben würde völlig anders verlaufen, als sie es sich vorgestellt hatte. Der Verlust der behaglichen Bilderbuchzukunft, die sie vorausgesehen hatte, machte ihr ebenso Angst wie die Veränderungen, die mit ihren Eltern vonstatten gegangen waren. Chrissie war acht Monate vor ihrem zwölften Geburtstag nachdrücklich auf die Unsicherheiten des Lebens aufmerksam gemacht worden, ein grimmiges Wissen, auf das sie nur unzulänglich vorbereitet war.

Nicht, daß sie schon aufgegeben hätte. Sie wollte kämpfen. Sie wollte sich nicht ohne Widerstand von ihnen verwandeln lassen. Kurz nachdem sie in die Vorratskammer geworfen worden war, als die Tränen getrocknet waren, hatte sie sich umgesehen, was die Regale enthielten, um eine Waffe zu haben. Die Kammer enthielt größtenteils Nahrungsmittel in Dosen, Flaschen oder Kartons, aber auch Wäsche und Arzneimittel und Haushaltwaren. Sie hatte etwas Perfektes gefunden: eine kleine Sprühdose WD-40, ein Schmiermittel auf Ölbasis. Sie war kaum ein Drittel so groß wie eine gewöhnliche Sprühdose und ließ sich mühelos verstecken. Wenn sie sie überraschen, es ihnen in die Augen sprühen und sie vorübergehend blenden könnte, gelänge ihr vielleicht die Flucht.

Sie sagte, als würde sie eine Zeitungsschlagzeile lesen: »*Einfallsreiches junges Mädchen rettet sich selbst mit gewöhnlichem Haushaltsschmiermittel.*«

Sie hielt das WD-40 in beiden Händen, weil es ihr Zuversicht gab.

Hin und wieder tauchte eine beunruhigende Erinnerung auf; das Gesicht ihres Vaters, wie es ausgesehen hatte, als er sie in die Kammer warf – rot und aufgedunsen und wütend, dunkle Ringe unter den Augen, geblähte Nasenflügel, zu einem Fauchen über die Zähne zurückgezogene Lippen, sämtliche Gesichtszüge vor Wut verzerrt. »Ich komme wieder zu dir«, hatte er gesagt und beim Sprechen gesabbert. »Ich komme wieder.«

Er schlug die Tür zu und versperrte sie mit einem schräggestellten Stuhl, den er unter den Türknauf schob. Später, als es im Haus still geworden war und ihre Eltern weggegangen zu sein schienen, hatte Chrissie mit aller Kraft versucht, die Tür aufzumachen, aber der gekippte Stuhl erwies sich als unüberwindliches Hindernis.

Ich komme wieder zu dir. Ich komme wieder.

Sein verzerrtes Gesicht und die blutunterlaufenen Augen

hatten sie an Robert Louis Stevensons Beschreibung des mordlüsternen Mr. Hyde in der Geschichte von Dr. Jekyll denken lassen, die sie vor ein paar Monaten gelesen hatte. Ihr Vater hatte den Wahnsinn in sich; er war nicht mehr derselbe Mann, der er einmal gewesen war.

Aber die Erinnerung daran, was sie oben im Flur gesehen hatte, als sie den Schulbus verpaßt und heimgekommen war und ihre Eltern überrascht hatte, war noch beunruhigender. Nein. Sie waren gar nicht mehr ihre Eltern. Sie waren... etwas anderes.

Sie erschauerte.

Sie umklammerte die Dose WD-40.

Dann hörte sie plötzlich, zum ersten Mal seit Stunden, Geräusche in der Küche. Die Hintertür des Hauses ging auf. Schritte. Mindestens zwei, möglicherweise drei oder vier Menschen.

»Sie ist da drin«, sagte ihr Vater.

Chrissies Herz stolperte, dann fand es einen neuen, schnelleren Rhythmus.

»Es wird nicht schnell gehen«, sagte ein anderer Mann. Chrissie kannte die tiefe, leicht krächzende Stimme nicht. »Sehen Sie, bei einem Kind ist es komplizierter. Shaddack ist nicht sicher, ob wir schon für Kinder bereit sind. Es ist nicht ohne Risiko.«

»Sie muß verwandelt werden, Tucker.« Das war Chrissies Mutter, Sharon, deren Stimme sich nicht wie sonst anhörte. Es war schon ihre Stimme, aber ohne die übliche Sanftheit, ohne den natürlichen, musikalischen Tonfall, der sie zur perfekten Märchenvorleserin gemacht hatte.

»Selbstverständlich, ja, es muß geschehen«, sagte der Fremde, dessen Name offenbar Tucker war. »Das weiß ich. Shaddack weiß es auch. Er hat mich schließlich hergeschickt, oder nicht? Ich wollte nur sagen, daß es länger als gewöhnlich dauern kann. Wir brauchen einen Ort, wo sie sie binden und während der Verwandlung beobachten können.«

»Hier. Oder in ihrem Zimmer.«

Verwandlung?

Chrissie stand zitternd auf und ging zur Tür.

Der gekippte Stuhl wurde schiebend und polternd unter dem Knauf weggezogen.

Sie hielt die Sprühdose in der rechten Hand, die an der Seite herabhing und nach hinten gedreht war, und legte den Zeigefinger auf den Knopf.

Die Tür ging auf, und ihr Vater sah zu ihr herein.

Alex Foster – Chrissie versuchte, ihn als Alex Foster zu betrachten, nicht als ihren Vater, nur Alex Foster, aber sie konnte nicht leugnen, daß er in mancherlei Hinsicht immer noch ihr Vater war. Außerdem war ›Alex Foster‹ ebenso unzutreffend wie ›Vater‹, weil er etwas vollkommen anderes war.

Sein Gesicht war nicht mehr wutverzerrt. Er schien wieder ganz der Alte zu sein; dichtes blondes Haar; ein breites, freundliches Gesicht mit scharfgeschnittenen Zügen; Sommersprossen auf Wangen und Nase. Trotzdem konnte sie den gräßlichen Unterschied in seinen Augen sehen. Er schien von einem seltsamen Drängen erfüllt zu sein, einer nervösen Anspannung. Hungrig. Ja, das war es: Daddy schien hungrig zu sein… von Hunger verzehrt; verrückt vor Hunger, *hungrig*…aber nach etwas anderem als Essen. Sie verstand seinen Hunger nicht, aber sie spürte ihn, ein heftiges *Bedürfnis*, das seine Muskeln unablässig verkrampfte, ein Bedürfnis von so überwältigender Macht, so heiß, daß Wellen von ihm aufzusteigen schienen wie Dampf von kochendem Wasser.

Er sagte: »Komm heraus Chrissie.«

Chrissie ließ die Schultern sinken, blinzelte, als würde sie Tränen unterdrücken, übertrieb das Zittern, das durch sie lief und bemühte sich, klein, verängstigt und geschlagen auszusehen. Sie kam zögernd nach vorne.

»Komm schon, komm schon«, sagte er ungeduldig und winkte sie aus der Vorratskammer heraus.

Chrissie trat zur Tür heraus und sah ihre Mutter, die neben Alex und etwas hinter ihm stand. Sharon war hübsch – kastanienfarbenes Haar, grüne Augen –, aber sie hatte nichts Sanftes oder Mütterliches mehr an sich. Sie sah schroff und verändert aus und schien von derselben, kaum verhohlenen nervösen Energie erfüllt zu sein wie ihr Mann.

Am Küchentisch stand ein Fremder in Jeans und karierter Jägerjacke. Das war offenbar Tucker, mit dem ihre Mutter gesprochen hatte: groß, hager, nur vorstehende Knochen und Gelenke. Sein kurzgeschnittenes schwarzes Haar sträubte sich. Die dunklen Augen befanden sich unter einer flachen, knochigen Stirn; die scharfgeschnittene Nase war wie ein Keil aus Stein in sein Gesicht getrieben; der Mund war ein schmaler Schlitz, der Kiefer vorspringend wie der eines Raubtiers, das kleinen Tieren auflauert und sie mit einem einzigen Bissen in zwei Hälften teilt. Er hatte eine schwarze Arzttasche in einer Hand.

Ihr Vater streckte die Hand nach Chrissie aus, als sie aus der Vorratskammer kam, und sie riß die Dose WD-40 hoch und sprühte es ihm aus einer Entfernung von etwa fünfzig Zentimetern in die Augen. Während ihr Vater überrascht und unter Schmerzen aufheulte, wirbelte Chrissie herum und sprühte auch ihrer Mutter direkt ins Gesicht. Sie griffen halb blind nach ihr, aber sie entkam ihnen und rannte durch die Küche.

Tucker war verblüfft, konnte sie aber am Arm packen.

Sie drehte sich zu ihm herum und trat ihm zwischen die Beine.

Er ließ sie nicht los, aber seine großen Hände hatten keine Kraft mehr. Sie riß sich von ihm los und rannte in die Diele.

4

Von Osten senkte sich die Dämmerung über Moonlight Cove, als wäre sie kein Nebel aus Wasser, sondern aus rauchigem, purpurnem Licht. Es war kalt, als Sam Booker aus dem Auto ausstieg; er war froh, daß er einen Wollpullover unter dem Cordmantel trug. Als eine Fotozelle sämtliche Straßenlaternen auf einmal aufleuchten ließ, schlenderte er die Ocean Avenue entlang, betrachtete Schaufenster und versuchte, ein Gefühl für den Ort zu bekommen.

Er wußte, daß es Moonlight Cove gut ging, daß es praktisch keine Arbeitslosigkeit gab – dank der Firma New Wave Mikrotechnologie, die hier vor zehn Jahren ihren Stammsitz gebaut hatte – trotzdem sah er Anzeichen wirtschaftlicher Zusammenbrüche. Taylor's Geschenkstudio und der Juwelier Saenger hatten ihre Geschäfte aufgegeben; er konnte durch die staubigen Fensterscheiben leere Regale, leere Schaukästen und tiefe, reglose Schatten sehen. New Attitudes, eine Boutique mit aktueller Mode, machte Ausverkauf wegen Geschäftsaufgabe, und man konnte dem Zustrom der Kunden entnehmen, daß die Kleidungsstücke selbst bei Preisnachlässen von fünfzig bis siebzig Prozent nur schleppend gingen.

Als er zwei Blocks nach Westen gegangen war, zum am Strand gelegenen Stadtrand, die Straße überquert und auf der anderen Seite der Ocean Avenue drei Blocks bis zur Knight's Bridge Tavern zurückgegangen war, verschwand der letzte Rest Dämmerung zunehmend. Perlmuttartiger Nebel kroch vom Meer herein, die Luft selbst schien phosphoreszierend zu sein und schwach zu schimmern; über allem lag ein pflaumenfarbener Dunst, nur dort nicht, wo die Straßenlaternen ihr vom Nebel aufgeweichtes gelbliches Licht verströmten, und über alldem senkte sich eine undurchdringliche Finsternis herab.

Ein einziges fahrendes Auto war drei Blocks weiter zu sehen, und Sam war momentan der einzige Fußgänger. In Verbindung mit dem seltsamen Licht des sterbenden Tages vermittelte diese Einsamkeit ihm den Eindruck, als wäre er in einer Geisterstadt, die ausschließlich von Toten bewohnt wurde. Der immer dichter werdende Nebel, der vom Pazifik emporkroch, trug seinen Teil zu der Illusion bei, daß *alle* Geschäfte der Gegend leerstehend seien, daß sie nur noch Spinnweben feilzubieten hätten, Stille und Staub.

Du bist ein sauertöpfischer Patron, sagte er zu sich. Um gut die Hälfte zu düster.

Erfahrungen hatten ihn zum Pessimisten gemacht. Und der traumatische Verlauf seines bisherigen Lebens schloß grinsenden Optimismus aus.

Nebeltentakel schlangen sich um seine Beine. Die fahle

Sonne war halb im dunkelnden Meer versunken. Sam erschauerte und ging in die Kneipe, um etwas zu trinken.

Keiner der drei anwesenden Kunden war in besonders munterer Stimmung. In einer der mit schwarzen Vinyl ausgekleideten Nischen links saßen ein Mann mittleren Alters und eine Frau, die sich zueinandergebeugt hatten und sich gedämpft unterhielten. An der Theke stand ein Mann mit grauem Gesicht über ein Glas Bier gekauert, das er mit beiden Händen hielt und dabei ein Gesicht machte, als hätte er gerade einen Käfer darin schwimmen gesehen.

Knight's Bridge roch, wie um ihren Namen gerecht zu werden, nach imitierter britischer Atmosphäre. In die Rückenlehnen der Stühle waren handgeschnitzte Abzeichen von Waffengattungen, zweifellos aus einem alten Wappenbuch abkopiert, eingelassen und bemalt worden. In einer Ecke stand eine Ritterrüstung, Gemälde von Fuchsjagden hingen an den Wänden. Sam setzte sich acht Hocker von dem Mann mit dem grauen Gesicht entfernt an die Bar. Der Barkeeper eilte auf ihn zu und wischte dabei mit einem sauberen Baumwolltuch über die ohnehin makellose, polierte Eichentheke.

»Ja, Sir, was darf's sein?« Er war in jeder Hinsicht ein rundlicher Mann: kleiner runder Bauch; kräftige Unterarme mit dichtem schwarzem Haarwuchs; pummeliges Gesicht; der Mund so klein, daß er nicht mit den anderen Zügen harmonierte; eine Stupsnase, die in einem kleinen runden Ball endete; Augen, die so rund waren, daß er einen ständig überraschten Ausdruck zur Schau stellte.

»Haben Sie Guinness?« fragte Sam.

»Ich würde sagen, das ist *Grundausstattung* für jedes echte Pub. Wenn wir kein Guinness hätten, dann… nun, dann könnten wir ebensogut zur Teestube werden.« Er hatte eine singende Stimme; jedes Wort klang so glatt und rund, wie er aussah. Er schien übertrieben darauf bedacht zu sein zu gefallen. »Möchten Sie es kalt oder leicht gekühlt? Ich habe beides.«

»Sehr leicht gekühlt.«

»Gut, Mann!« Als er mit dem Guinness und einem Glas

zurückkam, sagte der Barkeeper: »Ich heiße Burt Peckham. Mir gehört der Laden.«

Während er das Bier ganz langsam am Glasrand hinabfließen ließ, damit es möglichst wenig Schaum gab, sagte Sam: »Sam Booker. Hübsches Lokal, Burt.«

»Danke. Könnten Sie vielleicht weitersagen. Ich bemühe mich, es gemütlich und gut ausgerüstet zu halten, und es war immer ziemlich voll, aber in letzter Zeit scheint es, als wäre die ganze Stadt entweder zu den Antialkoholikern übergelaufen oder selbst zu Schnapsbrennern geworden, eins von beiden.«

»Nun, es ist Montagabend.«

»In den letzten paar Monaten war es nicht einmal ungewöhnlich, wenn es Samstagabend halb leer war, was sonst nie vorgekommen ist.« Burt Peckham verzog sorgenvoll das runde Gesicht. Er polierte beim Sprechen langsam die Theke. »Der Grund dafür...ich glaube, daß der Gesundheitstrip, auf dem sich Kalifornien schon so lange befindet, endgültig ausgerastet ist. Alle bleiben zu Hause, machen Aerobic vor dem Videorekorder, essen Buchweizen und Eiweiß oder was, zum Teufel, auch immer, und trinken nur noch Mineralwasser und Obstsaft und Meisenmilch. Hören Sie, ein oder zwei Glas am Tag tun einem *gut.*«

Sam trank einen Schluck Guinness, seufzte zufrieden und sagte: »Das hier schmeckt eindeutig, als würde es einem gut tun.«

»Tut es. Ist gut für den Blutdruck. Hält die Därme in Form. Die Pfarrer sollten jeden Sonntag seinen Wert predigen, und nicht dagegen wettern. *Alles* in Maßen – dazu gehören auch ein paar Bier täglich.« Er merkte möglicherweise, daß er die Bar ein wenig zu geflissentlich polierte, denn er hängte den Lappen an einen Haken und verschränkte die Arme vor der Brust. »Sind Sie auf der Durchreise, Sam?«

»Eigentlich«, log Sam, »mache ich eine ausgedehnte Reise an der Küste entlang, von L.A. bis zur Oregon Line, hänge herum und suche mir ein ruhiges Plätzchen für den Ruhestand.«

»Ruhestand? Ist das ein Witz?«

»*Vor*-Ruhestand.«

»Aber Sie sind doch erst – wie alt, vierzig, einundvierzig?«

»Zweiundvierzig.«

»Was sind Sie – Bankräuber?«

»Börsenmakler. Ich habe im Laufe der Jahre ein paar gute Investitionen gemacht. Ich glaube, ich kann es mir leisten, aus dem Leistungsdruck auszusteigen und mich nur noch um meine eigenen Angelegenheiten zu kümmern. Ich möchte mich irgendwo niederlassen, wo es ruhig ist, ohne Smog, ohne Verbrechen. Ich habe die Schnauze voll von L. A.«

»Man kann an der Börse tatsächlich Geld verdienen?« fragte Peckham. »Ich dachte, das wäre auch nicht besser als ein Spieltisch in Reno. Sind denn nicht alle vor die Hunde gegangen, als vor ein paar Jahren der große Börsenkrach war?«

»Für den kleinen Mann ist es ein Glücksspiel, aber als Makler kommt man zurecht, wenn man sich nicht von der allgemeinen Hysterie des Marktes anstecken läßt. Kein Markt geht ewig hoch oder runter; man muß einfach den richtigen Zeitpunkt erkennen, ab wann man gegen den Strom schwimmen muß.«

»Mit zweiundvierzig im Ruhestand«, sagte Peckham verwundert. »Und als ich ins Bar-Geschäft eingestiegen bin, habe ich gedacht, es wäre was fürs Leben. Ich sagte zu meiner Frau, in guten Zeiten trinken die Leute, um zu feiern, und in schlechten Zeiten trinken sie, um zu vergessen, daher gibt es keine bessere Branche. Und jetzt das.« Er gestikulierte ausholend mit der rechten Hand in den leeren Schankraum. »Selbst wenn ich Kondome im Kloster verkaufen würde, würde ich ein besseres Geschäft machen.«

»Bekomme ich noch ein Guinness?«

»He, vielleicht hat sich mein Glück wieder gewendet!«

Als Peckham mit der zweiten Flasche Bier zurückkam, sagte Sam: »Moonlight Cove könnte das sein, wonach ich suche. Ich denke, ich bleibe ein paar Tage und sehe mich um. Können Sie mir ein Motel empfehlen?«

»Es gibt nur noch eins: Dies ist nie eine Touristenstadt gewesen. Schätze, das wollte niemand hier. Bis diesen Sommer hatten wir vier Motels. Inzwischen sind drei pleite. Ich weiß nicht... so schön sie auch ist, vielleicht stirbt diese Stadt. Soweit ich sehen kann, nimmt die Bevölkerungszahl nicht ab, aber... verdammt, wir verlieren *etwas*.« Er nahm wieder den Lappen und fing an, die Eichentheke zu polieren. »Wie dem auch sei, versuchen Sie es im Cove Lodge an der Cypress Lane. Das ist die letzte Querstraße der Ocean Avenue; es liegt an der Klippe, wenn Sie Glück haben, bekommen Sie ein Zimmer mit Blick aufs Meer. Nettes, sauberes Haus.«

5

In der Diele riß Chrissie Foster die Eingangstür auf. Sie lief über die breite Veranda, die Stufen hinunter, stolperte, gewann das Gleichgewicht wieder, wandte sich nach rechts, floh an einem blauen Honda vorbei, der offenbar Tucker gehörte, über den Hof in Richtung der Ställe. Das harte Platschen ihrer Tennisschuhe schien wie Kanonenfeuer durch das dunkler werdende Dämmerlicht zu hallen. Sie wünschte sich, sie könnte lautlos laufen – und schneller. Auch wenn ihre Eltern und Tucker auf die Veranda kämen, wenn sie von den Schatten verschluckt worden wäre, würden sie hören können, wohin sie liefe.

Fast der ganze Himmel war schwarz, wie ausgebrannt, nur am westlichen Horizont war noch ein dunkles Leuchten zu sehen, als wäre das gesamte Licht des Oktobertags bis auf seine scharlachrote Essenz eingedickt worden, die sich am Boden des himmlischen Kessels niedergeschlagen hatte. Vom nahegelegenen Meer wehten Nebelschleier herein, und Chrissie hoffte, daß er rasch dichter werden würde, so dick wie Suppe, weil sie mehr Deckung brauchte.

Sie erreichte das erste der beiden Stallgebäude und rollte das schwere Tor beiseite. Der vertraute und nicht unangenehme Geruch – Stroh, Heu, Futtergetreide, Pferdefell, Einiment, Sattelleder und trockener Dung – schlug ihr entgegen.

Sie drückte auf den Lichtschalter, und drei schwache Glühbirnen leuchteten auf, die das Gebäude erhellten, ohne die Tiere darin zu stören. Auf jeder Seite des Flures aus gestampfter Erde befanden sich zehn geräumige Boxen, neugierige Pferde sahen sie über einige der halbhohen Türen hinweg an. Einige gehörten Chrissies Eltern, aber die meisten waren von Leuten untergestellt, die in und um Moonlight Cove lebten. Die Pferde schnupperten und schnaubten, eines wieherte leise, als Chrissie an ihnen vorbei zur letzten Box links lief, wo ein Apfelschimmel namens Godiva stand.

Man konnte auch von außen in die Boxen, aber in dieser kühlen Jahreszeit blieben die Doppeltüren oben wie unten verriegelt, damit keine Wärme aus dem Stall entweichen konnte. Godiva war ein ruhiges Pferd und Chrissie gegenüber besonders feinfühlig, aber es machte sie nervös, wenn man sich ihr im Dunkeln näherte; wenn sie um diese Tageszeit durch das Öffnen der Außentür überrascht wurde, scheute sie vielleicht oder ging hoch. Und weil Chrissie es sich nicht leisten konnte, auch nur ein paar Sekunden damit zu vergeuden, ihr Reittier zu beruhigen, mußte sie durch das Stallinnere zu dem Pferd gehen.

Godiva wartete auf sie. Das Pferd schüttelte den Kopf, warf die dichte weiße Mähne, derentwegen sie den Namen bekommen hatte, hin und her, und blies zur Begrüßung Luft durch die Nüstern.

Chrissie, die zur Stalltür sah und jeden Moment damit rechnete, daß Tucker und ihre Eltern hereinstürmen würden, entriegelte die Tür der Box. Godiva kam auf den Gang zwischen den Boxen heraus.

»Sei eine Dame, Godiva. Oh, bitte, sei lieb.«

Sie hatte keine Zeit, das Pferd zu satteln oder ihm Zaumzeug anzulegen. Sie legte eine Hand auf Godivas Flanke und führte das Pferd am Geräteschuppen und dem Futtermittellager vorbei, die das letzte Viertel des Stalls beanspruchten, wobei sie eine Maus aufschreckte, die in eine dunkle Ecke flüchtete. Sie rollte das Tor am anderen Ende auf, kühle Luft strömte herein.

Chrissie war zu klein, um ohne Steigbügel auf das Pferd steigen zu können.

In der Ecke, beim Gerätelager, stand das Haltepodest eines Hufschmieds. Chrissie nahm die Hand nicht von der Flanke Godivas, damit sie sie ruhig halten konnte, und zog das Podest mit einem Fuß an die Seite des Pferdes.

Hinter ihr, am anderen Ende des Stalls, schrie Tucker: »Da ist sie! Im Stall!« Er lief auf sie zu.

Das Podest war nicht besonders hoch und kein hinreichender Ersatz für den Steigbügel.

Sie konnte Tuckers hallende Schritte hören, näher, näher, aber sie sah ihn nicht an.

Er rief: »Ich habe sie!«

Chrissie packte Godivas herrliche Mähne, warf sich gegen das große Pferd und zog sich hoch, schwang das Bein in die Höhe, strampelte verzweifelt an der Flanke und zerrte heftig an der Mähne. Sie mußte Godiva weh getan haben, aber das alte Mädchen blieb ruhig. Sie bäumte sich nicht auf oder wieherte vor Schmerzen, als würde ihr ein innerer Instinkt sagen, daß das Leben des kleinen Mädchens von ihrer Ruhe abhing. Dann war Chrissie auf Godivas Rücken, koppte gefährlich, blieb aber oben, klammerte sich mit den Knien fest, hielt sich mit einer Hand in der Mähne und schlug dem Pferd auf die Seite.

»Los!«

Tucker war bei ihr, als sie dieses Wort rief, packte ihr Bein, riß an den Jeans. In seinen tiefliegenden Augen loderte Wut; die Nasenlöcher bebten, er hatte die dünnen Lippen zurückgezogen. Sie trat ihm unters Kinn, und er ließ sie los.

Im selben Augenblick sprang Godiva durch das offene Tor in die Nacht.

»Sie hat ein Pferd!« brüllte Tucker. »Sie reitet auf einem Pferd!«

Der Apfelschimmel lief schnurstracks auf den grasbewachsenen Hang zu, der zum ein paar hundert Meter entfernten Meer führte, wo das letzte trübe, rote Licht des Sonnenuntergangs schwache Fleckenmuster auf das schwarze Wasser malte. Aber Chrissie wollte nicht zum Meer hinunter, weil sie wußte, wie hoch die Flut war. An manchen Stellen an der Küste war der Strand nicht einmal bei Ebbe breit; wenn jetzt Flut herrschte, bedeutete das, das Wasser würde an manchen Stellen bis zu den Felsklippen reichen und ein Durchkommen unmöglich machen. Da sie von ihren Eltern und Tucker verfolgt wurde, konnte sie es nicht riskieren, in eine Sackgasse zu geraten.

Es gelang Chrissie auch ohne Sattel und bei gestrecktem Galopp, sich auf dem Pferd in eine bessere Position zu ziehen; kaum hing sie nicht mehr wie ein Stuntreiter auf einer Seite herunter, packte sie das dichte, rauhe Haar der Mähne mit beiden Händen und versuchte, damit die Zügel zu ersetzen. Sie drängte Godiva, nach links zu laufen und zu dem eine halbe Meile langen Weg der Zufahrt zur Landstraße, wo sie wahrscheinlicher Hilfe finden würde.

Anstatt angesichts dieser groben Methode der Führung zu rebellieren, gehorchte die geduldige Godiva unverzüglich und wandte sich so problemlos nach links, als hätte sie Zaumzeug im Mund und würde das Ziehen der Zügel spüren. Das Donnern der Hufe hallte von den Stallwänden wieder, als sie an dem Gebäude vorbeiritten.

»Du bist ein tolles altes Mädchen!« rief Chrissie dem Pferd zu. »Ich liebe dich, Mädchen!«

Sie ritten in sicherer Entfernung am Ostende des Stalls vorbei, wo sie zu dem Pferd gegangen war, und sie erblickte Tucker, der zum Tor herauskam. Er war eindeutig überrascht, daß sie in diese Richtung ritt, und nicht zum Meer hinunter. Er rannte auf sie zu, und er war überraschend schnell, aber keine Gefahr für Godiva.

Sie kamen zum Weg der Einfahrt, und Chrissie ließ Godiva auf dem weichen Seitenstreifen laufen, der parallel zum geteerten Weg verlief. Sie beugte sich nach vorne und drückte sich so fest sie konnte gegen das Pferd, weil sie entsetzliche Angst hatte, sie könnte herunterfallen; sie spürte jedes Auftreten der Hufe als Rütteln durch den ganzen Körper. Sie hatte den Kopf auf die Seite gedreht, daher konnte sie links das Haus erkennen, dessen Fenster erleuchtet, aber keineswegs anheimelnd waren. Das war nicht mehr ihr Zuhause; es war die Hölle zwischen vier Wänden, daher erschien ihr das Licht in den Fenstern wie die dämonischen Feuer in den Höhlen des Hades.

Plötzlich sah sie etwas über den Rasen zum Weg eilen, in ihre Richtung. Es war geduckt und schnell, etwa so groß wie ein Mensch, lief aber auf allen vieren – jedenfalls beinahe – und verkürzte die Entfernung von zwanzig Metern zusehends. Dahinter sah sie eine weitere, gleichermaßen bizarre, aber etwas kleinere Gestalt. Obwohl sich beide Gestalten vor dem Licht vom Haus abzeichneten, konnte Chrissie wenig mehr als die Umrisse erkennen, aber sie wußte, was sie waren. Nein, das mußte sie verbessern; sie wußte, *wer* sie wahrscheinlich waren, aber sie wußte immer noch nicht, *was* sie waren, obwohl sie sie heute morgen oben im Flur gesehen hatte; sie wußte, was sie gewesen waren – Menschen wie sie selbst –, aber nicht, was aus ihnen geworden war.

»Lauf, Godiva, lauf!«

Obwohl Chrissie keine Reitpeitsche knallen lassen konnte, um das Tier anzuspornen, lief das Pferd schneller, als wäre es telepathisch mit ihr verbunden.

Dann hatten sie das Haus hinter sich gelassen und flohen parallel zum Weg über die Wiese, der weniger als eine halbe Meile östlich liegenden Landstraße entgegen. Das leichtfüßige Pferd ließ die gewaltigen Laufmuskeln spielen, der ausgereifte Schritt war so einlullend rhythmisch und erhebend, daß Chrissie die Holperigkeit des Ritts bald gar nicht mehr bemerkte; es war, als würden sie beinahe fliegend über den Boden gleiten.

Sie sah über die Schulter, konnte aber die zwei gebückten Gestalten nicht erkennen, obwohl sie ihr zweifellos immer noch durch die vielschichtigen Schatten folgten. Die Sicht war schlecht, da das trübe, rote Leuchten am westlichen Horizont zu Purpur wurde, die Lichter des Hauses rasch zurückblieben und die Mondsichel erst einen silbernen Punkt über der Hügelkette im Osten bildete.

Sie konnte die Verfolger, die zu Fuß unterwegs waren, zwar nicht sehen, dafür aber die Scheinwerfer von Tuckers blauem Honda um so deutlicher. Tucker wendete den Honda vor dem Haus, das mittlerweile ein paar hundert Meter hinter ihr lag, und fuhr den Weg entlang, um an der Jagd teilzunehmen.

Chrissie war ziemlich fest davon überzeugt, daß Godiva schneller als jeder Mensch oder jedes Tier laufen konnte, abgesehen von einem besseren Pferd, aber sie wußte, daß das Pferd es nicht mit dem Auto aufnehmen konnte. Tucker würde sie innerhalb von Sekunden eingeholt haben. Sie sah das Gesicht des Mannes in der Erinnerung deutlich vor sich: die knochige Stirn, die spitze Nase, die tiefliegenden Augen, die harten schwarzen Murmeln glichen. Er hatte auch diese Aura unnatürlicher Vitalität um sich gehabt, die Chrissie manchmal bei ihren Eltern bemerkt hatte – überschüssige, nervöse Energie, verbunden mit diesem seltsam hungrigen Ausdruck. Sie wußte, er würde alles tun, um sie aufzuhalten, er würde vielleicht sogar versuchen, Godiva mit dem Honda anzufahren.

Aber er konnte Godiva mit dem Auto selbstverständlich nicht über Land folgen. Chrissie setzte zögernd das Knie und die rechte Hand in der Mähne dazu ein, das Pferd vom Weg und der Landstraße abzuwenden, wo sie am wahrscheinlichsten Hilfe gefunden hätten. Godiva reagierte ohne zu zögern, und dann ritten sie auf den Wald zu, der fünfhundert Meter südlich am anderen Ende der Wiese lag.

Chrissie konnte den Wald lediglich als schwarze, struppige Masse ausmachen, die sich vor dem nur unwesentlich helleren Himmel abhob. Die Einzelheiten des Geländes, über das sie ritt, waren ihr besser in Erinnerung als sie sie sehen konnte. Sie betete, daß das nächtliche Sehvermögen des Tieres besser als ihres sein möge.

»Du bist mein altes Mädchen, lauf, lauf, gutes altes Mädchen, lauf!« rief sie dem Pferd ermutigend zu.

Sie erzeugten ihren eigenen Wind in der frischen, stillen Luft. Chrissie bemerkte Godivas heißen Atem, der als kondensierter Dampf an ihr vorbeiwehte, und ihren eigenen, der aus ihrem Mund drang. Ihr Herz schlug im Einklang mit dem Pochen der Hufe, und ihr war fast, als wären sie und

Godiva nicht Reiter und Pferd, sondern ein Wesen mit ein und demselben Blut und Herz und Atem.

Sie floh zwar um ihr Leben, war aber dennoch ebenso aufgeregt wie ängstlich, und diese Erkenntnis verblüffte sie. Sich dem Tod gegenüberzusehen – oder in diesem Fall möglicherweise etwas Schlimmerem als dem Tod –, war besonders aufregend und auf eine dunkle Weise und in einem Ausmaß faszinierend, das sie sich nie hätte vorstellen können. Sie fürchtete sich vor diesem unerwarteten Kitzel fast ebensosehr wie vor den Leuten, die sie verfolgten.

Sie klammerte sich fest an den Apfelschimmel, prallte manchmal vom Rücken des Pferdes ab und hüpfte gefährlich in die Höhe, hielt sich aber dennoch fest, indem sie die Muskeln im Einklang mit denen des Pferds spannte und entspannte. Chrissie war nach jedem ausgreifenden Schritt überzeugter, daß sie es schaffen würden. Das Pferd hatte Charakter und Ausdauer. Als sie zwei Drittel der Wiese überquert hatten und der Wald vor ihnen aufragte, beschloß Chrissie, daß sie sich wieder nach Osten wenden würde, wenn sie die Bäume erreicht hätten, nicht direkt zur Landstraße, sondern ungefähr in die Richtung, und dann–

Da stürzte Godiva.

Ein Fuß geriet in eine Vertiefung – den Bau eines Erdhörnchens, den Eingang zu einer Kaninchenhöhle, möglicherweise ein natürlicher Abwassergraben –, sie stolperte und verlor das Gleichgewicht. Sie versuchte vergebens, das Gleichgewicht wiederzuerlangen, wieherte entsetzt und stürzte.

Chrissie hatte Angst, daß das Pferd auf sie fallen und sie zerquetschen oder ihr ein Bein brechen würde. Aber sie hatte keine Steigbügel, in denen sich die Füße verfangen konnten, und keinen Sattelknauf, an dem Kleidungsstücke hängenbleiben konnten, und da sie die Mähne des Pferdes instinktiv losließ, wurde sie sofort über den Kopf des Pferdes hinweg hoch in die Luft geschleudert. Der Boden war zwar weich und durch das hohe Gras zusätzlich gepolstert, dennoch prallte sie so stark auf, daß ihr die Luft aus den Lungen getrieben wurde und die Zähne so heftig aufeinanderschlugen, daß sie sich selbst die Zunge abgebissen hätte, wäre sie zwischen ihnen gewesen. Aber sie war drei Meter von dem Pferd entfernt und wenigstens in dieser Hinsicht in Sicherheit.

Godiva erhob sich als erste schon einen Augenblick nach dem Sturz. Sie tänzelte mit ängstlich aufgerissenen Augen an Chrissie vorbei und hielt dabei das rechte Vorderbein hoch, das offenbar nur verstaucht war; wäre es gebrochen gewesen, hätte das Pferd nicht mehr aufstehen können.

Chrissie rief das Pferd, weil sie Angst hatte, es würde weglaufen. Aber sie atmete keuchend, und so kam ihr der Name nur flüsternd über die Lippen: »*Godiva!*«

Das Pferd lief weiter nach Westen, zum Meer und den Ställen. Als Chrissie sich auf Hände und Knie aufgerichtet hatte, war ihr klargeworden, daß ihr ein lahmendes Pferd nicht von Nutzen war, daher unternahm sie keinen Versuch mehr, das Tier zurückzurufen. Sie rang keuchend nach Atem, und ihr war ein wenig schwindlig, aber sie wußte, sie mußte weiter, weil sie zweifellos immer noch verfolgt wurde. Sie konnte die Scheinwerfer des Hondas sehen, der mehr als dreihundert Meter entfernt am Wegesrand geparkt war. Der letzte Rest Sonnenschein war verschwunden, die Wiese schwarz. Sie konnte nicht erkennen, ob geduckte, huschende Gestalten da draußen waren, doch sie wußte, sie mußten näherkommen, und sie würde ihnen binnen einer oder zwei Minuten in die Hände fallen.

Sie rappelte sich auf, wandte sich nach Süden zum Wald, stolperte zehn oder fünfzehn Meter, bis sich ihre Beine vom Schock des Sturzes erholt hatten, dann fing sie schließlich wieder an zu laufen.

6

Sam Booker hatte im Verlauf vieler Jahre herausgefunden, daß die gesamte Länge der Küste Kaliforniens von bezaubernden Gaststätten mit Mauerwerk feinster Qualität, wettergezeichnetem Holz, gewölbten Dächern, facettiertem Glas und üppig angelegten Gärten mit Natursteinwegen geschmückt wurde. Trotz der anheimelnden Bilder, die sein Name heraufbeschwörte, und der einzigartigen malerischen Umgebung, in der es sich befand, gehörte das Cove Lodge nicht zu diesen Juwelen Kaliforniens. Es war nur ein stuckverzierter, zweistöckiger rechteckiger Klotz mit vierzig Zimmern, einer öden Cafeteria an einem Ende und ohne Swimmingpool. Die Annehmlichkeiten beschränkten sich auf je einen Eis- und Getränkeautomaten pro Stockwerk. Das Schild über dem Büro des Motels war weder auffallend noch im modernen Neonstil gehalten, nur klein und schlicht – und billig.

Der Nachtportier gab ihm ein Zimmer im zweiten Stock mit Blick aufs Meer, obwohl Sam keinen Wert auf die Aussicht legte. Wenn man den wenigen Autos auf dem Parkplatz trauen konnte, waren Zimmer mit dieser Aussicht aber offenbar nicht knapp. Jeder Stock des Hotels beherbergte zwanzig Zimmer in zwei Zehnerfluchten, zu denen man über einen Flur im Inneren gelangen konnte, dessen grellorangefarbener Teppichboden den Augen weh tat. Die Zimmer zum Osten überblickten die Cypress Lane; die im Westen den Pazifik. Sein Quartier befand sich in der nordwestlichen Ecke: ein übergroßes Bett mit durchgelegener Matratze und verschlissener, blaugrüner Steppdecke, ein Nachttisch mit Brandspuren von Zigaretten, ein auf einem Tischchen festgeschraubter Fernseher, ein Tisch, zwei Lehnstühle, eine Kommode mit Zigarettenspuren, Telefon, Bad und ein großes Fenster zum nachtverhüllten Meer.

Wenn niedergeschlagene Handlungsreisende, die das Glück verlassen hatte und die sich am Rande des wirtschaftlichen Ruins befanden, Selbstmord begingen, dann taten sie es in Zimmern wie diesem.

Er packte seine beiden Koffer aus und verstaute die Kleidungsstücke im Schrank und in den Schubladen der Kommode. Dann setzte er sich auf den Bettrand und sah das Telefon auf dem Nachttisch an.

Er sollte seinen Sohn Scott anrufen, der zu Hause in Los Angeles war, aber das konnte er von diesem Telefon aus nicht machen. Wenn sich später die hiesige Polizei für ihn zu interessieren anfinge, würde sie das Cove Lodge besuchen, seine Ferngespräche feststellen, die Nummern herausfinden, die er angerufen hatte, und versuchen, seine wahre Identität über die der anderen zu ermitteln, mit denen er gesprochen hatte. Damit sein Inkognito gewahrt bliebe, durfte er von diesem Telefon ausschließlich seine Kontaktnummer im Revier das Bureau in L. A. anrufen, eine sichere Leitung, unter der man sich lediglich mit »Birchfield Versicherungen, kann ich Ihnen helfen?« melden würde. Als weitere Sicherheit war Birchfield, die nichtexistierende Firma, bei der Sam angeblich Makler war, *tatsächlich* in den Unterlagen der Telefongesellschaft eingetragen; man konnte sie nicht ohne weiteres zum FBI zurückverfolgen. Er hatte noch nichts zu melden, daher nahm er den Hörer nicht ab. Er konnte Scott von einem öffentlichen Fernsprecher anrufen, wenn er zum Essen ginge.

Er wollte nicht mit dem Jungen reden. Es würde ein reiner Pflichtanruf werden. Sam graute davor. Die Unterhaltungen mit seinem Sohn waren vor mindestens drei Jahren unerfreulich geworden, als der Junge dreizehn und schon ein Jahr ohne Mutter gewesen war. Sam fragte sich, ob es mit dem Jungen so schnell oder überhaupt so weit gekommen wäre, wenn Karen noch leben würde. Dieser Gedankengang führte natürlich unweigerlich zu seiner eigenen Rolle am Niedergang von Scott: Wäre der Junge trotz der elterlichen Zuwendung, die er erhielt, schlecht geworden; war sein Niedergang unweigerlich, weil die Schwäche in ihm war oder in seinen Sternen stand? Oder war Scotts Versagen die direkte Folge des Unvermögens seines Vaters, ihn auf einen besseren, lichteren Weg zu führen?

Wenn er weiter darüber nachdachte, würde er direkt hier in Moonlight Cove zu einem Willy Lomann werden, obwohl er kein Handlungsreisender war.

Guinness Stout.

Gutes mexikanisches Essen.

Goldie Hawn.

Angst vor dem Sterben.

Seine Liste der Gründe zum Weiterleben war verdammt kurz und zu jämmerlich, ernsthaft darüber nachzudenken, aber vielleicht gerade lang genug.

Er ging auf die Toilette und wusch sich anschließend Hände und Gesicht mit kaltem Wasser. Er fühlte sich immer noch müde und nicht im geringsten erfrischt.

Er zog die Cordjacke aus und streifte ein dünnes, festes Schulterhalfter aus Leder über, das er aus dem Koffer nahm. Er hatte auch eine Chief's Special, Kaliber 38, von Smith & Wesson eingepackt, die er jetzt lud. Er steckte sie ins Halfter, dann schlüpfte er wieder ins Jackett. Seine Kleidung war so geschneidert, daß sie die Waffe verbarg; sie erzeugte keine Wölbung und das Halfter saß auch so weit hinten, daß man es nicht einmal dann erkennen konnte, wenn er das Jackett aufgeknöpft hatte.

Sams Körper und Gesicht waren für geheime Ermittlungen ebenso maßgeschneidert wie seine Kleidung. Er war einsachtundsiebzig, weder groß noch klein. Er wog achtzig Kilo, hauptsächlich Knochen und Muskeln, wenig Fett, trotzdem war er kein stiernackiger Gewichthebertyp in Bestform, so daß er dadurch Aufmerksamkeit erregen könnte. Sein Gesicht wies nichts Besonderes auf: Es war weder häßlich noch schön, weder zu breit noch zu schmal, weder mit ungewöhnlich scharfgeschnittenen noch mit besonders flachen Zügen, ohne Makel oder Narben. Das sandfarbene Haar hatte er in zeitloser mittlerer Länge geschnitten und in einem Stil, der im Zeitalter des Bürstenschnitts ebensowenig aufgefallen wäre wie in dem schulterlanger Locken.

Von sämtlichen Aspekten seiner Erscheinung waren einzig und allein die Augen bemerkenswert. Sie waren graublau mit dunkelblauen Linien. Frauen hatten ihm oft gesagt, er hätte die schönsten Augen, die sie je gesehen hätten. Früher war ihm einmal etwas daran gelegen gewesen, was Frauen zu ihm gesagt hatten.

Er zuckte die Achseln und vergewisserte sich, ob das Halfter richtig saß.

Er rechnete nicht damit, daß er die Waffe heute abend brauchen würde. Er hatte noch nicht angefangen herumzuschnüffeln und Aufmerksamkeit auf sich zu lenken; und da er bisher noch niemandem auf die Füße getreten war, würde auch niemand zurückschlagen.

Dennoch wollte er den Revolver von jetzt an tragen. Er konnte ihn nicht im Motelzimmer oder im Mietwagen lassen; wenn jemand eine Durchsuchung vornähme und die Waffe fände, würde seine Tarnung auffliegen. Kein Börsenmakler in mittleren Jahren, der nach einem Küstenstädtchen suchte, wo er sich vom Streß zurückziehen konnte, würde einen schallgedämpften 38er dieser Marke und dieses Modells bei sich haben. Es war die Waffe eines Bullen.

Er steckte den Zimmerschlüssel ein und ging zum Essen.

7

Nachdem sie sich eingetragen hatte, stand Tessa Lockland lange Zeit am Fenster ihres Zimmers im Cove Lodge, ohne das Licht einzuschalten. Sie sah auf den weiten, dunklen Pazifik hinaus und den Strand entlang, an dem ihre Schwester Janice angeblich eine gräßliche Mission der Selbstvernichtung begonnen hatte.

Die offizielle Geschichte war, daß Janice eines Nachts in einem Zustand akuter Depression alleine zum Strand gegangen war. Sie hatte eine Überdosis Valium genommen und die Tabletten mit mehreren Schlucken aus einer Dose Diet Coke hinuntergespült. Dann hatte sie die Kleidung ausgezogen und war in Richtung Japan losgeschwommen. Sie hatte aufgrund des Schlafmittels bald das Bewußtsein verloren und war in die kalte Umarmung des Meeres hinabgesunken und ertrunken.

»Scheiße«, sagte Tessa leise, als spräche sie zu ihrem eigenen, vagen Spiegelbild in dem kühlen Glas.

Janice Lockland Capshaw war eine Person voller Hoffnung und unversiegbarem Optimismus gewesen – eine Eigenschaft, die bei Angehörigen des Lockland-Clans so verbreitet war, daß sie genetisch bedingt sein mußte. Janice hatte in ihrem ganzen Leben nicht ein einziges Mal in der Ecke gesessen und hatte sich selbst bemitleidet; hätte sie es versucht, dann hätte sie innerhalb von Sekunden über die Dummheit von Selbstmitleid gelacht und wäre aufgestanden, um ins Kino oder zu einem psychotherapeutischen Dauerlauf zu gehen. Nicht einmal nach Richards Tod hatte Janice ihren Kummer zu Depressionen wuchern lassen, obwohl sie ihn sehr geliebt hatte.

Was also konnte den unvermittelten emotionalen Absturz verursacht haben? Wenn sie an die Geschichte dachte, die die Polizei ihr weismachen wollte, wurde Tessa zu Sarkasmus getrieben. Vielleicht war Janice in ein Restaurant gegangen und hatte ein schlechtes Essen vorgesetzt bekommen, und dieses Erlebnis hatte sie so sehr niedergeschmettert, daß Selbstmord der einzig mögliche Ausweg war. Klar. Oder vielleicht war ihr Fernseher kaputtgegangen und sie hatte deshalb ihre Lieblingssendung verpaßt, was sie in unerträgliche Verzweiflung gestürzt hatte. Gewiß. Diese Szenarien waren schätzungsweise so plausibel wie der Unsinn, den ihr der Gerichtsmediziner und die Polizei von Moonlight Cove in ihren Berichten präsentiert hatten.

Selbstmord.

»Scheiße«, wiederholte Tessa.

Sie konnte vom Fenster ihres Motelzimmers nur einen kleinen Strandabschnitt sehen, wo gischtende Wellen brandeten. Der Sand wurde vage vom winterlichen Licht des gerade aufgegangenen Viertelmondes erhellt, ein blasses Band, das sich südwestlich und nordwestlich um die Bucht zog.

Tessa verspürte den Wunsch, an dem Strand zu stehen, wo ihre Schwester angeblich den mitternächtlichen Schwimmausflug zum Friedhof angefangen hatte, derselbe Strand, an den die Flut Tage später ihren aufgedunsenen, verstümmelten Leichnam geschwemmt hatte. Sie wandte sich vom Fenster ab und schaltete die Nachttischlampe ein. Sie nahm eine braune Lederjacke vom Kleiderbügel im Schrank, zog sie an, hängte die Handtasche über die Schulter, ging aus dem Zimmer und schloß die Tür hinter sich ab. Sie war – auf irrationale Weise – sicher, daß sie durch erstaunliche Einsicht oder einen Funken der Intuition Hinweise auf den wahren Sachverhalt finden würde, indem sie nur an den Strand ginge und an der Stelle stünde, wo Janice angeblich gestanden hatte.

8

Als der wie gehämmertes Silber aussehende Mond über den dunklen Hügeln im Osten emporstieg, rannte Chrissie am Waldrand entlang und suchte nach einem Weg zwischen den Bäumen, bevor ihre seltsamen Verfolger sie fänden. Sie kam rasch zum Pyramidenfelsen, der so hieß, weil die Formation, die doppelt so groß war wie sie selbst, drei Seiten hatte und in einer verwitterten Spitze auslief; als sie jünger war, hatte sie sich immer vorgestellt, daß er von einem geographisch verirrten Stamm zentimetergroßer Ägypter erbaut worden war. Da sie seit Jahren auf dieser Wiese und im Wald spielte, war ihr das Gelände so vertraut wie die Zimmer in ihrem Haus, und sie kam hier sicher besser zurecht als ihre Eltern oder Tucker, was ihr einen Vorteil verschaffte. Sie lief am Pyramidenfelsen vorbei und ins Dunkel unter den Bäumen, wo ein schmaler Wildpfad nach Süden führte.

Sie hörte niemanden hinter sich und vergeudete keine Zeit damit, in die Dunkelheit zu blinzeln. Aber sie ging davon aus, daß ihre Eltern und Tucker als Raubtiere stumme Verfolger sein und sich erst zu erkennen geben würden, wenn sie zuschlügen.

Die Wälder an der Küste bestanden größtenteils aus einer breiten Vielzahl von Pinien, aber es gediehen auch vereinzelte Tupelobäume, deren Blätter bei Tage eine scharlachrote Herbstfarbe hatten, jetzt aber so schwarz wie Fetzen eines Leichentuches waren. Chrissie folgte dem verschlungenen Pfad, während sich das Land zu einem Tal hin absenkte. In mehr als der Hälfte des Waldes standen die Bäume so weit auseinander, daß das kalte Licht des Viertelmonds bis ins Unterholz schien und den Pfad mit einer eisigen Kruste aus

Licht überzog. Der aufsteigende Nebel war noch zu dünn, das fahle Licht zu verdecken, aber an anderen Stellen hielten ineinander verflochtene Zweige das Mondlicht ab.

Nicht einmal da, wo das Mondlicht schien, wagte Chrissie schnell zu laufen, denn sie würde sicher über die Oberflächenwurzeln der Bäume stolpern, die sich über den ausgetretenen Weg zogen. Hier und da bildeten herabhängende Zweige eine weitere Gefahr für einen Läufer, aber sie bemühte sich dennoch, so schnell sie konnte zu gehen.

Sie dachte, als würde sie aus einem Buch über ihre eigenen Abenteuer vorlesen, aus einem jener Bücher, die sie so gerne las: *Die junge Chrissie war ebenso sicher zu Fuß, wie sie ausdauernd war, sie besaß eine rasche Auffassungsgabe und ließ sich von der Dunkelheit ebensowenig einschüchtern wie vom Gedanken an ihre monströsen Verfolger. Welch ein Mädchen!*

Sie würde bald den Fuß des Hügels erreicht haben, wo sie sich nach Westen zum Meer oder nach Osten zur Landstraße wenden könnte, wo eine Brücke über das Tal verlief. In dieser Gegend, mehr als zwei Meilen vom Stadtrand von Moonlight Cove entfernt, wohnten nur wenige Leute; noch weniger wohnten am Meer, da Teile der Küste unter Naturschutz standen und nicht bebaut werden durften. Sie hatte zwar kaum Chancen, am Pazifik Hilfe zu finden, aber die Aussichten im Osten waren nicht nennenswert besser, denn die Landstraße war wenig befahren, und dort befanden sich kaum Häuser; zudem konnte es sein, daß Tucker mit seinem Honda dort Streife fuhr, weil sie davon ausgingen, daß sie dorthin laufen und das erstbeste Auto anhalten würde, das des Weges kam.

Sie überlegte sich verzweifelt, wohin sie sich wenden sollte, während sie die letzten Meter zurücklegte. Die Bäume rechts und links vom Weg wichen dem niederen, unentwirrbaren Filz von struppigen Krüppeleichen, die Chaparral genannt wurden. Gewaltige Farne, die wie geschafften waren für die gelegentlichen Küstennebel, wucherten über den Pfad, und Chrissie erschauerte, während sie sich durch sie drängte, denn ihr war, als würden zahllose, winzige Händchen nach ihr greifen.

Ein breiter, aber flacher Bach teilte das Tal; an seinem Ufer blieb sie stehen, um wieder zu Atem zu kommen. Das Bachbett war weitgehend ausgetrocknet. Um diese Jahreszeit floß das Wasser nur ein paar Zentimeter breit träge durch die Mitte des Kanals und funkelte im Mondlicht.

Die Nacht war windstill.

Totenstill.

Sie schlug die Arme um sich und merkte jetzt erst, wie kalt es war. Sie war mit ihren Jeans und dem Flanellhemd für einen warmen Oktobertag angezogen, nicht für eine kalte, klamme Herbstnacht.

Sie war durchgefroren, außer Atem, ängstlich und wußte nicht, wie sie weiter vorgehen sollte, am meisten aber war sie wütend auf sich selbst, weil Körper und Geist so schwach waren. Ms. Andre Nortons wunderbare Abenteuergeschichten waren voll von kühnen jungen Heldinnen, die wesentlich längere Verfolgungen aushalten konnten – und bittere Kälte und andere Härten als diese, und sie hatten den Verstand immer beisammen und konnten schnelle Entscheidungen treffen – und meistens die richtigen.

Es spornte Chrissie an, sich mit einer Heldin von Andre Norton zu vergleichen, und sie trat entschlossen ins Bachbett hinunter. Sie überquerte drei Meter schlammige Erde, die die schweren Regenfälle des letzten Frühlings angeschwemmt hatten, und versuchte, über den schmalen, purpurnen Wasserlauf zu springen. Sie verfehlte das gegenüberliegende Ufer nur um Zentimeter und machte ihre Tennisschuhe naß. Sie ging dennoch unverdrossen weiter durch lehmigen Boden, der in Klumpen an ihren nassen Schuhen haften blieb, erklomm das gegenüberliegende Ufer des Bachbetts, wo sie sich weder nach Westen noch nach Osten wandte, sondern nach Süden, den gegenüberliegenden Hügelkamm hinauf und zum nächsten Ausläufer des Waldes.

Sie kam jetzt in neues Gelände am äußersten Abschnitt des Waldes, der jahrelang ihr Spielplatz gewesen war, aber sie hatte keine Angst davor, sich zu verirren. Sie konnte Westen und Osten anhand der dünnen Nebelschwaden und der

Position des Mondes unterscheiden. Mit diesen Hilfsmitteln konnte sie einen zuverlässigen Südkurs einschlagen. Sie glaubte, daß sie innerhalb einer Meile zu einer Gruppe von Häusern und der ausgedehnten Anlage von New Wave Mikrotechnologie kommen würde, die zwischen den Stallungen der Fosters und der Stadt Moonlight Cove lag. Dort könnte sie Hilfe finden.

Aber dann würden natürlich erst ihre *wahren* Probleme anfangen. Sie mußte jemanden davon erzählen, daß ihre Eltern nicht mehr ihre Eltern waren, daß sie sich verändert hatten, von einem Geist besessen oder irgendwie vereinnahmt worden waren... von einer unbekannten Macht. Und daß sie sie selbst in eine von ihnen verwandeln wollten.

Klar, dachte sie. Viel Glück.

Sie war klug, redegewandt, verantwortungsbewußt, aber sie war nur ein elfjähriges Mädchen. Es dürfte ihr schwerfallen, jemanden davon zu überzeugen, ihr zu glauben. Diesbezüglich hatte sie keine Illusionen. Sie würden zuhören und nicken und lächeln, und dann würden sie ihre Eltern anrufen, und ihre Eltern würden sich glaubwürdiger anhören als sie selbst...

Aber ich muß es versuchen, sagte sie zu sich, während sie die südliche Wand des Tals zu erklimmen begann. Wenn ich nicht versuche, jemanden zu überzeugen, was kann ich sonst tun? Mich einfach aufgeben? Auf gar keinen Fall.

Ein paar hundert Meter hinter ihr kreischte etwas hoch oben am Hang, den sie gerade heruntergekommen war. Es war kein menschlicher Schrei, aber auch nicht der eines Tieres. Dem ersten schrillen Schrei antwortete ein zweiter, ein dritter und jeder Schrei war eindeutig von einem anderen Wesen, denn jeder wurde mit einer deutlich unterscheidbaren Stimme ausgestoßen.

Chrissie blieb auf dem steilen Hügel unter dem Baldachin eines süßlich riechenden Busches stehen und hielt sich mit der Hand an einer aufgesprungenen Birkenrinde fest. Sie drehte sich herum und lauschte, wie ihre Verfolger gleichzeitig zu heulen anfingen, ein hallender Schrei, der an das Bellen von Koyoten erinnerte...aber seltsamer, furchteinflößender war. Das Geräusch war so kalt, daß es ihr durch Mark und Bein fuhr und sich wie eine Nadel in ihre Knochen bohrte.

Das Bellen war wahrscheinlich Ausdruck ihrer Zuversicht: Sie waren sicher, daß sie sie erwischen würden, daher mußten sie nicht mehr schweigen.

»Was *seid* ihr?« flüsterte sie.

Sie vermutete, daß sie in der Dunkelheit so gut wie Katzen sehen könnten.

Konnten sie sie auch wittern, wie Hunde?

Ihr Herz schlug beinahe schmerzhaft in der Brust.

Sie fühlte sich verwundbar und allein, als sie den heulenden Jägern den Rücken zudrehte und den Pfad zum südlichen Rand des Tals emporkletterte.

9

Am Fuß der Ocean Avenue schritt Tessa Lockland über den verlassenen Parkplatz zum öffentlichen Strand. Die nächtliche Brise vom Pazifik kam gerade auf, sanft aber kühl, und sie war froh, daß sie Hosen, einen Wollpullover und die Lederjacke anhatte.

Sie schritt über den weichen Sand zu den Schatten außerhalb des Lichtkreises der letzten Straßenlaterne, an einer am Strand wachsenden hohen Zypresse vorüber, die der Wind vom Meer so radikal geformt hatte, daß sie sie an eine Skulptur von Erté erinnerte, nur gekrümmte Linien und geschmolzene Formen. Auf dem feuchten Sand am Wasser, wo die Wellen Zentimeter von ihren Schuhspitzen entfernt ausrollten, sah Tessa nach Westen. Der Viertelmond reichte nicht aus, das weite, wogende Meer zu erhellen; sie konnte lediglich die ersten drei Reihen der flachen, schaumgekrönten Wellen sehen, die aus der Dunkelheit auf sie zubrandeten.

Sie versuchte, sich ihre Schwester vorzustellen, wie sie an diesem einsamen Strand stand, dreißig oder vierzig Valium mit Diet Coke hinunterspülte und sich dann nackt auszog und ins kalte Meer sprang. Nein. Nicht Janice.

Von der wachsenden Überzeugung erfüllt, daß die Behörden in Moonlight Cove entweder untaugliche Narren oder Lügner waren, schritt Tessa an der Krümmung des Strands entlang nach Süden. Sie betrachtete im perlmuttartigen Licht des verkümmerten Mondes den Sand, die verstreuten Zypressen weiter hinten am Strand und die von der Zeit abgetragenen Felsformationen. Sie suchte nicht nach greifbaren Spuren, die ihr verraten könnten, was Janice zugestoßen war; die waren in den vergangenen Wochen nur von Gezeiten und Winden verwischt worden. Sie hoffte statt dessen, die Landschaft selbst und die Elemente der Nacht – Dunkelheit, kühler Wind, Arabesken blassen, langsam dichter werdenden Nebels – würden sie inspirieren, eine Theorie darüber zu entwickeln, was Janice *wirklich* zugestoßen war, und wie sie anfangen könnte, diese Theorie zu beweisen.

Sie war Filmemacherin, die sich auf verschiedene Arten von Industrie- und Dokumentarfilmen spezialisiert hatte. Wenn sie Zweifel an Bedeutung oder Zweck eines Projektes hatte, konnte es sie, wie sie schon häufig festgestellt hatte, zu erzählerischen und thematischen Annäherungen an ein Thema inspirieren, wenn sie sich ganz in die bestimmte geographische Gegend versenkte. Wenn sie sich im Anfangsstadium eines neuen Reisefilms befand, verbrachte sie häufig ein paar Tage nur damit, ziellos durch die Straßen einer Stadt, wie Singapur oder Hongkong oder Rio, zu schlendern und Einzelheiten in sich aufzunehmen, was produktiver war, als stundenlang Hintergrundinformationen nachzulesen oder sich Gedanken zu machen, obwohl Lesen und Nachdenken selbstverständlich auch dazugehörten.

Sie war kaum sechzig Meter am Strand entlanggelaufen, als sie einen schrillen, unheimlichen Schrei hörte und stehenblieb. Das Geräusch war fern, schwoll an und senkte sich, schwoll an und senkte sich, verstummte.

Sie fragte sich, was sie gehört hatte, denn der seltsame Ruf machte sie kälter als die kühle Oktoberluft. Es war teilweise ein hundeähnliches Heulen gewesen, aber sie war sicher, daß es nicht von einem Hund stammte. Obwohl es auch etwas vom katzenhaften Maunzen und Wimmern gehabt hatte, war sie sicher, daß es auch nicht von einer Katze stammte; keine Hauskatze konnte so laut schreien, und soweit sie wußte, streiften keine Wildkatzen durch die Berge an der Küste, aber ganz bestimmt nicht in der Nähe einer Stadt wie Moonlight Cove.

Gerade als sie sich wieder in Bewegung setzen wollte, hallte derselbe klagende Schrei durch die Nacht, und jetzt war sie ziemlich sicher, daß er von der Klippe weiter südlich heruntertönte, die sich über den Strand erhob, wo die Lichter der meerwärts erbauten Häuser nicht so dicht waren wie in der Mitte der Bucht. Dieses Mal endete das Heulen mit einem abgehackteren, kehligeren Laut, der von einem großen Hund hätte stammen können, aber sie war immer noch davon überzeugt, daß er von einem anderen Geschöpf stammen mußte. Jemand, der an der Küste lebte, mußte sich ein exotisches Tier als Haustier halten: möglicherweise einen Wolf oder eine große Gebirgskatze, die nicht an der nördlichen Küste beheimatet war.

Diese Erklärung befriedigte sie freilich nicht völlig, denn der Schrei hatte etwas eigentümlich Vertrautes an sich gehabt, das sie nicht greifen konnte, eine Eigenheit, die nichts mit einem Wolf oder einer Gebirgskatze zu tun hatte. Sie wartete auf einen weiteren Schrei, aber es kam keiner mehr.

Die Dunkelheit um sie herum hatte zugenommen. Der Nebel ballte sich zusammen, eine dunkle Wolke schob sich halb vor die Mondsichel.

Sie entschied, daß sie die Einzelheiten der Landschaft am Morgen besser in sich aufnehmen könnte, und drehte sich wieder zu den nebelverschleierten Laternen am Ende der Ocean Avenue um. Sie merkte nicht, daß sie so schnell ging – beinahe rannte –, bis sie das Ufer hinter sich gelassen, den Parkplatz überquert und den ersten Block der Ocean Avenue passiert hatte, und da bemerkte sie ihre Hast nur, weil ihr plötzlich klar wurde, wie keuchend sie atmete.

10

Thomas Shaddack schwebte in vollkommener Schwärze, die weder warm noch kalt war, in der er schwerelos zu sein schien, er keinerlei Empfindungen mehr auf der Haut spürte, in der er ohne Gliedmaßen, Muskeln oder Knochen zu sein und überhaupt keinerlei stoffliche Substanz zu haben schien. Ein zäher Gedankenfaden verband ihn mit seinem körperlichen Selbst, und er war sich in den entferntesten Ecken seines Verstandes immer noch bewußt, daß er ein Mensch war – ein Hüne von einem Mann, einen Meter neunzig groß, achtundsiebzig Kilo schwer, schlacksig und knochig, mit zu schmalem Gesicht, hoher Stirn und braunen Augen, die so hell waren, daß sie fast Gelb wirkten.

Er war sich auch vage bewußt, daß er nackt war und in einer Kammer zum Entzug von Sinneswahrnehmungen schwebte, die sich auf dem neuesten Stand der Technik befand und ungefähr wie eine altmodische eiserne Lunge aussah, aber viermal so groß. Die einzige schwache Glühbirne war ausgeschaltet, kein Licht drang durch die Hülle des Tanks. Die Flüssigkeit, in der Shaddack schwebte, war etwa sechzig Zentimeter tief, eine zehnprozentige Lösung von Magnesiumsulfat in Wasser, des optimalen Auftriebs wegen. Die – wie jedes Element dieser Umgebung – von einem Computer überwachte Temperatur des Wassers schwankte zwischen vierunddreißig Grad Celsius, der Temperatur, bei der ein treibender Körper am wenigsten von der Schwerkraft beeinflußt wird, und siebenunddreißig Grad Celsius, bei denen der Wärmeunterschied zwischen der menschlichen Körpertemperatur und der Flüssigkeit vernachlässigbar ist.

Er litt nicht an Klaustrophobie. Eine oder zwei Minuten, nachdem er sich in die Kammer begeben und die Klappe geschlossen hatte, war das Gefühl, beengt zu sein, völlig verschwunden.

Ohne Sinneswahrnehmungen – kein Sehen, kein Hören, wenig oder gar kein Schmecken, keinerlei Geruchsstimulationen, kein Tastsinn, kein Gefühl für Gewicht oder Raum oder Zeit – ließ Shaddack seinen Verstand frei wandern; ohne die Behinderungen des Fleisches schwang er sich zu neuen Höhepunkten der Einsicht auf und erforschte Vorstellungskonzepte, die ansonsten zu komplex gewesen wären.

Er war auch ohne Unterstützung durch den Entzug von Sinneswahrnehmungen ein Genie. Das hatte das *Time Magazin* geschrieben, also mußte es stimmen. Er hatte New Wave Mikrotechnologie von einer ums Überleben kämpfenden Firma mit einem Startkapital von zwanzigtausend Dollar zu einem Unternehmen mit dreihundert Millionen Jahresumsatz gemacht, welches hochentwickelte Mikrotechnologie erforschte, plante und entwickelte.

Momentan unternahm Shaddack allerdings keinen Versuch, sich auf anstehende Probleme zu konzentrieren. Er benützte den Tank nur zur Erholung, um eine bestimmte Vision herbeizuführen, die ihn immer wieder in ihren Bann zog und erregte.

Seine Vision:

Abgesehen von dem dünnen Faden des Denkens, der ihn noch mit der Wirklichkeit verband, stellte er sich vor, er wäre in einer gewaltigen, arbeitenden Maschine, die so unermeßlich war, daß ihre Dimensionen ebenso schwer zu bestimmen waren wie die des Universums selbst. Es war die Landschaft eines Traums, aber unendlich plastischer und intensiver als in einem Traum. Er schwebte wie ein fortgewehter Splitter in den Eingeweiden dieses kolossalen imaginären Mechanismusses, an massiven Wänden und miteinander verbundenen Säulen stampfender Antriebskolben vorbei, rasselnden Antriebsketten, Myriaden stoßender Zylinder, die ihrerseits mit großen geschmierten Kurbelwellen verbunden waren, die Zahnräder verschiedenster Größen drehten. Servomotoren summten, Kompressoren zischten, Verteiler funkten, wenn elektrische Ströme durch Millionen verflochtener Kabel zu den entferntesten Stellen der Konstruktion flossen.

Für Shaddack war der erregendste Teil dieser visionären Welt die Art und Weise, wie Schäfte aus Stahl und Kolben aus Legierungen und Hartgummidichtungen und Aluminiumabdeckungen mit organischen Teilen verbunden waren und so eine revolutionäre Einheit mit zwei Lebensformen bildeten: wirkungsvolle mechanische Animation und das Pulsieren organischen Gewebes. Als Pumpen hatte der Ingenieur menschliche Herzen genommen, die unablässig in ihrem alten Klopf-klopf-Rhythmus pochten und durch dicke Arterien mit Gummischläuchen verbunden waren, die sich in die Wände schlängelten; manche pumpten Blut in die Teile der Maschine, die organischer Schmierung bedurften, während andere hochviskoses Öl pumpten. In andere Teile der unendlichen Maschine waren Zehntausende von Lungenflügeln eingebaut, die als Blasebälge und Filter dienten; Sehnen und tumorartige Fleischwucherungen waren Verbindungsstücke für lange Röhren und Gummischläuche, die flexibler waren und dichter schlossen als gewöhnliche, nichtorganische Dichtungen das hätten bewerkstelligen können.

Hier waren die besten Konzepte von organischen und mechanischen Systemen zu einer einzigen perfekten Struktur vereint. Während Thomas Shaddack sich den Weg durch die endlosen Gründe seines erträumten Ortes vorstellte, war er fasziniert, wenngleich er nicht wußte – und ihm auch nichts daran lag –, welche endgültige Funktion alles hatte, welches Produkt oder welche Leistung es durch seine Funktion hervorbringen sollte. Das Gebilde erregte ihn, weil es eindeutig alles mit höchstem Wirkungsgrad erfüllte, weil die organischen und nichtorganischen Teile so brillant miteinander gekoppelt waren.

Shaddack hatte sich sein ganzes Leben lang, soweit er sich an seine einundvierzig Jahre erinnern konnte, darum bemüht, die Einschränkungen des menschlichen Daseins zu überwinden, hatte sich von ganzem Herzen und mit all seiner Willenskraft angestrengt, über das Schicksal seiner Rasse hinauszuwachsen. Er wollte mehr als nur ein Mensch sein. Er wollte die Macht eines Gottes haben und nicht nur seine eigene Zukunft bestimmen, sondern die der gesamten Menschheit. Wenn er in seinem privaten Tank, frei von Sinneswahrnehmungen, von der Vision seines kybernetischen Organismus mitgerissen wurde, war er dieser ersehnten Metamorphose näher als in der wirklichen Welt, und das löste sein Hochgefühl aus.

Denn für ihn war diese Vision nicht nur intellektuell stimulierend und emotional bewegend, sondern auch außerordentlich erotisch. Wenn er durch diese imaginäre halborganische Maschine schwebte und beobachtete, wie sie pochte und pulsierte, erlebte er einen Orgasmus, den er nicht nur in den Genitalien, sondern in jeder Faser spürte; tatsächlich bemerkte er seine heftige Erektion gar nicht, auch nicht die kraftvolle Ejakulation, um die sich sein ganzer Körper zusammenzuziehen schien, denn er empfand die Lust nicht auf den Penis konzentriert, sondern im ganzen Körper verteilt. Milchige Samenfäden trieben in dem dunklen Teich der Magnesiumsulfatlösung.

Ein paar Minuten später aktivierte die automatische Zeitschaltuhr der Kammer das Licht und einen leisen Wecker. Shaddack wurde aus seinem Traum in die Wirklichkeit von Moonlight Cove zurückgeholt.

11

Chrissie Fosters Augen gewöhnten sich an die Dunkelheit, sie konnte sich rasch durch das unbekannte Gelände bewegen.

Als sie den Rand des Tals erreichte, ging sie zwischen Montereyzypressen hindurch und fand einen weiteren Maultierpfad, der nach Süden durch den Wald führte. Die gewaltigen Zypressen wurden von den umliegenden Bäumen vor dem Wind geschützt, daher waren sie üppig und stattlich, weder schlimm verkrümmt, noch von verkümmerten Ästen verunziert, wie direkt an der windumtosten Küste. Einen Augenblick spielte sie mit dem Gedanken, sich zu diesen laubigen Höhen aufzuschwingen und zu hoffen, daß ihre Verfolger sie nicht bemerkten und vorüberzögen. Aber sie wagte nicht, dieses Risiko einzugehen; wenn sie sie witterten oder ihre Anwesenheit durch andere Mittel entdeckten, würden sie heraufgeklettert kommen, und sie hätte keinen Fluchtweg mehr.

Sie eilte weiter und kam wenig später zu einer Lücke zwischen den Bäumen. Dahinter befand sich eine Wiese, deren Hang von Ost nach West geneigt war, wie der größte Teil des Landes hier. Der Wind nahm zu und war so stark, daß er ihr blondes Haar unablässig zerzauste. Der Nebel war nicht mehr so dünn wie vorhin, als sie die Foster-Stallungen zu Pferde verlassen hatte, aber das Mondlicht konnte noch so ungehindert scheinen, daß es das kniehohe Gras, das sich im Wind wiegte, wie mit Frost überziehen konnte.

Während sie über die Wiese zur nächsten Baumgruppe lief, sah sie einen großen, weihnachtsbaumartig mit Lichtern geschmückten Lastwagen, der auf der fast eine Meile östlich gelegenen Autobahn Richtung Süden fuhr, auf der zweiten Hügelkette an der Küste. Aber sie entschied, daß sie niemanden auf der fernen Autobahn um Hilfe bitten würde, denn das waren allesamt Fremde, die zu fernen Orten unterwegs waren und ihr wahrscheinlich noch weniger glauben würden als die Einheimischen hier. Außerdem las sie Zeitungen und sah fern, daher wußte sie alles über die Massenmörder, die auf den Autobahnen unterwegs waren, und sie konnte sich die Schlagzeilen über ihr trauriges Schicksal mühelos vorstellen: JUNGES MÄDCHEN IN DODGE-LASTWAGEN VON UMHERZIEHENDER KANNIBALENHORDE GEFRESSEN; MIT BROKKOLI SERVIERT UND MIT PETERSILIE ANGERICHTET; KNOCHEN FÜR SUPPE AUSGEKOCHT..

Die Landstraße lag eine halbe Meile näher auf den Gipfeln der ersten Hügel, aber da war kein Verkehr zu sehen. Das machte nichts, denn sie hatte schon entschieden, daß sie dort keine Hilfe suchen wollte, weil sie Angst vor Tucker und seinem Honda hatte.

Aber sie hatte sich freilich eingebildet, sie hätte drei deutlich unterscheidbare Stimmen im unheimlichen Heulen ihrer Verfolger gehört, was bedeuten mußte, daß Tucker sein Auto verlassen hatte und jetzt mit ihren Eltern unterwegs war. Vielleicht konnte sie doch unbesorgt zur Landstraße gehen.

Sie dachte darüber nach, während sie über die Wiese lief.

Aber bevor sie sich entschieden hatte, die Richtung zu ändern, ertönten hinter ihr wieder die gräßlichen Schreie, immer noch im Wald, aber viel näher als zuvor. Zwei oder drei Stimmen heulten gleichzeitig, als wäre ihr eine Meute kläffender Hunde auf den Fersen, die aber seltsamer und wilder als gewöhnliche Hunde waren.

Dann trat Chrissie plötzlich ins Leere und fiel abwärts, Sekunden hatte sie den Eindruck, als stürzte sie in einen tiefen Abgrund. Aber es war nur ein zweieinhalb Meter breiter und eineinhalb Meter tiefer Abwasserkanal, der die Wiese teilte, und sie rollte unverletzt hinab.

Das wütende Kreischen der Verfolger war lauter, näher, und jetzt hatten ihre Stimmen einen frenetischeren Klang… einen Unterton von Gier und Hunger.

Sie rappelte sich auf und wollte gerade versuchen, die eineinhalb Meter hohe Betonwand des Grabens hinaufzukommen, als sie bemerkte, daß der Graben links von ihr, aufwärts, in ein gewaltiges Rohr überging, das sich in die Erde bohrte. Sie hielt aus halbem Wege inne und dachte über diese neue Möglichkeit nach.

Das helle Betonrohr bot dem schwachen Mondlicht gerade hinreichend Oberfläche, daß man es erkennen konnte. Als sie es sah, wußte sie sofort, daß dies die Hauptwasserleitung war, die das Regenwasser vom Highway und der Landstraße hoch oben sammelte und abfließen ließ. Den schrillen Schreien der Verfolger konnte sie entnehmen, daß ihr Vorsprung geringer wurde. Sie hatte immer mehr Angst, daß sie es nicht bis zu den Bäumen auf der anderen Seite der Wiese schaffen, sondern früher zu Fall gebracht werden würde. Vielleicht war das Rohr eine Sackgasse und bot nicht mehr Sicherheit als die Zypressen, die sie erklimmen wollte, aber sie entschied, daß sie das Risiko eingehen würde.

Sie glitt wieder auf den Grund des Grabens und hastete zur Öffnung. Das Rohr maß einen Meter zwanzig im Durchmesser. Wenn sie sich ein wenig bückte, konnte sie darin gehen. Aber sie kam nur ein paar Schritte, dann blieb sie stehen, weil sie einen so üblen Geruch wahrnahm, daß sie würgen mußte.

Etwas Totes lag in diesem finsteren Durchgang und verweste. Sie konnte nicht sehen, was er war, aber vielleicht war es besser, wenn sie es nicht sähe; der Kadaver sah vielleicht noch schlimmer aus als er roch. Ein krankes, sterbendes Tier mußte in diesem Rohr Schutz gesucht haben, und hier war es seiner Krankheit erlegen.

Sie wich hastig aus der Abwasserleitung zurück und atmete die frische Nachtluft ein.

Von Norden ertönten die gemeinsamen, hallenden Schreie, die ihr buchstäblich die Nackenhärchen sträubten.

Sie kamen rasch näher und hatten sie fast erreicht.

Sie hatte keine andere Wahl, als sich tief in dem Abwasserrohr zu verstecken und zu hoffen, daß sie ihre Witterung nicht aufnehmen könnten. Plötzlich wurde ihr klar, daß das verwesende Tier ihre Rettung sein könnte, denn *wenn* ihre Verfolger sie wie Hunde wittern konnten, könnte der Verwesungsgestank ihren eigenen Geruch verbergen.

Sie ging wieder in das pechschwarze Rohr und folgte dem konvexen Boden, der sich unter der Wiese allmählich nach oben krümmte. Nach zehn Metern trat sie mit dem Fuß in etwas Weiches und Glitschiges. Der gräßliche Verwesungsgestank hüllte sie noch stärker als zuvor ein, und sie wußte, sie war in das tote Dinge getreten.

»Oh, igitt.«

Sie würgte und spürte ihren Mageninhalt hochsteigen, aber sie biß die Zähne zusammen und *weigerte* sich, sich zu übergeben. Als sie an der verwesten Masse vorbei war, hielt sie inne und streifte den Schuh am Betonboden des Rohrs ab.

Dann eilte sie weiter in das Abflußrohr. Sie wuselte sich mit gebeugten Knien, eingezogenen Schultern und gesenktem Kopf vorwärts, und ihr wurde klar, daß sie wie ein Troll aussehen mußte, der in seine geheime Höhle verschwindet.

Fünfzig oder sechzig Schritte nach dem unbekannten toten Ding blieb Chrissie stehen, bückte sich und drehte sich um, damit sie zur Öffnung des Schachts sehen konnte. Sie konnte den Graben im Mondlicht durch die kreisförmige

Öffnung erkennen, sie sah sogar mehr als sie erwartet hatte, weil die Nacht im Kontrast zur Dunkelheit im Rohr heller wirkte als draußen.

Alles war still.

Von den Gullygittern der Highways östlich über ihr wehte ein sanfter Wind herab und trieb den Gestank des toten Tiers von ihr weg, so daß sie nicht einmal eine Spur mehr davon wahrnehmen konnte. Die Luft roch lediglich nach Dunkelheit und einem Hauch Mehltau.

Stille hielt die Nacht umklammert.

Sie hielt einen Augenblick den Atem an und lauschte angestrengt.

Nichts.

Sie blieb geduckt stehen und verlagerte das Gewicht von einem Fuß auf den anderen.

Stille.

Sie fragte sich, ob sie tiefer in das Rohr vordringen sollte. Dann fragte sie sich, ob Schlangen im Abflußrohr sein könnten. War dies nicht der perfekte Ort für Schlangen, wenn sie Schutz vor der kühlen Nachtluft suchten?

Stille.

Wo waren ihre Eltern? Tucker? Vor einer Minute waren sie dicht hinter ihr gewesen, zum Greifen nah.

Stille.

Klapperschlangen waren in den Hügeln an der Küste zu Hause, aber um diese Jahreszeit nicht aktiv. Wenn ein Nest Klapperschlangen…

Die anhaltende unnatürliche Stille raubte ihr die Nerven, und sie verspürte den Drang zu schreien, nur um den Bann des Schweigens zu brechen.

Ein schriller Schrei zerriß die Stille draußen. Er hallte durch den Betontunnel, an Chrissie vorbei und prallte im Durchgang hinter ihr von Wand zu Wand, als würden sich ihr die Jäger nicht nur von außen, sondern auch aus den Tiefen der Erde hinter ihr nähern.

Schemenhafte Gestalten sprangen in den Graben außerhalb des Rohrs.

12

Sam fand zwei Blocks von seinem Motel entfernt ein mexikanisches Restaurant in der Serra Street. Er schnupperte nur einmal die Luft in dem Lokal und wußte, daß das Essen gut sein würde. Diese Mélange war das geruchsmäßige Äquivalent eines Albums von José Feliciano: Chilipulver, kochendes *Chorizo*, das süße Aroma von mit *masa harina* gemachten Tortillas, Cilantro, Pfefferschoten, der strenge Geruch von Jalapenochilis, Zwiebeln...

Das Perez Family-Restaurant war so unprätentiös wie sein Name, ein einziger rechteckiger Raum mit Nischen aus blauen Vinyl an den Seitenwänden, Tischen in der Mitte, der Küche im hinteren Teil. Die Familie Perez hatte, anders als Burt Peckham in der Knight's Bridge Tavern, mehr Betrieb als sie verkraften konnte. Das Restaurant war zum Brechen voll, abgesehen von einem kleinen Tisch mit zwei Stühlen hinten, an den Sam von einer Teenagerkellnerin geführt wurde.

Kellner und Kellnerinnen waren leger in Jeans und Pullover gekleidet, das einzige schwache Zugeständnis an eine Uniform waren weiße Halbschürzen, die sie um die Taillen gebunden hatten. Sam fragte nicht einmal nach Guinness, das er noch nie in einem mexikanischen Restaurant gefunden hatte, aber sie hatten Corona, und das war fein, wenn das Essen gut war.

Das Essen war *sehr* gut. Nicht wahrhaft, unvergleichlich großartig, aber besser als man in einer nördlich gelegenen Küstenstadt mit dreitausend Einwohnern hätte erwarten dürfen. Die Maisfladen waren hausgemacht, die Salsa dick und sämig, die Bondigas-Suppe wohlschmeckend und so scharf gewürzt, daß ihm ein wenig der Schweiß ausbrach. Als er die Krabbenenchiladas mit Tomatenpüree gegessen hatte, war er halb überzeugt, daß er *tatsächlich* so schnell wie möglich nach Moonlight Cove ziehen sollte, auch wenn er eine Bank ausrauben müßte, damit er sich den vorzeitigen Ruhestand leisten könnte.

Nachdem er die Überraschung wegen des Essens überwunden hatte, fing er an, den anderen Gästen ebensoviel

Aufmerksamkeit zu schenken wie dem, was er auf dem Teller hatte. Allmählich fielen ihm einige Seltsamkeiten an ihnen auf.

Wenn man bedachte, daß sich achtzig bis neunzig Menschen in dem Restaurant aufhielten, war es ungewöhnlich still. Erstklassige mexikanische Restaurants – mit gutem Essen, gutem Bier und starken Margaritas – waren ausgelassene Orte. Bei Perez unterhielten sich jedoch nur etwa ein Drittel der Gäste angeregt an ihren Tischen. Die restlichen zwei Drittel aßen schweigend.

Nachdem er das Glas geneigt und sich aus der frischen Flasche Corona eingeschenkt hatte, die er gerade bekommen hatte, studierte Sam einige der schweigsamen Esser. Drei Männer mittleren Alters saßen in einer Nische an der rechten Seite des Raumes und aßen Enchiladas und Tacos und Chimichangas, sahen auf ihr Essen oder vor sich ins Leere, gelegentlich auch einander an, aber ohne ein Wort zu sprechen. Auf der anderen Seite des Zimmers hatten sich zwei Teenagerpaare über Vorspeisenteller hergemacht, ohne die Mahlzeit mit dem Schwatzen und Kichern zu untermalen, die man von Kindern ihres Alters erwartet hätte. Ihre Konzentration war so angestrengt, daß es Sam um so seltsamer vorkam, je länger er sie betrachtete.

Im ganzen Lokal waren Menschen verschiedenen Alters und in allen möglichen Gruppen einzig und allein aufs Essen konzentriert. Alles schienen herzhafte Esser zu sein und aßen Vorspeisen, Suppe, Salate und Beilagen; wenn sie fertig waren, bestellten manche ›noch ein paar Tacos‹ oder ›noch einen Burrito‹, bevor sie Eis oder Nachtisch bestellten. Ihre Kiefermuskeln traten beim Kauen hervor, und kaum hatten sie geschluckt, schoben sie sich rasch mehr in den Mund. Manche aßen mit offenem Mund. Einige schluckten so heftig, daß Sam sie sogar hören konnte. Sie waren rot im Gesicht und schwitzten, zweifellos wegen der mit Jalapeno gewürzten Sauce, aber kein einziger gab eine Bemerkung wie ›Junge, ist das scharf‹ oder ›Verdammt gut gewürzt‹ oder elementarste Kommentare zu seinem Nachbarn von sich.

Das Drittel der Kunden, die sich fröhlich miteinander unterhielten und ihr Essen mit normaler Geschwindigkeit verzehrten, bemerkte offenbar nichts vom hektischen Essen der anderen Gäste. Natürlich waren schlechte Tischsitten nicht selten; mindestens ein Viertel aller Gäste in jeder Stadt hätte Knigge in den Wahnsinn getrieben, wenn sie mit ihm gegessen hätten. Dennoch schien die Gier einiger Kunden der Familie Perez für Sam erstaunlich zu sein. Er vermutete, die manierlichen Gäste waren dem Benehmen der anderen gegenüber gleichgültig geworden, weil sie es schon so häufig mit angesehen hatten.

Konnte die kalte Meeresluft der nördlichen Küste *dermaßen* appetitanregend sein? Lehnte sich ein eigentümlicher ethnischer Hintergrund oder ein Bruch in der gesellschaftlichen Entwicklung von Moonlight Cove gegen die universelle Entwicklung allgemein akzeptierter Tischsitten der westlichen Welt auf?

Was er im Perez Family-Restaurant sah, war ein Rätsel, auf das sich jeder Soziologiestudent, der verzweifelt nach einem Thema für seine Dissertation suchte, mit Vergnügen gestürzt hätte. Aber nach einer Weile mußte Sam sich von den gefräßigen Leuten abwenden, weil deren Benehmen ihm selbst den Appetit nahm.

Später, als er über die Höhe des Trinkgelds nachdachte und Geld auf den Tisch legte, um die Rechnung zu begleichen, beobachtete er die Menge noch einmal, und jetzt stellte er fest, daß keiner der kräftigen Esser Bier, Margaritas oder sonst etwas Alkoholisches trank. Sie hatten Eiswasser oder Cola vor sich, manche tranken Milch, ein Glas nach dem anderen, aber jeder oder jede einzelne dieser Vielfraße schien Antialkoholiker zu sein. Wären er nicht Polizist gewesen – und zwar ein guter – und ausgebildet, nicht nur zu beobachten, sondern auch darüber nachzudenken, was er beobachtete, wäre ihm diese Einzelheit vielleicht gar nicht aufgefallen.

Er erinnerte sich, wie wenig Gäste in der Knight's Bridge Tavern Alkohol getrunken hatten.

Welche ethnische Kultur oder Religion lehnte Alkohol ab, während sie gleichzeitig schlechte Manieren und Gier ermutigte?

Ihm fiel keine ein.

Als Sam sein Bier getrunken hatte und aufstand, um zu gehen, sagte er sich, daß er die unhöflichen Leute zu ernst nähme, daß diese befremdliche Fixierung aufs Essen auf ein paar Menschen beschränkt bliebe und nicht so verbreitet wäre, wie er vermutete. Schließlich hatte er von seinem hinteren Tisch nicht den ganzen Raum und jeden Gast sehen können. Aber als er hinausging, kam er an einem Tisch vorbei, an dem drei attraktive und gut angezogene junge Frauen gierig aßen, aber keine sagte etwas, und ihre Augen waren glasig; zwei hatten Essenreste auf dem Kinn, was sie gar nicht zu bemerken schienen, und die dritte hatte soviel Fladenbrotkrümel auf dem königsblauen Pullover, daß es aussah, als wollte sie sich panieren, in die Küche gehen, in den Ofen klettern und *selbst* zu Essen werden.

Er war froh, als er draußen in der kühlen Nachtluft stand.

Er hatte sowohl wegen der scharf gewürzten Speisen wie auch wegen der Hitze im Restaurant geschwitzt und hätte gerne das Jackett ausgezogen, aber das konnte er wegen der Waffe im Schulterhalfter nicht. Jetzt genoß er den frischen Nebel, der von einem sanften, aber konstanten Wind nach Osten geweht wurde.

13

Chrissie sah sie in den Kanal springen und dachte einen Augenblick, sie würden alle auf der anderen Seite wieder hinaufklettern und in die Richtung über die Wiese weitergehen, in die sie gegangen wäre. Dann drehte sich einer zur Öffnung der Rohrs um. Die Gestalt kam auf allen vieren und mit wenigen schleichenden und geschmeidigen Schritten auf die Öffnung zu. Chrissie konnte zwar nur einen Umriß erkennen, aber sie wollte dennoch kaum glauben, daß dieses Ding ihr Vater, ihre Mutter oder Tucker sein konnte. Aber wer sollte es sonst sein?

Das Raubtier trat in den Schacht und spähte ins Dunkel.

Seine Augen leuchteten sanft bernsteinfarben, hier nicht so hell wie im Mondschein, dunkler als Leuchtfarbe, aber dennoch vage leuchtend.

Chrissie fragte sich, wie gut es in völliger Dunkelheit sehen könnte. Sein Blick konnte sicher nicht ein zwanzig bis fünfundzwanzig Meter dunkles Rohr bis zu der Stelle durchdringen, an der sie kauerte. Eine Sehfähigkeit dieser Schärfe wäre übernatürlich.

Es sah sie direkt an.

Aber wer konnte sagen, daß das, womit sie es hier zu tun hatte, nicht übernatürlich war? Vielleicht waren ihre Eltern… Werwölfe geworden.

Sie war in sauren Schweiß gebadet. Sie hoffte, daß der Gestank des toten Tiers ihren Körpergeruch verbergen würde.

Der Jäger erhob sich von allen vieren in eine kauernde Haltung, wodurch er das silberne Mondlicht am Rohrende fast völlig verdeckte, und kam langsam vorwärts.

Die gekrümmten Betonwände der Leitung verstärkten seinen Atem. Chrissie atmete flach durch den offenen Mund, um ihre Anwesenheit nicht zu verraten.

Nachdem er nur zehn Schritte in den Tunnel eingedrungen war, sprach der Jäger plötzlich mit rauher, flüsternder Stimme und einer solchen Eile, daß die Worte fast eine einzige zusammenhängende Silbenkette bildeten: »*Chrissie, bist du da, du, du? Komm her, Chrissie, komm her, komm, will dich, will, will, brauche, brauche meine Chrissie, meine Chrissie.*«

Die bizarre, hektische Stimme beschwor in Chrissies Verstand das schreckliche Bild eines Geschöpfes herauf, das teils Echse, teils Wolf, teils Mensch und teils etwas Undefinierbares war. Sie vermutete, daß sein tatsächliches Äußeres noch schlimmer war, als sie sich vorstellen konnte.

»*Dir helfen, will dir helfen, jetzt, komm her, komm, komm. Bist du da? Du da?*«

Das Schlimmste an der Stimme war, daß sie trotz der kalten Heiserkeit und des flüsternden Tonfalls etwas Vertrautes hatte. Chrissie erkannte sie als die ihrer Mutter. Verändert, ja, aber dennoch die Stimme ihrer Mutter.

Chrissies Magen wurde von Angst verkrampft, aber sie

wurde auch noch von einem anderen Schmerz erfüllt, den sie sich im Augenblick nicht erklären konnte. Dann wurde ihr klar, daß es der Schmerz des Verlustes war; sie vermißte ihre Mutter, wollte ihre Mutter zurückhaben, ihre *echte* Mutter. Hätte sie eines der verzierten Kruzifixe aus Silber besessen, wie sie immer in den Spätfilmen zu sehen waren, hätte sie sich wahrscheinlich gezeigt, wäre auf das verhaßte Dinge zugeschritten und hätte verlangt, daß es ihre Mutter wieder freigäbe. Wahrscheinlich hätte das Kruzifix nichts bewirkt, denn im wirklichen Leben war nichts so einfach wie in den Filmen; zudem war das, was ihren Eltern zugestoßen war, viel seltsamer als Vampire oder Werwölfe oder aus der Hölle emporgestiegene Dämonen. Aber wenn sie ein Kruzifix gehabt hätte, hätte sie es trotzdem versucht.

»*Tod, Tod, rieche Tod, Gestank, Tod…*«

Das Mutter-Ding drang rasch weiter in den Tunnel vor, bis es zu der Stelle kam, wo Chrissie in die glitschige, verwesende Masse getreten war. Der Glanz der Augen stand in direktem Zusammenhang zum Mondlicht, denn jetzt wurden sie trüber. Dann sah das Geschöpf das tote Tier auf dem Boden des Rohrs an.

Jenseits der Rohröffnung ertönten Geräusche von etwas, das sich im Kanal bewegte. Schritten und Poltern von Steinen folgte eine andere, gleichermaßen furchteinflößende Stimme, während der Jäger sich über das tote Tier kauerte. Sie rief ins Rohr: »*Sie da, sie da? Was gefunden, was, was?*«

»*…Waschbär…*«

»*Was, was ist, was?*«

»*Toter Waschbär, verwest, Maden, Maden*«, sagte die erste.

Chrissie verspürte die makabre Angst, sie könnte den Abdruck eines Turnschuhs in der verwesenden Masse des toten Waschbärs hinterlassen haben.

»*Chrissie?*« sagte der zweite, während er in den Tunnel trat.

Tuckers Stimme. Ihr Vater suchte offenbar jenseits der Wiese im angrenzenden Waldstück nach ihr.

Die beiden Jäger zappelten unablässig. Chrissie konnte hören, wie ihre – Krallen? – auf dem Betonboden der Röhre streiften. Auch hörten sich beide wie in Panik an. Nein, nicht unbedingt wie in Panik, denn Angst konnte man in ihren Stimmen nicht hören. Hektisch. Unbeherrscht. Es war, als würde ein Motor in ihrem Inneren schneller und schneller laufen, fast außer Kontrolle.

»Chrissie da, sie da, sie?« fragte Tucker.

Das Mutter-Ding sah von dem toten Waschbären auf und blickte Chrissie durch den dunklen Tunnel direkt an.

Du kannst mich nicht sehen, dachte-betete Chrissie. Ich bin unsichtbar.

Das Leuchten der Augen des Jägers war zu zwei Pünktchen matten Silbers verblaßt.

Chrissie hielt den Atem an.

Tucker sagte: *»Muß essen, essen, will essen.«*

Das Geschöpf, das ihre Mutter gewesen war, sagte: *»Mädchen finden, Mädchen, sie zuerst finden, dann essen, dann.«*

Sie hörten sich an, als wären sie wilde Tiere, denen durch Zauberei rudimentäre Sprechfähigkeit verliehen worden war.

»Jetzt, jetzt, verbrennen, jetzt essen, jetzt verbrennen«, sagte Tucker drängend und beharrlich.

Chrissie zitterte so heftig, daß sie beinahe fürchtete, sie könnten ihr Schlottern hören.

Tucker sagte: *»Verbrennen, kleine Tiere auf Wiese, höre sie, rieche sie, aufspüren, essen, essen, jetzt.«*

Chrissie hielt den Atem an.

»Nichts hier«, sagte das Mutter-Ding. *»Nur Maden, Gestank, gehen, essen, dann sie finden, essen, essen, dann sie finden, gehen.«*

Die beiden Jäger wichen aus dem Rohr zurück und verschwanden.

Chrissie wagte wieder zu atmen.

Nachdem sie eine Minute gewartet hatte, um sicher zu sein, daß sie tatsächlich gegangen waren, drehte sie sich um und ging nach Troll-art tiefer in das aufwärts laufende Rohr, wobei sie sich blind an den Wänden entlangtastete und nach einer Abzweigung suchte. Sie mußte zweihundert Meter gegangen sein, bis sie eine fand: ein Zuflußrohr, dessen Durchmesser halb so dick wie der des Hauptabflusses war. Sie schlüpfte – Füße voraus und auf dem Rücken – hinein, dann drehte sie sich auf den Bauch und sah in den breiteren Tunnel hinaus. Hier würde sie die Nacht verbringen. Wenn sie in das Rohr zurückkehrten, um ihre Witterung in der reineren Luft hinter dem toten Waschbären aufzunehmen, würde sie außerhalb des Luftzuges sein, der im Haupttunnel wehte, und sie würden sie vielleicht nicht riechen können.

Sie war zuversichtlich, denn die Tatsache, daß sie nicht tiefer in den Tunnel vorgedrungen waren, bewies eindeutig, daß sie nicht über übernatürliche Fähigkeiten verfügten und weder allsehend noch allwissend waren. Sie waren unnatürlich schnell und stark, seltsam und furchteinflößend, aber sie konnten auch Fehler machen. Sie kam zur Überzeugung, daß sie, wenn es Tag geworden war, eine Chance von fünfzig zu fünfzig haben würde, aus dem Wald herauszukommen und Hilfe zu finden, bevor sie erwischt würde.

14

Sam Booker sah im Licht außerhalb des Perez Family-Restaurants auf die Uhr. Erst neunzehn Uhr zehn.

Er ging auf der Ocean Avenue spazieren und nahm den Mut zusammen, Scott in Los Angeles anzurufen. Die Aussicht auf die Unterhaltung mit seinem Sohn beschäftigte ihn zunehmend und verdrängte alle Gedanken an die rüden, gierigen Essensgäste aus seinem Denken.

Um neunzehn Uhr dreißig blieb er vor einer Telefonzelle in der Nähe der Shell-Tankstelle Ecke Juniper Lane und Ocean Avenue stehen. Er rief mit seiner Kreditkarte per Ferngespräch in seinem Haus in Sherman Oaks an.

Scott hielt sich mit seinen sechzehn Jahren für alt genug, alleine zu Hause zu bleiben, wenn sein Vater in einem Auftrag unterwegs war. Sam stimmte dem nur teilweise zu und hätte es vorgezogen, wenn der Junge bei seiner Tante Edna geblieben wäre. Aber Scott behielt die Oberhand, indem er das Leben für Edna zur Hölle machte, daher wollte Sam sie dieser Prüfung nur ungern aussetzen.

Er hatte dem Jungen wiederholt Sicherheitsprozeduren eingebleut – alle Türen und Fenster verschlossen halten; wissen, wo die Feuerlöscher waren; wissen, wie man bei einem Erdbeben oder einem anderen Notfall von jedem Zimmer aus dem Haus gelangen konnte – und er hatte ihm beigebracht, wie man mit einer Handfeuerwaffe schoß. Sams Meinung nach war Scott noch lange nicht reif genug, über Tage hinweg allein im Haus zu bleiben; aber wenigstens war der Junge hinreichend auf alle Eventualitäten vorbereitet.

Das Telefon klingelte neunmal. Sam verspürte schuldbewußte Erleichterung darüber, daß er nicht durchkam, und wollte schon wieder auflegen, als Scott schließlich abnahm.

»Hallo.«

»Ich bin es, Scott. Dad.«

»Ja?«

Im Hintergrund spielte lautstark Heavy Metal Rock. Er war wahrscheinlich in seinem Zimmer und hatte die Stereoanlage so aufgedreht, daß die Fensterscheiben bebten.

Sam sagte: »Könntest du die Musik leiser stellen?«

»Ich kann dich gut hören«, murmelte Scott.

»Vielleicht, aber ich habe Mühe, dich zu hören.«

»Ich habe sowieso nichts zu sagen.«

»Bitte, mach leiser«, sagte Sam mit Betonung auf dem ›bitte‹.

Scott legte den Hörer weg, der auf seinem Nachttisch polterte. Der Laut tat Sam im Ohr weg. Der Junge machte die Lautstärke der Anlage nur unmerklich leiser. Er nahm das Telefon wieder und sagte: »Ja?«

»Wie geht es dir?«

»Ganz gut.«

»Alles in Ordnung?«

»Warum nicht?«

»Ich hab' ja nur gefragt.«

Plötzlich: »Wenn du angerufen hast, ob ich eine Party mache, keine Bange. Ich mache keine.«

Sam zählte bis drei, um die Stimme wieder unter Kontrolle zu bekommen. Nebelschwaden wehten an den Glasscheiben der Telefonzelle vorbei. »Wie war es heute in der Schule?«

»Glaubst du, ich war nicht dort?«

»Ich weiß, daß du dort warst.«

»Du vertraust mir nicht.«

»Ich vertraue dir«, log Sam.

»Du denkst, ich wäre nicht dort gewesen.«

»Warst du dort?«

»Ja.«

»Und wie war es?«

»Lächerlich. Immer dieselbe alte Scheiße.«

»Scott, bitte, du weißt, ich habe dich gebeten, solche Ausdrücke nicht zu gebrauchen, wenn du mit mir sprichst.« Sam merkte, daß er gegen seinen Willen in einen Streit gezogen wurde.

»Tut mir leid. Dieselben alten *Fäkalien*«, sagte Scott in einem Tonfall, daß er ebensogut den Tag in der Schule wie Sam hätte meinen können.

»Hier ist es ziemlich schön«, sagte Sam.

Der Junge antwortete nicht.

»Bewaldete Hänge direkt bis zum Meer.«

»Und?«

Sam folgte dem Rat des Familienberaters, den er und Scott gemeinsam und jeder für sich besucht hatten, biß die Zähne zusammen, zählte wieder bis drei und versuchte es auf andere Art. »Hast du schon gegessen?«

»Ja.«

»Hast du Hausaufgaben?«

»Keine.«

Sam zögerte, entschied dann aber, es dabei zu belassen. Der Berater, Dr. Adamski, wäre stolz auf soviel Toleranz und kühle Selbstbeherrschung gewesen.

Die Lichter der Shell-Tankstelle hinter der Telefonzelle bekamen vielfache Heiligenscheine, während die Stadt im zunehmend dichter werdenden Nebel versank.

Schließlich sagte Sam: »Was treibst du heute abend?«

»Ich *habe* Musik gehört.«

Manchmal glaubte Sam, daß die Musik teilweise dazu beigetragen hatte, den Jungen zu verderben. Dieser stampfende, frenetische, unmelodische Heavy Metal Rock war eine Sammlung monotoner Akkorde und noch monotonerer atonaler Riffs, so seelenlos und abstumpfend, daß es die Musik einer Zivilisation denkender Maschinen, lange nachdem die Menschheit von der Erde verschwunden war, hätte sein können.

Nach einer gewissen Zeit hatte Scott das Interesse an den meisten Heavy Metal Bands verloren und war zu U2 übergewechselt, aber deren simples soziales Bewußtsein war keine Konkurrenz für Nihilismus. Er interessierte sich bald wieder für Heavy Metal, aber diesmal Black Heavy Metal, die Bands, die mit Satanismus kokettierten oder dessen dramatisches Zubehör verwendeten; er wurde zunehmend verschlossener, gesellschaftsfeindlich und ernst. Sam hatte mehr als einmal mit dem Gedanken gespielt, die Plattensammlung des Jungen zu konfiszieren, sie zu zerschmettern und wegzuwerfen, aber das schien eine absurde Übertreibung zu sein. Schließlich war Sam selbst sechzehn gewesen, als die Beatles und die Rolling Stones auf der Bildfläche erschienen waren, und seine Eltern hatten gegen *diese* Musik gewettert und vorhergesagt, daß sie Sam und seine ganze Generation in den Untergang führen würde. Und er war trotz John, Paul, George und Ringo und den Stones etwas geworden.

Er war ein Kind einer Zeit nie dagewesener Toleranz, und er wollte nicht so engstirnig werden, wie es seine Eltern gewesen waren.

»Ich gehe jetzt besser wieder«, sagte Sam.

Der Junge schwieg.

»Wenn sich unvorhergesehene Probleme ergeben, ruf deine Tante Edna an.«

»*Sie* kann nichts für mich tun, was ich nicht selbst könnte.«

»Sie hat dich gern, Scott.«

»Ja, klar.«

»Sie ist die Schwester deiner Mutter; sie würde dich gerne wie ihren eigenen Sohn lieben. Du mußt ihr nur die Möglichkeit dazu geben.« Nach weiterem Schweigen holte Sam tief Luft und sagte: »Ich hab' dich auch gern, Scott.«

»Ja? Und was soll ich jetzt tun – vor Rührung zerfließen?«

»Nein.«

»Tue ich auch nicht.«

»Ich habe nur gesagt, wie es ist.«

Der Junge zitierte offenbar einen seiner Lieblingssongs, als er sagte.

»Nichts währt ewig,
Auch Liebe ist eine Lüge,
Ein Werkzeug der Manipulation,
Im Himmel wohnt kein Gott.«

Klick.

Sam stand einen Augenblick da und hörte das Freizeichen an. »Perfekt.« Er legte den Hörer auf die Gabel.

Seine Frustration wurde nur noch von seiner Wut übertroffen. Er wollte etwas oder jemanden blutig schlagen und so tun, als würde er dasjenige oder denjenigen verprügeln, der ihm seinen Sohn genommen hatte.

Und er hatte ein leeres, schmerzliches Gefühl in der Magengegend, denn er hatte Scott *wirklich* gern. Die Entfremdung des Jungen war erschütternd.

Er wußte, er konnte jetzt noch nicht ins Motel zurückkehren. Er war noch nicht müde, und die Aussicht, ein paar Stunden vor der Verdummungskiste zu verbringen und dämliche Komödien oder Spielfilme anzusehen, war unerträglich.

Als er die Tür der Telefonzelle aufmachte, wirbelten Nebelschwaden herein und schienen ihn in die Nacht hinauszuziehen. Er schlenderte eine Stunde durch die Straßen von Moonlight Cove, tief in die angrenzenden Bezirke hinein, wo keine Straßenlaternen leuchteten und Bäume und Häuser im Nebel zu schweben schienen, als wären sie nicht fest mit dem Boden verankert, sondern nur lose angebunden und kurz davor, davonzuschweben.

Vier Blocks nördlich der Ocean Avenue, am Iceberry Way,

schritt Sam heftig aus und reagierte seine Wut durch die Anstrengung und die Kälte ab, als er hastige Schritte hörte. Jemand lief. Drei Personen, vielleicht vier. Es war ein unmißverständliches Geräusch, aber seltsam verstohlen, nicht das deutliche *Tapp-tapp-tapp* von näher kommenden Joggern.

Er drehte sich um und sah die in Düsternis gehüllte Straße entlang.

Die Schritte verstummten.

Da der Mond von Wolken verdeckt war, wurde die Szenerie lediglich vom Licht erhellt, das aus den Fenstern von Häusern im bayerischen, englischen, spanischen und im Monterney-Stil fiel, welche sich auf beiden Seiten der Straße zwischen Pinien und Wacholderbüschen an die Hänge schmiegten. Das Viertel war alt und hatte seinen Reiz, aber da moderne Häuser mit großen Panoramafenstern fehlten, war alles noch dunkler. Zwei Anwesen des Viertels hatten eine indirekte, verkleidete Malibu-Beleuchtung, einige Kutschenlaternen am Ende von Wegen, aber der Nebel dämpfte deren Licht. Soweit Sam sehen konnte, war er allein auf dem Iceberry Way.

Er ging weiter, war aber noch keinen halben Block weit gekommen, als er die hastigen Schritte wieder hörte. Er wirbelte herum, sah aber wieder niemanden. Dieses Mal wurden die Schritte leiser, als wären die Läufer vom asphaltierten Weg auf weichen Erdboden getreten und dann zwischen zwei Häusern hindurch.

Vielleicht liefen sie auf einer anderen Straße. Nebel und Kälte konnten einem Streiche spielen.

Aber er war argwöhnisch und neugierig, daher trat er leise vom riesigen, aufgesprungenen Gehweg herunter, in einen Vorgarten und in die Schwärze einer ausladenen Zypresse. Er behielt die Gegend im Auge, und nach einer halben Minute sah er verstohlene Bewegungen an der Westseite der Straße. Vier schattenhafte Gestalten tauchten an einer Hausecke auf und eilten geduckt weiter. Als sie über einen Rasen schlichen, der stellenweise von Sturmlampen auf Eisenpfählen beleuchtet wurde, schnellten ihre verzerrten Schatten unbändig über die weiße Stuckfassade des Hauses.

Bevor er ihre Größe oder etwas anderes feststellen konnte, gingen sie wieder hinter dichtem Gebüsch in Deckung.

Halbstarke, dachte Sam, die nichts Gutes im Schilde führen.

Er wußte nicht, weshalb er so sicher war, daß es sich um Halbstarke handelte; vielleicht, weil ihre Schnelligkeit und ihr Verhalten nicht zu Erwachsenen paßten. Entweder wollten sie einem verhaßten Nachbarn einen Streich spielen – oder sie waren hinter Sam her. Sein Instinkt sagte ihm, daß er verfolgt würde.

Konnten jugendliche Kriminelle in einer so kleinen und verschworenen Stadt wie Moonlight Cove ein Problem sein?

Es gab in jeder ein paar unartige Kinder. Aber in einer beinahe ländlichen Atmosphäre wie hier gehörten zur Jugendkriminalität selten Bandenverbrechen wie Überfall, bewaffneter Raub, Diebstahl oder Totschlag. Auf dem Land hatten Halbstarke Ärger wegen schneller Autos, Alkohol, Mädchen und ein paar harmloser Diebstähle, aber sie streiften nicht als Banden durch die Straßen, wie ihre Altersgenossen in den Großstädten.

Dennoch begegnete Sam dem Quartett, das drei Häuser westlich von ihm auf der anderen Straßenseite in den Schatten hinter Farnen und Azaleen kauerte, mit Mißtrauen. Schließlich war etwas faul in Moonlight Cove, und die Probleme konnten durchaus etwas mit Jugendkriminalität zu tun haben. Die Polizei verheimlichte die Wahrheit über mehrere Todesfälle im Verlauf der letzten Monate, vielleicht schützten sie jemanden; so unwahrscheinlich es sich anhören mochte, vielleicht deckten sie ein paar Kinder reicher Familien, die die Privilegien ihrer Schicht zu weit getrieben und das zulässige zivilisierte Verhalten übertreten hatten.

Sam hatte keine Angst vor ihnen. Er wußte, wie er sich verhalten mußte, und er hatte seinen 38er dabei. Es hätte ihm sogar gefallen, den Bälgern eine Lektion zu erteilen. Aber ein Streit mit einer Jugendbande würde eine anschließende Begegnung mit der Polizei nach sich ziehen, und er zog es vor, nicht die Aufmerksamkeit der Behörden auf sich zu lenken, um seine Ermittlungen nicht zu gefährden.

Es kam ihm seltsam vor, daß sie ihn in einer Wohngegend wie dieser hier angreifen wollten. Ein Schrei von ihm würde Leute auf die Veranden locken, die nachsehen würden, was los war. Aber da er nicht einmal soviel Aufmerksamkeit auf sich lenken wollte, würde er selbstverständlich nicht rufen.

Das alte Sprichwort, wonach Vorsicht der bessere Teil von Tapferkeit war, galt nirgendwo mehr als hier. Er entfernte sich von der Zypresse, unter der er sich versteckt hatte, ging weg von der Straße und auf das unbeleuchtete Haus hinter sich zu. Er war überzeugt, daß die Halbstarken nicht wußten, wohin er gegangen war, daher wollte er einfach aus der Gegend verschwinden und sie abschütteln.

Er kam zum Haus, eilte daran entlang und gelangte in einen Garten, in dem eine Schaukel von Nebel und Schatten so verzerrt wurde, daß sie wie eine gigantische Spinne aussah, die durch das Halbdunkel auf ihn zugekrochen kam. Am Ende des Gartens kletterte er über einen Scherenzaun, hinter dem sich ein schmaler Weg befand, der zu den Garagen des Blocks führte. Er wollte nach Süden gehen, zurück zur Ocean Avenue und ins Stadtzentrum, aber der Hauch einer Vorahnung ließ ihn eine andere Richtung einschlagen. Er überquerte den schmalen Weg, ging an einer Reihe metallener Mülleimer vorbei, kletterte über den gegenüberliegenden Zaun und gelangte so in den Garten eines anderen Hauses, dessen Fassade sich zur Parallelstraße des Iceberry Way hin befand.

Er hatte den Weg kaum verlassen, da hörte er leise, hastige Schritte auf dem Asphalt. Die Halbstarken – wenn es welche waren – hörten sich so schnell, aber nicht mehr so verstohlen wie vorher an.

Sie kamen vom Ende des Blocks in Sams Richtung. Er hatte das seltsame Gefühl, daß sie mit einem sechsten Sinn spüren würden, in welchen Garten er gegangen war und daß sie ihn aufspüren würden, bevor er die nächste Straße erreichen könnte. Sein Instinkt riet ihm, nicht mehr wegzulaufen, sondern sich zu Boden zu werfen. Er war in Bestform, ja, aber er war zweiundvierzig, während sie zweifellos siebzehn Jahre oder noch jünger waren, und jeder Mann in seinem Alter, der glaubte, er könnte Jungs davonlaufen, war ein Narr.

Anstatt durch den Garten zu laufen, eilte er rasch zum Seitentor der angrenzenden Garage und hoffte, daß sie nicht abgeschlossen sein würde. Sie war es nicht. Er trat in völlige Dunkelheit und zog die Tür in dem Augenblick zu, als er hörte, wie die vier Verfolger vor dem großen Tor am anderen Ende des Bauwerks stehenblieben. Sie blieben nicht dort stehen, weil sie wußten, wo er war, sondern wahrscheinlich, weil sie überlegten, in welche Richtung er gegangen sein könnte.

Sam tastete in völliger Schwärze nach einem Schloß oder Riegel, mit dem er die Tür, durch die er hereingekommen war, versperren könnte. Er fand nichts.

Er hörte die vier Halbstarken miteinander tuscheln, konnte aber nicht verstehen, was sie sagten. Ihre Stimmen hörten sich seltsam an; flüsternd und drängend.

Sam blieb an der Nebentür stehen. Er umklammerte den Knauf mit beiden Händen, damit er sich nicht drehte, falls die Burschen um die Garage herumschlichen und es versuchen sollten.

Sie verstummten.

Er lauschte angestrengt. – Nichts.

Die kalte Luft roch nach Öl und Staub. Er konnte nichts sehen, vermutete aber, daß ein oder zwei Autos hier standen.

Er hatte zwar keine Angst, kam sich aber allmählich albern vor. Wie hatte er sich in diese Lage bringen können? Er war ein erwachsener Mann, ein in verschiedenen Techniken der Selbstverteidigung ausgebildeter FBI-Agent, der einen Revolver bei sich trug, mit dem er ausgezeichnet umgehen konnte, und dennoch versteckte er sich vor vier Bengeln in einer Garage. Er war hierher gekommen, weil er instinktiv gehandelt hatte, und normalerweise vertraute er seinen Instinkten blind, aber das war…

Er hörte verstohlene Bewegungen an der Außenwand der Garage. Er erstarrte. Schlurfende Schritte näherten sich der Tür, hinter der er stand. Soweit Sam es abschätzen konnte, hörte er nur einen der vier.

Sam hielt den Knauf mit beiden Händen umklammert, lehnte sich zurück und zog die Tür fest gegen den Rahmen.

Die Schritte verstummten vor ihm.

Er hielt den Atem an.

Eine Sekunde tickte vorbei, zwei, drei.

Versuch es mit dem verdammten Knauf und geh weiter, dachte Sam gereizt.

Er kam sich mit jeder Sekunde alberner vor und war kurz davor, den Burschen direkt anzusprechen. Er könnte wie ein Jack-in-the-Box aus der Tür herausschnellen und würde dem Balg wahrscheinlich einen verdammten Schrecken einjagen, so daß er schreiend davonlaufen würde.

Dann hörte er eine Stimme auf der anderen Seite der Tür, Zentimeter von ihm entfernt, und er wußte zwar nicht, was in Gottes Namen er da hörte, doch wurde ihm klar, daß er gut daran getan hatte, seinen Instinkten zu vertrauen und sich zu verstecken. Die Stimme war dünn, krächzend und furchteinflößend, die drängende, abgehackte Sprechweise war die eines rasenden Psychopathen oder eines Junkie, dessen Schuß längst überfällig war:

»*Brennen, Verlangen, Verlangen…*«

Er schien mit sich selbst zu sprechen und bemerkte vielleicht nicht einmal, daß er sprach, wie ein fiebriger Mann im Delirium plappern mochte.

Ein harter Gegenstand kratzte außen an der Holztür entlang. Sam versuchte sich vorzustellen, was das sein könnte.

»*Das Feuer löschen, Feuer, essen, essen*«, sagte der Junge mit dünner, hektischer Stimme, die teils Flüstern und teils Winseln und teils ein leises, bedrohliches Knurren war. Sie hatte mit keiner Teenagerstimme Ähnlichkeit, die Sam je gehört hatte – auch nicht mit der eines Erwachsenen, was das anbelangte.

Seine Stirn war trotz der Kälte mit Schweiß bedeckt.

Der unbekannte Gegenstand kratzte wieder an der Tür.

War der Junge bewaffnet? Wurde der Griff eines Revolvers über das Holz gezogen? Eine Messerklinge? Nur ein Stock?

»*…brennt, brennt…*«

Eine Kralle?

Das war eine verrückte Vorstellung. Trotzdem wurde er sie nicht los. Er sah vor dem geistigen Auge das deutliche Bild einer scharfen, hornähnlichen Kralle – eine Klaue –, die Splitter von der Tür ablöste, während sie Furchen ins Holz kratzte.

Sam hielt den Knauf fest umklammert. Schweiß rann ihm an den Schläfen herunter.

Schließlich versuchte der Junge, die Tür aufzumachen. Der Knauf drehte sich in Sams Hand, aber er hielt ihn zurück.

»*...o Gott, es brennt, tut weh, o Gott...*«

Allmählich bekam Sam es mit der Angst zu tun. Der Junge hörte sich so verdammt unheimlich an. Wie ein PCD-Junkie, der irgendwo außerhalb des Mars-Orbits schwebte, nur viel schlimmer, seltsamer und gefährlicher als jeder Angel-Dust-Freak. Sam bekam es mit der Angst, weil er verdammt noch mal nicht wußte, womit er es zu tun hatte.

Der Junge versuchte, die Tür aufzuziehen.

Sam zog sie fest an den Rahmen heran.

Rasche, frenetische Worte: »*...das Feuer löschen, das Feuer löschen...*«

Ich frage mich, ob er mich hier drinnen riechen kann, überlegte Sam, und diese bizarre Vorstellung schien unter den gegebenen Umständen nicht verrückter als das Bild der Jungen mit Krallen.

Sams Herz hämmerte. Stechender Schweiß lief ihm in die Augenwinkel. Die Muskeln in Hals, Schultern und Armen schmerzten; er strengte sich viel mehr als nötig an, um die Tür zuzuhalten.

Nach einem Augenblick schien der Junge zu dem Ergebnis zu kommen, daß sein Opfer doch nicht in der Garage war, und gab auf. Er lief an der Seite der Garage entlang zum Weg zurück. Während er davonhastete, gab er ein kaum hörbares Winseln von sich; es war ein Laut von Schmerz und Verlangen... und tierischer Erregung. Er bemühte sich, das Winseln zu unterdrücken, stieß es aber dennoch aus.

Sam hörte katzenhafte Schritte aus allen Richtungen näher

kommen. Die drei anderen potentiellen Täter gesellten sich wieder zu dem Jungen auf den Weg; ihre Stimmen waren von derselben Hektik erfüllt, die auch seine kennzeichnete, aber sie waren jetzt so weit entfernt, daß Sam nicht mehr verstehen konnte, was sie sagten. Sie verstummten unvermittelt, und einen Augenblick später liefen sie gemeinsam den Weg entlang nach Norden, als wären sie Angehörige eines Wolfsrudels, die instinktiv auf die Witterung von Wild oder Gefahr reagierten. Ihre verstohlenen Schritte wurden leiser, wenig später war die Nacht wieder still wie ein Grab.

Sam stand noch mehrere Minuten, nachdem die Meute verschwunden war, in der dunklen Garage und hielt den Türknauf fest.

15

Der tote Junge lag in einem Abwasserkanal an der Landstraße südöstlich von Moonlight Cove. Sein frostweißes Gesicht war blutbefleckt. Seine aufgerissenen Augen sahen im Licht von zwei auf dreibeinigen Stativen stehenden Scheinwerfern der Polizei starr zu einem Ufer, das unendlich ferner war als das des nahen Pazifik.

Loman Watkins, der neben einem der Scheinwerfer stand, sah auf den kleinen Leichnam hinab und zwang sich, den Tod von Eddie Valdoski zu begreifen, denn Eddie, der erst acht Jahre alt gewesen war, war sein Patenkind. Loman war mit George, Eddies Vater, in die High School gegangen, und er hatte Eddies Mutter, Nella, auf eine rein platonische Weise fast zwanzig Jahre lang geliebt. Eddie war ein prächtiger Junge gewesen, klug und wißbegierig und wohlerzogen. War gewesen. Und jetzt... Gräßlich verstümmelt, wild gebissen, zerkratzt und zerfetzt, und mit gebrochenem Genick, war der Junge wenig mehr als ein Haufen verwesender Abfall, sein vielversprechendes Potential war vernichtet, die Flamme ausgepustet, man hatte ihm das Leben genommen – und ihn dem Leben.

Loman hatte in einundzwanzig Jahren Polizeidienst viel Schreckliches gesehen, aber dies war wahrscheinlich das Schlimmste. Und er hätte aufgrund seiner persönlichen Beziehung zu dem Opfer völlig erschüttert und am Boden zerstört sein müssen. Doch der Anblick des kleinen, verstümmelten Leichnams berührte ihn kaum. Trauer, Bedauern, Wut und eine Vielzahl andere Empfindungen erfüllten ihn, aber nur leicht und kurz, so wie ein unsichtbarer Fisch im dunklen Meer an einem Schwimmer vorbeiziehen mochte. Kummer, der ihn wie Nägel hätte durchbohren sollen, verspürte er keinen.

Barry Sholnick, ein neuer Beamter der kürzlich erst erweiterten Polizei von Moonlight Cove, kauerte über dem Graben, einen Fuß auf jeder Seite, und machte ein Foto von Eddie Valdoski. Einen Moment spiegelte sich die silberne Reflektion des Blitzlichts in den starren Augen des Jungen.

Lomans zunehmendes Unvermögen, etwas zu *empfinden*, war seltsamerweise das einzige, das starke Empfindungen in ihm hervorrief. Es machte ihm eine Heidenangst. Seine Unfähigkeit, Gefühle zu erzeugen, machte ihm in letzter Zeit zunehmend zu schaffen; es war eine unerwünschte, aber offenbar unumkehrbare Verhärtung des Herzens, die seinen Herzvorhof bald in Marmor und die Herzkammern in gewöhnlichen Stein verwandeln würde.

Er gehörte jetzt zu den Neuen Menschen und unterschied sich in vieler Hinsicht von dem Mann, der er einst gewesen war. Er sah immer noch gleich aus – einsfünfundsiebzig, untersetzt, ein für einen Mann in seinem Beruf ungewöhnlich breites und unschuldiges Gesicht –, aber er war nicht nur das, was er zu sein schien. Vielleicht war bessere Beherrschung der Gefühle, eine stabilere und analytischere Denkweise der unvorhergesehene Vorteil der Veränderung. Aber war es wirklich ein Vorteil? Keine Gefühle? Keine Trauer?

Die Nacht war zwar kalt, dennoch brach ihm auf Gesicht, den Handrücken und unter den Achseln saurer Schweiß aus.

Dr. Jan Fitzgerald, der Gerichtsmediziner, war anderswo

beschäftigt, aber Victor Callan, der Inhaber von Callans Bestattungsunternehmen und stellvertretender Gerichtsmediziner, half einem anderen Beamten, Jules Timmermann, den Boden zwischen dem Graben und dem nahe gelegenen Wald abzusuchen. Sie suchten nach Spuren, die der Killer hinterlassen haben konnte.

Dabei spielten sie den Anwohnern der Gegend, die sich auf der anderen Straßenseite versammelt hatten, nur etwas vor. Selbst wenn Spuren gefunden würden, würde niemand für dieses Verbrechen verhaftet werden. Es würde nie zu einer Verhandlung kommen. Wenn sie Eddies Mörder fänden, würden sie ihn verstecken und sich auf ihre Weise um ihn kümmern, damit sie die Existenz der Neuen Menschen vor denen geheimhalten konnten, die die Verwandlung noch nicht hinter sich gebracht hatten. Denn der Killer war zweifellos einer von denen, die Thomas Shaddack ›Regressive‹ nannte; einer der Neuen Menschen, die böse geworden waren. Sehr böse.

Loman wandte sich von dem toten Jungen ab. Er schritt die Landstraße entlang zum Haus der Valdoskis, das sich ein paar hundert Meter nördlich befand und von Nebel verhüllt war.

Er achtete nicht auf die Schaulustigen, obwohl ihm einer von ihnen zurief: »Chief? Was, zum Teufel, ist denn da los, Chief?«

Dies war eine ländliche Gegend, die gerade noch zur Gemarkung der Stadt gehörte. Die Häuser hier standen vereinzelt, ihre verstreuten Lichter vermochten die Nacht nicht zurückzudrängen. Er fühlte sich isoliert, bevor er den halben Weg zum Valdoski-Haus zurückgelegt hatte, obwohl er noch in Rufweite der Männer am Ort des Verbrechens war. Bäume, die von jahrhundertelangem Wind vom Meer in unruhigeren Nächten als dieser gepeinigt worden waren, beugten sich zur Straße, ihre verkrümmten Zweige hingen über den Schotterstreifen, auf dem er ging. Er bildete sich Bewegungen in den dunklen Ästen über ihm und in der Schwärze und dem Nebel zwischen den gekrümmten Baumstämmen ein.

Er legte die Hand auf den Griff des Revolvers im Seitenhalfter.

Loman Watkins war seit neun Jahren Polizeichef von Moonlight Cove, und in seinem Bezirk war im Verlauf des vergangenen Monats mehr Blut vergossen worden als in den vorhergehenden acht Jahren und elf Monaten. Er war davon überzeugt, daß es noch schlimmer kommen würde. Er hatte so eine Ahnung, als wären die Regressiven zahlreicher und ein größeres Problem als Shaddack klar war – oder er zugeben wollte.

Er fürchtete die Regressiven fast ebensosehr, wie er seine eigene neue, kalte und teilnahmslose Denkweise fürchtete.

Angst war, anders als Glück und Trauer und Freude und Kummer, ein Überlebensmechanismus, daher würde er zu ihr möglicherweise nicht so sehr den Zugang verlieren als zu anderen Empfindungen. Dieser Gedanke machte ihn so unbehaglich wie die eingebildeten Bewegungen in den Bäumen. Ist die Angst, fragte er sich, die einzige Empfindung in dieser schönen neuen Welt, die wir erschaffen?

16

Nach einem fettigen Cheeseburger, öligen Pommes frites und einer eiskalten Flasche Dos Equis in der verlassenen Cafeteria des Cove Lodge begab sich Tessa Lockland wieder in ihr Zimmer, setzte sich, von Kissen gestützt, aufs Bett und rief ihre Mutter in San Diego an. Marion nahm den Hörer nach dem ersten Läuten ab, und Tessa sagte: »Hi, Mom.«

»Wo bist du, Teejay?« Als Kind hatte sich Tessa nie entscheiden können, ob sie mit ihrem ersten oder zweiten Vornamen gerufen werden wollte, nämlich Jane, daher hatte ihre Mutter sie stets mit den Initialen gerufen, als wären sie der Name selbst.

»Cove Lodge«, sagte Tessa.

»Hübsch?«

»Das Beste, was ich finden konnte. Dies ist keine Stadt, die

Wert auf erstklassige Touristeneinrichtungen legt. Wenn die wunderschöne Aussicht nicht wäre, würde das Cove Lodge zu den Hotels gehören, die nur überleben, weil sie im Fernsehen hausinterne Pornofilme zeigen und Zimmer stundenweise vermieten.«

»Ist es sauber?«

»Ausreichend.«

»Wenn es nicht sauber wäre, würde ich darauf bestehen, daß du sofort anderswo hinzögest.«

»Mom, du weißt doch, wenn ich unterwegs bin und einen Film drehe, bin ich auch nicht immer luxuriös untergebracht. Als ich den Dokumentarfilm über die Meskitoindianer in Mittelamerika gemacht habe, bin ich mit ihnen auf die Jagd gegangen und habe im Schlamm geschlafen.«

»Teejay, Liebes, du darfst nie jemandem sagen, daß du im Schlamm geschlafen hast. Schweine schlafen im Schlamm. Du mußt sagen, daß du gezeltet oder gecampt hast, aber niemals, daß du im Schlamm geschlafen hast. Auch unangenehme Erlebnisse können sich lohnen, wenn man seine Würde und seinen Stil dabei nicht vergißt.«

»Ja, Mom, ich weiß. Ich wollte damit nur sagen, das Cove Lodge ist nicht toll, aber besser, als im Schlamm zu schlafen.«

»Zu zelten.«

»Besser als zelten«, sagte Tessa.

Beide schwiegen einen Augenblick. Dann sagte Marion: »Verdammt, ich sollte bei dir sein.«

»Mom, du hast ein gebrochenes Bein.«

»Ich hätte, schon als ich hörte, daß sie die arme Janice gefunden haben, nach Moonlight Cove gehen sollen. Wenn ich dort gewesen wäre, hätten sie die Leiche nicht verbrannt. Bei Gott, das hätten sie nicht! Ich hätte es verhindert und eine andere Autopsie bei *vertrauenswürdigen* Behörden verlangt, dann wäre es jetzt nicht nötig, daß du dich darum kümmerst. Ich bin so böse auf mich selbst.«

Tessa ließ sich in die Kissen sinken und seufzte. »Mom, laß das sein. Du hast dir drei Tage, bevor Janices Leichnam gefunden wurde, das Bein gebrochen. Du kannst jetzt nicht reisen, und du konntest damals nicht reisen. Es ist nicht deine Schuld.«

»Früher hätte mich ein gebrochenes Bein nicht aufhalten können.«

»Du bist nicht mehr zwanzig, Mom.«

»Ja, ich weiß, ich bin alt«, sagte Marion kläglich. »Manchmal denke ich darüber nach, wie alt ich bin, und das macht mir Angst.«

»Du bist erst vierundsechzig, du siehst keinen Tag älter als fünfzig aus, und du hast dir das Bein beim Fallschirmspringen gebrochen, um Gottes willen, daher hast du von mir kein Mitleid zu erwarten.«

»Trost und Mitleid erwartet eine ältere Mutter von ihrer guten Tochter.«

»Wenn du mich dabei erwischen würdest, wie ich dich älter nenne oder dich mitleidig behandle, würdest du mich per Arschtritt bis nach China befördern.«

»Die Möglichkeit, ihrer Tochter dann und wann einmal in den Arsch zu treten, gehört zu den Freuden des Alters einer Mutter, Teejay. Verdammt, wo ist überhaupt dieser Baum hergekommen? Ich mache jetzt seit dreißig Jahren Fallschirmspringen, und ich bin noch nie in einem Baum gelandet; und ich schwöre, er war nicht da, als ich bei der Landung nach unten gesehen habe, um mir die Landestelle anzusehen.«

Ein großer Teil des unerschütterlichen Optimismusses und der heiteren Einstellung zum Leben kam in der Familie Lockland von Bernard, Tessas verstorbenen Vater, aber etwas – und jede Menge Unbeugsamkeit dazu – stammte auch aus Marions Genen.

Tessa sagte: »Nachdem ich angekommen war, ging ich heute abend zum Strand hinunter, wo sie sie gefunden haben.«

»Es muß schrecklich für dich sein, Teejay.«

»Ich werde damit fertig.«

Als Janice gestorben war, hatte Tessa ländliche Regionen von Afghanistan bereist, um die Auswirkungen des völkermörderischen Krieges auf das afghanische Volk und dessen Kultur zu studieren, weil sie das Buch für einen Dokumentarfilm zu diesem Thema schreiben wollte. Ihre Mutter hatte sie erst zwei Wochen, nachdem der Leichnam in Moonlight Cove ans Ufer gespült worden war, von Janices Tod in Kenntnis setzen können.

Sie hatte Afghanistan vor fünf Tagen, am achten Oktober, mit dem Gefühl, als hätte sie ihre Schwester irgendwie im Stich gelassen, per Flugzeug verlassen. Ihre Schuldgefühle wogen mindestens ebenso schwer wie die ihrer Mutter, aber es stimmte, was sie sagte: Sie *wurde* damit fertig.

»Du hattest recht, Mom. Die offizielle Version stinkt zum Himmel.«

»Was hast du herausgefunden?«

»Noch nichts. Aber ich stand genau an der Stelle im Sand, wo sie angeblich die Valium genommen hat, wo sie zum letzten Mal schwimmen ging, wo sie sie zwei Tage später gefunden haben, und ich wußte, ihre ganze Geschichte ist Müll. Das habe ich in meinem Innersten gespürt, Mom. Und ich werde so oder so herausfinden, was tatsächlich geschehen ist.«

»Du mußt vorsichtig sein, Liebes.«

»Das werde ich.«

»Wenn Janice… ermordet… worden ist…«

»Ich passe auf.«

»Und wenn man der Polizei dort nicht trauen kann, wie wir vermuten…«

»Mom, ich bin einen Meter siebzig groß, blond, blauäugig, keck und sehe schätzungsweise so gefährlich aus wie ein Backenhörnchen von Walt Disney. Ich mußte mein Leben lang gegen mein Aussehen arbeiten, um ernst genommen zu werden. Frauen wollen mich alle bemuttern oder meine große Schwester sein, und Männer wollen entweder mein Vater sein oder mich in die Horizontale bringen, aber verdammt wenige durchschauen mein Äußeres und erkennen, daß ich ein Gehirn habe, das, wie ich fest überzeugt bin, größer als das einer Maus ist; normalerweise müssen sie mich erst eine Weile kennen, bis ihnen das klar wird. Daher werde ich mein Aussehen einfach verkaufen, anstatt dagegen zu arbeiten. Hier wird mich niemand als Bedrohung ansehen.«

»Meldest du dich wieder?«

»Selbstverständlich.«

»Wenn du denkst, daß du in Gefahr bist, dann geh einfach weg, und zwar schnell.«

»Ich passe auf.«

»Versprich mir, daß du nicht bleibst, wenn es gefährlich wird«, beharrte Marion.

»Ich verspreche es. Aber du mußt *mir* versprechen, daß du in nächster Zeit nicht mehr aus Flugzeugen springen wirst.«

»Dafür bin ich zu alt, Liebes. Ich bin jetzt älter. Uralt. Ich werde Hobbys finden müssen, die meinem Alter angemessen sind. Ich wollte zum Beispiel immer Wasserskifahren lernen, und in dem Dokumentarfilm über Sandbahnrennen, den du gedreht hast, schien man mit diesen kleinen Motorrädern einen Heidenspaß haben zu können.«

»Ich liebe dich so sehr, Mom.«

»Ich dich auch, Teejay. Mehr als das Leben selbst.«

»Ich werde dafür sorgen, daß sie für Janice bezahlen müssen.«

»Wenn es jemanden gibt, der bezahlen muß. Vergiß nicht, Teejay, daß unsere Janice nicht mehr ist, aber du bist noch da, und deine *oberste* Verpflichtung sollte niemals die gegenüber den Toten sein.«

17

George Valdoski saß am Küchentisch mit der Kunststoffplatte. Seine von harter Arbeit gezeichneten Hände waren fest um ein Glas Whiskey geklammert, aber das konnte nicht verhindern, daß sie zitterten; die Oberfläche des bernsteinfarbenen Bourbon bebte unablässig.

Als Loman Watkins eintrat und die Tür hinter sich zumachte, sah George nicht einmal auf. Eddie war sein einziges Kind gewesen.

George war groß, mit breiter Brust und breiten Schultern. Aufgrund tiefliegender, dicht beieinanderstehender Augen, einem Mund mit schmalen Lippen und scharfgeschnittenen Gesichtszügen, hatte er trotz seiner sonstigen Schönheit ein verkniffenes, hartes Aussehen. Sein bedrohliches Äußeres trog jedoch, denn er war ein feinsinniger, sanfter und freundlicher Mensch.

»Wie geht es dir?« fragte Loman.

Diesesmal nickte George nicht einmal.

Als Loman die grell erleuchtete Küche durchquerte, quietschten seine Gummisohlen auf dem Linoleum. Unter der Tür zu dem kleinen Eßzimmer blieb er stehen und sah seinen Freund an. »Wir werden den Dreckskerl finden, George. Das schwöre ich.«

Jetzt sah George endlich von seinem Whiskey auf. Tränen schimmerten in seinen Augen, aber er ließ sie nicht fließen. Er war ein stolzer, hartherziger Pole, der entschlossen war, stark zu sein. Er sagte: »Eddie spielte bei Dämmerung hinten im Garten, hier hinten im Garten, wo man ihn sehen konnte, wenn man zum Fenster hinaussah, in seinem *eigenen* Garten. Als es dunkel war, rief Nella ihn zum Abendessen, und da er keine Antwort gab, vermuteten wir, daß er zu einem Nachbarn gegangen war, um mit anderen Kindern zu spielen, ohne zu fragen, wie er es hätte tun sollen.« Er hatte das alles schon mehr als einmal erzählt, aber er schien es nochmals durchgehen zu müssen, als würde die Wiederholung die häßliche Wirklichkeit abnutzen und dadurch verändern, so wie man auf einer Kassette nur noch weißes Rauschen hören konnte, und keine Musik mehr, wenn man sie zehntausendmal abgespielt hatte. »Wir haben nach ihm gesucht, konnten ihn nicht finden, machten uns aber anfangs noch keine Sorgen; wir waren sogar etwas wütend auf ihn; aber dann machten wir uns Sorgen, und dann bekamen wir Angst, ich wollte dich gerade anrufen und um Hilfe bitten, als wir ihn dort im Graben gefunden haben, gütiger Herrgott, völlig zerfetzt im Graben.« Er atmete tief durch, dann noch einmal und die zurückgehaltenen Tränen glitzerten hell in seinen Augen. »Was für ein Monster kann einem Kind so etwas antun, es verschleppen und das mit ihm machen und dann noch grausam genug sein, ihn wieder zurückzubringen und hinzuwerfen, wo wir ihn finden mußten? Muß so gewesen sein, denn wenn nicht hätten wir die… die Schreie hören müssen, wenn der Mistkerl ihm das hier in der Nähe angetan hätte. *Muß* ihn weggeschleppt, ihm das angetan und ihn dann hierher zurückgebracht haben, damit wir ihn finden. Was für ein Mensch, Loman? Um Gottes willen, was für ein Mensch?«

»Ein Psychopath«, sagte Loman, wie schon vorher, und das jedenfalls stimmte. Die Regressiven waren Psychopathen. Shaddack hatte einen Ausdruck für ihren Zustand geprägt: metamorphosebedingte Psychose. »Wahrscheinlich auf Drogen«, fügte er hinzu, und jetzt log er. Drogen – jedenfalls die üblichen illegalen Mittel – hatten nichts mit dem Tod von Eddie zu tun. Loman war immer noch überrascht, wie leicht es ihm fiel, einen guten Freund zu belügen, denn das war etwas, das er früher nicht gekonnt hätte. Das Unmoralische des Lügens war ein Konzept, das mehr zu den Alten Menschen und ihrer turbulenten emotionalen Welt gehörte. Altmodische Konzepte, herkömmliche Moralbegriffe, würden letztlich für die Neuen Menschen bedeutungslos werden, denn wenn sie sich alle so veränderten, wie Shaddack glaubte, würden Leistungsfähigkeit und Zielstrebigkeit und höchster Wirkungsgrad die einzigen absoluten moralischen Werte sein. »Heutzutage krankt das ganze Land an Drogenfreaks. Ausgebrannte Gehirne. Keine Moral, keine Ziele, außer billigem Nervenkitzel. Sie sind unser Erbe das kürzlichen Zeitalters des Jeder-für-sich. Der Kerl war ein von Drogen kaputtgemachter Freak, George, und ich schwöre dir, daß wir ihn erwischen.«

George sah wieder in seinen Whiskey. Er trank davon.

Dann sagte er mehr zu sich selbst als zu Loman: »Eddie spielte bei Dämmerung hinten im Garten, hier hinten im Garten, wo man ihn sehen konnte, wenn man zum Fenster hinaussah…« Seine Stimme erstarb.

Loman ging widerstrebend die Treppe hinauf zum Schlafzimmer, um nach Nella zu sehen.

Sie lag von Kissen gestützt im Bett, und Dr. Jim Worthy saß auf einem Sessel, den er zu ihr geschoben hatte. Er war der jüngste der drei Ärzte in Moonlight Cove, achtunddreißig, ein ernster Mann mit ordentlich geschnittenem Schnurrbart, einer Nickelbrille und einer Vorliebe für Krawatten.

Die Tasche des Arztes stand zu seinen Füßen auf dem Boden. Ein Stethoskop hing ihm um den Hals. Er zog eine ungewöhnlich große Spritze aus einer Flasche voll goldener Flüssigkeit auf.

Worthy drehte sich zu Loman um, ihre Blicke begegneten sich, und sie mußten nichts sagen.

Nella Vadolski hatte Lomans leise Schritte entweder gehört oder seine Anwesenheit auf subtilere Weise gespürt, denn sie schlug die vom Weinen roten und geschwollenen Augen auf. Sie war immer noch eine reizende Frau mit flachsblondem Haar und Gesichtszügen, die zu fein schienen, um das Werk der Natur zu sein, und mehr an die erlesene Kunst eines meisterlichen Bildhauers erinnerten. Ihr Mund wurde weicher und zitterte, als sie seinen Namen aussprach: »Oh, Loman.«

Er ging um das Bett herum, zur Seite, die Dr. Worthy gegenüberlag, und ergriff die Hand, die Nella ihm entgegenstreckte. Sie war klamm, kalt und zitterte.

»Ich gebe ihr ein Beruhigungsmittel«, sagte Worthy. »Sie muß sich entspannen – oder schlafen, wenn sie kann.«

»Ich will nicht schlafen«, sagte Nella. »Ich *kann* nicht schlafen. Nicht nach… nicht nach alledem… nie mehr nach alledem.«

»Ruhig«, sagte Loman und streichelte sanft ihre Hand. Er setzte sich auf die Bettkante. »Dr. Worthy wird sich um dich kümmern. Es ist zu deinem Besten, Nella.«

Loman hatte diese Frau, die Frau seines besten Freundes, sein halbes Leben lang geliebt, ohne jemals seinen Gefühlen entsprechend zu handeln. Er hatte sich immer gesagt, daß sie eine rein platonische Faszination ausübte. Doch als er sie jetzt ansah, wußte er, daß auch Leidenschaft dazugehört hatte.

Das Beängstigende war… nun, er wußte, was er all die Jahre für sie empfunden hatte, aber obwohl er sich daran erinnerte, konnte er es nicht mehr empfinden. Seine Liebe, die

Leidenschaft, sein angenehmes, aber melancholisches Begehren, alles war ebenso verschwunden wie seine anderen emotionalen Empfindungen; er wußte noch um seine früheren Gefühle ihr gegenüber, aber sie waren wie ein anderer Aspekt von ihm, der sich abgespalten hatte und davonschwebte wie eine Seele den verstorbenen Körper verlassen mochte.

Worthy legte die gefüllte Spritze auf den Nachttisch. Er knöpfte den Ärmel von Nellas Bluse auf und schob ihn hoch, dann schnallte er ihr ein Gummiband um den Oberarm, damit die Vene deutlicher hervortrat.

Während der Arzt Nellas Arm mit einem alkoholgetränkten Wattebausch abrieb, sagte sie: »Loman, was sollen wir nun tun?«

»Alles wird gut«, sagte er und streichelte ihre Hand.

»Nein. Wie kannst du das sagen? Eddie ist tot. Er war so lieb, so klein und lieb, und jetzt ist er tot. Nichts wird je wieder gut werden.«

»Dir wird es schon sehr bald besser gehen«, versicherte Loman ihr. »Der Kummer wird vorübergehen, bevor du es richtig bemerkst. Er wird nicht mehr so wichtig sein wie jetzt. Das verspreche ich dir.«

Sie blinzelte und sah ihn an, als würde er Unsinn reden, aber sie wußte ja auch nicht, was man mit ihr machen würde.

Worthy stach ihr die Nadel in den Arm.

Sie zuckte zusammen.

Die goldene Flüssigkeit strömte aus der Spritze in ihren Blutkreislauf.

Sie machte die Augen zu und fing wieder leise an zu weinen, aber nicht, weil die Nadel weh tat, sondern aus Kummer um ihren Sohn.

Vielleicht *ist* es besser, nicht so sehr zu empfinden, nicht so sehr zu lieben, dachte Loman.

Die Spritze war leer.

Worthy zog die Nadel aus der Vene.

Loman sah dem Arzt wieder in die Augen.

Nella bebte.

Die Verwandlung würde noch zwei Injektionen erfordern, und jemand mußte die nächsten vier oder fünf Stunden bei Nella bleiben, und zwar nicht nur, um ihr das Mittel zu verabreichen, sondern um darauf zu achten, daß sie sich während der Verwandlung nicht selbst Schaden zufügte. Es war kein schmerzloser Vorgang, zu einem Neuen Menschen zu werden.

Nella erbebte erneut.

Worthy neigte den Kopf, das Licht der Lampe fiel in einem anderen Winkel auf die Brille und verwandelte die Gläser in Spiegel, die einen Moment lang seine Augen verbargen und ihm ein ungewöhnlich bedrohliches Aussehen verliehen.

Ein heftigeres, anhaltenderes Beben schüttelte Nella diesesmal.

George Valdoski sagte von der Tür: »Was geht hier vor?«

Loman hatte sich so auf Nella konzentriert, daß er George nicht kommen gehört hatte. Er stand sofort auf und ließ Nellas Hand los. »Der Arzt dachte, sie bracht…«

»Was soll diese Pferdespritze?« sagte George und deutete auf die Spritze, deren Nadel nicht größer als die einer normalen Spritze war.

»Beruhigungsmittel«, sagte Dr. Worthy. »Sie muß…«

»Beruhigungsmittel?« unterbrach ihn George. »Sieht aus, als hätten Sie ihr genügend gegeben, einen Bullen damit einzuschläfern.«

Loman sagte: »Also George, der Doktor weiß, was er…«

Nella, die auf dem Bett lag, geriet ganz unter den Einfluß der Injektion. Ihr ganzer Körper wurde plötzlich starr, sie ballte die Hände zu Fäusten und biß die Zähne zusammen, ihre Kiefermuskeln verkrampften sich. Die Arterien an Hals und Schläfen schwollen an und pulsierten deutlich, als sich der Herzschlag drastisch beschleunigte. Ihre Augen wurden glasig, sie verfiel in die eigentümliche Dämmerung der Veränderung, weder bei Bewußtsein noch bewußtlos.

»Was hat sie denn?« wollte George wissen.

Nella gab zwischen zusammengebissenen Zähnen und verzerrten Lippen hervor ein seltsames, leises Stöhnen von sich. Sie krümmte den Rücken, bis nur noch Schultern und Fersen Kontakt mit dem Bett hatten. Sie schien voll gewaltsamer Energie zu sein, wie ein Boiler, der unter zu hohem Dampfdruck steht, und einen Augenblick schien es, als würde sie explodieren. Dann sank sie wieder auf die Matratze und zitterte heftiger denn je, während ihr kalter Schweiß ausbrach.

George sah von Worthy zu Loman. Ihm war eindeutig klargeworden, daß etwas nicht stimmte, aber er begriff nicht einmal ansatzweise, was das war.

»Halt.« Loman zog den Revolver, als George in Richtung Flur zurückwich. »Komm hierher, George, und leg dich neben Nella aufs Bett.«

George Valdoski erstarrte unter der Tür und betrachtete den Revolver ungläubig und mißbilligend.

»Wenn du zu fliehen versuchst«, sagte Loman, »muß ich dich erschießen, und das würde ich wirklich nicht gerne tun.«

»Das würdest du nicht fertigbringen«, sagte George, der darauf baute, daß ihre jahrzehntelange Freundschaft ihn schützte.

»Doch, das würde ich«, sagte Loman kalt. »Ich würde dich umbringen, wenn es sein muß, und wir würden uns als Tarnung eine Geschichte ausdenken, die dir ganz und gar nicht gefallen würde. Wir würden sagen, wir hätten dich einer Falschaussage überführt, wir hätten Beweise gefunden, daß *du* Eddie getötet hast, daß du deinen eigenen Jungen umgebracht hast, eine krankhafte Sex-Sache, und als wir dich mit den Beweisen konfrontierten, hast du meinen Revolver aus dem Halfter gezogen. Es kam zum Handgemenge. Du bist erschossen worden. Fall abgeschlossen.«

Lomans Drohung war, da sie von einem Mann kam, der angeblich ein enger und geschätzter Freund war, so monströs, daß George zuerst sprachlos war. Als er dann wieder ins Zimmer trat, sagte er: »Du würdest jeden denken lassen, daß ich… Eddie so etwas Schreckliches antun würde? Warum? Was machst du da, Loman? Was, zum Teufel, machst du da? Wen… wen beschützt du?«

»Leg dich aufs Bett«, sagte Loman.

Dr. Worthy bereitete eine Spritze für George vor.

Nella auf dem Bett schlotterte unablässig, zuckte, warf sich hin und her. Schweiß rann ihr übers Gesicht; ihr Haar war feucht und verfilzt. Sie hatte die Augen offen, schien aber nicht zu bemerken, daß noch jemand im Zimmer war. Vielleicht wußte sie nicht einmal, wo sie sich befand. Sie sah einen Ort jenseits des Zimmers oder sah in sich selbst hinein; Loman wußte nicht, was von beidem, und er konnte sich nicht mehr an seine eigene Verwandlung erinnern, davon abgesehen, daß die Schmerzen unerträglich gewesen waren.

George Valdoski näherte sich zögernd dem Bett und sagte: »Was ist los, Loman? Herrgott, was soll das? Was geht hier vor?«

»Es wird alles gut werden«, versicherte Loman ihm. »Es ist am besten so. Wirklich am besten.«

»*Was* ist am besten? Was, in Gottes Namen…«

»Leg dich hin, George. Alles wird gut.«

»Was geschieht mit Nella?«

»Leg dich hin, George. Es ist am besten so.«

»Am besten«, stimmte Dr. Worthy zu, während er die Spritze aus einer neuen Flasche voll goldener Flüssigkeit füllte.

»Es ist wirklich am besten so«, sagte Loman. »Vertraue mir.« Er winkte George mit dem Revolver zum Bett und lächelte beruhigend.

18

Harry Talbots vom Bauhaus inspiriertes Haus war aus Rotholz erbaut und hatte viele Fenster. Es lag drei Blocks südlich vom Herzen von Moonlight Cove an der Ostseite der Conquistador Avenue, einer Straße, die nach der Tatsache benannt worden war, daß vor Jahrhunderten spanische Conquistadoren hier ihr Lager aufgeschlagen hatten, als sie katholische Geistliche entlang der Küste Kaliforniens begleiteten, um Missionen zu errichten. Ab und zu träumte Harry einmal, daß er zu diesen uralten Soldaten gehörte und nach Norden in unerforschtes Land marschierte, und es war immer ein schöner Traum, weil er in diesem Abenteuer der Fantasie nie an den Rollstuhl gefesselt war.

Der größte Teil von Moonlight Cove war auf den bewaldeten Hügeln am Meer erbaut worden, und Harrys Grundstück verlief bis zur Conquistador hinab, was den idealen Ausblick für einen Mann bot, dessen Hauptbeschäftigung im Leben es war, seine Mitmenschen zu beobachten. Er konnte von seinem Schlafzimmer im dritten Stock an der Nordwestseite des Hauses zumindest bestimmte Abschnitte sämtlicher Straßen zwischen der Conquistador und der Bucht sehen – Juniper Lane, Serra Street, Roshmore Way und Cypress Lane –, ebenso die Seitenstraßen, die in ostwestlicher Richtung verliefen. Im Norden konnte er bis auf Teile der Ocean Avenue und sogar noch weiter sehen. Weite und Tiefe seines Beobachtungsfeldes wären selbstverständlich drastisch eingeschränkt gewesen, hätte sein Haus nicht einen Stock mehr gehabt als die meisten angrenzenden Häuser, und wäre er nicht mit einem 60-mm-f/8-Spiegelteleskop und einem guten Fernglas ausgerüstet gewesen.

Am 13. Oktober, einem Montagabend, saß Harry um halb zehn auf seinem spezialangefertigten Stuhl zwischen den großen Nord- und Westfenstern und war über die Linse des Teleskops gebeugt. Der hohe Stuhl hatte Armlehnen und eine Rückenlehne, wie ein normaler Stuhl, vier schräge, starke Beine für optimales Gleichgewicht und einen beschwerten Sockel, damit er nicht so leicht kippte, wenn Harry sich aus dem Rollstuhl hob und darauf setzte. Zudem hatte der Stuhl einen Sicherheitsfurt, ähnlich wie im Auto, der es Harry ermöglichte, sich zum Teleskop vorzubeugen, ohne vom Stuhl zu rutschen und auf den Boden zu fallen.

Weil er das linke Bein und den linken Arm nicht gebrauchen konnte, weil sein rechtes Bein so schwach war, daß er sich nicht darauf stützen konnte, weil er sich nur auf den rechten Arm verlassen konnte – den die Vietkong zum Glück verschont hatten –, war es schon ein qualvolles Unterfangen, aus dem batteriebetriebenen Rollstuhl auf den Stuhl zu klettern. Aber die Anstrengung lohnte sich, denn Harry Talbot lebte jedes Jahr mehr durch das Fernglas als das Jahr vorher. Wenn er auf seiner Stuhl-Spezialanfertigung saß, vergaß er manchmal sogar fast seine Behinderung, denn er hatte auf seine Weise Anteil am Leben.

Sein Lieblingsfilm war *Das Fenster zum Hof* mit Jimmy Stewart. Er hatte ihn wahrscheinlich schon hundertmal gesehen.

Augenblicklich war das Teleskop in den Hinterhof von Callans Bestattungsinstitut gerichtet, dem einzigen Bestattungsunternehmen von Moonlight Cove an der Ostseite der Juniper Lane, die parallel zur Conquistador verlief, aber einen Block näher am Meer lag. Er konnte dorthin schauen, indem er zwischen zwei Häusern auf der anderen Seite seiner eigenen Straße hindurchsah, am dicken Stamm einer großen Big Cone-Pinie vorbei und über den Verbindungsweg zwischen Juniper und Conquistador hinweg. Der Hinterhof grenzte an diesen Weg an, und Harry konnte auch eine Ecke der Garage sehen, in der der Leichenwagen parkte, den Hintereingang des Hauses selbst und den Eingang zum neuen Flügel, wo die Leichen einbalsamiert und zum letzten Abschied vorbereitet oder eingeäschert wurden.

Harry hatte im Verlauf der letzten zwei Monate einige seltsame Vorkommnisse bei Callan gesehen. Heute jedoch belebte nichts Ungewöhnliches Harrys geduldige Wache über den Hof.

»Moose?«

Der Hund erhob sich von seinem Ruheplatz in der Ecke und trottete durch das dunkle Schlafzimmer zu Harry. Es war ein ausgewachsener schwarzer Labrador, der in der Dunkelheit so gut wie nicht zu sehen war. Er strich an Harrys Bein entlang, dem rechten, in dem Harry noch etwas Gefühl hatte.

Harry ließ die Hand sinken und tätschelte Moose. »Hol mir ein Bier, alter Kumpel.«

Moose war ein Behindertenhund, der von *Canine Companions for Independence* abgerichtet worden war, und er freute sich immer, wenn er gebraucht wurde. Er eilte zu dem kleinen Kühlschrank in der Ecke, der als Einbauelement unter Restauranttheken gedacht war und mit einem Fußpedal geöffnet werden konnte.

»Da ist keins«, sagte Harry. »Ich habe heute nachmittag vergessen, einen Sechserpack aus der Küche heraufzubringen.«

Der Hund hatte bereits festgestellt, daß im Kühlschrank im Schlafzimmer kein Coors war. Er tappste auf den Flur, seine Krallen klickten leise auf dem Parkettboden. Keine Teppiche, denn der Rollstuhl rollte auf glatten, harten Flächen besser. Der Hund sprang im Flur hoch und erwischte die Taste des Fahrstuhls mit einer Pfote, worauf sofort das Summen des Lifts durch das Haus dröhnte.

Harry richtete seine Aufmerksamkeit wieder auf das Teleskop und den Hinterhof von Callans Bestattungsinstitut. Nebelschwaden trieben durch die Stadt, manche dicht und undurchdringlich, manche hauchzart. Aber der Innenhof des Instituts wurde von Scheinwerfern erhellt, so daß er deutlich sehen konnte; durch das Teleskop schien er zwischen den gemauerten Pfosten zu stehen, die auf beiden Seiten der Einfahrt zum hinteren Teil des Grundstücks standen. Wäre die Nacht nicht neblig gewesen, hätte er die Nieten in der Eisentür des Krematoriums sehen können.

Hinter ihm gingen die Fahrstuhltüren auf. Er hörte, wie Moose in den Lift sprang. Dann senkte er sich in den ersten Stock hinunter.

Da Callans ihn langweilte, drehte Harry das Teleskop langsam nach links und verlagerte seinen Sehbereich nach Süden, zu dem großen, unbebauten Grundstück neben dem Bestattungsinstitut. Er stellte die Schärfe ein, sah über das verlassene Gelände und über die Straße zum Haus der Gosdales an der Westseite der Juniper, wo er das Eßzimmer anvisierte.

Er schraubte mit seiner intakten Hand das Okular ab, legte es auf einen hohen Metalltisch neben dem Stuhl und schraubte rasch eines von mehreren anderen Okularen an, um den Blick auf die Gosdales zu verbessern. Da der Nebel momentan dünner war, konnte er so gut ins Eßzimmer der Gosdales sehen, als würde er auf ihrer Veranda kauern und das Gesicht ans Fenster drücken. Herman und Louise Gosdale spielten mit Dan und Vera Kaiser, ihren Nachbarn, Pinnokel, wie immer montagsabends und manchmal freitags.

Der Fahrstuhl war im Erdgeschoß angekommen; der Motor hörte auf zu summen, Schweigen erfüllte das Haus wieder. Moose war jetzt zwei Stockwerke tiefer und eilte durch den Flur zur Küche.

In ungewöhnlich klaren Nächten konnte Harry manchmal sogar das Pinnokelblatt von Dan Kaiser erkennen, wenn dieser mit dem Rücken zum Fenster und im richtigen Winkel saß. Er hatte schon ein paarmal die Verlockung verspürt, Herman Gosdale anzurufen, ihm die Karten seines Gegenspielers zu beschreiben und ihm einen Rat zu geben, wie er den Trick ausspielen könnte.

Aber er wollte die Leute nicht wissen lassen, daß er den größten Teil des Tages im Schlafzimmer verbrachte – das nachts unbeleuchtet war, damit man seinen Umriß nicht am Fenster erkennen könnte – und heimlich an ihrem Leben teilnahm. Sie würden ihn nicht verstehen. Gesunde standen Krüppeln von vorneherein immer mit einem gewissen Argwohn gegenüber, denn sie glaubten nur zu bereitwillig, daß sich Mißbildungen an Armen und Beinen auch auf den Verstand ausdehnten. Sie würden ihn für naseweis halten; noch schlimmer, sie könnten ihn als Spanner verurteilen, als elenden Eindringling.

Das war nicht der Fall. Harry Talbot hatte sich strenge Regeln gesetzt, was Teleskop und Fernglas anbelangte, und an diese hielt er sich felsenfest. Zuallererst würde er niemals versuchen, eine nackte Frau zu beobachten.

Arnella Scarlatti wohnte drei Häuser nördlich auf der anderen Straßenseite, und er hatte versehentlich einmal herausgefunden, daß sie manche Abende nackt im Schlafzimmer verbrachte und Musik hörte oder las. Sie hatte nur das Nachttischlämpchen eingeschaltet, vor den Fenstern hingen Gazeschleier, und sie ging nie ans Fenster, daher hielt sie es nicht für nötig, immer die Vorhänge zuzuziehen. Tatsächlich hätte niemand sie sehen können, der nicht über Harrys Ausrüstung verfügte. Arnella war hübsch. Harry hatte ihren makellosen Körper selbst durch den Gazestoff und im schwachen Licht deutlich erkennen können. Ihre Nacktheit hatte ihn verblüfft, die sinnlichen Wölbungen ihres langbeinigen Körpers mit den vollen Brüsten hatten ihn gebannt und fasziniert, und daher hatte er sie vielleicht eine Minute lang betrachtet. Dann hatte er das Teleskop von ihr weggedreht, weil er heiße Verlegenheit verspürt hatte, aber ebenso heißes Verlangen. Harry hatte zwar seit über zwanzig Jahren keine Frau mehr gehabt, aber er war trotzdem nicht wieder in Arnellas Schlafzimmer eingedrungen. Morgens hatte er in einem anderen Winkel oft in das Seitenfenster ihrer kleinen, blitzsauberen Küche im Erdgeschoß gesehen und sie beim Frühstück beobachtet, ihr perfektes Gesicht, während sie ihren Saft trank und Brötchen oder Toast und Eier aß. Sie war so wunderschön, daß ihm die Worte dafür fehlten, und nach allem, was er über ihr Leben wußte, schien sie auch sehr nett zu sein. Er schätzte, daß er sie irgendwie liebte, so wie ein Junge eine Lehrerin lieben mochte, die ihm immer fern sein würde, aber er benützte diese unerfüllte Liebe niemals als Ausrede, ihren entkleideten Körper mit seinen Blicken zu liebkosen.

Er sah auch weg, wenn er andere Nachbarn in einer peinlichen Situation erwischte. Er sah zu, wenn sie miteinander stritten, ja, und wenn sie miteinander lachten, aßen, Karten spielten, bei ihrer Diät mogelten, Geschirr spülten und die zahllosen anderen Vorgänge des täglichen Lebens ausführten, aber nicht, weil er bei ihren Dreck am Stecken herausfinden oder sich ihnen überlegen fühlen wollte. Sie zu beobachten, verschaffte ihm keinen billigen Kitzel. Er wollte an ihrem Leben teilhaben, wollte sie erreichen – und sei es nur einseitig – und eine Art ferne Familie aus ihnen machen; er wollte Gründe erhalten, daß ihm etwas an ihnen lag, um dadurch ein erfüllteres Gefühlsleben zu haben.

Der Fahrstuhl summte wieder. Moose war offenbar in der Küche gewesen, hatte eine der vier Türen des Kühlschranks unter der Arbeitsplatte geöffnet und eine kalte Dose Coors herausgeholt. Jetzt kam er mit dem Bier zurück.

Harry Talbot war ein geselliger Mensch; als er mit nur einem gebrauchsfähigen Körperteil aus dem Krieg heimgekommen war, hatte man ihm den Rat gegeben, in ein Pflegeheim für Körperbehinderte zu gehen, wo er ein geselliges Leben in verständnisvoller Umgebung führen könnte. Die ärztlichen Ratgeber warnten ihn, daß er nicht akzeptiert werden würde, wenn er versuchte, in der Welt der Normalen und Gesunden zu leben; sie sagten, die meisten Menschen würden ihn mit unbewußter, aber dennoch schmerzhafter Grausamkeit begegnen, besonders der Grausamkeit gedankenlosen Ausschließens, und er würde schließlich in eine schreckliche und tiefe Einsamkeit verfallen. Aber Harry war ebenso störrisch wie gesellig, und die Aussicht, in einem Pflegeheim und nur in Gesellschaft von anderen Behinderten und Pflegepersonal zu leben, schien schlimmer zu sein als gar keine Gesellschaft. Jetzt lebte er allein, abgesehen von Moose, und hatte nur wenige Besucher, außer der Haushälterin, Mrs. Hunsbok (vor der er Teleskop und Fernglas in einem Schrank versteckte), die einmal wöchentlich kam. Vieles, wovor die Ärzte ihn gewarnt hatten, erwies sich im täglichen Leben als wahr; aber sie hatten nicht mit Harrys Fähigkeit gerechnet, hinreichend Trost und ein Gefühl der Familienzugehörigkeit durch heimliche, aber freundschaftliche Beobachtung seiner Nachbarn zu finden.

Der Fahrstuhl kam im dritten Stock an. Die Tür ging auf, und Moose trottete ins Zimmer, direkt zu Harrys Stuhl.

Das Teleskop stand auf einem Stativ mit Rollen, das Harry beiseite schob. Er ließ die Hand sinken und tätschelte den Kopf des Hundes. Er nahm dem Labrador die kalte Dose aus der Schnauze. Moose hatte sie maximaler Hygiene wegen am unteren Ende gehalten. Harry klemmte die Dose zwischen die gelähmten Beine, nahm eine Taschenlampe vom Tisch auf der anderen Seite des Stuhls und richtete den Lichtstrahl auf die Dose, um sich zu vergewissern, daß es Coors und kein Diet Coke war.

Der Hund war abgerichtet worden, diese beiden Getränke zu holen, und die treue Seele erkannte den Unterschied zwischen den Worten ›Bier‹ und ›Coke‹ meistens und konnte den Befehl bis zur Küche im Gedächtnis behalten. Selten einmal vergaß er ihn unterwegs und kam mit dem falschen Getränk zurück. Noch seltener war, daß er seltsame Gegenstände brachte, die nichts mit dem erteilten Befehl zu tun hatten: einen Hausschuh; eine Zeitung; zweimal einen ungeöffneten Beutel Hundekuchen; einmal ein hartgekochtes Ei, das er so behutsam zwischen den Zähnen hielt, daß die Schale nicht einen Riß hatte; und am seltsamsten, einmal eine Klosettbürste aus dem Arsenal der Haushälterin. Wenn er etwas Falsches gebracht hatte, machte Moose es beim zweitenmal immer richtig.

Harry war schon vor langer Zeit zu der Überzeugung gekommen, daß der Hund sich häufig gar nicht irrte, sondern einen Spaß mit ihm machte. Sein enger Umgang mit dem Hund hatte die Gewißheit in ihm hervorgerufen, daß Hunde einen Sinn für Humor besaßen.

Diesesmal hatte er sich weder geirrt noch einen Witz gemacht, sondern das gebracht, was ihm gesagt worden war. Als Harry die Dose Coors sah, wurde er noch durstiger.

Er schaltete die Taschenlampe aus und sagte: »Guter Junge. Guter, guter, *guuuter* Hund.«

Moose winselte glücklich. Er saß aufmerksam neben dem Stuhl in der Dunkelheit und wartete darauf, daß er auf einen weiteren Botengang geschickt würde.

»Geh, Moose. Leg dich hin. Guter Hund.«

Der Labrador schlich enttäuscht in eine Ecke und rollte sich auf dem Boden zusammen, während sein Herr wieder die Nacht, die Nachbarschaft und damit seine weitläufige Familie beobachtete.

Die Gosdales und Kaisers spielten immer noch Karten.

In Callans Bestattungsinstitut bewegte sich nur wabernder Nebel.

Einen Block südlich der Conquistador und momentan von den Bürgersteiglampen am Sternback-Haus beleuchtet, schlenderte Ray Chang, der Inhaber des einzigen Fernseh- und Elektronikhandels der Stadt, in diese Richtung. Er führte seinen Hund Jack, einen Apportierhund, Gassi. Sie gingen gemächlichen Schrittes, und Jack schnupperte an jedem

Baum am Gehweg und suchte nach dem richtigen, um sich zu erleichtern.

Die Ruhe und Vertrautheit all dieser Szenen freute Harry, aber diese Stimmung wurde unvermittelt zunichte gemacht, als er seine Aufmerksamkeit durch das Nordfenster zum Haus der Simpsons wandte. Ella und Denver Simpson bewohnten ein cremefarbenes spanisches Haus mit Ziegeldach auf der anderen Seite der Conquistador und zwei Blocks nördlich, gleich nach dem katholischen Friedhof und einen Block diesseits der Ocean Avenue. Im Friedhof stand Harry nichts im Weg – abgesehen vom Teil eines Baumes –, daher konnte er die Fenster an zwei Häuserseiten genau, wenn auch in einem Winkel, überblicken. Er richtete das Teleskop aufs erleuchtete Küchenfenster. Als das Bild im Teleskop sich von einem verschwommenen Wirrwarr zu einem scharfen Motiv kristallisierte, sah er Ella Simpson, die gegen den Kühlschrank gepreßt war, mit ihrem Mann kämpfen; sie wand sich in seinem Griff, krallte nach seinem Gesicht und schrie.

Ein Schauer lief Harrys kriegsverletztes Rückgrat entlang.

Er wußte sofort, daß das, was sich da im Haus der Simpsons abspielte, mit anderen beunruhigenden Dingen, die er in letzter Zeit gesehen hatte, in Zusammenhang stand. Denver war Postmeister von Moonlight Cove, Ella führte einen erfolgreichen Schönheitssalon. Beide waren Mitte Dreißig, eines der wenigen hiesigen farbigen Ehepaare, und soweit Harry wußte, waren sie glücklich verheiratet. Ihr handgreiflicher Konflikt war so ungewöhnlich, daß er mit anderen unerklärlichen und geheimnisvollen Ereignissen, die Harry in letzter Zeit gesehen hatte, in Verbindung stehen mußte.

Ella befreite sich von Denver. Sie kam aber nur einen linkischen Schritt von ihm weg, dann schlug er mit der Faust nach ihr. Der Schlag erwischte sie am Hals. Sie fiel hin. Schwer.

In Harrys Schlafzimmer spürte Moose in der Ecke die innere Anspannung seines Herrn. Der Hund hob den Kopf und schnaubte einmal, zweimal.

Harry, der sich auf dem Stuhl nach vorne gebeugt hatte

und förmlich am Okular klebte, sah zwei Männer aus einem Teil der Küche der Simpsons kommen, der außerhalb der Fensterlinie lag. Sie trugen zwar keine Uniformen, aber er erkannte Mitglieder der Polizei von Moonlight Cove in ihnen: Paul Hawthorne und Reese Dorn. Ihre Anwesenheit bestätigte Harrys Intuition, daß dieser Zwischenfall Teil eines bizarren Musters von Gewalt und Verschwörung war, das ihm in den vergangenen Wochen zunehmend deutlicher geworden war. Er wünschte sich nicht zum ersten Mal, er könnte herausbekommen, was in dieser einst so friedlichen Stadt vor sich ging. Hawthorne und Dorn hoben Ella vom Boden auf und hielten sie fest zwischen sich. Sie schien nur halb bei Bewußtsein und benommen von dem Schlag zu sein, den ihr ihr Mann verpaßt hatte.

Denver sagte etwas zu Hawthorne, Dorn oder seiner Frau. Es war nicht auszumachen, zu wem. Sein Gesicht war von einer so durchdringenden Wut verzerrt, daß Harry fröstelte.

Ein dritter Mann kam hinzu, der schnurstracks zum Fenster trat und die Vorhänge zuzog. Vom Meer wehte eine dichte Nebelschwade herein und trübte den Blick, aber Harry erkannte auch diesen Mann: Dr. Ian Fitzgerald, der älteste der drei Ärzte von Moonlight Cove. Er hatte seit fast dreißig Jahren seine Praxis in der Stadt und wurde liebevoll Doc Fitz genannt. Er war Harrys eigener Arzt, ein stets gütiger und teilnahmsvoller Mann, aber im Augenblick sah er kälter als ein Eisberg aus. Kurz bevor die Vorhänge zugezogen waren, sah Harry Doc Fitz direkt ins Gesicht und sah verkniffene Züge und stechende Augen, die überhaupt nicht zu dem Mann paßten; dank des Teleskops schien Harry nur einen Schritt von dem Arzt entfernt zu stehen, und er sah ein bekanntes Gesicht, das zugleich das eines völlig Fremden war.

Da er nicht mehr in die Küche sehen konnte, suchte er den Rest der Hausfassade ab. Er drückte sich zu fest gegen das Teleskop, dumpfe Schmerzen strahlten von den Augenhöhlen über das ganze Gesicht ab. Er verfluchte den wallenden Nebel, versuchte aber, sich zu entspannen.

Moose winselte fragend.

Nach einer Minute ging in einem Zimmer an der südöstlichen Ecke im zweiten Stock des Simpson-Hauses das Licht an. Harry zoomte sofort auf dieses Fenster. Das Schlafzimmer. Er sah trotz des verhüllenden Nebels, wie Hawthorne und Dorn Ella aus dem oberen Flur hereintrugen. Sie warfen sie auf die über das große Ehebett gebreitete blaue Steppdecke.

Denver und Doc Fitz folgten ihnen ins Zimmer. Der Arzt stellte die schwarze Ledertasche auf den Nachttisch. Denver zog die Vorhänge des vorderen Fensters zur Conquistador Avenue hinaus zu, dann kam er zum Fenster an der Friedhofseite, durch das Harry hineinsah. Denver starrte einen Augenblick in die Nacht, und Harry hatte das unheimliche Gefühl, als könnte der Mann ihn sehen, obwohl er zwei Blocks entfernt war, als würde er über die Sehfähigkeit von Superman verfügen, über ein eingebautes biologisches Teleskop. Dasselbe Gefühl hatte Harry schon bei anderen Gelegenheiten gehabt, wenn er ›Auge-in-Auge‹ mit anderen Menschen war, schon lange bevor die seltsamen Ereignisse in Moonlight Cove angefangen hatten; daher wußte er, daß Denver ihn gar nicht sehen konnte. Aber er war trotzdem erschrocken. Dann zog der Postmeister auch diese Vorhänge vor, aber nicht so dicht, wie er es hätte tun sollen, denn er ließ einen fünf Zentimeter breiten Spalt zwischen den Hälften offen.

Harry, der inzwischen zitterte und schweißnaß war, wechselte die Okulare, justierte die Vergrößerung des Teleskops und versuchte, den Brennpunkt schärfer zu stellen, bis er das Fenster so nahe herangeholt hatte, daß der schmale Schlitz zwischen den Vorhängen das gesamte Bild ausfüllte. Er schien nicht nur *am* Fenster zu sein, sondern dahinter, schien hinter den Vorhängen im Schlafzimmer zu stehen.

Die dichteren Nebelschwaden trieben nach Osten, dünnere Schleier wehten vom Meer herein, was Harrys Sicht noch besser machte.

Hawthorne und Dorn hielten Ella Simpson auf dem Bett fest. Sie schlug um sich, aber sie hatten sie an Armen und Beinen gepackt, und sie war kein Gegner für sie.

Denver hielt das Gesicht seiner Frau am Kinn fest und

stopfte ihr ein zusammengeknülltes Taschentuch oder ein Stück weißen Stoffes in den Mund und knebelte sie.

Harry konnte ganz kurz das Gesicht der Frau sehen, während sie mit ihren Widersachern rang. Ihre Augen waren vor Entsetzen weit aufgerissen.

»Oh, Scheiße.«

Moose stand auf und kam zu ihm.

Im Haus der Simpsons war Ellas Rock durch ihre heftige Gegenwehr aufgerissen. Die hellgelben Schlüpfer waren zu sehen. Knöpfe der grünen Bluse waren aufgegangen. Aber die Szene vermittelte nicht das Gefühl einer kurz bevorstehenden Vergewaltigung, nicht einmal die Andeutung sexueller Erregung. Was sie mit ihr machten, war möglicherweise noch bedrohlicher und grausamer – und sicherlich seltsamer – als Vergewaltigung.

Doc Fitz trat ans Fußende des Bettes, so daß Harry Ella und ihre Angreifer nicht mehr sehen konnte. Der Arzt hielt eine Phiole voll bernsteinfarbener Flüssigkeit in der Hand, die er in eine Spritze füllte.

Sie verabreichten Ella eine Injektion.

Aber womit?

Und warum?

19

Nachdem sie mit ihrer Mutter in San Diego gesprochen hatte, setzte sich Tessa Lockland auf das Bett und sah sich einen Natur-Dokumentarfilm im PBS an. Sie übte lautstark Kritik an Kameraführung, der Komposition von Einstellungen, der Ausleuchtung, den Schnittechniken, den Kommentaren und anderen Aspekten der Produktion, bis ihr unvermittelt klar wurde, daß sie sich albern anhörte, wie sie mit sich selbst sprach. Dann machte sie sich über sich selbst lustig, indem sie verschiedene Fernsehkritiker nachahmte und in der jeweiligen Art des Betroffenen Kommentare zu dem Dokumentarfilm abgab, was Spaß machte, weil die meisten Fernsehkritiker auf die eine oder andere Weise pompös waren, ausgenommen Robert Ebert. Trotzdem *führte* Tessa Selbstgespräche, obwohl sie ihren Spaß hatte, und das war selbst für eine Nonkonformistin zu exzentrisch, die dreiunddreißig Jahre alt geworden war, ohne jemals eine geregelte Arbeit annehmen zu müssen. Daß sie sich am Schauplatz des ›Selbstmordes‹ ihrer Schwester aufhielt, machte sie nervös. Sie suchte im Herumalbern Erleichterung von dieser grimmigen Pilgerfahrt. Aber zu bestimmten Zeiten und an bestimmten Orten war selbst die ununterdrückbare Frohnatur der Locklands unangemessen.

Sie schaltete den Fernseher ab und nahm den leeren Plastikeimer für Eiswürfel vom Schreibtisch. Sie ließ die Tür ihres Zimmers angelehnt und ging mit einigen Münzen zum Südende des Flurs, wo sich Eiskasten und Getränkeautomat befanden.

Tessa war immer stolz darauf gewesen, daß sie die Mühlen geregelter Arbeitszeit vermieden hatte. Auf absurde Weise stolz, wenn man die Tatsache in Rechnung stellte, daß sie so häufig zwölf bis vierzehn Stunden täglich arbeitete, anstatt der üblichen acht, und ein strengerer Chef war als alle, für die sie hätte arbeiten können. Und auch was ihr Einkommen betraf, hatte sie kaum Grund zu prahlen. Sie hatte ein paar fette Jahre gehabt, als sie, auch wenn sie es versucht hätte, nicht hätte aufhören können, Geld zu verdienen; aber die Jahre, in denen sie kaum das Existenzminimum erwirtschaftet hatte, überwogen bei weitem. Als sie kürzlich einmal ihr durchschnittliches Einkommen in den zwölf Jahren, seit sie von der Filmhochschule abgegangen war, ausrechnete, war sie zu dem Ergebnis gekommen, daß ihr Jahreseinkommen bei etwa einundzwanzigtausend Dollar lag, aber diese Zahl würde drastisch sinken, wenn sie nicht bald wieder ein erfolgreiches Jahr hätte.

Obwohl sie nicht reich war, und obwohl das freiberufliche Drehen von Dokumentarfilmen keine nennenswerte Sicherheit bot, fühlte sie sich erfolgreich, und das nicht nur, weil ihre Arbeiten von der Kritik im allgemeinen positiv aufgenommen worden waren und weil sie mit der Locklandschen

Neigung zum Optimismus gesegnet war. Sie fühlte sich erfolgreich, weil sie sich stets der Autorität widersetzt und in ihrer Arbeit einen Weg gefunden hatte, ihr Schicksal selbst zu meistern.

Am Ende des Flurs stieß sie eine schwere Feuertür auf und trat auf einen Absatz, wo Eis- und Getränkeautomat links von der Treppe standen. Der große Getränkeautomat, der reichlich mit Cola, Wurzelbier, Orange Crush und 7-Up bestückt war, summte leise, aber die Eismaschine war kaputt und leer. Sie würde den Kübel an der Maschine im Erdgeschoß füllen müssen. Sie ging die Treppe hinunter, und ihre Schritte hallten von den Betonwänden wieder. Das Geräusch war so hohl und kalt, daß sie in einer riesigen Pyramide oder einem alten Bauwerk hätte sein können – allein, abgesehen vielleicht von der Gesellschaft von unsichtbaren Geistern.

Am unteren Ende der Treppe fand sie weder Eismaschine noch Getränkeautomat, dafür aber ein Schild an der Wand, auf dem stand, daß sich das Erfrischungszentrum im Erdgeschoß am nördlichen Ende des Motels befand. Bis sie endlich Eis und Cola hätte, würde sie soviel Kalorien verbraucht haben, daß sie sich ein normales, zuckersüßes Cola statt eines Diet Coke verdient haben würde.

Als sie nach der Klinke der Feuertür griff, die zum Erdgeschoß führte, glaubte sie zu hören, wie die zweite Tür oben an der Treppe geöffnet wurde. Das war das erste Zeichen, seit sie angekommen war, daß sie nicht der einzige Gast in dem Motel war. Das Gebäude hatte trotzdem etwas Verlassenes an sich.

Sie trat durch die Feuertür ein und stellte fest, daß der untere Flur mit demselben gräßlich grellorangefarbenen Nylonteppichboden ausgelegt war wie der obere Flur. Der Innenarchitekt hatte eine clownhafte Vorliebe für schreiende Farben gehabt. Sie blinzelte.

Sie wäre gerne eine erfolgreiche Filmemacherin gewesen, und sei es nur, damit sie sich Unterkünfte leisten könnte, die keine Beleidigung für die Sinne waren. Aber dies war natürlich das einzige Motel in Moonlight Cove, daher hätte nicht einmal Reichtum sie vor diesem augenbeleidigenden orangefarbenen Flimmern bewahren können. Als sie das Ende des Flurs erreicht und eine weitere Feuertür hinter sich gelassen hatte und zum Absatz der Nordtreppe gelangt war, fand sie den Anblick der grauen Betonwände und Betonstufen eindeutig beruhigend und ansprechend.

Hier funktionierte die Eismaschine. Sie klappte den Deckel auf und zog den Plastikkübel einmal tief durch, bis er mit halbmondförmigen Eisstückchen gefüllt war. Sie stellte den vollen Eimer auf die Maschine. Als sie die Klappe zumachte, hörte sie die Tür oben mit einem leisen Quietschen der Angeln aufgehen.

Sie ging zum Getränkeautomaten, um die Cola herauszulassen und erwartete, daß jemand vom zweiten Stock herunterkommen würde. Erst als sie die dritte Münze in den Schlitz geworfen hatte, wurde ihr klar, daß die Art, wie die Tür oben aufgemacht worden war, etwas *Verstohlenes* gehabt hatte; das gedehnte, leise Quietschen... als wüßte jemand, daß die Angeln nicht geölt waren, und versuchte, so leise wie möglich zu sein.

Tessa verharrte mit dem Finger über der Taste für Diet Coke und lauschte.

Nichts.

Kühle Betonstille.

Sie fühlte sich genauso wie vorher am Strand, als sie diesen seltsamen, fernen Ruf vernommen hatte. Sie hatte jetzt – wie dort – eine Gänsehaut.

Sie hatte den verrückten Eindruck, als wäre jemand oben auf dem Treppenabsatz und würde die Feuertür aufhalten, nachdem er hindurchgegangen war. Er wartete darauf, daß sie auf den Knopf drückte, damit das Poltern der Dose in der Maschine das erneute Quietschen der Scharniere übertönen würde.

Viele moderne Frauen, die sich bewußt waren, daß man in einer rauhen Welt rauh sein mußte, wären von solchen Vorahnungen peinlich berührt gewesen und hätten das intuitive Frösteln achselzuckend abgetan. Aber Tessa kannte sich selbst gut. Sie neigte nicht zu Hysterie oder Paranoia, daher fragte sie sich auch nicht, ob Janices Tod sie überempfindlich gemacht hatte, und zweifelte nicht an ihrer Vorstellung von einem feindseligen Eindringling, der unsichtbar hinter der Biegung auf dem oberen Treppenabsatz lauerte.

Hier unten befanden sich drei Türen in der Betonkammer. Die erste war in der Südwand; durch sie war sie gekommen, und durch sie konnte sie in den Erdgeschoßflur zurückkehren. Die zweite war in der Westwand und öffnete sich zur rückwärtigen Fassade des Motels, wo offenbar ein kleiner Zufahrtsweg zwischen dem Gelände und der Klippe über dem Meer war, und die dritte war in der Ostwand, dort konnte sie wahrscheinlich zum Parkplatz vor dem Motel gelangen. Sie drückte nicht auf die Taste, um das Coke zu bekommen, ließ auch den Eiskübel stehen und trat rasch und leise zur Südtür und riß sie auf.

Sie sah eine Bewegung am gegenüberliegenden Ende des Erdgeschoßflurs. Jemand duckte sich zur anderen Feuertür hinaus ins südliche Treppenhaus. Sie konnte ihn kaum erkennen, nur einen schemenhaften Umriß, denn er hatte nicht auf dem orangefarbenen Teppich selbst gestanden, sondern auf der Schwelle gegenüber, daher hatte er sich auch binnen Sekundenbruchteilen verstecken können. Die Tür fiel hinter ihm ins Schloß.

Mindestens zwei Männer – sie vermutete, daß es Männer waren, keine Frauen – waren hinter ihr her.

Hier im Treppenhaus erzeugten die Türangeln oben ein kaum wahrnehmbares Quietschen von Metall. Der andere Mann hatte es offenbar satt, darauf zu warten, daß sie ein übertönendes Geräusch machte.

Sie konnte nicht in den Flur gehen. Sie hatten sie zwischen sich gefangen.

Sie könnte zwar schreien, um andere Gäste auf sich aufmerksam zu machen und den Männern einen Schrecken einzujagen, aber sie zögerte, weil sie befürchtete, das Motel könnte so verlassen sein, wie es schien. Ihr Schrei brachte vielleicht keine Hilfe herbei, machte aber die Verfolger darauf aufmerksam, daß sie von ihnen wußte und sie nicht mehr vorsichtig sein mußten.

Jemand kam die Treppe über ihr heruntergeschlichen.

Tessa wandte sich vom Flur ab, trat zur Osttür und lief in die neblige Nacht hinaus, an der Seitenwand des Gebäudes entlang und zum Parkplatz, hinter dem die Cypress Lane lag. Dann lief sie keuchend an der Vorderfront des Cove Lodge entlang zur Rezeption, die sich gegenüber der jetzt geschlossenen Cafeteria befand.

Die Rezeption war geöffnet, die Schwelle war in das vom Nebel weichgemachte, diffuse Leuchten des rosa und gelben Neonschilds getaucht, und der Mann hinter der Theke war derselbe, bei dem sie sich vor ein paar Stunden angemeldet hatte. Er war groß und leicht untersetzt, etwa Mitte fünfzig, rasiert und mit ordentlich geschnittenen Haaren, aber dafür in einer etwas zerknittert wirkenden, braunen Cordhose und einem roten Flanellhemd. Er legte eine Zeitschrift weg, stellte die Countrymusik im Radio leiser, stand von seinem gepolsterten Bürostuhl auf und hörte ihr, stirnrunzelnd an die Theke gelehnt zu, wie sie, etwas zu atemlos, schilderte, was vorgefallen war.

»Nun, dies ist keine große Stadt, Ma'am«, sagte er, als sie fertig war. »Moonlight Cove ist ein friedlicher Ort. Hier müssen Sie sich wegen so etwas keine Gedanken machen.«

»Aber es war so«, beharrte sie und sah nervös in den neonbemalten Nebel, der in der Dunkelheit zwischen Rezeptionstür und Fenster trieb.

»Oh, ich bin sicher, daß Sie jemand gehört oder gesehen haben, aber Sie haben die Situation sicher falsch interpretiert. Wir *haben* ein paar Gäste. Die haben Sie gehört, und sie haben sich möglicherweise, genau wie Sie, nur etwas Eis und was zu trinken holen wollen.« Er hatte ein gütiges, großväterliches Aussehen, wenn er lächelte. »Es kann hier etwas unheimlich wirken, wenn nicht viele Gäste da sind.«

»Hören Sie, Mister…«

»Quinn. Gordon Quinn.«

»Hören Sie, Mr. Quinn, es war ganz und gar nicht so.« Sie kam sich wie eine schrille, alberne Ziege vor, obwohl sie wußte, daß sie das nicht wahr. »Ich habe unschuldige Gäste nicht für Räuber und Vergewaltiger gehalten. Ich bin keine hysterische Frau. Diese Burschen hatten nichts Gutes im Sinn.«

»Nun... also gut. Ich denke, daß Sie sich irren, aber wir wollen trotzdem einmal nachsehen.« Quinn kam durch eine Klappe in der Theke auf ihre Seite des Büros.

»Wollen Sie einfach so gehen?« fragte sie.

»Wie?«

»Unbewaffnet?«

Er lächelte wieder. Sie kam sich, wie schon zuvor, wieder albern vor.

»Ma'am«, sagte er, »ich bin seit fünfundzwanzig Jahren Motelmanager und hatte noch nie einen Gast, mit dem ich nicht fertig geworden bin.«

Quinns herablassender, väterlicher Tonfall erboste Tessa zwar, aber sie stritt nicht mit ihm, sondern folgte ihm aus dem Büro hinaus und durch den wallenden Nebel zum anderen Ende des Gebäudes. Er war groß, sie klein, daher fühlte sie sich ein wenig wie ein kleines Kind, das von einem Vater, der ihr zeigen wird, daß kein Monster im Schrank oder unter dem Bett versteckt, in ihr Zimmer zurückbegleitet wird.

Er machte die Metalltür auf, durch die sie aus dem nördlichen Treppenhaus geflohen war, und trat ein. Dort lauerte niemand.

Der Getränkeautomat summte, von der Eismaschine ging ein leises Klappern aus. Ihr mit Halbmonden gefüllter Kübel stand immer noch obenauf.

Quinn schritt durch den winzigen Raum zur Tür, die zum Erdgeschoßflur führte und zog sie auf. »Niemand da«, sagte er und nickte in den stillen Flur. Er machte auch die Tür in der Westwand auf und sah nach rechts und links. Er winkte sie auf die Schwelle und bestand darauf, daß sie sich ebenfalls vergewisserte.

Sie sah einen schmalen, von einem Geländer begrenzten Weg, der an der rückwärtigen Fassade des Hauses zwischen dem Gebäude und dem Rand der Klippe entlang verlief und an jedem Ende von einer gelblichen Laterne erhellt wurde. Verlassen.

»Sie haben gesagt, Sie hätten bereits Geld in den Automaten gesteckt, aber kein Getränk bekommen?« fragte Quinn, während er die Tür zufallen ließ.

»Ganz recht.«

»Was wollten Sie?«

»Nun... Diet Coke.«

Er drückte den entsprechenden Knopf am Automaten, und eine Dose klapperte in die Ausgabe. Er gab sie ihr, deutete auf den Kübel, den sie von ihrem Zimmer mitgebracht hatte, und sagte: »Vergessen Sie Ihr Eis nicht.«

Tessa trug den Eiskübel und die Dose und folgte ihm mit heißer Röte auf den Wangen und kalter Wut im Herzen die Nordtreppe hinauf. Niemand lauerte dort. Die ungeölten Scharniere der Feuertür quietschten, als sie in den Flur im ersten Stock traten, der ebenfalls verlassen war.

Die Tür ihres Zimmers war angelehnt, wie sie sie hinterlassen hatte. Sie zögerte einzutreten.

»Sehen wir nach«, sagte Quinn.

Das kleine Zimmer, der Schrank und das angrenzende Badezimmer waren leer.

»Fühlen Sie sich jetzt besser?« fragte er.

»Ich habe mir nichts eingebildet.«

»Das habe ich auch nicht gesagt«, sagte er, immer noch väterlich.

Als Quinn auf den Flur hinausging, sagte Tessa: »Sie waren da, und sie waren echt, aber ich schätze, jetzt sind sie verschwunden. Sie sind wahrscheinlich weggelaufen, als ihnen klar wurde, daß ich sie entdeckt hatte und Hilfe holen ging.«

»Nun, dann ist jetzt ja alles gut«, sagte er. »Sie sind in Sicherheit. Wenn sie weg sind, dann ist das fast so gut, als wären sie überhaupt nicht dagewesen.«

Es kostete Tessa alle Anstrengung, nicht mehr zu sagen als »vielen Dank«, und dann die Tür zuzumachen. In dem Knauf befand sich ein Druckschloß, das sie hineindrückte. Über dem Knauf befand sich ein Riegel, den sie vorschob. Auch eine Sicherungskette war vorhanden; sie hängte sie ein.

Sie ging ans Fenster und vergewisserte sich, daß es von einem potentiellen Eindringling nicht so leicht geöffnet werden könnte. Als sie auf einen Hebel drückte und zog, glitt die Hälfte des Fensters nach links, aber es konnte nicht von außen geöffnet werden, es sei denn, jemand schlüge die Scheibe ein und streckte die Hand herein, um das Schloß aufzudrehen. Zudem war sie im ersten Stock; ein Eindringling hätte eine Leiter gebraucht.

Sie saß eine Weile im Bett und lauschte den fernen Geräuschen im Motel. Jetzt hörte sich jeder Laut seltsam und bedrohlich an. Sie fragte sich, welchen Zusammenhang, wenn überhaupt, ihr beunruhigendes Erlebnis mit Janices Tod vor drei Wochen haben könnte.

20

Nachdem sie mehrere Stunden in dem Abflußrohr unter der Hangwiese verbracht hatte, wurde Chrissie Foster von Klaustrophobie geplagt. Sie war viel länger in der Vorratskammer neben der Küche eingesperrt gewesen, und die war kleiner, aber das pechschwarze Betonrohr war ungleich schlimmer. Vielleicht fühlte sie sich deshalb beengt und eingesperrt, weil die Tatsache, daß sie den ganzen Tag und den größten Teil in engen Plätzen verbracht hatten, einen kumulativen Effekt hatte.

Vom Superhighway weit oben, wo das Abflußsystem seinen Anfang hatte, drang das laute Dröhnen von Trucks durch die Rohre, was Bilder von fauchenden Drachen in ihrem Verstand weckte. Sie preßte die Hände auf die Ohren, um das Geräusch zu verdrängen. Manchmal lagen die Geräusche der Trucks weit auseinander, aber gelegentlich kamen auch sechs, acht oder ein Dutzend hintereinander, dann wurde das anhaltende Dröhnen bedrückend und nervtötend.

Vielleicht hatte ihr Wunsch, aus dem Rohr herauszukommen, auch etwas mit der Tatsache zu tun, daß es unterirdisch lag. Chrissie, die im Dunkeln kauerte, den Trucks und in der zwischen ihnen liegenden Stille nach Anzeichen der Rückkehr ihrer Eltern oder Tucker lauschte, kam sich wie in einem Betonsarg vor – wie lebendig begraben.

Sie las laut aus dem imaginären Buch über ihre eigenen Abenteuer vor und sagte: »*Die junge Chrissie konnte nicht wissen, daß die Leitung bald einstürzen und sich mit Erde füllen, sie zerquetschen und für immer gefangenhalten würde wie einen Käfer.*«

Sie wußte, sie sollte bleiben, wo sie war. Vielleicht suchten sie immer noch auf der Wiese oder im Wald nach ihr. Im Rohr war sie sicherer als draußen.

Aber sie war mit einer blühenden Fantasie gestraft. Sie war zwar zweifellos die einzige in diesem lichtlosen Gebäude, in dem sie kauerte, aber sie stellte sich dennoch unerwünschte Gesellschaft in zahllosen Formen vor: sich windende Schlangen, ganze Hundertschaften Spinnen, Küchenschaben, Ratten, Schwärme bluttrinkender Fledermäuse. Schließlich fragte sie sich, ob im Lauf der Jahre nicht einmal ein Kind in diesen Tunnel gekrochen sein mochte, um zu spielen; es hätte sich im Netz der Rohre verirren und unentdeckt hier sterben können. Seine Seele wäre selbstverständlich hier zurückgeblieben, weil sein Tod so unangemessen früh erfolgt war, und die Seele nicht durch ein ordentliches Begräbnis befreit worden war. Vielleicht belebte sein Geist gerade die toten Gebeine und schleifte den verwesten, von der Zeit ausgetrockneten Leichnam in ihre Richtung, wobei Stückchen ledrigen, halb versteinerten Fleisches abbröckelten. Chrissie war elf Jahre alt und für ihr Alter sehr reif, daher sagte sie sich immer wieder, daß es keine Gespenster gab, aber dann mußte sie an ihre Eltern und Tucker denken, die zu einer Art von *Werwölfen* geworden zu sein schienen, um Gottes willen, und wenn große Trucks auf der Autobahn vorüberfuhren, wagte sie kaum noch, sich die Ohren zuzuhalten, weil sie fürchtete, das tote Kind könnte im Schutz des Lärms näher und näher herankriechen.

Sie mußte hinaus.

21

Als er die finstere Garage verließ, in der er vor der Bande jugendlicher Krimineller im Drogenrausch – denn als solche betrachtete er sie mittlerweile; er wußte keine andere Erklärung) Zuflucht gesucht hatte, lief Sam Booker direkt zur Ocean Avenue und ging unterwegs noch ganz kurz in die Knight's Bridge Tavern, wo er einen Sechserpack Guinness Stout zum Mitnehmen kaufte.

Später saß er in einem Zimmer im Cove Lodge an dem kleinen Tisch und trank Bier, während er über die Fakten des Falles nachdachte. Am 5. September waren drei Organisatoren der Nationalen Farmerarbeitergewerkschaft – Julio Bustamente, seine Schwester Maria Bustamente und Roman Sanchez, Marias Verlobter – von den Weinanbaugebieten, wo sie mit den Winzern Gespräche über die bevorstehende Ernte geführt hatten, nach Süden gefahren. Sie fuhren einen vier Jahre alten braunen Chevy-Lieferwagen. Sie gingen in Moonlight Cove essen. Sie hatten im Perez Family-Restaurant gegessen und zu viele Margaritas getrunken (wie Kellner und Gäste des Perez an jenem Abend aussagten), und sie hatten auf dem Rückweg zur Autobahn eine gefährliche Kurve zu schnell genommen; der Lieferwagen hatte sich überschlagen und Feuer gefangen. Keiner der drei hatte überlebt.

Die Geschichte hätte vielleicht standgehalten, und das FBI wäre vielleicht nie in die Ermittlungen eingeschaltet worden, wären da nicht ein paar Unstimmigkeiten gewesen. Zunächst einmal war laut Polizeibericht von Moonlight Cove Julio Bustamente gefahren. Aber Julio hatte in seinem ganzen Leben noch kein Auto gefahren; außerdem war es unwahrscheinlich, daß er das nach Einbruch der Dunkelheit getan haben würde, denn er litt an einer Form von Nachtblindheit. Darüber hinaus waren laut der in dem Bericht angeführten Zeugenaussagen alle – Julio und Maria und Ramon – betrunken gewesen, aber niemand, der Julia oder Ramon kannte, hatte sie je vorher betrunken gesehen, und Maria war Zeit ihres Lebens Antialkoholikerin gewesen.

Das Verhalten der Behörden von Moonlight Cove machte die Familien Sanchez und Bustamente stutzig. Sie wurden erst am 10. September, fünf Tage nach dem Unglück, von den drei Todesfällen in Kenntnis gesetzt. Polizeichef Loman Watkins hatte erklärt, daß die Ausweise von Julio, Maria und Ramon bei dem Feuer vernichtet worden und die Leichen zu verkohlt waren, um eine schnelle Identifizierung anhand von Fingerabdrücken zu ermöglichen. Was war mit dem Nummernschild des Lieferwagens? Seltsamerweise hatte Loman weder am Fahrzeug noch in der Umgebung der Unfallstelle eines gefunden. Da er es mit drei böse verstümmelten und verbrannten Leichen zu tun hatte und die Verwandten nicht rechtzeitig in Kenntnis setzen konnte, hatte er den Gerichtsmediziner Dr. Ian Fitzgerald ermächtigt, die Totenscheine auszufüllen und die Leichen anschließend durch Einäschern zu beseitigen. »Sie müssen verstehen, daß wir nicht über die Einrichtung einer großstädtischen Leichenhalle verfügen«, hatte Watkins erklärt. »Wir können Leichen nicht über längere Zeit hinweg aufbewahren, und wir konnten unmöglich wissen, wieviel Zeit wir brauchen würden, diese Leute zu identifizieren. Wir dachten, es könnte sich um Obdachlose oder gar illegale Einwanderer handeln, und in diesem Fall hätten wir sie nie identifizieren können.«

Hübsch, dachte Sam grimmig, während er sich in dem Sessel zurücklehnte und einen großen Schluck Guinness trank.

Drei Menschen waren eines gewaltsamen Todes gestorben, waren als Opfer eines Unfalls eingestuft und eingeäschert worden, bevor ihre Verwandten informiert wurden, bevor andere Behörden eingeschaltet worden waren, um anhand modernster gerichtsmedizinischer Verfahren herauszufinden, ob die Totenscheine und Polizeiberichte tatsächlich die ganze Wahrheit enthielten.

Die Familien Sanchez und Bustamente vermuteten eine Vertuschungsaktion, die Nationale Farmarbeitergewerkschaft war dessen ganz sicher. Am 12. September beantragte der Präsident der Gewerkschaft die Unterstützung des Federal Bureau of Investigation mit der Begründung, daß antigewerkschaftliche Kräfte für den Tod von Bustamente, Bustamente und Sanchez verantwortlich wären. Mord fiel im allgemeinen nur dann in die Zuständigkeit des FBI, wenn der mutmaßliche Mörder eine Staatsgrenze überschritten hatte, um die Tat zu begehen, oder während einer Untersuchung oder um nach der Tat einer Bestrafung zu entgehen; oder wenn die Bundesbehörden, wie in diesem Fall, Anlaß zu der Vermutung hatten, daß der Mord als Folge der absichtlichen Verletzung der Bürgerrechte des Opfers begangen worden war.

Am 26. September, nach absurden, aber durchaus üblichen Verzögerungen in der Regierungsbürokratie und der Bundesbehörde, kam ein Team von sechs FBI-Agenten – darunter drei Männer von der wissenschaftlichen Ermittlungskomission – zehn Tage lang ins malerische Moonlight Cove. Sie verhörten Polizeibeamte, untersuchten die Unterlagen von Polizei und vom Gerichtsmediziner, nahmen Zeugenaussagen von Leuten auf, die in der Nacht des 5. September im Perez Family-Restaurant gewesen waren, stöberten im Wrack des Chevy auf dem Schrottplatz herum und suchten nach den spärlichen verbliebenen Spuren an der Unfallstelle selbst. Da Moonlight Cove nicht über Landwirtschaft verfügte, konnten sie niemanden finden, den die Belange der Farmarbeitergewerkschaft interessiert oder gar erbost haben könnten, wodurch niemand mehr übrigblieb, der ein Motiv gehabt haben konnte, Organisatoren der Gewerkschaften zu ermorden.

Sie hatten während der gesamten Ermittlungen die volle und herzliche Unterstützung der hiesigen Polizei und des Gerichtsmediziners. Loman Watkins und seine Leute gingen sogar so weit, sich freiwillig Lügendetektortests zu unterziehen, und alle kamen ohne einen Verdacht auf Täuschungsmanöver durch. Auch der Gerichtsmediziner unterzog sich dem Test und erwies sich als Mann unerschütterlicher Ehrlichkeit.

Trotzdem stank etwas an der Sache zum Himmel.

Die hiesigen Behörden waren beinahe zu eifrig darauf bedacht zu helfen. Und alle sechs FBI-Agenten hatten den Eindruck, als wären sie Gegenstand von Hohn und Spott, wenn sie den Leuten den Rücken zukehrten – obwohl sie keinen der Polizisten je auch nur eine Braue hochziehen, grinsen oder mit einem Kollegen einen vielsagenden Blick wechseln sahen. Man konnte es Bureau-Instinkt nennen, und der war, wie Sam wußte, so verläßlich wie der eines Tieres in der Wildnis.

Und dann mußten auch die *anderen* Todesfälle in die Überlegungen mit einbezogen werden.

Als sie den Fall Sanchez-Bustamente untersuchten, hatten die Agenten die Unterlagen von Polizei und Gerichtsmedizin der vergangenen Jahre durchgesehen, um festzustellen, mit welchen Routineprozeduren plötzliche Todesfälle – infolge von Unfällen oder sonstwie – in Moonlight Cove behandelt wurden, um herauszufinden, ob die hiesigen Behörden diesen jüngsten Fall anders als die vorherigen behandelt hatten, was auf Komplizenschaft der Polizei bei einer möglichen Vertuschung hätte schließen lassen. Was sie herausfanden, war verwirrend und beunruhigend – aber nicht das, was sie zu finden *erwartet* hatten. Abgesehen von einem einzigen spektakulären Autounfall, in den ein Teenager mit einem tüchtig aufgemotzten Dodge verwickelt war, war Moonlight Cove ein einzigartig sicherer Wohnort. Die Bewohner waren nie von gewaltsamen Todesfällen heimgesucht worden – bis zum 28. August, acht Tage vor dem Tod von Sanchez und Bustamente, als in den öffentlichen Unterlagen eine ungewöhnliche Serie von Todesfällen auftauchte.

Die vier Angehörigen der Familie Mayser waren in den frühen Morgenstunden des 28. August die ersten Opfer: Melinda, John und deren Kinder Carrie und Billy. Sie starben bei einem Hausbrand, den die Behörden später Billy zuschoben, der angeblich mit Streichhölzern gespielt hatte. Die vier Leichen waren so sehr verbrannt, daß man sie lediglich anhand zahnärztlicher Unterlagen identifizieren konnte.

Sam hatte die erste Flasche Guinness leergetrunken und griff nach der zweiten, zögerte aber. Er mußte heute abend noch Arbeit erledigen. Wenn er besonders düsterer Stimmung war und anfing, Bier zu trinken, konnte er manchmal nicht mehr aufhören, bis er sich fast bewußtlos betrunken hatte.

Sam hielt sich zum Trost an der leeren Flasche fest und überlegte sich, warum ein Junge, der ein Feuer gelegt hatte, nicht um Hilfe rief und seine Eltern weckte, wenn er sah, daß das Feuer außer Kontrolle geriet. Warum lief der Junge nicht weg, bevor der Rauch ihn betäubt hatte? Und was für eine Art Feuer, wenn nicht eines, das mit Benzin oder einer anderen brennbaren Flüssigkeit unterstützt wurde (und davon stand nichts in den offiziellen Unterlagen), griff so schnell um sich, daß niemand von der Familie entkommen konnte, und verwandelte das Haus – und die Leute darin – zu Asche, bevor die Feuerwehr kommen und löschen konnte.

Wieder sehr hübsch. Die Leichen waren so sehr verbrannt, daß keine Autopsie hätte feststellen können, ob das Feuer nicht von Billy, sondern von jemandem, der die wahre Todesursache verheimlichen wollte, gelegt worden war. Auf Anraten des Bestattungsunternehmers – dem Callans Bestattungsinstitut gehörte und der ebenfalls gerichtsmedizinischer Assistent und daher Verdächtiger bei allen offiziellen Vertuschungsmanövern war – hatte die nächste Anverwandte der Mayers, Melinda Mayers Mutter, die Einäscherung der sterblichen Überreste genehmigt. Damit wurden alle möglichen Beweise vernichtet, die das ursprüngliche Feuer nicht vernichtet hatte.

»Wie geschickt«, sagte Sam laut und legte die Füße auf den anderen Stuhl. »Wie ungemein geschickt und sauber.«

Opfer: vier.

Dann am 5. September die Bustamentes und Sanchez. Wieder ein Feuer. Gefolgt von einer überschnellen Einäscherung.

Opfer: sieben.

Am 7. September, als verdampfte Überreste der Bustamentes und von Sanchez noch in der Luft über Moonlight Cove hätten sein können, ließ ein zwanzigjähriger Bewohner der Stadt, Jim Armes, die *Mary Leandra*, sein sechs Meter langes Boot, zu Wasser, um früh am Morgen zu segeln – und er wurde nie wieder gesehen. Obwohl er ein erfahrener Seemann war, obwohl der Tag klar und das Meer ruhig war, war er offenbar von einer Strömung aufs offene Meer gezogen worden, denn es wurden keine identifizierbaren Wrackteile ans Ufer gespült.

Opfer: acht.

Sechs Tage, nachdem man im Fall Bustamente-Sanchez aktiv geworden war, hatte das FBI Paula Parkins' Leichnam aus einem Grab in Denver exhumieren lassen. Eine Autopsie ergab, daß die Frau tatsächlich von zahlreichen Tieren zu Tode gebissen und zerfetzt worden war.

Sam erinnerte sich Wort für Wort an die interessantesten Stellen das Autopsieberichts: *...aber Bißspuren, Schürfwunden, Risse in der Haut und spezielle Verletzungen an Brüsten und Geschlechtsorganen lassen sich nicht völlig mit einem Angriff von Hunden vereinbaren. Zahnmuster und Größe der Bisse passen nicht zum Zahnprofil eines durchschnittlichen Dobermanns oder eines anderen Tieres, das als aggressiv bekannt ist und einen Erwachsenen erfolgreich angreifen könnte.* Später, im selben Bericht, hieß es hinsichtlich der wahren Natur von Parkins' Angreifern: *Rasse unbekannt.*

Wie war Paula Parkins wirklich gestorben?

Welches Grauen und Leid hatte sie erlebt?

Wer versuchte, Dobermänner die Schuld unterzuschieben?

Und welchen Beweis hätten die Kadaver der Dobermänner hinsichtlich der Art ihres eigenen Todes und daher der Wahrheit des Polizeiberichts bieten können?

Sam dachte an den seltsamen fernen Schrei, den er heute abend gehört hatte – wie der eines Koyoten, aber nicht von einem Koyoten; wie der einer Katze, aber nicht von einer Katze. Und er dachte auch an die unheimlichen, gepreßten Stimmen der Bande, die ihn verfolgt hatte. Irgendwie paßte das alles Zusammen. Bureau-Instinkt.

Rasse unbekannt.

Der beunruhigte Sam versuchte, seine Nerven mit Guinness zu beschwichtigen. Die Flasche war immer noch leer. Er klickte nachdenklich damit gegen die Zähne.

Sechs Tage nach Parkins' Tod und lange vor der Exhumierung in Denver fanden zwei weitere Menschen in Moonlight Cove ein unzeitiges Ende. Steve Heinz und Laure Dalcoe, die nicht verheiratet waren, aber zusammen lebten, wurden tot in ihrem Haus am Iceberry Way aufgefunden. Heinz schrieb mit der Maschine einen unverständlichen, nicht unterschriebenen Abschiedsbrief, dann erschoß er Laura im Schlaf mit einer Schrotflinte, bevor er sich selbst das Leben nahm. Dr. Ian Fitzgeralds Befund lautete auf Mord-Selbstmord, Fall abgeschlossen. Auf Anraten des Gerichtsmediziners genehmigten die Familien Dalcoe und Heinz die Einäscherung der grausigen Überreste.

Opfer: elf.

»In dieser Stadt findet eine unchristliche Zahl von Einäscherungen statt«, sagte Sam laut und drehte die leere Bierflasche in der Hand.

Die meisten Menschen legten immer noch Wert darauf, daß ihre Liebsten oder sie selbst im Sarg bestattet wurden, wie auch immer der Leichnam aussehen mochte. In den meisten Städten machten Verbrennungen wahrscheinlich ein Viertel oder ein Fünftel der Bestattungen aus.

Als das FBI schließlich im Fall Bustamente-Sanchez ermittelte, fanden die Männer aus San Francisco heraus, daß Janice Capshaw als Valium-Selbstmörderin aufgeführt war. Ihr vom Meer gezeichneter Leichnam war zwei Tage nach ihrem Verschwinden ans Ufer gespült worden, drei Tage, bevor die Agenten eintrafen, um den Tod der drei Organisatoren zu überprüfen.

Julio Bustamente, Maria Bustamente, Ramon Sanchez, die vier Maysers, Jim Armes, Paula Parkins, Steve Heinz, Laura Dalcoe, Janice Capshaw: zwölf Opfer in weniger als einem Monat – genau zwölfmal soviel gewaltsame Tode, wie in Moonlight Cove in den vorangegangenen *dreiundzwanzig* Monaten geschehen waren. Bei einer Bevölkerung von gerade dreitausend waren zwölf gewaltsame Todesfälle in nur drei Wochen eine verdammt hohe Sterblichkeitsrate.

Als man ihn nach seiner Reaktion auf diese erstaunliche Kette tödlicher Ereignisse gefragt hatte, hatte Polizeichef Loman Watkins gesagt: »Ja, das ist schrecklich. Und es ist irgendwie beängstigend. Aber hier war alles so lange ruhig und friedlich, daß wir wohl statistisch einfach überfällig sind.«

Aber selbst über einen Zeitraum von zwei Jahren hinweg schossen zwölf so gewaltsame Todesfälle in einer Stadt dieser Größe statistisch vollkommen über die Norm hinaus.

Das sechsköpfige Team des Bureau fand nicht den Hauch eines Beweises, daß die hiesigen Behörden etwas mit diesen Fällen zu tun hätten. Der Lügendetektor war zwar kein vollkommen zuverlässiger Wahrheitsfinder, aber die Technologie war hinreichend fortgeschritten, so daß Loman Watkins, seine Beamten, der Gerichtsmediziner und sein Assistent ihn unmöglich alle ohne eine einzige Anzeige von Täuschung hätten passieren können, wenn sie tatsächlich schuldig wären.

Trotzdem...

Zwölf Tote. Vier bei einem Hausbrand verbrannt. Drei in einem schrottreifen Chevy-Lieferwagen verbrannt. Drei Selbstmorde, zwei mit Schrotflinte, einer mit Valium, alle danach in Callans Bestattungsinstitut eingeäschert. Und das einzige Opfer, das für eine Untersuchung zur Verfügung stand, schien nicht von Hunden getötet worden zu sein, wie der Gerichtsmediziner behauptete, obwohl es von etwas gebissen und zerfetzt worden war, verdammt.

Das alles reichte aus, daß das Bureau die Akte offen ließ. Am neunten Oktober, vier Tage, nachdem das Team aus San Francisco Moonlight Cove verlassen hatte, wurde die Entscheidung gefällt, einen Spitzel in die Stadt zu schicken, der sich bestimmte Aspekte der Fälle ansehen sollte, die von einem Mann, der beobachtet wurde, nicht so gut untersucht werden konnten.

Einen Tag nach der Entscheidung, am 10. Oktober, wurde dem Büro in San Francisco ein Brief zugestellt, der die Entschlossenheit des Bureau, an dem Fall dranzubleiben, noch steigerte. Sam hatte sich auch diesen Brief eingeprägt:

Sehr geehrte Herren,

Ich verfüge über Informationen bezüglich einiger jüngster Todesfälle in der Stadt Moonlight Cove. Ich habe

Grund zu der Vermutung, daß die hiesigen Behörden an einer Verschwörung mit dem Ziel, Morde zu vertuschen, beteiligt sind.

Ich würde es vorziehen, wenn Sie sich mit mir persönlich in Verbindung setzen würden, da ich nicht sicher bin, ob unser Telefon hier nicht abgehört wird. Ich muß Sie um völlige Diskretion bitten, da ich ein behinderter Vietnam-Vertreter mit gravierenden körperlichen Schäden bin und naturgemäß um die Fähigkeit besorgt bin, mich ggf. selbst zu schützen.

Er war mit *Harry G. Talbot* unterschrieben.

Aus den Unterlagen der Armee der Vereinigten Staaten ging hervor, daß Talbot tatsächlich ein behinderter Vietnam-Veteran war. Er war mehrfach für Tapferkeit im Gefecht ausgezeichnet worden. Morgen wollte Sam ihn unauffällig besuchen.

Momentan dachte er noch darüber nach, was er heute nacht noch alles zu tun hätte, und fragte sich, ob er es riskieren könnte, zu dem, was er im Restaurant getrunken hatte, noch eine Flasche Guinness zu trinken. Der Sechserpack stand vor ihm auf dem Tisch. Er sah ihn lange an. Guinness, gutes mexikanisches Essen, Goldie Hawn und Angst vor dem Sterben. Das mexikanische Essen hatte er im Bauch, aber der Geschmack war vergessen. Goldie Hawn wohnte irgendwo mit Kurt Russell, den sie als Zeichen schlechten Geschmacks einem durchschnittlich aussehenden, vernarbten, von jeglicher Hoffnung verlassenen FBI-Agenten vorgezogen hatte, auf einer Ranch. Er dachte an die zwölf toten Männer und Frauen, an Leichen, die in einem Krematorium brannten, bis sie zu Knochensplittern und Asche geworden waren, und er dachte an Mord und Selbstmord mit einer Schrotflinte, an von Fischen angenagte Leichen und an eine bös zerfleischte Frau, und diese Gedanken führten ihn allesamt zu einem morbiden Philosophieren über den Weg allen Fleisches. Er dachte an seine Frau, die an Krebs gestorben war, und er dachte an Scott und an seine Unterhaltung mit ihm per Ferngespräch, und da machte er schließlich die zweite Flasche Bier auf.

22

Verfolgt von imaginären Spinnen, Schlangen, Käfern, Ratten, Fledermäusen und dem *möglicherweise* imaginären wiederbelebten Leichnam eines toten Kindes, sowie vom echten, aber drachenähnlichen Brüllen ferner Trucks, kroch Chrissie aus dem Nebenrohr, in dem sie Zuflucht gesucht hatte, ging trollgleich das Hauptrohr entlang, trat wieder in die glitschigen Überreste des toten Waschbären und sprang schließlich in den Abflußkanal mit seinen schrägen Betonwänden hinaus. Die Luft war rein und angenehm. Chrissies Klaustrophobie ließ trotz der zweieinhalb Meter hohen Mauern des Grabens, des vom Nebel gefilterten Mondlichts und der verborgenen Sterne nach. Sie sog die kalte, feuchte Luft tief ein, versuchte aber, so leise wie möglich zu atmen. Sie lauschte in die Nacht und wurde nicht lange danach mit diesen seltsamen Rufen belohnt, die von Süden leise aus dem Wald über die Wiese hallten. Sie war, wie schon zuvor, sicher, daß sie drei veschiedene Stimmen unterscheiden konnte. Wenn ihr Vater, ihre Mutter und Tucker im Süden waren und in dem Wald, der bis zum Rand des Geländes von New Wave Mikrotechnologie verlief, nach ihr suchten, konnte sie vielleicht in die Richtung zurückkehren, aus der sie gekommen war, durch den nördlichen Wald zu der Wiese, wo Godiva sie abgeworfen hatte, dann nach Osten zur Country Road und von da nach Moonlight Cove hinein; die anderen würden vergeblich am falschen Ort suchen.

Sie konnte ganz sicher nicht dort bleiben, wo sie war.

Und sie konnte nicht nach Süden laufen, ihnen direkt in die *Arme* treiben.

Sie kletterte aus dem Graben und lief nach Norden über die Wiese, wobei sie den gleichen Weg wie vorhin einschlug, und während sie lief, summierte sie ihr Elend. Sie hatte Hunger, nichts zu essen und war müde. Die Muskeln in ihren Schultern und dem Rücken waren verkrampft, weil sie so lange in dem engen, kalten Nebenrohr gelegen hatte. Ihre Beine schmerzten.

Und wo liegt das Problem? fragte sie sich, als sie die Bäume am Rand der Wiese erreichte. Wärst du lieber von Tukker erwischt und in einen von ihnen ›verwandelt‹ worden?

23

Loman Watkins verließ das Haus der Valdoskis, wo Dr. Worthy sich um die Verwandlung von Nella und George kümmerte. Weiter unten an der Straße luden seine Leute und der Gerichtsmediziner den toten Jungen auf den Leichenwagen. Die Menge der Schaulustigen verfolgte die Szene gebannt.

Loman stieg in den Streifenwagen ein und ließ den Motor an. Der kompakte Monitor leuchtete auf der Stelle sanft grün auf. Die Computerverbindung war an der Konsole zwischen den Vordersitzen montiert. Sie fing an zu blinken, was bedeutete, daß das HQ eine Nachricht für ihn hatte – die sie nicht über den Polizeifunk durchgeben wollten, den jeder leicht abhören konnte.

Obwohl er schon seit ein paar Jahren mit durch Mikrowellen verbundenen mobilen Computern arbeitete, war er manchmal immer noch überrascht, wenn er in den Streifenwagen einstieg und das VDT aufleuchten sah. In Großstädten wie Los Angeles waren die meisten Streifenwagen schon seit fast einem Jahrzehnt mit Computerverbindungen zur zentralen Polizeidatenbank ausgerüstet, aber in kleineren Städten waren diese elektronischen Wunder noch selten, und in Orten wir Moonlight Cove waren sie gar verschwindend gering. Seine Einheit verfügte, nicht nur weil die Gemeindekassen überquollen, über Technologie auf dem neuesten Stand der Technik, sondern weil New Wave – unter anderem einer der Marktführer, was mikrowellenverbundene Datensysteme anbetraf – die Polizei mit selbstentwickelter Hard- und Software ausgerüstet hatte und das System ständig erneuerte, da sie die Polizei von Moonlight Cove gewissermaßen als Testversuch für jede Verbesserung ansahen, die sie einmal in ihre Produkte einbauen wollten.

Das war eine der Methoden, durch die sich Thomas Shaddack in die Machtstruktur der Gemeinde infiltriert hatte, noch bevor er durch das Projekt Moonhawk nach *totaler* Macht griff. Damals war Loman naiv genug gewesen zu glauben, daß New Waves Großzügigkeit ein Segen wäre. Heute wußte er es besser.

Mit dem mobilen VDT konnte Loman sich in den Zentralcomputer im Hauptquartier in der Jacobi Street, einen Block südlich von der Ocean Avenue, einschalten und jede Information in der Datenbank erhalten oder mit dem diensthabenden Funker ›sprechen‹, der mit dem Computer fast ebenso mühelos mit ihm in Verbindung treten konnte wie über Polizeifunk. Zudem konnte er gemütlich im Streifenwagen sitzen und den Computer der Kraftfahrzeugbehörde in Sacramento anfunken, um Auskunft über ein Nummernschild zu erhalten, oder die Datenbank der Gefängnisaufsichtsbehörde in derselben Stadt, um Informationen über einen bestimmten Häftling abzurufen, oder jeden anderen Computer, der ans nationale elektronische Netz der Verbrechensbekämpfung angeschlossen war.

Er rückte den Gurt zurecht, weil er auf dem Revolver saß.

Er gab mit der Tastatur unter dem Displayterminal seine Kennziffer ein und bekam so Zugang zum System.

Die Zeiten, als *alle* Ermittlungen Beinarbeit der Polizei erfordert hatten, waren schon Mitte der achtziger Jahre zu Ende gegangen. Heute waren nur noch Fernsehpolizisten wie Hunter gezwungen, für die kleinsten Einzelheiten hin und her zu fahren, weil das dramatischer war als eine Beschreibung der High-Tech-Wirklichkeit. Mit der Zeit, dachte Watkins, lief der Plattfuß Gefahr, zum Plattarsch zu werden, weil Polizisten stundenlang vor den mobilen VDTs oder am Schreibtisch im Hauptquartier sitzen würden.

Der Computer akzeptierte seine Ziffer.

Das VDT hörte auf zu blinken.

Wenn alle Menschen Neue Menschen geworden und die Probleme mit den Regressiven gelöst worden waren, würde es natürlich keine Verbrechen mehr geben, und die Polizei würde überflüssig werden. Viele Verbrechen entstanden durch soziale Ungerechtigkeit, aber in der bevorstehenden neuen Welt würden alle Menschen gleich sein, so gleich wie eine Maschine der anderen, sie würden alle dieselben Ziele und Begierden und keine widerstreitenden oder konkurrierenden Bedürfnisse haben. Viele Kriminelle waren genetisch belastet, ihr soziopathisches Verhalten buchstäblich in den Chromosomen kodiert; aber die Neuen Menschen würden, abgesehen von regressiven Elementen unter ihnen, in perfektem genetischem Zustand sein. Das jedenfalls war Shaddacks Vision.

Manchmal fragte sich Loman Watkins, wo in diesem Plan der freie Wille blieb. Vielleicht nirgends. Manchmal schien es ihm einerlei zu sein, ob es ihn gab oder nicht. Dann wieder machte ihm seine Unfähigkeit zu empfinden... nun, sie machte ihm eine Heidenangst.

Wortreihen tauchten von links nach rechts auf dem Bildschirm auf, eine Zeile nach der anderen, hellgrüne Buchstaben auf schwarzem Grund:

FÜR: LOMAN WATKINS
SENDER: SHADDACK
JACK TURNER HAT SICH NICHT VON DEN FOSTERS ZURÜCKGEMELDET. NIEMAND GEHT DORT ANS TELEFON. DRINGENDE KLÄRUNG DER SITUATION ERFORDERLICH. ERWARTE IHREN BERICHT.

Shaddack hatte von seinem eigenen Computer in seinem Haus an der nördlichen Spitze der Bucht direkten Zugang zum Computer der Polizei. Er konnte Botschaften für Watkins oder jeden anderen Mann durchgeben, die außer dem Empfänger niemand abrufen konnte.

Der Bildschirm wurde leer.

Loman Watkins löste die Handbremse, legte den Gang ein und fuhr in Richtung der Foster-Stallungen, obwohl die außerhalb der Gemarkung und damit nicht mehr in seinem Zuständigkeitsbereich lagen. Er kümmerte sich nicht mehr um Hoheitsgebiete und gesetzliche Vorgehensweisen. Er war nur noch Polizist, weil das eine Rolle war, die er spielen mußte, bevor die ganze Stadt die Verwandlung hinter sich hatte. Die alten Regeln galten nicht mehr für ihn, weil er ein Neuer Mensch war. Noch vor ein paar Monaten hätte ihn eine solche Mißachtung des Gesetzes abgestoßen, aber inzwischen rührten ihn seine Arroganz und die Verachtung für die Gesellschaft der Alten Menschen überhaupt nicht mehr.

Meistens rührte ihn überhaupt nichts mehr. Tag für Tag, Stunde für Stunde wurde er weniger emotional.

Abgesehen von der Angst, die sein neues angehobenes Bewußtseinsstadium immer noch zuließ: Angst, weil sie ein Überlebensmechanismus und damit auf eine Weise nützlich war, wie es Liebe und Freude und Hoffnung und Hingabe nicht waren. Er hatte Angst davor, das Projekt Moonhawk könnte irgendwie der Öffentlichkeit enthüllt und zunichte gemacht werden – und er mit ihm. Er hatte Angst vor Shaddack, seinem neuen Herrn und Meister. Manchmal, in flüchtigen, düsteren Augenblicken, hatte er sogar Angst vor sich selbst und vor der bevorstehenden neuen Welt.

24

Moose döste in einer Ecke des dunklen Schlafzimmers. Er schnaufte im Schlaf, weil er möglicherweise in einen Traum Kaninchen mit buschigen Schwänzen jagte – obwohl er als guter Behindertenhund wahrscheinlich sogar in seinen Träumen Botengänge für seinen Herrn erledigte.

Harry, der am Fenster in seinem Stuhl festgeschnallt war, beugte sich über das Teleskop und studierte den Hinterhof von Callans Bestattungsinstitut an der Juniper Lane, wo der Leichenwagen gerade vorgefahren war. Er beobachtete Victor Callan und Ned Ryedock, den Assistenten des Unternehmers, wie sie mit der Rollbahre einen Leichnam aus dem schwarzen Cadillac in den Einbalsamierungs- und Krematoriumsflügel beförderten. Die Leiche, die sich in einem nur halb geschlossenen schwarzen Plastiksack befand, war so klein, daß es sich um ein Kind handeln mußte. Sie machten die Tür hinter sich zu, und Harry konnte nichts mehr sehen.

Manchmal ließen sie die Rolläden an den beiden hohen, schmalen Fenstern oben, dann konnte Harry aus seiner hohen Position in das Zimmer sehen, bis zu dem geneigten und mit Abflußrinnen versehenen Tisch, auf dem die Toten einbalsamiert und für die Aufbahrung vorbereitet wurden. Dann konnte er viel mehr sehen als er sehen *wollte*. Aber heute waren die Rolläden bis zu den Fenstersimsen heruntergelassen.

Er verlagerte seinen Sehbereich ganz langsam südwärts den schmalen nebelverhangenen Zufahrtsweg zum Institut entlang, der zwischen Conquistador und Juniper verlief. Er suchte nicht nach etwas Bestimmten, sondern sondierte nur langsam, als er ein paar grokeske Gestalten sah. Sie waren schnell und dunkel und liefen den Weg entlang zu dem unbebauten Grundstück neben dem Bestattungsinstitut; sie rannten weder auf allen vieren noch aufrecht, obwohl doch mehr ersteres als letzteres.

Schreckgespenster. Harrys Herz schlug schneller.

Er hatte ihresgleichen in den vergangenen vier Wochen dreimal gesehen, aber beim ersten Mal hatte er nicht geglaubt, was er gesehen hatte. Sie waren so schattenhaft und seltsam gewesen, und er hatte sie nur so kurz gesehen, daß sie wie Phantome der Einbildung wirkten; daher nannte er sie Schreckgespenster.

Sie waren schneller als Katzen. Sie hasteten durch seinen Sehbereich und verschwanden im dunklen, freien Platz, bevor er seine Überraschung überwinden und ihnen folgen konnte.

Danach suchte er das Grundstück von einem Ende zum anderen und von vorne nach hinten ab, um sie in dem fast einen Meter hohen Gras zu entdecken. Auch Büsche boten ihnen Verstecke. Wilder Holunder und ein paar vereinzelte Chaparralbüsche ragten auf und hielten den Nebel fest, als wäre er Baumwolle.

Aber er fand sie. Zwei gebückte Gestalten. Mannsgroß. Nur etwas weniger schwarz als die Nacht. Konturlos. Sie kauerten im trockenen Gras in der Mitte des Grundstücks, nördlich einer gewaltigen Fichte, die ihre Zweige (allesamt hoch oben) wie einen Baldachin über das halbe Gelände breitete.

Harry stellte die Vergrößerung zitternd auf diesen speziellen Ausschnitt und justierte den Brennpunkt. Die Umrisse der Schreckgespenster wurden scharf. Ihre Körper wurden blasser im Kontrast zur Nacht um sie herum. Aber wegen der Dunkelheit und dem Nebel konnte er immer noch keine Einzelheiten erkennen.

Es war ziemlich teuer und schwer zu bekommen, trotzdem wünschte er sich jetzt, er hätte durch seine Beziehungen zum Militär ein Tele-Tron erstanden, eine neue Version des Star-Tron-Nachtsichtgeräts, das jahrelang von den meisten Streitkräften benutzt worden war. Ein Star-Tron nahm vorhandenes Licht – Mondlicht, Sternenlicht, schwaches elektrisches Licht, sofern vorhanden, die vage natürliche Strahlung bestimmter Mineralien in Krume und Felsen – und verstärkte es fünfundachtzigtausendfach. Mit diesem Gerät ließ sich eine undurchdringliche Nachtschwärze in zwielichtige Dämmerung oder gar spätnachmittägliches Grau aufhellen. Das Tele-Tron verwendete dieselbe Technologie wie das Star-Tron, aber es war entwickelt worden, damit es zu Teleskopen paßte. Das gewöhnlich vorhandene Licht reichte für Harrys Zwecke aus, und er sah meistens durchs Fenster in hell erleuchtete Zimmer; aber um die verstohlenen und schnellen Schreckgespenster zu studieren, hätte er High-Tech-Hilfe gebraucht.

Die schemenhaften Gestalten sahen nach Westen zur Juniper Lane, dann nach Norden zu Callans Institut, dann nach Süden zu dem Haus, das, neben dem Bestattungsinstitut, das unbebaute Grundstück flankierte. Sie drehten die Köpfe mit raschen, geschmeidigen Bewegungen, die Harry an Katzen denken ließen, obwohl sie eindeutig nicht katzenhaft waren.

Einer sah nach Osten zurück. Weil Harry mit dem Teleskop praktisch mit den Schreckgespenstern auf der Wiese stand, sah er deren Augen – blaßgolden, schwach leuchtend. Er hatte vorher noch nie ihre Augen gesehen. Er erschauerte, aber nicht nur, weil sie so ungewöhnlich waren. Diese Augen hatten etwas Vertrautes, etwas, das tiefer als Harrys bewußter oder unbewußter Verstand reichte und vages Erkennen und primitive, in seinen Genen gespeicherte Rassenerinnerung auslöste.

Plötzlich war ihm kalt bis auf die Knochen, und er verspürte eine Angst, die schlimmer war als alles, was er seit Vietnam erlebt hatte.

Moose war, obwohl er döste, empfänglich für die Stimmungen seines Herrn. Der Labrador stand auf, schüttelte sich, wie um den Schlaf abzuschütteln, und kam zum Stuhl. Er gab einen leisen, winselnden, fragenden Laut von sich.

Harry sah das Alptraumgesicht eines Schreckgespenstes durch das Teleskop. Er erblickte es nur einen Augenblick lang, bestenfalls zwei Sekunden, und das mißgestaltete Gesicht wurde kaum von ätherischem Mondschein erhellt, daher sah er nur wenig; tatsächlich offenbarte das unzureichende Mondlicht das Ding nicht, sondern trug nur dazu bei, es noch geheimnisvoller zu machen.

Aber er war fasziniert davon, gebannt, erstarrt.

Moose fragte ein fragendes: »*Wuff?*«

Einen Augenblick lang hätte Harry das Teleskop nicht loslassen können, auch wenn sein Leben davon abhängig gewesen wäre, und er studierte das affenähnliche Antlitz, obwohl es häßlicher und teuflischer und unendlich viel seltsamer als das Gesicht eines Affen war. Er fühlte sich an Wölfe erinnert, und in der Dunkelheit schien das Ding auch einen reptilienhaften Aspekt zu haben. Er glaubte, den emaillenen Schimmer spitzer Zähne und klaffender Kiefer zu sehen. Aber das Licht war schlecht, und er war nicht sicher, wieviel von dem, was er sah, Täuschung von Schatten oder Verzerrungen des Nebels waren. Ein Teil dieser diabolischen Vision mußte sicher seiner überhitzten Fantasie zugeschrieben werden. Ein Mann mit einem Paar nutzloser Beine und einem toten Arm *mußte* eine lebhafte Fantasie haben, wenn er durchs Leben kommen wollte.

So plötzlich das Schreckgespenst in seine Richtung gesehen hatte, sah es auch wieder weg. Gleichzeitig bewegten sich die beiden Geschöpft mit einer animalischen Gewandtheit und Schnelligkeit, die Harry verblüffte. Sie waren fast so groß wie Raubkatzen, und ebenso schnell. Er drehte das Teleskop, um ihnen zu folgen, und sie flogen buchstäblich durch die Dunkelheit über das unbebaute Grundstück nach Süden, wo sie über den Lattenzaun in den Garten des Claymore-Hauses kletterten und mit solcher Schnelligkeit verschwanden, daß er sie nicht im Teleskop behalten konnte.

Er suchte weiter nach ihnen, bis zur High School in der Roshmore Street, aber er sah nur Nacht und Nebel und die vertrauten Gebäude der Nachbarschaft. Die Schreckgespenster waren so schnell verschwunden, wie sie immer aus den Zimmern kleiner Jungs verschwanden, wenn das Licht eingeschaltet wurde.

Schließlich nahm er das Gesicht vom Teleskop und sank auf den Stuhl zurück.

Moose stieg sofort mit den Vorderpfoten auf die Armlehne und bettelte darum, gestreichelt zu werden, als hätte er gesehen, was sein Herrchen gesehen hatte, und brauchte die Bestätigung, daß böse Geister nicht in Wirklichkeit durch die Welt streiften.

Harry streichelte den Kopf des Labradors mit der guten rechten Hand, die anfangs stark zitterte. Nach einer Weile beruhigte ihn das Streicheln fast ebensosehr wie den Hund.

Wenn das FBI auf den Brief reagierte, den er vor über einer Woche geschrieben hatte, wußte er nicht, ob er die Schreckgespenster erwähnen würde. Er würde ihnen alles erzählen, was er gesehen hatte, und vieles konnte nützlich für sie sein. Aber das… Einerseits war er sicher, daß die Bestien, die er mittlerweile viermal so flüchtig zu Gesicht bekommen hatte, irgendwie mit den seltsamen Ereignissen der vergangenen Wochen zusammenhingen. Aber sie lagen in einer anderen Größenordnung des Seltsamen, und wenn er von ihnen sprach, würde er vielleicht wunderlich, wenn nicht gar verrückt wirken, so daß die Agenten der Bureaus alles andere anzweifeln könnten, was er zu sagen hatte.

Bin ich wunderlich? fragte er sich, während er Moose tätschelte. Bin ich verrückt?

Nachdem er zwanzig Jahre an den Rollstuhl und ans Haus gefesselt war und praktisch nur durch das Teleskop und das Fernglas lebte, war er vielleicht so verzweifelt darauf aus, zur Welt zu gehören und so gierig nach Aufregung, daß er sich eine gigantische Verschwörungsfantasie am Rande des Unheimlichen zusammengereimt hatte, sich selbst als ›Mann der Bescheid weiß‹ ins Zentrum rückte und davon überzeugt war, seine Trugbilder wären real. Aber das war höchst unwahrscheinlich. Der Krieg hatte seinen Körper verkrüppelt und schwach gemacht, aber sein Verstand war so scharf und klar wie immer, vielleicht durch das Unglück noch ausgeprägter und schneller. *Das* war sein Fluch, nicht der Wahnsinn.

»Schreckgespenster«, sagte er zu Moose.

Der Hund hechelte.

»Was kommt als nächstes? Werde ich eines Tages zum Mond aufsehen und eine Hexe auf dem Besenstiel erblikken?«

25

Chrissie kam am Pyramid Rock, der einst ihre Fantasie beflügelt hatte, sich zentimetergroße Ägypter vorzustellen, aus dem Wald heraus. Sie sah nach Westen, zum Haus und den Foster-Stallungen, wo die Lichter jetzt im Nebel regenbogenfarbene Auren hatten. Einen Augenblick später spielte sie mit dem Gedanken, dorthin zurückzukehren und Godiva oder ein anderes Pferd zu holen. Vielleicht konnte sie sich sogar ins Haus schleichen und eine Jacke holen. Aber sie entschied, daß sie zu Fuß sicherer und nicht so auffällig sein würde. Außerdem war sie nicht so dumm wie die Filmheldinnen, die immer wieder zum Bösen Haus zurückkehrten, obwohl sie wußten, daß das Böse Ding sie dort wahrscheinlich finden würde. Sie wandte sich nach Ost-Nordost und lief über die Wiese zur Landstraße.

Dank ihrer üblichen Klugheit – dachte sie, als würde sie eine

Zeile aus einem Abenteuerroman lesen – *wandte sich Chrissie schlau von dem verfluchten Haus ab und floh in die Nacht, und sie fragte sich, ob sie diesen Ort ihrer Jugend jemals wiedersehen oder Trost in den Armen ihrer jetzt entfremdeten Familie finden würde.*

Hohes, herbstlich trockenes Gras schlug gegen ihre Beine, als sie zur Mitte des Feldes lief. Sie hielt sich nicht an der Baumgrenze, sondern wollte im offenen Gelände sein, damit sie nicht von etwas von den Bäumen herab angesprungen würde. Sie glaubte nicht, daß sie ihnen entkommen könnte, wenn sie sie erst einmal entdeckt hätten, nicht einmal, wenn sie Minuten Vorsprung hätte, aber sie wollte sich wenigstens die Chance lassen, es zu versuchen.

Während sie in dem Rohr Zuflucht gesucht hatte, war die Nacht noch kälter gewesen. Ihr Flanellhemd schien nicht mehr zu wärmen als eine kurzärmelige Sommerbluse. Wäre sie eine Heldin der Art, wie sie Ms. Andre Norton schuf, dann wüßte sie, wie sie sich aus Gras und anderen Pflanzen einen Mantel mit hohem Isolierfaktor weben könnte. Oder sie wüßte, wie man Pelztiere fing und schmerzlos tötete, wie man ihre Felle gerbte und zusammennähte, um sich in Gewänder zu hüllen, die ebenso erstaunlich modisch wie praktisch waren.

Sie mußte einfach aufhören, an die Heldinnen dieser Bücher zu denken. Ihre vergleichsweise Unfähigkeit deprimierte sie.

Und sie hatte schon genügend Gründe, deprimiert zu sein. Sie war aus ihrem Haus vertrieben worden. Sie war allein, hungrig, fror, war verwirrt und hatte Angst – und sie wurde von unheimlichen und gefährlichen Kreaturen verfolgt. Und das Wesentliche… ihre Mutter und ihr Vater waren stets ein wenig distanziert gewesen, sie hatten ihre Zuneigung nie sehr deutlich zur Schau gestellt, dennoch hatte Chrissie sie geliebt, und jetzt waren sie dahin, vielleicht für immer, auf eine Weise verwandelt, die sie nicht verstand, lebend, aber ohne Seele, und damit so gut wie tot.

Als sie noch schätzungsweise dreißig Meter von der zweispurigen Landstraße entfernt war, die hier parallel zur Einfahrt verlief, hörte sie einen Automotor. Sie sah Scheinwerfer auf der Straße, die von Süden kamen. Dann sah sie das Auto selbst, denn in dieser Richtung war der Nebel dünner als in Richtung Meer, daher war die Sicht einigermaßen gut. Sie konnte selbst auf diese Entfernung erkennen, daß es sich um einen Streifenwagen handelte; die Sirene war zwar nicht eingeschaltet, aber blau und rote Lichter blinkten auf dem Dach. Der Streifenwagen bremste und bog in den Zufahrtsweg zu den Foster-Stallungen ein.

Chrissie hätte beinahe gerufen, wäre beinahe zu dem Auto gelaufen, weil man ihr stets beigebracht hatte, daß Polizisten Freunde waren. Sie hob sogar schon eine Hand und winkte, aber dann überlegte sie sich, daß sie in einer Welt, in der sie nicht einmal ihren eigenen Eltern trauen konnte, schon gar nicht davon ausgehen durfte, daß Polizisten nur ihr Bestes wollten.

Beunruhigt von dem Gedanken, daß die Polizisten ›verwandelt‹ worden sein konnten, so wie Tucker sie verwandeln wollte und wie ihre Eltern verwandelt worden waren, ließ sie sich fallen und kauerte sich im hohen Gras nieder. Als das Auto in die Einfahrt eingebogen war, hatten die Scheinwerfer sie nicht einmal gestreift. Dunkelheit und Nebel machten sie zweifellos unsichtbar für die Insassen des Streifenwagens, und sie war nicht gerade so ungeheuer groß, daß man sie auf ebenem Land deutlich hätte sehen können. Aber sie wollte kein Risiko eingehen.

Sie sah dem Auto nach, das den langen Zufahrtsweg entlangfuhr. Neben Tuckers Auto, das auf halbem Weg abgestellt war, hielt es kurz an und fuhr dann weiter. Der dichtere Nebel im Westen verschluckte es.

Sie erhob sich aus dem Gras und eilte weiter nach Osten, zur Landstraße. Sie wollte der Straße nach Süden folgen, bis nach Moonlight Cove. Wenn sie wachsam und aufmerksam bliebe, könnte sie von der Straße herunter in den Graben oder hinter ein Gebüsch kriechen, wenn sie näherkommenden Verkehr hörte.

Sie wollte sich niemandem zeigen, den sie nicht kannte. Wenn sie in der Stadt wäre, könnte sie zur Our Lady of Mercy Kirche gehen und Hilfe bei Pater Castelli suchen. (Er sagte, er wäre ein moderner Priester und wollte lieber Pater Jim genannt werden, aber Chrissie hatte ihn *nie* so formlos anreden können.) Chrissie war beim Sommerfest der Kirche eine unermüdliche Arbeiterin gewesen, und sie hatte sehr zu Pater Castellis Entzücken den Wunsch geäußert, daß sie nächstes Jahr Altarmädchen sein wollte. Sie war sicher, er mochte sie und würde ihre Geschichte glauben, wie unglaublich sie sich auch anhören würde. Wenn er ihr nicht glaubte... nun, dann würde sie es bei Mrs. Tokawa versuchen, ihrer Lehrerin der sechsten Klasse.

Sie kam zur Landstraße, verharrte und sah zu dem fernen Haus zurück, das nur noch eine Ansammlung leuchtender Pünktchen im Nebel war. Sie wandte sich erschauernd nach Süden, Richtung Moonlight Cove.

26

Die Eingangstür des Foster-Hauses war der Nacht geöffnet.

Loman Watkins durchsuchte es von unten nach oben und wieder zurück. Die einzigen merkwürdigen Dinge, die er fand, waren ein umgekippter Stuhl in der Küche und Jack Turners schwarze Tasche voll Spritzen und Phiolen der Droge, mit der die Verwandlung bewerkstelligt wurde – eine Sprühdose WD-40 auf dem Boden des Erdgeschoßflurs.

Er machte die Eingangstür hinter sich zu, trat auf die Veranda, blieb auf den Stufen zum Vorgarten stehen und lauschte in die ätherisch stille Nacht. Ein träger Wind war während der gesamten Nacht in Böen gekommen und gegangen, aber jetzt hatte er völlig nachgelassen. Die Luft war unheimlich still. Der Nebel schien alle Laute zu dämpfen und machte die Welt so still, als wäre sie ein einziger unermeßlicher Friedhof.

Loman sah zu den Ställen und rief: »Tucker! Foster! Ist jemand da?«

Das Echo seiner Stimme hallte zu ihm zurück. Es war ein kalter, einsamer Laut.

Niemand antwortete ihm.

»Tucker? Foster?«

In einem der Ställe brannte Licht, am näher gelegeneren Ende stand die Tür offen. Er dachte, daß er hingehen und sich das ansehen sollte.

Loman hatte den halben Weg zurückgelegt, als ein hallender Schrei, dem zitternden Ton eines fernen Horns nicht unähnlich, vom Süden ertönte, leise aber unmißverständlich. Er war schrill und dennoch kehlig, und voll Zorn, Sehnsucht, Erregung und Begierde. Der Schrei von Regressiven bei der Jagd.

Ihre Schreie machten ihn frösteln.

Und erfüllten ihn mit einer seltsamen Sehnsucht.

Nein.

Er ballte die Hände so fest zu Fäusten, daß sich die Fingernägel in die Handflächen gruben, und drängte die Dunkelheit zurück, die in ihm emporwallen wollte. Er versuchte, sich auf Polizeiarbeit und die naheliegenden Probleme zu konzentrieren.

Wenn die Schreie von Alex Foster, Sharon Foster und Jack Tucker kamen – was höchstwahrscheinlich der Fall war –, wo war dann Christine, das Mädchen?

Vielleicht war sie entkommen, als sie ihre Verwandlung vorbereitet hatten. Der umgekippte Küchenstuhl, Tuckers einsame schwarze Tasche und die offene Eingangstür schienen diese beunruhigende Erklärung zu unterstützen. Bei der Verfolgung des Mädchens und in der Aufregung der Jagd hatten die Fosters und Tucker vielleicht dem latenten Drang zur Regression nachgegeben. Dem möglicherweise gar nicht so latenten Drang. Sie hatten vielleicht schon früher Regressionen durchgemacht und sich diesmal rasch und willig dem veränderten Stadium ergeben. Und jetzt jagten sie Christine in der Wildnis im Süden – oder hatten sie schon längst erwischt und in Stücke gerissen und waren immer noch regressiv, weil sie dunkle Erregung an dieses niedere Stadium empfanden.

Die Nacht war kühl, aber Loman schwitzte plötzlich.

Er wollte... brauchte...

Nein!

Erst heute hatte Shaddack Loman gesagt, daß die Tochter der Fosters den Schulbus verpaßt hätte und von der Bushaltestelle an der Landstraße nach Hause zurückgekehrt wäre, wo sie ihre Eltern dabei überraschte, wie sie mit ihren neuen Fähigkeiten experimentierten. Daher mußte das Kind früher als geplant der Verwandlung unterzogen werden; das erste Kind, das verwandelt werden sollte. Aber ›experimentiert‹ war vielleicht eine Lüge, die sich die Fosters ausgedacht hatten, um ihre Haut zu retten. Vielleicht waren sie in tiefer Regression gewesen, als das Mädchen hereingekommen war, was sie Shaddack nicht mitteilen konnten, ohne sich zu Degenerierten unter den Neuen Menschen zu machen.

Die Verwandlung sollte die Menschheit vorwärtsbringen; sie war eine erzwungene Evolution.

Willige Regression war dagegen eine kranke Perversion der Macht, die die Veränderung verlieh. Die Regressiven waren Ausgestoßene. Und die Regressiven, die nur wegen des Kitzels der Jagd töteten, waren die Schlimmsten von allen: Psychopathen, die sich für Devolution statt Evolution entschieden hatten.

Die fernen Schreie ertönten erneut.

Ein Zittern lief an Lomans Wirbelsäule entlang. Es war ein angenehmes Zittern. Er wurde von dem starken Verlangen erfüllt, die Kleider auszuziehen, auf den Boden zu sinken und nackt und ungehindert mit langen, anmutigen Schritten durch die Nacht zu streifen, über die Wiesen und in den Wald, wo alles wild und wunderschön war, wo Beute nur darauf wartete, gefunden und gestellt und niedergeworfen und zerrissen…

Nein.

Kontrolle.

Selbstbeherrschung.

Die fernen Schreie durchbohrten ihn.

Er mußte Selbstbeherrschung aufbieten.

Sein Herz schlug heftig.

Die Schreie. Die süßen, gierigen, wilden Schreie…

Loman fing an zu zittern, dann schüttelte er sich heftig, als er sich im Geiste vorstellte, wie er von der starren Haltung des *Homo erectus* befreit wurde, und ebenso von den Behinderungen zivilisierter Umgangsformen und kultivierten Benehmens. Wenn der urtümliche Mensch in ihm endlich freigesetzt werden und in seinem natürlichen Zustand leben könnte…

Nein. Undenkbar.

Seine Beine wurden schwach, er fiel zu Boden, aber nicht auf alle viere, nein, denn diese Haltung würde ihn ermutigen, sich diesen unaussprechlichen Begierden zu ergeben; statt dessen rollte er sich auf der Seite in eine embryonale Haltung zusammen, zog die Knie bis zur Brust und kämpfte gegen den immer stärker werdenden Drang der Regression. Seine Haut wurde so heiß, als hätte er stundenlang in der Sommersonne gelegen, aber ihm wurde klar, daß die Hitze nicht von einer äußerlichen Quelle stammte, sondern tief aus seinem Innersten kam; das Feuer stammte nicht nur aus den lebenswichtigen Organen oder dem Knochenmark, sondern aus dem Material in seinen Zellwänden, aus Milliarden Zellkernen, in denen sich das genetische Material befand, das ihn zu dem machte, was er war. Allein in Dunkelheit und Nebel vor dem Haus der Fosters, von den hallenden Schreien der Regressiven verführt, sehnte er sich danach, die Kontrolle über seinen Körper auszunützen, die ihm die Verlockung gegeben hatte. Aber er wußte, wenn er dieser Verlockung einmal nachgäbe, würde er nie wieder Loman Watkins sein; er wäre ein Degenerierter, der sich als Loman Watkins verkleidete, Mr. Hyde in einem Körper, aus dem er Dr. Jekyll für immer vertrieben hätte.

Er sah mit gesenktem Kopf auf seine Hände, die er an die Brust gepreßt hatte, und er glaubte im spärlichen Licht aus den Fenstern des Foster-Hauses zu sehen, wie sich einige seiner Finger zu verändern anfingen. Schmerz pochte durch seine rechte Hand. Er *spürte*, wie sich die Knochen auflösten und neu bildeten, wie die Knöchel anschwollen und die Glieder sich neu dehnten, wie die Fingerkuppen breiter und dicker wurden, die Sehnen und Muskeln kräftiger, die Nägel härter und schärfer, mit krallenähnlichen Spitzen.

Er schrie voller Entsetzen, leugnete die Tatsachen und *zwang* sich mit aller Kraft, an seiner angeborenen Identität, an dem, was ihm von seiner Menschlichkeit noch blieb, festzuhalten. Er widerstand der lavagleichen Bewegung seines lebenden Zellgewebes. Er wiederholte seinen Namen durch zusammengebissene Zähne – »Loman Watkins, Loman Watkins, Loman Watkins« –, als wäre er ein Zauberspruch, der seine böse Verwandlung verhindern konnte.

Die Zeit verging. Vielleicht eine Minute. Vielleicht zehn. Eine Stunde. Er wußte es nicht. Sein Bemühen, die eigene Identität zu bewahren, hatte ihn in ein zeitloses Stadium der Bewußtlosigkeit versetzt.

Er kam allmählich wieder zur Besinnung. Und stellte erleichtert fest, daß er immer noch unverändert auf dem Boden vor dem Haus lag. Er war schweißgebadet. Aber das weißglühende Feuer in seinem Körper war erloschen. Seine Hände waren so, wie sie immer gewesen waren, die Finger nicht mißgestaltet in die Länge gezogen.

Er lauschte eine Weile in die Nacht. Er hörte die fernen Schreie nicht mehr, und er war dankbar für die Stille.

Die Angst, die einzige Empfindung, die nicht täglich schwächer und kraftloser geworden war, seit er zu einem Neuen Menschen geworden war, tobte jetzt scharf wie Messer in ihm und veranlaßte ihn zu schreien. Er hatte schon lange vermutet, daß er einer derjenigen war, die das Potential der Regression in sich hatten, und jetzt hatte sich diese dunkle Vermutung als Wahrheit erwiesen. Hätte er sich seinem Sehnen ergeben, hätte er sowohl die alte Welt verloren, die er vor seiner Verwandlung gekannt hatte, *und* die schöne neue Welt, die Shaddack erschuf; er würde zu keiner gehören.

Schlimmer: Er fing an zu argwöhnen, daß er nicht der einzige war, daß *alle* Neuen Menschen den Keim der Devolution in sich trügen. Die Zahl der Regressiven schien Nacht für Nacht größer zu werden.

Er erhob sich zitternd.

Jetzt, wo das innere Feuer erloschen war, war der Schweißfilm auf seiner Haut wie eine Eiskruste.

Als er benommen zum Streifenwagen taumelte, fragte sich Loman Watkins, ob Shaddacks Forschungen – und die technologischen Früchte, die sie trugen – so grundlegend falsch wären, daß die Verwandlung überhaupt keinerlei Verbesserungen brächte. Vielleicht war sie ein unumkehrbarer Fluch. Wenn die Regressiven keinen statistisch vernachlässigbaren Teil der Neuen Menschen bildeten, wenn sie statt dessen *alle* früher oder später zur Regression verdammt waren...

Er dachte an Thomas Shaddack in seinem großen Haus an der Nordspitze der Bucht, wo es die Stadt überblickte, in der die von ihm erschaffenen Bestien durch die Schatten streiften, und eine schreckliche Leere überkam ihn. Lesen war, seit er ein Junge gewesen war, seine liebste Freizeitbeschäftigung gewesen, daher dachte er jetzt an H. G. Wells' Dr. Moreau und fragte sich, ob Shaddack dazu geworden war. Zu einer Reinkarnation Moreaus. Shaddack konnte ein Moreau des Zeitalters der Mikrotechnologie sein, der von einer wahnsinnigen Vision der Transzendenz durch erzwungene Verschmelzung von Mensch und Maschine besessen war. Er litt eindeutig an Größenwahn und war überzeugt, daß er die Menschheit auf eine neue Stufe der Evolution heben könnte, so wie der ursprüngliche Moreau überzeugt gewesen war, er könnte Menschen aus wilden Tieren erschaffen und Gott bei seinem ureigenen Spiel besiegen. Wenn Shaddack *nicht* das Genie seines Jahrhunderts war, wenn er wie Moreau, zu hoch griff, dann waren sie allesamt zum Untergang verurteilt.

Loman stieg ins Auto ein und schlug die Tür zu. Er ließ den Motor an und machte die Heizung an, um seinen schweißgekühlten Körper zu wärmen.

Der Computerschirm leuchtete auf und wartete auf Benutzung.

Um das Projekt Moonhawk zu schützen – das, mit Makeln behaftet oder nicht, die einzige Hoffnung auf eine Zukunft für ihn bot –, mußte er davon ausgehen, daß das Mädchen, Christine, entkommen war und die Fosters und Tucker sie nicht erwischt hatten. Er mußte dafür sorgen, daß Männer unauffällig an der Landstraße und auf den Straßen, die von

Norden nach Moonlight Cove hineinführten, Wache standen. Wenn das Mädchen in die Stadt kam und Hilfe suchte, konnten sie sie festnehmen. Sie würde mit ihrer Geschichte von den besessenen Eltern höchstwahrscheinlich sowieso unwissend zu einem der Neuen Menschen gehen, und das wäre ihr Ende. Und selbst wenn sie zu Leuten kam, die noch nicht verwandelt waren, würde ihr wahrscheinlich niemand ihre wilde Geschichte glauben. Aber er konnte es sich nicht leisten, ein Risiko einzugehen.

Er mußte mit Shaddack über Verschiedenes reden und sich um mehrere Polizeiaufgaben kümmern.

Und er brauchte etwas zu essen.

Er war unmenschlich hungrig.

27

Etwas stimmte nicht, etwas stimmte nicht, etwas, etwas.

Mike Peyser war durch den dunklen Wald zu seinem Haus am südöstlichen Stadtrand geschlichen, durch die wilden Hügel und Bäume herab, verstohlen und wachsam, listig und schnell, nackt und behende, er kehrte von der Jagd zurück, Blut im Mund, immer noch erregt, aber müde, nachdem er zwei Stunden lang mit seiner Beute gespielt hatte, und jetzt stahl er sich vorsichtig an den Häusern der Nachbarn vorbei, von denen manche zu seiner Art gehörten und manche nicht. Die Häuser in dieser Gegend standen weit auseinander, daher fiel es ihm ziemlich leicht, von Schatten zu Schatten, von Baum zu Baum zu schleichen, durch das hohe Gras, dicht am Boden, im Schutze der Nacht, geschwind und behende, still und behende, nackt und still, kräftig und geschwind, direkt zur Veranda seines einstöckigen Hauses, wo er alleine lebte, durch die unverschlossene Tür, in die Küche, immer noch den Geschmack von Blut im Mund, Blut, herrliches Blut, im Hochgefühl der Jagd, aber auch froh, wieder daheim zu sein, aber…

Etwas war falsch.

Falsch, falsch, Gott, er verbrannte, war voller Feuer, heiß, verbrannte, brauchte Essen, Nahrung, Treibstoff, Treibstoff, und das war normal, damit hatte man rechnen können – die Bedürfnisse seines Körpers waren immens, wenn er in diesem veränderten Stadium war –, aber das Feuer war nicht falsch, nicht das innere Feuer, nicht das hektische und allumfassende Verlangen nach Nahrung. Falsch war, er konnte nicht, konnte nicht, konnte nicht...

Er *konnte sich nicht zurückverwandeln.*

Erregt von den außerordentlichen geschmeidigen Bewegungen seines Körpers, von der Art und Weise, wie sich seine Muskeln streckten und spannten, streckten und spannten, so betrat er das dunkle Haus, wo er auch ohne Licht genügend sah, vielleicht nicht so gut wie eine Katze, aber besser als ein Mensch, denn er war jetzt mehr als ein Mensch, und er streifte ein paar Minuten durch die Zimmer, lautlos und geschwind, hoffte fast, er würde einen Eindringling finden, jemanden zum Zerfetzen, jemanden zum Zerfetzen, zerfetzen, jemanden zum Zerfetzen, zu beißen und zu reißen, aber das Haus war verlassen. Im Schlafzimmer ließ er sich auf den Boden nieder, rollte sich auf die Seite und rief seinen Körper in die Gestalt zurück, die sein Geburtsrecht war, in die vertraute Gestalt von Mike Peyser, in die Form eines Mannes, der aufrecht ging und wie ein Mensch aussah, und er spürte in sich den Sog in Richtung des Normalen, eine Verlagerung im Zellgewebe, aber keine *ausreichende* Verlagerung, dann ein Zurückgleiten, zurück, wie eine zurückweichende Flut, die sich vom Ufer entfernt, fort, fort vom Normalen, daher versuchte er es erneut, aber diesesmal fand überhaupt keine Verlagerung statt, nicht einmal eine ansatzweise Rückkehr zu dem, was er gewesen war. Er saß fest, war gefangen, eingesperrt, eingesperrt, in eine Gestalt eingesperrt, die zuvor die Essenz der Freiheit und somit unendlich erstrebenswert gewesen war, aber jetzt war es überhaupt keine erstrebenswerte Gestalt mehr, weil er sie nicht mehr abstreifen konnte, weil er darin gefangen war, gefangen, und er geriet in Panik.

Er sprang auf und eilte aus dem Zimmer. Obwohl er im

Dunkeln ziemlich gut sehen konnte, streifte er eine Stehlampe, die polternd und mit dem Geräusch berstenden Glases umstürzte, aber er lief weiter in den kurzen Flur, ins Wohnzimmer. Ein Flickenteppich rutschte unter ihm weg. Er fühlte sich wie im Gefängnis; sein Körper, sein eigener, verwandelter Körper, war zu seinem Gefängnis geworden, seinem Gefängnis; verwandelte Knochen dienten als Gitterstäbe, Gitter, die ihn drinnen gefangenhielten; sein eigenes umgestaltetes Fleisch hielt ihn fest. Er durchstreifte das Zimmer, hierhin, dorthin, streifte verzweifelt, panisch. Die Vorhänge wehten im Wind seines Laufens. Er wand sich zwischen den Möbelstücken. Ein Tischchen fiel in seinem Kielwasser um. Er konnte laufen, aber nicht entkommen. Er trug sein Gefängnis bei sich. Kein Entkommen. Kein Entkommen. Niemals. Nach dieser Erkenntnis schlug sein Herz noch schneller. Er stieß entsetzt und frustriert den Zeitungsständer um, schüttete den Inhalt aus, fegte einen schweren Aschenbecher aus Glas und zwei dekorative Töpferarbeiten vom Cocktailtisch, riß an den Sofakissen bis er den Stoff und die Schaumstoffüllung darin zerfetzt hatte, woraufhin ein schrecklicher Druck seinen Kopf erfüllte; Schmerzen, solche Schmerzen, und er wollte schreien, aber er hatte Angst davor, zu schreien, weil er fürchtete, er würde nicht mehr aufhören können.

Nahrung.

Treibstoff.

Das Feuer löschen, das Feuer löschen.

Plötzlich wurde ihm klar, daß das Unvermögen, in seine natürliche Gestalt zurückzukehren, mit einer ernsten Verknappung der Energiereserven zusammenhängen könnte, die erforderlich waren, die gewaltigen Umschichtungen seines mit der Umwandlung einhergehenden Stoffwechsels herbeizuführen. Um das zu tun, was er verlangte, mußte sein Körper enorme Mengen Enzyme, Hormone und komplexe, biologisch aktive Chemikalien erzeugen; der Körper mußte sich innerhalb von Minuten einer erzwungenen Degeneration und einem Wiederaufbau von Gewebe unterziehen, dessen Energieverbrauch dem von jahrelangem Wachstum entsprach, und dafür brauchte er Treibstoff, Material, das er umwandeln konnte, Proteine und Mineralstoffe, Kohlenhydrate in großer Menge.

Hungrig, ausgehungert, ausgehungert, eilte Peyser in die unbeleuchtete Küche, umklammerte den Griff der Kühlschranktür, zog sich in die Höhe, riß die Kühlschranktür auf, zischte, als ihm das Licht in die Augen stach, sah zwei Drittel einer Drei-Pfund-Dose Schweineschinken, solider Schinken, guter Schinken, auf einem blauen Teller in Frischhaltefolie eingewickelt, und er ergriff ihn, riß das Zellophan weg, warf den Teller fort, der an einer Schranktür zerschellte, ließ sich auf den Boden fallen, biß in das Schinkenstück, biß hinein, biß, tief, zog, kaute fieberhaft, biß tief hinein.

Es gefiel ihm, nach Einbruch der Dunkelheit so schnell wie möglich die Kleidung abzustreifen, in den Wald hinter dem Haus zu laufen, in die Berge hinauf, wo er Kaninchen und Waschbären, Füchse und Erdhörnchen jagte, sie mit den Händen zerriß, mit den Zähnen, das Feuer löschte, das tiefe innere Brennen, und es gefiel ihm, gefiel ihm, nicht nur, weil er in dieser Inkarnation eine solche Freiheit empfand, sondern auch, weil sie ihm ein überwältigendes Gefühl der Macht gab, gottgleicher Macht, intensiver und erotischer als Sex, befriedigender als alles, was er jemals vorher erlebt hatte, Macht, wilde Macht, unbändige Macht, die Macht eines Mannes, der die Natur gezähmt, seine genetischen Grenzen überwunden und die Macht von Wind und Sturm erlangt hatte, der frei von allen menschlichen Unzulänglichkeiten war, losgelassen, befreit. Er hatte heute nacht gegessen, war mit der Zuversicht eines unentrinnbaren Raubtiers durch die Wälder gestreift, das so unwiderstehlich wie die Dunkelheit selbst war, aber was immer er verzehrt hatte, schien nicht auszureichen, seine Rückkehr in die Gestalt von Michael Peyser, Softwaredesigner, Junggeselle, Porschefahrer, fanatischer Sammler von Filmen auf Laserdisk, Marathonläufer, Perriertrinker, zu bewerkstelligen.

Daher aß er jetzt den Schinken, zwei Pfund Schinken, und er riß andere Sachen aus dem Kühlschrank und aß sie auch, stopfte sie sich mit beiden Händen in den Mund: eine Schüssel kalte, übriggebliebene Rigatoni und einen Fleischklops; einen halben Apfelkuchen, den er gestern in der Bäckerei in der Stadt gekauft hatte; einen Riegel Butter, das ganze Viertelpfund, fettig und widerlich, aber gute Nahrung, guter Treibstoff, genau das Richtige, das Feuer zu löschen; vier rohe Eier; und noch mehr, mehr. Dies war ein Feuer, das, wenn man es mit Nahrung versorgte, nicht heller brannte, sondern abkühlte, erlosch, denn es war kein richtiges Feuer, sondern ein körperliches Symbol des verzweifelten Nahrungsbedarfs, um die Stoffwechselvorgänge am Laufen zu halten. Jetzt verlor das Feuer etwas von seiner Hitze, es schrumpfte von sengender Glut zu tanzenden Flämmchen, zu wenig mehr als bernsteinfarbener Glut von Kohlen.

Mike Peyser brach gestättigt inmitten von zerbrochenen Tellern und Nahrungsresten und Zellophan und Eierschalen und Tupperschüsseln auf dem Boden zusammen. Er rollte sich zusammen und versuchte wieder, sich vermittels Willenskraft in die Gestalt zurückzuverwandeln, in der die Welt ihn erkennen würde. Und er spürte wieder, wie eine *Veränderung* in seinen Knochen und dem Mark anfing, in seinem Blut und den Organen, in Sehnen und Blutgefäßen und Muskeln und der Haut, als die Flut von Hormonen und Enzymen und anderen biologischen Chemikalien von seinem Körper produziert und ausgeschüttet wurde, aber die Veränderung wurde wieder aufgehalten, als die Verwandlung noch schmerzlich unvollständig war, und sein Körper verfiel wieder in das wildere Dasein und durchlief unweigerlich die Regression, obwohl er alle Willenskraft aufbot, alle Willenskraft, alle Willenskraft und sich bemühte, in die höhere Gestalt zu gelangen.

Die Kühlschranktür war zugefallen. Die Küche war wieder in Dunkelheit versunken, und Mike Peyser war zumute, als wäre die Dunkelheit nicht nur überall rings um ihn herum, sondern auch in ihm selbst.

Schließlich schrie er. Und es kam, wie er befürchtet hatte; als er erst einmal angefangen hatte zu schreien, konnte er nicht mehr damit aufhören.

28

Sam Booker verließ das Cove Lodge kurz vor Mitternacht. Er trug eine brauen Lederjacke, einen blauen Pullover, Jeans und blaue Turnschuhe – Kleidung, die es ihm ermöglichte, gut in der Nacht unterzutauchen, die aber nicht verdächtig aussah, bestenfalls ein wenig zu jugendlich für einen Mann mit seinem melancholischen Gebaren. So gewöhnlich sie aussah, die Jacke hatte eine Reihe Tiefer und geräumiger Innentaschen, in die er ein paar Einbruch- und Autodiebstahlswerkzeuge einpackte. Er ging die Südtreppe hinunter, zur rückwärtigen Erdgeschoßtür hinaus und blieb einen Augenblick auf dem Fußweg hinter der Lodge stehen.

Dichter Nebel quoll über den Klippenrand herauf und durch das offene Gelände, er wurde von einer plötzlichen Brise getrieben, die schließlich doch noch die Ruhe der Nacht gestört hatte. In ein paar Stunden würde der Wind den Nebel landeinwärts geweht haben und der Küstenstreifen vergleichsweise klar sein. Bis dahin würde Sam die vor ihm liegende Aufgabe erledigt haben und den Schutz, den der Nebel bot, nicht mehr benötigen; er würde im Bett seines Motelzimmers schlafen – oder, wahrscheinlicher, gegen Schlaflosigkeit kämpfen.

Er war unruhig. Er hatte die Jugendbande nicht vergessen, vor der er vor ein paar Stunden auf dem Iceberry Way geflohen war. Da ihre wahre Natur ein Geheimnis blieb, betrachtete er sie weiterhin als Punks, aber er wußte, daß es sich nicht nur um Jugendkriminelle gehandelt haben konnte. Seltsamerweise hatte er den Eindruck, als wüßte er, was sie waren, aber dieses Wissen regte sich sogar noch tief unter der Ebene des Unterbewußtseins, im Reich eines primitiven Bewußtseins.

Er ging um die Südecke des Gebäudes herum, an der Rückseite der Cafeteria vorbei, die jetzt geschlossen hatte, und erreichte zehn Minuten später auf einem Rundweg das Rathaus von Moonlight Cove in der Jacobi Street. Es war genau, wie die San Franciscoer Agenten des Bureau es beschrieben hatten: ein zweistöckiges Bauwerk – am unteren

Stockwerk verwitterte Backsteine, am oberen weißer Verputz – mit Ziegeldach, waldgrünen Fensterläden neben den Fenstern und großen schmiedeeisernen Kutschenlaternen neben der Eingangstür. Das Rathaus und das Grundstück, auf dem es erbaut worden war, beanspruchten einen halben Block an der Nordseite der Straße, aber die anti-behördliche Bauweise harmonierte mit dem Rest der Wohngegend. Selbst um diese Zeit waren im Erdgeschoß und außerhalb die Lichter eingeschaltet, denn das Rathaus beherbergte zusätzlich zur Stadtverwaltung und der Wasserbehörde auch noch das Polizeirevier, und das hatte natürlich nie geschlossen.

Sam, der so tat, als würde er einen nächtlichen Spaziergang machen, studierte das Gebäude, als er auf der anderen Straßenseite daran vorbeiging. Er sah keinerlei außergewöhnliche Aktivität. Der Gehweg vor dem Haupteingang war verlassen. Er sah das hell erleuchtete Foyer durch die Eingangstür.

An der nächsten Ecke bog er nach Norden ab und in eine Gasse in der Mitte des Blocks. Dieser unbeleuchtete Weg wurde von Bäumen und Sträuchern und Zäunen begrenzt, welche zu den Gärten von Häusern an der Jacobi Street und dem Pacific Drive gehörten, dazu einige Garagen und Schuppen, Gruppen von Mülleimern und einem großen, nicht eingezäunten Parkplatz hinter dem Rathaus.

Sam trat in eine Nische in einer zweieinhalb Meter hohen immergrünen Hecke an der Ecke des Hofs, der an das öffentliche Grundstück angrenzte. Der Weg selbst war sehr dunkel, aber zwei Natriumdampflampen warfen einen düsteren Schein über den städtischen Parkplatz und offenbarten zwölf Fahrzeuge: vier neue Fords in der nüchternen, kotzgrünen Variante, die für Bundes-, Landes- und Kreisverwaltungen hergestellt wurden; ein Lieferwagen, der das Wappen der Stadt und die Aufschrift WASSERBEHÖRDE trug; ein massiger Straßenreinigungswagen; ein großer Lastwagen mit Holzseiten und Heckklappe; und vier Polizeiautos, allesamt Chevy-Limousinen.

Dieses Quartett schwarzweißer Fahrzeuge interessierte

Sam ganz besonders, weil sie mit VDT-Verbindungen zum Zentralcomputer der Polizei ausgerüstet waren. Moonlight Cove besaß acht Streifenwagen, ziemlich viel für eine verschlafene Küstenstadt, fünf mehr als sich Städte vergleichbarer Größe leisten konnten und sicherlich größtenteils überflüssig.

Aber in diesem Polizeirevier war alles besser und größer als notwendig, was mit dazu beigetragen hatte, in den Köpfen der FBI-Agenten, die den Tod von Sanchez und den Bustamentes untersucht hatten, lautlose Alarmsirenen losgehen zu lassen. Moonlight Cove verfügte über zwölf Vollzeit- und drei Teilzeitpolizisten, dazu vier Verwaltungsbeamte. Eine Menge Personal. Darüber hinaus erhielten alle Gehälter, die mit denen von Polizisten in Großstädten der Westküste vergleichbar waren, und damit ruinös für eine Kleinstadt wie diese. Sie hatten die besten Uniformen, die besten Büromöbel, eine kleine Waffenkammer voll Faustfeuerwaffen und Gewehren und Tränengas, und – am erstaunlichsten – sie waren in einem Maße computerisiert, um das die Jungs in den Ende-der-Welt-Bunkern des Strategischen Luftkommandos in Colorado sie beneidet hätten.

Sam studierte in der raschelnden Nische des duftenden Immergrüns den Parkplatz mehrere Minuten lang, um sich zu vergewissern, daß niemand in einem der Fahrzeuge saß oder im dunklen Schatten am hinteren Teil des Gebäudes stand. Vor den erleuchteten Fenstern im Erdgeschoß waren Vorhänge zugezogen, daher konnte niemand von drinnen auf den Parkplatz sehen.

Er nahm ein Paar weiche, geschmeidige Ziegenlederhandschuhe aus einer Jackentasche und zog sie an.

Er wollte sich gerade in Bewegung setzen, als er etwas auf dem Weg hinter sich hörte. Ein schabendes Geräusch. Aus der Richtung, aus der er gekommen war.

Er drückte sich tiefer in die Hecke und drehte sich um, damit er die Ursache des Geräuschs erkennen könnte. Ein blasser, zerknüllter Pappkarton, etwa doppelt so groß wie eine Schuhschachtel, wurde vom Wind fortgeweht, der immer mehr in den Blättern von Bäumen und Büschen raschelte.

Der Karton prallte gegen die Mülleimer, verfing sich darin und verstummte.

Der Nebel, der vom Wind nach Osten geweht wurde und über den Weg strömte, sah aus wie Rauch, als stünde die ganze Stadt in Flammen. Er blinzelte in den wabernden Dampf und vergewisserte sich zu seiner Zufriedenheit, daß er allein war, dann drehte er sich um und sprintete zum ersten der vier Streifenwagen auf dem offenen Parkplatz.

Er war verschlossen.

Er holte einen Automobilschloßöffner der Polizei aus einer Innentasche, mit dem man ohne weiteres jedes Schloß lösen konnte, ohne den Mechanismus zu beschädigen. Er knackte das Auto, schlüpfte hinter das Lenkrad und machte die Tür so rasch und leise wie möglich zu.

Die Natriumdampflampen warfen genügend Licht ins Wageninnere, daß er sehen konnte, was er tat, obwohl er über genügend Erfahrung verfügte, daß er auch im Dunkeln hätte arbeiten können. Er steckte den Schloßknacker weg und holte aus einer anderen Innentasche einen Zündschloßschraubenzieher heraus. Er schraubte den Zylinder des Zündschlosses innerhalb von Sekunden heraus, so daß die Drähte freilagen.

Dieser Teil gefiel ihm nicht. Um den Videodisplay einzuschalten, der am Armaturenbrett des Autos montiert war, mußte er den Motor anlassen; der Computer war leistungsstärker als ein kleineres Modell und kommunizierte mittels energieintensiver Mikrowellenübertragungen mit der zentralen Datenbank, was soviel Energie erforderte, daß die Batterie dafür nicht in Frage kam. Der Nebel würde die Abgase verbergen, aber nicht den Motorenlärm. Der schwarzweiße Wagen war zwanzig Meter von dem Gebäude entfernt geparkt, daher würde es wahrscheinlich keiner hören. Aber wenn jemand zur Hintertür herauskam, um frische Luft zu schnappen oder mit einem der freien Fahrzeuge wegzufahren, würde der laufende Motor nicht unbemerkt bleiben. Dann würde Sam in eine Klemme geraten, die er – wenn man die ungewöhnliche Zahl gewaltsamer Todesfälle in dieser Stadt bedachte – wahrscheinlich nicht überleben würde.

Er seufzte leise, trat mit dem rechten Fuß das Gaspedal etwas durch, bog die Drähte auseinander und brachte die Kontakte zusammen. Der Motor sprang auf der Stelle und ohne zu keuchen an.

Der Computerschirm leuchtete auf.

Die komplexen Computeranlagen der Polizei wurden kostenlos von New Wave-Mikrotechnologie gestellt, weil diese Moonlight Cove angeblich als Testgebiet für ihre eigenen Systeme und die Software benützten. Die Quelle der Finanzierungen aller anderen Anlagen der Polizei, die nicht so offensichtlich war, ließ sich nicht so einfach feststellen, aber man vermutete, daß sie ebenfalls bei New Wave lag, oder gar bei dem Hauptaktionär und Geschäftsführer, Thomas Shaddack, selbst. Selbstverständlich stand es jedem Bürger frei, seine lokale Polizei oder andere Zweige der Regierung mit erheblichen Steuervorteilen zu unterstützen, aber wenn Shaddack das tat, weshalb stand es dann nicht in den öffentlichen Unterlagen? Kein unschuldiger Mensch gibt mit völliger Selbstaufopferung große Geldsummen an die öffentliche Kasse ab. Wenn Shaddack ein Geheimnis daraus machte, daß er die lokalen Behörden mit Geldern unterstützte, dann konnte man die Möglichkeit gekaufter Polizisten und bestochener Beamter nicht von der Hand weisen. Und wenn die Polizisten von Moonlight Cove im Grunde genommen Soldaten in Thomas Shaddacks Privatarmee waren, folgte daraus, daß die verdächtige Zahl gewaltsamer Todesfälle in letzter Zeit auf diese unheimliche Allianz zurückzuführen sein könnte.

Das VDT im Auto zeigte nun das New Wave-Abzeichen in der unteren rechten Ecke, so wie das IBM-Abzeichen zu sehen gewesen wäre, hätte es sich um eine ihrer Maschinen gehandelt.

Als das San Franciscoer Bureau den Fall Sanchez-Bustamente untersucht hatte, war einer der besseren Agenten des Bureau, Morris Stein, einmal mit einem Watkins' Beamten, nämlich Reese Dorn, im Streifenwagen gewesen, als Dorn den Zentralcomputer wegen Informationen in den Speichern angegangen war. Da hatte Morris bereits vermutet, daß der Computer komplexer war, als Watkins oder seine Männer preisgaben, und ihnen in einer Weise dienlich war, die die legalen Grenzen der Polizei überschritt und über die sie nicht sprechen wollten. Daher hatte er sich die Codezahl eingeprägt, mit der sich Reese ins System eingeschaltet hatte. Als er nach Los Angeles geflogen war, um Sam vorzubereiten, hatte Moris gesagt: »Ich glaube, in dieser verdrehten kleinen Stadt hat jeder Polizist seine eigene Computerkennziffer, aber die von Dorn dürfte so gut wie jede andere sein. Sam, du mußt dich in ihren Computer einschalten und dir ein paar Menus geben lassen, herausfinden, was er dir zu bieten hat und etwas damit herumspielen, wenn Watkins und seine Männer dir nicht dabei über die Schulter sehen. Ja, ich höre mich paranoid an, aber sie haben für ihre Größe und Bedürfnisse zuviel High Tech, es sei denn, sie führen etwas Schmutziges im Schilde. Anfangs wirkt die Stadt wie jede andere, vielleicht sogar noch freundlicher und angenehmer, und ziemlich hübsch... aber, verdammt, nach einer Weile hat man das Gefühl, als wäre der gesamte Ort verkabelt, als wäre man überall unter Beobachtung, als würde einem der Große Bruder in jedem verfluchten Augenblick über die Schulter sehen. Bei Gott, nach ein paar Tagen hat man den Eindruck, daß man sich in einem Polizeistaat im Miniaturformat befindet, wo die Kontrolle so subtil ist, daß man sie kaum sieht, aber dennoch umfassend und eisern. Diese Polizisten sind nicht koscher, Sam; sie stecken bis zum Hals in etwas drin – vielleicht Drogenschmuggel, wer weiß –, und der Computer gehört auch dazu.«

Reese Dorns Nummer war 262699, und die tippte Sam jetzt in die Tastatur des VDT ein. Das New Wave-Abzeichen verschwand. Der Bildschirm wurde ein paar Sekunden leer. Dann kam ein Menü.

BITTE WÄHLEN.

A. FUNKER

B. ZENTRALE DATENBANK

C. ANZEIGENTAFEL

D. AUSSENSYSTEM-MODEM

Die erste Möglichkeit verriet Sam, daß ein Polizist auf Streife mit dem Funker im Hauptquartier nicht nur über Polizeifunk Kontakt aufnehmen konnte, mit dem das Auto ausgerüstet war, sondern auch durch die Computerverbindung. Aber warum sollte er sich die Mühe machen und dem Funker Fragen eintippen und die übermittelten Antworten vom VDT ablesen, wenn er die Informationen viel schneller und einfacher über Funk bekommen konnte? Es sei denn… es gab etwas, das die Polizisten nicht auf Funkfrequenz besprechen wollten, die jeder mit einem Funkgerät abhören konnte.

Er stellte die Verbindung zum Funker nicht her, denn dann hätte er eine Unterhaltung anfangen und sich als Reese Dorn ausgeben müssen, und das wäre gewesen, als hätte er gebrüllt: *He, ich sitze hier draußen in einem eurer Streifenwagen und stecke meine Nase in Angelegenheiten, die euch nicht gefallen werden, also warum kommt ihr nicht heraus und macht mich fertig?*

Statt dessen tippte er B und wurde hineingelassen. Ein weiteres Menü erschien.

BITTE WÄHLEN

A. STATUS – MOMENTAN VERHAFTETE

B. STATUS – MOMENTANE GERICHTSVERHANDLUNGEN

C. STATUS – BEVORSTEHENDE GERICHTSVERHANDLUNGEN

D. FRÜHERE HATFUNTERLAGEN – COUNTY

E. FRÜHERE HATFUNTERLAGEN – STADT

F. ÜBERFÜHRTE KRIMINELLE, DIE IM COUNTY LEBEN

G. ÜBERFÜHRTE KRIMINELLE, DIE IN DER STADT LEBEN

Um sich zu vergewissern, daß die Angebote des Menus das waren, was sie zu sein schienen, und nicht Kodes für andere Informationen, drückte er den Buchstaben F, um Daten über verurteilte Kriminelle zu erhalten, die im County lebten. Es folgte ein weiteres Menu, das ihm zehn Möglichkeiten bot: MORD, TOTSCHLAG, VERGEWALTIGUNG, SEXUALDELIKTE, ÜBERFALL UND GEWALTANWENDUNG, BEWAFFNETER RAUBÜBERFALL, EINBRUCH, EINBRUCH UND HAUSFRIEDENSBRUCH, ANDERE DIEBSTÄHLE, VERSCHIEDENE KAVALIERSDELIKTE.

Er rief die Datei über Mörder ab und erfuhr, daß drei verurteilte Mörder – die alle das Mordes ersten oder zweiten Grades für schuldig befunden worden waren – heute als freie Männer im County lebten, nachdem sie alle zwischen zwölf und vierzig Jahre ihrer Strafe abgesessen hatten und wegen guter Führung entlassen worden waren. Ihre Namen, Adressen und Telefonnummern erschienen auf dem Bildschirm zusammen mit den Namen ihrer Opfer, kurzen Zusammenfassungen der Verbrechen und den Daten ihrer Inhaftierung; keiner wohnte auf der Gemarkung von Moonlight Cove.

Sam sah von dem Bildschirm auf und über den Parkplatz. Er war immer noch verlassen. Der allgegenwärtige Nebel war jetzt mit dichteren Schwaden durchsetzt, die wie Flaggen wehten, als sie am Auto vorübertrieben, und ihm war fast, als säße er in einem Unterseeboot im Meer und würde lange Tangfäden betrachten, die in unterirdischen Strömungen schwebten.

Er kehrte zum Hauptmenü zurück und verlangte die Rubrik C. ANZEIGENTAFEL. Wie sich herausstellte, handelte es sich dabei um eine Sammlung von Nachrichten, die Watkins und seine Männer füreinander hinterlassen hatten, in denen es sich manchmal um dienstliche und manchmal um private Dinge handelte. Die meisten waren in so geheimnisvollen Abkürzungen geschrieben, daß Sam sie nicht entziffern konnte oder sie nicht der Mühe für wert erachtete.

Er versuchte Rubrik D auf dem Hauptmenü, AUSSENSYSTEM-MODEM, und bekam eine Liste von nationalen Computern, in die er sich mit dem Telefonmodem im Rathaus einschalten konnte. Die möglichen Verbindungen des Reviers waren erstaunlich: LOS ANGELES PR (für Polizeirevier), SAN FRANCISCO PR, SAN DIEGO PR, DENVER PR, HOUSTON PR, DALLAS PR, PHOENIX PR, CHICAGO PR, MIAMI PR, NEW YORK CITY PR und eine ganze Reihe anderer Großstädte; KRAFTFAHRZEUGBEHÖRDE VON KALIFORNIEN, GEFÄNGNISHAUPTVERWALTUNG, AUTOBAHNPOLIZEI und zahlreiche andere staatliche Behörden mit nicht so offensichtlichen Beziehungen zur Polizeiarbeit; PERSONALAKTEN U. S. ARMY, PERSONALAKTEN MARINE, LUFTWAFFE, FBI VERBRECHERKARTEI, FBI LVUS (Lokales Verbrechensbekämpfungs-Unterstützungssystem, ein ziemlich neues Programm des Bureau); sogar das New Yorker Büro von INTERPOL, durch das die internationale Organisation Zugang zum zentralen Datenspeicher in Europa hatte.

Was, zum Teufel, wollte eine kleine Polizeitruppe im ländlichen Kalifornien mit diesen vielen Informationsquellen anfangen?

Und es waren noch mehr: Daten, zu denen nicht einmal voll computerisierte Polizeireviere in Städten wie Los Angeles leicht Zugang hatten. Manches war Material, zu dem die Polizei von Gesetzes wegen nur mit richterlicher Anordnung Zugang hatte, etwa die Datenspeicher von TRW, der Kreditüberwachungsagentur des Landes. Daß die Polizei von Moonlight Cove Zugang zur Datenbank von TRW hatte, mußte selbst vor TRW geheimgehalten worden sein, denn die Agentur hätte einem Zugriff in ihre Dateien ohne gerichtliche Verfügung niemals zugestimmt. Das System bot auch Zugang zu den Datenbänken des CIA in Virginia, die angeblich vor jedem Computerzugriff geschützt waren – abgesehen von den internen Computern – und zu bestimmten FBI-Dateien, die man ebenfalls für unzugänglich hielt.

Sam zog sich erschüttert aus dem AUSSENSYSTEM-MODEM ins Hauptmenü zurück.

Er sah über den Parkplatz und dachte nach.

Als Morris Stein ihn vor ein paar Tagen unterwiesen hatte, hatte er angedeutet, die Polizei von Moonlight Cove könnte in Drogenschiebereien verwickelt sein, und daß die Großzügigkeit von New Wave, was Computersysteme anbelangte, auf eine Mitwisserschaft bestimmter Angestellter der Firma hinzudeuten schien. Aber das Bureau interessierte sich auch für die Möglichkeit, daß New Wave illegal High-Tech-Systeme an die Sowjets verkaufte und die Polizei von Moonlight Cove gekauft hatte, weil die Firma durch diese Kontakte zur Polizei zum frühestmöglichen Zeitpunkt von möglichen bevorstehenden Untersuchungen des FBI erfahren könnte. Das erklärte natürlich nicht die jüngsten Todesfälle, aber mit *irgendeiner* Theorie mußten sie ja anfangen.

Jetzt war Sam bereit, beide Vorstellungen, daß New Wave

Geschäfte mit den Sowjets machte und daß einige Angestellte im Drogenhandel tätig waren, über Bord zu werfen. Das umfangreiche Netz von Datenbänken, das sich die Polizei durch das Modem zugänglich gemacht hatte – einhundertundzwölf standen auf der Liste! – überstieg alles, was sie entweder für Drogenschmuggel oder das Aufspüren möglicher FBI-Ermittlungen wegen Kontakten zu den Sowjets bei New Wave gebrauchen könnten.

Sie hatten sich ein Informationsnetz aufgebaut, das den Erfordernissen einer ganzen Staatsregierung genügt hätte – noch genauer, denen einer kleinen Nation. Einer kleinen, *feindlichen* Nation. Dieses Datennetz war dazu entworfen, seinen Besitzer mit großer Macht auszustatten. Es schien, als wäre diese malerische kleine Küstenstadt in den Händen eines größenwahnsinnigen Irren, dessen Wahn es war, sich ein kleines Königreich erschaffen zu können, von dem aus er dereinst weite Gebiete erobern würde.

Heute Moonlight Cove, morgen die Welt.

»Was, zum Teufel, treiben die hier?« überlegte Sam laut.

29

Tessa hatte sich sicher in ihr Zimmer im Cove Lodge eingeschlossen – und trug fürs Bett ein hellgelbes Höschen und ein T-Shirt, auf dem das grinsende Gesicht von Kermit dem Frosch zu sehen war –, trank Diet Coke und versuchte, eine Wiederholung der *Tonight*-Show anzusehen, konnte sich aber nicht für die Gespräche erwärmen, die Johnny Carson mit einer geistlosen Schauspielerin, einem geistlosen Sänger einem geistlosen Komiker führte. Diätunterhaltungen zum Diät-Coke.

Je mehr Zeit nach ihrem beunruhigenden Erlebnis in den Fluren und Treppenhäusern des Hotels verstrich, desto mehr fragte sie sich, ob sie sich tatsächlich nur eingebildet hatte, daß sie verfolgt worden sei. Immerhin wurde sie von Janices Tod abgelenkt, weil sie der Meinung war, es wäre Mord und nicht Selbstmord. Und sie hatte immer noch Magenbeschwerden von dem Chesseburger, den sie zum Abendessen gehabt hatte und der so fettig gewesen war, daß er, samt Brötchen und allem, in ranzigem Yakfett hätte gebraten worden sein können. Tessa sah die Phantome, die ihr Angst gemacht hatten, mittlerweile so, wie Scrooge Marleys Geist zuerst gesehen hatte: Vielleicht waren sie nichts anderes als ein unverdautes Stück Fleisch, ein Klecks Senf, ein Krümel Käse oder eine nicht richtig gar gekochte Kartoffel gewesen.

Während Carsons derzeitiger Gast von einem Wochenende erzählte, das er anläßlich eines Kunstfestivals in Havanna mit Fidel Castro – »ein toller Bursche, ein komischer Bursche, ein leidenschaftlicher Bursche« – verbracht hatte, stand Tessa vom Bett auf und ging ins Bad, um sich das Gesicht zu waschen und die Zähne zu putzen. Als sie die Zahnpasta auf die Bürste drückte, hörte sie, wie jemand am Griff der Tür drehte.

Das kleine Bad grenzte an das ebenso kleine Foyer an. Als sie zur Schwelle trat, war sie nur wenige Schritte von der Tür zum Flur entfernt, nahe genug, um zu sehen, wie der Knauf hin und her gedreht wurde. Jemand versuchte, das Schloß zu öffnen, und das nicht einmal besonders vorsichtig. Der Knauf klickte und rasselte, die Tür pochte gegen den Rahmen.

Sie ließ die Zahnbürste fallen und lief zum Telefon auf dem Nachttisch.

Kein Freizeichen.

Sie drückte die Gabel nieder und dann den Knopf O für die Zentrale – Operator –, aber nichts geschah. Die Telefonzentrale des Motels war abgeschaltet. Die Leitung war tot.

30

Chrissie mußte mehrmals von der Straße herunter und im Gebüsch am Straßenrand Schutz suchen, bis ein Auto oder Lastwagen vorbeigefahren war. Eines der Autos war ein

Streifenwagen von Moonlight Cove, der in die Stadt fuhr, und sie war ziemlich sicher, daß das genau der war, der zum Haus gefahren war. Sie duckte sich ins hohe Gras und die Löwenzahnblumen, und dort blieb sie, bis die Heckscheinwerfer des schwarzweißen Autos zu winzigen roten Pünktchen geworden waren, die schließlich um eine Kurve herum verschwanden.

Entlang der ersten eineinhalb Meilen dieser asphaltierten Straße standen nur wenige Häuser. Chrissie kannte ein paar Leute, die darin wohnten: die Thomases, die Stones, die Elswicks. Sie war versucht, zu einem dieser Häuser zu gehen, an die Tür zu klopfen und um Hilfe zu bitten. Aber sie konnte nicht sicher sein, ob die Bewohner noch die netten Leute waren, die sie einmal gewesen waren. Auch sie könnten sich verändert haben, so wie ihre Eltern. Entweder etwas Übernatürliches oder etwas aus dem Weltraum hatte sich der Menschen in und um Moonlight Cove bemächtigt, und sie hatte genügend unheimliche Filme gesehen und unheimliche Bücher gelesen, daß sie wußte, wenn *solche* Mächte am Werk waren, konnte man gar niemanden mehr trauen.

Sie setzte fast alles auf Pater Castelli von Our Lady of Mercy, weil er ein heiliger Mann war und keine Dämonen aus der Hölle ihm etwas anhaben konnten. Falls es sich natürlich um Außerirdische aus einer anderen Welt handelte, würde Pater Castelli nicht dadurch geschützt sein, daß er ein Mann Gottes war.

Wenn Chrissie herausfände, daß der Priester auch übernommen wäre, und es Chrissie gelänge, ihm zu entkommen, dann würde sie direkt zu ihrer Lehrerin, Mrs. Irene Tokawa gehen. Mrs. Tokawa war die klügste Person, die Chrissie kannte. Wenn Außerirdische Moonlight Cove übernommen hätten, dann würde Mrs. Tokawa gemerkt haben, daß etwas nicht stimmte, bevor es zu spät wäre. Sie würde Schritte unternommen haben, um sich selbst zu schützen, und sie würde eine der letzten sein, die die Ungeheuer in die Finger bekämen. Finger oder Tentakel oder Klauen oder Scheren, oder was auch immer.

Daher versteckte sich Chrissie vor dem vorüberfahrenden

Verkehr, schlich an den vereinzelten Häusern an der Landstraße vorbei und näherte sich so langsam aber beständig der Stadt. Der Mond mit den beiden Spitzen, der manchmal über dem Nebel zu sehen war, hatte den größten Teil seiner Reise über das Himmelszelt hinter sich gebracht; bald würde er untergehen. Eine steife Brise wehte von Westen herein, manchmal fegten Böen heran, die so stark waren, daß sie ihr blondes Haar hochwirbelten wie blonde Flammen, die von ihrem Kopf loderten. Die Temperatur war auf etwa zehn Grad gesunken, aber wenn der Wind zu heftigen Böen aufflackerte, schien die Nacht viel kälter zu sein. Das Gute war, je größer ihr Elend durch Wind und Kälte wurde, desto mehr vergaß sie ihr anderes Leid – den Hunger.

»VERWAHRLOSTES KIND WANDERTE NACH BEGEGNUNG MIT AUSSERIRDISCHEN TAGELANG HUNGRIG UND BENOMMEN UMHER«, sagte sie, wobei sie eine Schlagzeile aus einer Ausgabe des *National Enquirer* las, die nur in ihrer Fantasie existierte.

Sie kam zur Kreuzung der Landstraße mit der Holliwell Road, und freute sich, wie gut sie vorankam, als sie denen beinahe in die Arme lief, denen sie aus dem Weg gehen wollte.

Östlich der Landstraße war die Holliwell nur ein festgetretener Feldweg, der in die Berge hinaufführte, unter der Autobahn hindurch bis direkt zur alten und verlassenen Ikarus-Kolonie – einem baufälligen Haus mit zwölf Zimmern, Scheune und verfallenen Ställen –, wo eine Gruppe Künstler in den fünfziger Jahren versucht hatte, eine ideale gemeinschaftliche Gesellschaftsform zu etablieren. Seither war es eine Pferdezuchtfarm gewesen (gescheitert), ein Naturkostrestaurant (pleite), Ort für einen wöchentlichen Flohmarkt und eine Auktion (gescheitert); inzwischen war es schon lange dem Verfall anheim gegeben worden. Kinder wußten im allgemeinen alles darüber, da es ein unheimliches Haus und daher Ort zahlreicher Mutproben war. Westlich war die Holliwell Road asphaltiert und führte am Stadtrand entlang und an einigen neueren Häusern der Gegend und dem Gelände von New Wave Mikrotech vorbei, und schließlich zur Nordspitze der Bucht, wo Thomas Shaddack, das Computergenie, in einem großen, unheimlich aussehenden Haus wohnte. Chrissie hatte nicht vor, auf der Holliwell nach Osten oder Westen zu gehen; sie war lediglich ein Meilenstein auf ihrem Weg; wenn sie sie hinter sich gelassen haben würde, würde sie sich am nordwestlichen Ende der Gemarkung von Moonlight Cove befinden.

Sie war kaum dreißig Meter von der Holliwell Road entfernt, als sie das rasch anschwellende Dröhnen eines rasenden Motors hörte. Sie wich von der Straße zurück, über einen schmalen Graben am Straßenrand, durch Gras und suchte schließlich hinter dem dicken Stamm einer uralten Pinie Schutz. Noch während sie sich hinter dem Stamm niederkauerte, konnte sie die Richtung erkennen, aus der das Fahrzeug kam – Westen –, und dann sah sie die Scheinwerfer südlich von ihr auf die Kreuzung zufahren. Ein Lastwagen war auf der Holliwell zu sehen, der das Stoppschild mißachtete und mitten auf der Kreuzung bremste. Nebel waberte und wirbelte um ihn herum

Chrissie konnte den schweren, schwarzen Lastwagen mit der verlängerten Pritsche ziemlich deutlich sehen, weil die Ecke Holliwell und Landstraße ein Ort häufiger Unfälle war, und daher hatte man an der nordöstlichen Ecke eine Laterne angebracht, die bessere Sicht schaffen und Autofahrer warnen sollte. Der Lastwagen hatte das Abzeichen von New Wave auf der Tür, das sie selbst auf diese Entfernung erkennen konnte, weil sie es schon tausendmal gesehen hatte: ein weißblauer Kreis, etwa so groß wie ein Eßteller, dessen untere Hälfte eine blaue Woge bildete. Der Lieferwagen hatte eine große Pritsche, seine momentane Fracht waren Männer: Sechs oder acht saßen hinten.

In dem Augenblick, als der Lieferwagen auf der Kreuzung hielt, sprangen zwei Männer über die Heckklappe. Einer ging zur bewaldeten Spitze an der nordwestlichen Ecke der Kreuzung und verbarg sich unter den Bäumen – nicht mehr als dreißig Meter südlich der Pinie, unter der Chrissie ihn beobachtete. Der andere ging zur südöstlichen Ecke der Kreuzung und bezog zwischen Unkraut und Chaparral Stellung.

Der Lastwagen bog nach Süden auf die Landstraße ein und fuhr davon.

Chrissie vermutete, daß die anderen Männer auf dem Lastwagen an anderen Stellen entlang der Ostgrenze von Moonlight Cove postiert werden würden, um Wache zu stehen. Zudem war der Lastwagen so groß gewesen, daß er mindestens zwanzig Männer befördern könnte, daher waren zweifellos unterwegs noch andere abgesetzt worden, während er vom New Wave Gebäude im Westen auf der Holliwell in östlicher Richtung gefahren war. Sie umgaben Moonlight Cove mit Wachen. Sie war ziemlich sicher, daß sie nach ihr suchten. Sie hatte etwas gesehen, das sie nicht hätte sehen sollen – ihre Eltern während einer teuflischen Verwandlung –, und jetzt mußte sie gefunden und ›verwandelt‹ werden – wie Tucker es genannte hatte –, bevor sie eine Möglichkeit hatte, die Welt zu warnen.

Das Geräusch des schwarzen Lieferwagens wurde leiser.

Schweigen senkte sich wie eine klamme Decke herab.

Nebel wirbelte und waberte und wogte in zahllosen Strömungen, aber die übermächtigen Gezeiten des Windes trieben ihn unbarmherzig zu den dunklen, geschlossenen Hügeln.

Dann schwoll die Brise unvermittelt an, bis sie wieder zu einem echten Wind wurde, der durch das hohe Gras flüsterte und im Immergrün rauschte. Er erzeugte ein leises und seltsam verlorenes Brummen an einem nahegelegenen Straßenschild.

Chrissie wußte zwar, wo sich die beiden Männer niedergelassen hatten, aber sie konnte sie nicht mehr sehen. Sie hatten sich gut versteckt.

31

Nebel trieb am Auto vorbei und nach Osten in die Nacht. Eine Brise, die zunehmend zum richtigen Wind wurde, wehte ihn davon, und in Sams Verstand wirbelten die Gedanken ebenso unablässig dahin. Diese Gedanken waren so beunruhigend, daß er es vorgezogen hätte, in gedankenloser Fassungslosigkeit dazusitzen.

Aufgrund erheblicher früherer Erfahrungen mit Computern wußte er, daß ein Teil der Fähigkeiten eines Systems verborgen werden konnte, indem der Programmentwickler einfach verschiedene Möglichkeiten auf den Menüs wegließ, die am Bildschirm erschienen. Er betrachtete das erste Menü auf dem Display das Autors – A. FUNKER; B. ZENTRALE DATENBANK; C. ANZEIGENTAFEL; D. AUSSENSYSTEMMODEM – und drückte E, obwohl keine Funktion E genannt war.

Worte leuchteten auf dem Bildschirm auf: HALLO, OFFICER DORN.

Es gab also *doch* ein E. Er war entweder in eine geheime Datenbank gekommen, die ein Paßwort erforderte, um Zugang zu bekommen, oder in ein interaktives Informationssystem, das auf Fragen reagieren würde, die er über die Tastatur eingab. Wenn ersteres zutraf, wenn Paßworte oder Phrasen erforderlich wären und er eine falsche Antwort eingäbe, bekäme er Ärger; der Computer würde ihn hinauswerfen und dem Polizeirevier einen Alarm übermitteln, daß ein Eindringling Dorns Nummer verwendete.

Er tippte vorsichtig: HALLO.

KANN ICH IHNEN HELFEN?

Sam beschloß, so vorzugehen, als wäre es genau das, was es zu sein schien – ein normales Frage- und Antwort-Programm. Er tippte in die Tastatur: MENÜ.

Der Bildschirm wurde einen Augenblick leer, dann tauchten dieselben Worte auf: KANN ICH IHNEN HELFEN?

Er versuchte es noch einmal: PRIMÄRMENÜ.

KANN ICH IHNEN HELFEN?

HAUPTMENÜ.

KANN ICH IHNEN HELFEN?

Wenn man ein System erprobte, das auf Frage und Antwort beruhte und einem unbekannt war, mußte man die richtigen Antworten mehr oder weniger durch immer neue Versuche finden. Sam versuchte es erneut: ERSTES MENÜ.

Endlich wurde er belohnt.

Bitte wählen
A. New Wave-Personal
B. Projekt Moonhawk
C. Shaddack

Er hatte eine geheime Verbindung zwischen New Wave, seinem Begründer Thomas Shaddack und der Polizei von Moonlight Cove gefunden. Aber er wußte noch nicht, was es für eine Verbindung war und was sie bedeutete.

Er vermutete, daß die Möglichkeit C ihn mit Shaddacks persönlichem Computerterminal verbinden und es ihm ermöglichen würde, eine Unterhaltung mit Shaddack zu führen, die privater als ein Gespräch über Polizeifunk sein würde. Wenn das der Fall war, dann waren Shaddack und die hiesigen Behörden tatsächlich in eine Verschwörung verwickelt, die so verbrecherisch war, daß sie ein Höchstmaß an Sicherheit erforderte. Er drückte C nicht, denn wenn er Shaddack anwählte und Mr. Big persönlich am anderen Ende bekäme, könnte er unmöglich glaubwürdig so tun, als wäre er Reese Dorn.

Möglichkeit A würde ihm wahrscheinlich eine Aufstellung der Angestellten und Abteilungsleiter von New Wave liefern, vielleicht mit Codes, die ihn auch mit deren persönlichen Terminals verbinden würde. Er wollte auch mit keinem von ihnen reden.

Außerdem hatte er das Gefühl, daß er von gestohlener Zeit lebte. Er sah noch einmal über den Parkplatz und beobachtete besonders eindringlich die dunklen Schatten jenseits des Scheins der Natriumdampflampen. Er war jetzt fünfzehn Minuten in dem Streifenwagen, und niemand war in dieser Zeit auf dem Parkplatz des Rasthauses erschienen. Er bezweifelte, daß ihm das Glück noch viel länger treu bleiben würde, und er wollte in der Zeit, die ihm noch blieb, so viel als möglich herausfinden.

Projekt Moonhawk war die interessanteste und geheimnisvollste der drei Möglichkeiten, daher drückte er B, worauf ein anderes Menü auftauchte.

Bitte Wählen
A. Verwandelte
B. Bevorstehende Verwandlungen
C. Plan für Verwandlungen – örtlich
D. Plan für Verwandlungen – zweites Stadium

Er drückte Möglichkeit A, und eine Liste von Namen und Adressen erschien auf dem Bildschirm. Es waren Bewohner von Moonlight Cove, am Anfang der Liste stand die Anmerkung: 1967 derzeit verwandelt.

Verwandelt? Von was? In was? Hatte diese Verschwörung einen religiösen Hintergrund? Handelte es sich um einen seltsamen Kult? Vielleicht wurde ›verwandelt‹ auch im übertragenen Sinn als eine Art Code gebraucht.

Das Wort ließ ihn erschauern.

Sam fand heraus, daß er die Liste entweder so durchgehen oder in alphabetische Abschnitte unterteilen konnte. Er schlug die Namen von Bewohnern nach, von denen er gehört oder die er kennengelernt hatte. Loman Watkins stand auf der Liste der Verwandelten. Reese. Dorn ebenfalls. Burt Peckham, der Inhaber der Knight's Bridge Tavern, war nicht unter den Verwandelten, aber die gesamte Familie Perez, sicherlich die, der das Restaurant gehörte, stand auf der Liste.

Er überprüfte Harold Talbot, den behinderten Vietnam-Veteranen, mit dem er morgen Kontakt aufnehmen wollte. Talbot stand nicht auf der Liste der Verwandelten.

Verwirrt, was das alles bedeuten mochte, schloß Sam die Liste und kehrte ins Hauptmenü zurück. Er drückte B. Bevorstehende Verwandlungen. Das zauberte eine weitere Liste von Namen und Adressen auf den Bildschirm. Über der Liste stand 1104 bevorstehende Verwandlungen. Auf dieser Liste fand er Burt Peckham und Harold Talbot.

Er versuchte es mit C. Plan für Verwandlungen – örtlich, worauf ein Submenü mit drei Überschriften erschien:

A. Montag, 13. Oktober 18.00 Uhr
bis
Dienstag, 14. Oktober 6.00 Uhr
B. Dienstag, 14. Oktober, 6.00 Uhr
bis
DienstaG, 14. Oktober, 18.00 Uhr
C. Dienstag, 14. Oktober, 18 Uhr
bis
Mitternacht

Es war jetzt Dienstag, 00.39 Uhr, die Hälfte der unter A genannten Zeit war verstrichen, daher drückte er diese Möglichkeit zuerst. Wieder eine Namensliste, über der stand: 380 Verwandlungen geplant.

Die winzigen Härchen an Sams Nacken richteten sich auf, aber er wußte nicht, warum ihn das Wort ›Verwandlung‹ so beunruhigte. Er mußte an diesen alten Film mit Kevin McCarthy, *Die Dämonischen*, denken.

Und er dachte an die Bande, die ihn an diesem Abend verfolgt hatte. Waren sie... ›verwandelt‹ gewesen?

Als er Burt Peckham nachschlug, stellte er fest, daß der Kneipenbesitzer auf der Liste geplanter Verwandlungen vor 6.00 Uhr stand. Harry Talbot stand jedoch nicht auf der Liste.

Das Auto erbebte.

Sam fuhr in die Höhe und griff nach dem Revolver im Schulterhalfter.

Wind. Es war nur Wind. Eine Reihe heftiger Böen riß Löcher in den Nebel und brachte das Auto leicht zum Schwanken. Nach einem Augenblick wurde der böige Wind wieder zu einer starken Brise, und die zerrissenen Nebelschwaden vereinten sich wieder, aber Sams Herz schlug heftig.

32

Als Tessa den nutzlosen Telefonhörer weglegte, hörte der Türknauf auf zu klappern. Sie blieb eine Weile neben dem Bett stehen und lauschte, dann schlich sie leise ins Foyer, um an der Tür zu horchen.

Sie hörte Stimmen, aber nicht unmittelbar hinter der Tür. Sie waren weiter unten im Flur, eigentümliche Stimmen, die ein hektisches, krächzendes Flüstern sprachen. Sie konnte nicht verstehen, was sie sagten.

Sie war sicher, daß es dieselben waren, die sie unsichtbar verfolgt hatten, als sie Coke und Eis holen ging. Jetzt waren sie wieder da. Und sie hatten irgendwie das Telefon ausgeschaltet, so daß sie keine Hilfe holen konnte. Es war verrückt, aber so war es.

Diese Beharrlichkeit ihrerseits deutete für Tessa darauf hin, daß sie keine gewöhnlichen Diebe oder Vergewaltiger waren, daß sie sich auf sie konzentrierten, weil sie hergekommen war, um Janices Tod zu untersuchen. Aber sie fragte sich, wie sie auf ihre Ankunft in der Stadt aufmerksam geworden waren, und warum sie sich entschieden hatten, so überhastet gegen sie vorzugehen, ohne abzuwarten, ob sie einfach Janices Belange in der Stadt in Ordnung bringen und wieder weggehen würde. Nur sie und ihre Mutter wußten, daß sie auf eigene Faust eine Morduntersuchung durchführen wollte.

Gänsehaut überzog ihre nackten Beine, sie kam sich nur mit Höschen und T-Shirt bekleidet plötzlich verwundbar vor. Sie ging rasch zum Schrank und zog Jeans und einen Pullover an.

Sie war nicht allein in dem Motel. Es gab noch andere Gäste. Mr. Quinn hatte das gesagt. Vielleicht nicht viele, vielleicht nur noch zwei oder drei. Aber wenn es zum Schlimmsten käme, könnte sie schreien, die anderen Gäste würden es hören, und ihre Angreifer müßten sich aus dem Staube machen.

Sie nahm ihre Rockports, in die sie die weißen Tennissokken gestopft hatte, und ging wieder zur Tür.

Leise, heisere Stimmen zischten am anderen Ende des Flurs – dann dröhnte ein ohrenbetäubender Lärm durch das ganze Motel, und sie schrie auf und zuckte überrascht zusammen. Sofort folgte ein weiterer Knall. Sie hörte, wie in einem anderen Zimmer die Tür nachgab.

Eine Frau schrie, ein Mann brüllte etwas, aber die *anderen* Stimmen erfüllten Tessa mit einem Schauer des Entsetzens. Es waren mehrere, drei, vielleicht vier, und sie waren unheimlich und auf schockierende Weise wild. Schrilles, wolfsähnliches Knurren drang aus dem angrenzenden Flur, gefolgt von mörderischem Fauchen, schrillem und erregtem Quietschen, einem eisigen Winseln, das die Verkörperung von Blutgier war, und anderen Lauten, die man kaum beschreiben konnte, aber am schlimmsten war, daß diese anderen unmenschlichen Stimmen, die eindeutig zu Bestien gehörten, und nicht zu Menschen, auch ein paar verständliche Worte hervorstießen: »*...brauchen, brauchen...holt sie, holt...holt, holt... Blut, Flittchen, Blut...*«

Tessa lehnte sich an die Tür, an der sie sich stützend festhielt, und versuchte sich einzureden, daß die Worte, die sie hörte, von dem Mann und der Frau gesprochen wurden, in deren Zimmer eingebrochen worden war, aber sie wußte, daß das nicht stimmte, denn sie hörte den Mann und die Frau schreien. Die Schreie waren schrecklich, fast unerträglich, voller Entsetzen und Qual, als würden sie zu Tode geprügelt werden, oder schlimmer, viel schlimmer, als würden sie zerrissen werden, zerfetzt, in Stücke gerissen und ausgeweidet.

Vor ein paar Jahren war Tessa in Nordirland gewesen und hatte einen Dokumentarfilm über die Sinnlosigkeit der unnötigen Gewalt dort gedreht, und sie hatte unglücklicherweise einen Friedhof besucht, wo gerade die Bestattung eines Mannes aus der endlosen Reihe der ›Märtyrer‹ – katholisch oder protestantisch spielte keine Rolle mehr, beide Fraktionen hatten mehr als genügend – stattfand, und die Menge der Trauernden hatte sich plötzlich in eine Meute Wilder verwandelt. Sie waren vom Friedhof in die umliegenden Straßen gezogen und hatten nach Angehörigen des anderen Glaubens gesucht, bis sie wenig später zwei britische Armeeoffiziere in Zivil in einem nicht gekennzeichneten Fahrzeug entdeckt hatten. Der Mob hatte allein durch seine Größe das Auto eingekesselt, die Fenster eingeschlagen und die Friedenshüter auf den Gehweg herausgezerrt. Tessas beide technische Assistenten hatten das Weite gesucht, aber sie hatte sich mit der Videokamera auf der Schulter in des Tohuwabohu gestürzt, und ihr war zumute gewesen, als hätte sie durch das Objektiv aus dieser Welt hinaus in die Hölle selbst gesehen. Wilde Augen, von Wut und Haß verzerrte Gesichter, die Trauer vergessen, der Blutgier ergeben, so hatten die Trauernden unablässig auf die gestürzten Briten eingetreten, dann hatten sie sie auf die Füße gezogen und auf sie eingeschlagen und sie immer wieder gegen das Auto gestoßen, bis ihre Wirbelsäulen brachen und ihre Schädel barsten, dann hatten sie sie fallengelassen und wieder getreten und geprügelt und mißhandelt, obwohl sie da schon längst tot gewesen waren. Sie hackten heulend und kreischend, fluchend und Parolen singend, die zu unverständlichen Silbenketten gerieten, auf die zerschmetterten Leiber ein, aber sie waren keine irdischen Vögel, weder Bussarde noch Geier, sondern wie Dämonen, die aus der Hölle emporgeschwebt waren und die toten Männer nicht nur in der Absicht zerfetzten, ihr Fleisch zu verzehren, sondern auch vom heißen Verlangen erfüllt, ihre Seelen herauszureißen und zu stehlen. Zwei der rasenden Männer hatten Tessa bemerkt, ihr die Videokamera weggerissen und am Boden zertrümmert und sie selbst umgeworfen. Einen schrecklichen Augenblick war sie überzeugt gewesen, sie würden sie in ihrer Wut ebenfalls in Stücke reißen. Zwei bückten sich und zerrten an ihrer Kleidung. Ihre Gesichter waren so haßverzerrt, daß sie nicht mehr menschlich wirkten, sondern wie Steinfiguren, die von Kirchendächern herabgestiegen waren. Sie hatten alles Menschliche in sich aufgegeben und die in den Genen codierten Geister der Primitiven, von denen sie abstammten, freigelassen. »Um Gottes willen!« hatte sie geschrien. »Um Gottes Willen, bitte!« Vielleicht war es die Erwähnung Gottes, vielleicht auch der Klang einer menschlichen Stimme, die *nicht* zum heiseren Knurren eines Tieres geworden war, die sie irgendwie veranlaßte, von ihr abzulassen und innezuhalten. Diese Gelegenheit hatte sie genützt, um sich aufzurappeln und vor ihnen zu fliehen, sie hatte sich durch den wogenden, blutgierigen Mob in Sicherheit gebracht.

Was sie jetzt am anderen Ende des Motelflurs hörte, war genauso. Oder noch schlimmer.

33

Sam fing an zu schwitzen, obwohl die Heizung des Streifenwagens nicht eingeschaltet war, und jeder neuerliche Windhauch versetzte ihn in Angst und Schrecken, während er das Submenü B abrief, das die geplanten Verwandlungen von sechs Uhr des kommenden Morgens bis achtzehn Uhr des Abends zeigte. Über diesen Namen stand: 450 VERWANDLUNGEN GEPLANT. Harry Talbots Name stand auch nicht auf dieser Liste.

Möglichkeit C, achtzehn Uhr Dienstagabend bis Mitternacht desselben Tages, informierte ihn darüber, daß 274 Verwandlungen geplant waren. Auf dieser dritten und letzten Liste stand Harry Talbots Name.

Sam zählte im Geiste die Zahlen der in den drei Verwandlungszeiträumen genannten Personen zusammen – 380, 450 und 274 – und stellte fest, daß das 1104 ergab, die Zahl auf der Liste bevorstehender Verwandlungen. Zählte man dazu nun 1967, die Zahl der bereits als verwandelt Gelisteten, ergab das zusammen die Summe 3071, was wahrscheinlich der Gesamtbevölkerung von Moonlight Cove entsprach. Wenn die Uhr das nächste Mal Mitternacht schlüge, weniger als dreiundzwanzig Stunden von jetzt an, würde die gesamte Stadt verwandelt sein – was, zum Teufel, *das* auch immer heißen mochte.

Er schaltete sich aus dem Submenü aus und wollte gerade den Automotor abschalten, als das Wort ALARM auf dem

VDT erschien und zu blinken anfing. Er bekam Angst, weil er sicher war, daß sie ihn als Eindringling entlarvt hatten, der in ihrem System herumspionierte; er mußte einen versteckten Alarm im System ausgelöst haben.

Aber anstatt die Tür aufzureißen und die Flucht zu ergreifen, betrachtete er den Bildschirm weiter, weil die Neugier ihn festhielt.

TELEFONÜBERWACHUNG DEUTET AUF ANWESENHEIT
EINES FBI-AGENTEN IN MOONLIGHT COVE HIN.
ORT DES ANRUFES:
ÖFFENTLICHER FERNSPRECHER, SHELL-TANKSTELLE,
OCEAN AVENUE.

Der Alarm *hatte* etwas mit ihm zu tun, aber nicht, weil er momentan in einem ihrer Streifenwagen saß und der New Wave/Moonhawk-Verschwörung auf die Schliche kam. Offenbar waren die Dreckskerle auch in die Datenbänke der Telefongesellschaft eingeklinkt und durchsuchten diese Aufzeichnungen in regelmäßigen Abständen, um herauszufinden, wer von welchem Apparat welche Nummer angerufen hatte – sogar von sämtlichen öffentlichen Telefonzellen der Stadt, die unter normalen Umständen sicheres Kommunikationsmittel für einen Agenten gewesen wären. Sie waren paranoid, auf ihre Sicherheit bedacht, und sie verfügten über ein elektronisches Netz, dessen Umfang und Ausmaß mit jeder neuerlichen Enthüllung erstaunlicher würde.

ZEIT DES ANRUFS:
19.31 UHR, MONTAG,
13. OKTOBER.

Wenigstens hatten sie keine minütliche oder auch nur stündliche Überwachung bei der Telefongesellschaft. Ihr Computer durchsuchte deren Aufzeichnungen offenbar nach einem programmierten Plan, vielleicht alle sechs oder acht Stunden. Sonst hätten sie schon kurz nach seinem Anruf bei Scott an diesem Abend nach ihm zu suchen angefangen.

Nach der Legende ANRUF AN folgte seine Telefonnummer, dann sein Name und die Adresse in Sherman Oaks. Gefolgt von:

ANRUF GETÄTIGT VON:
SAMUEL H. BOOKER.

ZAHLUNGSMITTEL:
TELEFONKREDITKARTE.

ART DER KARTE:
AUF FIRMENKONTO.

ANSCHRIFT DER FIRMA:
FEDERAL BUREAU OF INVESTIGATION,
WASHINGTON, D. C.

Sie würden die Motels des gesamten County durchsuchen, aber da er im einzigen Motel in Moonlight Cove selbst abgestiegen war, würde es eine kurze Suche werden. Er fragte sich, ob er noch Zeit hätte, ins Cove Lodge zurückzukehren, sein Auto zu holen, nach Aberdeen Wells, die nächste Stadt, zu fahren und dort das Büro des FBI in San Francisco von einer nicht überwachten Telefonzelle aus anzurufen. Er hatte genügend herausgefunden, um zu wissen, daß hier etwas verdammt Seltsames vor sich ging, das ausreichte, ein Eingreifen des FBI und eine ausführliche Ermittlung einzuleiten.

Aber die nächsten Worte, die auf dem Bildschirm aufleuchteten, überzeugten ihn davon, daß er geschnappt werden würde, ehe er die Stadt verlassen könnte, wenn er ins Cove Lodge zurückkehrte und sein Auto holte. Und wenn sie ihn in die Finger bekämen, würde er vielleicht zu einer weiteren Zahl in ihrer häßlichen Unfalltodstatistik.

Sie kannten seine Adresse, daher war Scott möglicherweise auch in Gefahr – nicht gleich, nicht in Los Angeles, aber vielleicht morgen.

DIALOGWIEDERGABE
WATKINS: SHOLNICK, SIND SIE EINGESCHALTET?
SHOLNICK: HIER.
WATKINS: VERSUCHEN SIE ES IM COVE LODGE.
SHOLNICK: SCHON UNTERWEGS.

Ein Beamter namens Sholnick war schon unterwegs, um herauszufinden, ob Sam sich als Gast im Cove Lodge eingetragen hatte. Seine Tarnung, die Sam dem Portier erzählt hatte – daß er ein erfolgreicher Börsenmakler war, der sich überlegte, ob er in dieser oder einer anderen Küstenstadt seinen vorzeitigen Ruhestand verbringen wollte – war aufgeflogen.

WATKINS: PETERSON?
PETERSON: HIER.

Sie mußten ihre Namen wahrscheinlich nicht eintippen. Die Konsole jedes Mannes würde ihn beim Hauptcomputer ausweisen, der dann den Namen automatisch vor den getippten Input stellte. Sauber, schnell, leicht zu handhaben.

WATKINS: UNTERSTÜTZEN SIE SHOLNICK.
PETERSON: GUT.
WATKINS: NICHT TÖTEN, BEVOR WIR IHN VERHÖRT HABEN.

In ganz Moonligt Cove unterhielten sich Polizisten über Computer miteinander, und nicht per Funk, wo man sie leicht hätte abhören können. Obwohl Sam sie ohne ihr Wissen belauschen konnte, hatte er den Eindruck, als wäre er gegen einen tüchtigen Gegner angetreten, der fast so allmächtig wie Gott war.

WATKINS: DANBERRY?
DANBERRY: HIER. HQ.
WATKINS: OCEAN AVENUE-ZUBRINGER ZUR AUTOBAHN SPERREN.
DANBERRY: ALLES KLAR.
WATKINS: WAS IST MIT DEM MÄDCHEN DER FOSTERS?

Sam war verblüffte, Shaddacks Namen auf dem Bildschirm zu sehen. Das Alarm hatte offenbar seinen Computer zu Hause aktiviert und möglicherweise auch einen akustischen Alarm ausgelöst und ihn geweckt.

WATKINS: NOCH AUF FREIEM FUSS.
SHADDACK: DÜRFEN NICHT RISKIEREN, DASS BOOKER SIE FINDET.
WATKINS: HABE WACHEN UM DIE GANZE STADT AUFGESTELLT. DIE WERDEN SIE ERWISCHEN, WENN SIE KOMMT.
SHADDACK: SIE HAT ZUVIEL GESEHEN.

Sam hatte in Zeitschriften und Zeitungen über Thomas Shaddack gelesen. Der Mann war eine Berühmtheit, das Computergenie des Jahrhunderts, und außerdem sah er irgendwie zwielichtig aus.

Da ihn dieser enthüllende Dialog so sehr fasziniert hatte, weil er den berühmten Mann und seine gekaufte Polizeitruppe belastete, war Sam die wahre Bedeutung des Gesprächs zwischen Chief Watkins und Danberry nicht sofort aufgegangen: *Danberry… Hier. HQ… Ocean-Zubringer zur Autobahn sperren… Alles klar*. Jetzt wurde ihm klar, daß Officer Danberry im Hauptquartier war, HQ, und das war das Rathaus, was bedeutete, er würde jeden Augenblick zur Hintertür herauskommen und zu einem der Streifenwagen laufen.

»Oh, Scheiße.« Sam ergriff die Zünddrähte und zog sie auseinander.

Der Motor hustete und ging aus, der Bildschirm wurde dunkel.

Einen Sekundenbruchteil später riß Danberry die Hintertür des Rathauses auf und stürmte auf den Parkplatz.

34

Als die Schreie aufhörten, erwachte Tessa aus ihrer Trance des Entsetzens und lief schnurstracks zum Telefon. Die Leitung war immer noch tot.

Wo war Quinn? Das Büro des Motels war um diese Zeit geschlossen, aber hatte der Manager nicht ein angrenzendes Apartment? Er würde auf den Lärm reagieren. Oder gehörte er zu der wilden Meute im Flur?

Sie hatten eine Tür aufgebrochen. Sie konnten auch ihre aufbrechen.

Sie nahm einen der Lehnstühle vom Tisch am Fenster, eilte damit zur Tür, kippte ihn und klemmte ihn unter den Türknauf.

Sie glaubte nicht mehr, daß sie deshalb hinter ihr her waren, weil sie Janices Schwester war und die Wahrheit aufdecken wollte. Diese Erklärung paßte nicht zum Angriff auf die anderen Gäste, die nichts mit Janice zu tun hatten. Es war verrückt. Sie begriff nicht, was vor sich ging, aber sie verstand die Bedeutung dessen, was sie gehört hatte, nur zu genau: Ein psychopathischer Killer – nein, mehrere, wie man dem Lärm entnehmen konnte, den sie gemacht hatten, ein bizarrer Kult wie die Manson-Family oder noch schlimmer – streifte durch das Motel. Sie hatten bereits zwei Menschen getötet, und sie konnten sie auch töten, und zwar offenbar ausschließlich aus Spaß an der Freude. Sie kam sich vor wie in einem Alptraum.

Sie rechnete damit, daß die Wände sich durchbiegen und auf die amorphe Weise von Orten in Alpträumen zerfließen würden, aber sie blieben fest, starr und die Farben der Gegenstände waren so leuchtend und klar, daß dies unmöglich ein Alptraum sein konnte.

Sie zog sich hektisch Socken und Schuhe an, weil es sie nervös machte, barfuß zu sein, wie sie sich zuvor in ihrer Nackheit verwundbar gefühlt hatte – als könnte der Tod durch korrekte Kleidung ferngehalten werden.

Sie hörte die Stimmen wieder. Aber nicht mehr am Ende des Flurs. Näher bei ihrer eigenen Zimmertür. Sie kamen näher. Sie wünschte sich, die Tür hätte einen Spion gehabt, durch den sie nach draußen sehen konnte, aber es gab keinen.

Zwischen Tür und Schwelle klaffte jedoch ein zwei Zentimeter breiter Schlitz, daher ließ sich Tessa zu Boden sinken, drückte das Gesicht gegen den Teppich und blinzelte auf den Flur hinaus. Aus dieser Perspektive sah sie etwas so schnell an ihrem Zimmer vorbeihuschen, daß sie es nicht deutlich erkennen konnte, aber sie sah seine Füße, und das veränderte ihre Perspektive der Geschehnisse nachdrücklich. Dies war kein Beispiel menschlicher Mordlust, wie sie schon einmal eines in Nordirland erlebt hatte – und dem sie beinahe zum Opfer gefallen wäre. Dies war statt dessen eine Begegnung mit dem Unbekannten, ein Riß in der Wirklichkeit, ein plötzliches Überwechseln aus der normalen Welt ins Unglaubliche. Es waren ledrige, dunkelhäutige, haarige Füße, breit und flach und verblüffend lang, mit Zehen, die so vorspringend und gelenkig waren, daß sie beinahe die Funktion von Fingern zu haben schienen.

Etwas stieß gegen ihre Tür. Fest.

Tessa sprang auf und aus dem Foyer hinaus.

Irre Stimmen ertönten auf dem Flur: dieselbe unheimliche Mischung von schrillen Tierlauten, dazwischen atemlos hervorgestoßene gesprochene, jedoch weitgehend zusammenhanglose Worte.

Sie ging ums Bett herum zum Fenster, löste den Riegel und schob den beweglichen Flügel zur Seite.

Die Tür erbebte wieder. Das Poltern war so laut, daß sich Tessa wie in einer Trommel fühlte. Dank des Stuhls würde sie nicht so leicht nachgeben wie die Tür des anderen Zimmers, aber sie würde auch nur noch ein paar Stöße aushalten.

Sie setzte sich auf den Sims, schwang die Beine hinaus und sah nach unten. Der nebelfeuchte Fußweg glänzte im gelblichen Schein der Laternen etwa dreieinhalb Meter unter dem Fenster. Ein leichter Sprung.

Sie schlugen wieder gegen die Tür. Holz splitterte.

Tessa stieß sich vom Fenstersims ab. Sie landete auf dem nassen Weg und rutschte zwar, fiel aber aufgrund der gerillten Gummisohlen nicht hin.

Oben, im Zimmer, aus dem sie geflohen war, splitterte Holz lauter als vorher, belastetes Metall kreischte, als das Schloß nachzugeben begann.

Sie war nahe beim nördlichen Ende des Gebäudes. Sie glaubte zu sehen, wie sich in dieser Richtung etwas in der Dunkelheit bewegte. Es konnte nichts weiter als ein Nebelschwaden gewesen sein, der vom Wind ostwärts geweht worden war, aber sie wollte kein Risiko eingehen, daher lief sie nach Süden, und das endlos schwarze Meer jenseits des Geländes war rechts von ihr. Als sie das Ende des Gebäudes erreicht hatte, hallte ein Bersten durch die Nacht – die Tür zu ihrem Zimmer brach –, und es folgte das Heulen der Meute, als sie auf der Suche nach ihr eindrang.

35

Sam hätte nicht aus dem Auto herausgekonnt, ohne Danberrys Aufmerksamkeit auf sich zu ziehen. Vier Streifenwagen standen dem Polizisten zur Verfügung, daher hatte Sam eine Chance von fünfundsiebzig Prozent, daß er unentdeckt bleiben würde, wenn er im Auto bliebe. Er glitt, so weit er konnte, auf dem Fahrersitz hinab und lehnte sich nach rechts, über die Computertastatur am Armaturenbrett.

Danberry ging zum nächsten Auto in der Reihe.

Sam preßte den Kopf auf die Konsole und verdrehte den Hals, so daß er zum Beifahrerfenster hinaussehen konnte; er beobachtete, wie Danberry die Tür des anderen Streifenwagens aufschloß. Er betete, daß ihm der Polizist auch weiterhin den Rücken zukehren würde, denn das Innere des Autos, in dem Sam lag, wurde vom schwefligen Schein der Parkplatzleuchten erhellt. Wenn Danberry in seine Richtung sähe, würde er Sam entdecken.

Der Polizist stieg in den Streifenwagen ein und schlug die Tür zu, und Sam seufzte erleichtert. Der Motor sprang an. Danberry fuhr vom Parkplatz. Als er auf der Straße war, jagte er den Motor hoch, die Reifen drehten einen Augenblick durch und quietschten, bevor sie faßten, und dann war er verschwunden.

Sam wollte das Auto noch einmal kurzschließen und herausfinden, ob Watkins und Shaddack immer noch miteinander in Verbindung waren, aber er wußte, er durfte es nicht wagen, noch länger zu bleiben. Wenn die Menschenjagd weiterginge, würden sicher noch mehr Polizisten zum Einsatz kommen.

Weil er sie nicht wissen lassen wollte, daß er in ihrem Computer spioniert oder ihre Unterhaltung belauscht hatte – je ahnungsloser er ihrer Meinung nach war, desto erfolgloser würde ihre Suche sein –, schraubte Sam das Zündschloß wieder mit seinen Werkzeugen in die Lenksäule. Er stieg aus, drückte den Türknopf hinunter und machte die Tür zu.

Er wollte die Gegend nicht über die Straße verlassen, weil es möglich war, daß ein Streifenwagen von dem einen oder anderen Ende einbiegen und ihn mit den Scheinwerfern anstrahlen würde. Statt dessen lief er schnell über den schmalen Weg am Parkplatz und öffnete eine Tür in einem schmiedeeisernen Zaun. Er kam in den Garten eines etwas heruntergekommenen viktorianischen Hauses, dessen Besitzer das Gestrüpp so hatten verwildern lassen, daß es aussah, als würde eine makaber gezeichnete Familie aus der Feder von Gahan Wilson hier hausen. Er ging leise an der Seite des Hauses vorbei, über den Vorgarten und zum Pacific Drive, einen Block südlich der Ocean Avenue.

Die Stille der Nacht wurde nicht von Sirenen gestört. Er hörte keine Rufe, keine hastigen Schritte, keine alarmierenden Schreie. Aber er wußte, er hatte eine Bestie mit vielen Köpfen geweckt, und diese unvergleichlich gefährliche Hydra würde nun in der Stadt nach ihm suchen.

36

Mike Peyser wußte nicht, was er tun sollte, wußte es nicht, er hatte Angst, war verwirrt und hatte Angst, daher konnte er nicht klar denken, aber er *mußte* schnell und klar denken, wie ein Mensch, aber der wilde Teil in ihm drängte sich immer wieder vor; sein Verstand arbeitete rasch, und er war messerscharf, aber er konnte nicht länger als ein paar Minuten einem zusammenhängenden Gedankengang folgen. Schnelles Denken, blitzschnelles Denken, reicht nicht aus, ein Problem wie dieses zu lösen; er mußte schnell *und* tiefschürfend denken. Aber seine Konzentration war nicht mehr, was sie einmal gewesen war.

Als es ihm endlich gelang, mit Schreien aufzuhören und vom Küchenboden aufzustehen, eilte er ins dunkle Eßzimmer, durchs unbeleuchtete Wohnzimmer, durch den kurzen Flur ins Schlafzimmer, dann weiter ins Bad, teilweise auf allen Vieren, erhob sich aber auf die Hinterfüße, als er die Schlafzimmerschwelle überschritten hatte, konnte sich jedoch nicht ganz aufrichten, war aber immerhin flexibel genug, halb aufrecht zu stehen. Im Bad, das nur schwach und leicht flackernd vom Mondlicht erhellt wurde, das durch das kleine Fenster auf den Spiegel des Medizinschränkchens fiel, packte er den Waschbeckenrand und sah in den Spiegel vor dem Medizinschränkchen, wo er nur ein schattenhaftes Spiegelbild von sich erkennen konnte, ohne Einzelheiten.

Er wollte glauben, daß er tatsächlich wieder in seine natürliche Gestalt zurückgekehrt war, daß das Gefühl, im verwandelten Stadium gefangen zu sein, nur eine Halluzination war, ja, ja, das wollte er glauben, mußte es unbedingt glauben, glauben, obwohl er nicht völlig aufrecht stehen konnte, obwohl er die Unterschiede in seinen unglaublich langfingrigen Händen und der seltsamen Haltung des Kopfes auf den Schultern bemerkte, und nicht zuletzt daran, wie der Rücken sich mit den Hüften vereinte. Er mußte es glauben.

Mach das Licht an, sagte er sich.

Er konnte es nicht.

Mach das Licht an.

Er hatte Angst.

Aber er mußte das Licht einschalten und sich ansehen.

Er umklammerte das Waschbecken und konnte sich nicht bewegen.

Mach das Licht an.

Statt dessen beugte er sich zu dem dunklen Spiegel und betrachtete die undeutliche Spiegelung, sah wenig mehr als den bersteinfarbenen Glanz seltsamer Augen.

Mach das Licht an.

Er stieß ein dünnes Wimmern von Zorn und Entsetzen aus.

Shaddack, dachte er plötzlich, Shaddack, er mußte es Shaddack erzählen, vielleicht würde Tom Shaddack wissen, was zu tun war, Shaddack war seine beste Hoffnung, möglicherweise seine einzige Hoffnung, Shaddack.

Er ließ das Waschbecken los, sank zu Boden, eilte aus dem Bad ins Schlafzimmer, zum Telefon auf dem Nachttisch. Beim Laufen wiederholte er den Namen immer wieder mit einer abwechselnd schrillen und kehligen, schrillen und flüsternden Stimme, als wäre er ein Zauberwort: »*Shaddack, Shaddack, Shaddack, Shaddack*...«

37

Tessa Lockland suchte in einer rund um die Uhr geöffneten Münzwäscherei vier Blocks östlich des Cove Lodge und einen halben Block von der Ocean Avenue entfernt Schutz. Sie wollte an einem hellen Ort sein, und die Reihen der Neonlichter an der Decke ließen keinen Schatten entstehen. Sie war allein in der Wäscherei, saß auf einem zerschrammten gelben Plastikstuhl und starrte die Reihen von Wäschetrockneröffnungen an, als würde das Verstehen durch eine kosmische Quelle zu ihnen kommen, die durch diese gläsernen Kreise kommunizieren würde.

Als Dokumentarfilmemacherin mußte sie ein Auge für die Muster des Lebens haben, die einem Film den erzählerischen und visuellen Zusammenhang geben konnten, daher bereitete es ihr keine Mühe, die Muster von Dunkelheit, Tod und unbekannten Kräften in dieser heimgesuchten kleinen Stadt zu erkennen. Die fanatischen Geschöpfe im Hotel waren sicherlich die Ursache der Schreie gewesen, die sie zuvor am Strand gehört hatte, und ihre Schwester war zweifellos von eben diesen Wesen getötet worden, was immer sie, zum Teufel, auch sein mochten. Was in gewisser Weise erklärte, weshalb die Behörden so versessen darauf gewesen waren, daß Marion der Verbrennung von Janices Leichnam zustimmte – nicht weil die sterblichen Überreste vom Meerwasser zerfressen und halb von Fischen verzehrt worden waren, sondern weil die Verbrennung Verletzungen vertuschen half, die bei der unvoreingenommenen Autopsie unbeantwortete Fragen aufgeworfen hätten. Darüber hinaus sah sie Spiegelungen der Korruption der hiesigen Behörden in der äußeren Erscheinung der Ocean Avenue, wo zu viele Schaufenster leer waren und es zu vielen Geschäften schlecht ging, was in einer Stadt, in der Arbeitslosigkeit praktisch nicht existierte, unerklärlich war. Ihr war eine Aura des Ernstes an den Leuten aufgefallen, die sie auf der Straße getroffen hatte, und ebenso eine Hektik und Zielstrebigkeit, die in einer ruhigen nördlichen Küstenstadt, wohin sich das Tohuwabohu des modernen Lebens kaum je verirrte, befremdlich wirkte.

Aber daß ihr dieses Muster aufgefallen war, bot noch keine Erklärung dafür, *warum* die Polizei Janices wahre Todesursache verheimlichen wollte. Oder warum die Stadt trotz ihres offensichtlichen Wohlstands in einer wirtschaftlichen Depression zu sein schien. Oder was, in Gottes Namen, diese Alptraumgeschöpfe im Motel gewesen waren. Muster waren Hinweise auf zugrundeliegende Wahrheiten, aber ihre Fähigkeit, sie zu erkennen, bedeutete nicht, daß sie die Antworten finden und die Wahrheit enthüllen könnte, auf die die Muster hindeuteten.

Sie saß zitternd unter dem Neonlicht und atmete die schwachen Spuren von Waschmitteln, Bleichmitteln, Weichspülern und den abgestandenen Geruch der Kippen in zwei freistehenden, mit Sand gefüllten Aschenbechern ein, während sie zu überlegen versuchte, was sie als nächstes tun sollte. Sie hatte ihre Entschlossenheit, Janices Tod aufzuklären, nicht verloren. Aber sie war nicht mehr so vermessen zu denken, daß sie ganz alleine Detektiv spielen könnte. Sie brauchte Hilfe, und die würde sie wahrscheinlich bei County- oder Staatsbehörden holen müssen.

Aber zunächst mußte sie einmal mit heiler Haut aus Moonlight Cove hinauskommen.

Das Auto stand beim Cove Lodge, aber sie wollte nicht dorthin zurückkehren, um es zu holen. Diese... Geschöpfe mochten immer noch dort sein oder es aus den dichten Büschen und Bäumen oder den in der Stadt allgegenwärtigen dunklen Schatten heraus beobachten. Wie Carmel, Kalifornien, das auch an der Küste lag, war Moonlight Cove eine Stadt, die buchstäblich in den Wald am Meer gebaut war. Tessa bewunderte Carmel, weil die Werke von Menschenhand und der Natur so gefällig miteinander verschmolzen waren, wo Geographie und Architektur häufig das Werk ein und desselben Bildhauers zu sein schienen. Momentan jedoch machten die Üppigkeit und die kunstvollen nächtlichen Schatten Moonlight Cove nicht anmutig und schön; vielmehr schien sich diese Stadt in den dünnsten Mantel der Zivilisation zu hüllen, unter dem etwas Wildes – sogar Urzeitliches – wartete und lauerte. Die Baumhaine und dunklen Straßen waren nicht die Heimat der Schönheit, sondern des Unheimlichen und des Todes. Sie hätte Moonlight Cove wesentlich anziehender gefunden, wenn jede Straße, jede Gasse, jeder Rasen und jeder Park mit demselben Übermaß an Neonlicht erhellt gewesen wäre wie die Wäscherei, in der sie Zuflucht gesucht hatte.

Vielleicht war die Polizei mittlerweile als Reaktion auf die Schreie und den Aufruhr im Cove Lodge eingetroffen. Aber sie würde sich nicht sicherer fühlen, wenn sie dorthin zurückkehrte, nur weil die Bullen da waren. Die Polizei war Teil des Problems. Sie würden ihr Fragen nach der Ermordung der beiden anderen Gäste stellen. Sie würden herausfinden, daß Janice ihre Schwester gewesen war, und sie brauchte ihnen nicht zu erzählen, daß sie in die Stadt gekommen war, um die Umstände von Janices Tod aufzudekken, denn das würden sie auch von selbst vermuten. *Wenn* sie an einer Verschwörung beteiligt waren, die wahre Natur von Janices Tod zu vertuschen, würden sie wahrscheinlich nicht zögern, sich Tessas auf eine nachdrückliche und endgültige Art und Weise anzunehmen.

Sie mußte auf das Auto verzichten.

Aber der Teufel sollte sie holen, wenn sie sich bei Nacht und Nebel aus der Stadt schliche. Sie würde auf der Autobahn vielleicht mitgenommen werden – vielleicht sogar von einem ehrlichen Trucker und nicht von einem mobilen Psychopathen –, aber sie würde zwischen Moonlight Cove und der Straße durch eine dunkle, ländliche Gegend laufen müssen, wo das Risiko, auf weitere dieser mordlüsternen Bestien zu treffen, die die Moteltür eingeschlagen hatten, sicher noch größer war.

Selbstverständlich hatten sie sie an einem öffentlichen und hell erleuchteten Ort verfolgt. Sie konnte nicht davon ausgehen, daß sie in dieser Wäscherei sicherer war als im dunklen Wald. Wenn die dünne Haut der Zivilisation aufplatzte und das urzeitliche Entsetzen hervorbrach, dann war man nirgendwo sicher, nicht einmal auf den Stufen einer Kirche, wie sie es in Nordirland und anderswo gelernt hatte.

Dennoch würde sie sich ans Licht halten und die Dunkelheit meiden. Sie war durch eine unsichtbare Wand zwischen der Wirklichkeit, wie sie sie immer gekannte hatte, und einer anderen, feindlicheren Welt getreten. Solange sie in dieser Zwielichtzone blieb, schien es klug, davon auszugehen, daß Schatten noch weniger Sicherheit und Schutz boten als hell erleuchtete Orte.

Aber damit hatte sie keinen Plan, wie sie vorgehen sollte. Sie konnte nur in der Wäscherei sitzenbleiben und auf den Morgen warten. Bei Tageslicht riskierte sie vielleicht den langen Fußmarsch zur Autobahn.

Das blanke Glas der Wäschereifenster erwiderte ihren starrenden Blick.

Ein Herbstfalter stieß leise gegen die Plastikverkleidung der Neonlichter.

38

Da sie nicht kühn nach Moonlight Cove hineingehen konnte, wie sie es vorgehabt hatte, verließ Chrissie die Holliwell Road und ging in die Richtung zurück, aus der sie gekommen war. Sie blieb im Wald und schlich vorsichtig von Baum zu Baum, wobei sie sich bemühte, jedes Geräusch zu vermeiden, das die Wachtposten unter den Bäumen möglicherweise hätten hören können.

Nach ein paar Metern, als die Männer sie bestimmt nicht mehr sehen oder hören konnten, schritt sie wackerer aus. Schließlich kam sie zu einem der Häuser an der Landstraße. Das einstöckige Ranchhaus lag hinter einem großen Vorgarten; es wurde von mehreren Pinien und Fichten abgeschirmt und war im schwachen Mondschein kaum auszumachen. Weder drinnen noch draußen brannten Lichter, und alles war still.

Sie brauchte Zeit zum Nachdenken und mußte aus der kalten, klammen Nacht fortkommen. Sie hoffte, daß keine Hunde auf dem Grundstück waren, und eilte zur Garage, wobei sie sich vom Kiesweg fernhielt, um keinen unnötigen Lärm zu machen. Es gab, wie sie vermutet hatte, neben dem großen Tor, durch das das Auto hinein- und hinausfuhr, noch eine kleine Seitentür. Sie war unverschlossen. Sie trat in die Garage und machte die Tür hinter sich zu.

»Chrissie Foster, Geheimagentin, drang tapfer und kühn durch eine Seitentür ins Lager des Feindes ein«, sagte sie leise.

Das Leuchten des untergehenden Mondes drang durch die Scheiben der Tür und durch zwei hohe, schmale Fenster an der Westseite herein, aber es reichte nicht aus, etwas zu erhellen. Sie konnte nur dunkel ein paar Krümmungen von Chrom und Glas sehen, die eben ausreichten, die Anwesenheit von zwei Autos anzudeuten.

Sie tastete sich mit der Vorsicht einer Blinden zum ersten Fahrzeug, streckte beide Hände vor sich aus und hatte ständig Angst, sie könnte etwas umstoßen. Das Auto war nicht verschlossen. Sie schlüpfte hinter das Lenkrad und ließ die Tür offenstehen, damit das tröstliche Innenlicht anblieb. Sie vermutete, daß, wenn jemand im Haus aufwachte und nach draußen sah, er dieses Licht durchs Garagenfenster sehen konnte, aber dieses Risiko mußte sie eingehen.

Sie suchte im Handschuhfach, in den Ablagen an den Türen und unter den Sitzen, weil sie hoffte, etwas zu essen zu finden, da viele Leute Schokoriegel oder Erdnüsse oder Kekse im Auto aufbewahrten, damit sie während der Fahrt etwas zu knabbern hatten. Sie hatte zwar am Nachmittag gegessen, als sie in der Vorratskammer eingesperrt gewesen war, aber das war jetzt zehn Stunden her. Ihr Magen knurrte. Sie ging nicht davon aus, daß sie einen Eisbecher mit heißen Früchten oder ein Aspiksandwich finden würde, aber sie hatte sich doch mehr erhofft als einen einzigen Kaugummistreifen und einen grünen Verbandskasten, den sie staubig und schmutzig und voller Teppichfusseln unter dem Sitz hervorgeholt hatte.

Sie sagte, als würde sie Zeitungsschlagzeilen lesen: HUNGERTOD IM LAND DES ÜBERFLUSSES. EINE MODERNE TRAGÖDIE. JUNGES MÄDCHEN TOT IN GARAGE AUFGEFUNDEN. ›ICH WOLLTE NUR EIN PAAR ERDNÜSSE‹, MIT IHREM EIGENEN BLUT GESCHRIEBEN.

Im anderen Auto fand sie zwei Schokoriegel mit Mandeln.

Danke, Gott. Deine Freundin Chrissie.

Sie schlang den ersten Riegel hinunter, aber den zweiten nahm sie in kleinen Bissen zu sich und ließ ihn auf der Zunge zergehen.

Beim Essen dachte sie über verschiedene Möglichkeiten nach, wie sie nach Moonlight Cove gelangen könnte. Als sie mit der Schokolade fertig war…

SCHOKOLADENSÜCHTIGES KLEINES MÄDCHEN STRIBT IN VERLASSENER GARAGE DEN KARIESTOD

…hatte sie sich einen Plan ausgedacht.

Ihre gewöhnliche Schlafenszeit lag schon Stunden zurück, und sie war erschöpft von den anstrengenden körperlichen Aktivitäten der Nacht, daher wollte sie nur hier im Auto bleiben, den Bauch voll Milchschokolade und Mandeln, und ein paar Stunden schlafen, bevor sie den Plan in die Tat umsetzte. Sie gähnte und glitt den Sitz hinunter. Ihr ganzer Körper schmerzte, ihre Augen waren so schwer, als hätte ein übereifriger Bestattungsunternehmer sie mit Münzen beschwert.

Die Vorstellung, sie wäre ein Leichnam, war so beunruhigend, daß sie auf der Stelle aus dem Auto ausstieg und die Tür schloß. Wenn sie im Auto einschliefe, würde sie wahrscheinlich erst am anderen Morgen aufwachen, wenn sie jemand fand. Vielleicht waren die Leute, denen die Autos hier in der Garage gehörten, auch verwandelt, wie ihre Eltern, in diesem Fall wäre ihr Untergang besiegelt.

Draußen zitterte sie im kalten Wind, als sie wieder zur Landstraße ging und sich nach Norden wandte. Sie kam an zwei weiteren stillen und dunklen Häusern vorbei, einem weiteren Waldstück, schließlich kam sie zu einem vierten Haus, ebenfalls ein einstöckiges Gebäude im Rancherstil mit Holzschindeln als Dach und Rotholz-Fachwerk.

Sie kannte die Leute, die hier wohnten, Mr. und Mrs. Eulane. Mrs. Eulane betrieb die Cafeteria in der Schule, Mr. Eulane war Gärtner mit vielen Kunden in Moonlight Cove. Mr. Eulane fuhr jeden Morgen sehr früh mit seinem weißen Lieferwagen, auf dessen Ladefläche er Rasenmäher und Hekkenscheren und Rechen und Schaufeln und Säcke voll Torf und Dünger und alles andere hatte, was ein Gärtner brauchen konnte, in die Stadt; wenn er Mrs. Eulane in der Schule absetzte, waren noch nicht viele Schüler da, danach ging er zu seiner eigenen Arbeit. Chrissie dachte sich, daß sie ein Versteck hinten auf dem Wagen finden könnte, wenn sie sich zwischen Mr. Eulanes Gartengeräten und Vorräten verkroch.

Der Lieferwagen stand in der Garage der Eulanes, die unverschlossen war, wie die andere auch. Aber dies war schließlich das Land, in dem die Menschen einander noch vertrauten – das war gut, obwohl es außerirdischen Invasoren einen zusätzlichen Vorteil verschaffte.

Das einzige Fenster war klein und lag an der dem Haus gegenüberliegenden Wand, daher wagte Chrissie es, das Licht einzuschalten, als sie eintrat. Sie kletterte leise an der Seitenklappe des Lastwagens hinauf und kroch zwischen die Gartengeräte, die in den beiden hinteren Dritteln der Ladefläche, bei der Heckklappe, verstaut waren. Weiter vorne, an der Rückwand des Führerhauses, befand sich zwischen Fünfzig-Pfund-Säcken Kunstdünger, Schneckenkorn und Blumenerde ein fast einen Meter hoher Stapel zusammengelegter Jutesäcke, in denen Mr. Eulane gemähtes Gras verpackte, das zur Müllkippe mußte. Sie konnte ein paar Säcke als Matratzen und andere als Zudecke benützen und sich bis zum Morgen hinlegen, und sie konnte bis Moonlight Cove zwischen den Säcken und dem Kunstdünger versteckt bleiben.

Sie kletterte von dem Lieferwagen herunter, schaltete das Garagenlicht aus, dann tastete sie sich durch die Dunkelheit und kletterte vorsichtig wieder hinauf. Sie machte sich ein Nest in den Säcken. Die Jute kratzte etwas. Nachdem jahrelang frisch gemähtes Gras darin transportiert worden war, hatten sie den Geruch angenommen, was anfangs schön war, aber rasch stören würde. Aber wenigstens bewahrten die Sackschichten ihre Körperwärme, so daß es ihr nach wenigen Minuten zum ersten Mal in dieser Nacht richtig warm war.

Im Schutze der Dunkelheit, (dachte sie), *verbarg sich die junge Chrissie, die ihren verräterischen Menschengeruch mit dem Geruch von Gras verdeckte, der in den Jutesäcken hing, auf schlaue Weise vor den Außerirdischen – oder gar Werwölfen –, deren Geruchssinn fast so gut wie der von Bluthunden war.*

39

Sam suchte vorübergehend Schutz auf dem unbeleuchteten Spielplatz der Thomas Jefferson Grundschule in der Palomine Street im südlichen Teil der Stadt. Er saß auf einer Schaukel, hielt sich mit beiden Händen an den Ketten fest und schaukelte sogar tatsächlich ein wenig, während er über seine Möglichkeiten nachdachte.

Er konnte Moonlight Cove nicht mit dem Auto verlassen. Sein Mietwagen stand beim Motel, wo er festgenommen werden würde, wenn er sich zeigte. Er hätte ein Auto stehlen können, aber er erinnerte sich an die Unterhaltung per Computer, als Loman Watkins Danberry befohlen hatte, die Ocean Avenue zwischen der Stadt und dem Autobahnzubringer abzusperren. Sie würden jede Fluchtmöglichkeit abgeriegelt haben.

Er konnte über Nebenstraßen fahren, sich Schritt für Schritt zur Stadtgrenze und dann durch Wald und Feld zur Autobahn vorarbeiten. Aber Watkins hatte auch gesagt, daß er Wachen um die ganze Stadt herum aufgestellt hatte, um die ›Tochter der Fosters‹ zu erwischen. Sam vertraute zwar auf seine Instinkte und die Fähigkeit zu überleben, aber er hatte seit dem Krieg vor zwanzig Jahren keinerlei Erfahrung mehr mit Fluchtmaßnahmen in offenem Gelände gehabt. Wenn Wachen um die Stadt herum standen, um das Mädchen abzufangen, würde Sam wahrscheinlich einer direkt in die Arme laufen.

Er war zwar bereit, sich erwischen zu lassen, aber er durfte ihnen erst in die Hände fallen, wenn er einen Anruf zum Bureau durchbekommen hatte, um zu berichten und um Verstärkung zu bitten. Wenn er zu einer weiteren Zahl in der Statistik dieser Unfalltod-Hauptstadt der Welt würde, würde das FBI an seiner Stelle neue Männer schicken, und schlußendlich würde die Wahrheit ans Licht kommen, aber möglicherweise zu spät.

Während er im rasch dünner werdenden Nebel und weitgehend vom Wind angestoßen sanft hin und her schwang, dachte er über diese Pläne nach, die er auf dem Bildschirm gesehen hatte. Innerhalb der nächsten dreiundzwanzig Stunden sollte jeder in der Stadt ›verwandelt‹ werden. Obwohl er keine Ahnung hatte, in *was* die Menschen verwandelt werden sollten, gefiel ihm das Wort nicht. Und er hatte das Gefühl, wenn die Pläne erfüllt wären und jeder in Moonlight Cove verwandelt worden wäre, würde es nicht leichter sein, das Rätsel zu lösen, als eine unendliche Zahl laserverschweißter, nach Art eines chinesischen Puzzles zusammengesetzter Titankisten aufzubrechen.

Okay, als erstes müßte er also ein Telefon finden und das

FBI anrufen. Die Telefone in Moonlight Cove wurden überwacht, aber es war ihm einerlei, ob der Anruf bei der Computerroutineuntersuchung entdeckt oder sogar Wort für Wort aufgezeichnet werden würde. Er brauchte nur dreißig Sekunden oder eine Minute Zeit, um mit dem Bureau zu sprechen, dann würde zahlenmäßig starke Hilfe geschickt werden. Dann mußte er nur noch in Bewegung bleiben und die Polizei ein paar Stunden abhängen, bis die Agenten einträfen.

Er konnte nicht einfach zu einem Haus gehen und jemanden fragen, ob er einmal telefonieren könnte, weil er nicht wußte, wem er trauen könnte. Morris Stein hatte gesagt, wenn man einen oder zwei Tage in der Stadt wäre, bekäme man das paranoide Gefühl, daß einen überall Augen ansähen und der große Bruder nur eine Armeslänge entfernt wäre. Sam hatte dieses Stadium der Paranoia in nur wenigen Stunden erreicht und bewegte sich rasch darüber hinaus in einen Zustand ständiger nervlicher Anspannung und unablässigen Argwohns, wie er ihn seit den Tagen des Dschungelkriegs vor zwanzig Jahren nicht mehr erlebt hatte.

Eine öffentliche Telefonzelle. Aber nicht die bei der Shell-Tankstelle, wo er schon einmal telefoniert hatte. Ein Mann, der gesucht wurde, wäre närrisch, noch einmal einen Ort aufzusuchen, an dem er bekanntermaßen schon einmal gewesen war.

Er erinnerte sich nach seinem Rundgang durch die Stadt an eine oder zwei weitere Telefonzellen. Er stand von der Schaukel auf, steckte die Hände in die Jackentaschen, beugte die Schultern gegen den kalten Wind und ging über den Schulhof zur angrenzenden Straße.

Er dachte an die Foster-Tochter, von der Shaddack und Watkins per Computer gesprochen hatten. Wer war sie? Was hatte sie gesehen? Er vermutete, daß sie ein Schlüssel war, diese Verschwörung zu verstehen. Was sie gesehen hatte, konnte möglicherweise erklären, was mit ›verwandeln‹ gemeint war.

40

Die Wände schienen zu bluten. Rote Flüssigkeit floß in zahlreichen Strömen, als würde sie aus dem Verputz quellen, über die gelbe Farbe.

Loman Watkins, der in dem im zweiten Stock gelegenen Zimmer des Cove Lodge stand, war entsetzt... aber gleichzeitig seltsam erregt.

Der gräßlich zerbissene und zerfetzte Leichnam des Mannes lag in der Nähe des zerwühlten Bettes. Die tote Frau, die in einem noch schlimmeren Zustand war, lag außerhalb des Zimmers im Flur, eine scharlachrote Masse auf dem orangefarbenen Teppich.

Die Luft stank nach Blut, Erbrochenem, Fäkalien, Urin – eine Mischung von Gerüchen, die Loman immer besser kannte, da die Opfer der Regressiven Woche für Woche, Tag für Tag immer häufiger auftauchten. Aber diesesmal spürte er, wie noch nie vorher, etwas ungemein Anziehendes unter der beißenden Oberfläche des Gestanks. Er atmete tief ein, war aber nicht sicher, warum ihn dieses furchtbare Gemetzel so faszinierte. Aber er konnte die Faszination nicht leugnen – und ihr auch nicht widerstehen, ebensowenig wie ein Hund dem Geruch des Fuchses widerstehen kann. Obwohl er sich dem verlockenden Geruch nicht widersetzen konnte, machte ihm seine Reaktion darauf Angst, und das Blut in seinen Adern schien immer kälter zu werden, je mehr Lust er an dem biologischen Gestank empfand.

Barry Sholnick, der Beamte, den Loman via Computer ins Cove Lodge geschickt hatte, damit er Samuel Booker festnähme, und der anstelle des FBI-Agenten dieses Gemetzel vorgefunden hatte, stand jetzt am Fenster in der Ecke und betrachtete den Toten eingehend. Er war schon lange im Motel, länger als alle anderen, und betrachtete das Opfer inzwischen mit der Gleichgültigkeit, die Polizisten kultivieren mußten, als wären zerfetzte und verstümmelte Leichen am Schauplatz nicht bedeutender als die Möbelstücke. Und doch konnte Sholnick den Blick nicht von dem zerstückelten

Leichnam, dem blutverschmierten Wrack und den blutbespritzten Wänden abwenden.

Wir verabscheuen, was aus den Regressiven geworden ist und was sie tun, dachte Loman, aber auf eine kranke Weise beneiden wir sie auch um ihre unvergleichliche Freiheit.

Etwas in ihm – und er vermutete, in allen Neuen Menschen – schrie danach, sich zu den Regressiven zu gesellen. Loman verspürte, wie schon vor dem Haus der Fosters, den Wunsch, die neue Kontrolle über seinen Körper nicht dazu zu benützen, sich höher zu entwickeln, wie Shaddack das beabsichtigt hatte, sondern um in ein wildes Stadium zurückzusinken. Er sehnte sich danach, auf eine Bewußtseinsebene hinabzusinken, auf der ihn keine Gedanken über Sinn und Zweck des Lebens quälen würden, auf der intellektuelle Herausforderungen nicht existierten, auf der er ein Geschöpf sein würde, dessen Existenz fast ausschließlich vom *Empfinden* geprägt sein würde, auf der jede Entscheidung einzig und allein auf der Basis getroffen werden würde, ob sie ihm Vergnügen bereitete, eine von komplizierten Gedankengängen freie Ebene. O Gott, von der Last der Zivilisation und Intelligenz befreit zu sein!

Sholnick gab tief in der Kehle ein Knurren von sich.

Loman sah von dem Toten auf.

Ein wildes Licht brannte in Sholnicks Augen.

Bin ich so blaß wie er? fragte sich Loman. Ebenso hohläugig und seltsam?

Sholnick hielt dem Blick seines Chefs einen Moment stand, dann wandte er sich ab, als wäre er bei einer beschämenden Tat ertappt worden.

Lomans Herz schlug heftig.

Der dunkle, anziehende Geruch. Der Geruch der Jagd, des Tötens.

Er wandte sich von der Leiche ab und ging auf den Flur hinaus, aber dort lag der Leichnam der Frau – zerfetzt, verstümmelt, nackt –, und auch da fand er keine Erleichterung. Bob Trott, der erst vor kurzem zur Truppe gestoßen war, als das Personal vor einer Woche auf zwölf erhöht worden war, stand über dem verwüsteten Leichnam. Er war ein großer

Mann, acht Zentimeter größer und dreißig Pfund schwerer als Loman, mit einem Gesicht voll schroffer Flächen und scharfer Kanten. Er sah mit einem schwachen, unheiligen Lächeln auf den Kadaver hinab.

Erhitzt, mit verschwimmender Sicht und Augen, die im grellen Neonlicht schmerzten, sagte Loman schrill: »Trott, kommen Sie mit mir.« Er ging den Flur entlang zum anderen Zimmer, in das eingebrochen worden war. Trott folgte ihm mit offensichtlichem Widerwillen.

Als Loman die eingeschlagene Tür dieses Zimmers erreichte, tauchte Paul Amberlay, ein weiterer seiner Beamten, an der Nordtreppe auf. Er kam vom Büro der Motels zurück, wohin Loman ihn geschickt hatte, damit er das Gästebuch studierte. »Das Paar in Zimmer vierundzwanzig hieß Jenks, Sarah und Charles«, berichtete Amberlay. Er war fünfundzwanzig, hager und sehnig und intelligent. Da das Gesicht des jungen Beamten spitz zulief und die Augen tief in den Höhlen lagen, hatte er Loman immer an einen Fuchs erinnert. »Sie sind aus Portland.«

»Und hier in sechsunddreißig?«

»Tessa Lockland aus San Diego.«

Loman blinzelte. »Lockland?«

Amberlay buchstabierte.

»Wann hat sie sich eingetragen?«

»Erst heute abend.«

»Janice Capshaw, die Frau des Priesters«, sagte Loman. »Ihr Mädchenname war Lockland. Ich mußte mich am Telefon mit ihrer Mutter herumärgern, und die war in San Diego. Lästige alte Schlampe. Eine Million Fragen. Ich hatte Mühe, sie zu einer Einäscherung zu überreden. Sie sagte, ihre andere Tochter wäre außer Landes, irgendwo total weit weg, könnte nicht erreicht werden, würde aber innerhalb eines Monats herkommen, um das Haus zu räumen und Mrs. Capshaws Angelegenheiten zu regeln. Ich schätze, das ist sie.«

Loman führte sie in Tessa Locklands Zimmer, zwei Türen von Zimmer vierzig entfernt, in dem Booker wohnte. Wind heulte durch das offene Fenster. Zertrümmerte Möbel, zerrissene Bettwäsche und Glas von einem zerschmetterten Fernseher lagen überall verstreut; aber kein Blut. Sie hatten das Zimmer schon nach einer Leiche durchsucht, aber keine gefunden; das offene Fenster deutete darauf hin, daß die Bewohnerin geflohen war, bevor die Regressiven die Tür eingeschlagen hatten.

»Booker ist also da draußen«, sagte Loman. »Und wir müssen davon ausgehen, daß er die Regressiven gesehen oder beim Töten gehört hat. Er weiß, daß hier etwas nicht stimmt. Er versteht es nicht, aber er weiß genug… zuviel.«

»Wir müssen davon ausgehen, daß er sich den Arsch aufreißt, um das verdammte FBI anzurufen«, sagte Trott.

Loman stimmte zu. »Und jetzt haben wir auch noch diese Schlampe Lockland, die wahrscheinlich denken wird, daß ihre Schwester gar keinen Selbstmord begangen hat, daß sie von denselben Wesen getötet wurde, die das Paar aus Portland umgebracht haben…«

»Dann wäre es logisch«, sagte Amberlay, »daß sie direkt zu uns kommt, zur Polizei. Sie wird uns einfach in die Arme laufen.«

»Vielleicht«, sagte Loman ohne Überzeugung. Er fing an, die Trümmer zu durchsuchen. »Helft mir, ihre Handtasche zu finden. Da sie ihre Tür einschlagen wollten, wird sie aus dem Zimmer geflohen sein, ohne ihre Handtasche mitzunehmen.«

Sie fanden sie eingeklemmt zwischen dem Bett und einem Nachttisch.

Loman kippte den Inhalt auf die Matratze. Er ergriff die Brieftasche, blätterte die Plastikhüllen mit den Kreditkarten und Fotos durch, bis er ihren Führerschein gefunden hatte. Laut Daten des Führerscheins war sie dreiunddreißig, wog zweiundfünfzig Kilo, blond und blauäugig. Loman hielt den Ausweis hoch, damit Trott und Amberlay das Foto sehen konnten.

»Sieht gut aus«, sagte Amberlay.

»Davon hätte ich gerne einen Bissen«, sagte Trott.

Die Wortwahl seines Beamten verschaffte Loman eine Gänsehaut. Er fragte sich, ob Trott den ›Bissen‹ als anderes

Wort für Sex gebraucht hatte, oder ob er ein sehr reales unterbewußtes Verlangen ausdrückte, die Frau zu zerfetzen, wie die Regressiven das Paar aus Schottland zerfetzt hatten.

»Wir wissen, wie sie aussieht«, sagte Loman. »Das hilft uns weiter.«

Trotts schroffe, scharfgeschnittene Gesichtszüge waren nicht geschaffen, zärtliche Gefühle wie Liebe oder Hingabe auszudrücken, aber sie waren vollkommen angemessen für die animalische Gier und den Drang zur Gewalt, der tief in ihm brodelte. »Möchten Sie, daß wir sie festnehmen?«

»Ja. Sie weiß im Grunde genommen nichts, aber andererseits weiß sie zuviel. Sie weiß, daß das Paar hier im Flur getötet wurde, und sie hat möglicherweise einen Regressiven gesehen.«

»Vielleicht haben die Regressiven sie durch das Fenster verfolgt und erwischt«, sagte Amberlay. »Vielleicht finden wir ihre Leiche irgendwo draußen auf dem Motelgelände.«

»Könnte sein«, sagte Loman. »Aber wenn nicht, müssen wir sie finden und festnehmen. Haben Sie Callan verständigt?«

»Ja«, sagte Amberlay.

»Wir müssen hier saubermachen«, sagte Loman. »Wir müssen bis Mittwoch alles geheimhalten. Wenn alle die Verwandlung hinter sich haben, wenn Moonlight Cove sicher ist, können wir uns darauf konzentrieren, die Regressiven aufzuspüren und zu eleminieren.«

Trott und Amberlay sahen Loman in die Augen, dann einander an. In den Blicken, die sie miteinander wechselten, sah Loman die dunkle Erkenntnis, daß sie alle potentielle Regressive waren, daß auch sie den Ruf nach dem unbelasteten primitiven Stadium verspürten. Das war ein Wissen, das keiner auszusprechen wagte, denn das hätte das Eingeständnis bedeutet, daß Moonhawk ein Projekt voller Fehler war, das sie alle zum Untergang verurteilte.

41

Mike Peyser hörte das Freizeichen und mühte sich mit den Knöpfen ab, die für seine langen, zinkenähnlichen Finger zu klein und zu dicht nebeneinander lagen. Plötzlich wurde ihm klar, daß er Shaddack nicht anrufen konnte, daß er nicht *wagen* würde, Shaddack anzurufen, obwohl sie einander schon seit über zwanzig Jahren kannten, seit sie an der Stanfort Universität studiert hatten, er konnte Shaddack nicht anrufen, obwohl Shaddack ihn zu dem gemacht hatte, was er war, weil Shaddack ihn jetzt als Außenseiter betrachten würde, als Regressiven und Shaddack würde ihn in einem Labor einsperren und ihn mit der Zärtlichkeit behandeln, die der Vivisektionist einer weißen Ratte vorbehielt, oder aber er würde ihn vernichten, weil er eine Gefahr für die stattfindende Verwandlung von Moonlight Cove war. Peyser kreischte vor Frustration. Er riß das Telefon aus der Wand und warf es durchs Zimmer, wo es den Ankleidespiegel traf und zerschmetterte.

Seine plötzliche Erkenntnis, daß Shaddack mehr ein mächtiger Gegner als ein Freund und Mentor war, war der letzte völlig klare und rationelle Gedanke, den Peyser eine ganze Weile hatte. Seine Angst war eine Falltür, die sich unter ihm auftat und ins Dunkel des vorzeitlichen Verstandes fallenließ, den er des Vergnügens einer nächtlichen Jagd wegen freigesetzt hatte. Er ging hin und her durchs Haus, manchmal hektisch, manchmal verstohlen schleichend, aber ohne zu wissen, warum er abwechselnd aufgeregt, deprimiert oder von verzehrenden Bedürfnissen erfüllt war und mehr von seinen Gefühlen als von seinem Verstand geleitet war.

Er erleichterte sich in einer Ecke das Wohnzimmers, schnupperte an seinem eigenen Urin und ging dann in die Küche, um noch mehr Eßbares zu suchen. Hin und wieder klärte sich sein Denken, und er versuchte, seinen Körper in seine zivilisiertere Gestalt zurückzurufen, aber wenn seine Zellen dem Willen nicht gehorchten, versank er wieder im Dunkel tierischer Gedanken. Er war einige Male klar genug, die Ironie zu erkennen, daß er von einem Prozeß, der ihn zum Übermenschen hätte machen sollen, zum Wilden gemacht worden war; aber diese Richtung seiner Gedanken war so finster, daß er sie nicht ertragen konnte, wodurch das neuerliche Absinken in den wilden Bewußtseinszustand fast willkommen war.

Sowohl im Griff des primitiven Bewußtseins, wie auch dann, wenn sich die Wolken von seinem Verstand zurückzogen, dachte er wiederholt an den Jungen, Eddie Valdoski, den Jungen, den zarten Jungen, und er erregte sich an der Erinnerung an Blut, süßes Blut, frisches Blut, das in der kalten Nachtluft dampfte.

42

Obwohl sie körperlich und geistig erschöpft war, konnte Chrissie nicht schlafen. Sie hing zwischen den Jutesäcken auf Mr. Eulanes Lieferwagen am dünnen Seil des Wachseins und wollte nichts mehr, als loslassen und in Bewußtlosigkeit fallen.

Sie fühlte sich unvollständig, als wäre etwas unterlassen worden – und plötzlich weinte sie. Vergrub das Gesicht in der wohlriechenden und leicht kratzenden Jute und weinte, wie sie es seit Jahren nicht mehr getan hatte, so herzzerreißend wie ein Baby. Sie weinte um ihre Mutter und ihren Vater, die sie vielleicht für immer verloren hatte, und die nicht sauber vom Tod geholt worden waren, sondern von etwas Verderbtem, Schmutzigem, Unmenschlichem, Satanischem. Sie weinte um die Jugend, die sie hätte haben können – Pferde und Wiesen am Meer und Bücher, die sie am Strand lesen konnte – und die wahrscheinlich für immer dahin war. Sie weinte auch über einen Verlust, den sie verspürte, aber nicht bezeichnen konnte, doch sie vermutete, es wäre Unschuld oder vielleicht der Glaube, daß das Gute über das Böse triumphierte.

Keine der Heldinnen aus Büchern, die sie kannte, hätte so unbeherrscht geschluchzt, und Chrissie schämte sich ihrer

Tränenflut. Aber weinen war ebenso menschlich wie irren, und vielleicht mußte sie sich zum Teil wenigstens beweisen, daß sie in keine Saat des Bösen gepflanzt worden war, wie sie in ihren Eltern gekeimt und Wurzeln entwickelt hatte. Wenn sie weinte, war sie noch Chrissie. Daß sie weinen konnte, war der Beweis – niemand hatte ihre Seele gestohlen.

Sie schlief.

43

Sam hatte an einer Union 76-Tankstelle einen Block nördlich der Ocean noch eine Telefonzelle gesehen. Die Tankstelle war aufgegeben worden. Die Fenster waren staubig, in einem hing ein hastig gemaltes Schild ZU VERKAUFEN, als wäre es dem Besitzer im Grunde genommen einerlei, ob die Anlage verkauft würde oder nicht, als hätte er das Schild nur geschrieben, weil es von ihm erwartet wurde. Trockene, abgefallene Blätter und verdorrte Piniennadeln von den umstehenden Bäumen waren an die Zapfsäulen geweht worden und lagen dort wie Schneeverwehungen.

Die Telefonzelle stand an der Südwand des Gebäudes und war von der Straße her einsichtig. Sam trat ein, zog aber die Tür nicht zu, weil er fürchtete, einen Stromkreis zu schließen, der das Licht einschalten und ihn damit für vorbeikommende Polizisten sichtbar machen würde.

Die Leitung war tot. Er warf einen Münze ein und hoffte, das würde das Freizeichen aktivieren. Die Leitung blieb tot.

Er spielte an der Gabel, in der der Hörer hing. Seine Münze kam wieder heraus.

Er versuchte es noch einmal, vergeblich.

Er glaubte, daß Telefonzellen auf dem Gelände von Tankstellen oder privaten Geschäften manchmal gemeinschaftlich geführt wurden, wobei sich die Telefongesellschaft und der Unternehmer, der die Zelle auf seinem Grundstück zuließ, den Gewinn teilten. Vielleicht hatten sie das Telefon abgestellt, als die Union 76 zugemacht hatte.

Aber er vermutete, daß die Polizei ihren Computerkontakt zur Telefongesellschaft dazu benützt hatte, alle Münzfernsprecher in Moolight Cove lahmzulegen. In dem Augenblick, als sie erfahren hatten, daß ein Agent des FBI unerkannt in der Stadt weilte, hatten sie extreme Maßnahmen ergreifen müssen, um zu verhindern, daß er mit der Außenwelt Verbindung aufnähme.

Vielleicht überschätzte er ihre Fähigkeiten aber auch. Er mußte noch ein Telefon ausprobieren, ehe er die Hoffnung aufgab, Kontakt mit dem Bureau zu bekommen. Beim Spazierengehen nach dem Essen war er an einer Münzwäscherei vorbeigekommen, die einen halben Block nördlich der Ocean Avenue und zwei Blocks westlich der Union 76 lag. Er war ziemlich sicher, daß er ein Telefon darin gesehen hatte, als er durch die Scheibe gespäht hatte – an der rückwärtigen Wand, im Anschluß an eine Reihe von Edelstahltrocknern im Industrieformat.

Er verließ die Union 76. Er hielt sich, soweit es ging, fern von den Straßenlaternen – die die Seitenstraßen nur am ersten Block nördlich und südlich der Ocean Avenue erhellten – und ging durch dunkle Gassen, wenn er konnte. Er schlich durch die dunkle Stadt zu der Stelle, wo sich die Wäscherei seiner Erinnerung zufolge befand. Er wünschte sich, der Wind würde aufhören und einen Rest des zunehmend dünner werdenden Nebels zurücklassen.

An einer Kreuzung einen Block nördlich der Ocean und einen halben Block von der Wäscherei entfernt, lief er beinahe direkte vor einen Polizisten, der nach Süden Richtung Stadtmitte fuhr. Der Streifenwagen war einen halben Block von der Kreuzung entfernt, fuhr langsam und beobachtete beide Straßenseiten. Zum Glück sah er gerade in die andere Richtung, als Sam in den unvermeidbaren Lichtschein der Lampe an der Straßenecke trat.

Sam hastete rückwärts und drückte sich in den dunklen Schatten im tiefen Eingang eines dreigeschossigen Hauses, in dem einige der Selbständigen der Stadt untergebracht waren: Ein Schild links von der Tür listete einen Zahnarzt, zwei Anwälte, einen praktischen Arzt und einen Chiropraktiker auf. Wenn der Streifenwagen an der Kreuzung links einböge und an ihm vorbeiführe, würde er wahrscheinlich entdeckt werden. Aber wenn er geradeaus weiter zur Ocean führe oder rechts abböge und sich nach Westen wandte, würde er unbemerkt bleiben.

Er drückte sich gegen die verschlossene Tür, so weit er konnte, in den Schatten, und wartete, bis das nervtötend langsame Auto die Kreuzung erreichte; und das hatte Sam einen Moment Zeit zum Nachdenken und stellte fest, daß Moonlight Cove selbst für halb zwei Uhr morgens ungewöhnlich still und die Straßen seltsam verlassen waren. In Kleinstädten gab es sicher ebenso wie in Großstädten Nachtschwärmer, es hätten ein oder zwei Fußgänger unterwegs sein sollen, hin und wieder ein Auto, *irgendein* Anzeichen von Leben, abgesehen von einem Streifenwagen.

An der Kreuzung bog der schwarzweiße Wagen rechts ab und fuhr nach Westen, weg von ihm.

Obwohl die Gefahr vorbei war, blieb Sam in dem dunklen Eingang stehen und verfolgte im Geiste seinen Weg vom Cove Lodge zum Rathaus, von dort zur Union 76 und schließlich bis zu seiner momentanen Position. Er konnte sich nicht erinnern, daß er an einem Haus vorbeigekommen wäre, in dem Musik spielte, ein Fernseher lief oder Gelächter von Menschen auf eine Party hindeutete. Er hatte keine jungen Leute gesehen, die sich in parkenden Autos einen letzten Kuß gaben. Die wenigen Restaurants und Gasthäuser waren offenbar geschlossen, das Kino hatte dichtgemacht, und, abgesehen von ihm und der Polizei, hätte Moonlight Cove eine Geisterstadt sein können. Die Wohnzimmer, Schlafzimmer oder Küchen hätten nur von verwesenden Leichen bevölkert sein können – oder von Robotern, die tagsüber für Menschen galten und nachts aus Gründen der Energieersparnis abgeschaltet wurden, wenn es nicht notwendig war, die Illusion von Leben aufrechtzuerhalten.

Das Wort ›Verwandlung‹ beunruhigte ihn zunehmend mehr, ebenso wie seine geheimnisvolle Bedeutung im Zusammenhang mit dem Projekt Moonhawk, als er aus dem

Eingang trat, um die Ecke bog und die hell erleuchtete Straße entlang zur Wäscherei lief. Er sah das Telefon, als er die Glastür aufstieß.

Er eilte halb durch den langen Raum – rechts Trockner, eine Doppelreihe Waschmaschinen Rücken an Rücken in der Mitte, ein paar Stühle am Ende der Reihe, weitere Stühle an der linken Wand, zusammen mit Süßigkeitenautomaten und Waschmittelspendern und einem Tisch, um Wäsche zusammenzulegen –, bis er bemerkte, daß die Wäscherei gar nicht verlassen war. Eine kleine Blondine in verblichenen Jeans und einem blauen Pullover saß auf einem der gelben Plastikstühle. Keine Waschmaschine und kein Trockner lief, und die Frau schien keinen Wäschekorb bei sich zu haben.

Sie *verblüffte* ihn so sehr – eine lebende Person, ein lebender *Mensch* in dieser grabesstillen Nacht –, daß er stehenblieb und blinzelte.

Sie kauerte auf dem Rand des Stuhls und war augenscheinlich nervös. Ihre Augen waren aufgerissen. Sie hatte die Hände im Schoß verkrampft. Sie schien den Atem anzuhalten.

Als ihm klar wurde, daß er ihr Angst machte, sagte Sam: »Tut mir leid.«

Sie sah ihn an, als wäre sie ein Kaninchen, das sich dem Fuchs gegenübersieht.

Als ihm bewußt wurde, daß er wild dreinblicken mußte, vielleicht sogar panisch wirkte, fügte er hinzu: »Ich bin nicht gefährlich.«

»Das sagen sie alle.«

»Tatsächlich?«

»Aber ich *bin* es.«

Er sagte verwirrt: »Was sind Sie?«

»Gefährlich.«

»Wirklich?«

Sie stand auf. »Ich habe den schwarzen Gürtel.«

Zum ersten Mal seit Tagen huschte ein aufrichtiges Lächeln über Sams Gesicht. »Können Sie mit bloßen Händen töten?«

Sie sah ihn einen Augenblick blaß und zitternd an. Als sie schließlich sprach, war ihr gekränkter Zorn exzessiv. »He, machen Sie sich nicht über mich lustig, Arschloch, sonst schlage ich Sie zusammen, daß Sie sich beim Laufen wie ein Sack Bruchglas anhören.«

Von ihrer Heftigkeit überrascht, nahm Sam allmählich die Einzelheiten in sich auf, die ihm beim Eintreten aufgefallen waren. Keine Waschmaschinen oder Trockner in Betrieb. Kein Waschkorb. Kein Waschmittelkarton und keine Weichspülerflasche.

»Was stimmt nicht?« fragte er plötzlich argwöhnisch.

»Nichts, wenn Sie mir vom Leibe bleiben.«

Er fragte sich, ob sie wußte, daß die hiesige Polizei scharf darauf war, ihn zu erwischen. Aber das schien verrückt. Woher sollte sie es wissen? »Was haben Sie hier zu suchen, wenn Sie nichts zu waschen haben?«

»Was geht Sie das an? Gehörte Ihnen diese Klitsche?« wollte sie wissen.

»Nein. Und erzählen Sie mir nicht, daß sie Ihnen gehört.«

Sie sah ihn böse an.

Er betrachtete sie und merkte erst allmählich, wie attraktiv sie war. Ihre Augen waren so leuchtend blau wie ein Junihimmel, ihre Haut so rein wie Frühlingsluft, und sie schien an dieser dunklen Oktoberküste völlig fehl am Platze zu sein, geschweige denn in einer schäbigen Wäscherei um ein Uhr dreißig am Morgen. Als ihm ihre Schönheit endlich völlig zu Bewußtsein gekommen war, fielen ihm auch andere Dinge auf, auch das Ausmaß ihrer Angst, das sich in ihren Augen, den Linien um sie herum und an ihrem Mund zeigte. Es war eine Angst, die größer war als jede mögliche Bedrohung, die von ihm ausgehen konnte. Wäre er ein zwei Meter großer, hundertfünfzig Kilo schwerer, tätowierter Rocker mit einem Revolver in einer und einem zehn Zoll langen Dolch in der anderen Hand und wäre er Psalmen an Satan singend in die Wäscherei gestürzt, dann wären ihr blutleeres Gesicht und das Entsetzen in ihren Augen verständlich gewesen. Aber er war nur Sam Booker, dessen größter Vorteil als Agent sein durch und durch normales Äußeres war, sowie seine Aura der Harmlosigkeit.

Da ihn ihre Angst nervös machte, sagte er: »Das Telefon.«

»Was?«

Er deutete auf den Münzfernsprecher.

»Ja«, sagte sie, als wollte sie bestätigen, daß es sich tatsächlich um ein Telefon handelte.

»Ich wollte nur telefonieren.«

»Oh.«

Er behielt sie im Auge, während er zum Telefon ging, seine Münze einwarf, aber kein Freizeichen bekam. Er holte die Münze wieder heraus und versuchte es noch einmal. Nichts.

»Verdammt!« sagte er.

Die Blondine war zur Tür geschlichen. Sie blieb stehen, als erwartete sie, daß er sich auf sie stürzen und sie niederzerren würde, wenn sie versuchte, die Wäscherei zu verlassen.

Moonlight Cove erzeugte in Sam eine übermächtige Paranoia. Er betrachtete seit ein paar Stunden jeden Menschen in der Stadt als potentiellen Gegner. Und plötzlich wurde ihm klar, daß das seltsame Verhalten dieser Frau auf dieselbe Geisteshaltung wie seine zurückzuführen war. »Ja, natürlich, Sie sind nicht von *hier*, nicht aus Moonlight Cove?«

»Und?«

»Ich auch nicht.«

»Und?«

»Und Sie haben etwas gesehen.«

Sie starrte ihn an.

Er sagte: »Etwas ist geschehen, Sie haben etwas gesehen, und Sie haben Angst, und ich wette, dazu haben Sie verdammt guten Grund.«

Sie sah aus, als wollte sie zur Tür stürzen.

»Warten Sie«, sagte er hastig. »Ich bin vom FBI.« Seine Stimme krächzte ein wenig. »Wirklich.«

44

Weil er ein Nachtmensch war und es immer vorgezogen hatte, tagsüber zu schlafen, befand sich Thomas Shaddack in seinem teakholzgetäfelten Arbeitszimmer, trug einen grauen Jogginganzug und arbeitete am Computer an einem Aspekt des Projekts Moonhawk, als Evan, sein Nachtdiener, durchläutete und ihm sagte, daß Loman Watkins vor der Tür stünde.

»Bringen Sie ihn zum Turm«, sagte Shaddack. »Ich werde gleich zu ihm kommen.«

Heutzutage trug er selten etwas anderes als Jogginganzüge. Er hatte mehr als zwanzig im Schrank – zehn schwarze, zehn graue und ein paar marineblaue. Sie waren angenehmer als andere Kleidung, und indem er seine Wahlmöglichkeiten beschränkte, sparte er Zeit, die er ansonsten damit vergeudet hätte, die Garderobe des Tages zusammenzustellen, eine Aufgabe, für die er kein Geschick hatte. Mode interessierte ihn nicht. Außerdem war er schlaksig – große Füße, dünne Beine, knotige Knie, lange Arme, knochige Schultern – und so dünn, daß er nicht einmal in maßgeschneiderten Anzügen gut aussah. Kleidungsstücke hingen entweder seltsam an ihm herunter oder betonten seine Magerkeit in einem solchen Ausmaß, daß er wie der personifizierte Tod aussah, ein unglücklicher Vergleich, der sich zusätzlich durch seine weiße Haut, das fast schwarze Haar, scharfgeschnittene Züge und gelbliche Augen aufdrängte.

Er trug die Jogginganzüge sogar zu den Aufsichtsratssitzungen von New Wave. Wenn man auf seinem Gebiet ein Genie war, dann erwarteten die Leute, daß man exzentrisch war. Und wenn man über ein Privatvermögen verfügte, das in die hunderte Millionen ging, dann akzeptierten sie das Exzentrische kommentarlos.

Sein ultramodernes Betonhaus am Rand der Klippe an der Nordspitze der Bucht war ebenfalls Ausdruck seiner kalkulierten Nonkonformität. Die drei Stockwerke waren wie die Schichten einer Torte, aber jede Schicht hatte eine andere Größe als die anderen – die größte oben, die kleinste in der

Mitte –, und sie waren nicht konzentrisch, sondern versetzt, und verliehen dem Haus bei Tage das Aussehen einer gigantischen, avantgardistischen Skulptur. Wenn nachts die Myriaden Fenster erleuchtet waren, sah es nicht mehr wie eine Skulptur, sondern wie das raumfahrende Mutterschiff einer erobernden außerirdischen Streitmacht aus.

Der Turm war etwas Exzentrisches auf dem Exzentrischen, er erhob sich abseits der Mitte vom dritten Stock weitere zwölf Meter in die Höhe. Er war nicht rund, sondern oval, nicht wie ein Turm, in dem eine Prinzessin auf ihren umherziehenden Prinzen harrte oder in dem ein Ritter seine Feinde gefangenhielt und folterte, er erinnerte vielmehr an den Turm eines U-Boots. Man konnte den großen, verglasten Raum ganz oben entweder mit dem Fahrstuhl erreichen, oder mittels einer Treppe, die spiralförmig an der Innenseite der Turmwand verlief und den Metallkern umkreiste, in dem sich der Fahrstuhlschacht befand.

Shaddack ließ Watkins aus schierem Vergnügen zehn Minuten warten und beschloß dann, mit dem Fahrstuhl hinaufzufahren. Das Innere des Lifts war mit poliertem Messing verkleidet, daher schien es, obwohl die Geschwindigkeit langsam war, als würde er im Inneren einer Gewehrkugel fahren.

Er hatte den Turm fast als Nachgedanken zum Entwurf des Architekten angefügt, aber er war sein Lieblingsort in dem riesigen Haus geworden. Diese hohe Stätte bot ungehinderten Ausblick auf das stille (oder sturmgepeitschte), sonnenglitzernde (oder nachtumhüllte) Meer im Westen. Nach Osten und Süden hin sah er hinaus und *hinab* auf die ganze Stadt Moonlight Cove; sein Gefühl der Überlegenheit wurde durch diesen erhöhten Ausblick auf die einzigen anderen sichtbaren Menschenwerke deutlich gesteigert. Aus diesem Zimmer hatte er erst vor vier Monaten den Mondfalken zum dritten Mal in seinem Leben gesehen, ein Anblick, der den wenigsten Menschen auch nur ein einziges Mal zuteil wurde – was er als Zeichen dafür wertete, daß er der einflußreichste Mensch werden sollte, der jemals auf Erden gewandelt war.

Der Fahrstuhl blieb stehen. Die Türen gingen auf.

Als Shaddack den spärlich erleuchteten Raum betrat, der den Fahrstuhlschacht umgab, erhob sich Loman Watkins rasch aus seinem Sessel und sagte respektvoll: »Guten Abend, Sir.«

»Bitte setzen Sie sich, Chief«, sagte er gnädig, sogar herablassend, aber mit einem subtilen Unterton in der Stimme, der ihr gegenseitiges Verständnis bekräftigte, daß es Shaddack war, und nicht Watkins, der entschied, wie formell oder entspannt die Zusammenkunft sein würde.

Shaddack war der einzige Sohn von James Randolph Shaddack, einem inzwischen verstorbenen Richter aus Phoenix. Die Familie war nicht wohlhabend gewesen, aber solide, gehobene Mittelschicht, und diese Position auf der wirtschaftlichen Leiter, verbunden mit dem Prestige des Richteramtes, verlieh James beträchtliches Gewicht in seiner Gemeinde. Und Macht. Während seiner ganzen Kindheit und Jugend war Tom fasziniert gewesen, wie sein Vater, der neben seinem Richteramt auch politisch aktiv gewesen war, diese Macht nicht nur dazu benutzt hatte, materielle Vorzüge zu erhalten, sondern auch, andere zu kontrollieren. Diese Kontrolle – die Ausübung von Macht ausschließlich um der Macht willen – hatte James am meisten angesprochen, und das hatte auch seinen Sohn von frühester Jugend an fasziniert.

Heute hatte Thomas Shaddack Macht über Loman Watkins und Moonlight Cove, weil er reich war, weil er der größte Arbeitgeber in der Stadt war, weil er die Räder des politischen Systems in Händen hatte, und wegen des Projekts Moonhawk, das er nach der ihm dreimal zuteil gewordenen Vision genannt hatte. Aber seine Fähigkeit, sie zu manipulieren, überstieg alles, was dem alten James als Richter und Freizeitpolitiker vergönnt gewesen war. Er besaß Macht über Leben und Tod – buchstäblich. Wenn er in einer Stunde entschied, daß sie alle sterben mußten, dann würden sie alle zusammen noch vor Mitternacht tot sein. Darüber hinaus konnte er sie zum Tode verurteilen und mußte ebensowenig damit rechnen, dafür bestraft zu werden, wie ein Gott, wenn er Feuer auf seine Untertanen herabregnen ließ.

Die einzigen Lichtquellen in dem Raum waren hinter einer Verkleidung über den breiten Fenstern verborgen, die von der Decke bis zehn Zentimeter über den Boden reichten. Die indirekte Beleuchtung verlief um den ganzen Raum herum und erhellte den Plüschteppich auf sanfte Weise, warf aber keinen Schein auf die gewaltigen Scheiben. Wäre die Nacht klar gewesen, hätte Shaddack dennoch den Schalter neben dem Fahrstuhl gedrückt und das Zimmer in fast völlige Dunkelheit gehüllt, damit seine geisterhafte Spiegelung, und die der modernen Möbel, nicht störend auf das Glas zwischen ihm und der Welt fielen, über der er residierte. Aber er ließ die Lichter an, weil immer noch ein Rest milchiger Nebel an den Glasscheiben vorbeiwirbelte und man wenig sehen konnte, da die Mondsichel schon den Horizont erreicht hatte.

Shaddack schritt barfuß über den anthrazitfarbenen Teppichboden. Er ließ sich in einen zweiten Sessel nieder und sah Loman Watkins über einen kleinen Cocktailtisch aus weißem Marmor hinweg an.

Der Polizist war vierundvierzig, weniger als drei Jahre älter als Shaddack, aber er war Shaddacks genaues Gegenteil: einsfünfundsiebzig, neunzig Kilo, kräftige Knochen, breite Schultern und Brust, stiernackiger Hals. Auch sein Gesicht war breit und so offen und arglos wie das von Shaddack verschlossen und verschlagen war. Seine blauen Augen sahen in die gelblich-braunen von Shaddack, aber nur einen Moment, dann sah er seine kräftigen Hände an, die er im Schoß so fest gefaltet hatte, daß die spitzen Knöchel drohten, die straffe Haut aufzureißen. Die dunkelbraune Kopfhaut war unter dem Bürstenschnitt des braunen Haares zu sehen.

Watkins' offensichtliche Unterwürfigkeit gefiel Shaddack, aber die sichtliche Angst des Polizeichefs machte ihn noch mehr an; man konnte sie deutlich am Zittern erkennen, das der Mann – mit geringem Erfolg – zu unterdrücken versuchte, und an dem gequälten Gesichtsausdruck, der die Farben seiner Augen dunkler machte. Aufgrund des Projekts Moonhawk, aufgrund dessen, was mit ihm geschehen war, war Loman Watkins den meisten anderen Menschen überlegen, aber er war gleichzeitig jetzt und für alle Zeiten so sicher wie eine Laborratte, die festgeschnallt und an Elektroden angeschlossen war, in Shaddacks Gewalt, war der Gnade des Wissenschaftlers ausgeliefert, der Experimente mit ihm durchführte. Shaddack war in gewisser Weise Watkins' Schöpfer, und er besaß in Watkins' Augen die Position und Macht eines Gottes.

Als er sich im Sessel zurücklehnte und die blassen Hände mit den langen Fingern über der Brust faltete, spürte Shaddack, wie seine Männlichkeit anschwoll und steif wurde. Aber nicht Loman Watkins erregte ihn, denn er verspürte überhaupt keinerlei homosexuelle Neigungen; nicht Watkins' Äußeres erregte ihn, sonder das Wissen um die grenzenlose Autorität, die er über den Mann hatte. Macht erregte Shaddack leichter und vollkommener als sexuelle Stimuli. Schon wenn er als Heranwachsender Bilder von nackten Frauen in erotischen Magazinen betrachtet hatte, hatten ihn nicht bloße Brüste, Hintern oder lange Beine angemacht, sondern die Vorstellung, diese Frauen zu *beherrschen*, sie völlig zu kontrollieren, ihr Leben in seinen Händen zu halten. Wenn eine Frau ihm mit unverhohlener Angst ansah, fand er sie unendlich anziehender, als hätte sie ihn voll Verlangen angesehen. Und da er auf Schrecken mehr ansprach als auf Lust, hing seine Erregung nicht von Geschlecht oder Alter oder körperlicher Attraktivität der Person ab, die vor ihm zitterte.

Shaddack, der die Unterwürfigkeit des Polizisten genoß, fragte: »Haben Sie Booker?«

»Nein, Sir.«

»Warum nicht?«

»Er war nicht im Cove Lodge, als Sholnick dorthin kam.«

»Er muß gefunden werden.«

»Wir werden ihn finden.«

»Und verwandeln. Wir werden nicht nur verhindern, daß er jemandem erzählt, was er gesehen hat... sondern wir werden ihn zu einem von *uns* in den Reihen des FBI machen. Das wäre ein Ding. Seine Anwesenheit hier könnte sich zu einem unglaublichen Plus für das Projekt entwickeln.«

»Nun, ob Booker ein Plus ist oder nicht, es gibt schlimmeres als ihn. Regressive haben Gäste der Motels angegriffen. Quinn wurde entweder verschleppt und getötet und an einer Stelle liegengelassen, wo wir ihn nicht gefunden haben… oder er war selbst einer der Regressiven und ist jetzt flüchtig… und macht das, was sie auch immer nach dem Töten machen, vielleicht den gottverdammten Mond anheulen.«

Shaddack hörte sich den Bericht mit zunehmendem Mißfallen und Aufregung an.

Watkins, der auf der Stuhlkante kauerte, beendete den Bericht, blinzelte und sagte: »Diese Regressiven machen mir verdammte Angst.«

»Sie sind beunruhigend«, stimmte Shaddack zu.

In der Nacht des vierten September hatten sie einen Regressiven, Jordan Coombs, im Kino an der Hauptstraße in die Enge getrieben. Coombs war Hausmeister bei New Wave gewesen. Aber in jener Nacht war er mehr Affe als Mensch, obwohl eigentlich keins von beidem, sondern etwas so Seltsames und Wildes, daß man es nicht mit einem einzigen Wort beschreiben konnte. Der Ausdruck ›Regressive‹ war nur dann zutreffend, hatte Shaddack herausgefunden, wenn man nie einer dieser Bestien von Angesicht zu Angesicht gegenüberstand. Denn wenn man einmal eine aus der Nähe gesehen hatte, vermittelte ›regressiv‹ nur unzulänglich das Grauen des Dings, tatsächlich waren alle Worte zum Scheitern verurteilt. Auch ihr Versuch, Coombs lebend zu erwischen, war zum Scheitern verurteilt gewesen, denn er war zu aggressiv und kräftig gewesen, sich fangen zu lassen; um sich selbst zu retten, hatten sie ihm den Kopf wegpusten müssen.

Jetzt sagte Watkins: »Sie sind mehr als beunruhigend. Viel mehr als nur das. Sie sind– psychopathisch.«

»Ich weiß, daß sie psychopathisch sind«, sagte Shaddack ungeduldig. »Ich selbst habe ihrem Zustand einen Namen gegeben: metamorphosebedingte Psychose.«

»Sie haben *Spaß* am Töten.«

Thomas Shaddack runzelte die Stirn. Er hatte das Problem der Regressiven nicht vorhergesehen, aber er weigerte sich zu glauben, daß sie mehr als eine unbedeutende Anomalität in der ansonsten vorbildlichen Verwandlung der Bewohner von Moonlight Cove waren. »Ja, richtig, sie haben Spaß am Töten, und sie sind in ihrem regressiven Stadium buchstäblich zum Töten geschaffen, aber wir müssen nur ein paar identifizieren und eliminieren. Statistisch gesehen machen sie einen vernachlässigbaren Prozentsatz der Verwandelten aus.«

»So vernachlässigbar vielleicht auch nicht«, sagte Watkins zögernd; er konnte Shaddack nicht in die Augen sehen und war nur äußerst widerwillig der Überbringer schlechter Neuigkeiten. »Aufgrund der grausamen Verbrechen der letzten Zeit würde ich schätzen, daß wir unter den neunzehnhundert Verwandelten bislang fünfzig oder sechzig dieser Regressiven haben.«

»Lächerlich!«

Hätte er zugegeben, daß eine größere Zahl Regressive existieren könnte, hätte sich Shaddack auch eingestehen müssen, daß seine Forschungen mit Makeln behaftet waren, daß er mit zu wenig Rücksicht auf mögliche Katastrophen aus dem Labor gehastet und ins Versuchsstadium übergegangen war, und daß seine enthusiastische Anwendung der revolutionären Entdeckung des Projekts Moonhawk an den Menschen von Moonlight Cove ein tragischer Fehler gewesen war. So etwas konnte er niemals zugeben.

Er hatte sich sein ganzes Leben lang nach der *n*-ten Potenz von Macht gesehnt, die jetzt fast in seiner Reichweite war, und er war psychologisch außerstande, von dem von ihm vorherbestimmten Kurs abzuweichen. Er hatte sich seit der Pubertät gewisse Freuden versagt, denn hätte er seinen Bedürfnissen entsprechend gehandelt, wäre er vom Gesetz verfolgt und gezwungen worden, einen hohen Preis zu zahlen. Diese Jahre des Verweigerns hatten einen ungeheuren inneren Druck erzeugt, den er mit aller Verzweiflung erleichtern mußte. Er hatte seine antisozialen Begierden in seiner Arbeit sublimiert, seine Energien in gesellschaftlich akzeptable Unternehmungen gebündelt – was ironischerweise zu Entdeckungen geführt hatte, die ihn immun gegenüber den Behörden machten und es ihm damit freistellen würden, seinen lange unterdrückten Neigungen ohne Angst vor Zensur oder Strafe nachzugehen.

Zudem war er nicht nur psychologisch, sondern auch in praktischer Hinsicht zu weit gegangen, um jetzt noch umzukehren. Er hatte etwas Revolutionäres in die Welt gebracht. Aufgrund seiner Macht lebten neunzehnhundert Neue Menschen auf der Welt, die sich von den anderen Menschen ebenso unterschieden, wie sich die Cro-Magnons von ihren primitiven Vorfahren, den Neandertalern, unterschieden hatten. Er besaß ebensowenig die Fähigkeit, was er getan hatte, ungeschehen zu machen, wie andere Wissenschaftler und Techniker das Rad oder die Atombombe *un*erfunden machen konnten.

Watkins schüttelte den Kopf. »Tut mir leid… aber ich halte das überhaupt nicht für lächerlich. Fünfzig bis sechzig Regressive. Oder mehr. Möglicherweise viel mehr.«

»Sie brauchen Beweise, um mich davon zu überzeugen. Sie müssen mir die Namen nennen. Sind Sie in der Lage, *einen* zu identifizieren – abgesehen von Quinn?«

»Alex und Sharon Foster, glaube ich. Und vielleicht sogar Ihr eigener Mann, Tucker.«

»Unmöglich.«

Watkins beschrieb, was er beim Haus der Fosters gefunden hatte – und die Schreie, die er im fernen Wald gehört hatte.

Shaddack dachte widerstrebend über die Möglichkeit nach, daß Tucker einer dieser Degenerierten sein könnte. Die Wahrscheinlichkeit, daß seine Kontrolle über den innersten Kreis der Vertrauten nicht so absolut war, wie er dachte, beunruhigte ihn zutiefst. Wenn er der Männer, die ihm an nähesten standen, nicht sicher sein konnte, wie konnte er dann seiner Fähigkeit sicher sein, die Massen zu beherrschen? »Vielleicht sind die Fosters Regressive, aber ich bezweifle, daß Tucker einer ist. Doch selbst wenn er einer wäre, hieße das, daß Sie vier gefunden haben. Nicht fünfzig oder sechzig. Nur *vier*. Was glauben Sie, wer sind all die anderen, die Ihrer Meinung nach da draußen sind?«

Loman Watkins betrachtete den Nebel, der sich in ständig wechselnden Mustern gegen die Scheiben des Turms preßte. »Sir, ich fürchte, es ist nicht leicht. Ich meine… denken Sie darüber nach. Wenn der Staat oder die Bundesbehörden herausfinden, was Sie getan haben, wenn sie *begreifen* könnten, was Sie getan haben, und es wirklich glauben, und wenn sie uns dann daran hindern wollten, die anderen außerhalb von Moonlight Cove zu verwandeln, dann würde es ihnen verflucht schwerfallen, uns aufzuhalten, oder nicht? Schließlich können wir Verwandelten… wir halten uns unerkannt unter normalen Menschen auf. Wir scheinen wie sie zu sein, unverwandelt, kein Unterschied.«

»Und?«

»Nun… das ist genau das Problem, das *wir* mit den Regressiven haben. Sie sind Neue Menschen wie wir, aber das, was sie von uns unterscheidet, die Verderbtheit im Inneren, ist unmöglich zu sehen; sie sind ebenso ununterscheidbar von uns wie wir von den unverwandelten Alten Menschen.«

Shaddacks eisenharte Erektion war erschlafft. Watkins' Negativismus erfüllte ihn mit Ungeduld, er stand vom Sessel auf und ging zum nächsten der großen Fenster. Er steckte die Hände in die Taschen seines Sweatshirts und betrachtete die vage Spiegelung seines langen, wölfischen Gesichts, das in seiner Durchsichtigkeit geisterhaft wirkte, im Fenster. Er sah sich selbst in die Augen, dann hastig an dem Spiegelbild vorbei in die Dunkelheit hinaus, wo duftender Wind vom Meer den Webstuhl der Nacht bediente, um ein zerbrechliches Tuch aus Nebel zu wirken. Er kehrte Watkins den Rücken zu, weil er nicht wollte, daß der Mann sah, wie besorgt er war, und er mied den gläsernen Blick seiner eigenen Augen, weil er sich selbst nicht eingestehen wollte, daß seine Besorgtheit von Adern der Angst marmoriert war.

45

Er bestand darauf, die Stühle umzustellen, damit man sie von der Straße aus nicht so leicht sehen konnte. Tessa war argwöhnisch und wollte nicht neben ihm sitzen. Er sagte, daß er geheim arbeitete und daher keinen FBI-Ausweis bei sich hatte, aber er zeigte ihr alles andere in der Brieftasche: Führerschein, Kreditkarten, Bibliotheksausweis, Videoleihkarte, Fotos seines Sohnes und seiner verstorbenen Frau, einen Gutschein für ein kostenloses Schokoladenplätzchen in jedem Mrs. Fields-Geschäft, ein Bild von Goldie Hawn, das er aus einer Zeitschrift ausgeschnitten hatte. Würde ein mörderischer Wahnsinniger einen Keksgutschein mit sich herumschleppen? Nach einer Weile, nachdem er sie ihre Geschichte vom Massaker im Cove Lodge wiederholt hatte erzählen lassen und dabei unablässig nach Einzelheiten gefragt hatte, nachdem er sich vergewissert hatte, daß sie ihm alles erzählt hatte und er alles begriff, fing sie an, ihm zu vertrauen. Wenn er nur so getan hätte, als wäre er ein Agent, wäre seine Schauspielerei nicht so weit gegangen oder ausführlich gewesen.

»Sie haben aber nicht *gesehen*, wie jemand ermordet wurde?«

»Sie wurden ermordet«, beharrte sie. »Wenn Sie ihre Schreie gehört hätten, würden Sie daran keinen Zweifel haben. Ich stand schon in einem Mob in Nordirland und habe mit angesehen, wie sie Menschen zu Tode geprügelt haben. Ich habe einmal in einem Stahlwerk gedreht, als geschmolzenes Metall davonspritzte und auf Gesichter und Körper der Arbeiter geriet. Ich war bei den Meskitoindianern im Dschungel von Zentralamerika, als sie mit Bomben angegriffen wurden – Millionen winzige Stahltrümmer, die Körper von Tausenden winziger Nadeln durchbohrt –, und ich habe *ihre* Schreie gehört. Ich weiß, wie sich ein Todesschrei anhört. Und das waren die schlimmsten, die ich jemals gehört habe.«

Er sah sie lange an, dann sagte er: »Sie sehen… aus…«

»Niedlich?«

»Ja.«
»Und deshalb unschuldig? Deshalb naiv?«
»Ja.«
»Mein Fluch.«
»Nicht manchmal auch ein Vorteil?«
»Manchmal«, gab sie zu. »Hören Sie, Sie wissen etwas, also verraten Sie mir eines: Was geht in dieser Stadt vor sich?«
»Etwas geschieht mit den Menschen hier.«
»Was?«
»Das weiß ich nicht. Zunächst einmal interessieren sie sich nicht mehr für Filme. Das Kino mußte schließen und sie interessieren sich nicht mehr für Luxusgüter, Geschenkartikel, solche Sachen, denn auch diese Geschäfte mußten alle schließen. Sie finden nichts mehr an Champagner…« Er lächelte dünn. »Sämtliche Kneipen müssen dichtmachen. Sie scheinen sich nur noch für das Essen zu interessieren. Und das Töten.«

46

Tom Shaddack, der immer noch am Turmfenster stand, sagte: »Also gut, Loman, wir werden Folgendes tun. Alle Mitarbeiter von New Wave sind verwandelt worden, daher werde ich Ihnen hundert davon zuteilen, damit sie die Polizei verstärken. Sie können Sie als Hilfe bei Ihren Ermittlungen einsetzen, wie Sie es für richtig halten – ab sofort. Wenn Ihnen so viele zur Verfügung stehen, werden Sie sicherlich einen der Regressiven auf frischer Tat ertappen können… und die Wahrscheinlichkeit, daß Sie diesen Booker finden, nimmt auch zu.«
Die Neuen Menschen brauchten keinen Schlaf. Die zusätzlichen Deputies konnten auf der Stelle zum Einsatz kommen.
Shaddack sagte: »Sie können zu Fuß und mit Autos durch die Straßen ziehen – leise, ohne Aufmerksamkeit zu erregen. Mit dieser Unterstützung, werden Sie mindestens einen Regressiven erwischen, vielleicht alle. Wenn wir einen im zu-

rückgebildeten Stadium erwischen können, wenn wir eine Möglichkeit haben, einen zu *untersuchen*, könnte ich vielleicht einen Test entwickeln – physisch oder psychologisch –, mit dem wir die Degenerierten unter den Neuen Menschen aufspüren können.«

»Ich fühle mich nicht geeignet, damit fertigzuwerden.«

»Es ist eine Sache der Polizei.«

»Nein, eigentlich nicht.«

»Es ist nichts anderes, als würden Sie einen gewöhnlichen Killer jagen«, sagte Shaddack gereizt. »Sie wenden dieselben Vorgehensweisen an.«

»Aber…«

»Was denn?«

»Regressive könnten sich unter den Männern befinden, die Sie mir zuteilen.«

»Das ist nicht möglich.«

»Aber… wie können Sie so sicher sein?«

»Ich sagte Ihnen, das ist nicht möglich«, antwortete Shaddack schneidend und betrachtete weiterhin das Fenster, Nacht, Nebel.

Sie schwiegen beide einen Augenblick.

Dann sagte Shaddack: »Sie müssen alles daransetzen, diese verdammten Abweichler zu finden. Alles, haben Sie mich verstanden? Wenn wir ganz Moonlight Cove der Verwandlung unterzogen haben, möchte ich mindestens einen haben, den ich studieren kann.«

»Ich dachte…«

»Ja?«

»Nun, ich dachte…«

»Los doch, los doch. Was dachten Sie?«

»Nun… daß Sie vielleicht die Verwandlungen verschieben würden, bis wir herausgefunden haben, was hier vorgeht.«

»Verflucht, nein!« Shaddack wandte sich vom Fenster ab und sah den Polzeichef böse an, der zufriedenstellend zusammenzuckte. »Diese Regressiven sind ein unbedeutendes Problem, sehr unbedeutend. Was, zum Teufel, wissen Sie schon davon? Sie sind nicht derjenige, der eine neue Rasse, eine neue Welt, entwickelt hat. *Ich* bin es. Es war mein

Traum, meine Vision. Ich hatte Intelligenz und Mut genug, den Traum Wirklichkeit werden zu lassen. Und ich *weiß*, daß es sich um eine Anomalie handelt, die keinerlei Bedeutung hat. Deshalb wird die Verwandlung nach Plan weitergehen.«

Watkins sah auf seine Hände, deren Knöchel weiß hervorstanden.

Shaddack schritt beim Sprechen barfuß an der gekrümmten Glaswand entlang und wieder zurück. »Wir haben inzwischen genügend Dosen für die verbleibende Bevölkerung der Stadt. Wir haben tatsächlich heute abend eine neue Staffel Verwandlungen eingeleitet. Bis zur Dämmerung werden Hunderte zur Herde gestoßen sein, der Rest bis Mitternacht. Bevor nicht jeder in der Stadt zu uns gehört, besteht die Möglichkeit, daß wir entdeckt werden, das Risiko, daß jemand eine Warnung nach draußen gibt. Nachdem wir jetzt die Probleme mit der Herstellung der Biochips überwunden haben, müssen wir Moonlight Cove rasch übernehmen, damit wir mit der Sicherheit weitermachen können, die ein wohlbehaltener Heimatstützpunkt bietet. Verstanden?«

Watkins nickte.

»*Verstanden?*« wiederholte Shaddack.

»Ja. Ja, Sir.«

Shaddack kam wieder zu seinem Sessel und setzte sich. »Und was ist jetzt mit dieser anderen Sache, wegen der Sie mich angerufen haben, diese Valdoski-Angelegenheit?«

»Eddie Valdoski, acht Jahre als«, sagte Watkins und sah seine Hände an, die er jetzt buchstäblich wand, als wollte er etwas auspressen, so wie man Wasser aus einem Lappen auswringt. »Er wurde ein paar Minuten vor acht tot aufgefunden. Im Graben an der Landstraße. Er war… gefoltert… gebissen und zerfetzt worden.«

»Glauben Sie, daß es einer der Regressiven war?«

»Ganz sicher.«

»Wer fand die Leiche?«

»Eddies Eltern. Sein Vater. Der Junge hatte im Garten gespielt, und dann… verschwand er bei Sonnenuntergang. Sie fingen an zu suchen, fanden ihn nicht, bekamen Angst, riefen uns an, suchten weiter, während wir unterwegs waren... und fanden den Jungen, kurz bevor meine Leute eintrafen.«

»Die Valdoskis sind demnach nicht verwandelt?«

»Sie waren es nicht. Aber jetzt sind sie es.«

Shaddack seufzte. »Wenn sie zur Herde gehören, wird es wegen dem Jungen keine Schwierigkeiten geben.«

Der Polizeichef hob den Kopf und fand den Mut, Shaddack wieder direkt anzusehen. »Das macht den Jungen nicht wieder lebendig.« Seine Stimme war rauh.

Shaddack sagte: »Das ist natürlich eine Tragödie. Dieses regressive Element unter den Neuen Menschen war nicht vorherzusehen. Aber keine große Errungenschaft in der Geschichte der Menschheit war ohne Opfer.«

»Er war ein guter Junge«, sagte der Polizist.

»Haben Sie ihn gekannt?«

Watkins blinzelte. »Ich war mit George Valdoski, seinem Vater, an der High School. Ich war Eddies Taufpate.«

Shaddack wählte seine Worte sorgfältig, als er sagte: »Eine schreckliche Sache. Und wir werden den Regressiven finden, der es getan hat. Wir werden sie alle finden und eliminieren. Vorläufig müssen wir uns mit dem Wissen trösten, daß Eddie für eine große Sache gestorben ist.«

Watkins sah Shaddack mit unverhohlenem Staunen an. »Große Sache? Was wußte Eddie von einer großen Sache? Er war acht Jahre alt.«

»Dennoch«, sagte Shaddack mit härterer Stimme. »Eddie fiel einer unerwarteten Nebenwirkung der Verwandlung von Moonlight Cove zum Opfer, was ihn zu einem Teil dieses wunderbaren historischen Ereignisses macht.« Er wußte, Watkins war ein Patriot gewesen, der auf absurde Weise stolz auf die Flagge und sein Vaterland war, und er ging davon aus, daß der Mann immer noch einen Teil dieser Sentimentalität empfand, auch nach der Verwandlung, daher sagte er: »Hören Sie mir zu, Loman. Während des Unabhängigkeitskrieges, als die Kolonisten für ihre Freiheit kämpften, starben auch unschuldige Zuschauer, Frauen und Kinder, nicht nur die Kämpfer, und auch diese Menschen sind nicht vergeblich gestorben. Sie waren ebenso Märtyrer wie die Soldaten, die auf dem Schlachtfeld gefallen sind. Das ist bei jeder Revolution so. Wichtig ist, daß die Gerechtigkeit siegt und man sagen kann, daß die Opfer für eine edle Sache gefallen sind.«

Watkins wandte den Blick von ihm ab.

Shaddack erhob sich wieder aus dem Sessel und ging um den niedrigen Cocktailtisch herum zu dem Polizisten. Er sah auf Watkins' gesenkten Kopf hinab und legte eine Hand auf die Schulter des Mannes.

Watkins zuckte vor der Berührung zurück.

Shaddack bewegte die Hand nicht, und er sprach mit dem Nachdruck eines Predigers. Aber er war ein kalter Prediger, dessen Botschaft nicht die heiße Leidenschaft religiöser Überzeugung hatte, sondern die eiskalte Kraft der Logik, der Vernunft. »Sie sind jetzt einer der Neuen Menschen, und das bedeutet nicht nur, daß Sie kräftiger und schneller sind als gewöhnliche Menschen, und es bedeutet nicht nur, daß Sie praktisch immun gegen Krankheiten sind und Ihre Verletzungen besser heilen, als es sich jeder Mediziner je hätte träumen lassen. Es bedeutet *auch*, daß Sie scharfsinniger und vernünftiger sind als die Alten Menschen. Wenn Sie also sorgfältig und im Zusammenhang mit dem Wunder, das wir hier vollbringen, über Eddies Tod nachdenken, werden Sie einsehen, daß der Preis, den er bezahlte, nicht zu hoch war. Gehen Sie diese Situation nicht gefühlsmäßig an, Loman; das entspricht eindeutig nicht der Art der Neuen Menschen. Wir schaffen eine Welt, die leistungsfähiger sein wird, geordneter und wesentlich stabiler, weil Männer und Frauen die Fähigkeit besitzen werden, ihre Gefühle zu beherrschen, jedes Problem mit der analytischen Kälte eines Computers anzugehen. Betrachten Sie Eddie Valdoskis Tod als weiteres Datum im großen Datenstrom der Geburt der Neuen Menschen. Sie haben jetzt die Macht in sich, über menschliche Emotionen hinauszuwachsen, und *wenn* Sie die überwunden haben, werden Sie zum ersten Mal in ihrem Leben wahres Glück und wahren Frieden finden.«

Nach einer Weile hob Loman Watkins den Kopf. Er drehte

sich um und sah zu Shaddack auf. »Wird das wirklich zu Frieden führen?«

»Ja.«

»Wenn alle verwandelt sind, wird endlich eine Brüderschaft existieren?«

»Ja.«

»Frieden?«

»Ewig.«

47

Talbots Haus in der Conquistador war ein dreistöckiges Rotholzwerk mit jeder Menge Fenstern. Das Grundstück lag am Hang, steile Steinstufen führten vom Gehweg zu einer schmalen Veranda. Keine Straßenlaternen erhellten diesen Block, und auch auf Talbots Grundstück befanden sich keine Wegleuchten oder Gartenlampen, wofür Sam dankbar war.

Tessa Lockland stand dicht hinter ihm auf der Veranda, als er klingelte, wie sie den ganzen Weg von der Wäscherei dicht bei ihm geblieben war.

Er konnte die Klingel drinnen über das lärmende Rascheln des Windes in den Bäumen hören.

Tessa, die zur Conquistador zurücksah, sagte: »Manchmal wirkt es wie eine Leichenhalle, nicht wie eine Stadt, von Toten bewohnt, aber dann…«

»Dann?«

»…kann man trotz der Stille und des Schweigens die Energie des Ortes spüren, gewaltige gespeicherte Energie, als wäre eine riesige, verborgene Maschine direkt unter den Straßen, direkt unter dem Boden… und als wären auch die Häuser voller Maschinen, alle eingeschaltet und aktiv, mit Kolben und Zahnrädern, die nur darauf warteten, daß jemand die Kupplung losläßt und sie alle in Bewegung setzt.«

Das war *ganz genau* Moonlight Cove, aber Sam war nicht imstande gewesen, die Stimmung des Ortes in Worte zu kleiden.

Er läutete noch einmal und sagte:

»Ich dachte, um Filme zu machen, müsse man so gut wie analphabetisch sein.«

»Das sind die meisten Regisseure in Hollywood auch, aber ich bin eine ausgestoßene Dokumentarfilmerin, daher darf ich noch denken – solange es nicht zuviel wird.«

»Wer ist da?« sagte eine blecherne Stimme, die Sam erschreckte. Sie kam aus einem Lautsprecher, den er nicht gesehen hatte. »Wer ist da, bitte?«

Sam beugte sich dicht an die Sprechanlage. »Mr. Talbot? Harold Talbot?«

»Ja. Wer sind Sie?«

»Sam Booker«, sagte er leise, so daß man seine Stimme außerhalb von Talbots Veranda nicht hören konnte. »Tut mir leid, daß ich Sie wecke, aber ich komme als Antwort auf Ihren Brief vom achten Oktober.«

Talbot schwieg. Dann klickte die Sprechanlage, und er sagte: »Ich bin im dritten Stock. Ich brauche Zeit, um nach unten zu kommen. In der Zwischenzeit schicke ich Moose. Bitte geben Sie ihm Ihren Ausweis, damit er ihn mir bringen kann.«

»Ich habe keinen FBI-Ausweis«, sagte Sam. »Ich bin inkognito hier.«

»Führerschein?« fragte Talbot.

»Ja.«

»Das genügt.« Er schaltete ab.

»Moose?« sagte Tessa.

»Keine Ahnung«, sagte Sam.

Sie warteten beinahe eine Minute und fühlten sich auf der einsichtigen Veranda verwundbar, und sie erschraken beide, als ein Hund durch eine Klappe herauskam, die sie vorher nicht bemerkt hatten, und zwischen ihren Beinen dahinlief. Sam erkannte einen Augenblick nicht, was es war, und taumelte überrascht rückwärts und verlor beinahe das Gleichgewicht.

Tessa bückte sich, um den Hund zu streicheln, und flüsterte: »Moose?«

Mit dem Hund war ein wenig Licht auf die Veranda herausgekommen, aber jetzt, wo die Klappe wieder geschlossen war, war es fort. Der Hund war schwarz und in der Nacht kaum zu sehen.

Sam kauerte neben ihm, ließ sich die Hand von ihm lecken und sagte: »Und dir soll ich meinen Ausweis geben?«

Der Hund wuffte leise, als wollte er zustimmen.

»Du wirst ihn fressen«, sagte Sam.

Tessa sagte: »Das wird er nicht.«

»Woher wissen Sie das?«

»Er ist ein guter Hund.«

»Ich traue ihm nicht.«

»Schätze, das ist Ihr Job.«

»Hm?«

»Niemandem zu trauen.«

»Und meine Natur.«

»Vertrauen Sie ihm«, beharrte sie.

Er gab ihm seine Brieftasche. Der Hund nahm sie Sam aus der Hand, hielt sie zwischen den Zähnen und ging durch die Klappe wieder ins Haus.

Sie standen noch ein paar Minuten auf der dunklen Veranda, während Sam versuchte, sein Gähnen zu unterdrücken. Es war zwei Uhr morgens, und er überlegte, ob er zu seiner Liste der vier Gründe weiterzuleben noch einen fünften zufügen sollte: Gutes mexikanisches Essen, Guinness Stout, Goldie Hawn, Angst vor dem Sterben *und* der Wunsch zu schlafen. Seliges Schlafen. Dann hörte er das Poltern und Klirren von Schlössern und Riegeln, die mühsam entfernt wurden, schließlich ging die Tür auf und offenbarte eine spärlich erleuchtete Diele.

Harry Talbot, der einen blauen Pyjama und einen grünen Morgenmantel anhatte, saß in seinem motorisierten Rollstuhl. Er hatte den Kopf immerfort schief gelegt, eine fragende Haltung, die ebenfalls Teil seines Vietnam-Erbes war. Er war ein hübscher Mann, wenn auch sein Gesicht vorzeitig gealtert war und zu tiefe Falten für einen Vierzigjährigen aufwies. Sein dichtes Haar war halb weiß, die Augen uralt. Sam konnte sehen, daß Talbot einst ein durchtrainierter junger Mann war, aber die Jahre der Lähmung hatten ihn weich gemacht. Eine Hand lag mit nach oben gekehrter Handfläche und nach innen gekrümmten Fingern nutzlos im Schoß. Er war ein lebendes Mahnmal dafür, was hätte sein können, für zerstörte Hoffnungen, vernichtete Träume – eine grimmige Erinnerung an einen zwischen die Seiten der Zeit gedrückten Krieg.

Als Tessa und Sam eintraten und die Tür hinter sich zuzogen, streckt Harry Talbot die rechte Hand aus und sagte:

»Mein Gott, bin ich froh, Sie zu sehen!« Sein Lächeln verwandelte ihn erstaunlich. Es war das strahlende, breite, gütige und aufrichtige Lächeln eines Mannes, der glaubte, daß er im Schoß der Götter saß und so viele Segnungen erfahren hatte, daß er sie gar nicht mehr zählen konnte.

Moose gab Sam seine Brieftasche unverspeist zurück.

48

Als er Shaddacks Haus an der Nordspitze verlassen hatte, und bevor er ins Hauptquartier zurückkehrte, um die Aufgaben an die ihm von New Wave zugeteilten hundert Männer zu verteilen, fuhr Loman Watkins zu seinem Haus im Iceberry Way im nördlichen Teil der Stadt. Es war ein bescheidenes zweistöckiges Haus im Monterey-Stil, mit drei Schlafzimmern, weiß gestrichen, mit blauen Verzierungen, das zwischen Nadelbäumen stand.

Er stand einen Augenblick neben dem Streifenwagen in der Einfahrt und betrachtete es. Er hatte es einmal geliebt, als wäre es ein Schloß, aber er konnte diese Liebe nicht mehr in sich finden. Er erinnerte sich an viel Glück im Zusammenhang mit diesem Haus und mit seiner Familie, aber er konnte die Erinnerung an dieses Glück nicht fühlen. Das Leben in diesem Haus war von viel Lachen gesegnet gewesen, aber dieses Lachen war jetzt verstummt, die Erinnerung daran so sehr verblaßt, daß sie nicht einmal ein Lächeln des Gedenkens hervorbringen konnte. Davon abgesehen, daß sein Lächeln heutzutage ohnehin nur vorgeblich war, ohne eine Spur Humor.

Seltsam war, Lachen und Glück hatten bis letzten August zu seinem Leben gehört. Erst innerhalb der vergangenen Monate, seit der Verwandlung, war alles anders geworden. Und doch schienen es uralte Erinnerungen zu sein.

Komisch.

Eigentlich überhaupt nicht komisch.

Als er hineinging, stellte er fest, daß das Erdgeschoß dunkel und still war. Ein vager, schaler Geruch hing in den verlassenen Zimmern.

Er ging die Treppe hinauf. Im unbeleuchteten Flur im ersten Stock sah er ein schwaches Leuchten unter der Tür von Dennys Zimmer hervorkommen. Er trat ein und fand den Jungen am Schreibtisch, vor dem Computer. Der PC hatte einen übergroßen Monitor, der derzeit die einzige Lichtquelle im Zimmer war.

Denny sah nicht vom Terminal auf.

Der Junge war achtzehn Jahre alt, kein Kind mehr; daher war er zusammen mit seiner Mutter verwandelt worden, kurz nach Loman selbst. Er war fünf Zentimeter größer als sein Vater und sah besser aus. Er war in der Schule immer gut gewesen, und bei Intelligenztests hatte er so gut abgeschnitten, manchmal stimmte es Loman fast unheimlich, daß sein Kind *so* intelligent war. Er war immer stolz auf Denny gewesen.

Als er jetzt neben seinem Sohn stand und auf ihn hinuntersah, versuchte Loman, diesen Stolz wiederauferstehen zu lassen, konnte ihn aber nicht empfinden. Denny hatte sich seine Gunst nicht verscherzt; er hatte nichts getan, das Mißfallen seines Vaters zu erregen. Aber Stolz schien, wie andere Emotionen, eine Last für das höhere Denken der Neuen Menschen zu sein und behinderte wirksamere Denkmuster.

Denny war schon vor der Veränderung ein Computerfanatiker gewesen, einer der Jungs, die sich selbst Hacker nannten, für die Computer nicht nur Hilfsmittel waren, nicht nur Spiel und Spaß, sondern eine Lebensweise. Nach der Verwandlung hatte man sich seine Erfahrung und Intelligenz bei New Wave zunutze gemacht. Er bekam ein leistungsfähigeres Heimterminal und eine moderne Verbindung mit dem Supercomputer im Hauptsitz von New Wave – ein Moloch, in dem sich, so Denny, viertausend Meilen Kabel und dreiunddreißigtausend superschnelle Datenverarbeitungseinheiten befanden –, den sie aus Gründen, die Loman nicht verstand, Sonne nannten, doch vielleicht lag es daran, daß die Forschungen bei New Wave so sehr von der großen Maschine abhängig waren, daß sich alles um sie drehte.

Während Loman neben seinem Sohn stand, flackerten umfangreiche Daten über den Bildschirm. Worte, Zahlen, Kurven und Diagramme kamen und gingen mit einer solchen Geschwindigkeit, daß nur jemand von New Wave mit irgendwie geschärften Sinnen und einer gesteigerten Konzentrationsfähigkeit eine Bedeutung darin erkennen konnte.

Loman konnte sie nicht lesen, weil er nicht die Ausbildung hatte, die Denny von New Wave bekommen hatte. Außerdem hatte er weder die Zeit gehabt noch die Notwendigkeit verspürt zu lernen, wie er seine neuerlangte Konzentrationsfähigkeit voll einsetzen könnte.

Aber Denny absorbierte den fließenden Datenstrom, er sah den Bildschirm ausdruckslos ab, runzelte nicht die Stirn, sein Gesicht war vollkommen entspannt. Seit seiner Verwandlung war der Junge ebenso eine solide elektronische Wesenheit, wie er Fleisch und Blut war, und dieser neue Teil von ihm sprach mit einer Vertrautheit auf den Computer an, die weit über die Mensch-Maschine-Beziehung hinausging, wie die alten Menschen sie gekannt hatten.

Loman wußte, daß sein Sohn sich über das Projekt Moonhawk informierte. Er würde schließlich einmal zu der Arbeitsgruppe bei New Wave gehören, die die Software und Hardware des Projekts ständig verbesserte und weiterentwickelte und so daran arbeitete, daß jede Generation Neuer Menschen überlegener – und damit effizienter – als die vorangegangene sein würde.

Ein endloser Datenstrom floß über den Bildschirm.

Denny sah den Bildschirm so lange ohne zu blinzeln an, daß seine Augen getränt hätten, wäre er einer der Alten Menschen gewesen.

Das Licht der ständig wechselnden Daten tanzte an den Wänden und jagte unablässig Schatten durch das Zimmer.

Loman legte dem Jungen eine Hand auf die Schulter.

Denny sah nicht auf und reagierte auch sonst nicht. Er bewegte die Lippen, als würde er sprechen, gab aber keinen Laut von sich. Er redete mit sich selbst und schien seinen Vater gar nicht zu bemerken.

In einem geschwätzigen, evangelistischen Augenblick hatte Thomas Shaddack davon gesprochen, daß er eines Tages ein Interface erfinden würde, mit dem man einen Computer direkt mit einer chirurgisch eingepflanzten Buchse am Ansatz der menschlichen Wirbelsäule verbinden könnte, um so künstliche und natürliche Intelligenz zu verschmelzen. Loman hatte nicht begriffen, warum so etwas klug oder erstrebenswert war, und Shaddack hatte gesagt: »Die Neuen Menschen sind eine Brücke zwischen Mensch und Maschine, Loman. Aber eines Tages wird unsere Rasse diese Brücke völlig überquert haben und *eins* mit den Maschinen werden, denn erst dann wird die Menschheit vollkommen *effizient* sein und totale Kontrolle haben.«

»Denny«, sagte Loman leise.

Der Junge antwortete nicht.

Schließlich ging Loman aus dem Zimmer.

Am Ende des Flurs, auf der anderen Seite, befand sich das Elternschlafzimmer. Grace lag im Dunkeln auf dem Bett.

Seit der Verwandlung konnte natürlich bloßer Mangel an Licht nicht verhindern, daß sie etwas sah, denn ihre Sehkraft war drastisch verbessert. Sie konnte selbst in diesem Zimmer – ebenso wie Loman – die Umrisse der Möbel und ihre Beschaffenheit sehen, wenn auch wenige Einzelheiten. Für sie war die Nachtwelt nicht mehr schwarz, sondern dunkelgrau.

Er setzte sich auf den Bettrand. »Hallo.«

Sie sagte nichts.

Er legte ihr eine Hand auf den Kopf und strich über das lange, kastanienfarbene Haar. Er berührte ihr Gesicht und stellte fest, daß das Gesicht tränenfeucht war, eine Einzelheit, die er nicht einmal mit seinen verbesserten Augen wahrnehmen konnte.

Weinte. Sie weinte, und das packte ihn, denn er hatte noch nie einen der Neuen Menschen weinen gesehen.

Sein Herz schlug schneller, ein kurzes aber herrliches Pulsieren der Hoffnung lief durch ihn hindurch. Vielleicht war das Absterben von Emotionen nur ein vorübergehendes Stadium.

»Was ist?« fragte er. »Warum weinst du?«

»Ich habe Angst.«

Der Puls der Hoffnung ließ rasch nach. Angst hatte sie zum Weinen gebracht, Angst und die damit verbundene Einsamkeit, und er wußte bereits, daß diese beiden Empfindungen Teil der schönen neuen Welt waren, diese und keine anderen.

»Angst wovor?«

»Ich kann nicht schlafen«, sagte Grace.

»Aber du mußt nicht schlafen.«

»Nicht?«

»Keiner von uns muß mehr schlafen.«

Vor der Verwandlung mußten Männer und Frauen schlafen, weil der menschliche Körper als rein biologischer Mechanismus schrecklich uneffizient war. Ruhezeit war erforderlich, um zu entspannen und die Schäden des Tages zu reparieren, um mit den Toxischen Substanzen fertig zu werden, die tagsüber von der externen Welt aufgenommen worden waren, und mit denjenigen, die intern erzeugt wurden. In den Neuen Menschen war jede Körperfunktion hervorragend reguliert worden. Die Arbeit der Natur war stark verbessert. Jedes Organ, jedes System, jede Zelle funktionierte mit größerer Effizienz, schaffte Abfallstoffe schneller als vorher weg und reinigte und regenerierte sich zu jeder Tageszeit. Das wußte Grace ebensogut wie er.

»Ich sehne mich nach Schlaf«, sagte sie.

»Du spürst nur die Macht der Gewohnheit.«

»Der Tag hat jetzt zu viele Stunden.«

»Wir werden die Zeit totschlagen. Die neue Welt wird eine regsame sein.«

»Was werden wir in dieser neuen Welt machen, wenn sie kommt?«

»Das wird uns Shaddack sagen.«

»Derweil…«

»Geduld«, sagte er.

»Ich habe Angst.«

»Geduld.«

»Ich sehne mich nach Schlaf, dürste danach.«

»Wir müssen nicht schlafen«, sagte er und demonstrierte die Geduld, die er von ihr verlangt hatte.

»Wir brauchen keinen Schlaf«, sagte sie geheimnisvoll, »aber wir *müssen* schlafen.«

Sie schwiegen eine Weile.

Dann nahm sie sein Hand in ihre und führte sie zu ihrer Brust. Sie war nackt.

Er versuchte, sich von ihr wegzuziehen, weil er Angst vor dem hatte, was passieren könnte, was früher schon passiert war, seit der Veränderung, wenn sie sich geliebt hatten. Nein. Nicht geliebt. Sie liebten einander nicht mehr. Sie machten Sex. Kein Gefühl, abgesehen vom körperlichen Empfinden, keine Zärtlichkeit oder Leidenschaft. Sie stießen heftig und schnell aneinander, schoben und zogen, spannten und rieben sich aneinander und bemühten sich, die Reizung der Nervenenden zu maximieren. Keiner kümmerte sich um den anderen, nur um sich selbst, um die eigene Befriedigung. Da ihr Gefühlsleben nicht mehr sehr reichhaltig war, versuchten sie, diesen Verlust durch Sinnesfreuden wieder wettzumachen, vornehmlich Essen und Sex. Aber ohne den emotionalen Faktor war jedes Erlebnis… hohl, und sie versuchten, diese Leere durch Übertreibung auszugleichen; eine schlichte Mahlzeit wurde zum Festschmaus; ein Festschmaus wurde zu einer rückhaltslosen Lektion in Gier. Und Sex verkam zu einem wilden, animalischen Kopulieren.

Grace zog ihn ins Bett.

Er wollte nicht. Er konnte sich nicht weigern. *Konnte* sich buchstäblich nicht weigern.

Sie zog schwer atmend und vor Erregung zitternd an seiner Kleidung und stieg auf ihn. Sie gab seltsame, unartikulierte Laute von sich.

Lomans Erregung kam ihrer gleich und stieg weiter, und er stieß gegen sie, in sie, verlor jegliches Gefühl für Zeit und Ort, existierte nur noch, um das Feuer in seinen Lenden zu schüren, unbarmherzig zu schüren, bis es zu unerträglicher Hitze wurde, Hitze, Reibung und Hitze, feucht und heiß, Hitze, er schürte die Hitze bis zum Brennpunkt, an dem sein ganzer Körper zu lodern anfangen würde. Er veränderte die Stellung, nagelte sie fest, hämmerte sich in sie, in sie, in, in, zog sie so heftig an sich, daß er ihr weh tun mußte, aber das war ihm einerlei. Sie ergriff ihn und krallte sich an ihn, ihre Fingernägel gruben sich in seine Arme, ließen Blut fließen, und er riß an ihr, riß ebenfalls, weil ihn das Blut erregte, der Geruch des Blutes, des süßen Blutes, so erregend, Blut, und es machte nichts, daß sie einander verletzten, denn es waren oberflächliche Wunden, die innerhalb von Sekunden heilen würden, da sie Neue Menschen waren; ihre Körper waren effizient; Blut floß kurz, dann schlossen sich die Wunden, und sie krallten erneut, erneut. Was er wirklich wollte – was sie beide wollten –, war: sich gehen lassen, sich dem wilden Geist im Inneren ergeben, sämtliche Hemmungen der Zivilisation abstreifen, einschließlich des Hindernisses der höheren menschlichen Gestalt, wild werden, Amok laufen, sich ergeben, regressiv werden, denn dann würde Sex noch mehr Kitzel bieten, noch reineren Kitzel; sich gehenlassen, dann würde die Leere gefüllt werden; sie würden Erfüllung finden, und wenn der Sex vorbei wäre, könnten sie zusammen jagen, jagen und töten, still und geschwind, anmutig und geschwind, beißen reißen, tief und fest zubeißen, jagen und töten, Sperma und dann Blut, süßes, wohlriechendes Blut…

Loman war eine Zeitlang desorientiert.

Als er wieder ein Gefühl für Zeit und Ort hatte, sah er zuerst zur Tür und stellte fest, daß sie offen war; Denny hätte sie sehen können, wenn er den Flur entlang gekommen wäre – *hatte* sie wahrscheinlich gesehen –, aber Loman war es einerlei, ob sie gesehen oder gehört worden waren. Scham und Sittsamkeit waren zwei Opfer der Verwandlung.

Als er sich der Welt um ihn herum wieder voll bewußt wurde, stahl sich Angst in sein Herz, und er berührte sich rasch selbst – Gesicht, Arme, Brust, Beine –, um sich zu vergewissern, daß er in keiner Weise anders war, als er sein sollte. Beim Sex wuchs das Wilde in ihm, und manchmal glaubte er, daß er sich *wirklich* verwandelte, regressiv wurde, wenn der Orgasmus näherrückte, und sei es auch nur ein wenig regressiv. Aber wenn er wieder zu sich kam, hatte er bisher noch keinen Beweis dafür gefunden.

Aber diesmal war er blutverschmiert.

Er schaltete die Nachttischlampe ein.

»Mach das Licht aus«, sagte Grace sofort.

Aber nicht einmal seine gesteigerte Nachsicht genügte ihm. Er wollte sie genau ansehen, um festzustellen, ob sie irgendwie... anders war.

Sie war nicht regressiv geworden. Und wenn *doch*, war sie bereits wieder in die höhere Gestalt zurückgekehrt. Ihr Körper war blutverschmiert, ein paar Schwellungen waren zu sehen, wo er sie verletzt hatte und noch nicht wieder alles verheilt war.

Er schaltete das Licht aus und setzte sich auf die Bettkante.

Da die regenerierende Kraft ihrer Körper durch die Verwandlung enorm verbessert worden war, heilten oberflächliche Schnitte und Kratzer innerhalb von Minuten; man konnte richtiggehend zusehen, wie das Fleisch seine Wunden ausmerzte. Sie waren jetzt nicht mehr anfällig für Krankheiten, das Immunsystem war so aggressiv geworden, daß den meisten Viren oder Bakterien gar nicht genügend Zeit blieb, sich zu vermehren. Shaddack glaubte, daß sich auch ihre Lebenserwartung gesteigert hätte, vielleicht könnten sie Jahrhunderte alt werden.

Sie konnten selbstverständlich getötet werden, aber nur von Verletzungen, die das Herz zerrissen, das Gehirn zerschmetterten oder die Lunge vernichteten und so den Zustrom von Sauerstoff zum Gehirn unterbanden. Würde eine Vene oder Arterie aufgerissen, würde die Blutzufuhr dahin in den paar Minuten, die zum Verheilen erforderlich waren, drastisch gesenkt. Würde ein lebenswichtiges Organ verletzt, abgesehen von Herz, Gehirn oder Lunge, könnte der Körper stundenlang weiter funktionieren, während hastige Regenerierungsmaßnahmen stattfänden. Sie waren noch nicht so zuverlässig wie Maschinen, denn Maschinen konnten nicht sterben; mit den richtigen Ersatzteilen konnte eine Maschine sogar wieder aus Trümmern aufgebaut und zum Funktionieren gebracht werden; aber sie waren diesem Maß körperlicher Beständigkeit näher, als jemand außerhalb von Moonlight Cove es für möglich gehalten haben würde.

Jahrhunderte leben…

Manchmal dachte Loman darüber nach.

Jahrhunderte leben, und nur Angst und körperliche Empfindungen zu kennen…

Er stand vom Bett auf, ging nach nebenan ins Bad und duschte rasch, um das Blut zu entfernen.

Er konnte sich im Spiegel nicht in die Augen sehen.

Als er wieder im Schlafzimmer war, zog er, ohne das Licht anzumachen, eine frische Uniform an, die er aus dem Schrank holte.

Grace lag immer noch auf dem Bett.

Sie sagte: »Wenn ich nur schlafen könnte.«

Er spürte, daß sie immer noch still weinte.

Als er aus dem Zimmer ging, machte er die Tür hinter sich zu.

49

Sie versammelten sich in der Küche, was Tessa gefiel, weil zu ihren glücklichsten Kindheitserinnerungen Familienkonferenzen und Schwätzchen in der Küche ihres Hauses in San Diego gehörten. Die Küche war das Herz des Hauses und in gewisser Weise das Herz der Familie. Irgendwie wurden die größten Probleme bedeutungslos, wenn man sich in einer Küche darüber unterhielt, die nach Kaffee und heißer Schokolade roch, und an einem Stück selbstgebackenen Kuchen knabberte. In einer Küche fühlte man sich sicher.

Harry Talbots Küche war groß, denn sie war umgebaut worden, damit sie den Erfordernissen eines Mannes im Rollstuhl genügte; daher bot sie jede Menge Platz zwischen der Kochinsel in der Mitte, die nieder gebaut war – wie die Theken entlang der Wände –, damit man sie aus der sitzenden Haltung erreichen konnte. Ansonsten war es eine Küche wie viele andere: Schränke, die in einem angenehmen cremefarbenen Ton gestrichen waren; hellgelbe Keramikfliesen; ein leise summender Kühlschrank. Die Jalousien der Fenster ließen sich mit einem Knopf an einer der Arbeitsplatten elektrisch bedienen, und Harry ließ sie herunter.

Nachdem sie versucht hatten zu telefonieren und feststellen mußten, daß die Leitung tot war, daß nicht nur die Münzfernsprecher, sondern das gesamte Telefonnetz der Stadt lahmgelegt worden war, setzten sich Sam und Tessa gemäß Harrys Wunsch an einen runden Tisch in der Ecke, während Harry mit einer Mr.-Coffee-Maschine einen guten kolumbianischen Kaffee machte. »Sie sehen aus, als würden Sie frieren«, sagte er. »Das wird Ihnen gut tun.«

Tessa, die fror und müde war und das Koffein brauchte, lehnte das Angebot nicht ab. Tatsächlich faszinierte es sie, wir Harry sich trotz seiner schweren Behinderung so gut zu helfen wußte, daß er für unerwartete Besucher den großzügigen Gastgeber spielen konnte.

Er holte mit seiner gesunden Hand und ein paar raffinierten Bewegungen eine Packung Apfel-Zimt-Brötchen aus dem Brotkasten, einen halben Schokoladenkuchen aus dem Kühlschrank, Teller und Gabeln und Papierservietten. Als Sam und Tessa ihre Hilfe anboten, lehnte er das Angebot mit einem Lächeln ab.

Sie spürte, daß er nicht versuchte, ihnen oder sich selbst etwas zu beweisen. Es machte ihm einfach Spaß, Gesellschaft zu haben, selbst zu dieser Stunde und unter diesen bizarren Umständen. Vielleicht war es ein seltenes Ereignis.

»Keine Sahne«, sagte er. »Nur Beutelmilch.«

»Das reicht«, sagte Sam.

»Und ich fürchte, auch kein elegantes Milchkännchen aus Porzellan«, sagte Harry und stellte den Milchbeutel auf den Tisch.

Tessa fing an zu überlegen, ob sie einen Dokumentarfilm über Harry drehen sollte, über den Mut, den es erforderte, unter diesen Umständen unabhängig zu bleiben: Sie wurde trotz der Geschehnisse der vergangenen Stunden vom Sirenengesang ihres Berufes angezogen. Aber sie hatte schon vor langer Zeit herausgefunden, daß man die Kreativität eines Künstlers nicht abschalten konnte; das Auge einer Filmemacherin konnte man nicht so leicht abdecken wie die Linse einer Kamera. Sogar während sie über den Tod ihrer Schwester trauerte, waren ihr Einfälle für Projekte gekommen, erzählerische Konzepte, interessante Einstellungen und Winkel. Sogar im Schrecken des Krieges, als sie mit afghanischen Rebellen geflohen war, während sowjetische Flugzeuge den Boden hinter ihnen bombardierten, freute sie sich darüber, was sie auf Film bekam und was sie zu Hause im Schneidraum damit machen könnte – und ihr dreiköpfiges Team hatte genauso reagiert. Daher fühlte sie sich nicht mehr verlegen oder schuldig, weil sie rund um die Uhr Künstlerin war, selbst in tragischen Zeiten; für sie war das natürlich und Teil davon, kreativ und *am Leben* zu sein.

Der Harrys Bedürfnissen angepaßte Rollstuhl verfügte über eine Hydraulik, mit der man den Sitz ein paar Zentimeter heben konnte. Er setzte sich neben Tessa und gegenüber von Sam hin.

Moose lag in der Ecke, sah zu und hob ab und zu den Kopf, als würde er sich für ihre Unterhaltung interessieren – obwohl ihn wahrscheinlich eher der Geruch des Schokoladenkuchens anregte. Aber der Labrador kam nicht herüber und schnupperte herum und winselte nach Leckerbissen, und Tessa war von seiner Disziplin beeindruckt.

Während sie die Kaffeekanne herumreichten und Kuchen und Brötchen aßen, sagte Harry: »Sie haben mir gesagt, was Sie hierher geführt hat, Sam – nicht nur mein Brief, sondern auch diese sogenannten Unfälle.« Er sah Tessa an; und weil sie an seiner rechten Seite saß, erweckte sein ständig geneigter Kopf den Eindruck, als würde er sich von ihr weglehnen und sie voll Argwohn oder zumindest Skepsis ansehen, obwohl sein herzliches Lächeln dieses Verhalten Lügen strafte. »Und was ist mit Ihnen, Miß Lockland?«

»Bitte nennen Sie mich Tessa. Nun… meine Schwester war Janice Capshaw…«

»Richard Capshaws Frau, die Frau des lutheranischen Priesters?« sagte er überrascht.

»Ganz recht.«

»Die kamen mich häufig besuchen. Ich war kein Mitglied ihrer Gemeinde, aber so waren sie eben. Wir wurden Freunde. Sie kam auch nach seinem Tod noch ab und zu vorbei. Ihre Schwester war eine gütige und wunderbare Frau, Tessa.« Er stellte die Tasse weg und streckte ihr seine gute Hand entgegen. »Sie war mein Freund.«

Tessa nahm die Hand. Sie war ledrig und schwielig von der Arbeit und sehr kräftig, als würde sich die ganze Kraft seines gelähmten Körpers durch dieses gesunde Glied ausdrücken.

»Ich habe zugesehen, wie sie sie in Callans Bestattungsinstitut ins Krematorium gebracht haben«, sagte Harry. »Durch mein Teleskop. Ich beobachte. Das ist die hauptsächliche Beschäftigung in meinem Leben. Beobachten.« Er errötete leicht. Er hielt Tessas Hand fester. »Nicht nur schnüffeln. Eigentlich überhaupt nicht schnüffeln. Ich… nehme Anteil. Oh, ich lese auch gerne, und ich habe eine Menge Bücher, und ich denke auch bestimmt jede Menge nach, aber in erster Linie bringt mich das Beobachten durch. Wir gehen später nach oben. Ich zeige Ihnen das Teleskop, die ganze Anlage. Ich denke, Sie werden verstehen. Ich hoffe es jedenfalls. Wie dem auch sei, ich habe gesehen, wie sie Janice in jener Nacht zu Callan gebracht haben… aber ich erfuhr erst zwei Tage später, wer es gewesen war, als die Geschichte ihres Todes in der Lokalzeitung stand. Ich konnte nicht glauben, daß sie so gestorben ist, wie es dort stand. Ich glaube es immer noch nicht.«

»Ich auch nicht«, sagte Tessa. »Darum bin ich hier…«

Harry ließ Tessas Hand mit einem letzten Drücken widerwillig los. »In letzter Zeit sieht man viele Leichen, die meisten werden bei Nacht zu Callan geschafft, und die Polizei ist auch häufig dabei und überwacht alles – verdammt seltsam für eine kleine Stadt wie diese.«

Sam sagte von der anderen Seite des Tisches: »Zwölf Unfälle oder Selbstmorde in weniger als zwei Monaten.«

»Zwölf?« sagte Harry.

»Wußten Sie nicht, daß es so viele sind?«

»Oh, es sind wesentlich mehr.«

Sam blinzelte.

Harry sagte: »Ich habe zwanzig gezählt.«

50

Nachdem Watkins gegangen war, begab sich Shaddack wieder zum Computerterminal in seinem Arbeitszimmer, stellte die Verbindung zu Sonne her, dem Supercomputer von New Wave, und machte sich wieder an die Arbeit an einem problematischen Aspekt des derzeitigen Projekts. Es war zwar halb drei Uhr morgens, aber er würde noch ein paar Stunden tätig sein, denn er ging immer frühestens bei Dämmerung ins Bett.

Er war erst ein paar Minuten am Terminal, als sein Privattelefon läutete.

Bis Booker gefaßt war, ließ der Computer der Telefongesellschaft ausschließlich Gespräche zwischen Verwandelten zu, *von* einem Verwandelten *zu* einem Verwandelten. Andere Leitungen waren unterbrochen, Telefonate zur Außenwelt wurden unterbrochen, bevor sie überhaupt zustande kommen konnten. Telefonanrufe nach Moonlight Cove wurden von einem Tonband beantwortet, das einen Fehler im Netz vorschützte, binnen vierundzwanzig Stunden wieder volle Einsatzbereitschaft versprach und Bedauern über die Unannehmlichkeit ausdrückte.

Daher wußte Shaddack, der Anrufer mußte einer der Verwandelten sein, und auch einer seiner engsten Mitarbeiter bei New Wave, da der Anruf über seine Privatleitung kam.

Eine Digitalanzeige unter dem Telefon zeigte die Nummer, von der der Anruf getätigt wurde, und er erkannte sie als Nummer von Mike Peyser. Er nahm den Hörer ab und sagte: »Shaddack.«

Der Anrufer atmete abgehackt und keuchend ins Telefon, sagte aber nichts.

Shaddack sagte stirnrunzelnd: »Hallo?«

Nur Atmen.

Shaddack sagte: »Mike, sind Sie das?«

Die Stimme, die ihm schließlich antwortete, war kehlig und heiser, aber mit einem schrillen Unterton, flüsternd und dennoch laut, Peysers Stimme und doch auch wieder nicht, seltsam:»*...etwas stimmt nicht, etwas stimmt nicht, kann mich nicht verändern, kann nicht... stimmt nicht... stimmt nicht...*«

Shaddack wollte nur widerstrebend eingestehen, daß er Mike Peysers Stimme in diesen seltsamen Betonungen und unheimlichen Kadenzen erkannte. Er sagte: »Wer ist da?«

»*...brauche, brauche... brauche, will, ich brauche...*«

»Wer ist da?« verlangte Shaddack wütend zu wissen, aber in Gedanken stellte er eine andere Frage: *Was* ist da?

Der Anrufer gab einen Laut von sich, der ein Stöhnen des Schmerzes, ein Wimmern heftigsten Zorns, ein dünner Schrei der Frustration und ein Fauchen war, das alles zu einem einzigen Plärren verschmolz. Der Hörer fiel ihm mit einem heftigen Poltern aus der Hand.

Shaddack legte seinen eigenen Hörer weg, wandte sich wieder seinen VDT zu, schaltete sich ins Datennetz der Polizei ein und gab eine dringende Nachricht an Loman Watkins durch.

51

Sam Booker saß im Schlafzimmer im dritten Stock auf dem Stuhl, bückte sich über das Okular und beobachtete den Hinterhof von Callans Bestattungsinstitut. Der Wind, der immer noch gegen die Fenster stürmte und die Bäume auf der Hügelflanke schüttelte, auf der fast ganz Moonlight Cove erbaut war, hatte den Nebel bis auf wenige Schwaden verweht. Die Lichter des Zufahrtsweges waren gelöscht worden, die Rückseite von Callans Institut lag in Dunkelheit, abgesehen vom schwachen Licht, das von den zugezogenen Fenstern des Krematoriumflügels ausging. Sie waren zweifellos emsig damit beschäftigt, die Leichen des Ehepaars einzuäschern, das im Cove Lodge ermordet worden war.

Tessa saß hinter Sam auf dem Bettrand und tätschelte Moose, der den Kopf in ihrem Schoß liegen hatte.

Harry saß daneben im Rollstuhl. Er laß beim Licht einer Taschenlampe in einem spiralgebundenen Notizbuch, in dem er sich Aufzeichnungen über die außergewöhnlichen Vorgänge im Krematorium gemacht hatte.

»Das erste – jedenfalls das erste ungewöhnliche Ereignis, das mir auffiel –, war in der Nacht des achtundzwanzigsten August«, sagte Harry. »Zwanzig Minuten vor Mitternacht. Sie brachten vier Leichen auf einmal mit dem Leichenwagen des städtischen Krankenhauses. Mit Polizeibegleitung. Die Leichen waren in Plastiksäcken, daher konnte ich sie nicht sehen, aber die Polizisten und Arzthelfer und die Leute von Callan waren deutlich zu sehen… und… nun, aufgeregt. Das habe ich in ihren Gesichtern gesehen. Und Angst. Sie sahen sich immer zu den benachbarten Häusern und dem Weg hin um, als fürchteten sie, jemand könnte sie dabei beobachten, was sie taten – was seltsam war, weil sie doch nur ihre Pflicht taten, oder nicht? Wie dem auch sei, später las ich in der Lokalzeitung, daß die Familie Mayser bei einem Brand ums Leben gekommen war, und da wußte ich, daß sie in jener Nacht zu Callan gebracht worden waren. Ich nehme an, sie sind ebensowenig bei einem Brand gestorben, wir Ihre Schwester Selbstmord begangen hat.«

»Wahrscheinlich nicht«, sagte Tessa.

Sam, der immer noch den Hinterhof des Bestattungsinstituts beobachtete, sagte: »Die Maysers habe ich auf meiner Liste. Sie kamen bei den Ermittlungen im Fall Bustamente-Sanchez ans Licht.«

Harry räusperte sich und sagte: »Sechs Tage später, am

dritten September, wurden kurz nach Mitternacht zwei Leichen zu Callan gebracht. Das war noch seltsamer, denn sie kamen nicht mit dem Leichen- oder Krankenwagen. Zwei Polizeiautos fuhren hinter dem Institut auf, und sie luden vom Rücksitz eines jeden einen Leichnam aus; beide waren in blutige Laken gewickelt.«

»Am dritten September?« sagte Sam. »An diesem Datum habe ich niemanden auf meiner Liste. Sanchez und die Bustamentes waren am fünften. Am dritten wurden keine Totenscheine ausgestellt. Diesen beiden tauchten nie in den offiziellen Unterlagen auf.«

»Auch in der Lokalzeitung stand nichts darüber, daß jemand gestorben wäre«, sagte Harry.

Tessa sagte: »Also wer waren diese beiden Menschen?«

»Vielleicht waren sie von außerhalb und hatten das Pech, daß sie in etwas Gefährliches hineingestolpert sind«, sagte Sam. »Menschen, deren Tod vollkommen vertuscht werden konnte, damit niemand erfährt, *wo* sie gestorben sind. Sie verschwanden einfach irgendwo unterwegs.«

»Sanchez und die Bustamentes starben in der Nacht des fünften«, sagte Harry, »und dann Jim Armes in der Nacht des siebten.«

»Armes verschwand auf dem Meer«, sagte Sam, sah vom Teleskop auf und betrachtete den Mann im Rollstuhl stirnrunzelnd.

Sie haben den Leichnam nachts um elf zu Callan gebracht«, sagte Harry und sah wegen Einzelheiten in sein Notizbuch. »Die Jalousien der Krematoriumsfenster waren nicht heruntergelassen, daher konnte ich alles sehen, fast so gut, als wäre ich selbst in dem Raum gewesen. Ich habe den Leichnam gesehen… den schrecklichen Zustand, in dem er sich befand. Und das Gesicht. Ein paar Tage später, als die Zeitung einen Artikel über Armes' Verschwinden brachte, erkannte ich ihn als den Jungen, den sie verbrannt hatten.«

Das große Schlafzimmer lag in völliger Dunkelheit, abgesehen vom Licht der Taschenlampe, das Harry mit der Hand abschirmte und auf das offene Notizbuch beschränkte. Die weißen Seiten schienen in einem eigenen Licht zu glühen, als wären sie die Seiten eines magischen oder heiligen – oder unheiligen – Buches.

Harry Talbots mitgenommenes Äußeres wurde vom Widerschein dieser Seiten spärlich beleuchtet, und das eigentümliche Licht betone die Linien seines Gesichts und ließ ihn älter aussehen, als er war. Sam wußte, jede Linie stand für ein tragisches Ereignis und für Leid. Sympathie regte sich in ihm. Kein Mitleid. Er konnte niemanden bemitleiden, der so entschlossen war wie Talbot. Aber Sam war sich über Kummer und Einsamkeit von Harrys abgeschiedenem Leben im klaren. Während er den an den Rollstuhl gefesselten Mann betrachtete, wuchs Sams Zorn auf die Nachbarn. Warum hatten sie ihn nicht öfter zum Essen eingeladen oder an ihren Feiertagspartys teilnehmen lassen? Warum hatten sie ihn so sehr sich selbst überlassen, daß er nur mittels Fernglas und Teleskop am gesellschaftlichen Leben dieser Stadt teilnehmen konnte? Sam empfand stechende Verzweiflung über die Unwilligkeit der Menschen, sich zu öffnen, über die Art, wie sie sich selbst und andere isolierten. Dann mußte er bestürzt an sein eigenes Unvermögen denken, mit seinem Sohn zu kommunizieren, was seine Stimmung weiter verschlechterte.

Zu Harry sagte er: » Was meinen Sie damit, der Zustand, in dem sich Armes' Leichnam befand?«

»Zerfetzt. Zerstückelt.«

»Er ist nicht ertrunken?«

»Sah nicht so aus.«

»Zerfetzt... Was genau meinen Sie damit?« fragte Tessa.

Sam wußte, sie dachte an die Leute, deren Schreie sie im Motel gehört hatte – und an ihre Schwester.

Harry zögerte, dann sagte er: »Nun, ich sah ihn auf dem Tisch im Krematorium, bevor sie ihn in den Ofen schoben. Er war... ausgeweidet worden. Beinahe geköpft. Schrecklich... *zerrissen*. Er sah so schlimm aus, als wäre er auf eine Tellermine getreten und von den Splittern zerfetzt worden.«

Sie saßen schweigen da und dachten über diese Beschreibung nach.

Nur Moose schien unberührt. Er gab einen leisen Laut der

Zufriedenheit von sich, als Tessa ihn hinter den Ohren kraulte.

Sam dachte, daß es vielleicht gar nicht so schlecht wäre, ein niederes Tier zu sein, ein Wesen der Gefühle, ohne die Last des Intellekts. Oder, das andere Extrem, ein wirklich intelligenter Computer, nur Intellekt und überhaupt keine Gefühle. Die große Doppelbelastung von Gefühlen und hoher Intelligenz lag nur auf den Menschen und sie machte das Leben so schwer; man dachte immer darüber nach, was man empfand, anstatt einfach dem Augenblick zu folgen, oder man versuchte immer, in einer gegebenen Situation das zu empfinden, was man empfinden zu müssen *glaubte*. Gedanken und Urteilsvermögen wurden unweigerlich von Gefühlen beeinflußt – manchmal auf unterbewußter Ebene, so daß man nicht einmal völlig begriff, *warum* man bestimmte Entscheidungen traf, sich auf bestimmte Weise verhielt. Emotionen umwölkten das Denken; aber wenn man zu eingehend über seine Gefühle nachdachte, nahm man ihnen die Schärfe. Der Versuch, inbrünstig zu empfinden und gleichzeitig völlig klar zu denken, war, als würde man versuchen, mit sechs Keulen gleichzeitig zu jonglieren, während man mit einem Einrad auf dem Hochseil rückwärts fuhr.

»Nach dem Artikel über Armes' Verschwinden in der Zeitung«, fuhr Harry fort, »wartete ich auf eine Korrektur, aber es wurde keine abgedruckt, und da wurde mir allmählich klar, daß die seltsamen Vorkommnisse bei Callan *nicht nur* seltsam waren, sondern möglicherweise kriminell – und daß die Polizei darin verwickelt war.«

»Paula Parkins wurde auch zerrissen«, sagte Sam.

Harry nickte. »Angeblich von ihren Dobermännern.«

»Dobermänner?« fragte Tessa.

Sam hatte ihr in der Wäscherei erzählt, daß ihre Schwester nur einer von vielen seltsamen Todesfällen und Selbstmorden war, aber er hatte ihr keine Einzelheiten der anderen erzählt. Jetzt erzählte er ihr rasch von Parkins.

»Nicht von ihren eigenen Hunden«, stimmte Tessa zu. »Sie wurde von dem zerrissen, was auch Armes tötete. Und die Leute heute im Cove Lodge.«

Harry hörte zum erstenmal von den Morden im Cove Lodge. Sam mußte ihm alles erklären, auch, wie er und Tessa einander in der Wäscherei begegnet waren.

Harrys vorzeitig gealtertes Gesicht nahm einen seltsamen Ausdruck an. Zu Tessa sagte er: »Äh… Sie haben diese Täter im Cove Lodge nicht gesehen? Keinen einzigen Blick?«

»Nur einen Fuß durch einen Spalt unter der Tür.«

Harry wollte etwas sagen, tat es aber nicht, sondern saß nachdenklich schweigend da.

Er weiß etwas, dachte Sam. Mehr als wir.

Aus irgendwelchen Gründen wollte Harry ihnen nicht mitteilen, was er wußte, denn er wandte sich wieder dem Notizbuch auf seinem Schoß zu und sagte: »Zwei Tage nach Paula Parkins' Tod wurde gegen halb zehn Uhr abends eine Leiche zu Callan gebracht.«

»Das wäre der elfte September?« fragte Sam.

»Ja.«

»Keine Aufzeichnungen, daß an diesem Tag ein Totenschein ausgestellt worden ist.«

»Auch nichts in der Zeitung.«

»Fahren Sie fort.«

Harry sagte: »Am fünfzehnten September…«

»Steve Heinz, Laura Dalcoe. Angeblich hat er sie getötet und sich dann selbst das Leben genommen«, sagte Sam. »Streit unter Liebenden, wollte man uns glauben machen.«

»Auch eine schnelle Einäscherung«, bemerkte Harry. »Und drei Nächte später, am achtzehnten, wurden kurz nach eins, kurz bevor ich zu Bett gehen wollte, noch zwei Leichen zu Callan gebracht.«

»Auch darüber existieren keine offiziellen Aufzeichnungen«, sagte Sam.

»Noch zwei von außerhalb, die auf einen Besuch oder nur zum Essen von der Autobahn abfuhren?« fragte Tessa. »Oder vielleicht jemand aus einem anderen Teil des County, der auf der Landstraße an der Stadt vorbeifuhr?«

»Könnten auch Leute von hier gewesen sein«, sagte Harry. »Ich meine, es gibt immer ein paar Leute, die nicht lange hier leben, Neuankömmlinge, die ihre Häuser mieten statt kaufen und keine nennenswerten Verbindungen zur Gemeinde haben. Wenn man die Morde an ihnen vertuschen wollte, könnte man sich immer eine akzeptable Geschichte ausdenken, daß sie wegen eines neuen Jobs weggezogen seien, oder so, und die Nachbarn würden es glauben.«

Wenn die Nachbarn nicht schon ›verwandelt‹ waren und sich an der Vertuschungsaktion beteiligten, dachte Sam.

»Dann am dreiundzwanzigsten September«, sagte Harry, »das muß der Leichnam Ihrer Schwester gewesen sein, Tessa.«

»Ja.«

»Da wußte ich schon, daß ich jemandem sagen müßte, was ich gesehen hatte. Jemand mit Befugnis. Aber wem? Ich traute keinem Einheimischen, weil ich gesehen hatte, wie die Polizei ein paar Leichen gebracht hatte, die nie in offiziellen Berichten auftauchten. Den County-Sheriff? Der hätte eher Watkins als mir geglaubt, oder nicht? Verflucht, es denken sowieso alle, daß Krüppel ein wenig verschroben sind – ich meine, nicht richtig im Kopf –, sie setzen körperliche Behinderung wenigstens ein wenig mit geistiger Behinderung gleich, wenigstens unterbewußt. Daher nahm ich an, daß sie Vorurteile haben und mir nicht glauben würden, und es *ist*, zugegeben, ja auch eine wilde Geschichte, die Leichen, geheime Einäscherungen…« Er machte eine Pause. Sein Gesicht wurde düster. »Die Tatsache, daß ich ein Kriegsveteran mit Auszeichnungen bin, hätte mich nicht glaubwürdiger gemacht. Das ist schon lange her, für manche Vorgeschichte. Tatsächlich… hätten sie mir den Krieg zweifellos ein wenig zum Vorwurf gemacht. Post-Vietnam-Stress-Syndrom, so nennt man das. Der arme Harry ist schließlich übergeschnappt – verstehen Sie denn nicht – wegen des Krieges.«

Bisher hatte Harry nüchtern gesprochen, ohne Gefühlsregung. Aber seine letzten Worte waren wie ein Stück Glas, das gegen die Oberfläche eines wogenden Sees gehalten wurde und Gefilde darunter sichtbar machte – in diesem Fall Gefilde von Leid, Einsamkeit und Entfremdung.

Jetzt drangen nicht nur Gefühle in seine Stimme ein, sie brachten sie sogar ein paarmal dazu, überzuschlagen. »Und ich muß gestehen, ein Grund, warum ich nicht versucht habe, es jemandem zu sagen, war der, daß ich... Angst hatte. Ich hatte keine Ahnung, was los war. Ich konnte nicht wissen, wieviel auf dem Spiel stand. Ich wußte nicht, ob sie mich zum Schweigen bringen, *mich* eines nachts in den Ofen von Callans schieben würden. Man sollte meinen, daß ich tollkühn wäre, nachdem ich schon soviel verloren habe, und mir keine Gedanken mehr zu machen brauche, noch mehr zu verlieren, vielleicht zu sterben; aber so ist es nicht, ganz und gar nicht. Für mich ist das Leben wahrscheinlich kostbarer als für Menschen, die heil und gesund sind. Dieser behinderte Körper hat mich so sehr gebremst, daß ich die letzten zwanzig Jahre außerhalb des Wirbels von Aktivitäten verbracht habe, in dem die meisten von Ihnen existieren, und dadurch hatte ich Zeit, die Welt *wirklich* zu sehen, ihre Schönheit und Vielfalt. Letztendlich hat meine Behinderung mich dazu gebracht, das Leben noch mehr zu bewundern und zu lieben. Deshalb hatte ich Angst, sie könnten zu mir kommen und mich umbringen, und deshalb habe ich niemandem erzählt, was ich gesehen habe. Gott stehe mir bei, denn wenn ich früher ausgesagt hätte, wenn ich das FBI früher angerufen hätte, wären vielleicht ein paar Menschen gerettet worden. Vielleicht... wäre Ihre Schwester gerettet worden.«

»Das sollten Sie nicht einmal denken«, sagte Tessa sofort. »Hätten Sie anders gehandelt, wären Sie jetzt zweifellos Asche, die man aus dem Ofen von Callan gekratzt und ins Meer geworfen hätte. Das Schicksal meiner Schwester war besiegelt. Und Sie hätten es nicht verhindern können.«

Harry nickte, dann schaltete er die Taschenlampe aus und machte das Zimmer noch dunkler, obwohl er noch nicht mit den Informationen in seinem Notizbuch durch war. Sam vermutete, Tessas spontane Großzügigkeit hatte Harry Tränen in die Augen getrieben, und er wollte nicht, daß es jemand sähe.

»Am fünfundzwanzigsten«, fuhr er fort, da er nicht unbedingt im Notizbuch lesen mußte, »wurde um Viertel nach zehn eine Leiche zu Callan gebracht. Auch das war unheimlich, denn sie wurde weder vom Kranken- noch vom Leichenwagen oder dem Polizeiauto gebracht. Sie wurde von Loman Watkins gebracht...«

»Dem Polizeichef«, sagte Sam für Tessa.

»...aber er war mit seinem Privatwagen da, und ohne Uniform«, sagte Harry. »Sie holten die Leiche aus dem Kofferraum. Sie war in eine Decke gewickelt. Auch in dieser Nacht waren die Jalousien nicht heruntergelassen, und ich konnte mit dem Tele nahe rankommen. Ich kannte die Leiche nicht, aber wohl den Zustand, in dem sie sich befand – derselbe wie Armes.«

»Zerrissen?« fragte Sam.

»Ja. Dann kam das FBI in die Stadt, um den Fall Bustamente-Sanchez zu untersuchen, und als ich das in der Zeitung las, war ich sehr erleichtert, denn ich dachte mir, es würde endlich alles ans Licht kommen, es würde Enthüllungen und Erklärungen geben. Aber in der Nacht des vierten Oktober wurden zwei weitere Leichen bei Callan weggeschafft...«

»Da war unser Team in der Stadt«, sagte Sam. »Mitten in den Ermittlungen. Sie wußten nicht, daß während dieser Zeit irgendwelche Totenscheine ausgestellt wurden. Sie sagen, das passierte direkt unter ihren Nasen?«

»Klar. Ich muß nicht ins Notizbuch sehen; ich erinnere mich ganz deutlich daran. Die Leichen wurden im Campingfahrzeug von Reese Dorn gebracht. Er gehört zur hiesigen Polizei, aber in jener Nacht hatte er keine Uniform an. Sie brachten die Toten ins Institut, und die Jalousien waren offen, daher konnte ich sehen, wie sie beide Leichen gleichzeitig in den Ofen schoben, als hätten sie es echt eilig, sie loszuwerden. Und spät in der Nacht des siebenten fanden auch Aktivitäten bei Callan statt, aber der Nebel war so dicht, daß ich nicht beschwören kann, ob weitere Leichen weggeschafft wurden. Und zuletzt... heute nacht. Der Leichnam eines Kindes. Eines kleinen Kindes.«

»Plus die beiden, die im Cove Lodge getötet wurden«, sagte Tessa. »Das macht über zwanzig Opfer, nicht die zwölf, wegen derer Sam hierher geschickt wurde. Diese Stadt ist zum Schlachthaus geworden.«

»Es könnten noch mehr sein, als wir denken«, sagte Harry.

»Wie das?«

»Nun, ich beobachte das Institut schließlich nicht jeden Abend die ganze Zeit über. Und ich gehe meist gegen halb zwei, aber nie später als zwei ins Bett. Wer sagt, daß ich nicht Besuche übersehen habe, daß nicht weitere Leichen in den frühen Morgenstunden gebracht wurden?«

Sam dachte darüber nach, während er wieder durch das Okular sah. Die Rückfront von Callans Institut blieb dunkel und still. Er drehte das Teleskop langsam nach rechts und suchte die Nachbarschaft in nördlicher Richtung ab.

Tessa sagte: »Aber *warum* wurden sie getötet?«

Niemand wußte eine Antwort.

»Und von was?« fragte sie.

Sam studierte einen Friedhof weiter nördlich an der Conquistador, dann seufzte er, sah auf und erzählte ihnen von seinem Erlebnis an diesem Abend am Iceberry Way. »Ich dachte, es waren Halbstarke, Jugendkriminelle, aber jetzt glaube ich, es waren dieselben Wesen, die das Paar im Cove Lodge getötet haben, dieselben, deren Fuß Sie unter der Tür gesehen haben.«

Er konnte förmlich sehen, wie Tessa in der Dunkelheit frustriert die Stirn runzelte, als sie sagte: »Aber was *sind* sie?«

Harry Talbot zögerte. Dann: »Schreckgespenster.«

52

Er wagte nicht, die Sirene einzuschalten, und auf der letzten Viertelmeile machte er sogar die Scheinwerfer aus, so näherte sich Loman um zehn nach drei Uhr morgens mit zwei Autos, fünf Männern und Schrotflinten dem Haus von Mike Peyser. Loman hoffte, sie würden die Gewehre nur zur Einschüchterung einsetzen müssen. Bei ihrer einzigen Begegnung mit einem Regressiven – Jordan Coombs am vierten September –, waren sie nicht auf dessen Wut vorbereitet gewesen und hatten ihm den Kopf wegpusten müssen, um die eigene Haut zu retten. Shaddack hatte nur einen Leichnam untersuchen können. Er war wütend über die vertane Chance gewesen, die Psychologie – und die funktionierende Physiologie – eines dieser metamorphosebedingten Psychopathen zu untersuchen. Unglücklicherweise war ein Betäubungsgewehr nicht von Nutzen, da die Regressiven Neue Menschen waren, die schlecht geworden waren, und alle Neuen Menschen, regressiv oder nicht, hatten einen radikal veränderten Metabolismus, der nicht nur wundersam schnelle Heilung ermöglichte, sondern auch die schnelle Absorption, Verdauung und Unschädlichmachung toxischer Substanzen wie Gifte und Betäubungsmittel. Man hätte einen Regressiven nur dann ruhigstellen können, wenn er einer dauernden Infusion zugestimmt hätte, was verdammt unwahrscheinlich war.

Mike Peysers Haus war ein einstöckiger Bungalow mit Vorder- und Hinterveranda an West- und Ostseite, gut erhalten und auf einem Grundstück von sechs Ar; von einigen großen Gummibäumen abgeschirmt, die ihre Blätter noch nicht verloren hatten. In keinem Fenster brannte Licht.

Loman schickte einen Mann zur Nord- und einen zur Südseite, damit Peyser nicht durch ein Fenster entkommen konnte. Einen dritten Mann postierte er vor der Vorderveranda, damit er den Eingang im Auge behielte. Mit den beiden anderen Männern – Sholnick und Pennyworth – ging er ums Haus herum und leise die Stufen zur hinteren Veranda hinauf.

Jetzt, wo der Nebel fortgeweht worden war, war die Sicht gut. Aber der heulende, pfeifende Wind war ein Hintergrundlärm, der andere Geräusche übertönte, die sie vielleicht hören mußten, während sie Peyser verfolgten.

Pennyworth stellte sich links von der Tür an die Hauswand, Sholnick rechts. Beide hatten halbautomatische Schrotflinten.

Loman drückte die Klinke. Die Tür war nicht verschlossen. Er stieß sie auf und trat zurück.

Seine beiden Männer betraten einer nach dem anderen die Küche und senkten die Schrotflinten, um zu feuern, obwohl sie wußten, der Befehl lautete, Peyser lebend zu fangen, wenn es möglich war. Aber sie hatten nicht vor, sich selbst zu opfern, nur um Shaddack die Bestie lebend zu bringen. Einen Augenblick später fand einer den Lichtschalter.

Loman, der selbst eine Schrotflinte Kaliber 20 hatte, betrat das Haus nach ihnen. Leere Schüsseln, zerbrochene Teller und schmutzige Tupperbehälter lagen auf dem Boden verstreut, dazu ein paar Rigatoni mit roter Tomatensauce, ein halber Fleischklops, Eierschalen, ein Stück Kuchenkruste und andere Essensreste. Einer von vier Stühlen am Frühstückstisch lag auf der Seite; ein weiterer war an einer Schrankreihe in Stücke gehauen worden und hatte ein paar Keramikfliesen zersplittert.

Direkt geradeaus führte ein Türbogen ins Eßzimmer. Restlicht aus der Küche erhellte vage Tisch und Stühle dort.

Links, neben dem Kühlschrank, befand sich eine Tür. Barry Sholnick machte sie vorsichtig auf. Ein Regal mit Konservendosen auf dem Treppenabsatz. Stufen führten in den Keller hinunter.

»Dort sehen wir später nach«, sagte Loman leise. »Wenn wir mit dem Haus fertig sind.«

Sholnick nahm lautlos einen Stuhl vom Frühstückstisch und klemmte ihn schräg unter die Türklinke, damit nichts aus dem Keller kommen und ihnen nachschleichen konnte, wenn sie in die anderen Zimmer gingen.

Sie standen einen Augenblick da und lauschten.

Windböen hämmerten gegen das Haus. Ein Fenster klapperte. Vom Dachboden oben konnte man das Ächzen von Dachbalken hören, und von noch weiter oben das Klirren loser Dachziegeln.

Seine Männer fragten Loman stumm, was sie tun sollten. Pennyworth war erst fünfundzwanzig, hätte für achtzehn gelten können und hatte ein so frisches und argloses Gesicht, daß man ihn eher für einen Vertreter religiöser Flugschriften als für einen Polizisten hätte halten können. Sholnick war zehn Jahre älter und hatte ein härteres Aussehen.

Loman winkte sie zum Eßzimmer.

Sie traten ein und schalteten dabei die Lichter ein. Das Eßzimmer war leer, daher gingen sie vorsichtig ins Wohnzimmer.

Pennyworth drückte auf einen Schalter an der Wand und schaltete damit eine Chrom- und Messing-Lampe an, eines der wenigen nicht zertrümmerten Möbelstücke. Die Kissen von Sofa und Sesseln waren zerfetzt; überall lagen Klumpen der Schaumgummifüllung, die wie giftige Pilze aussahen. Bücher waren aus den Regalen gezogen und in Fetzen gerissen worden. Eine Keramiklampe, ein paar Vasen und die Glasplatte eines Kaffeetischchens waren zerschmettert worden. Die Türen des Fernsehschränkchens waren abgerissen, der Bildschirm eingeschlagen. Hier waren blinde Wut und wilde Kraft am Werk gewesen.

Das Zimmer roch stark nach Urin… und nach etwas weniger Stehendem und nicht so Bekanntem. Möglicherweise der Geruch des Wesens, das für die Zerstörung verantwortlich war. Zu diesem schwächeren Geruch gehörte die saure Ausdünstung von Schweiß, aber es war auch etwas Seltsameres dabei, etwas, das Loman gleichzeitig den Magen umdrehte und vor Angst verkrampfte.

Links führte ein Flur zu den Schlafzimmern und Bädern. Loman deckte ihn mit der Schrotflinte ab.

Die beiden Deputies gingen in die Diele, die durch einen seitlichen Türbogen mit dem Wohnzimmer verbunden war. Rechts befand sich ein Schrank, direkt neben der Eingangstür. Sholnick stellte sich mit gesenkter Schrotflinte davor. Pennyworth riß die Tür von der Seite auf. In dem Schrank befanden sich nur Mäntel.

Der einfache Teil der Suche lag hinter ihnen. Vor ihnen lag der schmale Flur mit drei Türen, eine halb offen, die beiden anderen angelehnt, dunkle Zimmer dahinter. Dort gab es weniger Bewegungsfreiheit und mehr dunkle Stellen, von denen ein Angreifer zuschlagen konnte. Der Wind heulte in den Erkern. Er strich über eine Regenrinne und erzeugte einen leisen, klagenden Ton.

Loman hatte nie zu den Vorgesetzten gehört, die ihre Leute in die Gefahr schickten und selbst in Sicherheit zurückblieben. Er hatte zwar Stolz und Selbstachtung und Pflichtgefühl zusammen mit anderen Eigenschaften und Empfindungen der Alten Menschen abgestreift, aber seine Pflicht war immer noch eine Gewohnheit in ihm – tatsächlich weniger bewußt, als vielmehr ein Reflex –, und er handelte so, wie er es vor der Verwandlung getan haben würde. Er trat als erster in den Flur, wo rechts und links je eine Tür warteten. Er ging rasch ans Ende, zur zweiten Tür links, die halb offen war; er kickte sie nach innen und sah im Licht vom Flur ein kleines, leeres Badezimmer, bevor die Tür von der Wand abprallte und wieder zufiel.

Pennyworth nahm das erste Zimmer links. Er trat ein und hatte den Lichtschalter gefunden, bis Loman dorthin kam. Es war ein Arbeitszimmer mit Schreibtisch, Arbeitstisch, zwei Stühlen, Schränken, hohen Bücherregalen voll von Büchern mit grellbunten Rücken und zwei Computern. Loman trat ein und zielte auf den Schrank, wo Pennyworth vorsichtig erst die eine und dann die andere Spiegeltür beiseite rollte.

Nichts.

Barry Sholnick blieb auf dem Flur, er richtete die Schrotflinte auf das Zimmer, in dem sie noch nicht nachgesehen hatten. Als Loman und Pennyworth wieder zu ihm kamen, schoß Sholnick diese Tür mit dem Lauf der Schrotflinte ganz auf. Während sie aufschwang, schnellte er zurück, weil er sicher war, daß ihn etwas aus der Dunkelheit heraus anspringen würde, aber nichts geschah. Er zögerte, dann trat er unter die Tür, tastete mit einer Hand nach dem Lichtschalter, fand ihn, sagte: »Oh, mein Gott«, und trat hastig wieder auf den Flur heraus.

Loman sah an seinem Deputy vorbei in das Zimmer und erblickte eine Höllengestalt, die auf dem Boden kauerte und sich an die gegenüberliegende Wand drückte. Es war ein Regressiver, zweifellos Peyser, aber er sah dem regressiven Jordan Coombs nicht so ähnlich, wie Loman erwartet hatte. Es gab Gemeinsamkeiten, ja, aber nicht viele.

Loman drängte sich an Sholnick vorbei und ging über die Schwelle. »Peyser?«

Das Ding am anderen Ende des Zimmers blinzelte ihn an

und bewegte den verzerrten Mund. Mit einer Stimme, die flüsternd und doch kehlig, wild und doch gequält war, wie es nur die Stimme eines halbwegs intelligenten Wesens sein konnte, sagte es: »*...Peyser, Peyser, Peyser, ich, Peyser, ich, ich...*«

Auch hier war der Geruch von Urin, aber jetzt war dieser andere Geruch vorherrschend – beißend, moschusartig.

Loman ging weiter in das Zimmer. Pennyworth folgte ihm. Sholnick blieb an der Tür stehen. Loman blieb zwölf Schritte von Peyser entfernt stehen, und Pennyworth ging zur Seite und hielt die Flinte bereit.

Als sie Jordan Coombs am vierten September in dem vernagelten Kino in die Ecke gedrängt hatten, hatte dieser sich in einem Zustand befunden, der irgendwie an einen Gorilla mit gedrungenem, kräftigem Körper erinnert hatte. Mike Peyser dagegen hatte ein weitaus hagereres Äußeres, sein Körper, der an die Schlafzimmerwand gedrückt war, sah mehr wölfisch als affenähnlich aus. Die Hüften befanden sich in einem Winkel zur Wirbelsäule und verhinderten so, daß er vollkommen aufrecht stehen oder sitzen konnte, und seine Beine wirkten an den Schenkeln zu kurz und an den Schienbeinen zu lang. Er war von dichtem Haarwuchs bedeckt, aber nicht so dicht, daß man ihn als Pelz hätte bezeichnen können.

»*Peyser, ich, ich, ich...*«

Coombs' Gesicht war teilweise menschenähnlich gewesen, aber größtenteils das eines höheren Primaten, mit knochiger Stirn, flacher Nase und einem vorstehenden Kiefer mit großen, häßlichen, scharfen Zähnen, gleich denen eines Pavians. Mike Peysers gräßlich entstelltes Äußeres enthielt dagegen eine Spur Wolf, oder Hund; Mund und Nase waren zu einer deformierten Schnauze vorgezogen. Die breite Stirn erinnerte an die eines Affen, wirkte aber übertrieben, und in den blutunterlaufenen Augen, die in schattigen Höhlen tief unter dem knochigen Riff der Stirn lagen, war ein Ausdruck der Wut und des Entsetzens, der durch und durch menschlich war.

Peyser hob eine Hand, deutete auf Loman und sagte:

»*...hilf mir, mir, hilf, etwas stimmt nicht, stimmt nicht, stimmt nicht, hilf...*«

Loman betrachtete die mutierte Hand voll Angst und Staunen zugleich, er erinnerte sich daran, wie seine eigene Hand angefangen hatte, sich zu verändern, als er an diesem Abend beim Haus der Fosters den Ruf der Regressiven vernommen hatte. Verlängerte Finger. Große, grobe Knöchel. Scharfe Krallen anstelle von Fingernägeln. Menschliche Hände, was Form und Anzahl der Finger anbetraf, aber ansonsten vollkommen fremd.

Scheiße, dachte Loman, diese Hände, diese *Hände*. Ich habe sie im Kino gesehen, oder im Fernsehen, als wir die Kassette *Howling* ausgeliehen hatten. Rob Bottin. Das war der Name des Spezialeffektemachers, der den Werwolf geschaffen hatte. Er erinnerte sich daran, weil Danny vor der Verwandlung völlig vernarrt in Spezialeffekte gewesen war. Diese Hände sahen fast genauso wie die gottverdammten Hände des Werwolfs in *Howling* aus!

Das war so verrückt, daß man kaum darüber nachdenken konnte. Das Leben ahmte die Fantasie nach. Fleisch gewordene Fantasie. Während sich das zwanzigste Jahrhundert zunehmend seinem letzten Jahrzehnt näherte, war der wissenschaftliche und technologische Fortschritt an einem Scheidepunkt angekommen, wo der Traum der Menschheit von einem besseren Leben häufig erfüllt, wo aber auch Alpträume zu Wirklichkeit gemacht werden konnten. Peyser war ein böser, böser Traum, der aus dem Unterbewußtsein gekrochen und Fleisch geworden war; man konnte ihm nicht entkommen, indem man aufwachte; er würde nicht verschwinden, so wie die Ungeheuer, die den Schlaf heimsuchten.

»Wie kann ich dir helfen?« fragte Loman argwöhnisch.

»Erschießen Sie ihn«, sagte Pennyworth.

Loman antwortete heftig: »Nein!«

Peyser hob die beiden Hände mit den verzerrten Fingern und sah sie einen Moment an, als sähe er sie zum erstenmal. Er gab ein Stöhnen von sich, dann ein dünnes und klägliches Wimmern. »*...verändern, kann mich nicht mehr verändern,* *kann nicht, habe es versucht, will es, brauche es, will es, will es, kann nicht, habe es versucht, kann nicht…«*

Sholnick sagte von der Tür: »Großer Gott, er steckt fest – er ist gefangen. Ich dachte, die Regressiven könnten sich durch Willenskraft zurückverwandeln.«

»Können sie«, sagte Loman.

»*Er* nicht«, sagte Sholnick.

»Das behauptet er«, stimmte Pennyworth mit schneller, nervöser Stimme zu. »Er sagte, er kann sich nicht verändern.«

Loman sagte: »Vielleicht, vielleicht auch nicht. Aber die anderen Regressiven können sich verändern, denn wenn sie es *nicht* könnten, hätten wir sie mittlerweile alle gefunden. Sie streifen ihr verändertes Stadium ab und wandeln wieder unter uns.«

Peyser schien sie gar nicht zu bemerken. Er starrte seine Hände an und wimmerte kehlig, als würde ihn entsetzen, was er sah.

Dann fingen seine Hände an, sich zu verändern.

»Sehen Sie«, sagte Loman.

Loman hatte noch nie so eine Verwandlung gesehen; er war von Neugier, Staunen und Entsetzen gepackt. Die Krallen gingen zurück. Das Fleisch war plötzlich so formbar wie weiches Wachs; es quoll auf, schlug Blasen, pulsierte nicht im rhythmischen Fluß von Blut in den Adern, sondern seltsam, obszön; es nahm neue Formen an, als würde ein unsichtbarer Bildhauer daran arbeiten. Loman hörte Knochen krachen, bersten, wenn sie aufgebrochen und neu gebildet wurden; das Fleisch schmolz und verfestigte sich mit ekelerregenden feuchten Lauten wieder. Die Hände wurden beinahe menschlich. Dann verloren Gelenke und Unterarme etwas von ihrem grobschlächtigen, wölfischen Äußeren. Man sah in Peysers Gesicht, daß sich die menschliche Seele bemühte, den Wilden zu vertreiben, der momentan die Kontrolle hatte; die Züge des Raubtiers wichen einem sanfteren, zivilisierten Gesicht. Es war, als wäre der monströse Peyser nur die Spiegelung einer Bestie im Wasser, eines Sees, aus dem jetzt der wahre, menschliche Peyser emporstieg.

Er war zwar kein Wissenschaftler, kein Genie der Mikrotechnologie, nur ein Polizist mit High-School-Abschluß; dennoch wußte Loman, daß diese grundlegende und rasche Verwandlung nicht nur den drastisch verbesserten Stoffwechselvorgängen und der Fähigkeit der Neuen Menschen, sich selbst zu heilen, zugeschrieben werden konnte. Einerlei, welche gewaltigen Fluten von Hormonen, Enzymen und anderen biologischen Chemikalien Peysers Körper jetzt erzeugen konnte, es war unmöglich, daß Knochen und Fleisch in einer so kurzen Zeitspanne so nachdrücklich verändert werden konnten. Im Verlauf von Tagen oder Wochen ja, aber nicht innerhalb von *Sekunden*. Es war sicherlich physisch unmöglich. Und doch geschah es. Was bedeutete, daß in Mike Peyser eine andere Kraft am Werk war, mehr als nur biologische Vorgänge, etwas Geheimnisvolles und Furchteinflößendes.

Plötzlich hörte die Verwandlung auf. Loman konnte sehen, daß Peyser sich bemühte, wieder völlig menschlich zu werden; er biß die halb menschlichen, aber immer noch wolfsähnlichen Kiefer zusammen und knirschte mit den Zähnen, in seinen seltsamen Augen war ein Ausdruck von Verzweiflung und eiserner Entschlossenheit, aber es nützte nichts. Einen Augenblick zitterte er am Rand der menschlichen Gestalt. Man hatte den Eindruck, wenn er die Verwandlung nur noch einen Schritt weiterbringen würde, nur noch einen winzigen Schritt, dann würde er eine Schwelle überschreiten, nach der die restliche Verwandlung beinahe automatisch stattfinden würde, ohne äußerste Willensanstrengung, so mühelos wie ein abwärts fließender Bach. Aber er konnte nicht über diese Schwelle springen.

Pennyworth gab einen leisen, erstickten Laut von sich, als würde er Peysers Verzweiflung teilen.

Loman sah seinen Deputy an. Auf Pennyworths Gesicht glitzerte ein dünner Schweißfilm.

Loman stellte fest, daß er ebenfalls schwitzte; er spürte, wie eine Schweißperle an seiner linken Schläfe hinabrann. Es war warm in dem Bungalow – ein Ölofen klickte an und aus –, aber nicht so warm, daß man hätte schwitzen sollen.

Es war ein kalter Angstschweiß, aber auch mehr als das. Er spürte auch eine Beklemmung in der Brust, einen Kloß in der Kehle, der das Schlucken erschwerte, und er atmete schnell, als wäre er hundert Treppenstufen emporgelaufen…

Peyser stieß einen dünnen Schmerzensschrei aus und wurde wieder regressiv. Mit dem spröden, berstenden Geräusch von Knochen und dem ölig-feuchten Laut von aufgeweichtem und wieder erstarrtem Fleisch kam die wilde Bestie wieder zum Vorschein, nach einem Augenblick war Peyser wieder so, wie sie ihn zuerst gesehen hatten: eine Kreatur der Hölle.

Ja, eine Kreatur der Hölle, aber beneidenswert kräftig und von einer seltsamen, schrecklichen Schönheit erfüllt. Verglichen mit dem Menschenkopf, war die vorwärtsgestreckte Haltung des großen Schädels linkisch, und dem Ding fehlte die anmutige Einwärtskrümmung der menschlichen Wirbelsäule, dennoch besaß es eine ganz ureigene, dunkle Anmut.

Sie standen einen Augenblick schweigend da.

Peyser kauerte mit gesenktem Kopf auf dem Boden.

Schließlich sagte Sholnick von der Tür: »Mein Gott, er *ist* gefangen.«

Mike Peysers Problem ließ sich möglicherweise auf einen Fehler in der Technologie zurückführen, mittels derer die Verwandlung von einem Alten in einen Neuen Menschen bewerkstelligt wurde, aber Loman vermutete, daß Peyser immer noch über die Fähigkeit verfügte, sich neu zu formen, daß er wieder zu dem Menschen werden konnte, zu dem er so verzweifelt werden wollte, daß ihm aber der Wunsch fehlte, wieder wirklich menschlich zu werden. Er war zum Regressiven geworden, weil er diesen veränderten Zustand erstrebenswert fand; vielleicht hielt er ihn auch für so ungleich erstrebenswerter und befriedigender, daß er gar nicht mehr richtig ins höhere Dasein zurückkehren *wollte*.

Peyser hob den Kopf und sah Loman und dann Pennyworth an, schließlich Sholnick und zuletzt wieder Loman. Das Entsetzen über seinen Zustand war nicht mehr zu sehen. Zorn und Entsetzen waren aus seinen Augen verschwunden. Er schien sie mit seiner verzerrten Schnauze anzulächeln, und eine neue Wildheit – beunruhigend und faszinierend zugleich – erschien in seinen Augen. Er hob die Hände wieder vors Gesicht und spannte die langen Finger, klickte mit den Krallen aneinander und betrachtete sich selbst mit einer Art Verwunderung.

»*...jagen, jagen, verfolgen, jagen, töten, Blut, Blut, brauche, brauche es...*«

»Wie zum Teufel sollen wir ihn lebend mitnehmen, wenn er nicht mitkommen will?« Pennyworths Stimme war seltsam belegt und etwas nuschelnd.

Peyser griff sich mit einer Hand an die Genitalien und kratzte sich abwesend. Er sah wieder Loman an, dann in die Nacht hinaus, die ans Fenster drängte.

»Ich fühle...« Sholnick ließ den Satz unvollendet.

Pennyworth fehlten ebenfalls die Worte: »Wenn wir... nun, wir könnten...«

Der Druck in Lomans Brust war größer geworden. Sein Hals war noch mehr zugeschnürt, er schwitzte immer noch.

Peyser stieß einen sanften, wabernden Schrei aus, wie ihn Loman unheimlicher noch nie gehört hatte, ein Ausdruck der Sehnsucht, aber auch eine animalische Herausforderung an die Nacht, eine Verkündigung seiner Kraft und der Zuversicht in seine eigene Stärke und Verschlagenheit. In dem engen Schlafzimmer hätte der Schrei schrill und unangenehm sein sollen, aber statt dessen entfachte er in Loman dasselbe unaussprechliche Sehnen, das er schon beim Haus der Fosters empfunden hatte, als er die drei Regressiven einander in der Ferne und der Nacht etwas zurufen gehört hatte.

Loman biß die Zähne so fest zusammen, daß seine Kiefer schmerzten, und versuchte, dem unheiligen Drang zu widerstehen.

Peyser ließ noch einen Schrei los, dann sagte er: »*Laufen, jagen, frei, frei, brauche es, frei, brauche es, kommt mit mir, kommt, kommt, brauche es, brauche...*«

Loman spürte, wie er die Schrotflinte losließ. Der Lauf senkte sich. Die Mündung war auf den Boden gerichtet, nicht mehr auf Peyser.

»…laufen, frei, frei, müssen…«

Hinter Loman erklang ein nervenzerfetzender Schrei der Befreiung.

Er sah zur Schlafzimmertür und bekam gerade noch mit, wie Sholnick die Schrotflinte fallen ließ. Gesicht und Hände des Deputy wiesen sachte Veränderungen auf. Er zog die schwarze Uniformjacke aus, warf sie beiseite, riß das Hemd auf. Seine Wangen- und Kieferknochen zerflossen und strömten nach vorne, die Stirn wurde fliehend, während er in den verwandelten Zustand überwechselte.

53

Als Harry Talbot ihnen alles über die Schreckgespenster gesagt hatte, beugte sich Sam auf dem hohen Stuhl zum Okular des Teleskops. Er schwang das Instrument nach links, bis er das unbebaute Grundstück neben dem Bestattungsinstitut im Visier hatte, wo die Geschöpfe zuletzt in Erscheinung getreten waren.

Er war nicht sicher, wonach er suchte. Er glaubte nicht, daß die Schreckgespenster um genau die gleiche Zeit exakt zum selben Ort zurückkehren würden, damit er sie sich in aller Bequemlichkeit betrachten könnte. Und das niedergetrampelte Gras und Buschwerk, wo sie erst vor ein paar Stunden gewesen waren, enthielt keinerlei Hinweise, die ihm verraten hätten, was sie waren oder in welchem Auftrag sie unterwegs waren. Vielleicht versuchte er nur, die fantastische Vorstellung von affen-hunde-reptilienähnlichen Schreckgespenstern in der Wirklichkeit zu verwurzeln, sie im Geiste mit diesem unbebauten Grundstück in Verbindung zu bringen, um sie dadurch konkreter zu machen, damit er mit ihnen fertigwerden konnte.

Wie auch immer, Harry hatte außer dieser noch eine andere Geschichte zu berichten. Während sie in dem verdunkelten Zimmer saßen, als würden sie sich um ein ausgebranntes Lagerfeuer herum Gespenstergeschichten erzählen, sagte er ihnen, wie er mitangesehen hatte, wie Denver Simpson, Doc Fitz, Reese Dorn und Paul Hawthorne damals Ella Simpson überwältigt, sie nach oben ins Schlafzimmer gebracht und ihr dann eine gewaltige Injektion mit einer goldfarbenen Flüssigkeit gegeben hatten.

Sam bediente das Teleskop nach Harrys Anweisungen, und so gelang es ihm, das Haus der Simpsons zu finden und anzuvisieren, das auf der anderen Seite der Conquistador und gleich nördlich des katholischen Friedhofs lag. Alles war dunkel und reglos.

Tessa, die noch auf dem Bett saß und den Hund streichelte, sagte: »Das muß alles irgendwie zusammenhängen: diese ›Unglücksfälle‹, was diese Männer mit Ella Simpson gemacht haben, und diese... Schreckgespenster.«

»Ja, das hängt alles miteinander zusammen«, stimmte Sam zu. »Und New Wave Mikrotechnologie ist der Knoten, der es zusammenhält.«

Er erzählte ihnen, was er herausgefunden hatte, als er hinter dem Rathaus in dem Streifenwagen spioniert hatte.

»Moonhawk?« fragte sich Tessa. »Verwandlungen? In was, um Himmels willen, verwandeln sie die Menschen?«

»Ich weiß nicht.«

»Doch sicher nicht in diese... Schreckgespenster.«

»Nein, den Sinn *dessen* würde ich nicht sehen, und soviel ich mitbekommen habe, wurden bereits zweitausend Menschen in der Stadt... dieser Behandlung unterzogen, verwandelt, was auch immer, zum Teufel, es ist. Wenn so viele von Harrys Schreckgespenstern unterwegs wären, wären sie überall; in der Stadt würde es von ihnen wimmeln, wie in einem Zoo in der Twilight-Zone.«

»Zweitausend«, sagte Harry. »Das sind zwei Drittel der ganzen Stadt.«

»Und der Rest bis Mitternacht«, sagte Sam. »Nicht mehr ganz einundzwanzig Stunden von jetzt an.«

»Ich auch, schätze ich?« fragte Harry.

»Ja. Ich habe in ihrer Liste nach Ihnen gesucht. Ihre Verwandlung ist im letzten Stadium geplant, zwischen sechs Uhr kommenden Abends und Mitternacht. Sie haben also noch etwa vierzehneinhalb Stunden, bis sie zu Ihnen kommen werden.«

»Das ist verrückt«, sagte Tessa.

»Ja«, stimmte Sam zu. »Vollkommen verrückt.«

»Das kann alles nicht wahr sein«, sagte Harry. »Aber wenn es nicht wahr ist, warum stehen mir dann die Haare zu Berge?«

54

»Sholnick!«

Barry Sholnick warf das Uniformhemd weg, kickte die Schuhe fort und war so begierig, sämtliche Kleidungsstücke abzustreifen und seine Regression vollkommen zu machen, daß er nicht auf Loman achtete.

»Barry, hören Sie um Gottes willen auf, lassen Sie das nicht geschehen«, sagte Pennyworth flehentlich. Er war blaß und zitterte. Er sah von Sholnick zu Peyser und wieder zurück, und Loman vermutete, daß Pennyworth denselben degenerierten Trieb verspürte, dem sich Sholnick ergeben hatte.

»*...frei laufen, jagen, Blut, Blut, müssen...*«

Peysers verlockender Gesang bohrte sich wie ein Stachel durch Lomans Gehirn, und er wollte, daß er damit aufhörte. Nein, in Wahrheit war es kein Stachel, der seinen Schädel spaltete, denn es war überhaupt nicht schmerzhaft, tatsächlich war es erregend und seltsam melodisch, drang ihm bis ins Innerste und durchbohrte ihn nicht wie ein Schaft aus Metall, sondern wie Musik. *Darum* wollte er, daß es aufhörte; weil es ihn ansprach, ihn in seinen Bann zog; er wollte seine Verantwortung und seine Sorgen abstreifen, wollte sich vor dem zu komplizierten Leben des Intellekts zurückziehen in eine Existenz, die nur auf Gefühlen basierte, auf körperlichem Verlangen, in eine Welt, deren Grenzen von Sex und Nahrung und dem Nervenkitzel der Jagd bestimmt waren, eine Welt, wo Zwistigkeiten und Bedürfnisse einzig und allein durch Muskelkraft ausgetragen und erfüllt wurden, wo er nie wieder denken, sich Sorgen machen oder sich um etwas kümmern müßte.

»*...Erfüllung, Erfüllung, Erfüllung, Erfüllung, töten...*«

Sholnicks Körper beugte sich nach vorne, als sich die Wirbelsäule neu bildete. Sein Rücken verlor die konkave Krümmung, die der menschlichen Gestalt eigen ist. Seine Haut schien Schuppen zu weichen...

»*...Kommt, schnell, schnell, die Jagd, Blut, Blut...*«

...und als Sholnicks Gesicht neu geformt wurde, klaffte sein Mund unmöglich weit auf und öffnete sich fast von einem Ohr bis zum anderen, wie das Maul eines ewig grinsenden Reptils.

Der Druck in Lomans Brust wurde mit jeder Sekunde größer. Ihm war heiß, er schwitzte, aber die Hitze kam aus seinem Inneren, als würde sein Stoffwechsel mit einer Geschwindigkeit rasen, die das Tausendfache der Normalen betrug, um ihn für die Verwandlung bereit zu machen. »Nein.« Schweiß strömte an ihm herab. »Nein!« Ihm war, als wäre das Zimmer ein Kessel, in dem er auf seine Essenz ausgekocht werden würde; er konnte fast spüren, wie sein Fleisch zu schmelzen anfing.

Pennyworth sagte: »Ich will, ich will, ich will«, aber er schüttelte heftig den Kopf und versuchte zu leugnen, was er wollte. Er weinte und zitterte und war weiß wie ein Laken.

Peyser erhob sich aus seiner kauernden Haltung und trat von der Wand weg. Er bewegte sich geschmeidig, rasch, und obwohl er sich in seinem veränderten Zustand nicht vollkommen aufrecht halten konnte, war er größer als Loman, eine furchteinflößende und zugleich verführerische Gestalt.

Sholnick kreischte.

Peyser entblößte die scharfen Zähne und zischte Loman etwas zu, als wollte er sagen: *Entweder kommst du zu uns, oder du stirbst*.

Mit einem Schrei, der sich aus Verzweiflung und Freude zusammensetzte, warf Neil Pennyworth die Schrotflinte weg und legte die Hände vor das Gesicht. Als hätte diese Berührung eine chemische Reaktion ausgelöst, fingen sowohl seine Hände wie auch das Gesicht an, sich zu verformen.

Hitze *explodierte* in Loman und er brülle wortlos, aber ohne die Freude, die Pennyworth ausgedrückt hatte, und ohne Sholnicks orgiatischen Schrei. Er riß die Schrotflinte hoch, solange er sich noch in der Gewalt hatte, und feuerte eine Ladung auf Peyser ab.

Der Schuß erwischte den Regressiven in der Brust und warf ihn in einem gewaltigen Blutschwall gegen die Wand. Peyser sackte winselnd, nach Luft ringend zusammen und wand sich auf dem Boden wie ein nicht ganz totgetretener Käfer, und er war nicht tot. Vielleicht hatten Herz und Lunge keine ausreichenden Verletzungen abbekommen. Wenn sein Blut, noch mit Sauerstoff versorgt, durch seinen Körper gepumpt würde, dann würde der Schaden bereits behoben; seine Unverwundbarkeit war in gewisser Weise noch größer als die übernatürlichen Kräfte eines Werwolfs, denn ihn konnte man *nicht* einfach mit einer Silberkugel töten; er würde einen Augenblick später so kräftig wie eh und je wieder aufstehen.

Eine Hitzewelle nach der anderen jagte durch Loman, und jede war heißer als die vorhergehende. Er verspürte Druck von innen, jetzt nicht mehr nur in der Brust, sondern in jedem Körperteil. Ihm blieben nur noch Sekunden, in denen sein Verstand klar genug sein würde zu handeln, und sein Wille stark genug, Widerstand zu leisten. Er lief zu Peyser, hielt ihm die Schrotflinte gegen die wogende Regressivenbrust und feuerte noch eine Ladung in ihn.

Diese Ladung *mußte* das Herz zerschmettert haben. Der Körper zuckte vom Boden empor, als der Schuß in ihn eindrang. Peysers Monstergesicht verzerrte sich, dann erstarrte es mit offenen, blicklosen Augen und Lippen, die unmenschlich große, scharf aussehende Zähne entblößten.

Hinter Loman schrie jemand.

Er wirbelte herum und sah das Sholnick-Ding auf sich zukommen. Er feuerte eine dritte und vierte Ladung, die Sholnick in der Brust und im Magen traf.

Der Deputy stürzte heftig zu Boden und kroch in Richtung Flur, weg von Loman.

Neil Pennyworth hatte sich vor dem Bett auf dem Boden in eine embryonale Haltung zusammengerollt. Er sang, aber nicht von Blut und Bedürfnissen und der Freiheit; er schrie den Namen seiner Mutter, immer wieder, als wäre er ein verbaler Talisman, der ihn vor dem Bösen beschützen konnte, das ihn holen wollte.

Lomans Herz schlug so heftig, daß das Pochen von außen zu kommen schien, als würde jemand in einem anderen Zimmer des Hauses eine Trommel schlagen. Er war halb davon überzeugt, daß er seinen gesamten Körper in diesem Pulsschlag erbeben spüren konnte, und daß er sich mit jedem Schlag auf eine unmerkliche und dennoch teuflische Weise veränderte.

Er trat hinter Sholnick, stand über ihm, dann stieß Loman dem Regressiven die Mündung in den Rücken, etwa an der Stelle, wo er das Herz vermutete, und drückte ab. Sholnick stieß einen schrillen Schrei aus, als er spürte, wie ihn die Mündung berührte, aber er war zu schwach, sich herumzudrehen und Loman das Gewehr zu entreißen. Der Schuß machte dem Schrei für immer ein Ende.

Das Blut dampfte in dem Zimmer. Der komplexe Geruch war so süß und anziehend, daß er an die Stelle von Peysers verführerischem Gesang trat und Loman zur Regression treiben wollte.

Er lehnte sich an den Schrank, machte die Augen zu und versuchte, sich zusammenzunehmen. Er klammerte sich mit beiden Händen an der Schrotflinte fest, und zwar nicht wegen ihres Wertes für die Verteidigung – sie enthielt keine Munition mehr –, sondern weil es eine kunstvoll gefertigte Waffe war, was bedeutete, sie war ein Gegenstand der Zivilisation, eine Erinnerung daran, daß er ein Mensch war, der Gipfel der Evolution, und daß er der Versuchung nicht erliegen durfte, seine Werkzeuge und sein Wissen wegzuwerfen und gegen die niederen Vergnügungen und Befriedigungen eines Tieres einzutauschen.

Aber der Blutgeruch war so stark und verlockend…

Er versuchte verzweifelt, sich mit allem zu beeindrucken, was er verlieren würde, wenn er sich ergab, und er dachte an Grace, seine Frau, und erinnerte sich, wie sehr er sie einst geliebt hatte. Aber jetzt konnte er nicht mehr lieben, wie alle Neuen Menschen. Gedanken an Grace konnten ihn nicht retten. Tatsächlich sah er Bilder ihrer letzten animalischen Paarung vor sich, und sie war nicht mehr Grace für ihn; sie war einfach *weiblich*, und die Erinnerung an ihr wildes Kopulieren erregte ihn und zog ihn noch näher an den Strudel der Regression.

Der übermächtige Wunsch zu degenerieren weckte das Gefühl in ihm, als wäre er in einem Wirbel und würde nach unten gesogen werden, nach unten gesogen, nach unten, und er vermutete, daß sich so der Werwolf fühlen mußte, wenn er zum Nachthimmel aufsah und am Horizont den Vollmond aufgehen sah. Der Konflikt tobte in ihm:

...Blut...

...Freiheit...

- nein. Verstand, Wissen -

...Jagen...

...Töten...

- nein. Forschen, Lernen -

...Essen...

...Laufen...

...Jagen...

...Ficken...

...Töten...

- nein, nein! Musik, Kunst, Sprache -

Das Chaos in ihm wuchs.

Er versuchte, dem Sirenengesang der Wildheit mit Vernunft entgegenzutreten, aber das schien nicht zu funktionieren, daher dachte er an Denny, seinen Sohn. Er mußte an seiner Menschlichkeit festhalten, und sei es nur Dennys wegen. Er versuchte, die Liebe zu beschwören, die er einst für seinen Sohn empfunden hatte, versuchte diese Liebe neu in sich erstehen zu lassen, bis er sie hinausschreien könnte, aber er vernahm nur ein Flüstern vergangener Gefühle tief in der Dunkelheit seines Verstandes. Seine Fähigkeit zu lieben war auf dieselbe Weise von ihm gewichen, wie Materie nach dem Urknall, der das Universum erschaffen hatte, vom

Zentrum der Existenz fortgestrebt war; die Liebe zu Denny war jetzt so fern und vergangen, daß sie wie ein Stern am anderen Ende des Universums war, dessen Licht man nur schwach sehen konnte und das wenig Energie zu leuchten und gar keine Energie, Wärme zu spenden, mehr hatte. Doch selbst der Hauch eines Gefühls war etwas, um das er das Bild von sich selbst als menschlich aufbauen konnte, menschlich, in erster Linie Mensch, kein Ding, das auf allen Vieren lief, oder mit am Boden schleifenden Knöcheln, sondern ein Mensch, ein Mensch.

Sein fliegender Atem wurde etwas langsamer. Sein Herzschlag verlangsamte sich von einem unmöglich schnellen *dubdubdubdubdubdubdubdubdub* zu schätzungsweise hundert oder hundertzwanzig Schlägen pro Minute, immer noch schnell, als liefe er, aber besser. Auch sein Kopf wurde klarer, aber nicht völlig klar, weil der Geruch des Blutes ein unausweichliches Parfum war.

Er stieß sich vom Schrank ab und stolperte zu Pennyworth.

Der Deputy hatte sich immer noch in der engsten Embryonalhaltung zusammengerollt, die ein erwachsener Mann einnehmen konnte. Spuren der Bestie waren an seinen Händen und im Gesicht zu erkennen, aber er war deutlich menschlicher geworden. Daß er den Namen seiner Mutter sang, schien ebensogut zu wirken, wie die dünne Lebenslinie der Liebe für Loman gewirkt hatte.

Loman nahm seine verkrampfte Hand von der Schrotflinte, streckte sie Pennyworth entgegen und nahm ihn am Arm. »Kommen Sie, verschwinden wir von hier, Junge, weg von dem Geruch.«

Pennyworth begriff und erhob sich umständlich. Er beugte sich zu Loman und ließ sich aus dem Zimmer führen, weg von den beiden toten Regressiven, den Flur entlang ins Wohnzimmer.

Hier erstickte der Uringestank sämtliche Spuren des Blutgeruchs, die aus dem Schlafzimmer hierher gezogen sein konnten. Das war besser. Es war kein übler Geruch mehr, wie vorhin, sondern ätzend und säubernd.

Loman ließ Pennyworth in einen Sessel sinken, das einzige gepolsterte Möbelstück im Zimmer, das nicht in Fetzen gerissen worden war.

»Alles in Ordnung?«

Pennyworth sah zu ihm auf, zögerte, dann nickte er. Sämtliche Spuren der Bestie waren von Gesicht und Händen verschwunden, aber sein Fleisch war seltsam schwammig und immer noch im Stadium der Veränderung begriffen. Sein Gesicht schien von einem heftigen Anfall von Nesselausschlag geschwollen zu sein, große Beulen zogen sich von der Stirn zum Kinn und von einem Ohr zum anderen, und er hatte auch lange diagonale Wülste, die auf der Haut wütend rot leuchteten. Doch diese Phänomene verschwanden, noch während Loman hinsah, und Neil Pennyworth hatte seine Menschlichkeit wieder vollkommen zurückgewonnen. Jedenfalls seine *leibliche* Menschlichkeit.

»Sicher?« fragte Loman.

»Ja.«

»Bleiben Sie hier.«

»Ja.«

Loman ging in die Diele und machte die Eingangstür auf. Der Deputy, der draußen stand, war aufgrund der Schüsse und Schreie im Haus so nervös, daß er beinahe auf seinen Vorgesetzten geschossen hätte, bis ihm klar wurde, wen er vor sich hatte.

»Was, zum Teufel, geht da vor?« sagte der Deputy.

»Nehmen Sie per Computer Verbindung zu Shaddack auf«, sagte Loman. »Er muß sofort hierher kommen. Auf der Stelle. Ich muß ihn *sofort* sprechen.«

55

Sam zog die schweren blauen Vorhänge zu, und Harry schaltete das Nachttischlämpchen an. So schwach es war, zu düster, um mehr als die Hälfte der Schatten zu verscheuchen, es tat Tessa dennoch in den Augen weh, die bereits müde und blutunterlaufen waren.

Sie sah das Zimmer zum erstenmal richtig. Es war spartanisch möbliert: der Stuhl; der hohe Tisch neben dem Stuhl; das Teleskop; eine lange, schwarze Kommode im modernen orientalischen Stil; zwei passende Nachttischchen; in einer Ecke ein kleiner Kühlschrank; ein verstellbares Krankenhausbett, übergroß, ohne Decke, aber mit vielen Kissen und bunten Laken mit einem Muster roter, orangefarbener, purpurner, grüner, gelber, blauer und schwarzer Kleckse und Linien, wie eine gigantische Leinwand, die von einem wahnsinnigen und farbenblinden abstrakten Künstler bemalt worden war.

Harry sah ihre und Sams Reaktion auf die Laken, und sagte: »*Das* ist eine Geschichte für sich, aber Sie müssen zuerst die Vorgeschichte erfahren. Meine Haushälterin, Mrs. Hunsbok, kommt einmal die Woche vorbei, sie erledigt den größten Teil meiner Einkäufe für mich. Aber ich schicke auch Moose jeden Tag auf einen Botengang, und wenn es nur ist, um die Zeitung zu holen. Er hat diese... nun, eine Art Satteltaschen umgeschnallt, auf jeder Seite eine, ich lege einen Zettel und etwas Geld in eine Tasche, und er geht zum hiesigen Kaufhaus – wenn er die Taschen umgeschnallt hat und ich nicht bei ihm bin, geht er nur dorthin. Der Junge dort in der Lebensmittelabteilung, Jimmy Ramis, kennt mich ziemlich gut. Jimmy liest den Zettel, legt einen Beutel Milch oder ein paar Schokoriegel oder was ich auch immer haben möchte, in die Satteltasche, legt auch das Wechselgeld hinein, und Moose bringt mir alles. Er ist ein guter, zuverlässiger Hund, der beste. Sie bilden sie bei *Canine Companions for Independence* wirklich sehr gut aus. Wenn Moose meine Zeitung oder einen Beutel Milch in der Tasche hat, verfolgt er nie eine Katze.«

Der Hund hob den Kopf von Tessas Schoß und hechelte und grinste, als würde ihm das Lob gefallen.

»Eines Tages kam er mit den paar Dingern heim, wegen derer ich ihn fortgeschickt hatte, und außerdem hatte er einen Satz Laken und Kissenbezüge. Ich rief Jimmy Ramis an und fragte ihn, was das sollte, und Jimmy sagte, er wüßte nicht, wovon ich spräche, er hätte diese Laken nie gesehen.

Jimmys Vater gehört das Kaufhaus, und ihm gehört auch der Restpostenladen an der Landstraße. Er bekommt jede Menge Restposten und Sachen, die sich nicht so gut verkauft haben, wie die Hersteller erwarteten. Er kauft sie manchmal zu zehn Prozent des ursprünglichen Preises ein, und ich könnte mir denken, daß es ihm selbst in seinem Restpostengeschäft schwerfiel, diese Laken zu verkaufen. Jimmy hat sie zweifellos gesehen, fand sie reichlich albern und beschloß, einen Spaß mit mir zu machen. Aber am Telefon sagte Jimmy: ›Harry, wenn ich etwas von diesen Laken wüßte, würde ich es Ihnen sagen, aber ich weiß nichts davon.‹ Und ich sagte: ›Willst du mir einreden, daß Moose sie aus freien Stücken gekauft hat, mit seinem eigenen Geld?‹ Und Jimmy sagte: ›Nein, ich schätze, er ist irgendwo zum Ladendieb geworden‹; worauf ich sagte: ›Und wie konnte er sie so ordentlich in seine Satteltaschen packen?‹ Sagt Jimmy: ›Ich weiß nicht, Harry, aber er ist ein verdammt kluger Hund – auch wenn es so aussieht, als hätte er nicht den besten Geschmack.‹«

Tessa sah, wie Harry die Geschichte genoß und sie begriff auch, warum sie ihm solche Freude bereitete. Zunächst einmal war der Hund Kind, Bruder und Freund, alles in einem vereint, und Harry war stolz, daß die Leute Moose für klug hielten. Wichtiger war aber, Jimmys kleiner Scherz machte Harry zu einem Teil seiner Gemeinde, nicht nur zu einem ans Haus gefesselten Invaliden, sondern zu einem aktiv am Leben der Stadt Beteiligten. In seinem einsamen Leben gab es zu wenige solcher Vorfälle.

»Und du *bist* ein kluger Hund«, sagte Tessa zu Moose.

Harry sagte: »Wie dem auch sei, als Mrs. Hunsbok das nächste Mal kam, habe ich sie gebeten, das Bett damit zu beziehen, als Witz, aber dann gefielen sie mir irgendwie.«

Nachdem er die Vorhänge am zweiten Fenster zugezogen hatte, ging Sam wieder zum Stuhl, setzte sich, drehte sich zu Harry herum und sagte: »Das sind die grellsten Laken, die ich je gesehen habe. Halten Sie sie nachts nicht wach?«

Harry lächelte. »Mich kann nichts wachhalten. Ich schlafe wie ein Baby. Die Leute werden von Sorgen wegen der Zukunft, darüber, was ihnen zustoßen könnte, wachgehalten. Aber mir *ist* das Schlimmste schon zugestoßen. Oder sie liegen wach und denken über die Vergangenheit nach, über das, was gewesen ist; und auch das tue ich nicht, weil ich es einfach nicht wage.« Während er sprach, verblaßte sein Lächeln. »Und was jetzt? Was machen wir als nächstes?«

Tessa hob den Kopf des Hundes behutsam vom Schoß, stand auf, strich sich ein paar Hundehaare von den Jeans und sagte: »Nun, die Telefone funktionieren nicht, daher kann Sam das FBI nicht anrufen, und wenn wir die Stadt zu Fuß verlassen, riskieren wir eine Begegnung mit Watkins' Wachen oder diesen Schreckgespenstern. Wenn Sie keinen Heimfunker kennen, der uns sein Gerät benützen lassen würde, sehe ich nur eine Möglichkeit, nämlich zu fahren.«

»Vergessen Sie die Straßensperren nicht«, sagte Harry.

»Dann werden wir wohl mit einem Lastwagen fahren müssen, mit etwas Großem und Bösem, überfahren die verdammte Straßensperre einfach, fahren zur Autobahn und dann aus ihrem Bezirk hinaus. Und selbst wenn wir von der Countypolizei angehalten würden, machte das nichts, denn Sam könnte sie dazu bringen, das FBI anzurufen, die Wahrheit seiner Aussage festzustellen, und dann würden sie auf unserer Seite sein.«

»Wer ist hier eigentlich der Bundesagent?« fragte Sam.

Tessa merkte, wie sie errötete. »Tut mir leid. Sehen Sie, eine Dokumentarfilmerin ist fast immer auch ihre eigene Produzentin, manchmal Produzentin, Autorin und Regisseurin in einem. Das heißt, wenn der künstlerische Teil hinhauen soll, muß zuerst der finanzielle Teil klappen, daher bin ich daran gewöhnt, jede Menge Planungen und Logistik zu machen. Ich wollte Ihnen nicht auf die Zehen treten.«

»Da dürfen Sie jederzeit drauftreten.«

Sam lächelte, und er gefiel ihr, wenn er lächelte. Sie merkte, daß sie sich sogar ein wenig zu ihm hingezogen fühlte. Er war weder hübsch noch häßlich, und auch nicht, was die meisten Menschen mit ›unscheinbar‹ bezeichneten. Er war mehr... schwer zu beschreiben, aber mit angenehmem Äußeren. Sie spürte eine Dunkelheit in ihm, die tiefer reichte als seine momentanen Sorgen über die Ereignisse in Moonlight Cove – vielleicht Trauer über einen Verlust, vielleicht lange unterdrückter Zorn über ein Unrecht, das ihm widerfahren war, vielleicht ein allgemeiner Pessimismus, der damit zusammenhing, daß er bei seiner Arbeit mit den schlimmsten Elementen der Gesellschaft zu tun hatte. Aber wenn er lächelte, war er wie verwandelt.

»Wollen Sie wirklich mit einem Lastwagen durchbrechen?« fragte Harry.

»Vielleicht als allerletztes Mittel«, sagte Sam. »Aber dazu müßten wir einen finden, der groß genug ist, und stehlen, und das ist an sich schon problematisch genug. Außerdem haben sie vielleicht Gewehre an den Straßensperren, oder automatische Waffen. Gegen so etwas wollte ich nicht einmal mit einem Mack-Lastwagen anfahren. Man kann mit einem Panzer in die Hölle fahren, aber der Teufel wird einen trotzdem bekommen, daher ist es das Beste, gar nicht erst dorthin zu gehen.«

»Aber wohin gehen wir *dann*?« fragte Tessa.

»Schlafen«, sagte Sam. »Es gibt einen Ausweg, eine Methode, das Bureau zu benachrichtigen. Ich sehe ihn aus den Augenwinkeln, aber wenn ich ihn direkt ansehen will, verschwindet er. Das liegt daran, daß ich müde bin. Ich brauche ein paar Stunden in der Falle, damit ich wieder frisch werde und klar denken kann.«

Nach allem, was sich im Cove Lodge zugetragen hatte, war auch Tessa erschöpft, aber sie war irgendwie überrascht, daß sie nicht nur schlafen konnte, sondern es auch wollte. Als sie in ihrem Motelzimmer stand und die Schreie der Sterbenden und das wilde Kreischen der Killer gehört hatte, hätte sie nicht gedacht, daß sie jemals wieder schlafen könnte.

56

Shaddack kam um fünf Minuten vor vier Uhr morgens bei Peysers Haus an. Er fuhr seinen anthrazitfarbenen Lieferwagen mit den dunkel getönten Scheiben und nicht den Mercedes, weil im Lieferwagen ein Computerterminal an der Konsole zwischen den Sitzen montiert war, dort, wo der Hersteller eigentlich eine Klimaanlage vorgesehen hatte. Da die bisherige Nacht so ereignisreich gewesen war, hielt es Shaddack für eine gute Idee, in Reichweite der Verbindung zu bleiben, die wie ein silbernes Spinnennetz durch ganz Moonlight Cove gesponnen war.

Als Shaddack durch den Vorgarten zur Veranda ging, rollte ferner Donner über den Horizont des Pazifik. Der heftige Wind, der den Nebel nach Osten geweht hatte, hatte auch einen Sturm vom Westen gebracht. Im Verlauf der vergangenen Stunden hatten brodelnde Wolken den Himmel überzogen und die funkelnden Sterne zugedeckt, die kurz zwischen dem Abziehen des Nebels und dem Aufkommen der Sturmwolken zu sehen gewesen waren. Jetzt war die Nacht sehr dunkel und still. Er zitterte in seinem Kaschmirmantel, unter dem er immer noch den Jogginganzug trug.

Ein paar Polizisten saßen in Streifenwagen am Gehweg. Sie beobachteten ihn, blasse Gesichter hinter staubigen Scheiben, und der Gedanke gefiel ihm, daß sie ihn voll Unterwürfigkeit und Angst ansahen, denn er war in gewissem Sinne ihr Schöpfer.

Loman Watkins wartete im vorderen Zimmer auf ihn. Das Haus war verwüstet. Neil Pennyworth saß auf dem einzigen unbeschädigten Möbelstück; er sah ziemlich erschüttert aus und konnte Shaddack nicht in die Augen sehen. Watkins ging auf und ab. Ein paar Blutspritzer besudelten seine Uniform, aber er schien unverletzt; wenn er Verletzungen abbekommen hatte, mußten sie unbedeutend gewesen und bereits verheilt sein. Es war wahrscheinlich das Blut von jemand anderen.

»Was ist passiert?« fragte Shaddack.

Watkins achtete nicht auf die Frage, sondern sagte zu seinem Beamten: »Gehen Sie raus zu den Wagen, Neil. Bleiben Sie dicht bei den anderen Männern.«

»Ja, Sir«, sagte Pennyworth. Er war auf dem Sessel zusammengesunken, hatte den Kopf gesenkt und betrachtete seine Schuhspitzen.

»Es wird alles gut, Neil.«

»Das glaube ich auch.«

»Das war keine Frage, es war eine Feststellung. Es wird alles gut. Sie haben genügend Kraft, Widerstand zu leisten. Das haben Sie schon bewiesen.«

Pennyworth nickte, stand auf und ging zur Tür.

Shaddack sagte: »Was soll das alles?«

Watkins wandte sich zum Flur am anderen Ende des Zimmers und sagte: »Kommen Sie mit.« Seine Stimme war kalt und hart wie Eis, von Wut und Angst gezeichnet, aber eindeutig ohne den widerwilligen Respekt, mit dem er seit seiner Verwandlung im August zu Shaddack gesprochen hatte.

Shaddack mißfiel diese Wandlung in Watkins, und sie erfüllte ihn mit Unbehagen, daher folgte er ihm wieder in den Flur.

Der Polizist blieb vor einer geschlossenen Tür stehen und drehte sich zu Shaddack um. »Sie haben gesagt, Sie hätten unsere biologische Effizienz gesteigert, indem Sie uns diese… Biochips injiziert haben.«

»Eigentlich eine unrichtige Bezeichnung. Es sind keine Chips, sondern unglaublich winzige Mikrokugeln.«

Trotz der Regressiven und einiger anderer Probleme, die im Zusammenhang mit dem Projekt Moonhawk aufgetaucht waren, war Shaddacks Stolz angesichts seiner Errungenschaft ungetrübt. Fehler konnte man ausmerzen. Man konnte Schnitzer aus dem System eliminieren. Er war immer noch *das* Genie seiner Zeit; er spürte nicht nur, daß das stimmte, sondern wußte es ebenso, wie er genau wußte, in welcher Richtung er jeden Morgen nach der aufgehenden Sonne schauen mußte.

Genie…

Der gewöhnliche Silikonmikrochip, der die Computerrevolution ermöglicht hatte, war so groß wie ein Fingernagel gewesen und hatte eine Million Schaltkreise enthalten, die durch Fotolithografie eingeätzt wurden. Der kleinste Schaltkreis auf diesem Chip war ein Hundertstel so breit wie ein menschliches Haar gewesen. Durchbrüche in der Röntgenlithografie, die Verwendung gigantischer, Synchrotron genannter Teilchenbeschleuniger, machte es schließlich möglich, eine *Milliarde* Schaltkreise auf einen Chip zu prägen, mit Leitungen, die nur noch ein Tausendstel eines menschlichen Haars maßen. Die Dimensionen zu verkleinern war der wichtigste Weg, Computergeschwindigkeit zu erzielen und Funktion und Möglichkeiten zu erweitern.

Die von New Wave entwickelten Mikrokugeln maßen nur ein Viertausendstel soviel wie ein Mikrochip. Auf jeder befanden sich eine Viertelmillion Schaltkreise. Dies war durch eine radikal neue Form der Röntgenlithografie bewerkstelligt worden, die es ermöglichte, Schaltkreise auf erstaunlich winzige Oberflächen zu ätzen, wobei man diese Oberflächen *nicht* vollkommen stillhalten mußte.

Die Verwandlung von Alten Menschen in Neue Menschen begann mit der Injektion Hunderttausender dieser Mikrokugeln in Lösung in den Blutkreislauf. Sie waren von biologisch interaktiver Funktion, aber das Material selbst war biologisch inert, daher wurde das Immunsystem nicht ausgelöst. Es gab verschiedene Arten von Mikrokugeln. Manche waren herztropisch, was bedeutete, sie bewegten sich durch die Adern zum Herzen und nisteten sich dort ein, indem sie sich an die Wände der Blutgefäße klammerten, die den Herzmuskel versorgten. Manche Mikrokugeln waren lungentropisch, lebertropisch, nierentropisch, darmtropisch, und so weiter. Sie lagerten sich in Gruppen an diesen Stellen ab und waren so entworfen, daß sich ihre Schaltkreise verbanden, wenn sie Kontakt hatten.

Diese im ganzen Körper verteilten Gruppen bildeten schließlich fünfzig Milliarden verwendbare Schaltkreise, die das Potential für Datenverarbeitung in einem deutlich größeren Umfang als die größten Supercomputer der achtziger Jahre hatten. In gewisser Weise war ein Super-Supercomputer durch Injektion in den menschlichen Körper gebracht worden.

Moonlight Cove und die umliegende Gegend lagen ständig im Einfluß von Mikrowellenstrahlungen durch Parabolantennen auf dem Dach des Hauptgebäudes von New Wave. Ein Bruchteil dieser Übertragungen deckte den Polizeicomputer ab, einen weiteren Bruchteil konnte man dazu verwenden, die Mikrokugeln in den Neuen Menschen aufzuladen.

Eine kleine Anzahl Kugeln waren aus einem anderen Material und dienten als Energieumwandler und Energieverteiler. Wenn einer der Alten Menschen seine dritte Injektion von Mikrokugeln erhalten hatte, reagierten diese Energiekugeln sofort auf die Mikrowellenausstrahlungen und wandelten diese in elektrische Ströme um, die sie im gesamten Netz verteilten. Die erforderliche Menge Strom, um das System zu bedienen, war außerordentlich gering.

Andere spezielle Kugeln in jeder Gruppe waren Erinnerungsspeicher. Einige davon enthielten das Programm, das das System steuerte; dieses Programm wurde in dem Augenblick aktiviert, wenn Strom durch das Netz floß.

Shaddack sagte zu Watkins: »Ich kam schon vor langer Zeit zu der Überzeugung, daß das grundlegende Problem mit dem menschlichen Tier seine äußerst emotionale Natur ist. Ich habe es von dieser Last befreit. Damit habe ich es nicht nur geistig, sondern auch körperlich gesünder gemacht.«

»Wie? Ich weiß so wenig, wie die Verwandlung vonstatten geht.«

»Sie sind jetzt ein kybernetischer Organismus – das bedeutet, teils Mensch, teils Maschine –, aber Sie *müssen* das nicht verstehen, Loman. Sie benutzen auch ein Telefon und haben keine Ahnung, wie man ein Telefonsystem baut. Sie wissen nicht, wie ein Computer funktioniert, aber Sie können einen benutzen. Und Sie müssen auch nicht wissen, wie der Computer *in* Ihnen funktioniert, um ihn benutzen zu können.«

Watkins' Augen waren von Angst umwölkt. »Benutze ich ihn… oder er mich?«

»Selbstverständlich benutzt er Sie nicht.«

»Selbstverständlich...«

Shaddack fragte sich, was sich heute nacht hier abgespielt hatte, daß sich Watkins in einem solchen Angstzustand befand. Er war neugieriger denn je zu sehen, was sich in dem Schlafzimmer befand, vor dessen Schwelle sie standen. Aber er war sich auch darüber im klaren, daß Watkins in einem gefährlich erregten Zustand war, der es erforderlich machte, sich die Zeit zu nehmen, um diese Angst zu vertreiben, auch wenn es frustrierend war.

»Loman, die Ballungen der Mikrokugeln in Ihnen bilden keinen *Verstand*. Das System ist nicht wirklich intelligent. Es ist ein Diener, Ihr Diener. Es befreit Sie von toxischen Emotionen.«

Starke Emotionen – Haß, Liebe, Neid, Eifersucht, die ganze lange Liste menschlicher Empfindungen – destabilisierten regelmäßig die biologischen Funktionen des Körpers. Medizinische Forscher hatten herausgefunden, daß verschiedene Emotionen die Produktion verschiedener Gehirnchemikalien anregten, und daß diese Chemikalien ihrerseits wieder verschiedene Organe und Gewebe im Körper anregten, ihre Funktion auf eine weniger produktive Weise entweder zu steigern oder zu verringern oder sonstwie zu verändern. Shaddack war davon überzeugt, daß ein Mensch, dessen Körper von Emotionen und Gefühlen beherrscht wurde, kein vollkommen gesunder Mensch sein und *niemals* völlig klar denken konnte.

Der Mikrokugelcomputer in jedem Neuen Menschen überwachte jedes Organ im Körper. Wenn er die Produktion verschiedener Aminosäurebausteine und anderer Chemikalien, die als Reaktion auf starke Emotionen gebildet wurden, wahrnahm, setzte er elektrische Stimuli ein, um das Gehirn und andere Organe zu überwinden und den Zustrom abzuschalten, womit die körperlichen Konsequenzen der Emotion, wenn nicht die Emotion selbst, beseitigt wurden. Gleichzeitig stimulierte der Mikrokugelcomputer die Produktion anderer Substanzen, die bekanntermaßen die Emotionen unterdrückten, und behandelte so nicht nur die Ursache, sondern auch die Wirkung.

»Ich habe Sie von allen Emotionen befreit, außer der Angst«, sagte Shaddack, »die zum Selbstschutz erforderlich ist. Da Ihre Körperchemie jetzt keinen großen Schwankungen mehr unterworfen ist, können Sie klarer denken.«

»Soweit ich bisher mitbekommen habe, bin ich nicht mit einem Mal zum Genie geworden.«

»Nun, Sie bemerken jetzt vielleicht noch keine größere geistige Beweglichkeit, aber das werden Sie noch.«

»Wann?«

»Wenn Ihr Körper restlos von den Überresten einer lebenslangen emotionalen Pollution befreit ist. Derweil ist Ihr innerer Computer« – er tippte Watkins sachte gegen die Schulter – »auch darauf programmiert, komplexe elektrische Stimuli zu verwenden, um den Körper dazu zu bringen, völlig neue Aminosäurebausteine zu erzeugen, die Ihre Blutgefäße reinigen und von Krankheitserregern freihalten, Krebszellen in dem Augenblick vernichten, wenn sie entstehen, und die eine Vielzahl anderer Funktionen ausüben, Sie weitaus gesünder als normale Menschen machen und Ihre Lebenserwartung zweifellos drastisch verlängern.«

Shaddack hatte erwartet, daß der Heilungsprozeß bei den Neuen Menschen beschleunigt sein würde, aber er wäre überrascht gewesen von der fast wunderbaren Schnelligkeit, mit der sich ihre Verletzungen schlossen. Er konnte immer noch nicht begreifen, wie neues Gewebe so schnell gebildet werden konnte; seine momentane Arbeit am Projekt Moonhawk konzentrierte sich darauf, eine Erklärung für diesen Effekt zu finden. Die Heilung wurde nicht ohne ihren Preis bewerkstelligt, denn der Stoffwechsel war auf fantastische Weise beschleunigt; gespeichertes Körperfett wurde in großem Maße verbrannt, um eine Wunde innerhalb von Sekunden oder Minuten zu schließen, der Geheilte war Pfunde leichter, schweißgebadet und hungrig wie ein Wolf.

Watkins runzelte die Stirn und strich sich mit einer zitternden Hand über das schwitzende Gesicht. »Ich kann vielleicht einsehen, daß der Heilungsprozeß beschleunigt ist, aber was gibt die Möglichkeit, uns so vollkommen neu zu gestalten, in eine andere Gestalt zu degenerieren? Sicher können doch nicht einmal Eimer voll von diesen biologischen Chemikalien unseren gesamten Körper auflösen und binnen einer Minute neu aufbauen. Wie kann das sein?«

Shaddack sah dem anderen Mann einen Moment in die Augen, dann wandte er sich ab, hüstelte und sagte: »Hören Sie, ich kann Ihnen das alles später erklären. Jetzt möchte ich Peyser sehen. Ich hoffe, es ist Ihnen gelungen, ihn ohne größere Schäden ruhigzustellen.«

Als Shaddack nach der Tür griff, um sie aufzustoßen, packte ihn Watkins am Handgelenk und hielt ihn zurück. Shaddack war schockiert. Er ließ es nicht zu, daß er berührt wurde.

»Nehmen Sie die Hand von mir.«

»Wie kann der Körper so schnell völlig neu geformt werden?«

»Ich sagte Ihnen, wir unterhalten uns später darüber.«

»Jetzt.« Watkins' Entschlossenheit war so stark, daß sie tiefe Linien in sein Gesicht zeichnete. »Also gut. Ich habe solche Angst, daß ich nicht mehr klar denken kann. Ich kann mit diesem Ausmaß an Angst nicht leben, Shaddack. Sehen Sie mich an. Ich schlottere. Mir ist, als würde ich in Stücke gerissen werden. In eine Million Stücke. Sie wissen nicht, was heute nacht hier vorgefallen ist, sonst würden Sie ebenso empfinden. Ich muß es wissen: Wie können sich unsere Körper so schnell umwandeln?«

Shaddack zögerte. »Ich arbeite daran.«

Watkins ließ überrascht sein Handgelenk los und sagte: »Sie... Sie meinen, Sie wissen es nicht?«

»Es ist eine unerwartete Nebenwirkung. Ich fange an, Sie zu verstehen« ... das war gelogen ... »aber ich muß noch eine Menge arbeiten.« Zuerst mußte er die phänomenalen Heilkräfte der Neuen Menschen verstehen, die zweifellos ein Aspekt desselben Prozesses waren, der es ihnen ermöglichte, sich vollkommen in submenschliche Gestalten zu verwandeln.

»Sie setzen uns dem allen aus und wissen nicht, was es uns antun kann?«

»Ich wußte, daß es ein Vorzug sein würde, eine große Gabe«, sagte Shaddack ungeduldig. »Kein Wissenschaftler kann jemals alle Nebenwirkungen vorhersagen. Er muß mit dem Wissen handeln, daß mögliche Nebenwirkungen nicht schwerer wiegen als die Vorteile.«

»Aber sie *wiegen* schwerer als die Vorteile«, sagte Watkins, der dem Zorn so nahe kam wie es einem Neuen Menschen nur möglich war. »Mein Gott, wie haben Sie uns das nur antun können?«

»Ich habe es für *Sie* getan.«

Watkins sah ihn an, dann stieß er die Schlafzimmertür auf und sagte: »Sehen Sie sich das an.«

Shaddack betrat das Zimmer, wo der Teppich feucht von Blut war – und die Wände waren damit bespritzt. Er verzog das Gesicht angesichts des Gestanks. Er fand alle biologischen Gerüche überaus abstoßend, möglicherweise deshalb, weil sie eine Erinnerung daran waren, daß menschliche Wesen weitaus weniger effizient und sauber waren als Maschinen. Nachdem er beim ersten Leichnam stehengeblieben war – der mit dem Gesicht nach unten nahe der Tür lag – und ihn betrachtet hatte, sah er durch das Zimmer zum zweiten Leichnam. »Zwei? Zwei Regressive, und Sie haben *beide* umgebracht? Zwei Möglichkeiten, die Psychologie dieser Degenerierten zu studieren, und Sie haben beide Möglichkeiten vernichtet?«

Watkins ließ sich von dieser Kritik nicht beeindrucken. »Es handelte sich hier um eine Situation, bei der es um Tod oder Leben ging. Ich konnte nicht anders handeln.«

Er schien in einem Maße wütend zu sein, das sich mit der Persönlichkeit eines Neuen Menschen nicht vereinbaren ließ. Aber wahrscheinlich war das Gefühl, das seine eisige Gleichgültigkeit zunichte machte, weniger Wut als vielmehr Angst. Angst war akzeptabel.

»Peyser war regressiv, als wir hierher kamen«, fuhr Watkins fort. »Wir haben das ganze Haus durchsucht und ihn in diesem Zimmer gestellt.«

Während Watkins diese Konfrontation in allen Einzelheiten beschrieb, überkam Shaddack eine Angst, die er sich nicht anmerken ließ und sich nicht einmal eingestehen wollte. Als er sprach, ließ er in seiner Stimme nur Zorn mitschwingen, keine Furcht: »Sie wollen mir sagen, daß Ihre Männer, Sholnick und Pennyworth, daß sogar Sie *selbst* regressiv sind?«

»Sholnick war regressiv, ja. In meinen Augen ist Pennyworth es nicht – jedenfalls noch nicht –, weil er dem Drang erfolgreich Widerstand leistete. Wie ich ihm widerstanden habe.« Watkins wahrte kühn Augenkontakt und sah nicht einmal weg, was Shaddack weiter beunruhigte. »Was ich Ihnen hier sage, ist das, was ich Ihnen vorhin mit so vielen Worten bei Ihnen zu Hause zu erklären versucht habe. Jeder von uns, jeder verdammte von uns, ist ein potentieller Regressiver. Es ist keine seltene Krankheit unter den Neuen Menschen. Es ist in uns allen. Sie haben ebensowenig eine neue und bessere Menschheit geschaffen, wie Hitlers Politik genetischer Zuchtwahl eine Herrenrasse hervorgebracht hätte. Sie sind nicht Gott; Sie sind Dr. Moreau.«

»Sie werden nicht so mit mir sprechen«, sagte Shaddack und fragte sich, wer dieser Moreau war. Der Name war ihm vage vertraut, aber er kam nicht darauf. »Ich würde vorschlagen, Sie vergessen nicht, wer ich bin, wenn Sie mit mir reden.«

Watkins senkte die Stimme, weil er sich möglicherweise daran erinnerte, daß Shaddack die Neuen Menschen so mühelos auslöschen konnte, wie er eine Kerze ausblasen würde. Aber er sprach dennoch nachdrücklich und mit zu wenig Respekt weiter. »Sie haben immer noch nicht auf die schlechteste Nachricht reagiert.«

»Und das wäre?«

»Haben Sie mir nicht zugehört? Ich sagte, Peyser saß *fest*. Er konnte sich nicht zurückverwandeln.«

»Ich bezweifle sehr stark, daß er in seinem veränderten Zustand gefangen war. Neue Menschen haben völlige Kontrolle über ihre Körper, mehr Kontrolle als ich je erwartet hätte. Wenn er nicht in seine menschliche Gestalt zurückkehren konnte, so war das ein streng psychologisches Problem. Er wollte gar nicht mehr zurückkehren.«

Watkins sah ihn einen Moment an, dann schüttelte er den

Kopf und sagte: »Sie sind doch nicht wirklich so vernagelt, oder? *Das ist dasselbe.* Verdammt, es ist völlig einerlei, ob etwas mit dem Mikrokugelnetz in seinem Inneren schiefging, ober ob es rein psychologisch war. Wie auch immer, die Wirkung war dieselbe: Er saß fest, war gefangen, in diese degenerierte Form eingesperrt.«

»Sie werden nicht so mit mir sprechen«, wiederholte Shaddack heftig, als würde die Wiederholung des Befehls dieselbe Wirkung haben wie beim Abrichten eines Hundes.

Trotz ihrer physiologischen Überlegenheit und ihrem Potential für geistige Überlegenheit, waren die Neuen Menschen immer noch auf enttäuschende Weise *Menschen*, und in dem Ausmaß, wie sie Menschen waren, waren sie weitaus weniger effektiv als Maschinen. Bei einem Computer mußte man einen Befehl nur einmal eingeben. Der Computer nahm ihn immer zur Kenntnis und handelte entsprechend. Shaddack fragte sich, ob es ihm je gelingen würde, die Neuen Menschen in dem Maße vollkommen zu machen, daß künftige Generationen so reibungslos und zuverlässig funktionieren würden wie der durchschnittliche IBM-PC.

Schweißnaß, blaß, mit seltsamen und gequälten Augen, so war Watkins eine einschüchternde Gestalt. Als der Polizist zwei Schritte machte, um die Entfernung zwischen ihnen zu überwinden, hatte Shaddack Angst und wollte zurückweichen, aber er behielt seine Position bei und sah Watkins so trotzig in die Augen, wie er einen gefährlichen deutschen Schäferhund angesehen haben würde, wäre er von einem gestellt worden.

»Sehen Sie sich Sholnick an«, sagte Watkins und deutete auf den Leichnam zu ihren Füßen. Er drehte den toten Mann mit der Schuhspitze um.

Obwohl er von Schrotschüssen zerfetzt und blutüberströmt war, war Sholnicks bizarre Mutation unübersehbar. Seine blicklos starrenden Augen waren möglicherweise das furchteinflößendste an ihm: gelb, die Iris schwarz, aber nicht rund, wie beim Menschen, sondern längliche Ovale, wie die Augen einer Schlange.

Draußen rollte Donner durch die Nacht, lauter als Shaddack ihn gehört hatte, als er durch Peysers Vorgarten gegangen war.

Watkins sagte: »Wenn ich Sie richtig verstanden habe, dann unterziehen sich diese Degenerierten einer freiwilligen Devolution.«

»Ganz recht.«

»Sie sagten, die gesamte Geschichte der menschlichen Evolution sei in unseren Genen gespeichert, daß wir immer noch Spuren dessen in uns haben, was die Rasse einmal gewesen ist, und daß die Regressiven dieses genetische Material irgendwie anzapfen und sich zu Geschöpfen entwickeln, die weiter unten auf der Leiter der Evolution stehen.«

»Worauf wollen Sie hinaus?«

»Diese Erklärung ergab einen verrückten Sinn, als wir Coombs im September im Kino erwischt haben und ihn uns genau ansehen konnten. Er war mehr Affe als Mensch, irgend etwas dazwischen.«

»Das ergab keinen verrückten Sinn; es ergab völlig klaren Sinn.«

»Aber, mein Gott, sehen Sie sich doch einmal Sholnick an. *Sehen* Sie ihn an! Als ich ihn erschossen habe, hatte er sich in ein Geschöpf verwandelt, das teils Mensch und teils... verdammt, ich weiß nicht, teils Echse oder Schlange war. Wollen Sie mir erzählen, daß wir uns aus Reptilien entwickelt haben, daß wir noch Echsengene von vor zehn Millionen Jahren in uns haben?«

Shaddack steckte beide Hände in die Manteltaschen, damit sie seine Angst nicht durch ein Zittern oder eine nervöse Geste verrieten. »Das erste Leben auf der Erde war im Meer, dann kroch etwas an Land – ein Fisch mit rudimentären Beinen –, und aus diesem Fische entwickelten sich die früheren Reptilien, irgendwann spalteten sich die Säugetiere ab. Wenn wir nicht tatsächlich Bruchstücke dieses genetischen Materials frühester Reptilien in uns haben – was meine feste Überzeugung ist –, so verfügen wir zumindest über Rassenerinnerungen an jenes Stadium der Evolution, die auf eine andere Weise, die wir nicht verstehen, in uns kodiert sind.«

»Sie halten mich hin, Shaddack.«

»Und Sie *gehen mir auf die Nerven.*«

»Das ist mir scheißegal. Kommen Sie her, kommen Sie, sehen Sie sich Peyser genauer an. Er war einer Ihrer alten Freunde, nicht? Sehen Sie sich gut und genau an, was er war, als er gestorben ist.«

Peyser lag flach auf dem Rücken, nackt, das rechte Bein ausgestreckt, das linke angewinkelt unter sich, ein Arm seitlich weggestreckt, der andere über der Brust, die von einigen Schrotsalven zerfetzt worden war. Körper und Gesicht – mit seiner unmenschlichen Schnauze und den Zähnen, aber dennoch vage als das von Mike Peyser erkennbar – gehörten einer schrecklichen Mißgeburt, einem Hundemann oder Werwolf, etwas, das entweder in eine alte Jahrmarktsausstellung oder einen alten Horror-Film gehörte. Die Haut war rauh. Der fleckige Pelz war drahtig. Die Hände sahen kräftig aus, die Krallen spitz.

Weil seine Faszination seine Angst und seinen Ekel überwand, zog Shaddack den Mantel hoch, damit der Saum nicht über den blutigen Leichnam strich, und beugte sich über Peysers Leichnam, um ihn sich genauer anzusehen.

Watkins kauerte sich auf der anderen Seite der Kadavers nieder.

Während ein weiterer Donner-Erdrutsch am Nachthimmel herabrollte, starrte der Tote mit Augen zur Schlafzimmerdecke, die zu menschlich für sein sonstiges verzerrtes Äußeres waren.

»Wollen Sie mir sagen, daß wir uns irgendwann einmal aus Hunden oder Wölfen entwickelt haben?« fragte Watkins.

Shaddack antwortete nicht.

Watkins beharrte auf dem Thema. »Wollen Sie mir einreden, daß wir Hundegene in uns haben, die wir anzapfen können, wenn wir uns verwandeln wollen? Soll ich etwa annehmen, daß Gott eine Rippe aus einem prähistorischen Lassie genommen und daraus den Mann gemacht hat, bevor er eine Rippe des Mannes nahm, um die Frau zu schaffen?«

Shaddack berührte neugierig eine von Mike Peysers Händen, die so sicher zum Töten geschaffen war wie das Bajonett eines Soldaten. Sie fühlte sich wie Fleisch an, nur kälter als die eines lebenden Menschen.

»Das kann man nicht biologisch erklären«, sagte Watkins und sah Shaddack über den Leichnam hinweg an. »Diese Wolfsgestalt konnte Peyser nicht aus einer in seinen Genen gespeicherten Rassenerinnerung herausziehen. Also, wie konnte er sich so verwandeln? Hier sind nicht nur Biochips am Werk, sondern noch etwas anderes... etwas Seltsameres.«

Shaddack nickte. »Ja.« Eine Erklärung war ihm eingefallen, die ihn erregte. »Etwas ungleich Seltsameres... aber vielleicht verstehe ich es.«

»Dann sagen Sie es mir. *Ich* würde es gerne verstehen. Verdammt, wenn es nicht so ist. Ich würde es wirklich gerne genau verstehen. Bevor es mir zustößt.«

»Es gibt eine Theorie, daß die Gestalt eine Funktion des Bewußtseins ist.«

»Hm?«

»Sie behauptet, wir sind das, was wir denken, was wir sind. Ich spreche hier nicht von Pop-Psychologie, daß man sein kann, was man will, wenn man sich nur selbst gut leiden kann, nichts dergleichen. Ich meine, wir könnten *physisch* das Potential in uns haben, das zu sein, was wir denken, die von unserem genetischen Erbe diktierte Stasis der Gestalt zu überwinden.«

»Papperlapapp«, sagte Watkins ungeduldig.

Shaddack stand auf. Er streckte die Hände wieder in die Manteltaschen. »Ich will es einmal so ausdrücken: Die Theorie besagt, daß das Bewußtsein die größte Macht des Universums ist, daß es die stoffliche Welt nach ihrem Willen formen kann.«

»Bewußtsein über Materie.«

»Richtig.«

»Wie ein Talk-Show-Zauberer, der einen Löffel verbiegen oder eine Uhr zum Stillstehen bringen kann.«

»Ich vermute, diese Leute sind meistens Scharlatane. Aber, ja, vielleicht ist diese Macht wirklich in uns. Wir wissen nur nicht, wie wir sie anzapfen sollen, weil wir uns Jahrmillionen lang von der stofflichen Welt haben beherrschen lassen. Wir sind durch Gewohnheit, Stasis und dadurch, daß wir der Ordnung den Vorzug über das Chaos geben, der Gnade der materiellen Welt ausgeliefert. Aber worüber wir uns hier unterhalten«, sagte er und deutete auf Sholnick und Peyser, »das ist komplexer und aufregender, als einen Löffel mit dem Verstand zu verbiegen. Peyser verspürte aus Gründen, die ich nicht verstehe, den Drang, regressiv zu werden, möglicherweise einzig wegen des Nervenkitzels…«

»Wegen des Nervenkitzels.« Watkins' Stimme wurde leiser, beinahe gedämpt, und sie war von solcher Wut und Angst erfüllt, daß Shaddack noch mulmiger zumute wurde. »Animalische Macht ist aufregend. Animalische Bedürfnisse. Man verspürt animalischen Hunger, animalische Lust, Blutdurst – und man fühlt sich dazu hingezogen, weil es so… einfach und übermächtig scheint, so natürlich. Es ist die Freiheit.«

»Freiheit?«

»Freiheit von der Verantwortung, von Sorgen, vom Druck der zivilisierten Welt, vom allzu häufigen *Denken.* Der Wunsch, regressiv zu werden, ist außerordentlich stark, weil man spürt, daß das Leben danach viel einfacher und aufregender sein wird«, sagte Watkins und sprach damit offensichtlich das aus, was er selbst empfunden hatte, als er sich zu jenem veränderten Zustand hingezogen fühlte. »Wenn man zum Tier wird, besteht das Leben nur noch aus Empfindungen, nur Schmerz und Lust, ohne etwas intellektualisieren zu müssen. Das ist jedenfalls ein Teil davon.«

Shaddack war stumm; ihn beunruhigte die Leidenschaft, mit der Watkins – normalerweise kein allzu offener Mensch – vom Drang, regressiv zu werden, gesprochen hatte.

Ein weiteres Dröhnen ließ den Himmel erbeben, noch heftiger als die vorhergehende. Der erste Donnerschlag brachte die Schlafzimmerfenster zum Klirren.

Shaddack sagte mit wirbelnden Gedanken: »Wie auch immer, das Entscheidende ist, als Peyser diesen Drang verspürte, zur Bestie zu werden, zum Jäger, entwickelte er sich nicht entlang des menschlichen genetischen Stammbaums zurück. Seiner Meinung nach ist der Wolf offenbar der größte aller Jäger, die erstrebenswerteste Form für ein Raubtier, daher *wollte* er wolfsähnlich werden.«

»Einfach so«, sagte Watkins skeptisch.

»Ja, einfach so. Verstand über Materie. Die Metamorphose ist weitgehend ein *geistiger* Vorgang. Oh, selbstverständlich kommt es zu körperlichen Veränderungen. Aber wir sprechen hier möglicherweise nicht von einer völligen Verwandlung der Materie... nur von biologischen Strukturen. Die grundlegenden Nukleotiden bleiben dieselben, aber ihre Abfolge verändert sich drastisch. Strukturelle Gene werden durch Willenskraft in Operatorgene verwandelt...«

Shaddacks Stimme überschlug sich, als seine Erregung zunahm, die Angst überflügelte und ihn atemlos machte. Er hatte mit dem Projekt Moonhawk viel mehr erreicht als er ursprünglich beabsichtigt hatte. Die erstaunliche Errungenschaft war Ursache seiner plötzlichen Freude und eskalierenden Furcht: Freude, weil er den Menschen die Fähigkeit gegeben hatte, ihre körperliche Erscheinung zu bestimmen, und irgendwann einmal vielleicht alle Materie durch reine Willenskraft zu formen; und Angst, weil er nicht sicher war, ob die Neuen Menschen lernen konnten, ihre Fähigkeiten richtig zu kontrollieren und anzuwenden... oder ob er sie auch weiterhin würde beherrschen können.

»Die Gabe, die ich Ihnen gegeben habe – computerunterstütze Physiologie und Befreiung von Emotionen – entfesselt die Macht des Verstandes über die Materie. Sie ermöglicht dem Bewußtsein, die Gestalt zu bestimmen.«

Watkins schüttelte den Kopf; es stieß ihn eindeutig ab, was Shaddack sagte. »Peyser wurde vielleicht freiwillig, was er war. Vielleicht wollte es Sholnick auch. Aber der Teufel soll mich holen, wenn ich es wollte. Als mich der Drang überkam, mich zu verändern, habe ich dagegen angekämpft wie ein ehemaliger Süchtiger, der den Wunsch nach Heroin ausschwitzt. Ich wollte es nicht. Es kam über mich... so wie die Macht des Vollmonds über einen Werwolf kommt.«

»Nein«, sagte Shaddack. »*Unbewußt* wollten Sie die Veränderung, Loman, und Sie wollten sie zweifellos teilweise auch auf einer bewußten Ebene. Sie *müssen* sie bis zu einem gewissen Grad gewollt haben, denn Sie haben so nachdrücklich davon gesprochen, wie anziehend die Regression war. Sie haben der Macht von Verstand über den Körper nur deshalb widerstanden, weiß Sie die Verwandlung eine Kleinigkeit beunruhigender als faszinierend fanden. Wenn Sie etwas von Ihrer Angst davor verlieren... oder wenn der veränderte Daseinszustand nur eine Kleinigkeit anziehender wird... nun, dann wird sich Ihr psychologisches Gleichgewicht verlagern, und Sie werden sich neu gestalten. Aber es wird keine externe Kraft am Wirken sein. Ihr eigener Verstand wird es tun.«

»Warum konnte Peyser dann nicht zurückkehren?«

»Wie ich sagte, und wie *Sie* angedeutet haben, weil er es nicht wollte.«

»Er war gefangen.«

»Nur von seinem eigenen Verlangen.«

Watkins sah auf den grotesken Leichnam des Regressiven hinunter. »Was haben Sie uns angetan, Shaddack?«

»Haben Sie nicht verstanden, was ich gesagt habe?«

»Was haben Sie uns angetan?«

»Dies ist ein großes Geschenk!«

»Keine Gefühle zu haben, abgesehen von Angst?«

»Das befreit Ihren Verstand, und gibt Ihnen die Kraft, Ihre ureigene Gestalt zu kontrollieren«, sagte Shaddack aufgeregt. »Ich kann nur nicht verstehen, warum die Regressiven sich allesamt für einen submenschlichen Zustand entschieden haben. Sie haben doch sicher die Kraft in sich, eine Evolution durchzumachen, keine Devolution, sich über das menschliche Dasein hinaus zu etwas Höherem, Saubererem, Reinerem zu erheben. Vielleicht haben sie sogar die Macht, zu einem Wesen reinsten Bewußtseins zu werden, Intellekt ohne *irgend eine* stoffliche Gestalt. Warum haben sich diese Neuen Menschen statt dessen alle entschieden, regressiv zu werden?«

Watkins hob den Kopf, und seine Augen hatten einen halb toten Ausdruck, als hätten sie den Tod vom Anblick des Leichnams absorbiert. »Was nützt es, die Macht eines Gottes zu haben, wenn man nicht gleichzeitig die schlichten Freuden eines Menschen erleben kann?«

»Aber Sie können alles erleben und tun, was Sie wollen«, sagte Shaddack verzweifelt.

»Liebe nicht.«

»Was?«

»Keine Liebe oder Haß oder Freude oder ein anderes Gefühl, außer Angst.«

»Aber die *brauchen* Sie nicht. Daß Sie sie nicht haben, hat Sie frei gemacht.«

»Sie sind kein Dummkopf«, sagte Watkins, »daher nehme ich an, Sie verstehen nicht, weil Sie psychologisch... verdreht, verdorben sind.«

»Sie dürfen nicht so zu mir sprechen...«

»Ich versuche, Ihnen klarzumachen, warum alle die submenschliche Gestalt der übermenschlichen vorgezogen haben. Der Grund dafür ist, daß es für ein denkendes Wesen von hoher Intelligenz keine Freude geben kann, die frei von Emotionen ist. Wenn man den Menschen ihre Emotionen nimmt, dann nimmt man ihnen ihre Freude, daher suchen sie ein verändertes Dasein, in dem komplexe Emotionen und Freude *nicht* zusammenhängen – das Leben eines Tieres, das nicht denkt.«

»Unsinn. Sie sind...«

Watkins unterbrach ihn wieder schneidend. »Hören Sie mir zu, um Gottes willen! Soweit ich mich erinnere, hat sogar Moreau seine Geschöpfe angehört.«

Sein Gesicht war jetzt gerötet, nicht mehr blaß. Seine Augen sahen nicht mehr tot aus; sie hatten wieder einen gewissen wilden Ausdruck. Er war nur einen oder zwei Schritte von Shaddack entfernt und schien über ihm aufzuragen, obwohl er der kleinere der beiden war. Er sah ängstlich aus, sehr ängstlich und – und gefährlich.

Er sagte: »Nehmen Sie Sex – ein ganz grundsätzliches menschliches Vergnügen. Damit Sex *vollkommen* befriedigend wird, muß er von Liebe oder zumindest Zuneigung begleitet sein. Für einen psychologisch gestörten Menschen kann Sex auch gut sein, wenn er mit Haß oder Stolz der Beherrschung verbunden ist; für einen perversen Menschen können selbst negative Gefühle den Akt angenehm machen. Aber wenn es *ohne Gefühle* gemacht wird, ist es sinnlos, dumm, nur der Paarungsimpuls eines Tieres, nur die rhythmische Funktion einer Maschine.«

Ein Blitz versengte die Nacht und erleuchtete kurz das Schlafzimmerfenster, gefolgt von einem Donnerschlag, der das ganze Haus zu erschüttern schien. Dieses Himmelslicht war einen Sekundenbruchteil heller als der schwache Schein der Nachttischlampe.

In dem unheimlichen Licht glaubte Shaddack zu sehen, wie etwas mit Loman Watkins' Gesicht vor sich ging… eine *Verlagerung* in der Zusammensetzung der Gesichtszüge. Aber als der Blitz vorbei war, sah Watkins wieder ganz wie er selbst aus, daher mußte Shaddack es sich eingebildet haben.

Watkins sprach mit großer Nachdrücklichkeit, mit der Leidenschaft nackter Angst, weiter und sagte: »Aber es ist nicht nur Sex. Dasselbe gilt für andere körperliche Freuden. Zum Beispiel essen. Ja, ich schmecke immer noch ein Stück Schokolade, wenn ich eines esse, aber der Geschmack gibt mir nur einen Bruchteil der Befriedigung, die ich vor der Verwandlung empfand. Ist Ihnen das nicht aufgefallen?«

Shaddack antwortete nicht, und er hoffte, nichts an seinem Verhalten verriete, daß er sich der Verwandlung nicht unterzogen hatte. Er wartete selbstverständlich darauf, bis der Vorgang durch weitere Generationen Neuer Menschen weiter verfeinert worden wäre. Aber er vermutete, daß Watkins nicht gut auf die Offenbarung reagieren würde, daß ihr Schöpfer sich selbst nicht der Segnung unterzogen hatte, die er über sie brachte.

Watkins sagte: »Und wissen Sie, warum die Befriedigung geringer ist? Wenn wir vor der Verwandlung Schokolade aßen, hatte der Geschmack Tausende Assoziationen für uns. Wenn wir Schokolade aßen, erinnerten wir uns unbewußt daran, wie wir zum ersten Mal welche gegessen haben, und wir erinnerten uns im Unterbewußtsein daran, wie der Geschmack mit Ferien und allen möglichen Feiern zusammenhing, und wegen alledem verschaffte uns der Geschmack ein *gutes Gefühl*. Wenn ich jetzt Schokolade esse, ist es nur ein Geschmack, ein guter Geschmack, aber er verschafft mir kein gutes Gefühl mehr. Er sollte es tun, ich kann mich erinnern, daß dieses ›gute Gefühl‹ einmal dazugehört hat, aber jetzt nicht mehr. Der Geschmack von Schokolade erzeugt keine gefühlsmäßigen Echos mehr. Es ist ein leeres Gefühl, dessen Wirkung mir genommen wurde. Mir wurde alles genommen, außer der Angst, und alles ist jetzt grau – seltsam, grau, öd –, als wäre ich halb tot.«

Die linke Seite von Watkins' Kopf blähte sich auf. Der Wangenknochen wurde größer. Das Ohr veränderte seine Form und wurde spitz.

Shaddack wich fassungslos vor ihm zurück.

Watkins folgte ihm, sprach mit erhobener Stimme und etwas nuschelnd, aber deshalb nicht weniger nachdrücklich, nicht mit echtem Zorn, aber mit Angst und einer beängstigenden Spur Wildheit: »Warum, zum Teufel, sollte sich einer von uns zu einer höheren Stufe mit noch weniger Freuden des Körpers und des Herzens verändern wollen? Intellektuelle Freuden reichen nicht aus, Shaddack. Das Leben besteht aus mehr. Ein Leben, das *nur* intellektuell ist, ist unerträglich.«

Während sich Watkins' Stirn langsam nach hinten krümmte und wegschmolz wie eine Schneemauer in der Sonne, bildeten sich dicke Knochenwülste um die Augen herum.

Shaddack wich in den Kleiderschrank zurück.

Watkins, der immer noch näherkam, sagte: »Herrgott! Begreifen Sie es immer noch nicht? Selbst ein Mann, der ans Krankenbett gefesselt und vom hals abwärts gelähmt ist, hat mehr in seinem Leben als nur intellektuelle Interessen; niemand hat ihm seine Gefühle und Emotionen geraubt; niemand hat ihn zu Angst und reinem Intellekt reduziert. Wir brauchen Freuden, Shaddack, Freuden, Freuden. Ohne sie ist das Leben gräßlich. Freuden machen das Leben lebenswert.«

»Aufhören.«

»Sie haben es uns unmöglich gemacht, eine freudige Freisetzung von Emotionen zu erleben, daher können wir auch die Freuden des Fleisches nicht mehr erleben. Weil wir Lebewesen einer höheren Ordnung sind und den emotionalen Aspekt brauchen, um wahrhafte Freude an körperlicher Lust zu empfinden. Bei Menschen heißt es diesbezüglich alles oder nichts.«

Watkins' Hände, die er an den Seiten zu Fäusten geballt hatte, wurden länger, mit geschwollenen Knöcheln und tabaksbraunen, spitzen Nägeln.

»Sie verändern sich«, sagte Shaddack.

Watkins achtete nicht auf ihn; er begann, undeutlicher zu sprechen, als seine Mundform sich langsam zu verändern anfing: »Daher fallen wir in den wilden veränderten Zustand zurück. Wir flüchten vor unserem Intellekt. Im Mantel der Bestie sind die Freuden des Fleisches unsere *einzigen* Freuden, die des Fleisches, des Fleisches… aber wenigstens kümmert uns nicht mehr, was wir verloren haben, daher bleibt das Vergnügen intensiv, so intensiv, tief und süß, süß, so süß. Sie haben… haben unser Leben unerträglich gemacht, grau und tot, tot, alles tot, tot… daher müssen wir Verstand und Körper zurückentwickeln… um eine lohnende Existenz zu finden. Wir… wir müssen fliehen… vor den schrecklichen Grenzen dieses eingeengten Lebens… dieses sehr eingeengten Lebens, das Sie uns gegeben haben. Menschen sind keine Maschinen. Menschen… Menschen… Menschen sind keine *Maschinen*!«

»Sie werden regressiv. Um Gottes willen, Loman!«

Watkins blieb stehen schien desorientiert. Dann schüttelte er den Kopf, wie um die Verwirrung gleich einem Schleier abzuschütteln. Er hob die Hände, sah sie an und schrie entsetzt auf. Er sah an Shaddack vorbei zum Spiegel über der Kommode, und sein Schrei wurde lauter, schriller.

Plötzlich nahm Shaddack überdeutlich den Gestank von Blut wahr, an den er sich gewöhnt hatte. Watkins mußte ihn noch deutlicher gespürt haben, ja, aber nicht voll Ekel, nein, überhaupt nicht voll Ekel, sondern voll Erregung.

Wieder leuchtete ein Blitz und erschütterte Donner die

Nacht, und plötzlich regnete es wahre Sturzbäche, die an die Fenster schlugen und auf das Dach trommelten.

Watkins sah vom Spiegel zu Shaddack und hob eine Hand, als wollte er ihn schlagen, dann drehte er sich herum und stolperte aus dem Zimmer hinaus auf den Flur, weg vom durchdringenden Gestank des Blutes.

Draußen sank er auf die Knie, dann auf die Seite. Er rollte sich zu einer Kugel zusammen, schlotterte heftig, stammelte, wimmerte, fauchte und sagte dazwischen immer wieder: »Nein, nein, nein, nein.«

57

Als er nicht mehr dicht am Abgrund taumelte und sich wieder unter Kontrolle hatte, setzte Loman sich auf und lehnte sich an die Wand. Er war wieder schweißnaß und wurde von Hunger geschüttelt. Die teilweise Verwandlung und die Energie, die aufgeweckt worden war, ihren weiteren Verlauf zu verhindern, hatten ihn erschöpft. Er war erleichtert, fühlte sich aber auch unerfüllt, als wäre ein großer Preis in seiner Reichweite gewesen und gerade weggezogen worden, als er ihn berührt hatte.

Ein hohles, irgendwie pochendes Geräusch umgab ihn. Zuerst dachte er, es wäre ein inneres Geräusch, nur in seinem Kopf, möglicherweise das leise Rauschen von Gehirnzellen, die aufloderten und an der Anstrengung abstarben, den regressiven Drang zu unterdrücken. Dann wurde ihm klar, daß es der Regen war, der auf dem Dach des Bungalows dröhnte.

Als er die Augen wieder aufmachte, war sein Sehvermögen beeinträchtigt. Er klärte sich, und er sah Shaddack an, der auf der anderen Seite des Flurs stand, direkt hinter der offenen Schlafzimmertür. Hager, mit langem Gesicht und so blaß, daß man ihn für einen Albino halten konnte, mit diesen gelblichen Augen und in dem dunklen Übermantel – so sah der Mann wie eine Erscheinung aus, möglicherweise wie der Tod selbst.

Wäre dies der Tod gewesen, wäre Loman möglicherweise einfach aufgestanden und hätte ihn umarmt. Statt dessen sagte er, während er genügend Kraft zum Aufstehen sammelte: »Keine Verwandlungen mehr. Sie müssen die Verwandlungen stoppen.«

Shaddack sagte nichts.

»Sie werden nicht aufhören, nicht?«

Shaddack sah ihn nur an.

»Sie sind verrückt«, sagte Loman. »Sie sind vollkommen verrückt, und doch habe ich keine andere Wahl, als zu tun, was Sie verlangen... oder mich selbst umzubringen.«

»Sprechen Sie nie wieder so mit mir. Niemals. Vergessen Sie nicht, wer ich bin.«

»Ich weiß, wer Sie sind«, sagte Loman. Er richtete sich mühsam auf, war aber benommen und schwach. »Sie haben das ohne meine Zustimmung mit mir gemacht. Und wenn die Zeit kommt, da ich dem Wunsch, regressiv zu werden, nicht mehr widerstehen kann, wenn ich in die Wildheit versinke, wenn ich keine Scheißangst mehr vor Ihnen habe, werde ich irgendwie genügend Verstand behalten, mich auch daran zu erinnern, *wo* Sie sind, und dann werde ich zu Ihnen kommen.«

»Sie drohen mir?« sagte Shaddack, offensichtlich maßlos verblüfft.

»Nein«, sagte Loman. »Drohen ist nicht das richtige Wort.«

»Sollte es auch besser nicht sein. Denn wenn mir etwas zustößt, ist Sonne programmiert, einen Befehl auszusenden, der von den Mikrokugelballungen in Ihnen empfangen wird und...«

»...uns alle auf der Stelle tötet«, sagte Loman für ihn. »Ja, ich weiß. Sie haben es mir gesagt. Wenn Sie gehen, gehen wir alle mit Ihnen, genau wie vor Jahren die Leute in Jonestown, die zusammen mit ihrem Reverend Jim ihren vergifteten Saft getrunken und ins Gras gebissen haben. Sie sind unser Reverend Jim Jones, ein Jim Jones des High-Tech-Zeitalters, Jim Jones mit einem Silikonherzen und dichtgepackten Halbleitern zwischen den Ohren. Nein, ich drohe Ihnen nicht, Reverend Jim, denn ›drohen‹ ist ein zu dramatisches Wort dafür. Ein Mann, der eine Drohung ausstößt, muß starke Empfindungen haben, muß vor Wut glühen. Ich bin ein Neuer Mensch. Ich habe nur Angst. Mehr kann ich nicht haben. Angst. Daher ist es keine Drohung. Nichts dergleichen. Es ist ein *Versprechen.*«

Shaddack trat durch die Schlafzimmertür in den schmalen Flur. Ein kalter Luftzug schien ihn zu begleiten. Vielleicht bildete es sich Loman nur ein, aber der Flur schien kälter zu sein, nachdem Shaddack ihn betreten hatte.

Sie sahen einander lange an.

Schließlich sagte Shaddack: »Sie werden auch weiterhin tun, was ich sage.«

»Ich habe keine andere Wahl«, stellte Loman fest. »So haben Sie mich gemacht – ohne eine andere Wahl. Ich bin völlig in Ihrer Hand, o Herr, aber nicht Liebe hält mich dort – sondern Angst.«

»Das ist besser«, sagte Shaddack.

Er kehrte Loman den Rücken zu und ging den Flur entlang, ins Wohnzimmer, aus dem Haus und hinaus in die Nacht und den Regen.

Teil Zwei

TAGESANBRUCH IM HADES

Es gelang mir nicht, etwas Falsches und Schreckliches zu verhindern. Ich empfand ein gräßliches Gefühl der Ohnmacht.

ANDREJ SACHAROW

Macht beschränkt noch mehr als sie korrumpiert, sie senkt die Gabe, in die Zukunft zu schauen und steigert die Hast des Handelns.

WILL UND ARIEL DURANT

1

Vor der Dämmerung und nach weniger als einer Stunde Schlaf wurde Tessa Lockland durch Kälte in ihrer rechten Hand und das schnelle, heiße Lecken einer Zunge geweckt. Ihr Arm war über den Rand der Matratze gefallen, die Hand baumelte dicht über dem Teppich, und etwas da unten probierte aus, wie sie schmeckte.

Sie richtete sich kerzengerade im Bett auf und wagte nicht zu atmen.

Sie hatte vom Gemetzel im Cove Lodge geträumt, von kaum erblickten, schlurfenden und schnellen Bestien mit gefährlichen Zähnen und Krallen gleich scharf geschliffenen, gekrümmten Klingen. Jetzt dachte sie, daß der Alptraum Wirklichkeit geworden wäre, daß Harrys Haus von diesen Kreaturen erstürmt worden und die suchende Zunge Vorbotin eines plötzlichen, wilden Bisses war.

Aber er war nur Moose. Sie konnte ihn im schwachen Schein der Nachtbeleuchtung, die vom Flur durch die Tür hereinschien, gerade noch erkennen, und dann konnte sie endlich auch wieder atmen. Er legte die Vorderpfoten auf die Matratze, da er zu wohlerzogen war, ganz aufs Bett zu springen. Er winselte leise und schien nur ein wenig Zuwendung zu wollen.

Sie war sicher, daß sie die Tür vor dem Zubettgehen zugemacht hatte. Aber sie hatte hinreichend Beispiele für Mooses Klugheit gesehen und sie konnte davon ausgehen, daß er eine Tür aufmachen könnte, wenn er es wollte. Plötzlich wurde ihr auch deutlich, daß das Innere von Talbots Haus mit Einrichtungen versehen war, die es Moose leichter machten: keine Knöpfe, sondern Klinken, die das Schloß öffneten, wenn sie von einer Hand oder Pfote niedergedrückt wurden.

»Einsam?« fragte sie und kraulte den Labrador sanft hinter den Ohren.

Der Hund winselte erneut und ließ sich ihre Zärtlichkeiten gefallen.

Dicke Regentropfen klatschten ans Fenster. Sie fielen mit solcher Wucht herunter, daß sie sie draußen durch die Bäume platschen hören konnte. Wind wehte beharrlich gegen das Haus.

»Nun, Kumpel, wie einsam du auch immer sein magst, ich bin bestimmt tausendmal müder, daher wirst du dich wohl zurückhalten müssen.«

Als sie aufhörte, ihn zu streicheln, begriff er. Er ließ sich widerstrebend auf den Boden nieder, trottete zur Tür, sah sich noch einen Augenblick zu ihr um, ging auf den Flur hinaus, sah in beide Richtungen und wandte sich nach links.

Das Licht vom Flur war minimal, aber es störte sie. Sie stand auf und machte die Tür zu, und als sie sich im Dunkeln zum Bett zurückgetastet hatte, wußte sie, daß sie nicht gleich wieder einschlafen würde.

Zunächst einmal hatte sie sämtliche Kleidungsstücke an – Jeans und T-Shirt und Pullover – und nur die Schuhe ausgezogen, und so fühlte sie sich nicht besonders wohl. Aber sie hatte nicht die Nerven, sich auszuziehen, denn dann würde sie sich so verwundbar fühlen, daß sie bestimmt gar nicht mehr schlafen könnte. Nach den Geschehnissen im Cove Lodge wollte Tessa darauf vorbereitet sein, schnell zu handeln.

Außerdem war sie im einzigen Gästeschlafzimmer – es gab noch eines, aber das war nicht möbliert –, und Matratze und Steppdecke rochen leicht muffig, da sie jahrelang nicht benutzt worden waren. Es war einmal das Zimmer von Harrys Vater gewesen, dem auch das Haus gehört hatte, der aber vor siebzehn Jahren gestorben war, drei Jahre, nachdem sie Harry aus dem Krieg zurückgebracht hatten. Tessa hatte darauf bestanden, daß sie ohne Laken auskam, einfach auf der Decke schlafen oder, falls sie fror, unter die Decke schlüpfen und auf der bloßen Matratze liegen konnte. Nachdem sie Moose hinausgeschickt und die Tür zugemacht hatte, war ihr kalt, und als sie unter die Decke schlüpfte, schien in dem muffigen Geruch ein Hauch Mehltau mitzuschwingen, schwach, aber unangenehm.

Sie hörte über das Prasseln des Regens hinweg den aufwärts fahrenden Fahrstuhl summen. Wahrscheinlich hatte Moose ihn gerufen. War er nachts immer so rege?

Sie war zum Umfallen erschöpft, aber jetzt doch zu wach, ihre Gedanken einfach abzuschalten. Diese Gedanken waren zutiefst besorgniserregend.

Nicht das Massaker im Cove Lodge. Nicht die grausigen Geschichten von Leichen, die wie Abfall ins Krematorium geschaufelt wurden. Nicht die Frau Parkins, die von unbekannten Tieren in Stücke gerissen worden war. Nicht die monströsen nächtlichen Jäger. Diese makabren Bilder trugen zweifellos dazu bei, den Kanal zu festigen, in den ihre Gedanken flossen, aber sie waren größtenteils nur ein ernster Hintergrund für persönlichere Überlegungen zu ihrem Leben und der Richtung, die es nahm.

Da sie vor kurzer Zeit dem Tod begegnet war, war sie sich ihrer eigenen Sterblichkeit bewußter denn je. Das Leben war endlich. In der Regsamkeit und Hektik des täglichen Lebens wurde dieser Gedanke allzu oft vergessen.

Jetzt konnte sie nicht anders, sie mußte darüber nachdenken, und sie fragte sich, ob sie zu sorglos mit ihrem Leben umging, zu viele Jahre verschwendete. Ihre Arbeit war befriedigend. Sie war eine glückliche Frau; für eine Lockland war es fast unmöglich, nicht glücklich zu sein, da sie alle auf Humor eingeschworen waren. Aber sie mußte sich in aller Ehrlichkeit eingestehen, daß sie nicht das bekam, was sie wirklich wollte. Wenn sie auf ihrem derzeitigen Kurs bliebe, würde sie es nie bekommen.

Sie wollte eine Familie und einen Ort, wohin sie gehörte. Das lag natürlich an ihrer Kindheit und Jugend in San Diego, wo sie ihre große Schwester Janice vergöttert und sich in der Liebe ihrer Eltern wohlgefühlt hatte. Das große Ausmaß an Glück und Sicherheit in ihrer Jugend ermöglichte ihr, mit Elend, Verzweiflung und Terror zurechtzukommen, die sie manchmal erlebte, wenn sie an einem ambitionierten Dokumentarfilm arbeitete. Die beiden ersten Jahrzehnte ihres Lebens waren so voller Glück gewesen, daß sie alles Nachfolgende ausglichen.

Der Fahrstuhl war im zweiten Stock angekommen, dann fuhr er mit einem leisen Poltern und neuerlichem Summen weiter nach unten. Sie fand es faszinierend, daß Moose, der daran gewöhnt war, den Fahrstuhl für und mit seinem Herrn zu benützen, ihn nachts selbst benützte, obwohl es über die Treppe schneller gegangen wäre. Auch Hunde konnten Gewohnheitstiere sein.

Sie hatten zu Hause auch Hunde gehabt, als sie noch ein Kind gewesen war, zuerst einen Apportierhund namens Barney, danach einen irischen Setter namens Mickey Finn...

Janice hatte vor sechzehn Jahren geheiratet und war von zu Hause fortgegangen, als Tessa achtzehn gewesen war, und danach hatte die Entropie, die blinde Kraft der Auflösung, das behagliche Leben in San Diego zunichte gemacht. Tessas Dad war drei Jahre später gestorben, kurz nach seiner Beerdigung hatte sich Tessa auf den Weg gemacht, um ihre Werbespots, Dokumentationen und Reisefilme zu machen, und sie hatte zwar regelmäßigen Kontakt mit ihrer Mutter und Schwester gehalten, aber die goldene Zeit war vorbei gewesen.

Jetzt lebte Janice nicht mehr. Und Marion würde nicht ewig leben, auch dann nicht, wenn sie das Fallschirmspringen wirklich sein ließe.

Tessa wünschte sich vor allen Dingen, diese häusliche Idylle mit einem Mann und eigenen Kindern neu erschaffen zu können. Sie hatte mit dreiundzwanzig einen Mann geheiratet, der Kinder mehr wollte, als er sie gewollt hatte, und als sie herausfanden, daß sie keine Kinder bekommen konnte, hatte er sie verlassen. Adoption genügte ihm nicht. Er wollte Kinder, die biologisch seine eigenen waren. Vierzehn Monate vom Tag der Eheschließung bis zur Scheidung. Sie hatte sehr gelitten.

Danach hatte sie sich mit einem Eifer auf ihre Arbeit gestürzt, wie sie ihn vorher nicht gekannt hatte. Sie war einsichtig genug zu erkennen, daß sie durch ihre Kunst versuchte, die ganze Welt zu erreichen, als wäre sie eine einzige große Familie. Indem sie komplizierte Geschichten und Themen in dreißig, sechzig oder neunzig Minuten Film zwängte, versuchte sie, die Welt zu verkleinern, sie auf das Wesentliche zu reduzieren, auf die Größe einer Familie.

Aber als sie nun in Harry Talbots Gästezimmer wach lag, wußte sie, daß sie niemals völlige Befriedigung finden würde, wenn sie ihr Leben nicht radikal veränderte und das, was sie sich so sehr wünschte, direkter suchte. Es war unmöglich, eine Person mit Tiefe zu sein, wenn einem die Liebe zur Menschheit fehlte, aber diese verallgemeinerte Liebe konnte sehr schnell dünn und bedeutungslos werden, wenn man keine Familie hatte, die einem nahestand; denn in der Familie sah man tagtäglich die speziellen Dinge in speziellen Menschen, die in der Verlängerung eine umfassendere Liebe zu anderen Mitmenschen rechtfertigte. In ihrer Kunst suchte sie nach dem Spezifischen, aber ihr fehlte ein Gefühlsleben.

Während sie Staub und den schwachen Mehltaugeruch einatmete, war ihr, als hätte ihr Potential als Persönlichkeit so lange brachgelegen wie dieses Gästezimmer. Aber nachdem sie jahrelang keine Verabredung mehr gehabt hatte, nachdem sie sich vor ihrem gebrochenen Herzen in harte Arbeit geflüchtet hatte, wie sollte sich eine vierunddreißigjährige Frau jetzt dem Teil ihres Lebens öffnen, dem sie sich absichtlich verschlossen hatte? In diesem Augenblick fühlte sie sich unfruchtbarer als jemals seit sie erfahren hatte, daß sie nie eigene Kinder haben könnte. Und die Frage, wie sie ihr Leben neu gestalten könnte, schien derzeit wichtiger zu sein als herauszufinden, woher die Schreckgespenster kamen und was sie waren.

Kontakt mit dem Tod konnte seltsame Gedanken wecken.

Nach einer Weile überwand Müdigkeit ihre innere Aufruhr, und sie schlief wieder ein. Kurz bevor sie endgültig einschlummerte, wurde ihr klar, daß Moose vielleicht in ihr Zimmer gekommen war, weil er gespürt hatte, daß etwas im Haus nicht stimmte. Vielleicht hatte er versucht, sie zu warnen. Aber er wäre sicher aufgeregter gewesen und hätte gebellt, wenn wirklich Gefahr bestanden hätte.

Dann schlief sie ein.

2

Shaddack kehrte von Peyser zu seinem uraltmodernen Haus an der Nordspitze der Bucht zurück, blieb aber nicht lange. Er machte drei Schinkensandwiches, packte sie ein und legte sie mit mehreren Dosen Coke in eine Kühltasche. Die Tasche brachte er nebst ein paar Decken und einem Kissen in den Lastwagen. Er holte aus dem Waffenschrank in seinem Arbeitszimmer eine Smith-Wesson 357 Magnum, eine halbautomatische Remington-Schrotflinte Kaliber 12 mit Pistolengriff und jede Menge Munition für beide. Solchermaßen ausgerüstet, machte er sich im Sturm auf, durch Moonlight Cove und die Umgebung zu kreuzen; er hatte die Absicht, in Bewegung zu bleiben und die Situation per Computer zu verfolgen, bis die erste Phase von Projekt Moonhawk um Mitternacht, weniger als neunzehn Stunden von jetzt an, beendet sein würde.

Watkins' Drohung machte ihn nervös. Wenn er in Bewegung bliebe, würde er nicht so leicht zu finden sein, wenn Watkins regressiv würde, sein Versprechen hielte und ihn verfolgte. Um Mitternacht, wenn die letzten Verwandlungen vollbracht wären, würde Shaddack seine Macht konsoldiert haben. Dann könnte er sich um den Polizisten kümmern.

Watkins würde geschnappt und eingesperrt werden, bevor er sich verwandelte. Dann könnte Shaddack ihn auf dem Labortisch festschnallen, seine Psychologie und Physiologie studieren und eine Erklärung für diese Seuche der Regression finden.

Er akzeptierte Watkins' Erklärungen nicht. Sie wurden nicht regressiv, um dem Leben als Neue Menschen zu entkommen. Hätte er diese Theorie akzeptiert, hätte er sich eingestehen müssen, daß das Projekt Moonhawk eine fatale Katastrophe war, daß die Verwandlung kein Segen für die Menschheit war, sondern ein Fluch, und daß seine ganze Arbeit in ihrer Wirkung nicht nur irregeleitet, sondern sogar gemeingefährlich war. Das konnte er niemals zugeben.

Als Schöpfer und Herr der Neuen Menschen, hatte er gottgleiche Macht kennengelernt. Diese wollte er nicht mehr hergeben.

Die regennassen Straßen waren kurz vor der Dämmerung verlassen, abgesehen von den Autos – manche waren Streifenwagen, manche nicht –, in denen jeweils zwei Männer fuhren, um entweder Booker, Tessa Lockland, die Tochter der Fosters oder Regressive auf Streifzügen zu finden. Sie konnten zwar nicht durch die stark getönten Scheiben des Lieferwagens sehen, wußten aber ganz bestimmt, wem das Fahrzeug gehörte.

Shaddack kannte viele, denn sie arbeiteten bei New Wave und gehörten zum Kontingent der einhundert, die er erst vor ein paar Stunden der Polizei zur Verfügung gestellt hatte. Ihre Gesichter hinter den vom Regen überspülten Windschutzscheiben schwebten wie blasse Scheiben im dunklen Inneren ihrer Autos und waren so ausdruckslos, daß sie Schaufensterpuppen oder Roboter hätten gehören können.

Andere gingen zu Fuß durch die Stadt, waren aber verstohlener und hielten sich in den dunklen Schatten und Nebenstraßen. Von ihnen sah er keinen.

Shaddack fuhr auch an zwei Verwandlungsteams vorbei, die leise, und zielstrebig von einem Haus zum anderen schlichen. Jedesmal, wenn sie eine Verwandlung abgeschlossen hatten, gab das Team die Daten in ein VDT im Auto ein, damit das zentrale System bei New Wave über ihren Fortschritt informiert blieb.

Als er an einer Kreuzung hielt und die Tabelle auf seinem eigenen VDT abrief, stellte er fest, daß in der Verwandlungsphase von Mitternacht bis sechs Uhr morgens nur noch fünf Personen übrigblieben. Sie waren dem Zeitplan ein wenig voraus.

Heftiger Regen fiel von Westen und schimmerte im Licht der Scheinwerfer so silbern wie Eis. Bäume schüttelten sich, als hätten sie Angst. Und Shaddack blieb in Bewegung und zog durch die Nacht, als wäre er ein seltsamer Raubvogel, der es vorzog, im Sturmwind zu jagen.

3

Tucker führte, und so hatten sie gejagt, getötet, gebissen und gerissen, gekrallt und gebissen, gejagt und getötet und die Beute gefressen, Blut getrunken, Blut, warm und süß, dickflüssig und warm, süß und dickflüssig, Blut, hatten das Feuer in ihrem Fleisch gelöscht, das Feuer mit Nahrung gekühlt. Blut.

Tucker hatte allmählich festgestellt, daß das Feuer um so weniger intensiv brannte, je länger sie in ihrem verwandelten Dasein blieben, und es um so leichter war, in der submenschlichen Gestalt zu *bleiben*. Etwas sagte ihm, er sollte sich Sorgen darüber machen, daß es ihm immer leichter fiel, sich an die Gestalt der Bestie zu klammern, aber er konnte nicht viel Sorgen dafür entwickeln, was teilweise daran lag, daß sich sein Verstand nicht mehr länger als ein paar Sekunden auf komplexe Gedanken konzentrieren konnte.

Sie waren im Mondenschein über die Felder und Hügel gelaufen, frei gelaufen und gerannt, frei, so frei im Mondenschein und Nebel, im Nebel und Wind, und Tucker hatte sie geführt, hatte nur angehalten, um zu töten und zu fressen, oder um sich mit dem Weibchen zu paaren, das ihre eigene Lust mit einer Aggressivität nahm, die aufregend, wild und erregend war.

Dann kam der Regen.

Kalt.

Prasselnd.

Auch Donner, und grelles Licht am Himmel.

Ein Teil von Tucker schien zu wissen, was diese langen, zackenförmigen Lichter waren, die den Himmel zerrissen. Aber er konnte sich nicht richtig erinnern, und er hatte Angst, raste in den Schutz von Bäumen, wenn das Licht ihn auf offenem Gelände überraschte, kauerte sich mit dem Weibchen und dem anderen Männchen nieder, bis der Himmel wieder dunkel geworden und eine Weile so geblieben war.

Tucker suchte nach einem Ort, wo sie Zuflucht vor dem Sturm finden könnten. Er wußte, sie sollten dorthin zurückkehren, wo sie aufgebrochen waren, aber er konnte sich nicht mehr erinnern, wo genau das gewesen war. Zudem hätte die Rückkehr dorthin bedeutet, daß sie ihre Freiheit aufgeben und ihre angeborenen Identitäten wieder hätten annehmen müssen. Sie wollten laufen und streifen und töten und sich paaren und frei sein, frei. Wenn sie zurückkehrten, könnten sie nicht mehr frei sein, daher liefen sie weiter, überquerten eine Straße mit harter Oberfläche, liefen in die höheren Hügel, hielten sich von den wenigen Häusern der Gegend fern.

Die Dämmerung rückte näher, sie zeichnete sich noch nicht am östlichen Horizont ab, aber sie rückte näher, und Tucker wußte, sie mußten einen Unterschlupf finden, bevor es hell würde, einen Ort, wo sie sich nebeneinander zusammenrollen könnten, drunten in der Dunkelheit, um Wärme zu teilen, Dunkelheit und Wärme, sicher zusammengerollt mit Erinnerungen an Blut und Paarung, Dunkelheit und Wärme und Blut und Paarung. Dort würden sie nicht in Gefahr sein, sicher vor einer Welt, in der sie fremd waren, und ebenfalls sicher davor, wieder in die menschliche Gestalt zurückkehren zu müssen. Wenn es wieder Nacht würde, könnten sie herauskommen und umherstreifen und töten, töten, beißen und töten, und vielleicht würde der Tag kommen, da es so viele ihrer Art in der Welt gäbe, daß sie nicht mehr in der Minderzahl wären und auch bei Tage umherstreifen könnten, aber nicht jetzt, noch nicht.

Sie kamen an einen Feldweg, und Tucker hatte eine vage Erinnerung, wo er sich befand, das Wissen, daß dieser Weg sie rasch zu einem Ort führen könnte, der den Schutz böte, den er und seine Meute brauchten. Er folgte ihm weiter in die Hügel und ermutigte seine Gefährten mit leisem, zuversichtlichem Knurren. Nach wenigen Minuten kamen sie zu einem Gebäude, einem großen, verfallenen alten Haus, dessen Fenster eingeschlagen waren und dessen Tür schief in halb zerfallenen Scharnieren hing. Andere graue Bauwerke ragten aus dem Regen auf: eine Scheune, die in einem noch schlimmeren Zustand als das Haus war, mehrere Nebengebäude, die größtenteils verfallen waren.

Große, handgemalte Schilder waren zwischen zwei Fenster im ersten Stock an die Hauswand genagelt worden, ein Schild über dem anderen, mit verschiedenen Handschriften, als wäre das zweite erst viel später als das erste aufgehängt worden. Er wußte, sie bedeuteten etwas, aber er konnte sie nicht lesen, obwohl er sich anstrengte, sich an die vergessene Sprache der Rasse zu erinnern, der auch er einst angehört hatte.

Die beiden Mitglieder seiner Meute standen neben ihm. Auch sie sahen zu den dunklen Buchstaben auf weißem Grund empor. Verschwommene Symbole in Regen und Halbdunkel. Seltsame und geheimnisvolle Runen.

IKARUS KOLONIE

Und darunter:

DAS IKARUS KOLONIE-RESTAURANT
NATURKOST

An der verfallenen Scheune befand sich ein anderes Schild – Flohmarkt –, aber das sagte Tucker ebensowenig wie die Schilder am Haus selbst, und nach einer Weile kam er zu dem Ergebnis, daß es einerlei war, ob er sie verstand. Wichtig war, es waren keine Menschen in der Nähe, kein frischer Geruch oder Vibrationen von menschlichen Wesen, daher war dies vielleicht das Versteck, das er suchte, ein Bau, eine Hütte, ein warmer und dunkler Unterschlupf, warm und dunkel, sicher und dunkel.

4

Sam hatte sich mit einer Decke und einem Kissen ein Bett auf dem langen Sofa im Wohnzimmer gemacht, welches direkt an die Diele im Erdgeschoß angrenzte. Er wollte im Erdgeschoß schlafen, damit er wach würde, falls jemand eindringen wollte. Dem Plan zufolge, den Sam auf dem VDT im Streifenwagen gesehen hatte, sollte Harry Talbot erst am kommenden Abend verwandelt werden. Er bezweifelte, daß sie ihren Plan beschleunigen würden, weil sie wußten, daß sich ein FBI-Agent in Moonlight Cove aufhielt. Aber er konnte keine unnötigen Risiken eingehen.

Sam litt häufig an Schlaflosigkeit, aber das machte ihm in dieser Nacht nicht zu schaffen. Nachdem er die Schuhe ausgezogen und sich auf dem Sofa ausgestreckt hatte, lauschte er ein paar Minuten dem Regen und versuchte, an nichts zu denken. Wenig später schlief er ein.

Er träumte von Karen, seiner verstorbenen Frau, die, wie immer in seinen Alpträumen, im Endstadium ihrer Krebskrankheit war, ausgezehrt aussah und Blut spuckte, nachdem die Chemotherapie versagt hatte. Er wußte, er mußte sie retten. Er konnte es nicht. Er kam sich winzig, ohnmächtig und schrecklich ängstlich vor.

Aber der Alptraum weckte ihn nicht.

Schließlich verlagerte sich der Traum vom Krankenhaus in ein dunkles und verfallenes Gebäude. Es sah aus wie ein von Salvador Dali entworfenes Hotel: Die Flure zweigten wahllos ab; manche waren kurz, andere so lang, daß man ihr Ende nicht sehen konnte; Wände und Böden befanden sich in surrealistischen Winkeln zueinander, die Türen zu den Zimmern waren von unterschiedlicher Größe, manche so klein, daß nur eine Maus durchgekonnt hätte, andere groß genug für einen Menschen, wieder andere in einem Maßstab, der einem sechs Meter großen Riesen genügt hätte.

Er fühlte sich zu bestimmten Zimmern hingezogen. Wenn er sie betrat, fand er in jedem eine Person aus seinem vergangenen oder gegenwärtigem Leben.

Er begegnete Scott in mehreren Zimmern und führte unbefriedigende, zusammenhanglose Unterhaltungen mit ihm, die alle mit einer unvernünftigen Feindseligkeit von Seiten Scotts endeten. Unterschiede in Scotts Alter machten den Alptraum noch schlimmer: manchmal war er ein mürrischer Sechzehnjähriger und manchmal zehn oder erst vier oder fünf. Aber er war in jeder Inkarnation entfremdet, kalt, reizbar und voll verzehrendem Haß. »Das ist nicht richtig, das stimmt nicht, so bist du nicht gewesen, als du jünger warst«, sagte Sam einem siebenjährigen Scott, und der Junge gab eine obszöne Antwort.

Scott war in jedem Zimmer, ohne Rücksicht auf sein Alter, von riesigen Postern von Black Metal-Rockern mit schwarzer Lederkleidung und Ketten umgeben, die satanische Symbole auf Stirn oder Handflächen zur Schau stellten. Das Licht war flackernd und seltsam. Sam sah in einer dunklen Ecke etwas lauern, eine Kreatur, von der Scott wußte, die der Junge nicht fürchtete, die Sam aber eine Heidenangst machte.

Aber auch dieser Alptraum weckte ihn nicht.

In anderen Zimmern dieses surrealistischen Hotels fand er sterbende Menschen, jedesmal dieselben – Arnie Taft und Carl Sorbino. Sie waren zwei Agenten, mit denen er gearbeitet hatte und die vor seinen Augen erschossen worden waren.

Der Eingang zu einem Zimmer war eine Autotür – die funkelnde Tür eines blauen 54er Buick, um genau zu sein. Dahinter fand er eine enorme Kammer mit grauen Wänden, in dem sich Fahrersitz, Lenkrad und Armaturenbrett des Autos befanden, und sonst nichts, gleich Teilen eines prähistorischen Skeletts, die auf einer weiten Fläche öden Sandes lagen. Eine grüngekleidete Frau saß am Steuer, sie hatte den Kopf von ihm abgewandt. Er wußte natürlich, wer sie war, und er wollte das Zimmer auf der Stelle verlassen, aber er konnte es nicht. Er wurde sogar zu ihr hingezogen. Er setzte sich neben sie, und plötzlich war er sieben Jahre alt, wie am Tag des Unfalls, aber er sprach mit der Stimme des Erwachsenen. »Hallo, Mom.« Sie drehte sich zu ihm um und zeigte, daß die rechte Seite ihres Gesichts eingedrückt war, ein Auge aus der Höhle gequetscht und Knochen durch die aufgeplatzte Haut ragten. In der Wange konnte man abgebrochene Zähne sehen, daher schenkte sie ihm nur ein halbes teuflisches Grinsen.

Und plötzlich waren sie, in der Zeit zurückgeschlendert, in ihrem wirklichen Auto. Vor ihnen auf der Autobahn raste der Betrunkene in seinem weißen Lieferwagen auf sie zu, raste über die durchgezogene, doppelte gelbe Linie und mit überhöhter Geschwindigkeit in ihre Richtung. Sam schrie auf – »Mom!« –, aber sie konnte dem Lieferwagen diesesmal ebensowenig ausweichen wie vor fünfunddreißig Jahren. Er raste auf sie zu, als wären sie ein Magnet, und prallte frontal in sie hinein. Er dachte, daß es so im Zentrum einer Atombombenexplosion sein mußte: ein gewaltiges Dröhnen, gefolgt vom Kreischen reißenden Metalls. Alles wurde schwarz. Als er dann wieder aus der Dunkelheit emporschwamm, war er im Wrack eingeklemmt. Er befand sich seiner toten Mutter von Angesicht zu Angesicht gegenüber und sah in ihre leere Augenhöhle. Er fing an zu schreien.

Auch dieser Alptraum weckte ihn nicht.

Danach war er in einem Krankenhaus, wie nach dem Unfall, denn das war das erste Mal von insgesamt sechs gewesen, als er fast gestorben wäre. Aber er war kein Junge mehr, sondern ein erwachsener Mann, und er lag auf dem Operationstisch und wurde operiert, ein Notfall, weil ihm während derselben Schießerei, bei der Carl Sorbino gestorben war, in die Brust geschossen worden war. Während sich das Ärzteteam an seinem Körper zu schaffen machte, schwebte er aus seinem Körper heraus und beobachtete sie, wie sie an seinem Leichnam arbeiteten. Er war erstaunt, aber nicht ängstlich, genau wie er sich gefühlt hatte, als es *kein* Traum gewesen war.

Als nächstes war er in einem Tunnel und rast grellem Licht entgegen, auf die andere Seite zu. Diesesmal wußte er, was er am anderen Ende finden würde, denn er war schon einmal dort gewesen, im wirklichen Leben, nicht im Traum. Er hatte entsetzliche Angst davor, wollte es nicht noch einmal durchmachen, wollte nicht hinsehen, nicht ins Jenseits. Aber er bewegte sich schneller, schneller, schneller durch den Tunnel, *schoß* durch ihn hindurch, und sein Entsetzen wuchs parallel zur Geschwindigkeit. Daß er sich noch einmal ansehen mußte, was auf der anderen Seite lag, war schlimmer als seine Traumkonfrontationen mit Scott, schlimmer als das eingedrückte einäugige Gesicht seiner Mutter, unendlich viel schlimmer (schneller, schneller), unerträglich, und daher begann er zu schreien (schneller) und schreien (schneller) und schreien…

Dieser Traum weckte ihn.

Er fuhr kerzengerade auf dem Sofa hoch und unterdrückte den Schrei gerade noch, ehe er ihm über die Lippen kommen konnte.

Einen Augenblick später merkte er, daß er nicht allein in dem dunklen Wohnzimmer war. Er hörte, wie sich vor ihm etwas bewegte, und er bewegte sich gleichzeitig, riß den 38er Revolver aus dem Halfter, das er abgenommen und neben das Sofa gelegt hatte.

Es war Moose.

»He, Junge.«

Der Hund wuffte leise.

Sam streckte die Hand aus, um den dunklen Kopf zu tätscheln, aber der Hund ging schon wieder weg. Die Nacht war nur unwesentlich weniger schwarz als das Innere des Hauses, daher waren die Fenster nur als verschwommene, graue Rechtecke zu sehen. Moose ging zu einem an der Seite das Hauses, legte die Pfoten auf den Sims und drückte die Schnauze an die Scheibe.

»Mußt du hinaus?« fragte Sam, obwohl sie ihn kurz vor dem Zubettgehen zehn Minuten hinausgelassen hatten.

Der Hund reagierte nicht, sondern blieb seltsam steif am Fenster stehen.

»Ist etwas da draußen?« fragte Sam und wußte die Antwort noch bevor er die Frage zu Ende gesprochen hatte.

Er durchquerte das dunkle Zimmer rasch und vorsichtig. Er stieß gegen Möbel, warf aber nichts um, und gesellte sich zu dem Hund am Fenster.

In dieser Stunde vor der Dämmerung schien die regengepeitschte Nacht am dunkelsten zu sein, aber Sams Augen waren an die Dunkelheit gewöhnt. Er konnte die Seitenwand des Nachbarhauses sehen, die nur sechs Meter entfernt war. Der steil ansteigende Boden zwischen den beiden Häusern war nicht mit Gras bepflanzt, sondern mit einer

Vielzahl von Büschen und einigen Pinien, die alle im böigen Wind schwankten und bebten.

Er sah die beiden Schreckgespenster schnell, weil sie sich gegen die Windrichtung bewegten und daher einen deutlichen Kontrast gegen den Sturmtanz der Vegetation bildeten. Sie waren beide etwa drei Meter vom Fenster entfernt und hasteten den Hang abwärts zur Conquistador. Sam konnte zwar keine Einzelheiten von ihnen erkennen, aber er sah an ihren gebückten Bewegungen und dem schlurfenden und doch seltsamen Gang, daß sie keine gewöhnlichen Menschen waren.

Als sie neben einer der größeren Pinien stehenblieben, sah einer zu Talbots Haus, und Sam erblickte die sanft leuchtenden, vollkommen fremden Bernsteinaugen. Er war einen Augenblick gebannt, aber nicht so sehr starr vor Angst, sondern vor Staunen. Dann wurde ihm klar, daß das Geschöpf direkt ins Fenster zu starren schien, als könnte es ihn sehen, und plötzlich sprang es direkt auf ihn zu.

Sam duckte sich unter den Sims, drückte sich an die Wand unter dem Fenster und zog Moose mit sich herunter. Der Hund schien die Gefahr zu spüren, denn er bellte oder winselte nicht und leistete keinen Widerstand, sondern lag mit dem Bauch auf den Boden gepreßt da und ließ sich still dort festhalten.

Einen Sekundenbruchteil später hörte Sam über Wind und Regen hinweg die Geräusche verstohlener Bewegungen auf der anderen Seite der Mauer, an der er kauerte. Ein leises Wuseln. Kratzen.

Er hielt den 38er in der rechten Hand und machte sich bereit, falls das Ding kühn genug sein sollte, durch das Fenster einzudringen.

Ein paar Sekunden verstrichen still. Dann weitere.

Sam ließ die linke Hand auf Mooses Rücken. Er konnte den Hund zittern spüren.

Tick-tick-tick.

Nach den langen Sekunden der Stille erschreckte das plötzliche Ticken Sam, denn er war gerade zu dem Ergebnis gekommen, daß die Kreaturen weitergezogen sein mußten.

Tick-tick-tick-tick.

Es klopfte gegen das Glas, als wollte es dessen Festigkeit erproben oder den Mann rufen, den es dort stehen gesehen hatte.

Tick-tick. Pause. *Tick-tick-tick.*

5

Tucker führte seine Meute aus Schlamm und Regen auf die windschiefe Veranda des Hauses. Die Dielen ächzten unter ihrem Gewicht. Ein loser Laden klapperte im Wind; alle anderen waren schon längst verfault und heruntergefallen.

Er bemühte sich, ihnen seine Absichten mitzuteilen, mußte aber feststellen, daß es ihm sehr schwerfiel, sich an die notwendigen Worte zu erinnern oder sie hervorzubringen. Zwischen Knurren und Fauchen und leisem Paarungsmurmeln gelang es ihm nur hervorzustoßen: »*…hier …verstecken …hier …sicher…*«

Das andere Männchen schien die Fähigkeit zu sprechen vollkommen verloren zu haben, denn es brachte überhaupt keine Worte mehr zustande.

Das Weibchen sagte mit sichtlichen Schwierigkeiten: »*…sicher …hier …zu Hause …*«

Tucker studierte seine beiden Gefährten einen Augenblick und stellte fest, daß sie sich während ihres nächtlichen Abenteuers verändert hatten. Bisher hatte das Weibchen etwas Katzenhaftes gehabt – schlank, geschmeidig, mit Katzenohren und spitzen Zähnen, die sie entblößte, wenn sie vor Angst, Wut oder sexuellem Verlangen fauchte. Zwar hatte sie immer noch etwas von einer Katze an sich, aber sie war mehr wie Tucker geworden, wölfisch, mit einem großen Kopf und einer Schnauze, die mehr hundeartig als katzenhaft war. Sie hatte auch wolfsgleiche Beine und Füße, die von einer Kreuzung zwischen Mensch und Wolf zu stammen schienen, keine Pfoten, aber auch keine Hände, mit Klauen versehen, die länger und mörderischer als die eines

Wolfs waren. Das andere Männchen, einst eine einmalige Erscheinung, die ein paar insektenhafte Züge mit dem allgemeinen Erscheinungsbild einer Hyäne vereint hatte, hatte sich inzwischen ebenfalls weitgehend Tuckers Äußerem angeglichen.

Tucker war durch eine stumme Übereinkunft zum Anführer der Meute geworden. Nachdem sie sich seiner Herrschaft unterworfen hatten, hatten seine Anhänger offensichtlich seine Gestalt als Modell für ihre eigene benützt. Ihm wurde klar, daß dies eine wichtige Wendung der Ereignisse war, vielleicht sogar eine ominöse.

Er wußte nicht, warum ihn das beunruhigen sollte, und er besaß nicht mehr die geistige Klarheit, sich so lange zu konzentrieren, bis er es begriff. Das drängendere Problem einer Zuflucht beanspruchte seine Aufmerksamkeit.

...hier... sicher... hier...«

Er führte sie durch die aufgebrochene, halb offene Tür in die Diele des verfallenen Hauses. Der Verputz war rissig und abgebröckelt, an manchen Stellen fehlte er völlig, dort waren Gitter zu sehen, die an die Gebeine eines halb verwesten Leichnams erinnerten. In dem leeren Wohnzimmer hingen lange Streifen Tapete herunter, als würde das Haus im Prozeß einer Verwandlung seine Haut abstreifen, die so dramatisch war wie die, die Tucker und seine Meute durchgemacht hatten.

Er folgte Gerüchen durch das Haus, und das war interessant, nicht erregend, aber eindeutig interessant. Seine Gefährten folgten ihm, während er Flecken von Schimmel untersuchte, Pilze, die in einer dunklen Ecke des Eßzimmers wuchsen, Kolonien schwach leuchtender Pilze im Zimmer auf der anderen Seite des Flurs, mehrere Häufchen Rattenkot, die mumifizierten Überreste eines Vogels, der durch eine der zerbrochenen Scheiben hereingeflogen war und sich an der Wand einen Flügel gebrochen hatte, und den noch erhaltenen Kadaver eines kranken Koyoten, der in die Küche gekrochen war, um zu sterben.

Im Verlauf dieser Untersuchung stellte Tucker fest, daß das Haus keinen idealen Unterschlupf bot. Die Zimmer waren zu groß und zugig, besonders dort, wo die Fenster herausgebrochen waren. Es hing zwar kein Geruch von Menschen in der Luft, aber er spürte, daß immer noch welche hierher kamen, nicht regelmäßig, aber dennoch häufig genug, daß sie ein Ärgernis werden konnten.

Aber in der Küche fand er den Eingang zum Keller, und diese unterirdische Zuflucht nahm er aufgeregt zur Kenntnis. Er führte die anderen die quietschende Treppe hinunter in diese finstere Dunkelheit, wo keine kalten Winde sie erreichen konnten, wo Boden und Wände trocken waren, und wo die Luft einen sauberen, zitronenähnlichen Geruch hatte, der aus den Wänden kam.

Er ging davon aus, daß Eindringlinge selten in den Keller gingen. Und wenn doch... würden sie in ein Gehege kommen, aus dem sie nicht mehr entkommen könnten.

Es war eine vollkommene, fensterlose Heimstatt. Tucker ging die Wände des Raumes ab, seine Krallen klickten und schabten über den Boden. Er schnupperte in Ecken und untersuchte den verrosteten Ofen. Er war überzeugt, daß sie in Sicherheit waren. Sie konnten sich in der sicheren Gewißheit zusammenrollen, daß man sie nicht finden würde, und falls man sie durch Zufall doch fände, könnten sie den einzigen Fluchtweg abschneiden und den Eindringling rasch aus dem Weg schaffen.

An diesem tiefen, dunklen und geheimen Ort konnten sie werden, was sie wollten, und niemand würde sie sehen.

Dieser letzte Gedanke verblüffte Tucker. Alles werden, was sie wollten?

Er war nicht sicher, woher dieser Gedanke kam oder was er bedeutete. Plötzlich wurde ihm klar, daß er mit seiner Regression einen Prozeß eingeleitet hatte, der sich inzwischen seiner bewußten Kontrolle entzog, daß ein primitiver Teil seines Verstandes jetzt auf Dauer die Oberhoheit hatte. Panik ergriff ihn. Er war früher häufig in diesen veränderten Zustand übergewechselt und hatte immer wieder zurück gekonnt. Aber jetzt... Seine Angst war nur einen Augenblick klar, weil er sich nicht auf das Problem konzentrieren konnte, sich nicht einmal erinnerte, was er mit ›Regression‹ meinte, und weil er wenig später von dem Weibchen abgelenkt wurde, das sich mit ihm paaren wollte.

Bald darauf waren die drei ineinander verschlungen, krallten nacheinander, stießen und schlugen um sich. Ihre schrillen, erregten Schreie schallten durch das Haus, gleich Geisterstimmen in einem Spukhaus.

6

Tick-tick-tick.

Sam war versucht, sich zu erheben, durch das Fenster zu sehen und die Kreaturen von Angesicht zu Angesicht zu konfrontieren, denn er brannte darauf herauszufinden, wie sie aus der Nähe aussahen.

Aber da diese Kreaturen eindeutig gewalttätig waren, hätte ein solche Konfrontation sicher zu einem Angriff und einer Schießerei geführt, was die Aufmerksamkeit der Nachbarn und damit der Polizei erregt haben würde. Er durfte sein derzeitiges Versteck nicht aufs Spiel setzen, denn er konnte nirgendwo anders hingehen.

Er umklammerte den Revolver mit einer Hand, ließ die andere auf Moose und blieb unter dem Fenstersims und lauschte. Er hörte Stimmen, aber entweder sprachen sie keine Worte oder waren so gedämpft, daß die Worte nicht durch das Glas über seinem Kopf drangen. Das zweite Geschöpf hatte sich zu dem ersten an der Seitenmauer des Hauses gesellt. Sein Knurren hörte sich wie ein unterdrückter Streit an.

Danach Schweigen.

Sam kauerte noch eine Weile an derselben Stelle und wartete ab, ob die Stimme wieder zu sprechen anfangen oder eines der Wesen mit den Bernsteinaugen wieder ans Fenster klopfen würde – *tick-tick* –, aber nichts geschah. Als schließlich seine Arm- und Beinmuskeln sich verkrampften, nahm er die Hand von Moose und richtete sich zum Fenster hin auf. Er rechnete halb damit, daß das Schreckgespenst da sein würde, aber es war fort.

Der Hund begleitete ihn, als er im Erdgeschoß von Zimmer zu Zimmer ging und zu sämtlichen Fenstern an den vier Seiten des Hauses hinaussah. Es hätte ihn nicht überrascht, wenn die Kreaturen versucht hätten, sich irgendwo gewaltsam Zutritt zu verschaffen.

Aber das Haus war völlig still, abgesehen vom Regen, der auf das Dach trommelte und in den Regenrinnen blubberte.

Er kam zur Überzeugung, daß sie fort und ihr Interesse an dem Haus reiner Zufall gewesen war. Sie hatten nicht speziell nach ihm gesucht, nur nach Beute. Sie hatten ihn zweifellos am Fenster erblickt und wollten ihn nicht gehen lassen, falls er sie gesehen hatte. Aber falls sie gekommen waren, um mit ihm persönlich abzurechnen, hatten sie sich offenbar entschieden, daß sie sich einen Einbruch und eine lautstarke Konfrontation ebenso wenig leisten konnten wie er, nicht im Herzen der Stadt. Sie waren verstohlene Geschöpfe. Hin und wieder stießen sie einen unheimlichen Schrei aus, der über Moonlight Cove hallte, aber nur dann, wenn sie sich im Griff einer seltsamen Leidenschaft befanden. Und bisher hatten sie ihre Angriffe auf Menschen beschränkt, die relativ isoliert lebten.

Als er wieder im Wohnzimmer war, schob er den Revolver ins Halfter und streckte sich auf dem Sofa aus.

Moose setzte sich und sah ihn noch eine Weile an, als könnte er nicht glauben, daß er sich wieder ruhig hinlegen und schlafen konnte, nachdem er gesehen hatte, was da durch Nacht und Regen schlich.

»Einige meiner Träume waren schlimmer als das, was heute nacht da draußen ist«, sagte er zu dem Hund. »Wenn ich leicht zu verängstigen wäre, würde ich wahrscheinlich nie wieder schlafen können.«

Der Hund gähnte, stand auf und ging in den dunklen Flur hinaus, wo er in den Fahrstuhl sprang. Der Motor summte, als der Lift den Labrador nach oben brachte.

Während er darauf wartete, daß er wieder einschliefe, versuchte Sam, seine Träume in eine angenehmere Form zu bringen, indem er sich auf Dinge konzentrierte, von denen er gerne träumen würde: gutes mexikanisches Essen, kaum gekühltes Guinness Stout und Goldie Hawn, die noch strahlender als gewöhnlich aussehen würde, in einem mexikanischen Restaurant sitzen, und sie würden essen und Guinness trinken und lachen.

Aber als er wieder eingeschlafen war, träumte er von seinem Vater, einem übellaunigen Alkoholiker, dem er mit sieben Jahren in die Hände fiel, nachdem seine Mutter bei dem Autounfall ums Leben gekommen war.

7

Chrissie, die sich in den Stapel nach Gras duftender Jutesäcke auf dem Lieferwagen des Gärtners gekuschelt hatte, wachte auf, als das automatische Garagentor mit einem Ächzen und Rasseln aufging. Sie hätte sich beinahe überrascht aufgerichtet und dadurch verraten. Aber sie erinnerte sich rechtzeitig, wo sie war, und behielt den Kopf unter dem obersten halben Dutzend der Säcke, die sie als Decke verwendete. Sie versuchte, sich im Stapel der Säcke zu verkriechen.

Sie hörte Regen aufs Dach prasseln. Er fiel auf den Schotterweg vor der Tür und erzeugte ein zischelndes Geräusch, so wie tausend Speckstreifen in einer riesigen Bratpfanne. Chrissie hatte Hunger. Bei diesem Geräusch wurde sie noch hungriger.

»Hast du meinen Vesperkoffer, Sarah?«

Chrissie kannte Mr. Eulane nicht so gut, daß sie seine Stimme erkannt hätte, aber sie vermutete, daß er es war, denn Sarah Eulane, deren Stimme Chrissie kannte, antwortete sofort:

»Es, es wäre mir wirklich lieber, wenn du gleich wieder heimfahren würdest, nachdem du mich in der Schule abgesetzt hast. Nimm einen Tag frei. Du solltest bei dem schlechten Wetter nicht arbeiten.«

»Nun, bei diesem Guß kann ich kein Gras mähen«, sagte er. »Aber ich kann ein paar Sachen erledigen. Ich werde eben den Gummianorak anziehen. Der hält mich knochentrocken. Mit diesem Anorak hätte Moses durch das Rote Meer gehen können und wäre nicht auf Gottes Wunder angewiesen gewesen.«

Als sie die Luft atmete, die gefiltert durch den rauhen Stoff der Säcke kam, verspürte Chrissie ein Kitzeln in der Nase bis zu den Stirnhöhlen. Sie hatte Angst, daß sie niesen müßte.

DUMMES JUNGES MÄDCHEN NIEST, FÄLLT DADURCH IN DIE HÄNDE GIERIGER AUSSERIRDISCHER; LEBENDIG AUFGEGESSEN; »EIN LEK-KERER KLEINER HAPPEN«, SAGTE AUSSERIRDISCHE KÖNIGIN, »BRINGT UNS NOCH MEHR EURER ELFJÄHRIGEN BLONDEN WEIBCHEN.«

Sarah öffnete die Beifahrertür dicht neben Chrissies Versteck und sagte: »Du wirst dir den Tod holen, Ed.«

»Glaubst du wirklich, daß ich so eine zarte Primel bin?« fragte er neckend, während er die Fahrertür aufmachte und einstieg.

»Ich glaube, du bist ein welker, alter Löwenzahn.«

Er lachte. »Das hast du gestern nacht nicht gedacht.«

»Doch das habe ich. Aber du bist *mein* welker, alte Löwenzahn, und ich möchte nicht, daß du einfach so vom Winde verweht wirst.«

Eine Tür wurde zugeschlagen, dann die andere.

Als sie sicher war, daß sie sie nicht sehen konnten, zog Chrissie die Jutesäcke weg und streckte den Kopf heraus. Sie hielt sich die Nase zu und atmete durch den Mund, bis das Kitzeln in den Stirnhöhlen nachließ.

Während Ed Eulane den Motor anließ, ihn etwas im Leerlauf heulen ließ und dann rückwärts aus der Garage fuhr, konnte Chrissie hören, wie sie sich im Fahrerhaus unterhielten. Sie konnte nicht alles verstehen, was sie sagten, aber sie schienen einander immer noch zu necken.

Kalter Regen schlug ihr ins Gesicht, und sie zog den Kopf sofort wieder unter den Sack und ließ nur einen winzigen Spalt offen, durch den frische Luft herein konnte. Wenn sie während der Fahrt nieste, würde das durch Regen und Motorenlärm nicht zu hören sein.

Als sie an die Unterhaltung dachte, die sie in der Garage mitangehört hatte, und als sie jetzt hörte, wie Mr. Eulane im Führerhaus lachte, dachte Chrissie, daß sie ihnen vertrauen könnte. Wenn sie Außerirdische wären, würden sie keine albernen Scherze und verliebtes Geplänkel machen. Sie würden es vielleicht tun, wenn sie vor Nichtaußerirdischen eine Schau abzögen und versuchten, so zu tun, als wären sie immer noch Ed und Sarah Eulane, aber nicht, wenn sie unter sich waren. Wenn Außerirdische allein waren, ohne nicht verwandelte Menschen in der Nähe, unterhielten sie sich wahrscheinlich über… nun, Planeten, die sie eingesackt hatten, das Wetter auf dem Mars, den Preis von Treibstoff für fliegende Untertassen und Rezepte, wie man Menschen köstlich zubereitete. Wer konnte das schon sagen? Aber sie unterhielten sich sicher nicht so, wie sich die Eulanes unterhielten.

Andererseits…

Vielleicht hatten diese Außerirdischen Ed und Sarah Eulane nur in der Nacht übernommen, vielleicht fühlten sie sich noch nicht wohl in ihren Menschenrollen. Vielleicht übten sie das Menschsein in der Abgeschiedenheit, damit sie in der Öffentlichkeit als Menschen durchgehen konnten. Wenn Chrissie sich ihnen zeigte, würden sie wahrscheinlich verdammt sicher Tentakel bekommen oder sich Hummerscheren aus der Brust wachsen lassen, und sie würden sie lebend verspeisen, ohne Beilagen, oder sie würden sie ausstopfen, auf eine Holzscheibe montieren und auf ihrem Heimatplaneten ins Wohnzimmer hängen, oder sie würden ihr das Gehirn aus dem Kopf klopfen, es in ihr Raumschiff montieren und als billigen Kontrollmechanismus für ihre Kaffeemaschine verwenden.

Mitten in einer außerirdischen Invasion konnte man sein Vertrauen nur widerstrebend und nach einigem Nachdenken verschenken. Sie beschloß, sich an ihren ursprünglichen Plan zu halten.

Die Fünfzig-Pfund-Plastiksäcke Kunstdünger und Torf und Schneckenkorn, die rings um ihre Jutenische gestapelt waren, beschützten sie vor einem Teil des Regens, aber es kam immer noch genügend durch, daß die oberen Schichten der Jutesäcke durchnäßt waren. Als sie aufbrachen, war sie trocken und mollig warm, aber als sie sich mit nach Gras riechendem Regenwasser vollgesogen hatte, fror sie bis auf die Knochen.

Sie spähte ein paarmal hinaus, um festzustellen, wo sie sich befanden. Als sie sah, daß sie von der Landstraße in die Ocean Avenue einbogen, streifte sie die durchnäßten Jutesäcke ab und kroch aus ihrem Versteck.

In der Rückwand des Fahrerhauses befand sich ein Fenster, das bedeutete, die Eulanes konnten sie sehen, wenn sie sich umdrehten. Mr. Eulane konnte sie vielleicht sogar im Rückspiegel sehen, wenn sie nicht ganz unten bliebe. Aber sie mußte zur Ladeklappe des Lieferwagens und sich zum Absprung bereit machen, bis sie Our Lady of Mercy passierten.

Sie ging auf Händen und Knien zwischen den Gartengeräten durch – und über sie hinüber. Als sie die Heckklappe erreichte, kauerte sie sich dort nieder, senkte den Kopf und zitterte kläglich im Regen.

Sie überquerten den Shasta Way, die erste Kreuzung am Stadtrand, und fuhren durchs Geschäftsviertel der Ocean Avenue. Sie waren nur vier Blocks von der Kirche entfernt.

Chrissie war überrascht, daß keine Menschenseele auf den Gehwegen zu sehen war und keine Autos auf den Straßen fuhren. Es war früh – sie sah auf die Uhr, 7:03 –, aber nicht so früh, daß alle noch zu Hause in den Betten sein konnten. Sie vermutete, daß das Wetter auch etwas mit dem verlassenen Eindruck zu tun hatte, den die Stadt machte; bei diesem miesen Wetter ging niemand aus, wenn er nicht unbedingt mußte.

Aber es gab noch eine andere Möglichkeit: Vielleicht hatten die Außerirdischen einen so großen Teil von Moonlight Cove übernommen, daß sie es nicht mehr für nötig hielten, die Charade des alltäglichen Lebens aufrechtzuerhalten; da die endgültige Eroberung nur noch Stunden entfernt war, konzentrierten sie ihre sämtlichen Bemühungen darauf, die letzten zu suchen, die nicht besessen waren. *Das* war so beunruhigend, daß sie gar nicht darüber nachdenken wollte.

Als sie noch einen Block von Our Lady of Mercy entfernt waren, kletterte Chrissie auf das weiße Brett der Heckklappe. Sie schwang ein Bein darüber, dann das andere, und hielt sich mit beiden Händen am Brett fest, die Füße auf der Heckstoßstange. Sie konnte die Hinterköpfe der Eulanes durch das Fenster sehen, und wenn sie sich umdrehten – oder wenn Mr. Eulane in den Rückspiegel sähe – würden sie sie entdecken.

Sie rechnete damit, von einem Passanten gesehen zu werden, der schreien würde: »He, du da, hast du den Verstand verloren, die Füße so aus dem Lastwagen hängen zu lassen?« Aber es waren keine Fußgänger unterwegs, und sie kamen ohne weitere Zwischenfälle zur nächsten Kreuzung.

Die Bremsen quietschten, als Mr. Eulane vor einem Stopschild bremste.

Als der Lieferwagen hielt, sprang Chrissie von der Heckklappe herunter.

Mr. Eulane bog an der Kreuzung links ab. Er fuhr in Richtung Thomas Jefferson Grundschule in der Palomino, ein paar Blocks südlich, wo Mrs. Eulane arbeitete und wo Chrissie an einem gewöhnlichen Dienstagmorgen im Schulzimmer der sechsten Klasse sitzen würde.

Sie lief über die Kreuzung, platschte durch das schmutzige Wasser im Rinnstein und rannte die Stufen zum Eingang von Our Lady of Mercy hinauf. Triumph wärmte sie, denn ihr war zumute, als hätte sie gegen alle Chancen eine sichere Zuflucht erreicht.

Sie hatte eine Hand auf dem Verzierten Messinggriff der geschnitzten Eichentür, und so wartete sie und sah noch einmal nach rechts und links. Die Fenster von Geschäften, Büros und Wohnungen waren so frostblank wie Augen mit grauem Star. Kleinere Bäume beugten sich mit dem heftigen Wind, die größeren Bäume wogten, und das waren die einzigen Bewegungen, abgesehen vom Regen, der verweht wurde. Der Wind war ungleichmäßig, böig; manchmal hörte er damit auf, den Regen unablässig nach Osten zu peitschen, und sammelte ihn zu Schleiern, die er dann die Ocean Avenue entlang wehte; wenn sie die Augen zukniff und nicht auf die Kälte achtete, hätte sie fast glauben können, daß sie in einer verlassenen Geisterstadt war und zusah, wie Sandteufel durch die einsamen Straßen rollten.

An der Kreuzung bei der Kirche hielt ein Polizeiauto an dem Stopschild. Zwei Männer saßen darin. Keiner sah in ihre Richtung.

Sie vermutete bereits, daß man der Polizei nicht trauen konnte. Sie zog die Kirchentür auf und schlüpfte rasch hinein, bevor sie in ihre Richtung sahen.

In dem Augenblick, als sie den eichenfurnierten Vorbau betreten hatte und die nach Weihrauch und Myrrhe duftende Luft einatmete, fühlte Chrissie sich sicher. Sie trat durch den Bogen ins Kirchenschiff, tauchte die Finger ins Weihwasserbecken zur Rechten, bekreuzigte sich und ging den Mittelgang bis zur vierten Bankreihe von hinten entlang. Sie machte einen Knicks, bekreuzigte sich noch einmal und setzte sich.

Die Messe war im Gange. Außer ihr waren nur noch zwei Gläubige anwesend, und das schien eine skandalös armselige Anzahl zu sein. Es war natürlich so, daß ihre Eltern, soweit sie sich erinnern konnte, sie zwar immer zur Sonntagsmesse mitgenommen hatten, sie aber nur einmal im Leben werktags zur Messe brachten, was schon vier Jahre her war, daher wußte sie nicht, ob für gewöhnlich mehr Leute zur Messe an Werktagen kamen. Sie vermutete jedoch, daß die Anwesenheit der Außerirdischen – oder Dämonen, was auch immer – in Moonligt Cove für die geringe Besucherzahl verantwortlich war. Zweifellos waren Außerirdische aus dem Weltall gottlos oder, noch schlimmer, beteten ein dunkle Gestalt an, die Yahgag oder Scogblatt oder so ähnlich hieß.

Sie stellte überrascht fest, daß der Priester, der die Messe – mit Unterstützung eines Meßknaben – las, nicht Pater Castelli war. Es war der junge Priester – der Dekan, wie sie ihn nannten –, den die Erzdiezöse Pater Castelli im August zugeteilt hatte. Sein Name war Pater O'Brien. Sein Vorname war Tom, und er folgte dem Beispiel seines Vorgesetzten und bestand manchmal darauf, daß die Gläubigen ihn Pater

Tom nannten. Er war nett – wenn auch nicht so nett oder klug oder amüsant wie Pater Castelli –, aber sie konnte ihn ebensowenig Pater Tom nennen wie den älteren Priester Pater Jim. Ebensogut hätte sie den Papst Johnny nennen können. Ihre Eltern unterhielten sich manchmal darüber, wie sehr sich die Kirche verändert hatte, wie sie im Laufe der Jahre immer weniger formell geworden war, und sie sprachen zustimmend von diesen Veränderungen. Chrissie wünschte sich in ihrem konservativen Herzen, sie wäre zu der Zeit geboren und erzogen worden, als die Messe in Latein gelesen wurde, elegant und geheimnisvoll, als das regelrecht alberne Ritual, den Gläubigen rings um einen herum ›Frieden zu geben‹ noch nicht zum Gottesdienst gehört hatte. Sie war einmal in einer Kathedrale in San Francisco zur Messe gegangen, als sie im Urlaub waren, und dieser Gottesdienst war speziell gewesen, in Latein, gemäß der alten Liturgie, und das hatte ihr *gefallen*. Immer schnellere Flugzeuge zu bauen, Fernseher von Schwarzweiß zu Farbe zu verbessern, Leben mit besserer medizinischer Versorgung zu retten, die alten, sperrigen Platten durch Compactdics zu ersetzen – diese Veränderungen waren alle wünschenswert und gut. Aber es gab Dinge im Leben, die man nicht verändern sollte, weil man an ihnen gerade ihre Unveränderlichkeit schätzte. Wenn man in einer Welt unablässiger, rapider Veränderungen in *allen* Bereichen lebte, wohin sollte man sich dann wenden, wenn man Stabilität suchte, einen Ort der Ruhe und des Friedens inmitten von Lärm und Hektik? Diese Wahrheit war Chrissie so einsichtig, daß sie sich manchmal fragte, warum die Erwachsenen nicht darauf kämen. Manchmal waren die Erwachsenen Holzköpfe.

Sie blieb nur ein paar Minuten in der Messe sitzen, gerade lange genug, daß sie ein Gebet sprechen und die Heilige Jungfrau bitten konnte, ihr beizustehen, und bis sie sich vergewissert hatte, daß Pater Castelli nicht irgendwo im Kirchenschiff war – wie ein gewöhnlicher Gläubiger auf einer Bank saß, was er manchmal tat – oder hinten in einem der Beichtstühle wartete. Dann stand sie auf, machte einen Knicks, bekreuzigte sich und ging in den Vorbau, wo kerzenförmige elektrische Glühbirnen schwach hinter den bernsteinfarbenen Glasscheiben von zwei an der Wand befestigten Lampen leuchteten. Sie machte die Tür einen Spalt auf und sah auf die verregnete Straße hinaus.

In diesem Augenblick kam ein Polizeiauto die Ocean Avenue herunter. Es war nicht dasselbe, das sie beim Betreten der Kirche gesehen hatte. Es war neuer, und es saß nur ein Beamter darin. Dieser fuhr langsam und suchte die Straße genau ab, als suchte er nach jemandem.

Als der Streifenwagen die Kreuzung erreichte, wo Our Lady of Mercy war, fuhr ein anderes Auto an ihm vorbei, das vom Meer kam. Das war kein Streifenwagen, sondern ein blauer Chevy. Zwei Männer saßen darin, die sich alles eingehend ansahen und nach links und rechts in den Regen spähten, wie es der Polizist machte. Obwohl die Männer im Chevy und der Polizist einander nicht winkten oder sonstwie Zeichen gaben, spürte Chrissie, daß sie alle nach demselben Ausschau hielten. Die Polizei hatte sich mit einem Zivilistenteam zusammengetan, um nach jemandem oder etwas zu suchen.

Mir, dachte sie.

Sie suchten nach ihr, weil sie zuviel wußte. Weil sie gestern morgen im oberen Flur die Außerirdischen in ihren Eltern gesehen hatte. Weil sie als einzige der Eroberung der menschlichen Rasse im Wege stand. Und vielleicht, weil sie ausgezeichnet schmecken würde, wenn sie sie mit ein paar marsianischen Kartoffeln kochten.

Sie hatte zwar mittlerweile herausgefunden, daß die Außerirdischen ein paar Menschen übernommen hatten, aber sie hatte keine Beweise dafür, daß sie wirklich andere verspeisten; dennoch war sie fest davon überzeugt, daß sie sich gerade in diesem Augenblick einen Imbiß aus Leichenteilen bereitet hatten. Das schien einfach zutreffend zu sein.

Als der Streifenwagen und der blaue Chevy vorbei waren, stieß sie die schwere Tür ein paar Zentimeter weiter auf und steckte den Kopf in den Regen hinaus. Sie sah noch einmal nach rechts und links, um sich wirklich zu vergewissern, daß niemand zu Fuß oder im Auto unterwegs war. Nachdem sie sich überzeugt hatte, ging sie hinaus und lief nach Osten zur Ecke der Kirche. Als sie an der Straßenkreuzung in beide Richtungen gesehen hatte, eilte sie an der Kirchenmauer entlang zur hinten gelegenen Pforte.

Das zweistöckige Haus war ganz aus Backsteinen erbaut, mit Schwellen aus gemeißelten Granit und einer weißgestrichenen Veranda mit vorstehenden Erkern, und es sah respektabel genug für die Behausung eines Priesters aus. Die alten Bäume am Weg schützten sie vor dem Regen, aber sie war schon durchnäßt. Als sie die Veranda erreicht hatte und zur Eingangstür ging, erzeugten ihre Tennisschuhe schmatzende Geräusche.

Als sie gerade auf den Klingelknopf drücken wollte, zögerte sie. Sie hatte Angst, daß sie in einen Unterschlupf der Außerirdischen spazieren könnte – eine unwahrscheinliche Vorstellung, die man aber nicht leichtfertig von der Hand weisen sollte. Außerdem überlegte sie, daß Pater O'Brien möglicherweise die Messe las, damit sich Pater Castelli, der immer hart arbeitete, ein seltenes Schläfchen gönnen konnte, und sie wollte ihn auf gar keinen Fall stören, wenn das der Fall war.

Die junge Chrissie, dachte sie, *war unbestreitbar mutig und schlau, aber trotzdem so höflich, daß es ihr schlecht bekam. Während sie auf der Veranda des Priesters stand und über die Anstandsregeln für einen Besuch am frühen Morgen nachdachte, wurde sie plötzlich von sabbernden Außerirdischen mit neun Augen gepackt und auf der Stelle verspeist. Glücklicherweise war sie so tot, daß sie nicht mehr hören konnte, wie sie rülpsten und furzten, nachdem sie sie gegessen hatten, denn ihr Gefühl für Anstand wäre davon sicherlich aufs Gröbste verletzt worden.*

Sie klingelte. Zweimal.

Einen Augenblick später tauche eine schemenhafte und seltsam unförmige Gestalt hinter den diamantförmigen, gesprungenen Scheiben der oberen Türhälfte auf. Sie hätte sich beinahe herumgedreht und wäre weggelaufen, sagte sich aber, daß das Glas das Bild verzerrte und die Gestalt dahinter gar nicht mißgebildet war.

Pater Castelli machte die Tür auf und blinzelte überrascht,

als er sie sah. Er trug schwarze Hosen, ein schwarzes Hemd, den Priesterkragen und eine fadenscheinige graue Jacke, also hatte er Gott sei Dank, nicht fest geschlafen. Er war klein, etwa einen Meter siebzig groß, und rundlich, aber nicht richtig dick, mit schwarzem Haar, das an den Schläfen grau wurde. Nicht einmal seine kühne Hakennase konnte die Wirkung seiner ansonsten weichen Züge beeinflussen, die ihm ein sanftes und gütiges Aussehen verliehen.

Er blinzelte noch einmal – Chrissie sah ihn das erste Mal ohne seine Brille – und sagte: »Chrissie?« Er lächelte, und sie wußte, sie hatte richtig gehandelt, als sie zu ihm gekommen war, denn sein Lächeln war gütig und offen und herzlich. »Was führt dich denn so früh und bei diesem Wetter hierher?« Er sah an ihr vorbei auf die Veranda und den Fußweg dahinter. »Wo sind deine Eltern?«

»Pater«, sagte sie und war nicht überrascht, ihre Stimme brechen zu hören, »ich muß mit Ihnen reden.«

Sein Lächeln erlosch. »Ist etwas geschehen?«

»Ja, Pater. Etwas Schreckliches. Etwas furchtbar Schreckliches.«

»Dann komm herein, komm herein. Du bist ja tropfnaß!« Er führte sie in die Diele und machte die Tür zu. »Mein liebes Kind, was *soll* das alles bedeuten?«

»Außerirdische, P-p-pater«, sagte sie, und die Kälte ließ sie stottern.

»Komm mit in die Küche«, sagte er. »Das ist der wärmste Raum im Haus. Ich habe gerade das Frühstück gemacht.«

»Ich ruiniere den Teppich«, sagte sie und deutete auf den Läufer, der durch den ganzen Flur lag, und Eichendielen rechts und links davon.

»Oh, mach dir deshalb keine Sorgen. Er ist alt, hält aber jede Mißhandlung aus. So wie ich! Möchtest du heiße Schokolade? Ich mache gerade Frühstück, und auch einen Topf dampfend heißen Kakao.«

Sie folgte ihm dankbar durch den spärlich erleuchteten Flur, der nach Zitronenpolitur und Holzdesinfektionsmittel und ganz schwach nach Weihrauch roch.

Die Küche war anheimelnd. Ein ausgetretener gelber Linoleumboden. Hellgelbe Wände. Dunkle Holzschränke mit Porzellangriffen. Graue und gelbe Arbeitsplatten aus Kunststoff. Es gab Geräte – Kühlschrank, Herd, Mikrowelle, Toaster, elektrischer Dosenöffner – wie in jeder anderen Küche auch, was sie überraschte, aber als sie eingehender darüber nachdachte, wußte sie nicht zu sagen, warum sie gedacht hatte, es wäre anders. Auch Priester brauchten Küchengeräte. Sie könnten nicht einfach Engel herbeirufen, damit diese ihnen Toast rösteten oder ein Wunder vollbrächten und einen Topf heiße Schokolade machten.

Es roch herrlich in der Küche. Die Schokolade kochte. Toast röstete. Würste zischten auf kleiner Flamme auf dem Gasherd.

Pater Castelli führte sie zu einem der vier gepolsterten Vinylsitze am Frühstückstisch aus Chrom und Kunststoff, dann wuselte er herum und kümmerte sich um sie, als wäre sie ein Kücken und er die Glucke. Er eilte nach oben, kam mit zwei frischen, sauberen Badehandtüchern zurück und sagte: »Trockne dir mit einem die Haare und tupf deine nassen Kleider ab, und dann wickle das andere wie einen Schal um dich. Das wird dich wärmen.« Während sie seinen Anweisungen folgte, ging er ins Badezimmer am unteren Flur und holte zwei Aspirin. Diese legte er vor ihr auf den Tisch und sagte: »Ich bringe die etwas Orangensaft, damit du sie nehmen kannst. Orangensaft enthält viel Vitamin C. Aspirin und Vitamin C sind wie ein steifer Grog; sie klopfen die Erkältung aus dir raus, noch bevor sie sich niederlassen kann.« Als er mit dem Saft zurückkam, stand er einen Augenblick da, sah auf sie herunter und schüttelte den Kopf, und sie dachte sich, daß sie mitgenommen und erbarmenswert aussehen mußte. »Gutes Mädchen, was hast du dir um Himmels willen nur gedacht?« Er schien nicht gehört zu haben, daß sie etwas von Außerirdischen sagte, als sie bei ihm eingetreten war. »Nein, warte. Das kannst du mir beim Frühstück erzählen. Möchtest du Frühstück?«

»Ja, bitte, Pater. Ich bin am Verhungern. Ich habe seit gestern nachmittag nur zwei Schokoriegel gegessen.«

»Nur Schokoriegel?« Er seufzte. »Schokolade ist eine Gnade Gottes, aber sie ist auch ein Werkzeug, das der Teufel benützt, um uns in Versuchung zu führen – die Versuchung der Völlerei.« Er strich sich über den runden Bauch. »Ich selbst habe diese spezielle Gnade oft genossen, aber ich wäre *niemals*« – er betonte das Wort ›niemals‹ übertrieben und blinzelte ihr zu – »niemals, nicht einmal dem Ruf des Teufels nach Völlerei gefolgt! Aber sieh her, wenn du nur Schokolade ißt, werden dir die Zähne ausfallen. Daher… ich habe eine Menge Würste, die ich mit dir teilen kann. Ich wollte mir auch ein paar Eier machen. Möchtest du auch ein paar Eier?«

»Ja, bitte.«

»Und Toast?«

»Ja.«

»Wir haben ein paar herrliche Zimtbrötchen hier auf dem Tisch. Und natürlich die heiße Schokolade.«

Chrissie schluckte die beiden Aspirin mit Orangensaft.

Während er sorgfältig Eier in die heiße Bratpfanne schlug, sah Pater Castelli sie wieder an. »Geht es dir gut?«

»Ja, Pater.«

»Bist du sicher?«

»Ja. Jetzt. Jetzt geht es mir gut.«

»Es ist schön, Gesellschaft beim Frühstück zu haben«, sagte er.

Chrissie trank den restlichen Saft.

Er sagte: »Wenn Pater O'Brien mit der Messe fertig ist, möchte er nie etwas essen. Nervöser Magen.« Er kicherte. »Sie haben alle Probleme mit dem Magen, wenn sie neu sind. In den ersten Monaten haben sie da oben auf dem Altar eine Heidenangst. Weißt du, es ist so eine heilige Pflicht, die Messe zu lesen, und die jungen Priester haben immer Angst, sie könnten sie auf eine Weise vermasseln, die… oh, ich weiß nicht… die eine Beleidigung Gottes wäre, schätze ich. Aber Gott läßt sich nicht so leicht beleidigen. Wenn er das täte, hätte er sich die menschliche Rasse schon längst vom Hals geschafft! Alle jungen Priester kommen irgendwann einmal zu dieser Erkenntnis, dann geht es ihnen gut. Dann kommen sie von der Messe zurück und sind bereit, das Lebensmittelkontingent der ganzen Woche bei einem einzigen Frühstück zu verschlingen.«

Sie wußte, daß er nur redete, um sie zu beruhigen. Er hatte bemerkt, wie durcheinander sie war. Er wollte sie beruhigen, damit sie sich auf gelassene, vernünftige Weise miteinander unterhalten konnten. Das störte sie nicht. Sie *brauchte* es, beruhigt zu werden.

Nachdem er alle vier Eier aufgeschlagen hatte, wendete er die Würstchen mit einer Gabel, dann machte er eine Schublade auf und holte eine Kelle heraus, die er zur Eierpfanne legte. Während er Teller, Messer und Gabeln auf den Tisch legte, sagte er: »Du siehst mehr als nur ein wenig ängstlich aus, Chrissie, als hättest du gerade ein Gespenst gesehen. Du kannst dich jetzt beruhigen. Wenn ein junger Priester nach so vielen Jahren des Trainings und der Ausbildung Angst haben kann, bei der Messe einen Fehler zu machen, dann kann jeder vor allem Möglichen Angst haben. Die meisten Ängste denken wir uns selber aus, und wir können sie mühelos loswerden, wenn wir sie uns vergegenwärtigen.«

»Diese vielleicht nicht«, sagte sie.

»Wir werden sehen.«

Er lud Eier und Würste von den Pfannen auf die Teller.

Die Welt schien zum erstenmal seit vierundzwanzig Stunden wieder *in Ordnung* zu sein. Während Pater Castelli das Essen auf die Teller schaufelte und sie aufforderte zuzugreifen, seufzte Chrissie vor Erleichterung und Hunger.

8

Shaddack ging für gewöhnlich erst nach der Dämmerung zu Bett, daher gähnte er dienstagmorgen um sieben Uhr und rieb sich die Augen, während er durch Moonlight Cove fuhr und nach einer Stelle suchte, wo er den Lieferwagen verstecken und ein paar Stunden wohlbehalten und sicher vor Loman Watkins schlafen könnte. Der Tag war bewölkt, grau und trüb, trotzdem tat das Sonnenlicht seinen Augen weh.

Er erinnerte sich an Paula Parkins, die im September von Regressiven in Stücke gerissen worden war. Ihr sechzig Ar großes Grundstück lag abgeschieden am ländlichsten Ende der Stadt. Die Familie der Toten – in Colorado – hatte es über den hiesigen Makler zum Verkauf angeboten, aber es war nicht verkauft worden. Dorthin fuhr er, parkte in der leeren Garage, machte den Motor aus und zog das große Tor hinter sich zu.

Er aß ein Schinkensandwich und trank eine Cola. Er wischte sich Krümel von den Fingern, rollte sich auf den Decken hinten im Wagen zusammen und wollte schlafen.

Er litt nie an Schlaflosigkeit, was vielleicht daran lag, daß er sich seiner Rolle im Leben so sicher war, seines Schicksals, und er sich nicht um das Morgen zu sorgen brauchte. Er war durch und durch davon überzeugt, daß er die Zukunft nach seinen Wünschen gestalten konnte.

Shaddack hatte sein ganzes Leben lang Zeichen gesehen, wie einmalig er war, Omen, die seinen letztendlichen Triumph bei jedem seiner Unterfangen prophezeiten.

Anfangs waren ihm diese Zeichen nur aufgefallen, weil Don Runningdeer sie ihm gezeigt hatte. Runningdeer war Indianer gewesen – von welchem Stamm, konnte Shaddack nie herausfinden –, der daheim in Phoenix als Gärtner und Faktotum für den Richter, Shaddacks Vater, gearbeitet hatte. Runningdeer war schlank und schnell gewesen, mit ledrigem Gesicht, Muskelsträngen und schwieligen Händen; seine Augen waren stechend und schwarz wie Öl gewesen, unglaublich fesselnde Augen, vor denen man sich manchmal abwenden mußte... und vor denen man sich manchmal nicht abwenden *konnte*, wie sehr man es auch wünschen mochte. Der Indianer interessierte sich für den jungen Tommy Shaddack und ließ ihn manchmal im Garten oder bei Reparaturen im Haushalt helfen, wenn weder der Richter noch Tommys Mutter anwesend waren und mißbilligen konnten, daß ihr Junge gewöhnliche Arbeiten erledigte oder sich mit ›gesellschaftlich Niedergestellten‹ einließ. Was bedeutete, daß er im Alter von fünf bis zwölf Jahren fast ständig mit Runningdeer zusammen war (das war die Zeit, die der Indianer für den Richter gearbeitet hatte), weil seine Eltern fast nie da waren und es nicht sehen und Einwände erheben konnten.

Eine seiner frühesten deutlichen Erinnerungen war die an Runningdeer und das Zeichen der Schlange, die sich selbst verzehrte.

Er war fünf Jahre alt und saß mit einer Sammlung Tonka-Spielsachen auf der hinteren Veranda des großen Hauses in Phoenix, aber er interessierte sich mehr für Runningdeer als für die Miniaturlastwagen und Autos. Der Indianer hatte Jeans und Halbstiefel an, aber in der grellen Mittagssonne kein Hemd, und er schnitt die Hecken mit einer riesigen Schere mit Holzgriffen. Die Muskeln in Runningdeers Rücken, Schultern und Armen arbeiteten geschmeidig, streckten und spannten sich, und Tommy war fasziniert von der Körperkraft des Mannes. Tommys Vater, der Richter, war mager, knochig und blaß. Tommy selbst war mit seinen fünf Jahren schon deutlich seines Vaters Sohn, hell und groß für sein Alter und erschreckend dünn. An dem Tag, als er Tommy die Schlange zeigte, sie sich selbst verzehrte, arbeitete Runningdeer gerade zwei Wochen für die Shaddacks, und Tommy fühlte sich zunehmend zu ihm hingezogen, ohne den Grund dafür zu verstehen. Runningdeer lächelte ihm oft zu und erzählte ihm komische Geschichten von sprechenden Koyoten und Klapperschlangen und anderen Tieren der Wüste. Manchmal nannte er Tommy ›Kleiner Häuptling‹, das war der erste Spitzname, den ihm jemand gegeben hatte. Sein Mutter nannte ihn immer Tommy oder Tom; der Richter nannte ihn Thomas. Und so saß er zwischen seinen Tonka-Spielzeugen, mit denen er immer seltener spielte, bis er schließlich ganz damit aufhörte und Runningdeer wie hypnotisiert beobachtete.

Er war nicht sicher, wie lange er an jenem heißen Wüstentag gebannt im Schatten der Veranda lag, aber nach einer Weile stellte er überrascht fest, daß Runningdeer ihn rief.

»Kleiner Häuptling, komm her und sieh dir das an.«

Er war so benommen, daß er zuerst gar nicht reagieren konnte. Seine Arme und Beine funktionierten nicht. Er schien zu Stein geworden zu sein.

»Komm schon, komm schon, Kleiner Häuptling. Das *mußt* du dir ansehen.«

Schließlich sprang Tommy auf und lief zum Rasen, zu den Hecken um den Swimming-pool, wo Runningdeer geschnitten hatte.

»Dies ist etwas sehr Seltenes«, sagte Runningdeer mit feierlicher Stimme und deutete auf eine grüne Schlange, die auf den von der Sonne gewärmten Fliesen um den Pool herum zu seinen Füßen lag.

Tommy wich ängstlich zurück.

Aber der Indianer packte ihn am Arm, hielt ihn fest und sagte: »Hab keine Angst. Es ist nur eine harmlose Gartenschlange. Sie wird dir nichts tun. Sie ist sogar als Zeichen für dich hergeschickt worden.«

Tommy sah das vierzig Zentimeter lange Reptil mit aufgerissenen Augen an; es hatte sich zu einem O zusammengerollt und den Schwanz im Mund, als würde es sich selbst verzehren. Die Schlange war reglos, ihre glasigen Augen blinzelten nicht. Tommy dachte, sie wäre tot, aber der Indianer versicherte ihm, daß sie lebte.

»Dies ist ein großes und mächtiges Zeichen, das alle Indianer kennen«, sagte Runningdeer. Er kauerte sich vor der Schlange nieder und zog den Jungen mit herunter. »Es ist ein Zeichen«, flüsterte er, »ein übernatürliches Zeichen, das von den großen Geistern geschickt worden ist, und es gilt immer einem kleinen Jungen, daher muß es für dich sein. Ein mächtiges Zeichen.«

Tommy betrachtete die Schlange staunend und sagte: »Zeichen? Was meinst du damit? Das ist kein Zeichen. Es ist eine Schlange.«

»Ein Omen. Eine Offenbarung. Ein heiliges Zeichen«, sagte Runningdeer.

Während sie vor der Schlange kauerten, erklärte er Tommy die Sache mit einer durchdringenden Flüsterstimme, ohne dabei seinen Arm loszulassen. Die Sonne schien grell auf die betonierte Fläche. Hitzeflimmern stieg davon auf. Die Schlange lag so reglos, daß sie ein ungemein detailliertes Juwelenhalsband hätte sein können, und gar keine richtige

Schlange – jede Schuppe ein Smaragd, zwei Rubine als Augen. Nach einer Weile verfiel Tommy wieder in die seltsame Trance, die er schon auf der Veranda erlebt hatte, und Runningdeers Stimme stahl sich schlangengleich in seinen Kopf, tief in den Schädel hinein, wo sie sich durch sein Gehirn wand und schnitt.

Noch seltsamer, es schien fast, als wäre die Stimme gar nicht mehr die von Runningdeer, sondern die der Schlange. Er betrachtete die Viper unablässig und vergaß beinahe, daß Runningdeer da war, denn was die Schlange ihm zu sagen hatte, war so faszinierend und aufregend, daß es Tommys Sinne herausforderte und seine volle Aufmerksamkeit verlangte, obwohl er nicht ganz begriff, was er hörte. Dies ist ein Zeichen des Schicksals, sagte die Schlange, ein Zeichen der Macht und des Schicksals, und du wirst ein sehr mächtiger Mann werden, weit mächtiger als dein Vater, ein Mann, vor dem sich andere verbeugen werden, ein Mann, dem man gehorchen wird, ein Mann, der die Zukunft niemals fürchten wird, denn er wird die Zukunft *machen*, und du wirst alles haben, alles auf der Welt. Aber das, sagte die Schlange, muß vorläufig unser Geheimnis bleiben. Niemand darf erfahren, daß ich dir diese Botschaft überbracht habe, daß dieses Zeichen gegeben wurde, denn wenn sie wissen, daß es dein Schicksal ist, Macht über sie zu haben, werden sie dich töten, dir in der Nacht die Kehle durchschneiden, das Herz herausreißen und dich in einem tiefen Graben zur Ruhe legen. Sie dürfen nicht wissen, daß du der kommende König bist, der Gott auf Erden, sonst werden sie dich zerschmettern bevor deine Kräfte ganz erblüht sind. Geheimnis. Dies ist unser Geheimnis. Ich bin die Schlange, die sich selbst verzehrt, und jetzt, da ich diese Botschaft überbracht habe, werde ich mich selbst auffressen und verschwinden, und niemand wird erfahren, daß ich hier gewesen bin. Vertraue dem Indianer, aber sonst niemandem.

Niemandem. Niemals.

Tommy verlor neben dem Pool das Bewußtsein und war zwei Tage krank. Der Arzt verblüfft. Der Junge hatte kein Fieber, keine erkennbare Schwellung der Lymphdrüsen, keine Übelkeit, keine Gelenk- oder Muskelschmerzen, überhaupt keine Schmerzen. Er litt lediglich an einem umfassenden Unwohlsein und war so lethargisch, daß er nicht einmal einen Comic halten wollte; selbst das Fernsehen war zuviel Anstrengung. Er hatte keinen Appetit. Er schlief vierzehn Stunden täglich und war die restliche Zeit wie benommen. »Vielleicht ein schwacher Hitzschlag«, sagte der Arzt, »wenn er in ein paar Tagen nicht darüber hinweg ist, bringen wir ihn zur Untersuchung ins Krankenhaus.«

Tagsüber, wenn der Richter im Gerichtssaal war oder sich mit seinen Anlagenberatern traf, und wenn Tommys Mutter im Country Club oder bei einer Wohltätigkeitsveranstaltung weilte, schlich Runningdeer ab und zu ins Haus und setzte sich zehn Minuten zu dem Jungen ans Bett. Er erzählte Tommy Geschichten mit seiner leisen und seltsam rhythmischen Stimme.

Miß Karval, die Haushälterin und zeitweise Amme, wußte genau, daß weder der Richter noch Mrs. Shaddack die Krankenbesuch des Indianers oder seine sonstigen Aktivitäten mit Tommy gutheißen würden. Aber Miß Karval hatte ein gütiges Herz und mißbilligte die mangelnde Aufmerksamkeit, die die Shaddacks ihrem Sprößling schenkten. Und sie mochte den Indianer. Sie sah nicht hin, weil sie nichts Schlechtes darin sah – wenn Tommy versprach, seinen Eltern nicht zu verraten, wieviel Zeit er mit Runningdeer verbrachte.

Als sie gerade beschlossen hatten, den Jungen zur Untersuchung ins Krankenhaus zu bringen, erholte er sich wieder, und die Diagnose des Arztes – Hitzschlag – wurde akzeptiert. Von diesem Tage an verbrachte Tommy seine Zeit fast täglich mit Runningdeer, wenn seine Eltern aus dem Haus gegangen waren, bis einer von ihnen zurückkehrte. Als er zur Schule ging, kam er nach dem Unterricht sofort nach Hause; er war nie interessiert, wenn andere Kinder ihn zum Spielen zu sich einluden, denn er brannte darauf, ein paar Stunden mit Runningdeer zu verbringen, bevor sein Vater oder seine Mutter am Spätnachmittag wiederkamen.

Woche für Woche, Monat für Monat, Jahr für Jahr machte

der Indianer Tommy deutlich auf Zeichen aufmerksam, die sein großes – wenn auch bislang noch unbekanntes – Schicksal andeuteten. Ein Büschel vierblättriger Kleeblätter unter dem Schlafzimmerfenster des Jungen. Eine tote Rate, die im Swimming-pool trieb. Ein paar zirpende Grillen in der Schreibtischschublade des Jungen, als er eines Nachmittags von der Schule nach Hause kam. Gelegentlich tauchten Münzen auf, wo er keine hingelegt hatte – ein Penny in jedem seiner Schuhe im Schrank; einen Monat später ein glänzender Silberdollar *in* einem Apfel, den Runningdeer für ihn schälte – und der Indianer betrachtete alle Münzen voller Ehrfurcht und erklärte, daß sie die mächtigsten Zeichen von allen waren.

»Geheimnis«, flüsterte Runningdeer geheimnisvoll am Tag nach Tommys neuntem Geburtstag, als der Junge berichtete, daß er um Mitternacht leise Glocken unter seinem Fenster läuten gehört hatte.

Als er aufstand, hatte er nur eine Kerze auf dem Rasen brennen gesehen. Er achtete sorgfältig darauf, seine Eltern nicht zu wecken, und schlich hinaus, um die Kerze genauer zu betrachten, aber sie war nicht mehr da.

»Behalte diese Zeichen immer für dich, sonst werden sie bemerken, daß du ein Kind des Schicksals bist und eines Tages unermeßliche Macht über sie haben wirst, dann werden sie dich jetzt töten, solange du noch ein Junge bist, und schwach.«

»Wer sind ›sie‹?« fragte Tommy.

»Sie, eben sie, alle«, antwortete der Indianer geheimnisvoll.

»Aber wer?«

»Zum Beispiel dein Vater.«

»Der nicht.«

»Der ganz besonders«, flüsterte Runningdeer. »Er ist ein mächtiger Mann. Es gefällt ihm, Macht über andere zu haben, einzuschüchtern, zu drohen, um seinen Willen durchzusetzen. Du hast gesehen, wie sich die Menschen vor ihm verbeugen und kriechen.«

Tommy hatte tatsächlich bemerkt, wie respektvoll alle mit

seinem Vater sprachen – besonders seine zahlreichen Freunde in der Politik –, und ein paarmal hatte er auch die beunruhigenden und wahrscheinlich aufrichtigeren Blicke gesehen, die sie hinter dem Rücken des Richters miteinander wechselten. Von Angesicht zu Angesicht schienen sie ihn zu bewundern, sogar zu verehren, aber wenn er nicht hinsah, schienen sie ihn nicht nur zu fürchten, sondern sogar zu verabscheuen.

»Er ist nur zufrieden, wenn er alle Macht besitzt, und die wird er nicht so ohne weiteres aus der Hand geben, für keinen, nicht einmal für seinen Sohn. Wenn er herausfindet, daß es dein Schicksal ist, größer und mächtiger zu werden, als er es ist… dann kann dir niemand mehr helfen. Nicht einmal ich.«

Wäre ihr Familienleben mehr von Liebe beherrscht gewesen, hätte Tommy die Warnung des Indianers vielleicht kaum akzeptieren können. Aber sein Vater unterhielt sich selten mehr als beiläufig mit ihm, berührte ihn noch seltener – und *niemals* gab es eine Umarmung oder einen Kuß.

Manchmal brachte Runningdeer dem Jungen selbstgemachte Plätzchen mit. »Kaktusplätzchen«, nannte er sie, und es gab immer nur eines für jeden, die sie gemeinsam aßen, wenn sie entweder auf der Veranda saßen und der Indianer seine Vesperpause machte, oder wenn Tommy seinem Mentor bei verschiedenen Aufgaben über das achtzig Ar große Grundstück folgte. Kurz nachdem er das Kaktusplätzchen gegessen hatte, war der Junge in einer seltsamen Stimmung. Er fühlte sich euphorisch. Wenn er sich bewegte, schien er zu schweben. Die Farben waren leuchtender, schöner. Das eindrucksvollste aber war Runningdeer: sein Haar war unglaublich schwarz, die Haut wunderschön bronzefarben, die Zähne strahlten weiß, die Augen so dunkel wie das Ende des Universums. Jedes Geräusch – sogar das metallische *schnip-schnip-schnip* der Heckenschere, das Dröhnen eines Flugzeugs, das auf dem Weg zum Flughafen von Phoenix über ihnen hinwegzog, das insektenhafte Summen der Pool-Pumpe – wurde Musik; die Welt war voller Musik, aber das musikalischste von allem war Runningdeers Stimme. Auch

Gerüche wurden deutlicher: Blumen, gemähtes Gras, das Öl, mit dem der Indianer die Werkzeuge einölte. Sogar der Schweißgeruch wurde angenehm. Runningdeer roch wie frischgebackenes Brot und Heu und Kupferpennys.

Tommy konnte sich selten daran erinnern, was Runningdeer gesagt hatte, nachdem sie ihre Kaktusplätzchen gegessen hatten, aber er erinnerte sich, daß der Indianer mit besonderer Eindringlichkeit zu ihm sprach. Vieles hatte mit dem Zeichen des Mondfalken zu tun. »Wenn die großen Geister das Zeichen des Mondfalken schicken, dann weiß man, man wird unermeßliche Macht bekommen und unverwundbar sein. Unverwundbar! Aber *wenn* du den Mondfalken siehst, dann bedeutet das, daß die großen Geister eine Gegenleistung von dir erwarten, eine Tat, die wirklich beweist, daß du würdig bist.« Daran erinnerte sich Tommy, aber sonst an fast nichts. Normalerweise wurde er nach einer Stunde müde und ging auf sein Zimmer, um zu schlafen; dann waren seine Träume besonders lebhaft und wirkten echter als das wirkliche Leben, und immer kam der Indianer darin vor. Es waren furchteinflößende und zugleich tröstliche Träume.

An einem regnerischen Samstag im November, als Tommy zehn Jahre alt war, saß er auf einem Hocker neben der Werkbank am Ende der Garage, die vier Autos Platz bot und sah zu, wie Runningdeer ein elektrisches Messer reparierte, das der Richter immer dazu benützte, am Erntedankfest und an Weihnachten den Truthahn zu schneiden. Die Luft war angenehm kühl und für Phoenix ungewöhnlich feucht. Runningdeer und Tommy sprachen vom Regen, den bevorstehenden Ferien und jüngsten Ereignissen in der Schule. Sie unterhielten sich nicht immer über Zeichen oder das Schicksal, sonst hätte Tommy den Indianer wohl kaum so gut leiden mögen; Runningdeer war ein großartiger Zuhörer.

Als der Indianer das elektrische Messer repariert hatte, schaltete er es ein. Die Klingen sausten so schnell hin und her, daß die Schnittkante verschwamm.

Tommy applaudierte.

»Siehst du das?« fragte Runningdeer, hielt das Messer hoch und blinzelte ins Licht der Glühbirnen an der Decke.

Grelle Funken stoben von den rasenden Klingen, als wären sie emsig damit beschäftigt, das Licht selbst zu schneiden.

»Was?« fragte Tommy.

»Dieses Messer, kleiner Häuptling. Es ist eine Maschine. Eine unnütze Maschine, keine wirklich wichtige Maschine wie ein Auto, ein Flugzeug oder ein elektrischer Rollstuhl. Mein Bruder ist... verkrüppelt... und muß mit einem elektrischen Rollstuhl fahren. Hast du das gewußt, Kleiner Häuptling?«

»Nein.«

»Einer meiner Brüder ist tot, der andere verkrüppelt.«

»Das tut mir leid.«

»Eigentlich sind es nur meine Halbbrüder, aber andere habe ich nicht.«

»Wie ist das passiert? Warum?«

Runningdeer ging nicht auf die Frage ein. »Auch wenn der Zweck dieses Messers nur darin besteht, einen Truthahn zu zerlegen, den man ebenso gut mit der Hand zerlegen könnte, ist es trotzdem effizient und klug. Die meisten Maschinen sind viel effizienter und klüger als Menschen.«

Der Indianer senkte das Schneidegerät etwas und sah Tommy direkt an. Er hielt das summende Messer zwischen sie und sah über die rasende Klinge hinweg in Tommys Augen.

Der Junge geriet in einen ähnlichen Bann wie nach dem Verzehr der Kaktusplätzchen, obwohl sie keine gegessen hatten.

»Der weiße Mann setzt viel Vertrauen in Maschinen«, sagte Runningdeer. »Er denkt, Maschinen seien immer viel zuverlässiger und klüger als Menschen. Wenn du in der Welt des weißen Mannes wahrhaft groß werden willst, Kleiner Häuptling, mußt du versuchen, so gut du kannst, zur Maschine zu werden. Du mußt effizient sein. Du mußt unablässig arbeiten, wie eine Maschine. Du mußt entschlossen dein Ziel verfolgen und darfst dich nicht von Begierden oder Emotionen ablenken lassen.«

Er bewegte die summende Klinge langsam auf Tommys Gesicht zu, bis der Junge bei dem Versuch, sie weiter anzusehen, zu schielen anfing.

»Damit könnte ich dir die Nase abschneiden, die Lippen wegreißen, die Wangen aushöhlen und Ohren abtrennen...«

Tommy wollte vom Hocker herunter und weglaufen.

Aber er konnte sich nicht bewegen.

Er merkte, daß der Indianer ihn an einem Handgelenk festhielt.

Aber selbst wenn er ihn nicht festgehalten hätte, hätte er nicht weglaufen können. Er war wie gelähmt. Aber nicht nur vor Angst. Der Augenblick hatte etwas Verführerisches an sich; das Potential der Gewalt war auf eine seltsame Weise... aufregend.

»...könnte die Rundung deines Kinns abschneiden, dich skalpieren, die Knochen freilegen, und du würdest verbluten oder an einer anderen Ursache sterben, aber...«

Die Klinge war nur noch fünf Zentimeter von seinem Gesicht entfernt.

»...*aber* die Maschine würde weitermachen...«

Zwei Zentimeter.

»...das Messer würde immer noch summen und schneiden, summen und schneiden...«

Ein Zentimeter.

»...weil Maschinen nicht sterben...«

Tommy konnte den sanften Hauch spüren, den die beiden unablässig summenden Klingen erzeugten.

»...Maschinen sind effizient und zuverlässig. Wenn du es in der Welt des Weißen Mannes zu etwas bringen willst, Kleiner Häuptling, mußt du wie eine Maschine werden.«

Runningdeer schaltete das Messer ab. Er legte es weg.

Er ließ Tommy nicht los.

Er beugte sich dicht zu ihm und sagte: »Wenn du groß werden möchtest, wenn du die großen Geister zufriedenstellen möchtest, wenn sie dir das Zeichen des Mondfalken schicken, dann mußt du entschlossen sein, tüchtig, kalt, verbissen und darfst nicht an die Konsequenzen denken, *genau wie eine Maschine*.«

Danach unterhielten sie sich oft darüber, so sehr auf eine Aufgabe fixiert und so zuverlässig wie eine Maschine zu sein, besonders wenn sie Kaktusplätzchen aßen. Als er in die Pubertät kam, träumte Tommy immer seltener von sexuellen Dingen, sondern zunehmend von Bildern des Mondfalken und von Menschen, die äußerlich normal aussahen, im Inneren aber nur aus Kabeln und Transistoren und klickenden Metallschaltern bestanden.

Im Sommer seines zwölften Jahres, nachdem er sieben Jahre in der Gesellschaft des Indianers verbracht hatte, erfuhr der Junge, was mit Runningdeers Halbbrüdern passiert war. Wenigstens einen Teil davon. Den Rest reimte er sich zusammen.

Er und der Indianer saßen auf der Veranda, aßen zu Mittag und beobachteten die Regenbogen, die im Nebel der Rasensprenger auftauchten und wieder verschwanden. Er hatte seit jenem Tag an der Werkbank vor mittlerweile mehr als eineinhalb Jahren mehrmals nach Runningdeers Brüdern gefragt, aber der Indianer hatte nie darauf geantwortet. Diesesmal jedoch sah Runningdeer zu den fernen, dunstigen Bergen und sagte: »Ich erzähle dir ein Geheimnis.«

»Gut.«

»So geheim, wie die Zeichen, die du bekommen hast.«

»Klar.«

»Ein paar weiße Männer, Collegejungs, betranken sich und fuhren in der Gegend herum, sie suchten vielleicht nach Frauen, aber ganz bestimmt nach Ärger. Sie trafen meine Brüder zufällig auf dem Parkplatz eines Restaurants. Einer meiner Brüder war verheiratet, und seine Frau war bei ihm, und die Collegejungs fingen an, Verspottet-die-Indianer zu spielen, aber die Frau meines Bruders gefiel ihnen auch sehr gut. Sie wollten sie und waren so betrunken, daß sie dachten, sie könnten sie einfach nehmen. Es kam zum Kampf. Sie waren fünf gegen meine zwei Brüder, und sie haben einen mit einer Eisenstange totgeschlagen. Der andere wird nie wieder gehen können. Sie haben die Frau meines Bruders mitgenommen und sie mißbraucht.«

Diese Enthüllung schockierte Tommy.

Schließlich sagte der Junge: »Ich *hasse* weiße Männer.«
Runningdeer lachte.

»Wirklich«, sagte Tommy. »Was wurde aus den Jungs, die es getan haben? Sind sie jetzt im Gefängnis?«

»Kein Gefängnis.« Runningdeer lächelte den Jungen an. Ein grimmiges, humorloses Lächeln. »Ihre Väter waren mächtige Männer. Geld. Einfluß. Daher sprach der Richter sie wegen ›Mangel an Beweisen‹ frei.«

»Mein Vater hätte Richter sein sollen. Er hätte sie nicht davonkommenlassen.«

»Nicht?« sagte der Indianer.

»Niemals.«

»Bist du ganz sicher?«

Tommy sagte unbehaglich: »Nun... klar bin ich sicher.«

Der Indianer schwieg.

»Ich hasse weiße Männer«, sagte Tommy, aber diesesmal mehr, um die Gunst des Indianers zu erringen, als aus innerster Überzeugung.

Runningdeer lachte wieder und tätschelte Tommys Hand.

In eben diesem Sommer, gegen Ende August, kam Runningdeer an einem sengend heißen Tag zu Tommy und sagte mit geheimnisvoller, vielsagender Stimme: »Heute nacht ist Vollmond, Kleiner Häuptling. Geh in den Garten und betrachte ihn eine Weile. Ich glaube, heute wird das Zeichen schließlich kommen, das bedeutendste Zeichen von allen.«

Als der Mond aufgegangen war, kurz nach Mitternacht, ging Tommy hinaus und stand am Rand des Pools, wo Runningdeer ihm vor sieben Jahren die Schlange gezeigt hatte, die sich selbst verzehrte. Er sah lange Zeit zur Mondscheibe hinauf, deren langgezogene Reflektion auf dem Wasser im Swimming-pool schimmerte. Es war ein aufgedunsener gelber Mond, der tief am Himmel hing und riesig groß war.

Wenig später kam der Richter auf die Veranda und rief ihn, und Tommy sagte: »Hier.«

Der Richter kam zu ihm an den Pool. »Was machst du hier, Thomas?«

»Ich beobachte...«

»Was?«

In diesem Augenblick sah Tommy den Umriß des Falken vor dem Mond. Er hatte jahrelang gesagt bekommen, daß er ihn eines Tages sehen würde, war auf ihn und alles, was er bedeutete, vorbereitet worden, und plötzlich war er da, im Flug einen Augenblick vor der runden Mondlampe erstarrt.

»Da!« sagte er und vergaß einen Moment, daß er nur dem Indianer vertrauen konnte.

»Was da?« fragte der Richter.

»Hast du es nicht gesehen?«

»Nur den Mond.«

»Du hast nicht hingeschaut, sonst hättest du ihn gesehen.«

»Was gesehen?«

Daß sein Vater das Zeichen nicht gesehen hatte, war für Tommy ein weiterer Beweis, daß er etwas Besonderes war und das Zeichen nur ihm gegolten hatte – was ihn daran erinnerte, er konnte seinem eigenen Vater nicht trauen. Er sagte: »Äh… eine Sternschnuppe.«

»Du stehst hier draußen und hältst nach Sternschnuppen Ausschau?«

»Eigentlich sind sie Meteore«, sagte Tommy, der zu schnell plapperte. »Weißt du, heute nacht soll die Erde durch einen Meteorgürtel ziehen, daher kann man viele sehen.«

»Seit wann interessierst du dich für Astronomie?«

»Interessiert mich nicht.« Tommy zuckte die Achseln. »Ich wollte nur wissen, wie so etwas aussieht. Ziemlich langweilig.« Er wandte sich vom Pool ab und ging zum Haus zurück, und der Richter folgte ihm nach einem Augenblick.

Am nächsten Tag, Mittwoch, erzählte der Junge Runningdeer vom Mondfalken. »Aber er hat mir keine Botschaft gebracht. Ich weiß nicht, was die großen Geister von mir verlangen, damit ich mich als würdig erweise.«

Der Indianer lächelte und sah ihn eine unbehaglich lange Zeit schweigend an. Dann sagte er: »Kleiner Häuptling, darüber werden wir uns beim Essen unterhalten.«

Miß Karval hatte mittwochs frei, Runningdeer und Tommy waren ganz allein im Haus. Sie saßen beim Mittagessen nebeneinander auf der Veranda. Der Indianer schien nur

Kaktusplätzchen mitgebracht zu haben, und Tommy hatte auch keinen Appetit auf etwas anderes.

Der Junge aß die Plätzchen schon lange nicht mehr wegen ihres Geschmacks, sondern wegen der Wirkung. Und die war im Laufe der Jahre immer stärker geworden.

Bald befand sich der Junge in dem erstrebenswerten traumähnlichen Zustand, in dem die Farben leuchtend und die Geräusche laut und die Gerüche durchdringend und alle Dinge tröstlich und ansprechend waren. Er und der Indianer unterhielten sich fast eine Stunde, und am Ende dieses Gesprächs begriff Tommy, daß die großen Geister von ihm erwarteten, er solle in vier Tagen seinen Vater umbringen, am Sonntagmorgen. »Das ist mein freier Tag«, sagte Runningdeer, »das heißt, ich bin nicht da und kann dich nicht unterstützen. Aber das ist wahrscheinlich die Absicht der großen Geister – daß du dich ganz allein als würdig erweisen mußt. Aber wir haben wenigstens die nächsten Tage, es zu planen, damit du am Sonntag vorbereitet bist.«

»Ja«, sagte der Junge verträumt. »Ja. Wir planen es gemeinsam.«

Am Spätnachmittag kam der Richter von einer geschäftlichen Sitzung im Anschluß an eine Gerichtsverhandlung nach Hause. Er beschwerte sich über die Hitze und ging sofort nach oben, um zu duschen. Tommys Mutter war eine halbe Stunde vorher heimgekommen. Sie saß in einem Sessel im Wohnzimmer, hatte die Füße auf einen Polsterschemel gelegt und las die neueste Ausgabe von *Town & Country;* dazu trank sie einen, wie sie es nannte ›Cocktail vor der Cocktailstunde‹. Sie sah kaum auf, als der Richter hereinkam und verkündete, daß er duschen würde.

Kaum war sein Vater nach oben gegangen, ging Tommy in die Küche und holte ein Fleischmesser vom Regal beim Herd.

Runningdeer war draußen und mähte den Rasen.

Tommy ging ins Wohnzimmer, lief zu seiner Mutter und küßte sie auf die Wange. Der Kuß überraschte sie, aber noch mehr das Messer, das er ihr dreimal in die Brust stieß. Er ging mit demselben Messer nach oben und rammte es dem Richter in den Magen, als dieser aus der Duschkabine herauskam.

Er ging in sein Zimmer und zog sich aus. Er hatte kein Blut auf den Schuhen, nur wenig auf den Jeans, aber eine Menge auf dem Hemd. Nachdem er sich rasch im Waschbecken gewaschen und alle Spuren des Blutes hinuntergespült hatte, zog er sich frische Jeans und ein sauberes Hemd an. Er wickelte die blutigen Kleidungsstücke sorgfältig in ein Handtuch und trug sie auf den Dachboden, wo er sie in einer Ecke hinter einer Seemannskiste verstaute. Er könnte sie später wegschaffen.

Unten ging er am Wohnzimmer vorbei, ohne seine tote Mutter anzusehen. Er ging schnurstracks ins Arbeitszimmer des Richters und machte die untere rechte Schreibtischschublade auf. Er zog den Revolver des Richters hinter einem Aktenstapel hervor.

In der Küche schaltete er die Deckenbeleuchtung aus, so daß das einzige Licht durchs Fenster kam, ein paar Teile des Raums lagen in düsteren Schatten. Er legte das Messer auf die Arbeitsplatte neben dem Kühlschrank, in den Schatten. Er legte den Revolver auf einen der Stühle am Tisch und zog den Stuhl nur ein Stück hervor, wodurch der Revolver leicht zu ergreifen, aber nicht leicht zu sehen war.

Er ging durch die Verandatür der Küche auf die Veranda hinaus und rief Runningdeer. Der Indianer hörte den Jungen über das Dröhnen des Rasenmähers nicht, sah aber auf und sah ihn winken. Er schaltete den Rasenmäher stirnrunzelnd ab und kam über den halb gemähten Rasen zur Veranda. »Ja, Thomas?« sagte er, weil er wußte, daß der Richter und Mrs. Shaddack zu Hause waren.

»Meine Mutter braucht deine Hilfe für irgend etwas«, sagte Tommy. »Sie hat mich gebeten, dich zu holen.«

»Meine Hilfe?«

»Ja. Im Wohnzimmer.«

»Was will sie denn?«

»Sie braucht Hilfe beim... nun, es ist einfacher, dir das zu zeigen, anstatt es lange zu erklären.«

Der Junge folgte ihm durch die Verandatür in die große Küche, am Kühlschrank vorbei zur Tür der Diele.

Tommy blieb unvermittelt stehen, drehte sich herum und

sagte: »Ach ja, Mutter hat gesagt, du wirst das Messer brauchen, das hinter dir auf der Platte, neben dem Kühlschrank.«

Runningdeer drehte sich um, sah das Messer im Schatten auf der Arbeitsplatte liegen und hob es auf. Er riß die Augen auf. »Kleiner Häuptling, an dem Messer ist Blut. An dem Messer ist…«

Tommy hatte schon den Revolver vom Küchenstuhl genommen. Als der Indianer sich überrascht zu ihm umdrehte, hielt Tommy die Waffe mit beiden Händen fest und feuerte, bis die Trommel leer war, obwohl ihm der Rückstoß schrecklich in Armen und Schultern weh tat und ihn beinahe umgeworfen hätte. Der Indianer wurde von mindestens zwei Kugeln getroffen, eine zerfetzte Runningdeer den Hals.

Der Indianer fiel heftig zu Boden. Das Messer fiel ihm aus der Hand und rutschte polternd über den Boden.

Tommy kickte das Messer mit einem Schuh näher an den Leichnam heran, damit es tatsächlich so aussah, als hätte der sterbende Mann es in der Hand gehabt.

Der Junge hatte die Botschaft der großen Geister besser verstanden als sein Mentor. Sie wollten, daß er sich *sofort* von allen freimachte, die Macht über ihn hatten: der Richter, seine Frau und Runningdeer. Nur dann könnte er sein eigenes, hochgestecktes Ziel der Macht erreichen.

Er hatte die drei Morde mit der Kaltblütigkeit eines Computers geplant und mit maschinenhafter Effizienz ausgeführt. Er empfand nichts. Keine Emotionen hatten sein Handeln beeinträchtigt. Nun, um die Wahrheit zu sagen, er hatte ein wenig Angst und war aufgeregt – sogar ausgelassen –, aber diese Empfindungen hatten ihn nicht abgelenkt.

Nachdem er Runningdeers Leichnam einen Augenblick angesehen hatte, ging Tommy zum Telefon in die Küche, wählte die Nummer der Polizei und meldete hysterisch, daß der Indianer, der Rache brüllte, seine Eltern ermordet und er, Tommy, den Indianer mit dem Revolver seines Vaters erschossen hätte. Aber er gab es nicht so zusammenhängend preis. Er war so hysterisch, daß sie es ihm aus der Nase ziehen mußten. Er war durch die Geschehnisse sogar so am Boden zerstört und durcheinander, daß sie drei oder vier Minuten geduldig auf ihn einreden mußten, damit er aufhörte zu stammeln und ihnen seinen Namen und die Adresse nennen konnte. Er hatte die Hysterie den ganzen Nachmittag über in Gedanken geübt, seit dem Mittagessen mit dem Indianer. Jetzt war er zufrieden, daß er sich so überzeugend anhörte.

Er ging vor das Haus, setzte sich in die Einfahrt und weinte bis die Polizei eintraf. Seine Tränen waren aufrichtiger als seine Hysterie. Er weinte vor Erleichterung.

In seinem späteren Leben hatte er den Mondfalken noch zweimal gesehen. Er sah ihn, wenn er ihn sehen mußte, wenn er die Rückversicherung brauchte, daß ein Weg, den er eingeschlagen hatte, richtig war.

Aber er brachte nie wieder jemanden um – weil es nicht mehr nötig war.

Seine Großeltern mütterlicherseits nahmen ihn bei sich auf und zogen ihn in einem anderen Teil von Phoenix auf. Weil er diese schreckliche Tragödie mitgemacht hatte, gaben sie ihm mehr oder weniger alles, was er wollte, als wäre es unbeschreiblich grausam gewesen, ihm etwas zu verweigern, als könnte das den letzten Tropfen hinzufügen, der das Faß zum Überlaufen brächte und ihn zerbrechen ließe. Er war Alleinerbe des Anwesens seines Vaters, zu dem noch fette Lebensversicherungspolicen kamen; daher war eine erstklassige Ausbildung gewährleistet, und er besaß genügend Kapital, mit dem er nach seinem Abschluß an der Universität den Start ins Leben bewerkstelligen konnte. Die Welt lag vor ihm und war voller Möglichkeiten. Und dank Runningdeer hatte er den zusätzlichen Vorteil, daß er ohne jeden Zweifel wußte, er hatte ein großes Schicksal vor sich und die Mächte des Schicksals und des Himmels wollten, daß er unvergleichliche Macht über andere Menschen erlangte.

Nur ein Verrückter tötete ohne zwingenden Grund.

Von wenigen seltenen Ausnahmen abgesehen, war Mord einfach keine *effiziente* Methode, Probleme zu lösen.

Während er jetzt zusammengerollt im Lieferwagen in Paula Parkins' dunkler Garage lag, vergegenwärtigte sich Shaddack wieder einmal, daß er ein vom Schicksal Auserwählter war, daß er den Mondfalken dreimal gesehen hatte. Er verdrängte sämtliche Ängste vor Loman Watkins und dem Scheitern seiner Pläne aus seinem Denken. Er seufzte und schlief ein.

Er träumte seinen altbekannten Traum. Die riesige Maschine. Halb Metall und halb Fleisch. Pochende Stahlkolben. Menschliche Herzen, die zuverlässig alle Arten von Flüssigkeiten pumpten. Blut und Öl, Eisen und Knochen, Plastik und Sehnen, Kabel und Nerven.

9

Chrissie war erstaunt, wieviel Priester aßen. Der Tisch in der Pfarreiküche bog sich fast unter der Last der Speisen: ein gewaltiger Teller voll Würstchen, Eier, ein Körbchen Toast, ein Päckchen Plundergebäck, ein weiteres mit Blaubeerbrötchen, eine Schüssel Bratkartoffeln, die im Ofen gewärmt worden waren, frisches Obst und ein Beutel Marshmallows für die heiße Schokolade. Sicher, Pater Castelli war mollig, aber Chrissie hatte immer gedacht, daß Priester in allem entsagend waren, daß sie sich wenigstens einige Freuden des Essens und Trinkens verweigerten, so wie sie der Ehe entsagten. Wenn Pater Castelli bei jeder Mahlzeit so viel aß, müßte er eigentlich doppelt so viel wiegen. Nein, dreimal so viel!

Beim Essen erzählte sie ihm von den Außerirdischen, die ihre Eltern übernommen hatten. Um Pater Castellis Neigung zu religiösen Antworten zu genügen, und um ihn bei der Stange zu halten, ließ sie die Hintertür möglicher dämonischer Besessenheit offen, obwohl sie selbst der Erklärung, es handle sich um außerirdische Invasoren, den Vorzug gab. Sie sagte ihm, was sie gestern nachmittag im oberen Flur gesehen hatte, wie sie in die Speisekammer gesperrt worden und später von Tucker und ihren Eltern in ihren seltsamen neuen Gestalten gejagt worden war.

Der Priester drückte Erstaunen und Sorge aus, er wollte

mehrmals genauere Einzelheiten wissen, aber er hörte nicht merklich auf zu essen. Er aß sogar mit solcher Gier, daß seine Tischsitten darunter litten. Seine Nachlässigkeit überraschte Chrissie ebensosehr wie sein unermeßlicher Appetit. Er hatte ein paarmal Eidotter auf dem Kinn, als sie den Mut aufbrachte, es ihm zu sagen, machte er einen Witz darüber und wischte ihn weg. Aber einen Augenblick später sah sie hoch, und wieder war Eidotter dort. Er ließ ein paar Miniaturmarschmallows fallen, was ihn nicht weiter zu stören schien. Sein schwarzes Hemd war völlig voller Brosamen, winziger Wurststückchen, Kartoffeln, Gebäckkrümel, Brötchenkrümel…

Sie fing an zu denken, daß sich Pater Castelli der Sünde der Völlerei so schuldig machte, wie man es nur konnte.

Aber sie liebte ihn trotz seiner Eßgewohnheiten, denn er zweifelte nicht einmal an ihrem Verstand oder an ihrer wilden Geschichte. Er hörte interessiert und ernsthaft zu, schien aufrichtig besorgt und sogar verängstigt von dem zu sein, was sie ihm erzählte. »Nun, Chrissie, es gibt schätzungsweise tausend Filme über außerirdische Invasionen, feindliche Geschöpfe von anderen Welten, und es gibt schätzungsweise zehntausend Bücher darüber, und ich habe immer gesagt, daß sich der menschliche Verstand nichts ausdenken kann, was in Gottes Welt nicht möglich wäre. Also, wer weiß, hmmmm? Wer kann sagen, daß sie *nicht* hier in Moonlight Cove gelandet sind? Ich bin Filmfan, und unheimliche Filme haben mir immer am besten gefallen, aber ich hätte mir nie träumen lassen, daß ich mich selbst einmal mitten in einem *echten* unheimlichen Film befinden würde.« Er war aufrichtig. Er hatte sie nie herablassend behandelt.

Obwohl Pater Castelli mit ungedämpftem Appetit weiteraß, beendete Chrissie das Frühstück und ihre Geschichte zur gleichen Zeit. Es war warm in der Küche, daher trocknete sie allmählich, und nur ihr Hosenboden und die Tennisschuhe waren noch naß. Sie fühlte sich hinreichend wiederhergestellt, daß sie, nachdem sie jetzt in Sicherheit war, darüber nachdenken konnte, was vor ihr lag. »Was jetzt?« Wir müssen die Armee benachrichtigen, Pater, finden Sie nicht auch?«

»Vielleicht die Armee *und* die Marines«, sagte er nach einem Augenblick des Überlegens. »Die Marines werden mit dieser Situation vielleicht besser fertig.«

»Glauben Sie...«

»Was denn, mein Kind?«

»Glauben Sie, es besteht eine Möglichkeit... nun, eine Möglichkeit, daß ich meine Eltern wiederbekomme? Ich meine, so, wie sie waren?«

Er legte das Brötchen weg, das er zum Mund geführt hatte, und griff über den Tisch, zwischen Tellern und Schüsseln hindurch, um ihre Hand zu nehmen. Seine Finger waren etwas fettig von Butter, aber das störte sie nicht, weil er so beruhigend und tröstend war; und augenblicklich brauchte sie eine Menge Trost und Beruhigung.

»Du wirst mit deinen Eltern vereint werden«, sagte Pater Castelli mit großem Mitgefühl. »Das kann ich dir felsenfest versprechen.«

Sie biß sich auf die Unterlippe und versuchte, Tränen zurückzuhalten.

»Ich verspreche es dir«, wiederholte er.

Und plötzlich *blähte* sich sein Gesicht auf. Nicht wie ein Ballon, der aufgeblasen wurde. Es blähte sich nur an manchen Stellen auf, an anderen nicht, wogte und pulsierte, als wäre sein Schädel zu Gallerte geworden und würden sich Würmer unter der Haut bewegen.

»*Ich verspreche es dir*!«

Chrissie war so entsetzt, daß sie nicht einmal schreien konnte. Sie konnte sich einen Augenblick nicht bewegen. Sie war vor Angst gelähmt und wie am Stuhl festgewachsen, und sie besaß nicht einmal genügend motorische Kontrolle, zu blinzeln oder Atem zu holen.

Sie konnte seine Knochen laut brechen-krachen-platzen hören, als sie sich auflösten und mit unfaßbarer Geschwindigkeit neu formten. Sein Fleisch gab ein abstoßendes, blubberndes Geräusch von sich, als es sich so mühelos wie heißes Wachs zu neuen Gestalten formte.

Der Schädel des Priesters dehnte sich aufwärts und schwoll zu einem Knochenkamm an, das Gesicht war jetzt überhaupt nicht mehr menschlich, sondern teils fischähnlich, teils insektenhaft, vage wespenähnlich und mit einer Spur Schakal darin; und mit stechenden, haßerfüllten Augen.

Schließlich schrie Chrissie unbeherrscht: »Nein!« Ihr Herz schlug so heftig, daß jeder Schlag schmerzhaft war. »Nein, geh weg, laß mich in Ruhe, laß mich gehen!«

Sein Kiefer wurde länger, dann platzte er bis fast zu den Ohren auf, ein bedrohliches Grinsen, das Doppelreihen unglaublich spitzer Zähne entblößte.

»Nein, nein!«

Sie versuchte aufzustehen.

Sie merkte, daß er immer noch ihre linke Hand hielt.

Er sprach mit einer unheimlichen Stimme, die sie an die ihrer Mutter und Tuckers erinnerte, als sie sie gestern nacht bis zum Eingang des Abflußrohrs verfolgt hatten:

»*...brauche, brauche... will... gib mir... gib mir... brauche...*«

Er sah nicht wie ihre Eltern aus, als diese sich verwandelt hatten. Warum sahen nicht alle Außerirdischen gleich aus?

Er riß den Mund weit auf und fauchte sie an, dickflüssiger, gelber Speichel zog sich in Fäden von den oberen zu den unteren Zahnreihen. Etwas bewegte sich in seinem Mund, eine seltsam aussehende Zunge; diese schnellte ihr entgegen wie ein Jack-in-the-Box und entpuppte sich als Mund *im* Mund, noch mehr kleinere und sogar noch spitzere Zähne an einem Stiel, die dazu entworfen worden waren, in enge Höhlen vorzudringen und Beute zu fressen, die sich dort verkrochen hatte.

Pater Castelli wurde zu etwas seltsam Vertrautem: dem Wesen aus dem Film *Alien*. Nicht gerade dieses Monster in allen Einzelheiten, aber ziemlich ähnlich.

Sie war in einem Film gefangen, wie der Priester gesagt hatte, einem wahrhaften Horror-Streifen: zweifellos einem seiner Favoriten. Konnte Pater Castelli jede Gestalt annehmen, die er wollte, und wurde er nur deshalb zu diesem Geschöpf, weil es ihm gefiel und weil es Chrissies Erwartungshaltung gegenüber außerirdischen Invasoren erfüllte?

Das war verrückt.

Auch der Körper des Priesters veränderte sich unter der Kleidung. An manchen Stellen hing das Hemd herunter, als wäre der Körper darunter weggeschmolzen, aber an anderen Stellen spannten die Nähte, wenn sich neue Knochenwüchse und nichtmenschliche Wülste bildeten. Hemdenknöpfe sprangen weg. Stoff riß. Der Priesterkragen platzte und hing schief an dem gräßlich neu geformten Hals.

Sie keuchte und gab ein eigentümliches *uh-uh-uh-uh-uh*-Geräusch im Hals von sich, mit dem sie nicht aufhören konnte, während sie versuchte, sich von ihm loszureißen. Sie stand auf, stieß den Stuhl um, aber er hielt sie immer noch fest. Er war sehr stark. Sie konnte sich nicht losreißen.

Auch seine Hände hatten angefangen, sich zu verwandeln. Die Finger wurden länger. Sie waren von einer hornähnlichen Substanz überzogen – glatt, hart und schwarzglänzend – und glichen eher Scheren als menschlichen Händen.

»...brauche... will, will... brauche...«

Sie ergriff das Frühstücksmesser, schwang es hoch über den Kopf und stieß mit aller Kraft zu, hieb es ihm direkt über dem Handgelenk in den Unterarm, wo das Fleisch immer noch ansatzweise menschlich aussah. Sie hatte gehofft, das Messer würde ihn am Tisch festnageln, aber sie spürte, daß es nicht ganz durch ihn hindurch und bis ins Holz ging.

Sein Schrei war so schrill und durchdringend, daß er Chrissie durch Mark und Bein zu gehen schien.

Er öffnete die schuppige Dämonenhand. Sie riß sich von ihm los. Glücklicherweise war sie schnell, denn er krampfte die Hand einen Sekundenbruchteil später wieder zusammen und kniff ihr in die Fingerspitzen, konnte sie aber nicht festhalten.

Die Küchentür befand sich auf der Seite des Priesters. Dorthin konnte sie nicht gelangen, ohne ihm den Rücken zuzukehren.

Mit einem Schrei, der halb Kreischen und halb Brüllen war, riß er das Messer aus seinem Arm und warf es beiseite. Er fegte mit einem einzigen Hieb seines bizarr mutierten Armes, der jetzt zwanzig oder dreißig Zentimeter länger war als vorher, Schüsseln und Teller vom Tisch. Der Arm ragte als Ansammlung alptraumhafter Knoten und Flächen und Schuppen der dunklen, chitinartigen Substanz, die seine Haut ersetzt hatte, aus dem Hemdsärmel hervor.

Maria, Mutter Gottes, bete für mich; reinste Mutter, bete für mich; keuscheste Mutter, bete für mich. *Bitte*, dachte Chrissie.

Der Priester packte den Tisch und warf ihn ebenfalls beiseite, als würde er nur ein paar Gramm wiegen. Er krachte gegen den Kühlschrank.

Jetzt trennte sie nichts mehr von ihm.

Dem *Ungeheuer*.

Sie machte einen Ausfall in Richtung Küchentür, aber nur ein paar Schritte.

Der Priester – der gar kein Priester mehr war; ein *Ding*, das sich manchmal als Priester verkleidete – wandte sich nach rechts, um ihr den Weg abzuschneiden und sie zu packen.

Sie warf sich sofort herum, wie es immer ihre Absicht gewesen war, und lief in die entgegengesetzte Richtung, zu der Tür, die in den Flur führte; sie sprang über verstreuten Toast und Würstchenketten. Der Trick funktionierte. Ihre nassen Schuhe plitschten und quietschten auf dem Linoleum, und sie war an ihm vorbei, bevor ihm klargeworden war, daß sie nach links wollte.

Sie vermutete, daß er nicht nur stark, sondern auch schnell sein würde. Zweifellos schneller als sie. Sie konnte hören, wie er ihr folgte.

Wenn es ihr nur gelänge, zur Eingangstür zu kommen, zur Veranda und hinaus in den Vorgarten, dann wäre sie wahrscheinlich in Sicherheit. Sie ging davon aus, daß er ihr nicht aus dem Haus und hinaus auf die Straße folgen würde, wo ihn andere sehen könnten. Es waren sicher noch nicht alle in Moonlight Cove von diesen Außerirdischen übernommen worden, und bevor nicht der letzte Mensch in der Stadt übernommen worden war, könnten sie nicht in ihrem verwandelten Stadium herumspazieren und auf ungebührliche Weise kleine Mädchen verspeisen.

Nicht weit. Nur zur Eingangstür und ein paar Stufen hinunter.

Sie hatte zwei Drittel der Entfernung zurückgelegt und rechnete jeden Augenblick damit, daß eine Kralle ihr Hemd hinten zerreißen würde, als vor ihr die Tür aufging. Der andere Priester, Pater O'Brien, trat ein und blinzelte überrascht.

Sie wußte sofort, daß sie ihm auch nicht trauen durfte. Er konnte nicht zusammen mit Pater Castelli im selben Haus gelebt haben, ohne daß der Same der Außerirdischen auch in ihn gelegt worden wäre, Samen, Sporen, schleimige Parasiten, Geister – womit die Übernahme auch immer bewerkstelligt wurde. Es war zweifellos auch in Pater O'Brien gerammt oder injiziert worden.

Da sie nicht vor und zurück und auch nicht durch die Tür rechts ins Wohnzimmer konnte, weil das eine Sackgasse war, packte sie den Treppenpfosten, an dem sie gerade vorbeikam, und schwang sich auf die Treppe. Sie hastete in den ersten Stock hinauf.

Unter ihr schlug die Eingangstür zu.

Als sie auf dem Absatz war und die zweite Treppe hinaufwollte, hörte sie, wie beide ihr folgten.

Der obere Flur war weiß verputzt und hatte einen dunklen Holzboden und eine Holzdecke. Auf beiden Seiten waren Zimmer.

Sie lief zum Ende des Flurs in ein Schlafzimmer, in dem nur eine schlichte Kommode, ein Nachttischchen, ein Doppelbett mit weißer Überwurfdecke, ein Bücherregal voller Taschenbücher und ein Kruzifix an der Wand waren. Sie warf die Tür hinter sich zu, machte sich aber nicht die Mühe, sie abzuschließen oder zu verriegeln. Dazu hatte sie keine Zeit. Sie würden sie ohnehin innerhalb von Sekunden zertrümmern. Sie wiederholte ständig »Mariamuttergottes, Mariamuttergottes«, ein atemloses und verzweifeltes Flüstern, und raste durch das Zimmer zum Fenster, das von smaragdgrünen Vorhängen eingerahmt wurde. Regen trommelte gegen das Glas.

Ihre Verfolger waren im oberen Flur. Ihre Schritte dröhnten durch das Haus.

Sie packte die Griffe am Rahmen und versuchte, das Fenster hochzuziehen. Es bewegte sich nicht. Sie griff nach dem Riegel, aber der war schon zurückgeschoben.

Sie rissen die Türen weiter hinten am Flur auf, direkt nach der Treppe, und suchten nach ihr.

Das Fenster war entweder von Farbe verklebt oder von Feuchtigkeit aufgequollen. Sie trat zurück.

Die Tür hinter ihr barst auf, und etwas fauchte.

Sie senkte ohne sich umzudrehen den Kopf, verschränkte die Arme vor dem Gesicht und warf sich durch das Fenster, wobei sie sich fragte, ob sie sich umbringen würde, indem sie aus dem ersten Stock sprang, dachte aber, daß es darauf ankam, wo sie landete. Gras wäre gut. Der Gehweg wäre schlecht. Die Spitzen des schmiedeeisernen Zauns wären *ganz* schlecht.

Das Geräusch berstenden Glases hallte noch in der Luft, als sie auf einem Verandavordach sechzig Zentimeter unter dem Fenster landete, was wirklich einem Wunder gleichkam – sie war auch unverletzt –, daher sagte sie immer weiter *Mariamuttergottes,* während sie durch den prasselnden Regen zum Rand des Daches rollte. Als sie ihn erreichte, hielt sie sich dort einen Augenblick fest, die linke Seite auf dem Dach, die rechte wurde von der ächzenden und zunehmend kippenden Regenrinne gehalten, und sah zum Fenster zurück.

Etwas Wölfisches und Groteskes folgte ihr.

Sie ließ sich fallen. Sie landete auf der linken Seite auf dem Gehweg, stieß sich sämtliche Knochen, klappte die Zähne so heftig aufeinander, daß sie glaubte, sie würden einzeln ausfallen, und schürfte sich eine Hand böse am Beton auf.

Aber sie blieb nicht liegen und bedauerte sich selbst. Sie rappelte sich auf und wandte sich, vor Schmerzen gekrümmt, vom Haus ab und lief zur Straße.

Sie war unglücklicherweise nicht vor dem Pfarrhaus, sondern im Garten dahinter. Die Rückwand von Our Lady of Mercy begrenzte den Rasen rechts, eine zwei Meter hohe Backsteinmauer umgab den Rest des Grundstücks.

Wegen der Mauer und der Bäume auf beiden Seiten konnte sie die angrenzenden Häuser im Süden und Westen auf der anderen Seite des Weges, der neben dem Grundstück verlief, nicht sehen. Und wenn sie die Nachbarn der Pfarrei nicht sehen konnte, konnten diese sie auch nicht sehen, selbst wenn sie zufällig aus dem Fenster geschaut hätten.

Diese Abgeschiedenheit erklärte, warum das Wolf-Ding es wagte, auf das Dach herauszukommen und sie im offenen – wenn auch grau und mißfälligen – Tageslicht zu verfolgen.

Sie überlegte kurz, ob sie ins Haus gehen sollte, durch die Küche, den Flur, zur Eingangstür hinaus und auf die Straße, denn damit würden sie als allerletztes rechnen. Aber dann dachte sie: *Bist du verrückt*?

Sie machte sich nicht die Mühe, um Hilfe zu rufen. Ihr klopfendes Herz schien so sehr angeschwollen zu sein, daß die Lungen keinen Platz zum Ausdehnen mehr hatten, und sie bekam kaum genügend Luft, um bei Bewußtsein, auf den Beinen und in Bewegung zu bleiben. Sie hatte keine Luft zum Schreien. Außerdem, selbst wenn jemand sie rufen hörte, würde er nicht unbedingt erkennen können, woher die Rufe kamen; bis man sie gefunden hätte, würde sie entweder in Stücke gerissen oder besessen sein, da das Rufen sie entscheidende Sekunden kosten würde.

Statt dessen eilte sie über den ausgedehnten Rasen und hinkte dabei ein wenig, um einen gedehnten Muskel zu entlasten, wurde aber nicht langsamer. Sie wußte, sie konnte die zwei Meter hohe Mauer nicht schnell genug überklettern, sich in Sicherheit bringen, schon gar nicht mit einer aufgeschürften Hand, daher betrachtete sie im Laufen die Bäume. Sie brauchte einen dicht bei der Mauer; vielleicht konnte sie dort hinaufklettern, an einem Ast entlangkriechen und auf den Weg oder in den Nachbargarten springen.

Sie hörte über das Plätschern und Gurgeln des Regens ein leises Knurren hinter sich und riskierte einen Blick über die Schulter. Das Pater O'Brien-Wolfding, das nur noch Fetzen eines Hemdes trug und Schuhe und Hosen ganz abgestreift hatte, sprang vom Verandadach, um sie zu verfolgen.

Schließlich sah sie einen geeigneten Baum – bemerkte aber im nächsten Augenblick ein Tor an der Südwestecke der

Mauer. Sie hatte es bisher nicht gesehen, weil es von ein paar Büschen, an denen sie gerade vorbeigelaufen war, vor ihren Blicken verborgen worden war.

Sie rang keuchend nach Luft, senkte den Kopf, preßte die Arme an die Seiten und lief zu dem Tor. Sie schlug mit der Hand auf den Riegel und hieb ihn aus dem Schlitz, in dem er steckte; dann platzte sie auf die Straße hinaus. Sie bog nach links ab, weg von der Ocean Avenue in Richtung Jacobi Street, und lief durch tiefe Pfützen fast bis zum Ende des Blocks, bevor sie einen Blick zurück riskierte.

Nichts war ihr durch das Tor der Pfarrei gefolgt.

Sie war zweimal in den Händen der Außerirdischen gewesen, und sie war ihnen zweimal entkommen. Sie wußte, wenn sie ein drittes Mal gefangen würde, würde sie nicht mehr so viel Glück haben.

10

Kurz nach neun Uhr, nach alles in allem weniger als vier Stunden Schlaf, erwachte Sam Booker durch das leise Klirren und Scheppern von jemandem, der in der Küche arbeitete. Er setzte sich auf dem Sofa im Wohnzimmer auf, rieb sich die müden Augen, zog Schuhe und Schulterhalfter an und ging den Flur entlang.

Tessa Lockland summte leise, während sie Pfannen, Schüsseln und Lebensmittel auf der rollstuhlgerechten Arbeitsplatte beim Herd aufreihte und das Frühstück vorbereitete.

»Guten Morgen«, sagte sie strahlend, als Sam die Küche betrat.

»Was soll daran gut sein?« fragte er.

»Hören Sie doch nur, der Regen«, sagte sie. »Bei Regen fühle ich mich immer sauber und frisch.«

»Mich deprimiert er immer.«

»Und es ist schön, in einer warmen, trockenen Küche zu sein, wo man dem Sturm gemütlich zuhören kann.«

Er kratzte über die Bartstoppeln seiner unrasierten Wangen. »Mir kommt es hier drinnen etwas überladen vor.«

»Wie dem auch sei, wir sind noch am Leben, und *das* ist gut.«

»Schätze schon.«

»Gott im Himmel!« Sie hämmerte eine leere Bratpfanne auf den Herd und sah ihn böse an. »Sind alle FBI-Agenten wie Sie?«

»In welcher Hinsicht?«

»Sind alle Sauertöpfe?«

»Ich bin kein Sauertopf.«

»Sie sind der klassische Trübsalbläser.«

»Nun, das Leben ist kein Jahrmarkt.«

»Nicht?«

»Das Leben ist hart und bitter.«

»Vielleicht. Aber ist es nicht auch ein Jahrmarkt?«

»Sind alle Domkumentarfilmerinnen wie Sie?«

»In welcher Hinsicht?«

»Blauäugig.«

»Das ist lächerlich. Ich bin nicht blauäugig.«

»Ach nein?«

»Nein.«

»Wir sind hier in einer Stadt gefangen, in der die Wirklichkeit vorübergehend aufgehoben zu sein scheint, in der Menschen von unbekannten Lebewesen zerrissen werden, in der nachts Schreckgespenster durch die Straßen ziehen, ein verrücktes Computergenie die menschliche Biologie auf den Kopf gestellt zu haben schein, wir alle höchstwahrscheinlich heute vor Mitternacht getötet oder ›verwandelt‹ werden, und als ich hier hereinkomme, grinsen Sie und sind ausgelassen und summen ein Stück der Beatles.«

»Nicht der Beatles.«

»Hm?«

»Rolling Stones.«

»Und das ist ein Unterschied?«

Sie seufzte. »Hören Sie, wenn Sie mithelfen wollen, dieses Frühstück zu essen, dann werden Sie auch mithelfen, es zuzubereiten, also stehen Sie nicht nur hier herum und quengeln.«

»Schon gut, schon gut, was soll ich machen?«

»Gehen Sie zuerst dort zur Sprechanlage und rufen Sie Harry, ob er schon wach ist. Sagen Sie ihm, Frühstück in… hmmmmmm… vierzig Minuten. Pfannkuchen und Eier und gebratener Speck.«

Sam drückte auf den Knopf der Sprechanlage und sagte: »Hallo, Harry«, und Harry, der bereits wach war, antwortete auf der Stelle. Er sagte, er würde in einer halben Stunde unten sein.

»Was jetzt?« wandte sich Sam an Tessa.

»Holen Sie Eier und Milch aus dem Kühlschrank – aber sehen Sie um Gottes willen nicht in die Kartons.«

»Warum nicht?«

Sie grinste. »Weil sonst die Eier schlecht und die Milch sauer werden.«

»Sehr witzig.«

»Dachte ich mir.«

Während sie den Pfannkuchenteig zubereitete und sechs Eier in eine Glasschüssel schlug und würzte, damit sie sie rasch in die Pfanne kippen konnte, wenn sie sie brauchte, Sam Anweisungen gab, den Tisch zu decken und ihr bei anderen Kleinigkeiten zu helfen, Zwiebeln zu hacken und Speck in Streifen zu schneiden, summte oder sang Tessa abwechselnd Songs von Patti La Belle und den Pointer Sisters. Sam wußte, wessen Musik es war, weil sie es ihm sagte, sie sagte jeden Song an, als wäre sie ein Diskjockey oder als würde sie hoffen, sie könnte ihn bilden oder aufmuntern. Während sie arbeitete und sang, tanzte sie auf der Stelle, wackelte mit dem Hinterteil, rollte mit den Hüften, drehte die Schultern, schnippte manchmal mit den Fingern und ging richtig mit.

Es machte ihr wirklich Spaß, aber er wußte, sie zog ihn auch etwas auf, was ihr ebenfalls Freude bereitete. Er bemühte sich, seine mürrische Stimmung zu erhalten, und wenn sie ihn anlächelte, lächelte er nicht zurück, aber *verdammt*, sie war so niedlich. Ihr Haar war zerzaust, und sie trug überhaupt kein Make-up, und ihre Kleidung war zerknittert, weil sie darin geschlafen hatte, aber das etwas zerknautschte Aussehen machte sie nur um so liebenswerter.

Manchmal ließ sie ihr leises Singen und Summen sein, um ihm eine Frage zu stellen, aber sie sang und tanzte weiter auf der Stelle, während er antwortete. »Haben Sie sich schon überlegt, was wir tun können, um aus der Klemme zu kommen, in der wir uns befinden?«

»Ich habe eine Idee.«

»Patti La Belle, ›New Attitude‹«, sagte sie und meinte den Song, den sie sang. »Ist diese Idee ein finsteres, tiefes Geheimnis?«

»Nein. Aber ich brauche ein paar Informationen und muß mit Harry reden, daher werde ich es beim Frühstück erzählen.«

Er beugte sich, ihren Anweisungen folgend, über die niedrige Arbeitsplatte und schnitt dünne Scheiben von einem Stück Cheddar ab, als sie lange genug zu singen aufhörte, um ihn zu fragen: »Warum haben Sie gesagt, das Leben sei hart und bitter?«

»Weil es so ist.«

»Aber es ist auch voller Spaß…«

»Nein.«

»…und Schönheit…«

»Nein.«

»…und Hoffnung…«

»Unsinn.«

»Ist es.«

»Ist es nicht.«

»Doch, ist es.«

»Ist es nicht.«

»Warum sind Sie so negativ?«

»Weil ich es sein will.«

»Aber warum wollen Sie es sein?«

»Herrgott, Sie geben wohl nie Ruhe.«

»Pointer Sisters, ›Neutron Dance‹.« Sie sang ein Stück und tanzte auf der Stelle, während sie Eierschalen und andere Abfälle in den Mülleimer warf. Dann unterbrach sie die Melodie und sagte: »Was ist Ihnen zugestoßen, daß Sie sagen, das Leben sei nur hart und bitter?«

»Das interessiert Sie doch gar nicht.«

»Doch, sicher.«

Er war fertig mit dem Käse und legte das Messer weg. »Wollen Sie es wirklich wissen?«

»Wirklich.«

»Meine Mutter wurde bei einem Verkehrsunfall getötet, als ich sieben war. Ich war bei ihr im Auto, wäre beinahe selbst gestorben, war länger als eine Stunde mit ihr in dem Wrack eingeschlossen, von Angesicht zu Angesicht, und sah in ihre leere Augenhöhle und ihr eingedrücktes Gesicht. Danach mußte ich bei meinem Vater leben, von dem sie geschieden war, und er war ein böser Hurensohn, Alkoholiker, und ich kann Ihnen nicht sagen, wie oft er mich verprügelt hat, oder gedroht, mich zu verprügeln, oder mich auf einen Stuhl in der Küche gefesselt, wo er mich dann stundenlang alleine ließ, bis ich nicht mehr konnte und mir in die Hosen machte, und wenn er kam und mich losband und sah, was ich getan hatte, verprügelte er mich *deswegen*.«

Es überraschte ihn, wie ihm das alles über die Lippen kam, als wären die Schleusen seines Unterbewußtseins geöffnet worden, so daß sich der ganz Schlamm daraus ergoß, der sich in langen Jahren stoischer Selbstbeherrschung angesammelt hatte.

»Kaum hatte ich die High School abgeschlossen, zog ich aus und absolvierte das Junior College, hauste in billigen Bruchbuden, teilte das Bett jede Nacht mit Armeen von Küchenschaben, meldete mich sobald ich konnte beim Bureau, weil ich Gerechtigkeit in der Welt sehen wollte, weil ich daran mitarbeiten wollte, der Welt Gerechtigkeit zu *bringen*, weil es so wenig Gerechtigkeit und Fairness in meinem Leben gegeben hatte. Aber ich mußte erfahren, daß die Gerechtigkeit in mehr als der Hälfte aller Fälle nicht triumphiert. Die Bösen kommen davon, so sehr man sich auch anstrengt, sie zu Fall zu bringen, weil die Bösen ziemlich oft verdammt gerissen sind, und die Guten werden nie so böse, wie sie sein müßten, um ihre Arbeit richtig zu machen. Als Agent sieht man häufig die kranke Kehrseite der Gesellschaft, man hat es mit dem Abschaum zu tun, mit dem einen oder anderen Abschaum, und man wird mit jedem Tag zynischer, ekelt sich mehr vor den Menschen und hat sie satt.«

Er sprach so schnell, daß er fast atemlos war.

Sie hatte aufgehört zu singen.

Er fuhr mit einem außergewöhnlichen Mangel emotionaler Selbstbeherrschung fort und sprach so schnell, daß seine Worte manchmal zusammenhingen: »Und meine Frau ist gestorben, Karen, sie war wunderbar, Sie hätten sie gemocht, alle haben sie gemocht, aber sie bekam Krebs und starb, unter Schmerzen, schrecklich, nicht so leicht wie Ali McGraw im Film, nicht mit einem Seufzer und einem Lächeln und einem leisen Lebewohl, sondern unter Qualen. Und später habe ich auch meinen Sohn verloren. Oh, er lebt noch, sechzehn, er war neun, als seine Mutter starb, jetzt ist er sechzehn, er ist körperlich und geistig am Leben, aber emotional ist er tot, im Herzen ausgebrannt, kalt im Inneren, so verdammt kalt. Er mag Computer und Computerspiele und das Fernsehen, und er hört Black Heavy Metal. Wissen Sie, was Black Heavy Metal-Musik ist? Das ist Heavy Metal Rock mit einem Schuß Satanismus, das mag er, weil es ihm sagt, daß es keine moralischen Werte gibt, daß alles relativ ist, daß seine Entfremdung richtig ist, daß die Kälte in seinem Inneren *richtig* ist, es sagt ihm, daß alles gut ist, was gut scheint. Wissen Sie, was er einmal zu mir gesagt hat?«

Sie schüttelte den Kopf.

»Er sagte zu mir: ›Menschen sind nicht wichtig. Menschen zählen nicht. Nur *Sachen* sind wichtig. Geld ist wichtig, Alkohol ist wichtig, meine Stereoanlage ist wichtig, alles, was dafür sorgt, daß es mir *gutgeht*, aber ich bin nicht wichtig‹ Er sagt zu mir, daß Atombomben bedeutsam seien, weil sie eines Tages all die schönen Sachen in die Luft jagen würden, und nicht, weil sie die Menschen in die Luft jagten – schließlich seien die Menschen nichts, nur umweltverschmutzende Tiere, die die Welt verseuchen. Das sagte er. Er sagt mir, daß das seine Überzeugungen seien. Er sagt mir, er könne mir das alles beweisen. Er sagt, wenn ich das nächste Mal Leute um einen Porsche herumstehen sähe, die das Auto bewunderten, soll ich mir ihre Gesichter genau ansehen und würde feststellen, daß ihnen mehr an dem Auto als an sich selbst läge. Und sie bewunderten die Baukunst, nicht in dem Sinne, daß sie an die Menschen dächten, die das Auto *gebaut* hätten. Es sei, als wäre der Porsche organisch, als würde er wachsen oder sich irgendwie selbst schaffen. Sie bewunderten ihn um seiner selbst willen, und nicht die menschliche Erfindungsgabe und Kunstfertigkeit, die er repräsentiere. Das Auto lebe mehr als sie selbst. Sie zögen Energie aus dem Auto, aus den geschmeidigen Kurven, aus dem Kitzel, wenn sie sich seine Kraft in ihren Händen vorstellen, daher werde das Auto realer und viel wichtiger als die Menschen, die es bewundern.«

»Das ist dummes Zeug«, sagte Tessa überzeugt.

»Aber das sagte er mir, und ich weiß, daß es Mist ist, und ich versuche, vernünftig mit ihm zu reden, aber er weiß auf alles eine Antwort – denkt er jedenfalls. Und ich frage mich manchmal… wenn ich nicht selbst so verdrossen wäre, so lebensüberdrüssig, so angeekelt von den Menschen, könnte ich denn überzeugender argumentieren? Wenn ich nicht so wäre, wie ich bin, könnte ich meinen Sohn dann retten?«

Er verstummte.

Er bemerkte, daß er zitterte.

Sie schwiegen beide einen Augenblick.

Dann sagte er: »*Darum* sage ich, daß das Leben hart und bitter ist.«

»Tut mir leid, Sam.«

»Ist nicht Ihre Schuld.«

»Ihre auch nicht.«

Er verpackte den Cheddar in Zellophan und legte ihn wieder in den Kühlschrank, während sie sich wieder ihrem Pfannkuchenteig zuwandte.

»Aber Sie hatten Karen«, sagte sie. »Es gab Liebe und Schönheit in Ihrem Leben.«

»Gewiß.«

»Nun, dann…«

»Aber es war nicht von Dauer.«

»Nichts währt ewig.«

»Genau das meine ich«, sagte er.

»Aber das bedeutet nicht, daß wir das Schöne nicht genießen können, solange wir es haben. Wenn Sie immer in die Zukunft sehen und sich fragen, wann dieser Augenblick der Freude aufhören wird, dann werden Sie im Leben nie wahre Freude kennenlernen.«

»Genau das meine ich«, wiederholte er.

Sie ließ den Holzlöffel in der Edelstahlrührschüssel und drehte sich zu ihm um. »Aber das ist *falsch*. Ich meine, es gibt im Leben Augenblicke der Freude, des Staunens, der Lust... und wenn wir die Gelegenheit nicht beim Schopf ergreifen, wenn wir Gedanken an die Zukunft nicht manchmal abstellen und den Augenblick genießen, dann haben wir keine Erinnerungen an Freude, die uns durch schlechte Zeiten bringen – und keine Hoffnung.«

Er sah sie an und bewunderte ihre Schönheit und Vitalität. Aber dann dachte er daran, wie sie altern würde, wie sie gebrechlich werden und sterben würde, wie alles sterben mußte, und er ertrug es nicht mehr, sie anzusehen. Er sah statt dessen zum regennassen Fenster über der Spüle hinaus. »Nun, es tut mir leid, wenn ich Ihnen die Stimmung verdorben habe, aber Sie müssen zugeben, daß Sie darum gebeten haben. Sie wollten unbedingt wissen, wie ich so ein Trübsalbläser sein kann.«

»Oh, Sie sind kein Trübsalbläser«, sagte sie. »Sie gehen weit darüber hinaus. Sie sind ein regelrechter Dr. Doom.«

Er zuckte die Achseln.

Sie wandten sich wieder ihrer Küchenarbeit zu.

11

Nachdem sie durch die Tür in der Mauer der Pfarrei geflohen war, blieb Chrissie länger als eine Stunde in Bewegung, während sie überlegte, was sie jetzt machen sollte. Sie hatte vorgehabt, in die Schule zu gehen und Mrs. Tokawa ihre Geschichte zu erzählen, wenn Pater Castelli ihr nicht helfen könnte. Aber jetzt war sie nicht mehr bereit, Mrs. Tokawa zu vertrauen. Nach ihrer Begegnung mit den Priestern war ihr klargeworden, daß die Außerirdischen wahrscheinlich sämtliche mächtigen Leute in Moonlight Cove als ersten Schritt ihrer Eroberung übernommen hatten. Sie wußte bereits, daß die Priester besessen waren. Sie war sicher, daß auch die Polizei übernommen worden war, daher mußte sie logischerweise annehmen, daß auch die Lehrer unter den ersten Opfern gewesen waren.

Während sie von Viertel zu Viertel schlich, verfluchte sie den Regen abwechselnd und war dankbar darum. Ihre Schuhe, die Jeans und das Flanellhemd waren wieder durchnäßt, und sie fror durch und durch. Aber das trübe, graue Licht und der Regen hielten die Leute in den Häusern und boten ihr wenigstens etwas Schutz. Zusätzlich wurde ein dünner kalter Nebel vom Meer hereingeweht, als der Wind etwas nachließ, der zwar nicht annähernd so dicht wie gestern nacht war, nur ein schwacher Dunst, der sich an die Bäume klammerte, aber ausreichend, einem kleinen Mädchen, das durch diese unfreundlichen Straßen schlich, etwas zusätzlichen Schutz zu bieten.

Auch das Gewitter der vergangenen Nacht hatte sich verzogen. Sie lief nicht mehr Gefahr, von einem plötzlichen Blitzstrahl gegrillt zu werden, was wenigstens ein gewisser Trost war

JUNGES MÄDCHEN VON BLITZ GERÖSTET UND ANSCHLIESSEND VON AUSSERIRDISCHEN VERSPEIST; DIE INVASOREN AUS DEM ALL MÖGEN MENSCHLICHE KARTOFFELCHIPS; »WENN WIR SIE GRILLEN KÖNNEN«, SAGTE DIE AUSSERIRDISCHE KÖNIGIN, »PASSEN SIE PERFEKT ZU EINEM ZWIEBELDIP.«

Sie schlich, wenn sie ging, durch Nebenstraßen und Gärten, überquerte Straßen nur, wenn es unbedingt nötig war, und dann immer schneller, denn dort sah sie zu viele Männer in Zweiergruppen mit ernsten Gesichtern und stechenden Augen in langsam fahrenden Autos sitzen, bei denen es sich eindeutig um Patrouillen handelte. Zweimal wäre sie ihnen sogar auf Nebenstraßen beinahe in die Hände gelaufen und mußte sich hastig in Deckung werfen, damit sie sie nicht entdeckten. Etwa eine Viertelstunde, nachdem sie durch die Pfarreitür geflohen war, bemerkte sie mehr Patrouillen in dieser Gegend, eine plötzliche Zunahme der Anzahl von Autos und Männern zu Fuß. Die Patrouillen zu Fuß machten ihr am meisten Angst. Zwei Männer in Regenkleidung waren besser für eine Suche gerüstet als Männer in Autos, und ihnen konnte man auch schwerer entkommen. Sie hatte entsetzliche Angst, sie könnte ihnen unerwartet über den Weg laufen.

Tatsächlich verbrachte sie mehr Zeit in Verstecken als unterwegs, einmal kauerte sie eine Weile hinter Mülltonnen in einer Seitenstraße. Sie suchte Zuflucht unter einer Trauerweide, deren Äste den Boden beinahe wie einen Rock streiften und ein dunkles und weitgehend trockenes Versteck boten. Zweimal kroch sie unter parkende Autos und blieb eine Weile liegen.

Sie blieb nie länger als fünf oder zehn Minuten an einer Stelle. Sie hatte Angst, ein von den Außerirdischen besessener Übereifriger könnte sie sehen, wie sie in ein Versteck kroch, und die Polizei anrufen und sie melden. Dann säße sie in der Falle.

Als sie das unbebaute Grundstück an der Jupiter Lane erreichte, das neben Callans Bestattungsinstitut lag, und sich tief im tiefsten Unterholz verkrochen hatte – trockenes Gras und knisterndes Chapparal –, fragte sie sich allmählich, ob ihr jemals einfallen würde, wen sie um Hilfe bitten könnte. Sie verlor zum ersten Mal, seit ihre Prüfung begonnen hatte, die Hoffnung.

Eine riesige Fichte breitete ihre Äste über einen Teil des Grundstücks, und ihr Gebüsch befand sich darunter, daher war sie größtenteils vor dem Regen geschützt. Noch wichtiger war, sie war, auf der Seite liegend und im hohen Gras, weder von der Straße noch den Fenstern der umliegenden Häuser zu sehen.

Dennoch hob sie immer wieder argwöhnisch den Kopf, um sich rasch umzusehen und sich zu vergewissern, daß sich niemand an sie heranschlich. Dabei sah sie einmal über den Weg am hinteren Rand des Grundstücks hinweg nach Osten, zur Conquistador, und sah das große Rotholz- und

Glas-Gebäude an der Ostseite dieser Straße. Talbots Haus. Sie erinnerte sich sofort an den Mann im Rollstuhl.

Er war letztes Jahr in der Thomas-Jefferson-Schule gewesen, um während der Awareness Days – der Gedenkwoche – zu den Schülern der fünften und sechsten Klasse zu sprechen. Er war in dem einwöchigen Programm, das weitgehend Zeitverschwendung gewesen war, der einzig interessante Redner gewesen. Er hatte ihnen von den Schwierigkeiten und erstaunlichen Fähigkeiten behinderter Menschen erzählt.

Zuerst hatte er Chrissie leid getan, sie hatte ihn halb zu Tode bemitleidet, weil er in seinem Rollstuhl so hilflos ausgesehen hatte, mit seinem halb verstümmelten Körper, nur einer beweglichen Hand und einem ständig schief sitzenden Kopf. Aber während sie ihm zuhörte, war ihr klargeworden, daß er einen wunderbaren Sinn für Humor besaß und sich selbst nicht leid tat, daher kam es ihr immer absurder vor, daß sie ihn bedauern sollte. Sie hatten Gelegenheit, ihm Fragen zu stellen, und er hatte intime Einzelheiten seines Lebens erzählt, seinen Kummer und seine Freuden, und schließlich hatte sie ihn gehörig bewundert.

Und sein Hund Moose war die Wucht gewesen.

Als sie das Rotholz- und Glas-Haus von Harry Talbot jetzt über die Spitzen des regennassen hohen Grases hinweg betrachtete und an ihn und Moose dachte, fragte sich Chrissie, ob sie vielleicht *dorthin* gehen könnte.

Sie verzog sich wieder ins Gestrüpp und dachte ein paar Minuten darüber nach.

Ein an den Rollstuhl gefesselter Krüppel gehörte sicher zu den allerletzten, die die Außerirdischen übernehmen würden – wenn sie ihn überhaupt haben wollten.

Sie schämte sich sofort, weil sie so etwas dachte. Ein an den Rollstuhl gefesselter Krüppel war kein Mensch zweiter Klasse. Er hatte den Außerirdischen ebensoviel zu bieten wie jeder andere.

Andererseits... würde eine Bande Außerirdischer Behinderte im selben Licht sehen? Erwartete sie da nicht zuviel? Immerhin waren sie ja *Außerirdische*. Ihre Wertvorstellungen konnten nicht dieselben sein wie von Menschen. Wenn sie herumzogen und ihren Samen – oder Sporen oder schleimigen Babylarven oder was auch immer – in Menschen einpflanzten, und wenn sie Menschen verspeisten, dann durfte man wohl nicht erwarten, daß sie behinderte Menschen mit dem nötigen Respekt behandelten, ebensowenig wie sie wahrscheinlich alten Damen über die Straße helfen würden.

Harry Talbot.

Je mehr sie über ihn nachdachte, desto überzeugter wurde Chrissie, daß er bis jetzt der schrecklichen Aufmerksamkeit der Außerirdischen entgangen sein müßte.

12

Nachdem sie ihn Dr. Doom genannte hatte, spritzte sie Bratfett in die Pfanne, damit die Pfannkuchen nicht kleben bleiben würden.

Sie schaltete den Ofen ein und stellte einen Teller hinein, auf den sie die Pfannkuchen schichten konnte, damit sie warm blieben, während sie weitere machte.

Dann sagte sie in einem Tonfall, der ihm sofort ihre Absicht klarmachte, ihn davon zu überzeugen, sein trostloses Bild vom Leben aufzugeben: »Sagen Sie mir…«

»Können Sie denn *noch* keine Ruhe geben?«

»Nein.«

Er seufzte.

Sie sagte: »Wenn Sie so verdammt düster sind, warum bringen Sie sich dann…«

»Nicht selbst um?«

»Warum nicht?«

Er lachte verbittert. »Ich habe während der Fahrt von San Francisco hierher ein kleines Spiel mit mir gespielt – ich habe die Gründe gezählt, warum es sich lohnt, weiterzuleben. Mir sind nur vier eingefallen, aber ich schätze, das genügt, schließlich hänge ich ja immer noch hier herum.«

»Und die wären?«

»Erstens – gutes mexikanisches Essen.«
»Da kann ich zustimmen.«
»Zweitens – Guinness Stout.«
»Ich selbst ziehe Heineken Dark vor.«
»Das schmeckt gut, ist aber kein Grund weiterzuleben. *Guinness* ist ein Grund weiterzuleben.«
»Was ist Nummer drei?«
»Goldie Hawn.«
»Sie kennen Goldie Hawn?«
»Nee. Vielleicht will ich das gar nicht, weil ich möglicherweise enttäuscht wäre. Ich spreche von ihrer Leinwandpersönlichkeit, der idealisierten Goldie Hawn.«
»Sie ist Ihr Traum-Mädchen, was?«
»Mehr als das. Sie... verdammt, ich weiß nicht... sie wirkt überhaupt nicht vom Leben gezeichnet, unbeschädigt, vital und glücklich und unschuldig und... *lustig*.«
»Glauben Sie, Sie werden sie je kennenlernen?«
»Das soll wohl ein Witz sein.«
Sie sagte: »Wissen Sie was?«
»Was?«
»Ich glaube, *wenn* Sie Goldie Hawn sehen würden, wenn sie während einer Party zu Ihnen käme und etwas Komisches sagen würde, etwas Niedliches, und wenn sie auf ihre Weise kichern würde, würden Sie sie nicht einmal erkennen.«
»Oh, ich würde sie erkennen, keine Bange.«
»Nein, das würden Sie nicht. Sie wären zu sehr damit beschäftigt, darüber zu brüten, wie unfair, ungerecht, hart, grausam, öde, gräßlich und dumm das Leben ist, daß Sie die Gelegenheit nicht ergreifen würden. Sie würden die Gelegenheit nicht einmal *bemerken*. Sie wären so sehr in Ihrem Dunstkreis der Niedergeschlagenheit gefangen, daß Sie nicht sehen würden, wer sie ist. Aber welches ist Ihr vierter Grund weiterzuleben?«
Er zögerte: »Angst vor dem Sterben.«
Sie blinzelte ihn an. »Das verstehe ich nicht. Wenn das Leben so schrecklich ist, warum sollte man dann Angst vor dem Tod haben?«

»Ich bin einmal beinahe gestorben. Ich war auf dem Operationstisch und bekam eine Kugel aus der Brust operiert, und ich wäre fast über den Jordan gegangen. Ich schwebte aus meinem Körper heraus und sah den Ärzten eine Weile zu, und dann raste ich immer schneller einen dunklen Tunnel entlang auf grelles Licht zu – das ganze verdammte Szenario.«

Sie war beeindruckt und fasziniert. Ihre klaren blauen Augen waren groß und interessiert. »Und?«

»Ich habe gesehen, was auf der anderen Seite liegt.«

»Es ist Ihnen ernst, nicht?«

»Verdammt ernst.«

»Sie wollen mir erzählen, Sie *wissen*, daß es ein Leben nach dem Tod gibt?«

»Ja.«

»Einen Gott?«

»Ja.«

Sie sagte verblüfft: »Aber wenn Sie *wissen*, daß es einen Gott gibt und wir von dieser Welt in eine andere ziehen, dann muß Ihnen doch klar sein, daß das Leben eine Bedeutung, einen Sinn, hat.«

»Und?«

»Nun, Zweifel am Sinn des Lebens sind bei den meisten Menschen die Ursache für Depressionen und Niedergeschlagenheit. Die meisten von uns… wenn wir erlebt hätten, was Sie erlebt haben, würden wir uns nie wieder Gedanken oder Sorgen machen. Wir hätten Kraft, mit jedem Widersacher fertig zu werden, weil wir wüßten, daß es einen Sinn hat und es ein Leben im Jenseits gibt. Also, was ist mit Ihnen los, Mister? Warum wurden Sie danach nicht erleuchtet? Sind Sie einfach ein dickköpfiger Trottel oder was?«

»Trottel?«

»Beantworten Sie meine Frage.«

Der Fahrstuhl klackte und fuhr vom ersten Stock hinauf.

»Harry kommt«, sagte Sam.

»Beantworten Sie meine Frage.«

»Sagen wir einfach, was ich gesehen habe, hat mir keine Hoffnung gemacht. Es hat mich durch und durch verängstigt.«

»Nun? Lassen Sie mich nicht hängen? Was haben Sie auf der anderen Seite gesehen?«

»Wenn ich Ihnen das sage, werden Sie mich für verrückt halten.«

»Sie haben nichts zu verlieren. Ich glaube schon, daß Sie verrückt sind.«

Er seufzte und schüttelte den Kopf und wünschte sich, er hätte es nie zur Sprache gebracht. Wie hatte sie ihn dazu gebracht, so rückhaltlos offen zu sein?

Der Fahrstuhl war im dritten Stock und hielt an.

Tessa stieß sich von der Arbeitsplatte ab, kam auf ihn zu und sagte: »Verraten Sie mir, was Sie gesehen haben, gottverdammt.«

»Sie werden es nicht verstehen.«

»Was bin ich – eine Schwachsinnige?«

»Oh, Sie werden verstehen, was ich gesehen habe, aber nicht, was es für mich bedeutet.«

»Verstehen *Sie* denn, was es für Sie bedeutet?«

»O ja«, sagte er ernst.

»Werden Sie es mir freiwillig sagen, oder muß ich eine Vorlegegabel aus dem Regal holen und es aus Ihnen herausfoltern?«

Der Fahrstuhl fuhr vom dritten Stock herunter.

Er sah zum Flur. »Ich möchte wirklich nicht darüber sprechen.«

»Nicht, hm?«

»Nein.«

»Sie haben Gott gesehen, wollen aber nicht darüber sprechen.«

»Ganz recht.«

»Bei den meisten ist es so – wenn sie Gott gesehen haben, wollen sie über *nichts anderes* mehr sprechen. Wenn jemand Gott gesehen hat, gründet er eine Religion auf diesem Erlebnis und erzählt *Millionen* davon.«

»Aber ich...«

»Tatsache ist, soweit ich weiß, verändert es die Menschen für alle Zeiten, wenn sie dem Tod so nahe kommen. Und immer zum Besseren. Wenn sie pessimistisch waren, werden sie Optimisten. Wenn sie Atheisten waren werden sie Gläubige. Ihre Wertvorstellungen verändern sich, sie lernen, das Leben zu lieben, sie *strahlen* gottverdammt! Aber Sie nicht. O nein, Sie werden noch mürrischer, noch grimmiger, noch verdrossener.«

Der Fahrstuhl kam im Erdgeschoß zum Stillstand und verstummte.

»Harry kommt«, sagte Sam.

»Erzählen Sie mir, was Sie gesehen haben.«

»Vielleicht kann ich es *Ihnen* erzählen«, sagte er und war überrascht, daß er tatsächlich mit ihr darüber sprechen wollte, wenn Zeit und Ort richtig waren. »Vielleicht Ihnen. Aber später.«

Moose kam in die Küche, er hechelte und grinste sie an, und Harry folgte einen Augenblick später.

»Guten Morgen«, sagte Harry fröhlich.

»Haben Sie gut geschlafen?« fragte Tessa ihn und schenkte ihm ein aufrichtig liebevolles Lächeln, um das Sam ihn beneidete.

Harry sagte: »Tief und fest – aber nicht wie ein Toter, Gott sei Dank.«

»Pfannkuchen?« fragte Tessa ihn.

»Stapelweise, bitte.«

»Eier?«

»Dutzende?«

»Toast?«

»Laibe.«

»Ich mag Männer mit Appetit.«

Harry sagte: »Ich bin die ganze Nacht gelaufen, darum habe ich Hunger.«

»Gelaufen?«

»Im Traum. Ich wurde von Schreckgespenstern verfolgt.«

Während Harry eine Packung Hundefutter unter einem Schränkchen hervorholte und Mooses Schüssel in der Ecke füllte, ging Tessa zur Pfanne, fettete sie wieder ein, sagte Sam, daß er für die Eier verantwortlich sei, und verteilte den ersten Pfannkuchenteig aus der Schüssel in der Pfanne. Nach einem Augenblick sagte sie: »Patti La Belle, ›Stir It

Up‹«, und fing wieder an zu singen und auf der Stelle zu tanzen.

»He, ich kann Ihnen Musik geben, wenn Sie Musik wollen.«

Er rollte zu einem unter dem Tresen angebrachten Radio, das weder Tessa noch Sam bemerkt hatten, schaltete es ein und drehte den Sendersuchlauf bis er einen gefunden hatte, der »I Heard It Through the Grapevine« von Gladys Knight und den Pips spielte.

»*Hervorragend*«, sagte Tessa und hüpfte, wiegte und wippte so enthusiastisch, daß sich Sam nicht erklären konnte, wie sie den Pfannkuchenteig so ordentlich in die Pfanne kippen konnte.

Harry lachte und drehte den motorisierten Rollstuhl im Kreis, als würde er mit ihr tanzen.

Sam sagte: »Ist Ihnen denn nicht klar, daß die Welt um uns herum zusammenbricht?«

Sie achteten gar nicht auf ihn, und er vermutete, daß er es nicht anders verdiente.

13

Chrissie erreichte auf Umwegen, indem sie sich in Regen und Nebel und allen Schatten hielt, die sie finden konnte, den Weg östlich der Conquistador. Sie betrat den Garten von Talbots Haus durch eine Tür im Rotholzzaun und sprang von einem Busch zum nächsten, wobei sie zweimal beinahe in Hundehäufchen trat – Moose war ein erstaunlicher Hund, aber nicht ohne Fehler –, bis sie die Stufen der Veranda erreicht hatte.

Sie hörte drinnen Musik spielen. Es war ein Oldie aus der Zeit, als ihre Eltern Teenager gewesen waren. Es war sogar eines ihrer Lieblingsstücke gewesen. Chrissie konnte sich zwar nicht mehr an den Titel erinnern, aber den Namen der Gruppe kannte sie noch – Junior Walker and the All-Stars.

Sie dachte sich, daß die Musik und der Regen ihre Annäherung übertönen würden, und schlich die Stufen zur Rotholzveranda hinauf und gebückt bis zum nächsten Fenster. Sie kauerte eine Weile unter dem Sims und belauschte die drinnen. Sie unterhielten sich, lachten oft und sangen manchmal die Songs im Radio mit.

Sie hörten sich nicht wie Außerirdische an. Sie hörten sich ganz wie normale Menschen an.

Würde Außerirdischen die Musik von Stevie Wonder und den Four Tops und den Pointer Sisters gefallen? Kaum. Für menschliche Ohren hörte sich außerirdische Musik wahrscheinlich an, als würden Ritter in Rüstungen Dudelsack spielen, während sie gleichzeitig inmitten einer Meute kläffender Hunde eine Steintreppe hinunterfielen. Mehr wie Twisted Sisters als die Pointer Sisters.

Schließlich erhob sie sich so weit, daß sie über den Sims und durch einen Spalt im Vorhang sehen konnte. Sie sah Mr. Talbot in seinem Rollstuhl, Moose und einen fremden Mann und eine Frau. Mr. Talbot klopfte mit der guten Hand den Takt auf der Armlehne des Rollstuhls, und Moose wedelte heftig und unrhythmisch mit dem Schwanz dazu. Der andere Mann schaufelte mit einem Heber Eier aus Bratpfannen auf Teller, wobei er die Frau ab und zu böse ansah, weil ihm vielleicht die Art mißfiel, wie sie mit der Musik mitging, obwohl er selbst mit dem rechten Fuß den Rhythmus tappste. Die Frau machte Pfannkuchen und stapelte sie auf einen Teller im Ofen, sie hüpfte und wippte und tanzte beim Arbeiten; sie bewegte sich anmutig.

Chrissie kauerte sich wieder hinunter und dachte darüber nach, was sie gesehen hatte. Wenn sie Menschen waren, war an ihrem Verhalten nichts Außergewöhnliches, aber wenn sie Außerirdische waren, würden sie sicher nicht zu Radiomusik hüpfen, während sie das Frühstück machten. Chrissie konnte sich kaum vorstellen, daß Außerirdische – wie das Ding, das sich als Pater Castelli verkleidet hatte – einen Sinn für Humor oder ein Gespür für Rhythmus haben würden. Außerirdische kümmerten sich sicherlich nur darum, wie sie neue Wirtskörper übernehmen und neue Rezepte finden könnten, wie man zarte Kinder kochte.

Dennoch beschloß sie zu warten, bis sie die Möglichkeit haben würde, ihnen beim Essen zuzusehen. Nach allem, was Tucker und ihre Mutter gestern nacht auf der Wiese gesagt hatten und was sie beim Frühstück mit Pater Castelli gesehen hatte, war sie der Überzeugung, daß Außerirdische heißhungrig waren und jeder den Appetit von einem halben Dutzend Menschen hatte. Wenn sich Harry Talbot und seine Freunde beim Essen nicht als völlige Schweine entpuppten, könnte sie ihnen wahrscheinlich vertrauen.

14

Loman war in Peysers Haus geblieben und hatte das Aufräumen und den Abtransport der Leichen der Regressiven mit Callans Leichenwagen überwacht. Er hatte Angst, es seine Leute alleine machen zu lassen, weil er fürchtete, der Anblick der mutierten Leichen oder der Geruch des Blutes würde sie anregen, selbst andere Daseinsformen anzunehmen. Er wußte, daß alle – nicht zuletzt er selbst – auf einem Drahtseil über dem Abgrund balancierten. Aus demselben Grund folgte er dem Leichenwagen zum Bestattungsinstitut und blieb bei Callan und seinem Assistenten, bis die Leichen von Peyser und Sholnick den Flammen des Krematoriums übergeben worden waren.

Dann informierte er sich über den Stand der Suche nach Booker, Lockland und Chrissie Foster und nahm einige Änderungen in den Fahrplänen der Streifen vor. Er war im Büro, als der Bericht von Castelli hereinkam, und er fuhr direkt zur Pfarrei von Our Lady of Mercy, um aus erster Hand zu erfahren, wie ihnen das Mädchen hatte entkommen können. Sie waren voll der Entschuldigungen, aber die meisten klangen lahm. Er vermutete, daß sie regressiv geworden waren, um mit dem Mädchen zu spielen, weil es ihnen Nervenkitzel verschaffte, und während sie mit ihr spielten, hatten sie ihr versehentlich eine Möglichkeit gegeben zu entweichen. Selbstverständlich gestanden sie die Regression nicht ein.

Loman verstärkte die Patrouillen in der unmittelbaren Umgebung, aber von dem Mädchen war keine Spur zu sehen. Sie war untergetaucht. Dennoch, da sie in die Stadt gekommen war, anstatt Richtung Autobahn zu fliehen, würden sie sie wahrscheinlich noch vor Ende des Tages finden und verwandeln können.

Um neun Uhr kehrte er in sein Haus am Iceberry Way zurück, um zu frühstücken. Seit er in Peysers blutüberströmtem Bad beinahe regressiv geworden war, schlotterten seine Kleidungsstücke an ihm. Er hatte ein paar Pfund verloren, als der katabolische Prozeß sein eigenes Fleisch verbrannt hatte, um die gewaltige Energie aufzubringen, die zur Regression notwendig war – und um der Regression *Widerstand* zu leisten.

Das Haus war dunkel und still. Denny war zweifellos oben vor dem Computer, wo er gestern abend auch gewesen war. Grace war zur Thomas Jefferson zur Arbeit gegangen, wo sie unterrichtete; sie mußten die Fassade des alltäglichen Lebens aufrechterhalten, bis alle in Moonlight Cove verwandelt worden waren.

Zur Stunde waren noch keine Kinder unter zwölf Jahren verwandelt worden, was teilweise darauf zurückzuführen war, daß sich die Techniker bei New Wave nicht sicher waren, welche Dosis für Kinder die richtige war. Dieses Problem war gelöst worden, und heute nacht würden auch die Kinder aufgenommen werden.

In der Küche blieb Loman einen Augenblick stehen, lauschte dem Regen an den Fenstern und dem Ticken der Uhr.

Er schenkte sich am Waschbecken ein Glas Wasser ein. Er trank es, dann noch eines und noch einmal zwei. Nach der Prüfung bei Peyser war er ausgetrocknet.

Der Kühlschrank war voll mit fünfpfündigen Schinken, Roastbeef, einem halb verspeisten Truthahn, einer Platte Schweinegeschnetzeltem, Hühnerbrüsten, Würsten und Packungen voll Spaghetti Bolognese und Dörrfleisch. Der beschleunigte Stoffwechsel der Neuen Menschen erforderte eine proteinreiche Ernährung. Außerdem hatten sie Heißhunger nach Fleisch.

Er nahm eine Packung Pumpernickel aus dem Brotkasten und setzte sich damit hin – und dem Roastbeef, Schinken und einem Glas Senf. Er blieb eine Weile am Tisch sitzen, schnitt oder riß dicke Scheiben Fleisch ab, legte sie auf senfbeschmiertes Brot und biß gewaltige Bissen mit den Zähnen ab. Essen bereitete ihm nicht mehr soviel Vergnügen wie damals, als er noch ein Alter Mensch gewesen war; jetzt weckten Geschmack und Geruch eine animalische Erregung in ihm, den Kitzel von Gier und Völlerei. Er war in einem gewissen Maß abgestoßen davon, wie er an dem Essen riß und es schluckte, bevor er es richtig gekaut hatte, aber jeder Versuch, sich zurückzuhalten, den er unternahm, wich bald noch fieberhafterem Schlingen. Er verfiel in eine Art Trance und war vom Rhythmus des Kauens und Schluckens wie hypnotisiert. Einmal wurde er klar genug im Kopf, um zu sehen, daß er die Hühnchenbrüste aus dem Kühlschrank geholt hatte und sie heißhungrig verzehrte, obwohl sie roh waren. Er ließ sich rasch wieder in die barmherzige Trance versinken.

Als er mit dem Essen fertig war, ging er nach oben, um nach Denny zu sehen.

Als er die Tür zum Zimmer des Jungen aufmachte, schien zuerst alles so zu sein, wie es gewesen war, als er es das letzte Mal gesehen hatte, gestern abend. Die Jalousien waren heruntergelassen, die Vorhänge zugezogen, das Zimmer dunkel, abgesehen vom grünlichen Leuchten des VDT. Denny saß vor dem Computer und studierte die Daten, die über den Bildschirm flackerten.

Dann sah Loman etwas, das ihm eine Gänsehaut verschaffte.

Er machte die Augen zu.

Wartete.

Machte sie wieder auf.

Es war keine Illusion.

Ihm war übel. Er wollte auf den Flur zurückgehen, die Tür zumachen und vergessen, was er gesehen hatte und weggehen. Aber er konnte sich nicht bewegen, konnte den Blick nicht abwenden.

Denny hatte die Tastatur des Computers entfernt und auf den Boden neben den Stuhl gestellt. Er hatte die Verkleidung der Datenverarbeitungseinheit abgeschraubt. Seine Hände lagen im Schoß, aber sie waren keine richtigen Hände mehr. Die Finger waren grotesk langgezogen und endeten nicht mehr in Kuppen und Fingernägeln, sondern gingen in metallisch aussehende Kabel über, die so dick wie Lampenkordeln waren, sich ins Innere des Computers schlängelten und dort verschwanden.

Denny brauchte die Tastatur nicht mehr.

Er war zum Bestandteil des Systems geworden. Durch seinen Computer und die Modem-Verbindung zu New Wave war Denny eins mit der Sonne geworden.

»Denny?«

Er hatte eine veränderte Daseinsform angenommen, aber keine, wie sie von den Regressiven gesucht wurde.

»Denny?«

Der Junge antwortete nicht.

»*Denny!*«

Ein seltsames leises Klicken und pulsierende elektronische Laute kamen vom Computer.

Loman betrat widerstrebend das Zimmer und ging zum Schreibtisch. Er sah auf seinen Sohn und erschauerte.

Dennys Mund stand offen. Speichel troff ihm am Kinn herunter. Er war durch seinen Kontakt mit dem Computer so gefesselt, daß er sich nicht die Mühe gemacht hatte, zum Essen oder Austreten aufzustehen; er hatte sich in die Hosen uriniert.

Seine Augen waren nicht mehr da. An ihrer Stelle saßen zwei glänzende Kugeln, die wie geschmolzenes Silber aussahen und wie Spiegel funkelten. Sie spiegelten die Daten, die vor ihnen über den Bildschirm wanderten.

Die pulsierenden Laute, leise elektronische Oszillationen, kamen nicht vom Computer, sondern von Denny selbst.

15

Die Eier waren gut, die Pfannkuchen noch besser, der Kaffee so stark, daß er fast die Bemalung der Porzellantassen ablöste, aber nicht so stark, daß man ihn kauen mußte. Beim Essen schilderte Sam ihnen den Plan, den er gemacht hatte, um eine Nachricht aus der Stadt hinaus und zum Bureau zu bringen.

»Ihr Telefon ist immer noch tot, Harry. Ich habe es heute morgen versucht. Und ich glaube nicht, daß wir es riskieren können, zu Fuß oder mit dem Auto die Autobahn zu erreichen, da sie überall Straßensperren haben und Patrouillen unterwegs sind; das muß unser allerletzter Ausweg bleiben. Schließlich sind wir, soweit wir wissen, die einzigen Menschen, die sich darüber im klaren sind, daß hier etwas wirklich... Unglaubliches vor sich geht, das man unbedingt aufhalten muß. Wir und vielleicht diese kleine Foster, von der die Polizisten gestern abend über VDT gesprochen haben.«

»Wenn sie wirklich ein kleines Mädchen ist«, sagte Tessa, »ein Kind, selbst ein Teenager, dürfte sie kaum Chancen gegen sie haben. Wir müssen davon ausgehen, daß sie sie erwischen, wenn sie sie nicht schon haben.«

Sam nickte. »Und wenn sie uns auch festnageln, wenn wir versuchen, die Stadt zu verlassen, ist niemand mehr übrig. Daher sollten wir zuerst eine Vorgehensweise mit geringem Risiko versuchen.«

»*Gibt* es denn eine Vorgehensweise mit geringen Risiken?« fragte sich Harry, während er Eidotter mit einem Stück Toast aufwischte, das er langsam und mit einer rührenden Präzision verzehrte, die daher kam, daß er nur einen Arm gebrauchen konnte.

Sam goß ein wenig Ahornsirup über seine Pfannkuchen und nahm überrascht zur Kenntnis, wieviel er aß, schrieb seinen Appetit aber der Tatsache zu, daß es möglicherweise seine Henkersmahlzeit war; er sagte: »Sehen Sie... dies ist eine verkabelte Stadt.«

»Verkabelt?«

»Computerverbindungen. New Wave gab der Polizei

Computer, daher werden sie ans Netz angeschlossen sein...«

»Und die Schulen«, sagte Harry. »Ich erinnere mich, ich habe letzten Frühling oder Frühsommer in der Zeitung darüber gelesen. Sie haben der Grund- und der High School eine Menge Computer und Software gegeben. Eine Geste öffentlichen Interesses, wie sie es nannten.«

»Sieht ganz so aus, als wäre das nicht der einzige Grund, was?« sagte Tessa.

»Verdammt richtig.«

Tessa sagte: »Sieht ganz so aus, als hätten sie ihre Computer aus denselben Gründen in den Schulen haben wollen, weshalb sie die Polizei computerisieren wollten – um alle eng mit New Wave zu verknüpfen, damit sie sie überwachen und kontrollieren konnten.«

Sam legte die Gabel weg. »New Wave beschäftigt, wieviel, etwa ein Drittel der Gesamtbevölkerung der Stadt, nicht?«

»Wahrscheinlich«, sagte Harry. »Moonlight Cove ist erst gewachsen, nachdem sich New Wave vor zehn Jahren hier niedergelassen hat. Es ist in gewisser Weise eine altmodische Industriestadt – das Leben hängt nicht nur vom Hauptarbeitgeber ab, sondern gruppiert sich auch gesellschaftlich um seine Person.«

Nachdem er etwas Kaffee getrunken hatte, der so stark war, daß er beinahe wie Schnaps brannte, sagte Sam: »Ein Drittel der Bevölkerung... das läuft auf ungefähr vierzig Prozent der Erwachsenen hinaus.«

Harry sagte: »Schon möglich.«

»Und man muß davon ausgehen, daß alle Mitarbeiter von New Wave an der Verschwörung beteiligt sind und zu den ersten gehörten, die... verwandelt wurden.«

Tessa nickte. »Davon gehe ich aus.«

»Und sie müssen sich natürlich besonders für Computer interessieren, denn sie arbeiten ja in der Branche, daher kann man als sicher annehmen, daß alle einen Computer zu Hause haben.«

Harry stimmte zu.

»Und zweifellos kann man viele, wenn nicht alle Heimcomputer per Modem direkt mit New Wave verbinden, daher können sie abends oder an Wochenenden zu Hause arbeiten, falls erforderlich. Und da der Plan der Verwandlungen sich dem Ende nähert, möchte ich wetten, daß alle rund um die Uhr arbeiten; es müssen die halbe Nacht hindurch Daten über ihre Telefonleitungen hin und her fliegen. Wenn Harry mir jemanden in diesem Block hier nennen kann, der für New Wave arbeitet...«

»Mehrere«, sagte Harry.

»...dann könnte ich mich im Regen hinausschleichen, zu ihrem Haus gehen und herausfinden, ob jemand zu Hause ist. Um diese Zeit arbeiten sie wahrscheinlich. Wenn niemand da ist, kann ich möglicherweise mit deren Telefon einen Anruf hinaus bewerkstelligen.«

»Moment, Moment«, sagte Tessa. »Was soll das mit den Telefonen. Die Telefone funktionieren nicht.«

Sam schüttelte den Kopf. »Wir wissen nur, daß die öffentlichen Fernsprecher nicht funktionieren und der von Harry nicht. Aber bedenken Sie: New Wave kontrolliert den Computer der Telefongesellschaft, daher können sie sich wahrscheinlich aussuchen, welche Leitungen sie lahmlegen wollen. Ich wette, sie haben die derjenigen, die diese... Verwandlung bereits hinter sich haben, nicht unterbrochen. Sie können sich ja nicht *selbst* isolieren. Besonders jetzt nicht, in einer Krisensituation und da ihr Plan so gut wie abgeschlossen ist. Die Chancen sind größer als fünfzig Prozent, daß sie nur die Leitungen lahmgelegt haben, die wir ihrer Meinung nach erreichen können – Telefonzellen, öffentliche Fernsprecher – wie im Motel – und die Telefone in den Häusern der Leute, die noch nicht verwandelt worden sind.«

16

Angst erfüllte Loman Watkins, sättigte ihn so sehr, daß man sie aus ihm hätte auswringen können, wenn sie Substanz gehabt hätte, und zwar in rauhen Mengen, die es durchaus mit denen aufnehmen könnten, welche momentan gerade vom Himmel strömten. Er hatte Angst vor sich selbst, vor dem, was er werden könnte. Er hatte auch Angst um seinen Sohn, der in völlig fremder Gestalt am Computer saß. Und er hatte Angst *vor* seinem Sohn, das konnte er nicht leugnen, er ängstigte sich fast zu Tode vor ihm und konnte es nicht über sich bringen, ihn zu berühren.

Eine Datenflut flackerte als grüner Strom über den Bildschirm. Dennys funkelnde, flüssige Silberaugen – die wie Quecksilberpfützen in den Höhlen aussahen – reflektierten den leuchtenden Strom der Buchstaben, Zahlen, Grafiken und Karten. Ohne zu blinzeln.

Loman erinnerte sich, was Shaddack in Peysers Haus gesagt hatte, als er gesehen hatte, daß der Mann in eine wölfische Gestalt degeneriert war, die unmöglich Teil der menschlichen genetischen Geschichte gewesen sein konnte. Regression sei nicht nur – oder gar hauptsächlich – ein physischer Prozeß. Sie sei ein Beispiel, wie der Verstand über die Materie triumphierte, wie das Bewußtsein die Gestalt bestimmte. Weil sie keine gewöhnlichen Menschen mehr sein konnten und weil sie das Leben als Neue Menschen ohne Gefühle einfach nicht mehr ertragen konnten, suchten sie veränderte Daseinsformen, in denen das Leben erträglicher war. Und der Junge hatte *dieses* Dasein gewählt, war Kraft seines Willens zu diesem grotesken Ding geworden.

»Denny?«

Keine Antwort.

Der Junge war vollkommen stumm geworden. Er gab nicht einmal mehr elektronische Geräusche von sich.

Die Metallkabel, in die die Finger des Jungen übergingen, vibrierten unablässig und pulsierten manchmal, als würde dickflüssiges, unmenschliches Blut durch sie fließen und zwischen den organischen und anorganischen Komponenten des Mechanismus wechseln.

Lomans Herz schlug so schnell, wie er gelaufen wäre, hätte er fliehen können. Aber das Gewicht seiner Angst hielt ihn fest. Schweiß war ihm ausgebrochen. Er bemühte sich, die gewaltige Mahlzeit nicht zu erbrechen, die er gerade zu sich genommen hatte.

Er überlegte sich verzweifelt, was er tun sollte, und sein erster Gedanke war, Shaddack anzurufen und um Hilfe zu bitten. Shaddack würde sicher verstehen, was sich hier abspielte, er würde wissen, wie man diese teuflische Metamorphose umkehren und Denny seine menschliche Gestalt wiedergeben könnte.

Aber das war Wunschdenken. Das Projekt Moonhawk war außer Kontrolle und folgte dunklen Wegen zu mitternächtlichen Schrecken, die Tom Shaddack nicht vorhergesehen hatte und nicht abwenden konnte.

Außerdem würde es Shaddack keine Angst machen, was Denny zustieß. Er würde entzückt sein, überschwenglich. Shaddack würde den Zustand des Jungen als *höhere* veränderte Daseinsform betrachten, ebenso erstrebenswert, wie die niedere Stufe der Regressiven verabscheuungswürdig und widerlich war. Hier war das, was Shaddack wirklich suchte, die erzwungene Verwandlung von Mensch in Maschine.

In der Erinnerung konnte Loman Shaddack noch jetzt in Peysers blutbespritztem Badezimmer sagen hören:»...*ich kann nur nicht verstehen, warum die Regressiven sich allesamt für einen submenschlichen Zustand entschieden haben. Sie haben doch sicher die Kraft in sich, eine Evolution durchzumachen, keine Devolution, sich über das menschliche Dasein hinaus zu etwas Höherem, Sauberem, Reinerem zu erheben*...«

Loman war sicher, daß Dennys sabbernde, silberäugige Inkarnation keine höhere Form der gewöhnlichen menschlichen Existenz war, weder sauberer noch reiner. Sie war auf ihre Weise ebenso eine Regression wie Mike Peysers Degeneration in seine wolfsähnliche Gestalt oder Coombs' Abstieg in affenartige Primitivität. Denny hatte, genau wie Peyser, seine intellektuelle Individualität aufgegeben, um dem Wissen um das emotionslose Leben eines Neuen Menschen zu entfliehen; anstatt zum Mitglied einer Meute submenschlicher Bestien zu werden, war er zu einer von vielen Datenverarbeitungseinheiten in einem komplexen Computernetz geworden. Er hatte den letzten Rest des Menschlichen in sich – seinen Verstand – abgestreift und war zu etwas Einfacherem als einem überlegenen und komplexen Menschen geworden.

Ein Speichelfaden troff von Dennys Kinn und erzeugte einen nassen Fleck auf dem Jeansstoff seiner Hose.

Empfindest du noch Angst? überlegte Loman. Du kannst nicht lieben. Nicht mehr als ich. Aber hast du jetzt noch Angst vor etwas?

Sicher nicht. Maschinen kannten keine Angst.

Loman konnte nach seiner Verwandlung kein anderes Gefühl als Angst mehr empfinden, und seine Tage und Nächte waren zu einer einzigen langen Prüfung der Angst unterschiedlicher Heftigkeit geworden; aber er hatte auf eine perverse Weise gelernt, die Angst zu lieben, sie zu verehren, weil sie die einzige Empfindung war, die ihn in Kontakt mit dem Mann hielt, der er vor seiner Verwandlung gewesen war. Wenn man ihm auch seine Angst nähme, würde er zu einer Maschine aus Fleisch verkommen. Dann würde sein Leben überhaupt keine menschliche Dimension mehr haben.

Denny hatte sein letztes kostbares Gefühl aufgegeben. Er hatte nur noch wenig, mit dem er seine endlosen grauen Tage aufhellen konnte, nämlich Logik, Vernunft, endlose Ketten von Berechnungen, die niemals endende Absorption und Interpolation von Fakten. Und wenn Shaddack recht hatte, was das verlängerte Leben der Neuen Menschen anbetraf, würden diese Tage sich zu Jahren ausdehnen.

Plötzlich gab der Junge wieder die unheimlichen elektronischen Geräusche von sich. Sie hallten von den Wänden.

Diese Laute waren so seltsam wie die kalten, klagenden Lieder von Lebewesen, die in den tiefsten Tiefen des Meeres hausten.

Wenn er Shaddack anrief und ihm Denny in diesem Zustand zeigte, würde er den Wahnsinnigen in seinem irren und unheiligen Vorhaben bestärken. Wenn er erst einmal verstanden hätte, was Denny geworden war, fände Shaddack vielleicht einen Weg, alle Neuen Menschen dazu anzuregen oder zu zwingen, sich in ähnlich identische, durch und durch kybernetische Organismen zu verwandeln. Diese Vorstellung peitschte Lomans Angst zu neuen Höhen.

Das Kind-Ding verstummte wieder.

Loman zog den Revolver aus dem Halfter. Seine Hand zitterte heftig.

Daten huschten immer wahnwitziger über den Schirm und schwammen gleichzeitig über die Oberfläche von Dennys geschmolzenen Augen.

Während er das Geschöpf betrachtete, das einmal sein Sohn gewesen war, kramte Loman Erinnerungen aus der Truhe seines Lebens vor der Verwandlung und versuchte verzweifelt, etwas von dem zu beschwören, was er einst für Denny empfunden hatte – die Liebe eines Vaters zu seinem Sohn, den süßen Schmerz des Stolzes, die Hoffnungen für die Zukunft des Jungen. Er erinnerte sich an Angelausflüge, die sie zusammen unternommen hatten, an Abende vor dem Fernseher, Lieblingsbücher, die sie beide gelesen und über die sie sich unterhalten hatten, viele Stunden, die sie glücklich gemeinsam an wissenschaftlichen Projekten für die Schule gearbeitet hatten, das Weihnachtsfest, zu dem Denny sein erstes Fahrrad bekommen hatte, die erste Verabredung des Jungen, als er nervös die Tochter der Talmadges nach Hause gebracht hatte, damit sie seine Eltern kennenlernte… Loman konnte Erinnerungen an all das heraufbeschwören, deutliche Bilder der Erinnerung, aber sie konnten ihn nicht glücklich machen. Er wußte, er sollte *etwas* empfinden, wenn er sein einziges Kind umbringen wollte, mehr als Angst, aber dazu war er nicht mehr imstande. Um das zu erhalten, was noch von einem Menschen in ihm war, sollte er sich mindestens eine Träne herauspressen können, mindestens eine, wenn er den Abzug der Smith & Wesson betätigte, aber seine Augen blieben trocken.

Dann platzte etwas ohne Vorwarnung aus Dennys Stirn.

Loman schrie auf und taumelte überrascht zwei Schritte zurück.

Zuerst hielt er das Ding für einen Wurm, denn es glänzte ölig und war in Segmente unterteilt und so dick wie ein Bleistift. Aber je weiter es herauskam, desto deutlicher sah er, daß es mehr metallisch als organisch war und in einem Stecker endete, der etwa dreimal so dick war wie der ›Wurm‹ selbst. Es schwankte vor Dennys Gesicht hin und her wie der Fühler eines unvergleichlich widerwärtigen Insekts und wurde länger und länger, bis es den Computer berührte.

Er *will*, daß das passiert, sagte sich Loman.

Das war die Macht von Verstand über Materie, keine kurzgeschlossene Genetik. Greifbar gemachte Geisteskraft, nicht amoklaufende Biologie. Dies war es, was der Junge werden wollte, und wenn dies das einzige Leben war, das er jetzt noch ertragen konnte, die einzige Existenz, die er begehrte, warum sollte er sie dann nicht bekommen dürfen?

Der gräßliche wurmartige Fortsatz sondierte den freigelegten Mechanismus, wo einmal die Abdeckplatte gewesen war. Er verschwand im Inneren und stellte eine Verbindung her, die dem Jungen ein intimeres Band mit Sonne verschaffte, als es nur mit seinen mutierten Händen und Quecksilberaugen möglich gewesen wäre.

Ein hohles, elektronisches Heulen, das einem das Blut in den Adern gefrieren ließ, drang aus dem Mund des Jungen, obwohl er weder Lippen noch die Zunge bewegte.

Lomans Angst zu handeln war größer geworden als seine Angst davor, *nicht* zu handeln. Er kam näher, hielt dem Jungen die Mündung des Revolvers an die rechte Schläfe und feuerte zwei Schuß ab.

17

Chrissie, die auf der Veranda kauerte, sich an die Hauswand lehnte und ab und zu vorsichtig hochkam und die drei Menschen beobachtete, die um den Frühstückstisch saßen, kam allmählich zu der Überzeugung, daß sie ihnen trauen konnte. Sie konnte im dumpfen Prasseln und Rauschen des Regens und bei geschlossenem Fenster nur Bruchstücke ihrer Unterhaltung verstehen. Aber nach einer Weile war ihr klar, daß sie wußten, daß etwas in Moonlight Cove ganz und gar nicht stimmte. Die beiden Fremden schienen sich in Mr. Talbots Haus zu verstecken und waren ebenso auf der Flucht wie sie. Sie arbeiteten offenbar an einem Plan, Hilfe von den Behörden außerhalb von Moonlight Cove zu holen.

Sie entschied sich dagegen, an die Tür zu klopfen. Sie bestand aus solidem Holz, ohne Scheiben in der oberen Hälfte, daher würden sie nicht sehen können, wer klopfte. Sie hatte genug gehört, um zu wissen, daß sie nervös waren, vielleicht nicht so gründlich mit den Nerven am Ende wie sie selbst, aber eindeutig zappelig. Ein unerwartetes Klopfen an der Tür würde ihnen allen einen Herzanfall verschaffen – oder vielleicht würden sie zu den Waffen greifen und die Tür in Stücke pusten – und sie mit ihr.

Statt dessen stand sie auf, so daß sie deutlich zu sehen war, und klopfte an die Fensterscheibe.

Mr. Talbot riß verblüfft den Kopf hoch und deutete mit dem Finger auf sie, aber noch während er das tat, schnellten der andere Mann und die Frau auf die Füße wie Marionetten, an deren Fäden plötzlich gezogen worden war. Moose bellte einmal, zweimal. Die drei Menschen – und der Hund – starrten Chrissie überrascht an. Ihren Gesichtern nach zu urteilen, hätte sie ein kettensägenschwingender Wahnsinniger sein können, der eine Ledermaske vor dem verunstalteten Gesicht trug, und nicht ein in Not geratenes elfjähriges Mädchen.

Sie vermutete aber, daß im von Außerirdischen infiltrierten Moonlight Cove im Augenblick sogar ein mitleiderregendes, vom Regen durchnäßtes, erschöpftes kleines Mädchen ein Objekt des Entsetzens für all diejenigen sein konnte, die nicht wußten, daß sie immer noch ein Mensch war. In der Hoffnung, damit ihre Ängste zerstreuen zu können, rief sie laut durch die geschlossene Fensterscheibe:

»Helfen Sie mir, bitte, helfen Sie mir.«

18

Die Maschine schrie. Ihr Schädel platzte unter der Wucht der beiden Schüsse, und sie wurde aus dem Sitz geschleudert, fiel auf den Boden des Zimmers und riß den Stuhl mit sich. Die langgezogenen Finger wurden vom Computer gerissen. Die segmentierte wurmartige Sonde riß in der Mitte zwischen dem Computer und der Stirn, aus der sie gewachsen war, in zwei Hälften. Das Ding lag zappelnd und zuckend auf dem Boden.

Loman mußte denken, daß es eine Maschine war. Er durfte nicht daran denken, daß es sein Sohn war. Das war zu schrecklich.

Das Gesicht war entstellt, die Wucht der Kugeln, die den Schädelknochen durchdrangen, hatten eine verformte, asymetrische, surrealistische Maske daraus gemacht.

Die silbernen Augen waren schwarz geworden. Jetzt sah es so aus, als wären Ölpfützen, nicht Quecksilber, in den Augenhöhlen des Dings.

Zwischen den zerschmetterten Knochenstücken sah Loman nicht nur die graue Gehirnmasse, die er erwartet hatte, sondern etwas, das wie Drahtspulen aussah, glitzernde Scherben, die fast wie Keramik wirkten, seltsame geometrische Formen. Neben Blut strömte blauer Rauch aus den Wunden.

Die Maschine schrie immer noch.

Die elektronischen Schreie kamen nicht mehr von dem Kind-Ding, sondern aus dem Computer auf dem Schreibtisch. Diese Laute waren so bizarr, daß sie in der Maschinenhälfte des Organismus ebenso fehl am Platze wirkten wie in der Menschenhälfte.

Loman wurde klar, daß es keine eindeutig elektronischen Schreie waren. Sie hatten auch einen Unterton und eine Eigenheit, die auf entnervende Weise menschlich waren.

Die Datenströme auf dem Bildschirm hörten auf zu wandern. Ein Wort wurde hundertfach wiederholt und füllte Zeile für Zeile den gesamten Bildschirm aus:

NEIN NEIN NEIN NEIN NEIN NEIN NEIN NEIN NEIN NEIN NEIN…

Er wußte plötzlich, daß Denny nur halb tot war. Der Teil

des Jungen, der im Körper gewohnt hatte, war ausgelöscht, aber ein Bruchstück seines Bewußtseins lebte irgendwie noch in diesem Computer und wurde von Silikon statt von Gehirngewebe am Leben erhalten. *Dieser* Teil von ihm schrie mit der maschinenkalten Stimme.

Auf dem Bildschirm:

WO IST DER REST VON MIR WO IST DER REST VON MIR WO IST DER REST VON MIR NEIN NEIN NEIN NEIN NEIN NEIN NEIN...

Loman war zumute, als wäre sein Blut Eis, das von einem Herz gepumpt wurde, welches ebenso gefroren war wie das Fleisch unten in der Tiefkühltruhe. Er hatte noch nie eine Kälte gespürt, die so tief wie diese reichte.

Er wich von dem gestürzten Leichnam zurück, der endlich aufgehört hatte zu zucken, und richtete die Waffe auf den Computer. Er feuerte die Waffe in den Computer leer, zuerst in den Bildschirm. Da Jalousien und Vorhänge zugezogen waren, war es in dem Zimmer fast dunkel. Er schoß die Elektronik in Fetzen. Tausende Funken glommen in der Schwärze und sprühten aus der Datenverarbeitungsanlage. Dann starb die Maschine mit einem letzten Aufbäumen und Knirschen, und es herrschte wieder Dunkelheit.

Die Luft stank nach verschmorter Isolierung. Und Schlimmerem.

Loman ging aus dem Zimmer und zur Treppe. Dort blieb er einen Moment stehen und lehnte sich ans Geländer. Dann ging er in die Diele hinunter.

Er lud den Revolver nach und steckte ihn ins Halfter.

Er ging in den Regen hinaus.

Er stieg ins Auto ein und ließ den Motor an.

»Shaddack«, sagte er laut.

19

Tessa nahm das Mädchen sofort in ihre Obhut. Sie führte sie nach oben, ließ Harry und Sam und Moose in der Küche, und zog ihr die nassen Sachen aus.

»Deine Zähne klappern, Liebes.«

»Ich kann froh sein, daß ich noch Zähne zum Klappern habe.«

»Deine Haut ist eindeutig blau.«

»Ich kann froh sein, daß ich noch eine Haut habe«, sagte das Mädchen.

»Mir ist auch aufgefallen, daß du hinkst.«

»Ja. Verstauchter Knöchel.«

»Sicher, daß er nur verstaucht ist?«

»Ja. Nichts Ernstes. Außerdem...«

»Ich weiß«, sagte Tessa. »Du kannst froh sein, daß du noch Knöchel *hast*.«

»Richtig. Ich könnte mir vorstellen, daß Außerirdische Knöchel besonders schmackhaft finden, so wie manche Leute Eisbein. Huch.«

Sie saß im Gästezimmer auf der Bettkante und hatte eine Wolldecke um den nackten Körper geschlungen, und sie wartete, währen Tessa ein Laken aus dem Schrank holte sowie mehrere Sicherheitsnadeln, die sie in einem Nähkästchen im selben Schrank gesehen hatte.

Tessa sagte: »Harrys Kleidungsstücke sind dir viel zu groß, daher wickeln wir dich vorerst in ein Laken. Bis deine Kleider trocken sind, kannst du nach unten kommen und Harrys und Sam und mir alles erzählen.«

»War ein ziemliches Abenteuer«, sagte das Mädchen.

»Ja, du siehst aus, als hättest du eine Menge durchgemacht.«

»Würde ein tolles Buch werden.«

»Magst du Bücher?«

»O ja, ich liebe Bücher.«

Sie wurde rot, war aber offensichtlich entschlossen, sich weltmännisch zu geben, als sie aufstand, die Decke abstreifte und sich von Tessa in das Laken hüllen ließ. Tessa steckte es als eine Art Toga zusammen.

Während Tessa arbeitete, sagte Chrissie: »Ich glaube, ich werde eines Tages einmal ein Buch über das alles schreiben. Ich werde es *Die Geißel der Außerirdischen* oder vielleicht *Die außerirdische Königin* nennen, aber selbstverständlich nur dann, wenn sich herausstellt, daß es tatsächlich irgendwo eine Königin gibt. Vielleicht vermehren sie sich gar nicht wie Insekten oder Tiere. Vielleicht sind sie im Grunde genommen eine Art pflanzlicher Lebensform, dann müßte ich das Buch irgendwie *Weltraumsamen* oder *Pflanzen aus der Unendlichkeit* nennen oder vielleicht *Mörderische Marspilze*. Manchmal ist es gut, wenn man eine Alliteration im Titel verwendet. Alliterationen. Finden Sie dieses Wort nicht auch toll? Es klingt so hübsch. Ich mag Worte. Natürlich könnte man auch immer einen poetischeren Titel wählen, einen packenderen, so wie *Außerirdische Wurzeln, Außerirdische Blätter*. He, wenn sie Pflanzen sind, haben wir vielleicht Glück, vielleicht werden sie dann einmal von Blattläusen oder Würmern getötet, da sie keine Abwehrstoffe gegen irdische Krankheiten entwickelt haben können, so wie die Marsianer in *Krieg der Welten* von ein paar irdischen Viren getötet werden.«

Tessa wollte ihr nicht sagen, daß ihre Gegner nicht von den Sternen stammten, denn ihr machte das unermüdliche Plappern des Mädchens Spaß. Dann merkte sie, daß Chrissies linke Hand verletzt war. Die Handfläche war böse aufgeschürft, in der Mitte war das rohe Fleisch zu sehen.«

»Das ist passiert, als ich vom Dach der Pfarrei gestürzt bin«, sagte das Mädchen.

»Du bist vom Dach gefallen?«

»Ja. Mann, *das* war aufregend. Sehen Sie, das Wolf-Ding kam durchs Fenster und hat mich verfolgt, und ich hatte keine andere Wahl. Bei dem Sturz habe ich mir auch den Knöchel verstaucht, und dann mußte ich durch den Garten zur Hintertür laufen, ehe sie mich erwischen konnten. Wissen Sie, Miß Lockland…«

»Bitte nenn mich Tessa.«

Chrissie war offenbar nicht daran gewöhnt, Erwachsene mit ihren Vornamen anzusprechen. Sie runzelte die Stirn und war einen Augenblick stumm, während sie über die Aufforderung, leger zu sein, nachdachte. Schließlich kam sie zum Ergebnis, daß es unhöflich wäre, nicht den Vornamen zu gebrauchen, wenn sie darum gebeten wurde.

»Okay… Tessa. Nun, wie auch immer, ich kann nicht sagen, was die Außerirdischen als wahrscheinlichstes tun werden, wenn sie uns erwischen. Vielleicht unsere Nieren essen? Oder uns ganz verspeisen? Vielleicht schieben sie uns auch einfach nur außerirdische Mistkäfer in die Ohren, und die Käfer kriechen in unser Gehirn und übernehmen uns. Wie dem auch sei, ich finde, es lohnt sich, von einem Dach zu stürzen, um ihnen zu entkommen.«

Als sie die Toga zusammengesteckt hatte, führte Tessa Chrissie über den Flur ins Bad und suchte im Medizinschränkchen nach etwas, womit sie die Schürfwunde behandeln konnte. Sie fand eine Flasche Jod mit verblaßtem Etikett, eine halb leere Rolle Pflaster und eine Packung Mullstücke, die so alt waren, daß die einzelnen Papierhüllen schon vergilbt waren. Der Mull selbst sah frisch und weiß aus, das Jod war auch von der Zeit nicht verdorben worden und noch kräftig genug.

Chrissie saß barfuß, in ihrer Toga und mit zerzaustem, trocknendem Haar auf dem heruntergeklappten Deckel der Toilette und ließ die Behandlung ihrer Verletzung stoisch über sich ergehen. Sie protestierte nicht und schrie nicht vor Schmerzen auf – verzog nicht einmal eine Miene.

Aber sie redete. »Das war das zweite Mal, daß ich von einem Dach gestürzt bin, daher nehme ich an, ich habe einen Schutzengel, der über mich wacht. Vor etwa eineinhalb Jahren, im Frühling, bauten diese Vögel – ich glaube, sie werden Stare genannt – ein Nest auf dem Dach eines unserer Ställe daheim, und ich *mußte* einfach sehen, wie die Babyvögel in dem Nest aussahen, daher nahm ich eine Leiter, als meine Eltern nicht in der Nähe waren, und wartete darauf, bis die Vogelmama davonflog, um Essen zu holen, und dann kletterte ich ganz schnell hinauf, um sie mir anzusehen. Ich kann Ihnen sagen, bevor sie ihre Federn bekommen, sind Babyvögel so ziemlich das Häßlichste, das man sich vorstellen kann – ausgenommen natürlich Außerirdische. Sie waren runzlige, faltige kleine Dinger, nur Schnäbel und Augen und kleine Stummelflügel, wie mißgebildete Arme. Wenn menschliche Babys nach der Geburt so schlimm aussehen würden, hätten die ersten Menschen vor ein paar Millionen Jahren ihre Neugeborenen das Klo runtergespült – wenn sie ein Klo gehabt hätten –, und hätten nicht *gewagt*, weitere zu bekommen, und damit wäre die ganze menschliche Rasse ausgestorben, bevor sie richtig angefangen hätte.«

Tessa betupfte die Verletzung immer noch mit Jod und bemühte sich erfolglos, nicht zu grinsen, und sie sah auf und stellte fest, daß Chrissie die Augen fest zudrückte, die Nase rümpfte und sich größte Mühe gab, tapfer zu sein.

»Dann kamen Mama- und Papavogel zurück«, sagte Chrissie, »sahen mich an dem Nest und flogen mir kreischend ins Gesicht. Ich bin so erschrocken, daß ich ausrutschte und vom Dach fiel. Damals habe ich mir überhaupt nicht weh getan – aber ich bin in Pferdemist gelandet. Das ist überhaupt nicht witzig, ich kann Ihnen sagen. Ich liebe Pferde, aber sie wären noch liebenswerter, wenn man ihnen beibringen könnte, eine Kiste zu benützen, so wie Katzen.»

Tessa war vernarrt in das Kind.

20

Sam stützte die Ellbogen auf den Küchentisch, beugte sich vor und hörte Chrissie Foster aufmerksam zu. Tessa hatte die Schreckgespenster zwar im Cove Lodge beim Töten gehört und einen unter der Tür ihres Zimmers hindurch gesehen, und Harry hatte sie bei Nacht und Nebel aus der Ferne beobachtet, und Sam hatte gestern nacht zwei vor dem Fenster von Harrys Wohnzimmer gesehen, aber das Mädchen war die einzige unter ihnen, die sie mehrmals aus nächster Nähe gesehen hatte.

Doch Sam schenkte ihr nicht nur wegen ihres einmaligen Erlebnisses seine Aufmerksamkeit. Er war fasziniert von ihrer unbeschwerten Art, ihrem Humor und ihrer Redegewandtheit. Sie besaß offensichtlich bemerkenswerte innere Kraftreserven und echte Zähigkeit, sonst hätte sie die vergangene Nacht und die Ereignisse dieses Vormittags nicht überlebt. Und doch blieb sie bezaubernd unschuldig, zäh, aber nicht hart. Sie gehörte zu den Kindern, die einem Hoffnung für die ganze verdammte Menschheit geben.

Ein Kind wie Scott eins gewesen war.

Daher war Sam so fasziniert von Chrissie Foster. Er sah das Kind in ihr, das Scott gewesen war. Bevor er… sich verändert hatte. Er betrachtete das Mädchen mit einem Bedauern, das so stark war, daß es sich als dumpfe Schmerzen in der Brust und einen Kloß im Hals manifestierte, und hörte ihr zu, aber nicht nur, um die Informationen zu bekommen, die sie preiszugeben hatte, sondern mit der unrealistischen Erwartung, daß er begreifen könnte, weshalb sein Sohn Unschuld und Hoffnung verloren hatte, wenn er sie studierte.

21

Tucker und seine Meute schliefen in der Dunkelheit im Keller der Ikarus-Kolonie nicht, denn das brauchten sie nicht. Sie lagen zusammengerollt in der undurchdringlichen Schwärze. Von Zeit zu Zeit paarten er und das andere Männchen sich mit dem Weibchen, sie zerrten mit wilder Wut aneinander, rissen Fleisch auf, das sofort wieder zu heilen anfing und ließen Blut fließen, weil es ihnen eben Lust bereitete – unmoralische Freaks beim Spielen.

Dunkelheit und die kahle Enge ihres Betonbaus trugen zu Tuckers wachsender Desorientierung bei. Er erinnerte sich stündlich weniger an seine Existenz vor der gestrigen aufregenden Jagd. Er hatte kein Selbstwertgefühl mehr. Individualität durfte während der Jagd nicht bei der Meute ermutigt werden, und hier im Bau war sie eine noch weniger erstrebenswerte Eigenschaft; in diesem fensterlosen, klaustrophobisch engen Raum war es erforderlich, das Selbst der Gruppe unterzuordnen.

Seine Tagträume waren erfüllt von Bildern dunkler, wilder Schatten, die durch nächtliche Wälder und über Wiesen im Mondschein schlichen. Wenn ihm gelegentlich eine Erinnerung an menschliche Gestalten durch den Kopf schoß, war ihm ihr Ursprung ein Geheimnis; mehr noch, er hatte Angst davor und konzentrierte seine Fantasie alsbald wieder auf Laufen-Jagen-Paaren-Szenen, in denen er nur Teil der Meute war, ein Aspekt eines einzigen Schattens, ein Glied eines größeren Organismus und von der Notwendigkeit zu denken befreit, nur vom Verlangen erfüllt, zu *sein*.

Einmal merkte er, daß er seine wolfsähnliche Gestalt aufgegeben hatte, weil sie zu einengend geworden war. Er wollte nicht mehr der Anführer der Meute sein, denn diese Position brachte zuviel Verantwortung mit sich. Er wollte überhaupt nicht denken. Nur sein. *Sein*. Die Einengungen aller körperlichen Formen schienen unerträglich zu sein.

Er spürte, daß das andere Männchen und das Weibchen seine Degeneration spürten und seinem Beispiel folgten.

Er spürte, wie sein Fleisch zerfloß, wie sich Knochen auflösten und Organe und Gefäße Form und Funktion aufgaben. Er entwickelte sich über den urzeitlichen Affen hinaus zurück, weiter zurück als das vierbeinige Ding, das vor Jahrmillionen mühsam aus dem Urmeer gekrochen war, weiter zurück, weiter zurück, bis er nur noch eine Masse pulsierenden Gewebes war, protoplasmatische Ursuppe, die in der Dunkelheit im Keller der Ikarus-Kolonie waberte.

22

Loman läutete an der Tür von Shaddacks Haus an der Nordspitze, und Evan, sein Diener, antwortete.

»Tut mir leid, Chief Watkins, aber Mr. Shaddack ist nicht hier.«

»Wo ist er hin?«

»Das weiß ich nicht.«

Evan gehörte zu den Neuen Menschen. Um ganz sicherzugehen, daß er ihn beseitigt hatte, schoß er ihm zweimal in den Kopf und dann zweimal in die Brust, als er auf dem Boden der Diele lag, um Hirn und Herz zu zerstören. Oder Datenprozessor und Pumpe. Was war jetzt erforderlich – biologische oder mechanische Terminologie? Wie weit waren sie schon zu Maschinen geworden?

Loman machte die Tür hinter sich zu und stieg über Evans' Leichnam. Nachdem er die verschossenen Patronen des Revolvers nachgefüllt hatte, durchsuchte er das riesige Haus Zimmer für Zimmer, Stockwerk für Stockwerk nach Shaddack.

Er wünschte sich, er könnte von Rachedurst getrieben werden, könnte vor Wut verzehrt werden und Befriedigung dabei empfinden, wenn er Shaddack zu Tode prügelte, aber diese Empfindungen wurden ihm nicht gegönnt. Der Tod seines Sohnes hatte das Eis in seinem Herzen nicht schmelzen können. Er konnte weder Trauer noch Wut verspüren.

Indem er Shaddack tötete – der ständig mittels einer einfachen Herztelemetrieeinrichtung mit dem Supercomputer bei New Wave verbunden war –, würde er ein Programm in Sonne aktivieren, das einen Todesbefehl per Mikrowelle aussenden würde. Diese Übertragung würde von sämtlichen Mikrokugelcomputern im Gewebe der Neuen Menschen empfangen werden. Wenn er den Todesbefehl erhielt, würde jeder biologisch interaktive Computer in jedem Neuen Menschen auf der Stelle das Herz seines Wirtskörpers töten. Alle Verwandelten in Moonlight Cove würden sterben. Auch er würde sterben.

Aber das machte ihm nichts mehr aus. Seine Angst vor dem Tod war längst nicht mehr so stark wie die Angst vor dem Weiterleben, besonders da er entweder als Regressiver oder als das unvergleichlich schimmere Ding, zu dem Denny geworden war, weiterleben mußte.

Er sah sich im Geiste selbst in diesem erbärmlichen Zustand – glänzende Quecksilberaugen, eine wurmgleiche Sonde, die, ohne zu bluten, aus seiner Stirn hervorbrach und eine obszöne Verbindung mit dem Computer suchte. Wenn ängstliches Zittern tödlich gewesen wäre, hätte er hier auf der Stelle sein Leben ausgeschlottert.

Da er Shaddack nicht im Haus fand, fuhr er in Richtung New Wave, wo der Schöpfer der Neuen Welt sich zweifellos in seinem Büro befinden und emsig damit beschäftigt sein würde, Nachbarschaften für diese Hölle zu entwerfen, die er Paradies nannte.

23

Kurz nach elf Uhr, als Sam aufbrach, ging Tessa mit ihm auf die hintere Veranda hinaus, machte die Tür zu und ließ Chrissie bei Harry in der Küche. Die Bäume am hinteren Rand des Grundstücks waren so hoch, daß keine Nachbarn, auch die am Hügel hoch droben nicht, in den Garten sehen konnten. Sie war sicher, daß sie im Schatten der Veranda sowieso nicht zu sehen gewesen wären.

»Hören Sie«, sagte sie, »es ist vollkommen unsinnig, daß Sie alleine gehen.«

»Das ist überhaupt nicht unsinnig.«

Die Luft war feucht und kalt. Sie schlang die Arme um sich und sagte: »Ich könnte vorne an der Tür läuten und ablenken, während Sie nach hinten gehen.«

»Ich möchte mir keine Sorgen um Sie machen müssen.«

»Ich kann gut auf mich selbst aufpassen.«

»Ja, das glaube ich Ihnen«, sagte er.

»Und?«

»Aber ich arbeite allein.«

»Sie scheinen alles alleine zu machen.«

Er lächelte dünn. »Wollen wir uns wieder darüber streiten, ob das Leben eine Teeparty oder die Hölle auf Erden ist?«

»Wir hatten keinen Streit. Das war eine Diskussion.«

»Wie dem auch sei, ich habe mich für Inkognito-Einsätze gemeldet, damit ich alleine arbeiten kann. Ich will keinen Partner mehr, Tessa, weil ich keinen mehr sterben sehen möchte.«

Sie wußte, er meinte nicht nur die anderen Agenten, die bei Einsätzen mit ihm ums Leben gekommen waren, sondern auch seine verstorbene Frau.

»Bleiben Sie bei dem Mädchen«, sagte er. »Kümmern Sie sich um sie, falls mir etwas passiert. Sie ist Ihnen schließlich sehr ähnlich.«

»Was?«

»Sie gehört zu denen, die wissen, wie man das Leben liebt. Wie man es wirklich und von Herzen liebt, was auch geschehen mag. Das ist eine seltene und kostbare Gabe.«

»Das wissen Sie auch«, sagte sie.

»Nein. Ich habe es nie gewußt.«

»Verdammt, jeder wird mit der Liebe zum Leben geboren. Sie haben Sie auch noch, Sam. Sie haben nur den Kontakt damit verloren, aber Sie können sie wiederfinden.«

»Kümmern Sie sich um das Mädchen«, sagte er, wandte sich ab und ging die Verandastufen hinunter in den Regen.

»Sie sollten besser zurückkommen, verdammt. Sie haben versprochen, mir zu erzählen, was Sie am Ende des Tunnels gesehen haben, auf der anderen Seite. Also kommen Sie besser zurück.«

Sam verschwand im silbernen Regen und dünnen Schwaden grauen Nebels.

Während sie ihm nachsah, wurde Tessa klar, daß sie ihn wiederhaben wollte, auch wenn er ihr nie von der anderen Seite erzählen würde, und zwar aus vielen anderen komplexen und überraschenden Gründen.

24

Das Haus der Coltranes lag zwei Häuser von Harry Talbots entfernt an der Conquistador. Zwei Stockwerke. Verwitterte Zedernmauern. Ein überdachter Balkon anstelle einer Veranda.

Sam hastete rasch an der Rückseite des Hauses entlang, wo der Regen mit einem Geräusch vom Dach des Balkons troff, das an das Prasseln von Feuer erinnerte, und sah durch verglaste Schiebetüren in ein dunkles Wohnzimmer und dann durch ein Fenster in eine unbeleuchtete Küche.

Als er die Küchentür zum Balkon erreicht hatte, zückte er den Revolver aus dem Halfter unter der Lederjacke und hielt ihn an der Seite gegen den Oberschenkel gepreßt.

Er hätte nach vorne gehen und läuten können, das wäre den Leuten drinnen wahrscheinlich nicht so verdächtig vorgekommen. Aber das hätte bedeutet, er hätte auf die Straße gehen müssen, wo er möglicherweise nicht nur von den Nachbarn gesehen worden wäre, sondern auch von den Patrouillen, die nach Chrissies Angaben durch die Straßen zogen.

Er klopfte in rascher Folge viermal nacheinander an die Tür. Als niemand antwortete, klopfte er noch einmal, lauter, und dann ein drittes Mal, noch lauter. Wenn jemand zu Hause gewesen wäre, hätten sie auf das Klopfen reagiert.

Harley und Sue Coltrane mußten bei New Wave sein, wo sie arbeiteten.

Die Tür war abgeschlossen. Er hoffte, daß sie nicht auch verriegelt sein würde.

Er hatte seine Werkzeuge bei Harry gelassen, hatte aber eine dünne, flexible Metallplatte mitgebracht. Fernsehserien hatten die Vorstellung populär gemacht, daß jede Kreditkarte ein ausreichendes und unverdächtiges Hilfsmittel war, aber diese Plastikrechtecke verbogen sich zu häufig in der Ritze oder brachen ab, bevor die Zunge des Schlosses zurückgeschoben werden konnte. Er zog Hilfsmittel vor, deren Nützlichkeit erprobt worden war. Er schob die Platte zwischen Tür und Rahmen direkt unterhalb des Schlosses und führte sie aufwärts, wobei er Druck anwendete, als er auf Widerstand stieß. Das Schloß ging auf. Er drückte gegen die Tür, und sie war nicht verriegelt; sie ging mit einem leisen Quietschen auf.

Er trat ein und machte die Tür leise zu, achtete aber darauf, daß das Schloß nicht wieder einrastete. Wenn er schnell hinaus mußte, wollte er sich nicht erst mit Aufschließen aufhalten müssen.

Die Küche wurde nur vom trüben Licht des regnerischen Tages erhellt, das kaum durchs Fenster drang. Der Vinylboden, die Tapete und die Kacheln schienen die hellsten Farbtöne zu haben, denn im Halbdunkel sah alles mehr oder weniger grau aus.

Er blieb fast eine Minute lang stehen und lauschte angestrengt.

Die Küchenuhr tickte.

Regen trommelte auf das Balkondach.

Sein nasses Haar klebte ihm an der Stirn. Er strich es beiseite, aus den Augen.

Als er sich bewegte, quietschen seine nassen Schuhe.

Er ging direkt zum Telefon, das über einem Sekretär in der Ecke an der Wand befestigt war. Als er den Hörer abnahm, bekam er kein Freizeichen, aber die Leitung war auch nicht tot. Seltsame Laute ertönten: Klicken, leises Piepsen, schwache Oszillationen – alles verschmolz zu einer traurigen, fremdartigen Musik, einem elektronischen Klagelied.

Sams Nacken wurde kalt.

Er legte den Hörer stumm und vorsichtig wieder auf die Gabel.

Er fragte sich, was für Geräusche man in einem Telefon hören konnte, das als Modem zwischen zwei Computern benützt wurde. Arbeitete einer der Coltranes anderswo im Haus und war per Heimcomputer mit New Wave verbunden?

Aber irgendwie spürte er, daß man das, was er im Telefon gehört hatte, nicht einfach damit erklären konnte. Es war verdammt unheimlich gewesen.

Das Eßzimmer grenzte an die Küche. Gazevorhänge hingen vor den beiden großen Fenstern, sie filterten das aschefarbene Tageslicht noch mehr. Eine Kiste, Buffet, Tisch und Stühle waren als schwarze Blocks und schieferfarbene Schatten zu erkennen.

Er blieb wieder stehen, um zu lauschen. Und hörte wieder nichts Ungewöhnliches.

Das Haus war im klassisch kalifornischen Design gehalten, ohne Erdgeschoßflur. Jedes Zimmer führte direkt ins nächste, eine offene, freizügige Architektur. Er betrat das große Wohnzimmer durch einen Bogen und war froh, daß das Haus mit Teppichboden ausgelegt war, auf dem man seine Schuhe nicht hören konnte.

Das Wohnzimmer war nicht so dunkel wie der Rest des Hauses, soweit er ihn bisher gesehen hatte, trotzdem war der hellste Farbton perlmuttgrau. Die westlichen Fenster wurden von der Vorderveranda überschattet, über die nördlichen strömte der Regen. Bleiernes Tageslicht, das durch die Scheiben drang, überzog den Raum mit einem Fleckenmuster grauer Schatten von Hunderten von Tropfen, die am Glas perlten, und Sam war so nervös, daß er beinahe spüren konnte, wie diese winzigen amöbenhaften Gespenster über ihn hinweg krochen.

Mit der Beleuchtung und seiner Stimmung kam er sich vor wie in einem alten Schwarzweißfilm. Einem der trostlosesten Beispiele des *film noir*.

Das Wohnzimmer war verlassen, aber dann ertönte unvermittelt ein Geräusch aus dem letzten Zimmer unten. Aus der südwestlichen Ecke. Hinter dem Foyer. Höchstwahrscheinlich das Aufenthaltszimmer. Ein gellendes Kreischen, bei dem er Zahnschmerzen bekam, gefolgt von einem hilflosen Schrei, der weder von einem Menschen noch von einer Maschine stammte, sondern irgendwo dazwischen lag, eine halbmetallische Stimme, die von Angst entstellt und von Verzweiflung verzerrt wurde. Dem folgte ein tiefes elektronisches Pulsieren, gleich einem lauten Herzschlag.

Dann Stille.

Er hatte den Revolver gezückt, hielt ihn starr vor sich und war bereit, auf alles zu schießen, was sich bewegte. Aber alles war still und ruhig.

Das Kreischen, der unheimliche Schrei und das tiefe Pulsieren konnten unmöglich etwas mit den Schreckgespenstern zu tun haben, die er gestern nacht vor Harrys Haus gesehen hatte, oder mit den anderen Gestaltveränderern, die Chrissie beschrieben hatte. Bisher hatte er sich am meisten vor einer direkten Konfrontation mit ihnen gefürchtet. Aber plötzlich war das unbekannte Ding im Nebenzimmer furchterregender.

Sam wartete.

Nichts mehr.

Er hatte das unheimliche Gefühl, daß etwas so angestrengt nach Bewegungen von ihm lauschte wie er nach seinen.

Er überlegte, ob er zu Harry zurückkehren und sich eine andere Möglichkeit ausdenken sollte, eine Nachricht ans FBI zu schicken, denn mexikanisches Essen und Guinness Stout und Filme mit Goldie Hawn – sogar *Swing Shift* – schienen plötzlich unschätzbar wertvoll zu sein, keine erbarmenswerten Gründe weiterzuleben, sondern so erlesene Freuden, daß man sie mit Worten gar nicht hinreichend beschreiben konnte.

Nur Chrissie Foster verhinderte, daß er, so schnell er konnte, von hier verschwand. Die Erinnerung an ihre strahlenden Augen. Ihr unschuldiges Gesicht. Der Enthusiasmus und die Lebhaftigkeit, mit denen sie ihre Abenteuer geschildert hatte. Vielleicht hatte er bei Scott versagt, und vielleicht war es zu spät, den Jungen vom Abgrund zurückzuziehen. Aber Chrissie lebte noch in jedem vitalen Sinn des Wortes – körperlich, intellektuell, emotional –, und sie war auf ihn angewiesen. Niemand sonst konnte sie vor der Verwandlung retten.

Mitternacht war nur noch wenig mehr als zwölf Stunden entfernt.

Er schlich durch das Wohnzimmer zurück und durchquerte leise das Foyer. Er stand mit dem Rücken zur Wand neben der halb offenen Tür des Zimmers, aus dem die unheimlichen Laute gekommen waren.

Etwas klickte da drinnen. Er erstarrte.

Ein leises, sanftes Klicken. Nicht das *Tick-tick-tick* von Krallen wie die, die er gestern nacht ans Fenster klopfen gehört hatte. Mehr als wäre eine lange Reihe Relais eingerastet, als wären Dutzende Schalter umgelegt worden, als wären Dominos nacheinander umgefallen: *Klick-klick-klick-klicker-klicker-klick-klick-klicker*…

Wieder Stille.

Sam hielt den Revolver mit beiden Händen, trat vor die Tür und stieß sie mit einem Fuß auf. Er sprang über die Schwelle und ging unmittelbar hinter der Tür in Schußhaltung.

Die Fenster waren zugezogen, die einzige Lichtquelle bildeten zwei Computerbildschirme. Beide waren mit Filtern versehen, die für schwarzen Text auf bernsteinfarbenem Hintergrund sorgten. Alles in dem Zimmer, was nicht im Schatten lag, war von dieser goldenen Strahlung erleuchtet.

Zwei Menschen saßen vor den Terminals, einer an der rechten Zimmerwand, der andere an der linken, die Rücken zueinander gekehrt.

»Keine Bewegung«, sagte Sam schneidend.

Sie bewegten sich nicht und sagten nichts. Sie waren so still, daß er zuerst dachte, sie wären tot.

Das seltsame Licht war heller als das halb ausgebrannte Tageslicht, das die anderen Zimmer vage erhellt hatte, enthüllte aber dennoch seltsam wenig. Als sich seine Augen umgestellt hatten, konnte Sam sehen, daß die beiden Menschen an den Computern nicht nur unnatürlich still waren, sondern gar keine richtigen Menschen mehr waren. Er wurde vom eisigen Griff des Entsetzens nach vorne gezogen.

Ein nackter Mann, wahrscheinlich Harley Coltrane, saß, ohne von Sam Notiz zu nehmen, auf einem drehbaren Hokker rechts von der Tür, an der Westwand. Er war mit zwei dicken Kabeln, die mehr organisch als metallisch aussahen und im bernsteinfarbenen Leuchten naß glänzten, direkt mit dem VDT verbunden. Sie kamen aus dem Inneren des Datenspeichers heraus – dessen Deckplatte abgeschraubt worden war – und verliefen unterhalb der Rippen in den bloßen Oberkörper des Mannes, wo sie, ohne zu bluten, mit dem Fleisch verschmolzen. Sie pulsierten.

»Großer Gott«, flüsterte Sam.

Coltranes Unterarme waren völlig ohne Fleisch, nur goldene Knochen. Das Fleisch der Oberarme endete glatt vier Zentimeter über den Ellbogen; aus diesen Stümpfen ragten die Knochen so sauber wie Roboterarme aus einem Metallgehäuse heraus. Die Skeletthände waren fest um die Kabel geklammert, als wären sie lediglich ein Paar Klammern.

Als Sam näher an Coltrane heranging und genauer hinsah, stellte er fest, daß die Knochen nicht so differenziert waren, wie sie sein sollten, sondern zusammengeschweißt waren. Darüber hinaus fanden sich Metallspuren darin. Während er hinsah, fingen die Kabel so heftig an zu pulsieren, daß sie regelrecht vibrierten. Hätten die Klammernhände sie nicht festgehalten, wären sie wahrscheinlich entweder von dem Mann oder der Maschine abgerissen.

Verschwinde.

Eine Stimme sprach in ihm und riet ihm zu fliehen, und es war seine eigene Stimme, wenn auch nicht die des erwachsenen Sam Booker. Es war die Stimme des Kindes, das er gewesen war, und in das seine Angst ihn wieder verwandelte. Extremes Entsetzen ist eine tausendmal wirksamere Zeitmaschine als Nostalgie, die uns über Jahre zurückwirft in diesen vergessenen und unerträglichen Zustand der Hilflosigkeit, in dem so ein großer Teil der Kindheit verbracht wird.

Verschwinde, lauf weg, lauf weg, verschwinde!

Sam trotzte dem Drang zu fliehen.

Er wollte verstehen. Was ging hier vor? Zu was waren diese Menschen geworden? *Warum*? Was hatte das mit den Schreckgespenstern zu tun, die durch die Nacht schlichen? Thomas Shaddack hatte offenbar durch Mikrotechnologie eine Methode gefunden, die menschliche Biologie radikal und für immer zu verändern. Soviel war Sam klar, aber nur das zu wissen und nichts anderes, war so, als würde er spüren, daß etwas im Meer lebte, ohne daß er jemals einen Fisch gesehen hätte. Noch soviel Geheimnisvolles lag unter der Oberfläche.

Verschwinde.

Weder der Mann vor ihm noch die Frau auf der anderen Seite des Zimmers schienen sich auch nur entfernt seiner Anwesenheit bewußt zu sein. Er war offenbar nicht in unmittelbarer Gefahr.

Lauf weg, sagte der ängstliche Junge in ihm.

Datenströme – Worte, Zahlen, Diagramme und Kurven in Myriaden Variationen – huschten wie wilde Sturzbäche über den bernsteinfarbenen Monitor, während Harley Coltrane den dunkel flackernden Bildschirm, ohne zu blinzeln, anstarrte. Er konnte ihn aber unmöglich so sehen, wie ihn ein gewöhnlicher Mensch sehen würde, denn er hatte keine Augen mehr. Sie waren aus den Höhlen gerissen und durch eine Gruppe anderer Sensoren ersetzt worden: winzige Perlen rubinroten Glases, kleine Drahtspulen, Chips mit gerillter Oberfläche aus einem keramikähnlichen Material, das alles funkelte leicht zurückversetzt in den tiefen schwarzen Löchern seines Schädels.

Sam hielt den Revolver jetzt nur noch mit einer Hand. Er hielt den Finger nicht mehr direkt auf dem Abzug, sondern auf der Abzugsschlinge, weil er so stark zitterte, daß er versehentlich einen Schuß abgeben könnte.

Die Brust der Menschmaschine hob und senkte sich. Der Mund stand offen; bitterer, übelriechender Atem kam in Wogen daraus hervor.

An den Schläfen und den widerlich aufgequollenen Arterien im Hals war ein schneller Puls zu erkennen. Aber auch dort, wo keiner sein sollte, war ein Pulsschlag: in der Mitte der Stirn; an jedem Kiefer entlang; an vier Stellen von Brust und Bauch; in den Oberarmen, wo dunkle, seilförmige Blutgefäße unter subkutanem Fett angeschwollen waren und jetzt direkt unter der Haut lagen. Der Kreislauf schien neu gestaltet und eingerichtet worden zu sein, neuen Körperfunktionen zu dienen, die erforderlich geworden waren. Schlimmer noch, die Pulsfrequenzen stimmten nicht überall überein, als schlügen mindestens zwei Herzen in ihm.

Ein schriller Schrei drang aus dem klaffenden Mund des Dings, und Sam zuckte zusammen und schrie auch überrascht auf. Das kam den unirdischen Lauten, die er im Wohnzimmer gehört hatte und die ihn hierher gelockt hatten, ziemlich nahe, aber er hatte geglaubt, sie wären vom Computer ausgegangen.

Sam verzog das Gesicht, während das elektronische Heulen anschwoll und schmerzhaft schrill wurde, und sah vom offenen Mund der Menschmaschine zu ihren ›Augen‹. Die Sensoren glommen immer noch in den Höhlen. Ein inneres Licht schien in den rubinroten Perlen, und Sam fragte sich, ob sie ihn im Infrarotspektrum oder auf eine andere Weise wahrnahmen. Konnte Coltrane ihn überhaupt sehen? Vielleicht hatte die Menschmaschine die Menschenwelt zugunsten einer anderen Wirklichkeit aufgegeben, vielleicht war

Sam eine Nebensächlichkeit für ihn, die gar nicht wahrgenommen wurde.

Das Kreischen wurde leiser und brach unvermittelt ab.

Ohne zu bemerken, was er tat, hatte Sam den Revolver gehoben und aus einer Entfernung von etwa vierzig Zentimetern auf Harley Coltranes Gesicht gerichtet. Er stellte zu seiner Verblüffung fest, daß er auch den Finger wieder um den Abzug gekrümmt hatte und vorhatte, dieses Ding zu vernichten.

Er zögerte. Immerhin war Coltrane noch ein Mensch – wenigstens bis zu einem gewissen Grad. Wer konnte sagen, ob er seinen momentanen Zustand nicht seinem Leben als gewöhnlicher Mensch vorzog? Wer konnte sagen, ob er so nicht glücklicher war? Sam fühlte sich nicht wohl in der Rolle des Richters, aber noch unwohler in der des Henkers. Als Mann, der das Leben als Hölle auf Erden betrachtete, mußte er die Möglichkeit bedenken, daß Coltranes Zustand eine Verbesserung war, ein Entkommen.

Die glänzenden, halborganischen Kabel zwischen Mensch und Computer *summten*. Sie klapperten gegen die Skeletthände, von denen sie festgeklammert wurden.

Coltranes Atem stank nach verwesendem Fleisch und überhitzten elektronischen Komponenten.

Sensoren leuchteten und bewegten sich in den lidlosen Augenhöhlen.

Coltranes Gesicht, das im Schein der Monitore golden wirkte, schien zu einem endlosen Schrei erstarrt zu sein. Die Adern, die an den Kiefern und Schläfen pulsierten, schienen nicht seinen Herzschlag wiederzugeben, sondern Parasiten zu sein, die sich unter der Haut wanden.

Sam betätigte den Abzug mit einem Erschauern des Abscheus. In dem engen Raum hallte der Schuß wie Donner.

Coltranes Kopf wurde von der Wucht des Schusses zurückgeschleudert, dann sackte er nach vorne und kam rauchend und blutend mit dem Kinn auf der Brust zu liegen.

Die ekelhaften Kabel schwollen an und schrumpften und schwollen wieder an, wie im Rhythmus innerer Flüssigkeiten.

Sam spürte, daß der Mann nicht völlig tot war. Er richtete den Revolver auf den Computerschirm.

Eine von Coltranes Skeletthänden ließ das Kabel los, das sie festgehalten hatte. Sie packte mit einem *Klick-schnipp-schnapp* blanker Knochen Sams Handgelenk.

Sam schrie auf.

Elektronische Klicks und Klacks und Piepser und Summtöne dröhnten durch das Zimmer.

Die höllische Hand hielt ihn mit so unglaublicher Kraft fest, daß die Knochenfinger das Fleisch zusammendrückten und dann durch die Haut schnitten. Er spürte, wie unter dem Hemdsärmel warmes Blut am Arm hinabrann. Ihm wurde mit einem Anflug von Panik klar, daß die unmenschliche Kraft der Menschmaschine ausreichend war, ihm das Handgelenk zu brechen und ihn zu verkrüppeln. Im günstigsten Fall würde seine Hand mangels Blutzirkulation taub werden und der Revolver herunterfallen.

Coltrane bemühte sich, den halb zerschmetterten Kopf zu heben.

Sam dachte an seine Mutter im Autowrack, an das aufgerissene Gesicht, das ihn angrinste, grinste, stumm und reglos war, aber grinste…

Er kickte panisch gegen Coltranes Stuhl und hoffte, dieser würde wegrollen und davonwirbeln. Die Bremsen der Rollen waren festgezogen.

Die Knochenhand drückte fester, und Sam schrie. Sein Blick verschwamm.

Trotzdem konnte er sehen, daß Coltrane langsam, langsam den Kopf hob.

Mein Gott, ich will dieses zerschmetterte Gesicht nicht sehen!

Sam kickte mit dem rechten Fuß, in den er sein ganzes Gewicht verlagerte, einmal, zweimal, dreimal gegen die Kabel zwischen Coltrane und dem Computer. Sie rissen bei Coltrane ab, platzten mit einem gräßlichen Geräusch aus dem Fleisch, und der Mann sackte auf dem Stuhl zusammen. Gleichzeitig öffnete sich die Knochenhand und fiel von Sams Handgelenk ab. Sie fiel mit einem kalten Klappern auf die harte Plastikmatte unter dem Stuhl.

Elektronische Baßtöne pulsierten wie leise Trommelschläge und hallten von den Wänden wider, während darunter ein dünnes Wimmern unablässig über drei Töne hinweg an- und abschwoll.

Keuchend und halb im Schock preßte Sam die linke Hand um das blutende Gelenk, als könnte das die stechenden Schmerzen stillen.

Etwas strich an seinem Bein entlang.

Er sah nach unten und erblickte die halborganischen Kabel, blassen Schlangen ohne Köpfe gleich, die immer noch mit dem Computer verbunden und von bösem Leben erfüllt waren. Sie schienen auch gewachsen zu sein und wirkten doppelt so lang wie vorher, als sie Coltrane noch mit der Maschine verbunden hatten. Eines packte seinen linken Knöchel, während sich das andere geschmeidig um die rechte Wade schlängelte.

Er versuchte sich loszureißen.

Sie hielten ihn fest.

Sie krochen an seinen Beinen hinauf.

Er wußte instinktiv, sie suchten nacktes Fleisch an seinem Oberkörper, bei Kontakt würden sie sich in ihn graben und ihn zu einem Bestandteil des Systems machen.

Er hielt immer noch den Revolver in der blutigen rechten Hand. Er zielte auf den Bildschirm.

Es strömten keine Daten mehr über das bernsteinfarbene Feld. Statt dessen sah Coltranes Gesicht vom Bildschirm heraus. Seine Augen waren wieder hergestellt, und es schien, als könnte er Sam sehen, denn er sah ihn direkt an und sprach zu ihm:

»*...brauche... brauche... will... brauche...*«

Ohne auch nur einen Bruchteil zu begreifen, wußte Sam, daß Coltrane noch am Leben war. Er war nicht mit seinem Körper gestorben – zumindest war er nicht völlig dahin. Er war da, irgendwie in der Maschine.

Wie um diese Erkenntnis zu bestätigen, beeinflußte Coltrane das Glas des Bildschirms so, daß es die konvexe Ebene seiner Oberfläche aufgab und sich den Konturen seines Gesichts anpaßte. Das Glas wurde so flexibel wie Gelantine, wölbte sich nach außen, als würde Coltrane tatsächlich leibhaftig in der Maschine existieren und jetzt sein Gesicht herausdrücken.

Dies war unmöglich. Und trotzdem passierte es. Harley Coltrane schien Kraft seines Geistes die Materie zu beherrschen – eines Geistes, der nicht einmal mehr mit dem Körper verbunden war.

Sam war wie hypnotisiert vor Angst, erstarrt, gelähmt. Sein Finger lag reglos am Abzug.

Die Wirklichkeit war eingerissen und durch diesen Riß drang eine Alptraumwelt von unendlicher Bösartigkeit in diese Welt herüber, die Sam kannte und – plötzlich – liebte.

Eines der schlangengleichen Kabel hatte sich bis zu seiner Brust vorgearbeitet und drang unter den Pullover auf nackte Haut. Ihm war, als wäre er von einem weißglühenden Brandeisen gestreift worden, und dieser Schmerz brach den Bann.

Er feuerte zwei Schuß in den Computer und zerschmetterte zuerst den Bildschirm, das zweite Gesicht von Harley Coltrane, in das er eine 38er-Kugel pumpte. Sam rechnete halb damit, daß es die Kugel ohne Wirkung absorbieren würde, aber die Kathodenröhre explodierte, als wäre sie immer noch aus Glas. Der zweite Schuß zerschmetterte die Innereien des Datenspeichers und machte dem Ding, das Coltrane geworden war, endgültig den Garaus.

Die blassen, öligen Tentakel fielen von ihm ab. Sie warfen Blasen, fingen an zu blubbern und schienen vor seinen Augen zu verwesen.

Unheimliche elektronische Piepstöne, Knistern und Oszillationen, nicht ohrenbetäubend laut, aber unangenehm stechend, tosten durch das Zimmer.

Als Sam zu der Frau sah, die am anderen Computer saß, an der Ostwand, stellte er fest, daß die schleimglatten Kabel zwischen ihr und der Maschine ebenfalls länger geworden waren und es ihr ermöglichten, sich mit dem Stuhl umzudrehen und ihn anzusehen. Abgesehen von diesen halborganischen Verbindungen und ihrer Nacktheit befand sie sich in einem völlig anderen, aber deshalb nicht weniger teuflischen Zustand als ihr Mann. Auch ihre Augen waren verschwunden, aber in den Höhlen leuchteten keine unterschiedlichen Sensoren. Zwei rötliche Kugeln, dreimal so groß wie gewöhnliche Augen, erfüllten grotesk vergrößerte Augenhöhlen in einem Gesicht, das ihretwegen neu gestaltet worden war; es waren weniger Augen als vielmehr augenförmige Rezeptoren, die zweifellos imstande waren, verschiedene Lichtspektren zu sehen, und tatsächlich konnte Sam ein auf dem Kopf stehendes Bild von sich selbst in jeder Linse erkennen. Ihre Beine, Bauch, Brüste, Arme, Hals und Gesicht waren dicht von aufgequollenen Blutgefäßen überzogen, die direkt unter der Haut lagen und bis zum Bersten prall gefüllt zu sein schienen, daher sah sie aus, als wäre sie ein elektronischer Schaltplan. In einigen dieser Gefäße mochte tatsächlich Blut fließen, aber in anderen pulsierten Wogen radiumähnlicher Beleuchtung, manche grün und andere schwefelgelb.

Eine in Segmente unterteile wurmähnliche Sonde, die etwa so dick wie ein Bleistift war, brach aus ihrer Stirn hervor, als wäre sie mit der Pistole geschossen worden, und streckte sich Sam entgegen, überwand die drei Meter zwischen ihnen binnen eines Sekundenbruchteils und traf ihn über dem rechten Auge, bevor er sich ducken konnte. Die Spitze fraß sich beim Kontakt in seine Haut. Er hörte ein surrendes Geräusch, als würden sich winzige Fräsen mit eine Geschwindigkeit von tausend Umdrehungen pro Minute drehen. Blut rann an seiner Stirn und der Nase hinab. Aber er feuerte, noch während die Sonde auf ihn zuschnellte, die beiden letzten Schüsse im Revolver ab. Beide Schüsse trafen ihr Ziel. Einer drang in den Oberkörper der Frau, der zweite ging in den Computer hinter ihr und löste einen Funkenschauer und knisterte elektrische Blitze aus, die zur Decke stoben und kurz über den Verputz krochen, ehe sie erloschen. Die Sonde erschlaffte und fiel von ihm ab, bevor sie sein Gehirn mit ihrem verbinden konnte, was offenbar ihre Absicht gewesen war.

Abgesehen vom grauen Tageslicht, das durch papierdünne Schlitze zwischen den Streifen der Jalousien hereinfiel, war es dunkel in dem Zimmer.

Sam erinnerte sich irrwitzigerweise an etwas, das einmal ein Computerspezailist während eines Seminars für Agenten gesagt hatte, als er erklärte, wie das neue System des Bureaus funktionierte: »*Computer funktionieren noch effektiver, wenn sie miteinander verbunden sind, was eine parallele Datenverarbeitung ermöglicht*.«

Er blutete aus Stirn und Handgelenk, während er rückwärts taumelte, auf den Lichtschalter drückte und eine Stehlampe einschaltete. Er stand da – so weit als möglich von den beiden grotesken Leichen entfernt, daß er sie noch sehen konnte –, während er den Revolver mit Patronen nachlud, die er aus der Tasche seiner Jacke holte.

Es war unnatürlich still in dem Zimmer.

Nichts bewegte sich.

Sams Herz schlug so schnell, daß seine Brust mit jedem Schlag weh tat.

Er ließ zweimal Patronen fallen, weil seine Hände so stark zitterten. Er bückte sich nicht, um sie aufzuheben. Er war halb davon überzeugt, daß in dem Augenblick, in dem er nicht in einer Position war, zielgenau zu feuern oder zu fliehen, sich herausstellen würde, daß eine der toten Kreaturen überhaupt nicht tot war und sich wie ein Blitz auf ihn stürzen würde, funkensprühend, um ihn zu packten, bevor er sich aufrichten und ihr ausweichen konnte.

Allmählich hörte er das Prasseln des Regens wieder. Nachdem er am Morgen etwas nachgelassen hatte, fiel er jetzt wieder heftiger denn je seit Ausbruch des Sturms vergangene Nacht. Kein Donner ließ den Tag erbeben, aber das furiose Trommeln des Regens selbst – und die isolierten Hauswände – hatten das Feuer wahrscheinlich so weit gedämpft, daß die Schüsse nicht von Nachbarn gehört worden waren. Er hoffte bei Gott, daß es so war. Ansonsten würden sie wahrscheinlich schon jetzt unterwegs sein, um nach dem Rechten zu sehen und seine Flucht zu vereiteln.

Immer noch floß Blut von den Verletzungen an der Stirn, etwas geriet ihm ins rechte Auge. Es brannte. Er wischte das Auge mit dem Ärmel ab und blinzelte, so gut er konnte, die Tränen fort.

Sein Handgelenk tat höllisch weh. Aber wenn es notwendig war, könnte er den Revolver auch links halten und auf kurze Entfernung hinreichend genau treffen.

Als der 38er geladen war, schlich Sam wieder in das Zimmer, zum rauchenden Computer an der Westwand, wo Harley Coltranes mutierter Leichnam auf dem Stuhl hing und die Skelettarme herunterbaumeln ließ. Er ließ die tote Menschmaschine nicht aus den Augen, während er das Telefon vom Modem nahm und auflegte. Dann nahm er den Hörer wieder ab und vernahm zu seiner Erleichterung das Freizeichen.

Sein Mund war so trocken, daß er nicht sicher war, ob er deutlich sprechen könnte, wenn sein Anruf durchgestellt würde.

Er wählte die Nummer des FBI-Büros in Los Angeles.

Ein Klicken in der Leitung.

Eine Pause.

Eine Tonbandstimme sagte: »Wir bedauern, daß wir Ihren Anruf momentan nicht durchstellen können.«

Er legte auf und versuchte es noch einmal.

»Wir bedauern, daß wir Ihren Anruf momentan nicht…«

Er knallte den Hörer auf die Gabel.

Man konnte nicht mit allen Telefonen in Moonlight Cove direkt durchwählen. Und bei denen, die funktionierten, konnte man offenbar auch nur bestimmte Nummern wählen. Genehmigte Nummern. Das hiesige Telefonnetz war zu einer ausgedehnten Sprechanlage für die Verwandelten geworden.

Als er sich vom Telefon abwandte, hörte er, wie sich hinter ihm etwas bewegte. Verstohlen und schnell.

Er wirbelte herum, und die Frau war drei Schritte entfernt. Sie war nicht mehr mit dem vernichteten Computer verbunden, aber eines der organisch aussehenden Kabel verlief vom Ansatz ihrer Wirbelsäule bis zu einer Steckdose an der Wand.

Sam, der in seinem Entsetzen frei assoziierte, dachte: Soviel zu Ihrem unbeholfenen Ungeheuer, Dr. Frankenstein, soviel zu Stürmen und Gewittern, heutzutage stecken wir einfach die Monster in die Steckdose und verpassen ihnen ihre Ladung direkt, dank Pacific Power & Light.

Sie gab ein schlangengleiches Zischen von sich und griff nach ihm. Anstelle von Fingern hatte ihre Hand drei Vielzweckstecker wie die Interfaces, mit denen die Elemente von Heimcomputern verbunden waren, aber diese Stecker waren so spitz wie Nägel.

Sam duckte sich zur Seite, stieß mit dem Stuhl zusammen, auf dem Harley Coltrane noch hing, und wäre um ein Haar gestürzt, aber er feuerte aus der Bewegung auf das Ding. Er schoß die Kammern mit fünf 38er Patronen leer.

Die ersten drei Schüsse warfen sie nach hinten und zu Boden. Die anderen beiden gingen fehl und rissen Verputz von den Wänden, weil er in seiner Panik nicht aufhören konnte abzudrücken, als sie aus der Schußlinie fiel.

Sie versuchte aufzustehen.

Wie ein gottverdammter Vampir, dachte er.

Er brauchte das High-Tech-Äquivalent eines Holzpfahls, eines Kreuzes oder einer Silberkugel.

In den Arterien, die ihren nackten Körper überzogen, pulsierte immer noch Licht, aber an manchen Stellen sprühte sie Funken, so wie die Computer, als er seine Schüsse auf sie abgefeuert hatte.

Er hatte keine Patronen mehr im Revolver.

Er suchte in den Taschen nach Munition.

Er hatte keine.

Verschwinde.

Ein elektronisches Heulen, nicht ohrenbetäubend, aber nervenzerfetzender als tausend gefeilte Fingernägel, die gleichzeitig über eine Tafel kratzten, ging von ihr aus.

Zwei in Segmente unterteilte, wurmähnliche Sonden platzten aus ihrem Gesicht und schossen auf ihn zu. Beide fielen wenige Zentimeter vor ihm herunter – vielleicht ein Zeichen nachlassender Energie – und kehrten zu ihr zurück wie Quecksilberspritzer, die wieder von der Hauptmasse aufgesogen wurden.

Aber sie *stand* auf.

Sam stolperte zur Tür, bückte sich und hob die zwei Kugeln auf, die er beim Laden der Waffe fallengelassen hatte. Er klappte die Trommel auf, schüttelte die leeren Messinghülsen heraus, steckte die beiden letzten Schüsse hinein.

»*...brauuuuuuuuuuche... brauuuuuuuuuuuche...*«

Sie war auf den Beinen und kam auf ihn zu.

Diesesmal hielt er die Smith & Wesson mit beiden Händen, zielte sorgfältig und schoß ihr in den Kopf.

Den Datenspeicher wegpusten, dachte er in einem Anflug von schwarzem Humor. Der einzige Weg, eine entschlossene Maschine aufzuhalten. Nimm den Datenspeicher raus, und sie ist nichts weiter als ein Schrotthaufen.

Sie brach auf dem Boden zusammen. Das rote Licht in ihren nichtmenschlichen Augen erlosch; jetzt waren sie schwarz. Sie lag vollkommen still.

Plötzlich loderten Flammen aus ihrem von der Kugel durchbohrten Kopf, sie schlugen aus der Wunde, den Augen, der Nase und dem offenen Mund.

Er ging rasch zu der Steckdose, mit der sie noch verbunden war, kickte gegen den halborganischen Stecker, der aus ihrem Körper gewachsen war, und brach ihn ab.

Die Flammen loderten immer noch aus ihr.

Er konnte sich keinen Hausbrand leisten. Man würde die Leichen finden und die Gegend, einschließlich Harrys Haus, gründlich durchsuchen. Er sah sich um und suchte nach etwas, das er auf sie werfen konnte, um das Feuer zu erstikken, aber das Feuer in ihrem Schädel wurde bereits schwächer. Sekunden später war es ausgebrannt.

Die unterschiedlichsten Gerüche hingen in der Luft, über einige davon wollte er lieber nicht nachdenken.

Ihm war ein wenig schwindlig. Übelkeit überkam ihn. Er würgte, biß die Zähne zusammen und schluckte das Erbrochene wieder hinunter.

Er wollte zwar nichts lieber als hier heraus, dennoch nahm er sich die Zeit, beide Computer aus dem Netz zu ziehen. Sie waren funktionsuntüchtig und unrettbar beschädigt, aber er war von der irrationalen Angst erfüllt, daß sie wie Dr. Frankensteins selbstgebauter Mensch in einer Fortsetzung nach der anderen irgendwie wieder zum Leben erwachen würden, wenn sie mit Elektrizität in Berührung kämen.

Unter der Tür zögerte er, lehnte sich an den Türrahmen, um seine zitternden Beine etwas zu entlasten, und betrachtete die seltsamen Leichen. Er hatte damit gerechnet, daß sie tot ihre ursprünglichen Gestalten wieder annehmen würden, so wie Werwölfe im Kino, wenn sie eine Silberkugel ins Herz bekommen hatten oder mit einem Stock mit silbernem Knauf geschlagen worden waren, sich immer ein letztes Mal verwandelten und zu ihrem gequälten, allzu menschlichen Wesen wurden, das endlich von dem Fluch befreit war. Unglücklicherweise handelte es sich hier nicht um Lykanthropie. Dies war keine übernatürliche Heimsuchung, sondern etwas Schlimmeres, das Menschen ohne Hilfe von Dämonen oder Gespenstern oder anderen Wesen, die in der Nacht spukten, über sich gebracht hatten. Die Coltranes blieben so, wie sie gewesen waren, monströse Halbblüter aus Fleisch und Metall, Blut und Silikon – Mensch und Maschine.

Er konnte nicht verstehen, *wie* sie zu dem geworden waren, was sie waren, aber er erinnerte sich dunkel daran, daß es ein Wort dafür gab, und das fiel ihm einen Augenblick später auch ein. *Cyborg*: eine Person, deren physiologische Funktion von einer mechanischen oder elektronischen Einrichtung unterstützt wurde oder davon abhängig war. Menschen, die Schrittmacher trugen, um Herzrhythmusstörungen auszugleichen, waren Cyborgs, und das war gut. Leute mit Nierenversagen – die regelmäßig Dialyse erhielten – waren Cyborgs, und auch das war gut. Aber bei den Coltranes war das Konzept ins Extrem übersteigert worden. Sie präsentierten die Alptraumseiten der fortgeschrittenen Kybernetik, indem nicht nur körperliche, sondern auch geistige Funktionen von Maschinen unterstützt und wahrscheinlich sogar größtenteils von ihnen abhängig geworden waren.

Sam begann wieder zu würgen. Er wandte sich rasch von dem verrauchten Zimmer ab und ging durch das Haus zurück zur Küchentür, durch die er eingedrungen war.

Er war bei jedem Schritt sicher, daß er, wenn er sich umdrehte, eine Stimme hinter sich hören würde, halb menschlich und halb elektronisch – »*brauuuuuuuuche…*« – und einen Coltranes auf sich zustolpern sehen würde, vom letzten kleinen Rest Strom wiederbelebt, der in Batterien gespeichert war.

25

Am Haupttor von New Wave Mikrotechnologie, im Hochland an der nördlichen Grenze von Moonlight Cove, blinzelte der Wachmann, der einen schwarzen Gummiregenmantel mit dem Wahrzeichen der Firma auf der Brust trug, in die Scheinwerfer des heranfahrenden Polizeiautos. Als er Loman erkannte, winkte er ihn durch, ohne ihn anzuhalten. Loman war hier schon, bevor er und sie Neue Menschen geworden waren, bestens bekannt gewesen.

Macht, Prestige und Rentabilität von New Wave wurden nicht in einem bescheidenen Firmensitz verborgen. Die Anlage war von einem führenden Architekten entworfen worden, der abgerundete Ecken, stumpfe Winkel und die interessanten Gegensätze von gekrümmten Wänden – manche konkav, manche konvex – bevorzugte. Die beiden großen, dreistöckigen Bauwerke – das zweite war vier Jahre nach dem ersten erbaut worden – waren mit lederfarbenen Steinen verklinkert, hatten große getönte Scheiben und fügten sich gut in die Landschaft ein.

Von den vierzehnhundert Menschen, die hier arbeiteten, lebten fast tausend in Moonlight Cove selbst. Der Rest wohnte in den umliegenden Gemeinden des County. Aber selbstverständlich wohnten alle innerhalb der Reichweite des Mikrowellensenders auf dem Dach des Hauptgebäudes.

Während er der Straße um die großen Gebäude herum zum Parkplatz folgte, dachte Loman: Shaddack ist auf jeden Fall unser ureigenster Reverend Jim Jones. Muß sicher sein, daß er jeden einzelnen seiner treuen Anhänger jederzeit mit sich nehmen könnte, wenn er es will. Ein moderner Pharao. Wenn er stirbt, müssen alle, die ihm dienen, auch sterben, als erwarte er, daß sie ihm in der nächsten Welt weiter dienen. Scheiße. Glauben wir überhaupt noch an eine nächste Welt?

Nein. Religiöser Glaube kam Hoffnung gleich, und dazu war emotionale Anteilnahme nötig.

Die Neuen Menschen glaubten ebensowenig an Gott wie an den Nikolaus. Sie glaubten nur noch an die Allmacht der Maschine und das kybernetische Schicksal der Menschheit.

Vielleicht glaubten manche von ihnen nicht einmal daran.

Loman nicht. Er glaubte an überhaupt nichts mehr – was ihm Angst machte, denn er hatte früher an so vieles geglaubt.

Das Verhältnis von Umsatz und Profit von New Wave zur Anzahl der Angestellten war selbst für den Industriezweig der Mikrotechnologie hoch; die Finanzkraft, die besten Köpfe der Branche bezahlen zu können, spiegelte sich im Prozentsatz der teuren Autos wieder, die auf den zwei großen Parkplätzen standen. Mercedes. BMW. Porsche. Corvette. Cadillac Seville. Jaguar. Hochkarätige japanische Importwagen mit allem Drum und Dran.

Nur die Hälfte der üblichen Anzahl von Autos stand auf dem Platz. Es sah so aus, als würde ein großer Prozentsatz der Angestellten zu Hause per Modem arbeiten. Wie viele waren schon wie Denny?

Die ordentlich Reihe für Reihe auf dem Asphalt geparkten Autos erinnerten Loman an die ordentlichen Grabsteinreihen auf einem Friedhof. Die stummen Motoren, das kalte Metall, Hunderte von nassen Windschutzscheiben, die den kahlen, grauen Herbsthimmel spiegelten, schienen plötzlich Vorboten des Todes zu sein. Für Loman repräsentierte dieser Parkplatz die Zukunft der ganzen Stadt: Stille, Schweigen, der schreckliche ewige Frieden des Friedhofs.

Wenn die Behörden außerhalb von Moonlight Cove auf das aufmerksam wurden, was sich hier abspielte, oder wenn sich herausstellte, daß tatsächlich jeder einzelne der Neuen Menschen ein Regressiver – oder etwas Schlimmeres – und das Projekt Moonhawk eine Katastrophe war, würde das Ende nicht aus vergiftetem Fruchtsaft bestehen – wie bei Reverend Jim Jones in Jonestown, sondern aus einer tödlichen Sendung von Mikrowellen, die in die Sprache des Programms übersetzt und entsprechend handeln würden. Tausende von Herzen würden gleichzeitig stehenbleiben. Die Neuen Menschen würden wie eine einzige Person zu Boden fallen, und Moonlight Cove würde im selben Augenblick zu einem Friedhof der Unbegrabenen werden.

Loman fuhr durch den ersten Parkplatz auf den zweiten und dort zu der Reihe, die den Top-Angestellten vorbehalten war.

Wenn ich darauf warte, bis Shaddack einsieht, daß Moonhawk schiefgegangen ist, dachte Loman, wird er es nicht tun, weil er das Schlamassel gerne bereinigen möchte, das er angerichtet hat – nicht diese verdammte Albino-Spinne von einem Mann. Er wird uns nur des Knalleffekts wegen mitnehmen, damit er mit einem gewaltigen Paukenschlag abtreten kann und die Welt voll Ehrfurcht seiner Macht gedenkt, ein Mann mit so gewaltiger Macht, daß er Tausenden befehlen konnte, gleichzeitig mit ihm zu sterben.

Mehr als nur ein paar Kranke würden ihn als Helden betrachten und zum Götzen machen. Ein aufstrebendes junges Genie würde ihm nacheifern wollen. Das schwebte Shaddack zweifellos vor. Wenn Moonhawk Erfolg hätte und einmal die gesamte Menschheit verwandelt würde, wäre Shaddack buchstäblich Herr der Welt. Und schlimmstenfalls, wenn alles schiefginge und er Selbstmord begehen müßte, um nicht den Behörden in die Hände zu fallen, würde er zu einer beinahe mythischen Gestalt dunkler Inspiration werden, dessen böse Legende Legionen der Wahnsinnigen und Machtgierigen inspirieren würde – ein Hitler für das Silikonzeitalter.

Loman bremste am Ende der Autoreihe.

Er wischte sich über das fettige Gesicht. Seine Hand zitterte.

Er war von der Sehnsucht erfüllt, seine Verantwortung aufzugeben und die Existenz des Regressiven zu suchen, die frei von allen Zwängen war.

Aber er widerstand.

Wenn es Loman gelänge, Shaddack zuerst zu töten, bevor er Selbstmord begehen könnte, würde die Legende verblassen. Loman würde ein paar Sekunden nach Shaddack sterben, wie alle Neuen Menschen, aber immerhin würde in der Legende fortleben, daß dieser High-Tech-Jim Jones durch die Hände eines seiner eigenen Geschöpfe gestorben war. Das würde zeigen, daß seine Macht begrenzt war; man würde ihn als klugen Mann betrachten, aber nicht klug genug, ein Gott mit Makeln, der Aufstieg und Fall mit Wells' Moreau eigen hatte, und man würde sein Schaffen alles in allem als irriges Streben erkennen.

Loman bog rechts ab, fuhr die Parkplätze des leitenden Stabes entlang und mußte enttäuscht feststellen, daß weder Shaddacks Mercedes noch sein anthrazitfarbener Lieferwagen auf den reservierten Parkplätzen standen. Aber er konnte trotzdem dasein. Möglicherweise hatte ihn jemand anders ins Büro gefahren, oder er konnte anderswo geparkt haben.

Loman fuhr den Streifenwagen auf den für Shaddack reservierten Parkplatz. Er machte den Motor aus.

Er hatte den Revolver im Hüftgürtel. Er hatte sich schon zweimal vergewissert, daß er voll geladen war. Er vergewisserte sich noch einmal.

Loman hatte zwischen Shaddacks Haus und New Wave einmal angehalten und eine Nachricht geschrieben, die er auf Shaddacks Leichnam zurücklassen wollte und auf der ausdrücklich stand, daß er seinen Schöpfer getötet hatte. Wenn die Behörden der nicht verwandelten Welt in Moonlight Cove einträfen, würden sie den Zettel finden und Bescheid wissen.

Er wollte Shaddack aber nicht nur hinrichten, weil er von edlen Absichten getrieben wurde. Ein so hehres Selbstopfer erforderte Gefühle, die er nicht mehr erzeugen konnte. Er wollte Shaddack ermorden, weil er entsetzliche Angst hatte, Shaddack könnte etwas über Denny erfahren oder könnte herausfinden, daß andere auch das geworden waren, was Denny geworden war, und würde einen Weg finden, daß sie *alle* die unheilige Verbindung mit Maschinen eingingen.

Augen aus geschmolzenem Silber…

Speichel, der aus dem offenen Mund sabberte...

Die segmentierte Sonde, die aus der Stirn des Jungen brach und die vaginale Hitze des Computers suchte...

Diese Bilder, die ihm das Blut gefrieren ließen, und andere zogen in einer Endlosschleife der Erinnerungen durch Lomans Kopf.

Er würde Shaddack umbringen, um zu verhindern, daß er selbst gezwungen würde, das zu werden, was Denny geworden war, die Vernichtung von Shaddacks Legende würde lediglich eine angenehme Nebenwirkung sein.

Er steckte die Waffe in den Gurt und stieg aus dem Auto aus. Er eilte durch den Regen zum Haupteingang, betrat den Marmorboden der Lobby durch die Glastür, wandte sich nach rechts, entgegengesetzt von den Fahrstühlen, und näherte sich dem Empfang. Was den Luxus anbetraf, konnte die Firma es mit den teuersten Büros der High-Tech-Firmen im berühmteren, weiter südlich gelegenen Silicon Valley aufnehmen. Fein gemaserte Marmorverkleidungen, Messingverzierungen, erlesene Kristall-Leuchter und moderne Kristall-Lüster legten Zeugnis vom Erfolg von New Wave ab.

Die Frau am Empfang war Dora Hankins. Er kannte sie schon sein ganzes Leben lang. Sie war ein Jahr älter als er. Er war an der High School ein paarmal mit ihrer Schwester ausgegangen.

Sie sah auf, als er näher kam, sagte aber nichts.

»Shaddack?« fragte er.

»Nicht da.«

»Bist du sicher?«

»Ja.«

»Wann kommt er wieder?«

»Das kann dir seine Sekretärin sagen.«

»Ich gehe rauf.«

»Gut.«

Während er in den Fahrstuhl trat und auf den Knopf mit der 3 drückte, dachte Loman an die kurze Unterhaltung, die er und Dora Hankins geführt haben würden, bevor sie verwandelt worden waren. Sie hätten miteinander geplänkelt, sich das Neueste von ihren Familien erzählt und Bemerkungen über das Wetter gemacht. Jetzt nicht mehr. Unterhaltungen gehörten zu den Freuden einer vergangenen Welt. Als Verwandelte konnten sie nichts mehr damit anfangen. Loman konnte sich zwar noch daran erinnern, daß solche Unterhaltungen einmal Bestandteil des zivilisierten Lebens gewesen waren, aber er wußte nicht mehr, warum er sie einmal als wichtig angesehen hatte oder welche Art Freude sie ihm geschenkt hatten.

Shaddacks Bürosuite lag an der nordwestlichen Ecke des dritten Stocks. Der erste Raum nach dem Flur war die Empfangshalle, in der üppige beigefarbene Edward-Fields-Teppiche lagen und die mit plumpen Roche-Bobois-Sofas und Messingtischen mit zollstarken Glasplatten möbliert war. Einziger Kunstgegenstand war ein Gemälde von Jasper Johns – ein Original, kein Druck.

›Was wird in der kommenden schönen neuen Welt aus den Künstlern?‹ überlegte Loman.

Aber er kannte die Antwort. Es würde keine mehr geben. Kunst waren Emotionen, die mit Farbe auf Leinwand ausgedrückt wurden, als Worte auf Papier oder Musik in einer Oper. In der neuen Welt würde es keine Kunst geben. Und falls doch, würde es eine Kunst der Angst sein. Die von Schriftstellern am häufigsten benützten Worte würden Synonyme für die Dunkelheit sein. Die Musiker würden in der einen oder anderen Form Totenklagen komponieren. Die von Malern am häufigsten verwendete Farbe würde Schwarz sein.

Vicky Lanardo, Shaddacks Privatsekretärin, saß an ihrem Schreibtisch. Sie sagte: »Er ist nicht da.«

Die Tür zu Shaddacks geräumigem Büro hinter ihr stand offen. Kein Licht war eingeschaltet. Er wurde lediglich vom Licht des verregneten Tages erhellt, das als aschefarbene Streifen durch die Jalousien drang.

»Wann kommt er?«

»Ich weiß nicht.«

»Keine Verabredungen?«

»Keine.«

»Wissen Sie, wo er ist?«

»Nein.«

Loman ging hinaus. Er schlenderte eine Weile durch die verlassenen Flure, Büros, Laboratorien und Testsäle und hoffte, er würde Shaddack entdecken.

Aber er kam nach einer gewissen Zeit zu der Überzeugung, daß sich Shaddack nicht in der Firma aufhielt. Offenbar wollte der große Mann am letzten Tag von Moonlight Coves Verwandlung mobil bleiben.

Wegen mir, dachte Loman. Wegen dem, was ich gestern nacht in Peysers Haus zu ihm gesagt habe. Er hat Angst vor mir, und er bleibt entweder in Bewegung oder hat sich irgendwo versteckt, wo ich ihn nur schwer finden kann.

Loman verließ das Gebäude, ging zum Streifenwagen und machte sich auf die Suche nach seinem Schöpfer.

26

Sam saß im unteren Badezimmer neben der Küche von der Taille aufwärst nackt auf der Kommode, während Tessa dieselben Maßnahmen an ihm durchführte, die sie zuvor bei Chrissie vorgenommen hatte. Aber Sams Verletzungen waren ernster als die des Mädchens.

Die Haut war an einer centgroßen Stelle auf der Stirn, direkt über dem rechten Auge, abgeschabt worden, das Fleisch in der Mitte des Kreises war völlig weggefressen, blanker Knochen war in einem Durchmesser von etwa vier Millimetern zu sehen. Es erforderte ein paar Minuten konstanten Drucks, die Blutung dieser Verletzung zu stillen, gefolgt von Jod-Desinfektion, einem Sprühverband und einer fest aufgelegten Mullbinde. Doch ungeachtet dieser Bemühungen wurde der Mull allmählich rot.

Während sich Tessa an ihm zu schaffen machte, erzählte Sam ihr, was geschehen war.

»...und wenn ich ihr nicht genau in den Kopf geschossen hätte, wenn ich eine Sekunde langsamer gewesen wäre, dann hätte sich, glaube ich, diese verdammte Sonde, oder was es auch immer gewesen ist, direkt in meinen Schädel gebohrt und das Gehirn so wie ihres mit diesem Computer verbunden.«

Chrissie, die die Toga wieder gegen Jeans und Bluse ausgetauscht hatte, stand im Badezimmer und war totenblaß, wollte aber alles hören.

Harry hatte den Rollstuhl vor die Tür gefahren.

Moose lag vor Sam, nicht vor Harry. Der Hund schien zu merken, daß der Besucher momentan mehr Trost brauchte als Harry.

Sam war kälter als sein Aufenthalt im kalten Regen erklären konnte. Er zitterte, ab und zu wurde das Zittern so heftig, daß seine Zähne klapperten.

Je länger Sam redete, desto kälter wurde es auch Tessa zumute, und wenig später hatte sich sein Zittern auf sie übertragen.

Sein Handgelenk war auf beiden Seiten zerschnitten, wo Harley Coltrane ihn mit seiner kräftigen Knochenhand umklammert hatte. Aber es waren keine wichtigen Blutgefäße verletzt; keiner der Schnitte mußte genäht werden, und Tessa konnte die Blutungen rasch stillen. Die Blutergüsse, die sich gerade erst abzeichneten und frühestens in ein paar Stunden voll erblüht sein würden, würden schlimmer werden als die Schnittwunden. Er beschwerte sich über Schmerzen im Handgelenk, und seine Hand war schwach, aber sie glaubte nicht, daß Knochen gebrochen oder zerquetscht worden waren.

»...als wäre ihnen irgendwie die Fähigkeit verliehen worden, ihre Körpergestalt zu verändern«, sagte Sam zitternd, »so daß sie sich in alles verwandeln können. Verstand über Materie, genau wie Chrissie gesagt hat, als sie uns von dem Priester erzählte, der sich in die Kreatur aus diesem Film verwandelt hat...«

Das Mädchen nickte.

»Ich meine, sie veränderten sich *vor meinen Augen*, ließen sich diese Sonden wachsen und versuchten, mich damit zu harpunieren. Und dennoch schienen sie sich bei aller unglaublichen Kontrolle über ihre Körper, über ihre stoffliche Substanz, offenbar nur in etwas... aus einem Alptraum verwandeln zu wollen.«

Die Verletzung am Unterleib war die geringfügigste der drei. Die Haut war, wie an der Stirn, in einem pfenniggroßen Kreis abgeschürft, aber die Sonde, die ihn dort getroffen hatte, schien mehr dazu gedacht gewesen zu sein, sich in ihn zu brennen anstatt zu fräsen. Das Fleisch war versengt, die Wunde selbst ziemlich verbrannt.

Harry sagte im Rollstuhl: »Sam, glauben Sie, daß es wirklich Menschen sind, die sich selbst kontrollieren, die sich *entschieden* haben, maschinenähnlich zu werden, oder sind es Menschen, die irgendwie gegen ihren Willen von Maschinen übernommen worden sind?«

»Ich weiß nicht«, sagte Sam. »Ich schätze, es könnte beides möglich sein.«

»Aber wie können sie übernommen worden sein, wie konnte es geschehen, wie lassen sich solche Veränderungen im menschlichen Körper bewerkstelligen? Und wie paßt das, was mit dem Computer passiert ist, zu den Schreckgespenstern?«

»Wenn ich das nur wüßte«, sagte Sam. »Irgendwie hängt das alles mit New Wave zusammen. Muß so sein. Und keiner von uns hier weiß besonders viel über die Beschaffenheit dieser Technologie, daher haben wir nicht einmal das Grundwissen, mit dem wir intelligente Spekulationen anstellen könnten. Für uns könnte es Magie sein, das Übernatürliche. Wir können nur dann wirklich verstehen, was hier vor sich geht, wenn wir Hilfe von außerhalb bekommen, wenn wir Moonlight Cove abriegeln, die Unterlagen und Forschungsstätten von New Wave beschlagnahmen und alles so rekonstruieren, wie Feuerwehrleute eine Brandursache anhand der Überreste in der Asche rekonstruieren können.«

»Asche?« fragte Tessa, während Sam aufstand und sie ihm half, das Hemd anzuziehen. »Diese Worte von Feuer und Asche – und andere Dinge, die Sie gesagt haben –, hören sich ganz so an, als wären Sie der Meinung, daß die Ereignisse in Moonlight Cove immer schneller auf eine Explosion zustreben.«

»So ist es«, sagte er.

Er versuchte zuerst, das Hemd mit einer Hand zuzuknöpfen, aber dann ließ er es Tessa machen. Sie bemerkte, daß seine Haut immer noch kalt war und das Zittern nicht mit der Zeit nachließ.

Er sagte: »Die vielen Morde, die sie vertuscht haben, die Wesen, die durch die Nacht streichen... man gewinnt den Eindruck, daß ein Zusammenbruch angefangen hat, daß das, was sie vorhatten, nicht wie geplant verlief und der Zusammenbruch sich immer mehr beschleunigt.« Er atmete zu flach, zu schnell. Er machte eine Pause und atmete tief durch. »Was ich im Haus der Coltranes gesehen habe... das sah nicht wie etwas aus, das jemand geplant hat, das man Menschen antun *möchte* oder das sie sich selbst antun wollten. Es sah wie ein außer Kontrolle geratenes Experiment aus, wie eine amoklaufende Biologie, wie eine Wirklichkeit, deren Innerstes nach außen gekehrt wurde, und ich schwöre bei Gott, wenn *solche* Geheimnisse in den Häusern dieser Stadt versteckt werden, dann muß das gesamte Projekt über New Wave zusammenbrechen, und zwar heftig und schnell, ob sie es zugeben wollen oder nicht. Alles geht hoch, jetzt im Augenblick, eine gigantische Explosion, und wir sind mittendrin.«

Von dem Augenblick, als er von Regen und Blut tropfend durch die Küchentür gestolpert war, und während der ganzen Zeit, als Tessa seine Wunden gesäubert und verbunden hatte, war ihr etwas aufgefallen, das ihr mehr Angst machte als seine Blässe und das Zittern. Er berührte sie ständig. Er hatte Tessa in der Küche umarmt, als sie erschrocken stöhnend das blutende Loch in seiner Stirn bemerkt hatte, hatte sie gehalten und sich an sie gelehnt und ihr versichert, daß alles mit ihm in Ordnung war. Aber er schien sich in erster Linie selbst zu versichern, daß mit Harry und Chrissie und ihr selbst alles in Ordnung war, als hätte er damit gerechnet, daß er zurückkäme und sie wären... verwandelt. Er umarmte Chrissie, als wäre sie seine eigene Tochter, und er sagte: »Alles wird gut, alles wird gut werden«, als er sah, wie ängstlich sie war. Harry streckte ihm tröstend die Hand entgegen, und Sam nahm sie und wollte sie nicht mehr loslassen. Während Tessa im Bad seine Verletzungen behandelt hatte, hatte er mehrmals ihre Hände und Arme berührt und einmal ihre Wange gestreichelt, als hätte er nicht fassen können, wie weich und warm ihre Haut war. Er hatte auch Chrissie berührt, als sie im Badezimmer gestanden hatte, tätschelte ihre Schulter, hielt ihre Hand einen Augenblick und drückte sie zuversichtlich. Bisher hatte er solche Kontakte immer gemieden. Er war reserviert gewesen, verschlossen, kühl, sogar distanziert. Aber im Verlauf der halben Stunde, die er im Haus der Coltranes verbracht hatte, hatte ihn das, was er dort erlebt hatte, so durch und durch erschüttert, daß seine selbstgewählte Isolation einen breiten Sprung bekommen hatte; er wollte und brauchte auf einmal menschliche Nähe, die er noch vor kurzer Zeit nicht so erstrebenswert wie gutes mexikanisches Essen, Guinness Stout und Goldie-Hawn-Filme gefunden hatte.

Wenn sie über das Ausmaß des Grauens nachdachte, das erforderlich war, ihn so unvermittelt und grundlegend zu verändern, hatte Tessa mehr Angst denn je, weil Sam Bookers Bekehrung der eines Sünders gleichkam, der auf dem Totenbett in die Hölle blickt und sich verzweifelt an den Gott wendet, den er einst verabscheute, und Trost und Beruhigung sucht. War er jetzt nicht mehr so sicher, daß sie davonkommen würden? Vielleicht suchte er Kontakt zu seinen Mitmenschen, den er sich so viele Jahre vorenthalten hatte, weil er der Überzeugung war, daß ihnen nur noch Stunden blieben, in denen er die Gemeinschaft mit seinen Mitmenschen erleben konnte, bevor die große, tiefe und endlose Dunkelheit über sie kam.

27

Shaddack erwachte aus seinem vertrauten und tröstlichen Traum von Menschen und Maschinenteilen, die zu einem weltweiten Mechanismus unschätzbarer Macht und geheimnisvoller Ziele verbunden waren. Wie immer hatte ihn der Traum ebenso erfrischt wie der Schlaf selbst.

Er stieg aus dem Lieferwagen aus und streckte sich. Er verschaffte sich mit Werkzeugen, die er in der Garage fand, Zutritt zum Haus der verstorbenen Paula Parkins. Er benützte ihre Toilette, dann wusch er sich Hände und Gesicht.

Nachdem er in die Garage zurückgekehrt war, zog er das große Tor in die Höhe. Er fuhr den Wagen in die Einfahrt, wo er Daten per Mikrowelle besser empfangen und senden konnte.

Es regnete immer noch, Vertiefungen im Rasen waren mit Wasser vollgelaufen. Erste Nebelschwaden kräuselten sich bereits in der windstillen Luft, was bedeutete, daß die Nebelbänke, die später vom Meer hereinzogen, dichter als die vergangene Nacht sein würden.

Er nahm noch ein Schinkensandwich und eine Cola aus der Kühltasche und aß, während er den Stand von Projekt Moonhawk über das VDT des Lieferwagens abrief. Die zwischen sechs und achtzehn Uhr geplanten vierhundertfünfzig Verwandlungen wurden derzeit vollzogen. Um zwölf Uhr fünfzig, nach etwas weniger als sieben Stunden des zwölfstündigen Programms, hatten bereits dreihundertundneun die letzte Dosis Mikrokugeln erhalten. Die Verwandlungsteams waren dem Zeitplan weit voraus.

Er überprüfte den Stand der Suche nach Samuel Booker und Tessa Lockland. Keiner war gefaßt worden.

Shaddack hätte ihr Verschwinden Kopfzerbrechen bereiten müssen. Aber er war unbesorgt. Schließlich hatte er den Mondfalken gesehen, nicht einmal, sondern dreimal, und er zweifelte nicht daran, daß er letztendlich alle seine Ziele erreichen würde.

Auch die Tochter der Fosters war noch nicht wiederaufgetaucht. Auch ihretwegen machte er sich keine Gedanken. Wahrscheinlich war sie in der Nacht etwas Mörderischem über den Weg gelaufen. Manchmal konnten die Regressiven nützlich sein.

Vielleicht waren Booker und die Lockland denselben Kreaturen zum Opfer gefallen. Es wäre ironisch, wenn die

Regressiven – der einzige Makel des Projekts, möglicherweise sogar ein ernster – die Sicherheit des Projekts Moonhawk gewährleistet haben würden.

Er versuchte über VDT, Tucker bei sich zu Hause und bei New Wave zu erreichen, aber der Mann war nirgendwo. Konnte Watkins recht haben? War Tucker ein Regressiver, der, wie Peyser, nicht mehr in seine menschliche Gestalt zurückkehren konnte? War er momentan dort draußen im Wald und saß in seinem veränderten Dasein fest?

Shaddack schaltete seufzend den Computer aus. Wenn um Mitternacht alle verwandelt worden waren, würde die erste Phase von Moonhawk nicht beendet sein. Noch nicht ganz. Sie mußten offenbar einige Schlamassel beseitigen.

28

Im Keller der Ikarus-Kolonie waren drei Körper zu einem geworden. Die entstandene Wesenheit war ohne feste Gestalt, ohne Skelett, ohne hervorstechende Merkmale, eine Masse pulsierenden Gewebes, das lebte, obwohl es kein Gehirn, kein Herz und keine Blutgefäße hatte, und keine irgendwie gearteten Organe. Es war urzeitlich, eine dicke Proteinsuppe, ohne Gehirn, aber bei Bewußtsein, ohne Augen, aber sehend, ohne Ohren, aber hörend, ohne Eingeweide, aber hungrig.

Die Ballungen der Mikrokugeln im Inneren hatten sich aufgelöst. Der innere Computer konnte in der radikal veränderten Substanz des Wesens nicht mehr funktionieren, umgekehrt hatte das Wesen keinerlei Verwendung mehr für die biologische Unterstützung, für die die Mikrokugeln entworfen worden waren. Es war nicht mehr mit Sonne, dem Computer bei New Wave, verbunden. Wenn die Mikrowellensender den Todesbefehl sendeten, würde es den Befehl nicht empfangen – und leben.

Es war zum Meister seiner Physiologie geworden, indem es sich zur unkomplizierten Essenz stofflicher Existenz reduziert hatte.

Auch die Bewußtseinsinhalte waren zu einem verschmolzen. Dem Bewußtsein, das jetzt in der Dunkelheit hauste, fehlte ebenso eine komplexe Form wie dem amorphen, gallertartigen Körper, den es bewohnte.

Es hatte seine Erinnerung aufgegeben, weil Erinnerungen zwangsläufig Ereignissen und Beziehungen mit Konsequenzen galten, und Konsequenzen – gut oder schlecht – bedeuteten, daß man für seine Taten verantwortlich war. Aber die Flucht vor der Verantwortung hatte das Wesen ja überhaupt erst zur Regression getrieben. Schmerzen waren auch ein Grund, die Erinnerungen abzustreifen – die Schmerzen, sich an alles zu erinnern, was man verloren hatte.

Und es hatte ebenso die Fähigkeit aufgegeben, an die Zukunft zu denken, zu planen und zu träumen.

Jetzt hatte es keine Vergangenheit mehr, an die es sich erinnerte, und die Vorstellung einer Zukunft lag außerhalb seiner Reichweite. Es lebte nur für den Augenblick, dachte nicht, fühlte nichts, kümmerte sich um nichts.

Es hatte nur ein Bedürfnis. Zu überleben.

Und zum Überleben brauchte es nur eines. Nahrung.

29

Die Frühstücksteller waren vom Tisch abgeräumt worden, während sich Sam im Haus der Coltranes aufgehalten und Monster bekämpft hatte, die offenbar teils Mensch, teils Computer und teils Zombies waren – und möglicherweise, wer konnte das sagen, teils Toasterheizung. Nachdem Sam verbunden war, versammelte sich Chrissie wieder mit ihm und Tessa und Harry um den Küchentisch, um sich anzuhören, wie sie ihr weiteres Vorgehen planten.

»Das größte Problem unserer Zeit«, sagte Sam, »ist, wie kann man den technischen Fortschritt beschleunigen, wie kann man ihn dazu benutzen, die Lebensqualität zu verbessern, ohne sich davon überwältigen zu lassen. Können wir den Computer dazu benutzen, unsere Welt neu zu planen, unser Leben neu zu gestalten, ohne ihn eines Tages blind anzubeten?« Er zwinkerte Tessa zu und sagte: »Das ist keine dumme Frage.«

Tessa runzelte die Stirn. »Das habe ich auch nicht gesagt. Manchmal vertrauen wir den Maschinen blind, wir neigen dazu, alles, was uns der Computer sagt, als Evangelismus zu betrachten...«

»Den alten Leitspruch zu vergessen«, warf Harry ein, »der da lautet ›Müll rein, Müll raus‹.«

»Genau«, stimmte Tessa zu. »Wenn wir Daten und Analysen von Computern bekommen, tun wir manchmal so, als wären die Maschinen unfehlbar. Und das ist gefährlich, denn Computer können von einem Wahnsinnigen erdacht, entwickelt und angewendet werden, vielleicht nicht so leicht wie von einem gütigen Genie, aber ebenso wirksam.«

Sam sagte: »Aber die Menschen haben die Neigung – nein, sogar den *Wunsch*, den tiefempfundenen *Willen* –, von Maschinen abhängig zu sein.«

»Ja«, sagte Harry, »das liegt an unserer verdammten Veranlagung, Verantwortung, soweit es geht, von uns zu weisen. Der feige Wunsch, sich der Verantwortung zu entziehen, ist in unseren Genen gespeichert, das schwöre ich, und wir bringen es in dieser Welt nur zu etwas, wenn wir unsere natürliche Neigung, vollkommen verantwortungslos zu sein, ständig bekämpfen. Manchmal frage ich mich, ob wir *das* vom Teufel bekommen haben, als Eva auf die Schlange hörte und den Apfel aß – diese Abneigung gegenüber Verantwortung. Das ist die Ursache der meisten Übel.«

Chrissie stellte fest, daß dieses Thema Harry aufbrachte. Er richtete sich mit seinem guten Arm und etwas Unterstützung durch das halb gesunde Bein höher in seinem Rollstuhl auf. Sein bisher blasses Gesicht bekam Farbe. Er ballte eine Hand zur Faust und sah sie durchdringend an, als hielte er etwas Kostbares in diesem festen Griff, als hielte er seinen Gedanken dort fest und wollte ihn nicht loslassen, bevor er ihn in allen Einzelheiten durchdacht hatte.

Er sagte: »Die Menschen stehlen und töten und lügen und betrügen, weil sie keine Verantwortung füreinander empfinden. Politiker wollen Macht, und sie wollen Ruhm, wenn ihre Politik erfolgreich war, aber sie übernehmen selten die Verantwortung, wenn etwas schiefgeht. Die Welt ist voller Menschen, die einem sagen wollen, wie man sein Leben zu leben hat, wie man sich den Himmel auf Erden schafft, aber wenn sich ihre Vorstellungen als schlecht erweisen, wenn es mit einem Dachau oder einem Gulag oder Massakern wie nach unserem Rückzug aus Südostasien endet, drehen sie sich um, sehen weg und tun so, als wären sie nicht für die Gemetzel verantwortlich.«

Er zitterte, und Chrissie zitterte auch, obwohl sie nicht sicher war, daß sie alles verstanden hatte, was er gesagt hatte.

»Mein Gott«, fuhr er fort, »wenn ich einmal darüber nachgedacht habe, dann habe ich tausendmal darüber nachgedacht, vielleicht zehntausendmal, und das wahrscheinlich nur wegen des Krieges.«

»Sie meinen Vietnam?« sagte Tessa.

Harry nickte. Er sah immer noch seine Faust an. »Wenn man im Krieg überleben wollte, mußte man jede Minute des Tages Verantwortung für sein eigenes Handeln übernehmen, ohne zu zögern. Und man mußte auch für seine Kameraden verantwortlich sein, denn man konnte nicht alleine, auf sich gestellt, überleben. Das ist vielleicht das einzige Positive daran, im Krieg zu kämpfen – er klärt das Denken und macht einem bewußt, daß Verantwortungsgefühl die guten Menschen, von den verdammten unterscheidet. Ich bedaure den Krieg nicht, nicht einmal angesichts dessen, was mir dort zugestoßen ist. Ich habe diese große Lektion gelernt, habe gelernt, in allen Belangen verantwortungsbewußt zu sein, und ich empfinde immer noch Verantwortung den Menschen gegenüber, für die wir gekämpft haben, das werde ich immer, und wenn ich manchmal daran denke, wie wir sie im Stich gelassen haben, an die Schlachtfelder, die Massengräber, dann liege ich nachts wach und weine, weil sie von mir abhängig waren; und in dem Maß, wie ich an dem Geschehen beteiligt war, habe ich sie im Stich gelassen und bin dafür verantwortlich.«

Sie schwiegen alle.

Chrissie verspürte einen eigentümlichen Druck in der Brust, dasselbe Gefühl, das sie immer in der Schule gehabt hatte, wenn ein Lehrer – irgendein Lehrer, irgendein Thema – über etwas redete, das ihr bislang unbekannt gewesen war und das sie so sehr beeindruckte, daß es ihren Eindruck von der Welt veränderte. Es kam nicht oft vor, aber es war stets ein furchteinflößendes und wunderbares Gefühl. Sie verspürte es jetzt auch, nach Harrys Worten, aber das Gefühl war zehnmal oder hundertmal stärker, als es jemals gewesen war, wenn ihr neues Wissen in Geographie oder Mathematik oder Naturwissenschaften vermittelt worden war.

Tessa sagte: »Harry, ich finde in diesem Fall ist Ihr Verantwortungsgefühl übertrieben.«

Er sah endlich von seiner Faust auf. »Nein. Niemals. Das Gefühl der Verantwortung für andere kann niemals übertrieben sein.« Er lächelte sie an. »Aber ich kenne Sie gerade gut genug, um zu vermuten, daß Ihnen das längst klar ist, Tessa, ob es Ihnen bewußt ist oder nicht.« Er sah Sam an und sagte: »Manche, die aus dem Krieg heimgekehrt sind, haben überhaupt nichts Gutes darin gesehen. Wenn ich sie treffe, vermute ich immer, daß sie die Lektion nie gelernt haben und gehe ihnen aus dem Weg – obwohl das wahrscheinlich unfair ist. Aber ich kann nichts dafür. Wenn ich dagegen einen Mann treffe, der seine Lektion im Krieg gelernt hat, vertraue ich ihm von ganzen Herzen. Ich würde ihm von ganzer Seele vertrauen, und das scheint in unserem Fall ja zu sein, was sie uns nehmen wollen. Sie werden uns hier herausbringen, Sam.« Er machte die Faust auf. »Daran zweifle ich nicht im geringsten.«

Tessa schien überrascht. Sie sagte zu Sam: »Sie waren in Vietnam?«

Sam nickte. »Zwischen dem Junior College und dem FBI.«

»Aber das haben Sie nie erwähnt. Als wir heute morgen das Frühstück machten und Sie mir die Gründe aufgezählt haben, weshalb Sie die Welt so anders sehen als ich, haben Sie den Tod Ihrer Frau erwähnt, die Ermordung Ihrer Partner, die Situation mit Ihrem Sohn, aber nicht das.«

Sam betrachtete sein bandagiertes Handgelenk eine Weile

und sagte schließlich: »Der Krieg ist das persönlichste Erlebnis meines Lebens.«

»Was für seltsame Worte.«

»Überhaupt nicht seltsam«, sagte Harry. »Das intensivste und persönlichste.«

Sam sagte: »Wenn ich nicht damit fertig geworden wäre, würde ich vielleicht immer noch darüber reden, wahrscheinlich ständig. Aber ich *bin* damit fertig geworden. Ich habe es verstanden. Und wenn ich mich jetzt beiläufig mit jemandem darüber unterhalten würde, den ich gerade erst kennengelernt habe, würde ich es wohl... abwerten, schätze ich.«

Tessa sah Harry an und sagte: »Aber Sie wußten, daß er in Vietnam war?«

»Ja.«

»*Wußten* es einfach irgendwie.«

»Ja.«

Sam hatte sich über den Tisch gebeugt. Jetzt ließ er sich auf den Stuhl zurücksinken. »Harry, ich schwöre, daß ich alles versuchen werde, uns hier herauszubringen. Ich wünschte nur, ich würde besser verstehen, womit wir es zu tun haben. Es geht alles von New Wave aus. Aber was genau haben sie getan, und wie kann man es aufhalten? Und wie soll ich damit fertig werden, wenn ich es nicht einmal *verstehe*?«

Bis zu diesem Punkt hatte Chrissie den Eindruck gehabt, daß die Unterhaltung schlichtweg über ihren Horizont ging, obwohl alles faszinierend gewesen war und einiges das Gefühl zu lernen in ihr ausgelöst hatte. Jetzt spürte sie, daß sie etwas beisteuern mußte: »Sind Sie wirklich *sicher*, daß es keine Außerirdischen gibt?«

»Wir sind sicher«, sagte Tessa und lächelte ihr zu, und Sam zerzauste ihr das Haar.

»Nun«, sagte Chrissie, »ich meine, vielleicht sind Außerirdische bei New Wave gelandet und haben es als Stützpunkt benützt, und vielleicht wollen sie uns alle in Maschinen verwandeln, so wie die Coltranes, damit wir ihnen als Sklaven dienen können – was vernünftiger scheint als uns zu essen, wenn man genauer darüber nachdenkt. Schließlich sind sie Außerirdische, und das bedeutet, sie haben außerirdische Mägen und außerirdische Verdauungssäfte, und wir würden ihnen Sodbrennen oder sogar Durchfall verschaffen.«

Sam, der auf dem Stuhl neben Chrissie saß, nahm ihre beiden Hände behutsam in seine, weil er sich ihrer Aufschürfung ebenso bewußt war wie seines zerschnittenen Handgelenks. »Chrissie, ich weiß nicht, ob du aufmerksam zugehört hast, was Harry gesagt hat...«

»O ja«, sagte sie sofort, »ganz genau.«

»Nun, dann wirst du begreifen, daß auch das, die Schrekken Außerirdischen in die Schuhe zu schieben, nur ein Weg ist, die Verantwortung von da abzuwälzen, wo sie wirklich hingehört – zu uns, den Menschen, und unserer sehr realen und sehr großen Fähigkeit, einander Böses anzutun. Es ist schwer vorstellbar, daß jemand, auch ein Verrückter, das aus den Coltranes machen wollte, was sie geworden sind, aber offenbar wollte jemand genau das. Wenn wir versuchen, die Schuld auf Außerirdische abzuwälzen – oder den Teufel oder Gott oder Trolle, was auch immer –, werden wir die Situation wahrscheinlich nicht klar genug einschätzen können, um einen Weg zu finden, uns zu retten. Verstehst du das?«

»Irgendwie schon.«

Er lächelte sie an. Er hatte ein sehr hübsches Lächeln, obwohl er nicht oft Gebrauch davon machte. »Ich glaube, du verstehst es besser als nur ›irgendwie schon‹.«

»Mehr als nur ›irgendwie schon‹«, stimmte Chrissie zu. »Es wäre sicher schön, wenn es Außerirdische wären, denn dann müßten wir nur ihr Nest oder ihren Stock oder was auch immer finden, müßten sie ausbrennen, vielleicht ihr Raumschiff in die Luft sprengen, und das wäre ihr Ende. Aber wenn es keine Außerirdischen sind, wenn wir es sind – Menschen wie wir –, die das alles getan haben, dann wird es vielleicht nie ein Ende geben.«

30

Loman Watkins fuhr mit wachsender Frustration von einem Ende von Moonlight Cove zum anderen, hin und her, kreuz und quer durch den Regen, und suchte Shaddack. Er hatte das Haus an der Nordspitze noch einmal besucht, um sicherzustellen, daß Shaddack nicht dorthin zurückgekehrt war, und auch, um in der Garage nachzusehen, welches Fahrzeug fehlte. Jetzt suchte er nach Shaddacks schieferfarbenem Lieferwagen mit den getönten Scheiben, konnte ihn aber nicht finden.

Wo immer er hinfuhr, waren die Verwandlungsteams und Suchtrupps unterwegs. Die Nichtverwandelten würden wahrscheinlich nichts Ungewöhnliches an den Leuten bemerken, die durch die Stadt schlenderten, aber Loman entgingen sie nicht.

An den nördlichen und südlichen Straßensperren der Landstraße und an der Hauptsperre am Ostende der Ocean Avenue waren Lomans Beamte damit beschäftigt, sich um die Auswärtigen zu kümmern, die nach Moonlight Cove wollten. Auspuffgase stiegen von den parkenden Streifenwagen auf und vermischten sich mit den Nebelschwaden, die sich allmählich durch den Regen schlängelten. Die rotblauen Warnlichter spiegelten sich im nassen Asphalt, so daß es aussah, als würden Ströme sauerstoffreichen und sauerstoffarmen Blutes am Gehweg entlangfließen.

Es gab nicht viele potentielle Besucher, weil die Stadt weder der Sitz des County noch ein hauptsächliches Einkaufsziel der Anwohner aus den umliegenden Gemeinden war. Darüber hinaus befand sie sich fast am Ende der Landstraße, und es gab keine Ziele mehr dahinter, daher gab es auch keinen Durchgangsverkehr. Diejenigen, die die Stadt besuchen wollten, wurden, wenn möglich, mit einer Geschichte über einen Giftgasunfall bei New Wave abgespeist. Diejenigen, die skeptisch waren, wurden festgenommen, ins Gefängnis gebracht und in Zellen gesperrt, bis eine Entscheidung getroffen werden konnte, ob man sie töten oder verwandeln sollte. Seit Errichtung der Quarantäne in den frühen Morgenstunden hatten nur wenige an den Straßensperren gehalten, und nur sechs waren eingesperrt worden.

Shaddack hatte sein Experimentiergelände gut gewählt. Moonlight Cove war vergleichsweise isoliert und daher leicht zu kontrollieren.

Loman dachte daran, die Straßensperre beseitigen zu lassen und nach Aberdeen Wells zu fahren, wo er dem County-Sheriff die ganze Geschichte erzählen könnte. Er wollte alles über das Projekt Moonhawk preisgeben.

Er hatte keine Angst mehr vor Shaddacks Wut oder dem Sterben. Nun... das stimmte nicht ganz. Er hatte Angst vor Shaddack und dem Sterben, aber sie waren weniger schlimm als die Aussicht, etwas zu werden wie Denny. Er hätte sich lieber dem Sheriff in Aberdeen und den Bundesbehörden gestellt – sogar Wissenschaftlern, die ihn aufschneiden und untersuchen wollten, wenn das Schlamassel in Moonlight Cove aufgeräumt würde –, als in der Stadt zu bleiben und die letzten Reste seiner Menschlichkeit entweder an die Regression oder eine alptraumhafte Vernetzung von Verstand und Körper mit einem Computer zu verlieren.

Aber wenn er seinen Beamten den Befehl gäbe, die Sperre zu öffnen, würden sie argwöhnisch werden, und ihre Loyalität Shaddack gegenüber war größer als ihm gegenüber, denn sie wurden durch Angst an Shaddack gefesselt. Sie empfanden angesichts ihres Herrn und Meisters von New Wave immer noch mehr Entsetzen als vor allem anderen, denn sie hatten nicht gesehen, was aus Denny geworden war, und ihnen war nicht klar, daß die Zukunft etwas Schlimmeres für sie bereithalten könnte als Regression auf eine Stufe der Wildheit. Sie hielten sich – wie Moreaus Tiermenschen –, so gut es ging, an das Gesetz und wagten nicht, jedenfalls vorläufig noch nicht, ihren Herrn zu verraten. Sie würden Loman wahrscheinlich daran zu hindern versuchen, das Projekt Moonhawk zu sabotieren, und er würde vielleicht getötet oder, schlimmer, in eine Gefängniszelle gesteckt.

Er durfte seine konterrevolutionären Absichten nicht preisgeben, denn dann bekäme er vielleicht nie die Möglichkeit, mit Shaddack abzurechnen. Er sah sich im Geiste in einer Zelle im Gefängnis eingesperrt, wo Shaddack ihn durch die Gitterstäbe kalt anlächelte, während sie einen Computer hereinrollten, mit dem sie ihn irgendwie verschmelzen wollten.

Augen aus geschmolzenen Silber…

Er blieb an diesem verregneten Tag in Bewegung und blinzelte durch die nasse Windschutzscheibe. Die Scheibenwischer summten unablässig, als würden sie die Zeit wegticken. Er was sich deutlich bewußt, daß Mitternacht unaufhaltsam näherrückte.

Er war der Puma-Mann, der auf Streifzug war, und Moreau war irgendwo da draußen im Inseldschungel von Moonlight Cove.

31

Anfangs war das gallertartige Geschöpf damit zufrieden, sich von den Lebewesen zu ernähren, die es fand, wenn es seine Fühler in den Abfluß im Kellerboden streckte, oder durch feine Risse in den Mauern ins umliegende feuchte Erdreich. Käfer. Maden. Würmer. Es kannte die Namen dieser Wesen nicht mehr, aber es verzehrte sie heißhungrig.

Bald hatte es den Vorrat an Insekten und Würmern im Umkreis von zehn Metern um das Haus herum aufgegessen. Es brauchte substantiellere Mahlzeiten.

Es wogte und schäumte und versuchte möglicherweise, seine amorphe Gestalt in eine Form zu bringen, in der es den Keller verlassen und auf Beutesuche gehen könnte. Aber es hatte keine Erinnerungen mehr an frühere Gestalten und auch keinerlei Verlangen, sich selbst eine strukturierte Ordnung aufzuerlegen.

Das Bewußtsein, das die Gallertmasse bewohnte, verfügte nur noch über vagestes Wissen um seiner selbst, aber es war noch in der Lage, sich in dem Ausmaß selbst zu formen, daß es seinen Bedürfnissen genügte. Plötzlich öffneten sich eine Anzahl lippenloser, zahnloser Mäuler in der flüssigen Form.

Schallwellen, die für das menschliche Ohr größtenteils nicht zu hören waren, entwichen ihnen.

In dem verfallenden Gebäude über dem formlosen Geschöpf wuselten Dutzende von Mäusen, fraßen, bauten Nester und paarten sich miteinander. Als der Ruf aus dem Keller ertönte, blieben sie mit einem Schlag stehen.

Das Geschöpf konnte sie in den verfallenen Wänden über sich spüren, aber es betrachtete sie nicht als Mäuse, sondern als kleine, warme Massen lebenden Fleisches. Nahrung. Treibstoff. Es wollte sie. Es *brauchte* sie.

Es versuchte, diesem Verlangen durch einen wortlosen, aber anziehenden Lockruf Ausdruck zu verleihen.

In allen Ecken des Hauses zuckten die Mäuse zusammen. Sie strichen mit den Vorderpfoten über ihre Gesichter, als wären sie durch Spinnweben gelaufen und versuchten, die klebrigen Fäden aus ihrem Pelz zu streichen.

Auf dem Dachboden lebte eine kleine Kolonie von acht Fledermäusen, und auch sie reagierten auf den drängenden Lockruf. Sie ließen sich von den Balken herunterfallen, an denen sie hingen, und flogen in einem hektischen, ziellosen Muster durch den langen oberen Raum, wobei sie wiederholt bis auf Bruchstücke eines Zentimeters an die Wände oder gegeneinander flogen.

Aber nichts kam zu dem Wesen im Keller. Der Ruf hatte die kleinen Tiere, für die er gedacht gewesen war, zwar erreicht, zeigte aber nicht die gewünschte Wirkung.

Das formlose Ding verstummte.

Die vielen Münder schlossen sich wieder.

Die Fledermäuse kehrten eine nach der anderen zu ihren Dachbalken zurück.

Die Mäuse saßen noch einen Augenblick wie unter Schock da, dann gingen sie ihren üblichen Aktivitäten nach.

Ein paar Minuten später versuchte es das urzeitliche Geschöpf noch einmal mit einem anderen Ruf, der immer noch außerhalb menschlicher Hörfähigkeit lag, aber noch verlockender als vorher war.

Die Fledermäuse fielen von den Balken und flatterten in einem solchen Wirrwarr durch den Dachboden, daß ein flüchtiger Beobachter den Eindruck hätte haben können, es handelte sich um Hunderte, nicht nur um acht. Ihre Flügelschläge waren lauter als das Regenprasseln auf dem Dach.

Die Mäuse liefen überall auf den Hinterbeinen, hatten sich aufgerichtet und die Ohren gespitzt. Die im unteren Bereich des Hauses, die näher an der Geräuschquelle waren, zitterten heftig, als sähen sie eine geduckte und grinsende Katze vor sich.

Die Fledermäuse flogen kreischend durch ein Loch im Speicherboden und ins Zimmer darunter, wo sie unablässig flatterten und kreisten.

Zwei Mäuse im Erdgeschoß schlichen in Richtung Küche, wo die Kellertür offenstand. Aber beide hielten verwirrt und ängstlich auf der Stufe dieses Zimmers inne.

Unten verdreifachte das formlose Geschöpf seinen Ruf.

Plötzlich blutete eine der Mäuse in der Küche aus den Ohren und fiel tot um.

Im Zimmer oben prallten die Fledermäuse gegen die Wände, da ihr Radar beschädigt war.

Das Kellergeschöpf reduzierte die Lautstärke seines Rufs ein wenig.

Sofort schwebten die Fledermäuse aus dem oberen Zimmer in die Diele, die Treppe herunter und durch den Erdgeschoßflur. Sie flogen über eine wirre Anzahl eilender Mäuse hinweg.

Die vielen Münder des Geschöpfs unten hatten sich vereint und eine einzige große Öffnung in der Mitte der pulsierenden Masse gebildet.

Die Fledermäuse flogen in rascher Folge direkt in das klaffende Maul, gleich schwarzen Spielkarten, die eine nach der anderen in eine Mülltonne geworden wurden. Sie stürzten sich in das viskose Protoplasma und wurden rasch von starken Verdauungssäuren aufgelöst.

Eine Armee von Mäusen und vier Ratten – sogar zwei Erdhörnchen, die ihr Nest in der Eßzimmerwand geflissentlich verlassen hatten – hüpften die steile Kellertreppe hinunter, stürzten übereinander und quietschten aufgeregt. Sie warfen sich in das wartende Wesen.

Nach diesem Strom von Bewegung wurde es still im Haus.

Das Geschöpf stellte seinen Sirenengesang ein. Vorläufig.

32

Officer Neil Penniworth hatte den Auftrag, im nordwestlichen Quadranten von Moonlight Cove zu patrouillieren. Er war allein im Auto, denn sie waren trotz der hundert Leute von New Wave, die die Nacht über der Polizei von Moonlight Cove zugeteilt waren, zu wenig Personal.

Augenblicklich zog er es ohnehin vor, ohne Partner zu arbeiten. Seit dem Zwischenfall in Peysers Haus, als der Geruch von Blut und der Anblick von Peysers veränderter Gestalt Penniworth zur Regression getrieben hatte, fürchtete er sich davor, in Gesellschaft anderer Menschen zu sein. Gestern nacht hatte er die totale Degeneration vermeiden können... aber nur um eine Winzigkeit. Wenn er jemand anderen während der Regression sah, könnte sich der Drang auch in ihm regen, und er war nicht sicher, ob er der dunklen Verlockung noch einmal widerstehen könnte.

Er hatte ebenso Angst vor dem Alleinsein. Das Bemühen, sich an seine letzten Reste des Menschlichen zu klammern, dem Chaos Widerstand zu leisten, Verantwortung zu zeigen, wurde immer schwächer, und er sehnte sich danach, diesem neuen, harten Leben zu entkommen. Allein, ohne einen Zeugen, wenn er anfing, seine Gestalt und Substanz aufzugeben, ohne jemand, der es ihm ausredete oder gegen seinen Niedergang protestierte, wäre er verloren.

Das Gesicht dieser Angst war so echt wie eine Eisenplatte, die das Leben aus ihm herauspreßte. Manchmal fiel es ihm schwer zu atmen, als hätte er ein Stahlband um die Lungen, so daß diese sich nicht voll ausdehnen konnten.

Die Abmessungen des Streifenwagens schienen zu schrumpfen, bis er sich fast so eingeengt wie in einer Zwangsjacke fühlte. Das metronomhafte Pumpen der Scheibenwischer wurde lauter, jedenfalls kam es ihm so vor, bis es das Ausmaß von Kanonensalven angenommen hatte. Im Verlauf des Vormittags fuhr er wiederholt an den Straßenrand, riß die Tür auf, sprang in den Regen hinaus und atmete die kühle Luft in tiefen Zügen ein.

Doch im Laufe des Tages sah allmählich sogar die Welt außerhalb des Autos kleiner als früher aus. Er parkte in der Holliwell Road, eine halbe Meile westlich vom Hauptsitz von New Wave, und stieg aus dem Streifenwagen aus, aber es wurde nicht besser. Er konnte den grenzenlosen Himmel nicht hinter der tiefhängenden Wolkendecke erkennen. Regen und Nebel hingen gleich halbdurchlässigen Vorhängen aus Flitter oder dünnster Seide zwischen ihm und dem Rest der Welt. Die Feuchtigkeit war zäh und hinderlich. Regen überflutete die Rinnsteine, wirbelte als schlammige Strömungen durch Straßengräben, tropfte von jedem Zweig und jedem Blatt sämtlicher Bäume, prasselte auf den Asphalt, pochte hohl auf den Streifenwagen, zischte, gurgelte, kicherte, wehte ihm ins Gesicht und schlug mit solcher Wucht auf ihn ein, daß es schien, als würde er von Tausenden winziger Hämmer in die Knie gezwungen werden, die alle für sich allein zu winzig waren, deren Wirkung sich aber in ihrer Gesamtheit addierte.

Neil stieg ebenso eifrig wieder in das Auto ein, wie er vorher herausgeklettert war.

Ihm war klar, daß er weder dem klaustrophobischen Inneren des Streifenwagens oder dem nervtötenden Prasseln des Regens so verzweifelt entkommen wollte. Was ihn tatsächlich bedrückte, war sein Leben als Neuer Mensch. Da er nur Angst empfinden konnte, war er in einem emotionalen Schrank mit so engen Abmessungen eingeschlossen, daß er sich praktisch überhaupt nicht bewegen konnte. Er erstickte nicht an äußerlichen Verstrickungen und Beklemmungen; er war vielmehr durch das, was Shaddack ihm angetan hatte, von innen gefesselt.

Was bedeutete, es gab kein Entkommen.

Es sei denn, möglicherweise durch Regression.

Neil konnte das Leben, wie er es jetzt leben mußte, nicht

ertragen. Andererseits entsetzte ihn der Gedanke daran, in eine nicht menschliche Gestalt zu verfallen, und stieß ihn ab.

Sein Dilemma schien unlösbar zu sein.

Sein Unvermögen, nicht mehr an diese Zwickmühle zu denken, beunruhigte ihn fast ebensosehr wie die Zwickmühle selbst. Es ging ihm dauernd durch den Kopf. Er fand keine Ruhe.

Es gelang ihm nur dann einigermaßen, seine Sorgen – und einen Teil der Angst – aus seinem Denken zu verdrängen, wenn er mit dem mobilen VDT im Streifenwagen arbeitete. Wenn er die Anzeigentafel des Computers abrief, ob Nachrichten auf ihn warteten, wenn er sich im Moonhawk-Plan vergewisserte, wie die restlichen Verwandlungen verliefen, oder wenn er andere Aufgaben am Computer erfüllte, konzentrierte sich seine Aufmerksamkeit so sehr auf die Wechselwirkung mit der Maschine, daß er vorübergehend seine Angst vergaß und die beklemmende Klaustrophobie nachließ.

Neil hatte sich schon als Jugendlicher für Computer interessiert, aber er war nie ein Hacker geworden. So obsessiv war sein Interesse nicht. Er hatte natürlich mit Computerspielen angefangen, aber später einen billigen PC bekommen. Noch später hatte er sich mit dem Geld, das er mit einem Ferienjob verdient hatte, ein Modem gekauft. Er konnte sich nicht viele Ferngespräche leisten und verbrauchte seine Freizeit selten damit, aus dem Hinterland von Moonlight Cove in die faszinierenden Datennetze der Außenwelt einzusteigen, aber für ihn waren auch die Ausflüge ins One-line-Datensystem faszinierend und amüsant.

Als er jetzt im geparkten Auto in der Holliwell Road saß und das VDT benützte, dachte er, daß die Innenwelt des Computers bewundernswert sauber und vergleichsweise einfach, vorhersehbar und normal war. So ganz anders als die menschliche Existenz – ob Neue oder Alte Menschen. Dort drinnen herrschten Logik und Vernunft. Ursache und Wirkung und Nebenwirkung wurden immer analysiert und vollkommen deutlich gemacht. Dort drinnen war alles schwarz und weiß – und falls es grau gab, war das Grau sorgfältig abgewogen, festgelegt und bestimmt. Mit kalten Fakten konnte man besser zurechtkommen als mit Gefühlen. Ein ausschließlich aus Daten geformtes Universum, von Materie und Ereignissen abstrahiert, schien ungleich erstrebenswerter als das wirkliche Universum von Kälte und Hitze, scharf und stumpf, glatt und rauh, Blut und Tod, Schmerz und Angst.

Neil rief ein Menü nach dem anderen ab und drang immer tiefer in die Datenspeicher von Moonhawk in Sonne vor. Er brauchte keine der Daten, die er abrief, aber die Aufgabe, sie zu erlangen, tröstete ihn.

Er fing an, den Bildschirm des Terminals nicht mehr nur als Kathodenröhre zu sehen, auf der Informationen abgebildet wurden, sondern als Fenster in eine andere Welt. Eine Welt der Fakten. Eine Welt, in der es keine beunruhigenden Widersprüche gab... und keine Verantwortung. Da drinnen konnte man nichts fühlen; es gab nur das Bekannte und das Unbekannte, entweder einen Überfluß an Fakten zu einem bestimmten Thema, oder ein völliges Fehlen davon, aber kein *Fühlen*; niemals fühlen; zu fühlen war der Fluch derer, deren Existenz von Fleisch und Knochen abhing.

Ein Fenster in eine andere Welt.

Neil berührte den Bildschirm.

Er wünschte sich, er könnte das Fenster aufmachen und in jene Welt von Vernunft, Ordnung und Frieden hineinklettern.

Er strich mit den Fingerspitzen der rechten Hand unablässig über den warmen Glasbildschirm.

Es war seltsam, aber er dachte an Dorothy, die mit ihrem Hund Toto von einem Tornado von den Feldern von Kansas emporgewirbelt und aus der grauen Zeit der Depression in eine ungleich faszinierendere Welt getragen worden war. Wenn nur ein elektronischer Tornado vom Bildschirm losbrechen und ihn in eine bessere Welt transportieren könnte...

Seine Finger drangen in den Bildschirm ein.

Er zog verblüfft die Hand zurück.

Das Glas hatte keinen Sprung. Worte und Zahlen glommen auf der Röhre wie vorher.

Zuerst versuchte er sich einzureden, daß er eine Halluzination gehabt hatte. Aber das glaubte er nicht.

Er spannte die Finger. Die schienen unverletzt zu sein.

Er sah hinaus in den sturmgepeitschten Tag. Die Scheibenwischer waren nicht eingeschaltet. Regen strömte an der Scheibe herunter und verzerrte die Welt dahinter; alles da draußen sah verdreht, mutiert, seltsam aus. In so einer Welt konnte es niemals Ordnung, Vernunft und Frieden geben.

Er berührte den Computerbildschirm zögernd noch einmal. Er fühlte sich fest an.

Er dachte wieder daran, wie wünschenswert die saubere, vorhersehbare Welt des Computers sein würde – und wieder glitt seine Hand durch das Glas, diesesmal bis zum Gelenk. Der Bildschirm hatte sich um ihn geöffnet und fest geschlossen, als wäre er eine organische Membran. Die Daten leuchteten weiter auf, die Worte und Zahlen bildeten Linien um seine eingedrungene Hand herum.

Sein Herz schlug schnell. Er hatte Angst und war gleichzeitig aufgeregt.

Er versuchte, die Finger in dieser geheimnisvollen inneren Wärme zu bewegen. Er konnte sie nicht spüren. Er dachte schon, sie hätten sich aufgelöst oder wären abgeschnitten worden, und wenn er die Hand aus der Maschine zöge, würde Blut aus dem Stumpf am Handgelenk spritzen.

Er zog sie trotzdem heraus.

Die Hand war unversehrt.

Aber es war keine Hand mehr. Die Haut der Oberseite schien von den Fingerspitzen bis zum Gelenk von Kupfer und Glasfasern durchzogen zu sein. In den Glasfasern pulsierte ein konstantes Leuchten.

Er drehte die Hand herum. Die Unterseiten der Finger und der Handfläche glichen der Oberfläche einer Kathodenröhre. Daten leuchteten darauf, grüne Buchstaben auf einem dunklen, glasartigen Hintergrund. Als er die Worte und Zahlen auf seiner Hand mit denen auf dem VDT des Autos verglich, sah er, daß sie identisch waren. Die Informationen auf dem VDT wechselten, gleichzeitig mit denen auf der Hand.

Plötzlich wurde ihm klar, daß Regression zur Bestie nicht sein einziger Ausweg war und er in die Welt elektronischer Gedanken und magnetischer Erinnerungen eindringen konnte, in eine Welt des Wissens ohne fleischliche Begierden, des Denkens, ohne zu fühlen. Dies war keine Einsicht rein – oder nur vordringlich – intellektueller Natur. Es war auch kein rein instinktives Verhalten. Er wußte auf einer profunderen Ebene als Intellekt oder Instinkt, daß er sich selbst auf eine Weise neu erschaffen konnte, die noch grundlegender war als das, was Shaddack mit ihm gemacht hatte.

Er senkte die Hand vom geneigten Bildschirm zur Datenverarbeitungseinheit in der Konsole zwischen den Sitzen. Er ließ seine Hand so mühelos wie durch das Glas durch die Deckplatte und Tastatur ins Innere der Maschine eindringen.

Er war ektoplasmatisch und konnte wie ein Geist durch Wände gehen.

Kälte schlich seinen Arm entlang.

Die Daten auf dem Bildschirm wurden von einem rätselhaften Lichtmuster abgelöst.

Er lehnte sich im Sitz zurück.

Die Kälte hatte seine Schulter erreicht. Sie strömte in seinen Hals.

Er seufzte.

Er spürte, wie etwas mit seinen Augen geschah. Er war nicht sicher, was es war. Er hätte in den Rückspiegel sehen können. Aber so wichtig war es ihm nicht. Er beschloß, die Augen zuzumachen und sie zu dem werden zu lassen, was als Teil seiner zweiten und vollständigeren Verwandlung nötig war.

Jetzt war die Kälte in seinem Gesicht. Sein Mund war taub.

Noch etwas ging in seinem Kopf vor sich. Er wurde sich der inneren Geographie seiner Gehirnwindungen und Synapsen bewußt, so wie der Außenwelt.

Sein Körper war nicht mehr so sehr Teil von ihm wie früher; er spürte weniger mit ihm, als wären seine Nerven weitgehend durchgetrennt worden; er konnte nicht einmal sagen, ob es warm oder kalt in dem Auto war, wenn er sich nicht darauf konzentrierte, die Daten anzuhäufen. Schließlich war sein Körper nur ein Maschinengehäuse und ein Platz für Sensoren, ausschließlich dazu entworfen, seinem inneren Selbst zu dienen und es zu schützen, seinem rechnenden Verstand.

Die Kälte war in seinem Kopf.

Ihm war, als würden Dutzende, dann Hunderte, schließlich Zehntausende eiskalter Spinnen über sein Gehirn krabbeln und sich hineinfressen.

Plötzlich fiel ihm wieder ein, daß Oz für Dorothy ein lebender Alptraum gewesen war und sie mit aller Verzweiflung nach Kansas zurückwollte.

Auch Alice hatte nur Wahnsinn und Entsetzen im Kaninchenloch oder hinter dem Spiegel gefunden…

Eine Million kalte Spinnen.

In seinem Kopf.

Eine Milliarde.

Kalt, kalt.

Wuselnd.

33

Loman, der immer noch durch Moonlight Cove fuhr und nach Shaddack suchte, sah zwei Regressive über die Straße hasten.

Er war in der Paddock Lane, am südlichen Stadtrand, wo die Grundstücke so groß waren, daß sich die Leute Pferde halten konnten. Ranchhäuser lagen auf beiden Seiten, daneben oder dahinter kleine private Stallungen. Die Häuser standen etwas abseits der Straße hinter schmiedeeisernen Gittern oder weißen Holzzäunen, hinter grünen und üppigen Rasenflächen.

Die beiden Regressiven brachen aus einer dichten Reihe ausgewachsener, einen Meter hoher Azaleen hervor, die um diese Zeit zwar noch buschig waren, aber keine Blüten mehr trugen. Sie sprangen auf allen vieren über die Straße, hüpften in den Graben, brachen durch eine Hecke und verschwanden dahinter.

Obwohl auf beiden Seiten der Paddock Lane gewaltige Pinien standen, deren Schatten den ohnedies düsteren Tag noch dunkler machten, war Loman sicher, was er gesehen hatte. Sie waren Traumgeschöpfen nachempfunden gewesen, nicht Tieren der wirklichen Welt: teils Wolf, vielleicht, teils Katze, teils Reptil. Sie waren schnell und machten einen kräftigen Eindruck. Einer hatte den Kopf zu ihm gedreht, seine Augen glühten im Schatten rosarot wie die einer Ratte.

Er bremste, hielt aber nicht an. Es lag ihm nichts mehr daran, Regressive zu identifizieren und auszuschalten. Zunächst einmal hatte er sie bereits zu seiner Zufriedenheit identifiziert: alle Verwandelten. Er wußte, er konnte sie nur aufhalten, indem er Shaddack aufhielte. Er war auf eine weitaus größere Beute aus.

Aber es bestürzte ihn, sie dreist im hellen Tageslicht auf der Pirsch zu sehen, um halb drei Uhr nachmittags. Bislang waren sie heimlichtuerische Geschöpfe der Nacht gewesen, die die Schande ihrer Regression verbargen, indem sie nur nach Sonnenuntergang in ihr verändertes Dasein überwechselten. Da sie nun bereit waren, vor Einbruch der Nacht hinauszuziehen, zerfiel das Projekt Moonhawk schneller ins Chaos, als er erwartet hatte. Moonlight Cove taumelte nicht mehr nur am Rand der Hölle dahin, es war bereits über die Grenze gekippt und raste in den Abgrund hinunter.

34

Sie waren wieder in Harrys Schlafzimmer im dritten Stock, wo sie die vergangenen eineinhalb Stunden verbracht, sich die Köpfe zerbrochen und hektisch ihre Möglichkeiten diskutiert hatten. Keine Lampen waren eingeschaltet. Wäßriges Nachmittagslicht überflutete das Zimmer und trug seinen Teil zur ernsten Stimmung bei.

»Wir waren uns also einig, daß es zwei Möglichkeiten gibt, eine Nachricht aus der Stadt hinauszuschicken«, sagte Sam.

»Aber in jedem Fall«, sagte Tessa unbehaglich, »müssen Sie hinaus und eine immense Strecke zurücklegen, um dorthin zu gelangen, wo Sie hin wollen.«

Sam zuckte die Achseln.

Tessa und Chrissie hatten die Schuhe ausgezogen und saßen auf dem Bett, sie lehnten mit den Rücken am Kopfteil. Das Mädchen hatte offenbar die Absicht, in Tessas Nähe zu bleiben; sie schien sich so auf sie eingestellt zu haben, wie sich ein frisch aus dem Ei geschlüpftes Küken auf die nächstbeste erwachsene Henne einstimmt, ob sie nun wirklich seine Mutter ist oder nicht.

Tessa sagte: »Das wird nicht so einfach sein wie zwei Türen weiter zum Haus der Coltranes zu schleichen. Nicht bei Tage.«

»Glauben Sie, ich sollte warten, bis es dunkel wird?« fragte Sam.

»Ja. Gegen Spätnachmittag wird auch der Nebel dichter werden.«

Es war ihr ernst damit, obwohl sie sich wegen der Verzögerung Sorgen machte. In der Zeit, während sie warteten, würden noch mehr Menschen verwandelt werden. Moonlight Cove würde zu einer zunehmend fremden, gefährlichen Umgebung voller Überraschungen werden.

Sam wandte sich an Harry und sagte: »Wann wird es dunkel?«

Harry saß im Rollstuhl. Moose war zu seinem Herrchen zurückgekehrt und hatte den Kopf unter der Stuhllehne durchgeschoben und auf Harrys Schoß gelegt; er war damit zufrieden, lange Zeit in dieser unbequemen Haltung zu verweilen, wenn er nur ab und zu einmal gekrault oder gestreichelt wurde oder ein liebes Wort zu hören bekam.

Harry sagte: »Um diese Zeit beginnt die Dämmerung vor achtzehn Uhr.«

Sam saß am Teleskop, aber momentan benützte er es nicht. Vor einigen Augenblicken hatte er die Straßen abgesucht und berichtet, daß er mehr Aktivitäten denn je sah – jede Menge Patrouillen in Autos oder zu Fuß. Da immer weniger Menschen in Moonlight Cove unverwandelt blieben, wurden die Verschwörer, die hinter Moonhawk steckten, immer dreister mit ihren Polizeiaktionen und waren nicht mehr so besorgt wie früher, Aufmerksamkeit auf sich zu lenken.

Sam sah auf die Uhr und sagte: »Ich kann nicht sagen, daß mir die Vorstellung gefällt, drei Stunden oder mehr zu vergeuden. Je früher wir unsere Nachricht hinausbringen, desto mehr Menschen retten wir vor… was immer ihnen angetan wird.«

»Aber wenn Sie erwischt werden, weil Sie nicht bis Einbruch der Dunkelheit gewartet haben«, sagte Tessa, »sind die Chancen, *überhaupt* jemanden zu retten, deutlich geringer.«

»Die Dame hat recht«, sagte Harry.

»Sehr sogar«, sagte Chrissie. »Daß sie keine Außerirdischen sind, bedeutet noch lange nicht, daß man leichter mit ihnen fertig werden kann.«

Da man selbst mit den funktionierenden Telefonen nur genehmigte Nummern innerhalb der Stadt anwählen konnte, hatten sie diese Hoffnung aufgegeben. Aber Sam war klargeworden, daß jeder PC, der per Modem mit dem Supercomputer bei New Wave verbunden war – Harry hatte gesagt, sie nannten ihn Sonne –, ein Kommunikationsmittel aus der Stadt hinaus bilden konnte, einen elektronischen Highway, auf dem sie die derzeitigen Einschränkungen des Telefonnetzes und die Straßensperren umgehen konnten.

Sam hatte gestern nacht, als er das VDT im Streifenwagen benutzte, feststellen können, daß Sonne in direktem Kontakt mit einer Vielzahl von anderen Computern stand – einschließlich mehrerer Datenspeicher des FBI, sowohl welche mit allgemeinem Zugang wie auch solche, die eigentlich nur FBI-Agenten vorbehalten sein sollten. Wenn er sich an ein VDT setzen, mit Sonne Verbindung aufnehmen und durch Sonne in den FBI-Computer gelangen könnte, könnte er einen Hilferuf absetzen, der auf dem Bildschirm des Bureau erscheinen und schwarz auf weiß aus dem Laserdrucker in dem Büro kommen würde.

Sie gingen selbstverständlich davon aus, daß die Einschränkungen der Kontakte nach draußen, die auf alle Telefonleitungen in der Stadt zutrafen, *nicht* auch für die Verbindungen galten, die Sonne mit der Außenwelt hielt. Wenn Sonnes Kontakte aus Moonlight Cove hinaus ebenfalls unterbrochen wären, dann hätten sie überhaupt keine Hoffnung mehr.

Sam scheute sich verständlicherweise davor, in Häuser zu gehen, die von Mitarbeitern von New Wave bewohnt wurden, weil er Angst hatte, er könnte noch mehr Menschen wie den Coltranes begegnen. Damit blieben nur zwei Möglichkeiten, an einen PC heranzukommen, der mit Sonne verbunden werden konnte.

Als erstes konnte er natürlich versuchen, in einen Streifenwagen zu gelangen und eines ihrer mobilen Terminals zu benützen, so wie gestern abend. Aber sie waren jetzt über seine Anwesenheit im klaren, und er würde sich nicht mehr so leicht an einen unbemannten Streifenwagen heranschleichen können. Zudem war es wahrscheinlich, daß sämtliche Streifenwagen in Benutzung sein würden, da die Polizei immer dringender nach ihm und zweifellos auch nach Tessa suchte. Und selbst wenn ein Streifenwagen hinter dem Rathaus parkte, würde dort momentan wahrscheinlich wesentlich mehr Aktivität herrschen als bei seinem letzten Besuch.

Zweitens, sie könnten die Computer der High School am Roshmore Way benützen. New Wave hatte sie nicht aus edler Sorge um die Ausbildungsqualität der hiesigen Schüler gespendet, sondern als weiteres Mittel, die Gemeinde an sich zu binden. Sam war der Meinung, der Tessa zustimmte, daß die Terminals der Schule wahrscheinlich mit Sonne verbunden werden konnten.

Aber Moonlight Cove Central, wie die Kombination von Junior und Senior High School genannt wurde, befand sich an der Westseite des Roshmore Way, zwei Blocks westlich und einen ganzen Block südlich von Harrys Haus. Unter normalen Umständen wäre das ein angenehmer Spaziergang von fünf Minuten gewesen. Aber da die Straßen unter Beobachtung standen und jedes Haus ein potentieller, von Feinden bemannter Wachturm war, würde es ebenso schwierig sein, die Schule unbemerkt zu erreichen, wie ein Minenfeld zu überqueren.

»Außerdem unterrichten sie noch an der Schule. Sie können nicht einfach hineingehen und einen Computer benützen.«

»Besonders«, sagte Tessa, »da man sich ausmalen kann, daß die Lehrer zu den zuerst Verwandelten gehören.«

»Wann ist der Unterricht zu Ende?« fragte Sam.

»Nun, an der Thomas Jefferson dürfen wir um drei gehen, aber an der Central unterrichten sie noch eine halbe Stunde länger.«

»Halb vier«, sagte Sam.

Harry sah auf die Uhr und sagte: »Noch siebenundvierzig Minuten. Aber selbst dann wird es noch Aktivitäten nach Schulschluß dort geben, oder nicht?«

»Klar«, sagte Chrissie. »Orchester, möglicherweise Footballtraining, ein paar Arbeitsgemeinschaften, die sich während der regulären Unterrichtszeit nicht treffen können.«

»Um wieviel Uhr dürfte alles vorbei sein?«

»Ich weiß, daß das Orchester von Viertel vor vier bis Viertel vor fünf übt«, sagte Chrissie, »weil ich mit einem Mädchen befreundet bin, das ein Jahr älter ist als ich und im Orchester spielt. Ich spiele Klarinette. Ich möchte nächstes Jahr auch im Orchester spielen. Wenn es eine Kapelle gibt. Wenn es ein nächstes Jahr gibt.«

»Also sagen wir... um fünf Uhr ist die Schule verlassen.«

»Das Footballtraining dauert länger.«

»Trainieren sie heute, im strömenden Regen?«

»Ich denke nicht.«

»Wenn Sie bis fünf oder halb sechs warten«, sagte Tessa, »dann können Sie auch noch ein klein wenig länger warten und nach Einbruch der Dunkelheit hingehen.«

Sam nickte. »Stimmt.«

»Sam, Sie vergessen etwas«, sagte Harry.

»Was?«

»Kurz nachdem Sie weg sind, vielleicht schon Punkt sechs, werden sie hierherkommen, um mich zu verwandeln.«

»Mein Gott, das stimmt!« sagte Sam.

Moose hob den Kopf vom Schoß seines Herrn und zog ihn unter der Armlehne hervor. Er saß aufrecht da und hatte die schwarzen Ohren gespitzt, als hätte er genau verstanden und wartete bereits auf das Läuten der Klingel oder ein Klopfen unten an der Tür.

»Ich bin *auch* der Meinung, daß Sie bis Einbruch der Dunkelheit warten sollten, bevor Sie gehen, um eine bessere Chance zu haben«, sagte Harry, »aber dann müssen Sie Tessa und Chrissie mitnehmen. Es wäre nicht sicher, sie hier zu lassen.«

»Wir müssen Sie auch mitnehmen«, sagte Chrissie sofort. »Sie und Moose. Wir wissen nicht, ob sie auch Hunde verwandeln, aber wir müssen Moose trotzdem zur Sicherheit mitnehmen. Wir wollen uns doch keine Sorgen machen müssen, daß er in eine Maschine oder sonstwas verwandelt wird.«

Moose wuffte.

»Können wir davon ausgehen, daß er nicht bellt?« fragte Chrissie. »Wir wollen schließlich nicht, daß er im entscheidenden Augenblick etwas anbellt. Ich denke, wir sollten ihm einen Streifen Mullbinde um die Schnauze wickeln, in knebeln, was ziemlich böse ist und wahrscheinlich seine Gefühle verletzt, weil es bedeutet, daß wir ihm nicht vollkommen vertrauen, aber es würde ihm natürlich nicht körperlich wehtun, und ich bin sicher, wir könnten es später wiedergutmachen, vielleicht mit einem saftigen Steak oder…«

Sie stellte plötzlich fest, daß das Schweigen ihrer Gefährten ungewöhnlich ernst war, und verstummte ebenfalls. Sie sah Harry und Sam blinzelnd an, und dann stirnrunzelnd Tessa, die immer noch neben ihr auf dem Bett saß.

Seit sie nach oben gekommen waren, hatten sich dunkle Wolken am Himmel zusammengezogen, das Zimmer versank immer mehr in Schatten. Aber in diesem Augenblick konnte Tessa Harry Talbots Gesicht fast zu deutlich in der grauen Düsternis sehen. Sie merkte, wie sehr er sich bemühte, seine Angst zu verbergen, was ihm weitgehend gelang, er brachte sogar ein Lächeln und einen unbekümmerten Tonfall zustande, der lediglich von seinen ausdrucksvollen Augen Lügen gestraft wurde.

Harry sagte zu Chrissie: »Ich kann nicht mit euch kommen, Liebes.«

»Oh«, sagte das Mädchen. Sie sah ihn wieder an, und ihr Blick glitt von ihm zum Rollstuhl, in dem er saß. »Aber Sie waren einmal bei uns in der Schule und haben eine Rede gehalten. Sie verlassen manchmal das Haus. Sie müssen einen Weg haben, wie Sie hinaus können.«

Harry lächelte. »Der Fahrstuhl geht hinunter in die Garage im Keller. Ich fahre nicht mehr, also ist kein Auto unten, und ich kann mühelos durch die Einfahrt zum Gehweg rollen.«

»Na also!« sagte Chrissie.

Harry sah Sam an und sagte: »Aber ich kann nicht durch die Straßen fahren, die manchmal sehr steil sind, ohne einen Begleiter. Der Rollstuhl hat Bremsen, und der Motor ist ziemlich stark, aber er reicht nicht annähernd für die Steigungen aus.«

»Wir sind bei Ihnen«, sagte Chrissie ernst. »Wir können Ihnen helfen.«

»Liebes Mädchen, ihr könnt nicht schnell genug durch drei Blocks besetztes Gelände schleichen, wenn ihr mich dabei mitschleppen müßt«, sagte Harry fest. »Zunächst einmal müßt ihr euch weitgehend von den Straßen fernhalten, wogegen ich nur auf Asphalt rollen kann, besonders bei diesem Wetter, wo der Boden so naß ist.«

»Wir können Sie tragen.«

»Nein«, sagte Sam. »Das können wir nicht. Nicht, wenn wir zur Schule gelangen und eine Botschaft ans Bureau absetzen wollen. Es ist eine kurze Strecke, aber voller Gefahren, und wir müssen ohne Belastungen gehen. Tut mir leid, Harry.«

»Sie müssen sich nicht entschuldigen«, sagte Harry. »Ich würde es nicht anders dulden. Glauben Sie, ich möchte wie ein Zementsack durch die halbe Stadt geschleppt oder getragen werden?«

Die offensichtlich beunruhigte Chrissie stand vom Bett auf und ballte die Fäuste an den Seiten. Sie sah von Tessa zu Sam und wieder zu Tessa und flehte sie stumm an, sich eine Möglichkeit auszudenken, Harry zu retten.

Draußen war der graue Himmel jetzt von häßlichen Wolken befleckt, die beinahe schwarz waren.

Der Regen ließ nach, aber Tessa spürte, daß es nur eine kurze Ruhepause war, nach der es noch heftiger als vorher schütten würde.

Die seelische und weltliche Düsternis nahmen zu.

Moose winselte leise.

Tränen glitzerten in Chrissies Augen, sie schien Harry nicht in die Augen sehen zu können. Sie ging zum Nordfenster und sah zum Nachbarhaus hinüber und zur Straße hinunter – gerade so weit vom Glas weg, daß sie von draußen nicht gesehen werden konnte.

Tessa wollte sie trösten.

Sie wollte auch Harry trösten.

Mehr als das... sie wollte, daß alles *richtig* würde.

Als Autorin/Regisseurin/Produzentin war sie ein Macher und gut darin, das Kommando zu übernehmen und dafür zu sorgen, daß etwas geschah. Sie wußte immer, wie ein Problem zu lösen war, was man in einer Krise tat, wie man die Kameras am Rollen hielt, nachdem ein Projekt angefangen hatte. Aber jetzt war sie hilflos. Sie konnte die Wirklichkeit nicht immer mit der Treffsicherheit skripten, wie sie ihre Filme schrieb; manchmal weigerte sich die wirkliche Welt, sich ihrem Willen zu beugen. Vielleicht hatte sie deshalb ihren Beruf einer Familie vorgezogen, obwohl sie als Kind so eine wunderbare Familienatmosphäre erlebt hatte. Sie wirkliche Welt des täglichen Lebens und Strebens war schlampig, unvorhersehbar, voll loser Enden; sie konnte sich nicht darauf verlassen, daß sie alles so verknüpfen konnte, als würde sie sich einzelne Aspekte herausgreifen und zu einem ordentlichen Film zusammenfügen. Das Leben war das Leben, breit und prall... aber Film bestand nur aus dem Essentiellen. Vielleicht kam sie mit dem Essentiellen besser zurecht als mit dem Leben in all seinen fröhlichen Einzelheiten.

Ihr genetisch bedingter Lockland-Optimismus, der bislang so grell wie ein Scheinwerfer gewesen war, hatte sie nicht verlassen, aber er war momentan eindeutig etwas getrübt.

Harry sagte: »Es wird alles gut werden.«

»Wie?« fragte Sam.

»Ich bin wahrscheinlich der letzte auf ihrer Liste«, sagte Harry. »Sie werden sich nicht speziell um Krüppel und Blinde kümmern. Selbst wenn wir etwas erfahren, können wir die Stadt nicht verlassen und Hilfe holen. Mrs. Sagerian – sie wohnt drüben am Pinecrest – ist blind, und ich wette, wir beiden sind die letzten im Plan. Sie werden mit uns bis kurz vor Mitternacht warten. Wir werden schon sehen. Ganz bestimmt. Sie müssen also nur zur High School und das FBI benachrichtigen, damit Hilfe kommt, und zwar pronto, bevor es Mitternacht ist, und alles wird gut werden.«

Chrissie wandte sich vom Fenster ab, ihre Wangen waren tränenfeucht. »Glauben Sie das wirklich, Mr. Talbot? Glauben Sie wirklich allen Ernstes, daß sie nicht vor Mitternacht hierherkommen werden?«

Mit dem ständig etwas zur Seite geneigten Kopf, der je nachdem, wie man ihn sah, entweder fröhlich oder herzzerreißend war, blinzelte Harry dem Mädchen zu, obwohl sie weiter von ihm weg war als Tessa und das Zwinkern vielleicht gar nicht sah. »Wenn ich dich anlüge, Liebes, soll Gott mich in diesem Augenblick mit einem Blitzstrahl erschlagen.«

Es regnete, aber kein Blitz war zu sehen.

»Siehst du?« sagte Harry grinsend.

Obwohl das Mädchen eindeutig das Szenario glauben wollte, das sich Harry für sie ausgedacht hatte, wußte Tessa, sie konnten sich nicht darauf verlassen, daß er wirklich der letzte oder vorletzte auf der Liste der letzten Etappe der Verwandlung war. Was er gesagt hatte, schien einigermaßen zutreffend zu sein, aber es war einfach zu schön. Wie die Entwicklung einer Erzählstruktur beim Drehbuch. Das wirkliche Leben war, wie sie sich gerade vergegenwärtigt hatte, schlampig und unvorhersehbar. Sie wollte verzweifelt glauben, daß Harry bis wenige Minuten vor Mitternacht sicher sein würde, aber in Wirklichkeit würde er in allergrößter Gefahr sein, sobald die Uhr sechs geschlagen hatte und die letzte Etappe der Verwandlungen angefangen hatte.

35

Shaddack blieb fast den ganzen Nachmittag über in der Garage von Paula Parkins.

Er machte zweimal das große Tor auf, ließ den Motor des Lieferwagens an und fuhr in die Einfahrt, wo er das Fortschreiten von Moonhawk besser über VDT verfolgen konnte. Er war beide Male zufrieden mit den Daten, fuhr in die Garage zurück und ließ das Tor wieder herunter.

Der Mechanismus tickte planmäßig. Er hatte ihn entworfen, gebaut, aufgezogen und den Starthebel gedrückt. Jetzt konnte er ohne ihn ablaufen.

Er verbrachte die Stunden hinter dem Lenkrad sitzend und hing Tagträumen über die Zeit nach, wenn das Projekt Moonhawk vollendet und die ganze Welt einbezogen sein würde. Wenn keine Alten Menschen mehr existierten, würde er das Wort ›Macht‹ neu definiert haben, denn kein anderer Mensch im Verlauf der Geschichte vor ihm hatte dieses Ausmaß an Kontrolle gehabt. Wenn er die Rasse neu geschaffen hatte, konnte er ihr Schicksal nach seinem eigenen Gutdünken programmieren. Die ganze Menschheit würde ein einziger großer Stock sein, der regsam summte und seiner Vision diente. Bei seinen Tagträumen wurde seine Erektion so hart, daß sie schmerzhaft zu pochen anfing.

Shaddack kannte viele Wissenschaftler, die aufrichtig zu glauben schienen, daß es der Zweck technologischen Fortschritts war, die Lage der Menschheit zu verbessern, die Rasse aus dem Schlamm herauszuholen und schließlich einmal zu den Sternen zu transportieren. Er sah das anders. Für ihn bestand der einzige Zweck der Technologie darin, Macht in seinen Händen zu konzentrieren. Die bisherigen potentiellen Neugestalter der Welt hatten sich auf politische Macht verlassen, was in letzter Konsequenz immer die Macht des Gesetzes bedeutete. Hitler, Stalin, Mao, Pol Pot und viele andere hatten Macht durch Einschüchterung und Massenmord gesucht, sie waren durch Blutlachen zum Thron geschritten, und keinem war am Ende das zuteil geworden, was Silikonchips nun Shaddack geben würden. Die Feder war nicht mächtiger als das Schwert, aber der Mikroprozessor war mächtiger als gewaltige Armeen.

Wenn sie wüßten, was er angefangen und welche Eroberungsfantasien er noch in sich hatte, würden wahrscheinlich alle anderen Männer der Wissenschaft sagen, daß er pervers, krank, nicht normal war. Das war ihm einerlei. Sie hatten selbstverständlich unrecht. Weil ihnen nicht klar war, wer er war. Das Kind des Mondfalken. Er hatte diejenigen vernichtet, die sich als seine Eltern ausgegeben hatten, und er war nicht entlarvt und bestraft worden, was Beweis dafür war, daß die Gesetze und Vorschriften, nach denen andere Menschen leben mußten, auf ihn nicht zutrafen. Seine *wahren* Eltern waren körperlose und mächtige Geistwesen. Sie hatten ihn vor einer Bestrafung beschützt, weil die Morde, die er vor so langer Zeit in Phoenix begangen hatte, ein heiliges Opfer für seine wahren Vorfahren gewesen waren, eine Bekundung, wie sehr er an sie glaubte und ihnen vertraute. Andere Wissenschaftler würden ihn mißverstehen, weil sie nicht wissen konnten, daß sich die gesamte Existenz um ihn herum konzentrierte, daß das Universum selbst nur existierte, weil *er* existierte, und wenn er jemals starb – was unwahrscheinlich war –, würde das gesamte Universum gleichzeitig zu existieren aufhören. Er war der Mittelpunkt der Schöpfung. Er war der einzige Mensch, auf den es ankam. Das hatten ihm die großen Geister gesagt. Die großen Geister hatten ihm diese Wahrheit mehr als dreißig Jahre lang im wachen und im schlafenden Zustand ins Ohr geflüstert.

Kind des Mondfalken…

Während der Nachmittag verstrich, wurde er noch aufgeregter, wenn er an die abschließende Phase des ersten Teils des Projekts dachte, und er hielt das vorübergehende Exil in Parkins' Garage nicht mehr aus. Es schien zwar klug gewesen zu sein, sich von Orten fernzuhalten, an denen Loman Watkins ihn finden könnte, aber es fiel ihm zunehmend schwerer, Gründe dafür zu finden, sich weiter zu verstekken. Die gestrigen Vorkommnisse in Mike Peysers Haus kamen ihm gar nicht mehr so katastrophal vor, lediglich ein unbedeutender Rückschlag; er war sicher, daß sich das Problem der Regressiven letztendlich lösen lassen würde. Sein Genie war die Folge direkter Kontakte zwischen ihm und höheren Geistern, und wenn diese großen Geister seinen Erfolg wollten, war keine Schwierigkeit unüberwindbar. Die Bedrohung, die von Watkins ausging, wurde in seiner Erinnerung immer nebensächlicher, bis das Versprechen des Polizeichefs, ihn zu finden, hohl und sogar bemitleidenswert wirkte.

Er war das Kind des Mondfalken.

Um halb fünf machte er das Garagentor auf.

Er ließ den Lieferwagen an und fuhr die Einfahrt hinab.

Er war das Kind des Mondfalken.

Er bog auf die Landstraße ein und fuhr Richtung Stadt.

Er war das Kind des Mondfalken, Erbe der Krone des Lichts, und um Mitternacht würde er seinen Thron besteigen.

36

Pack Martin – sein Name lautete eigentlich Packard, weil seine Mutter ihn nach einem Auto getauft hatte, das der ganze Stolz seines Vaters gewesen war – lebte in einem Hauswohnwagen am südöstlichen Stadtrand. Es war ein alter Wohnwagen, dessen emaillierte Teile verblaßt und rissig waren wie die Glasur einer uralten Vase. Er war an manchen Stellen rostig, verbeult und stand auf einem Betonfundament auf einem Grundstück, das fast vollständig von Unkraut überwuchert war. Pack wußte, viele Menschen in Moonlight Cove hielten dieses Grundstück für eine Schande, aber ihm war das ziemlich scheißegal.

Der Wohnwagen hatte elektrischen Strom, einen Ölofen und fließend Wasser, was seinen Ansprüchen vollauf genügte. Er war warm und trocken und hatte einen Ort, an dem er sein Bier aufbewahren konnte. Es war ein ansehnlicher Palast.

Und am besten war, der Wohnwagen war schon vor fünfundzwanzig Jahren mit Geld bezahlt worden, das er von seiner Mutter geerbt hatte, so daß keine Hypothek über seinem Kopf hing. Er hatte noch etwas von der Erbschaft übrig, aber er rührte die Summe so gut wie nie an. Die Zinsen beliefen sich auf fast dreihundert Dollar monatlich, und zudem hatte er seine Behindertenrente, die er sich durch einen Sturz, drei Wochen nachdem er zur Armee eingezogen worden war, verdient hatte. Die einzige echte Arbeit, der Pack je nachgegangen war, war das Studium der subtilsten und komplexesten Symptome ernster Rückenverletzungen, die er genau auswendig gelernt hatte, bevor er seinem Musterungsbescheid Folge leistete.

Er war zu einem Mann des Müßiggangs geboren. Das hatte er schon im zartesten Alter gewußt. Die Arbeit und er waren nichts füreinander. Er dachte sich, das er auserkoren gewesen wäre, als Sohn einer reichen Familie geboren zu werden, aber irgend jemand hatte gepennt und es vermasselt, und so war er zum Sohn einer Kellnerin geworden, die gerade hinreichend arbeitsam gewesen war, ihm ein minimales Erbe zu hinterlassen.

Aber er beneidete niemanden. Er kaufte jeden Monat zwölf oder vierzehn Kästen billiges Bier im Supermarkt am Highway, und er hatte den Fernseher, und er war mit einem Schinken- und Senf-Sandwich und ein paar Fritos ab und zu ganz zufrieden.

An diesem Dienstag nachmittag um vier Uhr hatte Pack die zweite Sechserpackung des Tages schon fast hinter sich, fläzte in seinem Ohrensessel und sah sich eine Quizsendung an, bei der die prallen Möpse der Assistentinnen, die immer von weit ausgeschnittenen Kleidern betont wurden, wesentlich interessanter waren als der Showmaster, die Teilnehmer oder die Fragen.

Der Showmaster sagte: »Was wählen Sie? Möchten Sie das, was hinter Wand eins, Wand zwei oder Wand drei ist?«

Pack sagte zum Fernseher: »Ich nehme das, was die Süßen im Ausschnitt haben, herzlichen Dank«, und trank noch mehr Bier.

Da klopfte jemand an die Tür.

Pack stand nicht auf, er nahm das Klopfen nicht einmal zur Kenntnis. Er hatte keine Freunde, daher interessierten ihn Besucher nicht. Es waren immer Wohltäter der Gemeinde, die ihm einen Karton Lebensmittel brachten, die er nicht wollte, oder ihm anboten, sie würden sein Unkraut mähen und das Grundstück aufräumen, was er auch nicht wollte, weil er sein Unkraut mochte.

Sie klopften noch einmal.

Pack antwortete darauf, indem er den Fernseher lauter stellte.

Sie klopften fester.

»Geh weg«, sagte Pack.

Sie *hämmerten* an die Tür, so daß der ganze Wohnwagen bebte.

»Was soll das?« sagte Pack. Er schaltete den Fernseher aus und stand auf.

Das Hämmern wiederholte sich nicht, aber Pack hörte seltsam kratzende Laute an der Seite des Wagens.

Und es knirschte auf dem Fundament, was manchmal vorkam, wenn der Wind besonders stark wehte. Aber heute war es windstill.

»Kinder«, entschied Pack.

Die Familie Aikhorn, die zweihundert Meter südlich auf der anderen Seite der Landstraße wohnte, hatte so brutale Kinder, daß man sie allesamt hätte einschläfern, in Formaldehyd einlegen und in einem Museum für kriminelles Verhalten hätte ausstellen sollen. Diese Bälger schoben ihm zum Spaß Kracher durch Ritzen in den Fundamenten herein und weckten ihn mitten in der Nacht mit einem lauten Knall.

Das Kratzen an der Wohnwagenseite hörte auf, aber jetzt liefen ein paar Kinder auf dem Dach herum.

Das war zuviel. Das Metalldach war zwar nicht undicht, hatte aber schon bessere Zeiten gesehen, und unter dem Gewicht mehrerer Kinder würde es sich wahrscheinlich verbiegen, wenn nicht gar an den Nähten aufplatzen.

Pack machte die Tür auf, trat in den Regen hinaus und überschüttete sie mit Obszönitäten. Aber als er nach oben sah, sah er keine Kinder auf dem Dach. Statt dessen sah er etwas aus einem Monsterfilm der fünfziger Jahre, so groß wie ein Mensch, mit klickenden Kiefern und Facettenaugen und einem von winzigen Scheren gesäumten Mund. Das Unheimliche war, er sah auch ein paar Züge eines menschlichen Gesichts in der monströsen Fratze, gerade soviel, daß er Daryl Aikhorn, den Vater der Bälger, er erkennen glaubte. »*Brauuuuuuuuche*«, sagte es mit einer Stimme, die halb die von Aikhorn und halb insektenhaftes Surren war. Es sprang ihn an, und dabei fuhr es einen teuflisch spitzen Stachel aus dem ekelhaften Körper aus. Noch bevor ihn der ein Meter lange, unterteilte Speer am Magen durchbohrte und durch ihn hindurchging, wußte Packer, daß die Tage von Bier und Schinkensandwiches und Fritos und Invalidenrente und Quizmädchen mit perfekten Möpsen vorbei waren.

Randy Hapgood, vierzehn, schlurfte durch das schmutzige, knöcheltiefe Wasser eines überfließenden Rinnsteins und schnaubte verächtlich, als wollte er sagen, daß die Natur mit einem tausendmal größeren Hindernis daherkommen mußte, wenn sie ihn einschüchtern wollte. Er weigerte sich, Regenmantel und Gummistiefel zu tragen, weil diese Kleidungsstücke nicht modisch und *cool* waren. Und man sah auch keine üppigen Blondinen an den Armen von Tölpeln, die Regenschirme trugen. Auch an Randy hingen keine üppigen Mädchen, aber er dachte sich, das sie einfach noch nicht bemerkt hatten, wie *cool* er war, wie gleichgültig gegenüber dem Wetter und allem anderen, das den anderen Typen zu schaffen machte.

Er war tropfnaß und elend – pfiff aber fröhlich, um es sich nicht anmerken zu lassen –, als er zwanzig vor fünf von der Central nach Hause kam, weil die Übungsstunde des Orchesters wegen schlechten Wetters abgesagt worden war. Er zog die nasse Jeansjacke aus und hängte sie an die Rückseite der Waschküche. Er zog auch die nassen Turnschuhe aus.

»Ich bin *hiiiiiiiiiier*«, rief er und parodierte damit das kleine Mädchen in *Poltergeist*.

Niemand antwortete ihm.

Er wußte, seine Eltern waren zu Hause, weil die Lichter an waren; außerdem war die Haustür nicht abgeschlossen. Sie arbeiteten in letzter Zeit immer häufiger zu Hause. Sie hatten etwas mit Produktentwicklung bei New Wave zu tun, und sie konnten einen ganzen Tag an ihren zwei Terminals oben arbeiten, im Hinterzimmer, ohne tatsächlich ins Büro zu gehen.

Randy holte sich eine Cola aus dem Kühlschrank, riß sie auf, trank einen Schluck und ging nach oben, um sich zu trocknen, während er Pete und Marsha von seinem Tag erzählte. Er nannte sie nicht Mom und Dad, aber das störte sie nicht; sie waren *cool*. Manchmal dachte er, daß sie vielleicht sogar zu *cool* waren. Sie fuhren einen Porsche, und ihre Kleidung war der aller anderen immer ein halbes Jahr voraus, und sie unterhielten sich über alles mit ihm, *alles*, einschließlich Sex, und zwar so offen, als wären sie seine Kumpels. Sollte er jemals eine üppige Blondine finden, die sich an ihn hängen wollte, würde er sie vielleicht gar nicht nach Hause bringen, aus Angst, sie könnte seinen Dad für viel *cooler* halten als ihn selbst. Manchmal wünschte er sich, Pete und Marsha wären dick, schlampig, altmodisch angezogen und würden etepetete darauf bestehen, Mom und Dad genannt zu werden. Der Wettbewerb um gute Noten und Ansehen in der Schule war schlimm genug, und er hatte zu alledem noch den Eindruck, als stünde er zu Hause im Wettbewerb mit seinen Eltern.

Oben auf der Treppe rief er noch einmal: »Mit den unsterblichen Worten des modernen amerikanischen Intellektuellen John Ramon: ›Yo!‹«

Sie antworteten immer noch nicht.

Als Randy die angelehnte Tür des Arbeitszimmers am Ende des Flurs erreichte, bekam er das Grausen. Er zitterte und runzelte die Stirn, blieb aber nicht stehen, weil es nicht zu seinem Bild des ungeheuer *coolen* Typen paßte, sich von etwas einschüchtern zu lassen.

Er trat über die Schwelle und hatte schon einen vorlauten Kommentar parat, weil sie ihm nicht geantwortete hatten. Er blieb, zu spät, starr vor Schrecken mitten im Zimmer stehen.

Pete und Marsha saßen einander an dem großen Schreibtisch, wo ihre Computer Rücken an Rücken standen, gegenüber. Nein, sie saßen nicht unbedingt da; sie waren mit Dutzenden von in Segmente unterteilten Kabeln, die aus ihnen wuchsen – oder aus den Maschinen, das war schwer zu sagen – mit den Stühlen und Computern verbunden, aber sie verankerten sie nicht nur mit Computern und Stühlen, sondern auch mit dem Boden, in dem die Kabel schließlich verschwanden. Ihre Gesichter waren immer noch zu erkennen, aber gräßlich verwandelt, halb blasse Haut und halb Metall, das einen leicht geschmolzenen Eindruck machte.

Randy konnte nicht atmen.

Aber er konnte sich plötzlich wieder bewegen und taumelte rückwärts.

Hinter ihm schlug die Tür zu.

Er wirbelte herum.

Tentakel – halb organisch, halb menschlich – brachen aus der Wand hervor. Das ganze Zimmer schien auf unheimliche, gräßliche Weise zu leben, oder vielleicht waren außerirdische Maschinen in den Wänden verborgen. Die Tentakel waren schnell. Sie wirbelten um ihn, umklammerten seine Arme, wickelten ihn völlig ein und drehten ihn zu seinen Eltern um.

Sie saßen immer noch auf den Stühlen, aber nicht mehr über die Computer gebeugt. Sie sahen ihn mit leuchtendgrünen Augen an, die in den Höhlen zu kochen schienen; sie blubberten und wirbelten.

Randy schrie. Er schlug um sich, aber die Tentakel hielten ihn fest.

Pete machte den Mund auf, und ein halbes Dutzend silberne Kugeln, wie große Kugellager, schossen daraus hervor und trafen Randy an der Brust.

Schmerzen explodierten in dem Jungen. Aber das dauerte nur ein paar Sekunden lang. Dann wurden die heißen Schmerzen zu einem eiskalten Kribbeln, das sich durch seinen ganzen Körper zum Gesicht hinauf bewegte.

Er versuchte noch einmal zu schreien. Und brachte keinen Laut heraus.

Die Tentakel wichen in die Wand zurück und zogen ihn mit sich, bis sein Rücken fest gegen den Verputz gedrückt war.

Die Kälte war jetzt in seinem Kopf. Kribbelte. Kribbelte.

Er versuchte wieder zu schreien. Diesesmal brachte er einen Laut zustande. Eine dünne elektronische Oszillation.

Am Dienstagnachmittag saß Meg Henderson mit warmen Wollhosen und einem Sweatshirt und einem Pullover über dem Sweatshirt, weil sie neuerdings einfach nicht mehr warm blieb, am Küchentisch beim Fenster und hatte ein Glas Weißwein, einen Teller Zwiebelcracker, einen Keil Gouda und einen Nero-Wolfe-Roman von Rex Stout vor sich. Sie hatte schon vor Jahren sämtliche Wolfe-Romane gelesen, jetzt las sie sie wieder. Es war tröstlich, alte Romane neu zu lesen, weil sich die Menschen darin nie veränderten. Wolfe war immer noch ein Genie und Feinschmecker. Archie war immer noch ein Mann der Tat. Fritz hatte immer noch die beste private Küche der Welt. Keiner war älter geworden, seit sie sie zuletzt gesehen hatte, und das war ein Trick, den sie selbst auch gerne gelernt hätte.

Meg war achtzig, und diese achtzig sah man ihr an, jede einzelne Minute, da machte sie sich nichts vor. Gelegentlich, wenn sie sich im Spiegel sah, blickte sie erstaunt drein, als hätte sie nicht den größten Teil eines Jahrhunderts lang mit diesem Gesicht gelebt und sähe eine Fremde an. Irgendwie erwartete sie, ein Spiegelbild ihrer Jugend zu sehen, weil sie in ihrem Inneren immer noch das Mädchen war. Glücklicherweise *fühlte* sie sich nicht wie achtzig. Ihre Knochen ächzten, und ihre Muskeln hatten etwa so viel Kraft wie die von Jabba dem Hut, im dritten *Krieg der Sterne*-Film, den sie sich letzte Woche auf Video angesehen hatte, aber Gott sei Dank hatte sie weder Arthritis noch andere Leiden. Sie wohnte immer noch in ihrem Bungalow am Concord Circle, einer seltsamen kleinen, halbmondförmigen Straße, deren Anfang und Ende an der Serra Avenue im Ostteil der Stadt lagen. Sie und Frank hatten das Haus vor vierzig Jahren gekauft, als sie noch an der Thomas Jefferson School unterrichtet hatten und das eine kombinierte Schule für alle Klassen gewesen war. Moonlight Cove war damals noch kleiner gewesen. Seit vierzehn Jahren, seit Frank gestorben war, lebte sie alleine in dem Bungalow. Sie konnte aufstehen, saubermachen und für sich selbst kochen, und dafür war sie dankbar.

Noch dankbarer war sie für ihre geistige Frische. Mehr als vor körperlichem Unvermögen graute ihr vor Senilität oder einem Schlag, der ihren Körper zwar funktionstüchtig lassen, ihr aber die Erinnerungen nehmen und ihre Persönlichkeit verändern würde. Sie versuchte, geistig rege zu bleiben, indem sie alle Arten der unterschiedlichsten Bücher las, indem sie zahlreiche Videos für ihren Rekorder auslieh und um jeden Preis den verdammten Quatsch mied, der im Fernsehen als Unterhaltung galt.

Dienstag nachmittag um halb fünf hatte sie den Roman halb durch, obwohl sie am Ende jedes Kapitels aufhörte und in den Regen hinaussah. Sie mochte Regen. Sie mochte jedes Wetter, das Gott der Welt schenkte – Sturm, Hagel, Wind, Kälte, Hitze –, weil die Vielfalt und die Extreme der Schöpfung sie so wunderschön machten.

Während sie in den Regen sah, der vorhin von einem heftigen Guß zu einem Nieseln geworden war, inzwischen aber wieder heftiger denn je herunterprasselte, sah sie drei große, dunkle und völlig fantastische Geschöpfe unter den Bäumen am hinteren Rain des Grundstücks hervorkommen, etwa fünfzig Meter von dem Fenster entfernt, an dem sie saß. Sie blieben einen Moment stehen, während dünne Nebelstreifen um ihre Beine wehten, als wären sie Alptraummonster, die aus diesen Nebelschleiern entstanden waren und ebenso schnell wieder verschwinden konnten, wie sie gekommen waren. Aber dann liefen sie auf ihre Veranda zu.

Während sie rasch näher kamen, bestätigte sich Megs erster Eindruck von ihnen. Sie waren nicht von dieser Welt… es sei denn, Steinmonster hätten zum Leben erwachen und von den Mauern von Kathedralen herunterklettern können.

Sie wußte sofort, daß sie sich in den Anfängen eines wirklich schlimmen Schlages befinden mußte, denn sie hatte immer gefürchtet, daß ein solcher sie einmal dahinraffen würde. Aber sie war überrascht, daß es so anfing, mit diesen unheimlichen Halluzinationen.

Selbstverständlich konnte es nichts anderes sein – eine Halluzination, die dem Platzen einer zerebralen Ader vorausging, die bereits anschwellen und auf ihr Gehirn drücken mußte. Sie wartete auf ein schmerzhaftes explodierendes Gefühl im Kopf, wartete darauf, daß Gesicht und Körper nach links oder rechts zucken würden, je nachdem, welche Seite gelähmt sein würde.

Noch als das erste Ungeheuer durchs Fenster sprang, den Tisch mit Glasscherben überschüttete, den Weißwein umwarf, Meg vom Stuhl riß und mit Zähnen und Krallen auf sie stürzte, wunderte sie sich, wie ein Schlag so lebhafte, echt wirkende Halluzinationen erzeugen konnte, aber das Ausmaß der Schmerzen überraschte sie nicht. Sie hatte immer gewußt, daß der Tod schmerzhaft sein würde.

Dora Hankins, die Empfangsdame in der Hauptlobby von New Wave, war daran gewöhnt, daß Leute schon ab sechzehn Uhr dreißig nach Hause gingen. Offiziell endete die Arbeitszeit erst um fünf Uhr, aber viele arbeiteten noch zu Hause an ihrem eigenen PC weiter, daher drängte niemand auf strenge Einhaltung der achtstündigen Arbeitsperiode. Seit sie verwandelt worden waren, bestand ohnedies keine Veranlassung mehr für Vorschriften, da sie alle auf dasselbe Ziel hinarbeiteten, auf die Neue Welt, die kommen würde, und sie brauchten dazu nicht mehr Disziplin als ihre Angst vor Shaddack, und die hatten sie überreichlich.

Als um 16 Uhr 55 noch niemand durch die Lobby gekommen war, wurde Dora besorgt. Es war seltsam still in dem Gebäude, obwohl Hunderte Menschen in den Büros und Labors weiter hinten im Erdgeschoß und den beiden darüberliegenden Stockwerken arbeiteten. Tatsächlich schien die ganze Firma verlassen zu sein.

Um fünf Uhr hatte immer noch niemand Feierabend gemacht, und Dora beschloß, nach dem Grund dafür zu sehen. Sie verließ ihren Posten am Empfangstisch, ging zum Ende der großen Marmorlobby, durch eine Messingtür und in einen weniger prunkvollen Flur mit PVC-Boden. Auf beiden Seiten lagen Büros. Sie ging ins erste Zimmer links, wo acht Frauen als Sekretärinnen für die weniger wichtigen Abteilungsleiter arbeiteten, die keine Privatsekretärin hatten.

Die acht saßen an ihren VDTs. Im grellen Neonlicht hatte Dora keine Mühe zu sehen, wie einheitlich Fleisch und Maschine miteinander verschmolzen waren.

Angst war die einzige Empfindung, die Dora seit Wochen hatte. Sie hatte geglaubt, sie in allen Farben und Tönen zu kennen. Aber jetzt kam sie mit noch größerer Vehemenz, dunkler und allumfassender als alles, was sie bisher erlebt hatte, über sie.

Eine glitzernde Sonde schnellte aus der Wand rechts von Dora. Sie war eindeutig metallisch, dennoch schien so etwas wie gelblicher Schleim von ihr zu tropfen. Das Ding schoß direkt auf eine der Sekretärinnen zu und bohrte sich ohne Blutvergießen in ihren Hinterkopf. Eine weitere Sonde brach aus der Schädeldecke einer anderen Frau hervor, stieg wie eine Schlange zur Musik eines Schlangenbeschwörers in die Höhe, zögerte und schnellte dann mit unglaublicher Geschwindigkeit zur Decke, durchbohrte die Schalldämpfung, ohne sie zu beschädigen und verschwand in die oberen Räume.

Dora spürte, daß sich alle Computer und Mitarbeiter von New Wave irgendwie zu einer einzigen Einheit verbunden hatten, in die auch das Gebäude selbst zunehmend schneller einbezogen wurde. Sie wollte weglaufen, konnte sich aber nicht bewegen – vielleicht weil sie wußte, daß jeder Fluchtversuch vergeblich sein würde.

Einen Augenblick später wurde sie an das Netz angeschlossen.

Betsy Soldonna klebte sorgfältig ein Plakat an der Wand hinter dem Tresen der Stadtbibliothek von Moonlight Cove fest. Es war Teil der Faszinierende-Literatur-Woche, einer Kampagne, die Kinder dazu bringen sollte, mehr Literatur zu lesen.

Sie war Bibliotheksassistentin, aber dienstags, wenn Cora Danker, ihre Chefin, ihren freien Tag hatte, arbeitete Betsy allein. Sie mochte Cora, aber Betsy arbeitete auch gerne allein. Cora war redselig und füllte jede Minute mit Klatsch ihrer langweiligen Beobachtungen der Figuren und Handlungen ihrer Lieblingsfernsehsendungen. Betsy, die ein Leben lang bibliophil und von Büchern besessen gewesen war, hätte mit Freuden endlose Gespräche über das geführt, was sie las, aber Cora las, obwohl sie Bibliothekarin war, so gut wie nie.

Betsy riß den vierten Streifen Klebeband vom Spender und klebte die letzte Ecke des Plakats an die Wand. Sie trat einen Schritt zurück und bewunderte ihre Arbeit.

Sie hatte das Plakat selbst gemacht. Sie war stolz auf ihre bescheidene künstlerische Begabung. Die Zeichnung zeigte einen Jungen und ein Mädchen, die Bücher hielten und mit weit aufgerissenen Augen auf die Seiten vor ihnen sahen. Ihre Haare standen zu Berge. Die Brauen des Mädchens schienen über die Stirn hinausgehüpft zu sein, genau wie die Ohren des Jungen. Über ihnen befand sich der Schriftzug: BÜCHER SIND TRAGBARE JAHRMARKTSBUDEN VOLL NERVENKITZEL UND ÜBERRASCHUNGEN.

Sie hörte einen seltsamen Laut von den Bücherstapeln am anderen Ende der Bibliothek – ein Grunzen, ein ersticktes Husten, dann so etwas wie ein Fauchen. Als nächstes das unmißverständliche Geräusch einer Reihe von Büchern, die in der Ecke zu Boden fielen.

Außer Betsy befand sich nur noch Dale Foy in der Bibliothek, ein Rentner, der bis vor drei Jahren, als er fünfundsechzig geworden war, Kassierer in Lucky's Supermarkt gewesen war. Er war ständig auf der Suche nach Thriller-Autoren, von denen er noch nichts gelesen hatte, und beschwerte sich immerzu, daß keiner so gut war wie die alten Geschichtenerzähler, womit er eher John Buchan als Robert Louis Stevenson meinte.

Betsy hatte plötzlich das schreckliche Gefühl, daß Mr. Foy einen Herzanfall in einem der Gänge gehabt hatte, daß sie ihn um Hilfe rufen gehört und mitbekommen hatte, wie er die Bücher zu Boden warf, als er sich an eines der Regale klammerte. Sie sah in Gedanken, wie er sich unter Schmerzen wand, keine Luft mehr bekam, sein Gesicht blau wurde und die Augen hervorquollen, blutiger Schaum über seine Lippen kam…

Jahrelanges Lesen hatte Betsys Fantasie bearbeitet, bis sie so scharf wie eine aus feinstem deutschem Stahl gemachte Rasierklinge geworden war.

Sie eilte um den Tresen und die Gänge entlang, wo sie in jeden der schmalen Flure sah, die von zweieinhalb Meter hohen Regalen gebildet wurden. »Mr. Foy? Mr. Foy, ist alles in Ordnung?«

Sie fand die heruntergefallenen Bücher im letzten Regal, aber keine Spur von Dale Foy. Sie wandte sich verwirrt wieder in die Richtung, aus der sie gekommen war, und *da* stand Foy hinter ihr. Aber verändert. Und nicht einmal Betsys messerscharfe Fantasie hätte sich das Ding ausdenken können, zu dem Foy geworden war – oder das, was er im Begriff war ihr anzutun. Die nächsten paar Minuten waren so voller Überraschungen wie sämtliche Bücher, die sie jemals gelesen hatte, aber es gab kein Happy End.

Wegen der dunkeln Sturmwolken, die den Himmel bedeckten, senkte sich eine frühe Dämmerung über Moonlight Cove, und die ganze Gemeinde schien die Faszinierende-Literatur-Woche in der Bibliothek zu feiern. Für viele war der Tag, der zu Ende ging, voller Aufregung und Überraschungen, so wie die Geisterbahn des makabersten Jahrmarkts, der jemals seine Zelte aufgeschlagen hatte.

37

Sam leuchtete mit der Taschenlampe durch den Dachboden. Er hatte einen Dielenboden, aber kein Licht. Nichts wurde hier aufbewahrt, abgesehen von Staub, Spinnweben und einer Vielzahl toter, vertrockneter Bienen, die während des Sommers ihr Nest in den Balken gebaut hatten und entweder durch einen Kammerjäger gestorben waren, oder weil sie das Ende ihrer Lebensspanne erreicht hatten.

Er kehrte zufrieden zur Falltür zurück und ging rückwärts die Holzleiter hinunter in den begehbaren Kleiderschrank von Harrys Schlafzimmer im dritten Stock. Sie hatten einen Großteil der Kleidungsstücke entfernt, damit sie die Klappe aufmachen und die Leiter herunterziehen konnten.

Tessa, Chrissie, Harry und Moose warteten direkt vor der Schranktür in dem Schlafzimmer, in dem es immer dunkler wurde, auf ihn.

Sam sagte: »Ja, das wird gehen.«

»Ich war zum letzten Mal vor dem Krieg da oben«, sagte Harry.

»Etwas schmutzig und ein paar Spinnen, aber Sie werden in Sicherheit sein. Wenn Sie nicht der letzte auf der Liste sind und sie doch früher zu Ihnen kommen, werden sie das Haus verlassen vorfinden, und sie werden nie an den Speicher denken. Denn wie sollte ein Mann mit zwei gelähmten Beinen und einem gelähmten Arm dort hinaufziehen können?«

Sam war nicht sicher, ob er glaubte, was er da sagte. Aber zu seiner eigenen und Harrys Beruhigung wollte er es glauben.

»Kann ich Moose mit hinaufnehmen?«

»Nehmen Sie die Pistole, von der Sie gesprochen haben«, sagte Tessa, »aber nicht Moose. Er ist zwar wohlerzogen, aber er könnte trotzdem im falschen Augenblick bellen.«

»Wird Moose hier unten sicher sein... wenn *sie* kommen?« fragte Chrissie.

»Ich bin ganz sicher«, sagte Sam. »Sie wollen keine Hunde. Nur Menschen.«

»Wir sollten zusehen, daß wir hinaufkommen, Harry«, sagte Tessa. »Es ist zwanzig nach fünf. Wir müssen bald von hier verschwinden.«

Das Schlafzimmer füllte sich fast ebenso schnell mit Schatten, wie sich ein Glas mit blutrotem Wein füllt.

Teil Drei

IHNEN GEHÖRT DIE NACHT

Montgomery sagte mir, daß das Gesetz… vor Anbruch der Nacht seltsam geschwächt wurde; daß das Tier da am stärksten war; daß sie bei Dämmerung von Abenteuerlust gepackt wurden; dann wagten sie Dinge, von denen sie bei Tage nicht einmal zu träumen gewagt hätten.

H. G. WELLS
Die Insel des Dr. Moreau

1

In den von Büschen bewachsenen Hügeln rings um die verlassene Ikarus-Kolonie herum krochen Maulwürfe und Feldmäuse und Kaninchen und ein paar Füchse aus ihren Löchern und standen zitternd und lauschend im Regen. In den nächstgelegenen Pinien- und Gummibaum- und herbstlich kahlen Birkenhainen, einer südlich, der andere gleich östlich von der Kolonie, standen Eichhörnchen und Waschbären starr da.

Die Vögel reagierten als erste. Sie flogen trotz des Regens aus ihren geschützten Nestern in den Bäumen, in dem verfallenen alten Stall und in den verfallenden Erkern des Hauptgebäudes selbst heraus. Sie flogen zwitschernd und kreischend himmelwärts, flogen hin und her und kreisten und schossen dann senkrecht auf das Haus hinunter. Stare, Zaunkönige, Krähen, Eulen und Falken kamen alles in schriller, flügelschlagender Verwirrung herbei. Manche prallten gegen die Mauern, als wären sie mit Blindheit geschlagen, und flogen immer wieder dagegen an, bis sie sich das Genick brachen, oder die Flügel, worauf sie zu Boden fielen, wo sie herumflatterten und zwitscherten, bis sie erschöpft waren oder starben. Andere, ebenfalls in Raserei, fanden offene Türen und Fenster, durch die sie hineinflogen, ohne sich selbst ein Leid zuzufügen.

Zwar hatten die Tiere in einem Radius von zweihundert Metern den Lockruf vernommen, aber nur die in nächster Nähe folgten gehorsam.

Kaninchen sprangen, Eichhörnchen hüpften, Koyoten liefen, Füchse rannten und Waschbären trotteten auf ihre eigentümliche Weise durch nasses Gras und vom Regen gebeugte Unkräuter und Schlamm zur Quelle des Sirenengesangs. Manche waren Raubtiere und manche von Natur aus ängstliche Beute, aber sie liefen, ohne übereinander herzufallen, Seite an Seite. Es hätte eine Szene aus einem Zeichentrickfilm von Walt Disney sein können – das nachbarschaftlich und in Freundschaft lebende Volk von Feld und Wald folgte der lieblichen Gitarren- oder Akkordeonmusik eines älteren, schwarzen Mannes, der ihnen, sobald sie sich um ihn versammelt hatten, Geschichten von Magie und großen Abenteuern erzählen würde. Aber sie liefen nicht zu einem freundlichen Neger, der Geschichten erzählte, und die Musik, die sie anzog, war düster, kalt und unmelodisch.

2

Während sich Sam damit abmühte, Harry die Leiter hoch auf den Speicher zu schleppen, brachten Tessa und Chrissie den Rollstuhl in die Kellergarage. Es war ein schweres, motorisiertes Modell, kein leichter, zusammenklappbarer Stuhl, und er paßte nicht durch die Falltür. Tessa und Chrissie parkten ihn hinter dem großen Garagentor, so daß es aussah, als wäre Harry soweit gekommen und hätte das Haus dann möglicherweise im Auto eines Freundes verlassen.

»Glauben Sie, sie fallen darauf herein?« fragte Chrissie besorgt.

»Wäre möglich«, sagte Tessa.

»Vielleicht denken sie sogar, daß Harry die Stadt gestern verlassen hat, bevor die Straßensperren errichtet wurden.«

Tessa stimmte zu, aber sie wußte – und vermutete, Tessa wußte es auch –, daß die Chancen, daß der Trick funktionieren würde, gering waren. Wenn Harry und Sam wirklich so fest daran geglaubt hätten, daß der Speichertrick funktionierte, hätten sie Chrissie ebenfalls dort oben versteckt, anstatt sie mit in die sturmgepeitschte Alptraumwelt von Moonlight Cove hinauszunehmen.

Sie fuhren mit dem Fahrstuhl in den dritten Stock zurück, wo Sam gerade die Leiter hochschob und die Falltür zumachte. Moose sah ihm neugierig zu.

»Siebzehn Uhr zweiundvierzig«, sagte Tessa, die auf die Uhr sah.

Sam nahm die Kleiderstange, die er entfernen mußte, um die Falltür herunterzulassen, und befestigte sie wieder in den Halterungen.

»Helft mir, die Kleider wieder aufzuhängen.«

Hemden und Hosen waren samt den Bügeln aufs Bett gelegt worden. Sie arbeiteten zusammen und reichten die Kleidungsstücke wie Amateurfeuerwehrmänner, die eine Eimerkette bildeten, von einem zum anderen, und so stellten sie rasch das frühere Aussehen des Schrankes wieder her.

Tessa stellte fest, daß sich die dicken Mullbinden um Sams Handgelenk wieder mit Blut vollzusaugen begannen. Die Anstrengung hatte die Verletzungen wieder aufbrechen lassen. Es waren zwar keine lebensgefährlichen Verletzungen, aber sie mußten ziemlich schmerzhaft sein, und alles, was ihn bei der vor ihnen liegenden Aufgabe ablenken konnte, machte ihre Erfolgschancen geringer.

Sam machte die Tür zu und sagte: »Mein Gott, es gefällt mir nicht, ihn so zurückzulassen.«

»Siebzehn Uhr sechsundvierzig«, erinnerte Tessa ihn.

Während Tessa ihre Lederjacke anzog und Chrissie in einen zu großen blauen Regenmantel schlüpfte, der Harry gehörte, lud Sam den Revolver. Er hatte im Haus der Coltranes sämtliche Munition in den Taschen verschossen. Aber Harry besaß einen 45er Revolver und eine 38er Pistole, die er beide mit auf den Dachboden genommen hatte, und er hatte für jedes einen Karton Munition, daher hatte sich Sam bei den Patronen Kaliber 38 bedient.

Er steckte die Waffe ins Halfter, ging zum Teleskop und studierte die Straßen, die westlich und südlich lagen und zur Central School führten. »Immer noch jede Menge Aktivität«, berichtete er.

»Patrouillen?« fragte Tessa.

»Und jede Menge Regen. Außerdem wird der Nebel immer dichter.«

Dank des Gewitters war die Dämmerung früh hereingebrochen und ging bereits in die Nacht über. Über den wirbelnden Wolken leuchtete zwar noch ein schwaches Licht, aber die Nacht war nicht mehr fern, denn ein Mantel der Düsternis hing über der nassen und wartenden Stadt.

»Zehn vor sechs«, sagte Tessa.

Chrissie sagte: »Wenn Mr. Talbot der erste auf ihrer Liste ist, könnten sie jeden Augenblick hier sein.«

Sam wandte sich vom Teleskop ab und sagte: »Also gut. Gehen wir.«

Tessa und Chrissie folgten ihm aus dem Schlafzimmer. Sie gingen die Treppe zum Erdgeschoß hinunter.

Moose nahm den Fahrstuhl.

3

Shaddack war heute nacht ein Kind.

Während er wiederholt durch Moonlight Cove fuhr, vom Meer zu den Hügeln, von der Holliwell Road im Norden bis zur Paddock Lane im Süden, konnte er sich nicht erinnern, jemals in besserer Stimmung gewesen zu sein. Er veränderte die Routen seiner Patrouille, damit er sicher sein konnte, daß er letztlich jeden Block jeder Straße der Stadt einmal abgefahren hatte; der Anblick jedes Hauses und jedes Einwohners, der zu Fuß im strömenden Regen unterwegs war, berührte ihn wie bislang noch niemals, denn schon bald würden sie alle ihm gehören, und er könnte ganz nach seinem Gutdünken mit ihnen verfahren.

Aufregung und Vorfreude erfüllten ihn, wie er sie zuletzt während seiner Kindheit an Weihnachten verspürt hatte. Moonlight Cove war ein riesengroßes Spielzeug, und in ein paar Stunden, wenn es Mitternacht schlug, wenn diese dunkle Nacht in den nächsten Tag überging, konnte er mit diesem tollen Spielzeug soviel Spaß haben. Er würde Spiele machen, die er schon lange machen wollte, sich aber bisher stets verweigert hatte. Künftig würde er keinen Wunsch und kein Verlangen mehr unterdrücken, denn wie blutrünstig und ausgefallen die Spiele auch sein mochten, die er sich ausdachte, er würde keine Abweichler geben, und keine Behörden, die ihn bestrafen könnten.

Wie ein Kind, das zum Schrank schleicht und Münzen aus den Hosentaschen seines Vaters nimmt, um sich ein Eis zu kaufen, war auch er so vollkommen von den Gedanken an die Belohnungen gefesselt, die seiner harrten, daß er die Möglichkeit einer Katastrophe völlig vergessen hatte. Die Bedrohung durch die Regressiven verschwand mit jeder Minute aus seinem Gedächtnis. Er vergaß Loman Watkins nicht ganz, aber er konnte sich nicht mehr genau erinnern, warum er sich den ganzen Tag lang in Parkins' Garage vor dem Polizeichef versteckt hatte.

Mehr als dreißig Jahre unbarmherziger Selbstbeherrschung, anstrengende und gnadenlose Ausbeutung seiner geistigen und körperlichen Kräfte, angefangen an dem Tag, als er Runningdeer und seine Eltern ermordet hatte, dreißig Jahre, in denen er seine Bedürfnisse und Begierden unterdrückt oder in seine Arbeit sublimiert hatte, hatten ihn endlich an den Rand der Vollendung seines Traums gebracht. *Er konnte nicht zweifeln.* Seine Mission anzuzweifeln oder sich über ihren Ausgang Sorgen zu machen, wäre Zweifeln an seinem heiligen Schicksal und einer Beleidigung der großen Geister gleichgekommen, die ihn auserwählt hatten. Er war nicht mehr imstande, auch nur noch die Kehrseite zu sehen; er verwarf jeden Gedanken an eine Katastrophe.

Er spürte die großen Geister im Sturm.

Er spürte, wie sie im Geheimen durch seine Stadt gingen.

Sie waren hier, um dabeizusein und zu billigen, wie er den Thron des Schicksals bestieg.

Seit dem Tag, als er seine Mutter, seinen Vater und den Indianer getötet hatte, hatte er keine Kaktusplätzchen mehr gegessen, aber er hatte im Lauf der Jahre lebhafte Flashbacks erlebt. Sie kamen unvorbereitet über ihn. Eben noch war er in dieser Welt, und im nächsten Augenblick an jenem anderen Ort, dieser unheimlichen Welt, die parallel zu unserer lag, wohin ihn die Kaktusplätzchen immer geführt hatten, eine Wirklichkeit, in der die Farben gleichzeitig lebhafter und gedämpfter waren, wo jeder Gegenstand mehr Winkel und Flächen als in der gewöhnlichen Welt zu haben schien, wo er seltsam schwerelos zu sein schien – leicht wie ein mit Helium gefüllter Ballon – und wo die Stimmen der Geister zu ihm sprachen. Im Jahr nach den Morden waren diese Flashbacks häufig gewesen, etwa zweimal pro Woche, als er ein Teenager war, hatte zwar ihre Häufigkeit, nicht aber ihre Lebhaftigkeit, allmählich nachgelassen. Diese traumartigen, vorübergehenden Anfälle, die für gewöhnlich eine oder zwei Stunden dauerten, aber manchmal auch einen halben Tag lang anhalten konnten, waren teilweise für seinen Ruf bei Familie und Lehrern verantwortlich, daß er irgendwie ein geistesabwesendes Kind war. Selbstverständlich hatten alle Verständnis für ihn, weil sie sein geistesabwesendes Verhalten natürlich dem erschütternden Trauma zuschrieben, das er erlebt hatte.

Während er jetzt mit seinem Lieferwagen herumfuhr, glitt er langsam in den Kaktusplätzchen-Zustand. Auch dieser Flashback war unerwartet, überfiel ihn aber nicht so plötzlich wie die anderen. Er... driftete irgendwie allmählich hinein, immer tiefer und tiefer. Und je länger es anhielt, desto überzeugter wurde er, daß er diesesmal nicht grob aus diesem Reich erweiterten Bewußtseins gerissen werden würde. Von nun an würde er ein Bewohner beider Welten sein, wie die großen Geister selbst, vom Wissen um die höheren und niedereren Ebenen des Daseins erfüllt. Er fing sogar an zu denken, daß er momentan einer eigenen seelischen Verwandlung unterlag, die tausendmal tiefgreifender war als die der Bewohner von Moonlight Cove.

In diesem exaltierten Zustand war alles besonders und wundersam für Shaddack. Die funkelnden Lichter der verregneten Stadt schienen wie in der herabsinkenden Dunkelheit verteilte Juwelen zu sein. Die geschmolzene, silberne Schönheit des Regens selbst erstaunte ihn, wie auch der zunehmend dunkler werdende, großartig turbulente, graue Himmel.

Als er an der Kreuzung Paddock Lane und Saddleback Drive bremste, berührte er seine Brust und spürte dort das

Telemetriegerät, das er an einer Kette um den Hals trug, aber einen Augenblick wußte er gar nicht, was es war, und auch *das* schien geheimnisvoll und wunderbar zu sein. Dann fiel ihm ein, daß das Gerät seinen Herzschlag aufzeichnete und sendete, der bei New Wave empfangen wurde. Es war auf eine Entfernung von fünf Meilen funktionstüchtig und funktionierte auch, wenn er irgendwo innerhalb eines Hauses war. Würde die Sendung seines Herzschlags länger als eine Minute unterbrochen, war Sonne darauf programmiert, über Mikrowelle einen Vernichtungsbefehl an sämtliche Mikrokugelcomputer in allen Neuen Menschen zu senden.

Als er das Gerät ein paar Minuten später in der Bastenchurry Road wieder berührte, war ihm sein Zweck erneut klar. Er spürte, daß es ein mächtiger Gegenstand war; wer immer ihn besaß, hielt das Leben anderer in Händen, und das Kind in ihm, das Fantasiegespinsten nachhing, kam zur Überzeugung, daß es ein Amulett sein mußte, welches ihm die großen Geister geschenkt hatten, ein weiteres Zeichen dafür, daß er in zwei Welten stand, mit einem Fuß auf der gewöhnlichen Ebene gewöhnlicher Menschen und mit dem anderen Fuß in der höheren Ebene der großen Geister und Götter und Kaktusplätzchen.

Sein langsamer, gleitender Flashback hatte ihn, wie von der Zeit freigesetzte Medizin, in den Zustand seiner Jugend zurückversetzt, in die sieben Jahre, in denen er unter dem Einfluß von Runningdeer gestanden hatte. Er war ein Kind. Und er war ein Halbgott. Er war das auserwählte Kind des Mondfalken, daher konnte er alles mit allen machen, was er wollte, mit *allen*, und während er fuhr, dachte er darüber nach, was genau er machen wollte… und mit wem.

Hin und wieder lachte er leise und etwas schrill, und seine Augen funkelten wie die eines grausamen und gestörten Jungen, der die Auswirkungen von Feuer auf gefangene Ameisen studiert.

4

Chrissie wartete mit Tessa und Sam in der Küche, bis noch mehr Licht aus dem sterbenden Tag blutete, während Moose um sie herumstrich und so heftig mit dem Schwanz wedelte, daß man Angst haben mußte, er würde abfallen.

Schließlich sagte Sam: »Also gut. Bleibt dicht bei mir. Und macht die ganze Strecke über alles, was ich sage.«

Er sah Chrissie und Tessa lange an, bevor er tatsächlich die Tür aufmachte; sie umarmten einander ohne ein Wort zu sagen. Tessa küßte Chrissie auf die Wange, dann küßte Sam sie, und sie küßte die beiden ebenfalls. Man mußte ihr nicht sagen, weshalb sich plötzlich alle so zärtlich fühlten. Sie waren Menschen, *echte* Menschen, und es war wichtig, daß sie ihre Gefühle ausdrückten, weil sie vor Ende der Nacht vielleicht keine echten Menschen mehr waren. Vielleicht würden sie nie wieder empfinden, was echte Menschen empfanden, daher waren ihre Empfindungen mit jedem Augenblick kostbarer.

Wer wußte, was diese unheimlichen Gestaltveränderer empfanden? Wer *wollte* es wissen?

Und wenn sie die Central nicht erreichten, dann wahrscheinlich, weil sie unterwegs von einem Suchtrupp oder einem der Schreckgespenster gestellt würden. In diesem Fall war dies vielleicht ihre letzte Chance, einander auf Wiedersehen zu sagen.

Schließlich führte Sam sie auf die Veranda.

Chrissie machte sorgfältig die Tür hinter ihnen zu. Moose versuchte nicht herauszukommen. Für so billige Tricks war er ein zu guter und edler Hund. Aber er steckte die Schnauze durch den schmaler werdenden Spalt, schnupperte an ihr und versuchte, ihr die Hand zu lecken, so daß sie Angst hatte, sie würde ihn einklemmen. Aber er wich im letzten Augenblick zurück, und die Tür fiel zu.

Sam führte sie die Stufen hinab und durch den Garten zum Haus südlich von dem Harrys. Dort brannte kein Licht. Chrissie hoffte, daß niemand zu Hause wäre, aber sie stellte sich vor, wie in diesem Augenblick ein monströses Geschöpf hinter einem der dunklen Fenster lauerte, sich die Lippen leckte und sie beobachtete.

Der Regen schien kälter als während ihrer gestrigen Flucht, aber das konnte daran liegen, daß sie gerade aus dem warmen, trockenen Haus kam. Im Westen erhellte nur noch ein schwacher grauer Schimmer den Himmel. Die eisigen, schneidenden Tropfen schienen den letzten Rest dieses Lichts aus den Wolken zu reißen, und in den Boden zu stampfen und eine undurchdringliche, feuchte Dunkelheit herabzuziehen. Noch bevor sie den Zaun erreicht hatten, der Harrys Grundstück vom benachbarten trennte, war Chrissie dankbar für den Nylonregenmantel mit Kapuze, obwohl er ihr zu groß war und sie sich darin fühlte, als wäre sie ein kleines Kind, das sich mit den Kleidungsstücken ihrer Eltern verkleidet hatte.

Es war ein Scherenzaun, über den man leicht klettern konnte. Sie folgten Sam durch den Nachbargarten zum nächsten Zaun. Chrissie kletterte auch darüber in den Nachbargarten, dicht gefolgt von Tessa und erst da wurde ihr klar, daß dies das Grundstück der Coltranes war.

Sie sah zu den leeren Fenstern. Auch hier brannte kein Licht, und das war gut, denn *wenn* hier Licht gebrannt hätte, hätte das bedeutet, jemand hätte die Überreste der Coltranes nach ihrem Kampf mit Sam gefunden.

Während sie zum nächsten Zaun durch den Garten ging, bekam Chrissie Angst, die Coltranes könnten sich irgendwie wiederbelebt haben, nachdem Sam sie erschossen hatte, sie könnten in eben dieser Minute am Küchenfenster stehen und heraussehen, hätten ihren Nemesis und seine beiden Begleiter erkannt und machten gerade jetzt die Tür auf. Sie rechnete damit, daß zwei Robotergeschöpfe mit Metallarmen und großen Metallhänden herauskommen würden, Blutsverwandte der lebenden Toten in alten Zombiefilmen, auf deren Köpfen sich winzige Radarantennen drehten und aus deren Körperöffnungen Dampf zischte.

Ihre Angst mußte sie langsamer gemacht haben, denn Tessa stolperte hinter ihr fast in sie hinein und gab ihr einen sanften Schubs, um sie zur Eile anzutreiben. Chrissie duckte sich und eilte zum Südrand des Gartens.

Sam half ihr über einen schmiedeeisernen Zaun mit speerähnlichen Spitzen auf den Stangen. Sie hätte sich wahrscheinlich aufgespießt, wenn sie alleine geklettert wäre. Chrissie-Schaschlik.

Im nächsten Haus waren Leute anwesend, und Sam suchte hinter Büschen Schutz und peilte die Lage, bevor er weiterlief. Chrissie und Tessa gesellten sich rasch zu ihm.

Während sie über den letzten Zaun geklettert war, hatte sie die aufgeschürfte linke Hand angeschlagen, obwohl sie bandagiert war. Es tat weh, aber sie biß die Zähne zusammen und beschwerte sich nicht.

Chrissie bog die Zweige des Maulbeerbuschs auseinander und sah zu dem Haus, das nur sechs Meter entfernt war. Sie sah vier Menschen durch das Küchenfenster. Sie machten gemeinsam das Abendessen. Ein Paar in mittleren Jahren, ein grauhaariger Mann und ein Mädchen, das noch keine zwanzig war.

Sie fragte sich, ob sie schon verwandelt worden waren. Sie glaubte nicht, konnte aber nicht sicher sein. Und da sich die Roboter und Schreckgespenster manchmal in schlauen menschlichen Verkleidungen versteckten, konnte man keinem vertrauen, nicht einmal seinem besten Freund... oder seinen Eltern. Ziemlich genau so, als wären Außerirdische gelandet.

»Sie werden uns, selbst wenn sie herausschauen, nicht sehen«, sagte Sam. »Kommt weiter.«

Chrissie folgte ihm aus der Deckung das Maulbeerbuschs über den offenen Rasen zur Grenze des nächsten Grundstücks, und dabei dankte sie Gott für den Nebel, der mit jeder Minute dichter wurde.

Schließlich kamen sie zum Haus am Ende des Blocks. Die Südseite dieses Gartens grenzte an die Querstraße an, Bergenwood Way, die zur Conquistador hinunterführte.

Als sie zwei Drittel des Weges über den Rasen zurückgelegt hatten, weniger als sechs Meter von der Straße entfernt, bog eineinhalb Block weiter oben ein Auto in die Straße ein und fuhr herunter. Chrissie folgte Sams Beispiel und warf sich flach auf den nassen Rasen, weil kein Gebüsch in der

Nähe war, hinter dem sie Zuflucht suchen konnten. Wenn sie versuchten, zu weit zu laufen, könnte der Fahrer des näherkommenden Autos sie vielleicht sehen, während sie noch Schutz suchten.

Am Bergenwood Way standen keine Straßenlaternen, was ihr Vorteil war. Das letzte aschefarbene Licht am westlichen Horizont war verschwunden – auch ein Bonus.

Während das Auto näherkam und langsam fuhr, entweder wegen des Wetters, oder weil die Insassen einem Suchtrupp angehörten, verschwammen die Scheinwerferlichter im Nebel, der das Licht nicht zu reflektieren schien, sondern wie aus eigener Kraft leuchtete. Meterweit wurden Gegenstände auf beiden Seiten des Autos in der Nacht halb enthüllt und von den langsam wabernden, am Boden klebenden leuchtenden Wolken seltsam verzerrt.

Als das Auto weniger als einen Block entfernt war, schaltete jemand auf dem Rücksitz einen Handscheinwerfer an. Er richtete ihn zum hinteren Fenster hinaus und ließ ihn über die Vorgärten der Häuser gleiten, die am Bergenwood Way standen, und über die seitlichen Gärten der Häuser an den Querstraßen. Im Augenblick wurde der Lichtstrahl auf die andere Seite gerichtet, nach Süden, zur anderen Seite des Bergenwood Way. Bis sie hierher gekommen sein würden, würden sie vielleicht beschlossen haben, die Grundstücke nördlich am Bergenwood anzustrahlen.

»Zurück«, sagte Sam schroff. »Aber bleibt unten und kriecht, *kriecht*.«

Das Auto kam an die einen halben Block entfernte Kreuzung.

Chrissie kroch hinter Sam her, aber nicht direkt zurück, woher sie gekommen waren, sondern auf das nahe Haus zu. Sie konnte kein Versteck sehen, weil das Geländer der hinteren Veranda ziemlich offen war und es keine größeren Büsche gab. Vielleicht wollte er um die Hausecke huschen, bis die Patrouille vorbei war, aber sie glaubte nicht, daß sie und Tessa das rechtzeitig schaffen würden.

Als sie über die Schulter sah, konnte sie erkennen, daß der Suchscheinwerfer immer noch auf die Häuserfronten und

Vorgärten der Südseite der Straße gerichtet war. Aber auch die Scheinwerfer des Autos strahlten zur Seite, worüber man sich Gedanken machen mußte, und *die* würden in wenigen Augenblicken den Rasen *hier* erhellen.

Sie krabbelte halb und kroch halb auf dem Bauch, womit sie schnell vorankam, aber zweifellos jede Menge Schnecken und Regenwürmer zerdrückte, die herausgekommen waren und durch das nasse Gras krochen, aber daran dachte sie lieber nicht. Sie kam zu einem Betonweg dicht am Haus – und stellte fest, daß Sam verschwunden war.

Sie blieb auf Händen und Knien stehen und sah nach rechts und links.

Tessa erschien neben ihr. »Kellertreppe, Liebes. Beeil dich!«

Sie kroch weiter und entdeckte eine Außentreppe aus Beton, die zur Kellertür hinunterführte. Sam kauerte unten, wo gesammeltes Regenwasser leise gurgelnd in einen Gully vor der Tür abfloß. Chrissie gesellte sich zu ihm in die Zuflucht, und Tessa folgte ihnen. Etwa vier Sekunden später glitt der Suchscheinwerfer über die Hausfassade und spielte einen Augenblick Zentimeter über ihren Köpfen auf dem Betonrand der Treppe.

Sie kauerten eine Minute, nachdem der Scheinwerfer verschwunden war, noch reglos und stumm beisammen. Chrissie war sicher, daß etwas in dem Haus sie gehört hatte, daß die Tür hinter Sams Rücken jeden Augenblick aufgehen und etwas sie anspringen würde, ein Wesen, das halb Werwolf und halb Computer war und fauchte und piepste, Zähne und Programmiertasten im Mund, auf denen sinngemäß stand: »Um getötet zu werden, drücken Sie bitte ENTER und gehen weiter.«

Sie war sehr erleichtert, als Sam schließlich flüsterte: »Weiter.«

Sie gingen wieder über den Rasen zum Bergenwood Way. Diesesmal blieb die Straße glücklicherweise verlassen.

Wie Harry gesagt hatte, verlief ein gemauerter Abwasserkanal parallel zum Bergenwood. Laut Harry, der als Kind darin gespielt hatte, war der Kanal etwa neunzig Zentimeter breit und vielleicht einen Meter fünfzig tief. Legte man diese

Abmessung zugrunde, mußten derzeit etwa dreißig Zentimeter Regenwasser darin fließen. Die Strömung war schnell und fast schwarz und lediglich anhand eines gelegentlichen dunklen Funkelns und Gluckerns von fließendem Wasser am Grund des schattigen Grabens zu erkennen.

Dieser Kanal bot eine weitaus unverdächtigere Route als die offene Straße. Sie gingen ein paar Meter bergauf, bis sie die eingemauerten Handgriffe aus Eisen fanden, die sie laut Harrys Versprechen alle paar hundert Meter entlang den offenen Teilen des Kanals finden würden. Sam kletterte als erster hinab, Chrissie als zweite, Tessa machte den Schluß.

Sam bückte sich, damit sein Kopf nicht über den Rand ragte, Tessa bückte sich nicht ganz so sehr. Aber Chrissie mußte sich überhaupt nicht bücken. Es hatte schon seine Vorteile, elf zu sein, besonders wenn man vor Werwölfen oder Robotern oder heißhungrigen Außerirdischen oder Nazis auf der Flucht war, und sie war in den vergangenen vierundzwanzig Stunden vor den ersten dreien auf der Flucht gewesen, aber glücklicherweise noch nicht vor Nazis, obwohl Gott allein wissen konnte, was noch alles passieren würde.

Das strömende Wasser um ihre Füße und Waden herum war kalt. Sie stellte überrascht fest, daß es ziemlich reißend war, obwohl es ihr nur bis an die Knie ging. Es zog und zerrte unablässig, als wäre es ein Lebewesen mit der bösen Absicht, sie umzuwerfen. Solange sie breitbeinig und abgestützt dastand, lief sie nicht Gefahr zu fallen, aber sie war nicht sicher, wie lange sie beim Gehen das Gleichgewicht halten könnte. Der Graben verlief steil abwärts. Nach mehreren Jahrzehnten Regen war der Steinboden glatt und schlüpfrig geworden. Aufgrund dieser Faktoren war der Graben fast schon so etwas wie eine Rutschbahn auf dem Jahrmarkt.

Wenn sie fiele, würde sie den ganzen Weg hinuntergespült werden, bis einen halben Block von der Klippe entfernt, wo der Kanal breiter wurde und senkrecht in den Boden hinab führte. Harry hatte gesagt, daß Balken direkt vor dem Wasserfall stünden und diesen in schmale Anschnitte unterteilten, aber sie dachte sich, wenn sie dorthin gespült würde und sich auf diese Balken verließe, würden sie entweder fehlen oder verrostet sein, so daß sie ungehindert bis auf den Grund fallen würde. Das System kam am Fuß der Klippe wieder heraus und führte noch ein Stück über den Strand, wo es seine Wasserladungen entweder in den Sand oder, bei Flut, ins Meer ergoß.

Sie hatte keine Mühe sich vorzustellen, wie sie hilflos zappelte und sich wand, an schmutzigem Wasser würgte und verzweifelt aber erfolglos nach den Steinwänden griff, um sich festzuhalten, um dann plötzlich viele Meter in die Tiefe zu stürzen, auf die Wände des Schachts aufzuschlagen, wenn er wieder vertikal wurde, die Knochen zu brechen, sich den Schädel zu zertrümmern, mit schrecklicher Wucht auf dem Boden auf...

Nun ja, sie hatte keine Mühe, sich das alles vorzustellen, aber plötzlich hielt sie es nicht mehr für sehr klug.

Glücklicherweise hatte Harry sie vor diesem Problem gewarnt, daher war Sam vorbereitet. Er hatte sich unter dem Jackett ein Seil um die Hüfte geschlungen, das er aus einem längst nicht mehr benützten Flaschenzug in Harrys Keller genommen hatte und jetzt aufrollte. Das Seil war zwar alt, aber Sam sagte, daß es immer noch hielt, und Chrissie hoffte, er hätte recht. Ein Ende hatte er um sich verknotet, bevor sie das Haus verlassen hatten, das andere schlang er jetzt um Chrissies Gürtel und band es schließlich um Tessas Taille, so daß etwa zwei Meter Spielraum zwischen allen blieb. Wenn einer von ihnen stürzte – nun, man konnte es getrost aussprechen, Chrissie war bei weitem die wahrscheinlichste Kandidatin zu stürzen und einem nassen und blutigen Tod entgegengespült zu werden –, konnten die anderen stehenbleiben, bis er wieder auf die Beine gekommen war.

So jedenfalls war der Plan.

Sicher verankert gingen sie den Kanal entlang. Sam und Tessa bückten sich, damit niemand in einem vorbeifahrenden Auto ihre Köpfe über dem Rand des Grabens sehen könnte, und Chrissie bückte sich auch ein wenig und hielt die Beine gespreizt, eine Art Trollgang, wie sie ihn schon gestern nacht im Tunnel unter der Wiese praktiziert hatte.

Sie hielt sich laut Sams Anweisung mit beiden Händen am Seil vor sich fest und zog es hoch, wenn sie nahe bei ihm war, damit sie nicht darüber stolperte, dann ließ sie es wieder los, wenn sie ein paar Schritte zurückfiel. Tessa hinter ihr machte es genauso; Chrissie spürte das sanfte Ziehen des Seils am Gürtel.

Sie näherten sich einer Öffnung, die einen halben Block entfernt war. An der Conquistador wurde der Graben zum unterirdischen Tunnel, und zwar nicht nur bis über die Kreuzung hinweg, sondern zwei volle Blocks lang; er kam erst an der Roshmore wieder zur Oberfläche.

Chrissie sah an Sam vorbei zum Tunneleingang, und ihr gefiel ganz und gar nicht, was sie da sah. Die Röhre war rund und betoniert, nicht gemauert. Sie war breiter als der rechteckige Graben und etwa einen Meter fünfzig im Durchmesser, zweifellos, damit Arbeiter leichter hineinklettern und saubermachen konnten, falls sie von Unrat verstopft wäre. Aber weder Form noch Größe des Tunnels machten ihr Unbehagen; es war die absolute Schwärze, bei der sich ihre Nackenhärchen aufstellten, denn es war dunkler dort als selbst die Essenz der Nacht auf dem Grund des Abwasserkanals – absolute, absolute Schwärze, und es schien, als würden sie in den klaffenden Mund eines urzeitlichen Behemoths spazieren.

Ein Auto fuhr langsam an der Bergenwood entlang, ein weiteres an der Conquistador. Das Licht ihrer Scheinwerfer wurde von der Nebelbank gebrochen, so daß die Nacht selbst zu leuchten schien, aber nur wenig dieser seltsamen Beleuchtung drang in den Graben herunter und gar nichts in den Tunnel hinein.

Als Sam die Schwelle dieses Tunnels überschritten hatte und nach zwei Schritten nicht mehr zu sehen war, folgte Chrissie ihm ohne zu zögern, wenn auch noch voll böser Vorahnungen. Sie gingen langsamer weiter, da der Boden des Tunnels nicht nur steil war, sondern darüber hinaus noch gekrümmt und noch tückischer als der nicht überdachte Graben.

Sam hatte eine Taschenlampe, aber Chrissie wußte, er

wollte sie in der Nähe der Tunnelenden nicht benützen. Der Strahl könnte von außen sichtbar sein und die Aufmerksamkeit einer Patrouille auf sie lenken.

Der Tunnel war so durch und durch dunkel wie der Bauch eines Walfischs. Nicht, daß sie gewußt hätte, wie es im Bauch eines Walfischs aussah, aber sie bezweifelte, daß es dort eine Lampe oder auch nur ein Donald-Duck-Nachttischlämpchen geben würde, wie sie als Kind eines gehabt hatte. Der Vergleich mit dem Bauch des Wals schien zutreffend zu sein, weil sie das unheimliche Gefühl hatte, der Tunnel wäre in Wirklichkeit ein Magen und das fließende Wasser Verdauungssaft, eine ätzende Lösung, in der sich ihre Turnschuhe und die Beine der Jeans bereits aufzulösen begannen.

Dann stürzte sie. Sie rutschte auf etwas aus, möglicherweise einem Pilz, der auf dem Boden wuchs und sich dort so sehr festklammerte, daß die Strömung ihn nicht weggespült hatte. Sie ließ das Seil los und ruderte mit den Armen, um das Gleichgewicht zu halten, aber sie fiel dennoch mit einem lauten Platschen hin und spürte sofort, wie sie von der Strömung mitgerissen wurde.

Sie war geistesgegenwärtig genug, nicht zu schreien. Ein Schrei hätte die Suchtrupps auf sie aufmerksam gemacht – oder Schlimmeres.

Sie prallte atemringend und keuchend, als ihr Wasser in den Mund floß, gegen Sams Bein und brachte auch ihn aus dem Gleichgewicht. Sie spürte, wie er fiel. Sie überlegte, wie lange sie alle tot und verwesend am Ende des langen vertikalen Abflusses am Fuß der Klippe liegen würden, bis man ihre aufgeblähten und purpurnen Überreste finden würde.

5

Tessa hörte das Mädchen im Grabesdunkel des Tunnels fallen und blieb auf der Stelle stehen, stemmte die Füße so gut sie konnte gegen den geneigten und gekrümmten Boden und hielt die Sicherungsleine mit beiden Händen fest. Das Seil wurde binnen einer Sekunde straff, als das Mädchen fortgerissen wurde.

Sam grunzte, und Tessa war klar, daß das Mädchen gegen ihn geprallt war. Das Seil wurde einen Augenblick straff, was ihrer Meinung nach bedeutete, daß Sam weitertaumelte und versuchte, auf den Füßen zu bleiben, während das Mädchen gegen seine Beine drückte und ihn umzuwerfen drohte. Wäre Sam auch gestürzt und von der reißenden Strömung mitgerissen worden, wäre das Seil nicht nur straff gespannt worden, der Ruck hätte ausgereicht, auch Tessa umzuwerfen.

Sie hörte eine Menge Plätschern vor sich. Und einen Fluch von Sam.

Das Wasser stieg höher. Zuerst dachte sie, sie bildete es sich nur ein, aber dann merkte sie, daß die Strömung schon bis über ihre Knie reichte.

Die verdammte Dunkelheit war das Schlimmste, weil man überhaupt nichts sehen konnte, buchstäblich blind war und nicht sicher sein konnte, was vor sich ging.

Sie wurde unvermittelt nach vorne gezogen. Zwei, drei – O Gott! – ein halbes Dutzend Schritte.

Sam, nicht fallen!

Tessa stolperte, verlor beinahe das Gleichgewicht und spürte, daß sie sich am Rand einer Katastrophe befanden, daher stemmte sie sich gegen das Seil und benützte es, das Gleichgewicht wiederzuerlangen, anstatt in der Hoffnung weiterzustolpern, daß es schlaff werden würde. Sie betete zu Gott, daß sie sich nicht zu heftig dagegen stemmte und von den Füßen gerissen wurde.

Sie schwankte. Das Seil zog heftig an ihrer Taille. Da kein schlaffes Seil durch ihre Hände gleiten konnte, gelang es ihr, den größten Teil der Belastung mit den Armen abzufangen.

Der Druck des Wassers gegen ihre Waden wurde heftiger.

Ihre Füße rutschten.

Seltsame Gedanken rasten ihr durch den Kopf wie ein Film, der in einem Videorekorder im schnellen Vorlauf abgespielt wurde; ein Dutzend Gedanken innerhalb von Sekunden, allesamt ungewollt, und manche überraschten sie. Sie dachte an das Leben, ans Überleben, daß sie nicht sterben wollte, und das war nicht so überraschend, aber dann dachte sie an Chrissie, daß sie das Mädchen nicht im Stich lassen wollte, und sie sah im Geiste ein deutliches Bild von sich und Chrissie zusammen vor sich, irgendwo in einem gemütlichen Haus, wo sie wie Mutter und Tochter lebten, und es überraschte sie, wie *sehr* sie das wollte, da es falsch war, denn Chrissies Eltern waren nicht tot, soweit man sagen konnte, und sie waren vielleicht nicht einmal hoffnungslos verwandelt, denn die Verwandlung – was immer das auch war – ließ sich vielleicht umkehren. Chrissies Familie wurde vielleicht wieder vereint. Dieses Bild konnte sich Tessa nicht vorstellen. Es schien nicht so wahrscheinlich, wie das, auf dem sie und Chrissie vereint waren. Aber es könnte sein. Dann dachte sie an Sam, daß sie vielleicht nie die Möglichkeit hatte, mit ihm zu schlafen, und *das* verblüffte sie, denn er war zwar attraktiv, aber bisher war ihr nicht klar gewesen, daß sie sich auf romantische Weise zu ihm hingezogen fühlte. Natürlich war seine Verbissenheit im Angesicht seelischer Verzweiflung bewundernswert, und seine völlig ernstgemeinten vier Gründe weiterzuleben machten ihn zu einer Art Herausforderung. Konnte sie ihm einen fünften geben? Oder Goldie Hawn als vierten ersetzen? Erst als sie vor dem Tod durch Ertrinken stand, war ihr bewußt geworden, welch großen Eindruck er in der kurzen Zeit auf sie gemacht hatte.

Ihre Füße rutschten weiter. Der Boden unter dem strömenden Wasser war viel glitschiger als in dem gemauerten Kanal, als würde Moos auf dem Beton wachsen. Tessa versuchte, die Fersen einzugraben.

Sam fluchte verhalten. Chrissie gab ein ersticktes Husten von sich.

Die Wassertiefe war in der Mitte des Tunnels auf etwa fünfzig bis sechzig Zentimeter gestiegen.

Einen Augenblick später zog das Seil heftig und wurde dann völlig schlaff.

Das Seil war gerissen. Sam und Chrissie waren in den Tunnel gespült worden.

Das Gurgeln-Plätschern-Blubbern des Wassers hallte von den Wänden, neue Echos übertönten die alten, und Tessas Herz schlug so laut, daß sie es hören konnte, aber sie hätte auch ihre Schreie hören sollen, während sie fortgerissen wurden.

Dann hustete Chrissie wieder. Nur ein paar Schritte entfernt.

Die Taschenlampe ging an. Sam deckte fast die ganze Linse mit der Hand ab.

Chrissie war an der Seite des Tunnels, wo der Sog nicht so stark war, sie hatte den Rücken und beide Hände gegen die Wand gepreßt.

Sam hatte die Beine weit gespreizt. Wasser strömte und wirbelte um seine Füße. Er hatte sich herumgedreht. Er sah jetzt bergauf.

Das Seil war doch nicht gerissen. Es war schlaff geworden, weil Sam und Tessa wieder Halt gefunden hatten.

»Alles in Ordnung?« flüsterte Sam dem Mädchen zu.

Sie nickte und hustete immer noch an dem schmutzigen Wasser, das sie geschluckt hatte. Sie runzelte angewidert die Nase, spie ein oder zweimal aus und sagte: »Bäh.«

Sam sah Tessa an und sagte: »Okay?«

Sie konnte nicht sprechen. In ihrem Hals hatte sich ein Kloß gebildet, der so hart wie Stein war. Sie schluckte ein paarmal und blinzelte. Eine verspätete Woge der Erleichterung lief durch sie hindurch und nahm ihr den fast unerträglichen Druck von der Brust, und schließlich sagte sie: »Okay. Ja. Okay.«

6

Sam war erleichtert, als sie das Ende des Tunnels ohne weitere Zwischenfälle erreicht hatten. Er blieb einen Augenblick direkt außerhalb des anderen Tunnelendes stehen und sah glücklich zum Himmel auf. Er konnte den Himmel wegen des dichten Nebels nicht sehen, aber das war nebensächlich;

er war trotzdem erleichtert, daß er wieder im Freien war, wenn auch bis zu den Knien in schmutzigem Wasser.

Sie standen jetzt fast in einem Fluß. Entweder regnete es in den Bergen am Ostende der Stadt heftiger, oder ein Damm im System hatte nachgegeben. Der Wasserspiegel war rasch bis über Sams Knie gestiegen und reichte Chrissie fast bis zur Taille, und die Flut strömte mit eindrucksvoller Geschwindigkeit aus der Öffnung hinter ihnen. Es wurde mit jeder Sekunde schwieriger, in diesem Sturzbach nicht den Halt zu verlieren.

Er drehte sich um, griff nach dem Mädchen, zog sie dicht an sich und sagte: »Ich werde von jetzt an deine Hand halten.«

Sie nickte.

Die Nacht war schwarz wie ein Grab, und selbst Zentimeter vor ihrem Gesicht konnte er nur einen schattenhaften Eindruck von ihren Zügen bekommen. Als er zu Tessa aufsah, die wenige Schritte hinter dem Mädchen stand, sah er nur einen schwarzen Schatten, der jemand ganz anderer hätte sein können.

Er nahm das Mädchen fest an der Hand und sah wieder zu dem Weg, der vor ihnen lag.

Der Tunnel war über zwei Blocks hinweg verlaufen, bevor er seine Fluten in einen weiteren offenen Abwasserkanal ergoß, genau wie Harry sich aus seinen Kindertagen daran erinnerte, als er trotz des Verbots seiner Eltern in dem Abwasserkanal gespielt hatte. Gott sei Dank für ungehorsame Kinder.

Einen Block voraus mündete dieser neue Abschnitt des gemauerten Grabens wieder in einen Betontunnel. *Diese* Rohrleitung endete laut Harry an dem langen vertikalen Abfluß am Westende der Stadt. Auf den letzten zehn Metern des Haupttunnels befanden sich angeblich eine Reihe kräftiger senkrechter Eisenträger, die sich in Abständen von zwanzig Zentimetern vom Boden bis zur Decke erstreckten und ein Hindernis schufen, durch das nur Wasser und kleinere Gegenstände hindurch konnten. Es war völlig unmöglich, daß man die sechzig Meter hinunterstürzen konnte.

Aber Sam wollte kein Risiko eingehen. Es durfte keine Stürze mehr geben. Wenn sie bis ans Ende gespült würden und gegen die Sicherheitsbarriere prallten und nicht Myriaden Knochenbrüche hätten, wenn sie aufstehen und sich bewegen könnten, um den langen Tunnel zurückzugehen, den steilen Hang hinauf und gegen das fließende Wasser, so war das eine Prüfung, an die Sam nicht einmal denken, geschweige denn sie durchmachen wollte.

Er hatte sein ganzes Leben lang geglaubt, er hätte Menschen im Stich gelassen. Er war zwar erst sieben gewesen, als seine Mutter bei dem Unfall ums Leben gekommen war, aber er hatte immer nagende Schuldgefühle angesichts ihres Todes verspürt, als hätte er sie trotz seines zarten Alters und trotz der Tatsache, daß er mit ihr im Wrack eingekeilt gewesen war, retten müssen. Später war es Sam nie gelungen, seinen betrunkenen, bösen Hurensohn von Vater zufriedenzustellen – und er hatte sehr unter diesem Unvermögen gelitten. Er war wie Harry der Meinung, daß er das Volk von Vietnam im Stich gelassen hatte, obwohl die Entscheidung, sie im Stich zu lassen, von weit höheren Dienstgraden gefällt worden war, auf die er keinen Einfluß hätte haben können. Keiner der FBI-Agenten, die in seinem Beisein gestorben waren, waren *durch* ihn gestorben, und doch war ihm, als hätte er auch sie im Stich gelassen. Irgendwie hatte er auch Karen im Stich gelassen, obwohl ihm die Leute immer sagten, er wäre verrückt zu denken, er habe irgendeine Verantwortung für ihren Krebs; er mußte nur ständig denken, wenn er sie mehr geliebt hätte, fester geliebt hätte, hätte sie Kraft und Willensstärke gefunden, es zu überwinden. Und weiß Gott, seinen Sohn Scott hatte er ganz besonders im Stich gelassen.

Chrissie drückte seine Hand.

Er drückte auch.

Sie schien so klein zu sein.

Vorhin hatten sie in Harrys Küche eine Unterhaltung über Verantwortung geführt. Jetzt wurde ihm plötzlich klar, daß sein Verantwortungsgefühl so ausgeprägt war, es kam einer Besessenheit gleich, aber er stimmte dem, was Harry gesagt hatte, trotzdem zu: Die Verpflichtungen eines Mannes gegenüber anderen, besonders Freunden und Familie, konnten niemals groß genug sein. Er hätte sich nie träumen lassen, daß er eine der wichtigsten Einsichten seines Lebens haben würde, während er fast bis zur Hüfte in schmutzigem Wasser in einem Abwasserkanal stand und auf der Flucht vor menschlichen und nichtmenschlichen Feinden war, aber hier hatte er sie nun einmal. Ihm wurde klar, daß sein Problem nicht die Bereitwilligkeit war, mit der er Verantwortung übernahm, oder deren gewaltiges Ausmaß, das zu tragen er bereit war. Nein, verflucht, sein Problem war, er hatte zugelassen, daß sein Gefühl für Verantwortung seine Fähigkeit, mit dem Scheitern zurechtzukommen, verdeckte. Von Zeit zu Zeit hatten alle Menschen einmal versagt, und die Schuld an diesem Versagen lag häufig nicht einmal beim Menschen selbst, sondern im Wirken des Schicksals. Wenn er versagte, mußte er lernen, nicht nur weiterzumachen, sondern mit *Freuden* weiterzumachen. Er durfte nicht zulassen, daß das Scheitern ihm die ganze Lebensfreude nahm. Eine solche Abkehr vom Leben war blasphemisch, wenn man an Gott glaubte – und regelrecht dumm, wenn man es nicht tat. Es war, als würde man sagen: ›Die Menschen versagen, aber *ich* sollte nicht versagen, denn ich bin mehr als ein Mensch, ich bin irgendwo da oben zwischen den Engeln und Gott.‹ Er sah ein, warum er Scott verloren hatte: weil er selbst die Liebe zum Leben verloren hatte, seinen Sinn für Humor, und er hatte nichts Bedeutsames mehr mit dem Jungen teilen können – oder Scotts Absinken in Nihilismus aufhalten, als es angefangen hatte.

Hätte er im Augenblick seine Gründe zu leben aufgezählt, hätte die Liste mehr als vier Punkte gehabt. Es wären Hunderte gewesen. *Tausende.*

Das alles begriff er innerhalb eines Augenblicks, während er Chrissies Hand hielt, als wäre das Verrinnen der Zeit durch eine Eigenheit der Relativität gedehnt worden. Ihm wurde klar, wenn er das Mädchen oder Tessa nicht retten könnte, aber selbst mit heiler Haut davonkäme, würde er trotzdem Freude über seine eigene Rettung empfinden und weiterleben müssen. Ihre Situation war dunkel und sie hatten wenig Hoffnung, aber er befand sich dennoch in einer solchen Hochstimmung, daß er beinahe laut gejauchzt hätte. Der lebende Alptraum, den sie in Moonlight Cove durchmachten, hatte ihn durch und durch erschüttert und ihm simple Wahrheiten eingebleut, Wahrheiten, die einfach waren und die er in den langen Jahren der Qual mühelos hätte sehen müssen, die er aber trotz ihrer Einfachheit und seiner eigenen bisherigen Dickköpfigkeit dankbar zur Kenntnis nahm. Vielleicht war die Wahrheit immer einfach, wenn man sie einmal gefunden hatte.

Ja, gut, vielleicht konnte er jetzt weiterleben, auch wenn er in seiner Verantwortung anderen gegenüber versagte, selbst wenn er Chrissie und Tessa verlöre – aber, verdammte Scheiße, er *würde* sie nicht verlieren. Der Teufel sollte ihn holen, wenn er es tat.

Der *Teufel* sollte ihn holen.

Er hielt Chrissies Hand und tastete sich vorsichtig an dem gemauerten Kanal entlang, und er war dankbar für die vergleichsweise Unebenheit des Bodens und seine moosfreie Oberfläche. Das Wasser war gerade so hoch, ihm einen Eindruck des Schwebens zu verschaffen. Das machte ihm schwerer, einen gerade gehobenen Fuß nach unten zu bringen. Daher lief er nicht, sondern schleifte die Füße mehr über den Grund.

Nach wenigen Minuten erreichten sie Eisensprossen, die ins Mauerwerk der Kanalwand betoniert waren. Tessa gesellte sich zu ihnen, und sie hingen alle eine Weile nur da, hielten die Stäbe umklammert und waren dankbar für ihre Festigkeit und den Halt, den sie boten.

Ein paar Minuten später, als der Regen unvermittelt nachließ, war Sam bereit weiterzugehen. Er achtete sorgfältig darauf, daß er nicht auf Chrissies oder Tessas Hände trat, als er ein paar Stufen hinaufstieg und auf die Straße sah.

Außer dem Nebel bewegte sich nichts.

Dieser Abschnitt des offenen Wasserlaufs führte an der Central School von Moonlight Cove vorbei. Der Sportplatz war nur ein paar Schritte von ihm entfernt, und hinter diesem offenen Gelände, in Dunkelheit und Nebel kaum sichtbar, befand sich das Schulgebäude selbst, das lediglich von ein paar trüben Sicherheitslampen erhellt wurde.

Das Gelände war von einem zweieinhalb Meter hohen Maschendrahtzaun umgeben. Aber davon ließ sich Sam nicht einschüchtern. Zäune hatten immer irgendwann einmal Türen.

7

Harry wartete auf dem Dachboden, hoffte auf das Beste und rechnete mit dem Schlimmsten.

Er lehnte an der Außenwand der langen, dunklen Kammer, in der Ecke, die am weitesten von der Falltür entfernt war, durch die er heraufgebracht worden war. Es gab nichts in dem Raum, hinter dem er sich hätte verstecken können.

Aber wenn jemand so weit ging, den Kleiderschrank neben dem Schlafzimmer auszuräumen, die Klappe hinunterzuziehen, die Treppe herunterzuklappen und den Kopf durch die Luke zu stecken, würde er vielleicht nicht so gewissenhaft sein und in jeder Ecke des Raumes nachsehen. Wenn er beim ersten Kreisen der Taschenlampe nur kahle Dielen und wuselnde Spinnen sah, würde er sie vielleicht abschalten und wieder hinuntergehen.

Das war selbstverständlich absurd. Wenn sich jemand die Mühe machte und auf den Dachboden käme, würde er ihn auch genauestens untersuchen und in jeder Ecke nachsehen. Aber ob diese Hoffnung absurd war oder nicht, Harry klammerte sich daran; er war gut darin, Hoffnung zu hegen, er konnte herzhafte Eintöpfe aus der dünnsten Brühe davon zubereiten, weil Hoffnung sein halbes Leben lang das einzige gewesen war, das ihm Halt gegeben hatte.

Ihm war nicht unbehaglich zumute. Als Vorbereitung auf den unbeheizten Dachboden hatte er – damit es schneller ging – mit Sams Hilfe Wollsocken, wärmere Hosen als die, die er angehabt hatte, und zwei Pullover angezogen.

Komisch, daß viele Menschen dachten, ein Gelähmter würde überhaupt nichts in seinen gebrauchsunfähigen Extremitäten spüren. In manchen Fällen stimmte das: alle Nerven waren abgetrennt, kein Gefühl mehr vorhanden. Aber es gab Myriaden verschiedene Wirbelsäulenverletzungen; abgesehen von einem völligen Bruch variierte der Rest Gefühl, der dem Opfer blieb, sehr stark.

In Harrys Fall war es so, daß er zwar einen Arm und ein Bein gar nicht mehr, das andere Bein kaum noch bewegen konnte, aber er konnte immer noch Hitze und Kälte spüren. Wenn ihn etwas zwickte, bemerkte er zwar keine Schmerzen, aber doch einen dumpfen Druck.

Körperlich spürte er wesentlich weniger als ein gesunder Mann, daran konnte überhaupt kein Zweifel bestehen. Aber nicht alle Empfindungen waren körperlicher Natur. Er war sicher, daß ihm die wenigsten Menschen glauben würden, aber seine Behinderung hatte sein seelisches Leben tatsächlich bereichert. Obwohl er notwendigerweise zu einer Art Einsiedler geworden war, hatte er gelernt, den Mangel an menschlichem Kontakt auszugleichen. Bücher hatten ihm geholfen. Bücher öffneten die Tür zu Welten. Und das Teleskop. Aber weitgehend sein unbändiger Wille, ein Leben zu führen, das so erfüllt wie möglich war, hatten ihn in Herz und Verstand gesund bleiben lassen.

Wenn dies seine letzten Stunden waren, würde er die Kerze ohne Verbitterung ausblasen, wenn die Zeit gekommen war, sie zu löschen. Er bedauerte, was er verloren hatte, aber wichtiger war, er schätzte, was ihm geblieben war. In letzter Analyse war er der Überzeugung, er hatte ein Leben gelebt, das im Großen und Ganzen gut, lohnend und kostbar gewesen war.

Er hatte zwei Waffen bei sich. Einen 45er Revolver. Eine 38er Pistole. Wenn sie zu ihm auf den Speicher kämen, würde er mit der Pistole auf sie schießen, bis sie leer wäre. Dann würde er ihnen alle Patronen des Revolvers zu kosten geben, bis auf eine. Die letzte Patrone würde er für sich selbst aufheben.

Er hatte keine zusätzlichen Patronen mitgebracht. In einer

Krisensituation konnte ein Mann mit nur einer guten Hand nicht schnell genug laden, ohne daß die Anstrengung zu einem komischen Finale geriet.

Das Trommeln des Regens auf dem Dach hatte nachgelassen. Er fragte sich, ob das wieder nur eine Atempause in dem Sturm war, oder ob er zu Ende ging.

Es wäre schön, die Sonne noch einmal zu sehen.

Er machte sich mehr Sorgen um Moose als um sich selbst. Der arme Hund war ganz alleine da unten. Er hoffte, die Schreckgespenster würden dem guten alten Moose nichts tun, wenn sie schließlich kamen. Und wenn sie auf den Dachboden kämen und ihn zwängen, Selbstmord zu begehen, dann hoffte er, Moose würde nicht lange ohne ein gutes Zuhause sein.

8

Für den umherfahrenden Loman schien Moonlight Cove tot zu sein und zugleich von Leben zu wimmeln.

Richtete man sich nach den üblichen Anzeichen von Leben in einer Kleinstadt, war diese eine leere Hülle und ebenso verlassen und von der Sonne ausgetrocknet wie jede Geisterstadt in der Mohave. Die Geschäfte, Bars und Restaurants hatten geschlossen. Sogar das sonst überfüllte Perez Family-Restaurant war dunkel; niemand war gekommen, um es zu öffnen. Die einzigen Fußgänger, die nach dem Regen unterwegs waren, waren Patrouillen oder Verwandlungsteams. Und auch die Polizeipatrouillen und die Zwei-Mann-Teams, die in privaten Autos unterwegs waren, hatten die Straßen für sich allein.

Aber es wimmelte in der Stadt von perversem Leben. Er sah mehrmals seltsame, hastige Gestalten, die sich durch Nacht und Nebel bewegten, das immer noch verstohlen taten, aber schon ungleich kühner als in den vorangegangenen Nächten. Wenn er anhielt oder langsamer fuhr, um diese Marodeure zu studieren, hielten manche auch in den tiefen

Schatten inne und sahen ihn mit haßerfüllten gelben oder grünen oder rotglühenden Augen an, als würden sie ihre Chancen abschätzen, den Streifenwagen anzugreifen und Loman herauszuzerren, bevor er den Fuß von der Bremse nehmen und davonfahren konnte. Wenn er sie beobachtete, erfüllte ihn das Verlangen, das Auto, seine Kleidung und die starre menschliche Gestalt aufzugeben und sich in ihrer einfacheren Welt des Jagens, Essens und Paarens zu ihnen zu gesellen. Er wandte sich jedesmal rasch von ihnen ab und fuhr weiter, bevor er solchen Impulsen folgen konnte. Hier und da kam er an Häusern vorbei, in deren Fenstern unheimliches Licht leuchtete, in dem sich so groteske und unirdische Schatten bewegten, daß sein Herz schneller schlug und seine Handflächen feucht wurden, obwohl er fern von ihnen und wahrscheinlich außerhalb ihres Zugriffs war. Er hielt nicht an um festzustellen, welche Geschöpfe in diesen Häusern wohnten oder welchen Tätigkeiten sie nachgingen, denn er spürte, daß sie mit dem verwandt waren, was aus Denny geworden war, und daß sie in vieler Hinsicht gefährlicher waren als die umherstreunenden Regressiven.

Er lebte jetzt in einer Lovecraftschen Welt urzeitlicher und kosmischer Kräfte, monströser Wesenheiten, die durch die Nacht schlichen, wo die Menschen zu wenig mehr als Vieh herabgewürdigt waren, wo das jüdisch-christliche Universum verdrängt worden war, die von dunklen Gelüsten, Spaß an Grausamkeit und einem unstillbaren Verlangen nach Macht motiviert wurden. In der Luft, in den Nebelschwaden, in den schattigen, tropfenden Bäumen, in den unbeleuchteten Straßen und sogar im natriumgelben Leuchten der Lampen an den Hauptstraßen herrschte die allumfassende Stimmung vor, daß in dieser Nacht nichts Gutes geschehen konnte… aber daß alles *andere* passieren konnte, wie phantastisch oder bizarr es auch sein mochte.

Er hatte im Lauf der Jahre unzählige Taschenbücher gelesen und kannte Lovecrafts Werk. Er hatte ihm nicht einen Bruchteil so gut gefallen wie Louis L'Amour, weil sich L'Amour mit der Realität beschäftigte, während H. P. Lovecraft sich mit dem Unmöglichen befaßt hatte. So jedenfalls war es Loman damals vorgekommen. Jetzt wußte er, Menschen konnten in der wirklichen Welt Höllen erschaffen, die denen der fantasiebegabtesten Schriftsteller in nichts nachstanden.

Lovecraftsche Verzweiflung und Entsetzen strömten in größeren Mengen durch Moonlight Cove als zuvor der Regen gefallen war. Während er durch die verwandelten Straßen fuhr, ließ Loman seine Dienstwaffe in Reichweite neben sich auf dem Beifahrersitz liegen.

Shaddack.

Er mußte Shaddack finden.

Er fuhr auf der Juniper nach Süden und blieb an der Kreuzung Ocean Avenue stehen. Gleichzeitig bremste ein anderer Streifenwagen am Stop-Schild direkt gegenüber von Loman, Richtung Norden.

Auf der Ocean herrschte kein Verkehr. Loman kurbelte das Fenster herunter, fuhr langsam über die Kreuzung und bremste neben dem anderen Streifenwagen, so daß kaum dreißig Zentimeter Platz zwischen beiden blieb.

Anhand der Zahl auf der Tür, über dem Abzeichen der Polizei, wußte Loman, daß es Neil Penniworths Streifenwagen war. Aber als er durch das Seitenfenster sah, erblickte er nicht den jungen Beamten. Er sah etwas, das einmal Penniworth gewesen sein konnte, immer noch vage menschlich und vom Schein der Armaturenbrettlichter beleuchtet, aber noch direkter vom Leuchten des mobilen VDT im Inneren. Zwei Kabel, gleich dem, das aus Dennys Stirn gewachsen war, um ihn direkter mit seinem PC zu verbinden, wuchsen aus Penniworths Schädel; das Licht war zwar schlecht, aber es sah aus, als würde sich eines dieser Kabel zwischen dem Lenkrad hindurch zum Armaturenbrett erstrecken, während das andere zu dem auf der Konsole montierten Computer verlief. Die Form von Penniworths Kopf hatte sich dramatisch verändert, er war in die Länge gezogen und hatte glänzende spitze Auswüchse, bei denen es sich um irgendwelche Sensoren handeln mußte, die im Licht des VDT sanft glommen wie poliertes Metall; seine Schultern waren breiter und seltsam zackenförmig und spitz; er schien allen Ernstes die

Gestalt eines barocken Roboters gesucht zu haben. Er hatte die Hände nicht am Lenkrad, aber vielleicht besaß er gar keine Hände mehr; Loman vermutete, daß Penniworth nicht nur mit dem Computer selbst, sondern auch mit dem Streifenwagen verschmolzen war.

Penniworth wandte Loman langsam das Gesicht zu.

In den leeren Augenhöhlen krümmten sich und flackerten unablässig knisternde weiße Finger von Elektrizität.

Shaddack hatte gesagt, die Befreiung der Neuen Menschen von Emotionen hätte ihnen die Fähigkeit gegeben, die schlummernden Kräfte ihres Gehirns weitaus besser zu nutzen, sogar bis zu dem Ausmaß, geistige Kontrolle über Form und Funktion von Materie auszuüben. Jetzt bestimmte ihr Bewußtsein ihre Gestalt; um einer Welt zu entfliehen, in der ihnen keine Gefühle gestattet wurden, konnten sie werden, was immer sie wollten – aber sie konnten nicht wieder zu den Alten Menschen werden, die sie gewesen waren. Offenbar war das Leben als Cyborg frei von Angst, denn Penniworth hatte Freiheit von Angst und Verlangen – möglicherweise auch eine Art Auslöschung – in dieser monströsen Inkarnation gesucht.

Aber was empfand er jetzt? Welchen Zweck hatte er? Und blieb er in diesem veränderten Zustand, weil er es wirklich wollte? Oder war er wie Peyser – entweder aus physischen Gründen gefangen, oder weil ein abwegiger Aspekt seiner eigenen Psychologie nicht zuließ, daß er die menschliche Gestalt wieder annahm, in die er ansonsten zu gerne zurückgekehrt wäre?

Loman griff zum Revolver auf dem Sitz neben ihm.

Ein in Segmente unterteiltes Kabel platzte aus der Fahrertür von Penniworths Auto, ohne Metall zu zerstören, es kam hervor, als wäre ein Teil der Tür geschmolzen und hätte sich neu geformt, um es zu bilden – davon abgesehen, daß es zumindest halborganisch aussah. Die Sonde prallte mit einem Schmatzen auf Lomans Seitenfenster.

Der Revolver glitt aus Lomans schwitzender Hand, denn er konnte den Blick nicht von der Sonde abwenden, um nach der Waffe zu sehen.

Das Glas zerschellte nicht, aber ein Stück, so groß wie ein Vierteldollar, warf Blasen und schmolz innerhalb eines Augenblicks, und die Sonde schnellte ins Auto, direkt auf Lomans Gesicht zu. Sie hatte einen fleischigen Saugmund, wie ein Aal, aber die winzigen spitzen Zähne in seinem Inneren schienen aus Stahl zu sein.

Er duckte den Kopf, vergaß den Revolver und trat das Gaspedal bis zum Boden durch. Der Chevy schien sich einen Sekundenbruchteil fast aufzubäumen; dann schoß er mit einer Beschleunigung, die Loman in den Sitz drückte, auf der Juniper nach Süden.

Einen Augenblick dehnte sich die Sonde zwischen den Autos, um Kontakt zu halten, strich über Lomans Nasenrücken – und war unvermittelt verschwunden und wieder in das Auto gezogen, aus dem sie herausgewachsen war.

Er fuhr sehr schnell bis ganz zum Ende der Juniper Lane, bevor er bremste und abbog. Der Fahrtwind heulte durch das Loch, das die Sonde ins Fenster geschmolzen hatte.

Lomans schlimmste Befürchtungen schienen sich zu bestätigen. Die Neuen Menschen, die sich nicht für Regression entschieden, verwandelten sich selbst – oder wurden auf Verlangen Shaddacks zu teuflischen Hybriden zwischen Mensch und Maschine.

Shaddack finden. Den Schöpfer ermorden und die wütenden Monster befreien, die er gemacht hatte.

9

Sam voraus und gefolgt von Tessa, stapfte Chrissie quietschend über den feuchten Rasen des Sportplatzes. An manchen Stellen war statt Gras nasser Schlamm, der lautstark an ihren Schuhen zog, und sie dachte sich, daß sie sich wie eine Art alberner Außerirdischer anhörte, der mit großen Saugnapffüßen dahintappste. Dann wurde ihr deutlich, daß sie heute nacht in gewissem Sinne eine Außerirdische in Moonlight Cove war, ein anderes Wesen als die Mehrheit der Einwohner.

Sie hatten den Sportplatz zu zwei Dritteln überquert, als sie einen schrillen Schrei hörten, der die Nacht so sauber durchschnitt wie eine scharfe Axt ein Stück Holz durchschnitten hätte, und sie blieben stehen. Die nichtmenschliche Stimme schwoll an, wurde leiser und schwoll wieder an, sie war wild und nervtötend, aber vertraut, der Schrei einer der Bestien, die sie für Außerirdische gehalten hatte. Der Regen hatte zwar aufgehört, aber die Luft war feucht, und in dieser feuchten Atmosphäre wurde der unirdische Schrei weit getragen, wie die höllisch klaren Töne einer fernen Trompete.

Schlimmer war, der Ruf wurde sofort von den aufgeregten Anverwandten der Bestie beantwortet. Mindestens ein halbes Dutzend ähnliche grauenerregende Schreie wurden südlich, ungefähr an der Paddock Lane, und nördlich an der Holliwell Road laut, ebenso von den Hügeln am Ostrand der Stadt und der Klippe am Strand nur ein paar Blocks im Westen.

Plötzlich sehnte sich Chrissie nach dem kalten, dunklen Tunnel, in dem hüfthoch so schmutziges Wasser floß, daß es aus der Badewanne des Teufels persönlich stammen konnte. Im Vergleich dazu wirkte das offene Gelände hier diabolisch gefährlich.

Ein neuer Schrei ertönte, als die anderen verstummten, und der war näher als der vorhergehende. Zu nahe.

»Nichts wie rein«, sagte Sam drängend.

Chrissie war allmählich bereit, sich selbst einzugestehen, daß sie vielleicht doch keine so gute Andre-Norton-Heldin abgeben würde. Sie hatte Angst, fror, hatte vor Erschöpfung brennende Augen, tat sich allmählich selbst leid und hatte wieder Hunger. Sie hatte das Abenteuer über beide Ohren satt. Sie sehnte sich nach warmen Zimmern und faulen Tagen mit guten Büchern und großen Stücken Torte und Ausflügen ins Kino. Bis zu dieser Stelle hätte sich eine wahre Heldin einer Abenteuergeschichte eine Reihe brillanter Strategien ausgearbeitet, die die Bestien in Moonlight Cove vernichtet hätten, hätte einen Weg gefunden, aus den Robotermenschen harmlose Autowaschanlagen zu machen und wäre schon unterwegs, um laut Wunsch der respektvollen und dankbaren Bürger zur Prinzessin des Königreichs gekrönt zu werden.

Sie eilten zum Ende des Sportplatzes, liefen um die Tribüne herum und überquerten den verlassenen Parkplatz hinter dem Schulgebäude.

Niemand griff sie an.

Danke, Gott. Deine Freundin Chrissie.

Wieder heulte etwas.

Manchmal schien selbst Gott eine perverse Ader zu haben.

An der Rückwand des Schulgebäudes befanden sich an sechs verschiedenen Stellen Türen. Sie gingen von einer zur anderen, während Sam sie alle begutachtete und die Schlösser im Schein der Taschenlampe, die er mit der Hand abdeckte, untersuchte. Er konnte sie offenbar nicht alle aufbrechen, und das enttäuschte sie, weil sie gedacht hatte, FBI-Agenten wären so gut ausgebildet, daß sie in einem Notfall einen Banktresor mit Spucke und einer Haarklammer öffnen konnten.

Er versucht es auch an ein paar Fenstern und leuchtete scheinbar ziemlich lange mit der Taschenlampe durch die Scheiben. Er untersuchte nicht die Zimmer, sondern die inneren Simse und Fensterrahmen.

An der letzten Tür – die einzige, die Glasscheiben in der oberen Hälfte hatte, alle anderen waren kahle Rechtecke aus Metall gewesen – schaltete Sam die Taschenlampe aus, sah Tessa ernst an und unterhielt sich mit gedämpfter Stimme mit ihr. »Ich glaube nicht, daß es hier ein Alarmsystem gibt. Könnte mich aber irren. Aber es gibt kein Alarmband an den Fensterrahmen, und, soweit ich sehen kann, auch keine verkabelten Kontakte an den Rahmen oder Riegeln.«

»Sind das die einzigen möglichen Alarmsysteme, die sie haben könnten?« murmelte Tessa.

»Nun, es gibt Bewegungsdetektoren, die entweder Schallwellen aussenden oder elektronische Augen haben. Aber die wären für eine Schule zu kompliziert und für ein solches Gebäude wahrscheinlich auch zu empfindlich.«

»Also, was jetzt?«

»Jetzt breche ich ein Fenster auf.«

Chrissie rechnete damit, daß er eine Rolle Klebeband aus der Tasche holen und eine Scheibe damit abkleben würde, um den Lärm des zersplitternden Glases zu dämpfen und zu verhindern, daß lautstark Splitter zu Boden fielen. So machten sie es normalerweise in den Büchern. Aber er stellte sich nur seitlich zur Tür, zog den Arm vor und rammte den Ellbogen durch die zwanzig Zentimeter im Quadrat messende Scheibe in der unteren rechten Ecke des Fensterkreuzes. Das Glas barst und machte einen Höllenlärm, als es zu Boden fiel. Vielleicht hatte er vergessen, sein Klebeband mitzubringen.

Er griff durch die gesplitterte Scheibe, tastete nach dem Schloß, öffnete es und ging als erster hinein. Chrissie folgte ihm und versuchte, nicht auf die Glasscherben zu treten.

Sam schaltete die Taschenlampe ein. Er schirmt sie nicht ganz so sehr ab wie draußen, aber er versuchte eindeutig, den Widerschein von den Fenstern abzuhalten.

Sie waren in einem langen Flur. Es roch nach dem Zedern-Piniengeruch, der von dem körnigen grünen Desinfektionsmittel und Staubfänger herrührte, das die Hausmeister jahrelang auf den Boden gestreut und dann aufgewischt hatten, bis Fliesen und Wände den Geruch angenommen hatten. Sie kannte den Geruch von der Thomas-Jefferson-Grundschule und war enttäuscht, ihn auch hier zu finden. Sie hatte sich eine High-School immer als besonderen, geheimnisvollen Ort vorgestellt, aber wie besonders oder geheimnisvoll konnte er schon sein, wenn sie dieselben Desinfektionsmittel wie in der Grundschule verwendeten?

Tessa machte leise die Tür hinter ihnen zu.

Sie standen einen Moment da und lauschten.

Es war still in der Schule.

Sie gingen den Flur entlang, sahen in die Klassenzimmer und Waschräume und Spinde auf beiden Seiten und suchten nach dem Computerlabor. Nach etwa vierzig Metern kamen sie zur Kreuzung eines anderen Flurs. Sie blieben einen Augenblick auf der Kreuzung stehen und lauschten mit geneigten Köpfen.

In der Schule war es immer noch still. Und dunkel.

Das einzige Licht war die Taschenlampe, die Sam noch in der linken Hand hielt, aber nicht mehr mit der rechten abschirmte. Er hatte den Revolver aus dem Halfter gezogen und brauchte die rechte Hand, um ihn zu halten.

Nach einer langen Pause sagte Sam: »Niemand da.«

Was der Fall zu sein schien.

Chrissie fühlte sich vorübergehend besser, sicherer.

Andererseits, wenn er wirklich glaubte, daß sie die einzigen in dem Gebäude waren, warum steckte er den Revolver dann nicht wieder weg?

10

Während er durch sein Reich fuhr und ungeduldig auf Mitternacht wartete, die immer noch fünf Stunden entfernt war, war Thomas Shaddack weitgehend auf eine kindliche Bewußtseinsstufe zurückgefallen. Jetzt, wo sein Triumph kurz bevorstand, konnte er die Maske des erwachsenen Mannes abwerfen, die er so lange gehalten hatte, und er tat es mit Erleichterung. Er war eigentlich nie ein Erwachsener gewesen, sondern ein Junge, dessen emotionale Entwicklung im Alter von zwölf Jahren gestoppt worden war, als die Botschaft des Mondfalken nicht nur zu ihm gekommen, sondern in ihn *eingepflanzt* worden war; danach hatte er emotionales Erwachsenwerden entsprechend seines körperlichen Wachstums vorgetäuscht.

Aber dieses Vortäuschen war jetzt nicht mehr nötig.

Auf einer bestimmten Ebene hatte er das schon immer über sich gewußt und es als seine große Stärke betrachtet, als Vorteil gegenüber jenen, die die Kindheit hinter sich gelassen hatten. Ein zwölfjähriger Junge konnte einen Traum mit mehr Entschlossenheit als ein Erwachsener pflegen und nähren, weil Erwachsene ständig von widerstreitenden Bedürfnissen und Begierden abgelenkt wurden. Aber ein Junge an der Schwelle der Pubertät hatte die Entschlossenheit und Zielstrebigkeit, sich einzig und allein auf einen einzigen großen Traum zu konzentrieren. Hinreichend verdreht, war ein zwölfjähriger Junge der perfekte Monomane.

Das Projekt Moonhawk, sein großer Traum von gottgleicher Macht, hätte niemals Früchte getragen, wenn er auf die übliche Weise reif geworden wäre. Er verdankte seinen bevorstehenden Triumph seiner verhinderten Entwicklung.

Er war wieder ein Junge, nicht mehr heimlich, sondern offen, und er brannte darauf, jeder Laune genüge zu tun, zu nehmen, was immer er wollte, alles zu tun, was die Vorschriften verletzte. Zwölfjährigen Jungs machte es Spaß, Vorschriften zu übertreten und die Autoritäten herauszufordern. Zwölfjährige Jungs waren schlimmstenfalls gesetzlos, am Rande einer hormonbedingten Rebellion.

Aber er war mehr als gesetzlos. Er war ein Junge, der auf Kaktusplätzchen abhob, die er vor langer Zeit gegessen hatte, die aber einen psychischen, wenn nicht einen materiellen Rückstand hinterlassen hatten. Er war ein Junge, der wußte, daß er ein Gott war. Und das Potential eines *jeden* Jungen für Grausamkeit verblaßte im Vergleich mit der Grausamkeit von Göttern.

Um sich die Zeit bis Mitternacht zu vertreiben, stellte er sich vor, was er mit seiner Macht anfangen würde, wenn ganz Moonlight Cove unter seine Herrschaft gefallen war. Bei einigen seiner Vorstellungen zitterte er unter einer seltsamen Mischung aus Erregung und Ekel.

Er war auf dem Iceberry Way, als ihm bewußt wurde, daß der Indianer bei ihm war. Er war überrascht, als er den Kopf drehte und Runningdeer auf dem Beifahrersitz sitzen sah. Er brachte den Wagen tatsächlich mitten auf der Straße zum Stehen und sah schockiert und ungläubig und ängstlich hinüber.

Aber Runningdeer bedrohte ihn nicht. Der Indianer sprach nicht einmal mit ihm oder sah ihn an, sondern starrte geradeaus durch die Windschutzscheibe.

Allmählich begriff Shaddack. Der Geist des Indianers gehörte jetzt ihm, er war sein Besitz – so sicher wie der Lieferwagen. Die großen Geister hatten ihm den Indianer als Ratgeber gegeben, als Belohnung dafür, daß er Moonhawk zum

Erfolg geführt hatte. Aber diesesmal hatte *er* das Sagen, nicht Runningdeer, und der Indianer würde nur dann etwas sagen, wenn er angesprochen würde.

»Hallo, Runningdeer«, sagte er.

Der Indianer sah ihn an. »Hallo, Kleiner Häuptling.«

»Du gehörst jetzt mir.«

»Ja, Kleiner Häuptling.«

Shaddack dachte einen ganz kurzen Augenblick daran, daß er verrückt war und Runningdeer eine Illusion war, die sein kranker Verstand erzeugt hatte. Aber monomanische Jungs haben nicht die Fähigkeit, ausgiebig über ihren Geisteszustand nachzudenken, daher verschwand der Gedanke so schnell wieder aus seinem Verstand, wie er gekommen war.

Er sagte zu Runningdeer: »Du wirst tun, was ich dir sage.«

»Immer.«

Shaddack nahm außerordentlich zufrieden den Fuß von der Bremse und fuhr weiter. Die Scheinwerfer beleuchteten ein Ding mit bernsteinfarbenen Augen und einer phantastischen Gestalt, das aus einer Pfütze aus dem Gehweg trank. Er weigerte sich, es als etwas Bedeutsames anzusehen, und als es davonhuschte, verdrängte er es so schnell aus seinen Gedanken wie es von der nächtlichen Straße verschwunden war.

Er warf dem Indianer einen verschlagenen Blick zu und sagte: »Weißt du, was ich eines Tages machen werde?«

»Was denn, Kleiner Häuptling?«

»Wenn ich alle verwandelt habe, nicht nur die Menschen in Moonlight Cove, sondern alle auf der Welt, wenn niemand mehr gegen mich steht, dann werde ich etwas Zeit darauf verwenden, deine Familie aufzuspüren, all deine noch lebenden Brüder und Schwestern, sogar deine Vettern und deren *Kinder* nebst Männern und Frauen... und dann werde ich dafür sorgen, daß sie für deine Verbrechen bezahlen, daß sie wirklich und wahrhaftig bezahlen.« Seine Stimme hatte einen wimmernden Tonfall angenommen. Er mißbilligte den nörgelnden Unterton, konnte ihn aber nicht abstellen. »Ich werde alle Männer töten, sie in blutige Stücke hacken, und zwar höchstpersönlich. Ich werde sie wissen lassen, daß sie leiden müssen, weil sie deine Verwandten sind, und sie werden dich verachten und deinen Namen verfluchen, es wird ihnen leid tun, daß du jemals existiert hast. Und ich werde alle Frauen vergewaltigen und ihnen weh tun, ihnen weh tun, wirklich schlimm, und dann werde ich sie auch umbringen. Was meinst du dazu? Hm?«

»Wenn du es möchtest, Kleiner Häuptling.«

»Verdammt richtig, ich möchte es.«

»Dann solltest du es tun.«

»Verdammt richtig, ich werde es tun.«

Shaddack war überrascht, daß ihm Tränen in die Augen traten. Er hielt an einer Kreuzung und fuhr nicht weiter. »Es war nicht richtig, was du mit mir gemacht hast.«

Der Indianer sagte nichts.

»Sag, daß es nicht richtig war.«

»Es war nicht richtig, Kleiner Häuptling.«

»Es war überhaupt nicht richtig.«

»Es war nicht richtig.«

Shaddack holte ein Taschentuch aus der Tasche und schneuzte sich die Nase. Er tupfte sich die Augen damit. Wenig später trockneten seine Tränen.

Er sah lächelnd in die nächtliche Landschaft jenseits des Fensters. Er seufzte. Er sah Runningdeer an.

Der Indianer sah stumm geradeaus.

Shaddack sagte: »Natürlich wäre ich ohne dich vielleicht nie das Kind des Mondfalken geworden.«

11

Das Computerlabor befand sich im Erdgeschoß im Zentrum des Gebäudes in der Nähe eines Korridorknotenpunkts. Fenster überblickten einen Hof, waren aber von der Straße nicht zu sehen, daher konnte Sam die Beleuchtung einschalten.

Es war ein großes Zimmer, das wie ein Sprachlabor angelegt war, jedes VDT befand sich in einer eigenen abgeschirmten Kammer. Dreißig Computer – neueste Modelle mit Festplatte – waren an drei Wänden und in einer Reihe Rücken an Rücken in der Mitte des Zimmers aufgestellt.

Tessa betrachtete sich den Reichtum an Hardware und sagte: »New Wave war reichlich großzügig, was?«

»Vielleicht wäre ›gründlich‹ das passendere Wort«, sagte Sam.

Er schritt an den Bildschirmreihen entlang und suchte nach Telefonanschlüssen und Modems, fand aber keine.

Tessa und Chrissie blieben unter der offenen Tür stehen und sahen auf den dunklen Flur hinaus.

Sam nahm vor einer der Maschinen Platz und schaltete sie ein. Das Wahrzeichen von New Wave erschien auf dem Bildschirm.

Da keine Telefone oder Modems vorhanden waren, hatte die Schule die Computer möglicherweise wirklich nur für Ausbildungszwecke erhalten, ohne die Absicht, die Kinder während einer Phase des Projekts Moonhawk an New Wave zu binden.

Das Wahrzeichen erlosch, ein Menü erschien auf dem Bildschirm. Da es sich um Festspeichergeräte mit unglaublicher Kapazität handelte, waren die Programme bereits eingelesen und funktionstüchtig, wenn das System eingeschaltet wurde. Das Menü bot ihm fünf Möglichkeiten:

A. AUSBILDUNG 1
B. AUSBILDUNG 2
C. TEXTSYSTEME
D. BUCHFÜHRUNG
E. SONSTIGES

Er zögerte, aber nicht, weil er sich nicht entscheiden konnte, welche Taste er drücken sollte, sondern weil er plötzlich Angst davor hatte, die Maschine zu benützen. Er erinnerte sich zu deutlich an die Coltranes. Er glaubte zwar, daß sie sich freiwillig entschieden hatten, mit ihren Computern zu verschmelzen, daß ihre Verwandlung in ihnen selbst begann, aber er konnte nicht mit Sicherheit wissen, ob es nicht anders herum gewesen war. Vielleicht hatten die Computer irgendwie *sie* gepackt. Das schien unmöglich. Außerdem wußten sie durch Harrys Beobachtungen, daß die Menschen in Moonlight Cove durch Injektionen verwandelt wurden, nicht durch eine schleichende Macht, die durch halb magische Weise durch Computertastaturen in ihre Fingerspitzen überging. Trotzdem zögerte er.

Schließlich drückte er E und bekam eine Liste mit Schulthemen:

A. ALLE SPRACHEN
B. MATHE
C. NATURWISSENSCHAFTEN
D. GESCHICHTE
E. ENGLISCH
F. SONSTIGES

Er drückte F. Ein drittes Menü erschien, dieser Vorgang wurde fortgesetzt, bis er schließlich ein Menü bekam, auf dem als letzte Wahlmöglichkeit NEW WAVE stand. Als er diese Möglichkeit getippt hatte, flimmerten Worte über den Bildschirm.

HALLO STUDENT.
DU HAST JETZT VERBINDUNG MIT DEM
SUPERCOMPUTER VON NEW WAVE MIKROTECHNOLOGIE.
MEIN NAME IST SONNE.
ICH STEHE DIR ZU DIENSTEN.

Die Schulcomputer waren direkt mit New Wave verbunden. Modems waren überflüssig.

MÖCHTEST DU GERNE MENUES SEHEN?
ODER MÖCHTEST DU DEIN SPEZIELLES INTERESSE NENNEN?

Da er an die Vielzahl von Menüs allein im System der Polizei dachte, das er gestern nacht im Streifenwagen gesehen hatte, stellte er sich vor, daß er die ganze Nacht hier sitzen und ein Menü nach dem anderen abrufen konnte, bis er gefunden hatte, was er suchte. Er tippte: POLIZEIREVIER MOONLIGHT COVE.

DIESE DATEI IST VERTRAULICH.
BITTE VERSUCHE NICHT, SIE ANZUWÄHLEN, OHNE DEINEN LEHRER UM RAT ZU FRAGEN.

Er vermutete, daß die Lehrer bestimmte Kodenummern hatten, die ihnen, je nachdem, ob sie verwandelt waren oder nicht, Zugang zu ansonsten vertraulichen Daten verschaffen konnten. Er konnte nur einen solchen Kode herausfinden, wenn er wahllos Ziffernfolgen eingab, aber da er nicht einmal wußte, aus wievielen Zahlen ein Kode bestand, hatte er Millionen, wenn nicht Milliarden Möglichkeiten. Er konnte hier sitzen, bis sein Haar weiß wurde und ihm die Zähne ausfielen, ohne eine richtige Zahl zu finden.

Letzte Nacht hatte er den persönlichen Zugangskode von Reese Dorn benützt, und er fragte sich jetzt, ob der nur bei einer speziellen Polizeimaschine funktionierte oder ob jeder mit Sonne verbundene Computer sie akzeptieren würde. Ein Versuch konnte nicht schaden. Er tippte: 262699.

Der Bildschirm wurde leer. Dann: HALLO, OFFICER DORN.

Er bat wieder um das Datensystem des Polizeireviers.

Diesesmal bekam er es.

BITTE WÄHLEN.
A. FUNKER
B. ZENTRALE DATENBANK
C. ANZEIGENTAFEL
D. AUSSENSYSTEM-MODEM

Er drückte D.

Er bekam die Liste der nationalen Computer, über die er sich mit dem Modem der Polizei in Verbindung setzen konnte.

Plötzlich waren seine Hände schweißfeucht. Er war sicher, daß etwas schiefgehen würde, und sei es nur, weil bisher nichts einfach gewesen war, seit der Minute nicht, als er in die Stadt gefahren war.

Er sah zu Tessa. »Alles in Ordnung?«

Sie blinzelte in den dunklen Flur und sagte: »Scheint so. Schon Erfolg gehabt?«

»Ja... vielleicht.« Er wandte sich wieder zum Computer und sagte leise: »Bitte...«

Er überflog die lange Liste möglicher Verbindungen nach draußen. Er fand FBI KEY, was die Bezeichnung für das jüngste und komplexeste Computernetz des FBI war – ein streng gesichertes internes Datenspeicher-, Abruf- und Übertragungssystem im Hauptquartier in Washington, das erst im Lauf des letzten Jahres installiert worden war. Angeblich konnten nur ausgewählte Mitarbeiter im Hauptquartier und in den Zweigstellen des Bureau mit eigenen Spezialkodes *FBI KEY* benützen.

Soviel zur strengen Geheimhaltung.

Sam rechnete immer noch mit Ärger, als er FBI KEY wählte. Das Menü verschwand. Der Bildschirm blieb einen Augenblick leer. Dann erschien auf dem Display, der sich als Farbmonitor erwies, das FBI-Abzeichen in blau und gold. Darunter stand das Wort KEY.

Als nächstes wurden eine Reihe Fragen über den Bildschirm gejagt: – WIE LAUTET IHRE BUREAU-KENNZAHL? NAME? GEBURTSDATUM? DATUM DES EINTRITTS INS FBI? MÄDCHENNAME DER MUTTER? – als er die beantwortet hatte, bekam er Zugang.

»Bingo!« sagte er und wagte, optimistisch zu sein.

Tessa sagte: »Was ist passiert?«

»Ich bin im Hauptsystem des Bureau in D.C.«

»Sie sind ein Hacker«, sagte Tessa.

»Ich bin ein Tolpatsch. Aber ich bin drin.«

»Was jetzt?« fragte Tessa.

»Ich werde in einer Minute nach dem diensthabenden Funker fragen. Aber vorher möchte ich einen Gruß in jedes verdammte Büro der Landes schicken, damit sie alle aufwachen und Notiz von uns nehmen.«

»Grüße?«

Sam rief von dem lagen FBI KEY Menü folgendes ab: G – SOFORTIGE ÜBERTRAGUNG AN ALLE DIENSTSTELLEN. Er wollte seine Nachricht zu jedem Büro des Landes schicken, nicht nur nach San Francisco, wo das nächste war, von dem er sich Hilfe versprach. Es bestand eine Chance von eins zu einer Million, daß der nächtliche Diensthabende in San Francisco die Nachricht trotz der EINSATZ-ALARM-Warnung, die Sam voranstellen wollte, übersehen würde. Wenn das geschähe, wenn jemand in diesem wichtigsten aller Augenblicke schliefe, würde er nicht sehr lange schlafen, weil jede Dienststelle im Land das HQ nach weiteren Informationen über die Meldung aus Moonlight Cove bitten und um eine Erklärung nachsuchen würde, weshalb sie einen Alarm für eine Region außerhalb ihrer Zuständigkeit erhalten hatten.

Er verstand nicht die Hälfte von dem, was in dieser Stadt vor sich ging. Und mit den Kürzeln des FBI hätte er nicht einmal das erklären können, *was* er verstand. Aber er formulierte rasch eine Zusammenfassung, die seiner Meinung nach so genau wie möglich war – und die sie aus den Sitzen reißen und zum Handeln bringen würde.

EINSATZALARM
MOONLIGHT COVE, KALIFORNIEN
* HUNDERTE TOT. UMSTÄNDE VERSCHLIMMERN SICH ZUNEHMEND. HUNDERTE KÖNNTEN IN DEN NÄCHSTEN STUNDEN ZUSÄTZLICH STERBEN.
* NEW WAVE MIKROTECHNOLOGIE IN ILLEGALE EXPERIMENTE AN MENSCHEN VERSTRICKT – OHNE DEREN WISSEN. VERSCHWÖRUNG GRÖSSTEN AUSMASSES.
* TAUSENDE MENSCHEN KONTAMINIERT.
* WIEDERHOLE: GESAMTE STADTBEVÖLKERUNG KONTAMINIERT.
* SITUATION EXTREM GEFÄHRLICH.
* KONTAMINIERTE EINWOHNER ZEIGEN VERLUST IHRER FÄHIGKEITEN. ZEIGEN NEIGUNG ZU ANWENDUNG EXTREMER GEWALT.
* WIEDERHOLE: EXTREMER GEWALT.
* ERBITTE SOFORTIGE QUARANTÄNE DURCH SPEZIALEINHEITEN DER ARMEE. ERBITTE AUSSERDEM SOFORTIGE MASSIVE BEWAFFNETE UNTERSTÜTZUNG DURCH BUREAU-PERSONAL.

Er nannte seinen Aufenthaltsort in der High-School an der Roshmore, damit die eintreffende Unterstützung einen Anhaltspunkt hatte, wo sie nach ihm suchen konnten, obwohl er nicht sicher war, ob er, Tessa und Chrissie hier in Sicherheit Unterschlupf finden könnten, bis Verstärkung einträfe. Er unterschrieb mit seinem Namen und seiner Kennziffer.

Diese Nachricht würde sie nicht auf den Schock über das vorbereiten, was sie in Moonlight Cove finden würden, aber sie würden sich wenigstens in Bewegung setzen und auf alles vorbereitet hier eintreffen.

Er tippte SENDEN, aber dann überlegte er es sich anders und löschte das Wort vom Bildschirm. Er tippte: MEHRMALS SENDEN.

Der Computer fragte: WIE OFT?

Er tippte: 99

Der Computer bestätigte den Befehl.

Dann tippte er wieder SENDEN und drückte die Taste ENTER.

WELCHE BÜROS?

Er tippte: ALLE.

Der Bildschirm wurde blank. Dann: SENDUNG.

In diesem Augenblick druckte jeder KEY-Laserdrucker in jeder FBI-Dienststelle im ganzen Land die erste von neunundneunzig Wiederholungen seiner Botschaft. Das Nachtpersonal in jedem Büro würde in Kürze die Wände hochklettern.

Er hätte fast vor Entzücken gejauchzt.

Aber es gab noch mehr zu tun. Sie waren noch nicht aus diesem Schlamassel heraus.

Sam kehrte rasch ins KEY-Menu zurück und drückte Taste A – NACHTDIENST. Fünf Sekunden später war er in Verbindung mit dem Agenten, der den Key-Posten des Bureau im zentralen Kommunikationsraum in Washington bemannte. Eine Nummer leuchtete auf dem Bildschirm auf – die Identifikation des Diensthabenden –, gefolgt vom Namen ANNE DENTON. Mit äußerster Befriedigung darüber, daß er High Technology dazu benützte, Thomas Shaddack, New Wave und dem Projekt Moonhawk den Todesstoß zu versetzen, begann Sam eine wortlose Unterhaltung mit Anne Denton, der er die Schrecken von Moonlight Cove detaillierter schildern wollte.

12

Loman interessierte sich zwar nicht mehr für die Aktivitäten der Polizei, dennoch schaltete er etwa alle zehn Minuten den VDT seines Wagens ein, um auf dem laufenden zu bleiben, was vor sich ging. Er rechnete damit, daß sich Shaddack von Zeit zu Zeit mit Angehörigen der Truppe in Verbindung setzen würde. Wenn er das Glück hatte, ein VDT-Gespräch zwischen Shaddack und einem Polizisten mitzubekommen, konnte er aus dem Gesagten vielleicht den Aufenthaltsort des Mistkerls in Erfahrung bringen.

Er ließ den Computer nicht die ganze Zeit eingeschaltet, weil er Angst davor hatte. Er glaubt nicht, daß er ihn anspringen und ihm das Gehirn aussaugen würde oder so etwas, aber ihm war klar, wenn er zu lange damit arbeitete, entwickelte er vielleicht den Wunsch, das zu werden, was Neil Penniworth und Denny geworden waren – so wie es den übermächtigen Wunsch zu degenerieren erweckte, wenn er sich in der Nähe der Regressiven aufhielt.

Er war gerade in der Holliwell Road, zu der ihn seine unablässige Suche geführt hatte, an den Straßenrand gefahren, hatte die Maschine eingeschaltet und wollte den Dialogkanal abrufen um zu sehen, ob jemand sprach, als das Wort ALARM in Großbuchstaben auf dem Bildschirm aufleuchtete. Er zog die Hand von der Tastatur zurück, als hätte etwas danach geschnappt.

Der Computer sagte: SONNE ERBITTET DIALOG.

Sonne? Der Supercomputer von New Wave? Warum sollte er sich ins Datensystem der Polizei einschalten?

Bevor ein anderer Beamter im Hauptquartier oder einem Streifenwagen die Maschine befragen konnte, übernahm Loman und tippte: DIALOG GENEHMIGT.

ERBITTE KLÄRUNG, sagte Sonne.

Loman tippte JA, was bedeuten konnte: NUR ZU.

Sonne formte die Fragen nach dem eigenen Selbsteinschätzungsprogramm, das ihr ermöglichte, ihre eigenen Funktionen wie ein Beobachter von außerhalb mitzuverfolgen, und sagte: SIND TELEFONANRUFE AN UND VON NICHT GENEHMIGTEN NUMMERN IN MOONLIGHT COVE UND ZU ALLEN NUMMERN AUSSERHALB IMMER NOCH VERBOTEN?

JA.

SIND DIE FÜR SONNE RESERVIERTE TELEFONLEITUNGEN IN DAS OBEN ERWÄHNTE VERBOT MIT EINGESCHLOSSEN? fragte der Computer von New Wave, der von sich selbst in der dritten Person sprach.

Loman tippte verwirrt: UNKLAR.

Sonne führte ihn geduldig Schritt für Schritt weiter und erklärte, daß sie über eigene Telefonleitungen verfügte, die nicht im Buch verzeichnet waren und über die User andere Computer im ganzen Land anrufen und sich Zugang verschaffen konnten.

Das wußte er bereits, daher tippte er: JA.

SIND DIE FÜR SONNE RESERVIERTE TELEFONLEITUNGEN IN DAS OBEN ERWÄHNTE VERBOT MIT EINGESCHLOSSEN? wiederholte er.

Hätte er Dennys Interesse für Computer geteilt, wäre er vielleicht sofort darauf gekommen, was vor sich ging, aber er war immer noch verwirrt. Daher tippte er WARUM? – was bedeuten sollte: WARUM FRAGST DU?

AUSSENSYSTEM-MODEM DERZEIT IN BENUTZUNG.

DURCH WEN?

SAMUEL BOOKER.

Loman hätte gelacht, hätte er noch Schadenfreude empfinden können. Der Agent hatte eine Methode gefunden, aus Moonlight Cove hinauszukommen, und jetzt würde die Kacke bald am Dampfen sein.

Bevor er Sonne nach Bookers Aktivitäten und seinem Aufenthaltsort fragen konnte, leuchtete ein weiterer Name in der linken oberen Ecke des Bildschirms auf – SHADDACK –, der darauf hindeutete, daß New Waves eigener Moreau den Dialog ebenfalls mit seinem VDT verfolgte und sich jetzt einschaltete. Loman begnügte sich damit, seinen Schöpfer und Sonne, ohne zu unterbrechen, sprechen zu lassen.

Shaddack bat um weitere Einzelheiten.

Sonne antwortete: ZUGANG ZUM SYSTEM FBI KEY.

Loman konnte sich Shaddacks Schock vorstellen. Die Forderung des Herrn der Bestien leuchtete auf dem Bildschirm auf: MÖGLICHKEITEN. Das bedeutete, er wollte von Sonne verzweifelt ein Menü mit Möglichkeiten, wie er mit der Situation fertig werden könnte.

Sonne präsentierte ihm fünf Möglichkeiten, von denen die fünfte UNTERBRECHEN lautete, und Shaddack entschied sich für diese.

Einen Augenblick später meldete Sonne: VERBINDUNG MIT FBI KEY SYSTEM UNTERBROCHEN.

Loman hoffte, daß Booker eine Nachricht hinausbekommen hatte, die Shaddack und Moonhawk den Boden unter den Füßen wegzog.

Auf dem Bildschirm, von Shaddack an Sonne: BOOKERS TERMINAL?

SIE ERBITTEN STANDORT?

JA.

MOONLIGHT COVE CENTRAL SCHOOL, COMPUTERLABOR.

Loman war drei Minuten von der Central entfernt.

Er fragte sich, wie nahe Shaddack an der Schule war. Es war einerlei. Nahe oder fern, Shaddack würde sich den Arsch aufreißen, um dorthin zu gelangen und zu verhindern, daß Booker das Projekt Moonhawk auffliegen ließ – oder um sich zu rächen, falls es bereits geschehen war.

Endlich wußte Loman, wo er seinen Schöpfer finden konnte.

13

Als Sam erst sechs Dialogeinheiten mit Anne Denton in Washington gewechselt hatte, wurde die Verbindung unterbrochen. Der Bildschirm wurde grau.

Er wollte glauben, daß er durch gewöhnliche Probleme in der Leitung unterbrochen war. Aber er wußte, daß das nicht der Fall war.

Er stand so schnell von dem Stuhl auf, daß er ihn umwarf.

Chrissie zuckte erschrocken zusammen, und Tessa sagte: »Was ist denn? Was ist denn los?«

»Sie wissen, daß wir hier sind«, sagte Sam. »Sie kommen.«

14

Harry hörte unten im Haus die Türglocke läuten.

Sein Magen verkrampfte sich. Ihm war zumute, als säße er in einer Achterbahn, die gerade anfuhr.

Es läutete wieder.

Danach folgte längere Stille. Sie wußten, daß er behindert war. Sie würden ihm Zeit lassen zur Tür zu kommen.

Schließlich läutete es wieder.

Er sah auf die Uhr. Erst 7.24 Uhr. Die Tatsache, daß sie ihn nicht ans Ende der Liste gesetzt hatten, tröstete ihn nicht.

Die Glocke läutete nochmals. Dann nochmals. Danach beharrlich.

In der Ferne, durch zwei zwischenliegende Stockwerke gedämpft, fing Moose an zu bellen.

15

Tessa packte Chrissies Hand. Sie hasteten zusammen mit Sam aus dem Computerlabor. Die Batterien der Taschenlampe schienen nicht frisch zu sein, denn der Lichtstrahl wurde immer dunkler. Sie hoffte, er würde lange genug reichen, daß sie den Weg hinaus finden könnten. Plötzlich schien die

Architektur der Schule – die unkompliziert gewesen war, als sie es nicht eilig gehabt hatten und es nicht um Leben oder Tod ging – wie ein Labyrinth zu sein.

Sie kamen an eine Kreuzung von vier Fluren, liefen in einen anderen Korridor und waren zwanzig Meter weit gekommen, als Tessa klar wurde, daß sie in die falsche Richtung liefen. »So sind wir nicht hereingekommen.«

»Spielt keine Rolle«, sagte Sam. »Jede Tür ist recht.«

Sie mußten weitere zehn Meter laufen, bevor der trübe Lichtstrahl das Ende des Korridors ausleuchten konnte und zeigte, daß es eine Sackgasse war.

»Hier entlang«, sagte Chrissie, riß sich von Tessa los und lief in die Dunkelheit zurück, aus der sie gekommen waren, so daß sie ihr entweder folgen oder sie gehen lassen mußten.

16

Shaddack dachte sich, daß sie nicht an einer Seite in die Schule eingebrochen sein würden, die zur Straße lag, wo man sie sehen konnte – und der Indianer stimmte zu –, daher fuhr er zur Rückwand. Er fuhr an Metalltüren vorbei, die unüberwindliche Hindernisse gewesen sein dürften, und studierte die Fenster, um eine zerbrochene Scheibe zu entdecken.

Die letzte Tür, die einzige mit Glasscheiben in der oberen Hälfte, befand sich in einem angewinkelten Vorbau des Gebäudes. Er fuhr einen Augenblick lang direkt darauf zu, bevor der Weg eine Biegung nach links machte und um den Flügel herumführte, und aus einer Entfernung von nur wenigen Metern wurde seine Aufmerksamkeit auf das fehlende Glas unten rechts gelenkt, da alle anderen Scheiben das Licht der Scheinwerfer reflektierten.

»Da«, sagte er zu Runningdeer.

»Ja, Kleiner Häuptling.«

Er parkte neben der Tür und nahm die geladene halbautomatische Remington-Schrotflinte Kaliber 12 mit Pistolengriff vom Boden des Lieferwagens hinter sich. Der Karton mit zusätzlicher Munition lag auf dem Beifahrersitz. Er riß ihn auf, schnappte sich vier oder fünf, stieg aus dem Auto aus und schritt zur Tür mit der eingeschlagenen Scheibe.

17

Vier gedämpfte Schläge drangen durch das ganze Haus, sogar auf den Dachboden, und Harry glaubte, weit entfernt Glas splittern zu hören.

Moose bellte wütend. Er hörte sich wie der bösartigste Wachhund an, der jemals gezüchtet worden war, nicht wie sein lieber, schwarzer Labrador. Vielleicht war er trotz seiner sonstigen Gutmütigkeit bereit, Herrn und Haus zu verteidigen.

Tu's nicht, Junge, dachte Harry. Versuch nicht, ein Held zu sein. Kriech einfach irgendwo in eine Ecke und laß sie vorbei, leck ihnen die Hände, wenn sie sie hinhalten, und...

Der Hund jaulte und verstummte.

Nein, dachte Harry, und Kummer erfüllte ihn. Er hatte nicht nur einen Hund verloren, sondern seinen besten Freund.

Auch Moose besaß Pflichtgefühl.

Schweigen senkte sich über das Haus. Wahrscheinlich durchsuchten sie jetzt das Erdgeschoß.

Harrys Kummer und Angst ließen nach, sein Zorn wuchs. Moose. Verdammt, der harmlose Moose. Er spürte, wie sein Gesicht heiß vor Zorn wurde. Er wollte sie alle umbringen.

Er hob mit seiner guten Hand die 38er Pistole auf und hielt sie im Schoß fest. Sie würden ihn noch eine ganze Weile nicht finden, aber er fühlte sich wohler mit der Waffe in der Hand.

In der Armee hatte er Wettbewerbe im Gewehrscharfschießen und im Schießen mit Faustfeuerwaffen gewonnen. Das war schon lange her. Er hatte seit zwanzig Jahren keine

Waffe mehr abgefeuert, nicht einmal zur Übung, seit er aus jenem wunderschönen asiatischen Land zurückgekehrt war, wo er an einem Morgen mit außergewöhnlich schönem, blauen Himmel für den Rest seines Lebens zum Krüppel gemacht worden war. Er hielt den 45er und die 38er sauber und geölt, weil es eine Gewohnheit geworden war; die Lektionen und der Drill eines Soldaten wurden fürs Leben gelernt – und jetzt war er froh darum.

Ein Poltern.

Das Summen von Motoren.

Der Fahrstuhl.

18

Als er den halben Weg durch den Korridor zurückgelegt hatte, in der linken Hand die trübe Taschenlampe, in der rechten seinen Revolver, und Chrissie gerade einholte, hörte Sam draußen eine Sirene näher kommen. Sie war nicht lebensgefährlich, aber sie war nahe genug. Er konnte nicht sagen, ob der Streifenwagen sich der Rückseite des Schulgebäudes näherte, wohin sie flohen, oder ob er zum Eingang fuhr.

Chrissie war sich offenbar auch nicht sicher. Sie blieb stehen und sagte: »Wohin, Sam? Wohin?«

Tessa sagte hinter ihnen: »Sam, die Tür!«

Er verstand einen Augenblick nicht, was sie meinte. Dann sah er die Tür am anderen Ende des Flurs aufgehen, etwa dreißig Meter entfernt, dieselbe Tür, durch die sie hereingekommen waren. Ein Mann trat ein. Die Sirene heulte immer noch und kam näher, also war Verstärkung unterwegs, ein ganzes Bataillon. Der Mann, der durch die Tür gekommen war, war lediglich der erste – groß, ungefähr einen Meter neunzig, aber ansonsten nur ein Schatten, der von der Sicherheitsleuchte rechts außerhalb der Tür nur minimal beleuchtet wurde.

Sam feuerte einen Schuß mit seinem 38er ab, ohne festzustellen, ob der Mann ein Feind war, denn sie waren alle Feinde, jeder einzelne – ihr Name war Legion –, und er wußte, der Schuß ging fehl. Seine Treffsicherheit wurde von dem verletzten Handgelenk beeinträchtigt, das nach ihren Abenteuern im Tunnel teuflisch schmerzte. Mit dem Rückstoß schossen Schmerzen durch das Gelenk bis zur Schulter hinauf und wieder zurück, Herrgott, die Schmerzen strömten wie Säure durch ihn, von der Schulter bis zu den Fingerspitzen. Er hätte beinahe die Waffe fallengelassen.

Während das Echo von Sams Schuß noch von den Wänden des Flurs hallte, eröffnete der Bursche am anderen Ende das Feuer mit seiner eigenen Waffe, aber er verfügte über schwere Artillerie. Eine Schrotflinte. Glücklicherweise konnte er nicht damit umgehen. Er zielte zu hoch, weil er offenbar nicht wußte, wie sehr der Rückstoß die Mündung hochreißen würde. Als Folge dessen ging der erste Schuß nur zehn Meter von ihm entfernt in die Decke und riß eine der ausgeschalteten Neonröhren und ein paar schalldämpfende Fliesen herunter. Seine Reaktion bestätigte mangelnde Erfahrung im Umgang mit der Waffe; er glich den Rückstoß zu sehr aus und hielt die Mündung zu weit nach unten, als er zum zweiten Mal abdrückte, daher traf die zweite Ladung den Boden weit vor dem Ziel.

Sam blieb kein müßiger Beobachter der Fehlschüsse. Er packte Chrissie und stieß sie nach links, quer über den Flur in ein dunkles Zimmer, während der zweite Schuß Fetzen aus dem PVC-Boden riß. Tessa war direkt hinter ihnen. Sie schlug die Tür zu und lehnte sich dagegen, als würde sie sich für Superwoman halten und denken, daß alle Kugeln, die durch das Holz drangen, harmlos von ihrem Rücken abprallen würden.

Sam hielt ihr die erbärmlich dunkle Taschenlampe hin. »Ich brauche mit der Handgelenksverletzung beide Hände, um mit der Waffe zu schießen.«

Tessa leuchtete mit dem schwachen gelben Schein in dem Zimmer herum. Sie waren im Raum des Orchesters. Rechts von der Tür stiegen breite Stufen mit Stühlen und Notenständern bis zur Rückwand empor. Links befand sich ein großer Freiraum und das Podium des Dirigenten, ein Pult aus hellem Holz und Metall. Und zwei Türen. Beide standen offen und führten in angrenzende Zimmer.

Chrissie mußte sich nicht bitten lassen, Tessa zur nächstgelegenen der beiden Türen zu folgen, und Sam machte den Schluß, ging rückwärts und behielt die Tür im Auge, durch die sie gekommen waren.

Die Sirene draußen war verstummt. Jetzt würden sie es mit mehr als einem Mann mit Schrotflinte zu tun bekommen.

19

Sie hatten die beiden unteren Stockwerke durchsucht. Jetzt waren sie im Schlafzimmer im dritten Stock.

Harry konnte sie reden hören. Ihre Stimmen drangen durch ihre Decke, seinen Fußboden. Aber er konnte nicht verstehen, was sie sagten.

Er hoffte fast, sie würden die Luke im Kleiderschrank sehen und beschließen, hier heraufzukommen. Er wollte eine Chance, ein paar von ihnen wegzupusten. Für Moose. Er war zwanzig Jahre lang Opfer gewesen, und jetzt hatte er es dicke satt; er wollte sie wissen lassen, daß Harry Talbot immer noch ein Mann war, mit dem man rechnen mußte – und daß Moose zwar nur ein Hund war, er aber dennoch ein Leben hatte, das man ihm nicht einfach ohne Folgen nehmen durfte.

20

Loman sah im wabernden Nebel den Streifenwagen, der neben Shaddacks Lieferwagen parkte. Er bremste daneben, als Paul Amberlay gerade ausstieg. Amberlay war hager und sehnig und sehr klug, einer von Lomans besten jungen Beamten, aber jetzt sah er wie ein Schuljunge aus, zu jung für einen Polizisten – und ängstlich.

Als Loman aus dem Auto ausstieg, kam der sichtlich zitternde Amberlay mit der Waffe in der Hand auf ihn zu. »Nur Sie und ich? Wo, zum Teufel, sind alle anderen? Dies ist ein Generalalarm.«

»Wo die anderen sind?« fragte Loman. »Hören Sie, Paul. Hören Sie doch.«

Überall in der Stadt wurden Dutzende wilder Stimmen laut, die ein unheimliches Lied sangen und entweder einander zuheulten oder den unsichtbaren Mond herausforderten, der über den ausgewrungenen Wolken schwebte.

Loman ging zum Heck des Streifenwagens und machte den Kofferraum auf. Sein Wagen war, wie alle anderen, mit einer Flinte Kaliber 20 ausgerüstet, für die er im friedlichen Moonlight Cove noch nie Verwendung gehabt hatte. Aber New Wave, das die Polizei großzügig ausgerüstet hatte, knauserte nicht mit Material, auch wenn es als unnötig erachtet wurde. Er zog die Schrotflinte aus der Halterung an der Rückwand des Kofferraums.

Amberlay kam zu ihm und sagte: »Wollen Sie mir sagen, sie seien regressiv geworden, die ganze Truppe, außer Ihnen und mir?«

»Hören Sie doch«, wiederholte Loman, während er die Schrotflinte an die Stoßstange lehnte.

»Aber das ist Wahnsinn!« beharrte Amberlay. »Mein Gott, Sie meinen doch nicht, daß die ganze Sache zusammenbricht, die ganze verdammte Sache?«

Loman ergriff einen Karton Patronen, der sich in der rechten Reifenwölbung des Kofferraums befand, und riß den Deckel auf. »Spüren *Sie* nicht auch das Verlangen, Paul?«

»Nein!« sagte Amberlay zu schnell. »Nein, ich spüre es nicht, ich spüre überhaupt nichts.«

»Ich spüre es«, sagte Loman und schob fünf Schuß in die Flinte – einen in die Kammer, vier ins Magazin. »Oh, Paul, ich spüre es eindeutig. Ich will mir die Kleidung vom Leib reißen und mich verwandeln, *verwandeln,* und einfach laufen, frei sein, mich ihnen anschließen, jagen und töten und mit ihnen laufen.«

»Ich nicht, nein, niemals«, sagte Amberlay.

»Lügner«, sagte Loman. Er riß die geladene Waffe hoch, drückte auf Amberlay ab und pustete ihm den Kopf weg.

Er hätte dem jungen Beamten nicht trauen können, hätte ihm nicht den Rücken zuwenden können, nicht während der Drang, regressiv zu werden, so stark in ihm war und die Stimmen der Nacht ihren Sirenengesang anstimmten.

Während er weitere Munition in die Taschen steckte, hörte er, wie im Schulgebäude eine Schrotflinte abgefeuert wurde.

Er fragte sich, ob das Gewehr sich in den Händen von Shaddack oder Booker befand. Er bemühte sich, sein rasendes Entsetzen zu kontrollieren und den teuflischen und übermächtigen Drang zu bekämpfen, seine menschliche Gestalt aufzugeben. Loman ging hinein, um es herauszufinden.

21

Tommy Shaddack hörte eine andere Schrotflinte, aber er dachte nicht weiter darüber nach, denn schließlich waren sie jetzt im Krieg. Man konnte hören, was für ein Krieg es war, wenn man einfach in die Nacht hinaustrat und den Schreien der Kämpfenden lauschte, die von den Bergen zum Meer herunterhallten. Er war versessen darauf, Booker, die Frau und das Mädchen zu erwischen, die er im Flur gesehen hatte, denn er wußte, die Frau mußte das Flittchen Lockland und das Mädchen mußte Chrissie Foster sein, obwohl er sich nicht erklären konnte, wie sie zusammengefunden hatten.

Krieg. Also machte er es so, wie er es die Soldaten in den guten Filmen tun gesehen hatte, er kickte Türen auf und feuerte eine Salve in das Zimmer, bevor er eintrat. Niemand schrie. Er dachte sich, daß er keinen getroffen hatte, also feuerte er noch einmal, und als immer noch niemand schrie, da dachte er sich, daß sie fort sein mußten. Er trat über die Schwelle, tastete nach dem Lichtschalter, fand ihn und stellte fest, daß er im leeren Übungsraum des Orchesters war.

Sie waren offenbar durch eine der beiden Türen gegenüber geflohen, und als er das sah, wurde er wütend, wirklich wütend. Er hatte nur einmal in seinem Leben eine Waffe abgefeuert, in Phoenix, als der den Indianer mit dem Revolver seines Vaters erschossen hatte, und das war aus nächster Nähe gewesen, so daß er überhaupt nicht verfehlen konnte. Trotzdem hatte er erwartet, er würde *gut* mit dem Gewehr sein. Herrgott, immerhin hatte er eine Menge Kriegsfilme, Western und Detektivserien im Fernsehen gesehen, und da sah es nicht schwierig aus, überhaupt nicht schwierig, man zielte einfach nur und drückte ab. Aber es war doch nicht so einfach gewesen, und Tommy war erbost, wütend, denn sie sollten im Kino oder in der Glotze nicht so tun, als wäre es ganz einfach, wenn einem die Waffe in den Händen zuckte, als wäre sie ein Lebewesen.

Jetzt wußte er es besser, und er würde gewappnet sein, wenn er schoß, würde die Beine spreizen und sich abstützen, damit seine Schüsse nicht mehr Löcher in die Decke rissen oder in den Fußboden gingen. Wenn er sie das nächste Mal sähe, würde er sie abknallen, und es würde ihnen leid tun, daß er sie hatte verfolgen müssen, daß sie sich nicht einfach hingelegt hatten und tot gewesen waren, als er *gewollt* hatte, daß sie tot waren.

22

Die Tür aus dem Übungsraum führte auf einen Flur mit zehn schalldichten Zimmern, wo Musikstudenten stundenlang üben konnten, ohne jemanden zu stören. Am Ende dieses schmalen Flurs drängte Tessa durch eine weitere Tür und sah mit der Taschenlampe gerade, daß sie sich in einem Raum befanden, der genau so groß wie der Übungsraum der Orchester war. Auch hier stiegen Stufen bis zur Rückwand empor. Ein von einem Schüler gemaltes Schild an der Wand, auf dem geflügelte Engel sangen, verkündete, daß dies der Übungsraum des besten Chors der Welt war.

Als Chrissie und Sam ihr in das Zimmer folgten, knallte in der Ferne eine Schrotflinte. Es hörte sich an, als wäre es draußen. Doch noch während die Tür zum Flur zuschlug, ertönte ein zweiter Schuß, viel näher als der erste, wahrscheinlich an der Tür zum Übungsraum. Dann ein zweiter Schuß an derselben Stelle.

Aus dem Chorzimmer führten, wie aus dem Übungsraum ebenfalls zwei Türen hinaus, aber die erste, die sie aufrissen, erwies sich als Sackgasse; sie führte ins Büro des Chordirigenten.

Sie rannten zum anderen Ausgang, hinter dem sie einen Flur fanden, der nur von einem rund um die Uhr eingeschalteten roten Warnlicht erhellt wurde – TREPPE –, das sich unmittelbar rechts von ihnen befand. Nicht AUSGANG, nur TREPPE, was bedeutete, dies war eine interne Treppe ohne Zugang nach draußen. »Nehmen Sie sie mit hoch«, drängte Sam Tessa.

»Aber…«

»Hinauf! Sie werden wahrscheinlich sowieso durch jeden Eingang ins Erdgeschoß vordringen.«

»Was haben Sie…«

»Ich werde mich hier verbarrikadieren«, sagte er.

Eine Tür wurde aufgetreten, ein Schuß ertönte im Chorzimmer.

»Gehen Sie!« flüsterte Sam.

23

Harry hörte, wie unten im Schlafzimmer die Schranktür aufgemacht wurde.

Auf dem Dachboden war es kalt, aber er schwitzte wie in der Sauna. Vielleicht hätte er den zweiten Pullover gar nicht gebraucht.

›Geht weg‹, dachte er. ›Geht weg.‹

Dann dachte er: ›Verdammt, nein, kommt schon, kommt schon und holt es euch. Glaubt ihr, ich will ewig leben?‹

24

Sam ging im Flur, der ans Chorzimmer angrenzte, auf ein Knie hinunter, eine stabile Haltung, um sein verletztes rechtes Handgelenk auszugleichen. Er hielt die Schwingtür zehn Zentimeter auf und hatte beide Arme durch die Luke gesteckt, in der rechten Hand hielt er den 38er, mit der linken umklammerte er das rechte Handgelenk.

Er konnte den Mann auf der anderen Seite des Zimmers sehen, da sich seine Silhouette gegen das Licht aus dem Flur zum Übungsraum hinter ihm abzeichnete. Groß. Konnte sein Gesicht nicht sehen. Aber etwas an ihm kam ihm bekannt vor.

Der Schütze sah Sam nicht. Er war nur vorsichtig und feuerte einen Schuß ab, bevor er eintrat. Er drückte ab. In dem stillen Zimmer klang das Klicken laut. Er pumpte die Schrotflinte. *Klick-klack*. Keine Munition mehr.

Das änderte Sams Pläne. Er sprang auf die Beine und durch die Schwingtür, zurück ins Chorzimmer, weil er nicht mehr warten konnte, bis der Mann das Licht einschaltete oder weiter über die Schwelle trat, denn jetzt war der Zeitpunkt gekommen, ihn aus dem Weg zu schaffen, bevor er neu laden konnte. Sam feuerte im Laufen und verschoß die vier verbleibenden Patronen in dem 38er, und er gab sich beste Mühe, aus jedem Schuß einen Treffer zu machen. Beim zweiten oder dritten Schuß schrie der Mann unter der Tür, Herrgott, er quietschte wie ein Junge, mit hoher und quengelnder Stimme, während er sich in den Flur des Übungsraums warf, wo er nicht mehr zu sehen war.

Sam blieb in Bewegung, kramte mit der linken Hand in der Tasche und ergriff Ersatzpatronen, während er mit der rechten Hand die Trommel des Revolvers aufklappte und die verbrauchten Messinghüllen herausschüttelte. Als er die geschlossene Tür zu dem schmalen Flur erreichte, der das Chorzimmer mit dem Übungsraum verband, die Tür, durch die der große Mann verschwunden war, preßte er den Rükken an die Wand, stopfte frische Patronen in die Smith & Wesson und klappte den Zylinder zu.

Er trat die Tür auf und sah in den Flur, wo die Deckenbeleuchtung eingeschaltet war.

Er war verlassen.

Kein Blut auf dem Boden.

Verdammt. Seine rechte Hand war fast gefühllos. Er konnte spüren, wie das Gelenk unter dem Verband anschwoll, der wieder mit frischem Blut vollgesogen war. Wenn seine Treffsicherheit sich weiter so drastisch verschlechterte, würde er vor den Dreckskerl hintreten und ihn bitten müssen, die Mündung in den Mund zu nehmen, damit er traf.

Die Türen zu den zehn Zimmern, fünf an jeder Seite, waren geschlossen. Die Tür am anderen Ende des Flurs, wo dieser in den Übungssaal des Orchesters mündete, stand offen, dort war auch das Licht eingeschaltet worden. Der große Bursche konnte dort oder in einem der zehn schalldichten Zimmer sein. Aber wo immer er war, er hatte inzwischen wahrscheinlich mindestens ein paar Schuß nachgeladen, daher war der Augenblick, ihn zu verfolgen, verstrichen.

Sam wich zurück und ließ die Tür zwischen Flur und Chorzimmer zufallen. Während er sie losließ und sie zurückschwang, konnte er den großen Mann sehen, der durch die Tür des Übungsraums trat, die etwa vierzig Schritt entfernt war.

Es war Shaddack selbst.

Die Schrotflinte dröhnte.

Die schalldichte Tür, die im entscheidenden Augenblick zufiel, reichte aus, die Schrotkugeln anzufangen.

Sam wirbelte herum und lief durch das Chorzimmer, in den Flur und die Treppe hinauf, wohin er Tessa und Chrissie geschickt hatte.

Als er die oberste Stufe erreicht hatte, fand er sie dort, sie warteten auf ihn im oberen Flur, im sanften roten Leuchten eines weiteren Schildes TREPPE.

Unten betrat Shaddack das Treppenhaus.

Sam drehte sich herum, trat wieder auf den Treppenabsatz und ging die erste Stufe hinunter. Er beugte sich über das Geländer, sah nach unten, erblickte einen Teil seines Verfolgers und feuerte zwei Schuß ab.

Shaddack quengelte wieder wie ein Junge. Er preßte sich gegen die Wand, weg vom offenen Zentrum der Treppe, wo er nicht gesehen werden konnte.

Sam wußte nicht, ob er getroffen hatte oder nicht. Vielleicht. Er *wußte* aber, daß Shaddack nicht tödlich getroffen war, denn er kam immer noch herauf, Schritt für Schritt, dicht an der Außenwand. Und wenn der Dreckskerl den obersten Treppenabsatz erreicht haben würde, würde er sich blitzschnell herumwerfen und die Schrotflinte auf alle abfeuern, die sich oben versteckt hatten.

Sam wich lautlos vom Treppenansatz zurück und wieder auf den oberen Flur. Das scharlachrote Licht des Schildes TREPPE fiel auf die Gesichter von Chrissie und Tessa… eine Illusion von Blut.

25

Ein Klicken. Ein schabendes Geräusch.

Klick-schab. Klick-schab.

Harry wußte, was er hörte. Kleiderbügel, die auf einer Metallstange verschoben wurden.

Woher wußten sie es? Verdammt, vielleicht hatten sie ihn hier oben gerochen. Schließlich schwitzte er wie ein Pferd. Vielleicht hatte die Verwandlung ihre Sinneswahrnehmungen verbessert.

Das Klicken und Schaben hörte auf.

Einen Augenblick später hörte er, wie sie die Stange aus ihrer Halterung nahmen, damit sie die Klappe herunterziehen konnten.

26

Die trübe Taschenlampe ging ganz aus, und Tessa mußte sie schütteln, so daß die Batterien aneinanderstießen, um noch ein paar Sekunden schwaches und flackerndes Licht aus ihr herauszuholen.

Sie waren aus dem Flur in ein Chemielabor mit Labortischen mit schwarzen Marmorplatten und Metallspülbecken und hohen Holzstühlen getreten. Kein Versteck.

Sie sahen aus den Fenstern, ob vielleicht ein Dach direkt darunter verlief. Nein. Zwei Stockwerke hinunter bis zu einem Betonweg.

Am anderen Ende des Chemielabors befand sich eine Tür, durch die sie in ein drei mal drei Meter messendes Vorratskämmerchen kamen, in dem Chemikalien in Dosen und Flaschen standen, auf manchen Etiketten befanden sich ein Totenschädel und überkreuzte Knochen, auf anderen stand mit grellroten Buchstaben GEFÄHRLICH. Sie vermutete, es gab Mittel und Wege, aus diesen Chemikalien eine Waffe zu basteln, aber sie hatten keine Zeit, die Inhalte zu erforschen und nach interessanten Stoffen zu suchen, die man zu einer Waffe zusammenbasteln konnte. Außerdem war sie in Naturwissenschaften nie besonders gut gewesen, konnte sich kaum noch an den Chemieunterricht erinnern und hätte sich wahrscheinlich mit der ersten Flasche, die sie aufmachte, selbst in die Luft gesprengt. Sie konnte Sams Gesichtsausdruck entnehmen, daß er ebensowenig Hoffnung sah wie sie.

Eine zweite Tür in der Vorratskammer führte in ein zweites Labor, das für den Biologieunterricht eingerichtet zu sein schien. Anatomiekarten hingen an den Wänden. Der Raum bot ebenso wenig ein Versteck wie der andere.

Tessa hielt Chrissie dicht an ihre Seite gedrückt, sah Sam an und flüsterte: »Was jetzt? Hier warten und hoffen, daß er uns nicht findet... oder in Bewegung bleiben?«

»Ich glaube, er ist sicherer, wenn wir in Bewegung bleiben«, sagte Sam. »Wenn wir warten, können sie uns leichter umzingeln.«

Sie nickte zustimmend.

Er ging an ihr und Chrissie vorbei und zwischen den Laborbänken durch zum Flur.

Hinter ihnen, entweder im dunklen Lagerraum oder dem unbeleuchteten Chemielabor dahinter, ertönte ein leises, aber deutliches *Klick*.

Sam blieb stehen, winkte Tessa und Chrissie weiter und drehte sich dann zum Zugang der Vorratskammer um.

Tessa ging mit Chrissie zur Flurtür, drehte den Knopf leise und langsam herum und machte die Tür auf.

Shaddack trat aus der Dunkelheit des Flurs ins düstere und flackernde Licht ihrer Taschenlampe und drückte ihr den Lauf der Schrotflinte in den Magen. »Jetzt wird es euch leid tun«, sagte er aufgeregt.

27

Sie zogen die Falltür herunter. Licht fiel aus dem Kleiderschrank herauf und auf die Dachbalken, aber es erhellte nicht die Ecke, in der Harry mit seinen nutzlosen Beinen saß.

Er hatte die gelähmte Hand im Schoß liegen, während er mit der guten fest die Pistole umklammerte.

Sein Herz schlug schneller und heftiger als seit zwanzig Jahren, seit den Schlachtfeldern von Südostasien. Sein Magen kreiste. Sein Hals war so zugeschnürt, daß er kaum atmen konnte. Er war benommen vor Angst. Aber, Gott im Himmel, er fühlte sich eindeutig *lebendig*.

Sie zogen mit einem Quietschen und Poltern die Leiter herunter.

28

Tommy Shaddack schob ihr den Lauf in den Bauch und hätte ihr beinahe die Eingeweide herausgepustet, hätte sie beinahe vergeudet, bevor ihm klar wurde, wie *schön* sie war, und dann wollte er sie nicht mehr umbringen, jedenfalls nicht gleich, nicht bevor er sie gezwungen hatte, etwas mit ihm zu machen, etwas für ihn zu machen. Sie mußte tun, was immer er wollte, alles, was er ihr sagte, oder er konnte sie einfach an die Wand ballern, ja, sie gehörte ihm, und das sollte sie besser einsehen, sonst würde es ihr leid tun, er würde dafür sorgen, daß es ihr leid tun würde.

Dann sah er das Mädchen neben ihr, ein hübsches *kleines* Mädchen, erst zehn oder zwölf, und sie erregte ihn noch mehr. Er konnte sie zuerst haben, und dann die ältere, konnte mit ihnen machen, was er wollte, konnte sie zwingen, etwas zu *machen*, alles Mögliche, und dann konnte er ihnen wehtun, das war sein Recht, sie konnten es ihm nicht verweigern, nicht ihm, weil er jetzt alle Macht in Händen hielt, er hatte den Mondfalken *dreimal* gesehen.

Er trat durch die offene Tür ins Zimmer, ohne die Flinte vom Bauch der Frau zu nehmen, und sie wich zurück, um ihm Platz zu machen, und zog das Mädchen mit sich. Booker war hinter ihnen, er sah verblüfft drein. Tommy Shaddack sagte: »Lassen Sie die Waffe fallen und gehen Sie zurück, sonst mache ich Himbeermarmelade aus diesem Flittchen, das schwöre ich, Sie können nicht so schnell reagieren, mich aufzuhalten.«

Booker zögerte.

»Fallenlassen!« beharrte Tommy Shaddack.

Der Agent ließ den Revolver fallen und wich zurück.

Er drückte die Mündung der Remington fest in den Bauch der Frau und zwang sie, sich so weit umzudrehen, daß sie den Lichtschalter erreichen und die Neonbeleuchtung einschalten konnte. Die Schatten verschwanden aus dem Zimmer.

»Also gut, alle zusammen«, sagte Tommy Shaddack. »Setzt euch auf die drei Stühle bei der Laborbank, ja, genau da, und versucht keine Tricks.«

Er wich vor der Frau zurück und zielte mit der Schrotflinte auf sie alle. Sie sahen ängstlich aus, und deshalb mußte er lachen.

Tommy wurde allmählich erregt, richtig erregt, denn er

hatte beschlossen, daß er Booker vor der Frau und dem Mädchen umbringen würde, aber nicht schnell und sauber, sondern langsam, der erste Schuß in die Beine, dann sollte er eine Weile auf dem Boden liegen und sich winden, der zweite Schuß in den Bauch, aber nicht aus so geringer Entfernung, daß er ihn sofort auspustete, sondern ihm nur Schmerzen bereitete, und die Frau und das Mädchen mußten es sehen, damit ihnen klar würde, was für einen Gegner sie in Tommy Shaddack hatten, was für einen verdammt harten Burschen, sie sollten dankbar dafür sein, daß sie verschont wurden, so dankbar, daß sie auf die Knie sanken und ihn etwas mit sich *machen* ließen, was er schon seit dreißig Jahren wollte, sich aber stets versagt hatte; er wollte den Dampf von dreißig Jahren ablassen, gleich hier und jetzt, heute nacht...

29

Draußen ertönte ein unheimliches Heulen, Punkt und Kontrapunkt, das durch Ritzen in den Ziegeln in den Dachboden drang, zuerst solo, dann ein ganzer Chor. Er hörte sich an, als wären die Pforten der Hölle aufgerissen worden, so daß deren Bewohner über Moonlight Cove herfallen konnten.

Harry machte sich Sorgen um Sam, Tessa und Chrissie.

Unten ließ das unsichtbare Verwandlungsteam die Leiter einrasten. Einer kletterte auf den Dachboden herauf.

Harry fragte sich, wie sie aussehen würden. Würden sie gewöhnliche Menschen sein – der alte Doc Fitz mit einer Spritze und ein paar Helfern, die ihn unterstützten? Oder würden sie Schreckgespenster sein? Oder die Maschinenmenschen, von denen Sam berichtet hatte?

Der erste kam durch die offene Luke herauf. Es war Dr. Worthy, der jüngste Arzt der Stadt.

Harry überlegte, ob er ihn noch auf der Leiter erschießen sollte. Aber er hatte seit zwanzig Jahren keine Waffe mehr abgefeuert und wollte seinen knappen Munitionsvorrat nicht vergeuden. Es war besser zu warten, bis er nähergekommen war.

Worthy hatte keine Taschenlampe. Schien auch keine zu brauchen. Er sah direkt in die dunkelste Ecke, wo Harry saß, und sagte: »Woher wußten Sie, daß wir kommen, Harry?«

»Intuition eines Krüppels«, sagte Harry sarkastisch.

In der Mitte des Dachbodens war soviel Platz, daß Worthy aufrecht gehen konnte. Er erhob sich aus seiner kauernden Haltung, als er die niederen Dachbalken bei der Klappe hinter sich gelassen hatte, und als er vier Schritte gemacht hatte, feuerte Harry zweimal auf ihn.

Der erste Schuß ging fehl, aber der zweite traf ihn in die Brust.

Worthy wurde nach hinten geworfen und prallte heftig auf die kahlen Bretter des Dachbodens. Er blieb einen Augenblick zuckend liegen, dann richtete er sich auf, hustete einmal und erhob sich.

Sein zerrissenes weißes Hemd war blutgetränkt. Er hatte einen Treffer abbekommen, und doch hatte er sich innerhalb von Sekunden erholt.

Harry erinnerte sich, wie Sam geschildert hatte, daß auch die Coltranes nicht gestorben waren. *Ziel auf den Datenspeicher*.

Er zielte auf Worthys Kopf und feuerte noch zweimal, aber auf diese Entfernung – etwas sieben Meter – und in dem Winkel, vom Boden aufwärts, konnte er nicht treffen. Er zögerte, da er nur noch vier Schuß im Magazin der Pistole hatte.

Ein zweiter Mann kam durch die Luke geklettert.

Harry schoß auf ihn und versuchte ihn zurückzudrängen.

Er kam ungerührt weiter herauf.

Drei Schuß in der Pistole.

Dr. Worthy blieb auf Distanz, während er sagte: »Harry, wir sind nicht hier, um Ihnen wehzutun. Ich weiß nicht, wie Sie von dem Projekt gehört haben oder *was* Sie gehört haben, aber es ist nicht schlecht…«

Er verstummte und neigte den Kopf, als wollte er den

nichtmenschlichen Stimmen lauschen, die draußen in der Nacht ertönten. Worthys Gesicht nahm einen seltsam sehnsüchtigen Ausdruck an, den man selbst im schwachen Licht der offenen Luke erkennen konnte.

Er schüttelte sich, blinzelte und erinnerte sich, daß er versucht hatte, sein Elixier einem widerwilligen Kunden zu verkaufen. »Überhaupt nicht schlecht, Harry. Besonders für Sie. Sie werden wieder gehen können, Harry, wie alle anderen auch. Sie werden wieder gesund. Denn nach der Verwandlung werden Sie sich selbst heilen können. Sie werden nicht mehr gelähmt sein.«

»Nein, danke. Nicht um diesen Preis.«

»Welchen Preis, Harry?« fragte Worthy und breitete die Arme aus, Handflächen nach oben. »Sehen Sie mich an. Welchen Preis habe ich bezahlt?«

»Ihre Seele«, sagte Harry.

Ein dritter Mann kam die Leiter herauf.

Der zweite lauschte den hallenden Schreien, die durch die Dachfenster drangen. Er knirschte mit den Zähnen, malmte heftig damit und blinzelte rasch. Er hob die Hände und bedeckte das Gesicht damit, als wäre er plötzlich ängstlich geworden.

Worthy entging der Zustand seines Begleiters nicht. »Vanner, ist alles in Ordnung?«

Vanners Hände... *veränderten* sich. Die Handgelenke schwollen an und wurden knotig und knochig, die Finger wurden länger, und das alles innerhalb von Sekunden. Als er die Hände vom Gesicht nahm, wuchs sein Kiefer nach vorne wie der eines Werwolfs während der Verwandlung. Die Nähte seines Hemdes rissen auf, als sich der Körper neu formierte. Er fauchte, Zähne blitzten.

»*...brauche*«, sagte Vanner, »*...brauche, brauche, will, brauche...*«

»Nein!« brüllte Worthy.

Der dritte Mann, der gerade durch die Luke gekommen war, rollte auf den Dachboden und verwandelte sich dabei in eine vage insektenhafte, aber durch und durch abstoßende Gestalt.

Bevor er wußte, was er tat, feuerte Harry die Pistole auf das Insektending leer, warf sie weg, nahm den Revolver vom Dielenboden neben sich und feuerte auch damit dreimal, wobei er einmal offenbar das Gehirn des Dings traf. Er trat aus, zuckte, fiel die Luke hinunter und unternahm keinen Versuch mehr, nach oben zu kommen.

Vanner hatte eine vollständige wölfische Verwandlung hinter sich und schien sich nach etwas neu geschaffen zu haben, das er im Kino gesehen hatte, denn er kam Harry bekannt vor, als hätte dieser denselben Film gesehen, obwohl er sich nicht mehr genau daran erinnern konnte. Vanners Schrei antwortete den Kreaturen, deren Schrei draußen durch die Nacht hallten.

Worthy riß verzweifelt an seiner Kleidung, als würde ihr Druck auf der Haut ihn wahnsinnig machen, und verwandelte sich in eine Bestie, die sich deutlich von Vanner und dem dritten Mann unterschied. Eine groteske körperliche Inkarnation seiner eigenen wahnsinnigen Begierden.

Harry hatte nur noch drei Schuß, und er mußte den letzten für sich aufheben.

30

Als er die Prüfung im Tunnel überlebt hatte, hatte Sam sich geschworen, daß er lernen würde, das Scheitern zu akzeptieren, was bisher schön und gut gewesen war, aber jetzt war das Scheitern wieder zu einer denkbaren Möglichkeit geworden.

Er durfte *nicht* scheitern, weil Chrissie und Tessa auf ihn angewiesen waren. Wenn sich keine andere Möglichkeit ergäbe, würde er Shaddack in dem Augenblick anspringen, bevor dieser bereit war, den Abzug zu drücken.

Es konnte schwierig sein, diesen Augenblick abzuschätzen. Shaddack sah aus und hörte sich an, als wäre er wahnsinnig. So kurzgeschlossen wie sein Verstand schien, konnte er es fertigbringen, mitten während einer dieser schrillen, nervösen, knabenhaften Lachsalven abzudrücken, ohne erkennen zu lassen, daß der Augenblick gekommen war.

»Stehen Sie auf«, sagte er zu Sam.

»Was?«

»Sie haben doch gehört, verdammt, stehen Sie auf. Legen Sie sich da drüben auf den Boden, sonst wird es Ihnen leid tun, ich schwöre es, ich werde dafür sorgen, daß es Ihnen sehr, sehr leid tut.« Er gestikulierte mit der Mündung der Schrotflinte. »Stehen Sie auf und legen Sie sich auf den Boden, aber *sofort*.«

Das wollte Sam nicht tun, denn er wußte, Shaddack trennte ihn nur deshalb von Tessa und Chrissie, damit er ihn erschießen konnte.

Er zögerte, dann glitt er von dem Stuhl herunter, weil ihm nichts anderes übrigblieb. Er ging zwischen zwei Laborbänken durch auf die freie Stelle, auf die Shaddack gedeutet hatte.

»Runter«, sagte Shaddack. »Ich möchte Sie da unten auf dem Fußboden flehen sehen.«

Sam ließ sich auf ein Knie sinken, glitt mit der Hand ins Jackett, holte die Metallplatte heraus, mit der er das Schloß im Haus der Coltranes aufgemacht hatte und schleuderte es mit einer Drehung des Handgelenks weg, so wie er eine Spielkarte in einen Zylinder geworfen haben würde.

Das Plättchen flog tief durch das Labor in Richtung der Fenster, bis es gegen zwei Stuhlbeine prallte und klirrend an einem Labortisch abprallte.

Der Wahnsinnige riß die Remington zu dem Geräusch herum.

Sam schnellte mit einem Schrei der Wut und Entschlossenheit hoch und warf sich auf Shaddack.

31

Tessa packte Chrissie und drängte sie von den kämpfenden Männern weg und zur Wand neben der Tür. Dort kauerten sie sich nieder, weil sie hoffte, sie würden außerhalb der Schußlinie sein.

Sam war unter der Schrotflinte, bevor Shaddack sie wieder herumreißen konnte. Er packte den Lauf mit der linken Hand und Shaddacks Handgelenk mit der geschwächten rechten, dann drückte er, brachte ihn aus dem Gleichgewicht und stieß ihn gegen einen anderen Labortisch.

Als Shaddack aufschrie, knurrte Sam zufrieden, als würde *er* sich in etwas verwandeln, das in der Nacht heulte.

Tessa sah, wie er ein Knie zwischen Shaddacks Beine rammte, fest in den Schritt. Der große Mann kreischte.

»*Prima*, Sam!« sagte Chrissie zustimmend.

Während Shaddack keuchte und wimmerte und als unwillkürliche Reaktion auf die Schmerzen in seinen Genitalien zusammenklappen wollte, riß ihm Sam die Schrotflinte aus der Hand und trat zurück…

…und ein Mann in Polizeiuniform trat durch die Tür der Chemikalienvorratskammer; auch er hatte eine Schrotflinte. »Nein! Lassen Sie die Waffe fallen! Shaddack gehört *mir*.«

32

Das Ding, das Vanner gewesen war, näherte sich Harry, knurrte tief im Hals und sabberte gelblichen Speichel. Harry feuerte zweimal und traf beide Male, konnte es aber nicht töten. Die klaffenden Wunden schlossen sich vor seinen Augen wieder.

Noch ein Schuß übrig.

»*…brauche, brauche…*«

Harry nahm den Lauf des 45er in den Mund, drückte die Mündung gegen den Gaumen und würgte an dem heißen Stahl.

Das teuflische Wolfsding ragte über ihm auf. Der aufgeblähte Kopf war dreimal so groß als er hätte sein sollen und stand in keinem Verhältnis zum Körper. Der größte Teil des Kopfes bestand aus Maul, und das Maul wiederum größtenteils aus Zähnen, aber nicht aus Wolfszähnen, sondern aus den nach innen gekrümmten Zähnen eines Hais. Es hatte

Vanner nicht genügt, sich ganz nach nur einem Raubtier der Natur zu gestalten, er wollte sich zu etwas Mörderischerem und Zerstörerischerem machen als alles, was die Natur bislang hervorgebracht hatte.

Als Vanner nur noch drei Schritte von ihm entfernt war und sich anschickte zuzubeißen, nahm Harry den Revolver aus dem Mund und sagte: »Verdammt, nein«, und schoß dem verdammten Ding in den Kopf. Es taumelte zurück, kippte um und blieb liegen.

Ziele auf den Datenspeicher.

Ein Hochgefühl überkam Harry, aber es war nur von kurzer Dauer. Worthy hatte seine Verwandlung abgeschlossen und schien durch das Gemetzel in dem Raum und die eskalierenden Schreie, die aus der Außenwelt in den Dachboden drangen, in Raserei versetzt worden zu sein. Er richtete die leuchtenden Augen auf Harry, und in ihnen brannte ein unmenschlicher Hunger.

Keine Munition mehr.

33

Sam stand direkt vor der Waffe des Polizisten und hatte keinen Freiraum zum Manövrieren. Er mußte die Remington fallenlassen, die er Shaddack abgenommen hatte.

»Ich bin auf Ihrer Seite«, wiederholte der Polizist.

»Niemand ist auf unserer Seite«, sagte Sam.

Shaddack rang nach Luft und versuchte, aufrecht zu stehen. Er sah den Polizisten mit unverhohlenem Entsetzen an.

In der kaltblütigsten Weise, die Sam jemals gesehen hatte, ohne die Spur einer Gefühlsregung, nicht einmal Wut, richtete der Polizist seine Schrotflinte Kaliber 20 auf Shaddack, der für niemanden mehr eine Bedrohung war, und feuerte vier Schuß ab. Shaddack flog über zwei Stühle hinweg gegen die Wand, als wäre er von der Faust eines Riesen geschlagen worden.

Der Polizist warf das Gewehr weg und ging rasch zu dem

Toten. Er riß den Jogginganzug auf, den Shaddack unter dem Mantel anhatte, und zerrte einen seltsamen Gegenstand von ihm, ein längliches rechteckiges Medaillon, das der Mann an einer Goldkette um den Hals gehabt hatte.

Diesen seltsamen Gegenstand hielt er hoch, während er sagte: »Shaddack ist tot. Sein Herzschlag wird nicht mehr übertragen, daher leitet Sonne jetzt im Augenblick das letzte Programm ein. In etwa einer halben Minute werden wir alle Frieden gefunden haben. Endlich Frieden.«

Zuerst dachte Sam, der Polizist sagte, daß sie alle sterben würden, daß das Ding in seiner Hand sie umbringen würde, daß es eine Bombe oder so etwas war. Er wich rasch zur Tür zurück und sah, daß Tessa offensichtlich dasselbe dachte. Sie hatte Chrissie aus ihrer kauernden Haltung hochgezogen und die Tür aufgemacht.

Aber wenn es eine Bombe gab, dann war es eine kleine, deren Wirkungsradius auf den Polizeibeamten beschränkt blieb. Sein Gesicht verzerrte sich plötzlich. Er sagte zwischen zusammengebissenen Zähnen: »Gott.« Es war kein Ausruf, sondern ein Flehen oder möglicherweise eine unzureichende Beschreibung von etwas, das er gerade gesehen hatte, denn in diesem Augenblick fiel er tot zu Boden, ohne daß Sam eine Ursache dafür hätte sehen können.

34

Als sie zu der Hintertür hinausgingen, durch die sie hereingekommen waren, stellte Sam als erstes fest, daß die Nacht still geworden war. Die schrillen Schreie der Gestaltveränderer hallten nicht mehr durch die neblige Stadt.

Der Schlüssel steckte im Zündschloß des Lieferwagens.

»Sie fahren«, sagte er zu Tessa.

Sein Handgelenk war schlimmer denn je geschwollen. Es pochte so sehr, daß jeder schmerzhafte Pulsschlag durch jede Faser von ihm drang.

Er setzte sich auf den Beifahrersitz.

Chrissie schmiegte sich auf seinen Schoß, und er legte einen Arm um sie. Sie war ungewöhnlich still. Sie war erschöpft und am Rande des Zusammenbruchs, aber Sam wußte, die Ursachen für ihr Schweigen waren tiefgreifender als Müdigkeit.

Tessa schlug die Tür zu und ließ den Motor an. Er mußte ihr nicht sagen, wohin sie fahren sollte.

Auf dem Weg zu Harrys Haus stellten sie fest, daß es auf den Straßen von Leichen geradezu wimmelte, aber nicht von Leichen gewöhnlicher Männer und Frauen, sondern – wie ihre Scheinwerfer ohne jeden Zweifel bestätigten – von Kreaturen aus einem Gemälde von Hieronymus Bosch, verzerrte und phantastische Gestalten. Sie fuhr langsam und manövrierte um sie herum, und ein paarmal mußte sie auf den Gehweg fahren, um einem Rudel auszuweichen, das nebeneinander gestürzt war und offensichtlich von derselben unsichtbaren Kraft gefällt worden war, die auch den Polizisten in der Central getötet hatte.

Shaddack ist tot. Sein Herzschlag wird nicht mehr übertragen, daher leitet Sonne jetzt im Augenblick das letzte Programm ein…

Nach einer Weile vergrub Chrissie das Gesicht an Sams Brust und sah nicht mehr zur Windschutzscheibe hinaus.

Sam sagte sich immer wieder, daß die gestürzten Kreaturen Phantome waren, daß so etwas nicht existieren konnte, sei es durch Anwendung von Technologie oder Zauberei. Er rechnete jedesmal, wenn sie von einem Nebelschleier verdeckt wurden, felsenfest damit, daß sie verschwinden würden, aber wenn sich der Nebel verzog, lagen sie immer noch auf der Straße, dem Gehweg oder auf Rasenflächen.

Von diesen Schrecken und der Häßlichkeit umgeben, konnte er kaum glauben, daß er so närrisch gewesen war, Jahre seines kostbaren Lebens in Düsternis zu verbringen, ohne die Schönheit der Welt zu sehen. Er war ein einmaliger Narr gewesen. Wenn die Dämmerung kam, würde er nie wieder an einer Blume vorübergehen, ohne das Wunder zu bestaunen, das kein Mensch erschaffen konnte.

»Sagen Sie es mir jetzt?« fragte Tessa, als sie noch einen Block von Harrys Rotholzhaus entfernt waren.

»Was?«

»Was Sie gesehen haben. Ihr Sterbeerlebnis. Was haben Sie auf der anderen Seite gesehen, das Ihnen solche Angst gemacht hat?«

Er lachte unsicher. »Ich war ein Idiot.«

»Schon möglich«, sagte sie. »Erzählen Sie es mir und lassen Sie mich urteilen.«

»Nun, ich kann es Ihnen nicht genau beschreiben. Es war mehr *begreifen* als sehen, mehr eine seelische als eine visuelle Wahrnehmung.«

»Und was haben Sie begriffen.«

»Daß wir von dieser Welt in eine nächste wandern«, sagte er. »Daß wir entweder auf einer anderen Ebene weiterleben, ein Leben nach dem anderen auf einer endlosen Abfolge von Ebenen… oder daß wir reinkarniert wieder auf dieser Ebene landen. Ich bin nicht sicher, was es ist, aber ich spürte es durch und durch, *wußte* es, als ich das Ende des Tunnels erreicht hatte und das Licht sah, das strahlende Licht.«

Sie sah ihn an. »Und das hat Sie so entsetzt?«

»Ja.«

»Daß wir wieder leben?«

»Ja. Weil ich das Leben so trostlos fand, verstehen Sie, als eine Folge von Tragödien, von Leid. Ich hatte die Fähigkeit verloren, die Schönheit des Lebens zu sehen, die Freude, daher wollte ich nicht sterben und wieder ganz von vorne anfangen müssen, nicht früher als unumgänglich notwendig war. In *diesem* Leben war ich zumindest hart geworden, abgestumpft gegen das Leid, was mir einen Vorteil gegenüber einem Kind verschaffte, als das ich in einer neuen Inkarnation wieder von vorne hätte anfangen müssen.«

»Also war Ihr vierter Grund weiterzuleben strenggenommen gar nicht die Angst vor dem Sterben«, sagte sie.

»Wohl nicht.«

»Es war die Angst davor, nochmals leben zu müssen.«

»Ja.«

»Und jetzt?«

Er dachte einen Augenblick nach. Chrissie regte sich auf

seinem Schoß. Er streichelte ihr feuchtes Haar. Schließlich sagte er: »Jetzt *brenne* ich förmlich darauf, wieder zu leben.«

35

Harry hörte Geräusche unten – den Fahrstuhl, dann jemanden im Schlafzimmer im dritten Stock. Er verkrampfte sich, weil er dachte, zwei Wunder waren eines mehr als er hoffen durfte, aber dann hörte er, wie Sam vom Fuß der Leiter herauf rief.

»Hier, Sam! In Sicherheit! Alles in Ordnung!«

Einen Augenblick später kam Sam auf den Dachboden.

»Tessa? Chrissie?« fragte Harry ängstlich.

»Sie sind unten. Ihnen geht es gut.«

»Gott sei Dank.« Harry stieß einen Stoßseufzer aus, als hätte er stundenlang den Atem angehalten. »Sehen Sie sich diese Monster an, Sam.«

»Lieber nicht.«

»Vielleicht hatte Chrissie doch recht mit ihren außerirdischen Invasoren.«

»Etwas viel Seltsameres«, sagte Sam.

»Was?« sagte Harry, während Sam neben ihm niederkniete und vorsichtig Worthys Leichnam von seinen Beinen stieß.

»Wenn ich es nur wüßte«, sagte Sam. »Aber ich bin nicht sicher, ob ich es überhaupt wissen möchte.«

»Wir kommen in ein Zeitalter, in dem wir unsere eigene Realität erschaffen können, nicht? Die Wissenschaft verleiht uns diese Fähigkeit Stück für Stück. Früher konnten das nur Wahnsinnige.«

Sam sagte nichts.

Harry sagte: »Vielleicht ist es nicht klug, wenn wir unsere eigene Wirklichkeit erschaffen. Vielleicht ist die natürliche Ordnung die beste.«

»Vielleicht. Andererseits, der natürlichen Ordnung könnte hier und da etwas Vervollkommnung nicht schaden. Ich schätze, wir müssen es versuchen. Wir können nur zu Gott beten, daß die Menschen, die das machen, nicht wie Shaddack sind. Alles in Ordnung, Harry?«

»Ziemlich, danke.« Er lächelte. »Davon abgesehen natürlich, daß ich immer noch ein Krüppel bin. Sehen Sie dieses Monstrum, das Worthy war? Er hatte sich über mich gebeugt, um mir den Hals durchzubeißen, ich hatte keine Kugeln mehr, er hatte die Klauen an meinem Hals, und dann fiel er einfach tot um. Peng. Ist das ein Wunder, oder was?«

»Das Wunder fand überall in der Stadt statt«, sagte Sam. »Sie scheinen alle gestorben zu sein, als Shaddack gestorben ist... irgendwie verbunden. Kommen Sie, schaffen wir Sie fort von diesem Schlamassel.«

»Sie haben Moose getötet, Sam.«

»Den Teufel haben sie. Was meinen Sie, mit wem Tessa und Chrissie da unten herumalbern?«

Harry war verblüfft. »Aber ich habe doch gehört...«

»Sieht so aus, als hätte ihm jemand gegen den Kopf getreten. Er hatte eine blutige Aufschürfung seitlich am Kopf. Vielleicht war er sogar bewußtlos, aber er scheint keine Gehirnerschütterung zu haben.«

36

Chrissie fuhr hinten auf dem Lieferwagen mit Harry und Moose, Harry hatte den guten Arm um sie gelegt und Moose den Kopf in ihrem Schoß. Sie fühlte sich ganz allmählich besser. Sie war nicht sie selbst, nein, und sie würde sich vielleicht nie wieder so wie früher fühlen, aber es ging ihr besser.

Sie gingen zum Park am Kopf der Ocean Avenue, am Ostende der Stadt. Tessa fuhr auf den Bordstein, wodurch sie durcheinander geschüttelt wurden, und parkte auf dem Rasen.

Sam machte die Hecktüren des Lieferwagens auf, damit Chrissie und Harry unter ihren Decken sitzen und ihm und Tessa bei der Arbeit zusehen konnten.

Sam war tapferer als es Chrissie gewesen wäre, er ging zu den umliegenden Wohngebieten, stieg über die toten Wesen oder ging um sie herum, und schloß Autos kurz, die an der Straße parkten. Tessa und er fuhren sie eines nach dem anderen in den Park und fuhren sie zu einem großen Kreis, ließen die Motoren laufen und stellten sie so, daß die Scheinwerfer in die Mitte des Kreises schienen.

Sam hatte gesagt, die Verstärkung würde trotz des Nebels mit Hubschraubern kommen, und der erleuchtete Kreis würde einen geeigneten Landeplatz für sie kennzeichnen. Nachdem zwanzig Autos mit eingeschalteten Scheinwerfern dastanden, war es im Inneren des Kreises so hell wie am Nachmittag.

Chrissie gefiel das Licht.

Noch bevor der Landeplatz fertiggestellt war, tauchten ein paar Menschen auf den Straßen auf, lebende Menschen, die überhaupt nicht unheimlich aussahen, ohne Fangzähne und Stacheln und Krallen, die ganz aufrecht standen – allem Anschein nach vollkommen normal. Natürlich hatte Chrissie gelernt, daß man niemandem dem äußeren Anschein nach trauen durfte, denn im Inneren konnten sie alles Mögliche sein; im Inneren konnten sie etwas sein, das sogar die Redakteure des *National Enquirer* verblüfft haben würde. Nicht einmal bei seinen eigenen Eltern konnte man sicher sein.

Aber daran durfte sie nicht denken.

Sie *wagte* nicht, daran zu denken, was aus ihren Eltern geworden war. Sie wußte, die geringe Hoffnung auf eine Rettung, die sie noch hatte, war wahrscheinlich eine falsche Hoffnung, aber sie wollte sich trotzdem wenigstens noch eine Weile daran klammern.

Die wenigen Menschen, die auf den Straßen erschienen, näherten sich dem Park, während Tessa und Sam die letzten Autos in den Kreis fuhren. Sie sahen alle benommen aus. Je näher sie kamen, desto unheimlicher wurde Chrissie zumute.

»Die sind in Ordnung«, versicherte Harry ihr und streichelte sie mit seinem guten Arm.

»Wie können Sie da so sicher sein?«

»Man sieht, daß sie eine Scheißangst haben. Huch. Vielleicht sollte ich nicht ›Scheißangst‹ sagen und dir schlimme Worte beibringen.«

»Scheißangst ist in Ordnung«, sagte sie.

Moose winselte und regte sich auf ihrem Schoß. Wahrscheinlich hatte er solche Kopfschmerzen, wie sie nur Karateprofis bekamen, wenn sie Ziegel mit dem Kopf durchgeschlagen hatten.

»Nun«, sagte Harry, »sieh sie dir an – sie haben ziemliche Angst, weshalb sie wahrscheinlich zu uns gehören. Man hat nie gesehen, daß sich die anderen ängstlich gezeigt haben, nicht?«

Sie dachte einen Augenblick darüber nach. »Doch, ich schon. Der Polizist, der Mr. Shaddack in der Schule erschossen hat. Der hatte Angst. In seinen Augen war mehr Angst, viel mehr, als ich jemals bei jemand anderem gesehen habe.«

»Wie dem auch sei, diese Leute sind in Ordnung«, sagte Harry, während die benommenen Passanten auf den Lieferwagen zukamen. »Sie gehören zu denen, deren Verwandlung vor Mitternacht geplant war, zu denen aber niemand mehr gekommen ist. Es müssen noch mehr sein, wahrscheinlich haben sie sich in ihren Häusern verbarrikadiert und trauen sich nicht heraus, denken wahrscheinlich, daß die ganze Welt verrückt geworden ist, oder daß Außerirdische gelandet sind, wie du gedacht hast. Außerdem, wenn diese Menschen zu den Gestaltveränderern gehörten, würden sie nicht so zögernd zu uns kommen. Sie hätten den Hügel gestürmt, wären hier hereingesprungen und hätten unsere Nasen gefressen, und alle anderen Teile, die sie als Delikatessen betrachten mögen.«

Diese Erklärung gefiel ihr, sie mußte sogar ein wenig lächeln und entspannte sich sichtlich.

Aber einen Augenblick später hob Moose den klobigen Kopf von ihrem Schoß, winselte und sprang auf.

Die Leute, die zum Lieferwagen kamen, schrien überrascht und ängstlich auf, und Chrissie hörte Sam sagen: »Was, bei der lodernden Hölle, ist nun los?«

Sie warf die Decken beiseite und kam aus dem hinteren Teil des Lieferwagens nach vorne, um nachzusehen, was vor sich ging.

Harry hinter ihr schien trotz der Versicherungen, die er ihr gerade gemacht hatte, beunruhigt zu sein, denn er sagte: »Was ist das? Was geht da vor?«

Sie war einen Augenblick nicht sicher, was alle aufgeschreckt hatte, aber dann sah sie die Tiere. Sie schwärmten durch den Park – Hunderte Mäuse, ein paar fette Ratten, Katzen jeglicher Rassen, ein halbes Dutzend Hunde und vielleicht ein paar Dutzend Eichhörnchen, die von den Bäumen heruntergeklettert waren. Aus den Straßen, die die Ocean Avenue kreuzten, kamen weitere Mäuse und Ratten und Katzen gelaufen, die sich zum Hauptstrom gesellten und hastig und wild durcheinander liefen, durch den Park abkürzten und hinüber zur Landstraße eilten. Sie erinnerten sie an etwas, das sie einmal gelesen hatte, und sie mußte nur ein paar Sekunden dastehen und die Flut an sich vorbeiziehen sehen, da fiel es ihr wieder ein: Lemminge. Wenn die Zahl der Lemminge in einem bestimmten Gebiet zu groß wurde, liefen die kleinen Geschöpfe bis zum Meer, in die Wellen und ertränkten sich. Diese Tiere benahmen sich alle wie Lemminge, rasten in dieselbe Richtung, ließen sich von nichts behindern, wurden von nichts Sichtbarem angezogen und folgten demzufolge wohl einem inneren Zwang.

Moose sprang aus dem Auto und gesellte sich zu dem rasenden Heer.

»Moose, nein!« rief sie.

Er stolperte, als wäre er über den Schrei gestolpert, den sie ihm nachgerufen hatte. Er drehte sich um, dann wandte er den Kopf wieder zur Landstraße, als wäre er von einer unsichtbaren Kette gezogen worden. Er lief mit Höchstgeschwindigkeit weiter.

»*Moose*!«

Er stolperte wieder, und diesesmal fiel er sogar, rollte ab und kam zuckend auf die Beine.

Chrissie wußte irgendwie, daß der Vergleich mit Lemmingen zutreffend war, daß diese Tiere in ihr Grab liefen, wenn auch nicht zum Meer, sondern einem anderen und teuflischeren Tod entgegen, der mit allem anderen zu tun hatte, was in Moonlight Cove vorgefallen war. Wenn sie Moose nicht aufhielte, würde sie ihn nie wiedersehen.

Der Hund lief weiter.

Sie rannte ihm nach.

Sie war müde bis auf die Knochen, ausgebrannt, hatte Schmerzen in jedem Muskel und jedem Gelenk, aber sie fand Kraft und Willensstärke, dem Labrador zu folgen, weil sonst niemand zu begreifen schien, daß er und die anderen Tiere in den sicheren Tod liefen. Tessa und Sam, so schlau sie waren, verstanden es nicht. Sie standen einfach da und bestaunten das Spektakel mit offenen Mündern. Daher stemmte Chrissie die Arme in die Seiten, nahm die Beine unter die Arme und lief, was sie hergab, wobei sie sich selbst als Chrissie Foster sah, die jüngste Marathonchampionesse, die den Parcours ablief, während ihr Tausende von den Seiten zujubelten.

(*»Chrissie, Chrissie, Chrissie, Chrissie…«*) Und während sie lief, rief sie Moose zu, er solle stehenbleiben, weil er jedesmal zögerte, wenn er seinen Namen hörte, und sie ein wenig aufholen konnte. Dann hatten sie den Park hinter sich gelassen, und sie fiel beinahe in den tiefen Graben neben der Landstraße, und sie sprang gerade noch rechtzeitig darüber, aber nicht, weil sie ihn gesehen hätte, sondern weil sie Moose nicht aus den Augen ließ und sah, wie *er* über etwas sprang. Sie landete perfekt und kam nicht einmal aus dem Tritt. Als Moose das nächstemal innehielt, als er seinen Namen hörte, holte sie ihn ein, packte ihn und hielt ihn am Halsband fest. Er knurrte und schnappte nach ihr, und sie sagte auf eine Weise *»Moose!«*, daß er sich schämen mußte. Er versuchte nicht mehr zu beißen, aber, bei Gott, er zerrte heftig am Halsband, um sich zu befreien. Es kostete sie alle Anstrengung, ihn zu halten und er zog sie sogar, so groß sie war, etwa fünfzehn bis zwanzig Meter an der Straße entlang. Seine großen Pfoten kratzten über den Asphalt, während er versuchte, dem Strom kleiner Tiere zu folgen, die in Nacht und Nebel verschwanden.

Als sich der Hund so weit beruhigt hatte, daß er mit ihr zum Park zurückging, kamen Tessa und Sam zu Chrissie. »Was ist los?« fragte Sam.

»Sie laufen alle in den Tod«, sagte Chrissie. »Ich konnte einfach nicht zulassen, daß Moose mit ihnen geht.«

»In den Tod? Woher weißt du das?«

»Ich weiß nicht. Aber... was sonst?«

Sie standen einen Augenblick auf der dunklen Straße und sahen den Tieren nach, die in der Schwärze verschwunden waren.

Tessa sagte: »Ja, wirklich, was sonst?«

37

Der Nebel wurde dünner, aber die Sicht betrug immer noch nur etwa eine Viertelmeile.

Sam, der mit Tessa in der Mitte des erleuchteten Kreises stand, hörte die Hubschrauber kurz nach zehn Uhr, bevor er ihre Lichter sah. Da der Nebel die Akustik störte, konnte er nicht sagen, aus welcher Richtung sie kamen, aber er dachte sich, daß sie von Süden kommen würden, der Küste entlang, wo sie ein paar hundert Meter draußen über dem Meer flogen, da sie sich dort keine Gedanken um Hügel machen mußten. Sie waren mit den hochentwickeltsten Geräten ausgerüstet und konnten buchstäblich blind fliegen. Die Piloten würden Nachtsichtgeräte tragen und mit Rücksicht auf das schlechte Wetter unter hundertfünfzig Metern hereinkommen.

Da das FBI enge Kontakte zu den Streitkräften unterhielt, besonders zur Marine, wußte Sam ziemlich genau, was er zu erwarten hatte. Es würde sich um eine Marine-Reconnaisance-Streitmacht handeln, die sich aus den Standardeinheiten zusammensetzte, welche eine solche Situation erforderte: ein CH-46-Helikopter, der den Einsatztrupp selbst transportierte – wahrscheinlich zwölf Mann von einer Angriffseinheit der Marines –, begleitet von zwei Cobra-Schlachtschiffen.

Tessa drehte sich herum, sah in jede Richtung und sagte: »Ich sehe sie nicht.«

»Werden Sie auch nicht«, sagte Sam. »Erst wenn sie fast über uns sind.«

»Sie fliegen ohne Scheinwerfer?«

»Nein. Sie sind mit blauen Scheinwerfern ausgerüstet, die man vom Boden aus nicht gut sehen kann, mit denen sie aber durch ihre Nachtsichtgeräte verdammt gute Sicht haben.«

Als Antwort auf eine terroristische Bedrohung wäre der CH-46, der offiziell »Sea Knight« –›Ritter des Meeres‹ – genannt wurde, bei den Mannschaftsdienstgraden aber nur ›Frosch‹ hieß, zusammen mit seiner Cobra-Eskorte zum nördlichen Stadtrand geflogen. Dort wären drei aus jeweils vier Mann eines Einsatzteams von Bord gegangen, hätten Moonlight Cove von Norden nach Süden durchkämmt, die Lage gepeilt und sich am gegenüberliegenden Stadtrand wieder vereint, um geeignete Maßnahmen einzuleiten.

Aber aufgrund der Nachricht, die Sam geschickt hatte, bevor Sonnes Verbindung zur Außenwelt unterbrochen worden war, und weil die Situation nichts mit Terroristen zu tun hatte und sogar einmalig seltsam war, wurde die übliche Routine zugunsten einer kühneren Vorgehensweise aufgegeben. Die Hubschrauber flogen mehrmals über die Stadt und kamen bis auf eine Entfernung von sechs bis zehn Meter über die Baumkronen herunter. Manchmal konnte man ihre seltsamen blaugrünen Scheinwerfer sehen, aber ihre Form oder Größe konnte man unmöglich erkennen; und aufgrund der Fiberglasrotoren, die viel leiser waren als die früheren aus Metall, schienen die Hubschrauber manchmal stumm in der Ferne zu gleiten und hätten außerirdische Flugzeuge aus einer fernen und seltsameren Welt als dieser sein können.

Schließlich schwebten sie über dem erleuchteten Kreis im Park.

Sie landeten nicht sofort. Während die mächtigen Rotoren den Nebel davonwehten, ließen sie einen Scheinwerfer über die Menschen im Park gleiten, die außerhalb des erleuchteten Landeplatzes standen, und sie verbrachten Minuten damit, die grotesken Leichen auf den Straßen zu betrachten.

Schließlich senkte sich die CH-64 beinahe widerwillig in den erleuchteten Kreis, während die Cobras in der Luft blieben. Die Männer, die aus den Helikoptern sprangen, trugen automatische Waffen, aber ansonsten sahen sie nicht wie Soldaten aus, weil sie, dank Sams Nachricht, in biologisch sichere weiße Anzüge gekleidet waren, die ihren eigenen Sauerstoffvorrat auf dem Rücken hatten. Sie hätten Astronauten sein könnten, keine Marines.

Lieutenant Ross Dalgood, dessen Gesicht hinter dem Helmvisier wie das eines Babies wirkte, kam direkt auf Sam und Tessa zu, nannte ihnen Namen und Dienstgrad und begrüßte Sam mit Namen; offenbar hatte man ihm ein Foto gezeigt, bevor er auf seine Mission geschickt worden war. »Biologischer Angriff, Agent Booker?«

»Ich glaube nicht«, sagte Sam, während die Rotoren von einem harten, rhythmischen Pochen zu einem leiseren Schnurren überwechselten.

»Aber Sie wissen es nicht?«

»Ich weiß es nicht«, gab er zu.

»Wir sind die Vorhut«, sagte Dalgood. »Es sind noch eine Menge Leute unterwegs – reguläre Truppen und FBI-Leute kommen über den Highway. Dürften bald hier sein.«

Die drei – Dalgood, Sam und Tessa – schritten zwischen zwei der Autos im Kreis hindurch zu einem der toten Wesen, das auf dem Gehweg beim Park lag.

»Ich konnte aus der Luft nicht glauben, was ich sah«, sagte Dalgood.

»Glauben Sie es«, sagte Tessa.

»Was, zum Teufel, ist das?« sagte Dalgood.

Sam sagte: »Schreckgespenster.«

38

Tessa machte sich Sorgen wegen Sam. Sie und Chrissie und Harry kehrten um ein Uhr morgens in Harrys Haus zurück, nachdem sie von Männern in Dekontaminationsanzügen dreimal verhört worden waren. Sie hatten zwar schreckliche Alpträume, konnten aber ein paar Stunden schlafen. Aber Sam blieb die ganze Nacht weg. Mittwochmorgen um elf Uhr, als sie mit dem Frühstück fertig waren, war er noch nicht wieder zurückgekehrt.

»Er hält sich vielleicht für unzerstörbar, aber das ist er nicht.«

»Ihnen liegt etwas an ihm«, sagte Harry.

»Selbstverständlich liegt mir etwas an ihm.«

»Ich meine, Sie *mögen* ihn.«

»Nun... ich weiß nicht.«

»Aber ich weiß es.«

»Ich weiß es auch«, sagte Chrissie.

Sam kam um ein Uhr schmutzig und mit grauem Gesicht zurück. Sie hatte das Gästebett frisch bezogen, und er taumelte hinein, ohne sich richtig auszuziehen.

Sie saß in einem Sessel neben dem Bett und beobachtete ihn im Schlaf. Ab und zu stöhnte er und schlug um sich. Er rief ihren Namen und den von Chrissie – und manchmal den von Scott –, als hätte er sie verloren und wanderte auf der Suche nach ihnen durch eine einsame und gefährliche Gegend.

Um sechs Uhr Mittwoch abends kamen FBI-Leute in Dekontaminationsanzügen und holten ihn nach weniger als fünf Stunden Schlaf. Er blieb die ganze Nacht weg.

Mittlerweile waren alle Leichen in ihrer grotesken biologischen Vielfalt von dort eingesammelt worden, wo sie gestürzt waren, mit Schildern versehen, in Plastiksäcke eingeschweißt und für die Pathologen in Kühlhallen gebracht worden.

In dieser Nacht schliefen Tessa und Chrissie in einem Bett. Sie lagen in dem halbdunklen Raum, über dessen Lampe sie ein Handtuch gehängt hatten, um eine Nachtbeleuchtung zu schaffen, und das Mädchen sagte: »Sie sind fort.«

»Wer?«

»Meine Mom und mein Dad.«

»Ich glaube schon.«

»Tot.«

»Es tut mir leid, Chrissie.«

»Oh, das weiß ich. Ich weiß, daß es Ihnen leid tut. Sie sind sehr nett.« Dann weinte sie eine Weile in Tessas Armen.

Als sie schon fast eingeschlafen war, sagte sie: »Sie haben doch mit Sam gesprochen. Hat er gesagt… ob sie etwas über die Tiere gestern abend herausgefunden haben… wohin sie alle gelaufen sind?«

»Nein«, sagte Tessa. »Sie haben noch keine Ahnung.«

»Das macht mir Angst.«

»Mir auch.«

»Ich meine, daß sie keine Ahnung haben.«

»Ich weiß«, sagte Tessa. »Das habe ich auch gemeint.«

39

Donnerstag vormittag hatten die Teams der FBI-Techniker und hinzugezogene Spezialisten von außerhalb die Moonhawk-Daten von Sonne soweit gesichtet, daß sie sagen konnten, bei dem Projekt hatte es sich um Implantierung eines nichtbiologischen Kontrollmechanismusses gehandelt, der durchgreifende physiologische Veränderungen in den Opfern bewirkt hatte. Bisher hatte noch niemand einen Schimmer, wie er funktionierte, wie die Mikrokugeln zu so radikalen Veränderungen geführt haben konnten, aber sie waren sicher, daß keine Bakterien, Viren oder andere gezüchtete Organismen im Spiel waren. Es war alles eine Sache von Maschinen.

Die Armeeinheiten, die die Stadt gegen Reporter der Nachrichtenmedien und Neugierige abriegelten, hatten immer noch genügend zu tun, aber sie waren froh, daß sie die unbequemen Dekon-Anzüge ablegen konnten. Ebenso die Hunderte von Wissenschaftlern und FBI-Agenten, die überall in der Stadt ihre Zelte aufgeschlagen hatten.

Obwohl Sam in den vor ihnen liegenden Tagen sicher noch zurückkehren mußte, bekamen er und Tessa und Chrissie am Freitag morgen die Erlaubnis, die Stadt zu verlassen. Ein verständnisvoller Richter hatte Tessa bereits vorübergehend das Sorgerecht für das Mädchen zugesprochen. Die drei sagten ›auf bald‹ zu Harry, und nicht –auf Wiedersehen‹, und wurden mit einem Bell JetRanger-Hubschrauber des Bureau abtransportiert.

Um die stattfindenden Untersuchungen nicht durch sensationslüsterne und falsche Medienberichte zu beeinträchtigen, war über Moonlight Cove eine Nachrichtensperre verhängt worden, und Sam wurde erst klar, welch ungeheueren Wirbel die Moonhawk-Geschichte gemacht haben mußte, als sie über die Straßensperre der Armee nahe der Interstate flogen. Hunderte von Pressefahrzeugen standen am Straßenrand oder parkten auf den Feldern. Der Pilot flog so tief, daß Sam alle Kameras sehen konnte, die sie aufzeichneten, während sie über die Menge hinwegflogen.

»Auf der Landstraße nördlich der Holliwell Road ist es fast genauso schlimm«, sagte der Helikopterpilot. »Dort haben sie die andere Straßensperre errichtet. Reporter aus allen Teilen der Welt schlafen auf dem Boden, weil sie nicht in ein Motel gehen und schlafen wollen, um festzustellen, daß Moonlight Cove für die Öffentlichkeit freigegeben wurde während sie ihr Nickerchen gemacht haben.«

»Da müssen sie sich keine Sorgen machen«, sagte Sam. »Es wird noch wochenlang nicht für die Presse geöffnet werden – oder jemand anderen, abgesehen von den Wissenschaftlern.«

Der JetRanger brachte sie nach San Francisco zum International Airport, wo sie drei Reservierungen für einen PSA-Flug nach Los Angeles hatten. Als er die Kioske im Terminal besuchte, überflog Sam ein paar Schlagzeilen:

KÜNSTLICHE INTELLIGENZ HINTER TRAGÖDIE IN COVE
SUPERCOMPUTER LÄUFT AMOK

Das war natürlich Unsinn. Der Supercomputer von New Wave, Sonne, war keine künstliche Intelligenz. So etwas war noch nirgendwo auf der Welt gebaut worden, obwohl sich Legionen von Wissenschaftlern darum bemühten, die ersten zu sein, die Väter eines wirklich denkenden elektronischen Verstandes wurden. Sonne war nicht Amok gelaufen; sie hatte nur gehorcht, wie es alle Computer taten.

Sam wandelte Shakespeare ab, als er dachte: ›Die Schuld liegt nicht bei unserer Technologie, sondern bei uns selbst.‹

Heutzutage gaben die Menschen jedoch den Computern die Schuld an Versagern im System – so wie vor Jahrhunderten Angehörige weniger weit entwickelter Kulturen ihr Versagen auf die Sterne geschoben hatten.

Tessa deutete stumm auf eine andere Schlagzeile:

GEHEIME EXPERIMENTE DES PENTAGON
URSACHE GEHEIMNISVOLLER KATASTROPHE

Das Pentagon war in gewissen Kreisen der bevorzugte Schwarze Mann, es wurde ob seines wahren und erdichteten Bösen beinahe geliebt, weil das Leben leichter zu verstehen war, wenn man glaubte, daß es die Wurzel allen Übels war. Für jene, die so dachten, war das Pentagon beinahe das stapfende alte Ungeheuer Frankensteins mit seinen klobigen Schuhen und dem zu kleinen Anzug, furchteinflößend, aber begreifbar, pervers und verabscheuungswürdig, aber dennoch tröstlich vorhersehbar und den Gedanken an schlimmere und komplexere Feinde durchaus vorzuziehen.

Chrissie zog eine seltene Sondernummer eines der führenden nationalen Regenbogenblätter aus dem Regal, das nur Artikel über Moonlight Cove enthielt. Sie zeigte ihnen die größte Schlagzeile:

AUSSERIRDISCHE LANDEN
AN DER KÜSTE KALIFORNIENS
WILDE FLEISCHFRESSER ÜBERFALLEN GANZE STADT

Sie sahen einander einen Moment ernst an, dann lächelten sie. Chrissie lachte zum ersten Mal seit ein paar Tagen wieder. Es war kein herzliches Lachen, nur ein Kichern, und es hätte eine Spur Ironie darin sein können, die zu scharf für ein elfjähriges Mädchen war, ganz zu schweigen von einer

Spur Melancholie, aber es *war* ein Lachen. Als er sie lachen hörte, fühlte Sam sich besser.

40

Joel Ganowicz von United Press International war seit Mittwoch vormittag am Stadtrand von Moonlight Cove an der einen oder anderen Straßensperre. Er hauste in einem Schlafsack auf dem Boden, benützte den Wald als Toilette und bezahlte einen arbeitslosen Zimmermann aus Aberdeen Wells dafür, daß er ihm Mahlzeiten brachte. Er war noch nie in seinem Leben so heiß auf eine Story gewesen und hatte soviel dafür geopfert. Und er war nicht sicher, warum. Ja, zugegeben, es war die größte Story des Jahrzehnts, vielleicht sogar noch größer. Aber warum verspürte er dieses Bedürfnis, hier herumzuhängen und jeden winzigen Teil der Wahrheit zu erfahren? Warum war er so besessen? Sein Verhalten war ihm ein Rätsel.

Er war nicht der einzige Besessene.

Die Story von Moonlight Cove war im Verlauf von drei Tagen stückweise an die Medien weitergegeben und am Donnerstag abend während einer vierstündigen Pressekonferenz in allen Einzelheiten dargelegt worden, und die Reporter hatten viele der zweihundert Überlebenden ausgiebig interviewt, aber dennoch hatte keiner genug. Der einzigartige Schrecken des Todes der Opfer – und die Anzahl, fast dreitausend, ein Vielfaches der Opfer von Jonestown – verblüffte Zeitungsleser und Fernsehzuschauer immer wieder, so oft sie die Einzelheiten auch hörten. Freitag morgen war die Story heißer denn je.

Aber Joel spürte, daß es nicht einmal die grimmigen Einzelheiten oder die spektakulären Statistiken waren, die das öffentliche Interesse wachhielten. Es war mehr als das.

Freitag morgen um zehn Uhr saß Joel auf dem zusammengerollten Schlafsack auf einem Acker an der Landstraße, zehn Meter vom Polizei-Checkpoint nördlich der Holliwell entfernt, genoß den überraschend warmen Oktobermorgen und dachte eben über das alles nach. Er kam allmählich zu der Überzeugung, daß diese Nachrichten vielleicht so begierig aufgenommen wurden, weil sie nicht nur vom vergleichsweise modernen Konflikt zwischen Mensch und Maschine handelten, sondern vom seit urdenklichen Zeiten bestehenden, ewigen menschlichen Konflikt zwischen Verantwortung und Verantwortungslosigkeit, zwischen Zivilisation und Wildheit, zwischen menschlichen Neigungen zu Glauben und Nihilismus.

Joel dachte immer noch darüber nach, als er aufstand und zu laufen anfing. Irgendwo unterwegs hörte er auf zu denken, schritt aber schneller aus.

Er war nicht allein. Andere von der Straßensperre, gut die Hälfte der zweihundert, die hier warteten, drehten sich fast gleichzeitig um und schritten zielstrebig über die Felder, sie zögerten nicht und machten keine Umwege, sondern schritten direkt über eine Wiese, über mit Sträuchern bewachsene Hügel und durch eine Baumgruppe hindurch.

Die Spaziergänger erschreckten diejenigen, die nicht den unvermittelten Ruf vernommen hatten, einen Spaziergang zu machen, ein paar Reporter liefen eine Zeitlang mit und stellten Fragen, schließlich brüllten sie Fragen. Keiner der Gehenden antwortete.

Joel war von dem Gefühl erfüllt, daß es einen Ort gab, wohin er gehen müßte, einen ganz besonderen Ort, wo er sich nie wieder um etwas Sorgen machen müßte, einen Ort, wo alles zur Verfügung gestellt würde, wo er sich keinen Gedanken um die Zukunft machen müßte. Er wußte nicht, wie dieser wunderbare Ort aussah, aber er wußte, er würde ihn erkennen, wenn er ihn sah. Er eilte aufgeregt weiter, fasziniert, *angezogen.*

Gier.

Das gallertige Ding im Keller der Ikarus-Kolonie war im Griff der Gier. Es war nicht gestorben, als die anderen Kinder von Moonhawk verendet waren, denn der Mikrokugelcomputer in seinem Inneren hatte sich aufgelöst, als es erstmals die Freiheit völliger Gestaltslosigkeit gesucht hatte; es hatte den über Mikrowelle ausgestrahlten Todesbefehl von Sonne nicht empfangen können. Und selbst wenn es den Befehl erhalten hätte, hätte es ihn nicht ausgeführt, denn die Kreatur im Keller hatte kein Herz, das stehenbleiben konnte.

Gier.

Seine Gier war so gewaltig, daß es pulsierte und sich wand. Diese Gier war umfassender als bloßes Verlangen und schrecklicher als alle Schmerzen.

Gier.

Überall auf seiner Oberfläche hatten sich Münder aufgetan. Das Ding rief mit einer Stimme in die Welt hinaus, die stumm wirkte, es aber nicht war, einer Stimme, die nicht zu den Ohren seiner Beute sprach, sondern in deren Köpfe hinein.

Und sie kamen.

Bald würde seine Gier gestillt werden.

Oberst Lewis Tarker, befehlshabender Offizier des Feldhauptquartiers der Armee im Park am Ostende der Ocean Avenue, erhielt einen dringenden Anruf von Sergeant Sperlmont, der an der Straßensperre der Landstraße Wachdienst hatte. Sperlmont berichtete, er habe sechs seiner zwölf Männer verloren, die wie Zombies davongelaufen waren, zusammen mit Hunderten Reportern, die im selben seltsamen Zustand waren.

»Hier geht etwas vor«, sagte er zu Tarker. »Es ist noch nicht vorbei, Sir.«

Tarker rief augenblicklich Oren Westrom an, den FBI-Mann, der die Untersuchungen von Moonhawk leitete und mit dem sämtliche militärische Aspekte der Operation abgesprochen werden mußten.

»Es ist noch nicht vorbei«, sagte Tarker zu Westrom. »Ich glaube, diese Spaziergänger sind noch unheimlicher, als Sperlmont sie beschrieben hat, auf eine Weise unheimlich, die er nicht vermitteln kann. Ich kenne ihn, und er hat mehr Angst als er selbst weiß.«

Westrom seinerseits befahl die JetRanger des Bureau in die Luft... Er erklärte dem Piloten Jim Lobbow die Situation und sagte: »Sperlmont wird ihnen ein paar seiner Leute am Boden nachschicken, um herauszufinden, wohin zum Teufel sie gehen – und warum. Aber ich möchte, daß Sie Luftüberwachung vornehmen, falls es Schwierigkeiten geben sollte.«

»Schon unterwegs«, sagte Lobbow.

»Haben Sie in letzter Zeit getankt?«

»Die Tanks sind randvoll.«

»Gut.«

Jim Lobbow gelang nichts, außer Helikopterfliegen.

Er war dreimal verheiratet gewesen, und jede Ehe war geschieden worden. Er hatte mit mehr Frauen zusammengelebt, als er zählen konnte; auch wenn ihn der Druck einer Ehe nicht belastete, gelang es ihm nicht, eine Beziehung aufrechtzuerhalten. Er hatte ein Kind, einen Sohn, aus zweiter Ehe, aber er sah den Jungen nur dreimal im Jahr und nie länger als einen Tag. Er war zwar katholisch erzogen worden, und seine Geschwister besuchten regelmäßig die Messe, aber das klappte bei ihm auch nicht. Sonntag schien immer der einzige Tag zu sein, an dem er ausschlafen konnte, und wenn er überlegte, ob er unter der Woche den Gottesdienst besuchen sollte, schien ihm das immer zuviel Mühe zu sein. Er träumte davon, Unternehmer zu sein, aber jede kleine Firma, die er gründete, schien zum Scheitern verurteilt zu sein; er ließ sich immer wieder verblüffen, wieviel Arbeit ein Geschäft machte, sogar eines, das wie geschaffen schien, ohne den Chef zurechtzukommen, und früher oder später wurde es ihm immer zuviel Arbeit.

Aber es gab keinen besseren Helikopterpiloten als Jim Lobbow. Er konnte bei einem Wetter fliegen, bei dem alle anderen kapitulierten, und er konnte in jedem Gelände und unter jeglichen Umständen landen.

Er startete laut Westroms Befehl mit dem JetRanger und flog zur Sperre der Landstraße hinüber, die er in null Komma nichts erreichte, weil der Tag blau und klar und die Sperre nur eineinviertel Meilen von dem Park entfernt war, wo der Helikopter stand. Auf dem Boden winkten ihn die verbliebenen Soldaten an der Barrikade nach Osten, in die Hügel.

Lobbow folgte ihren Anweisungen und hatte die Spaziergänger nach weniger als einer Minute gefunden; sie kletterten emsig die mit Sträuchern bewachsenen Hügel empor, verdarben ihre Schuhe, zerrissen ihre Kleidung, strebten aber nichtsdestotrotz wie besessen weiter.

Es war eindeutig unheimlich.

Ein seltsames Summen erfüllte seinen Kopf. Er dachte, daß etwas mit den Kopfhörern des Funkgerätes nicht stimmte, daher zog er sie einen Augenblick ab, aber daran lag es nicht. Das Summen hörte nicht auf. Eigentlich war es auch gar kein Summen, kein Geräusch, sondern ein *Gefühl*.

Und was meine ich damit? fragte er sich.

Er versuchte, es achselzuckend abzutun.

Die Spaziergänger hielten sich Richtung Ost-Südost, und er flog ihnen voraus und suchte nach einem landschaftlichen Kennzeichen, etwas Ungewöhnlichem, das ihr Ziel sein könnte. Er kam fast sofort zu dem verfallenden viktorianischen Haus, dem eingestürzten Stall und den verfallenen Nebengebäuden.

Etwas an diesem Ort zog ihn an.

Er umkreiste ihn einmal, zweimal.

Obwohl es die totale Klitsche war, hatte er plötzlich das Gefühl, daß er dort sehr glücklich sein würde, frei, keine Sorgen mehr, keine Ex-Frauen, die ihn ankeiften, keine Unterhaltszahlungen für das Kind mehr.

Die Spaziergänger kamen über den Hügel im Nordwesten, alle hundert oder mehr, und sie gingen nicht mehr, sondern rannten. Sie stolperten und fielen, standen auf und rannten weiter.

Und Jim wußte, warum sie kamen: Er kreiste noch einmal über dem Haus, und es war der anheimelndste Ort, den er je gesehen hatte, ein Quell der Erlösung. Er wollte diese Erlösung, diese Freiheit mehr, als er jemals etwas in seinem Leben gewollt hatte. Er zog den JetRanger steil hoch, brachte ihn ins Gleichgewicht, flog nach Süden, nach Westen, nach Norden, nach Osten, kam den ganzen Weg wieder zurück,

zurück zu dem Haus, dem wunderbaren Haus, er mußte dort sein, mußte dorthin gehen, mußte gehen, und er steuerte den Helikopter durch die vordere Veranda hinein, direkt durch die Tür, die offenstand und halb aus den Angeln gekippt war, bohrte sich direkt ins Herz des Hauses, begrub den Helikopter in seinem Herzen.

Gier.

Die zahlreichen Münder der Kreatur sangen von ihrem Verlangen, und sie wußte, gleich würde ihre Gier gestillt werden. Es pulsierte vor Erregung.

Dann Vibrationen. Heftige Vibrationen. Dann Hitze.

Es wich nicht vor der Hitze zurück, denn es hatte alle Nerven und komplexen biologischen Strukturen aufgegeben, die erforderlich waren, um Schmerzen zu empfinden.

Die Hitze hatte keine Bedeutung für das Ding – davon abgesehen, daß die Hitze keine Nahrung war und daher seine Gier nicht stillte.

Brennend und schwindend versuchte es, das Lied zu singen, das herbeilocken würde, was es brauchte, aber die lodernden Flammen füllten seine Münder und brachten sie bald zum Schweigen.

Joel Ganowicz stand fünfzig Meter von einem verfallenen Haus entfernt, das in Flammen aufgegangen war. Es war eine gewaltige Explosion, Feuer schoß dreißig Meter hoch in den klaren Himmel, schwarzer Rauch quoll empor, die alten Mauern des Hauses stürzten zusammen, als würden sie mit Freuden den Anschein der Nützlichkeit aufgeben. Die Hitze strich über ihn hinweg, er blinzelte und mußte zurückweichen, obwohl er nicht besonders nahe dort war. Er verstand nicht, wie trockenes Holz so lodernd brennen konnte.

Er merkte, daß er sich nicht erinnern konnte, wie das Feuer angefangen hatte. Er war plötzlich *da*, direkt davor.

Er betrachtete seine Hände. Sie waren aufgeschürft und schmutzig.

Das rechte Knie seiner Cordhose war zerrissen, seine Rockports völlig schmutzig.

Er sah sich um und bemerkte zu seiner Verblüffung Dutzende Menschen im selben Zustand, zerrissen und schmutzig und benommen. Er konnte sich nicht erinnern, wie er hierher gekommen war, und er konnte sich schon gar nicht erinnern, daß er mit einer Gruppe aufgebrochen war.

Aber das Haus brannte eindeutig. Es würde nicht ein Stein davon übrigbleiben, nur ein Keller voll Asche und heißen Kohlen.

Er runzelte die Stirn und strich sich darüber.

Etwas war mit ihm geschehen. Etwas... Er war Reporter, und allmählich bekam seine Neugier wieder die Oberhand. Etwas war geschehen und er wollte herausfinden, was das war. Etwas Beunruhigendes. *Sehr* beunruhigendes. Aber jetzt war es vorbei.

Er zitterte.

41

Als sie das Haus in Sherman Oaks betraten, hatte Scott die Stereoanlage so sehr aufgedreht, daß die Fenster vibrierten.

Sam ging die Treppe zum zweiten Stock hinauf und bedeutete Tessa und Chrissie, ihm zu folgen. Sie zögerten und waren wahrscheinlich verlegen und kamen sich fehl am Platze vor, aber er war nicht sicher, ob er tun konnte, was getan werden mußte, wenn er alleine dort hinaufging.

Die Tür zu Scotts Zimmer war offen.

Der Junge lag auf dem Bett, er hatte schwarze Jeans und ein schwarzes Hemd an. Er hatte die Füße auf dem Kopfkissen und den Kopf am Fußende, auf Kissen gestützt, so daß er die Poster an der Wand hinter dem Bett betrachten konnte: Black Metal Rocker, die Leder und Ketten trugen, einige mit blutigen Händen, andere mit blutigen Lippen, als wären sie Vampire, die gerade getrunken hatten, andere hielten Schädel, einer gab einem Totenschädel einen Zungenkuß, ein anderer hielt die hohlen Hände voll glänzender Maden.

Scott hörte Sam nicht eintreten. Da die Musik so laut war,

hätte er wahrscheinlich eine Atombombenexplosion im Bad nebenan nicht gehört.

Vor der Stereoanlage zögerte Sam und fragte sich, ob er das Richtige tat. Dann lauschte er den keuchenden Worten des Stücks, die von abgehackten Gitarrenakkorden begleitet wurden. Es war ein Stück, das davon handelte, die eigenen Eltern umzubringen, ihr Blut zu trinken, und dann ›the gaspipe escape‹ zu nehmen. Hübsch. Oh, sehr hübscher Text. Das gab den Ausschlag. Er drückte auf den Knopf und schaltete den CD-Player aus.

Scott richtete sich verblüfft im Bett auf. »He!«

Sam nahm die CD aus dem Player, ließ sie auf den Boden fallen und zertrat sie mit dem Absatz.

»He, großer Gott, was machst du da?«

Vierzig oder fünfzig CDs, meist Black Metal Alben, standen in offenen Regalen über der Stereoanlage. Sam warf sie auf den Boden.

»He, komm schon«, sagte Scott. »Bist du übergeschnappt?«

»Das hätte ich längst tun sollen.«

Als er Tessa und Chrissie bemerkte, die vor der offenen Tür standen, sagte Scott: »Wer, zum Teufel, sind die denn?«

Sam sagte: »Die, zum Teufel, sind meine Freunde.«

Der Junge geriet wirklich in Wut und fauchte: »Was haben die, verdammt noch mal, hier zu suchen, Mann?«

Sam lachte. Er war beinahe in Hochstimmung. Er war nicht sicher, warum. Vielleicht, weil er endlich etwas unternahm, um seine Situation zu ändern, um Verantwortung dafür zu übernehmen. Er sagte: »Die besuchen mich, verdammt noch mal.« Und er lachte wieder.

Es tat ihm leid, daß Chrissie das miterleben mußte, aber dann sah er, daß sie nicht nur nicht betroffen war, sondern sogar kicherte. Ihm wurde klar, daß alle wütenden und schlimmen Wörter der Welt ihr nichts anhaben konnten, nicht nach allem, was sie durchgemacht hatte. Nach allem, was sie in Moonlight Cove gesehen hatte, war Scotts Teenager-Nihilismus tatsächlich komisch und sogar irgendwie unschuldig, auf jeden Fall durch und durch lächerlich.

Sam stand neben dem Bett und fing an, die Poster von den Wänden zu reißen, und Scott schrie ihn an, jetzt mit voller Lautstärke, ein echter Anfall. Sam riß die Poster ab, die er nur vom Bett aus erreichen konnte, stieg herunter und wandte sich denen an der nächsten Wand zu.

Scott packte ihn.

Sam stieß den Jungen sanft weg und riß weitere Poster herunter.

Scott schlug ihn.

Sam steckte den Schlag weg und sah ihn an.

Scotts Gesicht war leuchtend rot, die Nasenlöcher gebläht, die Augen vor Haß aufgequollen.

Sam umarmte ihn lächelnd wie ein Bär.

Zuerst verstand Scott eindeutig nicht, was vor sich ging. Er dachte, sein Vater wollte ihn nur packen und bestrafen, daher wollte er zurückweichen. Aber plötzlich dämmerte es ihm – Sam konnte sehen, wie es ihm dämmerte –, daß er nur umarmt wurde, um Gottes willen, sein alter Herr umarmte ihn, und das vor Leuten, vor Fremden. Als ihm diese Erkenntnis kam, fing der Junge *wirklich* an, sich zu wehren, wand sich und schlug um sich, stieß heftiger gegen Sam, wollte verzweifelt entkommen, weil das nicht in seine Vorstellung von einer Welt ohne Liebe paßte, besonders wenn er anfing, darauf einzugehen.

Das war es, ja, verdammt, jetzt verstand Sam. Das war der Grund für Scotts Entfremdung. Die Angst, daß er auf Liebe reagieren und zurückgewiesen werden würde… oder die Verantwortung einer hingebungsvollen Liebe zu groß für ihn war.

Tatsächlich begegnete der Junge der Liebe seines Vaters einen Augenblick mit seiner eigenen Liebe und umarmte ihn fest. Es war, als hätte der wahre Scott, der Junge, der unter den Schichten von Altklugheit und Zynismus verborgen war, hindurchgesehen und gelächelt. Es war noch etwas Gutes in ihm, etwas Gutes und Reines, das gerettet werden konnte.

Aber dann fing der Junge an, Sam mit deutlicheren und kräftigeren Ausdrücken als bisher zu verfluchen. Sam umarmte ihn nur noch fester, fester, und dann fing Sam an, ihm zu sagen, daß er ihn liebte, verzweifelt liebte, nicht auf die Weise, wie er es ihm am Telefon gesagt hatte, als er am Montagabend aus Moonlight Cove angerufen hatte, nicht mit der aus seiner eigenen Hoffnungslosigkeit geborenen Reserviertheit, weil er keine Hoffnungslosigkeit mehr empfand. Als er Scott diesesmal sagte, daß er ihn liebte, sprach er mit einer Stimme, die vor Emotionen brach, sagte es ihm wieder und immer wieder und verlangte, daß seine Liebe Gehör bekam.

Jetzt weinte Scott und Sam stellte wenig überrascht fest, daß er auch weinte, aber er glaubte nicht, daß sie aus denselben Gründen weinten, denn der Junge versuchte immer noch zu entkommen, seine Energie hatte nachgelassen, aber er kämpfte immer noch. Daher hielt Sam ihn fest und redete mit ihm: »Hör zu, mein Junge, früher oder später wird dir auf die eine oder andere Weise etwas an mir liegen. O ja. Du wirst wissen, daß ich dich liebe, und dann wirst du mich auch lieben, und damit wird es noch lange nicht aufhören, weil du herausfinden wirst, daß du eine Menge Leute lieben kannst, daß es schön ist zu lieben. Du wirst die Frau lieben, die dort vor der Tür steht, und du wirst das kleine Mädchen lieben, du wirst sie lieben, wie du eine Schwester lieben würdest, du wirst es *lernen*, du wirst die verdammte Maschine aus dir herausholen und lernen, geliebt zu werden und zu lieben. Ein Mann wird uns besuchen kommen, ein Mann, der nur eine gute Hand und keine Beine mehr hat, die er gebrauchen kann, und *der* glaubt, daß das Leben lebenswert ist. Vielleicht wird er eine Weile bleiben, herausfinden, wie es ihm gefällt, wie er darüber denkt, und vielleicht kann er dir zeigen, was ich dir nicht rechtzeitig zeigen konnte – daß es schön ist, das Leben ist schön. Und dieser Mann hat einen Hund, was für einen Hund, du wirst den Hund lieben, den Hund wahrscheinlich als ersten!« Sam lachte und hielt Scott fest. »Zu einem Hund kannst du nicht sagen ›Geh mir aus den Augen‹ und damit rechnen, daß er dir zuhört und gehorcht, er wird dir nicht aus den Augen gehen, daher wirst du ihn als ersten lieben müssen. Und dann wirst du mich lieben müssen, denn ich werde genau das sein – ein Hund, ein lächelnder alter Hund, der hier herumtrottet, herumhängt, sich nicht beleidigen läßt, ein alter Hund.«

Scott hatte aufgehört sich zu wehren. Wahrscheinlich war er nur erschöpft. Sam war sicher, daß es ihm nicht gelungen war, durch die Wut des Jungen hindurchzudringen. Er hatte bestenfalls an der Oberfläche gekratzt. Sam hatte das Böse in ihr Leben gelassen, das Böse eigendünklerischer Verzweiflung, das er auf den Jungen übertragen hatte, und jetzt würde es schwer sein, das wieder auszumerzen. Sie hatten noch viel vor sich, monatelanges Bemühen, vielleicht jahrelanges, viel Umarmen, viel Festhalten und nicht mehr loslassen.

Als er über Scotts Schulter blickte sah er, daß Tessa und Chrissie ins Zimmer gekommen waren. Sie weinten auch. Er sah in ihren Augen eine Erkenntnis, die seiner gleichkam, die Erkenntnis, daß der Kampf um Scott gerade erst angefangen hatte.

Aber er *hatte* angefangen. Das war das Wunderbare. Er *hatte* angefangen.

Das Versteck

Für Gerda.
In Liebe.

Wie oft birgt innre schwere Schuld,
Der außen Engel scheint an Huld.

William Shakespeare

Erster Teil

Von einer geglückten Flucht nur Sekunden entfernt

Das Leben ist ein Geschenk, das zurückgegeben werden muß, und es sollte Grund zur Freude sein. Es ist verdammt kurz, viel zu kurz, das ist eine absolute Tatsache. So schwierig das auch zu akzeptieren sein mag ist diese irdische Pilgerfahrt hin zur endgültigen Dunkelheit doch eine abgeschlossene Reise, ein vollendeter Kreis, ein erhabenes Kunstwerk, ein süßer melodischer Reim, eine gewonnene Schlacht.

The Book of Counted Sorrows

Erstes Kapitel

1

Eine ganze Welt summte geschäftig jenseits der dunklen Gebirgswälle, doch Lindsey Harrison kam es so vor, als wäre die Nacht öde und leer, ebenso leer wie die Kammern eines kalten, toten Herzens. Fröstelnd ließ sie sich etwas tiefer in die Polster des Beifahrersitzes sinken.

Dichtgedrängte Reihen alter Nadelbäume zogen sich zu beiden Seiten des Highways hügelaufwärts. An manchen Stellen traten sie ein wenig auseinander und boten vereinzelten Ahornbäumen und Birken Platz, deren winterkahle Äste gespenstisch in den Himmel ragten. Aber dieser majestätische Wald, der sich an den bizarren Felsformationen festklammerte, war machtlos gegen die Leere der bitteren Märznacht. Er schien nicht real zu sein. Während der Honda die kurvenreiche Straße hinabfuhr, schwebten Bäume und Felsen vorbei wie unwirkliche Traumbilder.

Im scharfen Wind trieben zarte trockene Schneeflocken durch das Scheinwerferlicht. Doch auch der Sturm vermochte nichts gegen die Leere auszurichten.

Lindseys Gefühl der Leere hatte keine äußeren Ursachen. Es kam von innen. Der chaotische Prozeß der Schöpfung war auch an diesem Abend in vollem Gange, allgegenwärtig wie seit ewigen Zeiten. Nur ihre eigene Seele war eine Wüstenei.

Sie blickte zu Hatch hinüber. Er saß leicht vorgebeugt hinter dem Steuer und spähte in die Dunkelheit hinaus. Jedem anderen wäre sein Gesichtsausdruck vielleicht ausdruckslos und unergründlich vorgekommen, aber nach zwölfjähriger Ehe verstand Lindsey mühelos darin zu lesen. Hatch war ein ausgezeichneter Autofahrer, dem schlechte Straßenverhältnisse nichts ausmachten. Zweifellos war er – ebenso wie sie selbst – in Gedanken bei dem verlängerten Wochenende, das sie gerade am Big Bear Lake verbracht hatten.

Wieder einmal hatten sie versucht, die frühere Ungezwungenheit im Umgang miteinander zurückzugewinnen. Und wieder war es ihnen nicht gelungen.

Die Ketten der Vergangenheit ließen sie noch immer nicht los.

Der Tod eines fünfjährigen Sohnes hatte unermeßliche emotionale Folgen. Er legte sich zentnerschwer aufs Gemüt, erstickte jede Heiterkeit schon im Keime, ließ zaghafte Knospen der Freude gar nicht erst erblühen. Jimmy war nun schon seit mehr als viereinhalb Jahren tot, fast so lange, wie sein kurzes Leben gewährt hatte, und doch lastete sein Tod heute noch genauso auf ihnen wie an jenem Tag, als sie ihn verloren hatten. Wie ein überdimensionaler Mond, der sich auf zu naher Umlaufbahn bedrohlich auftürmt.

Während er konzentriert durch die verschmierte Windschutzscheibe schaute, auf der die schneeverkrusteten Scheibenwischer hin und her schrabbten, seufzte Hatch leise. Dann sah er kurz zu Lindsey hinüber und schenkte ihr ein Lächeln. Es war ein schwaches Lächeln, fast maskenhaft, freudlos, müde und melancholisch. Er schien etwas sagen zu wollen, überlegte es sich aber anders und wandte seine Aufmerksamkeit wieder dem Highway zu.

Die drei Fahrspuren – eine abwärts, zwei aufwärts – verschwanden zusehends unter einer Schneedecke. Am Fuße des Abhangs mündete ein kurzer schnurgerader Straßenabschnitt in eine weite, unübersichtliche Kurve. Dieser Teil der Strecke war flach, aber die San Bernardino Mountains lagen noch nicht endgültig hinter ihnen. Die Straße würde noch einmal steil abwärts führen.

In der Kurve änderte sich die Landschaft um sie herum: Rechts ragte nun eine regelrechte Steilwand empor, während auf der anderen Straßenseite ein schwarzer Abgrund gähnte. Weiße Leitplanken warnten vor dieser Schlucht, aber sie waren im Schneegestöber kaum zu erkennen. Ein, zwei Sekunden bevor sie aus der Kurve kamen, hatte Lindsey eine Vorahnung von Gefahr. »Hatch ...«

Vielleicht spürte auch Hatch die Bedrohung, denn Lindsey hatte kaum den Mund geöffnet, als er auch schon leicht auf die Bremse trat und die Geschwindigkeit ein wenig verringerte.

Eine abschüssige gerade Strecke lag vor ihnen, und zwei Fahrstreifen wurden durch einen quer stehenden großen Biertransporter blockiert, nur fünfzehn oder zwanzig Meter entfernt.

Lindsey versuchte »o Gott!« zu murmeln, brachte aber keinen Ton heraus.

Der Fahrer hatte offenbar Bier in eines der Skigebiete in der Gegend liefern wollen und war vom Schneesturm überrascht worden, der erst vor kurzem eingesetzt hatte, aber immerhin noch einen halben Tag früher als vom Wetterbericht vorhergesagt. Ohne Schneeketten griffen die großen Reifen des Lastwagens auf dem vereisten Pflaster nicht, und der Fahrer mühte sich vergeblich ab, seinen Laster wieder in die richtige Position zu bringen und von der Stelle zu bewegen.

Hatch fluchte leise vor sich hin, verlor aber keinen Augenblick die Nerven, sondern trat vorsichtig auf die Bremse. Eine Vollbremsung konnte er nicht riskieren, weil der Honda dadurch gefährlich ins Schleudern geraten würde.

Als er das sich nähernde Scheinwerferlicht bemerkte, sah der Lastwagenfahrer aus dem Seitenfenster hinaus. In der schneeflimmernden Dunkelheit konnte Lindsey sein Gesicht nicht erkennen, nur ein bleiches Oval und zwei schwarze Löcher anstelle der Augen, eine gespenstische Fratze, so als säße irgendein böser Geist am Steuer jenes Fahrzeugs. Oder der Tod höchstpersönlich.

Hatch versuchte den Wagen auf die äußere der beiden Gegenfahrbahnen zu lenken, den einzigen Teil des Highways, der nicht versperrt war.

Lindsey fragte sich unwillkürlich, ob irgendein Fahrzeug, das sie wegen des Lastwagens nicht sehen konnten, gerade den Berg herauffuhr. Einen Frontalzusammenstoß würden sie sogar bei ihrem jetzigen geringen Tempo nicht überleben.

Obwohl Hatch sich verzweifelt abmühte, kam der Honda ins Schleudern. Das Heck glitt nach links, und Lindsey verlor den LKW plötzlich aus den Augen. Die schnellgleitende seitliche Drehung erinnerte an den nahtlosen Übergang von Szene zu Szene in einem Alptraum. Lindseys Magen krampfte sich schmerzhaft zusammen, ihr war übel, und obwohl sie angeschnallt war, preßte sie instinktiv die rechte

Hand gegen die Tür, die linke gegen das Armaturenbrett und spannte alle Muskeln an.

»Halt dich fest«, sagte Hatch, während er das Lenkrad in die Richtung drehte, die der Wagen ohnehin eingeschlagen hatte. Seine einzige Hoffnung, ihn wieder unter Kontrolle zu bringen.

Aber das seitliche Weggleiten ging in eine schwindelerregende Rotation über. Der Honda drehte sich im Kreis, wie ein Karussell ohne Drehorgelmusik: rund herum ... rund herum ... bis der LKW wieder in Sicht kam. Während sie hügelabwärts schlitterten und sich dabei noch immer drehten, war Lindsey einen Moment lang überzeugt, daß ihr Auto unbeschadet an dem anderen Fahrzeug vorbeikommen würde. Sie konnte jetzt die Straße einsehen. Kein Gegenverkehr.

Dann kollidierte die vordere Stoßstange auf Hatchs Seite mit dem hinteren Teil des Lastwagens. Das gepeinigte Metall kreischte und schepperte.

Der Honda bebte, wurde wie durch eine Explosion zurückgeschleudert und prallte rückwärts gegen die Leitplanke. Lindseys Zähne schlugen so hart aufeinander, daß der Schmerz in den Kiefer und bis zu den Schläfen hinauf ausstrahlte, und ihre gegen das Armaturenbrett gestemmte Hand krümmte sich schmerzhaft im Gelenk. Gleichzeitig wurde der Sicherheitsgurt, der diagonal von ihrer rechten Schulter über die Brust zur linken Hüfte führte, plötzlich so straff, daß er ihr den Atem abschnürte.

Das Auto prallte von der Leitplanke ab. Die Kraft reichte für einen erneuten Zusammenstoß mit dem LKW nicht aus, wohl aber für eine erneute Drehung um dreihundertsechzig Grad. Während sie am Laster vorbeischlitterten, versuchte Hatch verzweifelt, den Wagen wieder unter Kontrolle zu bringen, aber das Lenkrad ruckte wie wild hin und her, so heftig, daß er vor Schmerz aufschrie, weil es ihm die Hände aufschürfte.

Das leichte Straßengefälle schien sich plötzlich in einen Steilhang zu verwandeln, so als sauste man im Vergnügungspark mit der Wildwasserbahn den Wasserfall hinab. Lindsey hätte geschrien, wenn es ihr möglich gewesen wäre,

Luft zu holen. Doch obwohl sich der Sicherheitsgurt inzwischen wieder gelockert hatte, verspürte sie in dem diagonalen Streifen über dem Brustkorb noch immer einen solchen Schmerz, daß sie nicht tief einatmen konnte. Dann wurde sie von einer Schreckensvision aufgerüttelt: Der Honda glitt unaufhaltsam auf die nächste Kurve zu, durchbrach die Leitplanke und stürzte ins Leere ... Diese Vorstellung war so grauenhaft, daß sie wie ein heftiger Schlag wirkte, der Lindsey unwillkürlich wieder nach Luft schnappen ließ.

Nach der zweiten Drehung wurde die gesamte Fahrerseite gegen die Leitplanke geschmettert, und sie schrammten etwa zehn Meter daran entlang. Das Kreischen, Scharren, Kratzen von Metall auf Metall war wie die akustische Untermalung zu dem aufstiebenden Funkenflug, der sich mit den Schneeflocken vermischte, so als wären Schwärme von Leuchtkäfern mit Hilfe einer Zeitmaschine plötzlich vom Hochsommer in den Winter versetzt worden und schwirrten jetzt aufgeschreckt umher.

Der schleudernde Wagen kam mit einem Ruck zum Stehen, in leichter Schräglage. Offenbar war die linke vordere Ecke an einem Pfosten hängengeblieben. Einen Moment lang herrschte so tiefe Stille, daß Lindsey davon halb benommen war, bis sie ihr durch geräuschvolles Ausatmen ein Ende bereitete.

Nie zuvor in ihrem Leben hatte sie ein solch überwältigendes Gefühl der Erleichterung verspürt.

Dann bewegte sich das Auto wieder.

Es begann sich nach links zu neigen. Die Leitplanke gab nach, vielleicht durch Korrosion geschwächt oder durch die Erosion des Bodens in Mitleidenschaft gezogen.

»Raus!« schrie Hatch, während er hektisch am Verschluß seines Sicherheitsgurts herumfingerte.

Lindsey blieb keine Zeit mehr, ihren Gurt zu öffnen, geschweige denn, die Tür aufzustoßen und hinauszuspringen. Die Leitplanke zerbarst, und der Honda glitt in den Abgrund hinab. Und noch während es passierte, konnte sie einfach nicht daran glauben. Ihr Gehirn signalisierte das Herannahen des Todes, aber ihr Herz beharrte eigensinnig auf der Unsterblichkeit. Sie hatte sich im Laufe von fast fünf Jahren nicht an Jimmys Tod gewöhnt, so leicht würde sie sich nicht damit abfinden, daß ihr eigenes Ende unmittelbar bevorstand.

Begleitet vom Scheppern der in die Tiefe stürzenden Leitplankenstücke, glitt der Honda seitwärts den vereisten Abhang hinab und überschlug sich, als es immer steiler wurde. Nach Atem ringend, mit rasendem Herzklopfen, im Sicherheitsgurt schmerzhaft von einer Seite zur anderen gezerrt, setzte Lindsey ihre ganze Hoffnung auf einen Baum oder Felsvorsprung, auf irgend etwas, das diesen Höllensturz aufhalten würde. Aber da war nichts. Sie hätte nicht sagen können, wie oft sich der Wagen überschlug – vielleicht nur zweimal –, weil oben und unten und links und rechts jede Bedeutung verloren. Ihr Kopf schlug so hart gegen das Dach, daß sie fast ohnmächtig wurde. Sie wußte nicht, ob sie nach oben geschleudert worden war oder ob das Dach eine tiefe Delle abbekommen hatte, deshalb versuchte sie sich in ihrem Sitz zu ducken, aus Angst, daß das Dach beim nächsten Überschlag weiter nachgeben und ihren Schädel zertrümmern könnte. Die Scheinwerfer zerschnitten die Dunkelheit, und aus den Wunden spritzten Schneeströme hervor. Dann zerbrach die Windschutzscheibe, und Lindsey wurde von den winzigen Splittern des Sicherheitsglases übersät. Von einer Sekunde auf die andere herrschte um sie herum totale Finsternis. Offenbar waren nun die Scheinwerfer ausgefallen, ebenso die Beleuchtung des Armaturenbretts, die sich eben noch in Hatchs schweißnassem Gesicht gespiegelt hatte. Der Wagen rollte wieder aufs Dach und schlitterte in dieser Position weiter in den scheinbar bodenlosen Abgrund, mit dem Donnern von tausend Tonnen Kohle auf einer Stahlrutsche.

Die Dunkelheit war von nahtloser Schwärze, so als befänden Hatch und sie sich nicht im Freien, sondern in einer fensterlosen Geisterbahn, wo sie einen langen Tunnel hinabrasten. Sogar der Schnee, der doch normalerweise auch im Dunkeln noch leuchtete, war plötzlich unsichtbar. Kalte Flocken, vom eisigen Wind durch die zerbrochene Windschutzscheibe getrieben, peitschten ihr ins Gesicht, aber sie konnte sie nicht sehen, nicht einmal die, die an ihren Wimpern hängenblieben. Bei dem schrecklichen Gedanken, daß die Glassplitter ihre Augen verletzt haben könnten, mußte sie gegen eine aufsteigende Panik ankämpfen.

Blindheit.

Das war ihre größte Angst. Sie war Künstlerin. Ihr Talent wurde von dem inspiriert, was ihre Augen beobachteten, und ihre begnadeten Hände verwandelten diese Inspiration in Kunstwerke, angeleitet und kritisch überwacht von ihren Augen. Was sollte ein blinder Maler malen? Welche Hoffnung hatte sie, je wieder etwas zu schaffen, wenn sie plötzlich jenes Sinnes beraubt wäre, auf den sie am meisten angewiesen war.

Gerade als sie losschreien wollte, stieß der Wagen auf den Boden der Schlucht auf und kippte wieder auf die Räder. Der Aufprall war weniger heftig, als sie erwartet hatte. Fast sanft, als wäre der Honda auf einem riesigen Kissen gelandet.

»Hatch?« Ihre Stimme klang rauh.

Nach dem entsetzlichen Lärm während der mörderischen Rutschpartie war sie halb taub, nicht ganz sicher, ob die übernatürliche Stille um sie herum Realität war oder nur Einbildung.

»Hatch?«

Sie schaute nach links, wo er hätte sein müssen, aber sie konnte ihn nicht sehen – auch sonst nichts.

Sie *war* blind.

»O Gott, nein, bitte nicht!«

Ihr war außerdem schwindelig. Das Auto schien sich zu drehen und auf und ab zu tanzen wie ein Papierdrachen in den thermischen Strömungen eines Sommerhimmels.

»Hatch!«

Keine Antwort.

Ihre Benommenheit nahm zu. Der Honda schaukelte und schwankte noch heftiger als zuvor. Lindsey fürchtete das Bewußtsein zu verlieren. Wenn Hatch verletzt war, könnte er verbluten, während sie ohnmächtig war und ihm nicht helfen konnte.

Sie tastete blindlings umher. Er war auf dem Fahrersitz in sich zusammengesunken. Sein Kopf war auf die Schulter gesackt, ihr zugeneigt. Sie berührte sein Gesicht, und er bewegte sich nicht. Etwas Warmes und Klebriges bedeckte seine rechte Wange und Schläfe. Blut. Aus einer Kopfwunde. Mit zitternden Fingern ertastete sie seinen Mund und schluchzte vor Erleichterung auf, als sie seinen heißen Atem zwischen den leicht geöffneten Lippen spürte.

Er war bewußtlos, nicht tot.

Während sie nervös am Schnappverschluß des Sicherheitsgurtes herumfingerte, hörte sie neue Geräusche, die sie nicht identifizieren konnte. Ein leises Klopfen. Hungriges Schlabbern. Unheimliches glucksendes Kichern. Sie erstarrte sekundenlang und suchte krampfhaft nach einer logischen Erklärung für diese gräßlichen Laute.

Ohne Vorwarnung kippte der Honda leicht nach vorne, und ein Schwall eisigen Wassers ergoß sich durch die zerbrochene Windschutzscheibe auf Lindseys Schoß. Sie schnappte überrascht nach Luft, als diese arktische Dusche sie bis auf die Haut durchnäßte, und begriff plötzlich, daß ihre Empfindungen gar nichts mit Benommenheit zu tun hatten. Das Auto bewegte sich *tatsächlich. Es* trieb im Wasser. Sie waren in einem See oder Fluß gelandet. Wahrscheinlich in einem Fluß. Die ruhige Oberfläche eines Sees wäre nicht so bewegt.

Der Schock des kalten Wassers lähmte sie kurzfristig und ließ sie vor Schmerz zusammenfahren, doch als sie die Augen öffnete, konnte sie wieder sehen. Die Autoscheinwerfer waren erloschen, aber die Leuchtanzeigen am Armaturenbrett funktionierten noch. Sie hatte offenbar an hysterischer Blindheit und nicht an einer echten physischen Verletzung gelitten.

Viel konnte sie nicht sehen, aber es gab auch nicht viel zu sehen auf dem Grund dieser in tiefes Dunkel gehüllten Schlucht. Splitter von matt schimmerndem Glas säumte den Rahmen der zerschellten Windschutzscheibe. Das ölige Wasser draußen war nur aufgrund eines silbrigen Widerscheins zu erkennen, der der gekräuselten Oberfläche schwachen Glanz verlieh und die darauf treibenden Eisschollen wie dunkle Juwelen funkeln ließ. Die Ufer wären in totaler Finsternis versunken, hätte der Schnee die kahlen Felsen, das Unterholz und die Erde nicht mit einer gespenstischen weißen Decke geschmückt. Der Honda schien jetzt durch den Fluß zu fahren: Etwa auf halber Höhe der Motorhaube teilte sich das Wasser V-förmig, als wäre der Wagen ein Schiffsbug, und schlug gegen die unteren Rahmen der Seitenfenster. Sie wurden stromabwärts getrieben, und es war zu befürchten, daß die Strömung immer stärker werden würde. Irgendwo lauerten bestimmt auch Stromschnellen oder Felsen. Vielleicht sogar noch Schlimmeres. Lindsey erfaßte die extrem gefährliche Situation auf den ersten Blick, aber sie war noch immer so erleichtert über ihre zurückgewonnene Sehkraft, daß sie jedes Bild dankbar aufnahm, selbst ein derart bedrohliches.

Vor Kälte zitternd befreite sie sich von dem hinderlichen Sicherheitsgurt und wandte sich dann wieder Hatch zu. Sein Gesicht nahm sich im unwirklichen Schein der Armaturenbeleuchtung gespenstisch aus: eingesunkene Augen, wächserne Haut, weiße Lippen. Aus der Wunde auf der rechten Kopfseite sickerte Blut, aber Lindsey war schon heilfroh, daß es nicht hervorspritzte. Sie rüttelte ihn sanft, dann etwas stärker, rief seinen Namen.

Es würde alles andere als einfach sein, aus dem Wagen herauszukommen, solange er flußabwärts getragen wurde – besonders, da er sich jetzt schneller vorwärtsbewegte. Aber sie mußten zumindest darauf vorbereitet sein, den Honda so schnell wie möglich zu verlassen, wenn er an einem Felsen oder an einem der Ufer strandete. Vielleicht würde die Möglichkeit, dieser tödlichen Falle zu entrinnen, nur von sehr kurzer Dauer sein.

Hatch reagierte nicht.

Der Wagen ruckte plötzlich, und der vordere Teil sank tiefer ein. Wieder flutete eisiges Wasser durch die zerbrochene Windschutzscheibe. Die Wirkung war fast wie bei einem Elektroschock: Lindseys Herzschlag setzte aus, ebenso ihr Atem.

Diesmal hob die Strömung das Vorderteil des Honda nicht wieder an. Offenbar war der Fluß an dieser Stelle seichter und besaß deshalb weniger Hubkraft. Das Wasser drang weiterhin ungehindert ein und reichte Lindsey nach kürzester Zeit bis zu den Waden. Sie sanken.

»Hatch!« Sie schrie jetzt, schüttelte ihn heftig, ohne Rücksicht auf seine Verletzungen. Das Wasser strömte unaufhaltsam herein und durchnäßte bereits die Sitze. Es schäumte, und dieser Schaum erinnerte im bernsteinfarbenen Licht des Armaturenbretts an Flittergoldgirlanden am Weihnachtsbaum.

Lindsey zog ihre Füße aus dem Wasser, kniete sich auf den Sitz und bespritzte Hatchs Gesicht, in der verzweifelten Hoffnung, ihn dadurch aufwecken zu können. Aber er war in tiefe Schichten der Bewußtlosigkeit gesunken, die mit einem noch so festen Schlaf wenig gemeinsam hatten, vielleicht in ein Koma, das so bodenlos war wie ein Graben mitten im Ozean.

Das strudelnde Wasser erreichte den unteren Rand des Lenkrads.

Lindsey zerrte hektisch an Hatchs Sicherheitsgurt, um ihn davon zu befreien, und registrierte nur ganz am Rande den brennenden Schmerz, als sie sich mehrere Fingernägel einriß.

»Hatch, verdammt noch mal!«

Das Wasser reichte schon bis zur Mitte des Lenkrads, und der Honda bewegte sich kaum noch vorwärts. Er war inzwischen so schwer, daß der Druck der Strömung nicht ausreichte, um ihn fortzutragen.

Hatch war nur mittelgroß, einen Meter siebenundsiebzig, und hundertsechzig Pfund schwer, aber er hätte ebensogut ein Riese sein können. Sein Eigengewicht vereitelte Lindseys verzweifelte Bemühungen, ihn von der Stelle zu bewegen. Sie zog, zerrte und riß an dem Gurt, und als sie ihren Mann endlich davon befreit hatte, stand das Wasser über dem Armaturenbrett, für sie in Brusthöhe. Hatch reichte es aber schon bis zum Kinn, weil er auf dem Sitz zusammengesunken war.

Der Fluß war unglaublich kalt, und Lindsey fühlte, wie die Wärme aus ihrem Körper gepumpt wurde, so schnell, als würde Blut aus einer durchtrennten Arterie hervorschießen. Und während die Wärme aus ihr herausströmte, drang Kälte ein, und ihre Muskeln begannen zu schmerzen.

Trotzdem begrüßte sie die steigende Flut, denn der damit verbundene Auftrieb würde es ihr erleichtern, Hatch unter dem Lenkrad hervorzuziehen und durch die zerschellte Windschutzscheibe ins Freie zu hieven. Das war jedenfalls ihre Theorie, aber als sie an ihm zog, schien er noch schwerer zu sein als zuvor, und jetzt reichte ihm das Wasser bis zu den Lippen.

»Nun mach schon, mach schon«, murmelte sie wütend, »du wirst ertrinken, verdammt noch mal!«

2

Bill Cooper schaffte es endlich, seinen Biertransporter an den Straßenrand zu fahren. Dann gab er sofort einen Funkspruch durch. Ein anderer Fernfahrer, der zum Glück außer dem Funkgerät auch ein Autotelefon besaß, antwortete und versprach, Polizei und Notarzt im nahegelegenen Big Bear zu verständigen.

Bill hängte das Sprechgerät ein, holte eine langstielige, von sechs Batterien betriebene Taschenlampe unter dem Fahrersitz hervor und sprang in den Sturm hinaus. Der eisige Wind drang sogar durch seine mit Lammfell gefütterte Jeansjacke, aber die Winternacht fühlte sich nicht halb so kalt an wie sein Magen, der sich fast umgedreht hatte, als er mit ansehen mußte, wie der Honda ins Schleudern geriet, den Highway hinabschlitterte und schließlich mitsamt seinen unglückseligen Insassen in den Abgrund stürzte.

Er hastete über das glatte Pflaster zu der Stelle, wo ein Stück der Leitplanke fehlte. Er hoffte, den Honda ganz in der Nähe zu entdecken, von Baumstämmen aufgehalten. Aber an diesem Steilabhang wuchsen keine Bäume; die abschüssige Fläche war ebenmäßig, mit einer dicken Schneeschicht von früheren Stürmen bedeckt. Bill konnte den Weg des verunglückten Wagens deutlich erkennen – eine breite, tiefe Narbe im Schnee, soweit der Strahl seiner Taschenlampe reichte.

Lähmendes Schuldbewußtsein durchfuhr ihn. Er hatte wieder getrunken. Nicht viel. Ein paar Schlucke aus dem Flachmann, den er immer bei sich hatte. Er hatte sich absolut nüchtern gefühlt, als er die Fahrt ins Gebirge angetreten hatte. Jetzt war er sich nicht mehr so sicher. Er fühlte sich … nun ja, benebelt. Und mit einem Male kam es ihm töricht vor, daß er versucht hatte, Bier auszuliefern, obwohl sich das Wetter so rapide verschlechterte.

Unter ihm schien die Schlucht auf übernatürliche Weise bodenlos zu sein, und die unergründliche Tiefe erweckte in Bill die Vorstellung, als blickte er in die Verdammnis hinab, die ihn nach dem Ende seines Lebens erwarten würde. Ihn lähmte jenes Gefühl von Nichtigkeit, das mitunter sogar die besten Menschen überkommt – normalerweise allerdings um drei Uhr morgens, wenn sie allein im Bett liegen und die sinnlosen Schattenmuster an der Decke anstarren.

Dann teilten sich die Schneevorhänge für kurze Zeit, und er konnte erkennen, daß die Schlucht doch nicht so tief war, wie er befürchtet hatte, schätzungsweise dreißig bis vierzig Meter. Er trat einen Schritt nach vorn, in der Absicht, den gefährlich steilen Abhang hinabzusteigen und den Überlebenden zu helfen – falls es Überlebende gab. Aber dann zögerte er auf dem schmalen Streifen flachen Bodens am Rande des Abgrunds, weil der Whiskey ihn benommen machte, aber auch, weil er nicht sehen konnte, wo der Wagen zum Stehen gekommen war.

Ein gewundener schwarzer Streifen zog sich wie ein Band aus Satin durch den Schnee dort unten und kreuzte die Spuren, die der Wagen hinterlassen hatte. Bill zwinkerte verständnislos, als starrte er auf ein abstraktes Gemälde, bis ihm schließlich einfiel, daß es am Boden der Schlucht einen Fluß gab.

Das Auto war in diesen ebenholzfarbenen Wasserstreifen gestürzt.

Nach einem Winter mit extrem starken Schneefällen war es vor einigen Wochen wärmer geworden, und die Schneeschmelze hatte vorzeitig eingesetzt. Kürzlich war der Winter zwar noch einmal zurückgekehrt, aber der Fluß hatte nicht genug Zeit gehabt, eine neue feste Eisdecke zu bilden. Die Wassertemperatur mußte bei wenigen Grad über Null liegen. Selbst wenn ein Wageninsasse den Absturz überlebt hatte und auch nicht ertrunken war, würde er sehr schnell erfrieren.

Wenn ich nüchtern gewesen wäre, dachte er, wäre ich bei diesem Wetter umgekehrt. Ich bin eine jämmerliche Figur, ein versoffener Bierfahrer, dem es sogar an der Loyalität fehlt, sich wenigstens auch mit Bier vollaufen zu lassen. Herrgott noch mal!

Nur weil er so eine jämmerliche Figur war, mußten Menschen sterben. Er fühlte Übelkeit in sich aufsteigen, unterdrückte aber den Brechreiz.

Fieberhaft ließ er seine Blicke durch die dunkle Schlucht schweifen, bis er ein gespenstisches Leuchten wie von einem außerirdischen Wesen bemerkte, das sich rechts von ihm stromabwärts bewegte. Weiches bernsteinfarbenes Licht, das im Schneetreiben verschwand und wieder auftauchte. Das mußte die Innenbeleuchtung des Honda sein, der den Fluß hinuntertrieb.

Um sich vor dem eisigen Wind so gut es ging zu schützen, zog Bill den Kopf möglichst tief zwischen die Schultern, während er am Rand des Abhangs durch den Schnee stapfte, wobei er sich vorsichtshalber an der Leitplanke festhielt, für den Fall, daß er ausrutschen würde. Er folgte der Richtung des unten im Wasser treibenden Wagens und versuchte dabei, ihn nicht aus den Augen zu verlieren. Anfangs schwamm der Honda sehr schnell, wurde dann aber immer langsamer. Schließlich bewegte er sich überhaupt nicht mehr von der Stelle. Vielleicht war er an einem Felsen oder an einem Ufervorsprung hängengeblieben.

Das Licht wurde allmählich schwächer, so als wäre die Batterie bald erschöpft.

3

Obwohl sie Hatch vom Sicherheitsgurt befreit hatte, schaffte Lindsey es nicht, ihn zu bewegen, vielleicht weil seine Kleider sich irgendwo verfangen hatten oder weil sein Fuß unter dem Gaspedal oder unter dem Sitz eingeklemmt war.

Das Wasser stieg über Hatchs Nase. Lindsey konnte seinen Kopf nicht höher halten. Er mußte jetzt den Fluß einatmen.

Sie ließ ihn los, weil sie hoffte, daß die Atemnot ihn endlich zu sich bringen würde, daß er hustend und spuckend und spritzend von seinem Sitz hochspringen würde, aber auch, weil ihr die Energie fehlte, noch weiter um ihn zu kämpfen. Ihre eigenen Kräfte ließen im eisigen Wasser rasch nach. Mit erschreckender Schnelligkeit wurden ihre Glieder taub. Die von ihr ausgeatmete Luft schien genauso kalt zu sein wie die eingeatmete, als hätte ihr Körper überhaupt keine Wärme mehr abzugeben.

Der Wagen bewegte sich nicht mehr. Er ruhte jetzt auf dem Grund des Flusses, mit Wasser gefüllt und von dessen Gewicht in die Tiefe gezogen, nur dicht unter dem Dach gab es noch eine Luftblase. Dorthin preßte Lindsey ihr Gesicht und schnappte verzweifelt nach Luft.

Sie wimmerte leise vor sich hin, mit den winselnden Lauten eines geängstigten Tieres. Erfolglos versuchte sie sich zusammenzunehmen.

Das gespenstische, vom Wasser gebrochene Licht des Armaturenbretts wurde schwächer und ging von bernsteinfarben in ein trübes Gelb über.

Etwas Dunkles in ihr wollte aufgeben, wollte diese Welt loslassen und weit weg von hier an einen besseren Ort. Diese innere Stimme redete leise und ruhig auf sie ein: *Kämpfe nicht, es gibt ohnehin nichts mehr, wofür es sich zu leben lohnte. Jimmy ist schon so lange tot, so schrecklich lange, und jetzt ist auch Hatch tot oder so gut wie tot, laß einfach los, ergib dich, vielleicht wirst du im Himmel aufwachen und dort wieder mit ihnen vereint sein …* Es war eine einlullende Stimme von geradezu hypnotischer Überzeugungskraft.

Die restliche Luft reichte höchstens noch für einige Minuten, wenn überhaupt so lange, und sie würde in dem Auto sterben, wenn sie sich nicht schleunigst daraus rettete.

Hatch ist tot, seine Lunge ist voll Wasser, er wird bald nichts als Fischfutter sein, gib es auf, es hat doch sowieso alles keinen Sinn mehr. Hatch ist tot …

Die Luft, die sie schluckte, nahm einen immer saureren und metallischen Geschmack an. Sie konnte nur noch flache Atemzüge machen, so als wäre ihre Lunge geschrumpft.

Wenn ihr noch ein Rest an Körperwärme geblieben war, so bemerkte sie jedenfalls nichts davon. Als Reaktion auf die

Kälte krampfte sich ihr Magen zusammen, und sogar die eklige Masse, die ihr immer wieder in die Kehle stieg und die sie jedesmal hinunterwürgte, schien nichts anderes als schmutziger Schneematsch zu sein.

Hatch ist tot, Hatch ist tot …

»Nein«, flüsterte sie in barschem, zornigem Ton. »Nein, nein!«

Auflehnung brauste wie ein gewaltiger Sturm durch sie hindurch: Hatch konnte nicht tot sein. Undenkbar. Nicht Hatch, der nie einen Geburts- oder Jahrestag vergaß, der ihr ohne besonderen Anlaß Blumen schenkte, der nie die Beherrschung verlor und selten die Stimme erhob. Nicht Hatch, der für die Probleme anderer immer ein offenes Ohr hatte, der einem in Not geratenen Freund stets bereitwillig unter die Arme griff, dessen größter Fehler darin bestand, daß er viel zu gutmütig war. Er konnte nicht tot sein, er durfte nicht tot sein. Er war nicht tot. Er joggte täglich sieben Kilometer, ernährte sich gesund, mit wenig Fett und viel Obst und Gemüse, mied sowohl Koffein als auch entkoffeinierte Getränke. Zählte das alles denn gar nichts, verdammt noch mal? Er legte sich im Sommer nie ungeschützt in die Sonne, rauchte nicht, trank an einem Abend nie mehr als zwei Bier oder zwei Glas Wein und war zu gelassen, um jemals eine streßbedingte Herzkrankheit zu bekommen. Zählten Selbstdisziplin und Verzicht denn gar nichts? War die Schöpfung so total verkorkst, daß es überhaupt keine Gerechtigkeit mehr gab? Ja doch, es hieß, die Besten stürben jung, und bei Jimmy war das bestimmt der Fall gewesen, und Hatch war noch keine vierzig, jung in jeder Hinsicht, okay, zugegeben, aber es hieß doch auch, daß Tugend belohnt würde, und hier gab es jede Menge Tugend, verflucht, eine Riesenmenge Tugend, und das müßte doch irgend etwas zählen, es sei denn, daß Gott überhaupt nicht zuhörte, sich um gar nichts kümmerte, daß die Welt ein noch grausamerer Ort war, als sie bisher geglaubt hatte.

Sie weigerte sich, das hinzunehmen.

Hatch. War. Nicht. Tot.

Sie holte so tief Luft, wie sie nur konnte. Gerade als das Licht endgültig erlosch und sie wieder blind werden ließ, tauchte sie ins Wasser und kroch durch den Rahmen der nicht mehr vorhandenen Windschutzscheibe auf die Motorhaube.

Sie war jetzt nicht nur blind, sondern buchstäblich aller fünf Sinne beraubt. Sie konnte nichts außer ihrem eigenen wilden Herzklopfen hören, denn das Wasser dämpfte erfolgreich alle Geräusche. Von ihrem Geruchs- und Geschmackssinn Gebrauch zu machen würde die harte Strafe des Ertrinkens zur Folge haben. Und die betäubende Wirkung des eisigen Flusses war so stark, daß sie nur noch einen winzigen Bruchteil ihres Tastsinnes besaß. Sie kam sich deshalb wie ein körperloses Wesen vor, das im Fegefeuer – was immer das auch sein mochte – auf sein endgültiges Urteil wartete.

In der Annahme, daß der Fluß nicht viel tiefer war als das Auto und daß sie deshalb nicht lange brauchen würde, um an die Wasseroberfläche zu gelangen und Luft zu holen, versuchte sie noch einmal, Hatch zu befreien. Auf der Motorhaube liegend und sich mit gefühlloser Hand am Rahmen der Windschutzscheibe festhaltend, um dem natürlichen Auftrieb ihres Körpers Widerstand leisten zu können, tastete sie im Dunkeln umher, bis sie schließlich das Lenkrad und dann auch ihren Mann fand.

Endlich fühlte sie wieder Wärme in sich aufsteigen, aber es war keine positive Energie. Vielmehr begann ihre Lunge aus Atemnot zu brennen.

Sie packte Hatch am Jackett und zog mit aller Kraft – und zu ihrer Überraschung trieb er von seinem Sitz empor, plötzlich nicht mehr irgendwo eingeklemmt, sondern frei und leicht beweglich. Er blieb am Lenkrad hängen, aber nur kurz, und dann konnte Lindsey ihn durch die Windschutzscheibe ziehen, während sie selbst auf der Motorhaube rückwärts kroch, um ihm Platz zu machen.

Ein heißer, pulsierender Schmerz erfüllte ihre Brust. Das Bedürfnis zu atmen wurde schier unerträglich, aber noch konnte sie ihm widerstehen.

Sie riß Hatch in ihre Arme und stieß sich erst dann zur Oberfläche hin ab. Er war bestimmt ertrunken, und höchstwahrscheinlich umklammerte sie eine Leiche, aber dieser makabre Gedanke machte ihr nichts aus. Wenn es ihr gelang, ihn ans Ufer zu bringen, konnte sie künstliche Beatmung versuchen. Obwohl die Chance sehr gering war, daß ihre Wiederbelebungsversuche erfolgreich sein würden, blieb doch immerhin noch ein Funken Hoffnung. Er war nicht wirklich tot, war keine richtige Leiche, bis auch der letzte Hoffnungsschimmer erlosch.

An der Oberfläche fiel sofort ein heulender Wind über sie her, und verglichen damit kam ihr sogar das eisige Wasser plötzlich fast warm vor. Als diese Luft in ihre brennende Lunge stieß, stockte ihr Herzschlag, und ihre Brust zog sich vor Schmerz zusammen. Es kostete sie große Überwindung, überhaupt ein zweites Mal einzuatmen.

Sie hielt Hatch krampfhaft fest, während sie mit den Füßen Wasser trat und innerlich fluchend spuckte und schnaubte, weil die Wellen ihr immer wieder ins Gesicht schlugen. Die Natur schien lebendig zu sein, ein riesiges feindseliges Tier, und so unvernünftig das auch sein mochte, fühlte sie doch Zorn auf den Fluß und den Sturm in sich aufsteigen, so als wären es Geschöpfe, die sich absichtlich gegen sie verschworen hatten.

Sie versuchte sich zu orientieren, aber das war alles andere als einfach, im Dunkeln, bei brausendem Wind und ohne festen Boden unter den Füßen. Als sie das Ufer sah, dessen Schneedecke ein wenig schimmerte, wollte sie mit Hatch im Schlepptau darauf zuschwimmen, aber die Strömung war viel zu stark, und sogar wenn sie beide Arme hätte einsetzen können, wäre sie nicht dagegen angekommen. So wurden Hatch und sie stromabwärts getrieben, vom Sog mehrfach unter Wasser gezogen, aber jedesmal wieder in die Winterluft zurückgestoßen, und von Ästen und Eisschollen zerkratzt, die ebenfalls im Fluß gefangen waren. Unerbittlich riß er seine hilflosen Opfer mit sich, den tödlichen Wasserfällen oder Stromschnellen entgegen, die auf seinem Weg vom Gebirge ins Tal mit Sicherheit irgendwo lauerten.

4

Er hatte zu trinken begonnen, als Myra ihn verließ. Ohne Frau war er nie mit dem Leben zurechtgekommen. Junge, was für eine Entschuldigung. Würde Gott der Allmächtige irgend etwas anderes tun, als ihn mit Verachtung zu strafen, wenn der Tag des Jüngsten Gerichts anbrach?

Sich immer noch an der Leitplanke festhaltend, kauerte Bill Cooper unschlüssig am Rand des Steilabhangs und starrte angestrengt zum Fluß hinab. Hinter den Schneevorhängen waren die Lichter des Honda erloschen.

Er traute sich nicht, seinen Blick von der dunkel gewordenen Stelle dort unten abzuwenden und auf dem Highway nach dem Rettungsdienst Ausschau zu halten. Er befürchtete, den Männern dann keine exakten Angaben mehr über den verschwundenen Lichtpunkt machen zu können und sie versehentlich zu einem falschen Uferabschnitt zu dirigieren. Die verschwommene Schwarzweißwelt am Fluß bot wenig markante Anhaltspunkte.

»Los, nun beeilt euch doch«, murmelte er.

Der Wind, der Bill ins Gesicht peitschte, ihm Tränen in die Augen trieb und seinen Schnurrbart mit Schnee verkrustete, heulte so laut, daß er die Sirenen übertönte, bis die Fahrzeuge ein Stück hügelaufwärts um die Kurve bogen und die Nacht mit ihren Scheinwerfern und Blaulichtern belebten. Bill erhob sich und schwenkte die Arme, um ihre Aufmerksamkeit auf sich zu lenken, ließ den Fluß dabei aber nach wie vor nicht aus den Augen.

Hinter ihm hielten die Wagen am Straßenrand. Weil eine der Sirenen schneller verstummte als die andere, wußte er, daß es zwei Fahrzeuge waren, wahrscheinlich eine Polizeistreife und ein Rettungswagen.

Sie würden seine Whiskeyfahne riechen. Nein, in diesem Sturm und bei dieser Eiseskälte vielleicht doch nicht. Er war überzeugt, daß er für seine Tat den Tod verdiente – aber falls er nicht sterben sollte, dann, fand er, hatte er es nicht verdient, seinen Job zu verlieren. Es waren schwere Zeiten. Eine Rezession. Gute Jobs waren nicht leicht zu bekommen.

Der Widerschein der sich drehenden Warnlichter zauberte

in der Nacht stroboskopische Effekte hervor, so daß sich die Realität in einen abgehackten und technisch mangelhaften Trickfilm zu verwandeln schien, in dem der leuchtend rote Schnee wie blutiger Gischt zögernd aus den Wunden des Himmels tropfte.

5

Früher als Lindsey gehofft hatte, wurden Hatch und sie gegen eine Ansammlung glattgewaschener Felsen geschwemmt, die mitten im Flußlauf emporragten wie stark abgenutzte Zähne. Glücklicherweise war die Lücke, in die sie gedrückt wurden, so schmal, daß die Strömung sie nicht weiter mit sich forttragen konnte. Das Wasser schäumte und gurgelte um sie herum, aber mit den Felsen im Rücken brauchte Lindsey wenigstens nicht mehr gegen die gefährliche Gegenströmung anzukämpfen.

Sie fühlte sich völlig ausgelaugt. Ihre schlaffen Muskeln gehorchten ihr kaum noch, und es fiel ihr immer schwerer zu verhindern, daß Hatchs Kopf vornüber ins Wasser sank, obwohl das nun, da sie nicht mehr gegen den Fluß ankämpfen mußte, eigentlich relativ einfach hätte sein sollen.

Obwohl sie es nicht fertigbrachte, Hatch einfach loszulassen, war es im Grunde doch sinnlos, seinen Kopf über Wasser zu halten: er war ertrunken. Sie konnte sich nicht vormachen, daß er noch lebte. Und mit jeder Minute wurde es unwahrscheinlicher, daß künstliche Beatmung ihn noch wiederbeleben könnte. Aber sie würde nicht aufgeben. Sie *wollte* nicht aufgeben. Sie wunderte sich selbst über ihre leidenschaftliche Weigerung, die Hoffnung aufzugeben, hatte sie doch kurz vor dem Unfall noch geglaubt, nie wieder Hoffnung haben zu können.

Die beißende Kälte des Wassers betäubte nicht nur Lindseys Körper, sondern benebelte auch ihren Verstand. Sie versuchte vergeblich, sich zu konzentrieren und einen Plan zu entwickeln, wie sie von der Flußmitte ans Ufer gelangen könnte. Es war ihr unmöglich, auch nur einen klaren Gedanken zu fassen. Sie wußte, daß Schläfrigkeit eine Begleiterscheinung von starker Unterkühlung war, daß ein Eindösen zu tieferer Bewußtlosigkeit und letzten Endes zum Tode führen würde. Sie war fest entschlossen, um jeden Preis wach und auf der Hut zu bleiben – aber plötzlich merkte sie, daß sie die Augen geschlossen hatte und nahe daran gewesen war, dem schier übermächtigen Schlafbedürfnis nachzugeben.

Angst durchzuckte sie wie ein Blitz. In ihren Muskeln regten sich neue Kräfte. Sie zwinkerte fieberhaft mit eisverklebten Wimpern, denn ihre Körperwärme reichte nicht mehr aus, den Schnee schmelzen zu lassen. Als sie an Hatch vorbei an den runden Steinen entlangspähte, stellte sie fest, daß das rettende Ufer nur knapp fünf Meter entfernt war. Wenn die Felsen dicht beieinander lagen, könnte sie Hatch vielleicht an Land schleppen, ohne durch einen Spalt geschwemmt und stromabwärts getrieben zu werden.

Ihr Sehvermögen hatte sich mittlerweile jedoch soweit an die Dunkelheit gewöhnt, daß sie eine etwa anderthalb Meter breite Lücke erkennen konnte, wo sich der geduldige Fluß in Jahrhunderten einen Weg durch den Granit gebahnt hatte. Diese Lücke befand sich etwa auf halber Strecke zwischen ihr und dem Ufer. Das ebenholzfarbene Wasser schimmerte matt unter einem zarten Spitzenschal aus Eis und wurde vor dem Spalt immer schneller; auf der anderen Seite schoß es mit gewaltiger Kraft hervor, daran gab es für Lindsey überhaupt keinen Zweifel.

Sie wußte, daß sie viel zu schwach war, um dieses Hindernis überwinden zu können. Hatch und sie würden von der Strömung mitgerissen werden, dem sicheren Tod entgegen.

Als es ihr gerade wieder verführerisch vorzukommen begann, einfach den Widerstand aufzugeben und in einen endlosen Schlaf zu sinken, anstatt den sinnlosen Kampf gegen die feindliche Macht der Natur fortzusetzen, sah sie seltsame Lichter am oberen Rand der Schlucht, einige hundert Meter flußaufwärts. Sie war so verwirrt und ihr Verstand von der Kälte so betäubt, daß die kreisenden Lichtstrahlen für sie im ersten Augenblick etwas Gespenstisches, Geheimnisvolles, Übernatürliches hatten, so als blickte sie zur wundersamen Aura einer schwebenden göttlichen Präsenz empor.

Nur ganz allmählich begriff sie, daß dort oben auf dem Highway die Warnleuchten von Polizei oder Rettungsdienst blinkten, und gleich darauf entdeckte sie auch den hellen Schein von Taschenlampen, deren Strahlen die Finsternis wie Silberschwerter durchschnitten. Die Retter hatten den Steilabhang schon bewältigt und waren höchstens hundert Meter entfernt, an der Stelle, wo das Auto versunken war.

Sie rief nach ihnen, aber ihr Schrei war nicht lauter als ein Flüstern. Sie versuchte es noch einmal, mit größerem Erfolg, aber der heulende Wind übertönte offenbar auch diesmal ihre Stimme, denn die Taschenlampen blieben weiterhin auf jenen Uferabschnitt und das unruhige Wasser gerichtet, glitten dort suchend hin und her.

Sie bemerkte plötzlich, daß Hatch wieder aus ihren Armen zu gleiten drohte. Sein Gesicht war unter Wasser.

Lindseys Angst schlug blitzschnell und für sie selbst unerwartet wieder in Zorn um. Sie war wütend auf den Lastwagenfahrer, der sich im Gebirge von einem Schneesturm überraschen ließ, wütend auf sich selbst wegen ihrer körperlichen Schwäche, sie war aus unerfindlichen Gründen wütend auf Hatch, sie war wütend auf den kalten und gnadenlosen Fluß, und sie war außer sich vor Wut auf Gott, der ein so gewalttätiges und ungerechtes Universum erschaffen hatte.

Der Zorn verlieh ihr mehr Kraft als ihre Angst. Sie verschränkte ihre halb erfrorenen Hände, um Hatch besser festhalten zu können, zog seinen Kopf wieder aus dem Wasser und stieß einen gellenden Hilfeschrei aus, der lauter war als die klagende Stimme des Windes. Stromaufwärts schwenkten alle Taschenlampen sofort suchend in ihre Richtung.

6

Das verunglückte Paar sah aus, als wäre es schon tot. Von den Taschenlampen angestrahlt, schwammen die beiden Gesichter auf dem dunklen Wasser, gespenstisch weiß – durchsichtig, unwirklich, verloren.

Lee Reedman, ein County Deputy Sheriff aus San Bernardino, der für Rettungseinsätze ausgebildet war, watete ins Wasser, um die Todeskandidaten an Land zu bringen, wobei er sich an den Felsen stützte, die in den Fluß hineinragten. Er war mit einem zentimeterdicken Nylontau gesichert, das eine Reißfestigkeit von viertausend Pfund hatte, am Stamm einer großen Fichte befestigt war und von zwei anderen Polizisten festgehalten und langsam ausgelassen wurde.

Er hatte seinen Parka ausgezogen, aber die Uniform und die Stiefel anbehalten. Bei einer derart starken Strömung war an Schwimmen sowieso nicht zu denken, so daß er nicht befürchten mußte, durch seine Kleidung behindert zu werden. Und sie würde, sogar noch in klatschnassem Zustand, die beißende Kälte immerhin ein klein wenig abhalten und dafür sorgen, daß seine Körpertemperatur nicht ganz so schnell sank.

Doch schon eine Minute nachdem er in den Fluß gestiegen war, etwa auf halber Strecke zu den Verunglückten, hatte Lee das Gefühl, als wäre ihm ein Kühlmittel in den Blutkreislauf injiziert worden. Er konnte sich nicht vorstellen, daß er noch mehr gefroren hätte, wenn er sich nackt in diese eisigen Fluten gestürzt hätte.

Er hätte lieber auf das Winter-Rettungsteam gewartet, das bereits unterwegs war, denn das waren Männer, die Erfahrung darin hatten, Skifahrer aus Lawinen zu befreien und sorglose Schlittschuhläufer zu retten, die durch eine zu dünne Eisdecke eingebrochen waren. Dieses Team war mit wasserisolierten Schutzanzügen und allem anderen notwendigen Zubehör ausgestattet. Aber die Situation ließ keinen Aufschub zu; die Leute im Fluß würden nicht durchhalten, bis die Spezialisten eintrafen.

Er kam zu einer anderthalb Meter breiten Lücke zwischen den Felsen, durch die das Wasser mit einer Kraft schoß, als würde es auf der anderen Seite von einer riesigen Pumpe angesaugt. Er wurde von der Strömung umgeworfen, aber die Männer am Ufer hielten das Seil so straff, daß er nicht in den Spalt abgetrieben wurde. Er schluckte einen Mundvoll Wasser, das so bitterkalt war, daß seine Zähne schmerzten, und ruderte wild mit den Armen, aber schließlich fand er Halt am nächsten Felsen und zog sich hinüber.

Eine Minute später erreichte Lee, nach Atem ringend und vor Kälte zitternd, das Paar. Der Mann war bewußtlos, aber die Frau nahm ihre Umgebung noch wahr. Die sich überlappenden Strahlen der Taschenlampen am Ufer zuckten über die Gesichter der beiden, die in schrecklicher Verfassung waren. Das Fleisch der Frau schien geschrumpft zu sein und alle Farbe verloren zu haben, so daß die natürliche Phosphoreszenz der Knochen sich bemerkbar machte und den Schädel unter ihrer Haut enthüllte, als wäre er eine brennende Laterne. Ihre Lippen waren so weiß wie ihre Zähne; abgesehen von ihrem tropfnassen schwarzen Haar waren nur die Augen dunkel, tief eingesunken wie die Augen einer Leiche und trübe vor Schmerz und Todesangst. Lee konnte unter diesen Umständen ihr Alter nur sehr grob schätzen, und er hätte beim besten Willen nicht sagen können, ob sie häßlich oder attraktiv war, aber er sah auf den ersten Blick, daß ihre Kraftreserven völlig erschöpft waren, daß nur noch ein eiserner Wille sie am Leben hielt.

»Meinen Mann zuerst«, sagte sie und schob den Bewußtlosen in Lees Arme. Ihre schrille Stimme brach mehrmals. »Er hat eine Kopfverletzung, braucht Hilfe, beeilen Sie sich, los, schnell, verdammt noch mal!«

Ihre Wut störte Lee nicht. Er wußte, daß sie nicht gegen ihn gerichtet war und daß sie ihr die Kraft zum Durchhalten gab.

»Halten Sie sich fest. Wir gehen gemeinsam.« Er hob die Stimme, damit sie ihn trotz des brausenden Windes und des tosenden Flusses hören konnte. »Kämpfen Sie nicht gegen die Strömung an, versuchen Sie nicht, sich an den Felsen festzuhalten oder mit den Füßen auf dem Boden zu bleiben. Sie werden uns leichter an Land ziehen können, wenn wir uns vom Wasser tragen lassen.«

Sie schien ihn verstanden zu haben.

Lee warf einen Blick zum Ufer hinüber. Der Strahl einer Taschenlampe fiel direkt auf sein Gesicht, und er brüllte: »Fertig! Jetzt!«

Die Männer begannen das Seil einzuholen. Mit dem bewußtlosen Mann und der erschöpften Frau im Schlepptau bewegte sich Lee langsam auf das Ufer zu.

7

Nachdem Lindsey aus dem Wasser gezogen worden war, verlor sie immer wieder kurzfristig das Bewußtsein. Eine Zeitlang schien das Leben eine Videokassette zu sein, die im Schnelldurchlauf abgespult wird, mit grauweißem Flimmern und Störgeräuschen zwischen den willkürlich ausgewählten kurzen Szenen, bei denen der Film angehalten wurde.

Sie lag keuchend auf dem Boden am Ufer. Ein junger Notarzt mit schneeverkrustetem Bart kniete an ihrer Seite und leuchtete ihr in die Augen, um festzustellen, ob ihre Pupillen sich ungleichmäßig erweiterten. »Können Sie mich hören?« fragte er.

»Natürlich. Wo ist Hatch?«

»Wissen Sie, wie Sie heißen?«

»Wo ist mein Mann? Er braucht ... künstliche Beatmung ... Herzmassage ...«

»Wir kümmern uns um ihn. Also, wissen Sie, wie Sie heißen?«

»Lindsey.«

»Gut. Frieren Sie?«

Das schien eine dumme Frage zu sein, aber dann bemerkte sie, daß ihr nicht mehr kalt war. Im Gegenteil, in ihren Gliedmaßen breitete sich eine leicht unangenehme Hitze aus. Es war nicht die glühende Hitze von Flammen. Vielmehr hatte sie das Gefühl, als wären ihre Hände und Füße in eine ätzende Flüssigkeit getaucht worden, die allmählich ihre Haut zersetzte und die bloßen Nervenenden freilegte. Sie wußte, ohne daß man es ihr sagen mußte, daß ihr Unvermögen, die bitterkalte Winterluft zu spüren, über ihren physischen Zustand nichts Gutes aussagte.

Schnelldurchlauf ...

Sie wurde auf einer Bahre getragen. Am Flußufer entlang. Den Kopf vorne auf der Bahre, konnte sie den Träger am Fußende sehen. Die Schneedecke reflektierte die Strahlen der Taschenlampen, aber das schwache Licht war nicht hell genug, um mehr als die Konturen des Gesichts dieses Unbekannten erkennen zu lassen. Es verlieh seinen stahlharten Augen ein beängstigendes Flackern.

Farblos wie eine Kohlezeichnung, unwirklich still und geheimnisvoll, voll unheimlicher Schatten, hatte diese Szene etwas Alptraumhaftes an sich. Lindsey bekam plötzlich wildes Herzklopfen, während sie zu dem fast gesichtslosen Mann hochsah. Der mangelnden Logik eines Angsttraums unterworfen, war sie davon überzeugt, daß sie tot war, daß die schattenhaften Gestalten, die ihre Bahre trugen, in Wirklichkeit überhaupt keine Menschen waren, sondern Geister, die ihre Leiche zu dem Boot brachten, das den Styx überquerte und im Land der Toten und Verdammten anlegte.

Schnelldurchlauf …

Sie war jetzt auf der Bahre festgeschnallt und wurde von unsichtbaren Männern oben auf dem Highway in fast vertikaler Position an zwei Seilen den Steilabhang hochgezogen. Zwei andere Männer begleiteten sie, kämpften sich rechts und links von der Bahre durch die kniehohen Schneeverwehungen und achteten darauf, daß sie nicht umkippte.

Sie tauchte ins Licht der Rettungsfahrzeuge ein. Dann hörte sie die hektischen Stimmen der Nothelfer und die Geräusche des Polizeifunks. Als ihr schließlich auch der Abgasgestank in die Nase stieg, wußte sie, daß sie am Leben bleiben würde.

Von einer geglückten Flucht nur Sekunden entfernt, dachte sie.

Trotz Erschöpfung, Benommenheit und Deliriums war Lindsey noch soweit bei Verstand, daß dieser Gedanke – oder vielmehr das dahinter verborgene unterbewußte Verlangen – sie beunruhigte. Nur Sekunden von einer geglückten Flucht entfernt? Das, wovon sie nur Sekunden getrennt hatten, war einzig und allein der Tod. War sie, auch fast fünf Jahre nachdem sie Jimmy verloren hatte, noch immer so deprimiert, daß sie den eigenen Tod als akzeptablen Ausweg empfand, geradezu als Erlösung?

Warum habe ich dann im Fluß nicht einfach aufgegeben? fragte sie sich. Warum habe ich weitergekämpft?

Hatch natürlich. Hatch hatte sie gebraucht. Sie wäre bereit gewesen, diese Welt zu verlassen, in der Hoffnung, eine bessere zu betreten. Aber sie hatte diese Entscheidung nicht für Hatch treffen können, und auf ihr eigenes Leben zu verzichten hätte unter den gegebenen Umständen nun einmal bedeutet, auch das seinige zu opfern.

Mit einem Ruck wurde die Bahre über den Rand der Schlucht gezogen und auf dem Highway neben einem Notarztwagen abgestellt. Roter Schnee wirbelte ihr ins Gesicht.

Ein Arzt mit wettergegerbtem Gesicht und schönen blauen Augen beugte sich über sie. »Alles wird wieder gut werden.«

»Ich wollte nicht sterben«, murmelte sie.

Eigentlich sprach sie gar nicht mit dem Mann, sondern hielt Zwiesprache mit sich selbst und versuchte zu leugnen, daß ihre Verzweiflung über den Verlust ihres Sohnes zu einer chronischen emotionalen Infektion geführt hatte, die in ihr den Wunsch weckte, sich im Tode mit ihm zu vereinen. Das Wort »selbstmordgefährdet« paßte nicht zu dem Bild, das sie von sich selbst hatte, und sie war entsetzt über die Erkenntnis, daß derartige Impulse ihr offenbar doch nicht fremd waren.

Von einer geglückten Flucht nur Sekunden entfernt …

»Wollte ich sterben?« fragte sie.

»Sie werden nicht sterben«, beruhigte sie der Arzt, während er zusammen mit einem anderen Mann die Seile von den Griffen der Bahre löste, um sie in den Notarztwagen zu heben. »Das Schlimmste ist jetzt vorbei. Das Schlimmste liegt hinter Ihnen.«

Zweites Kapitel

1

Ein halbes Dutzend Streifen- und Rettungswagen versperrte zwei Fahrspuren des Highways. Der Verkehr in beiden Fahrtrichtungen mußte sich auf die dritte Spur beschränken; uniformierte Polizisten sorgten für einen reibungslosen Ablauf. Lindsey bemerkte, daß die Insassen eines Jeep Wagoneer sie neugierig angafften, aber schon im nächsten Augenblick verschwanden sie hinter Schneeflocken und dichten Schwaden aus kristallisierten Abgasen.

Der Rettungswagen konnte zwei Patienten aufnehmen. Lindsey wurde auf eine Trage gelegt, die mit zwei elastischen Clips an der linken Wand befestigt war, damit sie während der Fahrt nicht wegrollen konnte. Hatch wurde auf eine identische Trage an der rechten Wand gebettet.

Zwei Notärzte stiegen ein und zogen die breite Tür hinter sich zu. Ihre weißen isolierten Nylonhosen und -jacken verursachten Reibungsgeräusche – eine ganze Serie leiser Pfeiftöne, die in diesem engen Raum elektronisch verstärkt zu werden schienen.

Mit kurzem Sirenengeheul setzte sich der Wagen in Bewegung. Den Ärzten bereitete es keine Mühe, dabei auf den Beinen zu bleiben. Sie wußten aus langer Erfahrung, wie man es schaffte, nicht das Gleichgewicht zu verlieren.

Die Männer mußten sich in dem schmalen Gang zwischen den behelfsmäßigen Betten dicht aneinanderdrängen. Beide wandten ihre Aufmerksamkeit Lindsey zu. Ihre Namen waren auf die Brusttaschen ihrer Jacken gestickt: David O'Malley und Jerry Epstein. Ihre Arbeitsmethode war eine seltsame Mischung aus professioneller Nüchternheit und besorgter Aufmerksamkeit: Untereinander tauschten sie mit emotionslosen Stimmen medizinische Informationen aus, aber mit Lindsey sprachen sie in sanftem, teilnahmsvollem und aufmunterndem Ton.

Dieses gespaltene Benehmen wirkte auf Lindsey eher alarmierend als beruhigend, aber sie war viel zu schwach und benommen, um ihren Ängsten Ausdruck verleihen zu können. Sie fühlte sich erschreckend matt. Zittrig. Sie mußte an ein surrealistisches Bild mit dem Titel *Diese Welt und die andere* denken, das sie im vergangenen Jahr gemalt hatte, denn die Hauptfigur dieses Werkes war ein Drahtseilakrobat im Zirkus, der von einer plötzlichen Unsicherheit befallen wurde. Und im Augenblick war das Bewußtsein jenes Drahtseil in luftiger Höhe, auf dem sie sich nur mit größter Mühe halten konnte. Jeder Versuch, mehr als ein oder zwei Worte mit den Ärzten zu wechseln, könnte sie endgültig aus dem Gleichgewicht bringen und zu einem tiefen Sturz ins Dunkel führen.

Dem größten Teil dessen, was die Männer sagten, konnte ihr benebeltes Gehirn keinen Sinn abgewinnen, aber sie verstand immerhin, daß sie an starker Unterkühlung und möglicherweise an Erfrierungen litt, daß die Ärzte in Sorge um sie waren. Zu niedriger Blutdruck. Herzschlag langsam und unregelmäßig. Langsame und flache Atmung.

Vielleicht war jene Flucht doch noch möglich. Wenn es wirklich das war, was sie wollte.

Sie war unentschieden. Wenn sie sich in ihrem Unterbewußtsein seit Jimmys Begräbnis tatsächlich nach dem Tod gesehnt hatte, so verspürte sie jetzt kein direktes Bedürfnis danach – aber der Gedanke hatte auch nichts besonders Erschreckendes an sich. Sie ergab sich einfach in ihr Schicksal, und es war ihr in ihrem gegenwärtigen Zustand ziemlich egal, wie dieses Schicksal aussehen würde, denn ihre Gefühle waren genauso betäubt wie ihre fünf Sinne. Hypothermie – starke Unterkühlung – hatte eine ebenso narkotisierende Wirkung wie beispielsweise ein Saufgelage; beides konnte jeden Überlebensinstinkt völlig lahmlegen.

Dann fiel ihr Blick zwischen den beiden leise miteinander redenden Ärzten hindurch auf Hatch, und abrupt wurde sie aus ihrer Halb-Trance herausgerissen. Seine Blässe war erschreckend. Er war nicht einfach weiß im Gesicht. Es war eine ungesunde Blässe mit sehr viel Grau darin. Seine Augen waren geschlossen, der Mund war leicht geöffnet, und er sah insgesamt so aus, als hätte sich ein Buschfeuer durch seinen Körper gefressen, hätte zwischen Knochen und Haut das ganze Fleisch verbrannt und nur eine Aschenschicht übriggelassen.

»Bitte«, sagte sie, »mein Mann ...« Sie war überrascht, wie leise, rauh und krächzend sich ihre Stimme anhörte.

»Sie zuerst«, erwiderte O'Malley.

»Nein. Hatch. Hatch ... braucht ... Hilfe.«

»Sie zuerst«, wiederholte O'Malley.

Seine Beharrlichkeit beruhigte sie ein wenig. Obwohl Hatch so miserabel aussah, ging es ihm offenbar nicht schlecht. Die künstliche Beatmung mußte wohl erfolgreich gewesen sein, und er war in besserer Verfassung als sie selber, sonst würden die Ärzte sich doch zuerst um ihn kümmern. Oder etwa nicht?

Ihre Gedanken verwirrten sich wieder. Die Anspannung ließ nach. Sie schloß die Augen.

2

Später ...

In ihrer Benommenheit wirkten die murmelnden Stimmen der Ärzte auf Lindsey ähnlich einlullend – wenn auch nicht ganz so melodisch – wie ein Wiegenlied. Was sie trotzdem wach hielt, war das immer schmerzhaftere Brennen in ihren Gliedern und das resolute Herumhantieren der Mediziner, die kleine kissenartige Gegenstände gegen ihre Seiten preßten. Was für Dinger das auch sein mochten – elektrische oder chemische Heizkissen, nahm sie an –, sie strahlten jedenfalls eine angenehm sanfte Wärme aus, die sich erheblich von dem Feuer in ihren Füßen und Händen unterschied.

»Hatch ... braucht ... auch Wärme«, brachte sie undeutlich hervor.

»Ihm geht es gut, machen Sie sich um ihn keine Sorgen«,

sagte Epstein. Sein Atem bildete beim Sprechen kleine weiße Wolken.

»Aber ihm ist bestimmt kalt.«

»Er soll auch kalt sein. So wollen wir ihn haben.«

»Aber nicht zu kalt, Jerry«, mischte sich O'Malley ein. »Nyebern will kein Gefrierfleisch. Wenn sich im Gewebe Eiskristalle bilden, kann das zu Gehirnschäden führen.«

Epstein rief dem Fahrer durch das halb geöffnete Fenster in der Trennwand zu: »He, Mike, schalt vielleicht mal ein bißchen die Heizung ein.«

Lindsey fragte sich, wer Nyebern sein mochte, und sie war beunruhigt über das Wort »Gehirnschäden«. Aber sie war viel zu müde, um sich zu konzentrieren und noch zu verstehen, was sie sagten.

Ihr Geist schweifte zu Erinnerungen aus der Kindheit ab, aber die waren so seltsam, so verzerrt, daß sie offenbar in einen Halbschlaf gesunken war, wo ihr Unterbewußtsein mit den Erinnerungen alptraumhafte Zaubertricks anstellen konnte.

… sie sah sich als Fünfjährige auf einer Wiese hinter ihrem Elternhaus spielen. Das leicht hügelige Gelände war ihr vertraut, aber irgendeine bösartige Macht war in ihren Geist gekrochen und hatte die Einzelheiten manipuliert: Das Gras hatte nun eine boshafte schwarze Farbe, war so schwarz wie der Bauch einer Spinne. Und alle Blütenblätter waren sogar noch schwärzer, mit roten Staubfäden, die wie dicke Blutstropfen glänzten …

… sie sah sich als Siebenjährige auf dem Spielplatz ihrer Schule, in der Dämmerung, aber allein, was sie im wirklichen Leben nie gewesen war. Sie stand inmitten der vertrauten Schaukeln und Wippen und Kletterstangen und Rutschen, die in dem eigentümlichen orangefarbenen Licht des nahenden Abends scharfe Schatten warfen. Diese Geräte, mit denen man sonst soviel Spaß haben konnte, hatten plötzlich etwas Bedrohliches an sich, etwas seltsam Lauerndes und Bösartiges, so als könnten sie sich jede Sekunde in Bewegung setzen, mit lautem Knarren und Klirren, glühendes blaues Elmsfeuer auf ihren Flanken und Gliedmaßen, auf der Suche nach Blut als Schmiermittel, roboterartige Vampire aus Aluminium und Stahl …

3

Gelegentlich hörte Lindsey einen sonderbaren fernen Schrei, das traurige Blöken eines großen mysteriösen Tieres. Schließlich begriff sie sogar in ihrem Delirium, daß das Geräusch weder ihrer Phantasie entsprang noch aus der Ferne kam, sondern seinen Ursprung direkt über ihrem Kopf hatte. Es war kein Tier; nur die Sirene, die hin und wieder kurz eingeschaltet wurde, um den schwachen Verkehr auf den schneeverwehten Straßen zu warnen.

Der Wagen hielt früher, als sie erwartet hatte, aber vielleicht lag das nur daran, daß ihr Zeitgefühl ebenso gestört war wie alle anderen Wahrnehmungen. Epstein warf die Tür auf, während O'Malley die Clips löste, die Lindseys Trage gehalten hatten.

Als man sie aus dem Fahrzeug hob, sah sie zu ihrer großen Überraschung, daß sie sich nicht wie erwartet in einer Klinik in San Bernardino befand, sondern auf einem Parkplatz vor einem kleinen Einkaufszentrum. Um diese Abendstunde war der Platz leer, bis auf den Notarztwagen und – erstaunlicherweise – einen großen Helikopter mit dem Emblem des Roten Kreuzes und der Aufschrift LUFTRETTUNGSDIENST.

Die Nacht war noch immer kalt, und ein scharfer Wind pfiff über das Pflaster. Sie befanden sich jetzt unterhalb der Schneegrenze, aber direkt am Fuße des Gebirges und von San Bernardino noch weit entfernt. Die Räder der Bahre quietschten auf dem Boden, als Epstein und O'Malley Lindsey rasch der Obhut der beiden Männer übergaben, die neben dem Hubschrauber warteten.

Der Motor war auf Leerlauf geschaltet. Die Rotoren drehten sich träge.

Die bloße Anwesenheit des Helikopters – und die darin zum Ausdruck kommende äußerste Dringlichkeit – wirkte wie ein scharfer Sonnenstrahl, der einen Teil des dichten Nebels in Lindseys Verstand vertrieb. Ihr wurde schlagartig klar, daß entweder sie selbst oder aber Hatch in schlechterer Verfassung war, als sie geglaubt hatte, denn eine so ungewöhnliche und kostspielige Beförderungsmethode war nur in sehr kritischen Fällen gerechtfertigt. Und das Ziel war offenbar weiter entfernt als irgendein Krankenhaus in San Bernardino. Vielleicht brachte man sie in ein Behandlungszentrum, das auf Traumatologie spezialisiert war. Doch während sie diese Geistesblitze hatte, wünschte sie verzweifelt, daß dieses Licht wieder erlöschen würde, daß sie wieder in die behütende geistige Umnebelung eintauchen könnte.

Während die neuen Ärzte sie übernahmen und in den Hubschrauber hoben, brüllte einer von ihnen über den Motorenlärm hinweg: »Aber die lebt ja noch!«

»Sie ist in schlechter Verfassung«, sagte Epstein.

»Ja, okay, sie sieht beschissen aus«, meinte der andere Arzt, »aber sie lebt noch. Nyebern erwartet einen Exitus.«

»Das ist der andere«, erklärte O'Malley.

»Der Ehemann«, ergänzte Epstein.

»Wir bringen ihn gleich rüber«, sagte O'Malley.

Lindsey war sich darüber im klaren, daß diese kurze Unterhaltung eine ungeheuer wichtige Information enthalten hatte, aber sie konnte nicht klar genug denken, um richtig zu verstehen, was gesagt worden war. Oder vielleicht wollte sie es einfach nicht verstehen.

Während sie in den geräumigen hinteren Teil des Hubschraubers gebracht, auf eine andere Bahre gelegt und auf der mit Vinyl bezogenen Matratze festgeschnallt wurde, versank sie wieder in ihren erschreckend verzerrten Kindheitserinnerungen.

… sie war neun Jahre alt und spielte mit ihrem Hund Boo, aber als der verspielte Labrador ihr den roten Gummiball zurückbrachte und zu ihren Füßen fallen ließ, war es plötzlich kein Ball mehr, sondern ein pulsierendes Herz, aus dem abgerissene Arterien und, Venen heraushingen. Und es pulsierte nicht etwa, weil es lebendig war, sondern weil es in den vermodernden Kammern vor Maden und Leichenkäfern nur so wimmelte …

4

Der Hubschrauber war in der Luft. Wahrscheinlich war der Winterwind schuld daran, daß der Flug so unruhig war wie eine Bootsfahrt auf stürmischer See. In Lindseys Magen regte sich Übelkeit.

Ein Arzt beugte sich über sie und drückte ein Stethoskop an ihre Brust. Sein Gesicht blieb im Schatten.

Auf der anderen Seite der Kabine beugte sich ein zweiter Arzt über Hatch und brüllte in ein Funkgerät hinein. Er war nicht mit dem Piloten im Cockpit verbunden, sondern vermutlich mit einem Mediziner in der Klinik, die sie ansteuerten. Gegen die dröhnenden Rotoren anzukämpfen fiel ihm sichtlich schwer, und seine Stimme überschlug sich wie die eines nervösen Teenagers.

»... leichte Kopfwunde ... keine tödlichen Verletzungen ... Todesursache wahrscheinlich ... Ertrinken ...«

Am Fußende von Hatchs Bahre war die Schiebetür des Helikopters einen Spaltbreit geöffnet, und Lindsey stellte fest, daß die Tür auch auf ihrer Seite nicht ganz geschlossen war, so daß ein arktischer Durchzug entstand. Das erklärte auch, warum das Brausen des Windes und das Dröhnen der Rotoren so ohrenbetäubend war.

Warum wollten sie, daß es so kalt war?

Der Arzt, der sich um Hatch kümmerte, schrie immer noch: »... Mund-zu-Mund-Beatmung ... Herzmassage ... O_2 und CO_2 ... ergebnislos ... Epinephrin ... keine Wirkung ...«

Die reale Welt war viel zu real geworden, sogar durch den Nebel ihres Deliriums betrachtet. Diese Welt gefiel ihr nicht. Ihre Traumlandschaften waren trotz aller schrecklichen Veränderungen immer noch angenehmer als der Innenraum dieses Rettungshubschraubers, vielleicht weil sie auf der Ebene des Unterbewußtseins ihre Alpträume zumindest *ein wenig* beeinflussen konnte, während sich die tatsächlichen Ereignisse völlig ihrem Einfluß entzogen.

... sie tanzte auf dem College-Abschlußball, eng umschlungen mit Joey Delvecchio, ihrem damalige festen Freund. Über ihren Köpfen hing ein großer Baldachin aus Kreppapierwimpeln. Sie

selbst war gesprenkelt mit blauem, weißem und gelbem Licht von dem sich drehenden Kronleuchter über der Tanzfläche. Es war die Musik einer besseren Zeit, als Rock 'n' Roll noch nicht seine Seele verloren hatte, als es Disco und New Age und Hip-Hop noch nicht gab, als Elton John und die Eagles ihre größten Erfolge hatten, als die Isley Brothers noch Schallplatten aufnahmen, die Doobie Brothers, Stevie Wonder und Neil Sedaka ein Comeback feierten, als die Musik noch lebendig war, als die Welt voller Hoffnungen und Möglichkeiten schien, die mittlerweile längst zerronnen waren. Eine Band aus dem Ort spielte halbwegs ordentlich eine Slow von Freddy Fender, und Lindsey fühlte sich glücklich und geborgen – bis sie ihren Kopf von Joeys Schulter hob und zu ihm aufschaute und anstelle seines vertrauten Gesichts eine halb verweste Fratze sah: gebleckte gelbe Zähne zwischen eingeschrumpften schwarzen Lippen, das Fleisch blatterig, blasig und glitschig; aus den hervortretenden blutunterlaufenen Augen sickerte irgendeine ekelerregende Flüssigkeit. Lindsey versuchte zu schreien und sich von ihm zu befreien, aber sie konnte nur weitertanzen, zu den süßlich-romantischen Klängen von »Before the Next Teardrop Falls«, in dem vollen Bewußtsein, daß sie Joey so sah, wie er einige Jahre später aussehen würde, nach seinem Tod bei der Explosion einer Marinekaserne im Libanon. Sie fühlte, wie der Tod von seinem kalten Fleisch auf sie übergriff. Sie wußte, daß sie sich aus seiner Umarmung losreißen mußte, bevor diese tödliche Flut sie überschwemmte. Doch als sie sich hilfesuchend umschaute, sah sie, daß Joey nicht der einzige tote Tänzer war. Sally Ontkeen, die acht Jahre später an Kokainvergiftung sterben würde, glitt in fortgeschrittenem Stadium der Verwesung vorbei, in den Armen ihres Freundes, der auf sie hinablächelte, als bemerkte er nichts von ihrer Zersetzung. Jack Winslow, der Footballstar des Colleges, der ein knappes Jahr später in trunkenem Zustand bei einem Autounfall ums Leben kommen würde, wirbelte mit seiner Partnerin vorüber; sein Gesicht war geschwollen, purpurfarben und grünlich, und sein Schädel war auf der linken Seite gespalten, wie er das nach dem Unfall sein würde. Er rief zu Lindsey und Joey herüber, aber die krächzende Stimme gehörte nicht Jack Winslow, sondern einem Wesen auf Urlaub vom Friedhof, mit Stimmbändern, die zu trockenen Schnüren verdorrt waren: »Was für eine Nacht! O Mann, was für eine tolle Nacht!«

Lindsey erschauderte, aber nicht nur wegen des eisigen Windes, der durch die teilweise offenen Hubschraubertüren heulte.

Der Arzt, dessen Gesicht immer noch im Schatten lag, wollte gerade ihren Blutdruck messen. Ihr linker Arm befand sich nicht mehr unter der Decke. Die Ärmel ihres Sweaters und ihrer Bluse waren aufgeschnitten worden, so daß ihre nackte Haut zum Vorschein kam. Die Manschette des Sphygmomanometers wurde fest um ihren Oberarm gewickelt und mit Klettbändern geschlossen.

Sie schlotterte jetzt so heftig, daß der Arzt offenbar dachte, es könnte sich um Konvulsionen handeln. Er nahm einen kleinen Gummikeil von einem Tablett und wollte ihn ihr in den Mund schieben, damit sie sich nicht auf die Zunge beißen oder daran ersticken konnte.

Sie stieß seine Hand weg, »Ich werde sterben.«

Erleichtert darüber, daß sie doch nicht unter Krämpfen litt, sagte er: »Nein, so schlimm ist es nicht, es wird Ihnen bald wieder gutgehen.«

Er verstand nicht, was sie meinte. Ungeduldig erklärte sie: »Wir *alle* werden sterben.«

Das war die Bedeutung ihrer traumverzerrten Erinnerungen. Der Tod war bei ihr seit dem Tag ihrer Geburt, stets an ihrer Seite, ihr ständiger Begleiter. Bis zu Jimmys Tod vor fünf Jahren hatte sie das nicht begriffen und hatte es bis heute nacht, als der Tod ihr Hatch nahm, nicht *akzeptiert*.

Ihr Herz schien sich wie eine Faust in ihrer Brust zusammenzuballen. Ein neuer Schmerz durchdrang sie, anders als ihre zahlreichen körperlichen Beschwerden, viel schlimmer. Trotz Schock, Delirium und Erschöpfung, die ihr als Schutzschilde gegen die Schrecken der Realität gedient hatten, war die Wahrheit schließlich zu ihr durchgedrungen, und sie war ihr hilflos ausgesetzt, mußte sie akzeptieren.

Hatch war ertrunken.

Hatch war tot. Die Wiederbelebung war erfolglos geblieben. Hatch war für immer von ihr gegangen.

... sie war fünfundzwanzig Jahre alt und saß, auf Kissen ge-

stützt, in einem Bett der Entbindungsstation des St. Joseph's Hospital. Die Schwester brachte ihr ein kleines, in eine Decke gehülltes Bündel, ihr Baby, ihren Sohn, James Eugene Harrison, den sie neun Monate in sich getragen hatte, ohne ihn zu kennen, den sie von ganzem Herzen liebte, aber noch nie gesehen hatte. Die lächelnde Schwester legte das Bündel sanft in ihre Arme, und Lindsey schob zärtlich die mit Satin gesäumte Kante der blauen Baumwolldecke beiseite. Sie sah, daß sie ein winziges Skelett mit leeren Augenhöhlen an ihre Brust drückte, daß die zarten Fingerknochen sich zur typische kontaktsuchenden Geste eines hilflosen Kleinkindes bogen. Jimmy hatte schon vor der Geburt den Tod in sich getragen, wie jedes Lebewesen, und nicht einmal fünf Jahre später würde der Krebs ihn zurückfordern. Der kleine Knochenmund des Skelett-Kindes öffnete sich zu einem langgezogenen stillen Schrei …

5

Lindsey konnte hören, wie die Propellerflügel die Nachtluft durchschnitten, aber sie befand sich nicht mehr im Helikopter. Sie wurde über einen Parkplatz gerollt, auf ein großes Gebäude mit vielen hell erleuchteten Fenstern zu. Ihr war bewußt, daß sie eigentlich wissen müßte, was das war, aber sie konnte nicht klar denken, und im Grunde war ihr auch völlig egal, was es war, wohin man sie brachte und wozu.

Vor ihr flogen die Flügel einer Schwingtür auf, und dahinter lag ein in warmes gelbes Licht getauchter Raum, durch den die Silhouetten von Männern und Frauen huschten. Dann war Lindsey von diesem Licht und den Silhouetten umgeben … ein langer Korridor … ein Zimmer, in dem es nach Alkohol und anderen Desinfektionsmitteln roch … aus den Silhouetten wurden Menschen mit Gesichtern … weitere Gesichter tauchten auf … leise, eindringliche Stimmen … Hände griffen nach ihr, legten sie auf ein Bett … kippten es ein wenig, so daß ihr Kopf tiefer lag als ihr Körper … rhythmisches Piepsen und Klicken irgendwelcher elektronischer Geräte …

Sie wünschte, all diese Leute würden einfach weggehen und sie alleinlassen, in Frieden lassen. Alle Lampen ausschalten und weggehen. Sie im Dunkeln zurücklassen. Sie sehnte sich nach Ruhe, Stille, Frieden.

Ein widerlicher Geruch, scharf wie Ammoniak, stieg ihr in die Nase. Das Zeug brannte höllisch in ihren Nasengängen und zwang sie, ihre plötzlich tränenden Augen weit aufzureißen.

Ein Mann im weißen Kittel hielt ihr etwas dicht unter die Nase und blickte ihr dabei aufmerksam in die Augen. Als der Gestank einen heftigen Würgereiz bei ihr auslöste, zog er das Zeug weg und übergab es einer Brünetten in weißer Tracht. Der durchdringende Geruch verflog rasch.

Lindsey war sich der Geschäftigkeit um sie herum durchaus bewußt. Gesichter kamen und gingen. Sie wußte, daß sie im Zentrum der Aufmerksamkeit stand, daß dringliche Untersuchungen mit ihr angestellt wurden, aber sie wurde das Gefühl nicht los, daß das alles sie nichts anging. Es war wie ein Traum, und verglichen damit waren ihr sogar ihre vorangegangenen Alpträume noch realer vorgekommen. Das Stimmengewirr plätscherte dahin wie sanfte Wellen an einem Sandstrand.

»… ausgeprägte Blässe der Haut … Zyanose von Lippen, Nägeln, Fingerspitzen, Ohrläppchen …«

»… schwacher Puls, sehr schnell … Atmung schnell und flach …«

»… der Blutdruck ist so verdammt niedrig, daß ich keine Werte ablesen kann …«

»Haben die Arschlöcher sie denn nicht gegen Schock behandelt?«

»Doch, auf dem ganzen Weg hierher.«

»Sauerstoff, CO_2-Gemisch. Schnell!«

»Epinephrin?«

»Ja, vorbereiten.«

»Epinephrin? Aber was, wenn sie nun innere Verletzungen hat? Eine Hämorrhagie kann man schließlich nicht sehen.«

»Verdammt, ich muß es eben riskieren.«

Jemand legte eine Hand über ihr Gesicht, so als wollte er

sie ersticken. Etwas wurde in ihre Nasenlöcher geschoben, und einen Moment lang konnte sie nicht atmen. Das Seltsame daran war, daß ihr das nichts ausmachte. Dann zischte kühle trockene Luft durch ihre Nase und zwang ihre Lunge sich auszudehnen.

Eine junge weißgekleidete Blondine beugte sich über sie, fixierte das Atmungsgerät und lächelte gewinnend. »Na also, Schätzchen. Spüren Sie's?«

Die Frau war schön, ätherisch, mit einer selten melodischen Stimme, umgeben von einem goldenen Schein.

Eine himmlische Erscheinung. Ein Engel.

Schnaubend brachte Lindsey hervor: »Mein Mann ist tot.«

»Alles wird wieder gut, Schätzchen. Entspannen Sie sich, atmen Sie so tief, wie Sie können. Alles wird wieder gut.«

»Nein, er ist tot«, beharrte Lindsey. »Tot und fort, fort für immer. Lügen Sie mich nicht an. Engel dürfen nicht lügen.«

Auf der anderen Bettseite rieb ein Mann in Weiß die Innenfläche von Lindseys linkem Ellbogen mit einem alkoholgetränkten Wattebausch ab. Er war eiskalt.

An den Engel gewandt, wiederholte Lindsey: »Tot und fort für immer.«

Der Engel nickte traurig. Seine blauen Augen strahlten Güte und Liebe aus, wie es sich für die Augen eines Engels gehörte. »Er ist fort, Schätzchen. Aber diesmal ist das vielleicht doch nicht das Ende.«

Der Tod war immer das Ende. Wie könnte der Tod nicht das Ende sein?

Eine Nadel stach in Lindseys linken Arm.

»Diesmal gibt es noch eine Chance«, sagte der Engel sanft. »Wir haben hier ein Spezialprogramm, ein wirklich …«

Eine andere Frau stürzte ins Zimmer und rief aufgeregt: »Nyebern ist da!«

Ein allgemeiner Seufzer der Erleichterung ging durch den Raum, fast wie verhaltener Jubel.

»Er saß in Marina Del Rey beim Abendessen, als sie ihn erreichten. Er muß in einem Höllentempo hergerast sein.«

»Sehen Sie, Liebes?« sagte der Engel zu Lindsey. »Es gibt eine Chance. Es gibt noch eine Chance. Wir alle werden beten.«

Und wenn schon, dachte Lindsey bitter. Beten hat mir noch nie etwas genutzt. Es gibt keine Wunder. Die Toten bleiben tot, und die Lebenden warten nur darauf, es ihnen gleichzutun.

Drittes Kapitel

1

Nach den von Dr. Jonas Nyebern sorgfältig ausgearbeiteten und im Büro der Projektgruppe für Reanimationsmedizin aufbewahrten Bestimmungen hatte das Team vom Bereitschaftsdienst des Orange County General Hospital einen Operationssaal für die Behandlung der Leiche von Hatchford Benjamin Harrison vorbereitet. Sie hatten sich sofort an die Arbeit gemacht, nachdem die Notärzte über Polizeifunk aus den San Bernardino Mountains gemeldet hatten, daß das Opfer in eisigem Wasser ertrunken war, bei dem vorangegangenen Unfall aber nur leichte Verletzungen erlitten hatte, was den Mann zum idealen Versuchsobjekt für Nyebern machte. Als der Rettungshubschrauber auf dem Krankenhausparkplatz landete, war die Ausstattung des Operationssaales mit Instrumenten und Apparaturen komplett, einschließlich der Herz-Lungen-Maschine und anderer Zusatzgeräte, die das Reanimationsteam benötigte.

Diese komplizierte Behandlung konnte nicht in den normalen Räumen der Notaufnahme erfolgen, weil dort wegen des ständigen Zugangs neuer Patienten akuter Platzmangel herrschte. Obwohl Jonas Nyebern Herzchirurg war und auch sein ganzes Team viel chirurgische Erfahrung hatte, wurde bei Reanimationsversuchen sehr selten operiert. Nur wenn eine schwere innere Verletzung entdeckt würde, müßten sie Harrison aufschneiden. Die Verwendung eines Operationssaales war deshalb im Grunde keine Notwendigkeit, sondern einfach am zweckmäßigsten.

Als Jonas den OP betrat, nachdem er im Vorraum die übliche Reinigungsprozedur vorgenommen hatte, wartete sein Team schon auf ihn. Weil das Schicksal ihn seiner Frau, seiner Tochter und seines Sohnes beraubt und ohne Familie zurückgelassen hatte und weil eine angeborene Schüchternheit ihn von jeher daran gehindert hatte, außerhalb seiner beruflichen Umgebung Freundschaften zu schließen, waren die Mitglieder der Projektgruppe nicht nur seine Kollegen, sondern die einzigen Menschen auf der Welt, in deren Gesellschaft er sich richtig wohl fühlte und die ihm wirklich etwas bedeuteten.

Helga Dorner stand neben den Instrumentenschränken zu seiner Linken, im Halbschatten der grellen Halogenleuchten über dem Operationstisch. Sie war eine hervorragende Anästhesieschwester. Mit ihrem breiten Gesicht und der stämmigen Figur erinnerte sie an die unzähligen weiblichen Hauptdarstellerinnen in sowjetischen Filmen, die allesamt zu viele männliche Hormone zu haben schienen, aber ihre Augen und Hände hätten der lieblichsten Madonna von Raffael gehören können. Patienten fürchteten sich anfangs vor ihr, respektierten sie nach kurzer Zeit – und schließlich vergötterten sie sie.

Es war typisch für sie, daß sie Jonas in dieser ernsten Situation nicht zulächelte, sondern nur ermutigend den Daumen hochhielt.

Neben der Herz-Lungen-Maschine stand Gina Delilo, eine dreißigjährige MTA mit dem Spezialgebiet Chirurgie, die es aus unerfindlichen Gründen liebte, ihre außergewöhnliche Kompetenz und ihr Verantwortungsbewußtsein hinter einer kessen Aufmachung, einschließlich Pferdeschwanz und Pony, zu verbergen. Sie schien geradewegs einem jener alten Beach-Party-Filme entsprungen zu sein, die vor einigen Jahrzehnten populär gewesen waren. Wie alle anderen trug auch Gina einen grünen Anzug und eine Baumwollmütze, die ihr blondes Haar verbarg, aber aus den Stoffüberschuhen ragte ein Stück ihrer grell pinkfarbenen Kniestrümpfe heraus.

Der Operationstisch wurde flankiert von Dr. Ken Nakamura und Dr. Kari Dovell, zwei Klinikärzten, die gleichzeitig erfolgreiche Privatpraxen betrieben. Ken war ein seltenes Doppeltalent, ein gleichermaßen hervorragender Internist und Neurologe. Die tagtägliche Erfahrung, daß die menschliche Physiologie etwas sehr Fragiles ist, ließ manche Ärzte zur Flasche greifen, während andere derart abgebrüht wurden, daß sie schließlich jeden emotionalen Kontakt zu ihren Patienten verloren. Ken hatte einen besseren Schutz: seinen Sinn für Humor, der mitunter etwas makaber, aber immer psychologisch heilsam war. Kari, eine erstklassige Fachärztin für Pädiatrie, war zehn Zentimeter größer als Ken mit seinen ein Meter siebzig, und sie war gertenschlank, während er zur Korpulenz neigte, aber sie lachte genauso gern wie der Internist. Manchmal sah Jonas in ihren Augen jedoch eine tiefe Traurigkeit, die ihn bestürzte und glauben ließ, daß die Einsamkeit wie eine Geschwulst in ihr wucherte, so tief, daß kein noch so langes und scharfes Skalpell, keine noch so aufrichtige und innige Freundschaft sie zu entfernen vermochte.

Jonas ließ den Blick über seine vier Kollegen schweifen, aber niemand sagte etwas. In dem fensterlosen Raum herrschte eine gespenstische Stille.

Das Team trug trügerisch ausdruckslose Mienen zur Schau, so als wären sie alle an dem Geschehen nicht besonders interessiert. Aber ihre Augen verrieten sie, denn es waren die Augen von Astronauten, die im nächsten Moment ihren Shuttle verlassen und einen Weltraumspaziergang antreten sollen – Augen, die vor Erregung, Abenteuerlust und Staunen leuchteten, aber auch ein wenig vor Angst.

Auch andere Krankenhäuser hatten Personal mit genügend Fachkenntnissen auf dem Gebiet der Wiederbelebung, um einem Patienten eine faire Überlebenschance zu bieten, aber das Orange County General war eines von nur drei Zentren in ganz Südkalifornien, das sich eines großangelegten und finanziell geförderten Projekts zur Verbesserung der Reanimationsmöglichkeiten rühmen konnte. Harrison war der fünfundvierzigste Patient innerhalb der vierzehn Monate seit Bestehen der Projektgruppe, aber seine Todesart machte ihn zum interessantesten. Ertrinken, gefolgt von schnell einsetzender Hypothermie. Ertrinken bedeutete relativ geringe physische Schäden, und der Kältefaktor sorgte für eine drastische Verzögerung des postmortalen Zersetzungsprozesses der körpereigenen Zellen.

Bisher hatten Jonas und sein Team es meistens mit Opfern von Schlaganfällen, von Herzstillstand und Asphyxie infolge von Luftröhrenverstopfung sowie mit Drogentoten zu tun gehabt. Diese Patienten hatten normalerweise vor ihrem Tod oder im Augenblick des Todes irgendeinen irreversiblen Gehirnschaden erlitten, was ihre Chancen, im Reanimationszentrum wieder völlig hergestellt zu werden, natürlich erheblich verringerte. Und von denen, die an einem Trauma der einen oder anderen Art gestorben waren, hatten einige so schwere Verletzungen erlitten, daß sie auch nach gelungener Reanimation nicht gerettet werden konnten. Bei anderen Reanimierten hatte sich der Zustand zunächst stabilisiert, doch dann waren sie irgendwelchen Sekundärinfektionen mit anschließendem toxischen Schock erlegen. Und drei waren so lange tot gewesen, daß die erlittenen Gehirnschäden trotz erfolgreicher Reanimation eine Wiedererlangung des Bewußtseins verhinderten oder aber auch, wenn sie bei Bewußtsein waren, eine normale Lebensführung unmöglich machten.

Jonas verspürte heftige Gewissensbisse und tiefen Schmerz, wenn er an seine Fehlschläge dachte, an unvollkommen wiederhergestelltes Leben, an Patienten, in deren Augen er das qualvolle Wissen um ihren mitleiderregenden Zustand gelesen hatte …

»Diesmal wird es anders sein.« Kari Dovells Stimme war leise, nur ein Flüstern, aber sie riß Jonas aus seinen düsteren Gedanken.

Er nickte. Ihm lag sehr viel an diesen Menschen, und ihnen wünschte er noch mehr als sich selbst einen großen, uneingeschränkten Erfolg der Gruppe.

»Versuchen wir unser Bestes«, sagte er.

Noch während er sprach, flogen die Schwingtüren des Operatiossaales weit auf, und zwei Pfleger eilten mit dem Toten auf einer Trage herein. Schnell und geschickt verfrachteten sie ihn auf den Operationstisch, wobei sie behutsamer und respektvoller zu Werke gingen, als sie es vielleicht mit jeder anderen Leiche getan hätten, und verschwanden dann wieder.

Die Pfleger hatten den Raum noch nicht verlassen, als sich das Team schon an die Arbeit machte. Jeder Handgriff saß, während sie rasch die restlichen Kleidungsstücke des Toten aufschnitten, bis er nackt auf dem Rücken vor ihnen lag. Dann wurden die Elektroden eines Elektrokardiographen, eines Elektroenzephalographen und eines digitalen Thermometers an seinem Körper befestigt.

Jede Sekunde war kostbar. Minuten waren nicht mit Gold aufzuwiegen. Je länger der Mann tot blieb, desto geringer war die Chance, ihn wieder zum Leben zu erwecken.

Kari Dovell regulierte den Kontrast am EKG-Monitor. Für die Tonbandaufnahme, die von der ganzen Prozedur gemacht wurde, kommentierte sie laut, was alle Anwesenden sehen konnten: »Nullinien. Kein Herzschlag.«

»Kein Alpha, kein Beta«, fügte Ken Nakaniura hinzu, was bedeutete, daß keinerlei Hirnströme gemessen wurden.

Helga hatte die Manschette eines Blutdruckmeßgeräts um den rechten Oberarm des Mannes gewickelt und meldete erwartungsgemäß: »Kein meßbarer Blutdruck.«

Gina, die neben Jonas stand, las die Anzeige des Digitalthermometers ab: »Körpertemperatur sieben Grad Celcius.«

»So tief?« Karis grüne Augen weiteten sich vor Überraschung, während sie die Leiche betrachtete. »Und dabei muß er sich um mindestens fünf Grad erwärmt haben, seit man ihn aus dem Fluß gezogen hat. Hier drinnen wollen wir es ja kalt haben, aber *so* kalt nun auch wieder nicht.«

Der Thermostat war auf achtzehn Grad eingestellt, eine Kompromißlösung, damit einerseits das Reanimationsteam nicht fror und andererseits das Opfer sich nicht zu schnell erwärmte.

Kari wandte ihren Blick von dem Toten ab und sah Jonas an. »Kälte ist gut, okay, wir wollen, daß er kalt ist, aber nicht zu kalt, verdammt noch mal. Was, wenn sein Gewebe erfroren ist und seine Gehirnzellen stark geschädigt worden sind?«

Jonas untersuchte Zehen und Finger des Toten und hörte sich selbst sagen: »Es gibt keine Hinweise auf Bläschenbildung ...« Sein Kommentar war ihm sofort ein wenig peinlich.

»Das beweist gar nichts«, sagte Kari denn auch.

Jonas wußte, daß sie recht hatte. Sie alle wußten es. Im toten Fleisch erfrorener Fingerspitzen und Zehen hätten sich sowieso keine Bläschen bilden können, weil der Mann viel zu kurz danach gestorben war. Aber, verdammt, Jonas wollte nicht aufgeben, noch bevor sie überhaupt angefangen hatten.

»Aber es gibt auch keine Anzeichen für nekrotisches Gewebe«, sagte er.

»Weil der ganze Patient nekrotisch ist«, wandte Kari wieder ein, hartnäckig wie immer. Manchmal wirkte sie so ungeschickt wie ein Vogel mit spindeldürren Beinen, der zwar ein Herr der Lüfte ist, an Land aber nur mühsam herumstakst. Manchmal setzte sie ihre Größe aber auch ganz bewußt ein, indem sie einen einschüchternden Schatten warf und auf ihren Gegner mit einem harten Blick hinunterschaute, der zu besagen schien: Hör lieber auf mich, sonst hacke ich dir noch die Augen aus, mein Lieber. Jonas war fünf Zentimeter größer als Kari, und deshalb konnte sie nicht wirklich auf ihn herabschauen, aber die Wirkung ihres strengen Blicks war dieselbe, als wenn er nur einen Meter fünfundfünfzig groß gewesen wäre.

Hilfesuchend sah er Ken an.

Der Neurologe war aber auch nicht bereit, ihn vorbehaltlos zu unterstützen. »Die Körpertemperatur könnte *nach* dem Tod tatsächlich unter Null gefallen sein und sich auf dem Weg hierher wieder etwas erhöht haben, und wir können das nicht feststellen. Du weißt das, Jonas. Das einzige, was wir mit Sicherheit sagen können, ist, daß Elvis nie so mausetot gewesen ist wie dieser Bursche hier.«

»Wenn er *jetzt* nur sieben Grad hat ...«, meinte Kari wieder.

Jede Zelle im menschlichen Organismus besteht größtenteils aus Wasser. Der genaue Prozentsatz variiert zwischen Blutzellen und Knochenzellen, zwischen Hautzellen und Leberzellen, aber immer ist mehr Wasser als sonst etwas vorhanden. Und wenn Wasser gefriert, dehnt es sich aus. Legen Sie mal eine Flasche Sodawasser in die Tiefkühltruhe, weil Sie schnell einen kalten Drink brauchen, lassen Sie sie versehentlich etwas zu lange drin – und Sie bekommen gefrorenes Soda, gespickt mit Glassplittern, weil die Flasche explodiert ist. Auf ganz ähnliche Weise läßt gefrorenes

Wasser die Membranen der Gehirnzellen – aller Körperzellen – bersten.

Kein Mitglied der Gruppe wollte Harrison von den Toten auferwecken, wenn sich mit Sicherheit vorhersagen ließ, daß kein vollwertiger Mensch zurückkäme. Kein guter Arzt, so durchdrungen er auch von seiner Heilungsmission sein mochte, wollte mit dem Tod kämpfen und ihn besiegen, nur um mit einem Patienten dazustehen, der unter schweren Gehirnschäden litt oder nur mit Hilfe von Maschinen im Koma »am Leben« erhalten werden konnte.

Jonas wußte, daß seine größte Schwäche als Arzt sein extremer Haß auf den Tod war. Diesen Zorn trug er immer mit sich herum. Und in Momenten wie diesem konnte sich der Zorn zu kalter Wut steigern, die sein Urteilsvermögen beeinträchtigte. Er empfand den Tod eines jeden Patienten als persönlichen Affront. Deshalb neigte er dazu, die Lage viel zu optimistisch einzuschätzen und eine Wiederbelebung zu versuchen, die tragischere Folgen haben konnte, wenn sie gelang, als wenn sie erfolglos blieb.

Die vier anderen Teammitglieder wußten um seine Schwäche. Sie beobachteten ihn erwartungsvoll.

Hatte im OP zuvor schon Grabesstille geherrscht, so war es jetzt so still wie an irgendeinem einsamen Ort zwischen den Sternen, wo Gott – wenn es Ihn denn gab – das Urteil über Seine hilflosen Geschöpfe sprach.

Jonas war sich schmerzlich bewußt, daß kostbare Sekunden verrannen.

Der Patient war erst seit knapp zwei Minuten im OP. Aber zwei Minuten konnten alles entscheiden.

Harrison auf seinem Operationstisch war zweifellos so tot, wie ein Mensch nur sein konnte. Seine Haut war grau, Lippen, Fingernägel und Zehennägel bläulich verfärbt, die Lippen leicht geöffnet, wie sie es gewesen waren, als der letzte Atemzug aus ihm entwich. Dem Fleisch fehlte jede Elastizität.

Andererseits war er, abgesehen von der fünf Zentimeter langen Platzwunde auf der rechten Stirnseite, einer Abschürfung links am Kinn und Abschürfungen an den Handflächen, anscheinend unverletzt. Für einen Mann von achtunddreißig Jahren war er in ausgezeichneter körperlicher Verfassung gewesen, mit höchstens fünf Pfund Übergewicht, festen Knochen und kräftiger Muskulatur. Was auch immer mit seinen Gehirnzellen passiert sein mochte – seinem *Aussehen* nach war er ein perfekter Kandidat für die Reanimation.

Noch vor zehn Jahren hätte sich ein Arzt in Nyeberns Lage vom Fünf-Minuten-Limit leiten lassen, das damals als maximale Zeitspanne gegolten hatte, während der das menschliche Gehirn auf die Zufuhr von Blutsauerstoff verzichten konnte, ohne daß die geistigen Fähigkeiten dauerhaft beeinträchtigt wurden. In diesen letzten zehn Jahren hatte sich die Reanimationsmedizin jedoch zu einem aufregenden neuen Forschungsgebiet entwickelt, und es waren solche Fortschritte erzielt worden, daß die Theorie des Fünf-Minuten-Limits schließlich als überholt aufgegeben wurde. Mit Hilfe neuartiger Drogen, die freie Radikale unschädlich machen konnten, mit Hilfe von Apparaturen, die Blut abkühlen und erwärmen konnten, mit Hilfe massiver Dosen Epinephrin und anderer Mittel konnten die Ärzte einige Patienten aus immer tieferen Regionen des Todes zurückholen. Und Hypothermie – extreme Abkühlung des Gehirns, die die schnellen und verheerenden chemischen Veränderungen in den Zellen nach Eintritt des Todes verhinderte – verlängerte die Zeitspanne, innerhalb derer ein toter Patient erfolgreich reanimiert werden konnte. Zwanzig Minuten waren mittlerweile nichts Ungewöhnliches mehr. Dreißig waren nicht hoffnungslos. Es gab nachgewiesene Fälle von gelungener Wiederbelebung nach vierzig und fünfzig Minuten. Im Jahre 1988 wurde in Utah ein zweijähriges Mädchen aus einem eisigen Fluß gezogen und zu neuem Leben erweckt, nachdem es mindestens sechsundsechzig Minuten tot gewesen war, ohne Gehirnschäden davonzutragen. Und erst im vergangenen Jahr war in Pennsylvania eine zwanzigjährige Frau siebzig Minuten nach ihrem Tod geistig völlig unbeschadet wiederbelebt worden.

Die vier anderen Mitglieder der Gruppe starrten noch immer auf Jonas.

Der Tod ist nur ein anderer pathologischer Zustand, sagte er sich.

Die meisten pathologischen Zustände waren durch Behandlung reversibel.

Tod war *eine* Sache. Aber *kalt* und tot war etwas anderes.

An Gina gewandt fragte er: »Wie lange ist er schon tot?«

Zu Ginas Aufgaben gehörte es, mit den Notärzten am Ort des Geschehens Funkkontakt aufzunehmen und alle Informationen zu sammeln, die für das Wiederbelebungsteam im Augenblick der Entscheidung ausschlaggebend sein konnten. Sie warf einen Blick auf ihre Uhr – eine Rolex mit geschmacklosem pinkfarbenen Lederband, das aber zu ihren Kniestrümpfen paßte – und berichtete, ohne einen Moment zu zögern: »Sechzig Minuten, aber das ist nur eine Schätzung. Sie wissen nicht genau, wie lange er schon tot war, als sie ihn aus dem Wasser gezogen haben. Könnte auch mehr sein.«

»Oder weniger«, sagte Jonas.

Während er seine Entscheidung traf, trat Helga an Ginas Seite, und gemeinsam tasteten sie den linken Arm der Leiche ab, auf der Suche nach der Hauptvene, für den Fall, daß Jonas sich zur Reanimation entschloß. Blutgefäße im schlaffen Fleisch eines Toten zu lokalisieren, war gar nicht so einfach, weil das Anlegen eines Gummischlauchs den Blutdruck nicht erhöhen würde. In einem toten Organismus gab es keinen Druck.

»Okay, ich riskier's«, sagte Jonas.

Er blickte von Ken zu Kari, Helga und Gina, um ihnen eine letzte Gelegenheit zu geben, seine Entscheidung in Frage zu stellen. Dann schaute er auf seine Timex-Armbanduhr und sprach auf Band: »Es ist 21 Uhr 12, Montagabend, 4. März. Der Patient, Hatchford Benjamin Harrison, ist tot ... aber eine Reanimation scheint möglich.«

Welche Zweifel die anderen zuvor auch gehabt haben mochten, nun zögerten sie keine Sekunde. Sie hatten das Recht – und die Pflicht –, Jonas zu beraten, bevor er die Entscheidung traf, aber sobald sie gefallen war, setzten sie ihr ganzes Wissen und Können ein, um seine Ankündigung, eine Reanimation sei möglich, wahr zu machen.

Lieber Gott, dachte Jonas, ich hoffe, ich habe das Richtige getan.

Gina hatte bereits eine Nadel in die Vene eingeführt, die sie und Helga lokalisiert hatten. Nun schalteten sie die Herz-Lungen-Maschine ein, die Harrisons Körper das Blut entziehen und allmählich auf siebenunddreißig Grad erwärmen würde. Anschließend würde es durch einen anderen Schlauch über eine Oberschenkelvene in den Körper zurückgepumpt werden.

Sobald der Prozeß eingeleitet war, gab es eine Unmenge zu tun. Die Monitore durften keine Sekunde aus den Augen gelassen werden, uni ein Ansprechen des Patienten auf die Therapie durch erste schwache Lebenszeichen nicht zu übersehen. Die von den Notärzten durchgeführte Behandlung mußte berücksichtigt werden, bevor man entscheiden konnte, ob die verabreichte Dosis Epinephrin zu groß war, um Harrison dieses herzstimulierende Hormon noch einmal zuzuführen. Währenddessen zog Jonas ein Tablett mit Medikamenten zu sich heran, die Helga vor Eintreffen der Leiche bereitgestellt hatte, und berechnete die ideale Zusammensetzung – Ingredienzen und Mengen – des chemischen Cocktails, der die freien Radikalen daran hindern sollte, das Gewebe zu schädigen.

»Einundsechzig Minuten«, meldete Gina, vom geschätzten Zeitpunkt des Todes ausgehend. »Wow! Ganz schön lang für einen Plausch mit den Engeln! Den hier zurückzuholen wird kein Kinderspiel, meine Lieben!«

»Neun Grad«, meldete Helga ihrerseits ein leichtes Ansteigen der Körpertemperatur, die sich allmählich der Raumtemperatur anpaßte.

Der Tod ist nur ein ganz gewöhnlicher pathologischer Zustand, rief Jonas sich selbst ins Gedächtnis. Pathologische Zustände sind normalerweise reversibel.

Mit ihrer verblüffend schlanken, langfingrigen Hand legte Helga ein Baumwollhandtuch über die Genitalien des Patienten, und Jonas begriff, daß es sich dabei nicht einfach um eine gewisse Schamhaftigkeit handelte, sondern um eine zartfühlende Geste, die eine wichtige neue Einstellung zu Harrison zum Ausdruck brachte. Ein Toter interessierte sich nicht für Fragen des Anstands. Ein Toter konnte auf Zartgefühl verzichten. Helgas Geste besagte, daß sie an eine Auferweckung dieses Mannes glaubte. Sie glaubte daran, daß er in die menschliche Gemeinschaft zurückkehren würde und deshalb schon jetzt mit Mitgefühl und Takt behandelt werden mußte und nicht nur als interessantes Forschungsobjekt, eine Herausforderung an die Wissenschaft.

2

Das Gras und Unkraut war kniehoch und besonders üppig nach einem ungewöhnlich regnerischen Winter. Eine kühle Brise brachte die Wiese zum Wispern. Gelegentlich flogen Fledermäuse und Nachtvögel über seinen Kopf hinweg oder schossen neben ihm tief herab, weil sie sich vorübergehend von ihm angezogen fühlten, als spürten sie den verwandten räuberischen Instinkt. Doch sobald sie den grausigen Unterschied zwischen sich und ihm wahrnahmen, flogen sie aufgeschreckt davon.

Er stand trotzig da und blickte zu den Sternen am Spätwinterhimmel empor, die noch zwischen den immer dichteren, gen Osten ziehenden Wolken leuchteten. Seiner festen Überzeugung nach war das Universum ein Reich des Todes, in dem Leben eine so seltene Ausnahme bildete, daß es geradezu abartig schien. Das Universum war für ihn ein mit unzähligen öden Planeten gefüllter Raum, der nicht von Gottes Schöpferkraft Zeugnis ablegte, sondern von der Sterilität Seiner Phantasie und vom Triumph der gegen Ihn verbündeten Mächte der Finsternis. Von den beiden Realitäten, die in diesem Universum nebeneinander existierten – Leben und Tod –, war das Leben die viel unbedeutendere. Es war inkonsequent. Die Existenz eines Bürgers im Land der Lebenden blieb auf Jahre, Monate, Wochen, Tage, Stunden beschränkt. Als Bürger im Reich der Toten war man hingegen unsterblich.

Er selbst lebte im Grenzland.

Er haßte die Welt der Lebenden, in die er hineingeboren worden war. Er verabscheute die Maskerade der Lebenden, die so taten, als läge ihnen etwas an Moral und Tugend, an Umgangsformen und an einer Sinngebung. Die Heuchelei in den zwischenmenschlichen Beziehungen, wo Selbstlosigkeit öffentlich proklamiert und Selbstsucht insgeheim praktiziert wurde, amüsierte ihn, widerte ihn aber gleichzeitig an. Jede gute Tat wurde seiner Ansicht nach nur im Hinblick darauf vollbracht, daß sie sich eines Tages hoffentlich auszahlen würde.

Seine größte Verachtung – und manchmal auch Wut – galt jenen, die von Liebe sprachen und behaupteten, ein derartiges Gefühl zu empfinden. Er wußte, daß Liebe mit allen anderen hochgestochenen Tugenden, über die sich Eltern, Lehrer und Priester so gern wortreich ausließen, etwas gemeinsam hatte: sie existierte nicht. Sie war ein Schwindel, ein Betrug, ein Machtmittel und sonst nichts.

Er schätzte statt dessen die Finsternis und das seltsame Anti-Leben der Totenwelt, in die er eigentlich gehörte, aber noch nicht zurückkehren konnte. Sein rechtmäßiger Platz war bei den Verdammten. Er fühlte sich zu Hause im Kreis all jener, die die Liebe verabscheuten, die wußten, daß Lustgewinn der einzige Sinn des Daseins war. Nur das eigene Ich zählte. Begriffe wie »böse« oder »Sünde« waren völlig irrelevant.

Je länger er die Sterne zwischen den Wolken anstarrte, desto heller schienen sie zu werden, bis jeder Lichtpunkt im ungeheuren leeren Raum ihm in die Augen stach. Tränen des Unbehagens raubten ihm die klare Sicht, und er war gezwungen, den Blick auf die Erde zu seinen Füßen zu senken. Sogar bei Nacht war das Land der Lebenden für seinesgleichen viel zu hell. Er brauchte kein Licht, um sehen zu können. Sein Sehvermögen hatte sich der totalen Finsternis des Todes, den Katakomben der Hölle angepaßt. Für Augen wie seine war Licht nicht nur etwas völlig Überflüssiges, sondern ein Ärgernis und manchmal sogar ein Greuel.

Ohne noch einmal zum Himmel hochzusehen, verließ er die Wiese und kehrte auf den rissigen Asphalt zurück. Seine Schritte hallten dumpf an dieser Stätte, die einst von Stimmengewirr und Gelächter erfüllt gewesen war. Wenn er gewollt hätte, hätte er sich aber auch so lautlos wie eine Katze auf der Jagd bewegen können.

Die Wolkendecke riß auf, und das plötzliche Mondlicht ließ ihn zusammenzucken. Er war ringsum von den bizarren Schatten der halbverfallenen Bauten seines Verstecks umgeben. Der Mondschein, der auf dem Asphalt schimmerte und jedem anderen bleich vorgekommen wäre, blendete ihn wie eine grelle Leuchtfarbe.

Er holte eine Sonnenbrille aus der Innentasche seiner Lederjacke und setzte sie auf. So war es besser.

Er zögerte kurz, wußte nicht so recht, was er während der Nachtstunden tun sollte. Zwei Möglichkeiten standen zur Wahl. Er konnte die Zeit bis zur Morgendämmerung mit den Lebenden oder mit den Toten verbringen. Diesmal fiel ihm die Entscheidung noch leichter als sonst, denn in seiner momentanen Stimmung zog er die Toten bei weitem vor.

Er trat aus einem Mondschatten heraus, der wie ein riesiges schiefes, zerbrochenes Rad aussah, und ging auf den verfallenen Bau zu, in dem er seine Toten aufbewahrte. Seine Sammlung.

3

»Vierundsechzig Minuten«, sagte Gina nach einem Blick auf ihre Rolex mit dem pinkfarbenen Lederband. »Bei dem hier könnten wir ganz schön in die Bredouille geraten.«

Jonas konnte nicht glauben, daß die Zeit so schnell verging. Sie schien regelrecht zu verfliegen, viel schneller als gewöhnlich, so als hätte sich jemand mit böser Absicht daran zu schaffen gemacht. Aber diesen Eindruck hatte er immer in solchen Situationen, wenn der Unterschied zwischen Leben und Tod in Minuten und Sekunden gemessen wurde.

Er betrachtete das mehr blaue als rote Blut, das durch den Plastikschlauch in die surrende Herz-Lungen-Maschine lief. Der menschliche Körper enthielt durchschnittlich fünf Liter Blut. Bevor das Wiederbelebungsteam mit Harrison fertig war, würden seine fünf Liter mehrmals durch die Apparatur geleitet, erwärmt und gefiltert worden sein.

Ken Nakamura stand vor einem Schaukasten und betrachtete die Röntgenbilder von Kopf und Brust und die Sonogramme, die im Rettungshubschrauber gemacht worden waren, während er mit 270 Stundenkilometern auf das Krankenhaus in Newport Beach zuraste. Kari beugte sich tief über die Augen des Patienten und versuchte mit Hilfe eines Ophtalmoskops festzustellen, ob es irgendwelche gefährlichen Anzeichen für einen Flüssigkeitsstau im Gehirn gab.

Von Helga assistiert, hatte Jonas mehrere Spritzen mit hohen Dosen verschiedener Neutralisatoren von freien Radikalen gefüllt. Die Vitamine E und C waren hierfür hervorragend geeignet und hatten den Vorteil, daß es sich um natürliche Substanzen handelte; aber er wollte dem Patienten auch chemisch auflösende Präparate verabreichen.

Freie Radikale waren schnelle, unbeständige Moleküle, die bei ihrer Wanderung durch den Körper chemische Reaktionen auslösten, wobei die meisten Zellen, mit denen sie in Berührung kamen, beschädigt wurden. Neueste Forschungsergebnisse legten die Vermutung nahe, daß sie die Hauptursache des Alterungsprozesses waren, was auch erklärte, warum natürliche »Gesundheitspolizisten« wie die Vitamine E und C das Immunsystem stärkten und auf lange Sicht zu jugendlicherem Aussehen und mehr Energie verhalfen. Freie Radikale waren ein Nebenprodukt des natürlichen Stoffwechselprozesses und deshalb im Organismus immer vorhanden. Wenn der Körper jedoch über einen längeren Zeitraum nicht über den Blutkreislauf mit Sauerstoff versorgt wurde, bildeten sich trotz der verzögernden Wirkung von Hypothermie riesige Ansammlungen dieser freien Radikalen. Und zwar viel mehr, als der Körper unter normalen Umständen zu bewältigen hatte. Begann das Herz dann wieder zu schlagen, wurden diese zerstörerischen Moleküle ins Gehirn geschwemmt, mit verheerenden Folgen.

Die Vitamine und chemischen Präparate würden die freien Radikalen unschädlich machen, bevor sie irreversible Schäden anrichten konnten. So hoffte man jedenfalls.

Jonas führte die drei intravenösen Spritzen an verschiedenen Stellen des Oberschenkels ein, injizierte den Inhalt aber noch nicht.

»Fünfundsechzig Minuten«, sagte Gina.

Der Patient war schon erschreckend lange tot.

Der Rekord für eine erfolgreiche Reanimation lag bisher bei siebzig Minuten.

Trotz der kühlen Luft fühlte Jonas, daß ihm auf der Kopfhaut, unter dem schütteren Haar, der Schweiß ausbrach. Er nahm emotional immer viel zuviel Anteil. Einige seiner Kollegen mißbilligten sein übersteigertes Einfühlungsvermögen, sie waren der Überzeugung, daß zwischen Arzt und Patient eine gewisse Distanz herrschen müsse, um die Urteilsfähigkeit nicht zu gefährden. Aber für Jonas war kein Patient *nur* Patient. Jeder dieser Patienten wurde von jemandem geliebt und gebraucht. Jonas war sich unmißverständlich klar, daß, wenn er versagte, davon nicht nur der Patient selbst betroffen war, sondern auch ein weites Netzwerk von Verwandten und Freunden, die um den Toten trauerten und weinten. Sogar wenn Jonas jemanden wie diesen Harrison behandelte, von dem er überhaupt nichts wußte, begann er sich die Angehörigen des Patienten *vorzustellen* und fühlte sich für sie genauso verantwortlich, als würde er sie persönlich gut kennen.

»Der Junge sieht gut aus«, kommentierte Ken die Röntgenbilder und Sonogramme. »Keine Knochenbrüche. Keine inneren Verletzungen.«

»Aber diese Sonogramme wurden *nach* seinem Tod angefertigt«, bemerkte Jonas. »Sie zeigen also keine *funktionierenden* Organe.«

»Richtig. Wir werden weitere Aufnahmen machen, wenn er reanimiert ist, und uns noch mal vergewissern, daß alles in Ordnung ist, aber bis jetzt sieht es erst mal ganz gut aus.«

Kari Dovell hatte ihre Untersuchung der Augen des Toten abgeschlossen und richtete sich wieder auf. »Er könnte eine Gehirnerschütterung haben. Schwer zu sagen.«

»Sechsundsechzig Minuten.«

»Jede Sekunde zählt jetzt, Leute. Seid ihr fertig?« mahnte Jonas, obwohl er wußte, daß das überflüssig war.

Die kühle Luft gelangte nicht an seinen Kopf, weil er eine

Haube trug, aber der Schweiß auf seiner Kopfhaut war eiskalt. Schauer liefen ihm über den Rücken.

Im Rhythmus des künstlichen Pulsschlags der Herz-Lungen-Maschine wurde auf siebenunddreißig Grad erwärmtes Blut durch den transparenten Plastikschlauch in den Körper des Patienten gepumpt.

Jonas injizierte die Hälfte des Inhalts der drei Spritzen in das erste Blut, das durch die Oberschenkelvene floß. Er wartete eine knappe Minute, dann injizierte er auch den Rest.

Helga hatte nach seinen Instruktionen bereits drei weitere Spritzen vorbereitet. Er ersetzte die leeren durch die vollen, injizierte den Inhalt aber noch nicht.

Ken stellte den tragbaren Defibrillator neben den Patienten. Falls Harrisons Herz nach der Reanimation unregelmäßig oder viel zu schnell schlagen sollte, könnte dieses Herzflimmern durch Stromstöße beseitigt werden. Diese Methode wurde aber nur im äußersten Notfall angewandt, denn die Defibrillation konnte bei einem soeben erst von den Toten auferweckten Patienten, dessen Zustand erwartungsgemäß noch äußerst labil war, auch eine gefährliche Gegenreaktion hervorrufen.

Nach einem Blick auf das Digitalthermometer meldete Kari: »Seine Körpertemperatur ist erst bei vierzehn Grad.«

»Siebenundsechzig Minuten«, sagte Gina.

»Viel zu langsam«, meinte Jonas.

»Externe Wärmezufuhr?«

Jonas zögerte.

»Na los. Wir sollten es versuchen«, riet Ken.

»Fünfzehn Grad«, sagte Kari.

»Wenn es in diesem Tempo weitergeht«, kommentierte Helga besorgt, »werden wir bei über achtzig Minuten ankommen, bevor er auch nur annähernd so warm ist, daß das Herz anspringen kann.«

Bei der Vorbereitung des OPs waren für alle Fälle Heizkissen unter das Laken auf dem Operationstisch gelegt worden. Sie erstreckten sich über den Bereich des ganzen Rückgrats.

»Okay«, entschied Jonas.

Kari schaltete die Heizkissen ein.

»Aber ganz behutsam«, riet Jonas.

Kari regelte die Temperatur.

Sie mußten den Körper erwärmen, aber bei einer zu schnellen Erhitzung konnten neue Probleme auftreten. Jede Wiederbelebung war eine Gratwanderung.

Jonas injizierte mehr Vitamin E und C und chemische Mittel.

Der Patient lag bleich und regungslos da. Er erinnerte Jonas an eine lebensgroße Figur in einer alten Kathedrale: ein Christus aus weißem Marmor, im Grabe liegend, vor der erfolgreichsten Auferstehung aller Zeiten.

Kari Dovell hatte Harrisons Lider für die ophtalmoskopische Untersuchung geöffnet, und nun starrte er blicklos an die Decke, während Gina künstliche Tränen in seine Augen tröpfelte, damit die Linsen nicht austrockneten. Bei dieser Arbeit summte sie »Little Surfer Girl« vor sich hin. Sie war ein Beach-Boys-Fan.

In den Augen der Leiche stand weder Schock noch Angst geschrieben, wie man vielleicht hätte erwarten können. Stattdessen hatten sie einen beinahe friedlichen Ausdruck, so als hätten sie im Moment des Todes etwas Wunderbares geschaut.

Gina hatte dem Patienten die Augentropfen verabreicht und warf wieder einen Blick auf die Uhr. »Achtundsechzig Minuten.«

Jonas ertappte sich bei dem unsinnigen Wunsch, ihr den Mund zu verbieten, als würde die Zeit stehenbleiben, wenn sie nicht Minute für Minute angäbe.

Blut wurde durch die Herz-Lungen-Maschine gepumpt.

»Siebzehn Grad.« Helga sagte das in so strengem Ton, als würde sie den Toten am liebsten dafür verprügeln, daß er sich mit dem Erwärmen soviel Zeit ließ.

Nullinien auf dem EKG.

Nullinien auf dem EEG.

»Nun komm schon«, drängte Jonas. »Los, nun mach doch!«

4

Er betrat das Museum der Toten nicht durch eine der oberen Türen, sondern durch die wasserlose Lagune. In der flachen Vertiefung lagen noch immer drei Gondeln auf dem rissigen Beton. Sie waren für jeweils zehn Fahrgäste gedacht, aber diese Gleiskettenboote waren schon vor langer Zeit von den Schienen gekippt worden, auf denen sie einst ihre glücklichen Passagiere transportiert hatten. Sogar bei Nacht und mit Sonnenbrille konnte er sehen, daß diese Gefährte nicht den schwanenhalsartigen Bug der echten venezianischen Gondeln besaßen, sondern mit grinsenden Wasserspeiern als Bugfiguren versehen waren, aus Holz handgeschnitzt und grell bemalt, früher vielleicht furchterregend, nun aber rissig, verwittert und abgeblättert. Die Lagunentüren, die sich in besseren Zeiten schwungvoll geöffnet hatten, sobald eine Gondel angefahren kam, wurden nicht mehr betrieben. Eine war in geöffneter Stellung festgefroren, die andere war geschlossen, hing aber nur noch an zwei ihrer vier verrosteten Scharniere. Durch den offenen Türflügel betrat er einen Gang, der viel schwärzer war als die Nacht, die hinter ihm lag.

Er nahm die Sonnenbrille ab. In dieser Finsternis brauchte er sie nicht.

Er benötigte aber auch keine Taschenlampe. Wo jeder normale Mensch blind gewesen wäre, konnte er sehen.

Der Betonkanal, durch den die Gondeln einst gefahren waren, war einen Meter tief und zweieinhalb Meter breit. Eine viel schmalere Rinne im Boden enthielt den verrosteten Gleiskettenmechanismus – ein endloses Band aus fünfzehn Zentimeter hohen stumpfen Haken, die einst in die Stahlösen auf der Unterseite des Bootsrumpfes eingerastet waren und auf diese Weise die Gondeln fortbewegt hatten. Als das Fahrgeschäft noch in Betrieb gewesen war, hatte Wasser diese Haken unsichtbar gemacht und die Illusion verstärkt, daß die Gondeln einfach in der Strömung trieben. Nun aber sah dieser in der Ferne verschwindende Mechanismus wie die Wirbelsäule eines riesigen prähistorischen Reptils aus.

Die Welt der Lebenden besteht nur aus solchen Täuschungsmanövern, dachte er. Unter der glatten Oberfläche laufen heimliche Mechanismen ab, die weniger schön sind.

Er ging tiefer in das Gebäude hinein. Die Abschüssigkeit des Kanals war zunächst kaum wahrnehmbar, aber ihm fiel sie auf, weil er diesen Weg schon so oft gegangen war.

Über seinem Kopf gab es auf beiden Seiten des Kanals meterbreite Wartungsgänge. Dahinter lagen die Tunnelwände, die schwarz gestrichen worden waren, unauffällige Kulissen für das gruselige Geschehen im Vordergrund.

An manchen Stellen entlang des Kanals gab es Nischen oder sogar richtige Zimmer. In früheren Zeiten waren hier die Figuren untergebracht gewesen, die die Fahrgäste amüsieren oder erschrecken sollten – oder beides: Geister und Trolle, Dämonen und Monster, mit Äxten bewaffnete Irre, die sich über die Leichen ihrer enthaupteten Opfer beugten. In einem der größten Räume hatte es einen kunstvollen Friedhof mit umherwandelnden Zombies gegeben; in einem anderen hatte eine sehr überzeugende fliegende Untertasse von beträchtlichen Ausmaßen Außerirdische ausgespuckt, deren riesige Köpfe mit Haifischzähnen ausgestattet waren. Die roboterartigen Figuren hatten sich bewegt und wild gestikuliert, Grimassen geschnitten und die Fahrgäste auf immer und ewig mit Stimmen vom Tonband eingeschüchtert, die knurrten und heulten, fluchten und drohten.

Nein, nicht auf immer und ewig. Jetzt waren sie alle verschwunden, verschrottet oder von den Gläubigern verkauft, einige auch gestohlen.

Nichts währte ewig.

Nur der Tod.

Dreißig Meter hinter den Eingangstüren endete die erste Etappe der Geisterfahrt. Der Tunnelboden führte nun plötzlich steil in die Tiefe, mit einem Winkel von etwa fünfunddreißig Grad, hinab in die totale Finsternis. Hier hatten sich die Gondeln von den Haken im Boden gelöst und waren ruckartig fünfundvierzig Meter hinabgesaust; unten waren sie in einem Teich gelandet, das Wasser spritzte hoch auf und durchnäßte die vorderen Fahrgäste, zum großen Vergnügen all jener, die das Glück – oder den Verstand – hatten, hinten zu sitzen.

Weil er kein gewöhnlicher Mensch war und über ganz besondere Kräfte verfügte, konnte er sogar in dieser völlig lichtlosen Umgebung ein Stück weit sehen, allerdings nicht bis zum Ende der Steilung. Seine katzenartige Nachtsicht war begrenzt: Im Umkreis von vier bis fünf Metern sah er alles genauso scharf wie bei Tageslicht; dann verschwammen die Konturen allmählich, und auf eine Entfernung von zwölf oder fünfzehn Metern verschluckte die Dunkelheit alles.

Mit leicht zurückgebeugtem Oberkörper, um auf dem abschüssigen Weg nicht das Gleichgewicht zu verlieren, stieg er ins Zentrum der verlassenen Geisterbahn hinab. Er fürchtete sich nicht vor dem, was unten auf ihn lauern könnte. Er fürchtete sich vor nichts mehr. Schließlich war er gefährlicher, brutaler und mörderischer als alles, womit diese Welt ihn bedrohen konnte.

Etwa auf halbem Wege zum früheren Teich hinab nahm er den Geruch des Todes wahr, der mit Strömen kühler, trockener Luft zu ihm aufstieg. Der Gestank erregte ihn. Kein Parfüm, nicht einmal das exquisiteste Parfum auf der zarten Haut einer schönen Frau, hätte sein Blut jemals so in Wallung bringen können wie der unvergleichliche süße Duft von verwestem Fleisch.

5

Unter den Halogenleuchten waren all die Flächen aus rostfreiem Stahl und weißem Email im Operationssaal etwas zu grell für die Augen, wie die geometrischen Formen einer arktischen Landschaft bei starker Sonne. Der Raum schien kühler geworden zu sein, so als würde die in den Toten einströmende Wärme die Kälte aus ihm verdrängen und an die Luft ringsum abgeben. Jonas Nyebern fröstelte.

Helga warf wieder einen Blick auf das Digitalthermometer. »Körpertemperatur auf einundzwanzig Grad gestiegen.«

»Zweiundsiebzig Minuten«, meldete Gina.

»Jetzt sind wir auf Erfolgskurs«, sagte Ken trocken. »Geschichte der Medizin, *Guinness-Buch der Rekorde*, Fernsehauftritte, Bücher, Filme, T-Shirts und Mützen und Gartenzwerge mit unseren Konterfeis ...«

»Ein paar Hunde sind nach neunzig Minuten reanimiert worden«, rief Kari ihm ins Gedächtnis.

»Ja«, stimmte Ken zu, »aber das waren eben *Hunde*. Außerdem waren sie so verrückt, daß sie Knochen jagten und Autos vergruben.«

Gina und Kari lachten leise, und der Scherz linderte die schier unerträgliche Spannung. Nur auf Jonas hatte er keine Wirkung. Er konnte sich während einer Wiederbelebung nie auch nur eine Sekunde lang entspannen, obwohl er genau wußte, daß übermäßige Nervenanspannung die Leistungsfähigkeit eines Arztes beeinträchtigen konnte. Kens Talent, ein bißchen Nervosität wie Dampf abzulassen, war bewundernswert und kam dem Patienten zugute; Jonas war mitten in der Schlacht zu so etwas einfach nicht imstande. »Zweiundzwanzig Grad, dreiundzwanzig.«

Es *war* eine Schlacht. Der Tod war der Gegner: schlau, mächtig und gnadenlos. Für Jonas war der Tod nicht nur ein pathologischer Zustand und nicht einfach das unausweichliche Schicksal aller Lebewesen, sondern ein Wesen, das durch die Welt schweifte, vielleicht nicht immer als jene mythische Gestalt mit dem unter einer Kapuze verborgenen Totenschädel, aber trotzdem eine sehr reale Präsenz. Der Tod.

»Vierundzwanzig Grad.«

»Dreiundsiebzig Minuten.«

Jonas injizierte weitere Drogen in das durch die Vene fließende Blut.

Er vermutete, daß die Kollegen seinen Glauben an den Tod als übernatürliche Kraft mit einem eigenen Willen und Bewußtsein für dummen Aberglauben halten würden. Seine feste Überzeugung, daß der Tod manchmal in leiblicher Gestalt auf Erden wandelte und auch jetzt, wenngleich unsichtbar, in diesem OP gegenwärtig war, würden sie wahrscheinlich sogar als Symptom von geistiger Labilität oder gar beginnendem Wahnsinn werten. Aber Jonas selbst zweifelte nicht an seiner geistigen Gesundheit. Schließlich basierte sein Glaube an den Tod als Wesen auf empirischen Beweisen. Er hatte den verhaßten Feind *gesehen*, als er erst sieben

Jahre alt war, er hatte seine Stimme gehört, hatte ihm in die Augen geblickt, seinen stinkenden Atem gerochen und seine eisigen Finger auf seinem Gesicht gespürt.

»Fünfundzwanzig Grad.«

»Haltet euch bereit«, sagte Jonas.

Die Körpertemperatur des Patienten näherte sich einer Schwelle, jenseits derer die Reanimation jederzeit einsetzen konnte. Kari zog eine Spritze mit Epinephrin auf, und Ken schaltete schon mal den Defibrillator ein. Gina öffnete das Ventil eines Behälters, der eine Spezialmischung von Sauerstoff und Kohlenstoffdioxid enthielt, und nahm die Atemmaske zur Hand, um sich zu vergewissern, daß sie einsatzbereit war.

»Sechsundzwanzig Grad«, sagte Helga. »Siebenundzwanzig.«

Gina schaute auf ihre Uhr. »Gleich ... vierundsiebzig Minuten.«

6

Unten angelangt, betrat er einen höhlenartigen Raum von der Größe einer Flugzeughalle. Hier war einst die Hölle nachgebildet worden, wie ein nicht allzu phantasievoller Designer sie sich vorgestellt hatte, einschließlich der – mit Hilfe von Gas – erzeugten Flammen, die an den Felsformationen aus Beton entlang der Wände leckten.

Das Gas war schon vor langer Zeit abgeschaltet worden. Die Hölle war jetzt kohlpechrabenschwarz. Aber natürlich nicht für ihn.

Er bewegte sich langsam über den Betonboden, der durch eine gewundene Rinne mit einem weiteren Gleiskettenmechanismus zweigeteilt wurde. Hier wurden die Gondeln durch einen See befördert: Geschickte Beleuchtung und blubbernde Luftblasen, die kochendes Öl simulierten, hatten die Illusion eines Feuersees erzeugt. Bei jedem Schritt genoß er den köstlichen Verwesungsgeruch, der immer durchdringender wurde.

Ein Dutzend mechanischer Dämone hatte einst von den

Felsen aus für wohligen Schrecken gesorgt: Die Figuren hatten riesige Fledermausflügel ausgebreitet und aus glühenden Augen harmlose Laserblitze auf die Gondeln geschleudert. Elf Dämonen waren weggeschafft worden, in irgendeinen anderen Vergnügungspark oder zur Verschrottung. Aus unerfindlichen Gründen war ein Teufel hiergeblieben – verrostetes Metall, mottenzerfressene Stoffe, verbeulter Kunststoff, schmutzstarrende hydraulische Vorrichtungen. Er stand noch immer auf einer hohen Felsspitze und wirkte eher kläglich als furchterregend.

Während er an dieser jämmerlichen Figur vorbeiging, dachte er: *Ich bin der einzige echte Dämon, den dieser Ort je gesehen hat und je sehen wird,* und das gefiel ihm.

Schon vor Monaten hatte er seinen früheren Vornamen abgelegt und den Namen eines Dämons angenommen, der ihm aus einem Buch über Satanismus im Gedächtnis geblieben war. Vassago. Einer der drei mächtigsten Prinzen der Hölle, nur Seiner Satanischen Majestät untertan. Vassago. Der Klang dieses Namens gefiel ihm sehr. Er kam ihm so leicht über die Lippen, als hätte er nie anders geheißen.

»Vassago.«

In der tiefen unterirdischen Stille hallte es von den Betonfelsen unheimlich wider: *»Vassago!«*

7

»Achtundzwanzig Grad.«

»Jetzt müßte es passieren«, sagte Ken.

Kari ließ die Monitore nicht aus den Augen. »Nullinien, nichts als Nullinien.«

Ihr Schwanenhals war so zart, daß Jonas den schnellen Puls in ihrer Halsschlagader sehen konnte.

Er blickte auf den Toten hinab. Dessen Halsschlagader pulsierte nicht.

»Fünfundsiebzig Minuten.«

»Falls er zu sich kommt, ist es jetzt ein offizieller Rekord«, sagte Ken. »Wir werden feiern müssen, mit allem Drum und

Dran: Besäufnis, große Kotzerei, Herumtorkeln, sich zum Gespött der Leute machen.«

»Neunundzwanzig Grad.«

Plötzlich schnaufte der Tote.

Jonas zuckte zusammen und starrte auf die Monitore.

Das EKG zeigte krampfartige Bewegungen im Herzen des Patienten.

»Na also«, sagte Kari.

8

Die Figuren der Verdammten, über hundert, als die Hölle noch in Betrieb gewesen war, waren ebenso verschwunden wie elf der zwölf Dämonen. Verstummt waren auch die schauerlichen Schreie der Gemarterten, das Klagen, Heulen und Zähneklappern vom Tonband. Doch nun beherbergte diese verlassene Stätte etwas viel Besseres als Roboter, etwas viel Realistischeres: Vassagos Sammlung.

Im Mittelpunkt des Raumes wartete Satan in all seiner Majestät, grausam und gewaltig. Die massive Statue des Höllenfürsten – vielmehr seines Oberkörpers – war von der Taille bis zu den Hörnerspitzen gut zehn Meter hoch. Früher hauste der Herr der Finsternis in einer tiefen Grube von fünf Meter Durchmesser unter dem See und tauchte in regelmäßigen Abständen aus dem Wasser empor, mit riesigen Feueraugen, knirschenden messerscharfen Zähnen, mahlenden Kiefern und gespaltener Zunge. Mit Donnerstimme warnte er: »Ihr, die ihr hier eingeht, lasset alle Hoffnung fahren!«, und lachte schauerlich.

Vassago war als Junge oft mit dieser Geisterbahn gefahren – damals, als er noch zu den Lebenden gehörte, als er noch kein Bewohner des Grenzlandes war –, und in jener Zeit hatte ihn der Teufel fasziniert, besonders das gräßliche Lachen. Wenn das Monster jetzt wie durch ein Wunder wieder lebendig geworden wäre, hätte es Vassago nicht mehr beeindruckt, denn inzwischen war er alt und erfahren genug, um zu wissen, daß Satan niemals lachte, daß er dazu überhaupt nicht fähig war.

Vassago blieb vor dem emporragenden Luzifer stehen und betrachtete die Statue mit einer Mischung aus Verachtung und Bewunderung. Natürlich war es ein kitschiger Teufel, eben ein Jahrmarktsspuk, der die Blasen kleiner Kinder auf eine harte Probe stellte und weiblichen Teenagern einen willkommenen Vorwand bot, sich kreischend und schutzsuchend in die starken Arme ihrer grinsenden Freunde zu werfen. Aber er mußte doch zugeben, daß der Künstler durchaus eine eigene Vision gehabt hatte, anstatt sich an die traditionelle Darstellung von Satan zu halten. Dies war kein Wüstling mit magerem Gesicht, Adlernase, schmalen Lippen, spitzem Kinn und Ziegenbärtchen. Nein, dies war eine Bestie, die diesen Namen wirklich verdiente: teils Reptil, teils Insekt, teils Mensch, abstoßend genug, um Furcht zu erregen, vertraut genug, um real zu wirken, und fremdartig genug, um Ehrfurcht zu erwecken. Staub, Verwitterung und Feuchtigkeit vieler Jahre hatten ihm Patina verliehen und die grellen Farben verblassen lassen, so daß er jetzt fast so eindrucksvoll aussah wie jene gigantischen Steinstatuen ägyptischer Götter, die in uralten Tempeln gefunden werden, tief begraben in Wüstensand.

Obwohl Vassago nicht wußte, wie Luzifer in Wirklichkeit aussah, und obwohl er vermutete, daß der »Vater der Lüge« viel imposanter – und schrecklicher – als diese Geisterbahnversion war, fand er das Gebilde aus Plastik und Schaumstoff doch so eindrucksvoll, daß er es zum Mittelpunkt seiner heimlichen Existenz in diesem Schlupfwinkel gemacht hatte. Zu Füßen Luzifers hatte er auf dem Betonboden des trockengelegten Sees seine Sammlerstücke kunstvoll arrangiert, teilweise zu seiner eigenen Freude und Belustigung, teilweise aber auch als Opfergabe für den Herrn des Schreckens: Die nackten Körper von sieben Frauen und drei Männern in verschiedenen Stadien der Verwesung waren möglichst vorteilhaft zur Schau gestellt, zehn exquisite Statuen eines perversen Michelangelo in einem Museum des Todes.

9

Ein einziges Schnaufen, einige krampfhafte Zuckungen der Herzmuskeln und eine unwillkürliche Nervenreaktion, die bewirkte, daß der rechte Arm zuckte und die Finger sich öffneten und schlossen wie die Beine einer sterbenden Spinne – das waren die einzigen Lebenszeichen des Patienten, bevor er wieder in die Regungslosigkeit der Toten zurückfiel.

»Dreißig Grad«, meldete Helga.

Ken Nakamura fragte: »Defibrillation?«

Jonas schüttelte den Kopf. »Er hat kein Herzflimmern. Sein Herz schlägt überhaupt nicht. Wir müssen abwarten.«

Kari hielt eine Spritze hoch. »Epinephrin?«

Jonas ließ die Monitore nicht aus den Augen. »Warten wir noch. Wir wollen ihn schließlich nicht zurückholen, nur damit er dann wegen Überdosierung eine Herzattacke erleidet.«

»Sechsundsiebzig Minuten.« Helgas Stimme klang so jung, atemlos und aufgeregt, als würde sie den Punktestand eines Volleyballspiels am Strand angeben.

»Einunddreißig Grad.«

Harrison schnaufte wieder. Sein Herz stotterte, was sich auf dem Bildschirm des Elektrokardiographen als Zackenbewegung darstellte. Ein Schauder durchlief seinen ganzen Körper. Dann zeigte das EKG wieder Nullinien an.

Die Griffe der Elektroden umfassend, warf Ken Jonas einen erwartungsvollen Blick zu.

»Zweiunddreißig Grad«, verkündete Helga. »Er ist im richtigen Temperaturbereich, und er will zurück.«

Jonas spürte, wie ihm der Schweiß jetzt über die rechte Schläfe und den Kieferknochen rann. Das war der schlimmste Teil der ganzen Prozedur: dieses Warten, um dem Patienten eine Chance zu geben, den entscheidenden Anstoß aus eigener Kraft zu schaffen, anstatt ihn durch weitere Methoden künstlicher Reanimation zu belasten.

Ein drittes spasmodisches Herzzucken war auf dem Bildschirm wieder als Zackenlinie zu erkennen, aber sie brach schneller ab als die vorangegangenen und war von keiner

Reaktion der Lunge begleitet. Es waren auch keine Muskelzuckungen zu sehen. Harrison lag regungslos und schlaff da.

»Er schafft den Sprung nicht«, sagte Kari Dovell.

Ken stimmte ihr zu. »Wir werden ihn verlieren.«

»Siebenundsiebzig Minuten.«

Nicht vier Tage im Grab wie Lazarus, bevor Jesus ihn auferweckte, dachte Jonas, aber auch siebenundsiebzig Minuten Tod sind schon viel.

»Epinephrin«, sagte er.

Kari reichte ihm die Spritze, und er setzte die Injektion augenblicklich in dieselbe Venenöffnung, die er schon vorher benutzt hatte.

Ken beugte sich mit den Elektroden in den Händen über den Patienten, um keine Sekunde zu verlieren, wenn ein Stromstoß erforderlich sein würde.

Das Epinephrin, ein starkes Hormon, das aus den Nebennieren von Schafen und Rindern gewonnen und von manchen Reanimationsspezialisten als »Wiederbelebungselixier« bezeichnet wird, wirkte auf Harrison so unmittelbar wie irgendein Elektroschock. Der schale Atem des Todes brach aus ihm hervor, er schnappte nach Luft, so als würde er noch immer in jenem eisigen Fluß ertrinken, er zuckte heftig, und sein Herz begann so schnell zu rasen wie das eines Kaninchens, dem ein Fuchs dicht auf den Fersen ist.

10

Vassago hatte jedes Stück seiner makabren Sammlung mit sehr viel Bedacht arrangiert. Die zehn Leichen einfach achtlos auf dem Betonboden liegen zu lassen, wäre ihm wie ein Sakrileg vorgekommen. Er respektierte den Tod nicht nur, sondern liebte ihn leidenschaftlich, war von ihm genauso durchdrungen wie Beethoven von der Musik oder Rembrandt von der Malerei. Der Tod war schließlich das Geschenk Satans an die Bewohner des Gartens Eden gewesen, ein Geschenk in hübscher Verpackung. Er war der Urheber des Todes, und sein war das Reich des ewigen Todes. Jedes

Fleisch, das vom Tod gezeichnet worden war, mußte mit der gleichen Ehrfurcht behandelt werden, wie sie ein gläubiger Katholik der heiligen Eucharistie bezeugt. Genauso, wie ihr Gott angeblich in der dünnen Oblate aus ungesäuertem Brot gegenwärtig ist, war das Antlitz von Vassagos unversöhnlichem Gott überall dort zu sehen, wo es nach Moder roch.

Die erste Leiche, die er Satan dargebracht hatte, war Jenny Purcell, eine zweiundzwanzigjährige Kellnerin, die in einer Imbißstube im Stil der 50er Jahre gearbeitet hatte, wo aus der Jukebox Elvis Presley, Chuck Berry, Lloyd Price, die Platters, Buddy Holly, Connie Francis und die Everly Brothers tönten. Jenny hatte Spätschicht gehabt, und als Vassago hereinkam und einen Hamburger und ein Bier bestellte, fand sie seine schwarze Kleidung und die dunkle Sonnenbrille, die er auch beim Essen nicht abnahm, unheimlich faszinierend.

Ein cooler Typ, dachte sie. Er sah interessant aus, sein hübsches Milchgesicht stand in scharfem Gegensatz zu einem energischen Kinn und einem harten Mund. Sein dichtes schwarzes Haar, das ihm in die Stirn fiel, verlieh ihm eine leichte Ähnlichkeit mit dem jungen Elvis. *Wie heißt du,* fragte sie, und er sagte: *Vassago,* und sie sagte: *Ich meine, mit Vornamen,* und er sagte: *Vassago und sonst nichts,* und das verwirrte sie und regte ihre Phantasie noch mehr an, und sie fragte: *Echt? So wie Cher nur einen Namen hat oder Madonna oder Sting?* Er blickte ihr durch seine dunklen Brillengläser tief in die Augen und sagte: *Ja – irgendwelche Probleme damit?* Die hatte sie nicht, ganz im Gegenteil. Sie fand ihn unheimlich attraktiv, weil er so »anders« war, aber sie entdeckte erst später – viel zu spät *wie* anders er war.

Alles an Jenny wies sie in seinen Augen als Nutte aus. Nachdem er sie mit einem zwanzig Zentimeter langen Stilett erdolcht hatte, brachte er sie deshalb in eine Stellung, die zu einer liederlichen Person paßte. Er zog sie aus und setzte sie auf den Boden, mit weit gespreizten Schenkeln und hochgezogenen Knien. Damit sie nicht umfiel, band er ihre zarten Handgelenke an den Schienbeinen fest. Dann zog er mit Hilfe starker Seile ihren Kopf vornüber nach unten, viel tiefer, als sie sich hätte vorbeugen können, als sie noch am Leben gewesen war, so daß ihr Zwerchfell brutal zusammengedrückt wurde. Zuletzt wickelte er die Seile um ihre Schenkel, so daß sie nun bis in alle Ewigkeit die Spalte zwischen ihren Beinen betrachten und über ihre Sünden nachdenken konnte.

Jenny war das erste Stück in seiner Sammlung gewesen. Seit neun Monaten tot und aufgebunden wie ein Schinken in der Räucherkammer, war sie mittlerweile ausgedörrt, eine mumifizierte Schale, an der Würmer und andere Verwesungsliebhaber kein Interesse mehr hatten. Sie stank auch nicht mehr so wie früher.

In ihrer abartigen Position hatte sie inzwischen mit einem Lederball mehr Ähnlichkeit als mit einem menschlichen Wesen. Man konnte sich kaum noch vorstellen, daß sie einmal eine sehr lebendige Person gewesen war, und fast genauso schwierig war es, in ihr eine tote Person zu erkennen. Folglich schien der Tod nicht mehr in ihren Überresten zu residieren. Für Vassago hatte sie aufgehört, eine Leiche zu sein; sie war nur noch ein eigenartiger Gegenstand, scheinbar schon immer unbelebt. Deshalb hatte er an ihr, obwohl sie seine Sammlung eröffnet hatte, nur noch ein minimales Interesse.

Er war einzig und allein vom Tod und von den Toten fasziniert. Die Lebenden interessierten ihn nur insofern, als sie den Keim des Todes in sich trugen.

11

Das Herz des Patienten schwankte zwischen leicht und stark beschleunigter Tätigkeit hin und her, zwischen hundertzwanzig und über zweihundertdreißig Schlägen pro Minute, ein durch das Epinephrin und die Hypothermie bedingter vorübergehender Zustand. Nur daß es sich hier nicht um einen vorübergehenden Zustand zu handeln schien. Die Arrhythmie wurde im Gegenteil immer stärker, was letztlich zum Herzstillstand führen konnte.

Jonas schwitzte jetzt nicht mehr; er war viel ruhiger, seit der Kampf mit dem Tod voll entbrannt war. »Gib ihm lieber einen Stoß«, sagte er. Keiner zweifelte daran, wem diese Aufforderung galt, und Ken Nakamura drückte die kalten Elektroden denn auch sofort auf Harrisons Brust, oberhalb und unterhalb des Herzens. Der Patient bäumte sich auf und prallte heftig auf den Tisch zurück, ein Geräusch, als hätte man mit einer Eisenstange auf ein Ledersofa geschlagen – *Wuwumm!*

Jonas starrte selbst auf den Elektrokardiographen, obwohl Karl die Linien auf dem Bildschirm laut erklärte: »Noch immer zweihundert Schläge pro Minute, aber rhythmisch … ja … regelmäßig … regelmäßig …«

Auf dem Elektroenzephalographen waren jetzt Alpha- und Beta-Gehirnströme zu beobachten, die für einen bewußtlosen Menschen durchaus im normalen Bereich lagen.

»Die Lunge arbeitet selbständig«, meldete Ken.

»Okay«, entschied Jonas, »beatmen, damit er genug Sauerstoff in seine kleinen grauen Zellen kriegt.«

Gina legte Harrison sofort die Sauerstoffmaske aufs Gesicht.

»Körpertemperatur auf vierunddreißig Grad gestiegen«, berichtete Helga.

Die Lippen des Patienten waren noch immer bläulich, aber unter seinen Fingernägeln war diese Verfärbung bereits fast verschwunden.

Auch seine Muskelspannkraft regenerierte sich. Sein Fleisch war nicht mehr so schlaff wie das eines Toten. Während das Leben in seine tiefgefrorenen Glieder zurückkehrte, begannen seine geplagten Nervenenden unkontrolliert zu zucken.

Seine Augen rollten und hüpften unter den geschlossenen Lidern, ein sicheres Anzeichen von REM-Schlaf. Er träumte.

»Hundertzwanzig Schläge pro Minute«, sagte Kari, »jetzt völlig rhythmisch … sehr stabil.«

Gina warf einen Blick auf ihre Uhr und stieß vor Staunen laut den Atem aus. »Achtzig Minuten!«

»Sackerment!« rief Ken ungläubig, »wir haben den Rekord um zehn Minuten geschlagen!«

Jonas gab die offizielle Erklärung für das Tonband ab: »Patient um 21 Uhr 32 am Montagabend, 4. März, erfolgreich reanimiert.«

Zu lautem Jubel, wie er auf einem richtigen Schlachtfeld jetzt wohl zu hören gewesen wäre, waren sie nicht aufgelegt, aber sie beglückwünschten einander und lächelten sich erleichtert und glücklich an. Ihre Zurückhaltung hatte nichts mit falscher Bescheidenheit zu tun. Sie waren sich einfach bewußt, daß Harrisons Zustand weiterhin kritisch war. Den Kampf mit dem Tod hatten sie zwar gewonnen, aber ihr Patient hatte das Bewußtsein noch nicht wiedererlangt. Solange man seinen Geisteszustand nicht überprüfen konnte, ließ sich nicht ausschließen, daß er nur ins Leben zurückgeholt worden war, um jämmerlich dahinzuvegetieren, tragisch eingeschränkt in seinen Möglichkeiten, weil er irreparable Gehirnschäden erlitten hatte.

12

Berauscht vom köstlichen Parfum des Todes und geborgen in der unterirdischen Abgeschiedenheit, ging Vassago bewundernd an seiner Kollektion entlang, die Luzifers Kolossalstatue kreisbogenförmig zu einem Drittel umgab.

Eines der männlichen Exponate war ihm ins Netz gegangen, als es nachts auf einem gottverlassenen Abschnitt des Ortega Highway einen Reifen wechselte. Das zweite hatte auf einem Parkplatz am Strand im Wagen geschlafen. Das dritte hatte versucht, Vassago in einer Bar in Dana Point abzuschleppen. Es war nicht einmal eine Schwulenkneipe gewesen. Der Bursche war einfach betrunken gewesen, einsam, verzweifelt – und leichtsinnig.

Nichts brachte Vassago so in Rage wie die sexuellen Bedürfnisse und Lüste anderer. Er selbst hatte an Sex kein Interesse mehr, und er vergewaltigte keine der Frauen, die er umbrachte. Aber der Ekel und Zorn, die ihn überfielen, sobald er bei anderen sexuelle Begierden wahrnahm, hatten nichts mit Neid zu tun, beruhten keineswegs auf dem Gefühl, daß seine Impotenz ein Fluch oder auch nur eine unfaire Benachteiligung sei. Nein, er war froh, von Lust und

Begierde frei zu sein. Seit er ein Bürger des Grenzlandes war, kannte er ganz andere Freuden. Er konnte sich selbst nicht so recht erklären, warum ihn allein schon der Gedanke an Sex manchmal so in Wut brachte, warum ein kleiner Flirt oder ein kurzer Rock oder auch ein enger Pulli über üppigen Brüsten ihn zum Foltern und Morden anstacheln konnte, aber er vermutete, daß es der unauflösliche Zusammenhang zwischen Sex und Leben war, der ihn anwiderte. Neben dem Selbsterhaltungstrieb war Sexualität die stärkste Motivation menschlichen Handelns, jedenfalls wurde das immer wieder behauptet. Sex führte zur Entstehung neuen Lebens. Und weil er das Leben in all seiner protzenden Vielfalt haßte, blindwütig haßte, haßte er Sex natürlich auch.

Er tötete Frauen lieber als Männer, weil die Gesellschaft Frauen in weit stärkerem Maße dazu verleitete, ihre Sexualität zur Schau zu stellen, mit Hilfe von Make-up, verführerischen Düften, offenherzigen Kleidern und kokettem Getue. Außerdem war es der Schoß der Frau, aus dem neues Leben geboren wurde, und Vassago hatte sich geschworen, Leben zu vernichten, wo immer er nur konnte. Von Frauen kam das eine, was er an sich selbst verabscheute: der Funke Leben, der noch immer in ihm brannte und ihn daran hinderte, in das Land der Toten einzugehen, wohin er gehörte.

Außer Jenny besaß er weitere sechs weibliche Exponate: zwei Hausfrauen, eine junge Anwältin, eine Arzthelferin und zwei College-Studentinnen. Obwohl er sich bei jeder Leiche viel Mühe gegeben hatte, Persönlichkeit, Gesinnung und Schwächen der Frau durch das jeweilige Arrangement zum Ausdruck zu bringen und obwohl er ein großes Talent für Kadaverkunst besaß, speziell was die Verwendung verschiedenartigster Requisiten anlangte, so gefiel ihm doch der Effekt, den er bei einer der Studentinnen erzielt hatte, mehr als all seine anderen Werke zusammen.

Vor ihr blieb er stehen.

Er betrachtete sie in der Dunkelheit, begeistert über sein Meisterwerk …

Margaret …

Zum erstenmal sah er sie bei einem seiner rastlosen nächtlichen Streifzüge, in einer schwach beleuchteten Bar unweit des Universitätsgeländes, wo sie an einer Diätcola nippte, entweder weil sie noch nicht alt genug war, um wie ihre Freunde Bier ausgeschenkt zu bekommen, oder aber, weil sie sich nichts aus Alkohol machte. Er vermutete das letztere.

Ihr war deutlich anzumerken, daß sie sich in der lauten, verrauchten Kneipe denkbar unwohl fühlte. Sogar aus einiger Entfernung konnte Vassago an ihrer Körpersprache und ihren Reaktionen auf ihre Freunde erkennen, daß sie im Grunde schüchtern war, sich aber den anderen anzupassen versuchte, obwohl sie tief im Herzen wußte, daß sie nie ganz dazugehören würde. Das laute Stimmengewirr der zumeist Angetrunkenen, das Klirren der Gläser, die ohrenbetäubende Jukebox-Musik von Madonna, Michael Jackson und Michael Bolton, der Gestank nach Zigaretten und abgestandenen Bier, der Schweißgeruch grüner Bubis auf der Suche nach willigen Opfern – nichts von alldem berührte sie. Sie saß in dieser Bar, aber das alles prallte einfach an ihr ab, an einer unbändigen inneren Energie, die größer war als die der anderen jungen Männer und Frauen zusammengenommen.

Sie war so ungeheuer lebendig, daß sie regelrecht zu leuchten schien. Vassago konnte kaum glauben, daß durch ihre Adern das normale träge Menschenblut floß. Es hatte vielmehr den Anschein, als pumpte ihr Herz destillierte Lebensessenz.

Diese Vitalität zog ihn magisch an. Es würde ungeheuer befriedigend sein, eine so hell lodernde Lebensflamme auszulöschen.

Um herauszufinden, wo sie wohnte, folgte er ihr auf dem Nachhauseweg. In den beiden nächsten Tagen holte er im College Informationen über sie ein, nicht minder eifrig als jeder Student, der Material für eine Seminararbeit sammelt.

Ihr Name war Margaret Ann Campion. Sie war im letzten Studienjahr, zwanzig Jahre alt, und ihr Hauptfach war Musik. Sie spielte Klavier, Flöte, Klarinette und Gitarre und konnte auch fast jedem anderen Instrument, für das sie sich interessierte, nach kurzer Zeit wohlklingende Töne entlocken. Sie zählte zu den bekanntesten und meistbewunderten Studentinnen ihrer Fakultät, und man sagte ihr auch ein ungewöhnliches Kompositionstalent nach. Von Natur aus eher schüchtern, war sie bemüht, ihre Hemmungen zu überwinden, und beschränkte ihre Aktivitäten deshalb nicht nur auf die Musik. Sie war eine gute Läuferin, die zweitschnellste in ihrer Gruppe, und sie setzte sich bei Wettkämpfen voll ein. Sie schrieb für die Studentenzeitung über Musik und Filme, und sie war bei den Baptisten aktiv.

Ihre erstaunliche Vitalität äußerte sich nicht nur in der Begeisterung, mit der sie Musik spielte und komponierte, nicht nur in der fast schon spirituellen Aura, die Vassago in der Bar wahrgenommen hatte, sondern sie spiegelte sich auch in ihrem Äußeren wider. Sie war unvergleichlich schön, mit dem Körper einer Sexgöttin und dem Gesicht einer Heiligen. Reine Haut. Perfekte Backenknochen. Volle Lippen, ein breiter Mund, ein warmes Lächeln. Strahlend blaue Augen. Sie kleidete sich bewußt unauffällig, so als wollte sie ihre herrlich vollen Brüste, die Wespentaille, den straffen Po und die langen, schlanken Beine verbergen. Aber er war davon überzeugt, daß sie sich, wenn er sie entkleidete, als das erweisen würde, was er auf den ersten Blick in ihr erkannt hatte: eine perfekte Gebärmaschine, ein von Leben sprühendes Geschöpf, in dem irgendwann ein neues Leben von unvergleichlicher Schönheit empfangen werden und heranreifen könnte.

Er wollte sie tot sehen.

Er wollte, daß ihr Herz zu schlagen aufhörte, und dann würde er sie stundenlang in seinen Armen halten und spüren, wie die Wärme des Lebens langsam aus ihr entwich, bis sie kalt war.

Es kam ihm so vor, als könnte dieser eine Mord ihm endlich den Weg aus dem Grenzland, in dem er leben mußte, ins Land der Toten und Verdammten ebnen, in das er gehörte und nach dem er sich so sehnte.

Margaret beging den Fehler, um elf Uhr abends allein in eine Münzwäscherei ihrer Wohnanlage zu gehen. Viele der

Wohnungen waren an wohlhabende Rentner vermietet; und da die University of California in Irvine nicht weit entfernt war, wohnten hier auch Studenten, die sich zu zweit oder zu dritt die Miete teilten. Diese Mieterstruktur und die Tatsache, daß es hier immer friedlich und gesittet zuging, die Übersichtlichkeit der Anlage mit ihren vielen Grünflächen und der hellen Beleuchtung gaben Margaret wohl ein trügerisches Gefühl von Sicherheit.

Als Vassago den Waschsalon betrat, war Margaret gerade dabei, ihre schmutzigen Sachen in die Trommel einer Maschine einzulegen. Sie lächelte ihm zu, ein wenig überrascht, aber keineswegs ängstlich, obwohl er ganz in Schwarz gekleidet war und nachts eine Sonnenbrille trug.

Wahrscheinlich hielt sie ihn für einen dieser Unistudenten, die mit exzentrischer Aufmachung ihren rebellischen Geist und ihre intellektuelle Überlegenheit demonstrieren wollten. Solche Typen gab es auf jedem Campus zur Genüge, da es nun einmal einfacher war, sich wie ein rebellischer Intellektueller *anzuziehen* als wirklich einer zu *sein*.

»Oh, tut mir leid, Miss«, sagte er, »ich habe nicht gesehen, daß jemand hier ist.«

»Das macht nichts. Ich brauche nur diese eine Maschine«, erwiderte sie freundlich. »Es sind noch zwei andere da.«

»Nein, ich habe mein Zeug schon gewaschen, aber als ich die Klamotten dann zu Hause aus dem Korb nahm, habe ich festgestellt, daß eine Socke fehlt. Wahrscheinlich habe ich sie in einem der Trockner vergessen. Aber ich wollte Sie nicht stören. Tut mir wirklich leid.«

Sie lächelte noch breiter, vielleicht weil es ihr komisch vorkam, daß ein Möchtegern-James-Dean, ein schwarzgewandeter Rebell, der auch nicht wußte, was er tat, so höflich war – oder daß er selbst seine Wäsche wusch und nach verlorenen Socken suchte.

Inzwischen stand er neben ihr. Er schlug ihr ins Gesicht – zwei harte Boxhiebe genügten zum K. o. Sie sackte auf dem Vinylboden zusammen wie ein Haufen nasser Wäsche.

Als sie später in der ausgeräumten Hölle der vermodernden Geisterbahn zu sich kam und feststellte, daß sie nackt und an Händen und Füßen gefesselt auf dem Betonboden lag und in dem lichtlosen Raum absolut nichts sehen konnte, versuchte sie nicht, um ihr Leben zu betteln, wie einige der anderen es getan hatten. Sie bot ihm nicht ihren Körper an, tat nicht so, als würde seine Brutalität oder die Macht, die er über sie besaß, sie erregen. Sie bot ihm weder Geld, noch behauptete sie, ihn zu verstehen und Sympathie für ihn zu empfinden in dem jämmerlichen Versuch, ihn weich zu stimmen und zum Verbündeten und Freund zu machen. Sie schrie nicht, weinte nicht, klagte nicht, fluchte nicht. Sie war anders als die anderen, denn sie fand Hoffnung und Trost in unablässigem inbrünstigen leisen Gebet. Aber sie betete nicht darum, von ihrem Peiniger erlöst zu werden, in die Welt, der sie entrissen worden war, zurückkehren zu können – sie schien zu wissen, daß ihr Tod unvermeidlich war. Statt dessen betete sie, daß ihre Familie die Kraft aufbringen möge, ihren Verlust zu verschmerzen, daß Gott ihre beiden jüngeren Schwestern behüten, und sogar, daß ihrem Mörder göttliche Gnade und Vergebung zuteil werden möge.

Vassago haßte sie bald von ganzem Herzen. Er wußte, daß es so etwas wie Liebe und Gnade nicht gab, daß das nur leere Worte waren. Er hatte niemals Liebe verspürt, weder während seiner Zeit im Grenzland noch früher, als er noch zu den Lebenden gehört hatte. Allerdings hatte er oft so getan, als liebte er jemanden – Vater, Mutter, ein Mädchen –, um zu bekommen, was er haben wollte, und sie hatten sich immer täuschen lassen. Sich der naiven Täuschung hinzugeben, Liebe könnte in anderen existieren, obwohl man selbst dieses Gefühl nicht kannte, war ein Zeichen fataler Schwäche. Die ganzen sogenannten zwischenmenschlichen Beziehungen waren im Grunde doch nur ein Spiel, bei dem jeder betrog und heuchelte, und was die guten von den unfähigen Spielern unterschied, war die Fähigkeit, dieses Spiel zu durchschauen.

Um Margaret zu zeigen, daß man ihn nicht täuschen konnte und daß ihr Gott machtlos war, belohnte Vassago ihre stillen Gebete mit einem langen, qualvollen Tod. Schließlich schrie sie doch noch. Aber ihre Schreie waren nicht befriedigend, denn sie waren nur Ausdruck von physischem Schmerz, nicht aber von Angst, Wut oder Verzweiflung.

Er dachte, sie würde ihm besser gefallen, wenn sie erst einmal tot wäre, aber er haßte sie auch dann noch. Einige Minuten lang drückte er ihren Körper an sich und fühlte, wie die Wärme daraus entwich. Aber auch das war nicht so erregend, wie er es sich vorgestellt hatte. Weil sie mit einem ungebrochenen Glauben an das ewige Leben gestorben war, hatte sie Vassago um die Befriedigung betrogen, in ihren Augen die Erkenntnis des Todes zu sehen. Er stieß ihren schlaffen Körper angewidert von sich.

Jetzt, zwei Wochen nach ihrem Tod, kniete Margaret Campion in ständigem Gebet auf dem Boden der Geisterbahnhölle. Sie war sein bisher letztes Sammlerstück. Sie konnte nicht umkippen, weil sie an eine Eisenstange gebunden war. Dafür hatte er nicht einmal die Mühe gescheut, ein Loch in den Betonboden zu bohren. Sie war nackt und wandte dem riesigen Satan den Rücken zu. Obwohl sie Baptistin gewesen war, umklammerte sie mit ihren toten Händen ein Kruzifix, weil ihm das besser gefiel als ein einfaches Kreuz; sie hielt es verkehrt herum, so daß der Kopf mit der Dornenkrone nach unten wies. Margarets eigener Kopf war abgeschnitten und sodann mit größter Sorgfalt wieder angenäht worden – in umgekehrter Richtung. Auf diese Weise drehte sie Satan zwar den Rücken zu, aber ihr Gesicht war ihm zugewandt, nicht dem Kruzifix, das sie unehrerbietig in den Händen hielt. Diese Position symbolisierte ihre Heuchelei, verhöhnte ihren Glauben an die Liebe und das ewige Leben.

Obwohl ihre Ermordung ihm bei weitem nicht soviel Vergnügen bereitet hatte wie das anschließende Arrangieren des Kunstwerkes, war Vassago noch immer sehr zufrieden, daß er ihre Bekanntschaft gemacht hatte. Ihr Eigensinn, ihre Dummheit und Selbsttäuschung hatten ihm die Freude an ihrem Tod verdorben, aber zumindest war jene Aura erloschen, von der sie in der Bar umgeben gewesen war. Ihre unerträgliche Vitalität war dahin. Das einzig Lebendige in ihr waren jetzt die vielen Maden, die sich in ihrem Körper tummelten und sich an ihrem Fleisch gütlich taten. In absehbarer

Zeit würde auch sie nur eine verdorrte Hülse sein, wie Jenny, die Kellnerin.

Während er Margaret betrachtete, erwachte in ihm ein vertrautes Bedürfnis, das bald zwanghaft wurde. Er wandte sich von seiner Kollektion ab, durchquerte den riesigen Raum, eilte die Rampe hinauf, in den Eingangstunnel. Ein Objekt auszuwählen, zu töten und in ästhetisch perfekter Pose zu arrangieren, verschaffte ihm normalerweise anschließend eine Ruhepause von etwa einem Monat. Doch diesmal war er schon nach weniger als zwei Wochen gezwungen, ein neues würdiges Opfer zu finden.

Bedauernd ließ er den läuternden Duft des Todes hinter sich und mußte sich wieder an eine Luft gewöhnen, die mit den Gerüchen des Lebens verpestet war – wie ein Vampir, der gezwungen ist, Jagd auf die Lebenden zu machen, obwohl er die Gesellschaft der Toten bevorzugt.

13

Um halb elf, fast eine Stunde nach seiner Wiederbelebung, war Harrison noch immer bewußtlos. Seine Körpertemperatur war normal. Herzschlag und Atmung waren äußerst zufriedenstellend. Und obwohl die Alpha- und Beta-Gehirnwellen tiefen Schlaf anzeigten, gab es keinerlei alarmierende Hinweise darauf, daß es sich um ein Koma handeln könnte.

Als Jonas schließlich erklärte, der Patient sei außer unmittelbarer Lebensgefahr, und ihn in ein Privatzimmer im fünften Stock bringen ließ, beschlossen Ken Nakamura und Kari Dovell nach Hause zu fahren. Jonas ließ Helga und Gina bei dem Patienten und begleitete den Neurologen und die Kinderärztin zu den Waschbecken und schließlich bis zum Dienstausgang, der auf den Parkplatz für das Personal führte. Sie sprachen kurz über Harrison und über die Behandlungsmethoden, die am nächsten Morgen vielleicht erforderlich sein würden, aber größtenteils unterhielten sie sich über Belanglosigkeiten und erzählten einander den neuesten Klatsch, obwohl man eigentlich hätte meinen können, daß sie über solche Banalitäten erhaben sein müßten, nachdem sie soeben an einem Wunder mitgewirkt hatten.

Hinter der Glastür sah die Nacht kalt und unfreundlich aus. Es hatte zu regnen begonnen. Pfützen füllten jede Unebenheit im Pflaster, und im Schein der Parkplatzbeleuchtung sahen sie wie zerbrochene Spiegel aus, wie eine Ansammlung scharfer silbriger Scherben.

Kari küßte Jonas auf die Wange und lehnte sich sekundenlang an ihn. Sie schien etwas sagen zu wollen, fand aber offenbar nicht die richtigen Worte. Dann straffte sie sich wieder, stellte ihren Mantelkragen hoch und eilte in den windgepeitschten Regen hinaus.

Ken Nakamura blieb noch neben Jonas stehen. »Ich hoffe, du weißt, daß sie die ideale Partnerin für dich wäre.«

Jonas betrachtete die zum Wagen rennende Frau durch die nasse Glasscheibe hindurch. Es wäre eine Lüge gewesen zu behaupten, daß er in Kari nie auch die Frau sah. Sie war zwar sehr groß und schlank und hatte ein einschüchterndes Auftreten, aber zugleich war sie doch sehr feminin. Er bewunderte oft ihre schmalen Handgelenke und ihren Schwanenhals, der zu anmutig und zart schien, um ihren Kopf tragen zu können. Aber sie war intellektuell und emotional viel stärker, als sie aussah. Andernfalls hätte sie nie all die Hindernisse und Herausforderungen überwinden können, mit denen eine Frau in der Welt der Medizin konfrontiert wurde, wo noch immer Männer dominierten, für die Chauvinismus oft weniger eine Charaktereigenschaft als vielmehr ein Glaubensartikel war.

»Du bräuchtest sie nur zu fragen, Jonas«, fuhr Ken fort, »weiter nichts.«

»Ich bin nicht frei.«

»Du kannst nicht ewig um Marion trauern.«

»Es ist erst zwei Jahre her.«

»Ja, aber irgendwann mußt du dich dem Leben zuwenden.«

»Noch nicht.«

»Wann dann? Oder nie?«

»Ich weiß es nicht.«

Kari Dovell hatte inzwischen ihren Wagen erreicht und war rasch eingestiegen.

»Sie wird nicht ewig warten«, sagte Ken.
»Gute Nacht, Ken.«
»Andeutung verstanden.«
»Gut.«

Mit einem bedauernden Lächeln zog Ken die Tür auf, und der Wind peitschte durchsichtige Regentropfen auf die grauen Fliesen. Ken rannte in die Nacht hinaus.

Jonas wandte sich von der Tür ab und ging die Korridore entlang zu den Aufzügen. Er fuhr in den fünften Stock hinauf.

Er hatte Ken und Kari nicht zu sagen brauchen, daß er im Krankenhaus übernachten würde. Sie wußten, daß er es nach einer gelungenen Reanimation immer so hielt. Für sie war die Wiederbelebungsmedizin ein faszinierendes neues Forschungsgebiet, eine interessante Weiterführung ihrer eigentlichen Arbeit, eine Möglichkeit, ihr Fachwissen zu erweitern und geistig flexibel zu bleiben. Jeder Erfolg war sehr befriedigend, weil er ihnen eindringlich ins Gedächtnis rief, warum sie überhaupt Ärzte geworden waren – um zu heilen. Aber für Jonas war es mehr als nur das. Jede Reanimation war eine gewonnene Schlacht im nicht endenwollenden Krieg mit dem Tod, nicht einfach eine Heilung, sondern eine trotzige Herausforderung, eine zornig geballte Faust, die er dem Schicksal entgegenreckte. Die Wiederbelebungsmedizin war seine Liebe, seine Leidenschaft, seine Daseinsberechtigung, der einzige Grund, weshalb er morgens aufstand und in einer Welt weiterlebte, die ansonsten unerträglich farblos und sinnlos geworden war.

Er hatte sich bei einem halben Dutzend Universitäten beworben und angeboten, an der jeweiligen medizinischen Fakultät zu lehren, wenn im Gegenzug ein Forschungszentrum für Reanimationsmedizin unter seiner Leitung geschaffen würde, wobei er einen beträchtlichen Teil der notwendigen Finanzmittel selber auftreiben könnte. Er war sowohl als Herzchirurg als auch als Reanimationsspezialist bekannt und hochangesehen, und deshalb vertraute er darauf, daß er die gewünschte Stellung bald erhalten würde. Aber er war ungeduldig. Es genügte ihm nicht mehr, Reanimationen zu leiten. Er wollte die Auswirkungen eines kurzen Todes auf die menschlichen Zellen erforschen, die Mechanismen der freien Radikalen und ihrer möglichen Neutralisatoren studieren, seine eigenen Theorien testen und neue Wege finden, um den Tod aus jenen zu vertreiben, von denen er bereits Besitz ergriffen hatte.

Im fünften Stock erfuhr er im Schwesternzimmer, daß Harrison auf 518 gebracht worden war. Das war ein Zweibettzimmer, aber es gab zur Zeit genügend freie Betten, so daß Harrison so lange wie erforderlich allein bleiben konnte.

Als Jonas Zimmer 518 betrat, waren Helga und Gina noch mit dem Patienten beschäftigt, der in dem Bett am regennassen Fenster lag. Sie hatten ihm ein Hemd angezogen und ihn an einen Elektrokardiographen mit Telemeter angeschlossen, dessen Zweitbildschirm sich im Schwesternzimmer befand. An einem Ständer neben dem Bett hing eine Flasche mit klarer Flüssigkeit, die dem Patienten intravenös in den von all den anderen Injektionen früher am Abend schon ganz blau angelaufenen linken Arm infundiert wurde. Es handelte sich um Glukose, angereichert mit einem Antibiotikum, um eine Austrocknung zu verhindern und den vielen Infektionen vorzubeugen, die alles zunichte machen konnten, was im OP erreicht worden war. Helga hatte Harrison gekämmt und legte den Kamm gerade wieder in die Nachttischschublade. Gina cremte behutsam seine Lider ein, damit sie nicht zusammenklebten, eine Gefahr bei dahindämmernden Patienten, die ihre Augen lange nicht öffneten, ja nicht einmal zwinkerten, und die manchmal unter reduzierter Tränendrüsenfunktion litten.

»Das Herz arbeitet nach wie vor so regelmäßig wie ein Metronom«, sagte Gina, als sie Jonas sah. »Ich habe so das Gefühl, daß dieser Bursche hier noch vor Ende der Woche herumlaufen, Golf spielen, tanzen oder sich sonstwie amüsieren wird.« Sie zupfte an ihren Ponyfransen, die gut zwei Zentimeter zu lang waren und ihr ständig in die Augen fielen. »Er hat wirklich irres Glück gehabt.«

»Keine voreiligen Schlüsse«, mahnte Jonas, der nur allzu gut wußte, daß der Tod sich gern einen Scherz mit ihnen erlaubte, indem er so tat, als zöge er sich geschlagen zurück, nur um dann erneut anzugreifen und doch noch den Sieg davonzutragen.

Nachdem Gina und Helga sich verabschiedet und den Raum verlassen hatten, schaltete Jonas alle Lampen aus. Bis auf das schwache Leuchtstofflicht vom Korridor und das grüne Leuchten des Monitors war Zimmer 518 jetzt dunkel und voll gespenstischer Schatten. Es war auch sehr still. Das Audio-Signal am EKG war ausgeschaltet worden, so daß das endlose, rhythmisch bewegte Licht sich unhörbar über den Bildschirm schlängelte. Nur der Wind heulte leise vor dem Fenster, und gelegentlich klopfte Regen gegen die Scheibe.

Jonas trat ans Fußende des Bettes und blickte auf Harrison hinab. Obwohl er das Leben dieses Mannes gerettet hatte, wußte er sehr wenig über ihn. Ein Meter siebenundsiebzig groß, hundertsechzig Pfund schwer. Braunes Haar, braune Augen. Ausgezeichnete körperliche Verfassung.

Aber das waren nur Äußerlichkeiten. Wie sah es in seinem Innern aus? War Hatchford Benjamin Harrison ein guter Mensch? Ehrlich? Vertrauenswürdig? Ein treuer Ehemann? War er weitgehend frei von Neid und Gier, konnte er verzeihen und Mitleid empfinden, kannte er den Unterschied zwischen Recht und Unrecht?

Hatte er ein gütiges Herz?

Liebte er?

In der Hitze einer Wiederbelebungsprozedur, wenn jede Sekunde zählte und in viel zu kurzer Zeit viel zuviel getan werden mußte, verlor Jonas nie einen Gedanken an das zentrale ethische Problem, vor dem jeder Arzt stand, der dem Tod ein Opfer zu entreißen versuchte, denn solche Überlegungen hätten sich nachteilig auf sein Urteilsvermögen auswirken können. Hinterher war noch Zeit genug für Zweifel, für Fragen … Obwohl ein Arzt dazu berufen war, Leben zu retten, und obwohl ihn auch der hypokratische Eid dazu verpflichtete, blieb die Frage, ob jedes Leben es wert war, gerettet zu werden? War es nicht klüger und ethisch vertretbarer, einen bösen Menschen, den der Tod dahingerafft hatte, auch tot zu lassen?

Falls Harrison ein schlechter Mensch war, wäre Jonas Nyebern mitverantwortlich für die bösen Taten des Mannes nach dessen Entlassung aus dem Krankenhaus. Der Schmerz, den Harrison anderen zufügte, würde in gewisser Weise auch Nyeberns Seele beflecken.

Glücklicherweise schien das diesmal nur eine hypothetische Frage zu sein. Harrison war allem Anschein nach ein rechtschaffener Bürger – ein angesehener Antiquitätenhändler, wie man ihm gesagt hatte, und er war mit einer recht bekannten Malerin verheiratet, deren Name auch Jonas ein Begriff war. Eine gute Künstlerin mußte sensibel sein und die Welt klarer sehen können als die meisten anderen Menschen. War es nicht so? Wenn sie mit einem schlechten Mann verheiratet wäre, wüßte sie das, und dann würde sie nicht mit ihm verheiratet bleiben. Diesmal gab es allen Grund zu glauben, daß ein Leben gerettet worden war, das auch wirklich gerettet werden *sollte*.

Jonas wünschte nur, sein Handeln wäre immer so unzweifelhaft richtig gewesen.

Er wandte sich vom Bett ab und trat ans Fenster. Tief unter ihm lag der fast leere Parkplatz. Die Pfützen, in denen Regentropfen tanzten, schienen zu kochen, so als würde ein unterirdisches Feuer den Asphalt verzehren.

Er konnte die Stelle ausmachen, wo Karis Auto geparkt gewesen war, und dort starrte er eine lange Zeit hin. Er bewunderte Kari sehr. Er fand sie auch attraktiv. Manchmal träumte er davon, mit ihr zusammen zu sein, und es war ein überraschend angenehmer Traum. Er gestand sich auch ein, daß er sie mitunter begehrte, und der Gedanke, daß auch sie ihn begehren könnte, schmeichelte ihm. Aber er *brauchte* sie nicht. Er brauchte nichts als seine Arbeit, die Befriedigung, gelegentlich den Tod zu besiegen, und …

»Etwas … ist … dort … draußen …«

Das erste Wort riß Jonas aus seinen Gedanken, aber die Stimme war so dünn und leise, daß er nicht wußte, woher sie kam. Er drehte sich um und blickte zur offenen Tür hinüber, in der Annahme, daß die Stimme vom Korridor gekommen war, und erst beim dritten Wort begriff er, daß es Harrison gewesen war, der gesprochen hatte.

Der Patient hatte den Kopf Jonas zugewandt, aber seine Augen waren auf das Fenster gerichtet.

Jonas trat rasch neben das Bett, warf einen Blick auf das EKG und sah, daß Harrisons Herz schnell, aber Gott sei Dank regelmäßig schlug.

»Etwas ist ... dort draußen«, wiederholte Harrison.

Seine Augen waren nicht auf das Fenster gerichtet, sondern auf irgendeinen Punkt draußen in der stürmischen Nacht.

»Es ist nur der Regen«, versicherte Jonas.

»Nein.«

»Nur ein bißchen Winterregen.«

»Etwas Böses«, flüsterte Harrison.

Eilige Schritte hallten durch den Korridor, und eine junge Krankenschwester stürzte durch die offene Tür in den fast dunklen Raum. Sie hieß Ramona Perez, und Jonas wußte, daß sie sehr tüchtig und zuverlässig war.

»Oh, Dr. Nyebern, gut, daß Sie hier sind. Sein Herzschlag auf dem Monitor war ...«

»Beschleunigt, ja, ich weiß. Er ist gerade aufgewacht.«

Ramona schaltete die Lampe über dem Bett ein, um den Patienten deutlicher sehen zu können.

Harrison starrte noch immer durchs Fenster in die Ferne, ohne von Jonas und der Schwester Notiz zu nehmen. Mit müder, noch leiserer Stimme als zuvor murmelte er wieder: »Etwas ist dort draußen.« Dann flatterten seine Lider schläfrig und fielen wieder zu.

»Mr. Harrison, können Sie mich hören?« fragte Jonas.

Der Patient antwortete nicht.

Das EKG zeigte, daß der Herzschlag sich rasch normalisierte: von hundertvierzig auf hundertzwanzig und dann auf hundert Schläge pro Minute.

»Mr. Harrison?«

Neunzig Schläge pro Minute. Achtzig.

»Er schläft wieder«, sagte Ramona.

»Sieht so aus.«

»Aber es ist ein normaler Schlaf«, fuhr sie fort. »Von einem Koma kann jetzt überhaupt keine Rede mehr sein.«

»Kein Koma«, bestätigte Jonas.

»Und er hat gesprochen! Ergaben seine Worte einen Sinn?«

»Irgendwie schon. Schwer zu sagen.«

Jonas beugte sich über das Bettgitter und betrachtete aufmerksam die Lider des Mannes, die im Rhythmus der schnellen Augenbewegungen zuckten. Harrison träumte wieder im Schlaf.

Draußen wurde der Regen plötzlich stärker. Auch der Wind heulte lauter und prasselte gegen das Fenster.

»Die Worte, die ich gehört habe, waren klar, nicht undeutlich«, sagte Ramona.

»Stimmt. Und er hat einige ganze Sätze gesprochen.«

»Dann ist er nicht aphasisch«, bemerkte sie. »Das ist großartig.«

Aphasie, die völlige Unfähigkeit zu sprechen oder gesprochene und geschriebene Sprache zu verstehen, gehörte zu den schlimmsten Formen der Gehirnschädigung durch Krankheit oder Unfall. Ein davon betroffener Patient konnte sich nur noch mit Gesten verständigen, und die Unzulänglichkeit dieser Pantomime stürzte ihn bald in tiefe Depression, aus der es manchmal keine Rückkehr gab.

Harrison war von diesem Fluch offenbar verschont geblieben. Falls er auch nicht gelähmt war und sein Gedächtnis nicht zu viele Lücken aufwies, hatte er eine gute Chance, wieder ein normales Leben führen zu können.

»Keine voreiligen Schlußfolgerungen«, warnte Jonas wieder. »Wir wollen uns keine falschen Hoffnungen machen. Vor ihm liegt noch ein weiter Weg. Aber Sie können in seinen Krankenbericht eintragen, daß er um 23 Uhr 30 erstmals das Bewußtsein wiedererlangt hat, zwei Stunden nach der Wiederbelebung.«

Harrison murmelte im Schlaf.

Jonas beugte sich über das Bett und hielt sein Ohr dicht an die Lippen des Patienten, die sich kaum bewegten. Die Worte waren nicht mehr als ein Hauch. Es war so, als hörte man im Radio eine spektrale Stimme von einem fernen Sender irgendwo auf der anderen Seite der Weltkugel, eine Stimme, die einen so weiten Weg durch die Atmosphäre zurückgelegt hat und durch schlechtes Wetter so undeutlich und verzerrt ist, daß sie – obwohl nicht einmal zur Hälfte verständlich – geheimnisvoll und prophetisch klingt.

»Was sagt er?« fragte Ramona.

Bei dem Heulen des Sturms war sich Jonas nicht ganz sicher, ob er richtig gehört hatte, aber er glaubte, daß der Mann seinen früheren Satz wiederholte: »Etwas ... ist ... dort ... draußen.«

Der Wind brauste noch stärker, und der Regen trommelte so heftig gegen die Fensterscheiben, daß er das Glas zu zerbrechen drohte.

14

Vassago liebte den Regen. Die Sturmwolken hatten den ganzen Himmel bedeckt und keine Lücken übriggelassen, durch die der viel zu helle Mond hätte durchdringen können. Der Wolkenbruch dämpfte auch das Licht der Straßenlampen und der Scheinwerfer entgegenkommender Autos, schwächte sogar die grellen Neonreklamen und trübte insgesamt die Nacht so gründlich, daß er sich beim Fahren viel wohler fühlte als sonst, wenn nur seine Sonnenbrille ihn schützen konnte.

Er war von seinem Schlupfwinkel aus zuerst in westliche Richtung gefahren, dann an der Küste entlang nach Norden, auf der Suche nach einem Lokal mit gedämpftem Licht und einigen für seine Zwecke geeigneten Frauen. Viele Kneipen hatten montags geschlossen, und in anderen war so spät am Abend – kurz vor der Geisterstunde – nichts mehr los.

Schließlich fand er eine Bar in Newport Beach, am Pacific Coast Highway. Es war ein eleganter Schuppen mit Baldachin zur Straße hin, weißen Lichterketten entlang des Daches und einem Plakat: MITTWOCH BIS SAMSTAG TANZ / JOHNNY WILTONS BIG BAND. Newport war die reichste Stadt in weitem Umkreis, mit dem größten Privatjachthafen der Welt, und die meisten der piekfeinen Etablissements hatten eigene Anlegeplätze. Von der Wochenmitte an wurde der Parkplatz höchstwahrscheinlich bewacht, was für Vassagos Zwecke schlecht gewesen wäre, weil er keine potentiellen Zeugen gebrauchen konnte. Aber an einem regnerischen Montag war weit und breit kein Parkwächter zu sehen.

Er parkte neben der Bar, und während er den Motor abstellte, bekam er einen Anfall. Er hatte das Gefühl, einen leichten, aber anhaltenden Elektroschock zu erhalten. Seine Augen verdrehten sich, und er glaubte im ersten Moment, er hätte Krämpfe, weil er weder atmen noch schlucken konnte. Unwillkürlich stöhnte er auf. Der Anfall dauerte nur zehn oder fünfzehn Sekunden und endete mit einem Satz, der scheinbar *in* seinem Kopf gesprochen worden war: *Etwas ... ist ... dort ... draußen.*

Ein zufälliger Gedanke, ausgelöst durch eine Art Kurzschluß im Gehirn, konnte es nicht sein, denn er hatte ganz deutlich eine *Stimme* gehört, mit Timbre und Modulation. Und nicht seine eigene Stimme. Die Stimme eines Unbekannten. Er hatte auch das überwältigende Gefühl, als wäre plötzlich außer ihm noch jemand im Wagen, als hätte ein Geist die Mauer zwischen den Welten durchdrungen, um ihn zu besuchen, ein fremdartiges Wesen, das zwar unsichtbar, aber nichtsdestotrotz real war. Dann endete die Episode so abrupt, wie sie begonnen hatte.

Er blieb eine Weile sitzen und wartete, ob sich der Anfall wiederholen würde.

Regen hämmerte aufs Dach.

Das Auto ächzte und knarrte leise, während sich der Motor abkühlte.

Was auch immer das gewesen sein mochte, es war jetzt vorbei.

Er versuchte das Vorgefallene zu begreifen. Waren diese Worte *Etwas ist dort draußen* eine Warnung gewesen, eine übersinnliche Vorahnung? Eine Drohung? Worauf bezogen sie sich?

Er konnte dort draußen hinter den Wagenfenstern beim besten Willen nichts Besonderes sehen. Nur Regen. Und schützende Dunkelheit. Der verzerrte Widerschein der Straßenlampen und Leuchtreklamen schimmerte auf dem nassen Pflaster, in den Pfützen und Rinnsteinen, die sich in Sturzbäche verwandelten. Auf dem Highway fuhren vereinzelte Autos vorbei, aber soweit er sehen konnte, war niemand zu Fuß unterwegs – und er sah nicht schlechter als jede Katze.

Schließlich beschloß er, die Sache vorerst auf sich beruhen zu lassen. Früher oder später – zur *richtigen* Zeit – würde er sie bestimmt verstehen. Darüber zu grübeln war sinnlos. Falls es eine Drohung war, woher auch immer, störte sie ihn nicht. Er hatte vor nichts Angst. Das war das Beste daran, daß er die Welt der Lebenden verlassen hatte, auch wenn er vorübergehend im Grenzland diesseits des Todes gefangen war: Nichts auf der Welt vermochte ihn mehr zu schrecken.

Trotzdem gehörte jene innere Stimme zu den seltsamsten Dingen, die er je erlebt hatte. Und er verfügte über einen ziemlich umfangreichen Vorrat an seltsamen Erlebnissen, mit denen er die Episode vergleichen konnte.

Er stieg aus seinem silberfarbenen Camaro, schlug die Tür zu und ging auf den Eingang zu. Der Regen war kalt. Im tosenden Wind klapperten die Palmwedel wie morsche Knochen.

15

Lindsey Harrison lag ebenfalls im fünften Stock, am anderen Ende des Hauptkorridors. Als Jonas ihr Zimmer betrat und auf das Bett zuging, konnte er so gut wie nichts erkennen, denn hier gab es nicht einmal das grüne Licht eines EKG-Monitors. Die Frau war kaum zu sehen.

Er überlegte, ob er sie wecken sollte, und war überrascht, als sie fragte: »Wer sind Sie?«

»Ich dachte, Sie schliefen.«

»Ich kann nicht schlafen.«

»Hat man Ihnen kein Schlafmittel gegeben?«

»Es hat nichts geholfen.«

Wie im Zimmer ihres Mannes trommelte der Regen auch hier mit trotziger Wut ans Fenster. Jonas konnte hören, wie regelrechte Sturzbäche durch eine Aluminiumregenrinne donnerten.

»Wie fühlen Sie sich?« fragte er.

»Verdammt, wie soll ich mich schon fühlen?« Sie versuchte, ihre Worte zornig klingen zu lassen, war aber viel zu erschöpft und deprimiert, als daß es ihr gelungen wäre.

Er schob das Bettgitter hinunter, setzte sich auf die Kante der Matratze und streckte eine Hand aus, in der Annahme, daß ihre Augen besser an die Dunkelheit gewöhnt waren als die seinen. »Geben Sie mir Ihre Hand.«

»Wozu?«

»Ich bin Jonas Nyebern. Ich bin Arzt und möchte Ihnen etwas über Ihren Mann sagen, und ich glaube, daß alles etwas leichter sein wird, wenn Sie mich Ihre Hand halten lassen.«

Sie schwieg.

»Tun Sie mir den Gefallen«, bat er.

Die Frau glaubte, daß ihr Mann tot war, und es lag Jonas fern, ihre Qual verlängern zu wollen, indem er ihr die Nachricht von der Auferweckung lange vorenthielt. Er wußte aber aus Erfahrung, daß gute Nachrichten dieser Art genauso schockierend sein konnten wie schlechte; sie mußten behutsam und mit Einfühlungsvermögen mitgeteilt werden. Die Frau hatte bei der Einlieferung ins Krankenhaus leicht deliriert, hauptsächlich infolge Unterkühlung und Schock, aber dieser Zustand war mit Hilfe von Wärme und Medikamenten schnell behoben worden. Seit einigen Stunden war sie wieder im Vollbesitz ihrer geistigen Kräfte, lange genug, um den Tod ihres Mannes richtig zu begreifen und zu beginnen, sich mit dem Verlust auseinanderzusetzen. Obwohl sie ihn tief betrauerte und noch weit davon entfernt war, ihre Witwenschaft zu akzeptieren, hatte sie inzwischen in dem emotionalen Abgrund, in den sie gestürzt war, einen unsicheren Halt gefunden, einen schmalen Felsvorsprung, ein labiles Gleichgewicht – und von dieser Kante würde er sie nun wieder hinabstoßen.

Vielleicht hätte er es ihr aber trotzdem direkter gesagt, wenn er eine eindeutig gute Nachricht gehabt hätte. Unglückseligerweise konnte er ihr aber nicht versprechen, daß ihr Mann wieder ganz er selbst sein würde, nicht gezeichnet von diesem Ereignis, daß er imstande sein würde, sein bisheriges Leben ohne irgendwelche Beeinträchtigungen wieder aufzunehmen. Stunden- oder auch tagelange Untersuchungen und Tests würden erforderlich sein, bevor man eine gültige Aussage über die Wahrscheinlichkeit einer totalen Genesung machen konnte. Danach könnten Wochen oder Monate physischer Behandlung und Beschäftigungstherapie vor ihm liegen, und das alles ohne jede Erfolgsgarantie.

Jonas wartete noch immer auf ihre Hand. Schließlich streckte sie sie ihm mißtrauisch entgegen.

So zartfühlend wie nur möglich weihte er sie in groben Zügen in die Grundlagen der Reanimationsmedizin ein. Als sie zu begreifen begann, warum er sie über ein so esoterisches Thema informierte, umklammerte sie seine Hand plötzlich mit aller Kraft.

16

In Zimmer 518 fiel Hatch in ein Meer böser Träume. Im Grunde waren es nur zusammenhanglose Bilder, die sich vermischten, denen aber sogar jener unlogische Handlungsablauf fehlte, der Alpträumen normalerweise eigen ist. Windgepeitschter Schnee. Ein Riesenrad, manchmal in vollem Lichterglanz, manchmal dunkel und zerbrochen und unheimlich in regnerischer Nacht. Eine Baumgruppe, knorrig und schwarz, vom Winter kahlgepeitscht. Ein Biertransporter quer auf schneebedecktem Highway. Ein Tunnel mit Betonboden, der in eine totale Finsternis hinabführte, zu etwas Unbekanntem, das ihn mit unvorstellbarem Entsetzen erfüllte. Sein krebskranker Sohn Jimmy, der im Sterben lag, fahlgelb im Gesicht. Wasser, kalt und tief, undurchsichtig wie Tinte, Wasser auf allen Seiten, ausweglos. Eine nackte Frau, den Kopf nach hinten gedreht, mit einem Kruzifix in den Händen …

Am Rande der Traumszenen war er sich wiederholt einer gesichtslosen und mysteriösen Gestalt bewußt, ganz in Schwarz wie der erbarmungslose Schnitter, von den umherhuschenden Schatten kaum zu unterscheiden. Dann wieder gehörte der Schnitter nicht zur Szenerie, sondern diese wurde aus seinem Blickwinkel heraus beobachtet, so als sähe Hatch mit den Augen eines anderen – mit Augen, die die

Welt mit der mitleidlosen, hungrigen, nur den praktischen Vorteil berechnenden Einstellung einer Friedhofsratte betrachteten.

Eine Zeitlang hatte der Traum dann doch so etwas wie eine Handlung: Hatch sah sich einen Bahnsteig entlangrennen. Er versuchte verzweifelt, einen Zug einzuholen, der sich langsam in Bewegung setzte. Hinter einem Zugfenster sah er Jimmy, hohlwangig und mit tief eingesunkenen Augen, von seiner schweren Krankheit gezeichnet, nur mit einem Krankenhaushemd bekleidet. Der Junge blickte Hatch traurig an, hob eine seiner kleinen Hände und winkte zum Abschied: Lebewohl, Lebewohl, Lebewohl. Hatch wollte nach dem Türgriff greifen und auf die Stufen am Ende von Jimmys Wagen aufspringen, aber der Zug wurde schneller, Hatch blieb immer weiter zurück, die Tür entfernte sich. Jimmys bleiches, schmales Gesicht verschwamm und verschwand schließlich ganz, als der Wagen in das schreckliche Nichts versank, das sich hinter dem Bahnsteig auftat, in eine finstere Leere, die Hatch erst jetzt bemerkte. Dann glitt ein weiterer Wagen an ihm vorüber *(rattatat, ratta-tatat)*, und zu seiner großen Bestürzung sah er Lindsey an einem der Fenster sitzen und mit verlorenem Gesichtsausdruck auf den Bahnsteig blicken. Hatch rief nach ihr –, »Lindsey!« –, aber sie hörte und sah ihn nicht, sie schien in Trance zu sein, und so begann er wieder zu rennen und versuchte aufzuspringen *(rattatat, ratta-tatat)*. »Lindsey!« schrie er. Seine Hand war nur wenige Zentimeter vom Türgriff entfernt ... Plötzlich verschwanden Stufen und Türgriff, und der Zug war kein Zug mehr. Mit dem unheimlichen fließenden Übergang aller Veränderungen in allen Träumen war es mit einem Male eine Achterbahn in einem Vergnügungspark, die zu einer halsbrecherischen Fahrt startete *(rattatat, ratta-tatat)*. Hatch erreichte das Ende der Plattform, ohne daß es ihm gelungen war, in Lindseys Wagen zu springen, und sie sauste davon, den ersten steilen Berg der langen wellenartigen Bahn hinauf. Dann schoß auch der letzte Wagen an ihm vorbei, dicht hinter Lindseys. Nur ein einziger Fahrgast saß darin. Der Mann in Schwarz, um den sich Schatten scharten wie Raben um einen Friedhofszaun, saß mit gesenktem Kopf da, das

Gesicht hinter dichtem Haar verborgen, das nach vorne fiel wie eine Mönchskapuze *(rattatat, ratta-tatat).* Hatch brüllte Lindsey eine Warnung zu, sie solle sich umschauen und auf der Hut sein vor dem, was da hinter ihr saß, sie solle vorsichtig sein und sich gut festhalten, sich um Gottes willen *gut festhalten!* Die raupenförmige Wagenkette erreichte den Berggipfel, hing dort einen Moment, so als wäre die Zeit stehengeblieben, und raste, begleitet von Kreischen und Schreien, auf der anderen Seite in die Tiefe.

Ramona Perez, die Nachtschwester im fünften Stock, zu deren Station Zimmer 518 gehörte, stand neben dem Bett und beobachtete ihren Patienten. Sie war besorgt, wußte aber nicht so recht, ob sie Dr. Nyebern rufen sollte.

Wie das EKG anzeigte, war Harrisons Puls hochgradig schwankend. Größtenteils bewegte er sich im beruhigenden Rahmen von siebzig bis achtzig Schlägen pro Minute. Doch dazwischen beschleunigte er sich abrupt auf hundertvierzig. Andererseits gab es aber keine Anzeichen für ernsthafte Arrhythmie.

Sein Blutdruck wurde von dem beschleunigten Herzschlag beeinflußt, aber die Gefahr eines Schlaganfalls oder einer Gehirnblutung infolge heftiger Schwankungen der Hypertension bestand offenbar nicht, weil der systolische Druck nie bedrohlich hoch war.

Er schwitzte stark, und die Ringe um seine Augen waren so dunkel, als hätte ein Maskenbildner ihn geschminkt. Er schauderte trotz der warmen Decken. Die Finger seiner linken Hand, die wegen der Tropfinfusion nicht zugedeckt war, zuckten gelegentlich, allerdings nicht stark genug, um die Nadel dicht unterhalb der Ellbogenbeuge zu gefährden.

Er flüsterte immer wieder den Namen seiner Frau, manchmal sehr eindringlich: »Lindsey … Lindsey … *Lindsey, nein!«*

Harrison träumte offensichtlich, und Erlebnisse in einem Alptraum konnten genauso starke physiologische Reaktionen hervorrufen wie reale Ereignisse.

Ramona beschloß, daß der beschleunigte Herzschlag nur das Resultat der Alpträume des armen Mannes war, nicht aber ein Hinweis auf kardiovaskuläre Instabilität. Er war nicht in Gefahr. Trotzdem blieb sie an seinem Bett stehen und beobachtete ihn aufmerksam.

17

Vassago saß an einem Tisch am Fenster, mit Blick auf den Hafen. Er war erst seit fünf Minuten in der Bar, vermutete aber schon, daß dies kein gutes Jagdrevier war. Die ganze Atmosphäre war ungeeignet. Er bedauerte, daß er einen Drink bestellt hatte.

An Montagabenden gab es keine Tanzmusik, aber in einer Ecke spielte ein Pianist. Er gab weder eine Neuauflage von Songs aus den 30er und 40er Jahren zum besten noch die gemäßigten Arrangements von einprägsamem Rock 'n' Roll, die so oft die Gehirne regelmäßiger Bargäste umnebeln. Aber er spielte die nicht minder verächtlichen einförmigen Melodien von »New Age«-Titeln, komponiert für all jene, denen auch noch dahinplätschernde Kaufhausmusik intellektuell zu anspruchsvoll war.

Vassago bevorzugte Musik mit einem harten Rhythmus, schnell und drängend, die seine Nerven aufpeitschte. Seit er im Grenzland lebte, konnte er die meiste Musik nicht genießen, weil ihre ordentlichen Strukturen ihn irritierten. Er mochte nur atonale, unmelodische, grelle Musik. Ihm gefielen abrupte Tonartwechsel, dröhnende Schlagzeuge und kreischende Gitarren. Er liebte schrille Töne, Disharmonien und unmotivierte Rhythmusschwankungen. Ihn erregte Musik, die Visionen von Blut und Gewalt in ihm aufsteigen ließ.

Die Szenerie hinter den großen Fenstern war für Vassago wegen ihrer Schönheit genauso unangenehm wie die Klaviermusik. Segelboote und Motorjachten lagen dichtgedrängt an den Privatdocks vor Anker. Sie waren festgezurrt, die Segel gerafft, die Motoren abgestellt, und schwankten nur leicht, denn der Hafen lag in einer geschützten Bucht, und der Sturm war nicht besonders heftig. Nur wenige der reichen Schiffseigner lebten an Bord, auch wenn manche Jachten sehr groß und komfortabel waren, und so schimmerte nur hinter vereinzelten Bullaugen Licht. Regen, hier und da durch die Hafenbeleuchtung wie in Quecksilber verwandelt, trommelte auf die Boote, perlte von der Politur ab, rann wie geschmolzenes Metall an den Masten hinab, über Deck und aus den Speigatts hinaus. Vassago konnte solche hübschen, harmonisch komponierten Postkartenidyllen nicht ausstehen, weil sie die Realität verfälschten, weil sie über den wahren Zustand der Welt hinwegtrogen. Ihn zog statt dessen visuelles Chaos an, bizarre, unheimliche, krankhafte Formen.

Mit ihren Plüschsesseln und der gedämpften bernsteinfarbenen Beleuchtung war diese Bar für einen Jäger wie ihn viel zu friedlich. Diese Atmosphäre lullte seine mörderischen Instinkte ein.

Er ließ seinen Blick über die Gäste schweifen, in der Hoffnung, ein für seine Sammlung geeignetes – und würdiges – Objekt zu finden. Wenn er etwas wirklich Prächtiges sah, das seine Sammlerleidenschaft weckte, würde nicht einmal diese alberne Atmosphäre seine Energie lähmen können.

Einige Männer saßen an der Bar, aber sie waren für ihn uninteressant. Die drei männlichen Exemplare seiner Kollektion – das zweite, vierte und fünfte Exponat – hatte er ausgewählt, weil die Umstände es ihm erlaubt hatten, sie mühelos zu überwältigen, ohne gesehen zu werden. Es war ihm keineswegs zuwider, Männer zu ermorden, aber er bevorzugte Frauen. Junge Frauen. Er wollte sie erledigen, bevor sie neues Leben ausbrüten konnten.

Die einzigen jungen Leute im Lokal waren vier Frauen in den Zwanzigern, die drei Tische von ihm entfernt, ebenfalls an der Fensterfront, saßen. Sie waren beschwipst und ein bißchen albern, steckten ihre Köpfe zusammen, als wollten sie klatschen, tuschelten, kicherten und brachen gelegentlich auch in schallendes Gelächter aus. Eine von ihnen war so bezaubernd, daß Vassagos Haß auf alles Schöne voll entbrannte. Sie hatte riesige schokoladenbraune Augen und eine rehartige Anmut. Er taufte sie »Bambi«. Ihr rabenschwarzes Haar war wellig und kurz geschnitten, so daß die untere Hälfte ihrer Ohren zu sehen war.

Es waren ungewöhnliche Ohren, groß, aber hübsch geformt. Er dachte, daß es möglich sein müßte, etwas Interessantes mit ihnen anzustellen, und er beobachtete Bambi weiterhin, um zu entscheiden, ob sie seinen Anforderungen genügte.

Sie redete mehr als ihre Freundinnen, und sie war die lauteste der Gruppe. Sie lachte auch am lautesten. Es hörte sich an wie Eselsgeschrei. Sie war außergewöhnlich attraktiv, aber ihr unaufhörliches Geschnatter und das aufdringliche Lachen verdarben alles. Kein Zweifel, sie hörte sich gerne selber reden.

Es wäre eine beträchtliche Verbesserung, dachte er, wenn sie taub und stumm wäre.

Von einer plötzlichen Inspiration erfaßt, setzte er sich aufrechter hin. Wenn er ihr die Ohren abschnitt, in den toten Mund stopfte und ihre Lippen zunähte, würde er den fatalen Makel ihrer Schönheit wunderbar symbolisieren. Die Vision war von solcher Einfachheit und gleichzeitig von so überwältigender Kraft, daß …

»Eine Cola mit Rum«, sagte die Kellnerin, stellte ein Glas vor Vassago auf den Tisch und legte eine Papierserviette daneben. »Geht das auf Rechnung?«

Er blickte auf und blinzelte verwirrt. Sie war eine stämmige Frau mittleren Alters mit kastanienbraunem Haar. Er konnte sie durch seine Sonnenbrille ganz deutlich sehen, hatte aber in seinem schöpferischen Fieber große Mühe, sie einzuordnen.

»Rechnung?« sagte er schließlich. »Äh, nein. Danke, Madam, ich zahle bar.«

Als er seine Brieftasche hervorzog, fühlte sie sich überhaupt nicht wie eine Brieftasche an, sondern wie eines von Bambis Ohren. Während sein Daumen über das glatte Leder glitt, glaubte er die kunstvollen Knorpelformationen der Ohrmuschel zu streicheln, die eleganten Krümmungen der Gehörgänge, durch die die Schallwellen nach innen zum Trommelfell transportiert wurden, zu liebkosen …

Er merkte endlich, daß die Kellnerin wieder mit ihm gesprochen hatte, daß sie ihm nun schon zum zweitenmal den Preis seines Drinks genannt hatte. Er hatte seine Brieftasche köstliche Sekunden lang gestreichelt, in Träume von Tod und Verstümmelung versunken.

Ohne hinzusehen, holte er eine knisternde Banknote hervor und reichte sie ihr.

»Das ist ja ein Hunderter«, sagte sie. »Haben Sie es nicht kleiner?«

»Leider nein, Madam«, erwiderte er ungeduldig, weil er sie schnell loswerden wollte.

»Da muß ich erst vorne an der Bar Wechselgeld holen, damit ich Ihnen herausgeben kann.«

»Ja, ja, okay. Schon gut. Danke, Madam.«

Sobald sie sich von seinem Tisch entfernte, wandte er seine Aufmerksamkeit wieder den jungen Frauen zu – nur um feststellen zu müssen, daß sie im Aufbruch begriffen waren. Sie zogen im Gehen ihre Mäntel an und waren schon fast bei der Tür.

Er wollte aufstehen und ihnen folgen, erstarrte aber, als er sich selbst plötzlich »Lindsey« sagen hörte.

Er rief den Namen nicht laut. Niemand im Lokal hörte etwas. Er war der einzige, der reagierte, und seine Reaktion bestand in totaler Überraschung.

Eine Hand auf dem Tisch, die andere auf der Stuhllehne, verharrte er halb aufgerichtet, wie gelähmt. Währenddessen verließen die vier jungen Frauen den Raum. Bambi war plötzlich weniger interessant geworden als der mysteriöse Name »Lindsey« – deshalb setzte er sich wieder hin.

Er kannte niemanden, der Lindsey hieß.

Er hatte nie jemanden gekannt, der Lindsey hieß.

Es ergab überhaupt keinen Sinn, daß er diesen Namen laut vor sich hin gesagt hatte.

Er blickte durchs Fenster auf den Hafen hinaus. Hunderte Millionen Dollar, mit denen irgendwelche Leute ihr Ego befriedigt hatten, hoben und senkten sich dicht an dicht auf den Wellen. Der dunkle Himmel lag wie ein zweites Meer darüber, genauso kalt und gnadenlos wie die richtige See. Der Regen glich Millionen silbergrauer Fäden, so als versuchte die Natur, Ozean und Himmel fest aneinanderzunähen und auf diese Weise den schmalen Luftstreifen zu vernichten, in dem Leben möglich war. Da er sowohl zu den

Lebenden als auch zu den Toten gehört hatte und nun ein lebender Toter war, hatte er geglaubt, so weltklug und erfahren zu sein, wie man überhaupt nur sein konnte, wenn man von einer Frau geboren worden war. Er war überzeugt gewesen, daß die Welt ihm nichts Neues mehr zu bieten hatte, ihn nichts mehr lehren konnte. Und nun das! Zuerst der Anfall im Auto: *Etwas ist dort draußen!* Und jetzt *Lindsey!* Es waren zwei verschiedenartige Erfahrungen, weil er diesmal keine Stimme im Kopf gehört und den Namen mit seiner eigenen Stimme statt mit der eines Unbekannten ausgesprochen hatte. Aber beide Ereignisse waren so sonderbar, daß eine Verbindung zwischen ihnen bestehen *mußte.* Während er auf die vertäuten Boote, den Hafen und die dunkle Welt dahinter hinausstarrte, kam sie ihm geheimnisvoller vor als seit ewigen Zeiten.

Er hob sein Glas und trank einen großen Schluck von seiner Cola mit Rum.

Als er das Glas abstellte, sagte er wieder »Lindsey«.

Das Glas klirrte gegen den Tisch, und er hätte es fast umgestoßen, weil der Name ihn abermals überrascht hatte. Er hatte ihn nicht vor sich hin gemurmelt, um sich über seine Bedeutung klarzuwerden. Vielmehr war er einfach aus ihm herausgeschossen wie beim erstenmal, nur atemloser und etwas lauter.

Interessant.

Dieses Lokal schien für ihn ein magischer Ort zu sein.

Er beschloß, eine Zeitlang hier sitzen zu bleiben und abzuwarten, was als nächstes geschehen würde.

Als die Kellnerin ihm das Wechselgeld brachte, sagte er: »Ich hätte gern noch einen Drink, Madam.« Er gab ihr einen Zwanziger. »Bitte behalten Sie den Rest.«

Glücklich über das großzügige Trinkgeld, eilte sie wieder an die Bar.

Vassago drehte sich dem Fenster zu, aber diesmal betrachtete er nicht den Hafen, sondern sein eigenes Spiegelbild im Glas. Die gedämpften Lichter im Raum reichten nicht aus, um auf der Scheibe ein scharfes Bild zu erzeugen. Seine Sonnenbrille kam in diesem matten Spiegel nicht richtig zur Geltung. Statt dessen schien sein Gesicht nur die leeren Augenhöhlen eines Totenschädels zu besitzen. Diese Vorstellung gefiel ihm.

In heiserem Flüsterton, nicht laut genug, um von den anderen Gästen gehört zu werden, aber noch eindringlicher als zuvor, sagte er: »Lindsey, nein!«

Er hatte diesen Ausbruch genauso wenig erwartet wie die vorangegangenen, aber er war nicht beunruhigt. Er hatte sich rasch an diese mysteriösen Vorfälle gewöhnt und bemühte sich nun, sie zu verstehen. Nichts konnte ihn auf Dauer überraschen. Schließlich war er in der Hölle gewesen und daraus zurückgekehrt. Und das galt für die wirkliche Hölle und auch die in der Geisterbahn. Der Einbruch des Phantastischen ins reale Leben konnte ihn also weder schrecken noch mit Ehrfurcht erfüllen.

Er bestellte einen dritten Drink. Als über eine Stunde ohne weitere Vorkommnisse verging und der Barkeeper die letzte Runde für diese Nacht ankündigte, brach er auf.

Der Drang war noch immer vorhanden, der Drang zu morden und ein Kunstwerk zu schaffen. Dieses Bedürfnis, das in seinen Eingeweiden brannte, hatte nichts mit dem Rum zu tun, es erzeugte einen stählernen Druck in seiner Brust, als wäre sein Herz ein Uhrwerk mit bis zum Zerreißen gespannter Feder. Er wünschte, er wäre der rehäugigen Frau gefolgt, die er Bambi getauft hatte.

Hätte er ihre Ohren abgeschnitten, wenn sie endlich tot gewesen wäre – oder noch, solange sie am Leben war?

Hätte sie die künstlerische Aussage begreifen können, wenn er ihre Lippen über dem vollen Mund zugenäht hätte? Wohl kaum. Keine der anderen Frauen hatte die Intelligenz und Einsicht besessen, sein einzigartiges Talent zu würdigen.

Auf dem nahezu leeren Parkplatz stand er eine Zeitlang im Regen und ließ sich durchnässen, um die Flammen seiner Besessenheit ein wenig einzudämmen. Es war fast zwei Uhr nachts. Bis zur Morgendämmerung blieb nicht mehr genügend Zeit, um erneut auf die Jagd zu gehen. Er würde ohne Neuerwerb in sein Versteck zurückkehren müssen. Wenn er tagsüber etwas Schlaf finden wollte, um dann bei Einbruch der Dunkelheit für einen neuen Beutezug fit zu sein, mußte er seinen schier unbezwinglichen kreativen Drang dämpfen.

Schließlich fröstelte er. Seine innere Hitze wich gnadenloser Kälte. Er hob eine Hand, berührte seine Wange. Sein Gesicht war kalt, aber seine Finger waren noch kälter, wie die Marmorhand einer David-Statue, die er auf dem Friedhof von Forest Lawn bewundert hatte, als er noch einer der Lebenden gewesen war.

So war es besser.

Während er die Wagentür öffnete, blickte er noch einmal in die regengepeitschte Nacht hinaus. Diesmal sagte er aus eigenem Willen vor sich hin: »Lindsey?«

Keine Antwort.

Wer auch immer sie sein mochte – es war ihr noch nicht bestimmt, seinen Weg zu kreuzen.

Er würde geduldig sein müssen. Er stand vor einem Geheimnis, das ihn faszinierte und neugierig machte. Aber zu den Tugenden der Toten gehörte die Geduld, und obwohl er noch halb am Leben war, wußte er, daß er die innere Kraft aufbringen würde, sich in der Geduld der Verstorbenen zu üben.

18

Am frühen Dienstagmorgen, eine Stunde vor Tagesanbruch, konnte Lindsey nicht mehr schlafen. Ihre Muskeln und Gelenke schmerzten, und die wenigen Stunden Schlaf hatten ihre Erschöpfung kaum gelindert. Sie wollte keine Beruhigungsmittel. Ungeduldig bestand sie darauf, in Hatchs Zimmer gebracht zu werden. Die Nachtschwester holte Jonas Nyeberns Erlaubnis ein, der noch immer im Hause war, und fuhr Lindsey im Rollstuhl nach Zimmer 518.

Nyebern war dort, mit geröteten Augen und zerzausten Haaren. Die Laken auf dem Bett an der Tür waren nicht zurückgeschlagen, aber zerknittert. Offenbar hatte sich der Arzt wenigstens etwas hingelegt, wenn er in dieser Nacht schon keinen richtigen Schlaf fand.

Lindsey hatte inzwischen genug über Nyebern erfahren – einiges von ihm selbst, das meiste aber von den Krankenschwestern –, um zu wissen, daß er eine Legende war. Er war ein vielbeschäftigter Herzchirurg gewesen, doch vor zwei Jahren hatte er bei irgendeinem schrecklichen Unfall seine Frau und zwei Kinder verloren, und seitdem widmete er der Chirurgie immer weniger Zeit und wandte sich um so intensiver der Wiederbelebungsmedizin zu. Seine Hingabe an diese Arbeit ging über bloße Berufung weit hinaus, war schon eher eine Obsession. In einer Gesellschaft, die gerade versuchte, drei Jahrzehnte der Genußsucht und der Ich-zuerst-Philosophie zu überwinden, lag es nahe, einen so selbstlos agierenden Mann wie Nyebern zu bewundern, und offenbar taten das auch alle.

Lindseys Bewunderung für ihn jedenfalls war grenzenlos. Schließlich hatte er Hatchs Leben gerettet.

Nur seine blutunterlaufenen Augen und zerknitterten Kleider ließen seine Müdigkeit erkennen. Er zog rasch den Vorhang zurück, der das Bett am Fenster umgab, und schob Lindsey im Rollstuhl neben ihren Mann.

Der Sturm hatte sich während der Nacht gelegt. Morgensonne drang durch die Lamellen der Jalousien und zauberte Streifen aus Schatten und goldenem Licht auf Decken und Laken, die wie künstliche Tigerfelle aussahen.

Von Hatch war nur das Gesicht und ein Arm zu sehen, Obwohl seine Haut genauso raubtierartig gemustert war wie die Bettwäsche, ließ sich seine Blässe nicht übersehen. Vom Rollstuhl aus sah sie ihn durch das Bettgitter in schrägem Winkel. Beim Anblick eines häßlichen blauen Flecks in der Umgebung der genähten Stirnwunde drehte sich Lindsey fast der Magen um. Hätte sich Hatchs Brust nicht kaum merklich gehoben und gesenkt, und hätte das EKG nicht den Herzschlag aufgezeichnet, sie hätte ihn für tot gehalten.

Aber er lebte, er *lebte,* und ihr schnürte sich die Kehle zu – ein so sicherer Vorbote von Tränen, wie Blitze Vorboten von Donner sind. Der Gedanke an Tränen überraschte sie und beschleunigte ihren Atem.

Von dem Moment an, als der Honda in die Schlucht hinabgestürzt war, in all den qualvollen Minuten und Stunden der nun hinter ihr liegenden Nacht, hatte Lindsey nicht ein einziges Mal geweint, trotz physischer und psychischer Qualen. Sie war nicht stolz auf ihren Stoizismus. Sie war nun einmal so.

Nein, streich das …

Es stimmte nicht, daß sie immer so gewesen war. Während Jimmys Kampf mit dem Krebs hatte sie stoisch werden müssen. Zwischen dem Tag der niederschmetternden Diagnose und seinem Tod lagen neun lange Monate – eine genauso lange Zeit wie zwischen seiner Empfängnis und Geburt, als sie ihn liebevoll in ihrem Leib getragen hatte. Während dieses langen qualvollen Sterbens ihres Kindes hatte Lindsey tagtäglich nur den einen Wunsch gehabt, sich im Bett zu verkriechen, die Decke über den Kopf zu ziehen und zu weinen, den Tränen freien Lauf zu lassen, bis alle Flüssigkeit ihrem Körper entzogen wäre, bis sie verdorrte und zu Staub zerfiel und zu existieren aufhörte. Anfangs *hatte* sie geweint. Aber ihre Tränen verstörten Jimmy, und sie erkannte, daß es ein unverzeihlicher Egoismus war, sich gehenzulassen und den Aufruhr in ihrem Innern zu zeigen. Sogar wenn sie heimlich weinte, merkte Jimmy es immer; er war von jeher über sein Alter hinaus sensibel und aufgeweckt gewesen, und seine Krankheit schien ihn noch empfindsamer gemacht zu haben. In der neuesten Immunologieforschung wurde mit Nachdruck auf die Bedeutung einer positiven Einstellung – Lachen und Zuversicht – als Waffe im Kampf gegen lebensbedrohliche Krankheiten hingewiesen. Deshalb hatte sie gelernt, ihre Gefühle zu beherrschen und ihr Entsetzen über die Aussicht, ihn zu verlieren, zu verbergen. Sie hatte ihm Liebe, Lachen, Zuversicht und Mut geschenkt – und in ihm nie auch nur den leisesten Zweifel an ihrer festen Überzeugung aufkommen lassen, daß er diese bösartige Krankheit besiegen würde.

Als Jimmy dann starb, hatte Lindsey schon so lange erfolgreich ihre Tränen unterdrückt, daß sie nun nicht mehr weinen konnte. Und da die erlösenden Tränen ihr versagt blieben, stürzte sie in immer tiefere Verzweiflung. Sie verlor an Gewicht – zehn Pfund, fünfzehn, zwanzig –, bis sie völlig ausgezehrt war. Sie konnte sich nicht dazu bewegen, ihre Haare zu waschen, sich zu pflegen und ihre Kleider zu bügeln. Überzeugt davon, Jimmy im Stich gelassen, sein grenzenloses Vertrauen enttäuscht zu haben, weil es ihr nicht gelungen war, ihn zu retten, glaubte sie, kein Recht mehr auf irgendeine Freude zu haben – am Essen, an ihrem Aussehen, an einem Buch oder Film, an Musik oder sonst etwas. Mit viel Geduld und liebevoller Zuneigung hatte Hatch aber schließlich die Erkenntnis in ihr geweckt, daß der Nachdruck, mit dem sie sich für einen blinden Schicksalsschlag verantwortlich machte, in gewisser Weise ebenso eine Krankheit war wie Jimmys Krebs.

Obwohl sie nun noch immer nicht weinen konnte, war sie doch aus dem psychologischen Loch geklettert, das sie sich selbst gegraben hatte. Aber sie hatte seitdem am Rande dieses Abgrunds gelebt, stets in labilem Gleichgewicht.

Und nun kamen diese ersten Tränen seit langer, langer Zeit völlig überraschend und bestürzten sie. Ihre Augen wurden heiß, brannten. Ihr Blick trübte sich, Ungläubig hob sie eine zittrige Hand und berührte die warmen Spuren auf ihren Wangen.

Nyebern zog ein Kleenex aus einer Schachtel auf dem Nachttisch und gab es ihr.

Diese mitfühlende Geste rührte sie über alle Maßen, und ein leises Schluchzen entrang sich ihrer Kehle.

»Lindsey …«

Er hatte eine rauhe Kehle, und seine Stimme war heiser, kaum mehr als ein Flüstern. Aber sie wußte sofort, wer zu ihr gesprochen hatte, daß es nicht Nyebern gewesen war.

Sie wischte sich hastig mit dem Kleenex die Tränen aus den Augen und beugte sich im Rollstuhl vor, bis ihre Stirn das kalte Bettgitter berührte. Hatchs Gesicht war ihr zugewandt. Seine Augen waren geöffnet, und sie sahen klar und wach aus.

»Lindsey …«

Irgendwie brachte er die Kraft auf, seine rechte Hand unter der Decke hervorzuschieben und ihr entgegenzustrecken.

Sie schob ihren Arm durch die Gitterstäbe und nahm seine Hand in ihre.

Seine Haut war trocken. Die abgeschürfte Handfläche war mit einem Pflaster geschützt. Er war so schwach, daß er ihre

Hand nur kaum merklich drücken konnte, aber er war warm, herrlich warm und lebendig.

»Du weinst ja«, murmelte er.

Sie weinte tatsächlich stärker als zuvor, sie vergaß heiße Tränen, aber sie lächelte durch diese Tränen hindurch. Freude hatte bewirkt, was die Trauer in fünf schrecklichen Jahren nicht vermocht hatte. Sie weinte vor Glück, und dieses Weinen tat ihr gut. Die ständige Anspannung, an die sie sich so gewöhnt hatte, daß sie sie kaum noch wahrnahm, löste sich schlagartig, so als fiele Schorf von verheilenden Wunden ab, und das alles, weil Hatch am Leben war, weil er tot gewesen war, nun aber wieder lebte.

Wenn ein Wunder das Herz nicht von einer zentnerschweren Last befreien konnte – was sollte dann überhaupt dazu imstande sein?

»Ich liebe dich«, flüsterte Hatch.

Der Tränenstrom verwandelte sich in einen regelrechten Ozean, und sie hörte sich »ich liebe dich« schluchzen, und dann spürte sie Nyeberns Hand auf ihrer Schulter, eine weitere freundliche Geste, die sie überwältigte und ihre Tränen nur noch stärker fließen ließ. Aber sie lachte durch die Tränen hindurch, und sie sah, daß auch Hatch lächelte.

»Alles ist … in Ordnung«, sagte Hatch heiser. »Das Schlimmste … ist jetzt vorbei. Das Schlimmste … liegt … hinter uns …«

19

Tagsüber, wenn er sich nach Möglichkeit vor dem Sonnenlicht verbarg, parkte Vassago den Camaro in einer unterirdischen Garage, wo das Wartungspersonal des Vergnügungsparks einst Liefer-Lastwagen abgestellt hatte. All diese Fahrzeuge waren natürlich längst verschwunden; Gläubiger hatten sie abgeholt. Der Camaro stand allein in der Mitte dieses dunklen fensterlosen Raums.

Von der Garage aus stieg Vassago eine breite Treppe – die Aufzüge funktionierten natürlich seit Jahren nicht mehr – zu einem noch tieferen Untergeschoß hinab. Dieses Basement hatte früher die Sicherheitsanlagen des Vergnügungsparks mit Dutzenden von Videobildschirmen beherbergt, die jeden Winkel des Geländes überwachten, außerdem das Kontrollzentrum der Fahrbetriebe, ein sogar noch komplizierteres High-Tech-Netzwerk von Computern und Monitoren, Schreiner- und Elektrowerkstätten, eine Cafeteria für das Personal, Garderoben und Umkleideräume für die Hunderte kostümierter Angestellter, einen Sanitätsnotdienst, Büros und vieles mehr.

Vassago hielt sich aber auf dieser Ebene nicht länger auf, sondern setzte seinen Weg in die Tiefe weiter fort. Trotz des trockenen Sandbodens von Südkalifornien verströmten die Betonwände hier einen feuchten Kalkgeruch.

Vor vielen Monaten, als er zum erstenmal in diese Gewölbe hinabgestiegen war, hatte er damit gerechnet, daß überall Ratten vor ihm flüchten würden. Aber er hatte in all den Wochen, als er die düsteren Korridore und stillen Räume der riesigen Anlage durchstreifte, keine einzige Ratte gesehen. Dabei hätte er gar nichts dagegen gehabt, diesen Ort mit Ratten zu teilen. Er mochte Ratten, diese Nager und Aasfresser, die in Verwestem schwelgten und wie eifrige Polizisten im Kielwasser des Todes für Ordnung sorgten. Vielleicht waren sie nie in die unterirdische Welt des Vergnügungsparks vorgedrungen, weil das Gebäude nach der Schließung total ausgeräumt worden war. Nur noch Beton, Plastik und Metall, viel Staub und hier und da zerknülltes Papier – fast so steril wie eine Weltraumstation und absolut uninteressant für Nagetiere, die hier keine Leckerbissen finden konnten.

Irgendwann würden die Ratten vielleicht seine Kollektion in der Geisterbahnhölle entdecken, daran Geschmack finden und sich dann von dort aus weiter ausbreiten. Dann hätte er angenehme Gesellschaft während des Tages, wenn die Außenwelt für ihn zu hell und ungemütlich war.

Am Ende der vierten und letzten Treppe, zwei Stockwerke unter der Garage, überschritt Vassago eine Schwelle. Wie überall im ganzen Komplex fehlte die Tür. Sie waren von Schrotthändlern weggeschleppt und billig weiterverkauft worden. Er befand sich in einem fünfeinhalb Meter breiten Betontunnel.

Der ebene Fußboden war in der Mitte mit einem gelben Streifen markiert, so als wäre es ein Highway – und in gewisser Weise war das tatsächlich der Fall gewesen.

Hier hatten sich die Lagerräume für die riesigen Vorräte befunden. Pappbecher und Hamburgerkartons, Popcornschachteln und Tüten für Pommes frites, Papierservietten und kleine Ketchup- und Senfpäckchen für die vielen Imbißstände im Vergnügungspark. Geschäftsformulare für die Büros. Säcke mit Dünger und Kanister mit Insektenvertilgungsmitteln für die Gärtner. Das alles – und tausend andere Dinge, die in dieser kleinen Welt benötigt wurden – war vor langer Zeit ausgeräumt worden. Die Räume waren leer.

Ein Netzwerk von Tunnels hatte die Lagerräume mit Aufzügen verbunden, die zu den Hauptattraktionen und Restaurants führten. Waren konnten angeliefert und Reparaturen durchgeführt werden, ohne daß die Besucher gestört und aus der Traumwelt gerissen wurden, für die sie bezahlt hatten. Im Abstand von dreißig Metern waren Nummern an die Wände gemalt, um die Wege zu markieren, und an Kreuzungen gab es sogar Schilder mit Hinweisen wie:

← Geisterbahn
← Restaurant Alpenchalet
Riesenrad →
Achterbahn →

Vassago wandte sich an der nächsten Kreuzung nach rechts, dann bog er links ab, dann wieder rechts. Sein außergewöhnliches Sehvermögen leistete ihm in diesen dunklen Passagen wertvolle Dienste, aber er hätte sich auch ohne diese Hilfe gut orientieren können, denn inzwischen waren ihm die verödeten Lebensadern des Vergnügungsparks ebenso vertraut wie die Konturen seines eigenen Körpers.

Schließlich kam er zu einem Schild neben einem Aufzug: MASCHINENRAUM GEISTERBAHN. Die Lifttüren waren ebenso verschwunden wie die Kabine und der Mechanismus

– zur Wiederverwertung oder als Schrott verkauft. Aber der Schacht war noch vorhanden: Er begann etwa einen Meter zwanzig unterhalb des Fußbodens und führte durch fünf Stockwerke Dunkelheit, zuerst zum Basement mit den Sicherheitsanlagen und Büros, dann weiter zur untersten Ebene der Geisterbahn, wo sich jetzt Vassagos Museum befand, bis zu den oberen Ebenen des Fahrgeschäfts.

Vassago ließ sich auf den Boden des Schachts hinab. Er setzte sich auf die alte Matratze, die er einmal mitgebracht hatte, um sein Versteck gemütlicher zu gestalten.

Wenn er den Kopf in den Nacken legte, konnte er in dem lichtlosen Schacht die rostigen Stahlsprossen einer Wartungsleiter sehen, die in die oberen Regionen emporführte.

Wenn er diese Leiter bis zur untersten Ebene der Geisterbahn emporkletterte, gelangte er in einen Dienstraum hinter den Wänden der Hölle, von dem aus der Gleiskettenmechanismus für die Gondeln zugänglich gewesen war. Aus dieser Kammer führte eine Tür, auf der anderen Seite als Felsen getarnt, in den nunmehr trockenen See des Hades, aus dem einst Luzifer aufgetaucht war.

Dies hier war der tiefste Punkt seines Verstecks, zwei Etagen plus ein Meter zwanzig unterhalb der Hölle. Hier fühlte er sich zu Hause, soweit ihm das überhaupt irgendwo möglich war. Draußen in der Welt der Lebenden bewegte er sich mit der Dreistigkeit eines heimlichen Herrn des Universums, aber er fühlte sich dort nirgends heimisch. Obwohl er sich im Grunde vor nichts mehr fürchtete, verspürte er doch ein ständiges leichtes Unbehagen, wann immer er sich außerhalb der kahlen schwarzen Korridore und der Grabkammern seines Verstecks befand.

Nach einer Weile öffnete er den Deckel einer stabilen Kühlbox aus Plastik, in der er Dosen mit besonders süßer Limonade aufbewahrte. Das war von jeher sein Lieblingsgetränk gewesen. Immer für Eis in der Kühlbox zu sorgen, war ihm viel zu mühsam, deshalb trank er das Zeug warm. Ihn störte das nicht.

Er bewahrte auch Süßigkeiten und Knabberzeug in der Kühlbox auf. Schokoriegel und Erdnußplätzchen, Kartoffelchips, Käsecracker, Kekse und Pralinen. Seit er im Grenzland lebte, war etwas mit seinem Stoffwechsel passiert: Er schien essen zu können, was immer er wollte, ohne zuzunehmen oder unter Mangelerscheinungen zu leiden. Und aus unerfindlichen Gründen war ihm immer nach dem, was er als Kind besonders gern gegessen hatte.

Er öffnete eine Limodose und trank einen großen warmen Schluck. Er holte einen Keks aus der Tüte und trennte sorgfältig die beiden Schokowaffeln, ohne sie zu beschädigen. Die weiße Füllung klebte an der Waffel in seiner linken Hand. Das bedeutete, daß er reich und berühmt sein würde, wenn er einmal groß war. Hätte der Zuckerguß an der rechten Waffel geklebt, wäre er berühmt, aber nicht unbedingt reich geworden, was alles mögliche bedeuten konnte, eine Zukunft als Rockstar oder auch als Mörder des Präsidenten der Vereinigten Staaten. Wenn die Füllung an beiden Waffeln kleben blieb, mußte man einen weiteren Keks essen, andernfalls riskierte man, überhaupt keine Zukunft zu haben.

Während er an dem Zuckerguß leckte und das süße Zeug langsam auf der Zunge zergehen ließ, starrte er in den leeren Liftschacht empor und dachte, wie interessant es doch war, daß er sich ausgerechnet den verlassenen Vergnügungspark als Schlupfwinkel ausgesucht hatte, wo die Welt doch so viele dunkle und einsame Orte bereithielt, unter denen man wählen konnte. Er war als Junge einige Male hier gewesen, als der Vergnügungspark noch in Betrieb war, zuletzt vor acht Jahren, mit zwölf, ein Jahr vor der Schließung. An diesem schönsten Abend seiner Kindheit hatte er hier seinen allerersten Mord begangen und damit seine lange Romanze mit dem Tod begonnen. Und nun war er hierher zurückgekehrt.

Er leckte den letzten Rest Füllung ab.

Er aß die erste Schokowaffel. Er aß die zweite.

Er fischte einen weiteren Keks aus der Tüte.

Er trank einen Schluck warme Limonade.

Er wünschte, er wäre tot. *Ganz* tot. Das war die einzige Möglichkeit, seine Existenz im Jenseits beginnen zu können.

Wenn alle Katzen Kühe wären, dachte er, hätte mein Vater ein Milchgeschäft.

Er aß den zweiten Keks, trank den Rest Limonade und streckte sich auf der Matratze aus, um einige Stunden zu schlafen.

Er träumte ... Es waren seltsame Träume von Leuten, die er nie zuvor gesehen hatte, Orten, an denen er nie gewesen war, von Ereignissen, die er nie miterlebt hatte. Wasser überall, darin treibende Eisschollen, Schneegestöber und heftiger Wind. Eine Frau im Rollstuhl, lachend und zugleich weinend. Ein Krankenhausbett mit Tigerstreifen aus dunklen Schatten und goldenen Sonnenstrahlen. Die Frau im Rollstuhl, lachend und weinend. Die Frau im Rollstuhl, lachend. Die Frau im Rollstuhl. Die Frau.

Zweiter Teil

Wieder am Leben

Auf den Feldern des Lebens reift eine Ernte manchmal völlig außerhalb der dafür üblichen Jahreszeit heran, wenn wir schon glaubten, die Erde wäre alt, und keinen einleuchtenden Grund mehr sahen, warum wir im Morgengrauen aufstehen und unsere Muskeln erproben sollten. Bei Einbruch des Winters, wenn der Herbst vorüber ist, scheint es am vernünftigsten, auszuruhen. Aber unter der Erde kalter Winterfelder liegen wartend die schlafenden Samen kommender Jahreszeiten, und genauso bewahrt auch das Herz die Hoffnung, daß alle bitteren Wunden einmal heilen werden.

The Book of Counted Sorrows

Viertes Kapitel

1

Hatch hatte das Gefühl, ins vierzehnte Jahrhundert zurückversetzt worden zu sein und vor Gericht um sein Leben zu kämpfen, von der Inquisition der Irrlehre bezichtigt.

Zwei Priester hielten sich in der Anwaltskanzlei auf. Pater Jiminez war zwar nur mittelgroß, aber eine so imposante Gestalt, als wäre er dreißig Zentimeter größer, mit pechschwarzem Haar und noch dunkleren Augen, in einem schwarzen Priesteranzug mit römischem Collar. Er wandte den Fenstern den Rücken zu. Auch die sich sanft im Wind wiegenden Palmen und der blaue Himmel von Newport Beach konnten die Atmosphäre in dem mahagonigetafelten und mit Antiquitäten eingerichteten Büro nicht aufheitern, und Jiminez' Silhouette wirkte irgendwie bedrohlich. Pater Duran, der noch keine dreißig und somit etwa fünfundzwanzig Jahre jünger als Pater Jiminez war, war blaß und mager mit asketischen Gesichtszügen. Der junge Priester schien von den Satsumavasen, -weihrauchgefäßen und -schalen der Meiji-Epoche fasziniert zu sein, die in einer großen Vitrine am anderen Ende des Büros standen, aber Hatch wurde das Gefühl nicht los, als wäre Durans Interesse an dem japanischen Porzellan nur gespielt, als würde der Geistliche in Wirklichkeit ihn und Lindsey, die neben ihm auf dem Louisseize-Sofa saß, heimlich beobachten.

Es waren auch zwei Nonnen zugegen, die auf Hatch einen noch bedrohlicheren Eindruck machten als die Priester. Sie gehörten einem Orden an, der noch dem voluminösen altmodischen Habit anhing, den man heutzutage nur noch selten sieht. Sie trugen gestärkte Hauben mit Brusttüchern, und diese Umrahmung aus weißem Leinen ließ ihre Gesichter besonders streng erscheinen. Schwester Immaculata, die Leiterin des Waisenhauses St. Thomas, saß wie ein großer schwarzer Raubvogel auf dem Lehnstuhl rechts vom Sofa, und Hatch wäre gar nicht erstaunt gewesen, wenn sie plötzlich einen krächzenden Schrei ausgestoßen hätte, mit wehender Kleidung aufgeflattert und durch den Raum geflogen wäre, um am Ende im Sturzflug auf ihn herabzuschießen und ihm die Nase abzuhacken. Ihre Mitschwester war eine etwas jüngere, nervös wirkende Nonne, die unablässig im Zimmer auf und ab lief und deren Blick durchdringender war als Laserstrahlen. Hatch hatte ihren Namen vergessen und sie deshalb »Die Nonne ohne Namen« getauft, weil sie ihn an Clint Eastwood erinnerte, der in alten Italowestern immer den schweigsamen Fremden ohne Namen gespielt hatte.

Hatch wußte, daß er unfair war, sogar mehr als unfair, daß er aus Nervosität völlig irrational reagierte. Alle hier in dieser Kanzlei wollten Lindsey und ihm nur helfen. Pater Jiminez, der Pfarrer der Kirche St. Thomas, dessen Gemeinde einen beträchtlichen Teil des Jahresbudgets für das von Schwester Immaculata geleitete Waisenhaus aufbrachte, war in Wirklichkeit kein bißchen bedrohlicher als der Priester in *Die Glocken von St. Marien,* ein lateinamerikanischer Bing Crosby, und Pater Duran wirkte sanftmütig und schüchtern. Schwester Immaculata hatte in Wirklichkeit mit einem Raubvogel nicht mehr Ähnlichkeit als mit einer Stripteasetänzerin, und die Nonne ohne Namen hatte ein warmes Lächeln, das ihren strengen Blick mehr als wettmachte, selbst wenn man diesen negativ auslegen wollte. Die Priester und Nonnen versuchten, Konversation zu machen, und es waren im Grunde er und Lindsey, die vor Nervosität nicht so ungezwungen sein konnten, wie es angebracht gewesen wäre.

Es stand soviel auf dem Spiel. Das war es, was Hatch nervös machte, obwohl ihm das eigentlich gar nicht ähnlich sah, weil er normalerweise sehr ausgeglichen war und mitunter fast abgeklärt wirkte. Er wollte, daß dieses Treffen erfolgreich verlief, weil Lindseys und sein Glück, ihre Zukunft, der Erfolg ihres neuen Lebens davon abhingen.

Nein, das stimmte nun auch wieder nicht. Er übertrieb schon wieder.

Aber er konnte es nicht ändern.

Seit er vor mehr als sieben Wochen wiederbelebt worden war, hatten Lindsey und er gemeinsam einen emotionalen Gezeitenwechsel vollzogen. Die lange erstickende Flut von Verzweiflung, die sie nach Jimmys Tod überrollt hatte, war plötzlich verebbt. Beiden war klar, daß sie nur dank eines medizinischen Wunders noch beisammen waren. Für diesen Aufschub nicht dankbar zu sein, die ihnen geschenkte Gnadenfrist nicht voll zu genießen, wäre in höchstem Maße undankbar gewesen, sowohl Gott als auch den Ärzten gegenüber. Mehr als das – es wäre dumm. Natürlich war es ihr gutes Recht gewesen, um Jimmy zu trauern, aber irgendwann hatten sie es dann zugelassen, daß der Schmerz in Selbstmitleid und chronische Depression ausartete, und das war falsch gewesen.

Hatchs Tod und Reanimation und Lindseys Todesnähe waren nötig gewesen, um sie beide ihrer beklagenswerten Schwermut zu entreißen, was ihm zeigte, daß sie doch verbohrter waren, als er geglaubt hatte. Wichtig war indessen aber nur, daß sie aufgerüttelt worden waren und beschlossen hatten, endlich wieder richtig zu leben.

Zu einem richtigen Leben gehörte für sie beide auch, wieder ein Kind im Hause zu haben. Der Wunsch nach einem Kind war kein sentimentaler Versuch, die frühere Stimmung wiederherzustellen, und es war auch nicht das neurotische Bedürfnis, Jimmy zu ersetzen, um endgültig über seinen Tod hinwegzukommen. Sie konnten einfach gut mit Kindern umgehen; sie liebten Kinder, und es war außerordentlich befriedigend, etwas von sich an ein Kind weitergeben zu können.

Sie mußten eines adoptieren. Das war das Problem. Während Lindseys Schwangerschaft hatte es viele Komplikationen gegeben, und die Entbindung war ungemein langwierig und schmerzhaft gewesen. Mutter und Kind hatten in Lebensgefahr geschwebt, und als Jimmy dann endlich geboren war, hatten die Ärzte Lindsey eröffnet, daß sie keine Kinder mehr bekommen könnte.

Die Nonne ohne Namen blieb endlich stehen, zog den weiten Ärmel ihres Habits hoch und schaute auf die Uhr. »Vielleicht sollte ich einmal nachsehen, wo sie so lange bleibt.«

»Lassen Sie dem Kind noch ein wenig Zeit«, sagte Schwester Immaculata ruhig, während sie mit plumper Hand über die Falten ihres Habits strich. »Wenn Sie nachsehen, wird sie das Gefühl haben, daß sie ihr nicht zutrauen, allein zurechtzukommen. Es gibt auf der Damentoilette nichts, womit sie nicht selber fertig werden könnte. Ich glaube nicht einmal, daß sie wirklich hin mußte. Wahrscheinlich wollte sie nur vor dem Treffen noch ein paar Minuten allein sein, um sich zu beruhigen.«

An Lindsey und Hatch gewandt, sagte Pater Jiminez: »Bitte entschuldigen Sie diese Verspätung.«

»Sie brauchen sich nicht zu entschuldigen.« Hatch rutschte auf dem Sofa hin und her. »Wir verstehen das gut. Wir sind nämlich selbst ein bißchen nervös.«

Erste Erkundigungen hatten ergeben, daß unzählige Ehepaare – eine regelrechte *Armee* – darauf warteten, ein Adoptivkind vermittelt zu bekommen. Manche wurden schon seit zwei Jahren immer wieder vertröstet. Und nachdem Hatch und Lindsey schon fünf Jahre kinderlos waren, fehlte ihnen die Geduld, sich auf eine lange Warteliste setzen zu lassen.

Ihnen blieben deshalb nur zwei Möglichkeiten. Sie konnten versuchen, ein Kind aus einer anderen Rasse zu adoptieren – ein schwarzes, asiatisches oder lateinamerikanisches. Die meisten potentiellen Adoptiveltern waren Weiße und warteten auf ein weißes Baby, das sie als ihr eigenes ausgeben konnten, während sich für ganze Scharen von Waisen der verschiedenen Minderheiten die Träume, zu einer Familie zu gehören, nie erfüllten. Die Hautfarbe spielte weder für Hatch noch Lindsey eine Rolle. Sie wären über jedes Kind glücklich gewesen, unabhängig von dessen Herkunft. In den letzten Jahren hatte ein irregeleiteter, übertriebener Wohltätigkeitsfimmel im Namen der Bürgerrechte jedoch zur Einführung verschiedener Vorschriften und Regelungen geführt, die eine Adoption von Kindern einer anderen Rasse verhindern sollten, und pedantische Bürokraten in allen Institutionen sorgten für eine strikte Durchsetzung dieser Bestimmungen. Die Theorie dabei war, daß kein Kind wirklich glücklich sein konnte, wenn es außerhalb seiner ethnischen Gruppe aufwuchs. Ein Musterbeispiel für den elitären Unsinn – und den ins Gegenteil verkehrten Rassismus –, den

Soziologen und sonstige Akademiker verzapften, ohne die einsamen Kinder zu befragen, die sie zu beschützen vorgaben.

Die zweite Möglichkeit war, ein behindertes Kind zu adoptieren. Verglichen mit den unzähligen fremdrassigen Waisenkindern gab es nicht viele behinderte, selbst wenn man jene Quasi-Waisen mitrechnete, deren Eltern irgendwo lebten, die aber wegen ihrer Beeinträchtigungen unerwünscht waren und der Obhut von Staat oder Kirche übergeben wurden. Doch obwohl sie nicht sehr zahlreich waren, gab es für Behinderte noch weniger Interessenten als für Minderheiten-Kinder. Der immense Vorteil war, daß sich im Augenblick keine politische Gruppierung für die angeblichen Anliegen dieser Kinder stark machte. Früher oder später würde eine Marschkolonne von Irrsinnigen zweifellos Gesetze erzwingen, denen zufolge ein grünäugiges, blondes, taubes Kind nur von grünäugigen, blonden, tauben Eltern adoptiert werden konnte, aber Hatch und Lindsey hatten das Glück, ihren Antrag gestaut zu haben, noch bevor die Mächte des Chaos das Heft in die Hand genommen hatten. Wenn er an die unangenehmen Bürokraten dachte, mit denen sie es vor sechs Wochen zu tun gehabt hatten, als sie sich zur Adoption entschlossen, wäre er am liebsten zu diesen Vermittlungsbehörden zurückgegangen und hätte die Sozialarbeiter erdrosselt, die ihnen einen Strich durch die Rechnung gemacht hatten. Einfach um ihnen ein bißchen gesunden Menschenverstand reinzuwürgen. Wenn er *diesen* Wunsch hier laut sagen würde, wären die guten Nonnen und Priester des Waisenhauses St. Thomas sicher ganz wild darauf, ihm einen ihrer Schützlinge anzuvertrauen!

»Und Sie fühlen sich nach wie vor gut, haben nicht unter irgendwelchen negativen Auswirkungen Ihrer Schicksalsprüfung zu leiden? Keine Schlafprobleme, gesunder Appetit?« erkundigte sich Pater Jiminez. Er wollte ganz offenkundig nur Konversation machen, während man auf die Hauptperson wartete, und mit seiner Frage keinesfalls Zweifel an Hatchs totaler Genesung und guter Gesundheit äußern.

Lindsey – von Natur aus nervöser als Hatch und eher zu

Überreaktionen neigend – beugte sich auf dem Sofa vor. Mit einem leichten Anflug von Schärfe sagte sie: »Hatch führt die Erfolgsstatistik aller reanimierten Personen an. Dr. Nyebern ist hell begeistert und hat ihm beste Gesundheit attestiert. Eine totale Wiederherstellung. Das alles stand auch in unserer Bewerbung.«

Hatch befürchtete, daß Lindseys heftige Reaktion die Priester und Nonnen mißtrauisch machen könnte, und fügte deshalb rasch ein Späßchen an: »Mir geht es wirklich großartig. Ehrlich gesagt, würde ich jedem einen kurzen Tod empfehlen. Das entspannt kolossal, verhilft zu größerer Gelassenheit im Leben.«

Alle lachten höflich.

Hatch erfreute sich *tatsächlich* bester Gesundheit. Während der ersten vier Tage nach seiner Reanimation hatte er unter Schwäche, Benommenheit, Übelkeit, Lethargie und vereinzelten Gedächtnislücken gelitten. Aber nach kürzester Zeit war er wieder voll bei Kräften gewesen, physisch und auch geistig. Seit nunmehr fast sieben Wochen führte er wieder ein ganz normales Leben.

Allerdings hatte Jiminez' beiläufige Erwähnung von Schlafproblemen ihn ein wenig beunruhigt, und wahrscheinlich hatte diese unschuldige Frage auch Lindsey aufgeschreckt. Seine Behauptung, gut zu schlafen, entsprach nicht ganz der Wahrheit, aber andererseits waren seine seltsamen Träume und die merkwürdigen emotionalen Auswirkungen, die sie auf ihn hatten, nichts Ernsthaftes, kaum der Rede wert, und im Grunde hatte er nicht das Gefühl, den Priester belogen zu haben.

Sie waren jetzt so dicht am Ziel ihrer Wünsche, daß er nicht riskieren wollte, durch ein falsches Wort den Erfolg aufs Spiel zu setzen. Es sollten keine unnötigen Verzögerungen eintreten. Obwohl die katholischen Adoptionsstellen bei der Unterbringung ihrer Schützlinge sehr gewissenhaft vorgingen, waren sie nicht so zermürbend langsam und zögerlich wie die staatlichen Institutionen, speziell wenn es sich bei den Bewerbern um solide Bürger wie Hatch und Lindsey handelte, die zur Adoption eines behinderten Kindes bereit waren, das andernfalls wohl im Waisenhaus bleiben müßte, bis es erwachsen war. Die Zukunft konnte für sie noch in dieser Woche beginnen, wenn sie den Leuten von St. Thomas, die längst auf ihrer Seite standen, keinen Grund zu irgendwelchen Bedenken gaben.

Hatch war selbst ein wenig überrascht, *wieviel* ihm daran lag, wieder Vater zu sein. Er hatte das Gefühl, als wäre er in den letzten fünf Jahren bestenfalls nur halb lebendig gewesen. Die ungenutzte Energie dieses halben Jahrzehnts schien sich in ihm akkumuliert zu haben und ihn plötzlich mit aller Macht zu durchströmen; die Farben wurden leuchtender, Töne melodischer und Gefühle intensiver. Er hatte das leidenschaftliche Bedürfnis, zu sehen, hören, laufen, arbeiten – *zu leben*. Und wieder Vater zu sein.

»Ich überlege schon die ganze Zeit, ob ich Sie etwas fragen dürfte«, sagte Pater Duran, während er sich von der Satsumasammlung abwandte. Seine Blässe und die scharfen Gesichtszüge wurden durch seine warmherzigen und intelligenten Eulenaugen etwas aufgelockert, die durch dicke Brillengläser noch vergrößert wurden. »Es ist eine ziemlich persönliche Frage, deshalb zögere ich.«

»Fragen Sie ruhig, was immer Sie wollen«, sagte Hatch.

Der junge Priester faßte Mut. »Manche Menschen, die für kurze Zeit klinisch tot waren, eine Minute oder zwei, berichten, daß … nun ja, ihre Erfahrungen ähneln sich …«

»Sie meinen den Eindruck, durch einen Tunnel zu stürzen, auf ein strahlendes Licht zu«, half ihm Hatch. »Das Gefühl eines großen Friedens, einer Heimkehr?«

»Ja.« Durans blasses Gesicht wurde lebhafter. »Genau das habe ich gemeint.«

Auch Pater Jiminez und die beiden Nonnen betrachteten Hatch mit neuem Interesse, und er wünschte, er könnte ihnen erzählen, was sie hören wollten. Sein Blick glitt von Lindsey zu den anderen. »Es tut mir leid, aber ich habe diese Erfahrung, von der so viele Menschen berichten, nicht gemacht.«

Pater Duran ließ seine schmalen Schultern hängen. »Aber was *haben* Sie erlebt?«

Hatch schüttelte den Kopf. »Nichts. Ich wünschte, es gäbe etwas zu berichten. Es wäre … tröstlich, nicht wahr? Aber wenn man so will, hatte ich wohl einen sehr langweiligen Tod. Ich kann mich an überhaupt nichts erinnern, von dem Moment an, als der Wagen sich überschlug und ich das Bewußtsein verlor, bis ich Stunden später in einem Krankenhausbett aufwachte und als erstes den Regen sah, der an eine Fensterscheibe trommelte …«

Er wurde durch das Eintreffen von Salvatore Gujilio unterbrochen, in dessen Kanzlei sie warteten. Gujilio, ein Hüne, groß *und* massig, riß die Tür weit auf, stürmte wie immer mit Riesenschritten ins Zimmer und ließ die Tür schwungvoll zufallen. Mit dem Ungestüm einer Naturgewalt – etwa eines mittleren Tornados – begrüßte er einen Besucher nach dem anderen. Hatch hätte sich nicht im geringsten gewundert, wenn die Möbel sich plötzlich wie Kreisel gedreht hätten und Bilder von den Wänden gefallen wären, denn der Anwalt strahlte eine solche Energie aus, daß er alles in seiner näheren Umgebung in Schwingung zu versetzen und zu elektrisieren schien.

Sein Redestrom versiegte keine Sekunde, während er Jiminez wie ein tapsiger Bär in seine Arme riß, Durans Hand wie einen Pumpenschwengel schüttelte und sich vor beiden Nonnen mit der Ehrerbietung eines glühenden Monarchisten verbeugte, der Mitglieder der Königsfamilie begrüßt. Gujilio war ungeheuer kontaktfreudig und hatte Lindsey schon bei der zweiten Begegnung zur Begrüßung und zum Abschied umarmt. Sie fand den Mann sehr sympathisch und hatte nichts gegen diese enge Tuchfühlung einzuwenden, aber sie war sich – wie sie Hatch später gestand – wie ein winziges Kind vorgekommen, das einen Sumo-Ringer umarmt. »Er reißt mich ja glatt von den Füßen«, hatte sie gesagt. Deshalb blieb sie jetzt vorsichtshalber auf dem Sofa sitzen und schüttelte dem Anwalt nur die Hand.

Hatch erhob sich und streckte seine rechte Hand aus, darauf gefaßt, daß sie verschlungen würde wie ein Krumen in einer Kultur hungriger Amöben. Und genau das geschah denn auch. Gujilio umschloß Hatchs Hand wie immer mit seinen beiden Bärenpranken und schien sie zerquetschen zu wollen.

»Was für ein herrlicher Tag!« rief er. »Ein ganz besonderer

Tag! Ich hoffe um unsrer aller willen, daß die Sache wie am Schnürchen läuft.«

Der Anwalt nahm sich jede Woche einige Stunden Zeit für die Kirche St. Thomas und das Waisenhaus. Es verschaffte ihm sichtlich größte Befriedigung, Adoptiveltern und behinderte Kinder zusammenzubringen.

»Regina ist auf dem Weg hierher«, berichtete er. »Sie hält noch einen kleinen Plausch mit meiner Sekretärin, weiter nichts. Ich glaube, sie ist nervös und schiebt den entscheidenden Moment hinaus, bis sie ihren ganzen Mut zusammengenommen hat. Sie wird aber bestimmt gleich hier sein.«

Hatch sah Lindsey an. Sie lächelte nervös und griff nach seiner Hand.

Salvatore Gujilio blieb dicht vor dem Sofa stehen. Er wirkte so gewaltig wie einer der großen Ballons bei einer Macys-Parade am Thanksgiving Day. »Sie wissen ja, welchen Sinn dieses Treffen hat – Sie sollen Regina kennenlernen, und sie soll Sie kennenlernen. Niemand fällt gleich hier, auf der Stelle, eine Entscheidung. Sie denken in Ruhe über alles nach und lassen uns morgen oder übermorgen wissen, ob Sie das Mädchen adoptieren wollen. Das gleiche gilt für Regina. Sie hat einen Tag Bedenkzeit.«

»Es ist ein großer Schritt«, warf Pater Jiminez ein.

»Ein gewaltiger Schritt«, bekräftigte Schwester Immaculata.

Die Nonne ohne Namen ging zur Tür, öffnete sie und spähte in den Gang hinaus. Regina war offenbar noch nicht zu sehen.

Gujilio umrundete seinen Schreibtisch. »Ich bin mir ganz sicher, daß sie gleich kommt.«

Der Anwalt brachte seinen massigen Körper in einem Schreibtischsessel unter, aber bei seiner Größe von einsfünfundneunzig war er auch im Sitzen eine imposante Erscheinung. Die Kanzlei war ausschließlich mit Antiquitäten eingerichtet, und der Schreibtisch war ein so herrliches Stück im Stil Napoleons III., daß Hatch sich sehnlichst wünschte, etwas Derartiges im Schaufenster seines Geschäfts zu haben. Mit Goldbronze verziert, bildeten die Intarsien aus exotischem Holz ein zentrales Ornament mit einem Musikinstrument über einem Fries aus stilisiertem Blattwerk. Die Beine waren geschwungen und mit bronzenem Akanthusblatt verziert, und die x-förmige gewundene Fußstütze war in der Mitte mit einer bronzenen Kreuzblume geschmückt. Gujilios Größe und phänomenale kinetische Energie ließen den Schreibtisch – ebenso wie alle anderen Antiquitäten – zerbrechlich erscheinen, und Hatch hatte jedesmal zunächst den Eindruck, als wären die Kostbarkeiten in unmittelbarer Gefahr, umgeworfen oder in kleine Stücke zerschlagen zu werden. Doch nach wenigen Minuten trat wie durch ein Wunder die perfekte Harmonie zwischen Mann und Einrichtung zutage, so daß man sich des unheimlichen Gefühls nicht erwehren konnte, daß der Anwalt sich hier eine Umgebung neu geschaffen hatte, in der er schon einmal in einem früheren – dünneren – Leben heimisch gewesen war.

Ein leises, fernes, aber durchdringendes Rumsen lenkte Hatchs Aufmerksamkeit von dem Anwalt und dessen Schreibtisch ab.

»Sie kommt.« Die Nonne ohne Namen entfernte sich hastig von der Tür. Regina sollte offenbar nicht merken, daß man nach ihr Ausschau gehalten hatte.

Wieder dieses Geräusch. Und wieder. Und wieder.

Es war rhythmisch und wurde lauter.

Rums! Rums!

Lindsey umschloß Hatchs Hand fester.

Rums! Rums!

Jemand schien den Takt zu einer unhörbaren Melodie zu schlagen, indem er mit einem Bleirohr auf den harten Holzboden des Flurs klopfte.

Verwirrt schaute Hatch zu Pater Jiminez hinüber. Der Priester blickte kopfschüttelnd zu Boden, aber seine Miene war undurchdringlich. Als das Geräusch immer lauter wurde, starrte Pater Duran erstaunt die angelehnte Tür zum Flur an, ebenso die Nonne ohne Namen. Salvatore Gujilio erhob sich beunruhigt. Schwester Immaculatas hübsche rote Apfelbäckchen wurden so weiß wie die Leinenhaube, die ihr Gesicht umrahmte.

Hatch konnte nun zwischen den dumpfen Schlägen ein leiseres schabendes Geräusch hören.

Rums! Schlurrf … Rums! Schlurrrf …

Je näher die Geräusche kamen, desto unheimlicher hörten sie sich an, und unwillkürlich stiegen in Hatch Bilder aus unzähligen alten Horrorfilmen auf: das Monster aus der Lagune, das sich krebsartig auf seine Beute zuschiebt; das Monster aus der Gruft, das im trüben Schein des halb verdeckten Mondes über einen Friedhofsweg schlurft; das Monster aus dem All, das sich wie eine Mischung aus Spinne und Reptil auf Gott weiß was für verhornten Gliedmaßen vorwärtsbewegte.

Rums!

Die Fenster schienen zu klirren.

Oder bildete er sich das nur ein?

Schlurrrf …

Ihm lief ein Schauer über den Rücken.

RUMS!

Er betrachtete den beunruhigten Anwalt, den kopfschüttelnden älteren und den erschrocken dreinblickenden jüngeren Priester und die beiden bleichen Nonnen, wandte seinen Blick aber rasch wieder der Tür zu, während er sich fragte, mit welcher Art von Behinderung dieses Kind geboren sein mochte. Fast rechnete er damit, im Türrahmen eine große, unförmige Gestalt auftauchen zu sehen, die Ähnlichkeit mit Charles Laughton in *Der Glöckner von Notre Dame* hatte und beim Grinsen schreckliche Fangzähne bleckte. Und Schwester Immaculata würde erklären: *Wissen Sie, Mr. Harrison, Regina wurde nicht von normalen Eltern der Obhut unserer Gemeinschaft anvertraut, sondern von einem Labor, wo die Wissenschaftler wirklich hochinteressante Genforschung betreiben …*

Ein Schatten fiel auf die Schwelle.

Hatch bemerkte, daß Lindsey seine Hand schmerzhaft umklammerte und daß seine Handfläche schweißnaß war.

Die unheimlichen Geräusche verstummten. Im Zimmer herrschte atemlose Stille.

Langsam wurde die Tür aufgestoßen.

Regina betrat den Raum. Sie zog ihr rechtes Bein wie ein totes Gewicht hinter sich her: *Schlurrrf …* Dann setzte sie es mit voller Wucht auf. *RUMS!*

Sie blieb stehen und blickte in die Runde. Herausfordernd. Hatch konnte kaum glauben, daß sie es war, die diesen ganzen Lärm verursacht hatte. Für eine Zehnjährige war sie ziemlich klein und schmächtig. Mit ihren Sommersprossen, der Stupsnase und dem wunderschönen kastanienbraunen Haar war sie denkbar ungeeignet für die Rolle des Monsters aus der Lagune oder irgendeines anderen furchterregenden Ungeheuers, obwohl die ernsten grauen Augen einen Ausdruck hatten, der Hatch bei einem Kind überraschte. Der wissende Blick eines Erwachsenen. Ein extrem ausgeprägtes Wahrnehmungsvermögen. Doch abgesehen von diesen Augen und einer Aura stählerner Entschlossenheit wirkte das Mädchen sehr fragil, geradezu erschreckend zerbrechlich und verletzbar.

Die Kleine erinnerte Hatch an eine exquisite chinesische Porzellanschale mit Mandarin-Muster aus dem 18. Jahrhundert, die er unlängst in seinem Geschäft in Laguna Beach gehabt hatte. Wenn man sie mit dem Finger antippte, gab es einen glockenhellen Ton, der einen befürchten ließ, sie würde in tausend Stücke zerbrechen, wenn man sie fallen ließ oder auch nur kräftig dagegen schlug. Aber wenn man sie auf ihrem Acrylregal länger betrachtete, waren die handgemalten Tempel- und Gartenszenen auf den Seitenflächen und die Blumenornamente am inneren Rand so eindrucksvoll und zeugten von solchem Können und solcher Inspiration, daß man sich ehrfürchtig des Alters und der Geschichte des Stücks bewußt wurde. Und plötzlich war man davon überzeugt, daß das zerbrechliche Äußere täuschte und diese Schale, wenn man sie fallen ließe, nicht den kleinsten Riß davontrüge, sondern beim Aufprall jedwedes andere Material zertrümmern würde.

Regina war offenbar fest entschlossen, ihren großen Auftritt möglichst wirkungsvoll zu inszenieren. Während sie auf das Sofa zuhumpelte, dämpfte der antike Perserteppich allerdings beträchtlich den Lärm, den sie verursachte. Sie trug eine weiße Bluse, einen kurzen grünen Rock, grüne Kniestrümpfe, schwarze Schuhe – und am rechten Bein eine Metallschiene, die vom Knöchel bis übers Knie reichte und wie ein mittelalterliches Folterinstrument aussah. Bei jedem Schritt schwankte sie so stark in den Hüften, als würde sie gleich umfallen.

Schwester Immaculata erhob sich aus ihrem Lehnstuhl und betrachtete Regina mißbilligend. »Was soll dieses Theater, junge Dame?«

Das Mädchen tat so, als hätte es die Frage der Nonne nicht verstanden. »Es tut mir leid, daß ich so spät komme, Schwester, aber an manchen Tagen geht es mir eben besonders schlecht.« Bevor die Nonne etwas erwidern konnte, wandte sich die Kleine Hatch und Lindsey zu, die aufgestanden waren und sich nun nicht mehr bei den Händen hielten. »Hallo, ich bin Regina. Ich bin ein Krüppel.« Sie streckte ihre rechte Hand aus. Hatch ebenfalls. Erst im letzten Moment bemerkte er, daß Arm und Hand mißgebildet waren. Der Arm war bis zum Handgelenk fast normal, nur etwas dünner als der linke, knickte dann aber scharf ab und ging nicht in eine komplette Hand über, sondern in nur zwei Finger und einen Daumenstumpf, die zudem nur begrenzt beweglich zu sein schienen. Dem Mädchen die Hand zu geben, war ein seltsames Gefühl – aber nicht unangenehm.

Ihre grauen Augen fixierten ihn aufmerksam. Sie wollte seine Reaktion testen. Er wußte sofort, daß es unmöglich sein würde, ihr jemals etwas vorzumachen, und er war heilfroh, daß ihre verkrüppelte Hand ihn nicht im geringsten abstieß.

»Ich freue mich sehr, dich kennenzulernen, Regina«, sagte er. »Ich bin Hatch Harrison, und das ist meine Frau Lindsey.«

Das Mädchen gab auch Lindsey die Hand. »Nun, ich weiß, daß ich eine Enttäuschung für Sie bin«, sagte es. »Alle Frauen, die nach Kindern ausgehungert sind, wollen doch Babies, die sie hätscheln können …«

Die Nonne ohne Namen schnappte schockiert nach Luft. »Regina, also wirklich!«

Schwester Immaculata hatte es völlig die Sprache verschlagen. Sie war wie vom Schlag gerührt und sah mit ihren weit aufgerissenen Augen und dem offenen Mund einem erfrorenen Pinguin ähnlich, der eine arktische Kältewelle nicht überlebt hat.

Pater Jiminez verließ seinen Standort am Fenster und trat

näher ans Sofa heran. »Mr. und Mrs. Harrison, ich entschuldige mich für ...«

»Sie brauchen sich nicht zu entschuldigen«, fiel Lindsey ihm hastig ins Wort. Sie spürte ebenso wie Hatch, daß das Mädchen sie auf die Probe stellte, und wenn sie diese Prüfung bestehen wollten, durften sie sich auf gar keinen Fall an einer Koalition der Erwachsenen gegen die Kleine beteiligen.

Regina quälte sich mühsam in den zweiten Lehnstuhl, und Hatch war ziemlich sicher, daß sie dabei absichtlich viel ungeschickter tat, als sie es in Wirklichkeit war.

Die Nonne ohne Namen berührte sanft Schwester Immaculatas Schulter, und diese nahm wieder Platz, immer noch mit der Miene eines erfrorenen Pinguins. Die beiden Priester schoben die Besucherstühle vor dem Schreibtisch näher ans Sofa heran, und die jüngere Nonne holte sich einen Stuhl aus einer Zimmerecke und nahm neben den anderen Platz. Als Hatch bemerkte, daß er als einziger noch stand, setzte er sich wieder neben Lindsey auf das Sofa.

Nachdem nun alle versammelt waren, bestand Salvatore Gujilio darauf, Getränke zu servieren – Pepsi, Ginger Ale oder Perrier –, wobei er auf die Dienste seiner Sekretärin verzichtete und selbst alles Notwendige aus der Bar holte, die diskret in einem mahagonigetäfelten Eckschrank des eleganten Büros untergebracht war. Der Hüne bewegte sich erstaunlich lautlos und schnell, ohne gegen Möbel zu stoßen oder Vasen umzuwerfen, ohne den beiden Tiffanyvasen mit mundgeblasenen Trompetenblumenschirmen auch nur nahe zu kommen. Noch bemerkenswerter fand Hatch es allerdings, daß dieser imposante Mann nun nicht mehr automatisch im Mittelpunkt der Aufmerksamkeit stand. Mit dem schmächtigen Persönchen im Lehnstuhl konnte er nicht konkurrieren.

Regina hielt ihr Glas Pepsi in der linken, normalen Hand, und wandte sich demonstrativ Hatch und Lindsey zu. »Nun, Sie sind doch hergekommen, um möglichst viel über mich zu erfahren. Also sollte ich Ihnen wohl etwas über mich erzählen. Das Wichtigste ist natürlich, daß ich ein Krüppel bin.« Mit schiefgelegtem Kopf warf sie ihnen einen forschenden Blick zu. »Wußten Sie, daß ich ein Krüppel bin?«

»Wir wissen es jetzt«, sagte Lindsey.

»Aber ich meine, bevor Sie hergekommen sind.«

»Wir wußten, daß du ... irgendwelche Probleme hast«, sagte Hatch.

»Genmutation«, erklärte Regina.

Pater Jiminez stieß einen schweren Seufzer aus.

Schwester Immaculata schien etwas sagen zu wollen, warf Hatch und Lindsey einen Blick zu und beschloß zu schweigen.

»Meine Eltern waren drogenabhängig«, fuhr das Mädchen fort. »Regina!« protestierte die Nonne ohne Namen. »Das weißt du doch gar nicht. Davon kann überhaupt keine Rede sein.«

»Aber es paßt«, beharrte das Mädchen. »Drogenmißbrauch ist seit mindestens zwanzig Jahren die häufigste Ursache für angeborene Mißbildungen. Wußten Sie das? Ich habe es in einem Buch gelesen. Ich lese sehr viel. Ich bin ganz verrückt nach Büchern. Ich will nicht sagen, daß ich ein Bücherwurm bin. Das hört sich albern an, finden Sie nicht auch? Aber wenn ich ein Wurm wäre, möchte ich lieber in einem Buch als in einem Apfel wohnen. Es ist das Beste, was einem verkrüppelten Kind passieren kann, wenn es gerne liest, weil die anderen einen ja alles mögliche nicht machen lassen, auch wenn man selbst ganz sicher ist, daß man es genauso gut könnte wie jeder normale Mensch auch, und wenn man liest, kann man ein ganz anderes Leben führen. Ich mag Abenteuergeschichten, wo die Helden zum Nordpol oder zum Mars oder nach New York oder sonstwohin aufbrechen. Ich mag auch gute Krimis, fast alle von Agatha Christie, aber am besten gefallen mir Tiergeschichten, besonders wenn die Tiere sprechen können, wie in *Wind in den Weiden*. Ich hatte selbst einmal ein sprechendes Tier. Es war nur ein Goldfisch, und natürlich war es in Wirklichkeit ich und nicht der Goldfisch, der redete, weil ich nämlich ein Buch über Bauchreden gelesen und es dann gelernt hatte. Das war toll. Ich konnte am anderen Ende des Zimmers sitzen, und meine Stimme war aus dem Goldfisch zu hören.« Sie begann mit Piepsstimme zu sprechen, ohne die Lippen zu bewegen, und man hätte glauben können, es wäre die Nonne ohne Namen, die den denkwürdigen Satz von sich gab: *Hallo, ich bin Binky, der Fisch, und wenn du versuchst, mich auf ein Sandwich zu legen und zu essen, scheiße ich auf die Mayonnaise.* Ohne die schockierten Reaktionen der Ordensleute zu beachten, fuhr sie in ihrer eigenen Stimme fort: »Das ist auch so ein Problem mit Krüppeln wie mir. Wir neigen dazu, unverschämt zu sein, weil wir wissen, daß niemand sich traut, uns den Arsch zu versohlen.«

Schwester Immaculatas Miene ließ vermuten, daß *sie* sich das durchaus zutraute, aber sie murmelte nur etwas von Fernsehverbot bis Ende der Woche.

Hatch, dem die Nonne zunächst so furchterregend vorgekommen war, nahm ihre finstere Miene jetzt nur noch aus den Augenwinkeln wahr, weil er seinen Blick nicht von dem Mädchen wenden konnte.

Regina plapperte weiter fröhlich drauflos. »Abgesehen davon, daß ich manchmal ein superfreches Mundwerk habe, müssen Sie auch noch wissen, daß ich wahnsinnig ungeschickt bin, wenn ich wie John Silver herumhinke – das war übrigens ein phantastisches Buch, diese *Schatzinsel* ... Aber was ich sagen wollte – höchstwahrscheinlich werde ich jeden wertvollen Gegenstand in Ihrem Haus kaputtmachen. Natürlich nicht absichtlich, sondern einfach, weil ich so ein Trampel bin. Haben Sie für so was die nötige Geduld? Ich möchte nämlich nicht bewußtlos geprügelt und in eine Dachkammer gesperrt werden, nur weil ich ein armer tollpatschiger Krüppel bin. Dieses Bein sieht ja gar nicht mal so übel aus, und wenn ich regelmäßig weitertrainiere, wird es sich wahrscheinlich noch ganz passabel rausmachen, aber es ist nicht gerade kräftig, und ich habe auch verdammt wenig Gefühl darin.« Sie ballte ihre deformierte rechte Hand zu einer Art Faust und schlug sich so fest auf den rechten Oberschenkel, daß Gujilio zusammenzuckte. Der Anwalt versuchte gerade, dem jüngeren Priester, der das Mädchen wie hypnotisiert anstarrte, ein Glas Ginger Ale in die Hand zu drücken. Sie schlug noch einmal zu und erklärte: »Sehen Sie? Totes Fleisch. Und wenn wir schon bei Fleisch sind – ich stelle mich ziemlich an mit dem Essen, weil ich nämlich einfach kein totes Fleisch runterkriege. Oh, ich will damit nicht sagen, daß ich lebende Tiere esse. Aber ich bin Vegetarierin, und das wäre für Sie ziemlich kompliziert, sogar einmal angenommen, daß es Ihnen nichts ausmacht, daß ich kein Hätschelbaby bin, das man süß anziehen kann. Mein einziger Vorzug ist meine Intelligenz – ich bin nämlich fast ein Genie und sehr reif für mein Alter. Aber manche Leute sehen sogar darin eher einen Nachteil, weil ich mich oft nicht wie ein Kind benehme …«

»Jetzt benimmst du dich mit Sicherheit wie ein sehr unreifes Kind«, warf Schwester Immaculata ein, sichtlich erfreut, diesen Pfeil abschießen zu können.

Aber Regina ignorierte sie total. »… und was Sie wollen, ist ja schließlich ein Kind, ein süßes, ahnungsloses Balg zum Vorzeigen, das unter Ihrer Anleitung lernt und erblüht, während ich schon auf eigene Faust ganz schön aufgeblüht bin. Intellektuell, meine ich. Titten habe ich nämlich noch keine. Ich langweile mich beim Fernsehen, was bedeutet, daß ich bei einem gemütlichen Familienabend vor der Glotze nicht mit von der Partie wäre, und ich bin allergisch gegen Katzen, falls Sie eine haben, und ich bin sehr eigenwillig, was manche Leute bei einem zehnjährigen Mädchen unausstehlich finden.« Sie nippte an ihrer Pepsi und lächelte ihnen zu. »Also, ich glaube, das wär's in etwa.«

»Sie ist sonst nie so«, murmelte Pater Jiminez, mehr zu sich selbst oder zu Gott als zu Hatch und Lindsey. Er trank die Hälfte seines Perriers in einem Zug, so als benötigte er eigentlich dringend etwas Härteres.

Hatch warf Lindsey einen forschenden Blick zu. Ihre Augen waren etwas glasig, und sie schien nicht zu wissen, was sie sagen sollte. Deshalb wandte er sich selbst an das Mädchen.

»Ich glaube, es ist nur fair, wenn ich dir jetzt etwas über uns erzähle.«

Schwester Inunaculata stellte ihr Glas ab und machte Anstalten aufzustehen. »Mr. Harrison, Sie brauchen sich wirklich nicht zu …«

Hatch bedeutete der Nonne mit einer höflichen Geste, sitzen zu bleiben. »Nein, nein. Alles ist in bester Ordnung. Regina ist einfach ein bißchen nervös …«

»Nicht besonders«, widersprach Regina.

»Natürlich bist du nervös«, beharrte Hatch.

»Nein.«

»Du bist genauso nervös wie Lindsey und ich. Das ist doch ganz natürlich.« Er lächelte dem Mädchen so gewinnend zu, wie er nur konnte. »Ja, also ... Ich habe mich von jeher für Antiquitäten interessiert. Ich liebe Dinge, die Bestand und einen ausgeprägten Charakter haben, und ich habe mein eigenes Antiquitätengeschäft mit zwei Angestellten. Damit verdiene ich meinen Lebensunterhalt. Aus Fernsehen mache ich mir selber nicht allzuviel, und ...«

»Ist Hatch eine Abkürzung?« fiel das Mädchen ihm unerwartet ins Wort. Es kicherte, um anzudeuten, daß bestenfalls ein sprechender Goldfisch einen so albernen Namen haben könnte.

»Mein richtiger Vorname ist Hatchford.«

»Das hört sich immer noch komisch an.«

»Dafür mußt du meine Mutter verantwortlich machen«, sagte Hatch. »Sie hat immer geglaubt, mein Vater würde eines Tages viel Geld verdienen, und dann würden wir gesellschaftlich aufsteigen, und ihrer Meinung nach hörte sich Hatchford nach echter Oberschicht an: Hatchford Benjamin Harrison. Es gab nur einen Namen, der ihr noch besser gefallen hätte – Hatchford Benjamin Rockefeller.«

»Und hat er's geschafft?« wollte das Mädchen wissen.

»Wer und was?«

»Hat Ihr Vater eine Menge Geld verdient?«

Hatch zwinkerte Lindsey zu. »Sieht ganz so aus, als hätten wir's mit einer Goldgräberin zu tun.«

»Wenn Sie nämlich reich wären«, erklärte Regina, »wäre das natürlich eine Überlegung wert.«

Schwester Immaculata stieß hörbar den Atem aus, und die Nonne ohne Namen lehnte sich auf ihrem Stuhl zurück und schloß resigniert die Augen. Pater Jiminez stand auf, winkte Gujilio aus dem Weg und begab sich zur Bar, um etwas Stärkeres als Pepsi, Ginger Ale oder Perrier zu holen. Weil weder Hatch noch Lindsey über das Benehmen des Mädchens empört zu sein schienen, fühlte niemand sich ermächtigt, das Gespräch zu beenden oder dem Kind auch nur Vorwürfe zu machen.

»Tut mir leid, dich enttäuschen zu müssen«, sagte Hatch.

»Wir sind nicht reich, obwohl es uns an nichts fehlt. Wir leben ganz gut, aber wir haben keinen Rolls-Royce, und wir tragen keine Kaviar-Pyjamas.«

Ein Schimmer echter Belustigung huschte über Reginas Gesicht, aber sie unterdrückte ihn hastig und wandte sich Lindsey zu. »Und was ist mit Ihnen?«

Lindsey blinzelte und räusperte sich. »Äh … also, ich bin Künstlerin. Malerin.«

»Wie Picasso?«

»Das ist nicht mein Stil, aber ich nehme meine Kunst wahrscheinlich genauso ernst wie er.«

»Ich habe einmal ein Bild gesehen, auf dem Hunde Poker spielten«, sagte das Mädchen. »Haben Sie das zufällig gemalt?«

»Leider nein.«

»Gott sei Dank. Es war ein blödes Bild. Und einmal habe ich eins mit einem Stier und einem Stierkämpfer gesehen, auf Samt gemalt, mit sehr leuchtenden Farben. Malen Sie mit leuchtenden Farben auf Samt?«

»Nein«, erwiderte Lindsey, »aber wenn dir so was gefällt, könnte ich dir für dein Zimmer etwas Schönes auf Samt malen.«

Regina verzog das Gesicht. »Puh! Lieber würde ich mir eine tote Katze an die Wand hängen!«

Die Leute von St. Thomas konnte nichts mehr erschüttern. Der jüngere Priester lächelte sogar, und Schwester Immaculata murmelte »tote Katze« vor sich hin, nicht etwa empört, sondern eher zustimmend, weil selbst so ein makabrer Wandschmuck einem Gemälde auf Samt immer noch vorzuziehen wäre.

Lindsey wollte ihren Ruf retten, nachdem sie sich erboten hatte, etwas so Schreckliches zu malen. »Mein Stil wird im allgemeinen als Mischung von Neoklassizismus und Surrealismus beschrieben. Ich weiß, daß sich das ziemlich großkotzig anhört …«

»Na ja, nicht gerade meine Lieblingsrichtung«, erklärte Regina im Brustton der Überzeugung, als würde sie diese Stilarten bestens kennen und wüßte auch, wie eine Mischung daraus aussehen mußte. »Wenn ich bei Ihnen leben würde und mein eigenes Zimmer hätte, würden Sie mich doch nicht zwingen, die Wände mit *Ihren* Bildern vollzuhängen, oder?« Sie betonte das »Ihren« so stark, als wollte sie ein für allemal klarmachen, daß ihr eine tote Katze immer noch lieber wäre, auch wenn hier kein Samt mit im Spiel war.

»Nicht eins«, versicherte Lindsey.

»Gut.«

»Glaubst du denn, daß es dir gefallen könnte, mit uns zu leben?« fragte Lindsey, und Hatch überlegte, ob diese Aussicht sie wohl freudig erregte oder eher erschreckte.

Die Kleine rappelte sich abrupt aus dem Stuhl hoch und schwankte heftig, als sie auf die Beine kam, so als würde sie gleich kopfüber auf den Tisch fallen. Hatch sprang auf, um sie aufzufangen, obwohl er vermutete, daß auch das zu ihrer Komödie gehörte. Als sie ihr Gleichgewicht wiedererlangt hatte, stellte sie das leere Glas ab und verkündete: »Ich muß dringend pinkeln. Ich habe nämlich eine schwache Blase. Das kommt auch von den mutierten Genen. Ich habe mich nicht unter Kontrolle. Ich habe immer Angst, daß mir an den unpassendsten Orten, wie etwa hier in Mr. Gujilios Büro, ein Mißgeschick passiert, und das sollten Sie auch noch in Betracht ziehen, bevor Sie mich aufnehmen. Wahrscheinlich haben Sie eine ganze Menge schöner Sachen, wo Sie ja in der Antiquitäten- und Kunstbranche sind. Sie hängen bestimmt an diesem Zeug, und stellen Sie sich nur mal vor, was los wäre, wenn ich ständig Sachen zerbreche oder auf irgendwas besonders Kostbares pinkle. Dann würden Sie mich auf schnellstem Wege ins Waisenhaus zurückschicken, und ich würde mir das so zu Herzen nehmen, daß ich aufs Dach raufklettern und mich in die Tiefe stürzen würde. Ein höchst tragischer Selbstmord, den bestimmt keiner von uns will. War nett, Sie kennenzulernen.«

Sie machte eine Kehrtwendung und humpelte über den Perserteppich und aus dem Zimmer, wobei sie wieder dieses grandiose *RUMS! Schlurrrf ...* vollführte, das zweifellos einem ähnlichen Talent entsprang wie ihre Bauchrednerkünste. Ihr kastanienbraunes Haar wippte und schimmerte wie Feuer.

Alle standen schweigend da und lauschten auf die Schritte

des Mädchens, die sich langsam entfernten. Einmal prallte es offenbar hart gegen eine Wand, hinkte aber sogleich tapfer weiter.

»Sie hat *keine* schwache Blase«, sagte Pater Jiminez und trank einen großen Schluck der bernsteinfarbenen Flüssigkeit in seinem Glas, bei der es sich um Bourbon handeln mußte. »Das gehört *nicht* zu ihrer Behinderung.«

»Sie ist in Wirklichkeit nicht so«, fügte Pater Duran an. Er zwinkerte mit seinen Eulenaugen, als wäre ihm Rauch hineingekommen. »Sie ist ein wunderbares Kind. Ich weiß, daß Sie das kaum glauben werden ...«

»Und sie kann auch viel besser gehen, viel, viel besser«, sagte die Nonne ohne Namen. »Ich weiß nicht, was plötzlich in sie gefahren ist.«

»Ich weiß es«, meldete sich Schwester Immaculata zu Wort. Sie strich sich mit einer Hand müde über das Gesicht. Ihre Augen waren traurig. »Vor zwei Jahren, als sie acht war, gelang es uns, Adoptiveltern für sie zu finden. Ein Ehepaar in den Dreißigern, dem man gesagt hatte, es könnte nie eigene Kinder haben. Sie hatten sich selbst eingeredet, daß ein behindertes Kind ein besonderer Segen wäre. Zwei Wochen nachdem Regina bei ihnen eingezogen war, noch während der Probezeit, wurde die Frau schwanger. Sie würden nun doch ein eigenes Kind haben, und plötzlich kam ihnen die Adoption nicht mehr als der Weisheit letzter Schluß vor.«

»Und sie brachten Regina einfach zurück?« fragte Lindsey. »Gaben sie im Waisenhaus wieder ab? Wie schrecklich!«

»Ich kann ihnen keinen Vorwurf daraus machen«, sagte Schwester Inimaculata. »Wahrscheinlich fühlten sie, daß ihre Liebe für ein eigenes Kind *und* die arme Regina nicht ausreichen würde, und in diesem Fall haben sie das Richtige getan. Regina hat es nicht verdient, in einem Haus aufzuwachsen, wo sie ständig das Gefühl hätte, nur an zweiter Stelle zu stehen, weniger geliebt zu werden als das andere Kind, immer so eine Art Außenseiterin zu bleiben. Für Regina war diese Zurückweisung jedenfalls ein schrecklicher Schlag. Es dauerte sehr lange, bis sie wieder etwas Selbstbewußtsein bekam. Ein zweites Mal will sie so ein Risiko wahrscheinlich nicht eingehen.«

Sie standen schweigend da. Draußen schien die Sonne sehr hell. Die Palmen wiegten sich sanft. Hinter den Bäumen waren Gebäude zu sehen – Fashion Island, das Einkaufs- und Geschäftszentrum von Newport Beach, an dessen Peripherie sich Gujilios Kanzlei befand.

»Eine schlechte Erfahrung raubt sensiblen Kindern manchmal jede Chance. Sie weigern sich, es noch einmal zu versuchen. Ich befürchte, unsere Regina gehört zu dieser Kategorie. Sie ist mit dem festen Vorsatz hergekommen, Sie zu schockieren und das Kontaktgespräch in eine Katastrophe zu verwandeln, und das ist ihr ja tatsächlich phantastisch gelungen.«

»Es ist wie bei jemandem, der sein Leben lang im Gefängnis war«, sagte Pater Jiminez, »plötzlich wird er begnadigt und ist anfangs auch überglücklich. Nach kurzer Zeit muß er aber feststellen, daß er sich in der Außenwelt nicht zurechtfindet. Also begeht er ein Verbrechen, nur um wieder eingesperrt zu werden. Das Gefängnis – oder auch das Waisenhaus – mag noch so trist und beengend sein, aber es ist vertraut, es bietet Sicherheit.«

Salvatore Gujilio nahm den Besuchern ihre leeren Gläser ab. Er war nach wie vor in jeder Hinsicht eine imposante Gestalt, aber obwohl Regina den Raum verlassen hatte, wirkte er nicht mehr so dominierend wie vor ihrem Eintreffen. Durch den Vergleich mit dem zierlichen, stupsnasigen, grauäugigen Kind war das Überwältigende seiner Präsenz ein für allemal dahin.

»Es tut mir so leid.« Schwester Immaculata legte Lindsey tröstend eine Hand auf die Schulter. »Wir werden es nochmals versuchen, meine Liebe. Wir suchen ein anderes Kind für Sie aus, und diesmal wird es bestimmt das ideale Kind sein.«

2

Lindsey und Hatch verließen Gujilios Kanzlei an diesem Donnerstagnachmittag um 15 Uhr 10. Sie hatten abgemacht, bis nach dem Abendessen nicht über das Treffen zu sprechen. Jeder sollte Zeit haben, in Ruhe darüber nachzudenken, um dann seine eigenen Schlüsse zu ziehen. Beide wollten keinen rein emotionalen Entschluß fassen oder den anderen voreilig beeinflussen – um es später vielleicht ein Leben lang zu bereuen.

Natürlich hatten sie nie damit gerechnet, daß das Kontaktgespräch *so* verlaufen könnte. Lindsey hätte nur allzu gern darüber gesprochen. Sie vermutete, daß ihrer beider Entschluß bereits feststand, daß das Mädchen bereits für sie entschieden hatte und es deshalb im Grunde sinnlos war, noch lange zu überlegen. Aber sie hatten nun einmal vereinbart abzuwarten, und Hatch schien nicht geneigt, diese Abmachung zu brechen. Folglich hielt auch Lindsey den Mund.

Sie saß am Steuer ihres neuen roten Mitsubishi. Hatch saß entspannt auf dem Beifahrersitz, streckte einen Arm zum offenen Fenster hinaus und klopfte den Takt zu einem Golden Oldie im Radio, »Please Mr. Postman« von den Marvelettes.

Sie passierte die letzte der riesigen Dattelpalmen entlang des Newport Center Drive, bog nach links auf den Pacific Coast Highway ab und fuhr südwärts, vorbei an Mauern, an denen sich Bougainvillea emporrankte. Der Apriltag war warm, aber nicht heiß und der Himmel strahlend blau. Kurz vor Sonnenuntergang würde sein flimmerndes Leuchten an die Gemälde von Maxfield Parrish erinnern. Auf dem Highway herrschte wenig Verkehr, und der Ozean schimmerte wie gold- und silberdurchwirkter Brokat.

Ein stiller Jubel erfüllte Lindsey – seit sieben Wochen ein Dauerzustand. Es war einfach die Freude, am Leben zu sein. Jedes Kind kennt dieses Gefühl, aber den meisten Erwachsenen geht es irgendwann verloren. Auch ihr war es abhanden gekommen, und sie hatte es nicht einmal gemerkt. Eine unvorhergesehene Konfrontation mit dem Tod war genau das Richtige, um einem die Lebensfreude der ersten Jugendjahre wiederzugeben.

Zwei Etagen unterhalb der Hölle verschlief Vassago den Tag auf seiner schmutzigen und durchgelegenen Matratze, nackt unter einer Decke. Meistens träumte er von gemartertem Fleisch und zersplitterten Knochen, von Blut und Galle, von Totenschädeln und Skeletten. Manchmal träumte er von sterbenden Menschen, die sich unter einem schwarzen Himmel auf kahler Erde in Todeskrämpfen wanden, während er zwischen ihnen umherwandelte wie ein Prinz der Hölle zwischen den niederen Scharen der Verdammten.

An diesem Tag aber hatte er ganz andere Träume, seltsame Träume, bemerkenswert wegen ihrer Alltäglichkeit. Eine dunkelhaarige, dunkeläugige Frau in einem kirschroten Wagen, aus der Perspektive eines unsichtbaren Mannes gesehen, der neben ihr auf dem Beifahrersitz saß. Palmen. Rote Bougainvillea. Der lichtgesprenkelte Ozean.

Harrison's Antiques lag am südlichen Ende von Laguna Beach, am Pacific Coast Highway. Es war ein elegantes zweistöckiges Artdeco-Gebäude, das einen reizvollen Kontrast zu den Auslagen in den großen Schaufenstern bildete – Antiquitäten aus dem 18. und 19. Jahrhundert.

Glenda Dockridge, Hatchs Assistentin und Geschäftsführerin, half Lew Booner, dem »Mann für alles«, beim Abstauben. In einem großen Antiquitätenladen hatte das Staubwischen Ähnlichkeit mit dem Streichen der Golden-Gate-Brücke: Wenn man endlich fertig war, konnte man gleich wieder von vorne anfangen. Glenda war blendender Laune, weil sie einen schwarzen Schrank aus dem Second Empire mit Bronzeverzierungen und Lackmalerei *und* – demselben Kunden – einen polygonen Tisch mit kunstvollen Intarsien, eine italienische Arbeit des 19. Jahrhunderts, verkauft hatte. Kein Wunder, daß Glenda sehr zufrieden war – schließlich arbeitete sie auf Provisionsbasis.

Während Hatch die Post durchsah, die wichtigste Korrespondenz erledigte und zwei Rosenholzpostamente mit eingelegten Jadedrachen prüfte, die ein Agent in Hongkong aufgetrieben hatte, half Lindsey beim Staubwischen. In ihrer neuen Geistesverfassung machte ihr sogar diese lästige Arbeit Spaß, denn sie gab ihr Gelegenheit, die Einzelheiten der

Antiquitäten zu bestaunen – die Kreuzblume an einer Bronzelampe, die Schnitzerei eines Tischbeins, die spitzenartigen Ränder an englischem Porzellan aus dem 18. Jahrhundert. Bei jedem Gegenstand dachte sie über seine Geschichte und kulturelle Bedeutung nach, und dabei kam ihr die Erkenntnis, daß ihre neue Lebenseinstellung eigentlich viel mit Zen zu tun hatte.

Bei Anbruch der Abenddämmerung spürte Vassago offenbar, daß die Nacht nun nicht mehr fern war. Er erwachte und setzte sich in seiner gruftartigen Heimstatt auf, erfüllt von Hunger nach dem Tod und von dem Bedürfnis zu morden.

Das letzte Bild aus seinem Traum, an das er sich erinnern konnte, war die Frau im roten Auto. Allerdings hatte sie jetzt nicht mehr den Wagen gesteuert, sondern stand in einem Raum, den er nicht deutlich erkennen konnte, und wischte mit einem weißen Tuch einen chinesischen Paravent ab. Sie drehte sich um, so als hätte er mit ihr gesprochen, und lächelte.

Ihr Lächeln war so strahlend, so lebensfroh, daß Vassago ihr Gesicht mit einem Hammer zertrümmern, ihre Zähne ausschlagen, ihre Kieferknochen zermalmen wollte, damit sie nie wieder lächeln konnte.

Er hatte in den letzten Wochen schon mehrmals von ihr geträumt. Beim erstenmal hatte sie im Rollstuhl gesessen und zugleich gelacht und geweint.

Er kramte noch einmal in seinem Gedächtnis, konnte sich aber beim besten Willen nicht daran erinnern, sie irgendwann im realen Leben gesehen zu haben. Er fragte sich, wer sie sein mochte, warum sie ihn im Schlaf heimsuchte.

Draußen wurde es Nacht. Er spürte, wie sich der große schwarze Vorhang herabsenkte, der der Welt am Ende jedes lichten Tages einen Vorgeschmack auf den Tod gab.

Er zog sich an und verließ sein Versteck.

Um sieben Uhr saßen Hatch und Lindsey an diesem Frühlingsabend bei Zov's, einem kleinen, aber beliebten Restaurant in Tustin. Die Einrichtung war vornehmlich schwarzweiß, mit vielen großen Fenstern und Spiegeln. Auch das freundliche und tüchtige Personal war schwarzweiß gekleidet. Und das Essen, das hier serviert wurde, war schlichtweg ein Gedicht.

Der Lärmpegel war eher angenehm als störend. Sie brauchten nicht die Stimmen zu heben, um sich zu verständigen, und das Stimmengewirr im Hintergrund schuf eine Art Privatsphäre, so daß man sich von den Leuten an den Nebentischen nicht belästigt oder belauscht fühlte.

Während der ersten beiden Gänge – Kalamari und Schwarze-Bohnen-Suppe – plauderten sie belangloses Zeug. Doch als der Hauptgang serviert wurde – Schwertfisch für beide –, konnte Lindsey nicht länger an sich halten.

»Okay«, sagte sie, »wir hatten den ganzen Nachmittag Zeit zum Nachdenken. Wir haben einander nicht beeinflußt. Was hältst du nun also von Regina?«

»Was hältst du von ihr?«

»Du zuerst.«

»Warum ich?«

»Warum nicht?«

Er holte tief Luft, zögerte kurz. »Ich bin ganz verrückt nach der Kleinen.«

Lindsey wäre am liebsten aufgesprungen und wie eine wildgewordene Cartoonfigur durchs Restaurant getanzt, so glücklich und erleichtert war ihr zumute. Sie hatte gehofft, daß Hatch so reagieren würde, aber sie hatte es nicht gewußt, hatte wirklich nicht die geringste Ahnung gehabt, weil das Treffen so ... na ja, der passende Ausdruck war wohl »entmutigend« ... verlaufen war.

»O Gott, ich liebe sie«, sagte Lindsey. »Sie ist so süß.«

»Ein zähes Früchtchen.«

»Das war doch nur Theater.«

»Sicher, sie hat für uns Theater gespielt, aber zäh ist sie trotzdem. Sie mußte es werden. Das Leben hat ihr keine andere Wahl gelassen.«

»Aber es ist eine gute Zähigkeit.«

»Eine großartige«, stimmte er zu. »Ich habe ja auch nicht gesagt, daß sie mich abstieß. Im Gegenteil, ich habe sie bewundert und sofort ins Herz geschlossen.«

»Sie ist so gescheit.«

»Sie hat sich so verzweifelt bemüht, unsympathisch zu wirken, und das hat sie nur noch sympathischer gemacht.«

»Das arme Ding. Sie hatte solche Angst, wieder zurückgestoßen zu werden, daß sie in die Offensive ging.«

»Als ich ihre Schritte im Gang hörte, dachte ich, nun käme …«

»Godzilla!« sagte Lindsey.

»Mindestens. Und wie hat dir Binky, der sprechende Goldfisch, gefallen?«

»Scheiße auf der Mayonnaise!« kicherte Lindsey.

Beide lachten, und die Leute an den Nebentischen drehten sich nach ihnen um, entweder wegen des herzhaften Gelächters oder weil sie Lindseys Bemerkung gehört hatten. Bei diesem Gedanken mußten Hatch und Lindsey nur noch lauter lachen.

»Sie wird uns ganz schön zu schaffen machen«, sagte Hatch.

»Sie wird einfach ein Traum sein.«

»Nichts ist so einfach.«

»*Sie* wird es sein.«

»*Ein* Problem gibt es bereits.«

»Welches denn?«

Er zögerte wieder. »Was, wenn sie nicht mit uns kommen will?« Lindseys Lächeln erstarrte. »Sie wird es wollen. Ganz bestimmt.«

»Vielleicht auch nicht.«

»Sei doch nicht so pessimistisch!«

»Ich sage nur, daß wir auf eine Enttäuschung gefaßt sein müssen.«

Lindsey schüttelte heftig den Kopf. »Nein. Es wird klappen. Es muß einfach klappen. Wir haben genug Unglück erlebt, genug schlechte Zeiten. Wir haben etwas Besseres verdient. Das Blatt hat sich gewendet. Wir werden wieder eine richtige Familie haben. Das Leben wird schön sein, wunderschön. Das Schlimmste liegt jetzt hinter uns.«

3

An diesem Donnerstagabend wollte Vassago die Annehmlichkeiten eines Motelzimmers genießen.

Normalerweise benutzte er eines der Felder hinter dem verlassenen Vergnügungspark als Toilette. Er wusch sich jeden Abend mit Flüssigseife und Wasser aus Flaschen. Er rasierte sich mit Rasierklinge und Schaum aus der Sprühdose vor einer großen Spiegelscherbe, die er in einem Winkel des Parks gefunden hatte.

Wenn es nachts regnete, badete er gern im Freien und benutzte den Wolkenbruch als Dusche. Bei Gewittern suchte er dazu den höchsten Punkt des gepflasterten Geländes auf, in der Hoffnung, daß Satan ihn begnadigen und mit Hilfe eines Blitzschlags ins Land der Toten zurückrufen würde. Aber die Regenzeit war in Südkalifornien jetzt vorbei und würde höchstwahrscheinlich erst im Dezember wieder einsetzen. Falls er der Rückkehr in die Schar der Toten und Verdammten vorher für würdig befunden würde, müßte seine Befreiung aus der verhaßten Welt der Lebenden auf irgendeine andere Weise als durch einen Blitz erfolgen.

Ein- oder zweimal pro Woche mietete er ein Motelzimmer, um zu duschen und sich gründlicher zu pflegen, als das unter den primitiven Bedingungen seines Schlupfwinkels möglich war, allerdings nicht, weil Hygiene ihm besonders viel bedeutete. Schmutz hatte durchaus seine Reize. Im Hades, nach dem er sich so sehnte, bestanden Luft und Wasser aus verschiedenartigstem Schmutz. Aber solange er unter den Lebenden weilte und sich hier seine Opfer suchte, um seine Sammlung zu vergrößern, die ihm die Pforten der Hölle öffnen sollte, mußte er bestimmte Konventionen beachten, wenn er nicht unangenehm auffallen und sich dadurch in Gefahr bringen wollte. Dazu gehörte ein Minimum an Reinlichkeit.

Vassago benutzte immer dasselbe Motel, das *Blue Skies*, ein schäbiges Loch am Südrand von Santa Ana, wo der unrasierte Mann am Empfang nur Bargeld akzeptierte, nicht nach dem Ausweis fragte und den Gästen nie in die Augen sah, so als fürchtete er sich vor dem, was er in ihren Augen –

oder sie in seinen – sehen könnte. Die ganze Gegend war ein Sumpf voller Drogenhändler und Nutten. Vassago war einer der wenigen Männer, die keine Huren mit aufs Zimmer nahmen. Er blieb aber immer nur ein oder zwei Stunden, was der Aufenthaltsdauer der Durchschnittsgäste entsprach, und er genoß dieselbe Anonymität wie all jene, die sich grunzend, keuchend und schwitzend in den Nachbarzimmern vergnügten.

Er hätte nicht ständig hier leben können, allein schon wegen dieser widerlichen, geräuschvollen Paarungen, die ihn in Wut brachten und ihm mit ihrem frenetischen und lebensvollen Rhythmus der Begierde Übelkeit verursachten. Diese schwüle Atmosphäre erschwerte klares Denken und machte es unmöglich auszuruhen, obwohl er sich früher, als er noch einer der Lebenden gewesen war, gerade an den Ausschweifungen und Perversionen dieses Ortes ergötzt hatte.

Kein anderes Motel, keine andere Pension wäre sicher gewesen. Überall hätte er sich ausweisen müssen. Außerdem war es ihm nur bei sehr oberflächlichem Kontakt mit den Lebenden möglich, als einer von ihnen durchzugehen. Jeder Empfangschef oder Wirt, der sich näher für ihn interessieren und ihn häufiger sehen würde, könnte nicht umhin zu bemerken, daß dieser Gast sich von normalen Menschen auf undefinierbare, aber höchst beunruhigende Weise unterschied.

Es gab also gute Gründe, weshalb er den Vergnügungspark als Hauptquartier vorzog. Dort würden die Behörden, die nach ihm fahndeten, ihn am allerwenigsten vermuten. Noch wichtiger war aber, daß es dort Einsamkeit, Grabesstille und totale Finsternis gab, in die er tagsüber entfliehen konnte, wenn die grelle Sonne für seine Augen unerträglich wurde. Motels waren nur zwischen Abend- und Morgendämmerung erträglich.

Als er an diesem angenehm warmen Donnerstagabend das Büro des Motels mit seinem Zimmerschlüssel verließ, fiel ihm ein Pontiac am äußersten Rand des Parkplatzes auf. Er war so abgestellt, daß die Motorhaube in Richtung Büro wies. Der Wagen war auch am Sonntag hier gewesen, als Vassago das *Blue Skies* zuletzt aufgesucht hatte. Ein Mann saß hinter dem Steuer und schien zu schlafen. Vielleicht döste er auch nur vor sich hin, während er auf jemanden wartete. Er hatte auch am Sonntagabend dort gesessen. Seine Gesichtszüge waren im Dunkeln nicht zu erkennen, zumal die Windschutzscheibe das Licht der Parkplatzbeleuchtung reflektierte.

Vassago fuhr seinen Camaro zu Zimmer 6, etwa in der Mitte des langen Flügels des L-förmigen Motels, parkte vor dem Gebäude und schloß die Zimmertür auf. Er hatte außer sauberer Kleidung zum Wechseln nichts bei sich – ausschließlich schwarze Kleidungsstücke wie jene, die er am Leibe trug.

Im Zimmer schaltete er kein Licht ein. Das tat er nie.

Eine Zeitlang stand er an die Tür gelehnt da und dachte über den Pontiac und den Mann am Steuer nach. Der Kerl könnte natürlich nur ein Drogenhändler sein, der seine Geschäfte im Wagen abwickelte. Von Dealern wimmelte es hier sogar noch mehr als von Kakerlaken, die sich in den Wänden des heruntergekommenen Gemäuers unablässig vermehrten. Aber wo waren dann seine Kunden mit den nervös flackernden Augen und den schmierigen Geldbündeln?

Vassago ließ seine Kleider aufs Bett fallen, schob seine Sonnenbrille in die Jackentasche und ging in das kleine Bad, wo es nach hastig versprühten Desinfektionsmitteln roch, die eine Mischung übler biologischer Gerüche nicht gänzlich überdecken konnten.

Ein Rechteck schwachen Lichts ließ erkennen, daß es hoch oben in der Rückwand der Dusche ein Fenster gab. Vassago schob die Glastür auf und betrat die Kabine. Wenn das Fenster sich nicht öffnen ließ, hatte er eben Pech gehabt. Die rostigen Angeln knarrten, aber es schwang nach außen auf. Er zog sich am Sims über seinem Kopf hoch, schob sich durch das Fenster und landete auf dem Hinterhof des Motels.

Er setzte seine Sonnenbrille wieder auf. Eine Natriumdampflampe verbreitete uringelbes Licht, das seine Augen wie windgepeitschter Sand reizte. Die dunklen Gläser dämpften es zu trüber Bernsteinfarbe und verschafften ihm eine klare Sicht.

Er ging nach rechts, bis zum Ende des Blocks, bog nach

rechts auf die Seitenstraße ab und schlug sich an der nächsten Ecke wieder nach rechts. Er umrundete den kurzen Flügel des L-förmigen Gebäudes und schlich den überdachten Weg vor den Zimmern entlang, bis er hinter dem Pontiac stand.

In diesem Teil des Motels war zur Zeit alles ruhig. Niemand betrat oder verließ eines der Zimmer.

Der Mann am Steuer stützte sich mit dem Ellbogen auf das offene Fenster. Hätte er einen Blick in den Seitenspiegel geworfen, hätte er Vassago vielleicht noch rechtzeitig gesehen, aber seine Aufmerksamkeit konzentrierte sich auf Zimmer 6 des anderen Flügels.

Vassago riß die Tür auf und der Typ wäre fast herausgefallen, weil er sich dagegen gelehnt hatte. Vassago rammte ihm seinen Ellbogen wie einen Fallhammer ins Gesicht, was normalerweise wirkungsvoller war als eine Faust. Der Schlag war aber nicht hart genug. Der Kerl war zwar leicht benommen, aber keineswegs k. o. Er versuchte sogar auszusteigen und Widerstand zu leisten, war aber fett und langsam. Er wurde noch langsamer, als Vassago ihn mit dem Knie in den Unterleib traf. Würgend ging er in die Knie, und Vassago machte einen Schritt zurück, um ihm einen kräftigen Tritt versetzen zu können. Der Unbekannte fiel auf die Seite, und mit einem weiteren Fußtritt, diesmal gegen den Kopf, setzte Vassago ihn vollends außer Gefecht. Regungslos lag er auf dem Asphalt.

Als Vassago hinter sich jemanden erschrocken nach Luft schnappen hörte, drehte er sich blitzschnell um und sah sich einer krausköpfigen Blondine im Minirock und einem Mann mittleren Alters gegenüber, der einen billigen Anzug und ein minderwertiges Toupet trug. Sie waren aus dem nächstgelegenen Zimmer gekommen und starrten zuerst auf den am Boden liegenden Mann und dann auf Vassago. Er hielt ihren Blicken ungerührt stand, bis sie den Rückzug in ihr Zimmer antraten und leise die Tür hinter sich schlossen.

Der bewußtlose Kerl war schwer, wog mindestens zwei Zentner, aber Vassago hob ihn ohne erkennbare Mühe hoch, trug ihn auf die andere Wagenseite und verfrachtete ihn auf den Beifahrersitz. Dann setzte er sich ans Steuer, ließ den Motor an und verließ das Motel.

Einige Blocks entfernt bog er in eine Straße ein, deren Häuser dreißig Jahre alt waren und allmählich verfielen. Alte Lorbeer- und Korallenbäume säumten die schrägen Gehwege und verliehen der heruntergekommenen Gegend einen Hauch von Romantik. Vassago parkte am Straßenrand, stellte den Motor ab und schaltete die Scheinwerfer aus.

Da es in der Nähe keine Straßenlampen gab, nahm er die Sonnenbrille ab, bevor er den Mann durchsuchte. In einem Schulterhalfter unter der Jacke entdeckte er einen geladenen Revolver und nahm ihn an sich.

Der Unbekannte hatte zwei Brieftaschen bei sich. Die dickere enthielt dreihundert Dollar Bargeld, die Vassago konfiszierte. Ferner Kreditkarten, Fotos von Leuten, die er nicht kannte, den Abholbon einer Reinigung, einen Führerschein, der den Mann als Morton Redlow aus Anaheim auswies, sowie unwichtiges Kleinzeug. Die zweite Brieftasche war ganz dünn. Redlow bewahrte darin nur seine Lizenz als Privatdetektiv und seinen Waffenschein auf.

Im Handschuhfach fand Vassago nur einige Schokoriegel und einen Taschenbuchkrimi. In der Konsole zwischen den Sitzen gab es Kaugummi, Pfefferminzbonbons, einen weiteren Schokoriegel und einen Faltplan von Orange County.

Er studierte die Karte, dann fuhr er los, in Richtung Anaheim. Sein Ziel war die Adresse auf Redlows Führerschein.

Als sie schon mehr als die Hälfte der Strecke hinter sich hatten, begann Redlow zu stöhnen und sich zu bewegen, so als würde er jeden Moment zu sich kommen. Vassago nahm eine Hand vom Lenkrad, griff nach dem Revolver und schlug mit dem Kolben zu. Redlow war wieder still.

4

An Reginas Tisch im Speisesaal saßen außer ihr fünf weitere Kinder, darunter Carl Cavanaugh, der acht Jahre alt war und sich entsprechend aufführte. Er war wegen beidseitiger Lähmung der Beine auf einen Rollstuhl angewiesen, doch als wäre dieses Handicap noch nicht genug, erschwerte er sich das Leben zusätzlich dadurch, daß er sich wie ein kompletter Idiot betrug. Kaum standen die Teller auf dem Tisch, als er auch schon sagte: »Ich liebe Freitagnachmittage, und wißt ihr auch, warum?« Noch bevor jemand mangelndes Interesse bekunden konnte, fuhr er fort: »Weil es donnerstags zum Abendessen immer Bohnen und Erbsensuppe gibt. Da kann man am Freitagnachmittag ein paar kräftige Furze lassen.«

Die anderen Kinder stöhnten angewidert. Regina ignorierte ihn einfach.

Carl war zwar ein Blödmann, aber er hatte recht: Donnerstags gab es im Waisenhaus von St. Thomas zum Abendessen unweigerlich Erbsensuppe, Schinken mit grünen Bohnen, Kartoffeln in Kräuterbuttersauce und Fruchtgelee mit einem Klacks künstlicher Schlagsahne als Nachtisch. Manchmal kriegten die Nonnen allerdings einen Rappel, vielleicht weil sie zu tief ins Glas geguckt hatten oder weil sie nie aus ihren schrecklichen Klamotten rauskamen, und wenn sie ausgerechnet an einem Donnerstag ausrasteten, gab es schon einmal Mais statt grüner Bohnen, und wenn sie total über die Stränge schlugen, vielleicht sogar zwei Vanillekekse zum Gelee.

An diesem Donnerstag hielt das Menü keine Überraschungen bereit, aber Regina wäre es sowieso egal gewesen, sie hätte es wahrscheinlich nicht einmal bemerkt, wenn man ihr plötzlich ein Filet Mignon serviert hätte oder auch Kuhfladen. Das heißt, ein Kuhfladen auf ihrem Teller wäre ihr vermutlich doch aufgefallen, hätte sie aber nicht weiter gestört, wenn es ein Ersatz für die grünen Bohnen gewesen wäre. Sie haßte grüne Bohnen. Was sie liebte, war Schinken. Sie hatte gelogen, als sie den Harrisons weismachte, sie wäre Vegetarierin. Sie hatte gehofft, der Gedanke, für sie eine Spezialkost zubereiten zu müssen, würde die Leute so abschrecken, daß sie sie sofort ablehnen würden – anstatt später, wenn es viel mehr weh tun würde. Doch während sie aß, achtete sie weder auf das Essen noch auf die Unterhaltung der anderen Kinder. Sie war mit ihren Gedanken ausschließlich bei dem nachmittäglichen Treffen in Mr. Gujilios Kanzlei.

Sie hatte alles verpatzt.

Man würde ein Museum Berühmter Verpatzer bauen müssen, nur um darin eine Statue von ihr aufzustellen, damit die Leute aus aller Welt – aus Frankreich und Japan und Chile – herkommen und sie bestaunen konnten. Ganze Schulklassen würden mit ihren Eltern anrücken, damit die Kinder lernen konnten, was man *nicht* tun durfte, wie man sich nicht verhalten durfte. Eltern würden auf Reginas Statue deuten und ihre Sprößlinge mit erhobenem Zeigefinger warnen: »Erinnere dich jedesmal, wenn du dich für besonders schlau hältst, an sie und denk daran, daß auch du *so* enden könntest, als mitleiderregende und lächerliche Figur, verlacht und verspottet.«

Nach etwa zwei Dritteln des Kontaktgesprächs hatte sie erkannt, daß die Harrisons besondere Menschen waren. Sie würden sie wahrscheinlich nie so schlecht behandeln wie die infamen Dotterfields, diese Leute, die sie mit zu sich nach Hause genommen hatten, nur um sie zwei Wochen später zu verstoßen, weil sie feststellten, daß sie ein eigenes Balg haben würden, zweifellos ein Kind des Satans, das eines Tages die Welt vernichten und sich sogar gegen die Dotterfields wenden und sie mit einem Feuerstrahl aus seinen dämonischen Schweinsäuglein bei lebendigem Leibe verbrennen würde! (Auweia! Anderen etwas Böses wünschen. Der Gedanke ist so schlimm wie die Tat. Denk bei der nächsten Beichte daran, Reg!) Jedenfalls waren die Harrisons anders, was ihr allmählich aufgegangen war – totalen Mist gebaut! – und was sie genau gewußt hatte, als Mr. Harrison den Witz über die Kaviar-Pyjamas machte und damit bewies, daß er Sinn für Humor hatte. Aber mittlerweile war sie so mit ihrer Rolle verwachsen, daß sie nicht mehr aufhören konnte, ekelhaft und gehässig zu sein – so ein Blödhammel! Jetzt feierten die Harrisons bestimmt, daß sie gerade noch mal davongekommen waren, und betranken sich, oder sie knieten in einer Kirche, weinten vor Erleichterung, beteten den Rosenkranz und dankten der Muttergottes, daß sie eingegriffen und ihnen den Mißgriff erspart hatte, dieses schreckliche

Mädchen zu adoptieren. Scheiße! (O je, ein ordinärer Ausdruck! Aber das war nicht so schlimm wie wenn man den Namen Gottes mißbrauchte. Lohnte es sich überhaupt, das bei der Beichte zu erwähnen?)

Obwohl sie keinen Appetit hatte und trotz Carls dummer Späße aß sie ihr ganzes Abendessen auf, aber nur, weil Gottes Polizisten, die Nonnen, sie nicht aufstehen lassen würden, solange ihr Teller nicht leer wäre. Die Früchte im Zitronengelee waren ausgerechnet Pfirsiche, der Alptraum an sich. Ihr war schleierhaft, wie jemand Zitronen und Pfirsiche miteinander kombinieren konnte. Okay, Nonnen waren nicht sehr weltlich, aber sie verlangte schließlich auch nicht, daß sie lernen sollten, welcher seltene Wein zum gebratenen Lendenstück eines Schnabeltiers paßte, um Gottes willen! (Verzeih mir bitte, Gott!). Ananas und Zitronengelee, in Ordnung. Birnen und Zitronengelee, auch in Ordnung. Sogar Bananen und Zitronengelee. Aber Pfirsiche in Zitronengelee waren für ihre Begriffe genauso schlimm wie Reispudding mit Wassermelonenstücken anstelle von Rosinen, mein Gott noch mal! (Verzeih mir, Gott!). Sie schaffte es trotzdem, das Zeug zu essen, indem sie sich einredete, daß es noch viel schlimmer hätte kommen können: Die Nonnen hätten tote Mäuse im Schokoladenmantel servieren können – obwohl sie keine Ahnung hatte, warum ausgerechnet Nonnen so etwas tun sollten. Aber sich etwas Schlimmeres vorzustellen als das, womit sie es gerade zu tun hatte, war ein Trick, der meistens funktionierte, eine Technik, sich selbst auszutricksen, die sie schon oft angewandt hatte. Bald war das gräßliche Gelee verschwunden, und sie konnte den Speisesaal verlassen.

Nach dem Abendessen gingen die meisten Kinder in den Aufenthaltsraum, um Monopoly und andere Spiele zu spielen, oder in den Fernsehraum, um sich in der Glotze irgendeinen Blödsinn anzuschauen, aber sie verschwand wie immer auf ihr Zimmer. Sie verbrachte die meisten Abende mit Lesen. Aber diesen nicht. An diesem Abend wollte sie sich selbst bemitleiden und über ihren Status einer Weltklasse-Verpatzerin nachdenken (nur gut, daß Dummheit keine Sünde ist!), um nie wieder zu vergessen, wie blöd sie gewesen war, und um sich nie wieder so idiotisch aufzuführen.

Während sie sich fast so schnell wie ein Kind mit zwei gesunden Beinen über die gefliesten Böden bewegte, fiel ihr ein, wie sie ins Büro des Anwalts gehinkt war, und dabei stieg ihr die Röte ins Gesicht. Und als sie in ihrem Zimmer, das sie mit einem blinden Mädchen namens Winnie teilte, ins Bett sprang und sich auf den Rücken warf, dachte sie daran, wie sie vor den Harrisons absichtlich besonders ungeschickt in den Stuhl geplumpst war. Sie errötete noch stärker und legte beide Hände über ihr Gesicht.

»Reg«, sagte sie leise in ihre Hände hinein, »du bist doch das größte Arschloch auf der ganzen Welt.« (Noch ein Punkt für die nächste Beichte: lügen und täuschen und Gottes Namen mißbrauchen. Und nun auch noch: wiederholt ordinäre Wörter benutzen.) »Scheiße, Scheiße, Scheiße!« (Das würde eine lange Beichte werden.)

5

Als Redlow zu sich kam, waren seine diversen Schmerzen so schlimm, daß sie seine Aufmerksamkeit hundertprozentig beanspruchten. Er hatte so gräßliches Kopfweh, daß er in der Fernsehwerbung unschlagbar überzeugend gewesen wäre: Man hätte neue Aspirinfabriken eröffnen müssen, um die sprunghaft gestiegene Nachfrage zu befriedigen. Ein Auge war zur Hälfte zugeschwollen. Seine Lippen waren aufgeplatzt und fühlten sich riesengroß und taub an. Sein Nacken brannte, er hatte Magenstiche, und in seinen Hoden pochte es dermaßen, daß allein schon der Gedanke, aufstehen und gehen zu müssen, ihm Übelkeit verursachte.

Allmählich fiel ihm ein, was passiert war: Der Bastard hatte ihn total überrascht und überwältigt. Dann merkte er, daß er nicht auf dem Asphalt des Motelparkplatzes lag, sondern auf einem Stuhl saß, und zum erstenmal verspürte er Angst.

Er saß nicht einfach auf dem Stuhl – er war daran gefesselt. Stricke um Brust und Taille, weitere Stricke um die Oberschenkel. Und seine Arme waren an die Stuhllehnen gebunden, unterhalb der Ellbogen und an den Handgelenken.

Die Schmerzen hatten sein Denkvermögen getrübt. Die Angst zerriß schlagartig diese Umnebelung.

Er versuchte, sein geschwollenes linkes Auge möglichst weit zu öffnen, kniff gleichzeitig das unverletzte rechte Auge zusammen und spähte in die Dunkelheit. Einen Moment lang glaubte er, in einem Zimmer des *Blue Skies Motel* zu sein, vor dem er gewartet hatte, um dem Jungen auf die Spur zu kommen. Dann erkannte er aber sein eigenes Wohnzimmer. Er konnte nicht viel sehen, weil nirgends Licht brannte, aber nachdem er seit achtzehn Jahren in diesem Haus lebte, erkannte er die Muster der nächtlichen Lichtquellen an den Fenstern, die Umrisse der Möbel, die sich als dunklere Schatten von den übrigen Schatten im Raum abhoben, und den subtilen, aber einzigartigen Geruch seines Heimes, der für ihn genauso unverwechselbar war wie der Geruch eines ganz speziellen Baus für einen Wolf in der Wildnis.

Er fühlte sich an diesem Abend allerdings nicht wie ein Wolf. Eher wie ein Kaninchen, das am ganzen Leibe zittert, weil es spürt, daß es dem Wolf zur Beute fallen wird.

Einige Sekunden lang glaubte er allein zu sein und begann an seinen Fesseln zu zerren. Dann löste sich ein Schatten von all den anderen Schatten und kam auf ihn zu.

Er konnte von seinem Gegner nur die Silhouette erkennen, und sogar sie schien mit den Silhouetten von Gegenständen zu verschmelzen oder sich ständig zu verändern, so als wäre der Junge ein polymorphes Wesen, das verschiedene Formen annehmen konnte. Aber er wußte sofort, daß es der Junge war, weil er jenen Unterschied spürte, jene *Fremdartigkeit*, die er sofort wahrgenommen hatte, als er den Bastard am Sonntag zum erstenmal zu Gesicht bekommen hatte, vor vier Tagen, im *Blue Skies*.

»Sitzen Sie bequem, Mr. Redlow?«

Während der drei Monate, die Redlow nun schon nach dem Kerl suchte, war er immer neugieriger auf ihn geworden und hatte sich vorzustellen versucht, was der Junge wollte, was er brauchte, was er dachte. Nachdem er unzähligen Leuten verschiedene Fotos von ihm gezeigt und sie selbst immer wieder lange betrachtet hatte, war er besonders neugierig auf die Stimme gewesen, die zu diesem erstaunlich attraktiven, aber gefährlichen Gesicht gehörte. Sie hörte sich nicht im entferntesten so an, wie er es sich vorgestellt hatte, weder kalt und stählern wie die Stimme einer auf Mensch getrimmten Maschine, noch guttural und wild wie das Knurren eines Raubtiers. Vielmehr war sie beruhigend, melodisch, mit einem angenehmen klangvollen Timbre.

»Mr. Redlow, Sir, können Sie mich hören?«

Mehr als alles andere brachte die Höflichkeit des Jungen und seine gepflegte Ausdrucksweise Redlow aus der Fassung.

»Ich möchte mich dafür entschuldigen, daß ich so grob mit Ihnen umgesprungen bin, Sir, aber Sie haben mir keine andere Wahl gelassen.«

Nichts deutete darauf hin, daß der Junge sich über ihn lustig machen wollte. Er hatte einfach eine gute Erziehung genossen. Man hatte ihm beigebracht, im Gespräch mit Älteren Respekt und Rücksichtnahme zu zeigen, und diese Gewohnheit konnte er nicht einmal unter den jetzigen Umständen ablegen. Der Detektiv hatte plötzlich das primitive, abergläubische Gefühl, sich in der Gesellschaft eines Wesens zu befinden, das Menschlichkeit zwar imitieren konnte, mit der Spezies Mensch aber absolut nichts gemeinsam hatte.

Wegen seiner aufgeplatzten Lippen konnte Redlow nur undeutlich sprechen. »Wer sind Sie?« fragte er. »Was zum Teufel wollen Sie von mir?«

»Sie wissen genau, wer ich bin.«

»Verdammt, ich habe nicht die leiseste Ahnung. Sie haben mich total überrumpelt. Ich habe Ihr Gesicht nicht gesehen. Sind Sie eigentlich so was wie eine Fledermaus? Warum machen Sie kein Licht an?«

Immer noch nur ein schwarzer Schatten, kam der Junge näher, bis er etwa einen Meter vom Stuhl entfernt war. »Sie sind engagiert worden, um mich zu finden.«

»Ich bin engagiert worden, um einen Burschen namens Kirkaby zu beschatten. Leonard Kirkaby. Seine Frau glaubt, daß er sie betrügt. Und das tut er auch. Jeden Donnerstag bumst er seine Sekretärin im *Blue Skies Motel*.«

»Nun, Sir, es fällt mir ein bißchen schwer, das zu glauben, wissen Sie? Das *Blue Skies* ist eine Absteige für Ganoven und billige Nutten, nicht für Geschäftsleute mit ihren Sekretärinnen.«

»Vielleicht macht es ihn an, das Mädchen wie eine Hure zu behandeln und es in diesem Drecksloch zu ficken. Wer weiß? Es gibt schließlich alles mögliche. Wie auch immer, Sie sind jedenfalls nicht Kirkaby. Ich kenne seine Stimme. Er hört sich überhaupt nicht an wie Sie. Und er ist auch nicht so jung. Außerdem ist er ein Schwächling. Er hätte mich nie so fertig machen können wie Sie.«

Der Junge schwieg eine Weile. Blickte auf Redlow hinunter. Dann begann er im Zimmer auf und ab zu laufen. Im Dunkeln. Ohne zu zögern, ohne gegen ein Möbelstück zu stoßen. Wie eine rastlose Katze, nur daß seine Augen nicht leuchteten.

Schließlich sagte er: »Sie wollen also sagen, Sir, daß das alles nur ein großer Irrtum ist?«

Redlow wußte, daß seine einzige Überlebenschance darin bestand, den Jungen von seiner Lüge zu überzeugen: daß ein Kerl namens Kirkaby eine Schwäche für seine Sekretärin hatte und die verbitterte Ehefrau Beweise für den Seitensprung haben wollte, um sich scheiden zu lassen. Er wußte nur noch nicht, welchen Ton er anschlagen sollte, um seine Geschichte zu verkaufen. Bei den meisten Leuten hatte er ein untrügliches Gespür, wie man sie einwickeln konnte, so daß sie selbst die unwahrscheinlichsten Geschichten für bare Münze hielten. Aber der Junge war anders; er dachte und reagierte nicht wie normale Menschen.

Redlow entschied sich für die grobe Masche. »Hör zu, du Arschloch, ich wünschte, ich wüßte, wer du bist, oder zumindest, wie du aussiehst, denn dann würde ich dir deinen verdammten Schädel einschlagen, sobald wir diese Komödie beendet haben.«

Der Junge schwieg wieder eine Weile, dachte offenbar nach.

Schließlich sagte er: »Okay, ich glaube Ihnen.«

Redlow sackte vor Erleichterung in sich zusammen, aber in dieser Position hatte er nur noch größere Schmerzen, deshalb spannte er seine Muskeln an und setzte sich wieder möglichst aufrecht hin.

»Es ist jammerschade, aber Sie sind für meine Sammlung einfach nicht geeignet«, sagte der Junge.

»Sammlung?«

»Sie haben nicht genug Leben in sich.«

»Wovon reden Sie eigentlich?« fragte Redlow.

»Sie sind total ausgebrannt.«

Die Unterhaltung nahm eine Wendung, die Redlow nicht verstand, und das beunruhigte ihn.

»Entschuldigen Sie, Sir, ich will Sie nicht kränken, aber Sie sind für diese Art Arbeit allmählich viel zu alt.«

Wem sagst du das? dachte Redlow. Ihm fiel ein, daß er nur ein einziges Mal an seinen Fesseln gezerrt hatte. Noch vor wenigen Jahren hätte er unauffällig immer wieder die Muskeln angespannt und versucht, auf diese Weise die Knoten zu lockern. Jetzt saß er völlig passiv da.

»Sie sind ein muskulöser Mann, aber ein bißchen schlaff geworden, haben einen Bauch und sind langsam und schwerfällig. Ihrem Führerschein habe ich entnommen, daß Sie vierundfünfzig sind, und das sieht man Ihnen auch an. Warum geben Sie den Job nicht auf?«

»Er ist das einzige, was ich habe«, sagte Redlow und war über seine Antwort selbst überrascht. Eigentlich hatte er sagen wollen: *Das ist das einzige, was ich kann.*

»Ja, Sir, das sehe ich«, sagte der Junge. »Sie sind zweimal geschieden, haben keine Kinder, und zur Zeit lebt keine Frau mit Ihnen in diesem Haus. Wahrscheinlich leben Sie seit Jahren ohne eine Frau im Haus. Tut mir leid, aber ich habe herumgeschnüffelt, während Sie bewußtlos waren, obwohl ich weiß, daß man so etwas nicht tun darf. Entschuldigen Sie bitte. Aber ich wollte Näheres über Sie erfahren, um verstehen zu können, warum Sie diesen Job machen.«

Redlow sagte nichts, weil er nicht begreifen konnte, worauf das alles hinauslaufen sollte. Er befürchtete, ein falsches Wort zu sagen und den Jungen damit in Rage zu bringen. Der Mistkerl war wahnsinnig, und bei einem Verrückten wußte man nie, welche Kleinigkeit zu einem totalen Kurzschluß führen konnte. Im Laufe der Jahre war der Junge einige Male analysiert worden, und nun schien er seinerseits Redlow analysieren zu wollen, aus irgendwelchen Gründen, die er höchstwahrscheinlich selbst nicht erklären konnte. Vielleicht war es das Beste, ihn einfach reden zu lassen, damit er sich auf diese Weise abreagierte.

»Ist es das Geld, Mr. Redlow?«

»Sie meinen, ob ich welches verdiene?«

»Genau das meine ich, Sir.«

»Ich verdiene ganz ordentlich.«

»Sie fahren aber keinen großen Wagen und tragen keine teuren Anzüge.«

»Ich bin kein Angeber«, sagte Redlow.

»Es liegt mir fern, Sie beleidigen zu wollen, Sir, aber das Haus hier ist nichts Besonderes.«

»Vielleicht nicht, aber es ist jedenfalls keine Hypothek mehr drauf.«

Der Junge stand jetzt dicht vor ihm und beugte sich bei jeder Frage weiter vor, so als könnte er Redlow in dem lichtlosen Raum genau sehen und wollte sich kein nervöses Zukken seines Gesichts entgehen lassen, während er sein Verhör anstellte. Unheimlich! Sogar im Dunkeln spürte Redlow, daß der Junge sich immer tiefer über ihn beugte, tiefer, tiefer …

»Keine Hypothek«, sagte er nachdenklich. »Ist das der Grund, weshalb Sie leben? Nur um sagen zu können, daß Sie eine Hypothek für eine solche Bruchbude abbezahlt haben?«

Redlow hätte das dumme Arschloch am liebsten zum Teufel gewünscht, aber er war sich plötzlich gar nicht mehr so sicher, ob die grobe Masche wirklich eine gute Idee war.

»Ist das alles, Sir? Ist das für Sie der Sinn des Lebens? Finden Sie es deshalb so kostbar, klammern Sie sich deshalb so daran fest? Liegt euch Liebhabern des Lebens deshalb soviel an einem möglichst langen Leben – nur um einen armseligen Haufen Besitz anzusammeln und dann als angeblicher Gewinner abtreten zu können? Es tut mir leid, Sir, aber ich kann das einfach nicht verstehen. Ich kann es beim besten Willen nicht verstehen.«

Das Herz des Detektivs schlug viel zu laut. Es klopfte schmerzhaft gegen seine gequetschten Rippen. Er hatte sein Herz seit vielen Jahren nicht gut behandelt: zu viele Hamburger, zu viele Zigaretten, zuviel Bier und Bourbon. Was bezweckte der Junge eigentlich – ihn zu Tode zu ängstigen?

»Ich könnte mir vorstellen, daß Sie einige Klienten haben, die bar bezahlen, damit keine schriftlichen Belege für die Aufträge existieren. Ist das eine vernünftige Annahme, Sir?«

Redlow räusperte sich und versuchte, seine Stimme nicht allzu ängstlich klingen zu lassen. »Ja, klar. Das kommt vor.«

»Und es gehört wohl auch zum Spiel, möglichst viel von diesem Geld am Finanzamt vorbeizuschmuggeln. Das heißt, daß dieses Geld nie auf einer Bank landet, habe ich recht?«

Der Junge beugte sich jetzt so tief über ihn, daß der Detektiv seinen Atem roch. Er hätte einen üblen sauren Gestank erwartet, aber der Atem roch süß, nach Schokolade, als hätte der Bursche im Dunkeln Süßigkeiten genascht.

»Ich könnte mir also gut vorstellen, daß Sie irgendwo hier im Haus ein hübsches Sümmchen versteckt haben. Stimmt das, Sir?« Ein warmer Hoffnungsschimmer milderte die eisigen Schauer, die Redlow in den letzten Minuten durchlaufen hatten. Wenn es dem Jungen um Geld ging, war die Lage nicht hoffnungslos. Diese Motivation konnte er verstehen. Vielleicht würde er diesen Abend doch noch überleben.

»Ja«, bestätigte der Detektiv. »Es ist Geld im Haus. Nehmen Sie es und gehen Sie. In der Küche steht ein Mülleimer. Nehmen Sie den Plastikbeutel heraus. Darunter liegt eine braune Papiertüte mit Bargeld.«

Etwas Kaltes und Rauhes berührte die rechte Wange des Detektivs, und er zuckte davor zurück.

»Eine Zange«, erklärte der Junge und klemmte ein Stückchen Fleisch ein.

»Was machen Sie?«

Der Junge drückte die Zange zusammen.

Redlow schrie vor Schmerz auf. »Warten Sie, warten Sie, hören Sie auf, Scheiße, bitte aufhören, nein!«

Der Junge entfernte die Zange. »Es tut mir leid, Sir, aber ich möchte nur, daß Sie verstehen, daß ich nicht gerade glücklich sein werde, wenn ich im Mülleimer kein Geld finde. Wenn Sie mich in diesem Punkt belogen haben, könnte ich auf die Idee kommen, daß Sie mich auch sonst belogen haben.«

»Es ist da«, beteuerte Redlow hastig.

»Es ist nicht nett zu lügen, Sir. Es ist nicht *gut*. Gute Menschen lügen nicht. Das wird einem doch beigebracht, nicht wahr, Sir?«

»Schauen Sie doch nach. Sie werden ja sehen, daß ich nicht gelogen habe«, sagte Redlow verzweifelt.

Der Junge verließ das Wohnzimmer. Seine leisen Schritte auf den Küchenfliesen hallten durchs Haus. Dann ein lautes Scheppern, als er den Abfallbeutel aus dem Mülleimer zog.

Der Schweiß brach Redlow aus allen Poren, als er den Jungen durch das pechschwarze Haus zurückkommen hörte. Im Wohnzimmer hob sich seine Silhouette dann vom hellgrauen Rechteck eines Fensters ab.

»Wie kommt es, daß Sie im Dunkeln sehen können?« fragte der Detektiv und stellte bestürzt fest, daß in seiner Stimme leichte Hysterie mitschwang, obwohl er sich doch nach Kräften bemühte, nicht die Kontrolle über sich zu verlieren. Er wurde *wirklich* alt. »Tragen Sie eine Nachtsichtbrille oder so was ähnliches, irgendeine militärische Erfindung? Aber wie zum Teufel sollten Sie an so was herankommen?«

Ohne seine Frage zu beantworten, sagte der Junge: »Wissen Sie, ich brauche nicht viel, nur Essen und Kleider zum Wechseln. Normalerweise komme ich nur zu Geld, wenn ich meine Sammlung um ein neues Exponat erweitere. Aber manche haben nicht viel bei sich, nur ein paar Dollar. Dieses Geld ist wirklich eine Hilfe. Eine große Hilfe. Es müßte eigentlich reichen, bis ich dorthin zurückkehren kann, wo ich hingehöre. Wissen Sie, wohin ich gehöre, Mr. Redlow?«

Der Detektiv gab keine Antwort. Die Silhouette des Jungen war vom Fenster verschwunden, und er versuchte mit zusammengekniffenen Augen in der Dunkelheit irgendeine Bewegung auszumachen. Es beunruhigte ihn, nicht zu wissen, wo der Kerl war.

»Wissen Sie, wohin ich gehöre, Mr. Redlow?« wiederholte der Junge.

Redlow hörte, wie ein Möbelstück verrückt wurde. Vielleicht einer der Beistelltische neben dem Sofa.

»Ich gehöre in die Hölle«, erklärte der Junge. »Ich war eine Weile dort. Ich möchte dorthin zurückkehren. Was für ein Leben haben Sie geführt, Mr. Redlow? Glauben Sie, daß ich Sie in der Hölle treffen könnte, wenn ich dorthin zurückkehre?«

»Was machen Sie?« fragte Redlow.

»Ich suche nach einer Steckdose«, antwortete der Junge, während er ein weiteres Möbelstück beiseite schob. »Ah, hier ist eine.«

»Eine Steckdose?« fragte Redlow beunruhigt. »Wozu?«

Ein gräßliches Geräusch durchschnitt die Dunkelheit: *ssssrrrrr*.

»Was war das?«

»Nur ein kleiner Test, Sir.«

»Was haben Sie da getestet?«

»Sie haben da draußen in der Küche alle möglichen Töpfe und Pfannen und Feinschmeckerutensilien. Kochen ist wohl eines Ihrer Hobbys?« Der Junge richtete sich auf und war nun wieder vor dem Hintergrund der aschgrauen Fensterscheibe zu erkennen. »Haben Sie vor Ihrer zweiten Scheidung gern gekocht – oder ist das Hobby neueren Datums?«

»Was haben Sie getestet?«

Der Junge näherte sich dem Stuhl.

»Ich habe noch mehr Geld im Haus«, sagte Redlow hastig. Der Schweiß rann ihm jetzt in Strömen über das Gesicht und durchtränkte seine Kleider. »Im Schlafzimmer.« Der Junge beugte sich wieder über ihn, eine mysteriöse und unmenschliche Gestalt. Er schien dunkler als alles um ihn herum zu sein, ein schwarzes Loch in Menschengestalt, schwärzer als schwarz. »Im W-Wandschrank. Er hat einen H-H-Holzboden.« Die Blase des Detektivs war plötzlich voll. Innerhalb von Sekunden war sie prall wie ein Ballon geworden. Drohte zu platzen. »N-Nehmen Sie die Schuhe und das andere Zeug raus und heben Sie die hintersten B-B-Bretter ab.« Gleich würde er sich in die Hose machen. »In der G-Geldkassette sind dreißigtausend Dollar. Nehmen Sie sie. Bitte. Nehmen Sie sie und gehen Sie.«

»Vielen Dank, Sir, aber ich brauche dieses Geld nicht. Ich habe genug, mehr als genug.«

»O Gott, steh mir bei!« Redlow war sich verzweifelt bewußt, daß er zum erstenmal seit Jahrzehnten Gott angesprochen – oder auch nur an Ihn gedacht – hatte.

»Unterhalten wir uns lieber darüber, für wen Sie in *Wirklichkeit* arbeiten, Sir?«

»Ich habe Ihnen doch schon gesagt ...«

»Aber ich habe gelogen, als ich sagte, daß ich Ihnen glaube.«

Ssssssrrrrrr

»Was ist das?« fragte Redlow.

»Ein Test.«

»Was testen Sie da, verdammt noch mal?«

»Es funktioniert wirklich gut.«

»Was? Was ist das? Was haben Sie da?«

»Ein elektrisches Tranchiermesser«, antwortete der Junge.

6

Hatch und Lindsey hatten es auf der Rückfahrt vom Abendessen nicht eilig. Anstatt über die Autobahn fuhren sie gemächlich die Küstenstraße entlang, hörten K-Earth 101,1 auf UKW und sangen bei Oldies wie »New Orleans«, »Whispering Bells« und »California Dreamin'« laut mit. Lindsey konnte sich nicht erinnern, wann sie das zuletzt getan hatten, obwohl es früher geradezu eine Marotte von ihnen gewesen war. Jimmy hatte mit drei Jahren den ganzen Text von »Pretty Woman« auswendig gekannt, und mit vier hatte er »Fifty Ways to Leave Your Lover« singen können, ohne eine Zeile auszulassen. Zum erstenmal seit fünf Jahren konnte sie an Jimmy denken und trotzdem fröhlich weitersingen.

Sie lebten in Laguna Niguel, südlich von Laguna Beach, auf der Ostseite der Küstenhügel, wo man zwar keinen Blick auf den Ozean hatte, aber trotzdem von den Meeresbrisen profitierte, die die Sommerhitze ebenso wie die Winterkälte mäßigten. Diese Wohngegend war – wie die meisten anderen in Südkalifornien – auf dem Reißbrett entworfen worden, und zwar mit solcher Pedanterie, daß man hätte glauben können, die Städteplaner hätten allesamt eine militärische Vergangenheit. Aber die anmutig gewundenen Straßen, die schmiedeeisernen Straßenlaternen mit künstlicher grüner Patina, die Arrangements von Palmen, Jacaranda und Gummibäumen sowie die gepflegten Grünstreifen mit bunten Blumenbeeten wirkten so beruhigend auf Augen und Seele, daß die übertriebene Ordnung nichts Beklemmendes an sich hatte.

Als Künstlerin glaubte Lindsey, daß menschliche Hände genauso befähigt waren, Schönheit zu erschaffen, wie die Natur und daß Disziplin eine Grundvoraussetzung für die Entstehung echter Kunst war, weil die Kunst einen Sinn im Chaos des Lebens offenbaren sollte. Deshalb verstand sie auch den Impuls der Planer, die unzählige Stunden damit verbracht hatten, alles harmonisch aufeinander abzustimmen, bis hin zu solchen Kleinigkeiten wie den gußeisernen Kanalgittern in den Rinnsteinen. Ihr zweistöckiges Haus, in dem sie erst seit Jimmys Tod lebten, war in italienisch-mediterranem Stil gebaut, wie alle anderen Häuser in dieser Gegend mit mexikanischem Ziegeldach und cremefarbenen Stuckverzierungen. Zwei große Gummibäume flankierten die Einfahrt. Im Licht der Gartenlaternen sah man Beete mit Fleißigen Lieschen und Petunien vor rot blühenden Azaleensträuchern. Als sie in die Garage fuhren, sangen sie die letzten Takte von »You Send Me«.

Während Lindsey im Bad war, schaltete Hatch das Gasfeuer des Wohnzimmerkamins ein, und während er im Bad war, schenkte sie für jeden einen Baileys auf Eis ein. Sie setzten sich auf das Sofa vor dem Kamin und legten ihre Füße auf die dazu passende große Ottomane.

Alle Polstermöbel im Haus waren modern, mit weichen Linien und in hellen Naturtönen. Sie bildeten einen reizvollen Kontrast – und einen gelungenen Hintergrund – für die vielen Antiquitäten und für Lindseys Gemälde.

Das Sofa war überaus bequem, regte zu Gesprächen an, verführte aber auch – wie sie heute zum erstenmal feststellte – zum Kuscheln. Zu ihrer Überraschung wurde aus Kuscheln bald Streicheln und Umarmen, und das ging irgendwie in Petting über, als wären sie zwei gottverdammte Teenager. Lindsey wurde von der Leidenschaft gepackt wie seit Jahren nicht mehr.

Wie in einer Reihe von Überblendungen im Spielfilm zogen sie ganz langsam ein Kleidungsstück nach dem anderen aus, bis sie schließlich nackt waren, ohne so recht zu wissen, wie es passiert war. Und auf genauso geheimnisvolle Weise waren sie plötzlich vereinigt und bewegten sich in einem sanften Rhythmus, während das flackernde Kaminlicht über ihre Körper glitt. Die beglückende Natürlichkeit dieses Aktes, der sich von träumerischer Zärtlichkeit zu atemloser Ekstase steigerte, stand in krassem Gegensatz zu den stumpfen Pflichtübungen, die sie in den letzten fünf Jahren absolviert hatten, und Lindsey hätte fast glauben können, es wäre tatsächlich nur ein schöner Traum, der sich aus Erinnerungsfetzen an Hollywood-Erotik speiste. Doch während ihre Hände über die Muskeln an seinen Armen und Schultern glitten, während sie sich seinen Stößen entgegenwölbte, während sie zum Höhepunkt kam, und dann gleich noch einmal, und während sie spürte, wie er sich in ihr verlor und seine stählerne Härte in einem sanften Fluß verschmolz, war sie sich jede Sekunde selig bewußt, daß dies kein Traum war. Ganz im Gegenteil, sie hatte ihre Augen nach einem langen Dämmerschlaf endlich geöffnet und war zum erstenmal seit Jahren hellwach. Der eigentliche Traum war das wirkliche Leben des letzten halben Jahrzehnts gewesen, ein Alptraum, der nun zu Ende war.

Ohne sich die Mühe zu machen, ihre auf dem Teppich verstreuten Kleidungsstücke aufzusammeln, gingen sie in ihr Schlafzimmer hinauf, um sich noch einmal zu lieben, diesmal in dem riesigen chinesischen Bett. Sie ließen sich jetzt mehr Zeit für zärtliche Vorspiele und für Liebesgeflüster, das sich fast so lyrisch und melodisch anhörte wie ein leises Lied. Durch den langsameren Rhythmus konnten sie nun die Zartheit ihrer Haut, die Flexibilität der Muskeln, ihre festen Knochen, weichen Lippen und ihren synkopischen Herzschlag viel bewußter wahrnehmen. Als die Flut der Ekstase den Gipfel erreicht hatte und allmählich verebbte, waren die Worte »Ich liebe dich«, die in die Stille fielen, eigentlich überflüssig, aber sie waren trotzdem Musik in den Ohren und machten glücklich.

Dieser Apriltag gehörte vom ersten Blick auf das Morgenlicht bis zum Einschlafen zu den schönsten ihres Lebens. Die Ironie des Schicksals wollte es, daß die folgende Nacht für

Hatch eine der schlimmsten Nächte seines Lebens werden sollte, seltsam und erschreckend.

Gegen elf hatte sich Vassago der Leiche des Detektivs auf höchst befriedigende Weise entledigt. In Redlows Pontiac fuhr er ins *Blue Skies Motel* zurück, nahm endlich die lange heiße Dusche, die er sich für diesen Abend vorgenommen hatte, zog saubere Kleider an und verließ das Motel mit dem festen Vorsatz, es nie wieder zu betreten. Wenn Redlow ihn hier gefunden hatte, war er hier nicht mehr sicher.

Er fuhr einige Blocks in seinem Camaro und stellte den Wagen in einer Straße mit verwahrlosten Industriebauten ab, wo er wahrscheinlich wochenlang unbemerkt stehen würde, bis er entweder gestohlen oder von der Polizei abgeschleppt wurde. Er hatte ihn einen Monat lang benutzt – das Erbstück einer der Frauen, die er in seine Sammlung aufgenommen hatte. Er hatte die Kennzeichen mehrmals ausgewechselt, indem er in den Stunden vor Tagesanbruch die Nummernschilder geparkter Autos abmontierte.

Er kehrte zu Fuß zum Motel zurück und fuhr in Redlows Pontiac davon. Der Wagen war nicht so schneidig wie der silberfarbene Camaro, aber er würde sich in den nächsten Wochen damit bescheiden können.

Sein Ziel war das *Rip It*, ein von Neo-Punks frequentierter Nachtklub in Huntington Beach, wo er im dunkelsten Winkel des Parkplatzes anhielt. Im Kofferraum fand er einen Werkzeugkasten, entfernte mit Schraubenzieher und Zange die Nummernschilder und vertauschte sie mit den Kennzeichen eines daneben geparkten schäbigen grauen Ford. Dann fuhr er ans andere Ende des Parkplatzes und stellte den Pontiac dort ab.

Vom Meer her fiel dichter Nebel ein, feuchtkalt wie etwas Totes. Palmen und Telefonmasten verschwanden, so als hätte die Nebelsäure sie aufgelöst, und die Straßenlampen glichen in der Dunkelheit gespenstischen Irrlichtern.

Der Nachtklub war ganz nach Vassagos Geschmack. Laut, schmutzig und dunkel. Es stank nach Rauch, verschüttetem Alkohol und Schweiß. Die Band produzierte härtere Musik, als er sie anderswo je gehört hatte, hämmerte jede Nummer mit wilder Rage herunter, verzerrte die Melodie fast bis zur Unkenntlichkeit, entstellte sie zu einer Abfolge ohrenbetäubender Rhythmen, die sich stumpfsinnig wiederholten. Mit Hilfe riesiger Verstärker wurde ein derartiger Lärm erzeugt, daß die schmierigen Fensterscheiben klirrten und einem fast das Trommelfell platzte.

Die Menge war energiegeladen, high von verschiedenartigsten Drogen; manche waren betrunken, viele gefährlich. Die bevorzugte Kleiderfarbe war schwarz, so daß Vassago gut ins Bild paßte. Und er war auch nicht der einzige, der eine Sonnenbrille trug. Hier verkehrten auch Skinheads beiderlei Geschlechts, andere trugen einen kurzen Bürstenschnitt. Was hier allerdings völlig fehlte, waren die verspielten Auswüchse – riesige spitz abstehende Fransen und farbenprächtige Irokesenkämme –, die für den frühen Punk typisch gewesen waren. Auf der überfüllten Tanzfläche wurde geschoben und angerempelt und in vielen Fällen sicher auch abgetatscht, aber keiner hier hatte je Unterricht in einem Arthur-Murray-Studio genommen oder »Soul Train« gesehen.

An der verschrammten, klebrig-schmutzigen Bar deutete Vassago auf das Corona, eine von sechs Biersorten, die im Regal standen. Er bezahlte und nahm dem Barkeeper die Flasche ab, ohne auch nur ein Wort sagen zu müssen. Er trank im Stehen und ließ seinen Blick dabei aufmerksam über die Menge schweifen.

Nur wenige Gäste unterhielten sich, ob sie nun an der Bar und an den Tischen saßen oder entlang der Wände herumstanden. Die meisten schwiegen verdrossen, nicht etwa, weil die dröhnende Musik eine Konversation fast unmöglich machte, sondern weil sie die neue Generation einer entfremdeten Jugend repräsentierten, einer Jugend, die nicht nur der Gesellschaft den Rücken gekehrt, sondern sich auch untereinander nichts mehr zu sagen hatte. Diese jungen Leute waren davon überzeugt, daß die Befriedigung ihrer Gelüste der einzige Sinn des Lebens war, daß es keine lohnenden Gesprächsthemen gab, daß sie sowieso die letzte Generation einer auf die Zerstörung zusteuernden Erde waren, ohne jede Zukunft.

Außer diesem Nachtklub gab es weit und breit nur noch einen einzigen, wo ausschließlich *echte* Neo-Punks verkehrten. Die meisten anderen, die sich als »Punker-Bars« ausgaben, wurden von Leuten frequentiert, die diesen Lebensstil gelegentlich imitierten, so wie manche Zahnärzte und Steuerberater es liebten, in handgearbeiteten Stiefeln, verblichenen Jeans, karierten Hemden und riesigen Hüten eine Country-and-Western-Bar zu besuchen und so zu tun, als wären sie Cowboys. Im *Rip It* wurde nicht Komödie gespielt, hier blickte einem jeder herausfordernd in die Augen und versuchte dabei zu entscheiden, ob er Sex oder Gewalt von einem wollte und bekommen konnte. Wenn es eine Entweder-oder-Situation war, hätten viele die Gewalt vorgezogen.

Einige suchten nach etwas, das Gewalt und Sex noch übertraf, ohne klare Vorstellung, was das sein könnte. Vassago hätte ihnen zeigen können, wonach sie suchten.

Das Problem war nur, daß er anfangs niemanden sah, der seinen Ansprüchen an ein Sammelstück gerecht wurde. Er war kein plumper Massenmörder, der Leichen aufeinanderstapelte, nur um ihre Zahl zu vergrößern. Quantität war für ihn nicht ausschlaggebend, ihm ging es in erster Linie um Qualität. Er war ein Ästhet des Todes. Wenn er sich die Rückkehr in die Hölle verdienen wollte, mußte er das mit einer außergewöhnlichen Opfergabe tun, mit einer Kollektion, die sowohl in der Gesamtkomposition als auch im Charakter jedes einzelnen Exponats einzigartig war.

Vor drei Monaten war er im *Rip It* schon einmal fündig geworden. Das Mädchen hatte sich allen Ernstes »Neon« genannt. Als er in seinem Wagen versuchte, sie k. o. zu schlagen, war sie nach dem ersten Schlag noch nicht hinüber und wehrte sich mit einer Heftigkeit, die komisch war und erregend zugleich. Und sogar später, als sie in der Geisterbahnhölle zu sich kam, leistete sie Widerstand, obwohl sie an Händen und Füßen gefesselt war. Sie wand sich hin und her, biß und spuckte, bis er ihren Schädel mehrmals gegen den Betonboden schlug.

Plötzlich, als er sein Bier schon fast ausgetrunken hatte, sah er ein Mädchen, das ihn an Neon erinnerte, obwohl es ihr äußerlich nicht ähnlich sah. Sie waren jedoch Schwestern im Geiste: harte Brocken, zornig aus Gründen, die sie selbst nicht immer verstanden, weit über ihr Alter hinaus erfahren, mit all der potentiellen Gewalttätigkeit von Tigerinnen. Neon war einsdreiundsechzig groß gewesen, brünett, mit dunklem Teint. Diese hier war eine Blondine Anfang Zwanzig, mindestens einen Meter siebzig groß, schlank und knochig. Intensive Augen, strahlend blau wie eine Gasflamme, aber eiskalt. Sie trug eine löcherige schwarze Jeansjacke über einem engen schwarzen Pulli, einen kurzen schwarzen Rock und Stiefel.

Sie wußte, daß es in ihrem Alter mehr auf Aussehen als auf Intelligenz ankam, und sie verstand es perfekt, sich in Szene zu setzen. Sie bewegte sich mit zurückgeschobenen Schultern und fast hoheitsvoll erhobenem Kopf. Ihre Selbstsicherheit war so einschüchternd wie eine Pickelrüstung. Obwohl jeder Mann im Raum sie mit lüsternen Blicken verschlang, traute sich keiner an sie heran, denn sie schien imstande, jeden mit einem einzigen Blick oder Wort zu kastrieren.

Ihre gewaltige sexuelle Ausstrahlung war das, was Vassago an ihr interessierte. Männer würden sich von ihr immer magisch angezogen fühlen – ein paar Typen an der Bar beobachteten sie aufmerksam –, und einige würden sich auch nicht einschüchtern lassen. Verglichen mit ihrer wilden Vitalität war sogar Neon ein scheues Reh gewesen. Sobald ihre Verteidigungslinien durchbrochen würden, würde sie geil und ekelerregend fruchtbar sein und in ihrem dicken Bauch bald neues Leben tragen, die reinste Zuchtstute.

Er kam zu dem Schluß, daß sie zwei große Schwächen hatte. Die erste war ihre feste Überzeugung, daß sie allen anderen weit überlegen und deshalb unberührbar und sicher war; die gleiche Überzeugung hatte in harmloseren Zeiten das Auftreten gekrönter Häupter geprägt: Sie hatten nicht daran gezweifelt, daß jeder gewöhnliche Sterbliche ihnen respektvoll den Weg frei machen oder ehrfürchtig vor ihnen niederknien würde. Ihre zweite Schwäche war ein gewaltiger aufgestauter Haß und Zorn, der aus jeder Pore ihrer glatten, blassen Haut drang und sich jederzeit entladen konnte.

Er überlegte, wie er ihren Tod am besten arrangieren

könnte, um ihre Fehler symbolisch zum Ausdruck zu bringen. Bald hatte er mehrere gute Ideen.

Sie stand bei einer Gruppe von sechs Männern und vier Frauen, schien aber nicht zu ihnen zu gehören. Vassago war noch unschlüssig, auf welche Weise er mit ihr Kontakt aufnehmen sollte, als sie – für ihn nicht ganz überraschend – den ersten Schritt machte. Diese Anziehungskraft war leicht erklärlich: Schließlich waren sie die beiden gefährlichsten Personen im Raum.

Als die Band eine Pause machte und der Lärmpegel soweit sank, daß der Aufenthalt in diesem Klub für eine Katze keine tödlichen Folgen mehr gehabt hätte, kam die Blondine an die Bar. Sie schob sich zwischen Vassago und einen anderen Mann, bestellte ein Bier und bezahlte es sofort. Sie nahm dem Barkeeper die Flasche aus der Hand, wandte sich Vassago zu und betrachtete ihn über den Rand der offenen Flasche hinweg.

»Bist du blind?« eröffnete sie das Gespräch.

»Für gewisse Dinge, Miss.«

Sie starrte ihn ungläubig an. »Miss?«

Er zuckte die Achseln.

»Wozu die Sonnenbrille?« wollte sie wissen.

»Ich bin in der Hölle gewesen.«

»Was soll das heißen?«

»Die Hölle ist kalt und dunkel.«

»Tatsächlich? Und was hat das mit der Sonnenbrille zu tun?«

»Da drüben lernt man, in totaler Finsternis zu sehen.«

»Das ist mal eine interessante Abart von schwachsinnigem Geschwätz.«

»Deshalb sind meine Augen jetzt sehr lichtempfindlich.«

»Ein wirklich *neuartiges* schwachsinniges Geschwätz.« Er sagte nichts.

Sie trank ihr Bier, ließ ihn dabei aber nicht aus den Augen.

Ihm gefiel die Art, wie ihre Halsmuskeln arbeiteten, wenn sie schluckte.

Nach kurzem Schweigen fragte sie: »Verzapfst du immer dieselbe Scheiße, oder erfindest du öfter mal was Neues?«

Er zuckte wieder die Achseln.

»Du hast mich beobachtet«, sagte sie.
»So?«
»Jedes Arschloch hier drin starrt mich die meiste Zeit an.«
Er blickte in ihre strahlend blauen Augen. Es wäre eine gute Idee, sie herauszuschneiden und verkehrt herum wieder einzusetzen, so daß sie ihren eigenen Schädel betrachten könnte. Eine symbolhafte Darstellung ihrer Ichbezogenheit.

Im Traum unterhielt sich Hatch mit einer schönen, aber unglaublich kalt aussehenden Blondine. Ihre makellose Haut war porzellanweiß, und ihre Augen glichen funkelndem Eis, in dem sich ein klarer Winterhimmel spiegelt. Sie standen an der Bar eines seltsamen Etablissements, das er nie zuvor gesehen hatte. Sie betrachtete ihn über den Rand einer Bierflasche hinweg, die sie festhielt – und zum Mund führte – wie einen Phallus. Aber die herausfordernde Art, wie sie daraus trank und den Glasrand ableckte, war nicht nur eine erotische Einladung, sondern wirkte zugleich bedrohlich. Er konnte nicht hören, was sie sagte, und er hörte nur einige wenige Worte, die er selber sagte: »... in der Hölle gewesen ... kalt und dunkel ... lichtempfindlich ...« Die Blondine sah ihn an, und es war zweifellos er, der mit ihr redete, aber er sprach nicht mit seiner eigenen Stimme. Plötzlich registrierte er, daß seine ganze Aufmerksamkeit sich auf ihre arktischen Augen konzentrierte, und bevor er wußte, was er tat, hatte er ein Schnappmesser gezückt und die Klinge herausspringen lassen. So als fühlte sie keinen Schmerz, als wäre sie schon tot, zeigte die Blondine überhaupt keine Reaktion, als er mit einer blitzschnellen Bewegung ihr linkes Auge aus der Höhle löste. Er rollte es zwischen seinen Fingerspitzen und setzte es verkehrt herum wieder ein, so daß die blaue Linse nach innen starrte ...

Hatch richtete sich auf. Er konnte nicht atmen, hatte rasendes Herzklopfen. Er schwang seine Beine aus dem Bett und stand angsterfüllt da, mit dem Gefühl, vor etwas wegrennen zu müssen. Aber er schnappte nur nach Luft, weil er nicht wußte, wohin er rennen sollte, wo er Zuflucht finden könnte, um in Sicherheit zu sein.

Sie waren eingeschlafen, ohne die Nachttischlampe auszuschalten, über die sie ein Handtuch gehängt hatten, um das Licht zu dämpfen, während sie sich liebten. Er konnte Lindsey auf ihrer Betthälfte liegen sehen, unter den Decken vergraben.

Sie lag so regungslos da, daß er glaubte, sie wäre tot. Ihm schoß der verrückte Gedanke durch den Kopf, daß er sie umgebracht hatte. Mit einem Schnappmesser.

Dann bewegte sie sich im Schlaf und murmelte etwas.

Er erschauderte. Betrachtete seine Hände. Sie zitterten heftig.

Vassago war dermaßen begeistert von seiner künstlerischen Vision, daß er den unwillkürlichen Drang verspürte, ihre Augen gleich hier in der Bar nach innen zu drehen, während alle zuschauten. Aber er beherrschte sich.

»Was willst du?« fragte sie nach einem weiteren Schluck Bier.

»Wovon – vom Leben?«

»Von mir.«

»Was glaubst du?«

»Ein bißchen Nervenkitzel«, sagte sie.

»Mehr als das.«

»Heim und Familie?« fragte sie sarkastisch.

Er antwortete nicht sofort. Er brauchte Zeit zum Nachdenken. Dieser Fisch war etwas Besonderes, nicht so leicht einzufangen wie die meisten. Er wollte nicht riskieren, daß sie ihm vom Angelhaken sprang, nur weil er etwas Falsches gesagt hatte. Er holte sich noch ein Bier und nippte daran.

Vier Mitglieder einer Ersatzband steuerten auf die Bühne zu. Sie würden spielen, während die anderen Musiker Pause hatten. Bald würde jede Unterhaltung unmöglich sein. Was aber noch wichtiger war – sobald die aggressive Musik begann, würde der Energiepegel im Klub stark ansteigen und möglicherweise das Magnetfeld zwischen ihm und der Blondine empfindlich stören. Dann wäre sie für seinen Vorschlag, zusammen aufzubrechen, eventuell nicht mehr empfänglich.

Er beantwortete endlich indirekt ihre Frage, indem er ihr eine Lüge über seine wahren Absichten auftischte. »Kennen Sie jemanden, dem Sie den Tod wünschen?«

»Wer kennt so jemanden nicht?«

»Wer ist es?«

»Die Hälfte aller Leute, die ich je gekannt habe.«

»Ich meine, irgendeine ganz bestimmte Person.«

Sie begriff allmählich, was er ihr vorschlug. Sie trank einen Schluck Bier und leckte mit der Zunge den Flaschenrand ab. »Soll das ein Spiel sein?«

»Nur wenn Sie wollen, daß es ein Spiel bleibt, Miss.«

»Du bist pervers.«

»Ist nicht gerade das Ihr Geschmack?«

»Vielleicht bist du ein Bulle.«

»Glauben Sie das wirklich?«

Sie starrte intensiv seine Sonnenbrille an, obwohl sie seine Augen hinter den dunklen Gläsern kaum erkennen konnte. »Nein, kein Bulle.«

»Sex ist nicht der richtige Anfang«, sagte er.

»Nicht?«

»Tod ist ein besserer Anfang. Zuerst zusammen ein bißchen töten, dann erst der Sex. Sie glauben gar nicht, wie erregend das sein kann.«

Sie sagte nichts.

Die Ersatzband nahm ihre Instrumente zur Hand.

»Diese bestimmte Person, der Sie den Tod wünschen – ist das ein Mann?«

»Ja.«

»Wohnt er irgendwo in der Nähe?«

»Mit dem Auto sind es zwanzig Minuten von hier.«

»Worauf warten wir dann noch?«

Die Musiker stimmten ihre Instrumente, obwohl das bei der Musik, die sie produzieren würden, eigentlich vergebliche Liebesmüh war. Hier waren sie gut beraten, wenn sie das richtige Zeug spielten, und das zur vollen Zufriedenheit der Gäste, denn andernfalls riskierten sie an einem Ort wie diesem eine ordentliche Tracht Prügel.

Schließlich sagte die Blondine: »Ich habe ein bißchen PCP. Willst du auch was?«

»Wär nicht schlecht.«

»Hast du 'ne Karre?«

»Gehen wir.«

Er hielt ihr galant die Tür auf.
Sie lachte.
»Mann, du bist wirklich pervers.«

Die Digitaluhr auf dem Nachttisch zeigte 1 Uhr 28 an. Obwohl Hatch nur wenige Stunden geschlafen hatte, war er hellwach und wollte sich nicht wieder hinlegen.

Außerdem hatte er einen trockenen Mund. Als hätte er Sand gegessen. Er mußte unbedingt etwas trinken.

Das Licht der handtuchumhüllten Lampe ermöglichte es ihm, den Weg zur Kommode zu finden und leise die richtige Schublade zu öffnen, ohne Lindsey zu wecken. Fröstelnd zog er ein Sweatshirt an. Er hatte bisher nur eine Pyjamahose am Leibe gehabt und wußte, daß das dünne Pyjamaoberteil ihn nicht genügend wärmen würde.

Er öffnete die Schlafzimmertür und trat auf den Flur hinaus. Von dort warf er einen Blick auf seine schlafende Frau. Im weichen bernsteinfarbenen Licht sah sie wunderschön aus, wie sie so dalag, mit entspanntem Gesicht, leicht geöffneten Lippen, eine Hand unter dem Kinn, die dunklen Haare auf dem Kissen ausgebreitet. Ihr Anblick wärmte ihn noch mehr als das Sweatshirt. Dann dachte er an all die Jahre, die sie durch ihre depressive Trauer verloren hatten, und eine mächtige Woge des Bedauerns ertränkte die durch den Alptraum hervorgerufenen Ängste. Er schloß lautlos hinter sich die Tür.

Auf dem Flur war alles in dunkle Schatten gehüllt, aber von der Halle im Erdgeschoß fiel schwaches Licht die Treppe hinauf. Sie hatten es vorhin so eilig gehabt, vom Sofa ins Bett zu kommen, daß sie nicht einmal die Lampen ausgeschaltet hatten.

Wie zwei geile Teenager. Er lächelte bei diesem Gedanken.

Während er die Treppe hinabging, fiel ihm der Alptraum wieder ein, und das Lächeln verging ihm wieder.

Die Blondine. Das Messer. Das Auge. Es war so *real* gewesen.

Im Erdgeschoß blieb er lauschend stehen. Die Stille im Haus war unnatürlich. Er klopfte mit dem Knöchel gegen den Treppenpfosten, nur um einen Laut zu hören. Das Geräusch erschien ihm leiser, als es eigentlich hätte sein müssen, und die nachfolgende Stille war noch unheimlicher als zuvor.

»Mein Gott, dieser Traum hat dich ganz schön mitgenommen«, sagte er laut, und der Klang seiner eigenen Stimme hatte eine beruhigende Wirkung.

Seine nackten Füße verursachten lustige platschende Geräusche auf dem Eichenboden des Korridors, und auf den Küchenfliesen waren sie noch lauter. Sein Durst wurde mit jeder Sekunde quälender. Er holte eine Dose Pepsi aus dem Kühlschrank, öffnete sie, legte den Kopf zurück, schloß die Augen und trank einen großen Schluck.

Es schmeckte nicht wie Cola. Es schmeckte wie Bier.

Mit gerunzelter Stirn öffnete er die Augen und betrachtete die Dose. Es war überhaupt keine Dose mehr. Es war eine Bierflasche, dieselbe Marke wie in seinem Traum: Corona. Weder er noch Lindsey tranken Corona. Wenn sie überhaupt mal Bier tranken, dann nur Heineken.

Er zitterte vor Angst, als würde er von Stromstößen geschüttelt.

Dann bemerkte er, daß die Fliesen des Küchenbodens verschwunden waren. Er stand barfuß auf Kieselsteinen. Sie schnitten in seine Fußballen.

Sein Herz klopfte zum Zerspringen, während er sich in der Küche umsah. Er hatte das verzweifelte Bedürfnis, sich zu vergewissern, daß er in seinem eigenen Haus war, daß die Welt nicht irgendeine bizarre neue Dimension angenommen hatte. Er ließ seinen Blick über die vertrauten weiß gestrichenen Birkenschränke gleiten, über die dunklen Arbeitsplatten aus Granit, über den Geschirrspüler und die glänzende Front der eingebauten Mikrowelle und versuchte mit aller Willenskraft, den Alptraum zu vertreiben. Aber die Kieselsteine verschwanden nicht. Er hielt nach wie vor eine Flasche Corona in der rechten Hand. Er wandte sich zur Spüle, um sich kaltes Wasser ins Gesicht zu spritzen, aber die Spüle war nicht mehr da. Eine Hälfte der Küche war verschwunden, und statt dessen war da eine Leitplanke, und entlang dieser Leitplanke waren Autos geparkt, und dann –

– war er überhaupt nicht mehr in seiner Küche. Sie war

spurlos verschwunden. Er befand sich im Freien, in dichtem Nebel, der rot schimmerte, weil irgendwo hinter ihm eine Neonreklame brannte. Er ging über einen Parkplatz mit Kieselsteinbelag, und er war nicht mehr barfuß, sondern trug schwarze Rockports mit Gummisohle.

Er hörte eine Frau sagen: »Ich heiße Lisa. Und du?«

Er drehte den Kopf zur Seite und sah die Blondine. Sie ging neben ihm, hielt mit ihm Schritt, während sie den Parkplatz überquerten. Anstatt ihre Frage sofort zu beantworten, setzte er die Corona-Flasche an die Lippen, trank den letzten Rest Bier aus und ließ die leere Flasche einfach auf den Kies fallen. »Ich heiße …«

… er schnappte erschrocken nach Luft, als kalte Pepsi aus der fallengelassenen Dose um seine nackten Füße schäumte und eine Pfütze bildete. Die Kieselsteine waren verschwunden. Auf den pfirsichfarbenen Fliesen des Küchenbodens schimmerte verschüttete Cola.

In Redlows Pontiac sagte Lisa, sie müßten auf dem San Diego Freeway in südlicher Richtung fahren. Während Vassago bei dichtem Nebel die nächste Autobahnauffahrt ansteuerte, wühlte sie in ihrer Handtasche herum, die ein reichhaltiges Sortiment an Pharmaerzeugnissen enthielt, und brachte PCP-Kapseln zum Vorschein, die sie beide mit dem Rest ihres Bieres hinunterspülten.

PCP war ein Beruhigungsmittel für Tiere, das auf Menschen häufig die entgegengesetzte Wirkung hatte und sie in destruktive Raserei versetzte. Es würde interessant sein, die Wirkung der Droge auf Lisa zu beobachten, die das Bewußtsein einer Schlange zu haben schien, der Moralvorstellungen völlig unbekannt waren, die für die Welt nur unbändigen Haß und Verachtung übrig hatte, deren Überlegenheits- und Machtgefühle einen gewissen Hang zur Selbstzerstörung nicht ausschlossen und in der bereits soviel komprimierte psychotische Energie aufgestaut war, daß sie ständig am Rande einer Explosion zu stehen schien. Vassago vermutete, daß sie mit Hilfe von PCP zu höchst amüsanten Ausbrüchen extremer Gewalt fähig sein würde, zu einem regelrechten Blutrausch, für ihn ein anregendes Schauspiel.

»Wohin fahren wir?« fragte er auf der Autobahn. Die Scheinwerfer bohrten sich in einen weißen Nebel, der die Welt verschluckte und den Eindruck erweckte, als könnten sie jede Landschaft und Zukunft erfinden, die sie sich wünschten. Was immer sie sich vorstellten, würde aus dem Nebel entstehen.

»Nach El Toro«, antwortete sie.

»Wohnt er dort?«

»Ja.«

»Wer ist der Mann?«

»Brauchst du einen Namen?«

»Nein, Madam. Warum wünschen Sie ihm den Tod?«

Sie betrachtete ihn eine Zeitlang. Allmählich breitete sich auf ihrem Gesicht ein Lächeln aus, so als würde jemand ihr mit einem unsichtbaren Messer langsam eine Wunde schneiden. Ihre kleinen weißen Zähne waren spitz. Piranha-Zähne. »Du wirst es wirklich tun, oder?« fragte sie. »Du wirst einfach reingehen und den Kerl umbringen, um mir zu beweisen, wie begehrenswert du bist.«

»Ich will nichts beweisen«, erwiderte er. »Ich werde ihn umbringen, weil es Spaß machen könnte. Wie schon gesagt ...«

»Zuerst zusammen ein bißchen töten, dann erst der Sex«, ergänzte sie.

Nur damit sie weiterredete und sich entspannte, erkundigte er sich: »Hat er eine Wohnung oder ein eigenes Haus?«

»Was spielt das für eine Rolle?«

»In ein Haus zu gelangen ist wesentlich einfacher, und die Nachbarn sind nicht so nah dran.«

»Es ist ein Haus.«

»Warum wünschen Sie ihm den Tod?«

»Er wollte mich haben, ich wollte ihn nicht, und er glaubte, sich trotzdem nehmen zu können, was er wollte.«

»Kann nicht einfach gewesen sein, gegen Ihren Willen etwas von Ihnen zu bekommen.«

Ihre Augen wurden kälter denn je. »Das Dreckschwein mußte im Gesicht genäht werden, als alles vorbei war.«

»Aber er hat trotzdem bekommen, was er wollte?«

»Er war viel größer und stärker als ich.«

Sie wandte sich von ihm ab und starrte auf die Straße hinaus.

Im Westen war eine starke Brise aufgekommen, und der Nebel wirbelte nicht mehr träge durch die Nacht. Er wurde über die Autobahn gepeitscht wie die Rauchwolken bei einem Großbrand, so als stünde die gesamte Küste in Flammen, als würden ganze Städte in Schutt und Asche gelegt und als schwelten die Ruinen.

Vassago betrachtete immer wieder Lisas Profil. Er wünschte, er könnte mit ihr nach El Toro fahren und sehen, wie blutrünstig ihre Rachegelüste waren. Anschließend würde er sie gern überreden, ihm in sein Versteck zu folgen und sich aus eigenem freien Willen für seine Sammlung zur Verfügung zu stellen. Ob sie es wußte oder nicht – sie wünschte sich den Tod, Sie würde für den süßen Schmerz dankbar sein, der ihre Fahrkarte zur Verdammnis sein würde. Mit ihrer hellen Haut, die einen reizvollen Kontrast zu ihrer schwarzen Kleidung bildete und zu leuchten schien, mit ihrem immensen Haß, der ihr aus allen Poren drang und sie wie eine dunkle Aura umstrahlte, wäre sie ein unvergleichlicher Anblick, wenn sie zwischen Vassagos Kollektion ihrem Schicksal entgegenginge und bereitwillig den Todesstoß empfinge, als Opfer für seine Rückkehr in die Hölle.

Er wußte jedoch, daß sie seinen Wunschtraum nicht erfüllen, daß sie nicht freiwillig für ihn sterben würde, selbst wenn sie unbewußt den Tod herbeisehnte. Auch wenn sie schließlich erkennen sollte, daß das ihr größtes Verlangen war, würde sie ausschließlich für sich selbst sterben, aus rein egoistischen Motiven.

Sobald sie begreifen würde, was er in Wirklichkeit von ihr wollte, würde sie um sich schlagen und sich wütend verteidigen. Sie würde nicht so leicht zu überwältigen sein wie Neon – und mehr Schaden anrichten. Am liebsten brachte er jeden Neuerwerb in sein Museum der Toten, solange das zukünftige Exponat noch am Leben war, um es genüßlich unter den grausamen Augen von Luzifer zu töten. Aber er wußte, daß er sich diesen Luxus mit Lisa nicht leisten konnte. Sie wäre nicht leicht zu bezwingen, nicht einmal, wenn er völlig unerwartet zuschlug. Und wenn er einmal den Vorteil des Überraschungseffekts eingebüßt hatte, würde sie eine gefährliche, eine ebenbürtige Gegnerin sein.

Er fürchtete nicht, verletzt zu werden. Nichts konnte ihn schrecken, auch nicht die Aussicht auf physische Schmerzen. Im Gegenteil, jeder Schlag von ihr, jede Kratz- oder Bißwunde wäre ein köstlicher Nervenkitzel, ein ungetrübter Genuß.

Das Problem war nur, daß sie stark genug sein könnte, um ihm zu entkommen, und eine Flucht konnte er nicht riskieren. Was ihm Sorgen machte, war nicht, daß sie zur Polizei gehen könnte. Sie lebte in einer Subkultur, die der Polizei mißtraute und für jeden Hüter des Gesetzes nur Verachtung und Haß übrig hatte. Doch wenn sie sich seiner Kontrolle entzöge, hätte er keine Chance mehr, sie in seine Kollektion aufzunehmen. Und er war davon überzeugt, daß sie mit ihrer überwältigenden perversen Energie seine letzte Opfergabe sein würde, die ihm die Pforten der Hölle endlich wieder weit öffnen konnte.

»Merkst du schon was?« fragte sie, immer noch in den Nebel starrend, durch den sie mit gefährlicher Geschwindigkeit rasten.

»Ein bißchen«, sagte er.

»Ich merke überhaupt nichts.« Sie öffnete ihre Handtasche und begann wieder darin zu wühlen und ihren Vorrat an Pillen und Kapseln zu begutachten. »Wir brauchen eine Art Verstärker, damit das andere Zeug richtig wirkt.«

Während Lisa durch ihre Suche nach dem geeigneten Stoff abgelenkt war, nahm Vassago die rechte Hand vom Steuer und griff unter den Sitz, wo er Redlows Revolver versteckt hatte. Sie blickte auf, als er die Mündung in ihre linke Seite drückte. Falls sie noch begriff, was geschah, zeigte sie keine Überraschung. Er gab zwei Schüsse ab. Sie war auf der Stelle tot.

Hatch wischte die verschüttete Pepsi mit Küchentüchern auf. Als er zur Spüle ging, um sich die Hände zu waschen, zitterte er noch immer, aber nicht mehr so stark wie zuvor.

Das Entsetzen, das ihn für kurze Zeit völlig überwältigt hatte, ließ nun wieder etwas Raum für Neugier. Er berührte zögernd den Rand des Spülbeckens aus rostfreiem Stahl, dann den Wasserhahn, als könnten sie sich unter seinen Fingern in Nichts auflösen. Er versuchte zu verstehen, wie ein Traum weitergehen konnte, nachdem er aufgewacht war. Geisteskrankheit war die einzige plausible Erklärung, aber die konnte er nicht akzeptieren.

Er drehte den Hahn auf, regulierte die Wärme, pumpte etwas Seife aus dem Behälter, seifte sich die Hände ein und warf einen Blick aus dem Fenster über der Spüle, das auf den Hinterhof hinausging. Der Hof war verschwunden, hatte einer Autobahn Platz gemacht. Das Küchenfenster hatte sich in eine Windschutzscheibe verwandelt. In dichten Nebel gehüllt und von zwei Scheinwerferstrahlen nur teilweise erhellt, rollte das Pflaster auf ihn zu, so als raste das Haus mit neunzig Stundenkilometer darüber hinweg. Er spürte jemanden neben sich, obwohl dort eigentlich nur die beiden Öfen sein durften. Als er den Kopf zur Seite drehte, sah er die Blondine, die in ihrer Handtasche herumwühlte. Dann merkte er, daß er etwas in der Hand hatte, etwas viel Stabileres als Seifenschaum, und er blickte auf einen Revolver hinab –

– die Küche verschwand vollständig. Er saß in einem Wagen, der über eine neblige Straße brauste, und er drückte eine Revolvermündung gegen die linke Seite der Blondine. Als sie aufblickte, spürte er entsetzt, daß sein Finger auf den Abzug drückte, einmal, zweimal. Sie wurde seitwärts geschleudert, während der ohrenbetäubende Knall der Schüsse durch das Auto dröhnte.

Vassago hatte nicht vorhersehen können, was nun geschah.

Der Revolver war offenbar mit großkalibrigen Patronen geladen gewesen, denn die beiden Schüsse schleuderten die Blondine mit unerwarteter Wucht gegen die Beifahrertür. Entweder war die Tür nicht richtig geschlossen gewesen, oder aber eine Kugel hatte die Blondine durchschlagen und das Türschloß beschädigt. Jedenfalls flog die Tür plötzlich weit auf. Heulender Wind drang wie ein Raubtier in den Pontiac ein, und Lisa wurde in die Nacht hinausgezogen. Er trat hart auf die Bremse und blickte in den Rückspiegel. Während das Heck des Wagens wie ein Fischschwanz hin und her zuckte, sah er, wie der Körper der Blondine hinter ihm über das Pflaster rollte.

Er wollte anhalten, im Rückwärtsgang zurücksetzen und sie wieder in den Wagen holen, aber selbst zu dieser späten Nachtstunde war die Autobahn nicht völlig ausgestorben. Höchstens einen halben Kilometer hinter sich sah er die Scheinwerfer von zwei Autos, verschwommene Lichtflecken im Nebel, die schnell näher kamen. Diese Fahrer würden bei der Leiche sein, bevor er sie erreichen und im Pontiac verstauen könnte.

Er nahm seinen Fuß von der Bremse und gab Gas, schwenkte über zwei Fahrspuren hinweg hart nach links, dann nach rechts. Die Tür schlug erwartungsgemäß zu. Sie klapperte, öffnete sich aber nicht wieder. Das Schloß war offenbar doch noch funktionsfähig.

Obwohl die Sichtweite nur etwa dreißig Meter betrug, beschleunigte er den Pontiac auf hundertzwanzig Stundenkilometer und raste blindlings in den wogenden Nebel hinein. An der übernächsten Ausfahrt verließ er die Autobahn und verlangsamte das Tempo. Er wollte diese Gegend so schnell wie möglich verlassen, hielt sich auf den Landstraßen aber genau an die Geschwindigkeitsbegrenzungen, weil jedem Bullen, der ihn anhalten könnte, mit Sicherheit sofort das Blut auf dem Polster und auf der Scheibe der Beifahrertür auffallen würde.

Hatch sah im Rückspiegel, wie die Leiche über das Pflaster rollte und im Nebel verschwand. Sekundenlang sah er auch sein eigenes Spiegelbild vom Nasenrücken bis zu den Augenbrauen. Er trug eine Sonnenbrille, obwohl er nachts am Steuer saß. Nein! Er trug sie nicht. Der Fahrer des Wagens trug diese Sonnenbrille, und das Bild im Spiegel zeigte nicht sein eigenes Gesicht. Obwohl er der Fahrer zu sein schien, begriff er, daß dieser Schein trog, denn obwohl er die Augen hinter den dunkel getönten Gläsern nur verschwommen sehen konnte, hatten sie keinerlei Ähnlichkeit mit seinen eigenen Augen, waren irgendwie seltsam, andersartig. Dann –

– stand er wieder vor der Spüle, keuchend und würgend

vor Ekel. Hinter dem Fenster lag nur der Hof, in Dunkelheit und Nebel gehüllt.

»Hatch?«

Erschrocken drehte er sich um.

Lindsey stand im Bademantel auf der Schwelle. »Fehlt dir etwas?«

Er wischte sich die eingeseiften Hände am Sweatshirt ab und versuchte zu sprechen, doch der Schrecken hatte ihm die Sprache vorschlagen.

Sie eilte auf ihn zu. »Hatch?«

Er drückte sie an sich und war glücklich über ihre Umarmung, die ihm schließlich die Kraft gab, mühsam zu stammeln: »Ich habe sie erschossen, sie wurde aus dem Wagen geschleudert, o Gott, Allmächtiger, sie ist wie eine Stoffpuppe über die Straße gerollt!«

7

Auf Hatchs Bitte hin brühte Lindsey Kaffee auf. Das vertraute köstliche Aroma war ein wirksames Mittel gegen die unheimlichen Geschehnisse. Mehr als alles andere stellte dieser Duft eine Atmosphäre von Normalität her, die Hatchs Nerven beruhigte. Sie tranken den Kaffee am Frühstückstisch in einer Ecke der Küche.

Hatch bestand darauf, die Jalousie am nahen Fenster zu schließen. »Ich habe das Gefühl ... dort draußen ist etwas ... und ich will nicht, daß es uns sieht.« Er konnte nicht erklären, was er mit »etwas« meinte.

Nachdem Hatch alles erzählt hatte, was geschehen war, seit er aus dem Alptraum von der eiskalten Blondine, dem Schnappmesser und dem verstümmelten Auge erwacht war, fand Lindsey für das ganze Geschehen nur eine einzige Erklärung: »Du warst offenbar nicht richtig wach, als du dein Bett verlassen hast, auch wenn es dir so vorkam. Du bist im Schlaf gewandelt. Du bist erst ganz aufgewacht, als ich in die Küche gekommen und deinen Namen gerufen habe.«

»Ich bin nie ein Schlafwandler gewesen«, widersprach er.

Sie versuchte seinen Einwand scherzhaft abzutun. »Es ist nie zu spät, sich ein neues Laster zuzulegen.«

»Ich glaube das nicht.«

»Und welche Erklärung hast du dann?«

»Überhaupt keine.«

»Also bleibt es beim Schlafwandeln.«

Er starrte in die weiße Porzellantasse, die er mit beiden Händen umklammerte wie ein Zigeuner, der aus den Lichtmustern an der Oberfläche der schwarzen Flüssigkeit die Zukunft ablesen will. »Hast du jemals geträumt, jemand anderer zu sein?«

»Ich denke schon.«

Er warf ihr einen scharfen Blick zu. »Das ist keine Antwort. Hast du jemals einen Traum mit den Augen eines Unbekannten gesehen? Einen Traum, den du mir erzählen könntest?«

»Nun ja ... nein. Aber ich bin sicher, daß es so etwas gegeben haben muß. Ich erinnere mich einfach nicht daran. Träume sind schließlich Schäume. Sie verfliegen so schnell. Wer erinnert sich schon lange an sie?«

»An diesen Traum werde ich mich für den Rest meines Lebens erinnern«, sagte er.

Obwohl sie ins Bett zurückkehrten, konnten sie nicht wieder einschlafen. Teilweise lag das vielleicht am Kaffee. Lindsey dachte, daß Hatch gerade deshalb Kaffee gewollt hatte: Er hatte ihn am Einschlafen hindern sollen, damit der Alptraum nicht zurückkommen konnte. Nun, das hatte jedenfalls geklappt.

Beide lagen auf dem Rücken und starrten an die Decke.

Er hatte die Nachttischlampe eher widerwillig ausgeschaltet, obwohl er sich nur durch ein kurzes Zögern verraten hatte, bevor er auf den Schalter drückte. Er glich fast einem Kind, das im Grunde alt genug war, um berechtigte Ängste von eingebildeten unterscheiden zu können, sich aber von letzteren doch nicht völlig befreien konnte und deshalb noch immer Angst vor einem Monster unter dem Bett hatte, sich aber schämte, das zuzugeben.

Nun, da nur das indirekte Licht weit entfernter Straßenlampen zwischen den Vorhängen ins Zimmer fiel, hatte er sie mit seinen Ängsten angesteckt. Sie konnte sich nur allzu leicht einbilden, daß einige der Schatten an der Decke sich bewegten, fledermaus-, eidechsen-, spinnenförmige Wesen, die verstohlen umherhuschten und etwas Böses im Schilde führten.

Sie unterhielten sich gelegentlich leise, über Belanglosigkeiten.

Beide wußten, worüber sie im Grunde sprechen wollten, aber sie fürchteten sich davor. Im Gegensatz zu den Kriech- und Krabbelwesen an der Decke und den Ungeheuern unter Kinderbetten war das eine begründete Angst. Gehirnschaden.

Seit er nach der Reanimation im Krankenhaus aufgewacht war, hatte Hatch schlechte Träume von beklemmender Intensität. Nicht jede Nacht. Manchmal konnte er drei oder vier Nächte hintereinander ungestört schlafen. Aber Häufigkeit und Intensität nahmen von Woche zu Woche zu.

Es waren – wie er ihr erzählte – nicht immer dieselben Träume, aber sie enthielten allesamt ähnliche Elemente. Gewalt. Schreckliche Bilder von nackten, verwesenden Leichen in ausgefallenen, perversen Posen. Immer liefen die Träume aus der Perspektive eines Unbekannten ab, einer mysteriösen Gestalt, immer derselben, so als wäre Hatch ein Geist, der in dem Mann lebte, ihn aber nicht beherrschen konnte. Im allgemeinen begannen oder endeten – oder begannen *und* endeten die Alpträume in einer ganz bestimmten Szenerie: einer Ansammlung ungewöhnlicher Bauten und anderer merkwürdiger Strukturen, die er nicht identifizieren konnte, allesamt unbeleuchtet und meistens nur als verwirrende Silhouetten vor einem Nachthimmel zu sehen. Er sah auch höhlenartige Räume und ein Labyrinth von Betonkorridoren, die er erkennen konnte, obwohl es weder Fenster noch künstliche Beleuchtung gab. Er sagte, der Ort komme ihm bekannt vor, aber er sah nie genug, um wirklich feststellen zu können, wo er sich befand.

Bis zu dieser Nacht hatten sie sich einzureden versucht, daß dieses Phänomen nur von kurzer Dauer sein würde. Hatch hatte wie immer eine äußerst positive Einstellung.

Schlechte Träume waren nichts Besonderes. Jeder Mensch hatte gelegentlich welche. Sie hatten ihre Ursache oft in Streß. Wenn man den Streß vermied, verschwanden auch die Alpträume.

Aber sie verschwanden nicht. Und nun hatten sie eine neue und sehr beängstigende Wendung genommen: Schlafwandeln.

Oder vielleicht hatte er mittlerweile in wachem Zustand Halluzinationen, bei denen er dieselben Bilder wie im Schlaf sah.

Kurz vor der Morgendämmerung griff Hatch unter der Decke nach Lindseys Hand und hielt sie fest. »Mir geht es gut. Es ist nichts, wirklich. Nur ein Traum.«

»Du solltest morgen als erstes Nyebern anrufen«, sagte sie schweren Herzens. »Wir sind nicht ehrlich zu ihm gewesen. Er hat gesagt, du solltest ihn sofort verständigen, wenn irgendwelche Probleme auftauchten ...«

»Das hier ist doch kein Problem«, versuchte er abzuwiegeln.

»Physische *oder* seelische Probleme«, betonte sie. Sie hatte Angst um ihn – und auch um sich selbst, falls mit ihm tatsächlich etwas nicht stimmen sollte.

»Sie haben alle Tests mit mir gemacht, die meisten sogar zweimal. Sie haben mir das bestmögliche Gesundheitszeugnis ausgestellt. Keine Gehirnschäden.«

»Dann brauchst du dir auch keine Sorgen zu machen. Es gibt keinen Grund, einen Besuch bei Nyebern aufzuschieben.«

»Gehirnschäden wären *sofort* erkennbar gewesen. Sie können nicht im nachhinein auftreten.«

Sie schwiegen eine Zeitlang.

Sie konnte sich nun nicht mehr vorstellen, daß irgendwelche Kriechtiere durch die Schatten an der Decke huschten. Diese Phantasiegebilde hatten sich in Nichts aufgelöst, sobald er ausgesprochen hatte, wovor sie sich beide am meisten fürchteten.

Schließlich fragte sie: »Was ist mit Regina?«

Er dachte eine Weile nach. »Ich glaube, wir sollten alles in die Wege leiten, den Papierkram erledigen – natürlich vorausgesetzt, daß sie überhaupt zu uns kommen will.«

»Und wenn ... wenn du nun irgendein Problem hast? Und wenn es schlimmer wird?«

»Es wird sowieso Tage dauern, bis alles geregelt ist und wir sie mitnehmen können. Bis dahin werden die neuen Testergebnisse vorliegen. Ich bin sicher, daß mit mir alles in Ordnung ist.«

»Du nimmst diese Sache viel zu leicht.«

»Streß bringt einen um.«

»Wenn Nyebern nun etwas Ernstes findet ...«

»Dann werden wir das Waisenhaus um einen Aufschub bitten. Wenn wir ihnen jetzt erzählen, daß ich Probleme habe, die mir nicht erlauben, gleich morgen den ganzen Papierkram zu erledigen, kommen ihnen vielleicht Bedenken hinsichtlich unserer Tauglichkeit. Sie könnten uns ablehnen, und dann hätten wir wahrscheinlich keine Chance mehr, Regina zu adoptieren.«

Der Tag war so herrlich gewesen, von dem Kontaktgespräch in Salvatore Gujilios Kanzlei bis hin zu ihren Liebesspielen vor dem Kamin und in dem massiven alten chinesischen Bett. Die Zukunft hatte so rosig ausgesehen, und sie hatten geglaubt, das Schlimmste läge bereits hinter ihnen. Lindsey konnte kaum glauben, daß sich plötzlich ein neuer gähnender Abgrund vor ihnen aufgetan hatte.

Sie sagte: »O Gott, Hatch, ich liebe dich!«

Er rückte im Dunkeln dicht an sie heran und nahm sie in seine Arme. Die Morgendämmerung brach an, und noch immer hielten sie einander eng umschlungen, ohne zu sprechen, weil für den Augenblick alles gesagt war.

Später, nachdem sie geduscht und sich angezogen hatten, gingen sie hinunter und tranken wieder Kaffee am Frühstückstisch. Sie hörten morgens immer Radio, einen Sender, der die neuesten Nachrichten brachte.

Auf diese Weise erfuhren sie vom Tod einer jungen blonden Frau namens Lisa Blaine. Sie war in der vergangenen Nacht durch zwei Schüsse ermordet und auf dem San Diego Freeway aus einem fahrenden Auto geworfen worden – genau zu dem Zeitpunkt, als Hatch in der Küche stand und die Vision hatte, daß er auf den Abzug drückte und die Leiche hinter dem Auto über die Straße rollte.

8

Aus Gründen, die er selber nicht verstehen konnte, wollte Hatch unbedingt jenen Autobahnabschnitt sehen, wo die tote Frau gefunden worden war. »Vielleicht rastet irgendwas ein«, war seine einzige Erklärung.

Er saß am Steuer des neuen roten Mitsubishi. Sie fuhren auf dem Küsten-Highway nach Norden, dann auf Landstraßen ostwärts zur South Coast Plaza Shopping Mall, wo es eine Auffahrt zum San Diego Freeway in südlicher Richtung gab. Hatch bestand darauf, den nächtlichen Weg des Mörders bis zum Tatort möglichst genau nachzuvollziehen.

Um Viertel nach neun war die Rush-hour eigentlich schon vorbei, aber alle Fahrspuren waren noch verstopft. Die Wagenkolonne bewegte sich nur im Schrittempo südwärts. Zum Glück bewahrte die eingebaute Klimaanlage Hatch und Lindsey vor den Abgaswolken.

Der dichte Nebel, der sich nachts vom Pazifik über die Küste ausgebreitet hatte, war spurlos verschwunden. Die Bäume wiegten sich in einer leichten Frühlingsbrise, und Vögel zogen fröhlich ihre Kreise am wolkenlosen, strahlend blauen Himmel. An einem Tag wie diesem schien es fast absurd, an den Tod zu denken.

Sie passierten die Ausfahrt MacArthur, dann Jamboree, und Hatch spürte, wie seine Nacken- und Schultermuskulatur sich mit jedem Meter, den sie vorwärts kamen, mehr und mehr verspannte. Er hatte das unheimliche Gefühl, diese Strecke in der letzten Nacht tatsächlich zurückgelegt zu haben, als Flughafen, Hotels, Bürogebäude und die braunen Hügel im Hintergrund vom Nebel verschluckt worden waren, obwohl er genau wußte, daß er in Wirklichkeit zu Hause gewesen war.

»Sie wollten nach El Toro«, sagte er. An diese Einzelheit hatte er sich bisher nicht erinnert. Oder sie war ihm erst jetzt durch eine Art sechsten Sinn offenbart worden.

»Vielleicht hat sie dort gewohnt … oder er lebt dort.«

Hatch runzelte die Stirn. »Das glaube ich nicht.«

Während sie entnervend langsam dahinkrochen, fielen ihm nicht nur verschiedene Details des Traums ein, sondern er *fühlte* die spannungsgeladene Atmosphäre in jenem Wagen, die potentielle Gewalttätigkeit.

Seine Hände rutschten vom Lenkrad. Sie waren mit kaltem Schweiß überzogen. Er wischte sie an seinem Hemd ab.

»Ich glaube«, sagte er, »in gewisser Hinsicht war die Blondine fast genauso gefährlich wie ich … wie er …«

»Was meinst du damit?«

»Ich weiß es nicht. Es ist einfach das Gefühl, das ich zu jenem Zeitpunkt hatte.«

Die Sonne funkelte auf den Fahrzeugen, die sich in zwei mächtigen Kolonnen aus Stahl, Chrom und Glas nach Norden und Süden wälzten. Die Außentemperatur betrug etwa sechsundzwanzig Grad. Hatch fror trotzdem.

Als ein Schild die nächste Ausfahrt – Culver Boulevard – anzeigte, beugte sich Hatch ein wenig vor. Er nahm seine rechte Hand vom Steuer und griff unter den Sitz. »Hier hat er den Revolver hervorgeholt … sie hat irgendwas in ihrer Tasche gesucht …«

Er wäre nicht allzu überrascht gewesen, wenn er unter dem Sitz tatsächlich einen Revolver gefunden hätte, denn er erinnerte sich erschreckend deutlich daran, wie nahtlos Traum und Wirklichkeit während der letzten Nacht ineinander übergegangen waren, wie sie sich getrennt und dann wieder vermischt hatten. Warum nicht auch jetzt, sogar bei Tageslicht?

Er atmete erleichtert auf, als er feststellte, daß der Raum unter dem Sitz leer war.

»Polizei«, sagte Lindsey.

Hatch war so sehr in die Rekonstruktion der Ereignisse seines Alptraums vertieft, daß er nicht sofort mitbekommen hatte, was Lindsey sagte. Dann sah er die Streifenwagen und andere Polizeifahrzeuge, die auf der Standspur geparkt waren.

Uniformierte Beamte suchten in gebückter Haltung jeden Zentimeter des staubigen Randstreifens und des trockenen Grases hinter der Leitplanke ab. Wahrscheinlich hofften sie, irgend etwas zu finden, das zusammen mit der Blondine – oder zuvor oder danach – aus dem Wagen des Mörders gefallen war.

Hatch fiel auf, daß alle Polizisten Sonnenbrillen trugen,

ebenso wie er selbst und Lindsey. Das grelle Licht blendete wirklich sehr.

Aber der Mörder hatte ebenfalls eine Sonnenbrille getragen. Warum in aller Welt hatte er in dunkler Nacht und bei dichtem Nebel einen Lichtschutz benötigt?

Das hatte nichts mehr mit einer Marotte, mit bloßer Affektiertheit oder Exzentrizität zu tun. Es war unheimlich.

Hatch hielt noch immer den imaginären Revolver in der Hand. Aber weil sie viel langsamer vorankamen als der Mörder, hatten sie die Stelle noch nicht erreicht, wo die Schüsse gefallen waren.

Die Autos krochen Stoßstange an Stoßstange dahin, nicht etwa, weil an diesem Tag dichterer Verkehr als sonst herrschte, sondern weil die Fahrer das Tempo drosselten, um die Polizisten neugierig anzustarren. Im Verkehrsfunk wurde so etwas treffend als »Gafferstau« bezeichnet.

»Er ist gerast«, sagte Hatch.

»Bei dichtem Nebel?«

»Und mit einer Sonnenbrille.«

»Ein Blödhammel«, kommentierte Lindsey.

»Nein, dieser Bursche ist intelligent.«

»Für mich hört sich das aber idiotisch an.«

»Furchtlos.« Hatch versuchte wieder in die Haut des Mannes zu schlüpfen, mit dem er im Traum einen Körper geteilt hatte. Das war alles andere als einfach. Etwas an dem Mörder war völlig fremdartig und widersetzte sich jeder Analyse. »Er ist durch und durch kalt... innerlich kalt und dunkel ... er denkt nicht so wie du und ich ...« Hatch suchte verzweifelt nach Worten, die das Wesen des Mannes charakterisieren konnten. »Schmutzig.« Er schüttelte den Kopf. »Ich meine damit nicht, daß er ungewaschen war. Nichts Derartiges. Eher so etwas wie ... ja, wie wenn er verseucht wäre.« Er seufzte und gab auf. »Jedenfalls ist er völlig furchtlos. Nichts vermag ihn zu schrecken. Er hält sich für unverletzbar. Aber das hat in seinem Fall nichts mit Leichtsinn zu tun. Denn irgendwie ... hat er recht.«

»Was willst du damit sagen – daß er unverwundbar ist?«

»Nein. Das nicht. Aber nichts, was man ihm antun könnte, würde ihm etwas ausmachen.«

Lindsey verschränkte wie fröstelnd die Arme über der Brust. »Du schilderst ihn so … so unmenschlich.«

Die Beweisaufnahme der Polizei konzentrierte sich im Moment auf den halben Kilometer südlich der Ausfahrt Culver Boulevard. Sobald sie diesen Abschnitt hinter sich hatten, begann sich der Stau aufzulösen.

Der imaginäre Revolver in Hatchs Hand schien sich zu materialisieren. Fast spürte er den kalten Stahl an seiner Haut.

Als er den Phantomrevolver auf Lindsey richtete und sie anblickte, zuckte sie unwillkürlich zusammen. Er sah sie deutlich, aber gleichzeitig sah er das Gesicht der Blondine, die von ihrer Handtasche aufgeschaut und keine Zeit mehr gehabt hatte, irgendeine Reaktion zu zeigen, weder Überraschung noch Angst.

»Hier, genau an dieser Stelle … zwei Schüsse, dicht hintereinander«, sagte Hatch schaudernd, denn die Erinnerung an die Gewalttat war viel leichter heraufzubeschwören als die Stimmung und Geistesverfassung des Mörders. »Die Kugeln rissen große Löcher in sie.« Er konnte es so deutlich sehen. »0 Gott, es war schrecklich!« Er fühlte sich in die Szene zurückversetzt. »Wie sie zerfetzt wurde … Und der Knall … wie Donner … wie das Ende der Welt …« Er hatte den bitteren Geschmack von Magensäure in der Kehle. »Sie wurde gegen die Tür geschleudert, war auf der Stelle tot, aber die Tür flog weit auf. Damit hatte er nicht gerechnet. Er wollte sie für seine Sammlung haben, aber sie wurde in die Dunkelheit gerissen, rollte wie eine leere Dose über den Asphalt …«

Noch ganz in der Erinnerung an seinen Traum befangen, trat er hart auf die Bremse, wie es der Mörder getan hatte.

»Hatch, nein!«

Ein Auto, dann ein zweites und drittes, wichen in letzter Sekunde chromblitzend und glasfunkelnd aus, die Hupen bellten. Um ein Haar wäre es zu einem Unfall gekommen.

Hatch schüttelte die Erinnerungen ab, gab wieder Gas und reihte sich in den Verkehrsfluß ein. Er wußte, daß er aus den anderen Wagen angestarrt wurde.

Diese neugierigen Blicke waren ihm jedoch völlig egal, denn er hatte wie ein Bluthund die Witterung aufgenommen. Es war natürlich kein Geruch im eigentlichen Sinne, dem er folgte. Es war ein undefinierbares Etwas, das ihn leitete, vielleicht telepathische Schwingungen, eine durch den Mörder bewirkte Störung im Äther, ähnlich der Spur in der Meeresoberfläche, die eine Haiflosse hinterläßt. Nur mit dem Unterschied, daß der Äther sich offenbar nicht so schnell regenerierte wie Wasser.

»Er wollte ursprünglich zurückfahren, um sie zu holen, sah aber ein, daß es hoffnungslos war, und fuhr dann weiter.« Hatch hörte selbst, daß seine Stimme leise und rauh war, so als gäbe er schmerzhafte Geheimnisse preis.

»Dann habe ich die Küche betreten, und du hast so merkwürdige Laute von dir gegeben, gekeucht und gewürgt«, berichtete Lindsey. »Du hast die Arbeitsplatte so fest umklammert, als wolltest du den Granit zerbrechen. Ich dachte, du hättest einen Herzanfall ...«

»Er ist sehr schnell gefahren«, sagte Hatch, beschleunigte selbst aber nur wenig, »hundert ... hundertzehn ... noch schneller ... er wollte möglichst weit entfernt sein, wenn der nachfolgende Verkehr auf die Leiche stieß ...«

Lindsey erkannte, daß er nicht einfach Spekulationen anstellte. »Du erinnerst dich an mehr, als du geträumt hast, über den Zeitpunkt hinaus, als ich in die Küche kam und dich weckte.«

»Das sind keine Erinnerungen«, sagte er heiser.

»Was dann?«

»Ich fühle es.«

»Jetzt?«

»Ja.«

»Wie?«

»Irgendwie.« Er konnte es einfach nicht besser erklären. »Irgendwie«, flüsterte er und hatte das beklemmende Gefühl, als würde das weite flache Land auf beiden Seiten der Straße sich trotz der heilen Morgensonne verdunkeln, als würfe der Mörder einen mächtigen Schatten, der auch noch Stunden, nachdem er selbst verschwunden war, zurückblieb. »Hundertzwanzig ... hundertdreißig ... fast hundertvierzig Stundenkilometer ... obwohl die Sichtweite nicht mehr als dreißig Meter betrug.« Wenn vor ihm im Nebel ein Fahrzeug unterwegs gewesen wäre, hätte es einen katastrophalen Auffahrunfall gegeben. »Er hat nicht gleich die erste Ausfahrt genommen, wollte weiter weg … raste dahin … raste …«

Um ein Haar hätte er die Ausfahrt zur State Route 133 verpaßt, die nach Laguna Beach führte. Im letzten Moment trat er hart auf die Bremse und riß das Steuer nach rechts herum. Der Mitsubishi drohte zu schleudern, aber als sie die Autobahn verließen, verringerte Hatch das Tempo und bekam den Wagen sofort wieder unter Kontrolle.

»Ist er hier abgebogen?« fragte Lindsey.

»Ja.«

Hatch fuhr auf der nun folgenden Straße nach rechts.

»Wollte er nach Laguna Beach?«

»Ich … ich glaube nicht.«

Er bremste an einer Kreuzung ab und blieb auf der Standspur stehen. Vor ihnen erstreckte sich hügeliges Land, mit braunem Gras bedeckt. Wenn er geradeaus weiterfuhr, würde er zum Laguna Canyon gelangen, wo die Wildnis noch nicht erschlossen war, wo sich noch keine Häuser aneinanderreihten. Fast bis Laguna Beach war die Strecke von Buschland und vereinzelten Eichen gesäumt. Der Mörder hätte aber auch nach links oder rechts abbiegen können. Hatch blickte in beide Richtungen, auf der Suche nach … ja, wonach eigentlich? Nach irgendwelchen unsichtbaren Hinweisen, die ihn hierher geführt hatten.

Nach kurzer Zeit fragte Lindsey: »Du weißt nicht, wohin er von hier aus gefahren ist?«

»Versteck.«

»Was?«

Hatch blinzelte. Er wußte selbst nicht genau, warum er dieses Wort gewählt hatte. »Er ist zu seinem Versteck gefahren … unter die Erde …«

»Unter die Erde?« Lindsey betrachtete verwirrt die Hügel.

»… in die Dunkelheit …«

»Du meinst, er hat ein unterirdisches Versteck?«

»… kühle, kühle Stille …«

Hatch saß eine Weile da und starrte die Kreuzung an, während einige Autos vorbeifuhren. Er war am Ende der Fährte angelangt. Hier war der Mörder nicht. Das wußte er, aber er wußte auch nicht, wohin der Mann verschwunden war. Er hatte keine Visionen mehr – aber seltsamerweise hatte er plötzlich den süßen Geschmack von Schokoladenwaffeln auf der Zunge, so intensiv, als hätte er gerade in eine hineingebissen.

9

In Laguna Beach verzehrten sie ein spätes Frühstück aus Bratkartoffeln, Eiern mit Schinken und gebuttertem Toast. Seit seinem Tod und seiner Auferweckung machte sich Hatch um Dinge wie den Cholesterinspiegel oder die Langzeitwirkung von passivem Rauchen keine Gedanken mehr. Er vermutete, daß ihm solche kleinen Risiken eines Tages wieder groß vorkommen würden, daß er sich dann wieder vorzugsweise von Obst und Gemüse ernähren, über Raucher schimpfen und eine gute Flasche Wein mit einer Mischung aus Freude und schlechtem Gewissen öffnen würde, weil er an die schädlichen Folgen des Alkoholkonsums dachte. Im Augenblick freute er sich seines Lebens aber noch viel zu sehr, als daß ihn übertriebene Sorgen um seine Gesundheit quälen konnten – und aus diesem Grunde war er auch fest entschlossen, sich von seinen Träumen und dem Tod der Blondine nicht verrückt machen zu lassen.

Essen übte eine natürliche beruhigende Wirkung aus. Jeder Bissen Eigelb verminderte seine Nervosität.

»Okay«, sagte Lindsey, die sich ihrem Frühstück mit weniger herzhaftem Appetit als Hatch widmete, »nehmen wir einmal an, daß es *doch* zu irgendwelchen Gehirnschäden gekommen ist. Zu so leichten, daß sie bei keinem Test erfaßt werden konnten. Nicht stark genug, um Lähmungen, Sprachstörungen oder so was in der Art zu bewirken. Durch einen schier unglaublichen Glücksfall, mit einer Wahrscheinlichkeit von eins zu einer Milliarde, hatte dieser Gehirnschaden in Wirklichkeit keine negativen Folgen, sondern segensreiche. Vielleicht sind in der Gehirnmasse neue Verbindungen entstanden, die dir übersinnliche Kräfte verleihen.«

»Quatsch!«

»Warum?«

»Ich habe keine übersinnlichen Kräfte.«

»Wie willst du es sonst nennen?«

»Und selbst wenn ich solche Kräfte hätte, würde ich sie nicht gerade als segensreich bezeichnen.«

Weil die Frühstückszeit eigentlich schon vorbei war, herrschte im Restaurant nicht allzuviel Betrieb. Alle Nachbartische waren leer. Sie konnten also über die Ereignisse dieses Morgens sprechen, ohne befürchten zu müssen, daß jemand zuhörte. Trotzdem schaute sich Hatch ständig mißtrauisch um.

Unnmittelbar nach seiner Wiederbelebung hatten Medienleute das Orange County General belagert, und in den ersten Tagen nach seiner Entlassung hatten Reporter buchstäblich vor seiner Tür kampiert. Schließlich war er länger als jeder andere Mensch tot gewesen, wodurch ihm wesentlich mehr als die fünfzehn Minuten Publicity zustanden, die nach Ansicht von Andy Warhol im ruhmbesessenen Amerika bald das Schicksal jedes einzelnen sein würden. Er hatte nichts geleistet, was diesen Ruhm gerechtfertigt hätte. Er wollte ihn gar nicht. Er hatte den Tod nicht aus eigener Kraft besiegt. Lindsey, Nyebern und das Wiederbelebungsteam hatten ihn zurückgeholt. Er war eine Privatperson, der es vollkommen genügte, bei den besseren Antiquitätenhändlern Respekt zu genießen, die seinen Laden kannten und manchmal mit ihm Geschäfte machten. Und er wäre auch zufrieden gewesen, wenn nur Lindsey ihn respektiert hätte, wenn er nur in ihren Augen berühmt gewesen wäre, und nur deshalb, weil er ein guter Ehemann war. Durch seine beharrliche Weigerung, Interviews zu geben, hatte er die Presseleute schließlich davon überzeugt, daß es vernünftiger war, ihn in Ruhe zu lassen und statt dessen Jagd auf ein soeben zur Welt gekommenes zweiköpfiges Kalb – oder irgend etwas Vergleichbares – zu machen, das sich für eine Schlagzeile oder eine Meldung zwischen zwei Deo-Werbespots in Radio oder Fernsehen eignete.

Wenn jetzt bekannt würde, daß er aus dem Totenreich die wundersame Gabe mitgebracht hatte, Kontakt mit dem Geist eines psychopathischen Killers aufzunehmen, würden erneut ganze Scharen von Reportern über ihn herfallen. Schon der Gedanke war einfach unerträglich. Sogar ein Schwarm Mörderbienen – oder auch ein Trupp bettelnder Hare-Krishna-Jünger mit Opferschalen und glasig verzückten Augen wäre ihm lieber gewesen.

»Wenn es nicht irgendeine übersinnliche Fähigkeit ist«, fragte Lindsey beharrlich, »was ist es dann?«

»Ich weiß es nicht.«

»Das ist keine gute Erklärung.«

»Vielleicht geht es vorbei, passiert nie wieder. Vielleicht war es nur Zufall.«

»Das glaubst du doch selbst nicht.«

»Na ja … ich *möchte* es glauben.«

»Wir müssen uns damit auseinandersetzen.«

»Warum?«

»Wir müssen versuchen, es zu verstehen.«

»Warum?«

»Frag nicht ständig ›warum‹, wie ein fünfjähriges Kind.«

»Warum?«

»Jetzt mal ganz im Ernst, Hatch. Eine Frau ist tot. Vielleicht war sie nicht die erste. Vielleicht ist sie nicht die letzte gewesen.«

Er legte seine Gabel auf den halb geleerten Teller und trank einen großen Schluck Orangensaft, um die Bratkartoffeln herunterzuspülen. »Okay, also gut, es ist so was wie eine übersinnliche Vision, genauso, wie sie in Filmen gezeigt werden. Aber es ist mehr als nur das. Unheimlicher.«

Er schloß die Augen, versuchte irgendeine Analogie zu finden. Als ihm etwas einfiel, öffnete er die Augen wieder und sah sich im Restaurant um, um sicher zu sein, daß keine neuen Gäste an einem der Nebentische Platz genommen hatten.

Er betrachtete voller Bedauern seinen Teller. Seine Eier wurden kalt. Er seufzte.

»Du kennst doch diese Berichte«, sagte er, »denen zufolge eineiige Zwillinge, die gleich nach der Geburt getrennt werden und Tausende von Kilometern voneinander entfernt bei völlig unterschiedlichen Adoptiveltern aufwachsen, trotzdem ähnliche Lebenswege haben.«

»Natürlich habe ich davon schon gehört. Und?«

»Sogar bei völlig unterschiedlichem Hintergrund, bei völlig verschiedener Erziehung, wählen sie ähnliche Berufe, erreichen etwa das gleiche Einkommen, heiraten Frauen, die einander sehr ähnlich sind, und geben ihren Kindern sogar dieselben Namen. Es ist geradezu unheimlich. Und sogar wenn sie nicht wissen, daß sie Zwillinge sind, wenn man ihnen bei der Adoption gesagt hat, sie wären Einzelkinder, fühlen sie immer, über große Entfernungen hinweg, daß es da draußen noch etwas gibt, auch wenn sie nicht wissen, wen oder was sie suchen. Niemand kann diese Bindung erklären, nicht einmal Genforscher.«

»Und was hat das mit dir zu tun?«

Er zögerte, nahm seine Gabel zur Hand. Er wollte nicht reden, sondern essen. Essen beruhigte. Aber sie würde ihm keine Ruhe lassen. Seine Eier waren fast schon geronnen. Seine Beruhigungsmittel! Er legte die Gabel wieder hin.

»Manchmal«, sagte er, »sehe ich mit den Augen dieses Kerls, wenn ich schlafe, und jetzt spüre ich ihn manchmal sogar, wenn ich wach bin, und das ist wie diese übersinnlichen Phänomene in Filmen, okay. Aber da ist außerdem diese ... diese Verbindung zu ihm, die ich dir wirklich nicht erklären oder beschreiben kann, auch wenn du mir Löcher in den Bauch fragst.«

»Du willst doch wohl nicht sagen, daß er dein Zwillingsbruder oder so was Ähnliches ist?«

»Nein, nein. Ich glaube, daß er viel jünger ist als ich, vielleicht erst zwanzig oder einundzwanzig. Und kein Blutsverwandter. Aber es ist eine ähnlich geheimnisvolle Verbindung wie die zwischen Zwillingen, so als hätten er und ich etwas Wichtiges gemeinsam, als teilten wir irgendeine wesentliche Erfahrung.«

»Beispielsweise?«

»Ich weiß es nicht. Ich wünschte, ich wüßte es.« Dann beschloß er aber, ganz ehrlich zu sein. »Vielleicht wünsche ich es mir auch *nicht*.«

Später, als die Kellnerin die leeren Teller abgeräumt und starken schwarzen Kaffee serviert hatte, sagte Hatch: »Ich habe nicht die Absicht, zur Polizei zu gehen und meine Hilfe anzubieten, falls es das ist, was dir vorschwebt.«

»Es ist die Pflicht jedes ...«

»Ich weiß sowieso nichts, was der Polizei helfen könnte.«

Sie blies auf ihren heißen Kaffee. »Du weißt immerhin, daß er einen Pontiac fuhr.«

»Ich glaube nicht, daß es sein Wagen war.«

»Wessen dann?«

»Vielleicht gestohlen.«

»War das auch etwas, das du gespürt hast?«

»Ja. Aber ich weiß nicht, wie er aussieht, wie er heißt, wo er wohnt ... ich weiß überhaupt nichts Nützliches.«

»Und wenn dir nun etwas Brauchbares einfällt? Wenn du etwas siehst, was der Polizei helfen könnte?«

»Dann werde ich anonym anrufen.«

»Sie werden die Information ernster nehmen, wenn sie wissen, wer du bist.«

Er fühlte sich durch das Eindringen dieses geisteskranken Fremden in sein Leben vergewaltigt. Diese Vergewaltigung ärgerte ihn, und er fürchtete seinen Zorn mehr als den Unbekannten, mehr als den übernatürlichen Aspekt der Angelegenheit, mehr noch als die Möglichkeit eines Gehirnschadens. Er hatte Angst, in irgendeiner extremen Situation doch noch entdecken zu müssen, daß er den Jähzorn seines Vaters geerbt hatte, daß dieser Jähzorn nur darauf lauerte, geweckt zu werden.

»Es ist ein Mordfall«, sagte er. »Da wird jeder Hinweis ernst genommen, auch ein anonymer. Ich habe jedenfalls nicht vor, jemals wieder Schlagzeilen zu machen.«

Vom Restaurant fuhren sie quer durch die Stadt zu *Harrison's Antiques,* wo Lindsey im obersten Stockwerk ein Atelier hatte, zusätzlich zu dem in ihrem Haus. Wenn sie malte, wirkte ein regelmäßiger Wechsel der Umgebung auf sie erfrischend und inspirierend.

Während der Fahrt war manchmal zwischen den Häusern auf der rechten Straßenseite ein kleiner Ausschnitt des in der Sonne funkelnden Ozeans zu sehen. Aber Lindsey ließ sich auch im Auto nicht von dem Thema abbringen, mit dem sie ihren Mann während des Frühstücks gequält hatte, denn sie wußte, daß Hatchs einziger ernsthafter Charakterfehler die Neigung war, alles auf die leichte Schulter zu nehmen. Jimmys Tod war die einzige schlimme Erfahrung seines ganzen Lebens, bei der die Taktik versagt hatte, etwas zu vereinfachen, als unwichtig abzutun und zu verdrängen. Und sogar in diesem Fall hatte er versucht, seine Trauer zu unterdrücken, anstatt sie bewußt zu bewältigen; gerade dadurch hatte sie ungesunde Ausmaße annehmen können. Wenn sie ihm nicht zusetzte, würde er nach kürzester Zeit auch die Bedeutung dieser unerklärlichen Ereignisse herunterzuspielen versuchen.

»Du mußt trotzdem mit Nyebern sprechen«, sagte sie.

»Vermutlich ...« – »Unbedingt!«

»Falls es ein Gehirnschaden ist, falls das die Ursache dieser übersinnlichen Phänomene ist, handelt es sich um einen *segensreichen* Gehirnschaden, das hast du selbst gesagt.«

»Aber vielleicht ist er degenerativ, vielleicht wird er schlimmer werden.«

»Das glaube ich nun wirklich nicht«, widersprach er. »Ich fühle mich ansonsten prächtig.«

»Du bist aber kein Arzt.«

»Also gut«, gab er nach. Er bremste an der Ampel vor der Kreuzung, die zum öffentlichen Strand im Zentrum der Stadt führte. »Ich rufe ihn an. Aber wir müssen heute nachmittag zu Gujilio.«

»Du kannst Nyebern vorher einschieben, wenn er Zeit für dich hat.«

Hatchs Vater war ein Haustyrann gewesen, ein jähzorniger Mann mit scharfer Zunge, der seine Frau wie eine Dienstmagd herumkommandierte und seinen Sohn mit Schimpftiraden, Hohn und Spott, beißendem Sarkasmus und wilden Drohungen einschüchterte. Alles und nichts konnte Hatchs Vater in Wut versetzen, denn insgeheim liebte er Ärger und suchte geradezu nach immer neuen Gründen. Er war ein Mann, der glaubte, niemals glücklich sein zu können – und er sorgte selbst dafür, daß sein Schicksal sich erfüllte, indem er sich und seine ganze Umgebung unglücklich machte.

Vielleicht befürchtete Hatch, daß auch er eine Anlage zu diesem mörderischen Jähzorn haben könnte, vielleicht hatte es in seinem Leben aber auch einfach schon zu viele Turbulenzen gegeben; jedenfalls hatte er sich bewußt bemüht, so freundlich und mild zu sein, wie sein Vater gereizt und übellaunig war, so großmütig, wie sein Vater nachtragend war, so tolerant, wie sein Vater engstirnig war; er war fest entschlossen, alle Schicksalsschläge des Lebens hinzunehmen, anstatt wie sein Vater sogar bei imaginären Hieben sofort zurückzuschlagen. Und es war ihm gelungen: er war der netteste Mann, den Lindsey je gekannt hatte, um Lichtjahre netter als jeder andere. Oder worin wurde Nettigkeit sonst gemessen? Wagenladungen, Haufen, Kübeln? Manchmal ging Hatch aus übertriebenem Harmoniebedürfnis aber allen Unannehmlichkeiten einfach aus dem Wege. Er scheute jede Konfrontation, weil er nicht riskieren wollte, daß ihn irgendwelche negativen Gefühle überwältigten, die auch nur im entferntesten an den Jähzorn und die Paranoia seines alten Herrn erinnerten.

Die Ampel schaltete von Rot auf Grün, aber drei junge Frauen in Bikinis überquerten noch die Straße, beladen mit Strandzubehör, unterwegs zum Meer. Hatch wartete nicht nur geduldig, sondern betrachtete mit wohlgefälligem Lächeln die spärlich bekleideten Strandnixen.

»Ich nehme alles zurück«, sagte Lindsey.

»Was denn?«

»Ich dachte gerade, was für ein netter Mann du bist, viel zu nett, aber offenbar bist du nichts weiter als ein geiler Bock.«

»Aber ein netter geiler Bock.«

»Ich werde Nyebern anrufen, sobald wir im Laden sind«, erklärte Lindsey.

Er fuhr den Hügel hinauf, an dem sich der Hauptteil der Stadt erstreckte, vorbei am alten Laguna Hotel. »Okay. Aber ich werde ihm mit absoluter Sicherheit nicht auf die Nase binden, daß ich plötzlich übersinnliche Wahrnehmungen habe. Er ist ein guter Mensch, aber er würde eine derartige Neuigkeit nicht für sich behalten können. Mein Gesicht würde in Null Komma nichts das Titelblatt des *National Enquirer* zieren. Außerdem glaube ich im Grunde nicht, daß ich tatsächlich telepathisch veranlagt bin. Zum Teufel! Ich weiß nicht, was ich bin – abgesehen von einem geilen Bock natürlich.«

»Und was willst du ihm dann erzählen?«

»Ich werde ihm gerade genug über die Träume sagen, daß er begreift, wie seltsam und beängstigend sie sind. Dann wird er schon die notwendigen Tests veranlassen. Reicht das?«

»Es muß wohl reichen.«

Im Grabesdunkel seines Verstecks lag Vassago zusammengerollt und nackt auf der schmutzigen Matratze. Er schlief fest und sah Sonnenlicht, Sand, das Meer und drei Mädchen in Bikinis, alles durch die Windschutzscheibe eines roten Wagens.

Er träumte und wußte, daß er träumte, was ein seltsames Gefühl war. Er drehte sich auf die andere Seite.

Er sah auch die dunkelhaarige, dunkeläugige Frau, von der er gestern geträumt hatte, als sie am Steuer des roten Autos gesessen hatte. Sie war ihm schon oft im Traum erschienen, einmal in einem Rollstuhl, als sie geweint und zugleich gelacht hatte.

Er fand sie viel interessanter als die spärlich bekleideten Strandnixen, weil sie ungewöhnlich lebensvoll war. Sie strotzte geradezu von Lebensfreude. Durch den unbekannten Mann am Steuer wußte Vassago irgendwie, daß die Frau einmal mit dem Gedanken gespielt hatte, sich dem Tod auszuliefern, daß sie aber im kritischen Moment davor zurückgeschreckt war, sich selbst das Leben zu nehmen oder sich einfach in den Tod treiben zu lassen, und ein frühes Grab verschmäht hatte –

... Wasser, er spürte eine Gruft aus Wasser, kalt und erstickend, der sie nur knapp entronnen war ...

– und seit diesem Erlebnis war sie energiegeladener, lebendiger, lebensfroher denn je. Sie hatte den Tod um sein Recht gebracht. Dem Teufel die Stirn geboten. Vassago haßte sie dafür, denn er hatte den Sinn des Lebens gefunden, als er sich in den Dienst des Todes stellte.

Er versuchte, sich des Körpers des Mannes am Steuer zu bedienen, um sie zu berühren. Es klappte nicht. Das war nur ein Traum, und Träume waren unkontrollierbar. Wenn es ihm gelungen wäre, Hand an sie zu legen, hätte sie sehr schnell bereut, auf den relativ schmerzlosen Tod durch Ertrinken verzichtet zu haben, der ihr hätte zuteil werden können.

Fünftes Kapitel

1

Als sie bei den Harrisons einzog, glaubte Regina fast, gestorben und in den Himmel gekommen zu sein – nur daß sie ein eigenes Bad hatte, und sie konnte sich nicht vorstellen, daß oben im Himmel jemand ein eigenes Bad hatte, weil im Himmel niemand ein Bad brauchte. Nicht daß im Himmel alle ständig Verstopfung oder so was Ähnliches hatten, und mit Sicherheit verrichteten sie ihre Geschäfte nicht einfach in der Öffentlichkeit, Gott bewahre (verzeih bitte, Gott!), denn kein vernünftiger Mensch würde in den Himmel kommen wollen, wenn man dort bei jedem Schritt aufpassen müßte, wohin man trat. Nein, es war einfach so, daß es im Himmel keine irdischen Bedürfnisse gab. Im Himmel hatte man ja nicht einmal einen Körper; man war wahrscheinlich nur so eine Kugel aus geistiger Energie, so eine Art Ballon, angefüllt mit strahlendem goldenen Gas, der zwischen den Engeln umherschwebte und Gott mit Lobgesängen pries – wenn man allerdings darüber nachdachte, mußten all diese strahlenden und singenden Ballons ein komischer Anblick sein, aber was Ausscheidungen betraf, so genügte es bestimmt, hin und wieder ein bißchen Gas abzulassen, das noch nicht einmal schlecht riechen würde, wahrscheinlich so ähnlich wie der wohlduftende Weihrauch in der Kirche oder wie ein Parfum.

An diesen ersten Tag im Hause der Harrisons, einen Spätnachmittag am Montag, dem 29. April, würde sie sich ihr Leben lang erinnern, weil sie so nett zu ihr waren. Sie erwähnten nicht einmal den wahren Grund, weshalb sie ihr die Wahl zwischen einem Schlafzimmer im ersten Stock und einem Arbeitszimmer im Erdgeschoß ließen, das sich zum Schlafzimmer umgestalten ließ.

»Was für diesen Raum spricht«, sagte Mr. Harrison über

das Arbeitszimmer, »ist der Ausblick. Er ist schöner als oben.«

Er führte Regina zu den großen Fenstern, die auf einen Rosengarten hinausgingen, der von riesigen Farnen gesäumt war. Der Blick *war* sehr hübsch.

»Und du hättest all diese Bücherregale«, fügte Mrs. Harrison hinzu, »die du im Laufe der Zeit mit deiner eigenen Sammlung füllen könntest, wo du doch so gerne liest.«

Ohne es auch nur anzudeuten, war es natürlich ihre eigentliche Sorge, daß ihr die Treppe Probleme bereiten könnte. Aber ihr machten Treppen nicht viel aus. Im Gegenteil, sie mochte Treppen, sie liebte Treppen, sie war geradezu verrückt nach Treppen. Im Waisenhaus hatte man sie im Erdgeschoß untergebracht, bis sie mit acht Jahren begriff, daß sie das ihrer Beinschiene und ihrer verkrüppelten rechten Hand zu verdanken hatte. Daraufhin hatte sie verlangt, in den zweiten Stock umziehen zu dürfen. Die Nonnen wollten davon nichts hören, folglich versuchte sie es mit einem Wutanfall, aber die Nonnen wußten mit so etwas umzugehen. Dann versuchte sie, mit provozierender Nichtachtung ans Ziel zu gelangen, aber die Nonnen ließen sich nicht provozieren. Schließlich trat sie in einen Hungerstreik, und endlich gaben die Nonnen nach, zunächst allerdings nur probeweise. Sie hatte mehr als zwei Jahre im zweiten Stock gewohnt und nie den Aufzug benutzt. Als sie sich im Hause der Harrisons für das Schlafzimmer im ersten Stock entschied, ohne es auch nur gesehen zu haben, versuchten sie nicht, es ihr auszureden, fragten nicht, ob sie das »schaffen« würde, zuckten nicht einmal mit der Wimper. Sie liebte sie dafür.

Das Haus war einfach umwerfend – cremefarbene Wände, moderne und antike Möbel, chinesische Vasen und Schalen, alles harmonisch aufeinander abgestimmt. Als sie mit ihr einen Rundgang machten, fühlte sich Regina *wirklich* so gefährlich ungeschickt, wie sie bei dem Kontaktgespräch behauptet hatte. Sie bewegte sich übertrieben vorsichtig, weil sie befürchtete, sie könnte einen wertvollen Gegenstand umwerfen und dadurch eine Kettenreaktion auslösen, die den ganzen Raum erfassen, sich über die

Schwelle ins nächste Zimmer ausbreiten und von dort aufs ganze Haus übergreifen würde: Ein herrliches Stück würde das nächste mit sich reißen, zweihundert Jahre altes Porzellan in tausend Stücke zerspringen, antike Möbel würden zu Brennholz zersplittern, und schließlich würden sie zu dritt inmitten eines einzigen Trümmerhaufens stehen, bedeckt mit dem Staub dessen, was noch kurz zuvor ein Vermögen wert gewesen war.

Sie war so überzeugt davon, daß genau dies passieren würde, daß sie sich in jedem Zimmer den Kopf zerbrach, was sie sagen könnte, wenn es zur Katastrophe kam, wenn auch die letzte Pralinenschale aus Kristall vom letzten zerberstenden Tisch fiel, der einmal dem ersten französischen König gehört hatte. »Hoppla!« war wohl nicht ganz angebracht, und »Allmächtiger!« auch nicht, weil die Harrisons sie ja schließlich in dem Glauben adoptiert hatten, sie wäre ein braves katholisches Mädchen und keine gottlose Heidin (entschuldige, lieber Gott!), und sie konnte auch nicht sagen: »Jemand hat mich gestoßen«, weil das eine Lüge wäre, und mit Lügen kaufte man sich eine Fahrkarte zur Hölle, obwohl sie stark vermutete, daß sie sowieso in der Hölle landen würde, nachdem sie es einfach nicht lassen konnte, zu fluchen, ordinäre Wörter zu benutzen und Gottes Namen gedankenlos im Munde zu führen. Für sie würde es wohl nie einen Ballon mit strahlendem goldenen Gas geben.

Überall im Haus hingen Bilder an den Wänden, und Regina stellte fest, daß die schönsten Gemälde in der rechten unteren Ecke alle dieselbe Signatur trugen: Lindsey Sparling. Obwohl sie ein absoluter Versager war, war sie doch intelligent genug zu begreifen, daß der Name Lindsey nicht zufällig dort stand, daß Sparling Mrs. Harrisons Mädchenname sein mußte. Es waren die seltsamsten und schönsten Gemälde, die Regina je gesehen hatte, manche so hell und mit einer so positiven Ausstrahlung, daß man unwillkürlich lächeln mußte, andere wieder dunkel und nachdenklich stimmend. Sie wäre am liebsten vor jedem einzelnen lange stehengeblieben, um sie richtig aufzunehmen, aber sie befürchtete, daß die Harrisons sie für eine arschkriecherische Heuchlerin halten könnten, die nur so tat, als interessierte sie sich für die

Bilder, um Abbitte für ihre unverschämten Bemerkungen in Mr. Gujilios Kanzlei über Gemälde auf Samt zu leisten.

Irgendwie kam sie durchs ganze Haus, ohne etwas zu beschädigen, und das letzte Zimmer war ihres. Es war größer als alle Zimmer im Waisenhaus, und sie mußte es mit niemandem teilen. Die Fenster hatten weiße Holzläden. Die Einrichtung bestand aus einem Eckschreibtisch mit passendem Stuhl, einem Bücherschrank, einem Lehnstuhl mit Fußschemel, Nachttischen mit passenden Lampen – und einem herrlichen Bett.

»Es ist um 1850 angefertigt worden«, sagte Mrs. Harrison, als Regina ihre Hand langsam über das schöne Bett gleiten ließ.

»Ein englisches Stück«, ergänzte Mr. Harrison. »Mahagoni mit handgemaltem Muster unter mehreren Lackschichten.«

Die dunkelroten und dunkelgelben Rosen und die smaragdgrünen Blätter auf dem Bettgestell schienen lebendig zu sein; sie stachen nicht grell von dem dunklen Holz ab, waren aber so taufrisch und leuchtend, daß Regina sicher war, ihren Duft wahrnehmen zu können, wenn sie ihre Nase an die Blüten hielt.

»Vielleicht ist es für ein junges Mädchen ein bißchen alt«, sagte Mrs. Harrison, »ein bißchen verstaubt ...«

»Ja, natürlich«, stimmte Mr. Harrison sofort zu, »wir können es in den Laden schaffen und verkaufen, und du suchst dir etwas aus, was dir gefällt, etwas Modernes. Das war bisher einfach ein Gästezimmer.«

»Nein«, sagte Regina hastig. »Es gefällt mir wirklich. Darf ich es behalten? Ich meine, obwohl es so teuer ist?«

»So teuer ist es gar nicht«, erwiderte Mr. Harrison, »und natürlich kannst du alles behalten, was du willst.«

»Oder alles loswerden, was du willst«, ergänzte Mrs. Harrison. »Uns ausgenommen, versteht sich«, sagte Mr. Harrison.

»Stimmt«, schmunzelte Mrs. Harrison, »ich befürchte, daß wir zum Haus gehören.«

Reginas Herz klopfte so heftig, daß sie kaum noch Luft bekam. Glück und Angst. Alles war so wunderbar – sicher würde es bald wieder damit zu Ende sein. Nichts, was so schön war, konnte lange andauern.

Eine Wand war mit Spiegeltüren versehen, und Mrs. Harrison öffnete eine der Schiebetüren und zeigte Regina, daß sich dahinter ein Wandschrank verbarg. Der größte Schrank der Welt. Vielleicht brauchte man einen so riesigen Schrank, wenn man ein Filmstar war, oder aber einer dieser Männer, von denen sie gelesen hatte, die manchmal gern Frauenkleider anzogen, denn dann brauchte man Garderobe für Jungen *und* Mädchen. Aber sie brauchte keinen so großen Kleiderschrank; die Sachen, die sie besaß, würden hier mindestens zehnmal hineinpassen.

Ziemlich verlegen betrachtete sie die beiden Pappkoffer, die sie aus dem Waisenhaus mitgebracht hatte. Sie enthielten alles, was sie auf dieser Welt besaß. Zum erstenmal in ihrem Leben begriff sie, daß sie arm war. Eigentlich merkwürdig, daß sie nie zuvor über ihre Armut nachgedacht hatte, denn schließlich war sie ja eine Waise, die nichts geerbt hatte. Das heißt, nichts außer einem vermurksten Bein und einer abgeknickten rechten Hand, an der zwei Finger fehlten.

Als hätte sie Reginas Gedanken gelesen, sagte Mrs. Harrison: »Machen wir einen Einkaufsbummel.«

Sie fuhren zur South Coast Plaza Mall. Dort kauften sie ihr alles mögliche: Kleidung, Bücher, was immer sie sich wünschte. Regina befürchtete, daß sie zuviel Geld ausgaben und sich nun ein Jahr lang von Bohnen ernähren müßten – sie mochte keine Bohnen –, aber sie überhörten geflissentlich alle Andeutungen über die Vorzüge der Sparsamkeit. Schließlich mußte sie der Verschwendungssucht Einhalt gebieten, indem sie behauptete, ihr schwaches Bein bereite ihr Probleme.

Anschließend aßen sie in einem italienischen Restaurant zu Abend. Sie hatte bis dahin zweimal auswärts gegessen, aber nur in einem Schnellimbiß, wo der Inhaber allen Kindern des Waisenhauses Hamburger und Pommes frites spendierte. Dies hier war ein *richtiges* Restaurant, und sie mußte soviel Neues verarbeiten, daß sie Mühe hatte, gleichzeitig zu essen, sich an der Unterhaltung zu beteiligen und alles zu genießen. Hier gab es keine harten Plastikstühle, und auch Messer und Gabeln waren nicht aus Plastik. Die Teller waren weder aus Pappe noch aus Styropor, und die

Getränke wurden in *Gläsern* serviert, was wohl bedeutete, daß die Gäste in richtigen Restaurants nicht so ungeschickt waren wie die in einem Schnellimbiß, daß man ihnen auch zerbrechliche Dinge anvertrauen konnte. Die Bedienungen waren keine Teenager, und sie brachten einem das Essen an den Tisch, anstatt es über die Theke neben der Kasse zu schieben. Und bezahlen mußte man erst *nach* dem Essen!

Wieder im Haus der Harrisons, packte Regina ihre Sachen aus, putzte sich die Zähne, zog einen Pyjama an, nahm ihre Beinschiene ab und legte sich ins Bett. Beide Harrisons kamen zu ihr, um ihr eine gute Nacht zu wünschen. Mr. Harrison setzte sich auf die Bettkante und meinte, daß ihr anfangs vielleicht alles seltsam und verwirrend vorkommen würde, daß sie sich hier aber bestimmt bald ganz zu Hause fühlen würde. Dann küßte er sie auf die Stirn und sagte: »Träume süß, Prinzessin.« Auch Mrs. Harrison setzte sich auf die Bettkante und erzählte, was sie in den nächsten Tagen zusammen unternehmen würden. Dann küßte sie Regina auf die Wange, sagte »Gute Nacht, Liebling« und schaltete die Deckenlampe aus, bevor sie das Zimmer verließ.

Regina hatte noch nie einen Gutenachtkuß bekommen und deshalb nicht gewußt, wie sie darauf reagieren sollte. Einige der Nonnen drückten ein Kind manchmal zärtlich an sich, aber Küsse gab es nicht. Solange sich Regina zurückerinnern konnte, hatte ein Flackern der Lampen bedeutet, daß man innerhalb einer Viertelstunde im Bett sein mußte, und wenn die Lichter erloschen, hatte jedes Kind selbst dafür zu sorgen, daß es gut zugedeckt war. Jetzt war sie zweimal fürsorglich zugedeckt worden und hatte zwei Gutenachtküsse bekommen, alles an *einem* Abend, und sie war so überrascht gewesen, daß sie keinen von beiden geküßt hatte, was sie eigentlich hätte tun müssen, wie ihr nun verspätet einfiel.

»Du verpfuschst aber auch wirklich alles, Reg«, sagte sie laut vor sich hin.

In ihrem herrlichen Bett liegend, von den gemalten Rosen umrankt, konnte sich Regina lebhaft die Unterhaltung der Harrisons in ihrem Schlafzimmer vorstellen:

Hat sie dir einen Gutenachtkuß gegeben?

Nein, und dir?

Nein. Vielleicht ist sie ein kalter Fisch.

Vielleicht ist sie ein dämonisches Kind. Ja, wie das Kind in Das Omen.

Weißt du, was mir Sorgen bereitet?

Sie wird uns im Schlaf erdolchen.

Wir sollten alle Küchenmesser verstecken. Am besten auch die Werkzeuge.

Liegt deine Pistole noch in der Nachttischschublade?

Ja, aber eine Pistole wird sie nicht aufhalten.

Gott sei Dank haben wir ein Kruzifix.

Wir werden abwechselnd schlafen.

Und gleich morgen schicken wir sie ins Waisenhaus zurück.

»Wie kann man nur solchen Mist bauen?« fragte sich Regina.

»Scheiße!« Sie seufzte. »Tut mir leid, Gott.« Dann faltete sie die Hände zum Gebet und sagte leise: »Lieber Gott, wenn Du die Harrisons überzeugen kannst, mir noch eine Chance zu geben, werde ich nie wieder ›Scheiße‹ sagen und ein besserer Mensch werden.« Das schien ihr aus Gottes Sicht kein befriedigender Handel zu sein, deshalb fügte sie weitere Anreize hinzu: »Ich werde in der Schule weiterhin beste Noten haben, ich werde nie wieder Gelee ins Weihwasserbecken werfen, und ich werde ernsthaft in Betracht ziehen, Nonne zu werden.« Immer noch nicht gut genug. »Und ich werde Bohnen essen.« *Das* müßte genügen. Gott war wahrscheinlich mächtig stolz auf Seine Bohnen. Schließlich hatte Er alle möglichen Sorten erschaffen. Ihre Abneigung gegen Bohnen – gegen alle Arten von Bohnen – war im Himmel zweifellos negativ aufgefallen und im Großen Buch der Gottesbeleidigungen eingetragen worden: *Regina, gegenwärtig zehn Jahre alt, ist der Ansicht, daß Gott einen schweren Fehler gemacht hat, als Er die Bohnen erschuf.* Sie gähnte. Sie glaubte, daß es jetzt um ihre Chancen bei den Harrisons und um ihre Beziehung zu Gott besser bestellt war, obwohl sie über ihren zukünftigen Speiseplan nicht besonders glücklich war. Trotzdem schlief sie ein.

2

Während Lindsey sich im Bad das Gesicht wusch, die Zähne putzte und die Haare bürstete, saß Hatch mit der Zeitung im Bett. Er las zuerst den Wissenschaftsteil, weil dort heutzutage die wirklich wichtigen Neuigkeiten standen. Dann überflog er das Feuilleton und las seine Lieblings-Comic-strips, bevor er sich endlich mit den ersten Seiten der Zeitung beschäftigte, wo die neuesten Heldentaten der Politiker so erschreckend und komisch wie immer waren. Auf Seite 3 entdeckte er den Artikel über Bin Cooper, den Bierfahrer, dessen Lastwagen an jenem schicksalhaften Abend im März die verschneite Bergstraße blockiert hatte.

Wenige Tage nach seiner Wiederbelebung hatte Hatch erfahren, daß gegen den LKW-Fahrer Anzeige erstattet worden war, weil er unter Alkoholeinfluß gestanden und die zulässige Promillegrenze um mehr als das Doppelte überschritten hatte. George Glover, Hatchs Anwalt, hatte ihn gefragt, ob er gegen Cooper oder die Gesellschaft, für die er arbeitete, Zivilklage erheben wolle, aber Hatch war von Natur aus nicht nachtragend. Außerdem hatte er einen Horror davor, in die schwerfällige Maschinerie der Juristen und Gerichte zu geraten. Er lebte. Nur das allein zählte. Der LKW-Fahrer würde auch ohne Hatchs Mitwirkung wegen Trunkenheit am Steuer verurteilt werden, und er war froh, diese Angelegenheit der Rechtsprechung überlassen zu können.

Er hatte von William Cooper zwei Briefe erhalten, den ersten nur vier Tage nach seiner Reanimation. Es war eine anscheinend aufrichtige, wenngleich langatmige und devote Epistel, bei der es ihm um eine Absolution ging. Das Schreiben wurde im Krankenhaus abgegeben, wo Hatch noch behandelt wurde. »Zeigen Sie mich an, wenn Sie wollen«, schrieb Cooper, »ich habe es verdient. Ich würde Ihnen alles geben, was ich besitze, wenn Sie es wollen, obwohl es nicht viel ist, weil ich kein reicher Mann bin. Aber ob Sie mich verklagen oder nicht, hoffe ich aufrichtig, daß Ihr großmütiges Herz Ihnen erlauben wird, mir auf irgendeine Weise zu verzeihen. Ohne den genialen Dr. Nyebern und seine wunderbaren Mitarbeiter wären Sie mit Sicherheit tot, und dadurch würde mein Gewissen bis zum Ende meines Lebens keinen einzigen Tag mehr Ruhe finden.« In diesem Stil ging es über vier eng beschriebene Seiten weiter, in unleserlicher Schrift, die stellenweise überhaupt nicht zu entziffern war.

Hatch hatte Cooper in einem kurzen Antwortbrief beruhigt, daß er nicht beabsichtige, ihn gerichtlich zu belangen, und daß er keinen Groll gegen ihn hege. Er hatte dem Mann außerdem dringend empfohlen, sich wegen seines Alkoholproblems beraten zu lassen, falls er das bisher nicht getan hatte.

Einige Wochen später, als Hatch wieder zu Hause war und arbeitete und nachdem der Mediensturm endlich abgeflaut war, hatte er einen zweiten Brief von Cooper erhalten. Unglaublicherweise ging er Hatch darin um Hilfe an: Dieser solle sich doch dafür einsetzen, daß er seinen Job als Lastwagenfahrer zurückbekomme, nachdem man ihn aufgrund der polizeilichen Anzeige gefeuert habe. »Ich bin schon zweimal wegen Trunkenheit am Steuer verurteilt worden, das stimmt«, schrieb Cooper, »aber in beiden Fällen war ich mit meinem Privatauto unterwegs, nicht mit dem LKW, und während meiner Freizeit, nicht im Dienst. Jetzt bin ich meinen Job los, und außerdem wollen sie mir den Führerschein abnehmen, was mir das Leben sehr schwermachen wird. Ich meine – wie soll ich denn ohne Führerschein einen neuen Job bekommen? Und da habe ich mir eben gedacht, wo Sie doch auf meinen ersten Brief so freundlich geantwortet und sich als Gentleman und wahrer Christ erwiesen haben, könnten Sie vielleicht ein gutes Wort für mich einlegen, was eine große Hilfe wäre. Schließlich hatte die Sache für Sie ja keinen tödlichen Ausgang, und sie hat Ihnen sogar eine ganze Menge Publicity eingebracht, was bestimmt für Ihren Antiquitätenhandel gar nicht so schlecht war.«

Befremdet und ungewöhnlich wütend hatte Hatch den Brief abgelegt, ohne ihn zu beantworten. Tatsache war, daß er sich bemüht hatte, ihn möglichst schnell zu vergessen, weil es ihn beunruhigte, *wie* ärgerlich er wurde, sobald er daran dachte.

In dem kurzen Artikel auf Seite 3 stand, daß Coopers Anwalt aufgrund eines einzigen Formfehlers bei den polizeilichen Ermittlungen durchgesetzt hatte, daß alle gegen Cooper vorgebrachten Anklagen abgewiesen wurden. Der Unfall wurde kurz mit drei Sätzen erwähnt, gefolgt von dem albernen Hinweis, Hatch halte »den gegenwärtigen Zeit-Rekord im Totsein vor einer erfolgreichen Reanimation«. Als hätte er die ganze Sache selbst arrangiert, in der Hoffnung, auf diese Weise in die neueste Ausgabe des Guinness-Buchs der Rekorde zu kommen.

Was aber allem die Krone aufsetzte und Hatch zu lauten Flüchen veranlaßte, war die Meldung, daß Cooper seinen Arbeitgeber wegen ungerechtfertigter Entlassung verklagen wolle und damit rechne, entweder seinen alten Job zurückzubekommen oder, wenn das nicht klappte, wenigstens eine erhebliche Abfindung. »Ich habe durch meinen ehemaligen Arbeitgeber eine schwere Demütigung hinnehmen müssen, wodurch sich gravierende streßbedingte Gesundheitsschäden entwickelt haben«, hatte Cooper den Reportern berichtet. Zweifellos war das ein Zitat aus dem Schriftsatz des Anwalts, das Cooper auswendig gelernt hatte. »Und dabei hat mir sogar Mr. Harrison geschrieben, daß er mich für unschuldig an den Ereignissen jenes Abends hält.«

Hatch sprang in blinder Wut aus dem Bett. Sein Gesicht glühte, und er zitterte am ganzen Körper.

Unglaublich! Der versoffene Mistkerl versuchte seinen Job zurückzubekommen und bediente sich dazu auch noch Hatchs mitfühlender Zeilen, indem er sie völlig falsch auslegte. Das war Irreführung der Öffentlichkeit. Es war unverantwortlich. Gewissenlos. »Diese verfluchte Drecksau!« schimpfte er laut vor sich hin.

Er ließ den Rest der Zeitung achtlos auf den Boden fallen und stürmte mit dem Artikel in der Hand aus dem Schlafzimmer und die Treppe hinab, zwei Stufen auf einmal nehmend. Im Arbeitszimmer warf er das Zeitungsblatt auf den Schreibtisch, knallte die Schiebetür eines Wandschranks auf und riß die oberste Schublade eines Aktenschranks heraus.

Er hatte Coopers handgeschriebene Briefe aufgehoben und erinnerte sich genau, daß der Fahrer zwar keine gedruckten Briefköpfe hatte, daß er aber beide Male nicht nur seine Adresse, sondern auch eine Telefonnummer angegeben hatte.

Hatch war so durcheinander, daß er den richtigen Ordner – mit der Aufschrift VERSCHIEDENES – zunächst übersah. Er fluchte leise vor sich hin, bis er ihn endlich fand und herauszog. Beim hastigen Durchblättern glitten andere Briefe heraus und flatterten zu Boden.

Auf Coopers zweitem Brief war die Telefonnummer besonders sorgfältig geschrieben. Hatch eilte damit zum Telefon, das auf dem Schreibtisch stand. Seine Hand zitterte so stark, daß er die Nummer nicht lesen konnte. Er legte den Brief deshalb auf die Schreibunterlage, in den Lichtkegel der Messinglampe.

Er haute beim Wählen wild auf die Tasten, konnte es kaum abwarten, dem Kerl ordentlich die Meinung zu sagen. Die Leitung war besetzt.

Er drückte auf den Trennknopf, versuchte es noch einmal. Immer noch besetzt.

»Verdammtes Arschloch!« Er legte wütend auf, schnappte sich den Hörer aber sofort wieder, weil er nichts anderes tun konnte, um Dampf abzulassen. Natürlich war immer noch besetzt, denn seit seinem ersten Versuch war höchstens eine halbe Minute vergangen. Diesmal schleuderte er den Hörer so heftig auf die Gabel, daß er fast den Apparat kaputtgemacht hätte.

Auf einer bestimmten Bewußtseinsebene war er über sein kindisches Verhalten selbst bestürzt. Aber dieser Teil von ihm war im Moment völlig machtlos, und er schaffte es nicht, seine Wut zu zügeln.

»Hatch?«

Er schaute überrascht auf, als er seinen Namen hörte, und sah Lindsey im Bademantel auf der Schwelle stehen.

»Was ist los?« fragte sie mit gerunzelter Stirn.

»Was los ist?« Er steigerte sich noch mehr in seine Wut hinein, so als steckte sie mit Cooper unter einer Decke, als stellte sie sich dumm, obwohl sie in Wirklichkeit über die neueste Entwicklung bestens informiert war. »Ich werde dir sagen, was los ist! Sie lassen dieses Arschloch von Cooper einfach laufen! Der Mistkerl bringt mich um, blockiert die verdammte Straße und *bringt mich um*, und dann kommt er frei und besitzt auch noch die Frechheit, *meinen* Brief zu benutzen, um seinen Job zurückzubekommen!« Er griff nach dem zerknüllten Zeitungsblatt und schwenkte es anklagend, als könnte sie wissen, was in dem Artikel stand. »Er will seinen Job zurückhaben – damit er auch anderen Leuten die Straße versperren und sie umbringen kann!«

Mit besorgter und verwirrter Miene betrat Lindsey das Zimmer. »Man läßt ihn laufen? Wie ist das möglich?«

»Ein Formfehler. Ist das nicht phantastisch? Irgendein Bulle schreibt auf der Vorladung ein Wort falsch oder so was Ähnliches, und der Kerl kommt völlig ungeschoren davon!«

»Liebling, beruhige dich …«

»Beruhigen? *Beruhigen* soll ich mich?« Er schüttelte das Zeitungsblatt wieder. »Weißt du, was hier noch steht? Diese verkommene Drecksau hat die ganze Geschichte diesen verdammten Schmierfinken verkauft, die mir keine Ruhe gelassen haben und mit denen ich nichts zu tun haben wollte. Und jetzt verkauft dieser versoffene Hurensohn ihnen die Geschichte seiner …« – er glättete die Zeitung, fand den Artikel, las daraus vor, so wütend, daß ihm der Speichel aus dem Mund flog – »… seines ›emotionalen Leidensweges und seiner Rolle bei der Bergung der Verunglückten, die Mr. Harrison das Leben rettete‹. Was für eine Rolle hat er denn bei meiner Rettung gespielt? Meint er etwa seinen Funkspruch, nachdem wir in den Abgrund gestürzt sind? Aber wenn sein verdammter Laster sich nicht quergestellt hätte, wären wir gar nicht erst verunglückt! Nicht genug damit, daß er seinen Führerschein behält und wahrscheinlich seinen Job zurückbekommt – er schlägt auch noch Kapital aus der Sache! Wenn mir dieses gottverfluchte Schwein über den Weg läuft, mache ich es kalt, das schwöre ich dir!«

»Das ist doch nicht dein Ernst«, sagte sie schockiert.

»Und ob das mein Ernst ist! Dieses verantwortungslose geldgierige Schwein! Was dieser Cooper brauchte, wären ein paar kräftige Tritte in den Schädel, damit sein Hirn besser funktioniert! Und anschließend würde ich *ihn* in diesen eisigen Fluß werfen …«

»Liebling, schrei nicht so!«

»Warum zum Teufel sollte ich in meinem eigenen Haus nicht so laut schreien wie …«

»Du wirst Regina aufwecken.«

Es war nicht die Erwähnung des Mädchens, die ihn aus seiner blinden Rage riß, sondern der Anblick, der sich ihm in der verspiegelten Schranktür neben Lindsey bot. Er sah darin nicht sich. Eine Sekunde lang sah er einen jungen Mann mit dichten schwarzen Haaren, die ihm in die Stirn fielen, mit Sonnenbrille, schwarz gekleidet. Er wußte, daß er den Mörder sah, aber der Mörder schien *er selbst* zu sein. In diesem Augenblick waren sie eins. Dieser aberwitzige Gedanke – und das Bild des jungen Mannes – verschwand nach wenigen Sekunden. Nun starrte Hatch sein eigenes vertrautes Spiegelbild an.

Was ihn noch mehr erschütterte als die Halluzination als solche, war die vorübergehende Vermischung der Identität.

Sein eigener Anblick war fast ebenso abstoßend wie der des Mörders. Er sah aus, als würde ihn jeden Moment der Schlag treffen. Wirre Haare. Ein hochrotes, wutverzerrtes Gesicht. Und seine Augen waren … wild. Er sah wie sein Vater aus, und das war undenkbar, unerträglich.

Er konnte sich nicht erinnern, wann er zuletzt so wütend gewesen war. Ehrlich gesagt, war er noch *nie* derart in Rage geraten. Bisher hatte er geglaubt, zu solchen Wutausbrüchen überhaupt nicht fähig zu sein.

»Ich … ich weiß nicht, was über mich gekommen ist.«

Er ließ das zerknitterte Zeitungsblatt fallen. Es streifte den Schreibtisch und flatterte zu Boden, und das leise Knistern ließ ein unerklärlich lebendiges Bild vor seinem geistigen Auge erstehen – *trockene braune Blätter, die in einem öden, halbverfallenen Vergnügungspark von einer Brise über das rissige Pflaster getrieben wurden*

– und einen Moment lang war er *dort*, und um ihn herum wucherte Unkraut aus den Rissen im Asphalt, welkes Laub wirbelte vorbei, und der Mond schien durch die Stützpfeiler einer Achterbahn. Dann war er wieder in seinem Arbeitszimmer. Er fühlte sich so schwach, daß er sich an den Schreibtisch lehnte.

»Hatch?«

Er blinzelte, konnte nicht sprechen.

»Was ist mit dir?« Sie eilte zu ihm hin, berührte zögernd seinen Arm, so als befürchtete sie, daß er zerfallen könnte –

oder auf ihre schüchterne Berührung mit einem heftigen Schlag reagieren würde.

Er legte seine Arme um sie und drückte sie fest an sich. »Lindsey, es tut mir leid. Ich weiß wirklich nicht, was in mich gefahren ist.«

»Schon gut.«

»Nein. Ich war so … so *wütend!*«

»Du hast dich einfach sehr geärgert, weiter nichts.«

»Es tut mir so leid«, wiederholte er kläglich.

Auch wenn sie glaubte, er hätte sich einfach wahnsinnig geärgert – er wußte, daß es mehr als das gewesen war, etwas Merkwürdiges, eine schreckliche Rage. Weißglühend. Psychotisch. Er hatte deutlich gespürt, daß er am Rande eines Abgrunds schwankte und nur noch mit den Absätzen auf festem Boden stand.

In Vassagos Augen warf Luzifers Statue sogar in der totalen Dunkelheit einen Schatten, aber er konnte die Leichen in ihren erniedrigenden Posen dennoch deutlich sehen und sich an ihnen ergötzen. Er war ganz hingerissen von dem organischen Gesamtkunstwerk, das er geschaffen hatte, vom Anblick der Gedemütigten und von ihrem Gestank. Und obwohl sein Gehör bei weitem nicht so gut wie sein nächtliches Sehvermögen war, glaubte er nicht, daß er sich die leisen saugenden Verwesungsgeräusche nur einbildete, zu denen er sich wiegte wie ein Musikliebhaber zu Klängen von Beethoven.

Als ihn plötzlich Ärger überkam, wußte er nicht, worüber er sich eigentlich ärgerte. Es war zunächst eine kalte Wut, seltsam unbestimmt. Er öffnete sich ihr, genoß sie, fachte sie bewußt weiter an.

Vor seinem geistigen Auge tauchte flüchtig eine Zeitung auf. Er konnte sie nicht deutlich sehen, aber irgendein Artikel war die Ursache seines Zorns. Er kniff die Augen zusammen, als könnte ihm das helfen, den Text zu erkennen.

Die Vision war plötzlich zu Ende – nicht aber der Zorn. Er nährte ihn weiter, so wie ein glücklicher Mensch ein Lachen bewußt über die natürliche Zeitspanne hinaus ausdehnt, weil der Klang des Lachens ihn heiter stimmt. Er hörte sich plötzlich laut schimpfen: »Diese verfluchte Drecksau!«

Er hatte keine Ahnung, woher dieser Ausruf kam, genauso wie er keine Ahnung hatte, warum er in jener Bar in Newport Beach »Lindsey« gesagt hatte, vor Wochen, als diese seltsamen Erlebnisse begonnen hatten.

Er fühlte sich vor Wut so energiegeladen, daß er seiner Sammlung den Rücken kehrte, den riesigen Raum durchquerte, die Rampe hinaufstieg, auf der einst die Gondeln in die Tiefe geschossen waren, und ins Freie trat, wo der Mondschein ihn zwang, seine Sonnenbrille aufzusetzen. Er konnte nicht stillstehen. Er brauchte Bewegung, Bewegung. Er ging die Hauptstraße entlang, ohne zu wissen, nach wem oder was er suchte, neugierig, was als nächstes geschehen würde.

Einzelne Bilder huschten ihm durch den Kopf, verschwanden aber so schnell wieder, daß er sie nicht einordnen konnte: die Zeitung, ein Zimmer mit gefüllten Bücherregalen, ein Aktenschrank, ein handgeschriebener Brief, ein Telefon ... Er ging immer schneller, bog in Seitenstraßen oder auf die schmalen Wege zwischen den zerfallenden Bauten ab, auf der vergeblichen Suche nach einer Art Antenne, um die ihm zufliegenden Bilder besser erkennen zu können.

Als er an der Achterbahn vorbeikam, fiel kaltes Mondlicht durch das Gewirr von Stützpfeilern und funkelte auf den Schienen, so als wären sie nicht aus Stahl, sondern aus Eis. Er legte den Kopf zurück und betrachtete die monolithische – und plötzlich geheimnisvolle – Struktur, und dann hörte er sich wütend brüllen: »Und anschließend würde ich *ihn* in diesen eisigen Fluß werfen!« Eine Frau sagte: *Liebling, schrei nicht so.*

Obwohl Vassago wußte, daß ihre Stimme aus seinem Innern gekommen war, drehte er sich suchend um. Und da stand sie. In einem Bademantel. Auf einer Türschwelle, die es eigentlich gar nicht geben konnte, weil die Tür nicht von Wänden umgeben war. Links und rechts vom Türrahmen und auch darüber war nur die Nacht, der öde Vergnügungspark. Aber im Hintergrund war etwas zu sehen, was die Eingangshalle eines Hauses zu sein schien, ein kleiner Tisch mit einer Blumenvase, eine Treppe, die in einem Bogen nach oben führte.

Es war die Frau, die er bisher nur aus seinen Träumen kannte, die er erstmals im Rollstuhl und zuletzt in einem roten Auto auf sonnenbeschienener Straße gesehen hatte. Als er einen Schritt auf sie zu machte, sagte sie: *Du wirst Regina aufwecken*.

Er blieb stehen, nicht weil er befürchtete, Regina aufzuwecken, wer auch immer das sein mochte, und auch nicht deshalb, weil er die Frau nicht mehr haben wollte – das wollte er durchaus, weil sie so *lebensvoll* war –, sondern weil er plötzlich links neben der imaginären Tür einen Spiegel entdeckte, der in der Nachtluft schwebte, obwohl das völlig unmöglich war. Er sah darin sein Spiegelbild, aber es war nicht er selber, sondern ein Mann, den er nie zuvor gesehen hatte, der so groß wie er war, aber etwa doppelt so alt, schlank und fit, das Gesicht wutverzerrt.

Der Ausdruck von Wut verwandelte sich plötzlich in Schock und Ekel, und sowohl Vassago als auch der andere Mann wandten sich vom Spiegel ab, der Frau auf der Schwelle zu. »Lindsey, es tut mir leid«, sagte Vassago.

Lindsey! Der Name, der ihm in jener Bar in Newport Beach dreimal über die Lippen gekommen war.

Bis jetzt hatte er ihn nicht mit der Frau in Verbindung gebracht, die ihm namenlos so oft im Traum erschienen war.

»Lindsey«, wiederholte Vassago.

Diesmal hatte er aus eigenem Willen gesprochen und nicht einfach wiederholt, was der Mann im Spiegel sagte, und das ließ die Vision wie eine Seifenblase zerplatzen. Der Spiegel mitsamt dem Spiegelbild, die Tür und die dunkeläugige Frau – alles verschwand.

Vassago streckte eine Hand aus, dorthin, wo die Frau eben noch gestanden hatte. »Lindsey …« Er sehnte sich danach, sie zu berühren. Sie war so unglaublich lebendig. »Lindsey.« Er wollte sie aufschlitzen und ihr pochendes Herz mit beiden Händen umfassen, bis die gleichmäßigen Schläge langsamer würden … immer langsamer … bis zum Stillstand. Er wollte ihr Herz festhalten, während das Leben allmählich daraus entwich und der Tod es in Besitz nahm.

So schnell, wie die Flutwelle der Wut Hatch erfaßt hatte, so schnell verebbte sie auch wieder. Er zerknüllte das Zeitungsblatt zu einem Ball und warf es in den Papierkorb neben dem Schreibtisch, ohne den Artikel über den LKW-Fahrer eines weiteren Blickes zu würdigen.

Cooper war eine jämmerliche Gestalt, ein Versager, der sich selbst zugrunde richtete und früher oder später seine gerechte Strafe bekommen würde; und diese Strafe würde viel schlimmer als alles sein, was Hatch ihm gern angetan hätte.

Lindsey sammelte die auf dem Boden vor dem Aktenschrank verstreuten Briefe auf und legte sie wieder in den Ordner mit der Aufschrift VERSCHIEDENES.

Coopers Brief lag noch auf dem Schreibtisch neben dem Telefon. Als Hatch ihn zur Hand nahm und die handgeschriebene Adresse über der Telefonnummer sah, stieg neuer Zorn in ihm auf. Aber es war nur ein schwacher Abklatsch seiner Wut von vorhin, und er verflog sofort wieder. Er legte auch diesen Brief in den Ordner, den Lindsey in den Schrank zurückstellte.

Im Schatten der Achterbahn stehend, die ihm etwas Schutz vor dem lästigen Mondlicht bot, wartete Vassago auf weitere Visionen, von einer nächtlichen Brise angenehm erfrischt.

Er war über die Ereignisse verwirrt, aber im Grunde nicht überrascht. Er kannte das Jenseits. Er wußte, daß eine andere Welt existierte, von dieser hier nur durch einen hauchdünnen Vorhang getrennt. Deshalb konnten sogenannte übernatürliche Phänomene ihn nicht in Staunen versetzen.

Als er fast schon glaubte, die rätselhafte Episode wäre zu Ende, hatte er eine weitere flüchtige Vision. Er sah einen Briefbogen. Weißes liniertes Papier. Blaue Tinte. Unleserliche Schrift. Aber der Briefkopf war in Druckbuchstaben geschrieben. William X. Cooper. Und eine Adresse in Tustin.

»Und anschließend würde ich *ihn* in diesen eisigen Fluß werfen«, murmelte Vassago und wußte irgendwie, daß die Wut, die er plötzlich in der Geisterbahnhölle bei seiner Kollektion verspürt und die ihn später auf geheimnisvolle Weise mit dem Mann im Spiegel verknüpft hatte, sich gegen diesen William Cooper richtete. Er hatte diesen Zorn begrüßt und weiter angefacht, weil er verstehen wollte, wessen Zorn es war und warum er ihn miterleben konnte, aber auch, weil Zorn die Hefe im Brot der Gewalt war, und Gewalt war sein Hauptnahrungsmittel.

Er begab sich von der Achterbahn auf direktem Wege zur unterirdischen Garage. Dort standen zwei Autos.

Morton Redlows Pontiac war in der hintersten Ecke abgestellt, in den dunkelsten Schatten. Vassago hatte den Wagen seit der vergangenen Donnerstagnacht nicht mehr benutzt, als er Redlow und später die Blondine ermordet hatte. Obwohl er glaubte, daß der Nebel genügend Schutz geboten hatte, konnte er doch nicht ausschließen, daß irgendwelche Zeugen gesehen hatten, wie die Frau aus dem Pontiac auf die Straße flog.

Er sehnte sich danach, ins Land der endlosen Nacht und der ewigen Verdammnis heimzukehren, wieder unter seinesgleichen zu sein, aber er wollte nicht von der Polizei abgeknallt werden, bevor seine Sammlung komplett war. Wenn seine Opfergabe bei seinem Tod unvollständig wäre, würde das Urteil möglicherweise lauten, daß er für die Hölle noch immer nicht reif sei, und man würde ihn in die Welt der Lebenden zurückschicken, damit er eine neue Kollektion zusammenstellte.

Der zweite Wagen war ein perlgrauer Honda, der einer Frau namens Renata Desseux gehört hatte, die er in der Samstagnacht, zwei Nächte nach dem Fiasko mit Lisa, auf dem Parkplatz eines Einkaufszentrums durch einen Schlag auf den Hinterkopf ausgeschaltet hatte. Anstelle der Neo-Punkerin Lisa war sie sein neuestes Exponat geworden.

Er hatte die Nummernschilder abmontiert, in den Kofferraum geworfen und sie später durch andere ersetzt, die er in den Außenbezirken von Santa Ana von einem alten Ford gestohlen hatte. Außerdem waren Hondas so weit verbreitet, daß er sich in diesem Wagen völlig sicher und anonym fühlte. Er verließ das Gelände des Vergnügungsparks und das kaum besiedelte Hügelland und fuhr auf die Ebene zu, die in goldenem Licht erstrahlte, so weit das Auge reichte, von Süden bis Norden, von den Hügeln bis zum Ozean.

Das Wachstum der Städte.
Zivilisation.
Jagdgründe.
Die endlosen Weiten Südkaliforniens – Tausende Quadratkilometer, mehrere Zehnmillionen Einwohner, Ventura County im Norden und San Diego County im Süden nicht mitgerechnet waren Vassagos Verbündete, wenn es darum ging, seine Sammlung zu komplettieren, ohne die Polizei auf sich aufmerksam zu machen. Drei seiner Opfer stammten aus verschiedenen Orten in Los Angeles County, zwei aus Riverside, der Rest aus Orange County. Während dieser Monate waren hier Hunderte von Personen als vermißt gemeldet worden, so daß seine wenigen Sammelstücke den Behörden mit Sicherheit nicht aufgefallen waren.

Was ihm ferner zu Hilfe kam, war die Tatsache, daß diese letzten Jahre des Jahrhunderts und Jahrtausends eine Zeit der Unbeständigkeit waren. Sehr viele Menschen verzichteten auf jede Kontinuität im Leben und wechselten häufig ihre Berufe, Wohnorte, Freunde und Ehepartner. Folglich fiel es viel weniger auf, wenn eine Person verschwand, und selbst wenn es auffiel, gingen die wenigsten Leute noch zur Polizei. Die meisten Verschwundenen wurden nämlich später irgendwo entdeckt: Sie hatten einfach aus eigenem Antrieb ein neues Leben begonnen. Einem jungen Geschäftsführer wurde vielleicht plötzlich die Plackerei zuviel, und er nahm in Las Vegas oder Reno einen Job als Croupier beim Black Jack an, und eine junge Mutter, die wegen der aufwendigen Pflege eines Kleinkinds und der Ansprüche eines kindischen Ehemanns frustriert war, konnte in denselben Städten als Bardame oder Oben-ohne-Tänzerin landen. Sie handelten einem plötzlichen Impuls zufolge, ließen ihr bisheriges Leben so leichtfertig hinter sich, als wäre ein durchschnittliches Mittelschicht-Leben genauso schandbar wie ein krimineller Hintergrund. Andere fielen irgendwelchen Süchten zum Opfer und lebten in billigen Rattenlöchern von Hotels, wo Zimmer wochenweise an die unzähligen versponnenen Jünger irgendeiner Subkultur vermietet wurden. Und weil dies hier Kalifornien war, landeten viele Vermißte schließlich in religiösen Kommunen in Marin County oder in

Oregon, wo sie irgendeinen neuen Gott oder die neue Offenbarung eines alten Gottes verehrten oder auch nur einen Mann mit verschlagenen Augen, der behauptete, er *sei* Gott.

Es war ein neues Zeitalter, das Traditionen geringschätzte. Es gab einen Platz für jede Art von Lebensstil. Sogar für den von Vassago.

Wenn er Leichen hinterlassen hätte, wäre wahrscheinlich irgendwann aufgefallen, daß Opfer und Mordmethoden sich ähnelten. Die Polizei hätte begriffen, daß hier ein Täter von einmaliger Stärke und Gerissenheit am Werke war, und sie hätten eine Sonderkommission gebildet, um ihn zu finden.

Aber er hatte nur die Leiche der Blondine und des Detektivs nicht in die Hölle geschafft. Und diese beiden waren auf ganz verschiedene Art und Weise gestorben. Außerdem würde Morton Redlow vielleicht noch wochenlang nicht gefunden.

Zwischen Redlow und Lisa gab es nur zwei Verbindungen: den Revolver des Detektivs, mit dem die Frau erschossen worden war, und sein Auto, aus dem sie gestürzt war. Der Wagen war in der hintersten Ecke der längst nicht mehr benutzten Tiefgarage sicher versteckt. Der Revolver lag zusammen mit Keksen und Knabberzeug in der Kühlbox, auf dem Boden des Liftschachtes, mehr als zwei Etagen unter der Geisterbahn. Er hatte nicht die Absicht, die Schußwaffe noch einmal zu benutzen.

Er war unbewaffnet, als er nach längerer Fahrt in nördliche Richtung die Adresse erreichte, die er auf dem handgeschriebenen Brief in seiner Vision gesehen hatte. William X. Cooper, wer auch immer das sein mochte, falls es ihn tatsächlich gab, wohnte in einer gar nicht so üblen Anlage namens Palm Court. Dieser Name war zusammen mit der Straßennummer in ein dekoratives Holzschild geschnitzt, das von vorne angeleuchtet und erwartungsgemäß von Palmen umstanden wurde.

Vassago fuhr langsam weiter, bog rechts um die Ecke und parkte zwei Blocks entfernt. Er wollte nicht, daß sich jemand erinnerte, den Honda vor dem Gebäude stehen gesehen zu haben. Er hatte eigentlich nicht direkt die Absicht, diesen Cooper zu ermorden, er wollte sich nur mit ihm unterhalten, ihm einige Fragen stellen, speziell über dieses dunkelhaarige, dunkeläugige Weib namens Lindsey. Aber er begab sich in eine Situation, die er nicht verstand, und deshalb konnten Vorsichtsmaßnahmen nicht schaden. Außerdem – wenn er ehrlich war, tötete er in letzter Zeit die meisten Leute, mit denen er sich eine Weile unterhielt.

Nachdem sie den Aktenschrank geschlossen und das Licht ausgeschaltet hatten, schauten Hatch und Lindsey nach Regina, Leise traten sie an ihr Bett. Durch die offene Tür fiel vom Gang etwas Licht ein, so daß sie sehen konnten, daß das Mädchen fest schlief. Eine kleine, zur Faust geballte Hand lag unter ihrem Kinn. Sie atmete gleichmäßig durch leicht geöffnete Lippen. Falls sie träumte, mußten es angenehme Träume sein.

Es versetzte Hatch einen Stich ins Herz, als er sie betrachtete, denn sie schien so unendlich jung zu sein. Er konnte kaum glauben, daß er jemals so jung wie Regina gewesen war, denn Jugend war gleichbedeutend mit Unschuld. Ihm selbst war durch die Erziehungsmethoden seines Vaters die Unschuld schon in frühem Alter ausgetrieben worden; er hatte sie gegen ein intuitives Verständnis für eine abartige Psychologie eingetauscht, das ihm ermöglicht hatte, in einer Familie zu überleben, wo Wutausbrüche und brutale »Disziplin« als gerechte Bestrafung für unschuldige Fehler und kleine Mißverständnisse angesehen wurden. Er wußte, daß Regina nicht so zart sein konnte, wie sie aussah, denn das Leben hatte auch ihr so übel mitgespielt, daß sie sich eine dicke Haut und ein gepanzertes Herz zulegen mußte.

Doch so zäh sie einerseits auch sein mochten, waren sie andererseits doch beide sehr verwundbar, Kind und Mann gleichermaßen. Im Augenblick fühlte Hatch sich sogar noch verletzlicher als das Mädchen. Wenn er die Wahl zwischen Reginas Behinderungen und den Gehirnschäden gehabt hätte, die er offenbar *doch* davongetragen hatte, hätte er sich ohne Zögern für die körperlichen Beeinträchtigungen entschieden. Nach den Erfahrungen der letzten Tage, einschließlich der unerklärlichen Eskalation seines Ärgers zu blinder Wut, hatte Hatch das beklemmende Gefühl, sich nicht mehr völlig unter Kontrolle zu haben. Und seit er als kleiner Junge das abschreckende Beispiel seines Vaters vor Augen gehabt hatte, fürchtete er nichts so sehr wie mangelnde Selbstbeherrschung.

Ich werde dich nie im Stich lassen, versprach er dem schlafenden Kind.

Sein Blick schweifte zu Lindsey, der er sein Leben verdankte, und zwar das vor und das nach seinem Tod, und insgeheim versprach er auch ihr: Ich werde dich nie im Stich lassen.

Er fragte sich allerdings, ob er imstande sein würde, diese Versprechen zu halten.

Als sie später in ihrem Schlafzimmer im Dunkeln lagen, jeder auf seiner Betthälfte, sagte Lindsey: »Morgen müßte Nyebern die restlichen Testergebnisse erhalten.«

Hatch hatte fast den ganzen Samstag im Krankenhaus verbracht, Blut- und Urinproben abgegeben, sich Röntgenstrahlen und Ultraschallwellen ausgesetzt. Mit den vielen Elektroden an seinem Körper war er sich bisweilen wie das Monster vorgekommen, dem Dr. Frankenstein in alten Filmen Energie zuführte, indem er während eines Gewitters Drachen steigen ließ.

»Als ich heute mit ihm gesprochen habe, meinte er, daß bisher alles in Ordnung ist. Ich bin ganz sicher, daß auch die restlichen Testergebnisse negativ sein werden. Was auch immer mit mir los sein mag, es hat nichts mit irgendwelchen geistigen oder physischen Schäden infolge des Unfalls oder infolge meines zeitweiligen … Todes zu tun. Ich bin gesund. Und völlig normal.«

»O Gott, das hoffe ich von ganzem Herzen.«

»Mit mir ist alles in bester Ordnung.«

»Glaubst du das wirklich?«

»Ja. Wirklich und wahrhaftig.« Er wunderte sich, wie glatt ihm diese Lüge über die Lippen kam. Vielleicht weil es eine barmherzige Lüge war, die Lindsey beruhigen sollte, damit sie schlafen konnte.

»Ich liebe dich«, sagte sie.

»Ich liebe dich auch.«

Wenige Minuten später – auf der Digitaluhr war es kurz vor Mitternacht – schlief sie und schnarchte leise.

Hatch konnte nicht einschlafen. Vielleicht würde er schon morgen erfahren, daß es für ihn keine Zukunft gab. Er rechnete damit, daß Dr. Nyebern ihn mit grauem Gesicht und düsterer Miene begrüßen würde, weil er ihm die traurige Mitteilung machen mußte, daß in einem Gehirnlappen ein verdächtiger Schatten entdeckt worden war, eine Ansammlung toter Zellen, eine Gehirnverletzung, eine Zyste oder ein Tumor. Etwas Tödliches. Inoperables.

Seit den unheimlichen Ereignissen von Donnerstagnacht und Freitagmorgen, als er von der Ermordung der Blondine geträumt und später die Spur des Mörders bis zur Route 133 verfolgt hatte, war er allmählich wieder etwas zuversichtlicher geworden. Das Wochenende war ruhig verlaufen. Und der nun zu Ende gehende Tag war herrlich gewesen: Reginas Einzug hatte ihn aufgemuntert und in beste Laune versetzt. Dann hatte er den Zeitungsartikel über Cooper gelesen und die Kontrolle über sich verloren.

Er hatte Lindsey nichts von dem Bild des Unbekannten im Spiegel erzählt. Diesmal konnte er sich nicht mit dem Gedanken trösten, daß er im Schlaf gewandelt war, halb wach, halb träumend. Nein, er war hellwach gewesen, und das bedeutete, daß das Bild im Spiegel eine Halluzination sein mußte. Ein gesundes, unbeschädigtes Gehirn produzierte keine Halluzinationen. Er hatte Lindsey nichts davon erzählt, weil er sie nicht vorzeitig in Angst und Schrecken versetzen wollte. Es würde noch schlimm genug für sie sein, wenn erst die restlichen Testergebnisse vorlagen.

Weil er nicht einschlafen konnte, begann er wieder über den Zeitungsartikel nachzudenken, obwohl er es im Grunde gar nicht wollte. Er versuchte, seine Gedanken von William Cooper abzulenken, kehrte aber immer wieder zu diesem Thema zurück – so wie man einen schmerzenden Zahn immer wieder mit der Zunge abtastet. Es kam ihm fast so vor, als würde er *gezwungen,* über den Fahrer nachzudenken, als zöge ein riesiger innerer Magnet seine Aufmerksamkeit unerbittlich in diese Richtung. Bald stellte er bestürzt fest, daß erneut Ärger in ihm aufstieg. Und dann, von einer Sekunde zur anderen, eskalierte der Ärger zu solcher Wut und solcher Gewaltbereitschaft, daß er die Fäuste ballen und die

Zähne zusammenbeißen und seinen ganzen Willen anspannen mußte, um nicht einen Wutschrei auszustoßen.

Durch einen Blick auf die Hausbriefkästen am Haupteingang zur Wohnanlage Palm Court erfuhr Vassago, daß William Cooper Apartment 28 bewohnte. Durch den Verbindungsgang gelangte er zum Innenhof mit Palmen, Gummibäumen, Farnen und – was ihm besonders mißfiel – vielen Lichtern. Er stieg eine Außentreppe zu dem überdachten Balkon der Wohnungen im ersten Stock empor.

Niemand war zu sehen. Palm Court war ruhig, friedlich.

Obwohl es einige Minuten nach Mitternacht war, brannte in Coopers Apartment noch Licht. Vassago konnte einen leise gestellten Fernseher hören.

Am Fenster rechts der Tür war die Jalousie heruntergelassen, aber die Lamellen waren schräg gestellt, so daß er eine Küche sehen konnte, in der nur das schwache Licht an der Dunstabzugshaube brannte.

Ein größeres Fenster links der Tür gehörte zum Wohnzimmer. Die Vorhänge waren nicht ganz geschlossen. Durch den Spalt sah Vassago einen Mann, der in einem großen Fernsehsessel mit hochgeklapptem Fußteil lag. Sein Kopf war zur Seite gesunken, sein Gesicht dem Fenster zugewandt. Er schien zu schlafen. Auf einem Beistelltisch neben dem Sessel stand ein Glas mit einem Rest goldfarbener Flüssigkeit neben einer halbleeren Flasche Jack Daniel's. Eine Tüte Käsegebäck war vom Tisch gefallen, und ein Teil des orangefarbenen Inhalts war auf dem gallengrünen Teppich verstreut.

Vassago blickte nach rechts und links. Der Balkon war leer, auch der auf der anderen Seite des Innenhofs.

Er versuchte Coopers Wohnzimmerfenster aufzuschieben, aber es war entweder abgeschlossen, oder aber es klemmte. Auf dem Weg zum Küchenfenster drückte er versuchsweise auf die Türklinke, ohne sich große Hoffnungen zu machen. Die Tür war nicht verschlossen. Er drückte sie auf, betrat das Zimmer und schloß hinter sich ab.

Der Mann im Fernsehsessel, vermutlich Cooper, bewegte sich nicht, als Vassago die Vorhänge am großen Fenster vollends zuzog. Wenn auf dem Balkon jemand vorbeiging, würde er nichts sehen können.

Er wußte bereits, daß die Küche, die Eßecke und das Wohnzimmer leer waren. Nun inspizierte er noch, lautlos wie eine Katze, das Bad und die beiden Schlafzimmer (eines davon war unmöbliert und wurde offenbar als Rumpelkammer benutzt). Der Mann im Fernsehsessel war allein in der Wohnung.

Auf der Kommode im Schlafzimmer fand Vassago eine Brieftasche und einen Schlüsselbund. Die Brieftasche enthielt 58 Dollar, die er an sich nahm, und einen Führerschein auf den Namen William X. Cooper. Das Foto zeigte eindeutig den Mann im Wohnzimmer, nur einige Jahre jünger und natürlich nicht sinnlos betrunken.

Vassago kehrte mit der Absicht ins Wohnzimmer zurück, Cooper zu wecken und ein kurzes informatives Gespräch mit ihm zu führen. Wer ist Lindsey? Wo wohnt sie?

Doch als er sich dem Fernsehsessel näherte, schoß heißer Zorn wie ein Stromstoß durch ihn hindurch, viel zu plötzlich und unmotiviert, als daß es sein eigener hätte sein können. Er kam sich fast wie eine Art Radio vor, das die Emotionen anderer Leute empfing. Und was er empfing, war die gleiche Wut, die ihn schlagartig überfallen hatte, als er vor einer knappen Stunde seine Sammelstücke bewundert hatte. Wie beim erstenmal fachte er dieses Gefühl auch jetzt mit seinem eigenen einzigartigen Zorn weiter an und fragte sich, ob er wohl neue Visionen haben würde. Doch während er dastand und auf Cooper hinabschaute, loderte der Ärger urplötzlich zu flammender Wut empor, und er verlor die Kontrolle über das Geschehen. Er packte die Bourbonflasche am Hals.

Steif im Bett liegend, die Hände so fest zu Fäusten geballt, daß sogar seine kurz geschnittenen Fingernägel sich schmerzhaft in die Haut bohrten, hatte Hatch das absurde Gefühl, als hätte sich jemand seines Geistes bemächtigt. Durch das Aufflackern seines Ärgers hatte er offenbar eine Tür geöffnet, nur einen hauchdünnen Spaltbreit, aber das hatte schon genügt, damit jemand auf der anderen Seite Halt fand und die Tür aus den Angeln reißen konnte. Er fühlte, wie etwas Unbeschreibliches mit aller Macht in ihn einströmte, eine Kraft ohne Form und Gesicht, nur durch Haß und Wut charakterisiert. Ihre Raserei glich der eines Hurrikans, eines Taifuns, ging über menschliche Dimensionen weit hinaus, und Hatch wußte, daß er ein viel zu kleines Gefäß war, um all den Zorn aufzunehmen, der in ihn gepumpt wurde. Er hatte das Gefühl, als würde er explodieren, zerbersten, so als wäre er kein Mann, sondern ein Kristallfigürchen.

Die halbvolle Flasche Jack Daniel's traf die Schläfe des schlafenden Mannes mit solcher Wucht, daß der Knall fast so laut war wie ein Schuß aus einer Schrotflinte. Whiskey und scharfe Glassplitter flogen umher, regneten und klirrten gegen den Fernseher, gegen Möbel und Wände. Die Luft war plötzlich vom weichen Aroma des Kornbranntweins erfüllt, vermischt mit Blutgeruch, denn die klaffende Kopfwunde blutete ausgiebig.

Der Mann schlief nicht mehr. Der Schlag hatte ihn in eine tiefere Ebene der Bewußtlosigkeit befördert.

Vassago hatte nur noch den Flaschenhals in der Hand, der in drei scharfen Zacken endete, von denen Bourbon tropfte. Sie erinnerten ihn an giftige Schlangenzähne. Er faßte die Waffe anders herum, hob sie hoch über den Kopf und ließ sie unter wildem Zischen niedersausen. Die Glasschlange biß tief in Coopers Gesicht.

Die vulkanische Wut, die sich in Hatch ergoß, war mit nichts vergleichbar, was er je erlebt hatte, weit überwältigender als auch noch der schlimmste Zornausbruch seines Vaters. Er hätte sie niemals in sich selbst erzeugen können, ebensowenig wie man Schwefelsäure in einem Papierkessel herstellen könnte: Das Gefäß würde von der Substanz einfach aufgelöst werden. Ein Lavastrom des Zorns, der mit gewaltigem Druck in sein Inneres strömte, so heiß, daß er schreien wollte, so weißglühend, daß er keine Zeit zum Schreien hatte. Sein Bewußtsein wurde ausgelöscht, und er stürzte in eine gnädige traumlose Finsternis, wo es weder Wut noch Angst und Schrecken gab.

Vassago bemerkte, daß er vor wilder Freude schrie. Nach einem Dutzend oder auch zwanzig Schlägen war von der Glaswaffe fast nichts mehr übrig. Widerwillig ließ er das kurze Stück Flaschenhals fallen, das er so fest umklammert hatte, daß seine Knöchel weiß hervortraten. Knurrend warf er sich gegen den Fernsehsessel, kippte ihn um. Der Tote rollte auf den gallengrünen Teppich. Vassago hob den Beistelltisch hoch und schleuderte ihn in den Fernseher, wo Humphrey Bogart gerade zwei Kugellager über seine lederige Hand rollen ließ und über Erdbeeren plauderte. Der Bildschirm implodierte, und Bogart verwandelte sich in einen gelben Funkenregen, dessen Anblick in Vassago neue Feuer der Zerstörungswut entfachte. Er warf einen Tisch um, riß zwei Drucke von den Wänden und zerschmetterte das Glas zwischen den Rahmen. Er wischte eine Sammlung billiger Keramiknippes vom Kamin. Am liebsten hätte er so weitergemacht, von einem Ende des Apartments bis zum anderen, hätte das ganze Geschirr aus den Küchenschränken zerbrochen, alles Glas zu winzigen Splittern zertrümmert, die Nahrungsmittel im Kühlschrank gegen die Wände geschleudert, mit einem Möbelstück auf das andere eingehämmert, bis alles zersplittert wäre, aber das Schrillen einer Sirene ließ ihn innehalten. Sie war noch weit entfernt, kam aber rasch näher, und was das zu bedeuten hatte, begriff er trotz des Blutrausches, der seinen Geist benebelte. Er rannte zur Tür, wich dann aber wieder zurück, weil ihm klar wurde, daß sich vielleicht unten im Hof Leute zusammengeschart hatten oder zumindest aus den Fenstern schauten. Er hastete in Coopers Schlafzimmer, zog die Vorhänge auf und sah unter sich das Dach der Garagen, die sich am ganzen Gebäude entlangzogen. Dahinter lag ein durch eine Mauer begrenzter Hof. Vassago schob die untere Hälfte des zweigeteilten Fensters hoch, zwängte sich hindurch, ließ sich auf das Garagendach fallen, rollte bis zum Rand und fiel hinab, landete aber wie eine Katze auf den Füßen. Er verlor seine Sonnenbrille, schnappte sie sich und setzte sie wieder auf. Er sprintete nach links, während die Sirene immer lauter wurde, sehr laut, sehr nahe. Rasch kletterte er über die zweieinhalb Meter hohe Betonmauer, geschickt wie eine Spinne, die jede poröse Oberfläche hochlaufen kann, und sprang in einen anderen Hof hinab, der zu den Garagen auf der Rückseite eines anderen Wohnkomplexes gehörte. Instinktiv fand er sich im Labyrinth dieser Hinterhöfe zurecht, überwand weitere Mauern und gelangte schließlich auf die Straße, wo er geparkt hatte, nur einen halben Block von dem perlgrauen Honda entfernt. Er sprang in den Wagen, ließ den Motor an und zwang sich zu gemäßigtem Tempo. Er schwitzte und keuchte so stark, daß die Scheiben beschlugen. Die köstliche Geruchsmischung aus Bourbon, Blut und Schweiß berauschte ihn, erregte ihn, und er war so tief *befriedigt* über die Gewalt, die er entfesselt hatte, daß er auf dem Lenkrad trommelte und schallend und schrill lachte.

Eine Zeitlang fuhr er einfach ziellos durch die Straßen. Als sein Gelächter verebbte und sein Puls wieder normal war, orientierte er sich und schlug die Richtung seines Verstecks ein.

William Cooper konnte ihm nun keine Angaben mehr über die Frau namens Lindsey machen. Doch das störte Vassago nicht. Er wußte nicht, was mit ihm geschah, warum Cooper oder Lindsey oder der Mann im Spiegel auf übernatürliche Weise seiner Aufmerksamkeit empfohlen worden waren. Aber er wußte, daß er irgendwann alles begreifen würde, wenn er nur felsenfest auf Luzifer vertraute.

Er begann sich zu fragen, ob die Hölle ihn vielleicht absichtlich freigegeben hatte, ob man ihn wieder ins Land der Lebenden geschickt hatte, damit er mit gewissen Leuten abrechnete, die der Fürst der Finsternis tot sehen wollte. Vielleicht war er doch nicht aus der Hölle gestohlen, sondern ins Leben zurück*gesandt* worden, um eine Mission der Vernichtung zu erfüllen. Falls dem so sein sollte, war er glücklich, das Instrument der finsteren und mächtigen Kräfte zu sein, nach deren Gesellschaft er sich zurücksehnte. Er wartete schon begierig auf seinen nächsten Auftrag.

In der Morgendämmerung erwachte Hatch nach mehreren Stunden eines tiefen, fast totenähnlichen Schlafes und wußte nicht, wo er war. Einen Moment lang trieb er in einem Meer der Verwirrung dahin, dann wurde er ans Ufer der Erinnerung geschwemmt: das Schlafzimmer, Lindseys leise Atemzüge, das aschgraue erste Morgenlicht, das sich auf den Fensterscheiben wie feiner Silberstaub ausnahm.

Dann fiel ihm jener unerklärliche und unmenschliche Wutanfall ein, der mit paralytischer Kraft durch ihn gebraust war, und er wurde starr vor Angst. Er versuchte sich zu erinnern, wohin dieser wirbelsturmartige Zorn geführt hatte, in welcher Gewalttat er gipfelte, aber sein Gehirn war leer. Er glaubte, einfach ohnmächtig geworden zu sein, so als hätte jene unnatürlich intensive Wut einen Kurzschluß seiner Gehirnströme bewirkt.

War er ohnmächtig geworden – oder hatte er einen Blackout gehabt? Das war ein gewaltiger Unterschied. Wenn er das Bewußtsein verloren hatte, war er wohl die ganze Nacht im Bett gewesen, erschöpft, regungslos wie ein Stein auf dem Meeresgrund. Doch wenn er einen *Blackout* gehabt hatte, wenn sein Bewußtsein nur getrübt gewesen war, wenn er einen psychotischen Dämmerzustand erlebt hatte, konnte er Gott weiß was getan haben.

Er fühlte plötzlich, daß Lindsey in großer Gefahr schwebte.

Sein Herz klopfte zum Zerspringen, während er sich aufsetzte und sie betrachtete. Das Dämmerlicht war noch zu schwach, als daß er sie hätte deutlich sehen können. Sie hob sich nur umrißhaft vom Bettzeug ab. Er streckte die Hand nach dem Lichtschalter der Nachttischlampe aus. Zögerte. Er hatte Angst vor dem Anblick, der sich ihm bieten würde.

Ich würde Lindsey doch nie etwas zuleide tun, niemals, dachte er verzweifelt.

Aber er erinnerte sich nur allzu gut daran, daß er in der vergangenen Nacht für kurze Zeit nicht er selbst gewesen war.

Sein Ärger auf Cooper hatte eine Tür geöffnet, durch die ein Monster aus der Finsternis in ihn eingedrungen war.

Zitternd drückte er auf den Schalter. Im Lampenschein sah er, daß Lindsey unverletzt war, daß sie – lieblich wie immer – mit friedlichem Lächeln schlief.

Grenzenlos erleichtert schaltete er das Licht aus – und dann fiel ihm Regina ein. Wieder überkam ihn jene schreckliche Angst.

Lächerlich. Er würde Regina genauso wenig etwas zuleide tun wie seiner Frau. Sie war ein wehrloses Kind.

Er zitterte wie Espenlaub.

Er schlüpfte aus dem Bett, ohne Lindsey zu wecken, zog seinen Bademantel an und verließ leise das Zimmer.

Barfuß ging er den Korridor entlang, wo durch zwei Oberlichter der Morgen seinen Einzug hielt. Seine Schritte wurden immer langsamer, als er sich Reginas Zimmer näherte. Seine Befürchtungen wogen so schwer wie Bleigewichte.

Vor seinem inneren Auge tauchte das Bild des bemalten Mahagonibettes auf, mit Blut bespritzt, die Bettwäsche rot, blutgetränkt. Aus unerfindlichen Gründen hatte er die Vorstellung, daß das zerschmetterte Gesicht des Kindes mit Glassplittern übersät sein würde. Diese unheimliche Einzelheit überzeugte ihn vollends davon, daß er während seines Blackout etwas Unvorstellbares getan hatte.

Als er leise die Tür öffnete, sah er, daß Regina genauso friedlich schlief wie Lindsey, in der gleichen Stellung wie nachts, als Lindsey und er vor dem Zubettgehen nach ihr gesehen hatten. Kein Blut. Kein zerbrochenes Glas.

Er schluckte schwer, schloß die Tür und ging bis zum ersten Oberlicht. Durch die getönte Scheibe blickte er in einen Himmel von undefinierbarer Farbe empor, so als würde dort in großen Lettern plötzlich eine Erklärung stehen.

Keine Lettern am Himmel. Keine Erleuchtung. Er blieb verwirrt und angsterfüllt.

Zumindest waren Lindsey und Regina unverletzt. Die dunkle Macht, mit der er während der Nacht in Kontakt gekommen war, hatte ihnen nichts zuleide getan.

Ihm fiel ein alter Vampirfilm ein, in dem ein asketisch aussehender Priester eine junge Frau warnte, daß die Untoten ihr Haus nur betreten könnten, wenn sie sie dazu einlud – daß sie aber sehr schlau und wahre Überredungskünstler seien und sogar vorsichtige Menschen dazu verführen könnten, diese tödliche Einladung auszusprechen.

Zwischen Hatch und dem Psychopathen, der die blonde Punkerin namens Lisa umgebracht hatte, bestand irgendeine Verbindung. Dadurch, daß es ihm nicht gelungen war, seinen Ärger über William Cooper zu unterdrücken, hatte er diese Verbindung noch gestärkt. Sein Zorn war der Schlüssel, der die Tür öffnete. Wenn er seinem Zorn nachgab, sprach er eine Einladung aus, ähnlich jener, vor der der Priester im Film die junge Frau gewarnt hatte. Hatch konnte nicht erklären, woher er das wußte, aber er wußte, daß es sich so verhielt, er *wußte* es. Er wünschte bei Gott, daß er es auch *verstehen* könnte.

Er kam sich verloren vor.

Klein und ohnmächtig und voller Angst.

Und obwohl Lindsey und Regina diese Nacht unbeschadet überstanden hatten, spürte er stärker denn je, daß sie in großer Gefahr schwebten, daß diese Gefahr von Tag zu Tag wuchs. Von Stunde zu Stunde.

3

Am 30. April wusch Vassago sich vor Tagesanbruch im Freien mit Wasser aus der Flasche und Flüssigseife. Beim ersten Morgenlicht hatte er sich bereits in die tiefsten Tiefen seines Verstecks zurückgezogen. Er lag auf seiner Matratze, starrte auf den Fahrstuhlschacht und delektierte sich an Schokoladenwaffeln und Limonade. Danach verzehrte er noch ein paar Päckchen Kekse.

Ein Mord verschaffte ihm jedesmal eine immense Befriedigung, denn mit jedem tödlichen Schlag wurden ungeheuere innere Spannungen freigesetzt. Noch entscheidender war aber, daß jeder Mord, jeder Akt des Tötens, eine Auflehnung gegen alles bedeutete, was in irgendeiner Form geehrt und als heilig erachtet wurde. Gesetze, Vorschriften, Regeln und vor allem jener penible Verhaltenskodex, den die Lebenden anwandten und der sie glauben ließ, daß das Leben kostbar und von tiefem Sinn erfüllt sei. Das Leben war banal und wertlos. Nur das sinnliche Empfinden zählte und die rasche Befriedigung aller Gelüste, was nur die wirklich Starken und Unabhängigen begriffen hatten. Nach jedem Mord fühlte Vassago sich frei wie der Wind und stärker als jeder Stahlkoloß.

Bis zu jener besonderen und glorreichen Nacht, als er gerade zwölf Jahre alt war, hatte er noch zu der Masse der Abhängigen gehört und sich, obwohl sie ihm unsinnig erschienen, nach den Regeln der sogenannten Zivilisation durch das Leben gemüht. Er gab vor, seine Mutter zu lieben, Vater, Schwester und den ganzen Rattenschwanz von Verwandten, und empfand nicht mehr für sie als für jeden beliebigen Fremden auf der Straße. Bereits als Kind, als er schon so weit war, sich Gedanken über solche Dinge zu machen, hatte er sich gefragt, ob irgend etwas nicht mit ihm stimmte, ob eine entscheidende Komponente in seinem Wesen fehlte. Er beobachtete sich dabei, wie er das Spiel der Liebe spielte, wie er die Klaviatur von gespielter Zuneigung und schamlosen Schmeicheleien sicher beherrschte. Es erstaunte ihn, wie überzeugend seine Darstellung auf andere wirkte, denn er hörte wohl die Unaufrichtigkeit in seiner Stimme, merkte wohl den Schwindel in seinen Gesten und war sich der Falschheit seines liebevollen Lächelns stets bewußt. Bis er eines Tages den Verrat in ihren Stimmen und Gesichtern entdeckte und feststellen mußte, daß keiner von *ihnen* je Liebe empfunden hatte noch eine jener nobleren Gesinnungen besaß, die ein zivilisierter Mensch anstreben sollte – Selbstlosigkeit, Tapferkeit, Frömmigkeit, Demut und den ganzen anderen Schrott. Sie spielten auch nur, alle wie sie da waren. Später gelangte er zu dem Schluß, daß den meisten von ihnen, selbst den Erwachsenen, seine Art von Weitblick verwehrt blieb und sie nicht einmal merkten, daß andere Leute genau wie sie selbst waren. Ein jeder glaubte von sich, daß nur er eine Unzulänglichkeit, einen Makel gewissermaßen, aufwies und deshalb das Spiel besonders gut beherrschen mußte, wollte er nicht entlarvt und als unmenschlich geachtet werden. Gott hatte versucht, eine Welt der Liebe zu erschaffen, war gescheitert und hatte Seine Geschöpfe geheißen, sich zumindest den Anschein jener Perfektion zu geben, die er ihnen nicht verleihen konnte. Mit dieser erstaunlichen Erkenntnis tat Vassago den ersten Schritt zum Freisein. Mit zwölf Jahren hatte er dann in jener entscheidenden Sommernacht begriffen, daß er, um frei, wirklich frei zu sein, nicht umhinkam, nach seinen eigenen Vorstellungen zu handeln, sich von der menschlichen Gesellschaft zu lösen und anders zu leben, nur dem Gesetz der eigenen Genußfreude gehorchend. Und er mußte bereit sein, jene Macht, die ihm seine Einsicht in die wahre Beschaffenheit der Welt verlieh, über andere auszuüben. In jener Nacht lernte er, daß Töten ohne Reue die reinste Form der Macht darstellte und daß das Ausüben von Macht der höchste Genuß überhaupt war …

Damals hieß er noch Jeremy – bevor er starb und von den Toten zurückkehrte und sich den Namen des Dämonenfürsten Vassago zulegte. Sein bester Freund war Tod Ledderbeck, der Sohn von Dr. Sam Ledderbeck, einem Gynäkologen, den Jeremy immer einen ›Quacksalber‹ schimpfte, wenn er Tod in Rage bringen wollte.

An jenem Junitag war Mrs. Ledderbeck mit den beiden Jungen Tod und Jeremy zu Fantasy World gefahren, einem riesigen Freizeitpark, der allen Erwartungen zum Trotz Disneyland allmählich ernsthaft Konkurrenz machte. Der Park lag abgeschieden in einer idyllischen Hügellandschaft ein paar Meilen östlich von San Juan Capistrano – wie einst Magic Mountain, bevor die nördlichen Vororte von Los Angeles es eingeholt und eingekreist hatten. Auch Disneyland war zunächst auf dem flachen Land in der Nähe einer völlig unbedeutenden Stadt namens Anaheim gebaut worden. Mit japanischem Geld, was einige Leute befürchten ließ, die Japaner könnten eines Tages das ganze Land besitzen. Es gab allerdings auch Gerüchte, daß die Mafia beteiligt sei. Und das machte die Sache noch geheimnisvoller und spannender. Auf jeden Fall aber bot der Park ungeheure Attraktionen, die Vergnügungsfahrten waren einsame Spitze und das Junkfood hielt, was sein Name versprach. Genau hier, in Fantasy World, wollte Tod seinen zwölften Geburtstag feiern, den ganzen Tag lang, nur mit seinem besten Freund und weit weg von elterlicher Aufsicht. Tod bekam gewöhnlich, was er wollte, denn er war ein braves Kind; jeder mochte ihn; er wußte genau, wie er das Spiel spielen mußte.

Mrs. Ledderbeck setzte die beiden Freunde am Eingang ab und rief ihnen aus dem Auto nach: »Heute abend um zehn hole ich euch wieder ab. Genau hier, und seid ja pünktlich!«

Als sie ihre Eintrittskarten gekauft hatten und den Vergnügungspark betraten, fragte Tod: »Wo wollen wir anfangen?«

»Weiß nicht. Was schlägst du vor?«

»Mit dem ›Skorpion‹ fahren?«

»Au ja!«

»Prima!«

Und sie rasten davon zum nördlichen Teil des Parks, wo sich das stählerne Gerüst des ›Skorpions‹, laut Fernsehwerbung »Die Achterbahn mit Biß«, in verheißungsvollem Schrecken in den wolkenlosen Himmel reckte. Im Vergnügungspark war es noch relativ leer, und so brauchten sie sich nicht zwischen sich endlos vorwärtsschiebenden Menschenschlangen durchzuquetschen. Ihre Tennisschuhe trommelten auf dem Fußweg, und jedes Aufklatschen der Gummisohle auf dem Asphaltbelag glich einem Schrei nach Freiheit. Sie fuhren mit dem ›Skorpion‹, kreischten und brüllten, wenn er sich aufbäumte, wand und drehte, vornüber plumpste und sich erneut aufbäumte. Als die Fahrt zu Ende war, rasten sie sofort wieder zur Einstiegsrampe, um gleich die nächste Runde zu drehen.

Damals wie heute liebte Jeremy extreme Geschwindigkeit. Die engen Kurven, die wilden Berg- und Talfahrten in der Achterbahn, die einem den Magen hoben, boten einen kindlichen Ersatz für die Gewalttätigkeit, die er unbewußt herbeisehnte. Nach zwei Fahrten mit dem ›Skorpion‹ und lauter rasanten Stürzen, Schrauben, Loopings und anderen Wonnen, die noch vor ihm lagen, war Jeremy wie berauscht.

Nur Tod verdarb ihm die Stimmung, als sie nach der zweiten Runde den ›Skorpion‹ verließen und er ihm den Arm um die Schultern legte. »Mann, das ist wohl der stärkste Geburtstag, den man sich denken kann. Nur du und ich.«

Diese kameradschaftliche Vertraulichkeit, wie überhaupt jede Kameradschaft, war einfach verlogen. Scheinheilig. Lug und Trug. Jeremy haßte dieses falsche Getue, doch Tod war davon geradezu erfüllt. Kameraden, dicke Freunde, Blutsbrüder. Du und ich, wir beide gegen den Rest der Welt.

Jeremy war sich nicht ganz sicher, was ihn mehr ärgerte: daß Tod ihm dauernd diesen Bären über ihre dicke Freundschaft aufband und auch noch glaubte, daß Jeremy diesen

Vertrauensbeweis schluckte – oder daß Tod manchmal blöd genug war, *selber* darauf hereinzufallen. Seit kurzem erst keimte in Jeremy der Verdacht, daß einige Leute das Spiel des Lebens absolut perfekt beherrschten und gar nicht mehr merkten, daß es nur ein Spiel war. Sie täuschten sogar sich selbst mit all ihrem Gerede über Freundschaft, Liebe und Mitgefühl. Und Tod wurde ihnen allmählich immer ähnlicher, diesen hoffnungslosen Idioten.

Dicke Freunde sein bedeutete lediglich, daß du einen dazu bringst, Dinge für dich zu tun, die er für einen anderen nie im Leben tun würde. Freundschaft war nichts anderes als ein Verteidigungspakt auf Gegenseitigkeit, ein Mittel, um mit vereinten Kräften gegen das Pack deiner Mitmenschen anzugehen, die dir ohne zu zögern die Fresse einschlagen und sich nehmen würden, was immer sie wollten. Jedem war doch klar, was es mit Freundschaft auf sich hatte, nur sprach niemand offen darüber, am wenigsten Tod.

Als sie später aus dem Spukhaus kamen und zur nächsten Attraktion, der ›Sumpfbestie‹ strebten, machten sie erst einmal bei einem Eisverkäufer halt, der köstliches Eis mit Schokoladendressing und gehackten Nüssen oben drauf verkaufte. Sie saßen auf Plastikstühlen unter einem roten Sonnenschirm an einem Plastiktisch und schleckten ihr Eis, hinter ihnen eine filmreife Kulisse aus Akazien und einem tosenden künstlichen Wasserfall. Zunächst war alles auch ganz in Ordnung, bis Tod wieder die Stimmung verderben mußte.

»Ist doch toll, mal ganz ohne die Alten in so einem Park zu sein, meinst du nicht?« sagte er mit dem Mund voller Eiscreme. »Endlich kannst du mal Eis vor dem Lunch essen, wie jetzt. Mensch, du kannst es auch zum Lunch essen, wenn du willst, und danach noch mal, und niemand regt sich auf, weil du dir den Appetit verdirbst oder weil dir schlecht wird.«

»Schon toll«, pflichtete Jeremy bei.

»Wir bleiben einfach hier hocken und essen Eis, bis es uns wieder hochkommt.«

»Klingt gut, Wir sollten es aber nicht verschwenden.«

»Was?«

Jeremy erklärte. »Wenn wir kotzen müssen, dann nicht auf den Boden. Wir sollten jemanden vollkotzen.«

»Prima«, meinte Tod, der endlich begriff. »Jemanden, der es verdient und wo es sich lohnt.«

»Wie die da.« Jeremy zeigte auf zwei aufgetakelte Teenager, die gerade vorbeischlenderten. Sie trugen weiße Bermudas und bunte Blusen und fanden sich selbst so unwiderstehlich, daß sie wirklich zum Kotzen waren, selbst wenn man nichts gegessen hatte und nur ein trockenes Würgen hervorbrachte.

»Oder die alten Knacker da drüben«, sagte Tod und deutete auf ein älteres Ehepaar, das sich gerade ein Eis kaufte.

»Nein, die nicht«, erklärte Jeremy. »Die sehen doch selber aus wie ausgekotzt.«

Tod fand den Gedanken so göttlich, daß er sich fast an seinem Eis verschluckte. Manchmal war er halt schon in Ordnung.

»Irgendwie komisch mit dem Eis«, meinte er, als er sich wieder beruhigt hatte.

»Was ist komisch daran?« hakte Jeremy nach.

»Eis wird aus Milch gemacht, die von Kühen kommt. Und die Schokolade machen sie aus Kakaobohnen. Aber wessen Eier müssen dran glauben für die Sauce?«

Stimmte schon, manchmal war Tod schwer in Ordnung.

Aber als sie gerade so schön am Lachen waren und in bester Stimmung, lehnte er sich über den Tisch und strich Jeremy leicht über das Haar. »Du und ich, Jer, wir gehen durch dick und dünn, bleiben ewig Freunde, bis wir abkratzen, okay?«

Der meinte das wirklich. Hatte sich selbst reingelegt. Er war so gräßlich aufrichtig, daß Jeremy *ihn* zum Kotzen fand.

Statt dessen fragte er: »Was kommt jetzt? Willst du mich auf den Mund küssen?«

Tod ging nicht auf den feindseligen Ton seines Freundes ein und grinste ihn unbeeindruckt an. »Du kannst mich mal.«

»Selber!«

Sie kabbelten sich weiter den ganzen Weg bis zur nächsten Attraktion. Die ›Sumpfbestie‹ war nicht besonders aufregend und schlecht gemacht, doch immerhin für ein paar

Witze gut. Tod tobte eine Weile ganz ausgelassen, und es war lustig, mit ihm zusammenzusein.

Nach der ›Schlacht im Weltraum‹ fing Tod aber wieder an und nannte sie beide »die größten Astronauten-Asse«, was Jeremy irgendwie verlegen machte, weil es so albern und kindisch war. Zugleich ärgerte es ihn, weil es auf andere Weise gesagt nur wieder bedeutete »wir sind Kumpel, Kameraden, ewige Blutsbrüder«. Als sie den ›Skorpion‹ bestiegen und er aus der Halle zog, sagte Tod: »Ist ja gar nichts, ist doch bloß ein Sonntagsspaziergang für zwei Astronauten-Asse wie wir.« Beim Betreten der »Welt der Riesen« legte Tod Jeremy den Arm um die Schultern und meinte: »Die beiden Astronauten-Asse werden ja wohl noch mit einem dämlichen Riesen fertig oder?«

Jeremy lag es auf der Zunge zu sagen, *Hör zu, du Trottel, wir sind doch nur Freunde, weil dein Alter und meiner zufällig in der gleichen Branche arbeiten, deshalb hat man uns zusammengebracht. Ich hasse diesen Arm-um-die-Schulter-legen-Scheiß, also laß es gut sein. Wir wollen unseren Spaß haben und uns gut amüsieren, mehr nicht. In Ordnung?*

Selbstverständlich sagte er nichts dergleichen, weil die richtig guten Spieler im Leben nie zugaben, daß alles nur ein Spiel war. Wenn man die anderen Mitspieler merken ließ, daß man sich nicht um die Spielregeln scherte, ließen sie einen nicht mitspielen. Geh ins Gefängnis. Geh direkt ins Gefängnis. Geh nicht über Los. Eine Runde aussetzen.

Gegen sieben Uhr abends, als sie genug Junkfood gefuttert hatten und vorbildlich hätten erbrechen können, wenn es darauf ankam, hatte Jeremy die Nase so voll von Tods Astronauten-Gequassel und seinen Freundschaftsbeweisen, daß er sehnlichst wünschte, es wäre schon zehn Uhr und Mrs. Ledderbeck würde mit ihrem Wagen auftauchen.

Es geschah bei der Fahrt mit dem ›Tausendfüßler‹, als sie gerade durch einen pechschwarzen Tunnel schossen und Tod wieder von den Astronauten-Assen faselte. Das war einmal zuviel. Jeremy beschloß, ihn zu töten. Sowie ihm der Gedanke durch den Kopf schoß, wußte er, daß er seinen »besten Freund« umbringen mußte. Und es schien so *richtig*.

Wenn das Leben ein Spiel war mit einem Buch von Zigtausenden von Regeln, konnte es ja überhaupt keinen Spaß machen – es sei denn, man fand Mittel und Wege, die Regeln zu brechen, und durfte trotzdem weiterspielen. *Jedes* Spiel war langweilig, wenn man sich an die Spielregeln hielt – Monopoly, Rommé, Baseball. Schummelte man aber an den Schlagbasen, vertauschte man unbemerkt die Karten oder drehte den Würfel, wenn der Spielpartner nicht aufpaßte, bekam sogar ein lahmes Spiel einen gewissen Reiz. Den größten Nervenkitzel kriegte man aber nur im Spiel des Lebens, wenn man mit einem Mord davonkam.

Der ›Tausendfüßler‹ hielt mit kreischenden Bremsen an der Ausstiegsplattform, und Jeremy schlug vor: »Los, gleich noch mal.«

»Klar doch.«

Sie stürzten zum Ausgang, um sich sofort wieder für den Eintritt anzustellen. Im Laufe des Tages hatte sich der Vergnügungspark gefüllt, und man mußte jetzt gute zwanzig Minuten in der Schlange anstehen, bis man dran war.

Als sie herauskamen, war der Abendhimmel genau über ihnen tiefblau, pechschwarz im Osten und orangefarben im Westen. In Fantasy World setzte die Abenddämmerung früher ein und dauerte länger als im westlichen Teil des Landes, weil eine hohe Bergkette zwischen dem Vergnügungspark und dem fernen Ozean die letzten Sonnenstrahlen abfing. Die Berge standen als schwarze Silhouetten vor dem feurigen Abendhimmel, wie ausgediente Halloween-Masken.

Mit dem Einbruch der Dunkelheit hatte Fantasy World andere, eher bizarre Formen angenommen. Lichterketten und -kerzen wie zu Weihnachten zierten die Gebäude und stählernen Aufbauten der Fahrgeschäfte. In den Bäumen flackerten weiße Birnchen, und zwei Scheinwerfer schwenkten abwechselnd über den schneebedeckten Gipfel des künstlichen Big Foot Mountain. Neonlichter erstrahlten in allen erdenklichen Farbtönen, und draußen von der Mars-Insel schossen bunte Laserstrahlen in den Abendhimmel, als wollten sie ein imaginäres Raumschiff abfangen. In der warmen Brise, die nach frisch geröstetem Popcorn und heißen

Erdnüssen roch, gaukelten Fähnchen und Wimpel. Fetzen von Musik jeder Stilrichtung drangen aus den Festbuden, in der Open-air-Disko am südlichen Parkende dröhnte Rock 'n' Roll, und in einer anderen Bude swingte eine Bigband. Die Menschen plauderten angeregt miteinander, lachten und amüsierten sich, und von den Abenteuerfahrten klangen schrille Schreie herüber.

»Mit Mutprobe diesmal«, rief Jeremy, als er mit Tod zur Startrampe des ›Tausendfüßlers‹ rannte.

»Klar«, erwiderte Tod. »Mit Mutprobe.«

Der ›Tausendfüßler‹ war eine überdachte Achterbahn, wie der Space Mountain in Disneyland. Doch anstatt in einem riesigen Raum hin- und her-, auf- und abzufliegen, schoß dieser hier durch eine lange Reihe von Tunneln, die teils dunkel, teils erleuchtet waren. Die Fahrergondel wurde durch eine stabile Stange in Bauchhöhe gesichert, doch wer schlank und gelenkig genug war, konnte sich drunter durchzwängen und auf die Fußstütze stellen. Man stand mit dem Rücken an die Stange gepreßt und packte sie von rückwärts oder hakte die Arme von hinten unter – das war Fahren mit Mutprobe, »Achterbahn-Surfen« sozusagen.

Es war dumm und gefährlich zugleich, was sie da vorhatten. Und sie wußten es. Sie hatten es aber schon unzählige Male gemacht, nicht nur auf dem ›Tausendfüßler‹, auch in anderen Achterbahnen. Die Mutprobe ließ den Adrenalinspiegel unerhört in die Höhe schnellen und verpaßte einem wirklich den Kick, besonders in einem pechschwarzen Tunnel, wo man nicht sehen konnte, was auf einen zukam.

»Astronauten-Asse!« rief Tod, während sie in der Schlange warteten. »Ein Astronauten-As hat keine Angst, den ›Tausendfüßler‹ herauszufordern, stimmt's?«

»Genau«, sagte Jeremy, als sie sich durch den Eingang drängten. Von ferne hörten sie das Gekreisch der Leute, deren Wagen bereits in die dunklen Tunnel donnerten.

Einem Gerücht zufolge (und Gerüchte rankten sich um jeden Freizeitpark mit derlei Abenteuer- und Geisterbahnen) hatte ein Junge das »Achterbahn-Surfen« auf dem ›Tausendfüßler‹ mit dem Leben bezahlt, weil er zu groß war. Die Tunneldecke schien in den beleuchteten Sektoren hoch genug zu sein, doch hieß es, daß sie an einer dunklen Passage abgesenkt war – vielleicht liefen hier die Rohre der Klimaanlage durch, oder man hatte eine Zwischendecke eingezogen, vielleicht waren auch bloß die Konstrukteure Nullen gewesen. Jedenfalls schlug der Junge, aufrecht im Wagen stehend, mit dem Schädel gegen diesen Vorsprung, er hatte ihn nicht mal kommen sehen. Sein Gesicht wurde zerschmettert, und er wurde regelrecht geköpft. Die ahnungslosen Fahrgäste in den nachfolgenden Wagen wurden von umherspritzendem Blut, Hirn und abgebrochenen Zähnen übersät.

Jeremy glaubte dieses Märchen nicht einen Moment lang. Fantasy World war schließlich nicht von Leuten gebaut worden, die Stroh im Kopf hatten. Ganz bestimmt hatten sie damit gerechnet, daß die Kinder versuchen würden, unter der Sicherheitsstange durchzuklettern, denn nichts war wirklich kindersicher, und somit würden sie die Tunneldecke auch überall hoch genug gezogen haben. Das Gerücht besagte weiter, daß an der bewußten Stelle im Dunkeln immer noch Blutflecke und Reste von angetrockneter Hirnmasse klebten, was natürlich reiner Blödsinn war.

Die eigentliche Gefahr für jeden, der aufrecht stehend durch den Tunnel fuhr, lag darin, in einer scharfen Kurve oder beim unerwarteten Beschleunigen des Zuges das Gleichgewicht zu verlieren und herauszufallen. Jeremy rechnete sich aus, daß es ungefähr sechs bis acht extreme Kurven auf der Strecke gab, wo Tod Ledderbeck leicht aus dem Wagen stürzen konnte, ohne daß man groß nachhelfen mußte.

Die Warteschlange schob sich langsam vorwärts. Jeremy war weder ungeduldig, noch hatte er Angst. Je näher sie an die Einlaßschranken vorrückten, desto mehr steigerte sich seine Erregung. Gleichzeitig wurde er immer entschlossener. Kein Zittern der Hände, kein flaues Gefühl im Magen. Er wollte es endlich *tun*.

Der Einsteigebahnhof glich einer Höhle mit riesigen Stalagmiten und Stalaktiten. Seltsame helläugige Geschöpfe schwammen in den trüben Tiefen unheimlicher Teiche, mutierte Albinokrebse krochen am Ufer herum und langten mit gräßlichen Riesenscheren nach den Leuten auf der Einstiegsplattform, schnappten nach ihnen, nur waren ihre Arme nicht lang genug, um sich ein zusätzliches Abendbrot zu greifen.

Jeder Zug bestand aus sechs Wagen, in jeden paßten zwei Personen. Die Waggons waren wie die Segmente eines Tausendfüßlers angestrichen; den ersten schmückte sogar ein Insektenkopf mit beweglichen Kieferzangen und schwarzen Facettenaugen, ein richtiges Monstergesicht. Der letzte Wagen trug einen aufgebogenen Stachel, der mehr zu einem Skorpion denn zum Hinterteil eines Tausendfüßlers paßte. Es wurden immer zwei Züge gleichzeitig abgefertigt, und sie donnerten in Sekundenabstand in den Tunnel davon. Das Ganze war natürlich computergesteuert, und somit bestand keine Gefahr, daß zwei Züge ineinanderrasten.

Jeremy und Tod wurden dem ersten Zug zugeteilt.

Tod wollte eigentlich in den ersten Wagen, dort war das Risiko für ihre Mutprobe besonders groß, weil sie alles als erste erlebten: jeden Sturz ins Dunkel, den kalten Luftstrahl aus den Wanddüsen, die Explosion, wenn sie durch Schwingtüren ins gleißende Licht schossen. Außerdem gehörte zu einer echten Mutprobe auch das Angeben, und der erste Wagen bot die geeignete Plattform für derlei Exhibitionismus, weil die Passagiere der hinteren Wagen auf den hellen Streckenabschnitten wie gebannt zuschauten.

Nachdem der erste Wagen bereits belegt war, rannten sie zum hinteren. Letzte im Zug zu sein war fast so gut wie erste, weil das Gekreisch der Leute vor einem den Adrenalinspiegel hob und die Erwartungen steigerte. Sicher in einem der mittleren Wagen zu sitzen paßte irgendwie nicht zu einer Mutprobe.

Die Sicherheitsstangen senkten sich automatisch, als alle zwölf Passagiere ihre Plätze eingenommen hatten. Eine technische Aufsicht schritt die Plattform ab und vergewisserte sich, daß die Stangen fest eingerastet waren.

Jeremy dankte dem Schicksal, daß sie nicht im ersten Wagen saßen, sonst hätte er zehn Augenzeugen hinter sich gehabt. In der pechschwarzen Finsternis der unbeleuchteten Tunnelabschnitte würde er nicht einmal seine eigene Hand vor Augen erkennen, um so weniger würde irgend jemand sonst sehen können, wie er Tod aus dem Wagen stieß. Doch hier ging es um den ultimativen Regelverstoß, und er wollte kein unnötiges Risiko eingehen. Alle potentiellen Augenzeugen saßen also direkt vor ihm und starrten nach vorn. Es wäre ihnen sogar unmöglich gewesen, sich nach hinten umzudrehen, weil jeder Sitz zum Schutz vor Rückstößen mit einer überhöhten Rückenlehne versehen war.

Die Aufsicht hatte den Routinecheck beendet und gab dem Mann am Instrumentenpult das Signal zur Abfahrt.

»Jetzt geht die Post ab«, sagte Tod.

»Ja, jetzt geht die Post ab«, pflichtete Jeremy bei.

»Astronauten-Asse!« johlte Tod.

Jeremy biß die Zähne zusammen.

»Astronauten-Asse!« grölte Tod noch einmal.

Ach, zum Teufel. Einmal ist keinmal. Und Jeremy brüllte: »Astronauten-Asse!«

Der Zug setzte sich nicht mit dem sonst bei Achterbahnen üblichen Rucken und Rütteln in Bewegung. Ein ungeheurer Preßluftschub katapultierte ihn regelrecht nach vorn, verbunden mit einem ohrenbetäubenden Knall, als wäre eine Kugel abgefeuert worden. Sie wurden in die Sitze gepreßt, flogen an dem Bedienungsmann vorbei und verschwanden im schwarzen Schlund des Tunnels.

Pechschwarze Finsternis umgab sie.

Damals war er erst zwölf. Noch nicht gestorben. Noch nicht in der Hölle gewesen. Noch nicht zurückgekehrt. Die Dunkelheit machte ihn damals genauso blind wie alle anderen, wie Tod.

Der Zug donnerte durch Schwingtüren in einen hell erleuchteten Tunnelabschnitt, der langsam anstieg. Dann drosselte der Zug sein Tempo, bis er fast nur noch kroch. Links und rechts wurden sie von Monsterfiguren bedroht, bleichen, mannshohen Gestalten, die sich aufrichteten und hohle Schreie ausstießen. In ihren runden Mäulern rotierten gräßliche Zähne wie die Messer in einer Müllvernichtungsanlage. Der Anstieg wurde immer steiler, und noch mehr mechanische Monster schnatterten, johlten, heulten, knurrten und kreischten ihnen entgegen. Sie waren bleich und schleimig, mit glühenden Augen oder schwarzen leeren Augenhöhlen, die Sorte Kreatur, die man normalerweise ganz tief unter der

Erde vermutete – natürlich nur, wenn man *keine* Ahnung hatte.

An dieser Stelle mußte man sich für die Mutprobe fertig machen. Obwohl es noch mehr Steigungen auf der Strecke gab, verlief die Fahrt hier für eine Weile relativ ruhig, und man hatte Zeit genug, unter der Sicherheitsstange durchzuklettern.

Jeremy fing an, sich mühsam unter der Stange durchzuwinden, doch Tod rührte sich nicht. »He, komm schon, du Schlafmütze, du mußt an deinem Platz sein, bevor wir oben sind.«

Tod sah sich ängstlich um. »Wenn sie uns erwischen, werfen sie uns raus.«

»Die erwischen uns schon nicht.«

Zum Ende der Fahrt würde der Zug gemächlich durch ein dunkles Tunnelsegment rollen, und die Fahrgäste konnten sich wieder beruhigen. In diesen letzten Sekunden, bevor der Zug in die künstliche Höhle einlief, von der sie gestartet waren, konnte man sich wieder unter der Sicherheitsstange durchzwängen und bequem Platz nehmen. Jeremy wußte, daß er es konnte, er hatte auch keine Angst davor, erwischt zu werden. Tod brauchte sich auch keine Sorgen zu machen, wie er auf seinen Sitz zurückkam, denn bis dahin würde er schon tot sein. Er brauchte sich dann überhaupt keine Gedanken mehr zu machen.

»Ich hab' keine Lust, mich wegen der Mutprobe rausschmeißen zu lassen«, maulte Tod, als der Zug die erste lange Steigung zur Hälfte genommen hatte. »Der Tag war doch super, und wir haben noch viel Zeit, bis Mom uns abholt.«

Mutierte Albinoratten pfiffen rechts und links von den künstlichen Felsen, und Jeremy sagte: »Schon gut, du bist und bleibst halt 'ne Memme.«

»Ich bin keine Memme«, erwiderte Tod trotzig.

»Aber ja doch, sicher.«

»Bin ich nicht!«

»Wenn die Schule wieder anfängt, solltest du den Haushaltskurs belegen, da lernst du kochen und stricken und wie man Blumenarrangements macht.«

»Du bist ein Arsch, weißt du das?«

»Ohhhhhh, jetzt hast du mir das Herz gebrochen«, schluchzte Jeremy, während er sich auf seinen Sitz kauerte. »Ihr Mädels könnt einem wirklich das Leben schwermachen.«

»Du Hirnamputierter.«

Der Zug kroch die Steigung hinauf, und das für Achterbahnen typische harte Klicken und Rattern ließ einem schon das Herz schneller schlagen und im Magen flau werden.

Jeremy zwängte sich unter der Stange durch und stellte sich auf die Fußstütze, den Blick nach vorn gerichtet. Als er über die Schulter blickte, sah er Tod in seinem Sitz schmollen. Inzwischen war es ihm egal, ob Tod zu ihm rauskletterte oder nicht. Er hatte beschlossen, den Jungen zu töten, und wenn schon nicht an seinem zwölften Geburtstag in Fantasy World, dann eben woanders, später. Allein der Gedanke daran machte ihm unheimlichen Spaß. Wie bei der Fernsehwerbung für Heinz-Ketchup, der so dickflüssig war, daß es anscheinend Stunden brauchte, bis er aus der Flasche troff: Vor-freuuuuuu-de! Wenn er ein paar Tage oder Wochen länger auf eine passende Gelegenheit warten mußte, Tod zu töten, gab das der Sache nur noch mehr Reiz. Also piesackte er Tod nicht weiter und schaute ihn nur verächtlich an. Vorfreuuuuuu-de!

»Ich habe keine Angst«, beteuerte Tod.

»Ja. Ja.«

»Ich will mir nur nicht den Tag verderben.«

»Aber ja doch.«

»Hirnie«, sagte Tod.

Jeremy zischte: »Astronauten-Asse, von wegen.«

Das saß. Tod fuhr so auf sein Freundschaftsgefasel ab, daß es ihn sichtlich traf, wenn nur der leiseste Zweifel daran geäußert wurde, daß er sich als echter Freund bewährte. Sein entgeisterter Gesichtsausdruck verriet nicht nur, daß er zutiefst verletzt war, sondern auch eine Verzweiflung, die Jeremy überraschte. Vielleicht verstand Tod *doch,* worum es im Leben ging, daß es lediglich ein brutales Spiel war, bei dem jeder Spieler es nur darauf anlegte, als Sieger daraus hervorzugehen, und das hatte den guten Tod wohl ganz aus der Fassung gebracht. Er war in Panik und klammerte sich an den letzten Strohhalm, an seinen Begriff von Freundschaft. Spielte man das Spiel mit einem oder zwei Partnern, ging es um den Rest der Welt gegen dein kleines Team, das ließ sich ertragen. Besser als die ganze Welt gegen dich ganz *allein*. Tod Ledderbeck und sein alter Kumpel Jeremy gegen den Rest der Welt war irgendwie romantisch und voller Abenteuer, aber Tod Ledderbeck allein auf sich gestellt, da bekam er Hosenflattern.

Tod hockte niedergeschlagen hinter der Sicherheitsstange, dann beschloß er zu handeln. Mit dem Mut der Verzweiflung zwängte er sich unter der Stange durch.

»Beeil dich doch«, rief Jeremy ihm zu. »Wir sind gleich oben.«

Tod hatte sich endlich nach draußen geschlängelt und hangelte mit den Füßen nach der Stütze, auf der Jeremy bereits stand. Sein Fuß verfing sich, und er wäre beinahe aus dem Wagen gefallen.

Jeremy packte ihn und hielt ihn fest. *Hier* war nicht die geeignete Stelle, wo Tod stürzen sollte. Der Zug fuhr viel zu langsam. Tod würde sich höchstens ein paar Schrammen und blaue Flecken einhandeln.

So standen sie nun Seite an Seite vor der Sicherheitsstange, die Füße breitbeinig auf den Wagenboden gestemmt, preßten sich mit dem Rücken an die Stange, der sie soeben entronnen waren, umklammerten sie von hinten und grinsten einander an, als der Zug die Steigung genommen hatte und oben angekommen war. Durch eine Schwingtür ging es in den nächsten finsteren Tunnel. Die Strecke verlief lange genug geradeaus, um die Spannung der Fahrgäste genüßlich zu steigern. Vor-freuuuuuu-de. Als Jeremy es kaum noch aushalten konnte, schoß der erste Wagen talwärts, und die Leute darin kreischten in der Dunkelheit. Gleich darauf folgte der zweite Wagen, der dritte, der vierte und fünfte –

»Astronauten-Asse!« grölten Jeremy und Tod wie aus einer Kehle.

– und der letzte Wagen des Zugs donnerte mit ungeheuerem Tempo hinter den anderen in die Tiefe. Der Wind fuhr ihnen um die Ohren und ließ ihre Haare nach hinten wehen. Dann kam eine atemberaubende Rechtskurve, als sie am wenigsten erwartet wurde, eine kleine Steigung, wieder eine Rechtskurve auf geneigter Strecke, daß sich die Wagen in die Seite legten, schneller, immer schneller, dann wieder ein Stück geradeaus und erneut eine Steigung, doch bei ihrem Tempo nahmen sie die wie im Flug und stiegen noch höher, wurden jetzt etwas langsamer, langsamer, je näher sie der Spitze kamen. Vor-freuuuuu-de. Dann waren sie über den Grat und rasten hinunter, rasten, rasten in diese unendliche Tiefe, daß Jeremy meinte, sein Magen würde ihm aus dem Körper gerissen. Er wußte, was jetzt kam, dennoch war er atemlos vor Spannung. Der Zug fuhr jetzt einen riesigen Looping, schoß über Kopf durch das Rund. Jeremy stemmte die Füße in den Wagenboden und hielt die Sicherheitsstange umklammert, als sei er daran festgeschweißt. Er hatte das Gefühl, gleich würde er aus dem Wagen getragen und auf die Schienen geschmettert. Natürlich wußte er rein verstandesmäßig, daß die Zentrifugalkraft ihn da halten würde, wo er doch eigentlich nicht hingehörte, aber das war nicht wichtig: *Was man fühlte, hatte immer größere Bedeutung als das, was man wußte, das Gefühl zählte mehr als der Verstand.* Dann war der Looping zu Ende, der Zug donnerte wieder durch eine Schwingtür in einen hellen Tunnel und nutzte sein rasantes Tempo für die nächste Steigung, die nächsten Talfahrten und scharfen Kurven.

Jeremy sah Tod an.

Das gute alte Astronauten-As war ein wenig blaß um die Nase. »Keine Loopings mehr«, brüllte Tod in das Rattern des Zuges. »Das Schlimmste haben wir hinter uns.«

Jeremy brach in hämisches Lachen aus. *Das Schlimmste liegt noch vor dir, du Blödmann. Und für mich kommt das Beste erst – Vor-freuuu-de.*

Tod lachte ebenfalls, aber bestimmt aus anderen Gründen.

Nachdem sie die zweite Steigung genommen hatten, passierte der Zug eine dritte Schwingtür und tauchte erneut in eine pechschwarze Finsternis ein. Jeremy war jetzt besonders erregt, weil er wußte, daß Tod Ledderbeck soeben das letzte Mal in seinem Leben Licht gesehen hatte. Der Zug neigte sich nach rechts und links, sauste hinauf, donnerte hinunter und legte sich in einer Reihe von Haarnadelkurven auf die

Seite. Bei alldem spürte Jeremy Tod genau neben sich. Während sie den Bewegungen des Zuges folgten, streiften sie sich mit ihren bloßen Armen oder stießen mit den Schultern zusammen. Jeder Körperkontakt ließ Jeremy in Vorfreude erschauern, er bekam eine Gänsehaut vor Vergnügen. Er wußte, daß er die endgültige Macht über diesen Jungen besaß, die Macht über Leben und Tod, und was ihn von den anderen Weltwundern unterschied, die diese Bezeichnung doch in Wirklichkeit gar nicht verdienten, war, daß er keine Skrupel hatte, seine Macht *auszuüben*.

Er wartete auf einen Streckenabschnitt, der mit seinen wellenartigen Bewegungen das größte Risiko für ihre Mutprobe barg. Dann nämlich würde Tod sich in Sicherheit wiegen – *das Schlimmste haben wir hinter uns* – und würde um so leichter zu überrumpeln sein. Bevor sie zu der Steile kamen, die Jeremy für seinen Mord ausgewählt hatte, bot die Abenteuerfahrt noch eine besonders trickreiche Überraschung: eine Drehung um dreihundertsechzig Grad bei höchster Geschwindigkeit, wobei sich die Wagen auf die Seite legten. Sobald sie aus diesem Kreis herausfuhren, raste der Zug über sechs Hügel hintereinander, die zwar niedrig waren, aber so dicht aufeinanderfolgten, daß der Zug sich wie eine benebelte Raupe auf und ab, auf und ab, auf und ab wand, bis er schließlich die letzte Schwingtür erreichte, die sie in die künstliche Höhle führte, von der sie losgefahren waren.

Der Zug begann sich zu neigen.

Sie fuhren in die Dreihundertsechzig-Grad-Kurve.

Der Wagen legte sich auf die Seite.

Tod versuchte, aufrecht stehen zu bleiben, dennoch fiel er leicht gegen Jeremy, der auf der Innenseite des Wagens stand, als er in die Rechtskurve schoß. Das gute alte Astronauten-As heulte wie eine Sirene, um sich richtig in Ekstase zu bringen und das Letzte aus dieser Fahrt rauszuholen, nachdem das Schlimmste überstanden war.

Vor-freuuuu-de!

Jeremy schätzte, daß sie ein Drittel der Kurve durchfahren hatten … jetzt die Hälfte … das letzte Drittel.

Die Strecke verlief wieder gerade, sie kämpften nicht mehr mit der Schwerkraft.

Dann erreichte der Zug unvermutet den ersten Anstieg und schoß so schnell in die Höhe, daß es Jeremy den Atem nahm.

Seine rechte Hand, die am weitesten von Tod entfernt war, ließ die Stange los.

Der Zug raste talwärts.

Jeremy baute die Rechte zur Faust.

Sobald der Zug die Talsohle erreicht hatte, sauste er bereits auf die zweite Steigung zu.

Jeremy holte zu einem wilden Schwinger aus und schlug zu.

Der Zug donnerte ins Tal.

Der Schlag traf Tod mitten ins Gesicht. Jeremy spürte, wie das Nasenbein des Jungen brach.

Während der Zug die nächste Steigung nahm, stieß Tod einen gellenden Schrei aus, der jedoch in dem allgemeinen Gekreische und Gebrüll unterging.

Für den Bruchteil einer Sekunde würde Tod vermutlich glauben, daß er von dem Vorsprung getroffen worden war, der dem Gerücht zufolge einst einen Jungen geköpft hatte. In seiner Panik würde er die Stange loslassen. Zumindest hoffte Jeremy das, und ließ selber die Stange los, nachdem er den Schwinger ausgeführt hatte und der Zug in vollem Tempo den dritten Abhang hinunterraste. Er warf sich mit voller Wucht gegen seinen besten Freund, packte ihn, zerrte und stieß ihn mit aller Kraft zum Wagenrand. Tod versuchte, sich an Jeremys Haaren festzukrallen, doch der schüttelte wild den Kopf und stieß noch einmal zu, trat ihm in die Seite …

… der Zug flog die vierte Steigung hinauf …

… Tod kippte aus dem Wagen, stürzte in die Finsternis, in die Unendlichkeit. Jeremy geriet ins Wanken, verlor beinahe das Gleichgewicht und griff verzweifelt im Dunkeln nach der rettenden Stange, fand sie, klammerte sich fest …

… der Zug sauste wieder talwärts …

Jeremy meinte, einen letzten Schrei von Tod zu hören, gefolgt von einem dumpfen Aufprall, als er an die Tunnelwand schlug und im Sog des Zuges auf die Schienen zurückgerissen wurde, vielleicht war es aber auch nur Einbildung …

… raste mit schlingernden Bewegungen den nächsten Berg hinauf, daß Jeremy beinahe übel wurde …

… entweder war Tod da hinten in der Finsternis bereits tot, bewußtlos oder halb benommen und versuchte, auf die Beine zu kommen …

… donnerte talwärts. Jeremy wurde hin- und hergeschüttelt, er verlor beinahe den Halt, und schon ging es in die sechste und letzte Steigung …

… wenn er noch nicht ganz tot war, merkte Tod vielleicht gerade, daß da noch ein Zug angerast kam …

… wieder talwärts und dann in die Zielgerade.

Sobald er wieder ruhigeren Boden unter sich verspürte, trat Jeremy den Rückzug an und versuchte, sich ein Bein nach dem anderen unter der Sicherheitsstange hindurch auf seinen Platz zu zwängen. Am Ende des finsteren Tunnels lag die letzte Schwingtür. Sie führte in die hell erleuchtete Haupthöhle, in den Bahnhof mit dem Aufsichtspersonal, das ihn beim »Achterbahn-Surfen« erwischen würde.

Er arbeitete fieberhaft, um sich durch den schmalen Raum zwischen der Rückenlehne und der Stange durchzuwinden. Eigentlich nicht allzu schwierig. Es war einfacher, sich von außen unter der Stange durch auf den Sitz zu zwängen als umgekehrt. Geschafft.

Sie passierten die Schwingtür – *wummm* – und ratterten in gemächlichem Tempo auf die Ausstiegsplattform zu. Die Leute standen dichtgedrängt und blickten dem herannahenden Zug entgegen. Jeremy rechnete jeden Augenblick damit, daß sie mit dem Finger auf ihn zeigen und »Mörder« rufen würden.

Gerade als der Zug an der Rampe ausrollte und zum Halt kam, fingen überall rote Warnlampen an zu blinken. Aus den Lautsprechern hoch oben in den künstlichen Felsformationen ertönte die blecherne Stimme eines Computers: *»Der Zug mußte eine Notbremsung machen. Die Fahrgäste werden gebeten, auf ihren Plätzen zu bleiben …«*

Sobald sich die automatische Verriegelung der Sicherheitsstange gelöst hatte, erhob sich Jeremy von seinem Platz und sprang auf den Bahnsteig.

»… die Fahrgäste werden gebeten, auf ihren Plätzen zu bleiben,

bis das Aufsichtspersonal eintrifft und sie aus dem Tunnel führt …«

Die Männer von der technischen Aufsicht blickten einander ratlos an.

»… die Fahrgäste werden gebeten, auf ihren Plätzen zu bleiben …«

Jeremy wandte sich zu der Tunnelöffnung um, aus der sie eben erst gekommen waren. Der nächste Zug schob sich durch die Schwingtür.

»… die anderen Fahrgäste werden gebeten, Ruhe zu bewahren und sich zu den Ausgängen zu begeben …«

Der einlaufende Zug rollte nicht in der gewohnten Art heran, er ruckte und ruckelte und drohte, aus den Schienen zu springen.

Dann sah Jeremy, was die Vorderräder blockierte und den ersten Wagen fast zum Entgleisen brachte. Andere Fahrgäste mußten es auch entdeckt haben, denn plötzlich brachen sie in Schreie aus, die nichts mit dem fröhlichen Gekreisch und Gejohle eines Jahrmarktvergnügens gemein hatten. Dies waren Schreie des Entsetzens und des Grauens.

»… die Fahrgäste werden gebeten …

Mit einem letzten Rucken und Zucken kam der Zug weit vor der Plattform zum Stehen. Da hing etwas am Kopf des grausamen Insekts, das den ersten Wagen schmückte, hatte sich in seinem gezahnten Unterkiefer verfangen. Es war der spärliche Rest vom guten alten Astronauten-As. Würde einen appetitlichen Happen für so eine monströse Wanze bieten.

»… alle Fahrgäste werden gebeten, Ruhe zu bewahren und sich zu den Ausgängen zu begeben …«

»Schau nicht hin, Junge«, sagte ein Aufsichtsbeamter mitfühlend zu Jeremy und drehte ihn von dem grausamen Spektakel weg. »Mach um Gottes willen, daß du wegkommst.«

Das Aufsichtspersonal hatte den Schock soweit überwunden, daß es die Leute zu den Ausgängen dirigieren konnte. Jeremy barst schier vor Aufregung, doch als ihm bewußt wurde, wie dämlich er vor sich hingrinste und daß er viel zu freudig erregt war, um den trauernden Freund überzeugend zu spielen, schloß er sich den anderen an, die panikartig zum Ausgang drängten.

Draußen glitzerte unbekümmert die weihnachtliche Festbeleuchtung, die Laserstrahlen schossen unverändert in den dunklen Nachthimmel, und Neon-Regenbogen standen links und rechts am Himmelrand. Tausende von Besuchern gingen ihrem Vergnügen nach, ahnungslos, daß der Tod mitten unter ihnen weilte. Da machte Jeremy, daß er wegkam. Er rannte los, drängte und quetschte sich durch die Menschenmenge, wich manchem Beinahzusammenstoß aus und wußte eigentlich gar nicht, wohin er rannte. Irgend etwas trieb ihn weiter, bis er genug Abstand zwischen sich und Tod Ledderbecks zerfetzten Körper gelegt hatte.

Schließlich machte er an dem künstlichen See halt, auf dem Hovercraft-Zubringer emsig zwischen der Mars-Insel und dem Anleger hin- und hersurrten. Er kam sich selber wie auf dem Mars oder einem anderen fremden Stern vor, wo die Schwerkraft geringer schien als auf der Erde. Er befand sich in einem Schwebezustand und fühlte sich, als ob er gleich abheben und davonfliegen würde.

Er setzte sich auf eine Bank, um sich an etwas festzuhalten, saß mit dem Rücken zum See und starrte auf die mit Blumenbeeten gesäumte Promenade, auf der unzählige Leute unterwegs waren. Endlich ließ er dem Gelächter freien Lauf, das in ihm hochdrängte wie die Kohlensäurebläschen in einer durchgeschüttelten Cola-Flasche. Mit einem gewaltigen Prusten machte er sich Luft und wurde bald von solchen Lachsalven geschüttelt, daß er sich festhalten mußte, um nicht von der Bank zu fallen. Die Leute wurden auf ihn aufmerksam und starrten ihn an, und ein Ehepaar blieb vor ihm stehen und fragte, ob er sich verlaufen hätte. Jeremy keuchte vor Lachen, und die Tränen liefen ihm über das Gesicht. Die dachten wohl, daß er weinte, das kleine zwölfjährige Dummchen, das seine Eltern in der Menge verloren hatte und jetzt nicht wußte, was es tun sollte. Ihre Ahnungslosigkeit brachte ihn nur noch mehr zum Lachen.

Als das Lachen schließlich verebbte, beugte er sich vor und starrte auf seine Turnschuhe. Er überlegte, was er Mrs. Ledderbeck für eine Geschichte auftischen sollte, wenn sie ihn und Tod um zehn Uhr abholen kam – vorausgesetzt die Verantwortlichen des Vergnügungsparks hatten die Leiche noch nicht identifiziert und sich mit Mrs. Ledderbeck in Verbindung gesetzt. Jetzt war es acht Uhr. »Er wollte unbedingt die Mutprobe auf der Achterbahn«, erklärte Jeremy seinen Turnschuhen. »Ich hab versucht, ihn davon abzubringen, aber er bestand darauf und nannte mich einen Blödmann, weil ich nicht mitmachen wollte. Tut mir leid, Mrs. Ledderbeck, Doktor Ledderbeck, aber so hat er halt manchmal geredet. Er dachte wohl, daß er damit unheimlich cool wirkt.« Klang schon ganz gut für den Anfang, doch sollte er noch etwas mehr Betroffenheit zeigen: »Ich wollte einfach nicht mitmachen, also ging Tod alleine los und fuhr mit dem ›Tausendfüßler‹. Ich hab' am Ausgang gewartet, und als dann all die Leute rauskamen und von diesem zerfetzten und blutigen Körper redeten, wußte ich gleich, wen sie meinten, und ich … und ich … irgendwie kriegte ich die Panik.« Das Aufsichtspersonal würde sich nicht mehr daran erinnern können, ob Tod allein oder mit einem Freund zusammen in den Wagen gestiegen war, sie hatten täglich mit Tausenden von Fahrgästen zu tun und konnten unmöglich wissen, wer allein und wer mit wem zusammen gewesen war. »Es tut mir so leid, Mrs. Ledderbeck, ich hätte es ihm ausreden müssen. Ich hätte mit ihm gehen sollen und ihn irgendwie davon abhalten. Ich komm' mir so dumm vor, so … hilflos. Warum hab' ich ihn alleine mit dem ›Tausendfüßler‹ fahren lassen? Macht so was ein bester Freund?«

Gar nicht so übel. Er mußte noch ein wenig daran feilen, doch mußte er aufpassen, daß er nicht zu dick auftrug. Rührung ja, tränenerstickte Stimme, ja. Aber keine lauten Schluchzer oder ähnlich dramatische Effekte.

Für Jeremy stand fest, daß er es bringen würde.

Jetzt war er ein Meister des Spiels.

Sowie die Geschichte glaubwürdig klang, machte sich sein Hunger bemerkbar. Ein Bärenhunger. Jeremy zitterte geradezu vor Hunger. An einer Imbißbude kaufte er sich einen Hot dog mit allem, was dazugehört – Zwiebeln, Relish, Chili, Senf, Ketchup –, und schlang ihn hinunter. Er jagte frisch gepreßten Orangensaft hinterher. Das Zittern hielt an. Als Nachtisch kaufte er sich eine Eiscremewaffel.

Das äußere Zittern hatte aufgehört, nur innerlich bebte er noch. Nicht etwa aus Furcht. Es ähnelte vielmehr dem köstlichen Kribbeln, das ihn jedesmal überkam, wenn er einem Mädchen nachstarrte und sich vorstellte, wie es mit ihr wäre, nur unvergleichlich viel besser. Ähnlich dem aufregenden Schauer, der ihm über den Rücken lief, als er im Laguna Beach Park über den Sicherheitszaun geklettert war, sich genau an den Rand des Sandkliffs gestellt und auf die Wellen tief unten geblickt hatte, die gierig an den Felsen leckten. Dieses Gefühl, wie der Boden unter seinen Schuhen allmählich abbröckelte, immer weiter, bis zur Sohlenmitte bereits ... und er hatte gewartet, gespannt darauf gewartet, ob der trügerische Boden mit einemmal unter ihm wegbrechen und ihn mitreißen würde, bevor er noch Zeit hätte, zurückzuspringen und die rettende Stange zu packen. Doch er hatte ausgeharrt und gewartet ...

Dieses erregende Kribbeln, das Jeremy jetzt empfand, übertraf alles andere noch um vieles. Es wuchs von Minute zu Minute, ein sinnliches inneres Feuer, das der Mord an Tod nicht gelöscht, sondern noch angefacht hatte.

Sein dunkles Gelüst wurde zu einer quälenden Begierde.

Er strich im Park herum auf der Suche nach Befriedigung.

Es überraschte ihn, daß alles in Fantasy World seinen normalen Gang nahm, als ob es das Unglück beim ›Tausendfüßler‹ nie gegeben hätte. Er hatte angenommen, daß der ganze Vergnügungspark geschlossen würde, nicht nur die eine Achterbahn. Dann wurde ihm klar, daß Geld wichtiger war als die Trauer um einen Besucher. Und selbst wenn einige der Leute, die Tods zerfetzten Körper gesehen hatten, die Geschichte weitertrugen, wurde sie wahrscheinlich als ein Aufwärmen des alten Gerüchts abgetan. Alles drehte sich wie eh und je im Park nur um oberflächliches, schnelles Vergnügen, und daran würde sich auch nichts ändern.

Einmal traute er sich am ›Tausendfüßler‹ vorbei, allerdings in einem gewissen Abstand, weil er nicht sicher war, ob er seine Erregung über die vollbrachte Tat und seinen Stolz über den neuerworbenen Status würde verbergen können. Meister des Spiels. Das Eingangsgebäude war mit Ketten versperrt, Zutritt verboten. Ein Schild WEGEN REPARATURARBEITEN GESCHLOSSEN hing an der Eingangstür. Nicht etwa wegen Tod, das Astronauten-As konnte man nicht mehr reparieren. Da stand aber keine Ambulanz, die sie ja vielleicht benötigt *hätten*, auch kein Leichenwagen. Polizei war auch nicht zu sehen. Seltsam.

Dann fiel ihm eine Fernsehsendung über die technische Unterwelt von Fantasy World ein: eine Welt aus Katakomben, unterirdischen Versorgungstunneln, Lagerräumen, Sicherheitsüberwachung und Kontrollzentren für die computergesteuerten Geister- und Achterbahnen, wie in Disneyland. Um keine Unruhe unter den zahlungskräftigen Besuchern aufkommen zu lassen und die Schaulustigen abzuhalten, waren die Polizei und die Leute von der Gerichtsmedizin vermutlich durch diese unterirdischen Tunnel hereingeschleust worden.

Jeremy spürte, wie dieses innere Kribbeln heftiger wurde. Dieses Gelüst. Die Gier.

Er war ein Meister des Spiels. Keiner konnte ihm etwas anhaben.

Vielleicht sollte er den Bullen und den Jungs vom Labor noch mehr zu tun geben, damit sie bei Laune blieben.

Er schlich weiter durch den Park wie ein Raubtier auf Beutezug, wachsam, auf der Suche nach einer günstigen Gelegenheit. Sie fand sich, wo er sie am wenigsten erwartet hätte, auf der Männertoilette.

Ein etwa dreißigjähriger Mann stand an einem der Waschbecken und begutachtete sich im Spiegel, kämmte sein dichtes blondes Haar, das von Frisiercreme glänzte. Er hatte ein paar persönliche Gegenstände auf die Spiegelablage gelegt: Brieftasche, Autoschlüssel, eine Taschenpackung Mundspray, ein halbleeres Päckchen Pfefferminz-Kaugummi (der Kerl litt offenbar unter einem Mundgeruch-Komplex) und ein Feuerzeug.

Das Feuerzeug weckte augenblicklich Jeremys Interesse. Es war nicht etwa eines dieser Wegwerf-Plastikfeuerzeuge, nein, es war aus Stahl in der Form einer Miniaturbrotscheibe mit einem aufklappbaren Deckel. Wenn man den aufschnippte, erschienen Zündstein und Docht. Das fluoreszierende Deckenlicht verlieh den sanften Kurven dieses Feuerzeugs etwas ganz Besonderes, es wurde zu einem übernatürlichen Objekt mit einem merkwürdigen eigenen Strahlen. Ein Fanal, aber nur für Jeremy erkennbar.

Er zögerte einen Moment, dann ging er zu einem der Urinbecken. Als er seinen Reißverschluß wieder hochzog, sah er, daß der Typ immer noch vor dem Spiegel stand und sich herausputzte.

Jeremy achtete streng darauf, sich nach dem Pinkeln immer die Hände zu waschen, denn das tat man als wohlerzogener Mensch. Das war eine der Regeln, die ein guter Spieler beachtete.

Er trat an das Waschbecken neben dem Schönling. Während er sich ausgiebig die Hände seifte, konnte er seinen Blick nicht von dem Feuerzeug abwenden, das nur Zentimeter entfernt auf der Ablage lag. Er schalt sich innerlich, wie dumm er sich verhielt. Der Kerl würde gleich merken, daß er es auf sein Feuerzeug abgesehen hatte. Doch die schlanken silbernen Konturen fesselten ihn. Während er wie gebannt darauf starrte und sich die Seife von den Händen spülte, vermeinte er das Knistern und Prasseln eines alles verzehrenden Feuers zu hören.

Der Mann steckte seine Brieftasche ein, ließ die anderen Dinge jedoch noch liegen und ging zu einem der Urinbecken. Jeremy wollte gerade nach dem Feuerzeug greifen, als die Tür aufging und ein Vater mit seinem Sprößling hereinkam. Sie hätten alles verderben können, doch sie gingen jeder in eine Toilettenkabine und verriegelten die Türen. Jeremy wußte sofort, daß dies ein Zeichen war. Tu's doch, sagte das Zeichen. Nimms dir, mach schon, los. Jeremy warf einen Blick auf den Mann am Urinbecken, schnappte sich das Feuerzeug, drehte sich um, ging hinaus, ohne sich die Hände abzutrocknen. Niemand verfolgte ihn.

Das Feuerzeug fest in der rechten Faust, schlich er sich durch den Park auf der Suche nach dem perfekten brennbaren Material. Die Gier in ihm war jetzt so intensiv, daß sie wie Feuer brannte. Die Hitze breitete sich aus von seinem Schritt über den Bauch und den Rücken, dann war sie in seinen Händen und in den Beinen, die vor Erregung manchmal weich wie Gummi waren.

Gier ...

Als er den letzten Schokoladenkeks vertilgt hatte, rollte Vassago die leere Tüte zusammen, verknotete sie außerdem noch zum kleinstmöglichen Päckchen und warf sie in die Abfalltüte neben der Kühltasche. Sauberkeit galt als eines der obersten Gebote in der Welt der Lebenden.

Er verlor sich nur allzu gern in der Erinnerung an jene besondere Nacht vor acht Jahren, als er zwölf war und sich für immer verändert hatte. Doch jetzt war er müde und wollte schlafen. Vielleicht träumte er wieder von der Frau, die Lindsey hieß. Vielleicht hatte er auch wieder eine Vision, würde zu jemandem geführt, der zu der Frau gehörte. Denn irgendwie schien sie Teil seines Schicksals zu sein, er fühlte sich von Kräften zu ihr hingezogen, die er zwar nicht verstand, aber respektierte. Beim nächstenmal würde er nicht denselben Fehler machen wie mit Cooper. Die Gier würde ihn nicht wieder überwältigen und außer Kontrolle geraten lassen. Zuerst würde er Fragen stellen. Wenn er alle Antworten bekommen hatte, und erst dann, würde er das wunderbare Blut befreien und mit ihm eine weitere Seele, damit sie sich mit den unendlichen Scharen jenseits dieser scheußlichen Welt vereinte.

4

Den Dienstag vormittag verbrachte Lindsey zu Hause in ihrem Atelier, um an einem Bild weiterzuarbeiten. Hatch würde Regina auf dem Weg nach North Tustin an der Schule absetzen. Er war mit einem Erbschaftsverwalter verabredet, der einige antike Wedgwood-Vasen zum Verkauf anbot. Nach dem Lunch hatte er einen Termin bei Dr. Nyebern, um mit ihm die Testergebnisse vom Samstag zu besprechen. Auf dem Heimweg würde er Regina abholen und wäre dann am späten Nachmittag zurück. Bis dahin wollte Lindsey auch mit dem Bild fertig sein, an dem sie seit Monaten arbeitete.

So hatte sie es zumindest geplant, doch das Schicksal und ihre eigene Psychologie hatten sich gegen sie verschworen. Zunächst gab die Kaffeemaschine den Geist auf. Lindsey werkelte eine geschlagene Stunde an dem Gerät herum, bis sie den Schaden gefunden und behoben hatte. Sie war recht geschickt in solchen Dingen und führte kleinere Reparaturen gern selber aus. Allein der Gedanke, den Tag ohne einen kräftigen Schuß Koffein beginnen zu müssen, ließ sie erschauern. Natürlich wußte sie, daß Kaffee nicht gesund war, ebensowenig wie Batteriesäure oder Zyanid, die sie ja auch nicht trank. Das zeigte hinreichend, daß sie genug Standvermögen gesundheitsschädlichen Dingen gegenüber besaß!

Endlich konnte Lindsey, mit einem Kaffeebecher und einer Thermoskanne bewaffnet, in ihr Atelier im zweiten Stock hinaufgehen. Durch die Nordfenster ihres Studios schien jetzt genau das richtige Licht für ihr Vorhaben herein. Jetzt hatte sie alles, was sie brauchte. Pinsel, Palette, Spachtel. Ihre Malfarben. Sie hatte ihren in der Höhe verstellbaren Hocker, ihre Staffelei und ihre Stereoanlage und stapelweise CDs von Garth Brooks, Glenn Miller und Van Halen. Offenbar boten sie die ideale Hintergrundmusik für eine Malerin, deren Malstil eine Mischung aus Neoklassizismus und Surrealismus darstellte. Was ihr jedoch fehlte, war auch nur ein Funken Interesse an ihrer Arbeit und die richtige Konzentration.

Immer wieder wanderte ihr Blick von der Leinwand zu dem einen Fenster, in dessen oberer rechter Ecke sich eine schwarze Spinne zu schaffen machte. Sie mochte keine Spinnen, aber töten konnte sie sie auch nicht. Sie würde sie später mit einem Glas einfangen und nach draußen setzen. Die Spinne wanderte jetzt in die linke Fensterecke, doch die schien sie nicht sonderlich zu interessieren, also kehrte sie an ihren Ausgangspunkt zurück. Genüßlich bog und streckte sie ihre langen Beine und fand ein sichtlich spinneneigenes Vergnügen an dieser besonderen Ecke.

Lindsey wandte sich wieder ihrer Staffelei zu. Das Bild war eine ihrer gelungensten Arbeiten und fast fertig, es waren nur noch einige wenige letzte Pinselstriche nötig.

Sie mochte sich nicht entschließen, die Maltuben aufzuschrauben und einen Pinsel zur Hand zu nehmen, denn eines konnte sie so perfekt wie malen: sich Sorgen machen. Diesmal war es Hatchs Gesundheitszustand – psychisch wie physisch – der ihr Sorgen bereitete, und der Gedanke an den Unbekannten, der die blonde Frau getötet hatte. Die unheimliche Verbindung zwischen dieser grausamen Bestie und ihrem Hatch beunruhigte sie zutiefst.

Die Spinne hangelte sich jetzt am rechten Fensterrahmen nach unten auf das Fensterbrett. Ein spinnentypischer sechster Sinn ließ sie aber auch diesen Winkel ablehnen, denn sie kehrte wieder an ihren Lieblingsplatz in der *oberen* rechten Fensterecke zurück.

Wie die meisten Menschen ließ Lindsey übersinnliche Kräfte nur in einem gut gemachten Gruselfilm gelten, in Wirklichkeit betrachtete sie sie jedoch als reine Scharlatanerie. Trotzdem war sie relativ schnell zu dem Schluß gelangt, daß Übersinnlichkeit eine Erklärung für das sein könnte, was Hatch widerfahren war. Sie bestand auch weiterhin auf ihrer Theorie, selbst als Hatch ihr versichert hatte, daß er keine solchen Gaben besaß.

Während sie frustriert auf das unfertige Bild vor sich starrte, ging ihr auf, warum sie so beharrlich an der Vorstellung festhielt, daß in jener Freitagnacht, als sie der Spur des Mörders folgten, tatsächlich eine übersinnliche Kraft in ihrem Wagen präsent gewesen sein könnte. Sollte Hatch nämlich doch parapsychologische Fähigkeiten erworben haben, würde er mit der Zeit Reize von allen möglichen Menschen empfangen, und seine Verbindung zu dem Mörder wäre so ungewöhnlich nicht. War er jedoch *nicht* übersinnlich veranlagt, und die Bindung zwischen ihm und dem Monster viel enger als bei einer, wie Hatch behauptete, zufälligen Telepathie, standen sie bereits bis zu den Knien im Ungewissen. Und das Ungewisse war tausendmal beängstigender als etwas, das man beschreiben und definieren konnte.

Wenn also die Verbindung zwischen den beiden weitaus mysteriöser war und tiefer ging als bei einer übersinnlichen Wahrnehmung, konnte das für Hatchs seelische Verfassung gefährliche Folgen haben. Was für ein mentales Trauma trug man davon, wenn man auch nur kurz in die Psyche eines skrupellosen Killers versetzt worden war? Rührte die Bindung zwischen ihnen von einer Art Ansteckung her, wie bei einer *biologischen* Verseuchung? War das Virus in den Äther gelangt und hatte Hatch angesteckt?

Nein, einfach lächerlich. Nicht ihr Mann. Er war zuverlässig, gradlinig, anständig, sanft und ein ganz normaler Mensch.

Die Spinne hatte sich nun endgültig in der oberen rechten Fensterecke niedergelassen und damit begonnen, ein Netz zu spinnen.

Lindsey mußte wieder an Hatchs Wutausbruch in der vergangenen Nacht denken, als er den Zeitungsartikel über Cooper gelesen hatte. Sein wutverzerrtes Gesicht. Der fieberhafte harte Glanz in seinen Augen. So hatte sie Hatch noch nie erlebt. Seinen Vater, ja, aber ihn niemals. Hatch hegte zwar die Befürchtung, etwas von seines Vaters Veranlagung geerbt zu haben, aber sie hatte noch keine Anzeichen dafür entdecken können, und vermutlich war das gestern nacht auch keines gewesen. Was sie gesehen hatte, konnte vielmehr die Wut des Killers gewesen sein, die über jenes mysteriöse Band auf Hatch übergesprungen war …

Nein. Von Hatch hatte sie nichts zu befürchten, er war ein herzensguter Mann, einen besseren konnte sie sich nicht vorstellen, der reinste Quell an Güte, so daß selbst der ganze Wahnsinn dieses Killers ihm nichts würde anhaben können: Er würde sich in Hatch auflösen, bis nichts mehr davon übrig war.

Ein seidiger Silberfaden trat aus dem Hinterleib der Spinne, während sie geschäftig die rechte obere Fensterecke in Beschlag nahm. Lindsey holte ein Vergrößerungsglas aus der Schublade und hielt es über das Tier. Erst durch die Vergrößerung konnte sie erkennen, daß die hauchdünnen Beine dicht behaart waren. Die gräßlichen Facettenaugen blickten in alle Richtungen, und der gezuckte Kiefer mahlte unentwegt, wie im Vorgeschmack auf die zu erwartende Beute.

Ihr Verstand sagte Lindsey zwar, daß die Spinne genauso ein Geschöpf Gottes war wie sie selbst und deshalb nichts Schlechtes darstellte, trotzdem ekelte sie sich. Das Tier verkörperte einen Teil der Natur, den sie weniger schätzte: Er hatte mit Jagen und Töten zu tun und damit, daß die einen die anderen auffraßen. Sie legte das Vergrößerungsglas weg und ging nach unten, um ein Glas aus der Küche zu holen. Sie wollte die Spinne einfangen und nach draußen setzen, bevor sie sich weiter häuslich bei ihr einrichtete.

Am Fuß der Treppe fiel Lindseys Blick zufällig durch das kleine Fenster neben der Haustür. Gerade eben fuhr der Postwagen weg. Sie ging nach draußen und holte die Post aus dem Briefkasten neben der Einfahrt: zwei Rechnungen, ein Versandhauskatalog und die neueste Ausgabe von *Arts American*, einem Kunstmagazin.

Heute war ihr jede Ausrede willkommen, sich vor ihrer Arbeit zu drücken, was ungewöhnlich genug war, denn sie liebte ihre Malerei. Sie hatte inzwischen völlig vergessen, daß sie eigentlich heruntergekommen war, um ein Glas für die Spinne zu holen, und nahm die Post mit nach oben. Mit einem frisch eingeschenkten Kaffee ließ sie sich in ihrem Sessel nieder und schlug die Zeitschrift auf.

Beim Überfliegen des Inhaltsverzeichnisses entdeckte sie sofort einen Artikel über sich. Das überraschte sie. *Arts American* hatte schon öfter über ihre Arbeit berichtet, nur hatte der Verlag es ihr immer rechtzeitig angekündigt. Gewöhnlich klärte der Redakteur vorher noch einiges mit ihr ab, auch wenn es kein richtiges Interview war.

Dann fiel ihr Blick auf den Namen des Verfassers, und sie erstarrte. S. Steven Honell. Ohne auch nur eine Zeile zu lesen, wußte sie, daß der Artikel ein absoluter Verriß sein würde.

Honell war ein angesehener Romanschriftsteller, der hin und wieder auch über Kunst schrieb; Mitte bis Ende Sechzig und unverheiratet. Als ausgesprochen phlegmatischer Mensch hatte er sich in jungen Jahren bereits gegen die Annehmlichkeiten von Ehe und Familie und für die Schriftstellerei entschieden. Um gut schreiben zu können, lautete sein Wahlspruch, mußte man ein mönchisches Leben führen. In der Abgeschiedenheit sei man geradezu gezwungen, sich einer Sache ganz unmittelbar und ungestört zu widmen, was man in Gesellschaft von anderen Menschen eben nicht könne. Honell hatte seine Einsamkeit zunächst in Nordkalifornien gesucht, dann in Neu-Mexiko. Vor kurzem erst war er nach Orange County gezogen, einer waldreichen und noch recht einsamen Hügellandschaft am unteren Ende des Silverado Canyon.

Vor einem Jahr im September hatten Lindsey und Hatch eines Abends am zivilisierteren Ende von Silverado Canyon ein Restaurant aufgesucht, das für seine guten Drinks und saftigen Steaks berühmt war. Sie aßen an einem kleinen Tisch im Barraum, dessen rustikale Note ihnen gefiel. An der Bar hockte ein ziemlich angetrunkener weißhaariger Mann und ließ sich lautstark über Literatur, Kunst und Politik aus. Er vertrat seinen Standpunkt äußerst heftig und sparte nicht mit giftigen Bemerkungen. Aus der Art, wie die anderen Gäste am Tresen und der Barkeeper ihn gewähren ließen, schloß Lindsey, daß es sich bei dem brummigen Kerl um einen Stammgast und eine Art Lokalmatador handeln mußte, über den mehr Geschichten im Umlauf waren, als er selber erzählen konnte.

Dann erkannte sie ihn. Es war S. Steven Honell. Sie hatte einige seiner Bücher gelesen, und manche hatten ihr gefallen. Vor allem aber bewunderte sie seine selbstlose Hingabe an die Schriftstellerei. Sie selbst wäre niemals imstande gewesen, Liebe, Ehe und Kinder ihrer Malerei zu opfern, obgleich die Erprobung ihrer Kreativität ebenso wichtig für sie war wie Essen und Trinken. Während sie Honell ungewollt zuhörte, verwünschte sie insgeheim den Zufall, der sie und Hatch ausgerechnet in dieses Lokal geführt hatte. Von nun an würde sie keines von Honells Büchern mehr lesen können, ohne an seine abfälligen Bemerkungen über die Werke und Fähigkeiten seiner Zunftkollegen denken zu müssen. Mit jedem Drink wurde Honell galliger, und je ätzender seine Kritik anderen gegenüber wurde, desto nachsichtiger ging er mit den eigenen Schwächen um. Seine Redseligkeit war unerträglich. Durch den Alkohol wurde der geschwätzige Narr sichtbar, der sich hinter der Legende vom verschlossenen Einzelgänger verbarg. Man hätte ihn nur noch mit einer Pferdedosis Demerol – intravenös – oder mit einer 357er Magnum zum Schweigen bringen können. Lindsey aß hastig ihr Steak, fest entschlossen, auf den Nachtisch zu verzichten und so schnell wie möglich zu gehen.

Dann hatte Honell sie entdeckt. Immer wieder warf er ihr schräge Blicke über die Schulter zu, und seine schwimmenden Augen zwinkerten ungläubig. Schließlich kletterte er von seinem Barhocker und kam schwankend an ihren Tisch. »Entschuldigen Sie, sind Sie nicht Lindsey Sparling, die Malerin?« Sie wußte, daß er manchmal über amerikanische Kunst schrieb, aber es überraschte sie, daß er mit ihrer Malerei vertraut war und sogar sie selbst erkannte. »Stimmt«, sagte sie und hoffte insgeheim, daß er nun bloß nicht erklären möge, wie er ihre Arbeit schätzte und wer er selber war. »Ich schätze Ihre Arbeit wirklich sehr«, fing er an. »Damit will ich Sie aber wirklich nicht langweilen.« Sie bedankte sich für das Kompliment und wollte sich gerade abwenden, als er sich vorstellte. Nun war sie an der Reihe, ihm zu versichern, daß ihr seine Romane gefielen, was im Prinzip auch stimmte, nur würde sie sie von heute an in einem anderen Licht sehen. Er schien nicht der Mann zu sein, der die Liebe einer Familie seiner Kunst geopfert hatte, vielmehr schien er zur Liebe gar nicht fähig. In seiner Abgeschiedenheit mochte er ja die größtmöglichen Inspirationen für sein kreatives Schaffen erfahren; gleichzeitig blieb ihm aber auch genug Zeit, um sich selbst zu bewundern und darüber nachzusinnen, in welchen Dingen er seinen Kollegen haushoch überlegen war. Lindsey tat ihr Bestes, sich ihre Abneigung nicht anmerken zu lassen, und lobte seine Bücher, doch schien er ihre Antipathie zu spüren. Er beendete das Gespräch ziemlich rasch und kehrte zu seinem Barhocker zurück.

Honell hatte sich danach kein einziges Mal mehr nach ihr umgedreht und auf weitere große Reden verzichtet. Er konzentrierte sich nur noch auf den Inhalt seines Glases.

Da saß sie nun in ihrem Sessel, das aufgeschlagene Kunstmagazin auf dem Schoß, und allein beim Lesen des Namens Honell zog sich ihr bereits der Magen zusammen. Sie hatten den großen alten Mann betrunken erlebt und gesehen, wie er mehr von seiner wahren Natur preisgab, als ihm lieb sein konnte. Was die Sache aber noch schlimmer machte: Sie war eine gebildete Frau und bewegte sich in Kreisen, wo auch die Leute verkehrten, mit denen Honell bekannt war. Also sah er in ihr eine Bedrohung. Der einzige Weg, sie lahmzulegen, war ein perfekt formulierter, wenn auch ungerechter Artikel, in dem das Wesentliche ihrer Arbeit niedergemacht wurde. Sollte Lindsey danach irgendwelche Geschichten über ihn verbreiten, konnte Honell jederzeit behaupten, daß es ein Racheakt und der Wahrheitsgehalt mehr als zweifelhaft sei. Nie zuvor hatte sie eine Kritik gelesen, die so bösartig und gemein war, und doch so gekonnt geschrieben, daß der Verfasser selbst über jeden Vorwurf der persönlichen Animosität erhaben blieb.

Als Lindsey den Artikel zu Ende gelesen hatte, legte sie das Magazin bedächtig auf den kleinen Beistelltisch. Sie hätte das Heft zwar viel lieber in eine Ecke gefeuert, doch das hätte Honell so gepaßt.

»Ach, zum Teufel«, rief sie dann und warf die Zeitschrift mit aller Kraft quer durchs Zimmer. Sie prallte von der Wand ab und klatschte auf den Boden.

Ihre Arbeit bedeutete Lindsey sehr viel. Intelligenz, Gefühl, Begabung und Können steckten darin, und selbst wenn ein Bild nicht so geriet, wie sie es sich gewünscht hatte, tat sie sich auch da schwer damit. Eine gewisse Angst spielte immer mit. Und jedesmal offenbarte sie mehr von sich selbst, als klug war. Heiterkeit und Verzweiflung hielten sich die Waage. Ein Kritiker hat das unbestrittene Recht, einen Künstler abzulehnen, wenn er nach reiflicher Überlegung sein Urteil fällt und wenigstens versucht, das Anliegen des Künstlers zu verstehen. *Hier* handelte es sich aber nicht um ehrliche Kritik. Das hier war in böser Absicht mit giftiger Feder geschrieben. Ihre Malerei bedeutete ihr alles, und er hatte sie in den Dreck gezogen.

Lindsey sprang auf und begann wütend im Zimmer auf und ab zu gehen. Genau das hatte Honell mit seiner ätzenden Kritik ja nur bezweckt, daß sie sich so gehenließ. Sie konnte es auch nicht ändern.

Wenn Hatch doch nur da wäre. Seine Gegenwart war besänftigender als ein Glas voll Whiskey.

Sie blieb vor dem Fenster stehen, in dessen oberer rechter Ecke die schwarze Spinne inzwischen ein kunstvolles Netz gesponnen hatte. Da fiel ihr ein, daß sie ein Glas hatte holen wollen. Sie nahm noch einmal das Vergrößerungsglas zur

Hand und betrachtete die Filigranarbeit des Netzes, das wie Seide schimmerte. Die Falle war raffiniert, geradezu verlockend. Die lebende Webmaschine dieses mörderischen Gespinsts war die Verkörperung des Raubtiers schlechthin: klein, aber stark, gewandt und schnell. Der kugelige Spinnenkörper glänzte wie ein dicker schwarzer Blutstropfen, und die Kiefer mahlten in Erwartung der Beute, die noch erlegt werden mußte.

Die Spinne und Steven Honell waren vom selben Schlag und würden Lindsey immer fremd und unerklärlich bleiben, egal wie lange sie sie betrachtete. Beide spannen ihre Netze im Verborgenen. Beide waren mit aller Tücke in ihr Haus eingedrungen, der eine mit Hilfe des gedruckten Wortes in einer Zeitschrift, die andere durch eine Ritze im Fensterrahmen oder durch einen Türspalt. Beide waren bösartig und gefährlich.

Lindsey legte das Vergrößerungsglas hin. Bei Honell konnte sie nichts machen, bei der Spinne schon. Rasch zog sie zwei Papiertaschentücher aus der Box auf ihrem Tisch, warf sie über das Tier in seinem Netz und drückte zu.

Dann knüllte sie die Taschentücher zusammen und warf sie in den Papierkorb.

Gewöhnlich fing sie eine Spinne nur ein und setzte sie sorgsam nach draußen, dennoch plagten sie keine Gewissensbisse. Wäre Honell jetzt hier gewesen, hätte sie in ihrer Wut nicht gezögert, ähnlich schnell und gewaltsam auch mit ihm abzurechnen.

Lindsey kehrte an ihre Staffelei und das Bild zurück und sah plötzlich, wo die letzten Pinselstriche fehlten. Hastig schraubte sie die Maltuben auf und legte ihre Pinsel zurecht. Es war nicht das erste Mal, daß eine ungerechte Behandlung oder dumme Beleidigung sie zu ungeahnter Form auflaufen ließ. Sie fragte sich, wie viele andere Künstler ihre besten Werke schufen, während sie sich ausmalten, wie sie es den ewigen Miesmachern und Nörglern, die ihnen eins auswischen und sie schlechtmachen wollten, heimzahlten.

Nachdem sie zehn oder fünfzehn Minuten intensiv gearbeitet hatte, schoß ihr ein beunruhigender Gedanke durch den Kopf, der an ihre sorgenvollen Überlegungen *vor* der Lektüre des Artikels anknüpfte. Honell und die Spinne waren nicht die einzigen ungebetenen Eindringlinge. Der Killer mit der Sonnenbrille hatte sich ebenfalls Zutritt verschafft, und zwar über den mysteriösen Draht zu Hatch. Wenn er Hatch nun genauso sehen konnte wie Hatch ihn? Er würde ihn suchen und verfolgen, um dann wirklich bei ihnen einzudringen. Und er wäre bei weitem gefährlicher als Honell oder jede Spinne.

5

Das letze Mal hatte Hatch Jonas Nyebern in seinem Sprechzimmer im Orange County General Hospital aufgesucht. Heute fand ihr Treffen in der Privatpraxis des Arztes im Ärztehaus an der Jamboree Road statt.

Das Wartezimmer war bemerkenswert. Nicht wegen des kurzflorigen grauen Teppichbodens oder der Standardmöblierung, sondern wegen der Bilder an den Wänden.

Hatch staunte über die Sammlung hochwertiger alter Ölgemälde, die jeweils eine religiöse Szene aus der katholischen Heilslehre darstellten: das Martyrium des hl. Judas, die Kreuzigung, die Heilige Mutter Gottes, die Verkündigung, die Auferstehung und andere mehr.

Der materielle Wert dieser Sammlung erstaunte Hatch nicht so sehr. Schließlich war Nyebern ein äußerst erfolgreicher Herzchirurg und kam aus einer vermögenden Familie. Vielmehr überraschte es Hatch, daß der Angehörige eines Berufsstandes, der sich seit Jahrzehnten in zunehmendem Maße agnostisch gerierte, seine Bürowände mit religiöser Kunst schmückte, ganz zu schweigen von jenen Miserikordienbildern, die auf Nichtkatholiken wie Nichtgläubige wie eine Provokation wirken mußten.

Als Hatch der Schwester in die hinteren Räume folgte, sah er, daß die Gemäldesammlung sich im Flur der Praxis fortsetzte. Er fand es reichlich skurril, daß links von der aus rostfreiem Stahl und weißem Email gestylten Personenwaage ein Ölbild mit der Darstellung von Jesu Gefangennahme im Garten Gethsemane hing, und daneben eine Tabelle mit dem Idealgewicht für jede Größe, jedes Alter und Geschlecht.

Nach dem Wiegen, dem Blutdruckmessen und der Pulskontrolle wartete Hatch in einem kleinen Untersuchungszimmer auf Nyebern. Er saß am Fußende der Liege, die mit Papier von einer Endlosrolle abgedeckt war. An der gegenüberliegenden Wand hing eine Sehtafel und daneben eine wunderbare Darstellung der Himmelfahrt. Der Maler hatte das Licht auf außergewöhnliche Weise behandelt, so daß die Szene dreidimensional wirkte und die Figuren auf dem Bild zu leben schienen.

Nyebern ließ nur kurz auf sich warten. Als er eintrat, lächelte er Hatch beruhigend an. Er gab ihm die Hand und kam gleich zur Sache. »Ich will Sie gar nicht unnötig auf die Folter spannen, Hatch. Die Tests sind alle negativ. Sie erfreuen sich bester Gesundheit.«

Das tröstete Hatch weniger, als man vielleicht hätte vermuten sollen. Er hatte gehofft, sie würden bei den Tests auf etwas stoßen, das eine Erklärung für seine Alpträume und die mysteriöse Verbindung mit dem Killer bieten könnte. Andererseits überraschte ihn das Ergebnis auch nicht, denn er hatte befürchtet, daß die Antworten auf seine Fragen nicht leicht zu finden sein würden.

»Es sind also nur Alpträume«, fuhr Nyebern fort. »Nichts weiter. Ganz gewöhnliche Alpträume.«

Hatch hatte ihm nichts über die Vision von der erschossenen Blondine erzählt, die später tatsächlich tot auf der Schnellstraße lag. Wie er Lindsey schon erklärt hatte, war er nicht bereit, noch einmal Schlagzeilen zu machen, zumindest so lange nicht, bis er ein genaueres Bild von dem Killer hatte und der Polizei eine Täterbeschreibung liefern konnte. In letzterem Fall würde er sich allerdings den Blitzlichtern der Presse erneut stellen müssen.

»Kein erhöhter Schädeldruck«, sagte Nyebern. »Keine Elektrolytstörung, kein Anzeichen für eine Verlagerung der Epiphyse, was manchmal heftige Alpträume bis hin zu Halluzinationen hervorrufen kann ...« Nyebern ging die Testergebnisse methodisch der Reihe nach durch.

Während er dem Arzt zuhörte, stellte Hatch bei sich fest, daß er ihn jedesmal älter in Erinnerung behielt, als er wirklich war. Über Jonas Nyebern lag beständig ein feierlicher

Ernst und eine Müdigkeit, die ihn einfach alt wirken ließen. Er war groß und schlank, zog jedoch automatisch die Schultern vor und hielt sich krumm, als wollte er sich kleiner machen. Mit dieser Haltung ähnelte er mehr einem alten Mann als einem Fünfzigjährigen. Manchmal war er auch von einer tiefen Schwermut überschattet, als ob er großes Leid durchgemacht hätte.

Nyebern war fertig mit den Testergebnissen und blickte auf. Er lächelte Hatch an, es war ein warmes Lächeln, doch lag noch ein Rest Traurigkeit darin. »Das Problem ist nicht physischer Natur, Hatch.«

»Könnten Sie irgend etwas übersehen haben?«

»Möglich wäre es schon, aber ziemlich unwahrscheinlich. Wir …«

»Eine winzigkleine Verletzung der Gehirnzellen, vielleicht tauchen ein paar hundert Zellen nicht in Ihren Tests auf und haben ernsthafte Schäden.«

»Wie ich schon sagte, das ist sehr unwahrscheinlich. Ich denke, wir können mit Sicherheit davon ausgehen, daß es sich hier um ein rein psychisches Problem handelt, was bei dem Trauma, das Sie durchgemacht haben, nur allzu verständlich ist. Warum versuchen wir es nicht mit einer Therapie?«

»Psychotherapie?«

»Irgendwelche Vorbehalte?«

»Nein.«

Außer, dachte Hatch, daß sie nichts bringen wird. Das hier ist nicht irgendein Seelenschaden, sondern ein real existierendes Problem.

»Ich kenne da den richtigen Mann, erstklassig. Sie werden ihn mögen«, sagte Nyebern, zog einen Füller aus der Brusttasche seines weißen Arztkittels und notierte den Namen des Psychotherapeuten auf seinem Rezeptblock. »Ich werde den Fall mit ihm besprechen und Sie anmelden, wenn es Ihnen recht ist.«

»Ja, natürlich. Einverstanden.«

Wenn er doch Nyebern die ganze Geschichte erzählen könnte. Dann würde es aber *endgültig* so aussehen, als müßte er dringend zur Analyse. Nur widerwillig fand er sich damit ab, daß weder ein Arzt noch ein Psychotherapeut ihm helfen konnten. Sein Leiden war zu ungewöhnlich, um auf eine der herkömmlichen Therapien anzusprechen. Vielleicht sollte er lieber zu einem Medizinmann gehen. Oder zu einem Exorzisten. Er *hatte* fast so ein Gefühl, als ob der schwarzgekleidete Killer mit der Sonnenbrille in der Tat ein Dämon war, der seine, Hatchs, Abwehrkräfte auf die Probe stellen wollte, bevor er Besitz von ihm ergriff.

Sie plauderten noch ein wenig über andere Dinge.

Hatch stand auf, um sich zu verabschieden, und deutete auf das Gemälde mit der Himmelfahrtsszene. »Eine wunderbare Arbeit.«

»Danke. Es ist einzigartig, nicht wahr?«

»Italienische Schule.« – »Ja.«

»Frühes achtzehntes Jahrhundert?«

»Stimmt genau«, antwortete Nyebern. »Kennen Sie sich in religiöser Kunst aus?«

»Nicht besonders gut. Ich denke aber, daß die ganze Sammlung hier von italienischen Malern aus derselben Epoche stammt.«

»Da liegen Sie richtig. Ein oder zwei Stücke fehlen noch, dann ist die Sammlung komplett.«

»Es hängt nur etwas seltsam«, sagte Hatch und trat vor das Bild neben der Sehtafel.

»Ich weiß, was Sie damit sagen wollen«, erwiderte Nyebern. »Nur habe ich zu Hause leider keinen Platz mehr für alle meine Bilder. Ich bin nämlich dabei, dort *moderne* religiöse Kunst zu sammeln.«

»Gibt es die denn?«

»Wenig. Religiöse Themen sind heutzutage bei den wirklich begabten Künstlern nicht besonders beliebt. Die meisten Bilder kommen von mittelmäßigen Malern. Doch manchmal ... manchmal gibt es noch echte Talente, die sich von biblischen Themen inspirieren lassen und sie dann mit aktuellem Bezug umsetzen. Ich werde die moderne Sammlung hierher verlegen, wenn diese hier vollständig ist und ich mich von ihr trennen werde.«

Hatch hatte sich umgedreht und musterte Nyebern mit berufsmäßigem Interesse. »Wollen Sie denn verkaufen?«

»O nein«, erwiderte der Arzt und steckte den Füller in die

Brusttasche zurück. Er hatte lange, schmale Hände, wie man es bei einem Chirurgen erwartete. Die Hand blieb auf der Brust liegen, als gelobte er, die Wahrheit zu sprechen. »Ich werde sie einem guten Zweck stiften. Das wäre dann in zwanzig Jahren meine sechste Sammlung religiöser Kunst, die ich verschenke.«

Da Hatch den Wert der Gemälde von den anderen Räumen her leicht überschlagen konnte, war er beeindruckt von der philanthropischen Haltung, die Nyebern mit diesen einfachen Worten ausdrückte. »Und wer ist der glückliche Beschenkte?«

»Nun, gewöhnlich eine katholische Universität, bei zwei anderen Gelegenheiten war es eine andere kirchliche Institution.«

Der Arzt betrachtete das Gemälde, doch sein Blick war starr, als ob er durch das Bild hindurch, über die Wand, an der es hing, und noch weit über den Horizont hinausging. Nyeberns Hand lag immer noch auf seiner Brust.

»Das ist wirklich großzügig von Ihnen«, sagte Hatch voll Anerkennung.

»Es ist kein Akt von Großmut.« Nyeberns Stimme schien ebenso weit weg zu sein wie sein Blick. »Es ist ein Akt der Buße.«

Diese Worte verlangten nach einer Erklärung, obwohl Hatch es als ein Eindringen in die Privatsphäre des Arztes empfand. »Buße, wofür?«

Den Blick immer noch auf das Gemälde geheftet, antwortete Nyebern: »Ich spreche niemals darüber.«

»Ich wollte nicht aufdringlich sein. Ich dachte nur ...«

»Vielleicht würde es mir guttun, darüber zu reden. Meinen Sie nicht auch?«

Hatch erwiderte nichts darauf – er hatte den Eindruck, daß der Arzt ihm sowieso nicht zuhörte.

»Buße«, setzte Nyebern noch einmal an. »Zunächst einmal Buße dafür, daß ich der Sohn meines Vaters bin. Und dann ... dafür, daß ich der Vater meines Sohnes bin.«

Hatch begriff nicht ganz, warum beides eine Sünde sein sollte, und wartete geduldig. Der Arzt würde bestimmt gleich erläutern, wie er das meinte. Allmählich kam er sich vor wie der Mann in dem alten Coleridge-Gedicht, der auf dem Weg zu einer Gesellschaft von dem verrückten alten Seemann aufgehalten wurde, der unbedingt seine Horrorgeschichte loswerden mußte, weil er sonst das letzte bißchen Verstand, das ihm noch geblieben war, verlieren würde.

Mit unverwandt starrem Blick auf das Bild fing Nyebern an zu reden. »Als ich gerade sieben Jahre alt war, lief mein Vater plötzlich Amok und erschoß meine Mutter und meinen Bruder. Meine Schwester und ich waren bloß angeschossen, er hielt uns ebenfalls für tot und brachte sich um.«

»O mein Gott, wie schrecklich«, stieß Hatch hervor und dachte an die cholerischen Anfälle seines Vaters. »Das tut mir wirklich sehr leid, Doktor Nyebern.« Er begriff aber immer noch nicht, worin das Vergehen oder die Sünde bestand, für die Nyebern unbedingt büßen wollte.

»Bestimmte Psychosen haben manchmal eine genetische Ursache. Als ich die ersten Anzeichen von soziopathologischem Verhalten bei meinem Sohn bemerkte, selbst als er noch sehr klein war, hätte ich wissen müssen, worauf es hinauslaufen würde, und etwas unternehmen müssen, aber ich konnte die Wahrheit nicht ertragen. Es war zu schmerzhaft, einfach schrecklich. Und dann, vor zwei Jahren, als er achtzehn war, erstach er seine Schwester …«

Hatch lief es kalt den Rücken hinunter.

»… und danach seine Mutter.«

Hatch wollte dem Arzt spontan die Hand auf den Arm legen, doch spürte er instinktiv, daß Nyeberns Schmerz niemals gelindert werden konnte und kein Mittel, schon gar nicht simpler Trost, seine Wunde würde heilen können. Obwohl er eine ganz persönliche Tragödie schilderte, erwartete der Arzt offensichtlich kein Mitgefühl oder freundschaftliche Gefühle von Hatch. Mit einemmal wirkte er auf geradezu beängstigende Weise selbstbeherrscht. Er sprach über diese Tragödie, weil die Zeit gekommen war, sie aus seiner persönlichen Dunkelkammer ans Licht zu zerren und noch einmal zu überprüfen. Das hätte er heute mit wem auch immer getan, wäre Hatch nicht dagewesen, hätte er es vielleicht auch in den leeren Raum gesprochen.

»Als sie tot waren«, fuhr Nyebern fort, »nahm Jeremy dasselbe Messer, ein Fleischmesser, mit in die Garage, spannte es in den Schraubstock an meiner Werkbank, stieg auf einen Hocker und ließ sich in das Messer fallen, spießte sich selbst auf. Er ist verblutet.«

Die rechte Hand des Arztes lag noch immer auf seiner Brust, nur schien es nicht mehr so, als ob er die Wahrheit zu sagen gelobte. Es erinnerte Hatch vielmehr an ein Gemälde von Jesus Christus mit der Hand auf dem entblößten Heiligen Herzen. Die schmale Hand der göttlichen Gnade wies auf das Symbol des Opfers und der Verheißung der Ewigkeit.

Schließlich löste Nyebern seinen Blick von dem Bild und sah Hatch an. »Manche Leute meinen, das Böse ist nur die Folge unseres Handelns und nichts anderes als das Ergebnis unseres Willens. Ich denke auch, daß es so ist – und noch mehr. Ich glaube, daß das Böse eine reale Macht ist, eine Energie für sich, eine Präsenz in unserer Welt. Glauben Sie das auch, Hatch?«

»Ja«, sagte Hatch spontan und zu seiner eigenen Überraschung.

Nyebern blickte auf den Rezeptblock in seiner Linken. Er nahm die rechte Hand von der Brust, riß das oberste Blatt ab und reichte es Hatch. »Der Mann heißt Foster. Dr. Gabriel Foster. Ich denke, er wird Ihnen helfen können.«

Hatch bedankte sich leicht benommen.

Nyebern ging zur Tür und machte Hatch ein Zeichen, vorzugehen.

Im Flur blieb der Arzt stehen. »Hatch?«

Hatch blickte sich fragend um.

»Tut mir leid«, sagte Nyebern.

»Was?«

»Daß Sie sich die ganze Geschichte anhören mußten, warum ich die Sammlung verschenke.«

Hatch nickte. »Ich hab ja schließlich gefragt, oder?«

»Ich hätte mich auch kürzer fassen können.«

»Bitte?«

»Nun, ich hätte auch sagen können, daß ich mir den Weg in den Himmel freikaufen möchte.«

Hatch blieb noch eine Weile auf dem Parkplatz in seinem Wagen sitzen und betrachtete eine Wespe, die über der Motorhaube seines roten Wagens schwebte, als hätte sie die Rose ihres Lebens gefunden.

Das Gespräch in Nyeberns Praxis hing ihm nach wie ein Traum, aus dem er nur mühsam erwachte. Er hatte das dumpfe Gefühl, daß die Tragödie in Nyeberns Leben in einer bestimmten Beziehung zu seinem gegenwärtigen Problem stand, nur konnte er keinen tatsächlichen Zusammenhang herstellen.

Die Wespe schwebte nach links, dann nach rechts, blieb aber auf die Windschutzscheibe gerichtet, als ob sie ihn dahinter erkennen konnte und auf mysteriöse Weise angezogen wurde. Sie schlug immer wieder gegen das Glas, prallte ab und setzte ihr Schweben fort. Klopf, schweb, klopf, schweb, klopf-klopf, schweb. Eine wild entschlossene Wespe. Hatch überlegte, ob es sich bei ihr um jene Sorte handelte, deren Stachel beim Stechen abbrach und ihren Tod zur Folge hatte. Klopf, schweb, klopf, schweb, klopf-klopf-klopf. Und wenn sie zu dieser Spezies gehörte, war sie sich dann im klaren, was ihre Ausdauer ihr einbrachte? Klopf, schweb, klopf-klopf-klopf.

Nachdem seine letzte Patientin an diesem Tag, eine charmante Dreißigjährige, an der er im letzten März eine Herztransplantation vorgenommen hatte, gegangen war, betrat Jonas Nyebern sein privates Arbeitszimmer und schloß die Tür. Er nahm an seinem Schreibtisch Platz und suchte in seiner Brieftasche nach einem Zettel mit einer Telefonnummer, die er vorsichtshalber nicht auf seinem Adressenkarussell notiert hatte. Er fand das Papier, nahm den Telefonhörer ab und drückte die Zahlen in die Tastatur.

Nach dem dritten Klingeln sprang der Anrufbeantworter an wie schon bei seinen vorhergehenden Anrufen gestern und heute morgen: *Hier spricht Morton Redlow. Ich bin im Moment leider nicht im Büro. Bitte hinterlassen Sie eine Nachricht und Ihre Telefonnummer. Ich rufe so bald wie möglich zurück.*

Jonas wartete auf den Pfeifton und sagte leise: »Mr. Redlow, hier spricht Dr. Nyebern. Ich habe schon ein paarmal angerufen, tut mir leid, aber ich hatte letzten Freitag bereits mit einem Bericht von Ihnen gerechnet, spätestens an diesem

Wochenende. Bitte rufen Sie mich so schnell wie möglich an. Danke.«

Er legte auf.

Er fragte sich, ob er Grund hatte, sich Sorgen zu machen.

Er fragte sich, ob er Grund hatte, sich *keine* Sorgen zu machen.

6

Regina saß im Französischunterricht bei Schwester Mary. Der ewige Kreidegeruch ging ihr auf den Geist, der harte Plastikstuhl drückte auf ihr krankes Bein, und sie lernte brav, wie man auf französisch sagte: *Hallo, ich bin Amerikanerin. Könnten Sie mir bitte zeigen, wo ich hier eine Kirche finde, damit ich die Sonntagsmesse besuchen kann?*

Très spannend.

Sie ging weiterhin in ihre alte Klasse in der St. Thomas's Elementary School, ein Schulwechsel wurde nach den strengen Auflagen der Adoption nicht befürwortet. (Adoption auf Probe, wohlgemerkt. Alles offen. Konnte noch danebengehen. Die Harrisons könnten plötzlich auf die Idee kommen, Wellensittiche statt Kinder aufzuziehen. Könnten sie zurückschicken, sich einen Vogel kaufen. Bitte, lieber Gott, laß sie merken, daß Du in Deiner göttlichen Weisheit Vögel so geschaffen hast, daß sie dauernd kleckern müssen. Mach ihnen klar, wie mühsam es ist, einen Vogelkäfig sauberzuhalten.) Wenn sie mit St. Thomas's Elementary fertig war, würde sie auf die St. Thomas's High School gehen, weil die Gemeinde des hl. Thomas offenbar überall mitmischte. Neben dem Waisenhaus und den beiden Schulen gehörte noch eine Kindertagesstätte und ein Secondhandladen dazu. Die Gemeinde war praktisch ein Multi und Pater Jimenez so eine Art oberster Boß wie Donald Trump, nur daß Pater Jimenez nicht mit Flittchen herumlief oder Spielcasinos besaß. Die Bingo-Halle zählte praktisch nicht. (Lieber Gott, das mit den Vögeln und dem Meckern war nicht als Kritik gemeint. Ich bin sicher, Du weißt, warum Du die Vögel überall hin machen läßt, und wie mit dem Mysterium der Heiligen Dreieinigkeit gibt es eben Dinge, die wir gewöhnlichen Sterblichen nicht ganz begreifen können. Also, nichts für ungut. Ich hab's nicht so gemeint.) Wie auch immer, sie ging recht gern in die Schule von St. Thomas, weil die Nonnen und die weltlichen Lehrer einen ganz schön antrieben. Also lernte man ungeheuer viel, und das gefiel ihr. Sie lernte leidenschaftlich gern.

An diesem Dienstag stand ihr der Sinn aber überhaupt nicht nach Lernen, und wenn man sie jetzt aufriefe, um irgendwas auf französisch zu sagen, würde sie garantiert das Wort für Kirche mit dem für Nähnadel verwechseln, wie es ihr zur Häme ihrer Mitschüler und zum eigenen Verdruß schon einmal passiert war. (Lieber Gott, denk bitte daran, daß ich damals einen Rosenkranz für den Patzer gebetet habe, nur um Dir zu beweisen, daß ich es nicht mit Absicht getan habe.) Als die Schulglocke schrillte, verließ Regina als erste ihren Platz und stürmte vor den anderen aus dem Klassenzimmer, und das, obwohl die meisten ihrer Mitschüler nicht aus dem St.-Thomas-Heim kamen und nicht behindert waren.

Den ganzen Korridor entlang bis zu ihrem Schulspind und von da bis zum Ausgang quälte sie die Frage, ob Mr. Harrison sie wirklich abholen würde, wie er es versprochen hatte. In Gedanken sah sie sich schon im Getümmel ihrer Mitschüler auf dem Gehweg vor der Schule stehen und konnte das Auto nirgends entdecken. Dann waren die anderen alle fort, sie stand alleine da, und der Wagen kam immer noch nicht. Sie wartete und wartete, bis die Sonne unterging und der Mond aufstieg und ihre Armbanduhr Mitternacht anzeigte. Und als die anderen Kinder am nächsten Morgen wieder zur Schule kamen, ging sie einfach mit ihnen hinein und erzählte keinem, daß die Harrisons sie nicht mehr haben wollten.

Er war da. Sein rotes Auto parkte in einer Reihe mit den Wagen der anderen Eltern. Als er Regina kommen sah, öffnete er von innen die Beifahrertür für sie.

Er ließ sie einsteigen und die Wagentür zuziehen, dann fragte er: »Na, war's schlimm?«

»Ja«, antwortete sie plötzlich schüchtern, dabei war Schüchternheit noch nie ein Thema für sie gewesen. Sie hatte einfach den Dreh mit dieser Familien-Kiste noch nicht heraus und bezweifelte, daß sie ihn je finden würde.

Er sagte: »Ja, ja, diese Nonnen.«

»Ja«, pflichtete sie ihm bei.

»Zäh.«

»Ja.«

»Zäh wie Leder.«

»Wie Leder«, wiederholte sie und nickte. Allmählich kamen ihr Zweifel, ob sie jemals wieder in ihrem Leben ganze Sätze fertigbringen würde.

Als er den Wagen aus der Parklücke steuerte, sagte er: »Ich möchte wetten, wenn du eine Nonne mit einem Schwergewichtschampion – egal ob Muhammad Ali oder sonstwer – zusammen in einen Boxring steckst, schlägt sie ihn in der ersten Runde k. o.«

Regina konnte sich ein Grinsen nicht verkneifen.

»Ganz bestimmt«, fuhr er fort. »Nur Superman würde den Kampf mit einer abgebrühten Nonne überstehen. Batman? Vergiß es. Selbst jede *Durchschnitts*-Nonne könnte den Boden mit ihm polieren – oder Suppe machen aus der ganzen Horde von Ninja-Turtles.«

»Sie meinen es ja gut«, steuerte Regina bei. Das waren schon fünf Worte an einem Stück, aber es klang irgendwie doof. Am besten sagte sie gar nichts mehr, ihr fehlte einfach die Übung im Umgang mit Vätern.

»Die Nonnen?« fragte er. »Natürlich meinen sie es nur gut. Sonst wären sie ja keine Nonnen. Dann wären sie vielleicht Mafia-Killer, internationale Terroristen oder Kongreßabgeordnete.«

Er schien es überhaupt nicht eilig zu haben, nach Hause zu kommen, denn er fuhr in gemütlichem Tempo, als machten sie einen Ausflug. Sie konnte nicht wissen, ob das generell sein Fahrstil war, aber sie nahm an, daß er vielleicht absichtlich bummelte, um länger mit ihr allein zu sein. Richtig süß. Sie mußte schlucken und merkte, wie ihr die Tränen in die Augen schossen. Das war ja großartig. Selbst ein Kuhfladen hätte sich schlauer angestellt als sie, und jetzt brach sie auch noch in Tränen aus, was ihre Freundschaft garantiert so richtig besiegeln würde. Bestimmt wünschte sich jeder Adoptivvater nichts sehnlicher als einen stummen und emotional unausgewogenen Krüppel. Das war doch gerade der letzte Schrei. Na ja, und wenn sie erst mal heulte, mischten auch die Nebenhöhlen noch mit, und ihre Rotznase würde laufen wie verrückt. Das machte sie dann ja *noch* reizvoller. Er würde den Gedanken an eine gemütliche Autofahrt schnell wieder aufgeben und so nach Hause jagen, daß er schon eine Meile vorher auf die Bremse treten müßte, um nicht durch die Garagenwand zu schießen. (Lieber Gott, hilf mir. Du mußt doch gemerkt haben, daß ich ›Kuhfladen‹ und nicht ›Kuhscheiße‹ gedacht habe, also hab doch ein wenig Erbarmen.)

Sie plauderten über dies und jenes. Genaugenommen plauderte er, und Regina steuerte hin und wieder ein Grunzen bei, als sei sie ein Tier aus dem Zoo. Doch bald stellte sie zu ihrem Erstaunen fest, daß sie in vollständigen Sätzen redete – und das schon seit ein paar Minuten – und daß sie sich in seiner Nähe wohl fühlte.

Er wollte wissen, was sie einmal machen wollte, wenn sie groß war. Und sie laberte ihm die Ohren voll mit ihrem Ding über Leute, die tatsächlich Geld mit dem Schreiben von Büchern verdienten, die sie gerne las, und daß sie selber bereits vor zwei Jahren angefangen hatte, ihre eigenen Geschichten zu schreiben. Noch ein bißchen holperig, bekannte sie offen, aber sie würde daran arbeiten. Für ihre zehn Jahre war sie schon recht gescheit, ein wirklich helles Köpfchen, nur konnte sie nicht erwarten, so bald schon Erfolg zu haben. Mit achtzehn vielleicht oder günstigstenfalls mit sechzehn. Wann hatte Mr. Christopher Pike seine ersten Geschichten veröffentlicht? Mit siebzehn? Achtzehn? Vielleicht war er auch schon zwanzig gewesen, älter aber auf keinen Fall. So also sah das Ziel aus, das Regina anstrebte – mit zwanzig ein zweiter Mr. Christopher Pike zu sein. Sie besaß ein ganzes Notizbuch voller Ideen für Geschichten, darunter auch einige recht brauchbare, wenn man die unsagbar albernen ausnahm, wie die Geschichte vom intelligenten Schwein aus dem Weltall. Sie war eine ganze Weile hell begeistert davon gewesen, bis ihr aufging, wie dämlich sie im Grunde war. Als sie in die Einfahrt ihres Hauses in Laguna Niguel einbogen, redete sie immer noch vom Bücherschreiben, und er schien tatsächlich zuzuhören.

Vielleicht würde es ihr doch gelingen, den richtigen Dreh mit dieser Familie zu finden.

Vassago träumte vom Feuer. Das Klicken des Feuerzeugs im Dunkeln. Das Schnarren, mit dem das Zündrad am Zündstein rieb. Ein Funke. Das weiße Sommerkleid eines jungen Mädchens, in Feuer erblüht. Das Spukhaus in lodernden Flammen. Lautes Geschrei, als die gruselige Dunkelheit vom gierigen Züngeln des flammendroten Lichts aufgezehrt wurde. Tod Ledderbeck lag tot in der Höhle des ›Tausendfüßlers‹, und das Haus der Plastikgerippe und Gummidämonen war plötzlich von realem Terror und dem beißenden Gestank des Todes erfüllt.

Vassago hatte schon oft von dem Feuer geträumt, unzählige Male seit der Nacht von Tods zwölftem Geburtstag. Es schuf stets die wunderbarsten Schimären und Wahngebilde, die seinen Schlaf begleiteten.

Diesmal aber stiegen fremde Gesichter und Bilder aus den Flammen. Da war wieder das rote Auto. Ein wunderhübsches ernstes Mädchen mit braunem Haar und großen grauen Augen, die merkwürdig alt in dem jungen Gesicht wirkten. Eine kleine Hand, grausam verkrüppelt, an der zwei Finger fehlten. Ein Name, den er schon einmal gehört hatte, hallte durch die züngelnden Flammen und die schmelzenden Schatten im Spukhaus. *Regina … Regina … Regina*.

Nach dem Besuch bei Dr. Nyebern war Hatch in gedrückter Stimmung. Zum einen, weil die Tests nichts aufwiesen, was irgendeine Erklärung für seine rätselhaften Visionen geliefert hätte, zum anderen, weil er ungewollt Einblick in die privaten Probleme des Arztes bekommen hatte. Doch wenn es überhaupt ein Mittel gegen Melancholie gab, dann war es Regina. Sie besaß die Begeisterungsfähigkeit und Unbekümmertheit ihres Alters; das Leben hatte sie nicht ein bißchen kleingekriegt.

Während sie auf die Haustür zugingen, fiel Hatch auf, daß Regina weniger Mühe mit dem Gehen zu haben schien als noch vor ein paar Tagen in Gujilios Büro, obwohl die Beinschiene sie behinderte. Ein bunter Schmetterling begleitete sie, er gaukelte über ihrem Kopf, als ahnte er, wie sehr sie ihm in ihrem Wesen ähnelte: so munter und schön.

Regina bedankte sich förmlich: »Danke, daß Sie mich abgeholt haben, Mr. Harrison.«

»Aber bitte, es war mir ein Vergnügen«, erwiderte er mit ebensolchem Ernst.

Dieser »Mr. Harrison«-Quatsch konnte so nicht weitergehen, da mußten sie sich ganz schnell etwas einfallen lassen. Vermutlich hielt Regina aus Scheu vor allzu großer Vertrautheit an dieser Förmlichkeit fest und aus Angst, man könnte sie wieder zurückschicken wie bei ihrer ersten Adoption. Sicher befürchtete sie auch, sich zu blamieren, wenn sie das Falsche tat oder sagte, und ihre letzte Hoffnung auf ein wenig Glück zu verspielen.

Vor der Haustür blieb Hatch stehen und schaute Regina ernst an: »Von nun an wird einer von uns beiden, Lindsey oder ich, dich jeden Tag von der Schule abholen, es sei denn, du hast einen Führerschein und möchtest kommen und gehen, wann du willst.«

Sie blickte zu ihm auf. Der Schmetterling umkreiste ihren Kopf wie eine lebende Krone oder ein Heiligenschein. »Sie ziehen mich auf, stimmt's?« fragte sie vorsichtig.

»Nun, ich fürchte, ja.«

Sie wurde rot und schaute schnell weg, als ob sie überlegen mußte, ob aufgezogen werden etwas Gutes oder Schlechtes war. Er konnte sie beinahe laut denken hören: *Flachst er nun, weil er mich für schlau hält oder für hoffnungslos blöde?* So oder so ähnlich.

Auf der Heimfahrt war es Hatch nicht entgangen, daß auch Regina manchmal von Selbstzweifeln gepackt wurde, die sie glaubte verbergen zu können und die doch deutlich in ihrem hübschen, ausdrucksstarken Gesicht geschrieben standen. Jedesmal, wenn er einen Riß in Reginas Selbstvertrauen spürte, hätte er sie am liebsten in die Arme geschlossen und getröstet – und alles verdorben. Sie wäre entsetzt darüber, daß man ihr ihre inneren Kämpfe überhaupt anmerkte, denn sie brüstete sich damit, hart zu sein, robust und eigenständig, und trug diese Vorstellung wie einen Panzer gegen die Unbill der Welt.

»Hoffentlich macht es dir nichts aus, aufgezogen zu werden«, sagte Hatch und schloß die Haustür auf. »So bin ich nun mal. Ich könnte mich natürlich den Anonymen Aufziehern anschließen, um meine Sucht loszuwerden, aber das ist ganz schön hart. Sie schlagen dich mit Gummischläuchen, und du mußt jeden Tag dicke Bohnen essen.«

Irgendwann einmal, wenn sie merkte, daß sie geliebt und akzeptiert wurde, würde ihr Selbstvertrauen so unerschütterlich sein, wie sie es sich jetzt einbildete. Bis dahin war es am besten, so zu tun, als ob er sie genauso sah, wie sie es sich wünschte – und ihr unauffällig und mit viel Geduld bei ihrer Entwicklung zu helfen.

Bevor sie ins Haus traten, machte Regina Hatch ein Geständnis. »Ich hasse dicke Bohnen, jede Sorte Bohnen, aber ich habe mit dem lieben Gott ein Abkommen getroffen. Wenn er mir … etwas gibt, was ich mir ganz doll wünsche, werde ich für den Rest meines Lebens jede Art von Bohnen essen und mich nicht beklagen.«

Hatch zog die Tür ins Schloß und sagte: »Das ist aber ein tolles Angebot. Der liebe Gott muß schwer beeindruckt sein.«

»Das will ich hoffen«, meinte Regina.

In Vassagos Traum ging Regina im Sonnenschein spazieren. Das eine Bein steckte in einer Schiene, und ein Schmetterling umgaukelte sie wie eine Blume. Ein von Palmen umstandenes Haus. Eine Tür. Sie schaute zu Vassago auf, und ihr Blick verriet so viel Lebensfreude und ein so empfindsames Gemüt, daß sein Puls im Schlaf noch raste.

Sie gingen zu Lindsey in den ersten Stock hinauf. Dort hatte sie sich in einem Gästezimmer ein zweites Atelier eingerichtet. Die Staffelei war so zur Tür gedreht, daß Hatch das Bild nicht sehen konnte. Lindseys Bluse hing halb aus der Jeans heraus, ihre Haare waren verstrubbelt, und auf ihrer linken Wange prangte ein roter Farbklecks. Hatch kannte diesen Glanz in ihren Augen, er signalisierte, daß Lindsey sich im letzten Stadium ihrer Malwut befand und das Bild offenbar so gut wurde, wie sie es sich erhofft hatte.

»Hallo, Liebes«, begrüßte sie Regina. »Wie war's in der Schule?« Regina war es nicht gewöhnt, mit einem Kosenamen angesprochen zu werden, und die Worte machten sie wieder einmal verlegen. »Na ja, so halt.«

»Aber du gehst doch gern zur Schule! Ich weiß, daß du gute Noten hast.«

Regina reagierte nur mit einem Schulterzucken und schaute etwas betreten drein.

Hatch kämpfte mit dem Wunsch, das Mädchen in die Arme zu schließen. »Regina will später einmal Schriftstellerin werden«, sagte er zu Lindsey.

Sie blickte Regina überrascht an. »Das ist aber toll. Ich weiß, daß du gerne liest, aber ich hatte keine Ahnung, daß du selber schreiben willst.«

»Ich auch nicht«, meinte das Mädchen und kam plötzlich in Fahrt. Ihre anfängliche Scheu Lindsey gegenüber war vergessen, die Worte strömten nur so aus ihr heraus, während sie um die Staffelei herumging und das fast fertige Bild betrachtete. »Bis letztes Jahr an Weihnachten im Heim. Für mich lagen sechs Taschenbücher unter dem Weihnachtsbaum. Nicht etwa dieser Kinderkram für Zehnjährige, richtige Bücher, weil ich schon auf dem Stand der zehnten Klasse bin, also wie die *Fünfzehnjährigen*. Ich bin nämlich frühreif, wie man so sagt. Egal, die Bücher waren bisher mein tollstes Geschenk, und ich dachte mit einemmal, wie schön es wäre, wenn eines Tages ein Mädchen in dem Heim *meine* Bücher geschenkt bekäme und sich genauso darüber freuen würde. Nicht, daß ich je so gut sein werde wie Mr. Daniel Pinkwater oder Mr. Christopher Pike. Du meine Güte, die stehen ja mit Shakespeare und Judy Blume in einer Reihe. Aber ich kann auch gute Geschichten erzählen, und die sind nicht immer so ein Scheiß wie das intelligente Schwein aus dem Weltall, äh, ich meine natürlich Mist. Nein, Käse wollte ich sagen. Intelligentes-Schwein-aus-dem-Weltall-Käse.«

Lindsey ließ Hatch – oder wen auch immer – ihre Bilder niemals sehen, bevor sie fertiggemalt waren. Und mit diesem hier war sie noch beschäftigt, um so mehr überraschte es Hatch, daß sie nicht einmal mit der Wimper zuckte, als Regina sich das Bild auf der Staffelei anschaute. Kein Kind, auch nicht mit einer noch so frechen Nase und Sommersprossen, sollte ein Privileg genießen dürfen, das ihm selbst verwehrt wurde. Entschlossen trat Hatch auch an die Staffelei und wagte einen Blick auf das unfertige Bild.

Es war phantastisch. Den Hintergrund bildete ein Sternenhimmel, und darüber schwebte das transparente Gesicht eines ätherischen, bildschönen Jungen. Nicht irgendeines Jungen. Es war ihr Jimmy. Lindsey hatte ihn früher ein paarmal gemalt, als er noch lebte, doch seit seinem Tod noch nie – bis eben jetzt. Es war ein idealisierter Jimmy von solcher Perfektion, daß er wie ein Engel wirkte. Seine lieben Augen blickten gen Himmel auf ein warmes Licht, das vom obersten Bildrand auf ihn niederfiel, und sein Ausdruck war mehr als verzückt. Verklärt. Im Vordergrund des Bildes schwebte eine schwarze Rose. Sie war nicht durchsichtig wie das Gesicht des Jungen, vielmehr so plastisch gemalt, daß Hatch die samtige Weichheit der Blütenblätter zu fühlen glaubte. Auf dem grünen Stiel lag kühler Tau, und die Dornen wirkten mit ihren naturgetreuen scharfen Spitzen gefährlich echt. Es war Lindsey gelungen, die schwebende Rose mit einer Aura des Übernatürlichen zu erfüllen, die den Blick fesselte, ja den Betrachter geradezu magisch anzog. Der Junge beachtete die Rose jedoch nicht, sein Blick blieb entzückt. Die Botschaft des Bildes lautete: So eindrucksvoll die Rose auch sein mochte, galt sie doch nichts im Vergleich zu dem himmlischen Leuchten.

Nach Jimmys Tod bis zu Hatchs Reanimation hatte Lindsey strikt jede Art von Trost von einem Gott abgelehnt, der eine Welt erschaffen konnte, in der es den Tod gab. Hatch erinnerte sich an einen Priester, der Lindsey zum Beten raten wollte: Es würde ihren Schmerz um den Verlust des Sohnes schmälern. Lindsey hatte kalt und abweisend reagiert: *Beten bringt nichts. Erwarten Sie keine Wunder, Pater. Die Toten sind tot, und die Lebenden warten nur darauf, es ihnen gleichzutun.* Nun war eine Veränderung in ihr vorgegangen. Die schwarze Rose auf dem Bild verkörperte den Tod. Nur besaß er keine Macht über Jimmy. Der befand sich jenseits des Todes, erhob sich darüber. Mit ihrer Idee zu dem Bild und der perfekten Umsetzung dieser Idee hatte Lindsey einen Weg gefunden, endlich Abschied von dem Jungen zu nehmen, ohne Schmerz oder Verbitterung. Es war ein Abschied in Liebe und in der neuen Erkenntnis, an mehr als nur an das Leben glauben zu wollen, das doch immer in einer kalten, dunklen Erdgrube endete.

»Es ist wunderschön«, sagte Regina ehrfürchtig. »Aber irgendwie unheimlich ... Ich weiß nicht, warum ... unheimlich ... und so schön.«

Hatch blickte von dem Bild auf und sah Lindsey an, wollte etwas sagen, schluckte. Mit seiner Wiederbelebung waren auch ihre Gefühle füreinander wiedererweckt worden, und sie hatten sich eingestehen müssen, fünf kostbare Jahre an ihren Kummer verloren zu haben. Dennoch wollten sie nicht gelten lassen, daß das Leben jemals wieder so schön sein könnte wie vor diesem leisen Tod: Sie hatten Jimmy nicht wirklich losgelassen. Jetzt konnte Hatch in Lindseys Blick lesen, daß sie sich wieder uneingeschränkt der Hoffnung hingab. Der Tod des Jungen lastete nun so schwer auf Hatch wie seit Jahren nicht mehr, denn wenn Lindsey ihren Frieden mit Gott gemacht hatte, mußte er es auch tun. Er rang nach Worten, schaute wieder auf das Bild, spürte, wie die Tränen in ihm aufstiegen, und verließ hastig das Zimmer.

Ohne zu wissen, was er tat, ging Hatch in sein kleines Arbeitszimmer hinunter, das sie Regina als Schlafzimmer angeboten hatten, öffnete die Terrassentür und trat in den Rosengarten hinaus.

Die Rosen glühten in der warmen Nachmittagssonne in roten, weißen, gelben, rosa und pfirsichfarbenen Tönen. Hier und da standen noch Knospen, andere Blüten hatten sich weit geöffnet. Eine schwarze Rose war nicht darunter. Betörender Duft erfüllte den Garten.

Hatch streckte die Hände aus nach dem nächsten Rosenstrauch, wollte die Blüten anfassen, stockte. Er hielt die Arme gebeugt, wie um etwas darin zu wiegen, vermeinte ein Gewicht darin zu spüren. Da war nichts in seinen Armen, und trotzdem spürte er etwas, spürte das Leichtgewicht seines vom Krebs zerfressenen Sohnes auf den Armen, als sei es gerade erst eine Stunde her.

In den letzten Minuten vor Jims Tod hatte er die Schläuche und Drähte von ihm entfernt, den Jungen aus den schweißnassen Krankenhauslaken gehoben und sich mit ihm in einen Sessel am Fenster gesetzt. Dort hielt er ihn eng umschlungen und flüsterte mit ihm, bis kein Atem mehr über die schmalen blassen Lippen strich. Hatch würde sein Leben lang das Federgewicht des toten Jungen in seinen Armen nicht vergessen, nicht die kantigen Knochen, die trockene Hitze, die seine wächserne Haut ausströmte, seine ergreifende Gebrechlichkeit.

Die Erinnerung daran überfiel ihn eben jetzt, hier im Rosengarten. Er blickte auf in den Sommerhimmel und fragte: »Warum?«, als ob er eine Antwort erwartete. »Er war doch so klein«, sagte Hatch. »So verdammt klein.«

Noch während er sprach, zog das Gewicht in seinen Armen an ihm, als trüge er eine tonnenschwere Last. Konnte er sich doch noch nicht von dem Jungen lösen? Dann geschah etwas Seltsames, die Last in seinen Armen wurde immer geringer, bis sie sich ganz aufgelöst hatte, der unsichtbare Körper des Jungen schien zu entschweben, als sei der Leib endlich in die Seele übergegangen, als bräuchte Jim keinen Trost mehr.

Hatch ließ die Arme sinken.

Ob sich von nun an die bittersüße Erinnerung an ein verlorenes Kind in die süße Erinnerung an das geliebte Kind umkehrte? Und würde diese Erinnerung dann vielleicht nicht mehr so schwer wiegen, daß sie das Herz erdrückte?

Er stand immer noch zwischen den Rosen.

Es war ein warmer Tag. Der späte Nachmittag leuchtete golden.

Der Himmel schien durchsichtig klar – und zutiefst geheimnisvoll.

Regina bat Lindsey, ein paar ihrer Bilder in ihrem Zimmer aufhängen zu dürfen, und ihre Bitte klang ehrlich. Sie wählten drei aus. Gemeinsam klopften sie Nägel in die Wand und hängten die Bilder zusammen mit Reginas großem Kruzifix aus dem Heim auf.

Dabei fragte Lindsey: »Hättest du heute abend Lust auf Pizza?«

Regina war begeistert. »Ich liebe Pizza!«

»Ich kenne eine wirklich nette Pizzeria, da ist die Pizza ganz knusprig, mit viel Käse drauf.«

»Und Peperoni?«

»Dünne Scheibchen, aber reichlich.«

»Salami?«

»Kannst du auch haben. Aber beißt sich das nicht ein wenig mit deiner vegetarischen Diät?«

Regina wurde rot. »Ach das. An dem Tag hab' ich mich ziemlich beschissen, äh, ich meine, idiotisch benommen.«

»Schon gut«, erwiderte Lindsey. »Wir alle benehmen uns hin und wieder etwas idiotisch.«

»Nein, Sie nicht, und Mr. Harrison auch nicht.«

»Wart's nur ab.« Lindsey stand auf einer Trittleiter und schlug einen Nagel für den Bilderhaken ein. Regina reichte ihr das Bild. »Hör mal«, fragte Lindsey. »Würdest du mir heute abend einen Gefallen tun?«

»Einen Gefallen? Klar.«

»Ich weiß, daß die Situation für dich nicht einfach ist. Du fühlst dich hier noch nicht richtig zu Hause und wirst auch noch etwas Zeit dafür brauchen ...«

»Aber es ist doch nett hier«, protestierte das Mädchen.

Lindsey streifte den Bilderdraht über den Haken und richtete den Rahmen aus, bis er gerade hing. Dann setzte sie sich auf eine Stufe der Trittleiter und nahm Reginas Hände, die gute Hand und die verkrüppelte. »Du hast recht – es ist nett hier. Das ist aber nicht dasselbe, wie *zu Hause*. Ich wollte dich in diesem Punkt nicht drängen, im Gegenteil, ich wollte dir Zeit genug lassen, aber ... Vielleicht geht es dir zu schnell, aber laß uns mit diesem Mr. und Mrs. Harrison aufhören und nenn uns beim Vornamen. Am besten gleich und besonders Hatch. Gerade jetzt würde es ihm sehr viel bedeuten, wenn du wenigstens Hatch zu ihm sagtest.«

Das Mädchen senkte den Blick und schaute auf ihre ineinander verschränkten Hände. »Nun ja, ich denke ... ja, das geht in Ordnung.«

»Und weißt du, was? Es ist nicht ganz fair, daß ich dich

jetzt schon darum bitte, bevor du ihn besser kennst. Aber weißt du, was jetzt das Schönste auf der Welt für ihn wäre?«

Das Mädchen hielt den Blick noch immer gesenkt. »Was denn?«

»Wenn du es übers Herz brächtest, Dad zu ihm zu sagen. Du brauchst nichts zu überstürzen. Überlege es dir. Es wäre einfach wunderbar, wenn du das für ihn tun könntest. Ich kann dir im Moment nicht erklären, warum, aber ich versichere dir eines, Regina – er ist ein guter Mensch. Er würde alles für dich tun, und wenn es sein muß, sein Leben riskieren und nichts dafür verlangen. Er wäre entsetzt, wenn er wüßte, daß ich überhaupt etwas von dir verlange. Aber eigentlich bitte ich dich nur, es dir zu überlegen.«

Nach einer langen Minute schaute das Mädchen auf und nickte. »In Ordnung, ich werde es mir überlegen.«

»Danke, Regina.« Lindsey richtete sich wieder auf. »Jetzt laß uns noch das letzte Bild aufhängen.«

Lindsey markierte die Bildmitte mit einem Bleistift und trieb einen Nagel in die Wand.

Als Regina ihr das Bild reichte, sagte sie drucksend: »Es ist halt so, daß ich noch nie im Leben ... da gab's nie jemanden, zu dem ich Mom oder Dad sagen konnte. Das ist was ganz Neues für mich.«

Lindsey lächelte beruhigend. »Das kann ich verstehen, Liebes. Wirklich. Und Hatch wird es auch verstehen, wenn es noch ein bißchen dauert.«

Als helle Flammen aus dem Spukhaus loderten, die Hilferufe und Todesschreie immer lauter gellten, nahm etwas Seltsames im Feuerschein Gestalt an. Eine Rose. Eine schwarze Rose. Sie schwebte wie von Zauberhand geführt. Noch nie hatte Vassago etwas Schöneres im Leben, in der Welt der Toten oder im Reich der Träume erblickt. Leuchtend stand sie vor ihm, mit Blütenblättern so glatt und weich, als wären sie aus dem nachtschwarzen Samt des Himmels gemacht. Ihre Dornen waren köstlich scharf und spitz und glichen gläsernen Nadeln. Der grüne Stiel schimmerte wie Schuppen einer Schlangenhaut. Ein Blutstropfen lag auf einem Blütenblatt.

Die Rose schwand aus seinem Traum, kehrte wieder – und

mit ihr die Frau mit Namen Lindsey und das braunhaarige Mädchen mit den sanft-grauen Augen. Vassago gierte nach allen dreien: der schwarzen Rose, der Frau und dem Mädchen mit den grauen Augen.

Hatch hatte sich bereits umgezogen, und Lindsey rumorte noch im Badezimmer. Er saß auf der Bettkante und las den Artikel von S. Steven Honell. Er selbst konnte buchstäblich jede Beleidigung mit einem Schulterzucken abtun; doch wenn Lindsey betroffen war, machte ihn das wütend. Er wollte nicht einmal Kritik an ihrer Arbeit akzeptieren, von der Lindsey *selber* behauptete, daß sie berechtigt war. Als er Honells bösartige, höhnische und letztlich dumme Schmähschrift las, die Lindseys gesamte Karriere als »nutzlose Energieverschwendung« hinstellte, wuchs sein Zorn mit jeder Zeile.

Wie schon in der vergangenen Nacht, entlud sich Hatchs Wut wie ein Vulkan. Er knirschte mit den Zähnen, bis sie schmerzten, seine Hände bebten so heftig, daß die Zeitschrift flatterte. Alles verschwamm ihm vor den Augen, als würde seine Sicht von aufsteigenden Hitzeschwaden getrübt. Er blinkte und zwinkerte, um die tanzenden Buchstaben wieder zu lesbaren Worten zu machen.

Und wie in der vergangenen Nacht kam es Hatch auch jetzt wieder so vor, als ob seine Wut eine Tür in seinem Innersten aufstieß, daß etwas eindrang und von ihm Besitz ergriff. Eine böse Kraft, die nur haßerfüllte Raserei kannte. Oder aber er hatte sie immer schon in sich getragen, latent wie ein Virus, und seine Wut hatte sie aktiviert. Er war nicht mehr Herr seines eigenen Willens und spürte eine weitere Präsenz, die einer Spinne gleich durch den winzigen Spalt zwischen seiner Schädeldecke und seiner Hirnhaut kroch.

Er wollte die Zeitschrift aus der Hand legen und sich entspannen – und mußte doch gegen seinen Willen weiterlesen.

Im Traum wanderte Vassago durch das brennende Spukhaus. Das Feuer ängstigte ihn nicht, weil er einen Fluchtweg wußte. Manchmal war er zwölf, dann wieder zwanzig Jahre alt, und immer erhellten menschliche Fackeln seinen Weg.

Einige bildeten schwelende Aschehäufchen zu seinen Füßen, andere wieder loderten auf, wenn er vorbeikam.

Er hielt eine aufgeschlagene Zeitschrift in der Hand, starrte auf einen Artikel, der ihn erzürnte, den er jedoch zwingend lesen mußte. Die Seiten bogen sich schon in der Hitze und drohten, Feuer zu fangen. Namen sprangen ihn an. Lindsey. Lindsey Sparling. Endlich wußte er, wie sie hieß. Er wollte die Zeitschrift hinwerfen, ein paarmal tief durchatmen und sich wieder beruhigen ... Statt dessen schürte er seine Wut und ließ sich von einer Woge des Zorns überrennen. Jetzt wollte er mehr wissen. Die Seitenränder krümmten sich in der Hitze. Honell. Ein neuer Name. Steven Honell. Aschenglut fiel auf den Artikel. Steven S. Honell. Nein, zuerst das S. S. Steven Honell. Die Seite fing Feuer. Honell. Ein Schriftsteller. Eine Bar. Silverado Canyon. Die Zeitschrift in seiner Hand loderte auf und vermengte sein Gesicht –

Wie von einer Tarantel gestochen fuhr er in seinem dunklen Versteck auf. Er war hellwach. Erregt. Jetzt wußte er genug, um die Frau zu finden.

Eben noch brannte der Zorn in ihm wie Feuersglut, dann hatte er sich unvermittelt wieder gelegt. Hatchs verkrampfte Schultern wurden wieder locker, sein Kiefer entspannte sich, die Zeitschrift entglitt seinen Händen und fiel zu Boden.

Er blieb auf der Bettkante sitzen und sah sich benommen um.

Die Tür zum Badezimmer war immer noch geschlossen, und er registrierte dankbar, daß Lindsey nicht gerade herausgekommen war, als er ... als er was? In Trance war? Besessen?

Ein brenzliger Geruch stieg ihm in die Nase. Rauch.

Sein Blick fiel auf die Zeitschrift zu seinen Füßen. Zögernd hob er sie auf. Die Seite mit Honells Artikel war noch aufgeschlagen. Obwohl kein sichtbarer Rauch aufstieg, roch es verbrannt, nach verbranntem Holz, Papier, Teer, Kunststoff- und noch Schlimmerem. Die Papierränder waren bräunlich verkohlt, als hätten sie in der Glut gelegen.

7

Honell saß in seinem Schaukelstuhl am Kamin, als es an der Haustür klopfte. Ein Glas Whiskey stand neben ihm, und er blätterte in einem seiner Bücher, *Miss Culvert,* das er vor fünfundzwanzig Jahren, mit dreißig, geschrieben hatte.

Es war inzwischen eine feste Gewohnheit bei ihm, daß er sich jeden seiner neun Romane einmal im Jahr vornahm, weil er in ständigem Wettkampf mit sich selber lebte. Statt sich aufs Altenteil zu begeben, wie die meisten seiner Kollegen, setzte er seinen ganzen Ehrgeiz daran, sich noch zu steigern. Die eigene Kunst zu verbessern, stellte in der Tat eine besondere Herausforderung dar, weil er schon in jungen Jahren *irrsinnig* gut gewesen war. Wenn er seine eigenen Bücher las, ergötzte er sich jedesmal aufs neue an seinem schriftstellerischen Können. *Miss Culvert* handelte in fiktiver Form von dem egozentrischen Leben seiner Mutter, das sie als Mitglied der respektablen Gesellschaft der oberen Mittelklasse in einem kleinen Städtchen in Illinois geführt hatte, und stellte zugleich die selbstzufriedene, muffige und fade »Kultur« des Mittleren Westens bloß. Er hatte die alte Hexe wirklich gut getroffen. Und wie er sie getroffen hatte. Als er *Miss Culvert* aufs neue las, mußte er daran denken, wie entsetzt seine Mutter über das Buch gewesen war, und wie gekränkt. Das bestärkte ihn damals in seinem Entschluß, sofort eine Fortsetzung zu schreiben. In seinem zweiten Roman, *Mrs. Towers,* ging es um die Ehe seiner Mutter mit seinem Vater, ihre Witwenschaft und ihre Wiederheirat. Honell war überzeugt, daß dieses Buch seine Mutter umgebracht hatte. Die offizielle Diagnose lautete Herzanfall. Doch irgend etwas muß einen Herzinfarkt schließlich auslösen, und hier stimmte das Timing mit dem Erscheinen seines Buches und den Schlagzeilen, die es machte, perfekt überein.

Als der unerwartete Besucher anklopfte, fühlte sich Honell unangenehm berührt. Sein Gesicht verzog sich säuerlich. Er zog die Gesellschaft seiner Romanfiguren jenen vor, die unerwartet oder ungebeten bei ihm eindrangen. Ja, selbst gebetenen Gästen, sei's drum. Seine Romangestalten waren immer sorgfältig ausgearbeitet und klar, während die Personen des wirklichen Lebens so … nun ja, unscharf, trüb, uninteressant und sehr komplex schienen.

Er warf einen Blick auf die Kaminuhr. Zehn nach neun.

Erneutes Klopfen. Diesmal mit mehr Nachdruck. Sicher einer seiner Nachbarn. Ein bedrückender Gedanke, denn sie waren allesamt Idioten.

Honell beschloß, nicht aufzumachen. Aber in so einer ländlichen Gegend betrachtete sich jeder grundsätzlich als »guter Nachbar« und nicht als Belästigung. Wenn er auf das Klopfen nicht reagierte, würden sie ums Haus herumschleichen und durch die Fenster spähen. Und das alles nur wegen dieser gut nachbarschaftlichen Sorge um sein Wohlergehen. Herrgott, wie er diese Leute haßte! Er ertrug sie nur deshalb, weil er die Großstädter erst recht nicht ausstehen konnte, und die Leute in den Vorstädten waren ihm geradezu *widerwärtig*.

Schließlich setzte er das Whiskeyglas ab, legte das Buch beiseite und stemmte sich aus dem Schaukelstuhl. Er ging mit der festen Absicht zur Tür, dem ungebetenen Besucher, wer immer er sein mochte, gründlich den Marsch zu blasen. Mit seiner Sprachgewalt brauchte er genau eine Minute, um jemanden fertigzumachen, zwei Minuten waren bereits lebensgefährlich. Schon das Vergnügen, jemanden so anschnauzen zu können, würde ihn für diese Ruhestörung entschädigen.

Als Honell den Vorhang von der verglasten Eingangstür zurückzog, stellte er überrascht fest, daß der Besucher kein Nachbar war – vielmehr ein Unbekannter. Der junge Mann mochte höchstens zwanzig sein, war bleich wie der Tod, ganz in Schwarz gekleidet und trug eine Sonnenbrille.

Honell machte sich keine Gedanken über die Absichten des Fremden. Der Canyon lag höchstens eine Autostunde von den belebteren Plätzen dieser Gegend entfernt und war wegen seiner unwirtlichen Umgebung und der schlechten Straße nicht besonders befahren. Einbruch und Diebstahl kamen hier so gut wie nie vor, weil die Einbrecher Orte bevorzugten, wo mehr zu holen war. Abgesehen davon besaßen die Leute hier draußen in ihren Blockhäusern sowieso keine Reichtümer.

Der bleiche junge Mann machte ihn neugierig.
»Was wünschen Sie«, fragte er durch die Tür.
»Mr. Honell?«
»Ja.«
»S. Steven Honell?«
»Soll das hier ein Verhör sein?«
»Entschuldigen Sie bitte, Sir, sind Sie der Schriftsteller?«
Ein Student. Ja, es konnte nur ein Student sein.

Vor gut zehn Jahren – na ja, sagen wir, zwanzig – war Honell regelmäßig von Literaturstudenten belagert worden, die von ihm lernen oder einfach ehrfurchtsvoll zu seinen Füßen liegen wollten. Ein ruheloser Haufen, immer auf der Suche nach dem neuesten Trend und ohne Verständnis für die wirkliche hohe Kunst der Literatur.

Zum Teufel, heutzutage konnten die meisten nicht einmal lesen; sie gaben doch nur vor, Studenten zu sein. Die Colleges und Universitäten, an denen sie angeblich studierten, waren doch bloß Kindergärten für in alle Ewigkeit zu Grünschnäbeln Verdammte. Wenn die wirklich studierten, konnte er zum Mars fliegen.

»Ja, der bin ich. Was gibt's?«
»Sir, ich schätze Ihre Bücher über alles.«
»Haben Sie wohl auf Kassette gehört?«
»Bitte? Nein, ich habe sie gelesen. Alle!«

Die Tonbandkassette hatte sein Verleger ohne seine Zustimmung aufnehmen lassen, der Inhalt war allerdings um zwei Drittel gekürzt. Ein Zerrbild seiner Romane.

»So? Na, dann sicher als Comic?« fragte Honell säuerlich, obwohl er wußte, daß das Sakrileg einer Comic-strip-Adaption seiner Romane noch nicht begangen worden war.

»Entschuldigen Sie bitte die Störung. Ich habe wirklich lange überlegt, bis ich den Mut fand, Sie aufzusuchen. Heute abend habe ich mir ein Herz gefaßt, weil ich wußte, wenn ich es jetzt nicht tue, dann schaffe ich es nie. Ich bewundere Ihr Werk, Sir, und wenn Sie ein wenig Zeit hätten, einen Moment nur, um mir ein paar Fragen zu beantworten, wäre ich Ihnen sehr dankbar.«

Eine nette kleine Unterhaltung mit einem intelligenten jungen Mann schien verlockender, als *Miss Culvert* noch einmal zu lesen. Er hatte schon lange keinen derartigen Besuch mehr gehabt, der letzte lag lange zurück, das war noch in Santa Fé gewesen. Nach kurzem Zögern öffnete Honell die Tür.

»Gut, kommen Sie herein. Wollen wir mal sehen, ob Sie tatsächlich verstehen, was Sie lesen.«

Der junge Mann trat ein, und Honell ging voraus zu seinem Schaukelstuhl und dem Whiskey.

»Das ist sehr freundlich von Ihnen«, murmelte der Fremde und zog die Tür hinter sich ins Schloß.

»Freundlichkeit ziert die Schwachen und Dummen, junger Mann. Ich habe andere Beweggründe.« An seinem Schaukelstuhl angekommen, wandte er sich um und sagte: »Nehmen Sie die Sonnenbrille ab, junger Mann. Eine Sonnenbrille bei Nacht ist dümmste Hollywood-Manier und paßt nicht zu einem gebildeten Menschen.«

»Entschuldigen Sie, Sir, es ist keine Manier. Nur ist es auf dieser Welt so beängstigend viel heller als in der Hölle – ich bin sicher, Sie werden das auch noch merken.«

Hatch hatte überhaupt keine Lust, essen zu gehen. Er wollte viel lieber einfach hier sitzen bleiben, die Zeitschrift mit den auf rätselhafte Weise angesengten Seiten anstarren und sich, *bei Gott*, zwingen, endlich zu begreifen, was in ihm vorging. Er war ein Vernunftsmensch. Übernatürliches war ihm fremd. Nicht ohne Grund handelte er mit Antiquitäten, denn er liebte es, sich mit schönen Dingen zu umgeben, die eine Atmosphäre von Ordnung und Beständigkeit schufen.

Kinder aber brauchten auch ihre Ordnung, und dazu gehörten regelmäßige Mahlzeiten. Also gingen sie in eine Pizzeria und hinterher noch ins Kino um die Ecke. Der Film war lustig, und obwohl er Hatch nicht von seinen Problemen ablenken konnte, wirkte Reginas vergnügtes Gekicher wie Balsam auf seine bloßliegenden Nerven.

Als er später an Reginas Bett stand, ihr einen Kuß auf die Stirn drückte, gute Nacht wünschte und das Licht ausdrehte, sagte sie stockend: »Gute Nacht … Dad.«

Er war schon mit einem Schritt aus der Tür, zögerte kurz und drehte sich noch einmal um.

»Gute Nacht«, sagte er mit aller Gelassenheit, derer er fähig war. Es war bestimmt besser, keine große Sache aus ihrem »Geschenk« zu machen, weil sie ihn sonst wieder mit Mr. Harrison anreden würde. Doch sein Herz machte einen Freudensprung.

Im Schlafzimmer erzählte er Lindsey davon. »Sie hat Dad zu mir gesagt.«

»Wer?«

»Wer wohl!«

»Hast du sie bestochen?«

»Du bist ja nur neidisch, weil sie nicht Mom zu dir sagt.«

»Das wird sie bestimmt noch. Sie hat schon nicht mehr solche Angst.«

»Vor dir?«

»Vor dem Risiko.«

Hatch ging noch einmal nach unten, um nachzusehen, ob Nachrichten auf dem Anrufbeantworter eingegangen waren. Seltsam, nach allem, was er durchgemacht hatte, und den Schwierigkeiten, in denen er zur Zeit steckte, genügte es, daß das Mädchen ihn Dad nannte, und er fühlte sich geradezu beflügelt. Er nahm gleich zwei Treppenstufen auf einmal.

Der Anrufbeantworter stand neben dem Kühlschrank auf dem Küchentresen. Darüber hing eine Pinnwand aus Kork. Hatch hoffte auf eine Nachricht von dem Erbschaftsverwalter, dem er ein Angebot für die Wedgwoodsammlung gemacht hatte. Das Display des Gerätes zeigte drei Anrufe an. Der erste war von Glenda Dockridge, seiner Assistentin, der zweite von Simpson Smith, einem befreundeten Antiquitätenhändler aus Los Angeles. Die dritte Nachricht stammte von Lindseys Freundin Janice Dimes. Alle drei sagten das gleiche: *Hatch, Lindsey, Hatch und Lindsey, habt ihr die Zeitung gelesen? Habt ihr das in den Nachrichten über Cooper gehört, den Kerl, der schuld an eurem Unfall war, Bill Cooper Er ist tot. Ermordet. Er ist letzte Nacht umgebracht worden.*

Hatch gerann das Blut in den Adern. Nein, nicht das Blut, die Kühlflüssigkeit, die er in seinen Adern spürte.

Gestern abend noch hatte er sich maßlos darüber aufgeregt, daß Cooper unbehelligt davongekommen war, und ihm den Tod an den Hals gewünscht. Moment mal. Nein, er hatte ihn verflucht und gedroht, daß er ihm alles heimzahlen und *ihn* in das eiskalte Wasser werfen würde, aber den Tod hatte er ihm nicht gewünscht. Und selbst *wenn* es so wäre? Schließlich hatte er ihn ja nicht umgebracht und trug auch keine Schuld an dem, was geschehen war.

Während er die Nachrichten löschte und das Band zurückspulte, kam ihm der Gedanke, daß die Polizei ihn früher oder später vernehmen würde.

Dann wieder fragte er sich, warum er sich eigentlich Sorgen machte. Vielleicht hatten sie den Mörder bereits verhaftet, dann fiel sowieso kein Verdacht auf ihn. Und warum sollte man ihn überhaupt verdächtigen? Er hatte doch nichts getan. *Gar nichts.* Warum kroch ein Schuldgefühl in ihm hoch wie der Tausendfüßler in einem langen dunklen Tunnel?

Tausendfüßler?

Die rätselhafte Vorstellung ließ ihn schaudern. Er konnte nicht sagen, woher sie kam. Es schien ihm, als hätte er sie gar nicht selber erdacht, vielmehr … *empfangen.*

Er raste hinauf ins Schlafzimmer.

Lindsey lag schon im Bett und war gerade dabei, sich zuzudecken.

Die Zeitung lag auf seinem Nachttisch, wie jeden Abend. Er stürzte sich darauf und überflog die Titelseite.

»Hatch? Was ist los?«

»Cooper ist tot.«

»Was?«

»Der Kerl mit dem Biertransporter. William Cooper. Ermordet.«

Sie schlug die Bettdecke zurück und setzte sich auf.

Auf der dritten Seite wurde er fündig. Er setzte sich neben Lindsey auf die Bettkante, und sie lasen den Artikel gemeinsam.

Wie es hieß, suchte die Polizei nach einem jungen Mann, Anfang Zwanzig, mit auffallend blasser Hautfarbe und dunklem Haar. Ein Nachbar hatte zufällig gesehen, wie er den Gartenweg des Apartmenthauses hinunterrannte. Er könnte eine Sonnenbrille getragen haben. Nachts.

»Derselbe verdammte Mistkerl, der die blonde Frau getötet hat«, stieß Hatch hervor. »Die Sonnenbrille im Rückspiegel. Jetzt kann er auch noch meine Gedanken lesen. Er handelt aus *meiner* Wut heraus, tötet Menschen, mit denen ich abrechnen will.«

»Das ist doch absurd. Das kann nicht sein.«

»Doch.« Hatch fühlte sich hundeelend. Er drehte seine Hände hin und her, als erwartete er, Blutspuren von dem Bierfahrer zu entdecken. »Mein Gott, ich habe ihn auf Cooper gehetzt.«

Er war zu Tode erschrocken. Ein heftiges Schuldgefühl würgte ihn, und er verspürte das dringende Bedürfnis, sich die Hände zu waschen und mit einer Drahtbürste zu schrubben, bis sie bluteten. Als er aufstehen wollte, versagten seine Beine, und er mußte sich wieder hinsetzen.

Lindsey starrte ihn sprachlos an. Sie war ebenfalls bestürzt über die Nachricht, doch lange nicht so aufgewühlt wie Hatch.

Da begann er von dem Spiegelbild des schwarzgekleideten jungen Mannes mit der Sonnenbrille zu erzählen, das letzte Nacht statt seines eigenen in der Spiegeltür erschienen war, als er vor Wut über Cooper kochte. Er gestand ihr auch, wie er später neben ihr im Bett gelegen und über Cooper gebrütet hatte und sein Ärger sich plötzlich in einer so ungezügelten Wut entlud, daß ihm die Adern schwollen. Und daß es ihm so vorgekommen war, als sei etwas in ihn eingedrungen und habe ihn überwältigt. Er erzählte von seinem Blackout. Und zur Krönung beschrieb er ihr noch seine unerklärlich heftige Reaktion auf den Artikel in dem Kunstmagazin und holte das Heft, um ihr die angesengten Seiten zu zeigen.

Als Hatch zum Schluß kam, war Lindsey ebenso entsetzt wie er selbst, nur überwog bei ihr die Enttäuschung darüber, daß er sie nicht früher eingeweiht hatte. »Warum hast du mir nichts davon gesagt?«

»Ich wollte dich nicht beunruhigen.« Er merkte selbst, wie lahm seine Erklärung klang.

»Wir haben noch nie etwas voreinander verborgen. Wir haben immer alles miteinander geteilt. Alles.«

»Es tut mir leid, Lindsey. Ich wollte nur ... ich habe ... diese letzten Monate ... diese Alpträume von verwesten Leichen, Gewalt und Feuer ... und dann seit ein paar Tagen diese *Vorahnungen* ...«

»Es wird künftig keine Geheimnisse mehr zwischen uns geben«, erklärte sie kategorisch.

»Ich wollte dir nur ersparen ...«

»Keine Geheimnisse«, beharrte sie.

»Einverstanden. Keine Geheimnisse.«

»Du bist auch nicht schuld an dem, was Cooper widerfahren ist. Selbst wenn es eine Art Band zwischen dir und dem Killer gibt, und Cooper deswegen zum Opfer wurde, ist das nicht deine Schuld. Du konntest nicht *wissen,* daß deine Wut auf Cooper sein Todesurteil war. Abgesehen davon hättest du es auch nicht verhindern können.«

Hatchs Blick fiel auf die Zeitschrift in Lindseys Hand und die angesengten Seiten. Eisiger Schrecken durchfuhr ihn. »Ich bin aber schuld, wenn ich nicht versuche, Honell zu retten.«

Sie sah ihn mißbilligend an. »Was meinst du damit?«

»Wenn meine Wut die Bestie auf Cooper gehetzt hat, warum dann nicht auch auf Honell?«

Honell schlug die Augen auf und litt Höllenqualen. Nur daß er diesmal selber einstecken mußte – und die Pein körperlicher, nicht psychischer Art war. Sein Schritt schmerzte von den Fußtritten, die er bekommen hatte. Ein Schlag an die Kehle mußte seine Speiseröhre zerschmettert haben. Die Kopfschmerzen brachten ihn beinahe um, und seine Hand- und Fußgelenke brannten wie Feuer. Zunächst wußte er keine Erklärung dafür, bis er merkte, daß er mit allen vieren an die Pfosten von etwas – seinem Bett vermutlich – gefesselt war und die Stricke seine Gelenke wundscheuerten.

Er konnte nicht viel erkennen, zum Teil deshalb, weil seine Augen tränten, aber auch, weil seine Kontaktlinsen bei dem Kampf herausgefallen waren. Ohne Zweifel war er überfallen worden, nur konnte er sich im Moment nicht daran erinnern, von wem.

Das Gesicht des jungen Mannes hing über ihm, noch etwas verschwommen, wie der Mond, wenn man das Teleskop nicht scharf eingestellt hat. Er beugte sich weiter vor, und

Honell erkannte jetzt ein Gesicht, hübsch und blaß, von dichtem schwarzen Haar umrahmt. Er lächelte nicht mit diesem eiskalten Psychopathenlächeln, das Honell aus Filmen kannte. Er blickte auch nicht finster oder böse. Sein Gesicht blieb ausdruckslos – bis auf diese winzige Spur professioneller Neugier vielleicht, mit der ein Entomologe die neueste Mutation einer vertrauten Insektenart betrachtet.

»Bitte entschuldigen Sie diese unhöfliche Behandlung, nachdem Sie so freundlich waren, mich in Ihr Haus zu lassen. Ich bin leider in Eile und hatte keine Zeit, meine Fragen in einer gewöhnlichen Unterhaltung loszuwerden.«

»Wie Sie meinen«, erwiderte Honell beschwichtigend. Erschrocken stellte er fest, wie sich seine sonst so einschmeichelnde und sonore Stimme verändert hatte. Sie war immer ein verläßliches Instrument der Verführung und ein Werkzeug des Zorns gewesen, je nach Bedarf ... jetzt klang sie rauh, ab und zu von einem häßlichen Gurgeln unterbrochen, einfach widerlich.

»Ich möchte wissen, wer Lindsey Sparling ist«, sagte der junge Mann gleichgültig, »und wo ich sie finden kann.«

Zu Hatchs Überraschung stand Honells Nummer im Telefonbuch. Nun ja, inzwischen war sein Name nicht mehr so bekannt, wie in seinen ruhmreichen Jahren, als er *Miss Culvert* und *Mrs. Towers* geschrieben hatte. Honell brauchte sich heute keine Gedanken mehr um unerwünschten Besuch oder Ruhestörungen zu machen, die Leute gönnten ihm mehr Ruhe, als ihm lieb war.

Während Hatch die Nummer wählte, ging Lindsey unruhig auf und ab. Sie war sicher, daß Honell Hatchs gutgemeinte Warnung nur als billige Drohung ansehen würde. Hatch dachte ebenso und wollte es dennoch versuchen. Honells Reaktion blieb ihm allerdings erspart, weil niemand da draußen in der Einsamkeit des Canyons abnahm. Er ließ das Telefon gut zwanzigmal klingeln.

Gerade als er den Hörer auflegen wollte, durchzuckten ihn Bilder in rascher Folge wie Blitze: ein zerwühltes Bett, blutige, gefesselte Handgelenke, ein blutunterlaufenes, kurzsichtiges Augenpaar ... und in den vor Schreck geweiteten Pupillen die zweifache Spiegelung eines finsteren Gesichts mit einer Sonnenbrille.

Hatch zuckte zurück und ließ den Hörer fallen, als hätte er sich in eine Klapperschlange verwandelt. »Er hat ihn bereits gefunden.«

Das Klingeln hatte endlich aufgehört.

Vassago starrte den Apparat an, doch er blieb stumm.

Er wandte sich wieder dem Mann zu, der auf dem Bett lag und mit Armen und Beinen an die Bettpfosten gefesselt war. »Aha, die Dame ist also verheiratet und heißt jetzt Lindsey Harrison?«

»Ja«, krächzte der alte Mann.

»Und jetzt wüßte ich zu gerne noch die Adresse, Sir.«

Der Münzfernsprecher hing an der Wand neben einem kleinen Lebensmittelladen im Einkaufszentrum rund zwei Meilen von Harrisons Haus entfernt. Es war einer dieser modernen Apparate, die offen in einer Art Plastikglocke hingen. Hatch hätte die Intimität einer richtigen Telefonzelle vorgezogen, doch die wurden immer seltener, weil sie störanfällig und zu kostenaufwendig waren.

Er parkte ein ganzes Stück entfernt, damit niemand ihn durch die Glasfront des Ladens sehen oder sich sein Autokennzeichen merken konnte.

Eine heftige Windböe begleitete ihn auf dem Weg zu dem Sprechapparat. Die Rhododendronbüsche, die den Eingang des Einkaufszentrums schmückten, waren von Blattläusen befallen, ihre welken Blätter fegten mit trockenem Rascheln über den Gehweg. In dem gelblich-trüben Licht der Parkplatzbeleuchtung ähnelten sie vielmehr einem Insektenschwarm, merkwürdig mutierten Heuschrecken vielleicht, auf dem Weg zu ihrem unterirdischen Stock.

In dem Lebensmittelladen herrschte kaum Betrieb, und die übrigen Geschäfte des Einkaufszentrums waren geschlossen. Hatch duckte sich in den Schutz der Plastikkapsel, um sicherzugehen, daß er nicht gehört wurde.

Er fand es ratsam, die Polizei nicht von seinem eigenen Telefonapparat aus anzurufen, weil er wußte, daß sie einen

Anrufer zurückverfolgen und die Nummer des Anschlusses feststellen konnten, und er hatte kein Interesse daran, an oberster Stelle ihrer Verdächtigenliste zu stehen, falls Honell tatsächlich tot war. Sollte sich seine Sorge um Honell jedoch als unbegründet herausstellen, wollte er keinesfalls in den Akten der Polizei als hysterischer Fall oder Spinner erscheinen.

Hatch wußte immer noch nicht, was er sagen sollte, wärend er mit dem angewinkelten Zeigefinger die Tastatur drückte. Die Hand, die den Hörer hielt, hatte er mit einem Taschentuch umwickelt, um keine Fingerabdrücke zu hinterlassen. Er wußte nur, was er *nicht* sagen durfte: *Hallo, ich war achtzig Minuten lang tot, dann wurde ich wieder zum Leben erweckt und leide seither unter diesem seltsamen, manchmal aber nützlichen telepathischen Draht zu einem psychopathische Mörder, und ich wollte Ihnen nur sagen, daß er gleich wieder zuschlägt.* Kaum vorstellbar, daß die Beamten ihm mehr Glauben schenken würden als einem Kerl, der aus Angst vor geheimnisvollen Strahlen eine pyramidenförmige Kopfbedeckung aus Aluminiumfolie trug und die Polizei mit seiner Verschwörungstheorie über außerirdische Nachbarn behelligte.

Hatch hatte beschlossen, gleich das Büro des Bezirkssheriffs anzurufen und nicht die Revierwache in der Stadt, weil die Delikte des Mannes mit der Sonnenbrille in verschiedene Zuständigkeitsbereiche fielen.

Als die Zentrale sich meldete, sprach Hatch hastig auf die Telefonistin ein, ließ sich nicht unterbrechen, weil er wußte, daß die Polizei auch den Anruf von einem öffentlichen Fernsprecher zurückverfolgen konnte, wenn sie Zeit genug für eine Fangschaltung hatte. »Der Mann, der letzte Woche die blonde Frau auf der Schnellstraße getötet hat, ist derselbe, der gestern nacht William Cooper umgebracht hat, und heute nacht wird er Steven Honell, den Schriftsteller, töten, wenn Sie nicht gleich eine Polizeistreife hinschicken, und zwar dringend. Honell wohnt in Silverado Canyon, die Adresse weiß ich nicht, aber er gehört bestimmt in Ihren Dienstbereich, und er ist ein toter Mann, wenn Sie nicht sofort etwas unternehmen.«

Hatch hängte ein und eilte zu seinem Wagen zurück. Das Taschentuch hatte er zusammengeknüllt und in die Hosentasche gestopft. Er fühlte sich weniger erleichtert, als er erwartet hatte, und kam sich ausgesprochen albern vor.

Diesmal mußte er gegen den Wind ankämpfen. Die dürren, von den Schädlingen ausgesaugten Rhododendronblätter wirbelten ihm entgegen. Sie raschelten auf dem Asphalt und knirschten unter seinen Füßen.

Hatch mußte sich eingestehen, daß sein Versuch, Honell zu helfen, gescheitert war und alle Mühe umsonst. Die Polizeibeamten würden ihn mit einem Schulterzucken als verrückten Spinner abtun.

Zu Hause angekommen, ließ er den Wagen auf der Einfahrt stehen. Er wollte Regina nicht mit dem Klappen des Garagentors wecken. Seine Kopfhaut prickelte, als er ausstieg. Er blieb stehen und spähte in den Schatten der Bäume und um das Haus. Nichts.

Lindsey schenkte ihm in der Küche einen Kaffee ein.

Dankbar schlürfte er das heiße Gebräu. Er fröstelte plötzlich stärker als eben noch draußen in der kalten Nachtluft.

»Was meinst du?« fragte Lindsey. »Ob sie deinen Anruf ernstgenommen haben?«

»Das war ein Schuß in den Ofen«, sagte er.

Vassago fuhr immer noch den perlgrauen Honda von Renata Desseux, die er Samstagnacht überfallen und seiner Sammlung einverleibt hatte. Der Wagen ließ sich gut fahren, besonders auf der kurvenreichen Straße. Vassago kam von Honells Haus und steuerte nun dichter besiedeltes Gebiet an.

Als er gerade eine besonders enge Kurve nahm, kam ihm ein Streifenwagen entgegen. Die Sirene war nicht eingeschaltet, doch das Blaulicht warf gespenstische Schatten auf die Schieferwand des Canyons und die knorrigen Äste der überhängenden Bäume.

Er blickte abwechselnd auf den Weg vor sich und auf die Heckleuchten des Streifenwagens in seinem Rückspiegel, bis sie hinter einer Kurve verschwanden. Der Wagen war bestimmt auf dem Weg zu Honells Haus. Das unentwegte Klingeln des Telefons, das seine Fragen unterbrochen hatte, mußte irgendwie einen Alarm bei der Polizei ausgelöst haben, nur konnte er sich nicht erklären, wie und warum.

Vassago setzte seine Fahrt mit unverändertem Tempo fort. Am Ende von Silverado Canyon bog er nach Süden in die Santiago Canyon Road ein und hielt sich an die vorgeschriebene Geschwindigkeit, wie es sich für einen braven Staatsbürger gehörte.

8

Hatch lag im Bett und grübelte. Die Vorstellung, daß seine Welt allmählich zerbrechen und alles um ihn herum sich in nichts auflösen könnte, quälte ihn.

Sein Glück mit Lindsey und Regina war doch in greifbarer Nähe. Oder täuschte er sich? Waren sie unerreichbar für ihn geworden?

Wenn er doch nur eine Eingebung hätte, die diese übernatürlichen Vorkommnisse in einem anderen Licht erscheinen ließe. Solange er das Böse, das in sein Leben getreten war, nicht identifizieren konnte, wußte er auch kein Mittel, es zu bekämpfen.

Dr. Nyeberns Worte klangen in ihm nach: *Ich glaube, daß das Böse eine reale Macht ist, eine Energie für sich, eine Präsenz in unserer Welt.*

Hatch vermeinte, immer noch einen leichten Brandgeruch von den angekohlten Seiten des Kunstmagazins auszumachen. Er hatte die Zeitschrift vorsichtshalber in seinem Schreibtisch eingeschlossen, den Schlüssel abgezogen und an seinen Schlüsselbund gehängt.

Es war bisher nie nötig gewesen, etwas wegzuschließen, und Hatch wußte selbst keine Erklärung für seine Vorsicht. Sicherung von Beweismaterial, redete er sich ein. Aber Beweismaterial wofür? Die verkohlten Seiten der Zeitschrift gaben keinerlei Beweis ab, für nichts und niemanden.

Nein. Das stimmte nicht ganz. Die Zeitschrift war für ihn, wenn schon nicht für andere, Beweis genug, daß nicht alles nur seiner Phantasie oder seinen Halluzinationen entsprungen sein konnte. Was er um seines eigenen Seelenfriedens willen weggeschlossen hatte, stellte in der Tat ein Beweisstück dar. Einen Beweis dafür, daß er nicht verrückt war.

Lindsey lag neben ihm, ebenfalls wach. Entweder konnte sie nicht oder wollte nicht einschlafen. Sie sagte: »Und wenn der Killer …«

Hatch wartete ab, obwohl er wußte, was sie sagen wollte. Nach einer Weile fuhr sie auch tatsächlich fort:

»Wenn der Killer dich nun genauso spüren und sehen kann wie du ihn. Wenn er dich verfolgt … uns … Regina?«

»Morgen werden wir Vorsorge treffen.«

»Was für eine Vorsorge?«

»Schußwaffen zum Beispiel.«

»Aber vielleicht brauchen wir Hilfe.«

»Wir haben keine andere Wahl.«

»Polizeischutz vielleicht.«

»Ich habe das unbestimmte Gefühl, daß die Polizei kein besonderes Interesse daran hat, Leute zum Schutz eines Mannes abzustellen, der behauptet, einen übersinnlichen Draht zu einem wahnsinnigen Mörder zu besitzen.«

Der Wind, der vorhin noch trockene Rhododendronblätter durch das Einkaufszentrum gewirbelt hatte, machte sich jetzt über das lose Gitter eines Regensiels her und ließ es klappern.

»Ich war doch irgendwo, als ich tot war«, sagte Hatch.

»Was willst du damit sagen?«

»Fegefeuer, Himmel, Hölle – das sind doch die gängigen Möglichkeiten für einen Katholiken, wenn es stimmt, an was wir glauben.«

»Aber … du hast doch immer erklärt, daß du kein Sterbeerlebnis hattest.«

»Hatte ich auch nicht. Ich kann mich an nichts erinnern … von jenseits. Das heißt aber noch lange nicht, daß ich nicht dort war.«

»Worauf willst du hinaus?«

»Möglicherweise ist dieser Mörder kein gewöhnlicher Mensch.«

»Ich kann dir nicht folgen, Hatch.«

»Vielleicht habe ich etwas von *da* mitgebracht.«

»Mitgebracht?«

»Von wo immer, während ich tot war.«

»Etwas?«

Die Dunkelheit hatte auch ihre Vorteile. Der tief verwurzelte Aberglaube im Innersten ließ sich im Dunkeln leichter aussprechen als im Hellen, wo er nur albern wirken würde.

»Ein Geist. Ein Wesen.«

Sie sagte nichts darauf.

»Meine Reise ins Jenseits und zurück hat vielleicht eine Tür aufgestoßen«, fuhr er fort. »Etwas hereingelassen.«

»Etwas«, wiederholte sie, nur diesmal klang es nicht wie eine Frage. Er merkte, daß sie begriff, worauf er hinauswollte – und daß es ihr nicht behagte.

»Und jetzt läuft es frei herum. Das erklärt auch die Verbindung mit mir – und warum es Leute umbringt, die mich wütend machen.«

Sie schwieg eine Weile. »Wenn du etwas mitgebracht hast, ist es zweifellos gefährlich und böse. Was denn – willst du damit etwa sagen, daß du in der Hölle warst und diesen Killer huckepack mitgebracht hast?«

»Ja, vielleicht. Ich bin kein Heiliger, egal was du von mir denkst. Schließlich klebt Coopers Blut an meinen Händen.«

»Das war, nachdem du gestorben und reanimiert warst. Außerdem bist du nicht schuld an seinem Tod.«

»Aber meine Wut hat ihn doch zum Opfer gemacht, meine Wut ...«

»Blödsinn«, fiel Lindsey ihm scharf ins Wort. »Du bist der gutartigste Mensch, den ich kenne. Wenn dir im Leben nach dem Tod eine Bleibe im Himmel oder in der Hölle zusteht, dann hast du mit Sicherheit ein Zimmer mit Aussicht verdient.«

Angesichts der düsteren Gedanken, die ihn bedrängten, überraschte es Hatch, daß er lachen konnte. Er tastete nach ihrer Hand und drückte sie dankbar. »Ich liebe dich auch.«

»Du mußt dir schon etwas anderes einfallen lassen, um mein Interesse wachzuhalten.«

»Gut, korrigieren wir unsere erste Theorie ein wenig. Wenn es nun doch ein Leben nach dem Tod gibt, das aber nicht so geordnet ist, wie die Theologen uns immer glauben machen wollen. Es bräuchte ja gar nicht Himmel *oder* Hölle zu sein, wo ich war. Nur ein anderer Ort, unvertraut, fremd, mit unbekannten Gefahren.«

»Die Theorie gefällt mir auch nicht viel besser.«

»Wenn ich mit diesem Wesen klarkommen will, muß ich zuerst eine Erklärung dafür finden. Ich kann schlecht zurückschlagen, wenn ich nicht weiß, wo ich ansetzen soll.«

»Es muß doch eine logische Erklärung für das alles geben«, meinte sie.

»Das sage ich mir ja auch dauernd. Aber wenn ich danach suche, komme ich immer wieder auf das Irrationale zurück.«

Das Regengitter klirrte. Der Wind seufzte unter dem Dachgesims und ächzte in der Esse des Schlafzimmerkamins.

Hatch dachte an Honell. Ob auch er den Wind hörte, wo immer er war – und wenn ja, war es dann der Wind von dieser Welt oder im Jenseits?

Vassago parkte direkt vor *Harrison's Antiques* am südlichen Ende von Laguna Beach. Das Antiquitätengeschäft befand sich in einem schönen Art-deco-Haus aus den dreißiger Jahren. In den großen Schaufenstern brannte kein Licht mehr, denn es war schon Mitternacht. Aus Dienstag wurde Mittwoch.

Steven Honell hatte ihm nicht sagen können, wo die Harrisons wohnten, und im Telefonbuch gab es keinen Eintrag mit ihrer Nummer. Der Schriftsteller kannte nur den Namen ihres Antiquitätenladens und seine ungefähre Lage am Pacific Coast Highway.

Ihre Privatadresse mußte irgendwo im Ladenbüro zu finden sein. Hineinzukommen würde sich als schwierig erweisen. Schilder in den Ecken der riesigen Schaufensterscheiben und an der Eingangstür machten unmißverständlich klar, daß das Gebäude alarmgesichert war und zudem von einem Wachdienst kontrolliert wurde.

Vassago war mit allen erdenklichen Fähigkeiten ausgestattet aus der Hölle zurückgekehrt: Er konnte im Dunkeln sehen, er hatte die schnellen Reflexe eines Raubtiers, er kannte weder Furcht noch Skrupel, kurz: Er war einem Roboter ebenbürtig. Aber er konnte nicht durch Wände gehen, sich in Rauch auflösen und wieder menschliche Formen annehmen, fliegen oder andere Kunststücke vollbringen, die einen echten Dämon ausmachten. Bis er sich aber seine Rückkehr zur Hölle verdient hatte, indem er entweder seine Totensammlung vervollständigt oder alle die umgebracht hatte, die ihm seine Mission befahl, mußte er sich mit den spärlichen Talenten der dämonischen Halbwelt begnügen, die allerdings nicht ausreichten, eine Alarmanlage zu knacken.

Er fuhr wieder weg.

Im Stadtzentrum entdeckte er gleich neben einer Tankstelle eine Telefonzelle. Trotz der vorgerückten Stunde herrschte noch Betrieb, und die grelle Neonbeleuchtung ließ Vassago hinter seiner dunklen Brille blinzeln.

Nachtfalter mit riesigen Flügeln umkreisten die Lampen und warfen rabengleiche schwarze Schatten auf den Asphalt.

Der Boden der Telefonzelle war mit Kippen übersät. Ameisen arbeiteten eifrig an der Leiche eines toten Käfers.

Irgend jemand hatte einen handgeschriebenen Zettel mit den Worten AUSSER BETRIEB an den Münzapparat geklebt, doch das störte Vassago nicht. Ihn interessierte vielmehr das Telefonbuch, das mit einer dicken Kette gesichert war.

Er suchte im Branchenbuch unter dem Stichwort »Antiquitäten«. Laguna Beach quoll geradezu über von derlei Geschäften, das reinste Einkaufsparadies. Dann blätterte er die Inseratsseiten durch. Es gab Firmennamen wie »International Antiques«, andere Geschäfte firmierten unter dem Namen ihres Besitzers, wie »Harrison's Antiques«.

Manchmal waren Vor- und Nachname aufgeführt, und in einigen Inseraten stand sogar der volle Name des Besitzers dabei, weil in diesem Gewerbe ein guter Name Gold wert war. »Robert O. Loffman Antiques« im Branchenteil zum Beispiel verwies auf Robert O. Loffman im Personenregister des Telefonbuchs, mit Angabe der Adresse. Vassago las sie mehrmals durch, bis er sie auswendig wußte …

Auf dem Weg zurück zu seinem Wagen bemerkte Vassago eine Fledermaus, die sich aus dem nachtdunklen Himmel auf einen Falter im gleißenden Licht der Tankstelle stürzte und ihn im Flug erbeutete. Dann verschwand sie ebenso lautlos, wie sie gekommen war.

Loffman war siebzig Jahre alt, doch in seinen schönsten Träumen war er wieder achtzehn, flink und gelenkig, stark und glücklich. Es waren keine Sexträume mit vollbusigen jungen Frauen, die willig ihre Schenkel öffneten; es waren auch keine Actionträume, in denen gerannt, über Zäune gehechtet oder von steilen Felsen gesprungen wurde. Nein, in seinen Träumen ging es immer recht profan zu: ein gemütlicher Spaziergang bei Sonnenuntergang am Strand, barfuß, mit dem Gefühl von feuchtem Sand zwischen den Zehen und mit den von der untergehenden Sonne rosa gefärbten Schaumkronen der Brandung; oder er saß an einem heißen Sommernachmittag im Schatten einer Palme und sah den Kolibris zu, die den Nektar aus exotischen Blüten saugten. Schon die Tatsache, daß er wieder jung war, genügte, um sein Interesse an dem Traum wachzuhalten.

Im Augenblick war er gerade wieder achtzehn und lag in der Hängematte auf der Veranda des Hauses seiner Kindheit in Santa Ana. Er schaukelte ein wenig hin und her und schälte sich einen Apfel, weiter geschah nichts. Es war ein wunderschöner Traum, voll von Düften und greifbaren Dingen und viel sinnlicher als ein Traum von einem Harem voll nackter Schönheiten.

»Wachen Sie auf, Mr. Loffman.«

Er beachtete die Stimme nicht, denn er wollte allein sein auf seiner Veranda. Er konzentrierte sich auf den Streifen Apfelschale, der sich spiralförmig unter seinem Messer wand.

»Machen Sie schon, Sie alte Schlafmütze.«

Er wollte den Apfel in einer einzigen langen Spirale schälen.

»Haben Sie Schlaftabletten genommen oder so was?«

Zu Loffmans Bestürzung lösten sich die Veranda, die Hängematte, der Apfel und das Obstmesser in Dunkelheit auf, und er fand sich in seinem Schlafzimmer im Bett wieder.

Als er sich aus dem Schlaf gekämpft hatte, merkte er, daß jemand im Zimmer war. Kaum zu erkennen, stand eine geisterhafte Gestalt neben seinem Bett.

Loffman war zwar noch nie überfallen worden und wohnte in einer Gegend, die unter den heutigen Verhältnissen als vergleichsweise sicher galt, doch mit dem Alter war er vorsichtig geworden. Er hatte sich angewöhnt, mit einer geladenen Pistole neben dem Bett zu schlafen. Jetzt tastete er danach mit klopfendem Herzen. Vergeblich fuhr seine Hand über die Marmorfläche der französischen Kommode aus dem 18. Jahrhundert, die ihm als Nachttisch diente. Die Waffe lag nicht mehr da.

»Es tut mir leid, Sir«, sagte der Eindringling. »Ich wollte Sie nicht erschrecken. Bitte beruhigen Sie sich. Wenn Sie die Pistole suchen, die habe ich. Ich sah sie gleich, als ich hereinkam.«

Der Fremde hätte Licht anmachen müssen, um die Waffe zu sehen, und das Licht hätte Loffman aufgeweckt. Also mußte sie noch irgendwo liegen. Er tastete weiter.

Unvermittelt tauchte etwas metallisch Kaltes aus dem Dunkel auf und wurde an seine Kehle gedrückt. Er zuckte zurück, doch das Ding folgte ihm, mit Nachdruck, als ob der Geist, der ihn quälte, im Dunkeln sehen konnte. Als er merkte, was das kalte Ding an seiner Kehle war, erstarrte er. Es war der Lauf einer Pistole. Drückte auf seinen Adamsapfel. Glitt höher, unter sein Kinn.

»Wenn ich abdrücke, klebt Ihr Gehirn an der Wand. Aber ich werde Ihnen nichts tun, Sir. Kein Grund, Sie zu quälen, solange Sie tun, was ich verlange. Ich möchte, daß Sie mir eine wichtige Frage beantworten.«

Wäre Robert Loffman jetzt wirklich achtzehn gewesen wie in seinen schönsten Träumen, hätte er die ihm noch vergönnte Zeit auf Erden nicht mehr zu schätzen gewußt als mit siebzig, obwohl er heute doch viel weniger zu verlieren hatte. Er war bereit, sich mit der ganzen Zähigkeit einer festgesaugten Zecke an das Leben zu klammern. Er würde jede Frage beantworten, jede Tat begehen, bloß um sich zu retten, egal wie hoch der Preis war. Loffman versuchte, all dies dem Phantom zu vermitteln, das die Pistole an sein Kinn drückte, nur kam es ihm eher so vor, als ob er obskures Zeug brabbelte und Geräusche von sich gab, die, milde ausgedrückt, keinerlei Sinn machten.

»Ja, Sir«, sagte der Eindringling. »Ich kann Ihre Einstellung gut verstehen. Also, bitte korrigieren Sie mich, wenn ich mich irre, aber ich nehme an, daß der Antiquitätenhandel, der ja mit anderen verglichen eine recht kleine Branche ist, hier in Laguna Beach eine eingeschworene kleine Gemeinde hat. Bestimmt kennen Sie sich alle und verkehren gesellschaftlich miteinander. Sind befreundet.«

Antiquitätenhandel? Loffman war versucht zu glauben, daß er träumte, nur daß sein Traum sich zu einem wahren Alptraum entwickelt hatte. Warum sollte jemand mitten in der Nacht bei ihm einbrechen und mit vorgehaltener Waffe über Antiquitäten sprechen?

»Wir kennen uns natürlich, einige sind auch befreundet, aber es gibt auch krumme Hunde in der Branche, das sind Gangster«, beeilte sich Loffman zu sagen. Er schwatzte und schwatzte, konnte gar nicht mehr aufhören und betete insgeheim, seine Angst möge Beweis genug für seine Aufrichtigkeit sein, Alptraum hin oder her. »Das sind alles Betrüger mit einer Registrierkasse, und mit denen freundet man sich nicht an, wenn man noch einen Funken Selbstachtung hat.«

»Kennen Sie Mr. Harrison von Harrison's Antiques?«

»O ja, recht gut sogar. Er hat einen guten Ruf als Antiquitätenhändler, ist absolut vertrauenswürdig. Ein netter Mensch.«

»Waren Sie schon einmal bei ihm zu Hause?«

»Bei ihm? O ja, drei- oder viermal, und er hat mich ebenfalls besucht.«

»Dann haben Sie sicher auch eine Antwort auf diese eine wichtige Frage, die mir am Herzen liegt. Können Sie mir Mr. Harrisons Adresse geben und genau erklären, wie ich dort hinkomme?«

Loffman fiel ein Stein vom Herzen, weil er dem Eindringling helfen konnte. Nur vage kam ihm die Idee, daß er Harrison eventuell in große Gefahr brachte. Aber vielleicht war es ja doch ein Alptraum und somit egal, ob er die Adresse weitergab. Er wiederholte sie mehrere Male und gab dem Fremden die genaue Wegbeschreibung.

»Vielen Dank, Sir. Sie haben mir sehr geholfen. Wie ich vorhin schon sagte, gibt es keinen Grund, Sie zu quälen. Ich werde es trotzdem tun, weil ich soviel Spaß daran habe.«

Also *doch* ein Alptraum.

Vassago fuhr an Harrisons Haus in Laguna Niguel vorbei. Er bog einmal um den Block und kam zurück.

Das Haus faszinierte ihn auf unglaubliche Weise. Zwar ähnlich gebaut wie die anderen Häuser in der Gegend, hob es sich wiederum auf so undefinierbare, grundlegende Art von ihnen ab, daß es genausogut als einsamer Fels in einer konturlosen Ebene hätte aufragen können. Hinter keinem der Fenster brannte mehr Licht, auch die Gartenbeleuchtung hatte sich mittels Zeitschalter selbsttätig ausgeschaltet. Aber auch wenn alle Lichter gebrannt hätten, wäre das Haus nicht weniger ein Fanal für Vassago gewesen.

Während er langsam ein zweites Mal an dem Haus vorbeirollte, fühlte er sich angezogen wie ein Magnet. Sein Schicksal war unentrinnbar mit diesem Haus und seiner Bewohnerin, dieser lebensfrohen Frau, verknüpft.

Vassago konnte nichts entdecken, was nach einer Falle roch. Ein roter Wagen war in der Einfahrt statt in der Garage geparkt, aber er konnte nichts Ungewöhnliches daran finden. Trotzdem beschloß er, ein drittes Mal um den Block zu fahren und das Haus noch einmal gründlich zu betrachten.

Als er um die Ecke bog, flatterte ein einzelner silbriger Nachtfalter durch seine Scheinwerferkegel, der Lichtschein brach sich an dem Tier, das kurz wie ein Funke aufglühte. Er mußte an die Fledermaus denken, wie sie in das Lampenlicht der Tankstelle gejagt kam und den unseligen Nachtfalter im Flug erbeutete. Ihn bei lebendigem Leib verspeiste.

Erst weit nach Mitternacht war Hatch endlich eingenickt. Sein Schlaf glich einer tiefen Erzmine, und die Adern seiner Träume bildeten helle Mineralbänder in den sonst dunklen Stollenwänden. Die Träume waren ausnahmslos unangenehm, aber auch wieder nicht so furchtbar, daß er aufwachen mußte.

Im Moment sah er sich gerade am Fuß einer Schlucht stehen, deren Wände steil wie eine Festung aufragten. Selbst bei geringerer Steigung hätte er sie nicht erklimmen können, denn sie bestanden aus einem seltsam losen Schiefergestein, das gefährlich bröckelte und rutschte. Ein kalkiger Schimmer ging von dem Schiefer aus und bildete die einzige Lichtquelle in dieser finsteren Nacht. Weder Mond noch Sterne standen am Himmel. Hatch rannte von einem Ende der schmalen, langen Schlucht zum anderen und wieder zurück, voll dunkler Vorahnungen, die er sich nicht erklären konnte.

Da sah er etwas, und seine Nackenhärchen sträubten sich. Der weiße Schiefer bestand nicht etwa aus Gestein und dem Sediment von Abermillionen Meerestierchen aus grauer Vorzeit; nein, er setzte sich aus menschlichen Knochenbergen zusammen; ausgebleichte, zersplitterte und zusammengepreßte Skelette, hier und da noch deutlich zu erkennen, wo ein bleicher Fingerknochen herausragte oder wenn sich das Schlupfloch eines kleinen Insekts als leere Augenhöhle in einem Totenschädel herausstellte. Hatch merkte auch, daß der Himmel über ihm nicht etwa leer war, wie er meinte, sondern vielmehr etwas von solch finsterem Schwarz darin kreiste, daß es das gesamte Firmament verdeckte. Die lederartigen Flügel schlugen lautlos. Er konnte nichts erkennen, spürte nur einen gierigen Blick auf sich und ahnte den unstillbaren Hunger dieses Wesens.

Hatch drehte sich unruhig im Schlaf und murmelte Unverständliches in sein Kopfkissen.

Vassago blickte auf die Uhr im Wagen. Auch ohne die Anzeige wußte er instinktiv, daß es in einer Stunde hell wurde.

Er war nicht sicher, ob ihm bis Tagesanbruch noch genug Zeit blieb, ins Haus einzudringen, den Mann zu töten und die Frau zu seinem Versteck zu bringen. Er würde zwar nicht gerade zusammenschrumpfen und zu Staub zerfallen wie die lebenden Toten und Vampire im Film, aber seine Augen waren so lichtempfindlich, daß ihm die dunklen Brillengläser nicht genügend Schutz vor dem hellen Tageslicht boten. Es würde ihn blenden, regelrecht blind machen und seine Fahrtüchtigkeit drastisch vermindern. Sein unsicherer Zickzackkurs würde ihn für jeden Polizisten verdächtig machen, und in diesem Zustand der Schwäche wäre er der Polizei gegenüber wehrlos.

Weit mehr beunruhigte ihn der Gedanke, daß er die Frau verlieren könnte. Nachdem er sie so oft im Traum gesehen hatte, war sie zu einem Objekt größter Begierde geworden. Unter seinen Opfern hatte es manch begehrenswertes Objekt gegeben, das ihn hoffen ließ, es möge seine Sammlung vollenden und ihm sogleich die Rückkehr in die grimmige Welt der ewigen Finsternis und des Hasses ermöglichen. Ein Trugschluß, wie er hinterher zugeben mußte, nur waren diese Opfer ihm vorher auch nie im Traum erschienen. *Diese* Frau wäre wirklich die Krönung seiner Sammlung. Er durfte nur nicht überstürzt handeln, um sie nicht wieder zu verlieren, ehe er ihr am Fuß des gigantischen Luzifer das Leben entreißen und ihren erkaltenden Leichnam in jene Stellung bringen konnte, die ihre Sünden und Schwächen am passendsten symbolisierte.

Während Vassago zum drittenmal an dem Haus vorbeifuhr, erwog er, sofort zu seinem Versteck zu fahren und erst nach Sonnenuntergang zurückzukommen. Das gefiel ihm jedoch nicht besonders. Die Frau in so greifbarer Nähe zu wissen reizte ihn, erregte ihn maßlos, und er verabscheute den Gedanken, sich jetzt wieder von ihr trennen zu müssen. Sie steckte ihm bereits im Blut.

Er mußte ein Versteck in ihrer Nähe finden. Vielleicht ein heimliches Plätzchen in ihrem Haus. Einen Winkel, in den sie den ganzen garstigen, hellichten Tag lang garantiert nicht schauen würde.

Vassago parkte den Honda zwei Straßen weiter und ging zu Fuß im Schutz der Straßenbäume zu dem Haus zurück. Die Straße wurde von hohen Bogenlampen erleuchtet, die nicht bis in die Vorgärten der friedlich daliegenden Häuser schienen. Im Vertrauen darauf, daß alles noch schlief und niemand sah, wie er im Schatten des Gesträuchs um das Haus herumschlich, suchte er nach einer unverriegelten Tür oder einem ungesicherten Fenster. Bei dem kleinen Fenster an der rückwärtigen Garagenwand hatte er Glück.

Regina wurde von einem leisen Scharren aufgeweckt, danach folgte ein dumpfer Schlag und ein verhaltenes langgedehntes Quietschen. Ihre neue Umgebung war noch ungewohnt für sie, wenn sie aufwachte, brauchte sie immer eine gewisse Zeit, sich zurechtzufinden. Eines wußte sie jedoch mit absoluter Sicherheit: daß sie nicht in ihrem Bett im Waisenhaus lag. Regina tastete nach der Nachttischlampe, knipste sie an und mußte blinzeln in dem hellen Licht. Als sie erkannte, wo sie war, wurde ihr klar, daß *unheimliche* Geräusche sie aufgeweckt hatten, die in dem Moment verstummten, als ihr Licht anging. Das machte die Sache noch unheimlicher.

Sie machte die Lampe wieder aus und lauschte in die Dunkelheit. Bunte Ringe tanzten vor ihren Augen, die Nachwirkungen von dem hellen Lichtschein. Sie konnte zwar keine verstohlenen Geräusche mehr ausmachen, meinte aber, daß sie aus dem Garten hinter dem Haus gekommen sein mußten.

Ihr Bett war so gemütlich. Die gemalten Blumen auf dem Bettgestell schienen das ganze Zimmer mit Duft zu erfüllen. Zwischen diesen Rosen fühlte sie sich geborgener als je zuvor.

Regina hatte in den letzten Tagen sehr wohl gemerkt, daß die Harrisons irgendein Problem mit sich herumtrugen, und fragte sich, ob die verdächtigen Geräusche mitten in der Nacht etwas damit zu tun haben könnten. Gestern nachmittag auf der Heimfahrt von der Schule, abends beim Pizzaessen und danach im Kino war die Spannung zwischen den beiden zu spüren gewesen, obwohl sie sie krampfhaft vor ihr zu verbergen suchten. Regina wußte wohl, was für eine Nervensäge sie sein konnte, hielt es jedoch für ausgeschlossen, daß sie der Grund für die Nervosität ihrer Adoptiveltern war. Vor dem Einschlafen hatte sie die Harrisons in ihr Gebet eingeschlossen und den lieben Gott bekniet, ihr Problem, falls sie eins hatten, möge nur klein und bald gelöst sein. Zum Schluß vergaß sie nicht, ihn an ihr selbstloses Gelöbnis zu erinnern, bei Bedarf jede Art von Bohnen zu essen.

Sollten diese verdächtigen Geräusche doch irgendwie mit der inneren Unruhe der Harrisons zusammenhingen, schien es Regina unbedingt angebracht, dem nachzugehen. Sie warf einen fragenden Blick auf ihr Kruzifix über dem Bett und seufzte. Man konnte ja nicht immer auf Jesus und Maria hoffen, schließlich hatten sie genug zu tun. Mußten ja ein ganzes Universum leiten. Gott hilft denen, die sich selbst helfen.

Sie schlüpfte aus dem Bett, stand vorsichtig auf und tastete sich an der Wand entlang zum Fenster. Die Beinschiene hatte sie zum Schlafen abgelegt, und ohne Stütze konnte sie nur mühsam gehen.

Ihr Schlafzimmerfenster ging auf den kleinen Hinterhof neben der Garage hinaus, von wo die verdächtigen Geräusche gekommen waren. Es herrschte stockfinstere Nacht da draußen, kein Mondlicht erhellte die Szene. Je länger Regina in die Dunkelheit hinausstarrte, desto weniger konnte sie erkennen, als ob die Dunkelheit ihr Sehvermögen aufsaugte, ja, es schien beinahe so, als ob *jeder* undurchdringliche Schatten voll Leben war und sie belauerte.

Das Garagenfenster war zwar nicht verriegelt, ließ sich jedoch nicht so einfach aufstemmen, weil die Beschläge angerostet und der Fensterrahmen vom letzten Anstrich verklebt war. Vassago hatte mehr Geräusche verursacht, als ihm lieb war, aber er glaubte nicht, daß irgend jemand im Haus etwas gemerkt hatte. Gerade als sich das Fenster endlich rührte und die Beschläge unter seinem Druck nachgaben, ging ein Licht im ersten Stock des Hauses an.

Er sprang mit einem Satz von der Garage weg und wartete im Schatten einer riesigen Myrte am Zaun, bis das Licht wieder ausging.

Und da sah er sie am Fenster stehen. Bei brennendem Licht hätte er sie wahrscheinlich nicht so gut erkennen können. Das Mädchen, das ihm schon so oft mit Lindsey Harrison zusammen im Traum erschienen war. Zuletzt hatten sich ihre Blicke über einer schwebenden schwarzen Rose getroffen, auf deren samtigem Blütenblatt ein Blutstropfen schimmerte.

Regina.

Ungläubig und in steigender Erregung starrte er zu ihr hinauf. Früher an diesem Abend hatte er Steven Honell gefragt, ob die Harrisons eine Tochter hätten, aber der Schriftsteller wußte nur etwas von einem Sohn, der schon vor Jahren gestorben war.

Nur durch die Nachtluft und eine Fensterscheibe von Vassago getrennt, schien das Mädchen vor ihm zu schweben wie eine Vision. In Wirklichkeit war sie noch viel schöner als in seinen Träumen. Sie wirkte so vital, sprühte geradezu vor Lebenskraft, daß es ihn nicht verwundert hätte, wenn sie sich ebenfalls mit nachtwandlerischer Sicherheit im Dunkeln bewegt hätte, auch wenn ihr Fall natürlich anders lag als seiner. Sie schien ein inneres Leuchten zu besitzen, das sie befähigte, sich in jeder Art von Dunkelheit zurechtzufinden. Vassago zog sich weiter in den Schatten der Myrte zurück, weil er befürchtete, daß das Mädchen ihn ebenso gut zu sehen vermochte wie er sie.

Unter ihrem Fenster hing ein Spalier an der Hauswand. Spalierwein rankte sich bis zum Fenstersims daran hoch, dann teilten sich die Ranken und zogen sich rechts und links vom Fenster weiter nach oben bis zur Dachrinne. Sie war eine Prinzessin, im Turm gefangen, und hielt Ausschau nach dem Prinzen, der sie erlösen würde. Das Gefängnis war das Leben, der Prinz, auf den sie sehnlichst wartete, der Tod, und wovon er sie erlösen sollte, war der Fluch des Lebens.

»Ich werde dir helfen«, murmelte Vassago leise, rührte sich aber nicht aus seinem Versteck.

Nach einer Weile löste das Mädchen sich vom Fenster. Verschwand. Die dunkle Fensteröffnung war leer.

Vassago sehnte sie zurück, ein letzter Blick.

Regina.

Er wartete fünf Minuten lang, dann noch einmal fünf Minuten. Sie kam nicht mehr ans Fenster.

Schließlich merkte er, daß es bald hell wurde, und schlich sich zur Garage zurück. Diesmal leistete das kleine Fenster keinen Widerstand und öffnete sich lautlos. Vassago wand sich durch die Luke wie ein Aal. Nur das leise Schurren seiner Kleidung war zu hören.

Lindsey schlief unruhig und schlecht. Sie wachte in regelmäßigen Abständen auf, verschwitzt, obwohl das Haus nicht geheizt war. Hatch lag neben ihr und murmelte Unverständliches im Schlaf. Im Morgengrauen drang ein Geräusch von unten aus der Halle. Lindsey richtete sich auf und lauschte. Dann hörte sie die Wasserspülung in der Gästetoilette. Regina. Sie legte sich wieder zurück, auf sonderbare Weise beruhigt von dem profanen Geräusch. Eigentlich albern, daß so etwas ein Trost sein konnte. Es schien so lange her, daß ein Kind unter ihrem Dach wohnte. Und es tat gut, das Mädchen bei einer alltäglichen Verrichtung zu hören, das Haus wirkte dadurch weniger bedrohlich. Vielleicht war ihr Glück doch greifbarer, als sie dachte, trotz all ihrer gegenwärtigen Probleme.

Wieder in ihrem Bett, dachte Regina ernsthaft darüber nach, warum Gott die Menschen mit Verdauungsorganen ausgestattet hatte. Sollte das wirklich der Weisheit letzter Schluß sein, oder war Er am Ende ein Spaßvogel?

Ihr fiel ein, wie sie einmal im Waisenhaus mitten in der Nacht aufstehen mußte, einer Nonne über den Weg gelaufen war und ihr genau diese Frage gestellt hatte. Schwester Sarafina schien in keiner Weise verblüfft. Damals war Regina allerdings noch zu jung gewesen, um zu wissen, wie man eine Nonne verblüffte. Dazu bedurfte es Jahre der Übung. Schwester Sarafina hatte ohne Zögern geantwortet, daß Gott den Menschen einen Anlaß bot, mitten in der Nacht aufzustehen, und somit eine weitere Gelegenheit, an Ihn zu denken und Ihm dankbar für das Leben zu sein, das Er ihnen gewährte. Regina hatte gelächelt und genickt, dabei jedoch gedacht, daß Schwester Sarafina entweder zu müde sein mußte, um klar zu denken, oder ein bißchen beschränkt. Es entsprach ja wohl nicht ganz Gottes Stil, von Seinen Kindern zu erwarten, daß sie auch noch auf dem Klo unentwegt Seiner gedachten.

Zufrieden mit ihrem Abstecher auf die Toilette, kuschelte Regina sich wieder in ihre Decke und suchte nach einer Erklärung, die überzeugender klang als die von der Nonne vor ein paar Jahren. Keine verdächtigen Geräusche drangen mehr aus dem Garten, und bevor noch das erste Tageslicht ihr Fenster streifte, schlief sie wieder tief und fest.

Die hohen Fenster in der breiten Garagentür ließen gerade genug Lampenlicht von draußen herein. Vassago konnte ohne Brille erkennen, daß nur ein Wagen, ein schwarzer Chevy, in der Doppelgarage stand. Ein kurzer Rundgang ergab, daß es hier kein brauchbares Versteck für ihn gab, weder vor den Harrisons noch vor dem eindringenden Tageslicht.

Da entdeckte er das Seil, das von der Decke hing. Er griff nach der Schlaufe und zog einmal vorsichtig daran, zog stärker, bis die Klapptür aufschwang. Sie war gut geölt und öffnete sich lautlos.

Dann schob er die dreiteilige Trittleiter an der Innenseite der Klapptür behutsam auseinander. Er ging langsam vor, denn er wollte keine unnötigen Geräusche machen.

Schließlich kletterte er in die Bodenkammer über der Garage. Im Dachstuhl mußten irgendwo Luftschlitze sein, doch im ersten Moment schien der Ort hermetisch abgeschlossen, so dick war die Luft. Vassagos hochsensible Augen erfaßten einen Dielenboden, jede Menge Pappkartons und ein paar Möbelstücke, die mit Schutzbezügen abgedeckt waren. Keine Fenster. Genau über sich konnte er die rauhe Unterseite der Dachdecke zwischen den Sparren erkennen. Zwei Glühbirnen baumelten an jeweils einem Ende des langgezogenen Spitzdachs, aber er brauchte ja kein Licht.

Ganz vorsichtig und langsam, wie in einem Stummfilm, streckte er sich bäuchlings auf dem Dachboden aus, langte durch die Bodenluke, zog die Klappleiter Stück für Stück herauf und sicherte sie an der Innenseite der Klapptür. Dann drückte er die Tür behutsam zu. Nur ein leises Klicken war zu hören, als die starke Verriegelungsfeder einrastete. Jetzt war er eingeschlossen.

Er zog ein paar Schutzbezüge von den Möbeln, sie schienen relativ sauber, legte sie auf den Boden zwischen den Kartons und baute sich ein Lager. Hier wollte er warten, bis der Tag sich neigte.

Regina. Lindsey. Ich bin da.

Sechstes Kapitel

1

Am Mittwochmorgen brachte Lindsey Regina zur Schule. Bei ihrer Rückkehr fand sie Hatch am Küchentisch sitzend vor. Er war dabei, ihre zwei Browningpistolen Kaliber 9 mm zu reinigen und zu ölen. Vor fünf Jahren hatte er sie angeblich zu ihrem Schutz erworben, kurz nachdem die Diagnose über Jimmys unheilbaren Krebs gefallen war. Als Ausrede hatte er die alarmierende Zahl von Verbrechen benutzt, obwohl die Quote in ihrem Teil von Orange County nie besonders hoch war – und damals erst recht nicht. Lindsey wußte genau, ließ es sich aber nie anmerken, daß Hatch weniger Furcht vor Einbrechern hatte als vor der Krankheit, die ihm seinen Sohn rauben würde. Weil er dem Krebs gegenüber machtlos war, suchte er unbewußt nach einem Gegner, den er mit einer Waffe bekämpfen *konnte*.

Bislang waren die Pistolen aber nur auf einem Schießplatz zum Einsatz gekommen. Hatch hatte darauf bestanden, daß auch Lindsey lernte, mit einer Waffe umzugehen, aber seit einem oder zwei Jahren waren sie nicht einmal mehr zum Zielschießen gekommen.

»Hältst du das wirklich für klug?« fragte sie und wies auf die Pistolen.

»Ja«, antwortete er knapp.

»Vielleicht sollten wir die Polizei einschalten.«

»Wir haben doch schon mehrfach durchdiskutiert, warum das nicht geht.«

»Wir könnten es ja trotzdem versuchen.«

»Sie werden uns nicht helfen. Können es auch nicht.«

Lindsey mußte zugeben, daß er recht hatte. Sie besaßen keinerlei Beweis dafür, daß sie in Gefahr waren.

»Übrigens«, fuhr er mit einem Blick auf die Pistolen fort,

während er die Läufe reinigte. »Ich hatte den Fernseher an, um nicht so allein bei dieser Arbeit zu sein. Die Morgennachrichten.«

Das kleine Fernsehgerät auf dem drehbaren Bord am Ende des Küchentresens war jetzt ausgeschaltet.

Lindsey fragte nicht, was in den Morgennachrichten gewesen war. Sie hatte so ein Gefühl, daß sie es bereuen würde, zugleich ahnte sie, daß sie es bereits wußte.

Schließlich blickte Hatch auf und sah sie an. »Steven Honell wurde letzte Nacht gefunden. Er war mit allen vieren an die Bettpfosten gebunden und ist mit einem Feuerhaken erschlagen worden.«

Lindsey stand wie erstarrt. Dann zog sie einen Stuhl heran, sie mußte sich setzen.

Gestern noch hatte sie Steven Honell eine Zeitlang richtiggehend gehaßt. Mehr als das. Jetzt empfand sie keinerlei feindselige Gefühle mehr ihm gegenüber. Nur noch Mitleid für einen verklemmten Menschen, der seine Unsicherheit hinter Arroganz und Selbstgefälligkeit verborgen hatte. Ein mieser, kleinlicher und gemeiner Kerl, doch jetzt war er tot; und diese Strafe war zu hoch für derlei Charakterschwächen.

Lindsey senkte den Kopf und legte ihn auf ihre verschränkten Arme auf dem Tisch. Sie konnte nicht weinen, es gab nichts an ihm, was ihr gefallen hätte, bis auf sein Talent vielleicht. Wenn das Auslöschen dieses Talents schon keine Tränen bei ihr auslöste, erfüllte es sie zumindest mit Verzweiflung.

»Früher oder später«, sagte Hatch, »ist der Dreckskerl auch hinter mir her.«

Mühsam hob Lindsey den Kopf. »Warum bloß?«

»Ich weiß es nicht, Vermutlich werden wir nie dahinterkommen, warum. Es nie begreifen. Doch gibt es zwischen ihm und mir eine Verbindung, und er wird kommen.«

»Die Polizei soll sich darum kümmern«, meinte Lindsey. Sie wußte genau, daß kein Polizeibeamter ihnen würde helfen können, und weigerte sich dennoch wie ein trotziges Kind, von dieser Vorstellung abzulassen.

»Sie würden ihn auch gar nicht finden«, erwiderte Hatch grimmig. »Einen Geist.«

»Er wird nicht kommen«, redete Lindsey sich ein.

»Vielleicht nicht gleich morgen, nächste Woche oder in einem Monat. Aber er wird kommen, das ist so sicher wie das Amen in der Kirche. Und wir werden gewappnet sein.«

»Wirklich?« fragte sie ungläubig.

»In jeder Hinsicht.«

»Kannst du dich noch daran erinnern, was du letzte Nacht gesagt hast?«

Er schaute sie fragend an. »Was?«

»Daß er womöglich kein gewöhnlicher Mensch ist, daß du ihn vielleicht huckepack von … von dort mitgebracht hast.«

»Ich dachte, du hättest diese Theorie verworfen?«

»Habe ich auch. Ich glaube so was einfach nicht. Und du? Was hältst du davon, ganz ehrlich?«

Er antwortete nicht, sondern beschäftigte sich wieder mit den Pistolen.

Lindsey gab nicht nach. »Wenn du das glaubst, wenn du nur halbwegs davon überzeugt bist – was sollen dann die Waffen?«

Er sagte nichts darauf.

»Wie kann man mit einer Pistole einen bösen Geist bekämpfen?« drängte sie. Es kam ihr so vor, als sei das alles nicht wahr – daß sie nur im Traum aufgestanden war und Regina zur Schule gebracht hatte und daß sie jetzt mitten in einem Alptraum steckte. »Wie soll man etwas aus dem Jenseits mit einer Kugel aufhalten können?«

»Etwas anderes habe ich nicht«, erklärte er ruhig.

Wie andere Ärzte auch, hielt Jonas Nyebern mittwochs keine Sprechstunde ab und führte keine chirurgischen Eingriffe durch. Im Gegensatz zu anderen Kollegen verbrachte er den Nachmittag allerdings nicht mit Golfspielen, Segeln oder einer Partie Bridge im Country Club. Er nutzte seinen freien Tag gewöhnlich, um Briefe zu schreiben oder wissenschaftliche Abhandlungen und Fallstudien für das Reanimationszentrum im Orange County General zu verfassen.

Auch an diesem ersten Mittwoch im Mai würde Jonas sich überwiegend in seinem Arbeitszimmer zu Hause in Spyglass Hill aufhalten, wo er seit zwei Jahren, seit dem Verlust seiner Familie, wohnte. Er mußte noch einen Vortrag ausarbeiten, den er am kommenden achten Mai auf einem wissenschaftlichen Kongreß in San Franziska halten sollte.

Von den Fenstern seines teakholzgetäfelten Arbeitszimmers aus konnte er Corona Del Mar und Newport Beach überblicken. In rund fünfzig Kilometern Entfernung baute sich die dunkle Steilküste von Santa Catalina Island wie eine Sperrmauer vor dem grün-blau marmorierten Ozean auf und konnte ihm doch nichts von seiner grenzenlosen Weite und erhabenen Größe nehmen.

Jonas brauchte die Vorhänge nicht zu schließen, weil ihn das Panorama schon lange nicht mehr ablenkte. Er hatte das Grundstück damals in der Hoffnung erworben, daß das luxuriöse Haus und der wunderbare Ausblick ihm trotz seines tragischen Verlustes das Leben wieder lebenswerter machen würden. Wahren Trost fand er jedoch nur in seiner Arbeit, und so setzte er sich auch jetzt an seinen Schreibtisch, ohne einen Blick an die schöne Aussicht zu verschwenden.

Heute morgen hatte er allerdings Mühe, sich auf die weißen Buchstaben auf dem blauen Bildschirm seines Computers zu konzentrieren. Seine Gedanken wanderten jedoch nicht auf den Pazifik hinaus, sondern zurück zu seinem Sohn Jeremy.

Als Jonas an jenem verhangenen Frühlingstag vor zwei Jahren nach Hause gekommen war, hatten Marion und Stephanie auf dem Boden gelegen und aus so vielen tiefen Stichwunden geblutet, daß sie nicht mehr zu retten waren. Jeremy hatte er in der Garage vorgefunden, aufgespießt mit einem in den Schraubstock gespannten Messer, er war bewußtlos und dabei, zu verbluten. Jonas wollte damals nicht eine Sekunde lang an die Gewalttat irgendeines Wahnsinnigen oder beim Stehlen überraschten Einbrechers glauben. Vielmehr sagte ihm sein Instinkt, daß dieser Junge selbst, der da über der Werkbank hing und dessen Leben auf den Zementboden tropfte, der Täter war. Mit Jeremy hatte vom ersten Tag an etwas nicht gestimmt – etwas Gravierendes *fehlte* –, ein Defekt, der im Lauf der Jahre immer deutlicher und erschreckender wurde, obwohl Jonas sich lange Zeit einzureden versuchte, daß das Verhalten des Jungen nur ein Ausdruck der üblichen pubertären Rebellion war. Aber der

Wahnsinn von Jonas' Vater hatte bloß eine Generation übersprungen und war nun in Jeremys geschädigter Erbsubstanz wieder zum Ausbruch gekommen.

Der Junge überlebte zwar die rasende Fahrt mit der Ambulanz zum nahegelegenen Orange County General, aber er starb auf der Krankenliege, als sie ihn durch den Krankenhausflur rollten.

Jonas hatte gerade erst die Leitung des Bezirkskrankenhauses von der Notwendigkeit eines eigenen Reanimationsteams überzeugt und es auch bekommen. Anstatt nun den in die Herz-Lungen-Maschine eingebauten Wärmeaustauscher anzuschließen und das Blut des Jungen durch Zirkulation zu erwärmen, benutzten sie den Apparat zur Hypothermie, um das Blut des Jungen zu *kühlen*. Sie arbeiteten unter Hochdruck, mußten die Körpertemperatur drastisch senken, um ein eventuelles Absterben von Zellgewebe oder eine Schädigung des Gehirns während der Operation zu verhindern. Die Raumtemperatur wurde bis auf 10 Grad Celsius heruntergefahren, und der Patient auf beiden Seiten in Beutel mit Trockeneis gepackt. Jonas führte den Eingriff selber durch, öffnete die Stichwunde und versuchte den Schaden zu beheben, der eine Reanimation zwecklos machen würde.

Möglicherweise wußte er damals, warum er Jeremy unbedingt retten wollte, später jedenfalls konnte er seine Gründe nicht mehr definieren, geschweige denn verstehen.

Weil er mein Sohn war, sagte er sich manchmal. Ich fühlte mich für ihn verantwortlich.

Was für eine elterliche Verantwortung hatte er denn für den Meuchler seiner Frau und Tochter?

Ich habe ihn nur gerettet, um ihn *fragen* zu können, um eine *Erklärung* zu bekommen, redete er sich ein andermal ein.

Dabei wußte er genau, daß es keine plausible Antwort gab. Weder Philosophen noch Psychologen noch die Täter selbst haben jemals eine überzeugende Erklärung für auch nur eine monströse, soziopathologisch begründete Gewalttat abgeben können.

Die einzig zwingende Antwort mußte sein, daß die menschliche Rasse unvollkommen und defekt war und in sich bereits die Saat ihrer Selbstzerstörung trug. Die Kirche würde es unter Bezug auf das Paradies und den Sündenfall das Vermächtnis der Schlange nennen. Wissenschaftler würden auf das Geheimnis der Genetik verweisen, und die Biochemie würde es als Hauptfunktion der Nukleotidsequenz ansehen. Vielleicht meinten alle denselben Defekt, nur mit anderen Worten. Jonas vermutete, daß diese Erklärung, ob nun von wissenschaftlicher oder von theologischer Seite, immer unbefriedigend bleiben würde, weil sie keine Lösung anbot und keine Prophylaxe wußte. Bis auf den Glauben an Gott oder an die Wissenschaft.

Aus welchem Grund auch immer, Jonas hatte Jeremy gerettet. Der Junge war einunddreißig Minuten lang klinisch tot gewesen, was damals nicht einmal einen Rekord darstellte, weil ein junges Mädchen aus Utah noch nach sechsundsechzig Minuten reanimiert worden war, allerdings lag hier der Fall anders. Das Mädchen hatte sich in einem Zustand extremer Unterkühlung befunden, während Jeremys Temperatur bei seinem Tod normal gewesen war, somit konnte die Wiederbelebung doch als Rekord gelten. In der Tat stellte eine Reanimation nach einunddreißig Minuten klinischem Tod bei normaler Körpertemperatur ebenso ein Wunder dar wie die Reanimation nach achtzig Minuten Hypothermie. Sein eigener Sohn und Hatch Harrison zählten somit zu Jonas' bislang größten Erfolgen – wenn man bei dem ersten überhaupt von einem Erfolg sprechen konnte.

Zehn Monate lang lag Jeremy im Koma, wurde intravenös ernährt, atmete jedoch selbständig und benötigte keinerlei Gerät, um seine lebenswichtigen Organfunktionen zu steuern. Noch im Koma wurde er vom Krankenhaus in eine erstklassige Privatklinik verlegt.

In jener Zeit hätte Jonas das Einstellen der intravenösen Ernährung auf gerichtlichem Wege erwirken können. Nur wäre Jeremy dann verhungert oder an Austrocknung gestorben, und manchmal empfindet selbst ein Komapatient Schmerzen bei einem so grausamen Tod, je nachdem, wie tief sein Koma ist. Jonas jedenfalls wollte Jeremy nicht unnötig leiden lassen. Auf irgendeine hinterlistige Art, die so tief in seinem Unterbewußtsein verankert gewesen sein mußte, daß er selber erst viel später darauf kam, war er von dem egoistischen Gedanken besessen, dem Jungen, wenn er erwachte – falls er je aus dem Koma erwachte –, ein Motiv für sein abnormes Verhalten zu entlocken, das allen anderen Forschern in der Geschichte der Menschheit bisher entgangen war. Vielleicht hielt er sich für besonders geeignet dank seiner einmaligen Erfahrung mit einem wahnsinnigen Vater und einem geistesgestörten Sohn: Schließlich hatte der eine ihn schwer verwundet und zur Waise gemacht, der andere zum Witwer. Auf jeden Fall bezahlte er die Privatklinik. Und jeden Samstagnachmittag verbrachte er am Bett seines Sohnes und betrachtete das blasse friedliche Gesicht, in dem er soviel von sich selbst wiederfand.

Nach zehn Monaten erlangte Jeremy das Bewußtsein zurück. Das Sprachzentrum seines Gehirns war beschädigt, er konnte weder lesen noch sprechen, wußte seinen Namen nicht mehr und auch nicht, wie er hierher gekommen war. Sein Spiegelbild betrachtete er wie das eines Fremden, und auch seinen Vater erkannte er nicht. Als die Polizei ihn vernahm, zeigte er weder Anzeichen von Schuld noch des Verstehens. Er war als Idiot wiedergeboren, seine geistigen Fähigkeiten auf ein Minimum reduziert, unfähig, sich länger auf etwas zu konzentrieren, und schnell verwirrt.

Mit Gesten machte er deutlich, daß er unter heftigen Augenschmerzen litt und extrem lichtempfindlich war. Eine augenärztliche Untersuchung ergab eine seltsame, in der Tat unerklärliche Degeneration der Regenbogenhaut in beiden Augen. Die elastische Membran schien teilweise zerfressen. Der Muskel, der die Pupille verengen sollte, um den Lichteinfall zu reduzieren, war verkümmert. Außerdem war der Dilatator pupillae, der Erweiterer, geschrumpft, und so blieb die Regenbogenhaut weit offen. Darüber hinaus war der Muskel mit dem Nerv verschmolzen, so daß auch eine nervliche Steuerung nicht mehr möglich war. So einen Fall hatte es noch nie gegeben, mit einer weiteren Verschlimmerung mußte gerechnet werden. Ein chirurgischer Eingriff war unmöglich. Sie setzten dem Jungen eine Sonnenbrille mit Seitenschutz und tiefdunklen Gläsern auf. Selbst mit der Brille aber verbrachte er den hellen Tag lieber in Räumen mit Metalljalousien oder schweren Vorhängen vor den Fenstern.

Jeremy machte sich schnell beliebt beim gesamten Personal der Rehabilitationsklinik, in die er später verlegt wurde. Er tat ihnen vor allem wegen seiner Augen leid, weil er so ein hübscher Junge war und ein schweres Los tragen mußte. Zudem benahm er sich jetzt so rührend, schüchtern wie ein Kind – eine Folge seines IQ-Schwunds –, und seine frühere Arroganz, sein kaltes Kalkül und die offene Feindseligkeit waren völlig verschwunden.

Über vier Monate lang wanderte er in der Klinik herum, half den Schwestern mit einfachen Arbeiten, mühte sich erfolglos mit einem Sprachtherapeuten ab, starrte nachts stundenlang aus dem Fenster, aß mit genügend Appetit, nahm zu und trainierte abends im abgedunkelten Fitneßraum. Sein magerer Körper setzte wieder Fleisch und Muskeln an, und das strohtrockene Haar gewann seinen Glanz zurück.

Ungefähr vor zehn Monaten, als Jonas sich schon Gedanken machte, wo er Jeremy unterbringen konnte, wenn die Heilgymnastik und die Bewegungstherapie sich erschöpft hatten, war der Junge verschwunden. Obwohl er nie Anstalten gemacht hatte, aus dem Klinikgelände auszubrechen, war er eines Nachts unbemerkt aus dem Haus geschlüpft und nie mehr zurückgekommen.

Jonas hatte erwartet, daß die Polizei Jeremy schnell aufgreifen würde. Aber sie fahndeten ja nur nach einem Vermißten, nicht nach einem mutmaßlichen Mörder. Wäre Jeremy voll und ganz wiederhergestellt gewesen, hätten sie ihn als Gefahr und als vor dem Gesetz Flüchtigen behandelt, seine offenkundige Debilität verschaffte ihm jedoch eine Art Immunität. Jeremy war nicht mehr dieselbe Person, die die Straftaten begangen hatte; angesichts seiner verminderten geistigen Fähigkeiten, seines Sprach-Unvermögens und seiner entwaffnenden Naivität hätte kein Gericht ihn jemals verurteilt.

Eine Vermißtenfahndung war sowieso keine richtige Fahndung. Die Polizeikräfte wurden für dringendere Fälle und ernsthaftere Delikte eingesetzt.

Obwohl die Polizei davon ausging, daß der Junge weggelaufen, den falschen Leuten in die Hände gefallen war und bereits tot sein mußte, stand für Jonas fest, daß sein Sohn noch am Leben war. Und tief in seinem Herzen wußte er auch, daß nicht etwa ein dämlich grinsender Idiot frei herumlief, sondern ein gerissener, gefährlicher und – im wahrsten Sinne des Wortes – irrsinnig kranker Mensch.

Sie waren alle hereingelegt worden.

Jonas hätte nicht beweisen können, daß Jeremys Debilität nur gespielt war, mußte in seinem Innersten aber bekennen, daß er sich absichtlich hatte täuschen lassen. Er hatte den neuen Jeremy akzeptiert, weil er, um es genau zu sagen, nicht den Mut aufbrachte, sich dem anderen Jeremy, dem Mörder von Marion und Stephanie, zu stellen. Der erdrückendste Beweis für seine Mittäterschaft an Jeremys Täuschungsmanöver lag darin, daß er keine Computertomographie angeordnet hatte, um den Grad der Hirnschädigung festzustellen. Die bloße Tatsache einer solchen Verletzung genügte, die Ursache war nebensächlich, hatte er sich damals eingeredet. Eine für einen Arzt undenkbare Reaktion und doch nicht so unvorstellbar bei einem Vater, der mit dem Monstrum in seinem Sohn nicht konfrontiert werden wollte.

Und jetzt lief dieses Monster frei herum. Er konnte es nicht beweisen, aber er wußte es. Jeremy war irgendwo da draußen. Der alte Jeremy.

Zehn Monate lang hatte er nacheinander durch drei verschiedene Detekteien nach seinem Sohn fahnden lassen, weil er sich in moralischer, nicht in gesetzlicher Hinsicht für den Jungen und seine Straftaten verantwortlich fühlte. Die ersten beiden Agenturen waren erfolglos geblieben und schließlich zu dem Schluß gelangt: Wenn man keine Spur aufnehmen konnte, gab es auch keine Spur. Der Junge, hieß es in ihrem Bericht, sei mit an Sicherheit grenzender Wahrscheinlichkeit tot.

Der dritte Detektiv, Morton Redlow, war ein Ein-Mann-Betrieb. Er kam nicht so großspurig daher wie die großen Agenturen, dafür besaß Redlow die Zähigkeit einer Bulldogge, und das ließ Jonas hoffen. Letzte Woche erst hatte Redlow angedeutet, daß er eine heiße Spur verfolgte und am Wochenende Näheres sagen könnte.

Seither wartete Jonas auf ein Lebenszeichen von dem Detektiv. Auch auf die Nachrichten auf seinem Anrufbeantworter hatte Redlow nicht reagiert.

Jonas wandte sich vom Computer und dem Vortrag ab,

auf den er sich doch nicht konzentrieren konnte, nahm den Telefonhörer von der Gabel und wählte die Nummer des Detektivs. Wieder lief der Anrufbeantworter. Bevor Jonas jedoch Namen und Adresse hinterlassen konnte, brach die Verbindung ab. Die Aufnahmekassette in Redlows Anrufbeantworter war voll und hatte selbsttätig abgeschaltet.

Jonas beschlich eine böse Ahnung.

Er legte den Hörer zurück, stand auf und trat ans Fenster. Er war schrecklich niedergeschlagen und glaubte nicht, daß der wunderbare Ausblick ihm in irgendeiner Weise helfen würde, aber zumindest wollte er es versuchen. Jeder Tag hielt neue Schrecken und Ängste für ihn bereit, so daß er jede Art von Hilfsmittel brauchte, um nachts überhaupt schlafen und morgens aufstehen zu können.

Die Morgensonne wob silberne Fäden in die auflaufenden Wellen und verwandelte das Meer in ein einzigartiges blaugraues Gewebe mit metallischen Mustern.

Er versuchte sich einzureden, daß Redlows Bericht erst ein paar Tage überfällig war, weniger als eine Woche. Es gab keinen Grund, sich Sorgen zu machen. Daß er nicht zurückrief, konnte auch bedeuten, daß er krank war oder persönliche Probleme hatte.

Aber Jonas wußte es. Er war sich ganz sicher. Redlow hatte Jeremy ausfindig gemacht und den Jungen, trotz aller Warnungen, grob unterschätzt.

Eine Jacht mit weißen Segeln kreuzte vor der Küste. Große weiße Möwen segelten hinterher, gingen im Sturzflug auf die Wellen nieder und tauchten wieder auf, ihre Fischbeute im Schnabel. Mit ihrem eleganten und unbeschwerten Flug boten die Vögel einen wunderbaren Anblick, nur nicht für die Fische. Für die Fische nicht.

Lindsey ging in ihr Atelier, das zwischen ihrem und Reginas Schlafzimmer lag. Sie rückte den Hocker von der Staffelei vor ihr Zeichenbrett, schlug ihr Skizzenheft auf und machte sich Gedanken über ihr nächstes Bild.

Es schien richtig und wichtig, daß sie sich auf ihre Arbeit konzentrierte, und das nicht nur, weil schon der eigentliche Akt des Malens die Seele besänftigte, sondern auch, weil das

Festhalten an alltäglicher Routine ihr die einzige Möglichkeit bot, die irrationalen Kräfte zu bändigen, die wie eine dunkle Sturzflut in ihr Leben brandeten. Nichts konnte wirklich ganz und gar danebengehen – wirklich? –, wenn sie nur weiterhin malte, ihren schwarzen Kaffee trank, drei Mahlzeiten am Tag einnahm, Geschirr spülte, sich vor dem Zubettgehen die Zähne putzte, morgens duschte und ihr Deo benutzte. Wie sollte eine mörderische Bestie aus dem jenseits in ein *geordnetes* Leben einbrechen können? Ganz bestimmt besaßen Ghule und Geister, Unholde und Ungeheuer keine Macht über Leute, die ordentlich gewaschen und gekämmt, deodoriert und fluorisiert, richtig gekleidet und ernährt, gut beschäftigt und motiviert waren.

Zumindest redete sie sich das ein. Ihre zittrige Hand mit dem Zeichenstift verriet das Gegenteil.

Honell war tot.

Cooper war tot.

Ihr Blick wanderte immer wieder zum Fenster, als erwartete sie die Spinne dort zu sehen. Doch da huschte weder eine kleine schwarze Kugel am Rahmen entlang, noch gab es ein neues Spinnennetz in der Fensterecke. Da war nur Glas mit Baumwipfeln und blauem Himmel dahinter.

Nach einer Weile kam Hatch herein, umarmte sie von hinten und drückte ihr einen Kuß auf die Wange.

Er war jedoch keineswegs romantisch gestimmt, sondern legte eine Pistole auf ihre Kommode. »Steck sie ein, wenn du rausgehst. Er wird allerdings nicht bei Tageslicht kommen, das weiß ich. Ich spüre es. Zum Teufel! Als ob er ein Vampir oder so was Ähnliches ist. Ein wenig Vorsicht kann nicht schaden, besonders, wenn du allein im Haus bist.«

Sie zögerte, nickte dann. »In Ordnung.«

»Ich werde eine Weile unterwegs sein, muß was besorgen.«

»Besorgen?« Sie drehte sich auf ihrem Hocker nach ihm um.

»Wir haben nicht genug Munition.«

»Beide Patronenrahmen sind voll.«

»Außerdem will ich noch eine Schrotflinte kaufen.«

»Hatch! Selbst wenn der Kerl kommt, was ich bezweifle,

sind wir hier nicht im Krieg. Wenn jemand in dein Haus eindringt, fallen ein oder zwei Schüsse, aber es ist keine offene Feldschlacht.«

Hatch hatte eine harte, unnachgiebige Miene aufgesetzt. »Eine gute Schrotflinte ist die einzig richtige Waffe zur Selbstverteidigung. Du mußt nicht einmal besonders gut schießen können. Die Schrotladung erwischt ihn. Ich weiß auch schon, welche Flinte ich nehme, mit kurzem Lauf, Pistolengriff mit ...«

Sie drückte ihm die flache Hand auf die Brust und unterbrach ihn. »Hör auf damit. Du machst mir angst.«

»Das ist gut. Wenn wir Angst haben, sind wir eher auf der Hut und verhalten uns vorsichtiger.«

»Wenn du wirklich meinst, daß wir in Gefahr sind, sollten wir Regina nicht hier im Haus behalten.«

»Wir können sie unmöglich ins Heim zurückschicken.« Hatchs Antwort kam wie aus der Pistole geschossen, als hätte er bereits Überlegungen angestellt.

»Nur bis alles vorbei ist.«

»Nein.« Er schüttelte den Kopf. »Regina ist zu sensibel, das weißt du doch. Sie ist so dünnhäutig und zieht gern voreilig die falschen Schlüsse. Den kleinsten Einwand würde sie bereits als Zurückweisung empfinden. Wir hätten keine Möglichkeit, ihr die Gründe zu erklären, und sie würde uns vielleicht keine zweite Chance mehr geben.«

»Ich bin sicher, sie ...«

»Außerdem bräuchten wir eine plausible Erklärung für das Heim. Wenn wir uns eine Lügengeschichte ausdenken – und ich wüßte nicht, wie –, würden sie dahinterkommen und sich fragen, warum wir sie anlügen. Sie würden im nachhinein ihre Zustimmung zur Adoption bereuen. Und wenn wir ihnen dann die Wahrheit gestehen und was über Visionen und telepathische Verbindungen zu einem wahnsinnigen Mörder faseln, sind wir erst recht untendurch bei ihnen, und sie würden uns Regina nie mehr anvertrauen.«

Er hatte sich *wirklich* alles gut überlegt.

Lindsey sah ein, daß er recht hatte.

Hatch hauchte ihr einen Kuß auf die Stirn. »Ich bin in einer Stunde zurück, spätestens in zwei.«

Als er gegangen war, stand Lindsey noch eine Weile sinnend vor der Waffe.

Verdrossen wandte sie sich schließlich ab und nahm den Zeichenstift zur Hand. Sie riß das oberste Blatt vom Zeichenbrett. Das neue Blatt war leer. Weiß und unberührt. Und so blieb es auch.

Lindsey nagte nervös an ihrer Unterlippe und blickte zum Fenster. Kein Spinnennetz. Keine Spinne. Nur eine blanke Fensterscheibe. Dahinter Baumwipfel und blauer Himmel.

Bis heute hatte sie nicht geahnt, daß ein makellos blauer Himmel bedrohlich wirken konnte.

Die vergitterten Schlitze im Dach der Bodenkammer dienten zur Belüftung. Sie ließen nicht viel Helligkeit durch, der schwache Hauch kühler Morgenluft brachte nur eine Ahnung von Tageslicht mit herein.

Das Licht störte Vassago auch nicht, denn er hatte sein Lager inmitten von Pappkartons und Möbelstücken aufgeschlagen und lag im Halbdunkel. Es roch nach trockenem Holz und muffiger Pappe.

Weil er keinen Schlaf fand, begann er sich zur Entspannung auszumalen, wie herrlich das Inventar dieser Dachkammer brennen würde. In seiner krankhaften Phantasie stiegen flammende Feuerwände mit gelben und roten Spiralen auf, und die Splinte im brennenden Dachgebälk zerbarsten mit lautem Knall. Pappkartons und Papierverpackungen, entzündliche Erinnerungsstücke gingen in Rauchwolken auf, begleitet von einem Prasseln, das an den fernen Theaterapplaus eines fanatischen Publikums erinnerte. Obwohl sich der Brand nur in seiner Phantasie abspielte, mußte Vassago die Augen vor dem imaginären Feuerschein schließen.

Die Vorstellung von dem Feuer war nicht unterhaltsam – vielleicht deshalb, weil in der Dachkammer nur *Dinge* brannten, leblose Objekte. Wo lag da der Spaß?

Achtzehn waren im Spukhaus verbrannt – oder zu Tode getrampelt worden – in jener Nacht, als Tod Ledderbeck im Tunnel des ›Tausendfüßlers‹ den Tod gefunden hatte. *Das* war ein Feuer gewesen.

Jeremy hatte es zwar verstanden, jeden Verdacht in bezug

auf den Tod des Astronauten-Asses oder den Brand im Spukhaus abzuwehren, die Nachbeben seiner Nacht des Großen Spiels holten ihn jedoch ein. Die Vorkommnisse in Fantasy World machten mindestens zwei Wochen lang Schlagzeilen und bildeten für einen Monat das Hauptgesprächsthema in der Schule. Der Vergnügungspark schloß vorübergehend die Pforten, machte wieder auf bei schleppendem Geschäft, schloß erneut wegen Umbauarbeiten, nahm den Betrieb wieder auf mit schwindendem Publikum und gab schließlich angesichts permanent schlechter Presse und einer drohenden Prozeßlawine auf. Ein paar tausend Menschen verloren ihren Arbeitsplatz. Mrs. Ledderbeck erlitt einen Nervenzusammenbruch, der Jeremys Ansicht nach nur gespielt war. So zu tun, als ob sie Tod wirklich geliebt hätte, war ja wohl der Gipfel an Heuchelei.

Andere Erschütterungen, mehr persönlicher Natur, trafen Jeremy. Unmittelbar nach dem Geschehen, nach einer langen schlaflosen Nacht, mußte er sich eingestehen, daß er vollkommen die Beherrschung verloren hatte. Nicht als er Tod umbrachte. So etwas schickte sich nicht, wenn der Meister des Spiels seine Meisterschaft unter Beweis stellte. Doch vom Moment von Tods tödlichem Sturz aus dem Wagen an war er trunken vor Macht gewesen und in dem Vergnügungspark herumgetaumelt, als hätte er sechs oder ein Dutzend Dosen Bier runtergeschüttet. Berauscht, benebelt, breit und stinkbesoffen vor Macht, weil er in die Rolle des Todes geschlüpft und der geworden war, den alle Menschen fürchteten. Das Erlebnis hatte jedoch nicht einfach nur eine berauschende Wirkung: Es machte süchtig. Jeremy wollte es am nächsten Tag wieder tun, am übernächsten und dann jeden Tag, solange er lebte. Er mußte noch einmal jemanden anzünden und herausfinden, wie man sich fühlte, wenn man mit einem scharfen Messer, mit einer Pistole, mit einem Hammer, mit den bloßen Händen ein Leben auslöschte. Jene Nacht hatte schlagartig eine frühe Pubertät bei ihm ausgelöst, die Phantasien vom Töten ließen ihn erigieren, und das Ausmalen der vor ihm liegenden Mordtaten brachte ihn zu einem bis dahin unbekannten Höhepunkt. Erschrocken über die Heftigkeit seines ersten Orgasmus und den feuchten Erguß, traf ihn bei

Morgengrauen die Erkenntnis, daß der wahre Meister des Spiels nicht nur keine Angst beim Töten empfinden durfte, sondern vielmehr die ungezähmte Gier, erneut zu töten, die sich aus dem ersten Mal speiste, *beherrschen* mußte.

Glatt mit einem Mord davonzukommen, bewies seine Überlegenheit den anderen Spielern gegenüber, er würde jedoch nicht lange unbehelligt bleiben, wenn er die Selbstbeherrschung verlor und Amok lief, wie diese Kerle im Fernsehen, die in einer Einkaufspassage mit einer halbautomatischen Waffe in die Menschenmenge feuerten. So einer war kein Meister, eher ein Dummkopf, ein Verlierer. Ein Meister suchte sorgfältig aus, traf seine Wahl, selektierte sein Opfer und eliminierte es stilgerecht.

Auf seiner Lagerstatt in der Bodenkammer sann Vassago darüber nach, daß ein Meister wie eine Spinne vorgehen mußte. Ein geeignetes Jagdrevier suchen. Das Netz spinnen. Sich hinsetzen, die langen Beine einziehen und sich ganz klein und unsichtbar machen … und lauern.

Eine Menge Spinnen leisteten ihm unter dem Dach Gesellschaft. Mit seinen extrem lichtempfindlichen Augen konnte er sie noch im Halbdunkel erkennen. Einige waren bewunderswert fleißig, andere lebten zwar, regten sich aber nicht, stellten sich tot. Er empfand geschwisterliche Gefühle für die Tiere. Seine kleinen Brüder.

Das Waffengeschäft glich einer Festung. Ein Schild an der Eingangstür signalisierte, daß der Laden alarmgesichert war und nachts von scharfen Hunden bewacht wurde. Vor den Fenstern waren mächtige Eisenstreben verankert. Die Ladentür mußte mindestens acht Zentimeter dick sein, aus Massivholz mit einem Stahlkern. Die drei soliden Türangeln erweckten den Eindruck, als seien sie für eine Tiefseetaucherkugel konstruiert worden, um Tausenden von Tonnen Druck unter Wasser standzuhalten. Viel Waffenzubehör lagerte offen in Regalen, doch die Gewehre, Flinten und Handfeuerwaffen lagen unter Verschluß oder standen, mit schweren Ketten gesichert, in offenen Waffenschränken. In allen vier Ecken des langgezogenen Verkaufsraums hingen Videokameras hinter kugelsicherem Glas.

Der Laden war beinahe so gut gesichert wie Fort Knox. Hatch fragte sich, ob er in Zeiten lebte, wo Waffen eine größere Anziehung auf Diebe ausübten als bares Geld.

Die vier Angestellten im Laden pflegten untereinander einen kameradschaftlichen Ton und gaben sich umgänglich mit den Kunden. Ihre Hemden fielen lose über den Hosenbund. Vielleicht aus Bequemlichkeit, vielleicht trug auch jeder von ihnen eine Schußwaffe im Holster unter dem Hemd.

Hatch kaufte eine 12kalibrige Mossberg: eine kurzläufige Schrotflinte mit Pistolengriff und halbautomatischem Nachladeschloß.

»Die einzig richtige Waffe für den Selbstschutz«, meinte der Verkäufer. »Wenn Sie die haben, brauchen Sie keine andere Waffe mehr.«

Hatch sagte sich, daß er schon dankbar sein mußte, in einem Zeitalter zu leben, wo die Regierung ihren Bürgern Zusagen machte, sie auch vor so geringfügigen Übeln wie Radon im Keller oder den durch die ultimative Ausrottung der einäugigen, blauschwänzigen Stechmücke entstandenen Umweltschäden zu schützen. In einem weniger zivilisierten Zeitalter – so um die Jahrhundertwende herum – hätte er zweifellos eine Ausrüstung erworben, die Hunderte von Schußwaffen, eine Tonne Dynamit und eine Panzerweste zum Schutz beim Türöffnen umfaßte.

Er fand, daß Ironie eine bittere Variante des Humors darstellte und nicht ganz seinem Geschmack entsprach. Zumindest nicht in seiner gegenwärtigen Stimmung.

Hatch füllte die üblichen Behördenformulare aus, bezahlte mit einer Kreditkarte und verließ den Laden mit der Mossberg, einem Waffenreinigungsset und mehreren Schachteln Munition. Die Ladentür fiel hinter ihm zu mit dem satten Ton einer Tresortür.

Er hatte seine Einkäufe im Kofferraum des Mitsubishi verstaut, sich hinter das Steuer gesetzt und wollte gerade den Motor anlassen – als seine Hand auf dem Griff der Gangschaltung erstarrte. Der kleine Parkplatz war nicht mehr da, das Waffengeschäft verschwunden.

Als ob ein böser Zauber über allem lag und den sonnigen Tag verschwinden ließ, fand Hatch sich in einem langen, schaurigen Tunnel wieder. Er warf einen Blick aus dem Seitenfenster, blickte nach hinten aus dem Rückfenster, aber die Illusion oder Halluzination – was immer es sein mochte – war perfekt und stimmte in jedem Detail, wie gerade eben noch der Parkplatz.

Als Hatch wieder nach vorn blickte, lag ein langer Abhang vor ihm, in dessen Mitte das Gleis einer Schmalspurbahn verlief. Und plötzlich rollte sein Wagen wie ein Zug, der bergauf fuhr.

Hatch trat das Bremspedal durch. Vergeblich.

Er schloß die Augen und zählte langsam bis zehn, spürte sein Herz pochen und versuchte, sich zu entspannen. Als er die Augen wieder öffnete, saß er immer noch in dem Tunnel.

Er stellte den Motor ab. Der Wagen bewegte sich weiter.

Die Stille, nachdem das Motorgeräusch vererbt war, währte nur kurz und wurde von einem anderen Geräusch abgelöst: *rattatat, rattatatat.*

Von links kam ein unmenschlicher Schrei. Aus dem Augenwinkel nahm Hatch eine bedrohliche Bewegung wahr. Er riß den Kopf herum und sah sich einer äußerst befremdlichen Gestalt gegenüber, einem mannshohen, bleichen und plumpen Ding. Es reckte sich drohend und schrie gellend, in seiner runden Mundöffnung rotierten Zähne wie die Messer in einer Müllvernichtungsanlage. Ein ähnliches Monstrum baute sich jetzt rechts vor ihm auf, und weiter vorn warteten noch mehr und dahinter noch andere Ungeheuer. Sie alle heulten, johlten, kreischten und knurrten, als er an ihnen vorbeifuhr.

Trotz seines Entsetzens und seiner Orientierungslosigkeit merkte Hatch, daß die Schreckensgestalten an den Tunnelwänden nicht echt waren. Alsbald konnte er auch das ratternde Geräusch einordnen: Er befand sich in seinem Auto in einer Geisterbahn und raste gerade auf einen Gipfel zu, hinter dem es steil bergab ging.

Hatch machte sich gar nicht erst die Mühe, sich einzureden, daß das alles nicht sein konnte, und versuchte nicht, sich wachzurütteln. Er gab einfach auf. Er wußte inzwischen, daß es *egal* war, ob er seinen Augen traute oder nicht, die Fahrt würde trotzdem weitergehen. Also konnte er genausogut die Zähne zusammenbeißen und die Sache durchstehen.

Daß er aufgab, hieß aber nicht, daß er keine Angst hatte. Im Gegenteil, die Hosen schlotterten ihm vor Angst.

Einen kurzen Moment lang erwog er, die Wagentür zu öffnen und auszusteigen. Das würde vielleicht den Bann brechen. Er ließ es sein aus dem unguten Gefühl heraus, daß er beim Aussteigen nicht auf dem Parkplatz vor dem Waffenladen, sondern im Tunnel stehen und sein Wagen ohne ihn weiter bergauf fahren würde. Wenn er den Kontakt mit seinem roten Mitsubishi verlor, würde er vielleicht endgültig die Tür zur Realität zuschlagen, sich für immer dieser Halluzination verschreiben. aus der es kein Entkommen mehr gab.

Der Wagen fuhr an dem letzten künstlichen Monster vorbei, erreichte den Gipfelpunkt. Schob sich durch eine Schwingtür. Ins Dunkel. Die Tür schloß sich hinter ihm. Der Wagen kroch vorwärts. Vorwärts. Vorwärts. Unvermittelt schoß er nach vorn und stürzte in eine bodenlose Tiefe.

Hatch schrie auf, und mit seinem Schrei klärte sich die Dunkelheit. Der sonnige Frühlingstag war wieder da. Der Parkplatz. Der Waffenladen.

Seine Hände hielten das Steuer so fest umklammert, daß die Knöchel weiß hervortraten.

Den ganzen Vormittag lang wachte Vassago mehr als daß er schlief. Sobald er jedoch einnickte, befand er sich wieder auf dem ›Tausendfüßler‹ in jener glorreichen Nacht.

In den Tagen und Wochen nach den tödlichen Vorkommnissen in Fantasy World hatte er sich ohne Zweifel als wahrer Meister bewiesen und seinen zwanghaften Wunsch zu töten mit eiserner Disziplin unterdrückt. Schon der Gedanke an seine vergangenen Mordtaten reichte, um den Druck abzulassen, der sich regelmäßig in ihm aufbaute. Hunderte von Malen durchlebte er erneut die sinnlichen Details jedes einzelnen Todes und löschte, zumindest für kurze Zeit, das Feuer, das in ihm loderte. Und die Gewißheit, daß er, wenn möglich, jederzeit wieder töten würde, setzte seiner Hemmungslosigkeit weitere Schranken.

Es dauerte zwei Jahre, bis er wieder tötete und im Alter von vierzehn Jahren einen Jungen im Feriencamp ertränkte. Der Junge war kleiner und schwächer als Jeremy, wehrte sich aber mit aller Kraft. Als er mit dem Gesicht nach unten im Teich treibend gefunden wurde, drehten sich die Gespräche im Camp nur noch um dies eine Thema. Wasser konnte genauso aufregend sein wie Feuer.

Als Jeremy sechzehn und im Besitz eines Führerscheins war, legte er zwei Anhalter um. Den einen im Oktober, den anderen wenige Tage vor Thanksgiving im November. Bei dem letzten handelte es sich bloß um einen Collegestudenten auf dem Weg nach Hause in die Ferien. Doch der erste war ein besonderer Fall, ein Gauner, der glaubte, in Jeremy ein naives Opfer für seinen eigenen Lustgewinn gefunden zu haben. Jeremy hatte beide Male ein Messer benutzt.

Mit siebzehn entdeckte er den Satanismus und konnte nicht genug darüber lesen, überrascht, daß seine geheime Philosophie bereits kodifiziert war und Eingang in Geheimkulte gefunden hatte. Oh, da gab es auch mildere Erscheinungsformen, von kleinherzigen Schlappschwänzen propagiert, denen nur daran lag, ein klein wenig von der Gottlosigkeit zu kosten, als Entschuldigung dafür, dem Lustprinzip frönen zu wollen. Es gab aber auch die wirklich Überzeugten, die fest daran glaubten, daß es Gott nicht gelungen war, den Menschen nach Seinem Bilde zu schaffen, daß die Masse der Menschheit einer Viehherde glich, daß Selbstsucht lobenswert war und der Genuß das einzig erstrebenswerte Ziel darstellte und daß der höchste Genuß überhaupt nur in der brutalen Ausübung von Macht über andere erlangt werden konnte.

Aus einem im Selbstverlag gedruckten Bändchen hatte Jeremy gelernt, daß die ultimative Form von Macht sich darin ausdrückte, diejenigen zu vernichten, die einen erzeugt hatten, und damit die Bande familiärer Zuwendung und »Liebe« zu zerstören. Das Büchlein sagte weiter, daß man sich mit aller Macht dem ganzen Schwindel von Vorschriften, Geboten und edler Gesinnung widersetzen mußte, die andere angeblich zum Leben benötigten. Jeremy hatte sich diesen Rat zu eigen gemacht und sich damit seinen Platz in der Hölle verdient – bis sein Vater ihn unbedingt ins Leben zurückzerren mußte.

Aber bald würde er wieder dort sein. Ein paar Morde noch, vor allem zwei ganz besondere, würden ihn wieder ins Reich der Finsternis und der Verdammten heimkehren lassen.

Im Laufe des Tages wurde es in der Bodenkammer immer wärmer.

Ein paar fette Fliegen summten in seinem dämmrigen Unterschlupf umher und verfingen sich hier und da in den verführerischen, doch klebrigen Netzen, die sich zwischen den Dachbalken spannten. Da kam Bewegung in die Spinnen.

In der warmen Abgeschiedenheit fiel Vassago in einen tiefen, von heftigen Träumen erfüllten Schlaf Feuer und Wasser, Klinge und Kugel.

Hatch bückte sich neben der Garagenecke und öffnete die Klappe des Zeitschalters für die Gartenbeleuchtung. Er stellte die Automatik auf sechs Uhr morgens, damit das Licht auch während der Nacht brennen blieb.

Er schloß die Klappe wieder, richtete sich auf und ließ den Blick über die Straße und die Nachbargärten streifen. Alles schien so friedlich und harmonisch. Die Dachziegel der Häuser hier wiesen ein einheitliches Hellbraun, Sandfarben und Beige auf und nicht den kräftigen Orangeton, der bei dem älteren kalifornischen Haustyp überwog. Cremeweiß oder in passenden Pastelltönen verputzte Hauswände harmonierten miteinander gemäß den an den Finanzierungszuschuß und die Hypothek gekoppelten Vorschriften von »Anstand, Sitte & Konvention«. Die grünen Rasenflächen waren sauber gemäht, die Blumenbeete gepflegt und die Bäume ordentlich beschnitten. Schwer zu glauben, daß eine scheußliche Gewalt jemals in eine so geordnete Welt eindringen könnte, und absolut *unvorstellbar*, daß ein übernatürliches Wesen diese Straßen begehen würde. Die Normalität dieser nachbarschaftlichen Gemeinde wirkte solide wie ein zinnenbewehrter Schutzwall. Ein Bollwerk gegen das Böse.

Hatch kam nicht zum erstenmal der Gedanke, daß Lindsey und Regina hier sicher waren – wenn er nicht gewesen wäre. Sollte der Wahnsinn tatsächlich in seine Festung des Normalseins eingedrungen sein, hatte er ihn selbst hereingelassen. Vielleicht war er selber verrückt, vielleicht waren seine merkwürdigen Erlebnisse nichts weiter als Wahnvorstellungen, die Halluzinationen eines wirren Geistes. Hatch wäre jede Wette auf seinen gesunden Geisteszustand eingegangen – und wollte doch nicht ganz ausschließen, daß er diese Wette auch verlieren könnte. Egal, ob er nun verrückt war oder nicht, auf jeden Fall diente er als eine Art Verbindungsdraht, über den es, was immer es war, auf sie niedergehen würde. Vielleicht täten Lindsey und Regina gut daran, wegzufahren und einen gewissen Abstand zwischen sich und ihn zu legen, bis die Sache überstanden war.

Sie wegzuschicken schien ein weiser und verantwortlicher Entschluß – nur daß tief in seinem Inneren eine leise Stimme Bedenken anmeldete. Hatch hegte den furchtbaren Verdacht oder war es mehr als nur ein Verdacht? –, daß der Killer es gar nicht auf ihn selber, sondern vielmehr auf Lindsey und Regina abgesehen hatte. Wenn Lindsey und Regina allein irgendwo hinfuhren, würde dieses mörderische Monster ihnen folgen, während Hatch zurückblieb und auf einen Showdown wartete, der nie stattfand.

Na gut, dann mußten sie eben zusammenhalten. Wie eine Familie. Aufstieg und Fall des Hauses Harrison.

Bevor er das Haus verließ, um Regina von der Schule abzuholen, ging Hatch noch einmal durch alle Räume und vergewisserte sich, daß ihre Festung keine Schwachstellen aufwies. Er entdeckte ein unverriegeltes Fenster in der Garage. Der Schnappriegel saß schon eine ganze Weile locker, und er hatte ihn längst reparieren wollen. Hatch holte sein Werkzeug und hantierte an dem Mechanismus, bis der Riegel wieder richtig zuschnappte.

Wie er Lindsey schon gesagte hatte, glaubte er nicht, daß der Mann aus seinen Visionen heute nacht schon zuschlagen würde, vielleicht auch nicht in dieser Woche, in einem Monat oder später, aber er würde mit *Sicherheit* kommen. Selbst wenn dieser unliebsame Besuch noch Tage oder Wochen entfernt lag, war es ein beruhigendes Gefühl, gerüstet zu sein.

Vassago erwachte.

Ohne die Augen aufzuschlagen wußte er, daß es Abend wurde. Er spürte, wie sich die grausame Sonne anschickte, über den Horizont zu rutschen. Als er dann doch die Augen öffnete, bestätigte ihm die durch die Luftschlitze sickernde Dämmerung, daß die Fluten der Nacht im Steigen begriffen waren.

Es fiel Hatch nicht leicht, ein normales häusliches Leben zu führen, während er nur darauf lauerte, daß er von einer schrecklichen, vielleicht sogar blutigen Vision heimgesucht wurde, die sogar, solange sie andauerte, die Wirklichkeit ausmerzte. Es war mühsam, am Eßtisch zu sitzen, zu lächeln, sich an Pasta und Parmesankäse zu delektieren, neckische Witze zu erzählen, der jungen Dame mit den ernsten grauen Augen ein Kichern zu entlocken – und dabei an die Schrotflinte zu denken, die geladen hinter dem Wandschirm aus Koromandelholz lehnte, oder an die Pistole, die er nebenan in der Küche auf dem Kühlschrank, außer Sichtweite für die Augen eines kleinen Mädchens, deponiert hatte.

Hatch quälte vor allem die Frage, wie der Mann in Schwarz eindringen würde, falls er kam. Zunächst einmal bei Nacht. Er kam nur nachts aus seinem Versteck. Sie brauchten sich keine Gedanken zu machen, daß er Regina auf dem Schulweg abfangen könnte. Aber würde er dreist an der Tür klingeln oder höflich anklopfen in der Hoffnung, sie zu einer zivilen Zeit zu überrumpeln, weil sie die Tür in der Annahme aufmachten, daß es ein Nachbar sei? Oder würde er warten, bis sie alle zu Bett gegangen und die Lichter gelöscht waren, um sie im Dunkeln zu überfallen?

Hatch wünschte, sie hätten ein Alarmsystem eingebaut wie in ihrem Laden. Als sie nach Jims Tod ihr Haus verkauft und in ein anderes gezogen waren, hätten sie sich gleich darum kümmern sollen. Schließlich standen in jedem Zimmer wertvolle Antiquitäten. Doch nachdem Jimmy ihnen genommen worden war, schien es unerheblich, ob ihnen noch etwas – oder alles – geraubt wurde.

Lindsey spielte ihre Rolle mit Hingabe und Überzeugung: Sie gab vor, hungrig zu sein, und aß einen ganzen Berg Nudeln, was Hatch nicht so gelang, überbrückte sein brütendes Schweigen mit echt klingendem Geplapper und tat alles mögliche, damit der Abend wie ein normaler Abend wirkte.

Reginas feinem Gespür entging jedoch nicht, daß irgend etwas nicht stimmte. Obwohl sie hart im Nehmen war, krochen leise Zweifel in ihr hoch, ob die Ursache für diese Nervosität nicht vielleicht doch bei ihr lag.

Im Lauf des Tages hatten Hatch und Lindsey darüber gesprochen, wieweit sie das Mädchen über ihre Situation aufklären konnten, ohne es unnötig zu beunruhigen. Die Antwort lautete: gar nicht. Regina lebte erst seit zwei Tagen bei ihnen und kannte sie noch nicht gut genug, daß man sie mit dieser verrückten Geschichte überrumpeln konnte. Wenn sie von Hatchs Alpträumen erfuhr, seinen Wahnvorstellungen, der angesengten Zeitschrift, den Morden und so weiter, mußte sie ja glauben, daß sie es mit Irren zu tun hatte.

Jedenfalls brauchte man dem Kind in diesem Stadium noch nichts zu sagen, Sie würden auf sie aufpassen, das waren sie ihr schuldig.

Hatch wollte nicht glauben, daß sie vor drei Tagen erst dem Problem seiner wiederholten Alpträume nicht so viel Bedeutung beigemessen hatten, um die Probeadoption zu verschieben. Nur, damals lebten Honell und Cooper noch, und übernatürliche Kräfte gab es eigentlich nur in billigen Filmen oder in Artikeln des *National Enquirer*.

Während sie beim Essen saßen, hörte er ein Geräusch in der Küche. Ein Klicken und Scharren. Lindsey und Regina redeten sich gerade die Köpfe heiß, ob Nancy Drew, eine junge Detektivin und Heldin zahlloser Bücher, eine »blöde Nuß« war, wie Regina meinte, oder für ihr Alter recht forsch und clever, aus heutiger Sicht allerdings vielleicht etwas antiquiert. Entweder waren sie beide zu vertieft in ihre Debatte, um etwas zu merken – oder Hatch hatte sich das Geräusch nur eingebildet.

»Entschuldigt mich einen Moment«, sagte er und schob seinen Stuhl zurück. »Bin gleich wieder da.«

Er stieß die Schwingtür zur Küche auf und schaute sich

argwöhnisch um. Die einzig feststellbare Bewegung kam von dem Spaghettitopf auf dem Herd. Zwischen dem Topfrand und dem gekippten Deckel kräuselte sich eine kleine Dampfwolke.

Aus dem an die Küche anschließenden Mehrzweckraum war ein leiser Plumps zu hören. Hatch konnte von da, wo er stand, nur einen Teil des Raums überblicken. Auf leisen Sohlen ging er näher an die Türöffnung heran und nahm im Vorbeigehen die Pistole vom Kühlschrank.

Der Mehrzweckraum lag verlassen da. Diesmal wußte Hatch ganz sicher, daß er sich das Geräusch nicht eingebildet hatte. Verblüfft sah er sich um.

Ein Kribbeln auf der Haut ließ ihn zu dem kleinen Gang herumfahren, der vom Mehrzweckraum zur Halle führte. Nichts und niemand zu sehen. Woher kam dann dieses Gefühl, als ob eine kalte Hand sich auf seinen Nacken legte?

Hatch schlich sich in den Gang und stand vor der eingebauten Garderobe. Die Schiebetüren waren geschlossen. Gegenüber lag die Gästetoilette. Auch die Tür war zu. Irgend etwas zog ihn zur Halle, und er wäre gern seinem Instinkt gefolgt, andererseits wollte er die beiden geschlossenen Türen nicht im Rücken haben.

Er riß die Tür der Garderobe auf und spähte hinein. Wieder nichts. Hatch kam sich reichlich albern vor, wie er mit vorgehaltener Pistole auf Mäntel und Kleiderbügel zielte, wie in einem Polizeifilm. Er konnte nur hoffen, daß es nicht der letzte Akt war. Manchmal, wenn es das Drehbuch verlangte, brachten sie am Ende nämlich auch den Guten um.

Dann warf er einen Blick in die Gästetoilette. Auch leer. Also ging er weiter in die Eingangshalle. Das mulmige Gefühl blieb, wenn auch nicht mehr so stark wie vorhin. In der Halle war niemand. Auf der Treppe auch nicht.

Hatch spähte ins Wohnzimmer. Nichts. Durch den Türbogen am Ende des Zimmers konnte er eine Ecke des Eßtisches erkennen. Lindsey und Regina redeten immer noch über Nancy Drew.

Er sah im Arbeitszimmer nach, das auch von der Halle abging. Er untersuchte den Wandschrank. Die Öffnung für die Knie an seinem Schreibtisch.

Wieder in der Halle, kontrollierte er die Eingangstür. Fand sie, wie erwartet, abgeschlossen.

Es hatte keinen Sinn. Wenn er jetzt schon so schreckhaft reagierte, wie sollte das dann, um Gottes willen, in ein paar Tagen oder Wochen sein? Lindsey würde ihn jeden Morgen von der Decke herunterlocken müssen, damit er seinen Kaffee trank.

Hatch wiederholte seinen Rundgang trotzdem, überprüfte im Mehrzweckraum die Schiebetüren, die zum Innenhof und in den Hintergarten führten. Sie waren geschlossen und ordentlich mit der zusätzlichen Einbruchsicherung verriegelt.

Dann ging er noch einmal in die Küche und probierte die Tür zur Garage. Nicht abgeschlossen, und schon meldete sich dieses Kribbeln auf der Haut wieder.

Langsam schob er die Tür auf. Die Garage lag im Dunkeln. Er tastete nach dem Schalter, knipste das Licht an. Eine ganze Formation von Neonröhren sprang an und tauchte den Raum in voller Länge und Breite in grelles Licht, das unerbittlich jede Ecke ausleuchtete und nichts Ungewöhnliches enthüllte.

Hatch trat ein und zog die Tür leise hinter sich zu. Er schritt den gesamten Raum ab, die großen Rolltüren lagen zu seiner Rechten, die Heckseiten der beiden geparkten Wagen zu seiner Linken. Auf dem mittleren Parkplatz stand kein Fahrzeug.

Seine Gummisohlen machten keinerlei Geräusch. Er hatte erwartet, daß sich hinter den Autos jemand verbarg. Aber da war niemand.

Am Ende der Garage angekommen, warf er sich auf den Boden und spähte unter die Wagen. Er konnte ungehindert bis zum anderen Ende sehen. Niemand hielt sich unter den Autos versteckt, und soweit er beurteilen konnte, schlich auch niemand um die Autos herum.

Er richtete sich wieder auf und ging zu der anderen Tür am rückseitigen Ende. Sie führte auf den kleinen Hof und war mit einem Vorhängeschloß gesichert. Hier würde bestimmt niemand hereinkommen.

Auf dem Rückweg zur Küche sah er noch in den Wandschränken nach, die hoch genug für eine erwachsene Person waren. Auch hier hatte sich niemand versteckt.

Er kontrollierte die Fensterverriegelung, die er vor wenigen Stunden erst repariert hatte. Der Riegel saß unverändert fest in seinem Schloß.

Hatch kam sich wieder so albern vor. Wie ein Erwachsener bei einem Kinderspiel, der sich wie ein Kinoheld aufführte.

Wie schnell hätte er denn wohl reagiert, wenn sich *tatsächlich* jemand in einem der Wandschränke verborgen und auf ihn gestürzt hätte, sobald die Tür aufging? Und was wäre gewesen, wenn er sich auf den Boden geworfen hätte, um unter den geparkten Autos nachzusehen, und *genau da* vor ihm hätte der Mann in Schwarz gelegen, nur Zentimeter entfernt?

Glücklicherweise durfte er die Antwort auf diese beunruhigenden Fragen schuldig bleiben. Zumindest kam er sich nicht mehr so dämlich vor, weil der Mann in Schwarz ja wirklich hätte dasein können.

Früher oder später *würde* das Schwein kommen. Hatch war sich absolut sicher, daß zwangsläufig eine Begegnung stattfinden mußte. Ob man es nun einen Verdacht, eine Vorahnung oder sonstwas nannte, er wußte, daß er der leise warnenden Stimme in seinem Innersten trauen konnte.

Als er um den Mitsubishi herumging, fiel ihm eine Art Delle auf der Motorhaube auf. Er blieb stehen, weil er es für eine Täuschung durch das Licht hielt, für den Schatten des Seils, das genau über dem Wagen von der Falltür herunterhing. Er bewegte es hin und her, doch die Stelle am Wagen rührte sich nicht, wie es der Schatten von dem Seil getan hätte.

Hatch beugte sich über die Motorhaube und fuhr mit der Hand über das kühle Blech, fühlte die Delle von der Größe einer Hand. Ein tiefer Seufzer entfuhr ihm. Der Wagen war noch neu und mußte schon in die Werkstatt. Man brauchte bloß mit einem nagelneuen Auto zum Einkaufen zu fahren, und schon parkte so ein Vollidiot seinen Wagen viel zu dicht dran und schrammte beim Aussteigen mit der Wagentür dagegen.

Er hatte die Delle weder gesehen, als er am Nachmittag von dem Waffenladen zurückkam, noch als er Regina von der Schule abholte. Vielleicht konnte man sie von innen hinter dem Steuer auch nicht entdecken, vielleicht mußte man genau davor stehen und den Wagen aus einem bestimmten

Blickwinkel betrachten. Die Delle schien aber groß genug, um von überall her sichtbar zu sein.

Hatch versuchte sich gerade vorzustellen, wie es passiert sein mochte – jemand mußte an dem Wagen vorbeigegangen und etwas fallen gelassen haben –, als er den Fußabdruck entdeckte. Es war nur der Hauch eines Abdrucks, heller Sand auf rotem Lack, die Sohle und ein Teil des Absatzes von einem bequemen Schuh, ähnlich wie der, den er trug. Jemand mußte auf der Motorhaube des Mitsubishi gestanden haben oder darüber gelaufen sein.

Vor der St.-Thomas-Schule womöglich; eines der Schulkinder wollte vor seinen Kameraden angeben. Hatch hatte den Verkehr falsch eingeschätzt und zwanzig Minuten zu früh vor der Schule gestanden. Statt nun im Auto zu warten, war er zur Entspannung ein wenig spazierengegangen. Und irgend so ein Klugscheißer war mit seinen Kumpels aus der nahegelegenen High-School – der Fußabdruck war zu groß für einen kleinen Jungen – noch vor dem Schlußläuten ausgebüxt, und nun mußten sie voreinander angeben, sprangen und kletterten über Hindernisse, anstatt sie zu umgehen, als wären sie aus dem Gefängnis ausgebrochen und die Bluthunde ihnen auf den …

»Hatch?«

Er wurde aus seinen Gedankengängen gerissen, die gerade irgendwo hinzuführen schienen, und drehte sich nach der Stimme um, als sei sie ihm fremd.

Lindsey stand in der Türöffnung zwischen Garage und Küche. Sie blickte erst die Waffe in seiner Hand an, dann ihn. »Was ist los?«

»Ich dachte, ich hätte was gehört.«

»Und?«

»Nichts.« Hatch war so überrumpelt, daß er den Fußabdruck und die Delle auf der Motorhaube vergaß. Er folgte Lindsey in die Küche und sagte: »Diese Tür war offen, dabei hatte ich sie verriegelt.«

»Ach ja, Regina hatte ein Buch im Wagen liegenlassen. Sie hat es vor dem Abendessen geholt.«

»Du hättest nachsehen müssen, ob sie die Tür wieder abgeschlossen hat.«

»Es ist doch nur die Tür zur Garage«, wandte Lindsey ein und wollte wieder ins Eßzimmer gehen.

Hatch faßte sie an der Schulter und hielt sie fest. »Es ist aber eine Schwachstelle«, sagte er mit mehr Nachdruck in der Stimme, als dieser kleine Verstoß gegen die Sicherheit rechtfertigte.

»Sind denn die anderen Garagentüren verriegelt?«

»Ja, und diese hier sollte es auch sein.«

»Aber wir müssen doch so oft von der Küche in die Garage –« ihr zweiter Kühlschrank stand dort – »es ist eben viel einfacher, wenn die Tür nicht verriegelt ist. Wir haben sie nie verriegelt.«

»Sollten wir aber«, sagte er bestimmt.

Sie standen sich Auge in Auge gegenüber. Lindsey sah ihn besorgt an. Er wußte, was sie dachte, daß er auf einem schmalen Grat zwischen weiser Vorsicht und einer Art leiser Hysterie wandelte und manchmal sogar den Grat zur falschen Seite hin überschritt. Andererseits war *sie* ja nicht in den Genuß seiner Alpträume und Visionen gekommen.

Vermutlich gingen Lindsey ähnliche Gedanken durch den Kopf, denn sie nickte. »Okay. Es tut mir leid. Du hast recht.«

Er schaltete das Garagenlicht aus, schloß die Tür und versperrte sie mit dem Vorhängeschloß – und fühlte sich kein bißchen sicherer.

Lindsey war schon auf dem Weg ins Eßzimmer, als sie sich noch einmal zu ihm umwandte und auf die Waffe in seiner Hand deutete. »Willst du die mit an den Tisch bringen?«

Er hatte ihr heute wohl wirklich zuviel zugemutet, also schüttelte er den Kopf und machte eine Christopher-Lloyd-Grimasse. »Ich fürchte, die Rigatoni sind immer noch lebendig. Ich mag sie nicht essen, ehe sie tot sind.«

»Nun ja, dafür hast du ja dein Schießeisen hinter dem Wandschirm«, erinnerte sie ihn.

»Du hast recht.« Er legte die Pistole auf den Kühlschrank zurück. »Wenn das nicht hilft, kann ich sie ja immer noch auf die Einfahrt legen und mit dem Auto überfahren.«

Sie stieß die Schwingtür auf, und Hatch folgte ihr ins Eßzimmer.

Regina sah ihn vorwurfsvoll an. »Deine Nudeln werden kalt.«

Hatch zog wieder ein Gesicht. »Dann brauchen sie eben eine Wärmflasche.«

Regina kicherte. Wie Hatch es *liebte*, wenn sie kicherte.

Nach dem Geschirrspülen ging Regina in ihr Zimmer. »Ich muß noch was vorbereiten«, erklärte sie. »Wir schreiben morgen eine Klassenarbeit in Geschichte.«

Lindsey zog sich in ihr Atelier zurück. Sie wollte mit ihren Bildern weiterkommen. Als sie sich hinter ihr Zeichenbrett setzen wollte, fiel ihr Blick auf die Pistole. Sie lag immer noch auf der Kommode, wo Hatch sie hingelegt hatte.

Lindsey blickte sie finster an. Normalerweise lehnte sie Waffen als solche nicht unbedingt ab, doch war diese hier mehr als nur eine Schußwaffe. In ihr manifestierte sich ihre Hilflosigkeit angesichts einer gestaltlosen Bedrohung nur allzu deutlich. Eine Pistole in Reichweite liegen zu haben schien wie ein Eingeständnis, daß sie verzweifelt waren und ihr Schicksal nicht mehr selbst bestimmen konnten. Eine zusammengerollte Schlange auf ihrer Kommode hätte sie nicht mehr erschrecken können.

Lindsey wollte auf jeden Fall vermeiden, daß Regina hereinkam und die Waffe sah.

Sie zog eine Schublade der Kommode auf, schob einige Malutensilien beiseite und stopfte die Pistole dazwischen. Jetzt fühlte sie sich schon besser.

Den ganzen Morgen und Nachmittag lang war ihr nichts gelungen. Sie hatte eine Menge Skizzen angefangen, die zu nichts führten, und verspürte nicht einmal Lust, eine Leinwand vorzubereiten.

Oder besser: Hartfaserplatte. Wie die meisten Künstler heutzutage malte Lindsey auch auf Hartfaser, bezeichnete für sich aber noch immer jedes bemalbare Rechteck als Leinwand, als stammte sie aus einer anderen Epoche und könnte nicht umdenken. Sie verwendete auch lieber Acrylfarben als Ölfarben. Im Gegensatz zur Leinwand hielt sich eine Hartfaserplatte länger, und in Acryl gemalt behielten die Bilder ihre Originalfarben besser bei als in Öl.

Wenn sie allerdings nicht bald damit *anfing,* war es ziemlich egal, ob sie mit Acrylfarben oder Katzendreck malte. Sie behauptete von sich, Malerin zu sein, dabei mangelte es ihr an einer packenden Idee und der entsprechenden Umsetzung. Entschlossen nahm sie ein dickes Stück Zeichenkohle zur Hand und beugte sich über ihr Zeichenbrett. Ihre Inspiration sollte endlich vom Sockel steigen und ihren fetten Hintern in Bewegung setzen.

Nach einer Minute bereits wanderte Lindseys Blick im Raum umher, bis er am Fenster hängenblieb. Keine Aussicht, die sie ablenken konnte, keine Baumwipfel, die sich im Wind bewegten. Die Nacht hatte keine Konturen.

Die Dunkelheit vor dem Fenster machte aus der Scheibe einen Spiegel. Lindsey sah sich selbst in ihrem Zimmer über ihr Zeichenbrett gebeugt. Weil es jedoch kein richtiges Spiegelbild war, wirkte sie transparent, ja beinahe geisterhaft, als ob sie schon tot war und als Geist an ihrer letzten Wirkungsstätte auf Erden herumspukte.

Dieser Gedanke behagte ihr gar nicht, und so wandte sie sich lieber wieder dem unberührten weißen Blatt auf ihrem Zeichenbrett zu.

Nachdem Lindsey und Regina in ihren Zimmern verschwunden waren, ging Hatch noch einmal durch alle Räume im Erdgeschoß und vergewisserte sich, daß die Fenster und Türen verriegelt waren. Er hatte sie vorher schon kontrolliert, was er tat, war sinnlos. Er tat es trotzdem.

Als er vor der Schiebetür im Mehrzweckraum stand, schaltete er die Außenbeleuchtung im Patio ein als zusätzliches Licht zu der gedämpften Gartenbeleuchtung. Der Hof war jetzt so ausgeleuchtet, daß Hatch beinahe alles überblicken konnte. Es sei denn, jemand hatte sich am hinteren Zaun hinter die Büsche geduckt. Er blieb eine Weile an der Schiebetür stehen und spähte in den Garten, lauerte, ob einer der dunklen Schatten sich bewegte.

Es konnte gut sein, daß er völlig falsch lag. Vielleicht war der Kerl gar nicht hinter ihnen her. Dann würde Hatch nach Ablauf von zwei oder drei Monaten angespannten Wartens tatsächlich reif für die Heilanstalt sein. Er wünschte beinahe, der Kerl würde bald kommen, damit er die Sache hinter sich hatte.

Er ging zur Ecke mit dem Eßtisch und überprüfte die Fenster. Sie waren ebenfalls verriegelt.

Regina saß in ihrem Zimmer und legte die Sachen, die sie für ihre Schularbeiten benötigte, auf ihrem Schreibtisch zurecht. Die Bücher auf die eine Seite der Schreibunterlage, Kugelschreiber und Stifte auf die andere und ihr Notizbuch in die Mitte. Alles hatte seinen Platz und seine Ordnung.

Während sie damit beschäftigt war, begann sie wieder, über die Harrisons zu grübeln. Irgend etwas stimmte nicht mit den beiden.

Nicht etwa in dem Sinne, daß sie Diebe waren, feindliche Spione, Geldfälscher, Mörder oder kinderfressende Kannibalen. Sie hatte einmal eine Idee für eine Geschichte gehabt: Wo diese Nervensäge von einem Kind von Leuten adoptiert wird, die *tatsächlich* Kannibalen sind. Im Keller findet sie einen Haufen Kinderknochen und in der Küche eine Sammlung Rezepte wie MÄDCHEN-KEBAB und MÄDCHEN-EINTOPF. Bei den Zutaten heißt es dann zum Beispiel: »ein zartes junges Mädchen, ungesalzen; eine Zwiebel, feingehackt; ein Pfund Möhren, gewürfelt ...« In der Geschichte geht das Mädchen zur Polizei, doch man glaubt ihr nicht, weil sie für ihre lebhafte Phantasie bekannt ist. Nun ja, das eine war Fiktion, und hier ging es um die Realität, und die Harrisons schienen sich mit Pizza, Spaghetti und Hamburgern zu begnügen.

Regina knipste die Schreibtischlampe an.

Obwohl die Harrisons selbst ganz in Ordnung zu sein schienen, hatten sie bestimmt Probleme, weil sie krampfhaft versuchten, ihre Nervosität zu überspielen. Vielleicht konnten sie die Raten für das Haus nicht mehr bezahlen, die Bank würde ihnen das Haus wegnehmen, und sie müßten alle drei in ihr altes Zimmer im Waisenhaus ziehen. Oder sie hatten herausgefunden, daß von Mrs. Harrison eine Schwester existierte, eine böse Zwillingsschwester, wie das in den Fernsehserien immer passierte. Vielleicht schuldeten die Harrisons auch der Mafia Geld, und weil sie nicht zahlen konnten, würden sie ihnen die Beine brechen.

Regina nahm ein Wörterbuch aus dem Bücherregal und legte es auf den Schreibtisch.

Wenn die Harrisons wirklich ein schlimmes Problem hatten, dann wenigstens mit der Mafia, damit konnte Regina umgehen. Die Beine der Harrisons würden allmählich heilen, und sie hätten eine wichtige Lektion gelernt, daß man sich nämlich nicht mit Kredithaien einließ. In der Zwischenzeit würde sie sich um sie kümmern, darauf achten, daß sie regelmäßig ihre Arznei schluckten, ab und zu Fieber messen, ihnen Eiscreme servieren mit kleinen Kekstierchen verziert, notfalls sogar ihre Bettschüsseln leeren (Schreck laß nach!). Sie kannte sich in Krankenpflege aus, schließlich war sie selbst in den vergangenen Jahren so oft darauf angewiesen gewesen. (Lieber Gott, wenn *ich* das große Problem bin, könntest Du nicht ein kleines Wunder geschehen lassen und an meiner Stelle die Mafia nehmen, damit sie mich behalten und wir glücklich miteinander werden? Ich wäre sogar bereit, mir dafür auch die Beine brechen zu lassen. Sprich doch mal mit den Jungs von der Mafia, mal sehen, was sie dazu sagen.)

Nachdem alles für ihre Schularbeiten bereitlag, brauchte sie sich nur noch bequemer anzuziehen. Sie hatte zwar beim Nachhausekommen gleich ihre Schuluniform mit grauen Cordhosen und einem langärmligen grünen Sweatshirt vertauscht, fand aber, daß es sich in Pyjama und Bademantel noch besser lernen ließ. Außerdem juckte es dauernd unter ihrer Beinschiene, und sie wollte sie für heute ablegen.

Sie schob die verspiegelte Tür des Wandschranks zur Seite und sah sich einem schwarzgekleideten Mann mit Sonnenbrille gegenüber, der in ihrem Schrank kauerte.

3

Bei seinem xten Rundgang durch das Haus beschloß Hatch, überall die Deckenlichter und die Lampen zu löschen. Wenn nur die Garten- und die Außenbeleuchtung hell brannten, würde er von drinnen sofort erkennen können, ob draußen jemand herumschlich, ohne selber gesehen zu werden.

Er beendete seine Runde in dem unbeleuchteten Arbeitszimmer, das er zu seinem Hauptquartier erklärt hatte. Wenn er bei offener Zimmertür hinter dem großen Schreibtisch im Halbdunkel saß, war die Eingangshalle bis hin zu den untersten Stufen der Innentreppe für ihn einsehbar. Falls jemand durch das Fenster im Arbeitszimmer oder die Balkontüren vom Rosengarten her einsteigen wollte, würde Hatch es sofort bemerken. Stieg der Eindringling jedoch in einem anderen Zimmer ein, würde Hatch ihn am Fuß der Treppe stellen, weil genug Licht vom oberen Geschoß auf die Treppenstufen fiel. Er konnte zwar nicht überall zugleich sein, doch schien ihm das Arbeitszimmer strategisch am günstigsten zu liegen.

Hatch legte die Schrotflinte und die Pistole in Reichweite auf seinen Schreibtisch. Sie waren in der Dunkelheit nicht gut zu erkennen, er würde sie aber im Ernstfall sofort greifen können. Zur Übung setzte er sich in seinen Drehstuhl und langte, den Blick starr auf die Eingangshalle gerichtet, blind nach der Browning-Pistole, dann nach der 12kalibrigen Mossberg-Schrotflinte, immer im Wechsel: Browning, Browning, Mossberg, Browning, Mossberg, Mossberg. Ein Adrenalinschub mußte sein Reaktionsvermögen geschärft haben, denn wann immer seine Rechte durch die Dunkelheit fuhr, landete sie entweder genau auf dem Knauf der Browning oder auf dem Schaft der Mossberg.

Seine Vorbereitungen überzeugten ihn dennoch nicht ganz, weil er unmöglich 24 Stunden hintereinander, sieben Tage pro Woche auf der Lauer liegen konnte. Schließlich mußte er zwischendurch auch einmal essen und schlafen. Er war zwar heute nicht in sein Antiquitätengeschäft gegangen und würde sicher noch ein paar Tage länger fortbleiben können, doch er konnte die Dinge auf Dauer nicht Glenda und Lew überlassen, irgendwann mußte er sich selber wieder um die Geschäfte kümmern.

Realistisch betrachtet würde er, selbst Essens- und Ruhepausen eingerechnet, als verläßlicher Wachposten versagt haben, ehe seine Anwesenheit im Geschäft erforderlich wäre. Es war ein zermürbendes Unterfangen, einen so hohen Grad an Wachsamkeit und Aufmerksamkeit allein aufrechtzuerhalten. Irgendwann würde er sich nach einem privaten Wachdienst umsehen müssen, dabei hatte er keine Vorstellung, wie teuer so etwas war. Viel mehr bewegte ihn jedoch die Frage nach der Zuverlässigkeit eines bezahlten Wachmannes.

Hatch bezweifelte, daß er sich ernsthaft Gedanken darüber machen mußte, weil der Dreckskerl sowieso bald kommen würde, vielleicht sogar schon heute nacht. Auf einer primitiven Ebene flimmerte eine vage Vorstellung von den Absichten des Mannes über jenen wie auch immer gearteten mysteriösen Draht, der sie beide schicksalhaft verband. Ähnlich wie bei diesem Kinderspiel, wo man in eine Blechdose sprach und die Worte über eine Schnur in eine andere Blechdose übertragen wurden. In der zweiten Dose kamen die Worte nur noch als unverständliche Laute an, der eigentliche Sinn fehlte zum größten Teil aufgrund der schlechten Verbindung, aber der wesentliche Wort-Laut war noch vorhanden. Die Botschaft, die im Augenblick über das telepathische Kabel eintraf, ließ sich nicht genau entziffern, ihre ursprüngliche Bedeutung schien jedoch klar: *Kommen ... werde kommen ... komme.*

Nach Mitternacht vermutlich. Hatch ahnte dunkel, daß ihre Begegnung zwischen der Geisterstunde und Tagesanbruch erfolgen würde. Jetzt zeigte seine Uhr genau 19.46.

Er holte seinen Schlüsselbund aus der Hosentasche, suchte nach dem richtigen Schlüssel, schloß die Schreibtischschublade auf und nahm das angesengte, angeräucherte Exemplar von *Arts American* heraus. Den Schlüssel ließ er stecken. Er setzte sich hin und hielt die Zeitschrift mit beiden Händen, in der Hoffnung, daß allein schon die Berührung wie ein Talisman seine okkulten Energien zum Schwingen brächte und ihn mit magischer Sehkraft erkennen ließe, wann, wo und wie der Killer angreifen würde.

Den Papierseiten entstieg eine merkwürdige Mischung aus Brandgeruch und Verwesungsgestank – einmal so stechend, daß einem übel wurde, dann wieder nur schwach an Asche erinnernd.

Vassago knipste die Schreibtischlampe aus. Dann ging er zur Tür und löschte das Deckenlicht.

Die Hand auf der Türklinke, blieb er stehen. Er ließ das

Mädchen ungern zurück. Es war so exquisit, voller Lebensenergie. Als er sie an sich riß, hatte er blitzartig erkannt, daß er mit diesem erlesenen Opfer die Krönung seiner Sammlung in den Armen hielt und ihm nun für alle Zeit die Anerkennung zuteil würde, nach der er so lange schon begehrte.

Mit einer behandschuhten Hand hatte er ihren Schrei erstickt und sie am Atmen gehindert, während er sie wie in einem Schraubstock festhielt. Sein Griff war so fest, daß das Mädchen sich kaum rühren konnte, geschweige denn irgendein Möbelstück umtreten, um die anderen im Haus zu alarmieren.

Als sie das Bewußtsein verlor, geriet er fast in Ekstase und wurde von dem schier unbezähmbaren Wunsch befallen, das Mädchen gleich hier zu töten. In ihrem Wandschrank, auf den weichen Haufen der Kleidungsstücke, die von den Bügeln gerutscht waren. Umgeben von frisch gewaschener und nach Stärke duftender Wäsche. Dieser warme Duft von Wolle ... und dem Mädchen. Er gierte danach, sie zu würgen und genau zu spüren, wie ihre Lebensenergien langsam durch seine machtvollen Hände pulsten, ihn durchströmten und schließlich in das Reich der Toten eingingen.

Er hatte sehr lange gebraucht, bis er diese überwältigende Begierde unter Kontrolle brachte, beinahe zu lange. Das Mädchen wehrte sich nicht mehr und hing schlaff in seinen Armen. Als er endlich die Hand von ihrem Gesicht nahm, befürchtete er schon, daß sie erstickt sei. Er legte sein Ohr an ihre Lippen und hörte leises Atmen. Unter seiner Hand spürte er ihren ruhigen, kräftigen Herzschlag.

Mit einem letzten Blick auf das Kind unterdrückte Vassago den Drang zu töten, indem er sich sagte, daß er seine Befriedigung noch vor Tagesanbruch bekommen würde. Zunächst mußte er sich als Meister erweisen. Selbstdisziplin zeigen.

Selbstbeherrschung.

Er öffnete die Zimmertür einen Spalt und spähte auf den Gang. Er lag verlassen da. Am unteren Ende, neben der Tür zum Elternschlafzimmer und genau über dem Treppenabsatz, brannte ein Deckenlicht. Es verbreitete so viel Helligkeit, daß Vassago trotz der dunklen Brillengläser die Augen zusammenkneifen mußte.

Er durfte die Mutter und das Kind erst im Museum der Toten umbringen, wo er auch die anderen Opfer seiner Sammlung einverleibt hatte. Jetzt wurde ihm endlich klar, warum er sich zu Lindsey und Regina hingezogen fühlte. Mutter und Kind, Frau und Tochter. Um seinen Platz in der Hölle zurückzugewinnen, mußte er dieselbe Tat verüben, die ihm schon einmal das Entrée in die Verdammnis verschafft hatte: den Mord an Mutter und Kind. Und nachdem seine Mutter und Schwester nicht mehr zur Verfügung standen, waren Lindsey und Regina die Auserkorenen.

Er blieb auf der Türschwelle stehen und lauschte. Nichts rührte sich im Haus.

Genaugenommen war die Malerin ja nicht die leibliche Mutter der Kleinen, das wußte Vassago. Als die Harrisons noch beim Abendessen saßen, hatte er sich von der Garage ins Haus geschlichen, in Reginas Zimmer herumgeschnüffelt und dabei Blätter mit dem Emblem des Waisenhauses entdeckt. Zumeist handelte es sich um billig kopierte kleine Programme von Theaterstücken, in denen die Kinder gewöhnlich zu Weihnachten auftraten. Ungeachtet dessen fühlte er sich von Lindsey und Regina angezogen, und selbst sein eigener Meister schien die beiden als geeignete Opfer anzuerkennen.

Im Haus war es mäuschenstill. Er würde sich lautlos wie eine Katze bewegen müssen. Ein leichtes für ihn.

Vassago warf einen letzten Blick zurück auf das Mädchen. In der Dunkelheit ihres Zimmers vermochte er sie auf ihrem Bett eher zu erkennen als irgendwelche Details in dem viel zu hellen Gang. Die Kleine war noch bewußtlos. Er hatte sie mit einem ihrer Halstücher geknebelt und ein zweites über ihren Mund gebunden, damit der Knebel hielt. Ihre Handgelenke und Füße waren mit dicken Stricken gefesselt, die aus der Bodenkammer über der Garage stammten.

Selbstbeherrschung.

Vassago ließ die Tür zu Reginas Zimmer offenstehen und ging auf Zehenspitzen den Gang hinunter. Er hielt sich dicht an der Wand, wo die Holzdielen unter dem dicken Teppich am wenigsten knarren würden.

Er kannte sich aus. Während die Harrisons noch beim Essen saßen, hatte er vorsichtig den ersten Stock ausgekundschaftet.

Neben dem Zimmer des Mädchens lag ein Gästezimmer. Dunkel. Vassago bewegte sich auf Lindseys Atelier zu.

Glücklicherweise hing die Deckenleuchte vor ihm, und sein Schatten fiel nach hinten. Im umgekehrten Fall wäre die Frau gewarnt worden, wenn sie zufällig aufblickte und zur Tür hinsah.

Er arbeitete sich Zentimeter um Zentimeter zur Ateliertür vor und blieb stehen.

Zwischen dem Handlauf und durch die Streben des offenen Treppengeländers hindurch konnte er die untere Diele erkennen. Nirgendwo schien Licht zu brennen.

Wo mochte der Mann sein? Die hohen Türen zu dem unbeleuchteten Schlafzimmer standen offen. Aus dem Atelier der Frau drangen hin und wieder leise Geräusche, wahrscheinlich arbeitete sie gerade an einem Bild. Wäre ihr Mann bei ihr, hätten sie bestimmt ein paar Worte gewechselt, zumindest in der Zeit, als Vassago durch den Gang schlich.

Hoffentlich war der Mann fortgegangen, um etwas zu erledigen. Vassago spürte keinerlei Verlangen, ihn auch umzubringen. Zudem wäre jede Konfrontation gefährlich.

Er zog einen Totschläger aus geschmeidigem Leder, mit Schrotkugeln gefüllt, aus der Jackentasche. Er stammte noch von Morton Redlow und sah ausgesprochen wirkungsvoll aus. Fühlte sich gut an. In dem perlgrauen Honda zwei Straßen weiter war eine Pistole unter dem Fahrersitz versteckt. Vassago wünschte fast, er hätte sie mitgebracht. Erst heute morgen, kurz vor Tagesanbruch, hatte er sie dem Antiquitätenhändler Robert Loffman in Laguna Beach entwendet. Aber er hegte sowieso nicht die Absicht, auf die Frau oder das Mädchen zu schießen. Selbst wenn er sie nur anschoß und verwundete, könnten sie verblutet sein, ehe er sie zu seinem geheimen Museum des Todes, zu seinem Opferaltar, geschafft hatte. Wollte er jedoch den Mann mit seiner Pistole erledigen, durfte er nur einen Schuß riskieren, höchstens zwei. Die Nachbarn würden die Schüsse hören und orten, und in so einer friedlichen Gegend würde es sofort von Polizei nur so wimmeln.

Der Totschläger war besser. Vassago wog ihn in der rechten Hand, genoß das Gefühl der Waffe.

Behende und leise wie eine Katze drückte er sich an den Türpfosten. Neigte den Kopf. Spähte in das Atelier.

Sie saß auf ihrem Hocker mit dem Rücken zur Tür. Er erkannte sie sogleich, selbst von hinten. Sein Puls raste, wie vor wenigen Minuten, als das Mädchen um sich schlug und schließlich ohnmächtig wurde. Lindsey saß vor ihrem Zeichenbrett, die Zeichenkohle in der Rechten. Emsig, emsig, emsig zischte die Kohle, als sie wie eine Schlange über das Blatt glitt.

Wie sehr Lindsey sich auch anstrengte, sich auf das jungfräuliche Zeichenpapier zu konzentrieren, ihr Blick wanderte doch immer wieder zum Fenster. Ihre kreative Sperre löste sich erst, als sie das Fenster tatsächlich zu *zeichnen* begann. Der vorhanglose Rahmen. Dunkelheit hinter dem Fensterglas. Ihr Gesicht wie das eines wandelnden Geistes. Als sie auch noch das Spinnennetz in der oberen rechten Ecke skizzierte, nahm das Konzept Gestalt an, und sie spürte, wie die Erregung sie packte. Sie würde das Bild *Das Netz von Leben und Tod* nennen und eine Reihe surrealer Symbole verwenden, um das Sujet in jede Faser der Leinwand zu bannen. Nein, nicht der Leinwand, Hartfaser. Genauer gesagt: Papier im Augenblick, ein Entwurf nur, aber gut genug, ihn auszuarbeiten.

Lindsey rückte das Zeichenbrett etwas höher. Jetzt brauchte sie nur aufzublicken und konnte über den Rand auf das Fenster sehen, ohne dauernd den Kopf heben und senken zu müssen.

Es bedurfte noch anderer Komponenten, um dem Bild Tiefe und Wirkung zu geben, ihr Gesicht, das Fenster und das Spinnennetz reichten nicht. Während sie weiterzeichnete, erwog und verwarf sie eine ganze Reihe von Möglichkeiten.

Da sah sie wie von Zauberhand in der Spiegelung des Fensterglases eine Gestalt hinter sich auftauchen: das Gesicht aus Hatchs Alpträumen. Bleich. Der schwarze Haarschopf. Die Sonnenbrille.

Einen Augenblick lang glaubte Lindsey an eine übernatürliche Erscheinung, ein Schemen im Fensterglas. Ihr Atem stockte, als ihr aufging, daß diese Spiegelung so echt war wie ihre eigene, daß der Killer aus Hatchs Visionen sich in ihrem Haus befand und jetzt auf ihrer Türschwelle stand. Sie hätte schreien mögen. Doch wenn er erst merkte, daß sie ihn sehen konnte, hatte sie keine Chance mehr. Er würde sich auf sie stürzen, sie attackieren, aufschlitzen, sie umbringen, bevor Hatch auch nur die erste Treppenstufe erklommen hätte. Also seufzte sie tief und schüttelte den Kopf, als ob ihr die Zeichnung gar nicht gefiel.

Hatch war womöglich schon tot.

Lindsey ließ die Hand mit der Zeichenkohle sinken, als wollte sie nur einen Augenblick überlegen, bevor sie weiterzeichnete.

Wenn Hatch jedoch lebte, wie hatte es dieser Kerl dann bis in den ersten Stock geschafft? Nein. Sie durfte gar nicht erst daran denken, dann wäre sie selber bald tot und Regina ebenso. Du liebe Güte, Regina!

Sie tastete nach der obersten Schublade ihrer Kommode und erschauerte, als sie den kalten Metallgriff der Lade in der Hand fühlte.

Die Spiegelung in ihrem Fenster zeigte Lindsey, daß der Killer nicht mehr am Türrahmen lehnte, sondern nun in die offene Tür trat. Mit der größten Dreistigkeit blieb er stehen und musterte sie, schien den Augenblick auszukosten. Er bewegte sich ungewöhnlich leise. Hätte sie sein Spiegelbild im Fenster nicht entdeckt, wäre sie völlig ahnungslos gewesen.

Behutsam zog sie die Schublade auf und tastete darin nach der Waffe.

Er überschritt die Türschwelle.

Mit einer einzigen Bewegung riß sie die Pistole hervor, schnellte auf ihrem Drehstuhl herum, brachte die schwere Waffe in Anschlag und hielt sie mit beiden Händen fest auf den Kerl gerichtet. Sie wäre kein bißchen überrascht gewesen, wenn er nicht dagestanden und ihre erste Vermutung sich bestätigt hätte, daß es nur eine Spiegelung in der Fensterscheibe war. Aber er stand tatsächlich vor ihr, einen Schritt von der Tür entfernt, als sie ihn mit der Pistole anvisierte.

»Keine Bewegung, du Dreckskerl«, schrie sie.

Ob er nun irgendeine Schwäche in ihr vermutete oder sich einfach nicht darum scherte, ob sie auf ihn feuerte oder nicht, auf jeden Fall wich er vor ihr zurück.

»Halt, verdammt noch mal.«

Er war fort. Lindsey hätte ohne zu zögern auf ihn geschossen, ohne jeden Skrupel, doch er bewegte sich mit solch affenartiger Geschwindigkeit, daß sie höchstens den Türrahmen getroffen hätte.

Sie rief nach Hatch, katapultierte sich gleichzeitig von ihrem Hocker zur Tür und sah gerade noch einen schwarzen Schuh, den linken Fuß des Killers, verschwinden. Sie bremste sich rechtzeitig ab, weil ihr einfiel, daß er hinter der Tür versteckt sein könnte, um sie, wenn sie in Panik herausgeschossen kam, von hinten zu überfallen, ihr einen Schlag über den Schädel zu geben oder sie über das Treppengeländer zu werfen. Regina. Sie durfte keine Zeit verlieren. Womöglich hatte er es auf Regina abgesehen. Sie zögerte nur eine Sekunde, dann durchbrach sie ihre Angst und flog durch die offene Tür, während sie Hatch um Hilfe rief.

Zu ihrer Rechten sah sie den Kerl auf dem Weg zu Reginas Zimmertür, die am unteren Ende des Flurs ebenfalls offenstand. In dem Zimmer, wo Regina Schularbeiten machen sollte, brannte kein Licht. Lindsey hatte keine Zeit, stehenzubleiben und sorgfältig zu zielen. Sie wollte einfach abdrücken in der Hoffnung, daß eine der Kugeln den Kerl irgendwie treffen würde. Aber Reginas Zimmer war so dunkel, das Mädchen konnte sonstwo sein. Lindsey befürchtete, danebenzuschießen und statt dessen mit einer der herumfliegenden Kugeln das Mädchen zu treffen. Also drückte sie nicht ab, sondern lief hinter dem Kerl her und brüllte nun Reginas anstelle von Hatchs Namen.

Der Kerl verschwand in Reginas Zimmer und knallte die Tür hinter sich zu, daß das ganze Haus bebte. Den Bruchteil einer Sekunde später hatte Lindsey die Tür erreicht, prallte von ihr ab. Verriegelt. Hatch rief nach ihr – Gott sei Dank, er lebte, er *lebte* –, dennoch drehte sie sich nicht nach ihm um. Sie ging einen Schritt zurück und trat gegen die Tür, trat noch einmal dagegen. Die Tür hatte nur ein einfaches Schloß, es müßte leicht aufzubrechen sein. War es aber nicht.

Lindsey setzte gerade zu einem neuen Versuch an, als der Killer durch die Tür sprach. Seine erhobene Stimme klang nicht zu laut, drohend, aber beherrscht, ohne Panik oder

Furcht, geschäftsmäßig, erschreckend sanft und ruhig: »Gehen Sie von der Tür weg, oder ich bringe das kleine Aas um.«

Kurz bevor Lindsey seinen Namen zu rufen begann, saß Hatch in seinem Arbeitszimmer am Schreibtisch und hielt das Kunstmagazin in beiden Händen. Die Vision traf ihn wie ein elektrischer Schlag, es knisterte, als ob Funken sprühten und das Magazin in Wirklichkeit ein Starkstromkabel war, das er mit bloßen Händen festhielt.

Er sah Lindsey mit dem Rücken zu ihm auf ihrem Malhocker vor dem Zeichenbrett sitzen und an einer Skizze arbeiten. Plötzlich war es gar nicht mehr Lindsey, sondern eine andere Frau, größer, auch mit dem Rücken zu ihm sitzend, doch nicht auf einem Hocker. Sie saß in einem Sessel in einem anderen Zimmer in einem fremden Haus. Der Faden, mit dem sie strickte, kam von einem hellen Wollknäuel in einem Körbchen neben ihrem Sessel. Hatch betrachtete sie als »Mutter«, obwohl sie überhaupt keine Ähnlichkeit mit seiner Mutter aufwies. Sein Blick fiel auf seine rechte Hand, die ein riesiges, blutbeschmiertes Messer gepackt hielt. Er schlich sich näher an den Sessel heran. Sie merkte nichts. Als Hatch wollte er etwas rufen, sie warnen. Doch als Benutzer dieser Waffe, mit dessen Augen er dies alles sah, war er nur von dem Wunsch besessen, sie hinzuschlachten, ihr das Leben zu entreißen und seine Mission zu erfüllen, die ihn erlösen würde. Er trat hinter die Rückenlehne des Sessels. Die Frau hatte immer noch nichts bemerkt. Er riß das Messer hoch, stieß zu. Sie schrie. Er stieß wieder zu. Sie versuchte aufzustehen. Mit einer raschen Bewegung stellte er sich vor sie, und aus seiner Sicht glich es einem Kameraschwenk im Film, wenn das Gefühl des Fliegens vermittelt werden sollte. Das sanfte Gleiten eines Vogels oder einer Fledermaus. Er drückte die Frau in den Sessel zurück und stach weiter auf sie ein. Sie hob die Hände in Abwehr. Er stieß und stieß zu. Und nun, ein erneuter Kameraschwenk im Film, stand er wieder hinter ihr im Gang, nur war sie nicht mehr »Mutter«, sondern Lindsey, die in ihrem Atelier vor dem Zeichenbrett saß und vorsichtig die oberste Schublade ihrer Kommode aufzog. Sein Blick wanderte zum Fenster. Er erblickte sich selbst in der Spiegelung – bleiches Gesicht, dunkles Haar, Sonnenbrille – und wußte, daß Lindsey ihn entdeckt hatte. Sie wirbelte auf ihrem Hocker zu ihm herum, riß eine Pistole hoch und zielte genau auf sein Herz –

»Hatch!«

Sein Name, der durchs Haus hallte, ließ die Vision zerspringen. Er schoß von seinem Schreibtisch hoch, und die Zeitschrift fiel zu Boden.

»Hatch!«

Mit einem Griff packte er im Dunkeln die Pistole und stürzte aus dem Zimmer. Während er die Halle durchquerte und, zwei Stufen auf einmal nehmend, die Treppe hinaufflog, hörte er Lindsey Reginas Namen rufen. Nicht das Mädchen, du lieber Gott, bitte nicht das Mädchen. Als er den Treppenabsatz erreichte und oben die Tür zuknallte, glaubte er zunächst, es sei ein Schuß gefallen. Letztlich war der Knall aber doch zu typisch, um mit einem Pistolenschuß verwechselt zu werden. Hatch blickte sich suchend um und sah gerade noch, wie Lindsey gegen Reginas Zimmertür prallte. Er wollte ihr zu Hilfe eilen, als sie bereits anfing, gegen die Tür zu treten, immer wieder dagegentrat, bis er sie beiseite schob. »Laß mich mal.«

»Nein! Er hat gesagt, weg von der Tür, oder ich bring' die Kleine um.«

Hatch starrte eine Sekunde lang wie benommen auf die Tür, fühlte sich buchstäblich geschüttelt von erzwungener Hilflosigkeit. Schließlich packte er den Türknauf und versuchte, ihn vorsichtig zu drehen. Die Tür war verriegelt. Hatch drückte die Pistole mit der Mündung an die Unterseite des Türknaufs.

»Hatch«, flehte Lindsey. »Er wird sie umbringen.«

Das Bild der jungen Blondine stieg in ihm auf, wie sie zweimal in die Brust getroffen wurde, wie sie rückwärts aus dem fahrenden Wagen fiel und auf die Fahrbahn stürzte, sich überschlug und immer weiter überkugelte, bis der Nebel sie verschluckt hatte. Und die Mutter, die von dem Fleischmesser getroffen wurde, die ihr Strickzeug fallen ließ und verzweifelt um ihr Leben kämpfte.

»Er wird sie so oder so töten, also dreh dich um«, sagte Hatch. Dann drückte er ab.

Holz und Blech zerbarsten in tausend Stücke. Hatch packte den Metallknauf, der ihm entgegenfiel, und warf ihn beiseite. Er stemmte sich gegen die Tür, doch sie gab nur wenige Zentimeter nach. Das billige Schloß war zerstört. Der Bolzen steckte noch in der Tür, nur klemmte von innen offenbar etwas dagegen. Hatch versuchte, den Bolzen mit aller Kraft wegzudrücken, aber er rührte sich nicht. Was immer von der anderen Seite untergekeilt war – vermutlich Reginas Schreibtischstuhl – hielt den Bolzen, wo er war.

Hatch packte die Pistole am Lauf und benutzte den Knauf als Hammer. Unter lautem Fluchen schlug er auf den Bolzen ein und trieb ihn Zentimeter um Zentimeter aus der Halterung.

Gerade als er sich endlich löste und auf der anderen Seite zu Boden fiel, wurde Hatch erneut von blitzartigen Visionen heimgesucht, die die augenblickliche Wahrnehmung überlagerten. Sie stammten alle aus der Sicht des Killers: ein merkwürdiger Blickwinkel, ein Blick, der über eine Hauswand, dieses Hauses, unterhalb Reginas Zimmer, wanderte. Das offene Fenster. Unter dem Fenstersims ein Rankengewirr von Spalierwein. Eine hornähnliche Blüte im Gesicht. Spalierwerk unter den Händen, Holzsplitter, die sich in seine Haut bohrten. Mit einer Hand festgeklammert, mit der anderen nach einem festen Halt suchend, ein Fuß frei in der Luft schwebend und eine schwere Last über der Schulter. Dann ein Bersten und Reißen. Das Gefühl, daß plötzlich etwas gefährlich nachgab in dem geometrischen Gerüst, an das er sich klammerte –

Hatch wurde durch ein kurzes, lautes Geräusch hinter der Tür in die Wirklichkeit zurückkatapultiert: das Reißen und Splittern von Holz, metallisches Kreischen und Kratzen, ein Krachen, Fallen.

Da brach bereits eine neue Flut von Bildern und Empfindungen über ihn herein. Ein Sturz. Nach rückwärts in die finstere Nacht. Nicht sehr tief. Auf dem Boden aufschlagen. Ein kurzer Schmerz. Ein Überschlag im Gras. Neben ihm eine zusammengerollte Gestalt. Reglos. Sich hinrobben, das

Gesicht ansehen. Regina. Die Augen geschlossen. Ein Halstuch über ihrem Mund verknotet –

»Regina!« schrie Lindsey.

Als die Realität sich wieder einklinkte, rammte Hatch bereits mit der Schulter gegen die Zimmertür. Die Sperre auf der anderen Seite gab nach, die Tür schwang auf. Hatch ging hinein und tastete sich an der Wand entlang, bis er den Lichtschalter fand. In der plötzlichen Helligkeit stieg er über den umgestürzten Schreibtischstuhl und ließ die Pistole kreisen. Der Raum lag verlassen da, wie er schon aus seiner Vision wußte.

Hatch beugte sich aus dem offenen Fenster und sah die abgerissenen Ranken und Blüten des Spalierweins auf dem Rasen liegen. Weder eine Spur von dem Mann mit der Sonnenbrille noch von Regina.

»Scheiße!« Hatch schnellte in das Zimmer zurück, packte Lindsey und schob sie aus dem Zimmer, über den Flur bis zum Treppenabsatz. »Du deckst die Vorderseite ab, ich die Rückseite. Er hat sich Regina geschnappt, halt ihn auf, mach schon, mach schon.« Sie hatte sofort begriffen, was er meinte, und flog geradezu die Treppe hinunter. Hatch dicht hinter ihr. »Erschieß ihn, leg ihn um, ziel auf seine Beine, auch wenn du Regina triffst, er versucht abzuhauen.«

Lindsey erreichte die Haustür im selben Moment, als Hatch die letzte Treppenstufe nahm und in den kleinen Korridor rannte. Er stürmte in den Mehrzweckraum, in die Küche, warf im Vorbeilaufen einen Blick durch die rückwärtigen Fenster. Im Garten und im Innenhof brannte das Licht, aber er konnte niemanden sehen.

Er riß die Verbindungstür zwischen Küche und Garage auf und drückte die Lichtschalter. Ehe die letzte Neonröhre zögernd angesprungen war, hatte er schon die drei Parkkojen abgesucht, hinter die Autos geschaut und bereits die hintere Garagentür erreicht.

Er entriegelte das Vorhängeschloß, trat in den schmalen Seitenhof und spähte nach rechts. Keine Spur von dem Killer oder von Regina. Die Vorderseite des Hauses ging in diese Richtung, hier verlief auch die Straße, und gegenüber standen die anderen Häuser. Dies alles gehörte zu dem Terrain, das Lindsey abdeckte.

Sein Herz pochte so wild, daß es ihm die Lunge abzuschnüren drohte, bevor er nur einen Atemzug nehmen konnte.

Sie ist doch erst zehn Jahre alt, erst zehn.

Er lief an der linken Hausseite entlang, bog um die Garagenecke und gelangte in den Hintergarten, zu dem Häufchen aus abgerissenen Blüten und Ranken des Spalierweins.

So klein, noch so jung. Herr im Himmel, hilf.

Aus Angst, in einen Nagel zu treten und sich kampfunfähig zu machen, schlug er einen Bogen um die gefährliche Stelle und begann fieberhaft, an der Einfriedung des Grundstücks entlang zu suchen, zwängte sich einfach durch die Sträucher und das Gebüsch und kroch sogar hinter die hohen Myrtenbäume.

Ohne Erfolg.

Schließlich kam er zu der Seite des Grundstücks, die am weitesten von der Garage entfernt lag, stolperte und fiel beinahe hin, als er um die Ecke bog. Er hielt die Pistole mit beiden Händen im Anschlag, sicherte den Plattenweg zwischen dem Haus und dem Gartenzaun. Auch hier war niemand.

Von der Vorderseite des Hauses drang keinerlei Geräusch, auf jeden Fall kein Schuß, zu ihm herüber. Dann hatte Lindsey also ebenso wenig Glück wie er. Als einzig möglichen Fluchtweg konnte der Killer eigentlich nur irgendwo über den Zaun geklettert und über ein Nachbargrundstück geflüchtet sein.

Hatch wandte sich von der Vorderseite des Hauses ab und ließ seine Blicke über die rund zwei Meter hohe Wand schweifen, die den Hintergarten umgab und ihn von den angrenzenden Gärten der Häuser am östlichen, westlichen und südlichen Grundstücksende trennte. Baugesellschaften und Grundstücksmakler in Südkalifornien sprachen zwar stets von einem Zaun, in Wirklichkeit handelte es sich jedoch um eine solide Mauer aus Stahlbetonblöcken, mit Gips verputzt, mit Ziegelsteinen verkleidet und angestrichen. Die meisten Häuser besaßen so eine Mauer, um den Swimmingpool oder die Grillecke vor unerwünschten Einblicken zu schützen. Mit guten Zäunen ist gut nachbarlich auskommen, sie lassen Fremde zu Nachbarn werden – und machen es einem Eindringling verdammt leicht, sie zu erklimmen und in dem Gewirr von Mauern spurlos zu verschwinden.

Hatch war dabei, einen emotionalen Drahtseilakt über einem Abgrund aus Verzweiflung zu vollbringen, indem er die Balance lediglich durch den hoffnungsvollen Gedanken hielt, daß der Killer mit Regina auf den Armen oder über der Schulter nicht sehr schnell sein konnte. Ratlos schaute er sich um, unfähig, eine Entscheidung zu treffen.

Schließlich lief er zu der rückwärtigen Gartenmauer, die das Grundstück im Süden begrenzte. Er hielt inne, um Atem zu schöpfen, da begann der mysteriöse Draht zwischen ihm und dem Mann mit der Sonnenbrille erneut zu vibrieren.

Hatch sah jetzt wieder alles mit den Augen des anderen, und trotz der dunklen Brillengläser schien die Nacht in Zwielicht getaucht. Er saß hinter dem Steuer eines Wagens und beugte sich gerade zur Seite, um das bewußtlose Mädchen auf dem Beifahrersitz wie eine Puppe zurechtzurücken. Ihre gefesselten Hände lagen in ihrem Schoß, und der Sicherheitsgurt hielt sie aufrecht. Er drapierte ihr Haar so um den Kopf, daß es den Knoten des Halstuchs in ihrem Nacken verdeckte, dann schubste er sie gegen die Beifahrertür, daß sie mit vom Fenster abgewandtem Gesicht in ihrem Sitz zusammensackte. Auf diese Weise würde der Knebel in ihrem Mund für Leute, die an dem Wagen vorbeifuhren, nicht zu erkennen sein. Sie sah aus, als ob sie schlief. Tatsächlich war sie erschreckend blaß und ruhig, und er befürchtete, daß sie womöglich tot war. Dann hatte es überhaupt keinen Sinn, sie in das Versteck zu bringen. Er konnte ebenso gut die Beifahrertür aufmachen und die Kleine hinausstoßen, das kleine Biest gleich hier loswerden. Er tastete nach ihrer Wange. Ihre wunderbare Haut fühlte sich weich, aber kühl an. Er legte einen Finger an ihre Kehle, fand ihren Puls in der Halsschlagader, er schlug kräftig, oh, wie kräftig. Das Mädchen war so *lebendig* und übertraf noch das Bild, das er von ihr mit dem Schmetterling über dem Kopf empfangen hatte. Keines seiner bisherigen Opfer war so kostbar gewesen wie die Kleine hier, und er dankte allen Mächten der Hölle für dieses Geschenk. Er geriet bereits in Ekstase bei der Vorstellung bald tief in ihr Inneres greifen und das junge starke Herz drücken zu dürfen, während es zuckte, sich krampfartig zusammenzog und dann für immer stillstand. Und er würde ihr dabei in ihre herrlichen grauen Augen schauen und zusehen, wie sich ihr Leben verströmte und der Tod Einzug hielt –

Hatchs Aufschrei, dieser Ausdruck von unbändiger Wut, Seelenqual und tödlichem Entsetzen, ließ den übersinnlichen Kontakt zusammenbrechen. Er fand sich im Hintergarten wieder, streckte die rechte Hand aus und starrte sie in ungläubigem Schrecken an, als ob seine Finger bereits mit Reginas Blut besudelt wären.

Auf dem Absatz machte er kehrt und sprintete an der Ostflanke des Hauses entlang nach vorn.

Nichts zu hören, nur sein stoßweises Atmen. Offensichtlich waren einige von den Nachbarn gar nicht zu Hause. Andere hatten wohl nichts oder nichts Verdächtiges gehört, das sie veranlaßt hätte, draußen nachzuschauen.

Angesichts dieser friedlichen Ansammlung von Häusern hätte Hatch seine Verzweiflung herausschreien mögen. Während seine eigene Welt zusammenbrach, vermochte er dennoch zu erkennen, daß der Anschein von Normalität genau das war – nämlich nur ein *äußerer Schein*, nicht die Wirklichkeit. Gott allein wußte, was sich hinter manch einer Haustür abspielen mochte, ähnliche Schrecknisse wie die, die ihn, Lindsey und Regina heimgesucht hatten, die aber nicht von einem Feind und Eindringling kamen, sondern von den eigenen Familienmitgliedern. Die Spezies Mensch neigte dazu, Monster hervorzubringen, und die Ungeheuer wiederum verfügten oftmals über das Talent, sich hinter der glaubhaften Maskierung geistiger Gesundheit zu verstecken.

Auf dem Rasen vor dem Haus blieb Hatch stehen und schaute sich um, konnte Lindsey nirgendwo entdecken. Er rannte den Plattenweg zum Haus zurück, durch die offene Haustür – und fand Lindsey in seinem Arbeitszimmer mit dem Telefonhörer in der Hand.

»Hast du sie gefunden?« wollte sie wissen.

»Nein. Was hast du vor?«

»Die Polizei anrufen.«

Hatch nahm Lindsey behutsam den Hörer aus der Hand und legte ihn auf die Gabel zurück. »Bis die Polizei hier ist, sich unsere Geschichte angehört hat und dann endlich was *unternimmt*, ist der Kerl mit Regina verschwunden und hat sie so gut versteckt, daß sie sie nie finden werden – bis sie eines Tages versehentlich über ihre Leiche stolpern«.

»Wir brauchen aber Hilfe …«

Hatch nahm die Schrotflinte vom Schreibtisch und drückte sie Lindsey in die Hand. »Wir werden dem Kerl folgen. Er hat einen Wagen dabei, einen Honda, glaube ich.«

»Hast du das Kennzeichen?«

»Nein.«

»Konntest du sehen, ob …«

»Genaugenommen habe ich nichts *gesehen*«, erwiderte er, riß die Schreibtischschublade auf, zog die Patronenschachtel mit 12 Schuß heraus und reichte sie ebenfalls Lindsey, wohl wissend, daß die Zeit ihm unter den Fingern zerrann. »Ich habe Kontakt zu dem Kerl, manchmal wackelt er ein bißchen, ich glaube aber trotzdem, daß er hält, daß er stark genug ist.« Er zog den Schreibtischschlüssel mitsamt Schlüsselring ab, der immer noch im Schloß baumelte. »Wir können ihm auf den Fersen bleiben, wenn wir ihm nicht zuviel Vorsprung lassen.« Hatch stand schon in der Halle. »Nur müssen wir uns *rühren*.«

»Hatch, warte doch!«

Lindsey kam ihm in die Halle nachgeeilt. »Geh du, verfolg sie, wenn du meinst, daß du es kannst, ich bleibe hier und alarmiere die Polizei …«

Hatch schüttelte den Kopf. »Nein, ich brauch' dich am Steuer, Lindsey. Diese … diese Visionen sind wie Keulenschläge, ich bin so gut wie weggetreten, wenn sie mich pakken. Es könnte passieren, daß ich dabei den Wagen geradewegs in den Graben steuere. Leg die Flinte und die Patronen schon mal in den Mitsubishi.« Er lief zur Treppe und nahm gleich zwei Stufen auf einmal. Über die Schulter rief er noch zurück: »Und nimm Taschenlampen mit.«

»Wozu?«

»Ich weiß nicht, aber wir werden sie brauchen.«

Das stimmte nicht. Obwohl es ihn selbst überraschte, als er die Taschenlampen erwähnte, wußte er, daß er im Augenblick von seinem Unterbewußtsein geleitet wurde, und eine böse Ahnung beschlich ihn, warum sie Taschenlampen brauchen würden. In seinen Alpträumen während der letzten Monate war er oft durch höhlenartige Räume und ein Labyrinth aus betonierten Gängen und Kanälen gegangen, in denen es zwar keine Fenster und keine Beleuchtung gab, die aber dennoch als solche erkennbar waren. Ein Tunnel insbesondere, der in absolute Finsternis, etwas Unbekanntes, abfiel, erfüllte ihn mit solchem Grauen und ließ sein Herz rasen, daß es zu zerspringen drohte. *Deswegen* brauchten sie Taschenlampen, weil sie sich auf dem Weg zu etwas befanden, das er bisher nur aus Traumbildern oder Visionen kannte, ins Zentrum des Grauens.

Hatch war bereits oben angelangt und auf der Schwelle zu Reginas Zimmer, als er sich fragen mußte, warum er eigentlich hergekommen war. Er blieb stehen und schaute sich um, sah den abgebrochenen Türknauf und den umgestürzten Schreibtischstuhl, blickte auf den offenstehenden Wandschrank, wo die herab gefallenen Sachen einen Haufen bildeten, starrte auf das offene Fenster, dessen Vorhänge sich in der Nachtbrise blähten.

Etwas ... etwas Wichtiges. Genau hier, hier in diesem Zimmer, gab es etwas, das er unbedingt brauchte.

Aber was?

Er nahm die Pistole in die linke Hand und wischte sich die feuchte rechte Handfläche an der Jeanshose ab. Jetzt würde dieser Dreckskerl bereits den Motor angelassen haben und mit Regina auf dem Weg aus dieser feinen Gegend heraus sein, befand sich vermutlich schon auf dem Crown Valley Parkway. Jede Sekunde zählte. Hatch fragte sich allmählich, ob er nicht vielleicht doch nur in Panik hier heraufgestürmt war statt aus einem triftigen Grund, dennoch beschloß er, weiter auf seinen inneren Antrieb zu vertrauen. Er trat an den Schreibtisch in der Ecke und ließ den Blick über die Bücher, Stifte und das Notizbuch gleiten. Über das Bücherregal neben dem Schreibtisch. Über eines von Lindseys Bildern an der Wand daneben.

Komm schon, komm schon. Etwas, das er dringend brauchte, so nötig wie die Taschenlampen, wie die Schrotflinte und die Schachtel Patronen. Etwas ganz Bestimmtes.

Er wandte sich um, erblickte das Kruzifix an der Wand und ging ohne Zögern darauf zu. Stieg auf Reginas Bett und riß das Kreuz mit einem Ruck vom Nagel.

Während er vom Bett sprang, aus dem Zimmer und den Gang hinunter zur Treppe rannte, wurde ihm bewußt, daß er die Christusstatue mit eisernem Griff umklammerte. Er hielt sie nicht wie einen Gegenstand frommer Symbolik oder Verehrung, vielmehr wie eine Waffe, wie eine Kriegsaxt, ein Hackebeil.

An der Garage öffnete sich gerade automatisch das Garagentor. Lindsey saß bereits am Steuer.

Hatch setzte sich auf den Beifahrersitz. Lindsey sah das Kruzifix in seiner Hand fragend an. »Was soll das denn?«

»Wir werden es brauchen.«

Sie setzte den Wagen rückwärts aus der Garage und sagte: »Brauchen, wofür?«

»Ich weiß es nicht.«

Lindsey bog in die Straße ein und sah Hatch ungläubig an. »Ein Kruzifix?«

»Ich bin mir nicht sicher, aber vielleicht kann es uns helfen. Als ich mit dem Kerl in Verbindung stand, hat er … dankte er allen Mächten der Hölle, ja, genau so ging es ihm durch den Kopf, bedankte er sich bei allen Mächten der Hölle für Regina.« Hatch wies nach links. »Hier entlang.«

Angst und Furcht hatten Lindsey während der letzten zehn Minuten um Jahre altern lassen. Als sie herunterschaltete und nach links abbog, vertieften sich die sorgenvollen Linien in ihrem Gesicht. »Hatch, mit was haben wir es hier eigentlich zu tun? Mit einem dieser Teufelsanbeter, einem dieser verrückten Sektenanhänger, über die man in der Zeitung liest? Die abgeschlagene Köpfe im Kühlschrank aufbewahren und Gebeine unter der Veranda vergraben?«

»Schon möglich.« An der Kreuzung unterbrach sich Hatch: »Nach links hier. Ja, vielleicht so etwas ähnliches … aber viel schlimmer, fürchte ich.«

»Das schaffen wir nicht, Hatch.«

»Wir müssen es schaffen, zum Teufel!« schnappte Hatch zurück. »Wir haben keine Zeit, es anderen zu überlassen. Wenn wir es nicht tun, ist Regina verloren.«

Sie rollten auf eine Kreuzung mit dem Crown Valley Parkway zu, einem breiten vier- bis sechsspurigen Boulevard mit einem Grünstreifen und Bäumen in der Mitte. Selbst zu dieser späten Stunde herrschte noch Verkehr.

»Wohin jetzt?« wollte Lindsey wissen.

Hatch hatte die Pistole neben seine Füße gelegt, ließ das Kruzifix jedoch nicht los, hielt es mit beiden Händen umklammert. Er blickte nach links, nach rechts, links und wieder rechts, wartete auf eine Eingebung, ein Zeichen, irgend etwas. Das Scheinwerferlicht vorbeifahrender Wagen spülte über sie hinweg, brachte jedoch keine Offenbarung.

»Hatch?« fragte Lindsey besorgt.

Links und rechts, links und rechts. Nichts. Lieber Himmel.

Hatch konzentrierte seine Gedanken auf Regina. Kastanienbraunes Haar. Graue Augen. Die linke Hand verkrüppelt und zur Klaue verdreht. Eine Gabe Gottes. Nein, nicht von Gott. Diesmal nicht. Man konnte ihm schließlich nicht alles in die Schuhe schieben. Regina hatte vermutlich recht: ein Geschenk ihrer Eltern, das Vermächtnis von Drogenabhängigen.

Hinter ihnen hielt ein Wagen an und wollte ebenfalls in die Hauptstraße einbiegen.

Ihre Art zu gehen, um die Behinderung zu überspielen. Wie sie niemals ihre verkrüppelte Hand verbarg, sich ihrer weder schämte noch stolz auf sie war, sie einfach akzeptierte. Wollte Schriftstellerin werden. Intelligente Schweine aus dem All.

Der Fahrer in dem Wagen hinter ihnen hupte.

»Hatch?«

Regina, so klein, mit der ganzen Last der Welt auf den Schultern, doch immer aufrecht, ließ den Kopf nie hängen. Hatte ihr Abkommen mit Gott getroffen. Als Gegenleistung für etwas für sie Wertvolles wollte sie ohne Murren Bohnen essen. Hatch wußte, was für ein wertvolles Geschenk sie meinte, obwohl sie es nie gesagt hatte: eine Familie, eine Chance, dem Waisenhaus zu entkommen.

Der andere Fahrer drückte wieder auf die Hupe.

Lindsey bebte, fing an zu weinen.

Eine Chance. Nur eine winzige Chance. Mehr wollte das

Mädchen nicht. Nie mehr allein sein. In einem Bett mit gemalten Blumen schlafen dürfen. Lieben dürfen, geliebt werden, er-wachsen werden. Die kleine verdrehte Hand. Das feine, liebe Lächeln. *Gute Nacht … Dad.*

Jetzt hupte der Fahrer hinter ihnen ohne Unterbrechung.

»Rechts«, stieß Hatch hervor. »Fahr nach rechts.«

Mit einem Seufzer der Erleichterung bog Lindsey nach rechts in die Parkstraße ein. Sie fuhr schneller als gewöhnlich, wechselte die Fahrspuren, wenn der Verkehr es erlaubte, durchquerte die südliche Ebene in Richtung auf die Vorläufer der fernen Berge im Osten mit ihren nächtlich verhüllten Gipfeln.

Zunächst war Hatch sich nicht so sicher. Dann brach sich allmählich die Überzeugung Bahn, daß sie noch immer die richtige Spur verfolgten. Der Boulevard führte in östliche Richtung an endlosen Häuserreihen vorbei, die die Hügel mit Lichtpunkten garnierten, daß es wie Tausende von Gedenkflammen auf riesigen Votiv-Kerzenhaltern wirkte, und mit jeder zurückgelegten Meile spürte Hatch immer deutlicher, daß er und Lindsey im Kielwasser der Bestie segelten.

Weil sie übereingekommen waren, keine Geheimnisse mehr voreinander zu haben, und weil er glaubte, daß Lindsey die volle Wahrheit über Reginas tödliche Lage wissen sollte – und verkraften würde –, sagte Hatch: »Was er vorhat … Er will ihr pochendes Herz in den bloßen Händen halten und fühlen, wie alles Leben aus ihr entweicht.«

»Oh, mein Gott.«

»Sie ist noch am Leben. Sie hat eine Chance. Es besteht noch Hoffnung.«

Er glaubte, was er sagte, mußte daran glauben oder verrückt werden. Aber wie ein Schatten lag die Erinnerung an Jimmy über ihm, dem er diese Dinge auch so oft gesagt hatte in den Wochen, bevor der Krebs ihn endgültig dahinraffte.

Dritter Teil

Unter den Toten

Der Tod ist kein furchtbares Geheimnis. Er ist dir und mir wohlbekannt. Er birgt keine unergründlichen Geheimnisse, die den Schlaf eines guten Menschen stören könnten.

Wende dein Antlitz nicht vom Tode ab. Nimm es gelassen hin, daß er dir den Odem nimmt.

Fürchte ihn nicht, denn er ist nicht dein Herr, auch wenn er immer schneller dir entgegeneilt. Nicht dein Herr, sondern ein Diener deines Schöpfers, der den Tod genauso erschaffen hat wie dich – und Er, dein Gott, ist das einzige Geheimnis.

The Book of Counted Sorrows

Siebentes Kapitel

1

Jonas Nyebern und Kari Dovell saßen bei gedämpftem Licht in tiefen Sesseln vor den Panoramafenstern in Spyglass Hill und blickten auf die Millionen von Lichtern, die unter ihnen funkelten. In der klaren Nachtluft reichte die Sicht bis weit in den Norden auf Long Beach Harbor. Das Flechtwerk der Zivilisation schien wie ein kalt leuchtendes Pilzgewächs zu wuchern und alles unter sich zu ersticken.

Zwischen ihren Sesseln stand ein Eiskübel auf dem Boden mit einer Flasche trockenen kalifornischen Weißweins. Es war ihre zweite Flasche. Sie hatten noch nichts gegessen. Jonas redete ununterbrochen.

Seit einem Monat trafen sie sich beinahe regelmäßig auf gesellschaftlicher Ebene. Sie waren noch nicht miteinander ins Bett gegangen, und Jonas glaubte nicht, daß sie es je tun würden. Nicht, daß Kari nicht begehrenswert gewesen wäre, mit dieser merkwürdigen Mischung aus Anmut und Unbeholfenheit, die ihn oftmals an einen exotischen, stelzbeinigen Vogel denken ließ. Die Frau in ihr würde niemals die Oberhand über die Ärztin gewinnen, die ihrem Beruf mit Ernst und Hingabe nachging. Wie auch immer, Jonas bezweifelte, daß Kari körperliche Intimitäten überhaupt erwartete, und fürchtete zudem, daß er gar nicht fähig dazu wäre. Er fand keine Ruhe mehr, es gab zu viele Gespenster um ihn, die ihm sein Glück streitig machen würden. Was sie also beide in ihrer Beziehung fanden, war Ansprache, Verständnis und aufrichtiges Mitgefühl ohne Gefühlsduselei.

Heute abend nun sprach Jonas über Jeremy, nicht gerade ein passendes Thema für den Beginn einer Romanze, so man sie plante. Er machte sich große Vorwürfe, daß er damals die ersten Anzeichen von Jeremys ererbtem Wahnsinn nicht gleich als solche zu deuten – oder anzuerkennen – gewagt hatte.

Jeremy war ein auffallend ruhiges Kind gewesen, das lieber mit sich allein blieb. Sie hatten sich das mit normaler kindlicher Schüchternheit erklärt. Sein Desinteresse an Spielsachen, schon vom Babyalter an, wurde seiner ungewöhnlich hohen Intelligenz und seinem ernsthaften Naturell zugeschrieben. Nur heute legten alle diese unberührten Modellflugzeuge, Brettspiele, Tennis- und Ping-Pongbälle und ausgetüftelten Bausätze beunruhigendes Zeugnis dafür ab, daß Jeremys Innenleben um vieles bunter und phantasiereicher war, als sämtliche Spielzeughersteller zusammen es zu bieten vermochten.

»Jedesmal, wenn man ihn umarmen wollte, machte er sich steif«, erinnerte sich Jonas. »Wenn er mal einen Kuß erwiderte, küßte er die Luft und nicht deine Wange.«

»Eine Menge Kinder haben Schwierigkeiten damit, ihre Gefühle zu zeigen«, wandte Kari ein. Sie nahm die Weinflasche aus dem Kühler, beugte sich vor und schenkte Jonas nach. »Das mußte ja wie ein weiterer Aspekt seiner Schüchternheit wirken. Zurückhaltung und Schüchternheit sind keine Charakterfehler. Es gab keinen Grund, etwas anderes darin zu vermuten.«

»Es war aber keine Zurückhaltung«, entgegnete Jonas bekümmert. »Es war die Unfähigkeit zu empfinden, zu lieben.«

»Du mußt mit diesen Selbstbezichtigungen aufhören, Jonas.«

»Wenn aber Marion und Stephanie nun nicht seine ersten Opfer waren?«

»Aber bestimmt.«

»Und wenn nicht?«

»Ein Teenager mag ja einen Mord begehen, er wird aber nicht so abgebrüht sein, daß er unbehelligt weiter mordet.«

»Und wenn er schon wieder jemanden getötet hat, seit er aus der Reha-Klinik verschwunden ist?«

»Vielleicht ist er selber schon umgebracht worden.«

»Unmöglich. Jeremy ist kein Opfertyp.«

»Wahrscheinlich ist er tot.«

»Er ist irgendwo da draußen. Ich bin schuld.«

Jonas sah mit starrem Blick auf das nächtliche Panorama. Die Zivilisation hatte all ihren funkelnden Zauber ausgebreitet, all ihre grelle Pracht, all ihren gleißenden Schrecken.

Als sie sich dem San Diego Freeway, der Interstate 405, näherten, sagte Hatch nur: »Nach Süden. Er fährt nach Süden.«

Lindsey warf den Blinker an und schaffte es gerade noch, in die Ausfahrt abzubiegen.

Zu Beginn der Fahrt hatte sie, wann immer es der Verkehr erlaubte, Hatch noch ein paarmal von der Seite angesehen und gehofft, er würde ihr sagen, was er von dem Mann, dem sie folgten, sehen oder empfangen konnte. Weil Hatch jedoch stumm blieb, konzentrierte sie sich auf die Straße. Vermutlich sah er wirklich nur wenig, und der Kontakt mit dem Killer war nur schwach und wurde hin und wieder unterbrochen. Sie wollte Hatch nicht bedrängen, aus Angst, ihn abzulenken. Dann würde die wackelige Verbindung womöglich ganz zusammenbrechen – und Regina wäre verloren.

Hatch hielt immer noch das Kruzifix in der Hand. Aus dem Augenwinkel konnte Lindsey sehen, wie seine linke Hand unruhig über die metallischen Konturen der Leidensfigur auf dem imitierten Holzkreuz fuhr. Er saß mit einem verinnerlichten Blick da und schien nicht zu merken, daß es Nacht war und er in einem Auto fuhr.

Lindsey mußte sich eingestehen, daß ihr Leben mittlerweile eine surrealistische Note erhalten hatte, die ihren Bildern glich. Übersinnliches Geschehen stand gleichberechtigt neben der vertrauten profanen Welt. Das Bild baute sich aus so grundverschiedenen Komponenten auf wie Kruzifixe und Pistolen, Wahnvorstellungen und Taschenlampen.

In ihrer Malerei verwendete Lindsey gewöhnlich surrealistische Elemente, um ein Sujet zu verdeutlichen. Wurde sie jedoch im Alltag mit dem Übernatürlichen konfrontiert wie jetzt, reagierte sie mit Bestürzung und Verwirrung.

Hatch zuckte zusammen und beugte sich vor, soweit der Sicherheitsgurt dies zuließ, als ob er etwas Seltsames und Erschreckendes zugleich auf der Straße vor sich bemerkt hätte, obwohl er gar nicht hinsah. Er fiel wieder in den Sitz zurück. »Er hat die Ausfahrt zum Ortega Highway genommen. Östliche Richtung. Die Ausfahrt kommt gleich, sind nur ein paar Meilen. Nach Osten auf dem Ortega Highway.«

Manchmal blendeten ihn die Scheinwerfer der entgegenkommenden Fahrzeuge so sehr, daß er trotz der dunklen Brillengläser blinzeln mußte.

Während der Fahrt warf Vassago immer wieder einen Blick auf das bewußtlose Mädchen neben sich auf dem Beifahrersitz. Ihr Kinn ruhte auf der Brust. Obwohl ihr Kopf nach vorne hing und das kastanienbraune Haar die eine Gesichtshälfte verdeckte, konnte er ihren geknebelten Mund sehen, der von dem umgebundenen Tuch zu einer Fratze verzogen wurde, den Schwung ihrer kleinen Nase, ein ganzes Augenlid und ein wenig von dem anderen – diese langen Wimpern – und einen Teil ihrer Augenbraue. In seiner Phantasie spielte er alle Möglichkeiten durch, wie er dieses Mädchen verstümmeln würde, um sie in höchst wirkungsvoller Weise als Opfer darzubringen.

Sie eignete sich geradezu perfekt für seine Zwecke. Mit ihrer durch das lahme Bein und die verkrüppelte Hand geschmälerten Schönheit war sie die Inkarnation der Fehlbarkeit Gottes. Eine Trophäe, fürwahr, für seine Sammlung.

Wie bitter, daß er die Mutter nicht bekommen hatte, doch vertraute Vassago darauf, ihrer auch noch habhaft zu werden. Er liebäugelte mit dem Gedanken, das Kind heute noch nicht zu töten. Wenn er sie noch ein paar Tage lang am Leben ließ, könnte er einen zweiten Versuch mit Lindsey wagen. Wenn er sie beide erst beisammen hatte und gleichzeitig an ihnen arbeiten konnte, würde er aus ihren Leichen eine pervertierte Version von Michelangelos *Pietà* kreieren oder sie zerstückeln und zu einer höchst obszönen Collage zusammensetzen.

Um zu einer Entscheidung zu gelangen, brauchte er eine Eingebung, noch eine Vision.

Während Vassago die Ausfahrt zum Ortega Highway nahm und nach Osten abbog, rief er sich wieder die Szene mit Lindsey ins Gedächtnis, wie sie in ihrem Atelier am Zeichenbrett saß. Wie seine Mutter, die an jenem Nachmittag mit Stricken beschäftigt war, als er sie umbrachte. Nachdem er seine Schwester und seine Mutter innerhalb einer Stunde mit demselben Messer getötet hatte, erwuchs tief in ihm die Gewißheit, daß sein Weg zur Hölle geebnet war. Aus dieser festen Überzeugung heraus hatte er auch noch den letzten Schritt getan und sich selbst gepfählt.

Den Weg zur Verdammnis wies ihm ein kleines Büchlein, das im Selbstverlag erschienen war. Es hieß *Der Mann im Versteck* und stammte aus der Feder eines zum Tode Verurteilten namens Thomas Nicene, der seine Mutter und seinen Bruder umgebracht und dann Selbstmord begangen hatte. Sein sorgfältig geplanter Abgang in die Grube wurde allerdings von einem Notarztteam und deren Ehrgeiz, gepaart mit einem bißchen Glück, vereitelt. Nicene wurde reanimiert, geheilt, eingesperrt, vor Gericht gestellt, für schuldig befunden und zum Tode verurteilt. Die nach ihren eigenen Vorschriften funktionierende Gesellschaft hatte ein Exempel statuiert, daß die Entscheidung über den Tod, auch das Recht, sich selbst zu entscheiden, niemals einem einzelnen obliegen durfte.

Während er auf die Vollstreckung des Todesurteils wartete, brachte Thomas Nicene seine Visionen von der Hölle zu Papier, die ihm auf seiner Gratwanderung zwischen Leben und Tod widerfahren waren, ehe die Notärzte ihn der Ewigkeit entrissen. Seine Schriften wurden aus dem Gefängnis geschmuggelt und an gläubige Genossen weitergereicht, die sie druckten und in Umlauf brachten. Nicenes Buch quoll über von eindrucksvollen und glaubhaften Bildern der Finsternis und der Kälte, und nicht der Hitze klassischer Höllenvisionen. Er schilderte ein Reich von unermeßlicher Weite und frostiger Leere. Auf der Schwelle vom Tod zur Hölle hatte Thomas gigantische Kräfte an mysteriösen Konstruktionen merken sehen. Dämonen von kolossaler Größe und Stärke, in geheimer Mission unterwegs, ritten die Nachtnebel über dunkle Kontinente. Sie trugen weite, schwarze, wallende Umhänge und glänzende schwarze Helme mit aufgebogener Krempe. Thomas hatte dunkle Ozeane gesehen, die unter mond- und sternenlosem Firmament an schwarze Ufer schlugen und wie eine Unterwasserwelt erschienen. Gigantische Schiffe, fensterlos und gespenstisch, durchpflügten düstere Meere, von mächtigen Turbinen angetrieben, die wie der Schrei aus tausend Kehlen klangen.

Nicenes Worte wirkten auf Jeremy glaubhafter als alles, was je gedruckt worden war. Und er beschloß, es dem großen Mann nachzutun. Marion und Stephanie gaben die Fahrkarten zu der exotischen und ungemein verlockenden Unterwelt ab, zu der er gehören wollte. Er hatte diese Fahrkarten mit seinem Fleischmesser gestempelt und sich diesem finsteren Reich ausgeliefert, um selbst das zu erleben, was Nicene in seinem Buch verhieß. Nie hätte er sich träumen lassen, daß seine Flucht aus dieser abscheulichen Welt der Lebenden vereitelt würde, und zwar nicht von den Notärzten, sondern von seinem eigenen Vater.

Aber bald schon würde er den Zutritt zur Verdammnis wiedererlangen.

Während er das Mädchen anblickte, durchlebte er noch einmal das Gefühl, wie sie unter seinem festen Griff zuckte und ohnmächtig wurde. Ein köstlicher Schauer der Vorfreude durchlief ihn.

Zunächst hatte er erwogen, seinen Vater umzubringen, nur um zu sehen, ob er mit dieser Tat seine Einbürgerung in den Hades zurückgewann. Aber irgendwie hütete er sich vor seinem Alten. Jonas Nyebern war ein Lebensspender und schien von einem inneren Leuchten erfüllt, das Vassago anekelte. Er erinnerte sich noch aus frühester Kindheit an Bilder von Christus und Engeln und der Jungfrau Maria und Wundertaten, Szenen aus Jonas' Gemäldesammlung, die immer und überall ihr Heim schmückte. Und vor zwei Jahren erst hatte sein Vater ihn zum Leben erweckt wie Jesus den alten Lazarus. Folglich stellte Jonas für ihn nicht nur den Feind dar, sondern verkörperte auch Macht, er war die Personifizierung jener hellen Mächte, die dem finsteren Willen der Hölle entgegenwirkten. Sein Vater war ohne Zweifel geschützt und unangreifbar, weil er Gnade vor dieser verhaßten *anderen* Gottheit fand.

Somit richteten sich Vassagos Hoffnungen auf die Frau und das Mädchen. Die eine Eroberung war schon gemacht, die andere stand noch bevor.

Er fuhr in östlicher Richtung an endlosen Häuserreihen

entlang, die in den sechs Jahren nach dem Ende von Fantasy World wie Pilze aus dem Boden geschossen waren, und er begrüßte es, daß diese Auswüchse lebenshungriger Heuchler noch nicht bis an sein geheimes Versteck reichten, das immer noch meilenweit hinter den letzten Ortschaften lag. Als er die zersiedelte Hügellandschaft hinter sich gelassen hatte und die Gegend immer unwirtlicher wurde, fuhr Vassago, entgegen seiner sonstigen Gewohnheit, langsamer.

Er wartete immer noch auf eine Eingebung, die ihm sagte, ob er das Mädchen bei seiner Ankunft im Park töten oder warten sollte, bis er die Mutter ebenfalls in seine Gewalt gebracht hatte.

Als er sich der Kleinen wieder zuwandte, traf ihn ihr schreckerfüllter Blick. In ihren Augen lag der Widerschein des Lichts vom Armaturenbrett.

»Armes Baby«, sagte er. »Hab keine Angst. Du mußt keine Angst haben. Wir fahren bloß zu einem Vergnügungspark, weißt du, so was wie Disneyland oder Magic Mountain.«

Wenn er die Mutter nicht bekam, sollte er vielleicht nach einem anderen Kind Ausschau halten, etwa so groß wie Regina und besonders hübsch, mit vier kräftigen und gesunden Gliedmaßen. Mit einem Arm und einem Bein der anderen könnte er dieses Mädchen hier neu erschaffen und sich damit brüsten, daß er, ein bloßer Zwanzigjähriger, Ausgebürgerter der Hölle, sein Handwerk besser verstand als der große Schöpfer selbst. Das würde hervorragend in seine Sammlung passen, ein Meisterstück.

Vassago lauschte dem gedrosselten Lauf des Motors. Dem Singen der Reifen auf dem Asphalt. Dem Sirren des Windes an den Wagenfenstern.

Er wartete auf das Erscheinen einer Gottheit. Wartete auf eine Eingebung. Wartete auf Instruktionen. Wartete und wartete auf eine Offenbarung.

Noch bevor sie die Ausfahrt zum Ortega Highway erreichten, wurde Hatch von Bildern überflutet, die ihn verwirrten. Sie verweilten jeweils nur den Bruchteil einer Sekunde, wie in einem Film ohne durchgehende Handlung. Dunkle Ozeane peitschten unter mond- und sternenlosem Firmament an schwarze Ufer. Riesige Schiffe, fensterlos und gespenstisch, pflügten durch finstere Meere, von mächtigen Turbinen angetrieben, die wie der Schrei aus tausend Kehlen klangen. Überlebensgroße dämonische Wesen mit schwarz glänzenden Helmen durchmaßen mit wallendem Umhang fremdartige Gefilde. Eine schwache Ahnung von gigantischen Apparaturen beim Werken an monumentalen Konstruktionen, deren Zweck und Funktion rätselhaft blieben.

Manchmal stand Hatch alles in gräßlichen, bedrückenden Details vor Augen, dann wieder las er nur eine Schilderung davon in einem Buch. Wenn es dieses fremde Land gab, mußte es zu einer anderen Welt gehören, von dieser Welt konnte es nicht sein. Auch wußte er nicht genau zu sagen, ob er die Impressionen von einem wirklichen oder nur einem Ort der Einbildung empfing. Zuweilen schien er so plastisch wie jede x-beliebige Straße in Laguna, ein andermal wieder so durchsichtig wie feinstes Seidenpapier.

Als Jonas wieder eintrat, hielt er einen Kasten mit Jeremys Schätzen in der Hand. Er setzte ihn ab, nahm ein schmuddeliges, billig gedrucktes Bändchen mit dem Titel *Der Mann im Versteck* heraus und reichte es Kari, die es mit spitzen Fingern entgegennahm.

»Ja, rümpf nur die Nase«, sagte er, nahm sein Weinglas und trat an das große Fenster. »Es ist barer Unsinn. Krankhafter, verbogener Unsinn. Der Verfasser war ein zum Tode Verurteilter, der behauptete, in der Hölle gewesen zu sein. Seine Schilderung ist allerdings nicht mit Dante zu vergleichen, glaub mir. O ja, das Büchlein besitzt durchaus einen gewissen Reiz und ist kraftvoll und mitreißend geschrieben. Und dazu mußt du dir dann vorstellen, du warst ein schizophrener junger Mann, größenwahnsinnig und mit dem Hang zu Gewalttätigkeit, das Ganze gekoppelt mit dem unnatürlich hohen Testosteronspiegel, der für seelische Krankheiten dieser Art typisch ist, du fändest in diesen Höllenbildern die Erfüllung deiner feuchten Träume von Macht und Gewalt. Du würdest in Ekstase geraten. Du würdest an nichts anderes mehr denken. Du warst *süchtig* danach, würdest alles tun, um teilzuhaben und die Verdammnis zu erlangen.«

Kari legte das Büchlein nieder und wischte sich die Finger an ihrer Bluse ab. »Der Verfasser, dieser Thomas Nicene – du sagst, er hat seine Mutter umgebracht?«

»Ja. Mutter und Bruder. Als großes Beispiel.« Jonas wußte, daß er schon zuviel getrunken hatte. Er nahm trotzdem einen tiefen Schluck aus seinem Glas und wandte sich von dem nächtlichen Panorama vor dem Fenster ab. »Und weißt du, was das Ganze so irrwitzig macht?« fuhr er fort. »So elendiglich grotesk? Lies dieses verdammte Buch, wie ich es tat, um einen Ansatzpunkt zu finden, und wenn du nicht schizophren und nicht geneigt bist, dem Verfasser zu glauben, wirst du sofort merken, daß Nicene kein Stück Selbsterlebtes schildert. Er schöpft seine Inspirationen aus einer Quelle, die so dummdreist offensichtlich wie albern ist. Kari, seine Hölle ist nichts anderes als das Böse Imperium im *Krieg der Sterne.* Ein bißchen verändert, ein wenig dazugedichtet, gesehen durch die Linse eines religiösen Mythos, aber immer noch *Krieg der Sterne.*« Er lachte grimmig, spülte gleich noch einen Schluck Wein hinunter. »Seine Dämonen sind nichts anderes als 30 Meter hohe Versionen von Darth Vader, zum Teufel. Lies, wie er den Satan beschreibt, und schau dir dann einen der Filme an, in denen Jabba vorkommt. Der alte Jabba ist das absolute Ebenbild vom Satan, wenn man diesem Verrückten hier Glauben schenkt.« Noch ein Glas Weißwein und noch ein Glas. »Marion und Stephanie mußten sterben –« ein Schluck Wein. Ein großer Schluck, das halbe Glas geleert »– mußten sterben, damit Jeremy in die Hölle fahren und große, finstere, antiheldische Abenteuer in einer beschissenen Darth-Vader-Kostümierung erleben konnte.«

Jetzt hatte er sie beleidigt oder verwirrt, wahrscheinlich beides. Das war nicht beabsichtigt gewesen, und es tat ihm leid. Was wollte er dann? Vermutlich sich alles von der Seele reden. Das hatte er noch nie zuvor getan und wußte nicht zu sagen, warum er es ausgerechnet heute abend tat – es sei denn, weil Morton Redlows Verschwinden ihn in eine solche Panik versetzte, wie er es seit dem grausamen Tod seiner Frau und Tochter lange nicht mehr erlebt hatte.

Kari schenkte sich nicht mehr nach und erhob sich. »Ich glaube, wir sollten jetzt was essen.«

»Keinen Hunger«, brummte Jonas und merkte, wie betrunken er schon war. »Aber vielleicht sollten wir doch.«

»Wir könnten ja irgendwohin gehen«, schlug Kari vor, indem sie ihm das Weinglas aus der Hand nahm und auf dem nächstbesten Tisch abstellte. Das von draußen einfallende Licht, der goldene Widerschein der nächtlich erleuchteten Stadt, machte ihr Gesicht ganz weich. »Oder wollen wir eine Pizza bestellen?«

»Wie wär's mit Steaks? Ich hab' noch welche in der Tiefkühltruhe.«

»Das dauert zu lang.«

»Garantiert nicht. Wir brauchen sie bloß in die Mikrowelle zu legen und auf den Grill zu packen. In der Küche ist einer.«

»Gut, wenn dir danach ist.«

Sie sahen einander an. Karis Blick war so klar, forschend und offen wie immer, nur entdeckte Jonas jetzt mehr Zärtlichkeit darin. Vermutlich brachte sie ihren kleinen Patienten eben jenes liebevolle Verständnis entgegen, das sie zu einer erstklassigen Kinderärztin machte. Möglicherweise war dieses Gefühl immer schon auch für ihn dagewesen, er hatte es nur nicht bemerkt. Oder es war ihr bisher entgangen, wie dringend er Zuwendung brauchte.

»Danke, Kari.«

»Wofür?«

»Daß du da bist.« Er legte ihr den Arm um die Schultern und führte sie in die Küche.

Mit den Visionen von ungeheuerlichen Apparaturen, dunklen Meeren und kolossalen dämonischen Wesen empfing Hatch auch eine Flut von Impressionen anderer Natur. Engelschöre. Die Heilige Jungfrau Maria beim Gebet. Christus mit den Aposteln beim Letzten Abendmahl, Christus in Gethsemane, Das Ringen Christi mit dem Tode, Christi Himmelfahrt.

Hatch erkannte in ihnen Bilder wieder, die Jonas Nyebern möglicherweise einmal gesammelt hatte. Sie stammten aus anderen Stilepochen als diejenigen, die er in der Praxis des Arztes gesehen hatte, entsprachen sich aber im Sujet. Jetzt ergab sich ein Zusammenhang, Fäden verknüpften sich in seinem Unterbewußtsein, nur wußte er sie nicht zu deuten.

Und noch mehr Visionen: der Ortega Highway. Eine Ahnung von nächtlicher Landschaft zu beiden Seiten eines ostwärts fahrenden Autos. Ein Armaturenbrett. Entgegenkommendes grelles Scheinwerferlicht, das ihn manchmal blinzeln ließ. Und plötzlich Regina. Regina im Widerschein der Instrumente auf exakt jenem Armaturenbrett. Die Augen geschlossen. Der Kopf auf die Brust gefallen. Ihr Mund mit irgendwas zugestopft und mit einem Tuch verbunden.

Sie macht die Augen auf.

Der Anblick von Reginas schreckerfüllten Augen ließ Hatch aus seinen Visionen aufschnellen wie ein Taucher, der nach Luft schnappt. »Sie lebt!«

Er schaute Lindsey an, die ihren Blick von der Straße abwandte, um ihn anzusehen. »Du hast nie das Gegenteil behauptet.«

Erst jetzt wurde ihm bewußt, wie gering er die Überlebenschancen für Regina eingeschätzt hatte.

Bevor Hatch Gelegenheit fand, Mut zu fassen angesichts der grauen Kinderaugen, die im gelben Instrumentenlicht des Wagens schimmerten, brachen neue Bilder über ihn herein, die ihn beutelten wie eine Serie echter Treffer.

Grotesk deformierte Wesen tauchten schemenhaft aus düsteren Schatten auf. Menschliche Gestalten in bizarrer Haltung. Er sah eine Frau, so ausgetrocknet und verschrumpelt wie Dörrobst, eine andere im ekelerregenden Stadium der Verwesung, ein mumifiziertes Gesicht unbestimmten Geschlechts, eine aufgedunsene grünlich-schwarze Hand, in demütiger Bitte erhoben. Die Sammlung. Seine Sammlung. Da war wieder Reginas Gesicht, die aufgerissenen Augen. Es gab so viele Möglichkeiten, Gottes Werk zu entstellen, zu verstümmeln und zu verhöhnen. Regina. *Armes Baby. Hab keine Angst. Du brauchst keine Angst zu haben. Wir fahren bloß zu einem Vergnügungspark. Wie Disneyland, weißt du, oder wie Magic Mountain.* Wie hübsch sie in meine Sammlung passen wird. Leichen als Objekt-Kunst, zusammengehalten von Drähten, Stricken und Holzstücken. Er sah erstarrte Schreie, für immer verstummt. Skelettierte Kiefer klafften in ewigem

Flehen um Gnade. Die kostbare Sammlung. Regina, süße Regina, hübsches Baby, was für ein exquisites Stück.

Hatch erwachte aus seiner Trance und begann wild um sich zu schlagen, zerrte an seinem Sicherheitsgurt, der ihm wie eine Fessel aus Drähten, Tauen und Stricken erschien. Er zerrte an dem Gurt wie ein Opfer voreiliger Bestattung an seinem Leichentuch zerren mochte. Es wurde ihm bewußt, daß er laut schrie und nach Luft schnappte, als ob er am Ersticken sei, und sie unter großem Prusten gleich wieder ausstieß. Er hörte Lindsey seinen Namen rufen, begriff, daß er sie zu Tode erschreckte, und konnte doch nicht aufhören, um sich zu schlagen und zu schreien, bis er den Schnappverschluß gefunden hatte und der Sicherheitsgurt ihn endlich freigab.

Damit befand Hatch sich wieder im Mitsubishi, der Kontakt mit dem Verrückten war momentan unterbrochen, der Horror der Sammlung abgeschwächt, doch nicht vergessen, sondern in sein Gedächtnis eingebrannt. Als er sich Lindsey zuwandte, mußte er wieder daran denken, welche Tapferkeit sie in jener Nacht im eisigen Wasser des Bergflusses bewiesen und wie sie ihn gerettet hatte. Heute nacht würde sie ihre ganze Kraft und noch viel mehr brauchen.

»Fantasy World«, stieß er hervor. »Wo vor ein paar Jahren alles abgebrannt ist, da will er hin. Heiliger Jesus, Lindsey, gib Gas, tritt das Gaspedal durch, dieser Dreckskerl, dieser wahnsinnige Dreckskerl bringt sie runter zu den Toten!«

Und sie fuhr wie der Teufel. Sie flogen dahin. Obwohl Lindsey nicht verstand, was Hatch meinte, rasten sie plötzlich in atemberaubendem Tempo ostwärts. Sie schossen durch die letzten gebündelten Lichtpunkte aus der zivilisierten Welt hinaus in ein Reich der ewigen Finsternis.

Während Kari den Kühlschrank in der Küche nach Zutaten für einen Salat durchsuchte, ging Jonas in die Garage, um ein paar Steaks aus der Tiefkühltruhe zu holen. Die Nachtluft war kühl und erfrischend. Er blieb einen Moment in der Tür stehen und atmete tief durch.

Im Grunde genommen verspürte er überhaupt keinen Hunger, höchstens Appetit auf noch mehr Wein, doch er wollte nicht, daß Kari ihn betrunken sah. Am nächsten Tag stand zwar kein Operationstermin bevor, man konnte jedoch nie wissen, ob nicht ein Notfall das Reanimationsteam auf den Plan rufen würde, und er fühlte sich diesen prospektiven Patienten gegenüber verpflichtet.

In seinen dunkelsten Momenten hatte er schon erwogen, das Gebiet der Reanimationsmedizin zu verlassen und sich ganz der Kardiologie zu widmen. Zu erleben, wie ein reanimierter Patient gesund zu seiner Familie und in seinen Beruf zurückkehrte, empfand er wie eine göttliche Bescherung. Nur, im kritischen Augenblick, wenn der Anwärter vor ihm lag, wußte Jonas so gut wie nichts über ihn, was zur Folge haben konnte, daß der Patient womöglich das Böse auf die Welt zurückbrachte, nachdem sie sich gerade davon befreit hatte. Das bedeutete mehr für ihn als nur einen Gewissenskonflikt, es wog zentnerschwer auf seinem Gewissen. Als gläubiger Mensch, wenn auch mit gewissen Zweifeln, hatte er in diesem Punkt immer auf Gott vertraut. Sein Credo lautete: Gott hatte ihm seine Fähigkeiten verliehen, anderen zu helfen, und er durfte sich nicht anmaßen, Gottes Absichten zu durchkreuzen und seine Dienste zu versagen.

Jeremy stellte natürlich einen neuen unberechenbaren Faktor in der Gleichung dar. Wenn er Jeremy ins Leben zurückgeholt und Jeremy unschuldige Leute umgebracht hatte … Ein unerträglicher Gedanke.

Die kühle Nachtluft schien keine Erfrischung mehr zu bieten. Sie kroch ihm jetzt bis in die Knochen.

Also gut, Abendessen. Zwei Steaks. Filet mignon. Kurz gegrillt mit ein wenig Worcestershire-Sauce. Kein Dressing am Salat, nur eine Prise Pfeffer und ein Spritzer Zitrone. Es kam selten genug vor, daß er Fleisch aß. Schließlich war er Herzchirurg und kannte die grausamen Folgen zu kalorienreicher Ernährung aus erster Hand.

Er ging zu der Tiefkühltruhe in der Ecke. Er löste die Verriegelung und drückte den Deckel auf.

Vor ihm lag Morton Redlow, vormals Redlow Detective Agency, bleich und grau, wie eine Figur aus Marmor, und noch nicht von Eiskristallen überzogen. Ein Blutfleck auf seinem Gesicht hatte sich in eine rote Eiskruste verwandelt, und wo einst die Nase saß, klaffte ein scheußliches Loch. Redlows Augen standen offen. Für immer.

Jonas zuckte nicht zurück. Als Chirurg war er mit den Schrecken wie mit den Wundern des Lebens vertraut und ekelte sich nicht so leicht. Vielmehr erlosch etwas in ihm, als er Redlow sah. Etwas in ihm starb. Sein Herz wurde so kalt wie das jenes Mannes. Auf erschreckende und elementare Weise wurde ihm bewußt, daß er als Mensch erledigt war. Er konnte nicht mehr auf Gott vertrauen. Niemals mehr. Auf welchen Gott? Aber er empfand keinerlei Abscheu oder Übelkeit.

Sein Blick fiel auf den zusammengefalteten Zettel in Redlows starrer rechter Hand. Der Tote ließ sich das Papier leicht entwenden, weil die Finger im Kälteschock geschrumpft waren.

Wie betäubt griff Jonas nach dem Zettel und entfaltete ihn. Er erkannte die saubere Handschrift seines Sohnes auf Anhieb. Seine Post-Koma-Aphasie war nur vorgetäuscht gewesen und seine Debilität ein immens schlauer Schachzug.

Auf dem Zettel stand: *Lieber Vater, für ein anständiges Begräbnis brauchen sie auch seine Nase. Schau in seinem Hintern nach. Er hat sie in meine Angelegenheiten gesteckt, und ich ihm in seine. Wenn er bessere Manieren gehabt hätte, wäre er von mir entsprechend behandelt worden. Tut mir leid, Sir, wenn mein Betragen Ihnen mißfällt.*

Lindsey fuhr mit äußerster Geschwindigkeit, holte das Letzte aus dem Mitsubishi heraus und mußte feststellen, daß die Risse in der Fahrbahndecke bei ihrem Tempo nicht gerade förderlich waren. Je weiter sie nach Osten fuhren, desto weniger Verkehr herrschte auf dem Highway, und das erwies sich als Vorteil, wenn sie eine zu enge Kurve in der Fahrbahnmitte nahm.

Nachdem Hatch seinen Sicherheitsgurt wieder angelegt hatte, rief er über Autotelefon die Auskunft an und ließ sich die Telefonnummer von Nyeberns Praxis geben. Dann wählte er die verlangte Nummer an und wurde sofort mit dem Auftragsdienst des Arztes verbunden. Die Frau am Telefon notierte die Nachricht, die ihr jedoch ganz offenbar rätselhaft schien. Obwohl sie Hatch versicherte, seine Nachricht weiterzuleiten, war er nicht besonders überzeugt, daß seine Vorstellungen von »dringend« sich mit den ihren deckten.

Jetzt erkannte er die Zusammenhänge mit aller Schärfe, und alles ergab einen Sinn, der ihm vorher verborgen geblieben war. Jonas' Frage am Montag in seiner Praxis gewann eine andere Bedeutung: Glaubte Hatch, hatte er gefragt, daß das Böse nur die Folge menschlichen Handelns war, oder meinte er, daß das Böse eine reale Kraft darstellte, eine Präsenz, die sich frei auf der Welt bewegte? Jonas' Geschichte von seiner Frau und Tochter, die er durch einen mörderischen, wahnsinnigen Sohn verloren hatte, und den Sohn durch Selbstmord, stellte nun die Verbindung zu der Frau mit dem Strickzeug her. Die Gemäldesammlungen des Vaters. Die Sammlung des Sohnes. Der dämonische Aspekt der Visionen trug dem Rechnung, was man gemeinhin von einem mißratenen Sohn erwarten durfte, der sich in hirnloser Rebellion gegen den Vater und dessen fest im Leben verankerten Glauben auflehnte. Und dann verband ihn noch ein entscheidender Faktor mit Jeremy Nyebern, die wundersame Wiedererweckung zum Leben durch die Hand ein und desselben Mannes.

»Aber wie paßt das alles zusammen?« wollte Lindsey wissen, als Hatch ihr gerade soviel erzählte wie zuvor der Frau vom Auftragsdienst.

»Ich weiß es nicht.«

Ihm fielen nur die Dinge ein, die er in seinen letzten Visionen gesehen hatte und von denen er kaum die Hälfte begriff. Das, was er begriffen *hatte,* welcher Art nämlich Jeremys Sammlung war, erfüllte ihn mit Angst um Regina.

Da Lindsey im Gegensatz zu Hatch die fragliche Sammlung nicht gesehen hatte, versteifte sie sich nun auf die übersinnliche Verbindung zwischen den beiden, die sich irgendwie – aber nicht ganz – aus der Identität des Killers erklärte. »Was ist mit den Visionen? Wie passen sie in diese verdammte Komposition?« bohrte sie weiter, in dem Bemühen, das Übersinnliche zu begreifen, wie sie in ähnlicher Form die Welt zu verstehen suchte, indem sie sie in Farbe auf ihre Hartfaserplatten bannte.

»Ich weiß es nicht.«
»Dieser telepathische Draht, der dich ihm folgen läßt …«
»Keine Ahnung.«

Sie nahm die Kurve zu großzügig. Sie kamen von der Straße ab und schlidderten über den Seitenstreifen. Der Wagen brach hinten aus, Schotter löste sich unter den Rädern und prasselte an den Unterboden des Wagens. Die Leitplanke kam näher, viel zu nahe, und mit lautem Scheppern rieb sich Blech an Blech. Lindsey gelang es nur mit äußerster Willenskraft, den Wagen unter Kontrolle zu bringen, sie biß sich dabei auf die Unterlippe, als ob sie Blut saugen wollte.

Hatch war sich wohl bewußt, daß er neben Lindsey im Auto saß und sie mit tollkühner Geschwindigkeit über den Highway und durch manch gefährliche Kurve schossen, und konnte doch nicht ablassen, an die Greuel aus seinen Visionen zu denken. Je länger er darüber grübelte, daß Regina Teil dieser grausigen Sammlung werden sollte, desto mehr steigerte sich seine Angst zu rasender Wut. Es war diese siedende, unbezähmbare Wut, die er von seinem Vater kannte, nur daß sie sich diesmal auf ein konkretes Ziel richtete, etwas Verhaßtes, das so eine Raserei rechtfertigte.

Als Vassago sich der Einfahrt zu dem verlassenen Park näherte, warf er noch einen Blick auf das Mädchen, das gefesselt und geknebelt auf dem Beifahrersitz saß. Selbst in dem schwachen Licht konnte er sehen, daß die Kleine an ihren Fesseln gezerrt und sich die Handgelenke blutig gerieben hatte. Trotz ihrer eindeutig hoffnungslosen Lage machte sich die kleine Regina offenbar Hoffnungen, freizukommen, zu fliehen. Was für ein Lebenswille. Wie aufregend.

Das Kind war so einzigartig, daß er die Mutter womöglich gar nicht benötigte, solange ihm eine Möglichkeit einfiel, wie er das Mädchen in seine Sammlung integrieren konnte. Es müßte ein Kunstwerk sein mit der geballten Wirkung all jener Mutter-und-Tochter-Tableaus, die er bereits konzipiert hatte.

Auf einmal drängte es ihn, in sein Museum der Toten zu kommen, wo die Atmosphäre ihn inspirieren würde. Sobald er in die lange Zufahrtsstraße zum Park eingebogen war, gab er Gas.

Vor ein paar Jahren noch säumten exotische Blumen, Sträucher und hohe Palmen die vierspurige Straße. Die Bäume und größeren Gewächse waren inzwischen im Auftrag der Gläubiger ausgegraben und abtransportiert worden, die Blumen nur noch welkes Gestrüpp, seit die Berieselungsanlage ruhte.

Südkalifornien war eine Wüste, von Menschenhand umgestaltet. Entzog sich diese Hand, holte sich die Wüste ihr rechtmäßiges Territorium zurück. Soviel zur natürlichen Begabung des Menschen, Gottes unvollkommener Schöpfung. Der Asphalt hatte Risse bekommen und sich verworfen, an manchen Stellen verschwand er bereits unter dem Wüstensand. Im Scheinwerferkegel tauchten Disteln und anderes Wüstengewächs auf, die ein westwärts wehender Wind aus den versengten Bergen hierher getragen hatte.

Vor den Mauthäuschen drosselte Vassago das Tempo. Sie reichten über alle vier Fahrspuren und waren als Sperre vor unbefugtem Zutritt stehengeblieben und mit so schweren Eisenketten untereinander verbunden, daß ein gewöhnlicher Bolzenschneider nicht ausgereicht hätte, sie zu zerschneiden. Die Kabinen, in denen einst die Kassierer saßen, dienten nun vom Wind entwurzeltem Strauchwerk als Bleibe und Unbelehrbaren als wilde Müllkippe. Vassago steuerte den Wagen um die Kabinen herum, rumpelte über eine niedrige Betoneinfassung, fuhr über die steinharten ehemaligen Blumenbeete, wo sonst eine üppige tropische Bepflanzung den Weg vermehrt hatte, und schwenkte hinter den Mauthäuschen auf den Asphalt zurück.

Am Ende der Zufahrtsstraße schaltete Vassago die Scheinwerfer aus. Er brauchte kein Licht und wußte sich zudem außer Reichweite jeglicher Polizeistreife. In der Dunkelheit entspannten sich seine Augen wieder, und es war ein beruhigendes Gefühl, daß seine Verfolger ihm nicht mehr auf Sicht würden nachjagen können.

Er bog auf den riesigen, verlassen daliegenden Parkplatz und steuerte auf eine Lieferantenstraße in der südwestlichen Ecke des inneren Zauns zu, der das eigentliche Parkgelände begrenzte.

Während der Honda durch die Schlaglöcher rumpelte,

durchwühlte Vassago seine krankhafte Phantasie, die einem Schlachthof *mit wahnsinnigem* Betrieb glich, nach einer brauchbaren Lösung für das künstlerische Problem, vor das dieses Kind ihn stellte. Er entwickelte und verwarf ein Konzept nach dem anderen. Die Darstellung mußte etwas in ihm auslösen. Ihn erregen. Wenn es wirkliche Kunst war, würde er es sofort spüren; sie würde ihn ergreifen.

Während er sich mit Hingabe die Folterqualen für Regina ausmalte, wurde er mit einem Schlag jener anderen fremden Präsenz in dieser Nacht und ihrer rasenden Wut gewahr. Blitzartige Impressionen brachen über ihn herein, er versank in einer Flut vertrauter Bilder mit einer kritischen neuen Komponente: Er erhaschte ein Bild von Lindsey am Steuer eines Wagens … der Hörer eines Autotelefons in einer zitternden Männerhand … und dann das Objekt, das ihn schlagartig aus seinem künstlerischen Dilemma erlöste … ein Kruzifix. Der ans Kreuz geschlagene und gemarterte Christus in der berühmten Pose edler Selbstaufopferung.

Mit einem Lidschlag blinkte er dieses Bild fort, schaute auf das versteinerte Mädchen neben sich, blinkte es wieder weg und sah vor seinem inneren Auge eine Kombination aus beiden – Mädchen und Kreuz. Mit Regina würde er den Akt der Kreuzigung verhöhnen. Großartig, einfach perfekt. Doch nicht etwa auf einem hölzernen Kreuz. Sie mußte auf dem gegliederten Leib der Schlange hingerichtet werden, zu Füßen des gigantischen Luzifer in den tiefsten Tiefen unter der Geisterbahn. Gekreuzigt und ihr geheiligtes Herz entblößt, würde sie als Hintergrund für die ganze Sammlung dienen. So eine grausame und absolut phantastische Verwendung des Mädchens machte die Mutter völlig überflüssig, denn in dieser Pose wäre das Kind allein schon die Krönung seiner Sammlung, sein Meisterwerk.

Hatch versuchte fieberhaft, über sein Autotelefon zum Büro des Bezirkssheriffs von Orange County durchzukommen, und kämpfte noch mit der gestörten Verbindung, als etwas anderes in sein Bewußtsein eindrang, es »erweiterte«. Er »sah« Regina auf vielerlei Arten verstümmelt und entstellt und fing an vor Wut zu zittern. Dann traf ihn die Vision von einem Kruzifix, so gewaltig, so plastisch und so monströs wie ein Keulenschlag, daß er beinahe die Besinnung verlor.

Ohne Lindsey groß zu erklären, was er gesehen hatte, drängte er sie, noch mehr Gas zu geben. Er war unfähig, darüber zu sprechen.

Hatchs tödlicher Schrecken wurde um ein Vielfaches verstärkt, weil er mit aller Schärfe erkannte, was Jeremy mit diesem Frevel auszudrücken beabsichtigte. Hatte Gott sich geirrt, als er Seinen Eingeborenen Sohn als Mann erschuf? Hätte Christus eine Frau sein sollen? Waren es nicht Frauen, die am meisten Schmerzen zu erdulden hatten und sich deshalb als wahres Symbol von Selbstaufopferung, Gnade und Transzendenz anboten? Gott hatte dem Weib eine besondere Sensibilität verliehen, die Gabe des Verstehens und des Mitgefühls, der Hingabe und Fürsorge – und sie dann in eine Welt voll roher Gewalt geworfen, wo ihre einzigartigen Fähigkeiten sie zur leichten Beute von Verbrechern und Pervertierten werden ließen.

In dieser Erkenntnis lag bereits Schrecken genug, ungleich schrecklicher fand Hatch die Vorstellung, daß womöglich jeder x-beliebige Verrückte Jeremy Nyeberns komplexe Einsicht teilte. Wenn ein psychopathischer Mörder eine solche Wahrheit erkennen und ihre theologische Implikation erfassen konnte, mußte die ganze Welt ein Irrenhaus sein. Anders ausgedrückt: Kein Verrückter wäre imstande, auch nur ein Stück davon zu begreifen, wenn dieser Planet ein vernünftiger Ort wäre.

Lindsey erreichte die Zufahrtsstraße nach Fantasy World und bog so schnell und scharf ab, daß der Mitsubishi ins Schleudern geriet und es für einen Augenblick so aussah, als würden sie sich überschlagen. Doch er blieb aufrecht auf seinen vier Rädern. Lindsey schlug den Lenker bis zum Anschlag ein, zog den Wagen herum und trat das Gaspedal durch.

Nicht Regina. Unter gar keinen Umständen durfte er zulassen, daß Jeremy seine perverse Vision mit diesem Unschuldslamm in die Tat umsetzte. Hatch würde sein Leben dafür geben, wenn er es verhindern könnte.

Angst und Wut schäumten in ihm. Das Plastikgehäuse des

schnurlosen Telefons in seiner Rechten knackte, als wollte es unter seinem festen Griff wie eine Eierschale zerbrechen.

Mauthäuschen tauchten aus dem Dunkel vor ihnen auf. Lindsey bremste unentschlossen ab, dann entdeckten sie und Hatch gleichzeitig die Reifenspuren auf der Erde, Lindsey steuerte den Wagen nach rechts und über die Betoneinfassung, die einmal zu einer Blumenrabatte gehört hatte.

Er mußte seine Wut zügeln, durfte ihr nicht nachgeben wie sein Vater, denn wenn er sich jetzt nicht in der Gewalt hatte, war Regina so gut wie tot. Wieder wählte er die 911 für den Notruf, er mußte einen kühlen Kopf bewahren. Er durfte sich nicht auf das Niveau dieses wandelnden Stück Drecks begeben, mit dessen Augen er die gefesselten Handgelenke und den schreckerfüllten Blick seines Kindes gesehen hatte.

Die rasende Wut, die ihn über den telepathischen Draht überfiel, erregte Vassago ungemein, stachelte seine eigenen Haßgefühle an und bestärkte ihn in seinem Entschluß, nicht mehr zu warten, bis er beide, die Frau und das Mädchen, in seiner Gewalt hatte. Allein die Aussicht auf die einzigartige Kreuzigung erfüllte ihn mit soviel Haß und Abscheu, daß er sich in seinem künstlerischen Konzept bestätigt fühlte. Hatte er es erst einmal mit dem Körper des grauäugigen Mädchens umgesetzt, würde sein Kunstwerk ihm die Pforten zur Hölle wieder öffnen.

Er mußte am Anfang der Lieferantenstraße anhalten, weil sie durch ein Tor mit Vorhängeschloß versperrt schien. Das massive Vorhängeschloß hatte er schon vor langem aufgebrochen. Es hing nur noch zum Schein an dem Haken. Vassago stieg aus, schwang das Tor auf, fuhr hindurch, stieg erneut aus und schob es zu.

Als er sich wieder hinter das Steuer klemmte, beschloß er, den Honda nicht in der Tiefgarage zu parken und auch nicht durch die Katakomben in sein Museum des Todes zu gehen. Keine Zeit. Gottes getreue, aber lahme Gefolgsleute arbeiteten sich allmählich an ihn heran. Er mußte noch viel erledigen, so viel, in so wenigen, kostbaren Minuten. Das war nicht fair. Er brauchte Zeit. Jeder Künstler brauchte *Zeit.* Um ein paar Minuten herauszuschinden, würde er über die breiten Gehwege fahren, zwischen den verlassenen und verfallenen Buden und Pavillons hindurch und direkt vor der Geisterbahn parken, das Mädchen dann über die ausgetrocknete Lagune und durch die Tore für die Gondeln tragen, durch die Tunnel mit dem Gleiskettenmechanismus und direkt hinunter in die Hölle.

Während Hatch noch mit dem Büro des Bezirkssheriffs telefonierte, bog Lindsey auf den Parkplatz ein. Die hohen Bogenlampen verströmten kein Licht. Die riesige leere Parkfläche breitete sich in alle Richtungen wie eine graue Asphaltwüste. Vor Lindsey stand unbeleuchtet das verfallene Schloß, durch das die Besucher damals in Fantasy World eintraten. Jeremy Nyeberns Auto war nirgendwo zu entdecken, es gab auch keine Reifenspur auf dem windgepeitschten, nackten Asphalt.

Lindsey fuhr so dicht wie möglich an das Schloß heran. Vor den Kassenhäuschen und einer Reihe betonierter Einweisungspoller machte sie halt. Sie sahen eher wie Panzersperren aus.

Hatch knallte den Telefonhörer in die Halterung. Lindsey wußte nicht genau, was sie aus dem Telefongespräch schließen sollte, denn Hatchs Antworten hatten sich zwischen Bitten und wütendem Beharren bewegt. Ebensowenig wußte sie, ob die Polizei kommen würde oder nicht, sie fühlte sich so pressiert, daß sie keine Zeit für Fragen hatte. Sie wollte nur los, los, los. Sobald der Wagen stand, schaltete sie die Automatik in Parkposition und machte sich nicht einmal die Mühe, den Motor oder die Scheinwerfer auszuschalten. Das Scheinwerferlicht gefiel ihr, wenigstens etwas in dieser beklemmenden Finsternis. Sie stieß die Fahrertür auf, entschlossen, zu Fuß weiterzugehen. Hatch schüttelte den Kopf und holte seine Pistole heraus.

»Was?« stieß sie ungläubig hervor.

»Er ist irgendwie und irgendwo hineingefahren. Ich denke, daß ich den Kerl schneller finde, wenn wir ihm auf der Spur bleiben und ich den Kontakt mit ihm halte. Außerdem ist dieser Park so verdammt riesig, daß wir besser den Wagen nehmen.«

Lindsey klemmte sich wieder hinter das Steuer, warf den Gang rein und fragte: »*Wohin?*«

Hatch zögerte nur eine Sekunde lang, vielleicht den Bruchteil einer Sekunde, gerade so lange, wie man womöglich brauchte, um ein paar hilflose kleine Mädchen umzubringen, bis er antwortete. »Links, fahr nach links, am Zaun entlang.«

2

Vassago parkte an der Lagune, stellte den Motor ab, stieg aus und ging um den Wagen herum zur Beifahrertür. Er öffnete sie und sagte: »Wir sind da, mein Engel. Ein Vergnügungspark, wie ich dir versprochen habe. Ist das nicht lustig? Freust du dich?«

Er drehte Regina auf ihrem Sitz herum, bis ihre Beine aus der geöffneten Wagentür hingen. Dann zog er sein Schnappmesser aus der Jackentasche, ließ die scharfgeschliffene Klinge herausschnellen und hielt sie dem Mädchen vors Gesicht.

Obwohl der Mond nur als schmale Sichel am Himmel stand und ihre Augen nicht so empfindlich waren wie Vassagos, konnte sie das Messer in der Dunkelheit erkennen. Vassago ergötzte sich an dem Erschrecken, das in ihren Augen aufblitzte.

»Ich werde dir die Fesseln an den Beinen zerschneiden, damit du laufen kannst«, erklärte er und drehte die Klinge des Messers langsam, wie in Zeitlupe, daß der metallische Schimmer wie Quecksilber über die Schneide zu kullern schien. »Wenn du so dumm bist, nach mir zu treten, wenn du glaubst, mich am Kopf zu erwischen und lang genug auszuschalten, damit du abhauen kannst, wirst *du* ausgeschaltet, mein Engel. Da läuft nichts, und dann müßte ich dir auch noch weh tun, und dir eine Lektion zu erteilen. Hörst du, mein Schatz? Hast du mich verstanden?«

Aus Reginas geknebeltem Mund kam ein unterdrückter Laut, den Vassago als Einverständnis auslegte. »Brav«, sagte er. »Braves Mädchen. Und so klug. Du wirst einen schönen Jesus abgeben, nicht wahr? Einen wirklich schönen kleinen Jesus.«

Vassago schnitt Regina die Fußfesseln durch und half ihr aus dem Wagen. Sie stand etwas unsicher auf den Füßen, vermutlich hatten sich ihre Muskeln während der Autofahrt verkrampft, er hatte jedoch nicht die Absicht, sie herumtrödeln zu lassen. Er packte Regina am Arm, ließ ihre Hände gefesselt und den Knebel, wo er war, und zerrte sie um den Wagen herum zu der Einfassungsmauer des Lagunensees.

Die Mauer maß an der Außenseite rund einen halben Meter und doppelt soviel an der Innenseite, wo sich einst Wasser befunden hatte. Vassago half Regina über die Mauer und auf den trockenen Betonboden des weiten Lagunenbeckens. Regina haßte es, wenn er sie anrührte, selbst mit Handschuhen, weil sie seine Kälte durch die Handschuhe hindurch spüren konnte oder vermeinte, sie zu spüren. Seine Kälte und seine feuchte Haut. Sie hätte schreien mögen, obwohl sie wußte, daß das mit dem Knebel im Mund nicht ging. Wenn sie versuchte zu schreien, würde sie nur ein Würgen hervorbringen und kaum mehr Luft bekommen, also ließ sie sich über die Mauer helfen. Selbst wenn er ihre bloße Hand nicht anfaßte, sie nur am Arm packte, und ihr Ärmel noch zwischen ihnen war, wurde ihr von der Berührung so übel, daß sie befürchtete, sich erbrechen zu müssen, und sie bezwang diesen Drang nur mit der Vorstellung, daß sie mit dem Knebel im Mund an ihrem eigenen Erbrochenen ersticken würde.

In zehn langen, leidvollen Jahren hatte Regina einige Tricks entwickelt, die ihr über schlechte Momente hinweghalfen. Da war zum einen der Es-hätte-auch-schlimmer-kommen-können-Trick, bei dem sie sich vorstellte, daß ihr auch noch ein anderes Mißgeschick widerfahren könnte, als es gegenwärtig der Fall war. Daß sie zum Beispiel tote Mäuse im Schokoladenmantel essen müßte, wenn sie sich gerade einmal wieder selbst bedauerte, weil es nur Zitronengelee mit Pfirsichen zum Nachtisch gab. Oder daß sie zu allem Übel auch noch blind wäre. Nach dem gräßlichen Schock ihrer ersten Adoption, als die Dotterfields sie zurückgeschickt hatten, brachte sie Stunden mit geschlossenen Augen zu, nur um sich selbst zu beweisen, was sie hätte durchmachen müssen mit dieser zusätzlichen Behinderung. Der Es-hätte-auch-schlimmer-kommen-können-Trick funktionierte hier leider überhaupt nicht, weil sie sich gar nichts Schlimmeres vorstellen konnte als ihre jetzige Lage, allein mit diesem Fremden, der ganz in Schwarz gekleidet war, auch nachts noch eine Sonnenbrille trug und sie »Baby« nannte und »Schätzchen«. Ihre anderen Tricks klappten allerdings auch nicht.

Während er sie ungeduldig über das Lagunenbecken zerrte, zog sie ihr rechtes Bein nach, als ob das Gehen ihr große Mühe machte. Sie mußte Zeit schinden, um nachdenken, sich einen neuen Dreh ausdenken zu können.

Schließlich war sie noch ein Kind, und so einfach fielen einem keine guten Tricks ein, selbst dann nicht, wenn man so gerissen war wie sie. Ja, nicht einmal einem Kind, das zehn Jahre lang so viele schlaue Drehs und Kniffe erdacht hatte, um den anderen vorzugaukeln, daß sie auf sich selbst aufpassen konnte, daß sie zäh war und daß sie niemals weinte. Nur war jetzt ihre Trickkiste erschöpft, und Regina empfand größere Angst als je zuvor in ihrem Leben.

Er zerrte sie an großen Flachbooten vorbei, wie die Gondeln in Venedig, die sie von Bildern her kannte, doch diese hier hatten einen drachenförmigen Bug wie Wikingerschiffe. Der Fremde riß sie schon wieder weiter, und so humpelte sie an einem fürchterlich schnaubenden Schlangenkopf vorbei, der noch größer war als sie selbst.

Welke Blätter und Papierreste rotteten in dem leeren Bekken vor sich hin. In der manchmal kräftig aufblasenden Nachtbrise wirbelte der Dreck mit dem Klatschen einer gespenstischen See um sie herum.

»Komm schon, mein Schätzchen«, sagte er mit honigsüßer und doch kalter Stimme. »Ich möchte, daß du dein Golgatha zu Fuß erklimmst, genau wie Er. Findest du nicht auch, daß das passender wäre? Ist das zuviel verlangt? Hm? Ich bestehe ja nicht darauf, daß du auch noch dein eigenes Kreuz hinaufschleppst, nicht wahr? Was meinst du, mein Schatz, wirst du gefälligst *deinen Hintern in Bewegung setzen?*«

Regina wurde von Todesangst gepackt, keine List vermochte ihr mehr zu helfen, kein Trick ihre Tränen zurückzuhalten. Sie zitterte und begann zu weinen, und ihr rechtes

Bein wurde nun wirklich schwach, so daß sie nicht mehr imstande war, aufrecht zu stehen, geschweige denn, schneller zu gehen, wie er es verlangte.

In alten Zeiten hätte sie sich in einem solchen Augenblick an Gott gewandt, hätte mit ihm geredet und geredet, weil niemand sonst sich so oft und so offen mit Gott unterhielt, wie sie es seit ihrer jüngsten Kindheit tat. Sie hatte allerdings auch schon im Auto mit Ihm gesprochen und nicht gemerkt, daß Er sie hörte. In all den Jahren war ihre Unterhaltung immer einseitig gewesen, gewiß, doch sie merkte jedesmal, ob Er ihr zuhörte, zumindest spürte sie einen Hauch Seines großen, steten Atems. Jetzt wußte sie mit Sicherheit, daß Er nicht hinhörte, denn wenn Er erkannte, in welch verzweifelter Lage sie sich befand, hätte Er nicht gezögert, ihr dieses eine Mal zu antworten. Er war fort, verschwunden, und sie fühlte sich so verlassen wie nie.

Als die Tränen und ihre Schwäche sie so übermannten, daß sie überhaupt nicht mehr vorwärts kam, hob der Fremde sie auf. Er war sehr stark. Regina sträubte sich nicht, hielt sich aber auch nicht an ihm fest. Sie verschränkte einfach die Arme vor ihrer Brust, ballte ihre Hände zu kleinen Fäusten und zog sich innerlich vor ihm zurück.

»Laß mich dich tragen, mein kleiner Jesus«, sagte er. »Mein süßes Lämmchen, es ist mir eine Ehre, dich tragen zu dürfen.« Trotz der süßen Worte schwang keine Wärme in seiner Stimme. Bloß Hohn und Haß. Sie kannte diesen Ton, hatte ihn schon hundertmal gehört. Egal, was man anstellte, um dazuzugehören und mit jedermann gut Freund zu sein, es gab Kinder, die einen verabscheuten, wenn man sich zu sehr von ihnen unterschied, und in ihren Stimmen lag dann genau dieses Etwas, das einen schaudern ließ.

Er trug sie durch die offenstehenden morschen Türen in eine Finsternis, in der sie sich ganz klein fühlte.

Lindsey machte sich nicht einmal die Mühe auszusteigen und nachzusehen, ob das Tor sich öffnen ließ. Als Hatch die Richtung wies, trat sie einfach das Gaspedal ganz durch. Der Wagen bäumte sich auf und schoß vorwärts. Sie bahnten sich krachend ihren Weg auf das Parkgelände, rissen das Tor um und handelten sich noch ein paar weitere Schäden an ihrem bereits verbeulten Wagen ein, einschließlich eines kaputten Scheinwerfers.

Auf Hatchs Anweisungen hin folgte Lindsey einer Lieferantenstraße, die um den halben Park herum führte. Zu ihrer Linken erstreckte sich ein hoher Zaun, an dem die knorrigen, borstigen Reste von wildem Wein hingen, der einst den Maschendraht überzogen hatte und dann verdorrt war, nachdem man das Berieselungssystem abgeschaltet hatte. Zur Rechten ragten die Rückwände der verschiedenen Karussells und Achterbahnen auf, die so solide gebaut waren, daß sie nicht so leicht demontiert werden konnten. Es gab auch Gebäude mit phantasievollen Fassaden, die von hinten durch Stützbalken gehalten wurden.

Sie bogen von der Lieferantenstraße ab und fuhren auf einem Weg entlang, der einst als Promenade für die Parkbesucher gedient hatte. Von Wind und Sonne und Jahren der Verwahrlosung lädiert, reckte sich vor Lindsey das stählerne Gerüst des größten Riesenrads, das sie je gesehen hatte, in den Nachthimmel wie das Skelett eines Leviathan, das von unbekannten Aasfressern saubergepickt worden war.

Vor einem riesigen Gebäude an der Seite eines leeren Bekkens, das einmal ein großer See gewesen sein mußte, parkte ein Wagen.

»Die Geisterbahn«, sagte Hatch, weil er sie schon einmal, mit anderen Augen, gesehen hatte.

Das Gebäude sah mit seinen drei Dachspitzen wie ein dreimanegiges Zirkuszelt aus. Die Gipswände verfielen leise vor sich hin. Lindsey konnte immer nur einen Ausschnitt des Gebäudes im Lichtkegel ihrer Taschenlampe erkennen, und ihr gefiel nicht ein Stück davon. Von Natur aus nicht abergläubisch – obwohl sie angesichts der täglichen Ereignisse rasch dazulernte –, spürte sie mit untrüglichem Instinkt eine Aura des Todes über der Geisterbahn, genauso wie sie den Kältehauch bemerken würde, der von einem Eisblock ausging.

Sie parkte hinter dem anderen Wagen, einem Honda. Die Insassen mußten den Wagen in größter Eile verlassen haben, denn beide Türen standen offen, und die Innenbeleuchtung brannte.

Lindsey griff nach ihrer Pistole und der Taschenlampe, stieg aus dem Mitsubishi und rannte auf den Honda zu, warf einen Blick ins Wageninnere. Keine Spur von Regina.

Zu Lindseys neuen Erfahrungen gehörte, daß Angst und Furcht nur bis zu einem gewissen Grad wachsen konnten. Jeder Nerv lag bloß. Das Gehirn vermochte keine neuen Daten mehr zu verarbeiten, mithin verharrte es auf dem einmal erreichten Gipfel des Schreckens. Neue Schocks oder neue schreckliche Gedanken steigerten die Angst nicht weiter, weil das Gehirn einfach alte Daten löschte, um Speicherplatz für neue zu schaffen. Sie könnte sich kaum an die Geschehnisse zu Hause oder an die unwirkliche Autofahrt zum Park erinnern; das meiste war verschwunden bis auf wenige Erinnerungsfetzen, und das erlaubte ihr, sich ganz auf das Jetzt und Hier zu konzentrieren.

Im Schein der Wagenbeleuchtung und im Lichtstrahl ihrer Taschenlampe sah Lindsey einen etwa einen Meter langen Strick auf der Erde liegen. Sie hob ihn auf und untersuchte ihn. Er war einmal zu einer Schlinge geknüpft und dann am Knoten durchgeschnitten worden.

»Das muß Reginas Fußfessel gewesen sein«, sagte Hatch. »Er wollte wohl, daß sie selber geht.«

»Und wo sind sie jetzt?«

Hatch schwenkte die Taschenlampe über die trockengelegte Lagune, über drei große, graue, gekantete Gondeln mit prächtigen Bugfiguren bis hin zu dem hölzernen Doppeltor im Sockel der Geisterbahn. Das eine Tor hing schief in den Angeln, das andere stand weit offen. Die Taschenlampe wurde von vier Batterien betrieben, doch reichte ihr Lichtstrahl nicht, um in die gähnende Dunkelheit hinter dem Tor zu leuchten.

Lindsey sprang aus dem Wagen und kletterte über die Einfassungsmauer des Lagunensees. Obwohl Hatch hinter ihr herrief, sie solle warten, vermochte sie nicht mehr zu überlegen oder gar anzuhalten – wie konnte er bloß? – und wurde nur noch von dem Gedanken getrieben, daß Regina sich in der Gewalt von Nyeberns wiedererwecktem wahnsinnigen Sohn befand.

In Lindsey überwog die Angst um Reginas Leben die Sorge um ihre eigene Sicherheit. Doch in dem Bewußtsein, daß sie am Leben bleiben mußte, wenn Regina gerettet werden sollte, schwenkte sie die Taschenlampe hin und her, ließ den Lichtkegel von einer Seite zur anderen wandern und hielt ein wachsames Auge auf die Schatten der Gondeln.

Welke Blätter und Papierfetzen tanzten im Wind, drehten Kreise über dem Boden des wasserlosen Sees und wirbelten hoch in die Luft. Sonst rührte sich nichts.

Hatch holte Lindsey am Eingang zur Geisterbahn ein. Er hatte mit dem Strick noch schnell seine Taschenlampe auf dem Kruzifix festgebunden. Mithin konnte er beide in einer Hand halten und gleichermaßen mit dem Haupt Christi dahin weisen, wo er hinleuchtete. Seine Rechte blieb frei für die Pistole. Die Schrotflinte hatte er zurückgelassen. Wäre die Taschenlampe statt dessen an den Lauf der Flinte gebunden, hätte er jetzt beide Waffen dabei. Offenbar hielt er das Kruzifix jedoch für die bessere Wahl.

Lindsey wußte sich nicht zu erklären, warum Hatch die Christusstatue aus Reginas Zimmer genommen hatte. Er vermutlich auch nicht. Sie wateten bereits bis zum Nabel im trüben Wasser des Unbekannten, und Lindsey hätte sich zusätzlich zu dem Kruzifix auch noch einen Kranz aus Knoblauchblüten, ein Fläschchen mit Weihwasser, ein paar Silberkugeln und ähnlich hilfreiches Gerät gewünscht.

Als Malerin hatte sie immer schon die Auffassung vertreten, daß die solide und sichere Welt der fünf Sinne nicht *alles* bedeutete, und diese Erkenntnis in ihre Bilder einfließen lassen. Nun band sie sie lediglich in den Rest ihres Lebens ein, überrascht, daß sie erst jetzt darauf kam.

Sie folgten dem Lichtkegel ihrer Taschenlampen, der die Dunkelheit vor ihnen zerschnitt, und traten in das Gebäude ein.

Reginas List hatte sich doch noch nicht ganz erschöpft. Sie fand noch einen neuen Dreh.

Ganz tief im Inneren ihres Kopfes entdeckte sie einen Raum, in dem sie Schutz suchen, die Tür abschließen und sicher sein konnte, einen Winkel, den nur sie allein kannte und wo niemand sie finden würde. Ein hübsches Zimmer, mit pfirsichfarbenen Tapeten, gedämpftem Licht und einem

Bett mit gemalten Blumen drauf. War sie einmal drin, ließ sich die Tür nur von innen wieder aufmachen. Es gab keine Fenster. Befand sie sich erst einmal im geheimsten aller Schlupfwinkel, spielte es keine Rolle, was mit der anderen Regina geschah, der physischen Regina da draußen in der abscheulichen Welt. Die *richtige* Regina saß sicher und ruhig in ihrem Versteck, jenseits von Angst und Schmerzen, jenseits von Tränen, Zweifeln und Traurigkeit. In dieses Zimmer drang kein Laut, schon gar nicht die tückisch sanfte Stimme des schwarzgekleideten Mannes. Über den Raum konnte sie nicht hinaussehen, es gab nur die pfirsichfarbenen Wände, ihr bemaltes Bett, das gedämpfte Licht, keine Dunkelheit. Nichts von jenseits des Raumes vermochte sie wirklich anzurühren, erst recht nicht die blassen, flinken Hände, die unter den Handschuhen zum Vorschein gekommen waren.

Und das Wichtigste, in ihrem Refugium gab es nur den Duft von Rosen, wie die auf ihrem Bett, rein und süß. Nicht den widerlichen Geruch von toten Sachen. Niemals den ekelerregenden Gestank von Verwesung, der einen Brechreiz verursachte, an dem man beinahe erstickte, wenn man ein zusammengeknülltes, speichelnasses Tuch im Mund stecken hatte. Nichts dergleichen, niemals, nicht in ihrem geheimen Versteck, ihrem gesegneten Refugium, ihrer geheiligten, sicheren und einzigartigen Zuflucht.

Irgend etwas mußte mit dem Mädchen geschehen sein. Ihre einmalige Vitalität, die sie so reizvoll machte, war verschwunden.

Als Vassago sie in der Hölle vor der gewaltigen Luziferstatue absetzte, dachte er zunächst, sie sei ohnmächtig geworden. Aber daran lag es nicht. Denn als er sich neben sie kniete und sein Ohr an ihre Brust legte, hörte er, wie ihr Herz raste. Es raste wie ein Hase, dem der Fuchs bereits im Nakken saß. Mit so einem Herzschlag konnte man wohl schlecht bewußtlos sein.

Hinzu kam, daß ihre Augen offenstanden. Sie starrte stur geradeaus, als ob es nichts gab, was ihren Blick zu fesseln vermochte. Natürlich konnte sie ihn nicht so im Dunkeln sehen wie er sie, genaugenommen konnte sie gar nichts sehen, das war aber nicht der Grund für diesen starren Blick. Als er ihr rechtes Augenlid mit dem Finger anschnippte, zuckte sie nicht zurück, ja, sie blinkte nicht einmal. Auf ihren Wangen sah er angetrocknete Tränenspuren, doch keine neuen Tränen wallten auf.

Schizophren. Dieses kleine Biest hatte ihn ausgetrickst, sich innerlich abgeschottet und auf ein Minimum reduziert. Das paßte ihm überhaupt nicht ins Konzept. Der Wert seiner Darbringung ließ sich nur an der Vitalität des Opfers ermessen. Seine Kunst stellte Lebensenergie, Todesangst, Marter und Pein dar. Was für eine Aussage konnte er mit diesem kleinen grauäugigen Jesus machen, wenn sie ihre Todesqualen nicht zu empfinden und zu offenbaren vermochte?

Vassago war wütend, die Kleine brachte ihn so zur Weißglut, daß er keine Lust mehr auf bloße Spielchen hatte. Die eine Hand immer noch auf ihrer Brust, über ihrem Hasenherzen, zog er mit der anderen sein Schnappmesser hervor und ließ es aufspringen.

Selbstbeherrschung.

Er hätte sie jetzt und hier aufschlitzen und mit Ergötzen spüren mögen, wie ihr Herz unter seinem Griff aufhörte zu zucken, nur daß er eben ein Meister des Spiels war und die Regeln der Selbstdisziplin beherrschte. Er wußte einem so kurzlebigen Kitzel im Hinblick auf einen ausgiebigeren Genuß und vielversprechenderen Gewinn zu widerstehen. Er zögerte nur eine Sekunde, bevor er das Messer wieder wegsteckte.

Das hatte er nicht nötig.

Seine Entgleisung überraschte ihn.

Vielleicht würde die Kleine aus ihrer Trance erwachen, wenn er dabei war, sie seiner Sammlung einzuverleiben. Falls nicht, würde der erste eingeschlagene Nagel sie zur Besinnung bringen und zu dem brillanten Kunstwerk machen, das er von ihr erwartete.

Vassago wandte sich seinem Werkzeug zu, das sich da stapelte, wo seine im Kreis angeordnete Sammlung derzeit endete. Er besaß diverse Hämmer und Schraubenzieher, Schraubenschlüssel und Zangen, Sägen und eine Gehrlade;

einen batteriebetriebenen Bohrer mit den dazugehörigen Aufsätzen, dazu Schrauben und Nägel, Stricke und Draht, Klemmen jeder Art und was ein handwerklich geschickter Mensch sonst noch so alles brauchte. All das hatte er bei Sears gekauft, als ihm klar wurde, daß er zum richtigen Arrangieren und Aufstellen eines jeden Kunstwerks gut durchdachte Konstruktionen oder Halterungen bauen mußte und in einigen Fällen sogar die passende Kulisse. Das Material, mit dem er arbeitete, ließ sich nicht so einfach verwenden wie Öl- oder Aquarellfarben, Ton und Granit, weil die Schwerkraft den Hang hatte, manchen künstlerischen Effekt rasch zunichte zu machen.

Die Zeit lief ihm davon, ihm waren zwei Leute auf den Fersen, die kein Verständnis für seine Kunst aufbrachten und ihm spätestens bei Tagesanbruch den Vergnügungspark verleidet haben würden. Das hätte dann aber keine Bedeutung mehr, wenn es ihm gelang, seiner Sammlung ein letztes Kunstwerk hinzuzufügen, das sie abrundete und ihm die wohlverdiente Anerkennung eintrug.

Beeilung also.

Bevor er das Mädchen jedoch auf die Füße zerrte und in eine stehende Position brachte, mußte er probieren, ob er einen Nagel in den Leib des reptilartigen Spuk-Luzifer schlagen konnte. Er schien aus Hartgummi, wenn nicht aus Kunststoff gemacht. Je nachdem, wie stark, spröde oder elastisch das Material war, würde der Nagel hineingleiten, abprallen oder sich verbiegen. Sollte indes die Haut dieses Pseudoteufels zu großen Widerstand leisten, mußte er den batteriebetriebenen Bohrer statt des Hammers benutzen und Fünf-Zentimeter-Schrauben anstelle von Nägeln verwenden. Genau besehen, würde eine moderne Note bei der Neuinszenierung dieses antiken Rituals den Gesamteindruck des Kunstwerks jedoch kaum beeinträchtigen.

Er nahm den Hammer zur Hand. Plazierte den Nagel. Mit dem ersten Hammerschlag verschwand der Nagel bereits zu einem Viertel in Luzifers Bauch. Nach dem zweiten Schlag schaute er nur noch zur Hälfte heraus.

Mit Nägeln funktionierte es also.

Vassago warf einen Blick auf das Mädchen, das immer noch

mit dem Rücken an die Statue gelehnt auf dem Boden hockte. Es hatte keine Reaktion auf die Hammerschläge gezeigt.

Vassago war enttäuscht, aber nicht entmutigt.

Ehe er das Mädchen aufrichtete, legte er alles zurecht, was er brauchte. Ein paar Holzkeile, um die Kleine in der richtigen Stellung zu halten, bis sie festgenagelt war. Zwei Nägel und noch ein paar längere mit scharfer Spitze, die man beinahe schon Bolzen nennen konnte. Den Hammer nicht vergessen. Rasch. Kleinere Nägel und eine Handvoll Stahlstifte, die er in ihre Brauen treiben würde, als Ersatz für die Dornenkrone. Das Schnappmesser für die Wunde, die der gehässige Zenturion mit seiner Lanze schlug. Noch etwas? Denk nach. Schnell. Er hatte keinen Essig und keinen Schwamm, folglich würde er mit der Tradition brechen müssen und den sterbenden Lippen keinen labenden Trunk anbieten können. Er glaubte jedoch nicht, daß dieser kleine Makel von dem Gesamtkunstwerk ablenken würde.

Er war bereit.

Hatch und Lindsey drangen tiefer in den Tunnel vor, gingen so schnell sie es wagten und wurden nur von der Notwendigkeit gebremst, jede Nische und jeden raumgroßen Winkel, der sich vor ihnen öffnete, mit der Taschenlampe auszuleuchten. Der Lichtstrahl rief tanzende Schatten auf den Stalagmiten und Stalaktiten und anderen mannshohen Felsformationen hervor, doch alle bedrohlich dunklen Öffnungen erwiesen sich als leer.

Zwei kräftige Schläge, wie Hammerschläge, hallten aus der Tiefe der Geisterbahn wider. Der eine folgte unmittelbar auf den anderen. Dann war es still.

»Er ist irgendwo vor uns«, flüsterte Lindsey. »Nicht allzu dicht. Wir können weitergehen.«

Hatch nickte.

Sie pirschten sich weiter durch den Tunnel, ohne alle die Wandvertiefungen zu untersuchen, in denen einst die mechanischen Monster gesteckt hatten. Unterwegs hatte sich der Kontakt zwischen Hatch und Jeremy Nyebern wiederhergestellt. Hatch konnte die Erregung des Irren spüren, eine obszöne, pulsierende Gier. Zudem empfing er zusammenhanglose Bilder: Nägel, einen Bolzen, einen Hammer, zwei Holzkeile, einen Satz Stahlstifte, die schlanke Stahlklinge eines Messers, das aus dem Federheft sprang …

Hatchs Wut steigerte sich in dem Maße, wie seine Furcht wuchs. Entschlossen, sich nicht von den wirren Visionen ablenken zu lassen, drang er weiter vor, bis er an das Ende des waagerecht verlaufenden Tunnels kam und ein paar Stufen hinunterstolperte. Jetzt erst merkte er, daß der Tunnelboden steil abfiel.

Da traf ihn der Gestank zum erstenmal. Die Zugluft ließ ihn aufsteigen, brachte ihn nach oben. Hatch rang mit einem Brechreiz, hörte Lindsey ebenfalls würgen. Er riß sich zusammen und schluckte ein paarmal hart.

Hatch wußte, was sie erwartete. Halbwegs zumindest. Die Visionen, die ihn während der Autofahrt beutelten, hatten ihm eine Ahnung von der Sammlung vermittelt. Wenn er jetzt nicht die Zähne zusammenbiß und seinen Ekel hinunterschluckte, würde er es nie bis ganz auf den Grund dieser Höllengruft schaffen, und das mußte er, wollte er Regina retten.

Offenbar begriff Lindsey ohne Worte, sie unterdrückte ihren Brechreiz und folgte Hatch in die Tiefe.

Zuerst fiel Vassago der Lichtschein am oberen Ende der großen Höhle auf. Er kam aus dem Tunnel, der in den ehemaligen Wildwasserkanal führte. Die Schnelligkeit, mit der sich das Licht näherte, ließ keinen Zweifel daran, daß er das Mädchen seiner Sammlung nicht mehr würde einverleiben können, bis die Verfolger über ihn herfielen. Er wußte, wer sie waren. Er kannte sie aus seinen Visionen, wie sie offenbar ihn. Lindsey und ihr Mann mußten ihm den ganzen Weg von Laguna Beach bis hierher gefolgt sein. Allmählich dämmerte ihm, daß bei dieser Geschichte mehr Kräfte mitwirkten, als es zunächst den Anschein hatte.

Vassago erwog abzuwarten, bis die beiden den Kanal in die Hölle heruntergestiegen waren, sich dann von hinten anzuschleichen, den Mann umzubringen, die Frau unschädlich zu machen und dann eine *Doppelkreuzigung* zu inszenieren. Allerdings gab es da etwas um den Mann, was ihm nicht behagte. Er wußte nur nicht zu sagen, was.

Immerhin gestand er sich ein, daß er trotz seiner gespielten Tapferkeit einer Konfrontation mit dem Mann aus dem Weg gegangen war. Er hätte abends in ihrem Haus, als er das Überraschungsmoment noch auf seiner Seite hatte, besser zuerst den Mann überrumpelt und erledigt und sich dann Regina oder Lindsey geschnappt. Dann hätte er jetzt womöglich beide, die Frau und das Kind, in seiner Gewalt und wäre schon gemütlich dabei, sie zu verstümmeln.

Der helle Schimmer über ihm hatte sich mittlerweile in die Lichtkegel zweier Taschenlampen verwandelt. Sie verweilten kurz am Rand des Kanals und wanderten dann nach unten. Vassago trug im Augenblick keine Sonnenbrille, und die grellen Lichthiebe ließen ihn blinzeln.

Wie vorher schon einmal, beschloß er auch jetzt wieder, es nicht mit dem Mann aufzunehmen und statt dessen mit dem Mädchen den Rückzug anzutreten. Nur daß er diesmal über seine Besonnenheit staunte.

Ein Meister des Spiels, sagte er sich, muß Selbstbeherrschung beweisen und den richtigen Zeitpunkt für die Demonstration seiner Macht und Überlegenheit wählen.

Gewiß. Nur daß ihm diese Überlegung diesmal eher eine fadenscheinige Rechtfertigung dafür zu sein schien, daß er eine Konfrontation scheute.

Blödsinn. Er fürchtete nichts und niemanden auf dieser Welt.

Das Licht der Taschenlampen bewegte sich noch ein ganzes Stück von ihm entfernt über den Boden des Kanals, sie hatten noch nicht einmal die Hälfte der Strecke geschafft. Vassago konnte hören, wie ihre Schritte immer lauter wurden und von den Wänden widerhallten, als das Paar sich der großen Höhle näherte.

Er packte das starre Kind, hob es auf wie eine Feder und legte es sich über die Schulter. Dann eilte er lautlos auf jene Felsformationen zu, hinter denen sich, wie er wußte, die Tür zum Betriebsraum befand.

»O mein Gott, wie entsetzlich.«

»Schau nicht hin«, sagte Hatch zu Lindsey, während er den Strahl seiner Taschenlampe über die makabre Sammlung gleiten ließ. »Schau um Gottes willen nicht hin, gib mir Rückendeckung und sieh zu, daß er uns nicht von hinten angreift.«

Sie folgte seinen Anweisungen und wandte sich dankbar von den in verschiedenen Stadien der Verwesung kunstvoll arrangierten Kadavern ab. Selbst mit hundert würden diese Formen und Fratzen sie noch in ihren Träumen verfolgen. Was machte sie sich da eigentlich vor – ihren hundertsten Geburtstag würde sie nie erleben, und allmählich stellte sich ihr die bange Frage, ob sie diese Nacht je überlebte.

Schon bei dem Gedanken, diesen *Todesgestank* einzuatmen, mußte Lindsey sich heftig übergeben. Sie tat es auch, weil es den anderen Gestank überlagerte.

Eine unglaubliche Finsternis umgab sie. Der Schein der Taschenlampe vermochte kaum durchzudringen. Die Dunkelheit schien zäh wie Sirup und floß immer wieder in das Loch zurück, das der Lichtstrahl gebohrt hatte.

Lindsey hörte, wie Hatch zwischen der makabren Sammlung von Leichen herumstieg, und wußte, was er bezweckte – rasch einen Blick auf jede einzelne Gestalt werfen und sich vergewissern, daß Jeremy Nyebern nicht zwischen ihnen hockte, ein lebendes Monster inmitten der Verwesung anheimgefallener Ungeheuer, das nur darauf wartete, sie aus der Dunkelheit anzuspringen.

Wo war Regina?

Lindsey schwenkte ihre Taschenlampe unaufhörlich hin und her, auf und ab, beschrieb einen weiten Lichtbogen, um der mörderischen Bestie keine Gelegenheit zu geben, sie aus dem Dunkel anzugreifen. Doch er war flink, konnte unerhört schnell sein. Sie hatte selbst gesehen, wie er den Gang hinunter und in Reginas Zimmer flog und die Tür hinter sich zuschlug, als ob er Flügel hätte, Fledermausflügel. Und wendig. Gelenkig wie ein Affe war er mit dem Mädchen über der Schulter an dem Spalierwein nach unten geklettert, unbeirrt von seinem Sturz wieder auf die Füße gekommen und in der Dunkelheit verschwunden.

Wo war Regina?

Hatch bewegte sich nun in eine andere Richtung, und Lindsey wußte, daß er die gewaltige Teufelsstatue umrundete und nachschaute, ob Jeremy Nyebern sich dahinter versteckte. Hatch tat, was er tun mußte. Das leuchtete ihr ein, und doch behagte es ihr überhaupt nicht, denn jetzt befand sie sich allein mit all diesen Schreckensgestalten im Rücken. Einige von ihnen waren völlig ausgetrocknet und würden rascheln, falls sie irgendwie in Bewegung gerieten und sich auf sie zubewegten, während andere sich in ekelerregenden Stadien der Zersetzung befanden und gewiß klatschende, schmatzende Geräusche machten, wenn sie ... Was für eine absurde Vorstellung! Sie waren doch alle *tot*. Sie brauchte sich nicht vor ihnen zu fürchten. Tot war tot. Bis auf wenige Ausnahmen, oder nicht? Nun, was ihre persönlichen Erfahrungen betraf, nicht immer. Sie schwenkte weiter ihre Taschenlampe, ließ den Lichtstrahl hin und her wandern und widerstand dem Drang, sich umzudrehen und die verwesenden Kadaver hinter sich anzuleuchten. Obwohl sie eher Trauer als Furcht und Wut über die Schändung und Entweihung der Toten empfinden sollte, wurde sie im Augenblick nur von einem Gefühl der Angst beherrscht. Nun hörte sie Hatch näher kommen, er hatte seinen Rundgang wohl beendet. Da wurde sie von dem entsetzlichen Gedanken gepackt, ob es denn wirklich Hatch war oder sich nicht eine der Leichen rührte. Oder Jeremy. Sie drehte sich auf dem Absatz um, sah geflissentlich über die toten Gestalten hinweg und entdeckte Hatch im Schein ihrer Taschenlampe.

Wo war Regina?

Ein deutliches Quietschen zerriß die schwere Luft. Alle Türen der Welt quietschten auf die gleiche Weise, wenn die Türangeln verrostet und lange nicht geölt waren. Hatch und Lindsey drehten sich synchron in dieselbe Richtung. Die beiden Lichtkegel ihrer Taschenlampen überlappten sich an derselben Stelle. Das Geräusch war von einer Felsformation gekommen, die den hinteren Uferrand von etwas säumte, das wie ein Becken aussah und, mit Wasser gefüllt, die Lagune draußen an Größe noch übertreffen würde.

Ohne sich dessen bewußt zu werden, rannte Lindsey los. Hatch zischte ihr mit unterdrückter Stimme etwas zu, was soviel wie *geh zur Seite, laß mich zuerst* bedeuten mochte, doch vermochte sie ebensowenig anzuhalten, wie sie hätte kneifen oder die Flucht ergreifen mögen. Ihre Regina war diesen Toten hier ausgesetzt gewesen, womöglich hatte die merkwürdige Lichtempfindlichkeit des Fremden ihr gnädig den grausigen Anblick erspart, trotzdem mußte sie es gemerkt haben. Der Gedanke, daß dieses unschuldige Kind auch nur eine Minute länger in diesem Schlachthaus blieb, brachte Lindsey schier um. Ihre *eigene* Sicherheit kümmerte sie nicht, nur die von Regina.

Als sie die Felsen erreichte und sofort begann, mit dem Strahl ihrer Taschenlampe überall ins Dunkel zu stechen wie mit einem Dolch, drang entferntes Sirenengeheul an ihr Ohr. Polizei. Man hatte Hatchs Telefonanruf also doch ernst genommen. Aber Regina befand sich in Todesgefahr. Selbst wenn das Mädchen noch am Leben war, würde sie es nicht mehr erleben, daß die Polizisten die Geisterbahn und den Zugang zu Luzifers Höhle fanden. Also arbeitete sich Lindsey weiter zwischen den Felsen vor, die Pistole in der einen, die Taschenlampe in der anderen Hand, bog furchtlos um dunkle Ecken, riskierte alles. Hatch blieb ihr dicht auf den Fersen.

Ganz unerwartet stand sie vor der Tür. Eisen, rostig angelaufen, keine Klinke, ein Schieber. Nur angelehnt.

Lindsey drückte die Tür auf und stürmte einfach durch, ohne das kleinste bißchen Taktik, die sie eigentlich aus unzähligen Polizeifilmen und Fernsehserien her kennen sollte. Einer Löwin gleich, die in Verteidigung ihres Jungen ein anderes Raubtier verfolgt, setzte sie über die Türschwelle. Wie dumm. Lindsey wußte, wie unüberlegt sie vorging, daß sie Gefahr lief, getötet zu werden, aber eine Löwin im Rausch mütterlicher Angriffslust zählte nicht unbedingt zu den Vernunftspersonen. Lindsey folgte jetzt nur noch ihrem Instinkt, und der sagte ihr, daß der Bastard vor ihnen auf der Flucht war und daß sie ihn weiterhetzen mußten, damit er der Kleinen nichts antun konnte. Sie mußten an ihm dranbleiben und ihn schließlich in die Enge treiben.

Hinter der Tür in den Felsen, hinter den Mauern der Höllengruft tat sich eine etwa sechs Meter breite Fläche vor ihnen auf, die einmal Maschinen und Räderwerk enthalten hatte. Jetzt gab es nur noch Bolzen und Stahlplatten, auf denen diese Maschinen einst montiert waren. Ein kunstvolles

Gerüst, mit Girlanden aus Spinnweben geschmückt, zog sich bis zu 15 Meter hoch. Über das Gerüst gelangte man zu anderen Türen, einem niedrigen Durchgang und den Schaltschränken, über die einst die komplexe Beleuchtung und die Gruseleffekte des Parks – Kaltluftdüsen, Laserstrahlen – gesteuert wurden. Jetzt war alles verschwunden, zerlegt, demontiert und weggekarrt.

Wieviel Zeit benötigte er wohl, um das Mädchen aufzuschlitzen, ihr pulsierendes Herz herauszureißen und sich an ihrem Tod zu ergötzen? Eine Minute? Zwei? Vielleicht nicht einmal so lange. Um Regina zu retten, mußten sie ihm im gottverdammten Nacken sitzen.

Lindsey ließ den Strahl ihrer Taschenlampe über dieses »versponnene« Konglomerat aus Stahlrohren, Kniestücken und Trittbrettern gleiten und stellte fest, daß die Beute, die sie jagten, hier nicht versteckt war.

Hatch blieb dicht an ihrer Seite. Beide atmeten schwer, nicht etwa, weil sie sich verausgabt hatten, vielmehr weil ihnen die Angst die Luft abschnürte.

Lindsey wandte sich nach links und ging geradewegs auf eine dunkle Öffnung in der Betonwand am unteren Ende des Raums zu. Irgend etwas zog sie dort hin,weil das Loch einmal mit Brettern vernagelt gewesen sein mußte. Nicht besonders gründlich, aber gut genug, um Unbefugten den Zugang zu versperren. Auf beiden Seiten der Öffnung ragten noch die Nägel aus der Wand, aber die Planken waren weggerissen und beiseite geschoben worden.

Hatch flüsterte ihr noch zu aufzupassen, als Lindsey schon auf der Schwelle stand und hineinleuchtete. Es war überhaupt kein Raum, sondern ein Fahrstuhlschacht. Die Türen, Kabel, Kabinen und das Räderwerk waren demontiert, und zurück blieb eine hohle Stelle im Gemäuer, wie das Loch im Kiefer nach einer Zahnextraktion.

Lindsey richtete ihre Taschenlampe nach oben. Der Schacht reichte über drei Stockwerke hoch, in ihm hatten die Wartungsmonteure und Mechaniker das Dach des Gebäudes erklommen. Lindsey ließ den Lichtstrahl der Taschenlampe langsam über die Betonwand des Schachts an den Eisensprossen der Wartungsleiter entlang nach unten gleiten.

Hatch stand neben ihr und verfolgte gespannt, wie der Lichtkegel nach unten wanderte und auf dem Grund des Schachts, zwei Stockwerke tiefer, ankam. Im Schein der Taschenlampe sahen sie ein paar Sachen herumliegen, eine Kühlbox, eine Anzahl leerer Limonadendosen und eine Plastiktüte mit Abfall. Mitten drin lag eine durchgelegene, schmutzige Matratze.

Auf der Matratze saß Jeremy Nyebern und drückte sich in die Ecke des Schachts. Er hatte Regina auf dem Schoß, preßte sie dicht an seine Brust wie einen Schild. Sie diente als Kugelfang. In der Hand hielt er eine Pistole und feuerte zweimal, als Lindsey ihn entdeckt hatte.

Die erste Kugel traf weder sie noch Hatch, doch die zweite durchschlug ihre Schulter. Der Schuß warf sie gegen die Wand. Als Reaktion auf den Schlag beugte Lindsey sich ungewollt vor, verlor das Gleichgewicht und stürzte in den Schacht, folgte ihrer Taschenlampe, die ihr aus der Hand gefallen war.

Noch während sie fiel, wollte Lindsey nicht glauben, daß es wirklich passierte. Selbst als sie mit ihrer linken Seite unten aufschlug, erschien alles immer noch irreal. Womöglich, weil sie von der Wucht der Kugel noch zu benommen war, um überhaupt Schmerz zu empfinden, und weil sie auf das untere Ende der Matratze fiel, die ihren Sturz abfing.

Die Taschenlampe war auch auf der Matratze gelandet und heil geblieben. Sie beleuchtete ein Stück grauer Mauer.

Wie in Trance und immer noch bemüht, wieder Luft zu bekommen, schob Lindsey langsam die rechte Hand vor und wollte auf Jeremy anlegen. Sie hatte aber keine Pistole mehr. Beim Fallen war sie ihrer Hand entglitten.

Jeremy Nyebern mußte sie während ihres Sturzes mit der Waffe verfolgt haben, denn jetzt blickte sie genau in die Mündung einer Pistole. Der Lauf war unglaublich lang, er reichte genau eine Ewigkeit von der Kimme bis zum Korn.

Hinter der Waffe konnte Lindsey Reginas Gesicht erkennen, das so ausdruckslos war wie ihr Blick leer. Und über dem lieben kleinen Gesicht die abscheuliche Fratze, bleich wie der Tod. Die diesmal nicht hinter dunklen Gläsern verborgenen Augen glitzerten böse und fremd, obwohl sie im

Schein der Taschenlampe blinzelten. Während sie seinem Blick standhielt, durchzuckte sie die Erkenntnis, daß sie es mit einem fremdartigen Wesen zu tun hatte, das lediglich vortäuschte, menschlicher Natur zu sein.

Ist ja toll, surreal, dachte sie noch und merkte, daß sie einer Ohnmacht nahe war.

Sie betete innerlich, daß sie umfiel, bevor er abdrückte. Obwohl das eigentlich keine Rolle mehr spielte. Sie befand sich so dicht vor dem Pistolenlauf, daß sie den Schuß nicht mehr hören würde, wenn er ihr das Gesicht wegblies.

Hatchs Verblüffung über das, was er gleich darauf tat, übertraf noch sein Entsetzen über Lindseys Sturz. Als er nämlich sah, wie Jeremy Lindsey mit der Pistole anvisierte, bis sie unten aufschlug, um ihr dann die Waffe dicht vors Gesicht zu halten, warf er seine Browning beiseite. Solange Regina im Weg war, konnte er sowieso nicht genau auf den Kerl zielen. Zudem ahnte er, daß keine Schußwaffe ausreichen würde, dieses Ding, das Jeremy darstellte, gründlich und für immer zu eliminieren. Es blieb ihm keine Zeit, diesem *wunderlichen* Gedanken nachzuhängen, denn kaum hatte er die Pistole beiseite geworfen, packte er die Kruzifix-Taschenlampe mit der Rechten, und ehe er sich versah, sprang er in den Fahrstuhlschacht.

Danach geschahen merkwürdige Dinge.

Es kam Hatch gar nicht so vor, daß er den Schacht hinunterstürzte, sondern eher, daß er – wie in Zeitlupe – hinabtrudelte und mindestens eine halbe Minute brauchte, bis er unten aufschlug.

Womöglich hatte sich durch den enormen Schrecken bloß sein Zeitempfinden verschoben.

Jeremy sah ihn kommen, nahm ihn ins Visier und feuerte alle acht Schuß auf ihn ab. Hatch glaubte, mindestens dreioder viermal getroffen worden zu sein, obwohl er keine Verletzungen aufwies. Es schien unmöglich, daß ein Killer auf so beengtem Raum so oft danebenschoß.

Vielleicht war die miserable Schießkunst auf die Panik des Revolverhelden zurückzuführen oder darauf, daß Hatch ein bewegliches Ziel darstellte.

Während er immer noch leicht wie eine Feder hinabschwebte, wurde der sonderbare Kontakt zwischen ihm und Jeremy wiederhergestellt, und er sah sich einen kurzen Augenblick lang aus der Sicht des jungen Mannes zu Boden schweben. Er erhaschte jedoch nicht nur einen Blick auf sich selbst, sondern auch auf die Erscheinung von jemandem oder etwas, das ihn überlagerte, als ob er seinen Körper mit einem anderen Wesen teilte. Er vermeinte, weiße Schwingen zu erkennen, die an den Seiten angelegt waren. Unter seinem eigenen Gesicht erschien das eines Fremden – das Antlitz eines Kriegers, wenn es jemals einen gegeben hatte, aber es erschreckte ihn nicht.

Vielleicht halluzinierte Jeremy zu dem Zeitpunkt, und was Hatch von ihm empfing, war nicht so sehr das, was er wirklich wahrnahm, als vielmehr das, was er vermeinte zu sehen. Vielleicht.

Dann sah Hatch wieder mit seinen eigenen Augen, während er immer noch sanft hinabschwebte, und glaubte, nun etwas zu erkennen, das Jeremy Nyebern überlagerte, eine Gestalt und einen Kopf nämlich, die halb Reptil, halb Insekt schienen.

Es mochte auch alles nur eine optische Täuschung sein, eine Konfusion aus Schatten und sich überschneidenden Lichtkegeln.

Ihren letzten Schlagabtausch konnte Hatch sich jedoch überhaupt nicht erklären und grübelte in den darauffolgenden Tagen noch lange darüber nach:

»Wer bist du?« fragte Nyebern, als Hatch nach seinem freien Fall aus rund 10 Meter Höhe sicher wie eine Katze auf dem Boden landete.

»Uriel«, antwortete Hatch, obwohl er diesen Namen noch nie gehört hatte.

»Ich bin Vassago«, stellte Nyebern sich vor.

»Ich weiß«, sagte Hatch, obwohl er diesen Namen ebenfalls zum erstenmal hörte.

»Nur du kannst mich zurückschicken.«

»Und wenn einer wie ich dich zurückschickt«, erwiderte Hatch und fragte sich, woher diese Worte kamen, »kehrst du nicht als Fürst zurück. Du wirst als Sklave dienen, wie dieser verängstigte dumme Junge, mit dem du zusammen Geisterbahn gefahren bist.«

Nyebern hatte Angst. Es war das erste Mal, daß er Angstgefühle zeigte. »Und ich dachte, *ich* sei die Spinne.«

Mit ungeahnter Kraft, einem Minimum an Bewegung und einer Wendigkeit, die ihn selbst überraschte, packte Hatch Regina an ihrem Gürtel, entriß sie Jeremys Griff, setzte sie in sicherer Entfernung ab und ließ das Kruzifix wie eine Keule auf den Schädel des Wahnsinnigen niedersausen. Das Glas der festgebundenen Taschenlampe zerbarst in tausend Stükke, das Plastikgehäuse brach entzwei und verstreute überall Batterien. Er hieb ein zweites Mal auf den Schädel des Killers ein, und mit dem dritten Schlag schickte er Nyebern in ein Grab, das er sich doppelt verdient hatte.

Hatch empfand eine gerechte heilige Wut. Als er das Kruzifix fallen ließ und alles vorüber war, überkam ihn weder Scham noch Reue. Er glich seinem Vater in keiner Weise.

Ein merkwürdiges Gefühl durchlief ihn, als ob eine Kraft ihn verließ, eine Präsenz, von der er nichts gemerkt hatte. Er ahnte, daß eine Mission erledigt, ein Gleichgewicht wiederhergestellt war. Alles hatte jetzt wieder seinen rechtmäßigen Platz, seine Ordnung.

Regina zeigte keine Reaktion, als er sie ansprach. Physisch schien sie unversehrt zu sein. Hatch machte sich keine Sorgen um sie, weil er aus irgendeinem Grunde fest daran glaubte, daß keiner von ihnen übermäßig darunter leiden würde, daß sie in ... was immer es gewesen sein mochte ... verwickelt waren.

Lindsey war ohne Bewußtsein und blutete aus einer Wunde. Hatch untersuchte sie und stellte zu seiner Erleichterung fest, daß es sich nur um eine leichte Schußwunde handelte.

Er hörte Stimmen über sich. Sie riefen seinen Namen. Die Gesetzeshüter waren eingetroffen. Spät wie immer. Nun ja, nicht immer. Manchmal ... ja, manchmal war einer von ihnen auch gerade zur Stelle, wenn man ihn brauchte.

3

Die unbelegte Geschichte von den drei Blinden, die den Elefanten untersuchen, ist hinlänglich bekannt. Der erste Blinde tastet nur über den Rüssel des Elefanten und beschreibt darauf guten Gewissens das Tier als eine schlangenähnliche Kreatur, vergleichbar mit einer Python. Der zweite Blinde fühlt nur die Ohren des Elefanten und verkündet, daß es sich um einen Vogel handelt, der in großer Höhe zu fliegen vermag. Der dritte Blinde ertastet lediglich den pinseligen Quastenschwanz des Elefanten und »sieht« ein Tier, das kurioserweise einer Flaschenbürste ähnelt.

Und so geht es mit den Erfahrungen, die Menschen teilen. Jeder macht sie auf seine Weise und zieht daraus eine andere Lehre als seine Mitstreiter.

In den Jahren, die auf die Geschehnisse in dem verlassenen Vergnügungspark folgten, verlor Jonas Nyebern jegliches Interesse an der Reanimationsmedizin. Andere nahmen seinen Platz ein, und sie machten ihre Sache gut.

Auf Auktionen verkaufte er jedes Stück seiner beiden religiösen Kunstsammlungen und steckte sein Geld in Anlageobjekte mit der höchstmöglichen Rendite.

Eine Zeitlang übte er noch seinen Beruf als Herzchirurg aus, doch fand er keine Befriedigung mehr darin. Er ließ sich vorzeitig pensionieren und sah sich nach einem neuen Betätigungsfeld für die letzten Jahrzehnte seines Lebens um.

Er ging nicht mehr zur heiligen Messe. Er glaubte auch nicht mehr daran, daß das Böse eine eigene Macht darstellte, eine wirkliche Präsenz, die frei herumlief. Er hatte erkannt, daß der Mensch selbst die Wurzel allen Übels war und alles was in dieser Welt falsch lief, zur Genüge erklärte. Im Umkehrschluß fand er jedoch, daß die Menschheit ihre eigene – und einzige – Rettung war.

Er wurde Tierarzt. Jeder Patient schien des Einsatzes würdig.

Er heiratete nie wieder.

Er war weder glücklich noch unglücklich, und das genügte ihm.

Regina verweilte noch ein paar Tage in ihrem inneren Refugium, und als sie herauskam, war sie verändert. Aber schließlich ändern wir alle uns nach einer gewissen Zeit. Zeit ist die einzige Konstante. Man nennt das auch Erwachsenwerden.

Sie nannte Lindsey und Hatch Mom und Dad, weil sie es so wollte und weil sie es so meinte. Tag für Tag machte sie die beiden genauso glücklich wie umgekehrt.

Sie löste niemals eine verheerende Kettenreaktion unter ihren Antiquitäten aus. Sie brachte ihre Eltern nicht in Verlegenheit durch unangebrachte Gefühlsäußerungen wie Tränenausbrüche und die damit verbundene Rotzerei, obwohl sie im richtigen Moment durchaus zu Tränen und Rotz fähig war. Sie bereitete ihnen auch keinen Ärger, indem sie im Restaurant versehentlich ihren vollen Teller in die Luft warf und genau den Kopf des Präsidenten der Vereinigen Staaten am Nebentisch traf. Sie steckte das Haus nicht ungewollt in Brand, ließ in feiner Gesellschaft keinen fahren und jagte den Nachbarskindern keinen Schrecken mit ihrer Beinschiene und ihrer verkrüppelten Hand ein. Besser noch, sie hörte auf, sich Gedanken um diese Dinge (und noch mehr) zu machen, und mit der Zeit hatte sie ganz vergessen, wieviel Energien sie einst für solche und ähnliche Geschichten verschwendet hatte.

Sie blieb bei ihrer Schriftstellerei. Wurde immer besser. Als sie gerade vierzehn war, gewann sie einen bundesweiten Wettbewerb für Teenager. Als Preis erhielt sie eine recht hübsche Armbanduhr und fünfhundert Dollar. Sie investierte einen Teil des Betrags in ein Abonnement von *Publishers Weekly* und die Gesamtausgabe der Romane von William Makepeace Thackeray. Sie fand nicht länger Interesse daran, über intelligente Schweine aus dem All zu schreiben, weil sie allmählich feststellte, daß es um sie herum viel interessantere Figuren gab, die meisten von ihnen Einheimische.

Sie unterhielt sich auch nicht mehr mit Gott. Es kam ihr kindisch vor, mit Ihm zu plaudern. Zudem brauchte sie Seine stete Anwesenheit nicht mehr. Eine Zeitlang hielt sie an der Vorstellung fest, daß Er fortgegangen sei oder nie existiert hatte, fand das dann aber auch wieder albern. Sie war sich jeden Tag Seiner Gegenwart bewußt, sie zwinkerte ihr aus den

Blumen zu, sprach zu ihr aus dem Gezwitscher der Vögel, lachte sie aus dem schnurrigen Gesicht eines Kätzchens an und streichelte sie mit einer sommerlichen Brise. Sie entdeckte eine passende Zeile hierzu in einem Buch von Dave Tyson Gentry: »Wahre Freundschaft entsteht dann, wenn das Schweigen zwischen zwei Menschen angenehm ist.« Nun, wer war denn dein bester Freund, wenn nicht Gott? Und was für Worte bedurfte es denn zwischen Ihm und dir oder dir und Ihm, wenn man schon das wichtigste voneinander wußte, daß man nämlich immer füreinander dasein würde.

Die Geschehnisse jener Tage hatten Lindsey weniger zugesetzt, als sie erwartet hatte. Ihre Malerei machte Fortschritte, wenn auch nur in bescheidenem Maße. Andererseits war sie auch nie enttäuscht von ihren Bildern gewesen. Sie liebte Hatch nicht weniger als zuvor, mehr hätte sie ihn nicht lieben können.

Etwas hatte sich doch verändert: Lindsey zuckte jedesmal innerlich zusammen, wenn jemand sagte: »Das Schlimmste haben wir hinter uns.« Sie wußte, daß das Schlimmste niemals hinter einem lag. Das Schlimmste kam am Ende. Es *war* das Ende, die nackte Tatsache. Nichts konnte schlimmer sein als das. Doch lernte sie, mit der Erkenntnis zu leben, daß das Schlimmste niemals vorbei war – und konnte jeden Tag genießen.

Was Gott betraf – sie wollte das Thema nicht vertiefen.

Sie erzog Regina im katholischen Glauben, ging mit ihr jeden Sonntag zur Messe, denn das gehörte zu dem Versprechen, das sie den Schwestern von St. Thomas bei der Adoption gegeben hatte. Sie tat es aber nicht aus reiner Pflichterfüllung, sondern aus der Überzeugung heraus, daß die Kirche Regina guttat – wie die Kirche ihrerseits sich über Regina freuen konnte. Jede kirchliche Einrichtung, die Regina zu ihren Mitgliedern zählte, würde feststellen, daß sie durch Regina eine Wandlung erfuhr, wie Regina durch sie – und das zum ewigen Besten. Lindsey hatte einmal behauptet, daß Gebete nie erhört würden und die Lebenden nur lebten, um zu sterben. Nun sah sie die Dinge anders. Sie würde abwarten und sehen, was kam.

Hatch handelte weiterhin erfolgreich mit Antiquitäten. Sein Leben verlief nun in jenen Bahnen, die er sich gewünscht hatte. Wie vorher auch war er ein ausgeglichener Mensch und wurde niemals wütend. Nur daß er keine Wut mehr in sich verspürte, die er unterdrücken mußte. Seine Güte war jetzt echt und kam aus dem Herzen.

Von Zeit zu Zeit, wenn das Leben einen tieferen Sinn anzunehmen schien, der sich ihm nicht erschloß und ihn deshalb in eine philosophische Stimmung versetzte, verzog er sich in sein Arbeitszimmer und nahm zwei Dinge aus der verschlossenen Schreibtischschublade:

Einmal das angesengte Exemplar von *Arts American*.

Zum anderen einen Zettel, den er eines Tages nach gewissen Nachforschungen aus der Stadtbücherei mitgebracht hatte. Zwei Namen standen darauf mit jeweils einer Erklärung dazu. »Vassago – nach der Mythologie einer der neun Kronprinzen der Hölle.« Darunter stand der Name, den er einst für sich in Anspruch genommen hatte: »Uriel – nach der jüdischen Überlieferung einer der Erzengel vor Gottes Thron, der als persönlicher Gehilfe Gott dient.«

Er starrte auf diese Dinge, dachte ausgiebig nach und kam, wie immer, zu keiner plausiblen Erklärung. Dennoch zog er für sich den Schluß, wenn man schon achtzig Minuten lang tot sein mußte, ohne eine Erinnerung vom jenseits zurückzubehalten, dann womöglich deshalb, weil achtzig Minuten dieser Erfahrung mehr waren als nur ein flüchtiger Eindruck von einem Tunnel mit Licht am Ende und aus diesem Grunde mehr, als man gemeinhin verkraften konnte.

Und wenn man schon etwas vom Jenseits mitbringen und in sich tragen mußte, bis es seine Mission auf dieser Welt erfüllt hatte, war ein Erzengel nicht das Schlechteste.

Quellennachweis

MITTERNACHT / *Midnight*
Copyright © 1989 by Nkui, Inc.
Copyright © der deutschsprachigen Ausgabe 1990 by
Wilhelm Heyne Verlag GmbH & Co. KG, München
Aus dem Amerikanischen von Joachim Körber
(Der Titel erschien bereits in der Allgemeinen Reihe
mit der Band-Nr. 01/8444.)

DAS VERSTECK / *Hideaway*
Copyright © 1992 by Nkui, Inc.
Copyright © der deutschsprachigen Ausgabe 1993 by
Wilhelm Heyne Verlag GmbH & Co. KG, München
Aus dem Amerikanischen von Alexandra v. Reinhardt
und Susanne Dickerhof-Kranz
(Der Titel erschien bereits in der Allgemeinen Reihe
mit der Band-Nr. 01/9422.)

Eine Auswahl:

Dean Koontz

»Visionen aus einer jenseitigen Welt – Meisterwerke der modernen Horrorliteratur.«
HAMBURGER ABENDPOST

01/6913

Mitternacht
01/8444

Schattenfeuer
01/7810

Die Augen der Dunkelheit
01/7707

Das Haus der Angst
01/6913

Das Versteck
01/9422

Flüstern in der Nacht
01/10534

Phantom
01/10688

Schwarzer Mond
01/7903

Tür ins Dunkel
01/7992

Brandzeichen
01/8063

Wenn die Dunkelheit kommt
01/6833

Geschöpfe der Nacht
01/13169

HEYNE-TASCHENBÜCHER